मृदुला गर्ग

मृदुला गर्ग के रचना-संसार में लगभग सभी गद्य विधाएँ सम्मिलित हैं। उपन्यास, कहानी, नाटक, निबन्ध, यात्रा-संस्मरण, व्यंग्य आदि।

उनकी प्रकाशित पुस्तकें हैं—'उसके हिस्से की धूप', 'वंशज', 'चित्तकोबरा', 'अनित्य', 'मैं और मैं', 'कठगुलाब', 'मिलजुल मन' (उपन्यास); 'संगति-विसंगति', 'प्रतिनिधि कहानियाँ', 'सम्पूर्ण कहानियाँ' (कहानी-संग्रह); 'एक और अजनबी', 'जादू का कालीन', 'साम दाम दण्ड भेद', 'क़ैद-दर-क़ैद' (नाटक); 'रंग-ढंग', 'चुकते नहीं सवाल', 'कृति और कृतिकार' (निबन्ध-संग्रह); 'मेरे साक्षात्कार' (साक्षात्कार); 'कुछ अटके कुछ भटके' (यात्रा-संस्मरण); 'कर लेंगे सब हज़म', 'खेद नहीं है' (व्यंग्य-संग्रह)।

अन्य भारतीय भाषाओं समेत उनकी कृतियों के अनुवाद अंग्रेजी, जर्मन, रूसी आदि भाषाओं में भी हो चुके हैं। 'चित्तकोबरा' का जर्मन अनुवाद 'द जिफ़्लेक्टे कोबरा' शीर्षक से प्रकाशित। 'चित्तकोबरा' नाम से अंग्रेज़ी में प्रकाशित। रूसी में 'कोबरा मोएगो रज़ूमा' नाम से अनूदित। 'कठगुलाब' का अंग्रेज़ी अनुवाद 'कन्ट्री ऑफ़ गुडबाइज़' तथा 'कठगुलाब' शीर्षक से मराठी और मलयालम में प्रकाशित। 'वुडरोज़' शीर्षक से जापानी में प्रकाशित। 'अनित्य' उपन्यास अंग्रेज़ी में 'अनित्य : हाफ़वे टु नोवेह्यर' और मराठी में 'अनित्य' शीर्षक से प्रकाशित। 'मैं और मैं' मराठी में अनूदित। 'मिलजुल मन' उर्दू, पंजाबी, राजस्थानी, तमिल और तेलुगू में अनूदित। अनेक कहानियाँ भी अंग्रेज़ी, जर्मन, चेक, जापानी व भारतीय भाषाओं में अनूदित।

उन्हें अनेक पुरस्कारों के साथ 'कठगुलाब' के लिए व्यास सम्मान, 'मिलजुल मन' के लिए साहित्य अकादेमी पुरस्कार, हिन्दी अकादमी के 'साहित्यकार सम्मान', ह्यूमन राइट वॉच के 'Hellman Hammett Grant New York', उत्तर प्रदेश हिन्दी संस्थान के 'राममनोहर लोहिया सम्मान', 'उसके हिस्से की धूप' के लिए मध्य प्रदेश के 'अखिल भारतीय वीरसिंह सम्मान', 'जादू का कालीन' के लिए मध्य प्रदेश के ही 'अखिल भारतीय सेठ गोविन्द दास सम्मान' से सम्मानित किया जा चुका है।

'कठगुलाब' उपन्यास दिल्ली विश्वविद्यालय के बी.ए. पाठ्यक्रम तथा कई विश्वविद्यालयों में स्त्री-रचना/विमर्श पाठ्यक्रमों में शामिल है।

मृदुला गर्ग

सम्पूर्ण कहानियाँ

राजकमल पेपरबैक्स

राजकमल पेपरबैक्स में
पहला संस्करण : 2022
दूसरा संस्करण : 2026

राजकमल पेपरबैक्स : उत्कृष्ट साहित्य के जनसुलभ संस्करण

राजकमल प्रकाशन प्रा.लि.
1-बी, नेताजी सुभाष मार्ग, दरियागंज
नई दिल्ली-110 002
द्वारा प्रकाशित

शाखाएँ : अशोक राजपथ, साइंस कॉलेज के सामने, पटना-800 006
पहली मंजिल, दरबारी बिल्डिंग, महात्मा गांधी मार्ग, प्रयागराज-211 001
1, अनमोल सोराबजी सन्तुक लेन, धोबी तलाव, मरीन लाइंस, मुम्बई-400 002
वेबसाइट : www.rajkamalprakashan.com
ई-मेल : info@rajkamalprakashan.com

बी.के. ऑफसेट
नवीन शाहदरा, दिल्ली-110 032
द्वारा मुद्रित

मूल्य : ₹799

SAMPURNA KAHANIYAN
Stories by Mridula Garg

ISBN : 978-93-92757-04-4

अपने सभी
दुश्मन-दोस्तों
के नाम

भूमिका

मुझे लगता है कि जब से साहित्य लिखा जाना शुरू हुआ, तभी से उसके मूल में दो तरह की प्रवृत्तियाँ काम करती आ रही हैं। क्लासिकल साहित्य का एक महत्त्वपूर्ण और अनिवार्य तत्त्व था, कथानक में आन्तरिक तार्किकता की खोज जिसे काव्यात्मक न्याय का नाम भी दिया जाता रहा है। ग्रीक त्रासदियाँ और बाद में, शेक्सपियर के नाटक, इसके शुद्ध श्रेष्ठतम उदाहरण थे। शुरुआत में जो हो, जहाँ से भी हो, अन्त तक आते-आते, पूरी कथा-यात्रा में, कारण-कारक सम्मत तर्क काम करता पाया जाता था। या कह सकते हैं, रचना का अपना एक अन्दरूनी तर्क होता था, जो जीवन में भले प्राप्त न था, रचना में परवान चढ़ा लिया जाता था। जीवन और कला के बीच यह एक महत्त्वपूर्ण अन्तर माना जाता था।

अपने यहाँ कारण-परिणाम का तार्किक सिलसिला, एक जन्म में ख़त्म नहीं होता, जन्म-जन्मान्तर तक चलता है। पुनर्जन्म के चलते, तार्किकता की खोज ख़ासी संगीन हो गई थी। जीवन में तो थी ही, जब साहित्य में लागू हुई तो उसने एक शानदार विसंगति को जन्म दिया। चूँकि अगले जन्म में पिछले जन्म का किया-धरा कुछ याद नहीं रहता था। इसलिए कर्म को फल से जोड़ने के लिए प्रारब्ध का सहारा लेना पड़ता था, जिसका दीखता और चीन्हा व्यापार, ख़ासा तर्कहीन मालूम पड़ता था। यूँ तर्क था एकदम पुख़्ता, लचीलेपन से नावाक़िफ़, पर आदमज़ाद के पल्ले नहीं पड़ सकता था। और चूँकि, साहित्य आदमज़ाद लिखता था/लिखती थी, इसलिए कुछ न कुछ घोटाला होना लाजिमी था। आदमज़ाद के लिए प्रारब्ध की दीखती तर्कहीनता, और संयोग/दुर्योग की विसंगति में, विशेष अन्तर नहीं था। दैवी योजना, भले जन्म- जन्मान्तर के कर्म फल को अपरिहार्य तार्किकता प्रदान करती थी पर चूँकि हमें वह ज्ञात नहीं हो सकती थी, इसलिए हमारे पास दो ही विकल्प थे। या ज्योतिषियों-नजूमियों के पल्ले पड़ो या तर्कहीन संयोग का नाम जपो। शायद इसीलिए शास्त्रीय सतयुग में, देवभाषा संस्कृत में ही, श्रेष्ठ ऐब्सर्ड नाटक 'मृच्छकटिकम' लिख लिया गया, जो संयोग पर संयोग बिठलाकर, आन्तरिक तर्क और न्याय का बंटाधार कर गया। यूँ भी हमारे यहाँ अनेकता का सिद्धान्त चलता था, सो सब कुछ मुमकिन और माफ़ था। इसलिए जो असंगत या ऐब्सर्ड रस, बीसवीं सदी में, पश्चिम में पैदा होकर, भारत आयात हुआ, और हिन्दी लेखकों द्वारा खाया-पचाया गया, वह अपने पूर्वजन्म में, पहले ही भारत में चखा जा चुका था।

हम लोग, जो बीसवीं सदी में लिख रहे थे, कहीं न कहीं तार्किकता के सिद्धान्त से आतंकित थे। एक तरफ़ मार्क्स ने तार्किकता को ऐतिहासिक पृष्ठभूमि दी थी तो दूसरी तरफ़ फ्रायड के मनोविश्लेषण ने उसे अवचेतन का अनिवार्य अंग बना दिया था। ऊपर से चाहे कोई कितनी भी मौलिकता का दम भरता, वास्तव में, एक भी ऐसा लेखक नहीं था, जो इन महान् विभूतियों के क्रांतिकारी उच्छेदन से अछूता रहा हो।

ज़ाहिर है, एक उच्छेदन का जवाब दूसरा उच्छेदन ही दे सकता है। इसलिए जब द्वितीय विश्वयुद्ध के साथ, अस्तित्ववाद ने, संयोग से संचालित या विश्रृंखलित, ऐब्सर्ड कथासाहित्य को मान्यता दी तो बहुत से तर्क के मारे लेखकों ने राहत की साँस ली।

जहाँ तक मेरा अपना सवाल है, मैंने लिखना शुरू किया, साठ के बाद, जब कई-कई परम्पराएँ लौट-लौटकर आ चुकी थीं, और आ-आकर लौट चुकी थीं। इसलिए मेरी स्मृति या अवचेतन पर सभी की छाप रही होगी। किसी एक पुख़्ता, ग़ैरलचीली विचारधारा ने, अलबत्ता, मुझे गिरफ़्त में नहीं लिया। इसलिए मेरे मन में बराबर यह सवाल उठता रहा कि संगति या विसंगति की जो भी राह, जिस किसी ने पकड़ी, वह सायास थी या नहीं ? वह विचारधारा के तहत थी या लेखक का अपना स्वभाव, संस्कार व घटित जीवन ही ऐसा था कि अनायास, वह राह पकड़ ली गई। जब-जब यह सवाल मैंने दूसरे लेखकों से पूछा, वह नाराज़गी का सबब बना, जैसे वह उनकी गहरी जमी महानता को शक की निगाह से देख रहा हो। तो हुआ यह कि कई धक्के खाने के बाद, घूम-फिरकर, यह सवाल मैं ख़ुद से करती रह गई।

और तब मुझे संगति में भी विसंगति नज़र आई। जवाब में सवाल दिखा और मौलिकता में पुनर्लेखन सिर धुनता नज़र आया। लेखकों के धक्के बर्दाश्त कर भी लिये पर जीवन में मिले धक्कों ने, अन्ततः, संयोग व अनायास घटित होते प्रकरणों की प्रबलता को स्वीकार करवा के छोड़ा।

समझ में आया कि रचनाप्रक्रिया ख़ासी ऊलजलूल चीज़ होती है। और जलूलोऊल कह देने से ही, वह भारी-भरकम या तर्कसंगत नहीं बन जाती। जैसा कि अनेक जाने-माने लेखक, अपनी रचनाप्रक्रिया पर लिखते हुए उसे दिखलाते आए थे। लगा, शायद यह भी विज्ञापननुमा तक़ाज़े की मार रही होगी जिसने एक तरफ़ हमें भाषायी उलझाव का सहारा लेने पर मजबूर किया और दूसरी तरफ़, यह माँग बरकरार रखी कि कहे का मतलब इतना एकार्थक हो कि फ़ौरन पकड़ में आ जाए। कौन नहीं जानता कि आज के विज्ञापनयुग में, सबसे बढ़िया तुकबन्दी वह मानी जाती है, जो शब्दों को बढ़ा-चढ़ाकर इस्तेमाल करे, पर जिसका अर्थ मामूली ही नहीं, क़रीब-क़रीब बेमानी हो, कम से कम अविश्वसनीय तो हो ही। देखो-देखो, सर्वोत्तम से भी उत्तम हमारा उत्पाद जैसा कुछ।

शुरू-शुरू में कथानक में आन्तरिक तर्क को बनाए रखने का मसला, मुझे भी ख़ासा आकर्षित करता रहा था। लगता था, एक बार पात्र चुन लिये जाएँ तो वे, अपने चरित्रों के आन्तरिक तर्क से वशीभूत होकर, जीवन यात्रा करेंगे और एक ख़ास गंतव्य पर पहुँचेंगे ही पहुँचेंगे। उसे मैं नहीं चुनूँगी, वे चुनेंगे, पर वह परिणति, काफ़ी हद तक, अपरिहार्य होगी। विचारधारा से संचालित लेखक, इस आन्तरिक तर्क पर अपना पसन्दीदा दर्शन चस्पाँ करके, उसे कुछ और अपरिहार्य बना लेते हैं। पर मेरे जैसा लेखक भी, जो किसी विचारधारा से आतंकित नहीं था, और अपने को ख़ासा स्वतंत्रचेता मानता था, पात्रों की जीवनदृष्टि की तार्किकता से प्रभावित हुए बग़ैर नहीं रह सका। अवचेतन में यह धारणा बनी रही कि कथानक का आरम्भ, भले रचनाकार के हाथों में हो उसका अन्त, अवश्यंभावी होता है। बस, रचनाकार के हाथों में न होकर, वह पात्रों के हाथों में होता है। शायद तभी इतने रचनाकार यह कहते पाए जाते हैं कि वे कहानी नहीं लिखते, कहानी उन्हें लिखती है, या उनसे ख़ुद को लिखवा ले जाती है। क्या

यह ऊलजलूल को जलूलोऊल कहने जैसी बात नहीं है? ख़ैर, मेरा अपना अन्त बुरा हुआ। जब-जब औरों की देखा-देखी या सम्पादक के दबाव में आकर, मैंने रचनाप्रक्रिया पर कोई प्यारा सा शाब्दिक जाल बुनना चाहा, मुझे रचनात्मक अपरिहार्यता पर इतना शुबहा हो आया कि शब्दजाल वाक़ई, छेदों से भरा जाल बनकर रह गया।

धीरे-धीरे, मेरी समझ में आने लगा कि मेरे अवचेतन पर, तार्किकता नहीं, वह संयोग हावी रहा था, जो क्षण भर में, कर्मठ योजना के अन्तर्गत पाले-पोसे जीवन को, भस्म करके रख देता है। तभी, मेरे हर उपन्यास का अन्त, अनायास, विसंगति में जाता रहा है। सिवा 'चित्तकोबरा' के। वहाँ संयोग मात्र इतना था कि मनु और रिचर्ड नाम के दो प्राणी, एक-दूसरे से टकरा जाते हैं। बाक़ी की कथा, उसकी अवश्यंभावी परिणति भर है। यानी, उन पात्रों की संरचना ही ऐसी है कि जो-जो होता है, वही-वही हो सकता था। पर वह प्रेम कथा है, और प्रेम का अन्त, चाहे वह सफल हो या असफल, त्रासदी में होता ही है। इसलिए उसमें अवश्यंभाव्यता रहती ही है।

पर उसके बाद, मैंने जितने उपन्यास या कहानियाँ लिखीं, उनमें से शायद ही किसी का अन्त, तर्क ने तय किया हो, चाहे वह पात्रों के चरित्र का हो या कथायात्रा का। बस, पात्रों के जीवन में जो विसंगतियाँ घटीं, उन्होंने खींच-खाँचकर, अन्त को कहीं से कहीं पहुँचा दिया। धीरे-धीरे सब कुछ और-और विडम्बनापूर्ण होता गया। यहाँ तक कि लोगों को विसंगति ही संगति नज़र आने लगी, विडम्बना तर्कपूर्ण।

अब तो आलम यह है कि पात्रों को विडम्बना की असंगत मार से बचाए रखने का, मेरा लालच, पूरी तरह ख़त्म हो गया है। उन्हें मुश्किल में देख, कोई उद्‌गार मन में उठता है तो यही, छोड़ परे, जाने दो जहाँ जाएँ। मैं मानने लगी हूँ या कहना चाहिए, मानती तो पहले से थी, अब कहने में भी हिचक नहीं है कि युगों से हम जिन्हें गम्भीर प्रश्न मानते आए हैं, वे मात्र असुविधाजनक प्रश्न हैं। हमारा अन्धविश्वासी भय हमें बाध्य करता है कि हम उन्हें आध्यात्मिक जतलाकर, उन पर पांडित्यपूर्ण गाम्भीर्य के साथ बात करें। कहानी-उपन्यास में तो, आध्यात्मिक गाम्भीर्य, तकनीक या शिल्प का दर्जा हासिल कर चुका है।

भगवान का होना या न होना, ऐसा ही एक प्रश्न है। हाल में अपनी एक कहानी 'नेति नेति' में मैंने इस प्रसंग को छुआ तो गाम्भीर्य की ख़ासी ऐसी-तैसी हो गई। पर भय से न पात्र उबरा, न मैं। कुछ दिनों पहले का वक़्त होता तो मैं कहती, वह तो पात्र डरा हुआ है, मैं उसमें क्या करूँ? पर अब झूठ बोलना भी मुश्किल हुआ जाता है।

सच तो यह है कि कर्मफल से उपजी मायावी क़िस्मत की बैसाखी छोड़कर तर्कहीन संयोग के थपेड़े खाने के लिए ख़ुद को छोड़ देना, काफ़ी डरावना होता है। पर उससे बचने का उपाय, मेरे पास नहीं रहा। अब रचना करते हुए मैं ख़ुद को ऐसी ऊलजलूल ज़िन्दगी के हवाले पाती हूँ जहाँ प्रक्रिया जैसी तर्कसंगत चीज़, कहीं पकड़ में नहीं आती। उसका बनावटी विश्लेषण करना असंगत की संगति बिठलाने जैसा है। रचना में झूठ की मिक़दार कम हो सके तो बहुत समझो। या फिर इतनी बढ़ जाए कि सच हो जाए।

—मृदुला गर्ग

क्रम

रुकावट

"और कितनी स्त्रियों से प्रेम रचा चुके हो ?" रीता ने अपना सिर और आराम से उसके कन्धे पर टिकाते हुए अलसाये स्वर में पूछा।

"क्यों, क्या करोगी जानकर ?" मदन ने एक बार आँखें खोलकर दोबारा बन्द करते हुए कहा।

"यों ही।"

"सोच रहा हूँ क्या कहूँ ?"

"जो कुछ कहो, सच कहो और सच के अलावा कुछ नहीं कहो।"

"सबसे पहले मैं यह कहना चाहता हूँ कि तुम्हारे जितना प्यार मैंने किसी से नहीं किया।"

"चिकनी-चुपड़ी छोड़ो और मतलब की बात कहो।"

"तुम्हारे सिवा तीन और। कुल चार।"

"हूँ... ?"

"सबसे पहले थी गीता शंकर। हम लोग कॉलेज में साथ पढ़ते थे। तब मैं एकदम अनाड़ी नौजवान रहा हूँगा। कॉलेज जाना शुरू किया था। हाँ, तुमसे बहुत मिलती थी उसकी सूरत। काफ़ी दिन हम मिलते रहे, साथ कॉफ़ी पीना, सिनेमा, सैर-सपाटा, नौका विहार, यही सब। ख़ूब रूमानी ढंग के चुम्बन, फ़िल्मी प्रेम प्रदर्शन। फिर हम एक-दूसरे से ऊब गए। धीरे-धीरे मिलना-जुलना बन्द हो गया। फिर थी वह...वह...छोटे कटे बाल थे उसके...क्या नाम था...याद नहीं आ रहा...देखो न मुझे उसका नाम तक याद नहीं। फिर जब मैं बम्बई में नौकरी करता था तब..." अचानक वह चुप हो गया।

"छोड़ो," फिर उसने कहा।

"बताओ न।"

"तब मेरा ख़याल था, मैं सचमुच उससे प्रेम करता हूँ। अब सोचता हूँ आसक्त रहा हूँगा। पाँच-छह माह हम नियमित मिलते रहे। वह किसी कम्पनी में नौकरी करती थी, सेक्रेटरी थी। अकेली रहती थी। हर शाम और रात अपनी थी। मैं भी अकेला रहता था न बम्बई में।"

"फिर ?"

"फिर मेरा तबादला कलकत्ते हो गया। वह शायद कुछ दिनों के लिए अमेरिका चली गई थी।"

"उससे शादी क्यों नहीं की तुमने ?"

"पता नहीं...यों ही...वैसी कोई बात नहीं उठी। हम लोग कुछ दिन साथ रहे, फिर अपनी-अपनी राह पकड़ ली। चले आने के कुछ दिन बाद तक मैं उसे लेकर परेशान रहा। फिर काम-धंधे में लग गया।"

"उस वक़्त तुम उससे प्रेम करते थे न?"

"सोचता तो यही था। वह भी सोचती होगी वरना इतना खुलकर नहीं मिल पाती। ख़ैर, उसे छोड़ने से मेरा दिल नहीं टूटा। अब तो स्मृति भी धुँधली हो चुकी है।"

रीता को लग रहा था, वह प्रेयसी से वेश्या में बदलती जा रही है। सम्मोहन की चादर हट जाए, अनुराग के संगीत में बाधा आ जाए तो बचता क्या है? बस अनावृत शरीर, उमस, पसीना और चिपचिपाहट!

उस समय रीता की एक ही इच्छा थी, साड़ी को कमर पर ऊँचा खींचकर छाती को पूरा ढक ले, पल्लू भुजाओं पर डाल ले और गरिमा के साथ कमरे से बाहर निकल जाए। पर कठिनाई यह थी कि साड़ी ही नहीं, उसके सभी कपड़े कमरे में तितर-बितर पड़े थे। मदन के कपड़ों से मिले-जुले। शायद कुछ उसके नीचे भी दबे हों। उस समय उठकर सबको बटोरने और पहनने में गरिमा का प्रदर्शन कठिन था। एक रुकावट और थी। रीता की नज़र कमज़ोर थी। बिना चश्मा पहने कपड़े ढूँढ़ना सम्भव नहीं था। नग्न देह, चश्मा पहन, झुक-झुककर कपड़े टटोलना; वह काल्पनिक चित्र इतना भद्दा और हास्यास्पद था कि उसे उलझन होने लगी। वह चुपचाप लेटी रही।

"अच्छा बताओ, तुम यह क्यों जानना चाहती हो?" मदन पूछ रहा था।

"यों ही। तुम्हारे लिए इसका कितना महत्त्व है, शायद यही जानने के लिए।"

"कमाल करती हो। मैंने कहा न, मैं तुमसे प्रेम करता हूँ। कलकत्ते से मेरा तबादला हो गया तो क्या हुआ। फ़ौरन हम अलग नहीं हो रहे। अभी पन्द्रह दिन मैं यहीं हूँ। उसके बाद भी शायद मिलना हो सके।"

रीता को सहसा अपने पति का ख़याल आ गया। उसका स्नेही, सज्जन, संवेदनशील पति। न सही प्रणय की उत्कट लालसा, न सही श्रृंगार का मुग्ध संगीत, न सही उन्माद में लुप्त चेतना; स्नेह तो था और संवेदना और आदर। वह उसकी हर इच्छा पूरी करने के लिए तैयार रहता था। जीवन अबाध गति से चलता था। कोई संशय नहीं, अविश्वास नहीं, अशान्ति नहीं। क्या रखा था इस प्रेम सम्बन्ध में! चोरी-छिपे होटल में मिलना, मैनेजर से लेकर बैरे तक से नज़रें बचाना...आज वह लिफ़्ट-मैन कैसे देख रहा था उसकी तरफ़। यह अकुलाहट, ग्लानि, आत्म-छलना और...वह ज़रूर उसके शरीर की तुलना करता रहता होगा। उसकी देह ऐंठने लगी। अब नहीं आऊँगी, उसने निर्णय किया। सोचा, कहे, मेरे कपड़े दे दो, मुझे जाना है। पर वह तय नहीं कर पाई, ठीक किस स्वर में उन शब्दों को कहे कि वे हास्यास्पद न लगें। मन ही मन जितनी तरह उन्हें दोहराया, शब्द भद्दे और बेतुके लगे।

वह चुपचाप लेटी रही। इतना ज़रूर किया कि जब मदन ने उसकी ओर करवट करके होंठ उसके वक्ष पर रखे तो उसने अपनी देह कठिन काठ कर ली। काठ को नग्नता की क्या लज्जा?

"जाने भी दो अब...छोड़ो रूठना। सच, डार्लिंग, ऐसे मत करो। कितना कम समय है हमारे पास। रीता! रीता डार्लिंग! कहाँ के गड़े मुर्दे निकालने चलीं कि ख़ुद मुर्दा हो गईं। जाने भी दो..." मदन चुम्बनों के बीच कहे जा रहा था।

जाने भी दो, उसने सोचा, बह जाओ! डूब जाओ! छिन्न-भिन्न हो जाओ! फिर निकल आओ अवचेतन मिलन से झिलमिलाते आलोक में, वैसे ही अर्ध तृप्त, अर्ध तृषित! वही अनंतर आदि-अन्त!

वह चुपचाप लेटी रही। मदन ने हाथ का सहारा देकर उसका सिर अपनी बाँह पर ऊँचा कर लिया।

''ठीक हो ?'' उसने पूछा।

रीता ने हलके से सिर हिला दिया।

कुछ देर चुप रहकर वह कहने लगा, ''तुम सचमुच सुन्दर हो। और स्त्रियों की तरह साज-सज्जा और रंगलेप के कारण नहीं, तुम्हारी हड्डियाँ ही सुन्दर हैं। जितना आकर्षक तुम्हारा शरीर है, उतना ही मोहक तुम्हारा हृदय और मस्तिष्क। जानती हो, तुम्हारा नाम क्या होना चाहिए था ? अनुपमा, अनन्या, अद्वितीया।''

रीता हँस दी।

''पर कभी-कभी तुम्हारी अक़्ल घास चरने चली जाती है क्या ? सच, मुझे तुम पर अनुराग है और श्रद्धा भी। पर कभी-कभी तुम बिलकुल बच्ची बन जाती हो। ऐसा अक्सर होता है क्या तुम्हें ?'' उसने जिज्ञासु बालक की तरह पूछा।

रीता हँस दी। सिर हिला-डुलाकर और आराम से उसके कन्धे पर रखा और आँखें बन्द कर लीं।

मदन की आवाज़ सुन दोबारा आँख खुली।

''तुम्हें पाँच बजे तक घर पहुँचना है न ? उठना चाहिए वरना देर हो जाएगी।''

लिफ़्ट से नीचे उतरते हुए मदन ने पूछा, ''कल कब आओगी ? जल्दी आना।''

''दस बजे ठीक रहेगा ?''

''हाँ। देर मत करना, प्लीज़, डार्लिंग! डार्लिंग रीता!'' उसने आग्रह के साथ कहा।

''अच्छा,'' रीता ने कहा और हलके से उसका गाल थपथपा दिया।

(1972)

हरी बिन्दी

आँख खुलते ही आदतन नज़र सबसे पहले कलाई पर बँधी घड़ी पर गई...सिर्फ़ साढ़े छह बजे थे। उसने फ़ौरन दुबारा कसकर आँखें बन्द कर लीं और इन्तज़ार करने लगी कि अब पलंग चरमराएगा और आवाज़ आएगी—''उठना नहीं है क्या ?'' पर जब कुछ देर चुप्पी बनी रही तो आँखें खोलकर देखा, बिस्तर पर वह अकेली है। अरे हाँ, रात ही तो राजन दिल्ली गया है। याद ही नहीं रहा। तो अब उठने की कोई जल्दी नहीं है। उसने ढेर सारी हवा गालों में भरकर एक लम्बी साँस छोड़ी और पूरे बिस्तर पर लोट लगा गई। दूसरे सिरे पर जाकर मुँह पर बाँह रखकर लेटी तो कानों में घड़ी की टिक-टिक बज उठी। वह मुस्करा दी। उसे कलाई पर घड़ी बाँधकर सोने की आदत है। रोज़ राजन चिढ़कर कहता है, ''यह क्या, सारी रात कान के पास टिक-टिक होती रहती है। इसे उतारो न।'' उसने मुँह पर से बाँह हटा ली, तकिया खींचकर पेट के नीचे दबा लिया और लम्बे-चौड़े पलंग पर बाँहें फैलाकर औंधी लेट गई। ओह, सुबह देर तक सोने में कितना आनन्द आता है। राजन होता है तो सुबह छह-साढ़े छह से ही खटर-पटर शुरू हो जाती है। चाय-नाश्ते की तैयारी, दोपहर का खाना साथ में और आठ बजे राजन दफ़्तर के लिए रुख़सत। न जाने राजन को जल्दी उठने का क्या मर्ज़ है। ख़ैर, आज वह स्वतंत्र है। जो चाहे, करे। उसने शरीर को ढीला छोड़ दिया और दोबारा सोने की तैयारी करने लगी।

फिर आँख खुली तो साढ़े आठ बज चुके थे। उसने एक प्याला चाय बनाई और खिड़की का परदा हटाकर बाहर झाँकने लगी। दूर तक धुंध छाई थी। आज ज़रूर बरसात होगी, उसने सोचा। उसे धुंध बहुत भली लगती है। जब मालूम नहीं पड़ता, वहाँ कुछ दूर पर क्या है तो अनायास आशा होने लगती है कि कोई अनुपम और मोहक वस्तु होगी। मैं भी ख़ूब हूँ उसने मुस्कराकर सोचा, मुझे धुंध में खुलापन लगता है और सूर्य के प्रकाश में घुटन! चाय पीकर गरम पानी से देर तक नहाया जाए, उसने सोचा और बाल्टी भरने लगी। फिर ठंडे पानी की फुहार ही ऊपर छोड़ ली और एक ग़ज़ल गुनगुना उठी। बड़े तौलिये से ख़ूब रगड़कर बदन पोंछा। आज एक अद्‌भुत स्फूर्ति और उत्साह का अनुभव हो रहा है। नीले रंग का कुर्ता और चूड़ीदार पाजामा पहना तो नीले रंग की बिन्दी माथे पर लगाने को हाथ बढ़ गया। फिर न जाने क्या सोचकर उसे छोड़ दिया और बड़ी सी हरी बिन्दी लगा ली। राजन होता तो कहता, ''नीले पर हरा ? क्या तुक है ?'' उसने दर्पण में दिख रही अपनी प्रतिच्छाया को ज़बान निकालकर चिढ़ा दिया, कहा, ''तुक की क्या तुक है ?'' और खिलखिलाकर हँस पड़ी।

दराज़ खोली तो नज़र चाँदी की बालियों पर पड़ गई। उठाकर कानों में लटका लीं। विवाह के बाद से पहननी छोड़ दी थीं। ''नक़ली हैं न। और ज़रूरत से ज़्यादा बड़ी'' राजन कहता है। एक पुराना बैग हाथ में ले, वह झपटकर बाहर निकल आई। बरामदे में मुंडू बैठा

आराम से सिगरेट फूँक रहा था, राजन की। उसे देखते ही हथेली में छिपा, बड़ी संजीदगी से बोला, ''खाना क्या बनाऊँ?''

''कुछ नहीं,'' उसने कहा, ''नहीं खाएँगे। तुम्हारी छुट्टी।''

मुंडू की घबराई सूरत देख वह हँस पड़ी और बोली, ''मेरा मतलब, जो तुम्हें अच्छा लगे बना लो। तुम्हें ही खाना है, चाहे खाओ चाहे छुट्टी मनाओ।''

बिना यह चिन्ता किए कि कहाँ जाएगी या क्या करेगी, वह सड़क पर कुछ दूर चलती चली गई। बस इतना जानती है कि आज का दिन यों ही नहीं जाने देगी। कुछ तय करने से पहले बारिश शुरू हो गई। उसने कुछ दूर भागकर टैक्सी को आवाज़ लगाई और भीतर घुसकर सोचने लगी, जब टैक्सी ली है तो कहीं न कहीं जाने को कहना पड़ेगा। ''जहाँगीर आर्ट गैलरी'', उसने जो सबसे पहले मुँह में आया, कह दिया।

गैलरी में किसी आधुनिक चित्रकार की प्रदर्शनी हो रही थी। विशेष कुछ समझ में नहीं आया पर आनन्द अवश्य आया। आज कुछ भी करने में आनन्द आ रहा है। एक चित्र के आगे वह काफ़ी देर खड़ी रही। देखा, पूरे कैनवास पर रंग-बिरंगी रेखाएँ इधर-उधर दौड़ी चली जा रही हैं। अरे, उसने सोचा, यह तो बिलकुल मेरे कुर्ते की तरह है।

वह ज़ोर से हँस पड़ी, इतनी ज़ोर से कि पास खड़ा एक दढ़ियल उसे घूरने लगा। कहीं यही तो चित्रकार नहीं है? बेचारा! ज़रूर चित्र अत्यंत त्रासद रहा होगा।

उसने चेहरा गम्भीर बनाया और दढ़ियल के पास जाकर विनम्रता से कहा, ''सॉरी।'' और बाहर निकल आई। बाहर आकर ख़याल आया, हो सकता है, वह कलाकार न हो, उद्योगपति हो। दो क़िस्म के इनसान ही दाढ़ी रखने का साहस कर सकते हैं, कलाकार और सामन्त। सामन्त अब रहे नहीं, उनका स्थान उद्योगपतियों ने ले लिया है। तब तो दिन भर यही सोचता रहेगा, उसने सॉरी क्यों कहा। उसमें भी नफे की गुंजाइश ढूँढ़ता रहेगा। वह दूने वेग से हँस दी।

फिर देखा, बारिश थमी हुई है पर आकाश अब भी काफ़ी ग़ुस्सैल नज़र आ रहा है। पूरा बरसा नहीं, उसने सोचा, और फिर सड़क थाम ली।

सड़क के किनारे रेस्तरां देख याद आया कि काफ़ी ज़ोर से भूख लगी है। भीतर जाकर चटपट आदेश दे दिया, ''एक गरमागरम आलू की टिकिया और एक आइसक्रीम, एक साथ।''

''एक साथ?'' बैरे ने आश्चर्य दिखाया।

''हाँ। कोई ऐतराज है?''

''जी नहीं। लाया।''

उसे ठंडा और गरम एक साथ खाना भला लगता है। कहते हैं, दाँत ख़राब हो जाते हैं। कितना चटपट काम हो गया आज। राजन रहता है तो बढ़िया जगह बैठकर आराम से खाने की सूची देखने के बाद, सोच-विचारकर आदेश दिये जाते हैं। खाकर बाहर निकली तो सोचा, पास किसी सिनेमाघर में पिक्चर देख ली जाए। क़िस्मत से अंग्रेज़ी की पुरानी मज़ाक़िया पिक्चर लगी मिल गई। डैनी के की। राजन कहता है, ''न जाने तुम्हें डैनी के कैसे पसन्द है। मुझे तो उसके बचपने पर हँसी नहीं आती।'' पर उसे आती है, ख़ूब आती है, फिर हँसी पर हँसी आती है...कभी-कभी बे-बात आती है, जैसे आज।

पिक्चर के दौरान वह आज और दिनों से ज़्यादा ठहाके लगा रही थी। पास बैठे आदमी की सूरत अँधेरे में दिख नहीं रही थी, पर हँसी की आवाज़ ज़रूर सुनाई पड़ रही थी। पता लग

रहा था, हँसने में वह उससे दो क़दम आगे है। अदाकार की एक ख़ास बेचारगी की मुद्रा पर वे इतनी ज़ोर से हँसे कि उनके हाथ आपस में टकरा गए। सॉरी कहने के इरादे से एक-दूसरे की तरफ़ मुड़े, पर माफ़ी माँगने के बजाय एक ठहाका और लगा गए।

उसके बाद हर बार यही हुआ। हँसी आने पर वे अनायास एक-दूसरे को देखते और मिलकर हँसते।

खेल ख़तम होने पर एक साथ बाहर निकले तो देखा, साढ़े चार बजे ही काफ़ी अँधेरा हो चला है। आकाश यों तना खड़ा है कि अब बरसा, अब बरसा।

''कितना सुहावना दिन है,'' उसने अपने पड़ोसी से कहा।

''सुहावना?'' उसने कुछ अचरज से कहा, ''या बेरंग?''

''हाँ, कितना सुहावना बेरंग दिन है!''

वह हँस पड़ा, ''समझता हूँ। सूरज यहाँ रोज़ निकलता है।''

''पर धुंध कभी-कभी होती है। आठ महीनों में आज पहली बार।''

''अब मानसून शुरू हो जाएगा?''

''हाँ, आज ख़ूब बरसेगा,'' उसने कहा। फिर अनायास जोड़ा,''कॉफ़ी पिएँगे?''

''ज़रूर।''

हलकी-हलकी फुहार पड़नी शुरू हो गई तो दोनों भागकर सामने वाले रेस्तराँ में जा घुसे। उसने बाल झटक दिये और बोली, ''आपका छाता कहाँ है?''

''छाता?''

''हाँ, आप लोग हमेशा छाता साथ रखते हैं न?''

वह ठहाका मारकर हँस पड़ा। ''इंगलैंड में,'' उसने कहा।

कॉफ़ी मँगाकर दोनों सामने, काले पड़ आए समुद्र को देखते अपने-अपने ख़यालों में खो गए।

सहसा उसकी आवाज़ सुनकर वह चौंकी, ''आप क्या सोच रही हैं, यह जानने के लिए पेनी का ख़र्चा करने को तैयार हूँ,'' वह कह रहा था।

''दीजिए,'' उसने हँसकर कहा।

उसने निहायत संजीदगी से जेब में हाथ डाला और एक पेनी आगे कर दी। उसने उसे हथेली में बन्द कर लिया।

''बतलाना सच-सच होगा।''

''मैं सोच रही थी, समुद्र में कूद पड़ूँ तो कितनी दूर तक अकेली तैर सकूँगी? और आप? आप क्या सोच रहे थे? पर पेनी नहीं दूँगी,'' उसने मुट्ठी कसकर बन्द कर ली, जैसे उसमें किसी आत्मीय का दिया उपहार हो।

''बुरा तो नहीं मानेंगी?'' उसने पूछा।

''नहीं,'' उसने कह दिया पर दिल बैठ गया। अब वही घिसी-पिटी आशिक़ाना बातें शुरू हो जाएँगी।

''मैं सोच रहा था, बारिश बढ़ जाने पर यहाँ से वोरली तक का टैक्सी भाड़ा कितना लगेगा?''

वह ज़ोर से हँस पड़ी, दुर्भावना से नहीं, हर्ष के अतिरेक से।

"मुझे रास्ते में छोड़ते जाएँगे तो आधा," उसने कहा।

"बहुत ख़ूब," उसने यह नहीं पूछा कि वह रहती कहाँ है।

उसे लगा, जीवन में पहली बार ऐसे इनसान के साथ बैठी है, जो यह नहीं जानना चाहता, उसके पति हैं या नहीं, और हैं तो क्या काम करते हैं।

"समुद्र के जल पर गिरती वर्षा की बूँदें कितनी अच्छी लगती हैं," उसने कहा।

"हाँ।"

कुछ देर दोनों चुप रहे।

"प्रशान्त महासागर पर जब जहाज़ जाता है, तो उसके अग्रभाग से चिरता जल चाँदी की तरह चमकने लगता है," अतिथि ने कहा।

"क्यों?"

"शायद फोसफोरेसंस के कारण। आपने कभी नहीं देखा?"

"नहीं।"

"मौक़ा मिले तो देखिएगा।"

"आप बहुत घूमे हैं?" उसने हलकी ईर्ष्या के साथ पूछा।

"बहुत," वह याद करके मुस्करा रहा था।

"सबसे अच्छी जगह कौन सी लगी?"

"जब जहाँ हुआ," वह हिचकिचाहट के साथ मुस्कराया, पता नहीं वह समझे या न समझे।

वह हामी में सिर हिलाकर मुस्करा दी।

उसने देखा, कॉफ़ी ख़त्म हो चली है और बैरा बिल लिये आ रहा है। बाहर वर्षा थमने लगी है, धुंध भी छँट रही है। नहीं, धुआँधार नहीं बरसेगा। वह संकेत झूठा निकला। अब धुंध हट जाएगी और वही तेज़ प्रकाश वाला सूर्य निकल आएगा।

बिल आने पर उसने उठा लिया, कहा, "न्योता मेरा था।"

अतिथि ने बहस नहीं की। शुक्र है, उसने सोचा, पैसे देने की ज़िद करने लगता तो सब कुछ बिखर जाता।

टैक्सी लेकर चले थे कि घर आ गया। उतरते-उतरते पैसे निकालने लगी तो उसने रोक दिया, "रहने दीजिए।"

"क्यों?" उसके माथे पर शिकन पड़ गई।

"आज का दिन मेरे लिए काफ़ी क़ीमती रहा है।"

"कैसे?"

"मैंने आज से पहले किसी को हरी बिन्दी लगाए नहीं देखा," उसने स्निग्ध स्वर में कहा।

वह ज़रा ठिठकी कि टैक्सी चल दी। कुछ दूर जाकर आँखों से ओझल हो गई।

(1972)

कितनी क़ैदें

''चलो, नीचे चलें।''

''नीचे जाकर क्या होगा?''

''क्या होगा? नदी के भीतर पचहत्तर फ़ुट पहुँच जाएँगे, और क्या?''

''नहीं, नहीं, सुनकर ही दम घुटता है।''

''कमाल है! पानी के अन्दर छलाँग लगाने को थोड़े कह रहा हूँ कि दम घुटता है। लिफ़्ट से जाएँगे। वहाँ ज़मीन ही तो है।''

''नहीं, मुझे नहीं जाना।''

''चलो न प्लीज़! ज़रा तुम भी देखो मैं कहाँ काम करता हूँ। सच, बड़ा मज़ा आएगा।''

''अच्छा...पर टॉर्च ले लें और थर्मस में पानी।''

''अरे भाई, वहाँ बिजली लगी हुई है, लम्बी-चौड़ी गलियाँ बनी हैं। ख़ैर, तुम्हें लेना है तो ले लो।''

टॉर्च और थर्मस लेकर मनोज और मीना लिफ़्ट पर पहुँचे। और कोई नहीं था। रात के आठ बजने को आए थे। मनोज ने अपना आइडेंटिटी कार्ड और मीना के लिए पास, लिफ़्टमैन को दिखलाया और बोला, ''मैं ख़ुद चला लूँगा। तुम यहीं रहो।''

खट से दरवाज़ा बन्द हुआ और लोहे का पिंजरा इशारा पाते ही तेज़ी से नीचे जाने लगा। मीना ने सिर हाथों से थाम लिया। हमेशा की तरह, बन्द जगह आकर उसका सिर घूमने लगा था, उबकाई आ रही थी और दिल ज़ोरों से धड़क उठा था। लग रहा था, जीवित उसे कफ़न में बाँधकर नीचे फेंक दिया गया हो। किसी तरह दरवाज़ा तोड़, बाहर खुली हवा में भाग, ज़ोर-ज़ोर से साँस ले सके। कुछ देर यों ही बन्द रहना पड़ा तो वह उस लोहे के कठघरे की दीवारों पर सिर दे मारेगी।

''पता है, कोयना बाँध की नींव सौ फ़ुट से गहरी डली है। नदी के भीतर। बताओ तो, वहाँ क्या है?'' मनोज उत्साह से कह रहा था।

''पता नहीं,'' मीना ने उबकाई रोककर कहा।

''ज़मीन और क्या,'' वह हँस पड़ा, ''नदी को चीरकर हम ज़मीन पर जा रहे हैं। पाताल लोक। क्या समझीं?''

''...''

''पाताल लोक की स्त्रियाँ बहुत सुन्दर मशहूर हैं न?''

''पता नहीं।''

''तुम बहुत प्यारी लग रही हो, पाताल लोक की सुन्दरी।''

लिफ़्ट खट से रुक गई। मनोज की कामुकता के बोझ से लाल आँखें उस पर टिकी हुई थीं। एक बार सायास वे उसके सिर से पैर तक झूमीं। जहाँ-जहाँ पड़ीं, उसका शरीर सिकुड़ता चला गया।

"दरवाज़ा खोलो न," उसने संत्रस्त अनुरोध भरे स्वर में कहा।

मनोज उसे देखता रहा। "अगर यहीं प्यार करें तो ?" उसने फुसफुसाकर कहा।

"दरवाज़ा खोलो।"

"ज़रा सोचो, ज़मीन के गर्भ में हम दोनों बिलकुल अकेले हैं। बस हम दो। या एक। हमारे कहीं बहुत ऊपर पानी हिलोरे ले रहा है, बहुत-बहुत ऊपर। है न परी देश का समाँ। तुम हो पाताल लोक की अनिंद्य सुन्दरी राजकुमारी और मैं—मैं पृथ्वी का सौदागर, जिसे मगरमछली निगल गई थी। अभी-अभी उसका पेट चीरकर बाहर निकला तो तुम दिखलाई दे गईं। मैं बेकाबू हो उठा...," कहते-कहते मनोज ने उसके कन्धे पकड़ लिये और खींचकर उसे बाँहों में कस लिया।

"क्यों, है न रोमांटिक बात ?" उसने कहा।

"मुझे छोड़ो। छोड़ो न," मीना ने हाँफते-हाँफते कहा, "मेरा दम घुट रहा है।"

"ओफ्फोह!"

"दरवाज़ा खोल दो।"

मीना का चेहरा सफ़ेद पड़ गया था। दहशत से काँपते स्वर में उसने कहा, "मुझे साँस तो लेने दो।"

"लो," मारे ग़ुस्से के मनोज ने एक हाथ मारकर दरवाज़ा खोल दिया। मीना बाहर भाग गई।

"अजीब औरत हो तुम," मनोज ने बाहर आकर दरवाज़ा धड़ाक से दे मारा, "अब तो नई दुलहिन भी नहीं रह गईं।"

"तुम्हें तो हर वक़्त यही सूझता है," मीना अभी तक बदहवास थी।

"हर वक़्त ? हुँः, जब से कश्मीर से लौटे हैं, हर वक़्त तुम गर्मी की रट लगाए रहती हो। हर वक़्त—ख़ाक!"

"पर अब...यहाँ... ?"

"कश्मीर में सोचता था, नई-नई बात है। हनीमून पर बहुत सी लड़कियाँ घबराई रहती हैं, पूरी तरह एंजॉय नहीं कर पातीं, पर...बात क्या है मीना, तुम्हें प्यार करना अच्छा क्यों नहीं लगता ? कितनी रोमांटिक जगह क्यों न हो, तुम पर कोई असर नहीं।"

मीना चुप रही।

"तुम्हारी कोई समस्या है तो मुझे बतलाओ। मैं तुम्हें सुखी करना चाहता हूँ। तुम्हारे सुखी होने से ही मैं पूरी तरह सुखी हूँगा।"

मीना ने मुँह फेरकर चारों ओर देखा। दोनों तरफ़ दूर तक जा रही लम्बी सँकरी गलियाँ। बिजली के मद्धम प्रकाश में कुछ दूर जाकर आपस में मिलती उनकी परछाइयाँ। उसकी परछाईं पर पीछे से चढ़ बैठी मनोज की परछाईं। अजगर के गर्भ में दो प्राणी। या एक। उसकी साँस फिर घुटने लगी।

"एक बार अपने को बहने दो, सच, बड़ा मज़ा आएगा," मनोज के स्वर में आग्रह था।

"एक नई थ्रिल! तुम्हारे लिए एक नई थ्रिल!"

उसका शरीर ज़ोर से काँप उठा। नॉनसेंस। सब ख़ुदग़र्ज़ी है। और उसके लिए घुटन। बस। अन्त तक।

"यह भी सीखने से आता है," मनोज गर्व सहित कह रहा था, "बिना प्रैक्टिस आदमी किसी कला या खेल में माहिर नहीं हो सकता...मैं तुम्हें सिखाऊँगा।"

उसके स्वर में वही दम्भ का भाव उभर आया था जो कोयना बाँध की गहराई या चौड़ाई बतलाते समय आ जाता था।

"हुँः!" मीना ने हिक़ारत के साथ कहा।

"हुँः के मायने?"

मीना चुप रही।

"इस तरह हुँः करने का मतलब क्या है—बोलतीं क्यों नहीं?" मनोज का चेहरा तमतमा उठा था।

"कुछ नहीं।"

"कुछ नहीं। कुछ नहीं! ऐसे नहीं चलेगा। बतलाती क्यों नहीं?" मनोज चिल्ला पड़ा।

"अच्छा, तुम्हें प्यार करना आता है?"

"क्या...?"

"आता है?"

"ज़रूर आता है।"

"तब ठीक है।"

"कहना क्या चाहती हो तुम?" मनोज तिलमिलाकर चीख़ा, "अभी देखना चाहती हो?"

"तुम्हें प्यार करना आता ही नहीं," मीना ने ठंडे स्वर में कहा।

"मुझे नहीं आता या तुम ख़ुद पत्थर हो?"

"तुम्हारे साथ।"

"क्या...?"

"तुम्हारे संग मुझे कुछ महसूस नहीं होता। कुछ नहीं," मीना ने तीखेपन से कहा।

क्षण-भर के लिए मनोज हतबुद्धि रह गया, फिर चिल्लाकर बोला, "तुम क्या जानती हो? कौन सा तुम्हें सौ-पचास ने प्यार किया है।"

मीना हलके से मुस्कराई।

"किया है? कोई और भी...बोलतीं क्यों नहीं?" मनोज ने एक क़दम आगे बढ़कर उसके कन्धे कसकर दाब लिये और ज़ोर-ज़ोर से झकझोरने लगा। "बोलो," उसने चाबुक जैसे स्वर में कहा। मीना को लगा उसके हाथ उसकी गर्दन के बहुत क़रीब हैं। क़रीब क्या, गर्दन पर हैं—बस, एक बार दबोचने से। उसने एक नज़र उसके तमतमाए चेहरे को देखा, फिर चारों ओर फैले सन्नाटे को। डर के मारे उसकी ज़बान लड़खड़ा गई, "न...न...नहीं, मैं तुम्हें खिजा रही थी।"

मनोज के हाथ ढीले पड़ गए। उसने उसके कन्धे हिलाना छोड़ उसके पीले डरे चेहरे पर आँखें गड़ा दीं।

"मैं...मैं बहुत घबरा गई थी," मीना ने कहा।

''क्यों ?''

''तुम जानते हो, बन्द जगहों पर मेरा साँस घुटने लगती है,'' उसका स्वर आँसुओं से भीग गया।

''यह तो बन्द जगह नहीं है,'' आँसू देखकर मनोज का स्वर कुछ कोमल पड़ गया, ''इतनी चौड़ी गली है।''

''पता नहीं, मुझे डर लगता है।''

''पर क्यों ?''

''अच्छा, अगर यह दीवार टूट जाए तो ?''

''पर टूटेगी क्यों ?''

''मुझे लगता है हम चूहों की तरह बिल में बन्द हैं। ज़रा कुछ हुआ नहीं कि यहीं दफ़न हो जाएँगे।''

''पर होगा क्या ?''

''मुझे नहीं मालूम। मान लो पानी भीतर घुस आए ?''

''पानी ? पानी यहाँ कहाँ आएगा ? पानी तो यहाँ से साठ-सत्तर फ़ुट ऊपर है।''

''ऊपर ! हमारे ऊपर पानी है ?''

''हाँ।''

''यहाँ से चलो, प्लीज़ ! प्लीज़ !'' उसके चेहरे की नसें सिकुड़ गईं जिससे मुँह पर बन्दर जैसा भाव आ गया। उसकी हालत पर मनोज को हँसी आ गई। और दया भी।

''तुम भी कमाल हो। ख़ैर, चलो। पर जाने से पहले एक किस तो दे दो।'' उसने एक लम्बी साँस लेकर अपने को तैयार किया और मनोज के कठोर, लम्बे और श्वासावरोधी चुम्बन को किसी तरह सह लिया।

लिफ़्ट में आकर एक लम्बी साँस छोड़, वह थर्मस खोल गिलास भर पानी गटागट पी गई। ऊपर पहुँचने तक घुटन को कुछ देर और सहना था।

''ठीक हो न ?'' मनोज ने मुस्कराकर कहा।

''हाँ, लिफ़्ट कुछ धीरे नहीं चल रही ?''

''नहीं तो।''

''कहीं अटक गई तो ?''

''अव्वल तो अटकेगी नहीं। और अटक गई तो इतने मिस्तरी हैं बाँध के भीतर, ज़रा देर में ठीक कर लेंगे।''

''बिजली चली गई तो ?''

''तो कुछ देर में आ जाएगी।''

''उतनी देर में मेरा दम घुट जाएगा,'' उसके स्वर में फिर संत्रास उभर आया।

''पहले जाने तो दो,'' मनोज हँस दिया, ''अब पहुँचने वाले हैं, एक मंज़िल और है।''

उसने कुछ खुलकर साँस छोड़ी थी कि तेज़ धक्का लगने से एकदम मनोज के ऊपर आ गिरी। लिफ़्ट का पिंजरा सीखचों के बीच बच्चों के हिंडोले की तरह झूल रहा था। मीना की तेज़ चीख़ के साथ घुप अँधेरा हो गया। लिफ़्ट का कठघरा फिर एक बार झूलकर स्थिर हो गया।

''म-नो-ज ! क्या हुआ ?'' मीना और ज़ोर से चीख़ी।

''कुछ नहीं,'' मनोज ने अपना स्वर सन्तुलित रखते हुए कहा, ''शायद बिजली चली गई। डरने की कोई बात नहीं है।''

''टॉर्च! टॉर्च! टॉर्च जलाओ!'' मीना की आवाज़ में हिस्टीरिया के लक्षण थे। फ़ौरन टॉर्च जल गई।

''अभी आ जाएगी, इतना परेशान मत हो,'' मनोज ने उसकी कमर को अपनी बाँह से घेर लिया, हलके से, बिना दबाव डाले।

''पानी! पानी भीतर आ रहा है!''

वाक़ई दीवार से पानी के टकराने की आवाज़ आ रही थी।

''दरवाज़ा खोलो। जल्दी दरवाज़ा खोलो। हम डूब जाएँगे।''

''दरवाज़ा कैसे खुलेगा? लिफ़्ट बीच में अटकी हुई है,'' मनोज ने एक बार दरवाज़ा खोलने का निष्फल प्रयत्न करके कहा, ''कुछ देर धीरज रखो।''

''नहीं, मुझे बाहर जाना है। मुझे बाहर जाना है। अभी बाहर जाना है।''

मीना ने उसकी क़मीज़ सामने से कसकर पकड़ ली और उसे झकझोरकर ज़ोर से चीख़ने लगी।

''पागल हो गई हो? अभी बिजली आ जाएगी। और पानी बाँध के बाहर है।''

अब उसकी समझ में आ गया था। लिफ़्ट काफ़ी ऊपर पहुँच गई है। और बाहर पानी है। दीवारों से टकराते पानी की आवाज़ हमेशा से तेज़ मालूम पड़ रही है। पर वह अँधेरे और सन्नाटे के कारण है। कुछ घबराहट के कारण भी।

''यह क्या है?'' सहसा मीना स्थिर खड़ी रह गई।

मनोज ने भी सुना था। वह पानी की आवाज़ नहीं थी। कगार टूटने की थी, पर उससे उत्कट। बाढ़ आने पर बाँध टूटते उसने देखे हैं। सुने भी हैं। यह शोर कुछ-कुछ वैसा था। उससे अधिक भीषण। उसकी मूँछों पर पसीना आ गया। फिर भी उसने संयत स्वर में कहा, ''कुछ नहीं है। बाहर जो आवाज़ हो रही है, वह मशीनों की होगी।''

फिर वही शोर। मीना एकदम उससे लिपट गई।

''भूचाल,'' वह होशोहवास खोकर चिल्लाई, ''भूचाल!''

''नहीं, नहीं,'' मनोज ने कहा।

''हाँ। अभी छत गिरेगी। तुम देखना। हम घुट-पिसकर मरेंगे।''

''नहीं मीना, कोयना में कभी भूचाल नहीं आता। कभी आता ही नहीं।''

''आता है, ज़रूर आता है। लिफ़्ट कैसे हिली थी? हिली थी कि नहीं? बोलो।''

''ज़रा शान्ति से काम लो।''

''तुम्हीं मुझे यहाँ लाए थे। क्यों लाए तुम मुझे? क्यों? क्यों?''

मीना पूरी तरह हिस्टीरिया की पकड़ में थी। उसकी चीख़ोपुकार बाहर का कुछ सुनने नहीं दे रही थी। मनोज जानना चाहता था, बाहर क्या हो रहा है।

''चुप रहो,'' उसने कहा, ''ज़रा देर के लिए चुप रहो।''

''दरवाज़ा तोड़ो! दरवाज़ा तोड़ो!''

तब मनोज के सोये दिमाग़ ने हरकत की और उसने मीना के गालों पर तड़-तड़ तमाचे जड़ने शुरू कर दिये। बहुत बार सुन चुका है कि हिस्टीरिया का यही इलाज है। पहले एक बार

वह ज़ोर से चीख़ी, फिर चीख़ें सिसकियों में बदल गईं। वह वहीं लिफ़्ट के फ़र्श पर गिर पड़ी और सुबकियाँ भरने लगी। मनोज उसके बराबर फ़र्श पर बैठ गया और शान्त पर सख़्त स्वर में बोला, "मीना, अभी सब ठीक हो जाएगा। घबराने की बात नहीं है। यहाँ काफ़ी जगह है, हम आराम से लेट-बैठ सकते हैं।"

"अब हम नहीं बचेंगे," मीना ने सुबकते-सुबकते कहा।

"नॉनसेंस। और सुनो, अब मैं टॉर्च बुझा रहा हूँ, यूँ बैटरी फूँकने का कोई फ़ायदा नहीं है।"

टॉर्च के बुझते ही एक झटके के साथ मीना उससे लिपट गई। उसका पूरा बदन बेतहाशा काँप रहा था। साँस यूँ फूल रही थी जैसे दस मील की दौड़ लगाकर आई हो। मनोज का हाथ उसकी छाती के नीचे आ गया। तेज़ धड़कन यूँ महसूस करा रही थी जैसे छाती के नीचे न जाकर, ऊपर ही ऊपर उठ रही हो। उसका मन हुआ उसे गोद में लेकर दुलारे, प्यार करे पर यह सोचकर कि कहीं वह और न घबरा जाए, चुप बना रहा। सहसा, उससे सटी-सटी मीना उठकर बैठ गई।

"क्या है?" उसने पूछा।

अँधेरे में लगा जैसे मीना कपड़े उतारकर फेंक रही है। यह कैसे हो सकता है? बाँहें फैला रही होगी या अँगड़ाई ले रही होगी। पर...आख़िर वह कर क्या रही है? टॉर्च का बटन दबा दिया। देखा, मीना सब कपड़े उतार चुकी। टॉर्च की रोशनी में उसकी सिकुड़ी खाल ऐसी लगी जैसे आतंक और हिस्टीरिया के कारण सिकुड़ गई हो। भय से विस्फारित उसकी आँखों में एक अद्‌भुत, विक्षिप्त मदहोशी का भाव है। दाँतों के नीचे भिंचकर सूज आए होंठ खुलकर फैले हैं, जिससे दाँत कुछ बाहर को निकल आए हैं। भय और वासना के मिश्रण से उसका चेहरा बीभत्स बन गया है।

टॉर्च जलने पर उसका पूरा शरीर एक बार ज़ोर से थरथराया और फिर वेग सहित मनोज के ऊपर गिर पड़ा। फ़ौरन मनोज ने टॉर्च बुझा दी। उसका चेहरा वह नहीं देखना चाहता।

मीना के बराबर में लेटते-लेटते मनोज को हँसी आ गई। कहाँ गुलमर्ग और पहलगाम और कहाँ यह। न फूलों से सजी सेज, न डनलोपिलो का मुलायम गद्दा, न एयरकंडीशनर लगा ठंडा कमरा। लिफ़्ट का सख़्त, गरम और गन्दा फ़र्श। तमाम वक़्त मीना की हरकतें उसे गहरे आश्चर्य से भरती रही थीं। यह सब कहाँ छिपा रखा था उसने? तो शायद यही सच है। हर स्त्री बलात्कार चाहती है। उसने जो थप्पड़ लगाए थे, उन्हीं के कारण...

अब पहलेपहल मनोज को चिन्ता सताने लगी। बिजली कब आएगी? कहीं सचमुच भूचाल तो नहीं आया था? बाँध की दीवारों में दरारें पड़ने पर पानी भीतर आ गया तो? हे भगवान् क्या वे सचमुच चूहों की तरह दबकर मरेंगे? वह भी अब?

उसने उठकर दरवाज़े से कान लगा दिये। ध्यान से सुना। लगातार पानी की एकसुर फट-फट आवाज़ आ रही थी। भीषण शोर अब नहीं है। क्या पानी भीतर घुस रहा है? या घुस चुका? भीतर बह रहा है। लिफ़्ट के दरवाज़े से टकराकर? दरवाज़े में दरार तक नहीं है, जिससे बाहर देखा जा सके। तब क्या दरवाज़ा तोड़ डाले? टॉर्च जलाई तो पास पड़ी मीना चमक उठी। आश्चर्य, उसके चेहरे पर शान्ति है या शायद थकावट।

"कुछ देर सो क्यों नहीं लेते?" उसने धीरे से कहा।

आश्चर्य, उसका स्वर संयत है, कम से कम निरुत्तेजित तो है ही।

"ठीक हो ?" मनोज ने पूछा।

"हाँ, आओ, सो जाओ।"

मनोज ने देखा, लोहे के दरवाज़े को तोड़ना आसान काम नहीं है, वह भी बिना किसी औजार के। वह बहुत थका है। आँखें नींद से बोझिल हो रही हैं। मीना ठीक कह रही है, कुछ देर सोया जाए। शायद बिजली आ जाए। बस, कुछ देर और। वह टॉर्च बुझाकर चुपचाप लेट गया।

आँख खुली तो पूरा बदन काठ हो रहा था। नीचे हाथ रखा तो सख़्त फ़र्श—तभी न कमर तख़्ता हो रही है। आदतन बेड-स्विच के लिए हाथ बढ़ाया तो टॉर्च का बटन दब गया। समझ में आया कि वे अभी तक लिफ़्ट में हैं। माथे पर पसीना आ गया। घड़ी देखी—आठ। साढ़े ग्यारह घंटे से वे लिफ़्ट में हैं। आख़िर हुआ क्या है ? मीना की बात ही ठीक है ? वे ज़िन्दा क़ब्र में दफ़न हैं। भूख-प्यास से तड़प-तड़पकर मरेंगे। यह कैसे हो सकता है ? कुछ न कुछ करना होगा। किसी भी तरह बाहर निकलना होगा।

"कुछ करना होगा," वह बुदबुदाया और दरवाज़े को टटोल-टटोलकर देखने लगा। कहाँ चोट करने से खुल पाएगा। पता न चला तो लिफ़्ट के दूसरे सिरे तक दौड़कर कन्धा उस पर दे मारा—एक, दो, तीन बार।

"यह सब बेकार है," मीना की निष्प्राण शान्त आवाज़ आई।

"क्या ?" वह उसकी ओर घूम गया, "दरवाज़ा तोड़ने की कोशिश कर रहा हूँ।"

"बेकार है," उसने लेटे-लेटे सपाट स्वर में कहा।

वह समर्पण कर चुकी। उसे और नहीं लड़ना। अब मौत का इन्तज़ार है।

आशा और अनिश्चय की परिधि से बाहर आने पर अद्भुत सुख-शान्ति का अनुभव होता है, वह जानती है। वैसे ही जैसे हिस्टीरिया के बाद बेहोशी आने पर।

"नहीं, बेकार कैसे है ? कुछ तो करना है।"

मनोज अभी लड़ना चाहता है। चिन्ता और आशा के चाबुक खाकर वह जी-जान से दरवाज़े से जा भिड़ा। धक्के पर धक्के मारने लगा। पूरा बदन पसीने से तरबतर हो गया। साँस फूल गई। दरवाज़ा खुलने की आशा जैसे-जैसे कम होती गई, उसकी संकल्प-शक्ति बढ़ती गई, धक्के और ज़ोरदार होते गए। आख़िर एक धक्के के झपेट में वह नीचे आ गिरा और हाथों में सिर देकर बैठ गया।

"पानी पी लो," मीना ने थर्मस से गिलास में पानी डालकर उसकी ओर बढ़ा दिया। उसने चुपचाप पी लिया और दुबारा मीना के बराबर में लेट गया।

"अब तुम्हें डर नहीं लग रहा," उसने तनिक कटुता से कहा और कहकर लज्जित हो गया।

"नहीं," मीना ने शान्त स्वर में उत्तर दिया, "डर, लज्जा, फरेब सभी समाप्त होने को हैं। मरने से पहले तुमसे कुछ कहना चाहती हूँ।"

"क्या ?"

"मैं तुम्हें प्यार करने लगी हूँ।"

"लगी हो ?"

"हाँ, रात से। इसलिए तुमसे अपनी पूरी बात कहना चाहती हूँ। सुनोगे ?"

"कहो," मनोज के लिए सुनना, न सुनना दोनों बराबर थे।

"मुझसे विवाह करके पिछले दो महीने तुम बहुत असन्तुष्ट रहे हो...।"

"नहीं, नहीं," मनोज ने बीच में कहा।

"कम से कम अब हम सच बोल सकते हैं मनोज! तुम असन्तुष्ट थे, होना ही था। पर मेरे पास कोई उपाय नहीं था। तुम्हारे क़रीब आते ही मेरी साँस बन्द होने लगती थी। पूरा ज़ोर लगाकर मैं डूबने से बचने का प्रयत्न करती। कहीं दम घुटने से मर न जाऊँ, उसके सिवा मुझे कुछ महसूस नहीं होता था—न पुलक, न चाह," मीना चुप हो गई।

"आई एम सॉरी," मनोज ने कहना शुरू किया, "मैं पूरी कोशिश करता था...।"

"नहीं," मीना बीच में बोल पड़ी, "तुम्हारा क़सूर नहीं था। उसकी गाँठें मेरे भीतर लगी थीं। वही तो कहना चाहती हूँ...ठहरो, शुरू से कहती हूँ।

"दो वर्ष हुए जब मैं कॉलेज में पढ़ रही थी, बी.ए. के दूसरे वर्ष में, तब...।"

मीना चुप हो गई, फिर ज़रा ठहरकर बोली, "मैंने जब कॉलेज में दाख़िला लिया तो एकदम घरेलू क़िस्म की लड़की थी। मेरे माँ-पिताजी को न फ़ैशन पसन्द था, न लड़कों से मेल-जोल। पिताजी मेरा कॉलेज में पढ़ना बेकार समझते थे, पर माँ का ख़याल था, बिना बी.ए. किए अच्छा लड़का नहीं मिलता। मेरा विवाह उनके जीवन का एकमात्र लक्ष्य था। अच्छा अमीर घर, ख़ूब कमाऊ लड़का। सिर्फ़ इसी ख़याल से उन्होंने पिताजी को मेरे फ़ैशनेबुल कॉलेज जाने के लिए राज़ी कर लिया था। इसी ख़याल से वे मुझे फ़ैशनेबुल लड़कियों से मेल-जोल रखने से मना नहीं करती थीं, बल्कि उत्साहित करती थीं। उनकी योजना थी कि मैं फ़ैशनेबुल, चुस्त और अंग्रेज़ी बोलने में निपुण हो गई तो बी.ए. में पढ़ते-पढ़ते, कोई काम का लड़का फँस जाएगा, यानी उनका लक्ष्य सिद्ध हो जाएगा। नए-नए हेयर स्टाइल, तरह-तरह के कपड़े, फर्राटे से अंग्रेज़ी बोलना, पार्टियों में भाग लेना, इन सबसे माँ ख़ूब ख़ुश होती थीं। उनके दिमाग़ में वे सब बातें आ ही नहीं सकती थीं जो इनके अलावा कॉलेज में चला करती थीं। मैं उन्हें बतलाने वाली थी नहीं। उन्होंने मुझे सख़्त ताक़ीद कर रखी थी कि लड़कों से मेल-जोल न रखूँ वरना सब किए-कराये पर पानी फिर जाएगा। उस तरह की घुमक्कड़ लड़कियों को कभी अच्छा लड़का नहीं मिलता। इसके अलावा अगर उन्हें किसी ऐसी-वैसी बात का पता चला तो वे मेरी टाँगें तोड़कर रख देंगी। वैसे उन्हें कोई डर नहीं है, जब माँ ख़राब न हो तो लड़की कैसे हो सकती है। यही दो-तीन बातें वे कहती रहती थीं। यह समझ लो, माँ अपनी दुनिया में रहती थीं और मैं अपनी। एक-दूसरे को अपने बारे में समझाना मुश्किल था। शायद समझाना चाहना भी मुमकिन नहीं था।

"फिर भी माँ की सिखाई-पढ़ाई का कुछ असर ज़रूर हुआ। शुरू-शुरू में मैं लड़कों से कतराती रही, कॉफ़ी हाउस तक जाने में आनाकानी करती। पर जल्द ही मैंने समझ लिया कि इस तरह मैं फ़ैशनेबुल लड़कियों के गुट में आने से रही। वे मुझे बहन जी, बौड़म, बेचारी यही सब कहकर पुकारती थीं। मेरे पास आने पर उनका हँसना-बोलना रुक जाता और वे एक-दूसरे को आँख मारकर धीरे-धीरे मुस्करातीं। मैं तिलमिला जाती। उनमें पूरी तरह मिल जाने के लिए बेक़रार हो उठती। किसी तरह गुट की परिधि रेखाओं पर न मँडराती रहकर उनकी अन्तरंग बन पाऊँ, यही मेरा लक्ष्य बन गया। धीरे-धीरे मैं उनसे घुली-मिली ही नहीं, आगे भी निकल गई। हमारे गुट में क़रीब दस-बारह लोग थे। पाँच-छह लड़कियाँ और उतने ही लड़के। कुछ लड़कियाँ हॉस्टल में रहती थीं और बाक़ी हम, जब-तब रात वहीं ठहर जातीं। शाम को

पूरा गुट मिलकर सैर-सपाटे को निकलता। कभी सिनेमा, कभी नाच-गाना और कभी पिकनिक। पिकनिक होती तो सब मिलकर पॉट लेते, सिगरेट पीते। तंबाकू की नहीं, भाँग-चरस की। यूँ हॉस्टल में लड़कियाँ लेती थीं पर पिकनिक पर लेने का मज़ा और था। कुछ लड़कों ने भारी क़िस्म के ड्रग, एसिड आदि का भी प्रयोग किया था। पर हम लड़कियाँ अभी उनसे अछूती थीं। क्यों हम वह लेते थे, उसकी कोई सफ़ाई नहीं है, बस फ़ैशन, नक़ल, माँ-पिताजी को धोखा देने का थ्रिल। कुछ भी कह लो। कभी-कभी मैं अकेले भी किसी लड़के के साथ डेट पर जाती थी पर अधिकतम हम गुट बनाकर घूमते-फिरते थे। यूँ पॉट लेने के बाद गुट में होना या अकेले होना, एक ही बात थी।

''एक दिन...

''उस दिन...''

मीना क्षण-भर के लिए चुप हो गई। अब तक मनोज अनमने तौर पर सुन रहा था। उसके दिमाग़ का बड़ा अंश लिफ़्ट से छुटकारा पाने की समस्या पर विचार कर रहा था। पर मीना का स्वर धीरे-धीरे उत्तेजित होता जा रहा था। अब उसे लगा चरम स्थिति आ गई। वह उठकर बैठ गया।

''एक दिन...'' मीना ने फिर कहना शुरू किया, ''हम लोग जुहू तट पर पिकनिक के लिए गए। पॉट की बीड़ी एक से दूसरे के पास घूमने लगी और हम उसमें मस्त हो गए। उस दिन शायद मैं हमेशा से ज़्यादा कश लगा गई। दिमाग़ एकदम हलका हो गया। मन करने लगा, कपड़े उतार फेंकूँ, नाचूँ, गाऊँ, लहरों पर छलाँग लगाऊँ, बाँहें फैलाकर चाँद तक उड़ जाऊँ।

'' 'चलो पानी में कूद पड़ें,' मैंने चिल्लाकर कहा और कुर्ते के बटन खोलने लगी। तभी पास बैठे लड़के ने मेरा हाथ पकड़ लिया और फुसफुसाकर मेरे कान में कहा, 'असली थ्रिल चाहिए तो चलो, मैं दिखाऊँ।'

'' 'क्या?' मैंने पूछा।

'' 'एकदम नई चीज़।'

'' 'दिखाओ।'

'' 'यहाँ नहीं। मेरे साथ चलो दूसरी तरफ़।'

'' 'ठीक है, चलो।'

'' उसने इशारे से अपने साथी को बुलाया और हम तीनों उठ गए। बाक़ी लोग बीड़ी में तल्लीन थे, फिर भी एक ने पूछा, 'कहाँ चले भाई, तुम्हारी बारी आने वाली है।'

'' 'ज़रा घूमकर आते हैं,' वह लड़का बोला और हम चल दिये।

''कुछ दूर हम चुपचाप चले। चले क्या, कभी चले तो कभी दौड़ पड़े और कभी बालू में लोट गए। तट पर और कोई नहीं था, काफ़ी अँधेरा हो चला था। सहसा वह रुक गया, जेब से एक गोली निकाली और मुझसे बोला, 'यह देखो। खाओगी तो हवा में उड़ जाओगी।'

'' 'सच?'

'' 'बिलकुल।'

'' 'तो दो।'

'' 'ऐसे नहीं। पहले अपने कपड़े उतार दो।'

'' 'क्यों?'

'' 'पूरा मज़ा लेने के लिए।'

'' 'गोआ के केलनगूट बीच पर हिप्पियों की तस्वीरें देखी हैं न ?' दूसरे लड़के ने हँसकर कहा।

''बात मुझे बिलकुल ठीक लगी। मेरा मन पहले ही उत्तेजित था। मैंने कुर्ता और बैल-बाटम और फिर ब्रा उतार फेंकी।

'' 'लो, पर एक किस देना होगा,' उसने गोली मेरे हाथ पर रखते हुए कहा।

'' 'ज़रूर,' मैंने कहा।

''छोटी सी गोली मैं बिना पानी के आसानी से निगल गई।

''उसने मुझे बाँहों से घेर लिया और अपने होंठ मेरे होंठों पर रख दिये। तभी पीछे से दूसरे लड़के ने आकर मेरे हाथ कसकर पकड़ लिये और खींचकर मुझे पटक दिया। मेरे साथ मेरा मुँह थामे-थामे वह भी नीचे आ गिरा। इससे पहले कि मैं समझ पाऊँ, हो क्या रहा है, वह मेरे भीतर प्रविष्ट हो चुका था। मेरी आधी चीख़ को उसने मेरे मुँह के भीतर अपना मुँह अड़ाकर रोक दिया। मुझे साँस आनी बन्द हो गई। मैं बँधे हाथ-पाँव मारकर उससे छुटकारा पाने और साँस लेने की निष्फल चेष्टा करती रही। आख़िर जब वह उठा तो मैं भी झटके के साथ उठ बैठी और ज़ोर-ज़ोर से साँस लेने लगी।

'' 'क्यों, मज़ा आया ?' उसने पूछा।

'' 'पहली बार क्या आएगा, अब देखना,' दूसरे लड़के ने कहा।

''मैं उठकर खड़ी हो गई। सिर उड़ा जा रहा था। सब कुछ जैसे कुछ अधिक गहरा, रंग-बिरंगा, चमकदार, अधिक चुभता हुआ लग रहा था। सहसा मुझे लगा, पूरा रेतीला तट जंतु की तरह बदन फड़फड़ा रहा है। पहले वह फैला, फिर सिकुड़ गया। फिर हर वस्तु तीन नहीं, चार, छह, नौ डाइमेंशंस की हो गई। जो अभी-अभी गुज़रा था, जैसे किसी और के साथ हुआ था। मैं अपने शरीर से बाहर थी और मेरे शरीर का हर रोम, जैसे होंठ लिये मुझे चूम रहा था। पूरी देह अपूर्व पुलक से काँप रही थी। मैंने एक बार इधर-उधर नज़र दौड़ाई, फिर तीव्र हँसी के साथ बाँहें फैलाकर सीधे दौड़ गई। दूसरे लड़के ने मुझे थाम लिया और खड़े-खड़े मुझे बाँहों में उठा लिया, जिससे उसके होंठ मेरे वक्ष पर टिक गए। मेरा शरीर हवा में उठ गया, कुछ दूर बहा, गिरा और फिर दूने वेग से हवा में उठ गया। मैं बादल की तरह उड़ रही थी, बिखर रही थी और फिर...सिमटकर उड़ने को तैयार हो रही थी और फिर...फिर यूँ ही चलता गया। मैं बेकाबू बेपर्दा, बेहया अपने आवेग का चीख़-चीख़कर प्रदर्शन करती रही। एक लड़का मुझे प्यार करता रहा और दूसरा मेरी मदहोश, अतिरंजित प्रतिक्रियाओं पर हँसता रहा। ऐसा तीन-चार बार हुआ। तब तक गुट के एक-दो लड़के हमें ढूँढ़ते हुए वहाँ आ पहुँचे। आख़िर गोली की मादकता पर शरीर की थकावट ने क़ाबू पा लिया और मैं बेहोश हो गई।''

मनोज मीना की कहानी के अलावा सब कुछ भूल चुका था। उसकी आँखें इतनी तल्लीनता से मीना पर टिकी हुई थीं कि अँधेरे में वह उसे स्पष्ट देख रहा था। कम से कम उसे लग ऐसा ही रहा था। मीना के चुप होने पर उसके सूखे होंठ फड़फड़ाये और शब्द निकला, ''आगे ?''

जैसे कोई कहानी सुना रहा हो, बस। जो वह कह रही थी इतना काल्पनिक लग रहा था कि सिवा कौतूहल के और प्रतिक्रिया नहीं हुई थी।

''तब तक शायद उनका भी नशा उतर चुका होगा,'' मीना ने कहना शुरू किया।

''मैं नहीं जानती। उसी बेहोशी में वे लोग मुझे कपड़े पहनाकर मेरे घर ले गए। माँ-पिताजी से यह कहकर कि मैं 'ड्रग' खाकर बेहोश हो गई थी, मुझे उनके हवाले कर दिया। सुनकर उन पर क्या पहाड़ टूटा होगा, अनुमान लगा सकती हूँ। पर असली बिजली तब गिरी, जब डाक्टर ने आकर बतलाया कि मेरा कौमार्य नष्ट हो चुका है। उनके लिए वह मेरी मौत से ज़्यादा दुखदायी रहा होगा। उससे उनके जीवन-लक्ष्य की मौत हो गई। एक साथ दो-दो जानें गईं।

''डाक्टर ने ड्रग छुड़वाने के लिए कई इलाज बतलाए, अस्पताल ले जाने का सुझाव दिया, मनोचिकित्सक को दिखलाने की राय दी। पर जो इलाज उन्होंने किया, वह एकदम सीधा-सादा था। एक बार लात-घूँसों से अच्छी तरह मरम्मत करके मुझे कमरे में बन्द कर दिया गया। पन्द्रह दिन तक दरवाज़ा सिर्फ़ खाना देने के लिए खुलता था। खाने के साथ माँ दो-तीन लातें जमा जाती थीं। वैसे खाना मैं खा नहीं पाती थी, मुँह का स्वाद जाने कैसा मीठा-मीठा रहता। हरदम यही लगता, किसी ने मेरा सिर पानी के नीचे दबा रखा है। नाक-मुँह कहीं से साँस नहीं आ रहा। दम घुट रहा है, दम घुट रहा है, मैं चिल्लाती रहती। पता नहीं कितने दिन मैं गोली के लिए रोती कलपती रही। अँगुलियों के नाख़ून तक चबा डाले। बस, माँ की मार से कुछ राहत मिलती थी। तभी चक्कर खाता कमरा स्थिर हो पाता और सिर पर पानी का दबाव कुछ कम मालूम पड़ता। शरीर पर चोट का दर्द, घुटन के अहसास को कुछ देर के लिए भुला देता।

''धीरे-धीरे पॉट या गोली की तमन्ना का जोश कम होने लगा। मैं गहरी नाउम्मीदी में डूब गई। दरवाज़ा खुल गया। पर बाहर जाने की न अनुमति थी, न इच्छा। मैं निढाल सी वहीं कमरे में पड़ी रहती। कॉलेज छुड़ा दिया गया था। माँ हरदम परछाईं की तरह मेरे साथ लगी रहतीं।

''घर पर काम रहने पर खींच-तानकर कभी साथ ले लेतीं, पर घर से बाहर मैं कभी नहीं निकलती, अधिकतर कमरे से ही नहीं।

''दो-तीन महीने ऐसे ही बीते। फिर मेरी शादी की बातचीत शुरू हो गई। सब कुछ लौट आया, वहीं का वहीं, बस मैं मर चुकी थी। अब माँ ने मुझे मार-मारकर खिलाना शुरू किया। पिछले महीनों में मेरी हड्डियाँ निकल आई थीं। एक कंकाल से भला कौन शादी करता? मैं बिना इच्छा, बिना स्वाद, बिना भूख खा लेती पर मेरा शरीर जैसे काठ हो गया था। कुछ महसूस नहीं होता था। महसूस होती तो बस घुटन, अनंत घुटन। माँ जो जली-कटी सुनातीं, मेरे कान सुन लेते, जो दो-चार हाथ मारतीं, मेरा बदन सह लेता। मुझे चोट तक नहीं लगती। फिर एक दिन तुम आए और मुझे पसन्द कर लिया,'' मीना हलके से हँसी और कहने लगी।

''माँ कहती ज़रूर थीं, 'चुड़ैल, खाती क्यों नहीं, सारी उमर क्या हमारी छाती पर मूँग दलेगी? इन हड्डियों को लेकर कोई चाटेगा क्या?' पर मैंने सोचा नहीं था कि हड्डियों पर मांस आने पर एक दिन सचमुच विवाह होगा। उस दिन सजा-धजाकर माँ ने जब तुम्हारे सामने ला खड़ा किया तब भी नहीं सोचा कि मुझे कोई पसन्द कर सकता है। उस रात जब माँ ने कहा, चलो इसका बेड़ा पार हो गया तो मैं बहुत घबरा गई। माँ चाहती थीं, जल्द से जल्द विवाह कर दिया जाए। इससे पहले कि तुम्हें कोई अफ़वाह छू जाए। तुम बम्बई के नहीं थे, लड़की देखने वहाँ आए थे। इसलिए पता चलने का डर कम था। माँ-पिताजी के अलावा एक डाक्टर ही उस बात को जानता था। जहाँ तक लड़कों का सवाल था, वे ख़ुद उस पर पर्दा डालने को लालायित रहे होंगे। पर शादी की बात सुनकर मैं हक्की-बक्की रह गई।

“ ‘नहीं–नहीं, मैं शादी नहीं करूँगी,’ मैं चिल्ला दी।

“ ‘तब क्या हमारा ख़ून पिएगी?’ माँ चीख़ीं।

“ ‘प्लीज़ माँ, मैं शादी नहीं कर सकती। मैं कुछ काम कर लूँगी, प्लीज़!’

“ ‘क्या काम करेगी?’

“ ‘कुछ भी। प्लीज़ माँ, शादी कराके मुझे मत मारो, प्लीज़,’ मैंने उनके हाथ पकड़ लिये।

“ ‘चल हट,’ माँ ने हाथ छुड़ाकर मुझे ज़ोर का धक्का दिया।

“ ‘माँ,’ मैं आर्तनाद कर उठी।

“ ‘माँ की बच्ची!’

“माँ पागल हो उठीं। मेरे कपड़े नोच–नोचकर फाड़ डाले और लात पर लात मारने लगीं। साथ–साथ चीख़ती गईं, ‘ले जाओ इसे, किसी को बेच आओ। वहीं अपनी इज़्ज़त बेचकर खाएगी।’

“देह पर पड़ रही लातों ने मेरे सोये शरीर को जगा दिया। मैं चीख़ रही थी, पर उस क्रूरता में मज़ा भी आ रहा था।

“ ‘इस सबकी क्या ज़रूरत है,’ आख़िर पिताजी का ठंडा स्वर सुनाई दिया, ‘इसे सामने वाली अलमारी में बन्द कर देते हैं। जब तक नहीं मानेगी, वहीं बन्द रहेगी।’

“ ‘चल,’ माँ मुझे खींचने लगीं।

“ ‘जब दम घुटेगा, अपने आप सीधे रास्ते पर आ जाएगी,’ पिताजी कहते गए।

“ ‘नऽहीं,’ मैं चीख़ पड़ी। घुटन मुझे बर्दाश्त नहीं थी, ‘आप जो कहेंगे, मैं करूँगी।’

“और शादी हो गई।”

कठघरे में एकदम सन्नाटा हो गया। मनोज का दिमाग़ इतनी तरह की बातों में उलझा हुआ था कि कोई बात उसकी ज़बान पर नहीं आई। मीना कहानी ख़तम कर चुकी थी, पर उस सन्नाटे को बर्दाश्त न कर पाने के कारण उसने फिर कहना शुरू कर दिया :

“मेरा शरीर जानता ही नहीं था, प्यार क्या होता है? जानता था तो बस चोट, दहशत और घुटन। सबसे ज़्यादा घुटन। वही हरदम मुझे महसूस होती थी।”

और सब बातों को ठेलकर एक बात अब मनोज के दिमाग़ में चीख़ने लगी। फिर रात क्या हुआ था? अभी बीती रात? पर उसने कहा कुछ नहीं।

“कल रात,” मीना ने जैसे कही बात का उत्तर दिया, “मौत की दहशत ने मेरा शरीर झिंझोड़कर रख दिया। मैं सब कुछ भूल गई। उससे घबराकर तुम्हारे पास शरण ली। पर तुम्हें पाकर मेरा शरीर ही नहीं जगा, मैं जान गई, मैं प्यार कर सकती हूँ अभी भी कर सकती हूँ।”

“तो यह सच है,” मनोज ने धीमे–धीमे कहा, “हर औरत बलात्कार चाहती है?”

“नहीं, हर औरत पर बलात्कार होता ज़रूर है पर चाहती नहीं। चाहता तो पुरुष भी नहीं। दोनों हृदय की गहराई से प्यार चाहते हैं, पर वह मिलना क्या इतना आसान है? ज़्यादातर लोगों के हिस्से यही आता है जिसे बलात्कार कहना उचित है।”

मनोज अभी भी गड़बड़ाया हुआ था। वह चुप रहा।

“मैं भी यही चाहती हूँ,” मीना ने फिर कहा, “मरने से पहले एक बार तुम मुझे प्यार करो। मैं भी करूँ, बिना क़िसी दहशत, ज़बरदस्ती या डर के। तब मैं कह सकूँगी, मैं प्यार करती हूँ।”

मनोज चुप रहा।

''पर,'' मीना ने लम्बी साँस खींचकर कहा, ''अब शायद तुम नफ़रत के मारे नहीं कर सकोगे।''

कुछ देर चुप्पी रही। फिर टॉर्च जलाकर मनोज ने उसकी नग्न देह को ध्यान से देखा।

कुछ देर में वे दोनों नष्ट हो जाएँगे। फिर वह न हँसेगा, न रोएगा, न खाएगा-पिएगा, न प्यार करेगा, न नफ़रत। कुछ घंटे और हैं, चाहे नफ़रत में बिताओ, चाहे प्यार में। उसने अपनी नज़र उसके पूरे शरीर पर घुमाई। गर्दन, वक्ष, सपाट फैला पेट, टाँगें। एक औरत। प्यार के लिए बनी एक औरत और वह एक पुरुष। बस, एक पुरुष। समय आया और गुज़र गया। शेष हैं वे दोनों। एक वह पुरुष और एक वह औरत। काहे की नफ़रत। मौत से पहले थोड़ी सी ज़िन्दगी। उसे अपना शरीर कसता हुआ मालूम पड़ा और कुछ सोचने से पहले वह उस पर टूट पड़ा।

गहरी परितुष्टि से भरकर उठा था कि कठघरा रोशनी से जगमगा उठा और लिफ़्ट झटके के साथ ऊपर चढ़ने लगी। घबराकर दोनों खड़े हो गए। और जल्दी-जल्दी कपड़े पहनने लगे। फिर एकसाथ दोनों ने एक-दूसरे को देखा और हँस पड़े। ऊपर पहुँचकर लिफ़्ट का दरवाज़ा खुलते ही खन्ना ने दौड़कर मनोज को छाती से लगा लिया। पाँच-छह लोगों ने उन्हें चारों तरफ़ से घेर लिया।

''मुबारक हो! बच गए। मुबारक हो,'' सबने एक साथ कहा।

''अरे भाई, पानी-वानी पिलवाओ,'' खन्ना ने पुकारा।

''नहीं, पहले ज़रा...।''

''हाँ-हाँ, जाओ जाओ।''

''हुआ क्या था?'' बाथरूम से लौटकर मनोज ने पूछा।

फिर तो हरेक के पास कहने को कुछ था, जिसे वह जल्दी-जल्दी सुनाने लगा।

''अरे यार, भूचाल आया था भूचाल,'' महेश्वरी बोला, ''और भूचाल भी कैसा? पूरा शहर तहस-नहस हो गया।''

''बस, यह डैम सुरक्षित बचा है।''

''हम लोग डैम के अन्दर थे, इसलिए बच गए, वरना...,'' गुप्ता बतलाने लगा, तो शर्मा बीच में बोला, ''सहगल के दोनों बच्चे ख़तम हो गए।''

''और बीवी अस्पताल में पड़ी है।''

''मैं पहुँचाकर आया था, फिर सोचा, डैम का पता कर लूँ। सहगल तो पगला उठा है एकदम।''

''भगवान् का शुक्र है, मेरे बीवी-बच्चे दिल्ली गए हुए हैं, वरना मैं यहाँ होता, वहाँ शहर में, उन पर न जाने क्या गुज़रती,'' गुप्ता बोला।

''मीना जी, आप ठीक हैं न?'' उन्हें उसका ख़याल आया।

''किसी चीज़ की दरकार तो नहीं?'' महेश्वरी ने पूछा।

''नहीं, मैं बिलकुल ठीक हूँ,'' मीना ने दृढ़ स्वर में कहा।

''लिफ़्ट कैसे चली?'' मनोज ने पूछा।

''जेनरेटर चलाया, उसी से बिजली ली। रात-भर यही सब करते रहे,'' खन्ना ने कहा।

''तुम किसी को ख़बर करके नहीं गए थे। हो सकता था, पता ही नहीं चलता और हम लिफ़्ट चलाने की कोशिश ही न करते,'' गुप्ता ने कहा।

''दो बजे तक हम डैम का जायज़ा लेते रहे। फिर जेनरेटर की तरफ़ ध्यान गया,'' महेश्वरी कहने लगा तो खन्ना बोला, ''हम शहर के हालात मालूम करने यहाँ से चलने वाले थे कि लिफ़्टमैन ने बतलाया, रात तुम लोग नीचे गए थे।''

''मैं सुबह यहाँ पहुँचा तो देखा, ये सब तुम्हारी फ़िक्र में हैं,'' शर्मा ने कहा।

''ग़नीमत हो गई भाई, डैम को नुक़सान नहीं हुआ, वरना बाहर बुरा हाल है।'' शर्मा से सुना तो रोंगटे खड़े हो गए।

''पता नहीं कौन-कौन घायल पड़ा होगा। बचाव का काम चल रहा है,'' शर्मा बोला, ''मैं तकदीर से बाहर निकल आया तो देखा, सहगल बेचारा अकेला तीन-तीन को बचाने की कोशिश कर रहा है। उसकी मदद की पर बचा कहाँ पाए,'' उसने लम्बी साँस खींची।

''डैम के नुक़सान का अभी पूरा क्या पता? कुछ ठहरकर पता लगेगा,'' महेश्वरी ने कहा।

''अधिक नुक़सान नहीं हुआ, यह तो लगता है।''

''कहीं-कहीं दरारें आ गई हैं। पानी भी भीतर आया होगा पर ख़ास नुक़सान हुआ नहीं,'' गुप्ता ने कहा।

उनकी बातों से मनोज समझ गया कि वे सब शिफ्ट इंजीनियर छह से दो की ड्यूटी पर डैम के भीतर थे। भूचाल आने के बाद उसकी देखभाल में लगे रहे और दो बजे घर भी नहीं गए। घर क्या गेस्ट हाउस, जिसमें वे सब शादीशुदा युवक इंजीनियर रहते थे। आजकल मनोज और मीना भी वहीं टिके हुए थे, घर अलॉट होने तक। इन्हीं लोगों की मौजूदगी और मेहनत से वे बच पाए हैं।

''तुम्हीं लोगों की वजह से बच गए हम,'' उसने कृतज्ञता से कहा।

''हमारी क्या, भगवान् की वजह से बच गए तुम। उसी ने मारा और उसी ने बचाया,'' शर्मा उदास कंठ से बोला। उसे फिर सहगल के बीवी-बच्चे याद आ गए।

''कोयना में पहले कभी भूचाल आया है?'' मीना ने पूछा।

''सुना तो नहीं। महाराष्ट्र का यह इलाक़ा सीस्मिक बेल्ट में नहीं है। पता नहीं क्यों ऐसा हुआ,'' महेश्वरी ने कहा।

''इसी से तो नुक़सान भी ज़्यादा हुआ,'' शर्मा ने कहा, ''बचाव के लिए क्या करें, किसी को मालूम नहीं था।''

बाँध से बाहर आने पर मनोज और मीना ने समझा, क्या कुछ हो गुज़रा था। लगा, विनाश चंडी ने अपने पैरों के नीचे मसलकर तमाम शहर को चकनाचूर कर दिया था। छोटी सी जगह थी कोयना, बाँध से ताल्लुक़ रखने वाली कुछेक पक्की इमारतें ही उसे नगर का रूप देती थीं। अब वे तहस-नहस हो चुकी थीं। बचा था सिर्फ़ मलबा। सामने छोटी सी पहाड़ी पर वह गेस्ट हाउस था, जिसमें वे भूचाल आने से पहले रहे थे। अब वहाँ रहने लायक़ कुछ नहीं था। छतें ज़मीन चूम रही थीं। खिड़कियों और दरवाज़ों के चौखटे, शीशे के टुकड़े और लोहे की तुड़ी-मुड़ी छड़ें गड्डमड्ड नीचे खड्ड में पड़ी थीं। ऊँची-नीची, ऊबड़-खाबड़ खड़ी कुछ दीवारों के बीच, जहाँ-तहाँ एकाध खिड़की, बूढ़े के मुँह में दाँत समान हिल रही थी। कुदालें थामे मज़दूर ख़ुदाई में लगे थे। पास ही एंबुलेंस खड़ी थी, इस मलबे के नीचे माल-असबाब ही नहीं, मृत

और जीवित घायल शरीर भी दबे हैं। एक धक्के के साथ मीना ने समझा और यह भी कि अब वह बिलकुल आज़ाद है, क़ैद से ही नहीं, माल–असबाब से, पुराने साजो–सामान से। पुरानी स्मृतियों से हो सके तो नई ज़िन्दगी शुरू कर सकती है। एकदम नई ज़िन्दगी।

उसने कसकर मनोज का हाथ थाम लिया, भावावेश से काँपते स्वर में कहा, ''लगता है, लिफ़्ट ही की नहीं, ज़िन्दगी की क़ैद से निकल आई हूँ।''

और मनोज सोच रहा था, यहाँ तक तो ठीक है, पर अब सवाल मौत नहीं, ज़िन्दगी का है। क्या मैं इसकी पिछली ज़िन्दगी के शिकंजों से बरी रह सकूँगा? इस औरत के साथ जी सकूँगा?

(1972)

उनके जाने की ख़बर

साला सारा दिन भौंकता गाँजता रहता है, मरेगा तभी छुटकारा मिलेगा, डिप्टी मैनेजर वर्मा ने बीसवीं बार सोचा, और इस कल्पना का स्वाद लिया कि जनरल मैनेजर सिन्हा का अगर सहसा हार्ट फेल हो जाए तो कैसा रहे। इस चिल्ल-पों से निजात मिल जाए, साथ ही अपनी तरक़्क़ी भी हो जाए। सोचकर वह मुस्कराया था कि जनरल मैनेजर ने एक बार फिर उसे बुलाकर कह दिया—मेरे ख़याल में तुम बिलकुल बेकार हो, तुम्हें डिसमिस कर देना चाहिए। वर्मा खिसिया कर रह गया। साला दिन में बीसों बार डिसमिस शब्द का इस्तेमाल करता है। इतनी श्रद्धा से तो लोग भगवान का नाम भी नहीं लेते। ख़ुद डिसमिस हो तो पता चले। यहाँ से जाए तो कहीं और नौकरी न जुटे। पर उसे डिसमिस करेगा कौन ? वर्मा को अधिकार होता तो ठीक कर देता। सोचते-सोचते उसके मन का आक्रोश इतना बढ़ गया कि बिना कुछ किए बैठे रहना नामुमकिन हो उठा। सहसा उसे एक ऐसी सरल और मज़ेदार तरक़ीब सूझी कि दिल की सारी भड़ास निकल गई। दफ़्तर बन्द होते ही उसने जनरल मैनेजर की पोस्ट के लिए एक विज्ञापन तैयार किया :

वांटेड : अनुभवी और उपक्रमी जनरल मैनेजर।
उम्र : पैंतीस से ऊपर।
अनुभव : पेपर मिल में विश्वसनीय पद पर कम से कम दस वर्ष।...नागर पेपर मिल्स, अहमदाबाद।

अपने दिमाग़ की इस पैदाइश को वर्मा ने कई बार पढ़ा। वाह, क्या सूझ-बूझ है! विज्ञापन छपेगा, उम्मीदवारों की धड़ाधड़ अर्ज़ियाँ आनी शुरू होंगी, सिन्हा के पैरों तले ज़मीन खिसक जाएगी। तड़पेगा, झुँझलाएगा, पर कर कुछ नहीं पाएगा। उसकी बौखलाई हालत की कल्पना ने उसका इतना मनोरंजन किया कि उसने यह सोचने की कोशिश नहीं की कि इसके बाद क्या होगा। चटपट विज्ञापन लिखा, लोकल दफ़्तर से मालूम किया, छपवाने में क्या क़ीमत आएगी और मज़मून और दाम लिफ़ाफ़े में रख, डाक से बम्बई, टाइम्स ऑफ़ इंडिया, रवाना कर दिया।

एक हफ़्ते बाद शनिवार को विज्ञापन बदस्तूर अख़बार में छप गया।

मिस्टर और मिसेज़ सिन्हा सुबह नाश्ते की मेज़ पर आमने-सामने बैठे थे। मिस्टर सिन्हा की प्लेट के बग़ल में अख़बार खुला रखा था। आमलेट खाते-खाते वे गुलाब की बाग़बानी पर भाषण दे रहे थे, साथ-साथ अख़बार पर निगाह डालते जा रहे थे। पौधों की छँटाई तक आते-आते पहला पन्ना पलटा जा चुका था। इस साल बाग़ में कुछ नए क़िस्म के गुलाब लगवाने का ख़याल था। उनकी देखभाल के लिए जो नियम माली ने बतलाए थे, उनका ख़ालिस अंग्रेज़ी में बखान करके उन्हें लग रहा था, वे अभी-अभी उनके अपने दिमाग़ में उपजे हैं। अपनी जानकारी की गहराई पर वे ख़ुद अचरज कर रहे थे कि नज़र अख़बार में छपे विज्ञापन पर पड़ी।

मैगरेडीस सनसेट का मैग ही मुँह से निकला था, मुँह खुला का खुला रह गया। काँटा हवा में उठा था, वापस आमलेट पर नहीं गिरा।

उनकी तकरीर के दौरान मिसेज़ सिन्हा मन ही मन रात के खाने की सूची बना रही थीं। खाने में उन्हें ख़ास दिलचस्पी है, खाते वक़्त बोलना नापसन्द, सुनना और भी। हाँ, खाने के साथ खाने के बारे में सोचना उनके लुत्फ़ को दोगुना कर देता है। चूँकि उन्होंने अब तक सिन्हा साहब का कहा एक शब्द नहीं सुना था, वे जान नहीं पाईं कि अचानक यह चुप्पी उनकी बात ख़तम हो जाने पर हुई है या किसी और वजह से। उन्होंने चैन की साँस ली और तन्दूरी मुर्ग़े के लज़्ज़तदार ख़याल में डूब गईं।

सिन्हा साहब ने उनकी तरफ़ देखा। उनके चेहरे पर ऐसा दिलकश इतमीनान छाया हुआ था कि उन्हें छेड़ना नहीं चाहा। किसी तरह अपने को सँभाल, अख़बार उठा, वे चुपचाप बाहर निकल गए। वे नहीं चाहते थे कि मिसेज़ सिन्हा अख़बार देखें और उनसे सवाल पूछें। फ़िल्मों के विज्ञापन देखते-देखते उस विज्ञापन पर नज़र पड़ सकती थी।

वर्मा उस दिन सुबह देर से उठा था। वह नाश्ते की मेज़ पर बैठा जल्दी-जल्दी टोस्ट कुतर रहा था और आमलेट लाने के लिए पत्नी को आवाज़ पर आवाज़ दिये जा रहा था। उसकी प्लेट के बग़ल में अख़बार खुला पड़ा था। पन्ना पलटकर उसने एक बार फिर आवाज़ लगाई— भाई, क्या हुआ आम...कि नज़र विज्ञापन पर पड़ी। आमलेट का आम मुँह से निकला, बाक़ी अन्दर घुट गया। घबराकर उसने चारों ओर देखा। लगा, चोरी करते रंगे हाथों पकड़ लिया गया है। किसी बात की सम्भावना होने और उसके हो गुज़रने में क्या फ़र्क़ है, उसकी समझ में आ गया। उसे लगा उसे पढ़ते ही सब जान जाएँगे कि विज्ञापन उसने छपवाया है। छपवाते वक़्त उसमें सिर्फ़ वह चाँटा दिखा था, जो सिन्हा के गाल पर पड़कर उन्हें दिन में तारे दिखलाने वाला था। यह नहीं सोचा था कि बात खुलने पर उसके अपने नज़ारे जगमगा उठेंगे। पत्नी आकर आमलेट की प्लेट उसके सामने रख गई। पाँच मिनट बाद कॉफ़ी का प्याला लाकर रखने लगी तो देखा प्लेट अछूती पड़ी है। "क्या बात है खाते क्यों नहीं ?" उसने पूछा तो वर्मा ऐसे चौंक उठा जैसे किसी ने उसकी नाक पर घूँसा मार दिया हो।

"भूख नहीं है," जल्दी-जल्दी अख़बार उठा, वह घर से बाहर निकल गया। वह नहीं चाहता था पत्नी विज्ञापन देखे और उससे सवाल पूछे। फ़िल्मों के विज्ञापन देखते-देखते उस विज्ञापन पर नज़र पड़ सकती थी।

दफ़्तर पहुँचकर सिन्हा साहब ने अपने कमरे का दरवाज़ा बन्द कर लिया। अपनी कुर्सी पर लुढ़क से गए और सोच में डूब गए। कैसे यह हो गया ? अभी पिछले महीने मैनेजिंग डाइरेक्टर श्रीयुत नागर अहमदाबाद आए थे। कोई ऐसी-वैसी बात नहीं हुई थी। वे मैनेजिंग डाइरेक्टर के साथ गुज़ारे उस तमाम दिन को दुबारा जिए। हवाई अड्डे पर उन्होंने उनसे हाथ मिलाया था, गाड़ी में अपने पास बिठाया था, बातचीत करते रहे थे और दोपहर को खाने के लिए गेस्ट हाउस में रोक लिया था। उन्हें याद आया, वे बियर का एक गिलास लेकर रुक गए थे। तब नागर साहब ने उनके गिलास में ख़ुद बियर उँड़ेली थी। रात को डिनर लेने वे सिन्हा के घर आए थे। उन्होंने दिमाग़ पर ज़ोर देकर याद करने की कोशिश की कि उन्होंने मिसेज़ सिन्हा के साथ नाच किया

था या नहीं। न करना काफ़ी मायने रखता। सहसा उस रात का पूरा दृश्य उनकी आँखों के सामने से गुज़र गया। मिसेज़ सिन्हा के साथ वे नाचे ही नहीं थे बल्कि तीन-चार बार नाचे थे। और तीसरी बार छाती के बिलकुल पास सटा उन्हें बाँहों में कसकर नाचे थे। मि. सिन्हा ने उन्हें अपनी पत्नी को चूमते हुए नहीं देखा था पर होंठ गर्दन पर टिकाए ज़रूर देखा था। देखकर जो झुरझुरी बदन में तब महसूस की थी, अब फिर कर गए। इसका मतलब, एक महीने पहले तक मैनेजिंग डाइरेक्टर का बर्ताव बिलकुल माक़ूल था। वे उनसे ख़ुश थे। फिर बिना कुछ कहे लिखे यह विज्ञापन क्यों छाप दिया? उन्हें पत्र लिखें या बम्बई हैड ऑफ़िस जाकर मिल आएँ, वे सोच रहे थे कि उनके दिमाग़ में एक ख़याल कौंध गया। इस साल की बैलेंस-शीट में उनकी तस्वीर और सालों के मुक़ाबले, काफ़ी छोटी छपी है। यह एम.डी. की नाराज़गी का साफ़ सबूत है, सब जानते हैं, इस कम्पनी में जो आदमी एम.डी. के जितने क़रीब होता है, उसकी उतनी बड़ी तस्वीर बैलेंस-शीट में छपती है। चित्र के साइज का यों एकाएक घट जाना उनकी नाराज़गी नहीं तो क्या ज़ाहिर करता है? उनकी आँखों के सामने अँधेरा छा गया। अब क्या होगा?

तभी दरवाज़े पर दस्तक हुई। उन्होंने अपने को सँभाला। कहा, "कम इन," और चपरासी अन्दर आ गया।

"सर, मिस्टर बागला आए हैं। अपॉइंटमेंट है," उसने कहा।

बागला वेस्ट पेपर का सप्लायर है। उन्हें उसका एक बिल पास करना है। काफ़ी दिन से अटका रखा है, कई महीनों से बराबर चूना लगवा रहे हैं। आज उसका बर्ताव, हमेशा की उसकी जी-हुज़ूरी से अलग लगा। "किसी चीज़ की ज़रूरत हो तो कहिए मैं आपकी क्या ख़िदमत कर सकता हूँ," वग़ैरह कहे बग़ैर ही वह बिल की अदायगी की माँग करने लगा। खट से उनके मन में बजा, कहीं उसने विज्ञापन तो नहीं देख लिया। अब उनका दिमाग़ उस तरफ़ लग गया। अगर उसने देखा है तो औरों ने भी देखा होगा। इसका मतलब, नौकरी बचाने को छोड़, लोक-लाज बचाने की फ़िक्र करनी चाहिए।

रास्ते में अख़बार फेंक, वर्मा दफ़्तर पहुँचा और सारी सुबह प्रैक्टिस करता रहा कि जब कोई उससे पूछेगा, उसने फलाँ विज्ञापन देखा है तो वह कैसे हैरत से मुँह खोलकर अख़बार पलटेगा। पर डेढ़-दो घंटे बीत जाने पर किसी ने कुछ नहीं कहा। यही नहीं, इस बीच जनरल मैनेजर सिन्हा ने एक बार भी उसे बुलाकर उसके बारे में अपनी राय ज़ाहिर नहीं की। अपने लिए डिसमिस शब्द सुनने की उसकी इतनी आदत हो चुकी थी कि आज की सारी सुबह बिना सुने गुज़ार देने पर उसे लगा, हो न हो, वह बहरा हो गया है। उसकी हालत कुछ उस अफ़ीमची सी हो रही थी, जिसे पिनक में अफ़ीम को गाली देने की आदत हो, और जो ख़ुराक न मिलने पर तय न कर पा रहा हो कि अब किसे कोसे।

तभी चपरासी ने आकर कहा, "साहब बागला वाली फ़ाइल मँगवा रहे हैं।" बागला को वर्मा ने सिन्हा साहब के कमरे से निकलते देखा था। वह फ़ाइल लेकर कमरे में पहुँच गया। सिन्हा साहब की मेज़ तक पहुँचा तो लगा, उन्होंने उसे सिर से पैर तक घूरकर देखा है। पर कहा कुछ नहीं। उसका बदन काँप उठा, आँखें ख़ुद-ब-ख़ुद नीचे झुक गईं, होंठ बाहर को लटक आए। यानी, पकड़े जाने पर चोर के चेहरे पर जो मासूम भलमनसाहत उभर आती है, वही उसके चौखटे पर फैल गई। लम्हा भर भी वहाँ टिके रहना मुश्किल हो गया। उसे यक़ीन हो गया कि

सिन्हा साहब को सब जानकारी हो गई है। जल्दी से फ़ाइल मेज़ पर पटक वह बाहर भाग निकला। सिन्हा ने उसे फ़ाइल पटककर बाहर जाते देखा। उसने ज़रूर इश्तिहार देखा है, उन्हें ख़याल आया, तभी इतनी बदतमीज़ी से पेश आ रहा है। पर बदतमीज़ी के लिए डिसमिस करने की धमकी वे आज न दे पाए। डिसमिस शब्द आज उन्हें बिलकुल खोखला लगा। जिस बन्दूक़ को आदमी हमेशा दूसरे के माथे पर ताने रहता हो, वह अचानक पलटकर अपनी कनपटी पर आ लगे तो उसकी वफ़ादारी पर शक होना मुनासिब है।

उन्होंने फ़ाइल उठाकर नहीं देखी। कुछ देर बैठे-बैठे सामने दीवार की तरफ़ ताकते रहे, फिर बाहर आ गए। कमरे का दरवाज़ा खोला तो ठीक सामने वर्मा। उन्हें देखते ही बोला, ''सर, मेरी तबीयत ख़राब है, आधे दिन की छुट्टी चाहता हूँ।''

साथ-साथ वे भी कह गए, ''मेरी तबीयत भी ठीक नहीं है। मैं घर जा रहा हूँ।''

दोनों ने एक-दूसरे को घूरकर देखा। वर्मा को ठंडे पसीने छूट गए।

क्या मुसीबत है? साला घूरता है तो घूरता ही चला जाता है, कहता कुछ नहीं। भगवान् जाने मन ही मन क्या योजना बना रहा है। क्या क़यामत बरपा करेगा उस पर। दफ़्तर से निकल जाए तो अच्छा है, वरना यहाँ बैठे दिल का दौरा पड़ जाएगा।

सिन्हा ने जेब से रूमाल निकालकर माथे का पसीना पोंछा। कमबख़्त वर्मा उन्हें घूर रहा है तो घूरता ही चला जा रहा है, कहता कुछ नहीं। छुट्टी लेकर घर चला जाए तो अच्छा है वरना दफ़्तर में बैठा औरों के कान भरता रहेगा। ''हाँ, हाँ, जाओ,'' उन्होंने कहा और झपटकर बाहर निकल आए।

जैसे ही सिन्हा साहब घर के भीतर दाख़िल हुए, मिसेज़ सिन्हा ने कहा, ''रात डिनर के लिए एक बोतल ह्विस्की और चाहिए।''

''मेरी तबीयत ठीक नहीं है,'' उन्होंने कहा।

''आराम कर लो। बुख़ार तो नहीं है न? ठीक हो जाओगे शाम तक। पार्टी में नाचना-वाचना मत। काम भी तो बहुत रहता है,'' मिसेज़ सिन्हा एक के बाद एक, सारे जुमले बोलकर भीतर चली गईं।

मिस्टर सिन्हा बिस्तर पर लेट गए, पर आराम कहाँ? शाम की डिनर पार्टी में आने वाले ख़ास मेहमान हैं, डिविज़नल कमिश्नर कस्तूरिया, वैस्टर्न रेलवे के मिस्टर श्राफ, मेहता टैक्सटाइल मिल के मैनेजर भंडारी और सर्जन गांधी। सिन्हा को डर था, उन सबने इश्तिहार देख लिया होगा और उसके बारे में ज़रूर सवाल पूछेंगे। क्या जवाब देंगे वे? एक ही रास्ता है, कहना पड़ेगा, इस्तीफ़ा दिये महीना हो गया, जल्दी दूसरी जगह जाने का इरादा है। पर कहाँ? वे उठे, पुराने अख़बार निकाले और उनमें छपे विज्ञापन देखने लगे। मैनेजर की पोस्ट के लिए दो इश्तिहार मिले। दोनों जगह एप्लिकेशन टाइप करके भेज दी।

तभी एक और ख़याल आया। उन लोगों को बतलाने से पहले पत्नी को बतलाना ज़रूरी है। उन्होंने मिसेज़ सिन्हा को बुलाया और बोले, ''एक-दो अच्छी पोस्ट के लिए विज्ञापन निकले थे, एप्लाई कर दिया था। इंटरव्यू के लिए बुलावा आ जाए तो सोचता हूँ, रिज़ाइन कर दूँ।''

''अच्छा तो है,'' मिसेज़ सिन्हा ने कहा, ''मुझे अहमदाबाद पसन्द नहीं है।''

''अभी किसी से कहना मत। असल में मैंने रिज़ाइन कर दिया है।''

''क्या!'' वे चौंकीं, ''कुछ दिन नौकरी नहीं मिली तो?''

सोचकर उन्हें चक्कर आ गया। किसी तरह जमे तालू से बोले, ''मिल जाएगी।''

''कल मिसेज़ श्रीवास्तव का फ़ोन आया था। उनकी कैनेडा जाने की तारीख़ पक्की हो गई है। उन्हें भी खाने पर आने के लिए कह दिया था, तुम्हें बतलाना भूल गई। छह मुर्ग़े कम तो नहीं पड़ेंगे?'' मिसेज़ सिन्हा अपने दायरे में लौट आई थीं।

''पता नहीं,'' मिस्टर सिन्हा ने झल्लाकर कहा।

''ह्विस्की की बोतल और चाहिए।''

''हाँ-हाँ, आ जाएगी। अभी मुझे काम है।''

उनके दिमाग़ में बिजली कौंध गई थी। वह उठे और एक नई एप्लिकेशन लिखने बैठ गए, कैनेडा जाने की इजाज़त लेने की दरख़्वास्त।

शाम की पार्टी शुरू होने तक वे थकान से चूर हो चुके थे। एप्लिकेशन लिखने के बाद जो वक़्त बचा था, मन ही मन अपने उस सहज लापरवाह जवाब की प्रैक्टिस करते रहे थे, जो सवाल पूछने पर वे देने वाले थे।

''हाँ, मुझे रिज़ाइन किए काफ़ी अरसा हो गया। बात यह है कि इन मारवाड़ी कन्सर्न में अपनी पटती नहीं। एक फ़ॉरेन कम्पनी का ऑफ़र है। साल भर के अन्दर कैनेडा भेज देंगे।''

पार्टी शुरू हुई। पहले कमरा फूलों की ताज़ा महक से खिला था, धीरे-धीरे इत्र की तेज़ गन्ध से भर गया, फिर ह्विस्की की बास से बोझिल हो गया। सिगरेट के धुएँ ने कमरे की दीवारें पास समेट दीं और रिकॉर्ड प्लेयर पर बज रही धुन ने छत फ़र्श से मिला दी। घुटन भरे कमरे में स्त्री-पुरुष नाच रहे थे। कान, आँख और दिमाग़ पर धुंध छाई होने की वजह से नाचने वाले, सिर्फ़ जिस्म छूकर एक-दूसरे को महसूस कर सकते थे। बाँहों में थमे जिस्म, मुर्ग़े और कबाब की तमन्ना को पुरज़ोर किए दे रहे थे।

बस सिन्हा साहब थे, जो पीने के बावजूद किसी तरह होश सँभाले, इश्तिहार पर पूछे जाने वाले सवालों का इन्तज़ार कर रहे थे। जब भी कोई बोलता, वे जवाब देने को तैयार हो जाते। लेकिन हर बार सवाल कुछ और निकलता, मसलन, ''रिवोली पर ज़बरदस्त पिक्चर लगी है, देखी?''

''मेरा गिलास फिर ख़ाली हो गया। भरवा दीजिए।''

''साहनी का क़िस्सा सुना?''

''मलखानी का क्या हुआ?''

''तुम्हारा क्या ख़याल है, उसने अपने पति को मारा था या नहीं?''

आख़िर वह वक़्त आया, जब लोग नाच और शराब छोड़, खाने की मेज़ के इर्द-गिर्द आ बैठे। बातचीत उसी के चारों तरफ़ घूमने लगी। कोई कहता, ''मुर्ग़ा लाजवाब बना है,'' तो कोई, ''ज़रा नमक दीजिए,'' या, ''और लीजिए न!''

मिस्टर सिन्हा की नसें फटने को हो रही थीं। बात उनकी समझ में आने लगी थी। उन सबने विज्ञापन देखा है, और अपना-अपना अन्दाज़ लगा लिया है। इसीलिए कोई कुछ नहीं कह रहा। बात ही ऐसी है। जब तमाम लोग तन्दूरी मुर्ग़े पर टूट रहे थे, उनसे और नहीं रहा गया। वह बाईं तरफ़ बैठी मिसेज़ श्रीवास्तव से बोले, ''मैंने रिज़ाइन कर दिया है।''

''अच्छा,'' उन्होंने कहा कि दूसरी ओर से मिस्टर श्रॉफ पूछ बैठे, ''कैनेडा की तैयारी हो गई?''

सुनने से बोलना ज़्यादा अच्छा लगता है। मिसेज़ सिन्हा मिस्टर सिन्हा को टापता छोड़, ज़ोर-ज़ोर से अपनी तैयारियों के बारे में बतलाने लगीं।

मिस्टर सिन्हा दाईं ओर बैठी मिसेज़ कस्तूरिया की ओर मुड़े और बोले, ''इन मारवाड़ी कन्सर्न में अपनी पटती नहीं।''

वह बोलीं, ''बिलकुल,'' और मारवाड़ियों के क़िस्से सुनाने लगीं।

मिस्टर सिन्हा ने बचाव के लिए इधर-उधर देखा, सामने सर्जन गांधी दिखे, आख़िर वे पुरुष थे। वे उनसे बोले, ''मैं एक फ़ॉरेन कम्पनी में जा रहा हूँ। साल भर के अन्दर वे मुझे कैनेडा...''

''मेरी पूरी तालीम कैनेडा में हुई,'' वे बोले, ''मैं बेवक़ूफ़ था जो हिन्दुस्तान लौटा। पर ये मेरा देश है...हमारा...मेरा देश...मेरी मातृभूमि...मैं कैनेडा नहीं रहा क्योंकि ये हमारा...मेरा... आपका अपना देश है...यानी बेवक़ूफ़ों का देश....मेरा देश,'' उन्होंने नेपकिन उठाकर आँखों से लगा लिया। वे ज़्यादा पी गए थे।

सिन्हा का यक़ीन पुख़्ता हो गया। ये सब समझते हैं, उन्हें डिसमिस कर दिया गया है, वे एक बेकार आदमी हैं। शायद यह भी सोचते हों कि यहाँ से जाकर उन्हें कहीं नौकरी नहीं मिलेगी। तभी कोई सीधे मुँह बात नहीं कर रहा। उनका चेहरा तमतमा उठा। समझते क्या हैं ये लोग? दुनिया में ऐसा कोई माई का लाल नहीं जो उनकी बेइज़्ज़ती कर सके। कम्पनी की क्या मज़ाल कि उन्हें डिसमिस करे। वे ख़ुद रिज़ाइन कर देंगे। वे उठे और सीधे अपने कमरे में जाकर मैनेजिंग डाइरेक्टर के नाम अपना इस्तीफ़ा लिख भेजा। ह्विस्की से ज़्यादा, उस वक़्त उन पर नशा उस संवाद का था, जो इतनी बार रटकर भी, वे पूरा नहीं बोल पाए थे।

घर पहुँचकर वर्मा सीधा जाकर बिस्तर पर लेट गया। मन बहलाने को एक जासूसी किताब उठा ली। मन बहला नहीं, उलटे और परेशान हो गया। उसने विज्ञापन हाथ से लिखकर भेजा था, टाइप करने तक की अक़्लमन्दी नहीं की थी। सिन्हा साहब इश्तिहार देख चुके। कल तक वे मैनेजिंग डाइरेक्टर को पत्र लिखकर सही हालात मालूम कर लेंगे। फिर तहक़ीक़ात करते ही अख़बार के दफ़्तर से उसके हाथ का लिखा इश्तिहार मिलेगा, हस्ताक्षर विशेषज्ञ को दिखाया जाएगा और सारा भेद खुल जाएगा। वह पकड़ा जाएगा। अभी-अभी कुछ ऐसा ही कमाल जासूसी किताब में विशेषज्ञ दिखा चुका है। वह नहीं जानता इस क़सूर के लिए उसे जेल भेजा जा सकता है या नहीं, पर इतना ज़रूर जानता है कि नौकरी से हर हालत में हाथ धोना पड़ेगा। शायद कोई और उसे रखने को तैयार न हो। क्या मज़ाक़ सूझा उसे भी। भला नौकरीपेशा लोग भी मज़ाक़ करते फिरते हैं। यह काम भांड़ों और तुक्कड़ों का है।

एक ज़िम्मेदार कम्पनी का, बीवी-बच्चों वाला, डिप्टी मैनेजर दिल की भड़ास निकालने को तरक़ीबें भिड़ाता फिरेगा तो गत नहीं बनेगी तो और क्या होगा। अब जल्दी कहीं और जुगाड़ बिठाना पड़ेगा। वरना फाके करता नज़र आएगा, फाके।

''शीला,'' उसने फटे गले से पत्नी को आवाज़ लगाई।

शीला ने आकर उसके पसीजे चेहरे को देखा और माथे पर हाथ रखकर बोली, ''बुख़ार है क्या?''

''अरे बुख़ार को मारो गोली,'' वह चिल्लाया, ''यहाँ रोटी-पानी के लाले पड़े हैं।''

''क्यों, क्या हो गया?''

''होना क्या था,'' उसका स्वर आँसुओं से भीग गया, ''वही सिन्हा हाथ धोकर पीछे पड़ा है।''

"क्या किया उसने?"

"सुनो," जवाब न देकर वह बोला, "तुम्हारे पिताजी का वह खेत है न?"

"हाँ, कितनी बार तुमसे कह चुके, नौकरी छोड़ उसे देखो तो ज़्यादा आमदनी हो, पर तुम्हारे कान पर जूँ नहीं रेंगती।"

"सोचता हूँ, वही ठीक रहेगा।"

"देख लो," पत्नी ने तमककर कहा, "फिर न कहना, ससुर के खेत पर काम करने से धोबी का गधा होना भला।"

"अब क्या कहूँगा? और चारा क्या है?" रुआँसा वर्मा उठा और जनरल मैनेजर सिन्हा के नाम इस्तीफ़ा लिखने लगा। लिखा, डाक्टर ने जाँच करके उसे दिल की बीमारी बतलाई है। पूरा आराम करने के लिए कहा है, लिहाज़ा वह ससुराल जा रहा है। एक महीने का नोटिस दे रहा है, साथ ही महीने भर की छुट्टी की दरख़्वास्त। डाक्टर ने काम पर जाने से सख़्त मनाही की है। इस्तीफ़े के साथ उसने पड़ोसी डाक्टर से पच्चीस रुपये में ख़रीदा सर्टिफिकेट भी रख दिया। उनके जवाब की राह देखे बग़ैर वह अहमदाबाद से भाग निकला।

मैनेजिंग डाइरेक्टर श्रीयुत नागर ने भी विज्ञापन देखा था या कहना चाहिए उनकी सेक्रेटरी ने उन्हें दिखलाया था। उन्हें अचरज ज़रूर हुआ था क्योंकि ऐसा कोई विज्ञापन छपवाने के लिए उन्होंने हुक्म नहीं दिया था। कम से कम जहाँ तक उन्हें याद था, नहीं दिया था। हो सकता था, दिया हो और देकर भूल गए हों। जो भी हो, तहक़ीक़ात करने के बजाय उन्होंने सोचा, जब छप गया है तो देख लें, कैसे उम्मीदवारों के पत्र आते हैं।

तभी मिस्टर सिन्हा का इस्तीफ़ा आ पहुँचा। उसने उनकी एक चुभती समस्या हल कर दी। पिछले महीने जब अहमदाबाद गए थे तो मिस्टर सिन्हा के घर डिनर खाने भी गए थे। वहाँ नाचते हुए मिसेज़ सिन्हा को बाँहों में पा कर, कुछ अपनी बीवी की नामौजूदगी की वजह से और कुछ ह्विस्की ज़्यादा पी लेने के कारण, उन्होंने उसे बालकनी पर ले जाकर चूम लिया था। कह नहीं सकते थे कि सिन्हा ने उन्हें देखा था या नहीं, पर इतना बख़ूबी याद था कि जब कमरे में लौटकर वे उसे छाती से चिपटाये, उसकी गर्दन पर होंठ रखे नाच रहे थे तो सिन्हा उन्हें ताक रहा था। नशा उतर जाने पर उन्हें शर्म आने लगी थी और वे अहमदाबाद जाने से कतरा रहे थे। उस वक़्त सिन्हा का अपने आप चले जाना उन्हें बहुत भला लगा।

सिन्हा के पत्र में लिखा था—उसे एक फ़ॉरेन कम्पनी का ऑफ़र मिला है, वह रिज़ाइन करना चाहता है। एक महीने की नोटिस के बजाय महीने भर की छुट्टी चाहता है, क्योंकि वे लोग जल्दी मचा रहे हैं, उसे कैनेडा भेजना चाहते हैं। साथ ही यह भी लिखा था—डिप्टी मैनेजर वर्मा काम सँभाल सकता है, मेहनती और ईमानदार आदमी है।

नागर साहब ने इस्तीफ़े और छुट्टी, दोनों की मंजूरी लिखकर भेज दी, खेद सहित, पर हम आपकी बढ़ोतरी के रास्ते में नहीं आना चाहते, वग़ैरह।

अफ़सोस कि मिस्टर सिन्हा के जाने या जाने की ख़बर फैलने से पहले, वर्मा वहाँ से जा चुका था और उनकी सिफ़ारिश का कोई फ़ायदा उसे नहीं पहुँच पाया।

(1972)

अवकाश

उसने सोच-विचारकर सुबह दस बजे का समय लिया है। दिन का प्रकाश स्थिरता प्रदान करता है, बात सन्तुलन के साथ समझाई जा सकेगी। पिछली बार भावना की रौ में बहकर बात शुरू की तो कहाँ पहुँची! ठीक है। जो कुछ कहना हो, आवेश के बिना कहना चाहिए पूरी तरह खोलकर। महेश तर्क समझता है।

दो महीने से वह किचनर रोड, अपनी माँ के घर रहती आई है। महेश ने कहा था, ''अलग रहकर सोच लो।'' यह जानते हुए कि दो साल तक वह सोचने का ही काम करती रही है, या कहना चाहिए कि सोचने का निष्फल प्रयत्न करती रही है, उसने बात मान ली थी। सोच लिया था, दो वर्ष निकल गए तो दो महीने और सही। पर दो महीने बीतने पर, निष्कर्ष वही का वही है। महेश से बात हो जाए तो निर्णय में बदल जाएगा। परसों उससे फ़ोन पर कहा था।

''मैं रविवार दस बजे तुमसे मिलने आऊँगी, ठीक रहेगा?''

कहते हुए उसका स्वर ज़रा भी विचलित नहीं हुआ था।

''हाँ-हाँ, ज़रूर,'' महेश ने उत्सुक तत्परता से कहा था।

''सब बातें तय करनी हैं,'' उसने कहना शुरू किया था पर महेश ने बाधा दे दी थी।

''मैं तुम्हारा इन्तज़ार करूँगा,'' कहकर फ़ोन जल्दी से काट दिया था।

क्या वह पूरी बात सुनने से डर रहा था? उससे मिले दो महीने हो गए। जिस रात पहलेपहल बात छेड़ी थी, तभी से नहीं मिली।

उस रात उसने तय किया था, बात और नहीं टाली जा सकती। आज कह देनी होगी। ख़ूब समझा-बुझा कर, मय प्रस्तावना और उपसंहार के, जिससे शब्दों में खोकर चोट कम महसूस हो। बच्चों के सो जाने पर खाना खाकर बैठक में बैठे, तभी बात शुरू की। थका महेश अख़बार लेकर सोफ़े पर बैठा था। कुछ देर वह चुपचाप उसका क्लांत मुँह देखती रही। एक बार सोचा, अभी रहने दे, फिर कठोर बनकर बोली, ''मुझे तुमसे कुछ कहना है।''

महेश ने सुना नहीं।

''महेश,'' उसने आवाज़ ऊँची करके दोहराया, ''मुझे तुमसे कुछ कहना है।''

''हूँ?'' महेश ने कहा, पर आँखें अख़बार से नहीं उठाईं।

वह चुप रही।

महेश पढ़ता रहा।

''सुन रहे हो?'' कुछ रुककर उसने कहा।

''अ...हाँ...,'' इस बार महेश ने आँख उठाकर उसकी तरफ़ एक दफ़ा ताका।

"मुझे तुमसे कुछ कहना है," उसने जल्दी से कहा जिससे वह दोबारा अख़बार में लीन न हो जाए।

"कहो," उसने कहा पर साथ ही आँख दबाकर अख़बार ऐसे पढ़ता रहा कि लगे, नहीं पढ़ रहा।

समझा-बुझाकर कही जाने वाली बात तब फट पड़ी। "महेश," उसने कहा, "मैं समीर से प्यार करती हूँ, मुझे तलाक़ चाहिए।"

"स...मी...र?" क्षण-भर को लगा, महेश अख़बार से ध्यान नहीं बँटा पा रहा, फिर उसने ज़ोर से कहा, "नॉन्सेंस," और अख़बार नीचे पटक दिया।

वह चुप रही।

"क्या कह रही हो तुम? यह क्या मज़ाक़ हुआ?"

"मज़ाक़! यह तुम्हें मज़ाक़ लग रहा है? इतने दिन तुमने कुछ महसूस नहीं किया?"

उसे लगा, उसका बहुत अपमान हो गया है।

"दो साल से मैं प्रेम और पश्चात्ताप में जल रही हूँ... कितनी बार प्रण कर चुकी हूँ अब उससे नहीं मिलूँगी और हर बार तोड़ बैठी हूँ। तुम्हें कुछ पता नहीं चला?"

अब महेश ने अपनी निगाहें उसके मुँह पर टिका दीं और समझा कि वह मज़ाक़ नहीं है।

"यह नहीं हो सकता," वह बुदबुदाया। हृदय में कहीं बहुत भीतर सोया दर्द उठा और बढ़ता गया।

"तुम मुझे और बच्चों को बिलकुल नहीं चाहतीं?" उसने कहा।

"यह मैंने नहीं कहा। बच्चे मेरे शरीर से जुड़े मेरे अंश हैं। तुमसे भी मैं बहुत स्नेह और प्यार करती हूँ। पर मैं मजबूर हूँ। मैंने अपने से कितनी लड़ाई की पर मैं...यह मेरे वश से बाहर की बात है। आई एम सॉरी!" अनेक दिनों में सोचकर कुछ ऐसे ही शब्द उसने तैयार किए थे। पर अब वे बिलकुल सपाट लगे। कमरे में उस भावातिरेक की कमी थी जिसमें वे जड़े जा सकते। उसने सोचा था, महेश न जाने कितना चंचल और सन्तप्त हो उठेगा, कहीं रो न दे। तब वह भी रुँधे गले से हाथों में मुख ढाँपकर कहेगी...महेश, मैंने तुम्हें प्यार किया है, अभी भी करती हूँ। इसीलिए दो वर्ष से अपने को रोकती रही हूँ, अपने से लड़ती रही हूँ अविरल, निरंतर, पर हर बार मेरी हार हुई है। जैसे मैं दो भागों में विभक्त हूँ; हारी हूँ अपने ही इस नूतन रूप से। मैं क्या करूँ, प्यार किया नहीं जाता, हो जाता है। वह मुझे खींचे लिये जा रहा है। मुझे माफ़ करो, मैं तुम्हें बहुत दुख दे रही हूँ पर मुझे जाने दो। मुझे जाना ही है, ओह महेश, मैं कुछ नहीं कर सकती...।

"केवल शारीरिक आकर्षण के लिए बच्चों और घर-बार को छोड़ने की ज़रूरत नहीं होती," उसने सुना, महेश कह रहा था, "उस पर क़ाबू पाने की कोशिश करनी चाहिए। तुम जानती हो, मैं तुम्हें प्यार करता हूँ।"

"जानती हूँ," उसने अपने को कहते सुना।

पिछले दो वर्षों में ऐसे अनेक क्षण आए हैं जब उसने यही सोचा है कि शारीरिक सुख के अलावा इसमें और कुछ नहीं है। पर वे क्षण भी वह भुला नहीं पाती जब समीर के साथ रहकर लगा, शरीर कुछ नहीं है, वे मन-मस्तिष्क से एक हैं। लगा, उसे स्पर्श किए बग़ैर, उसके साथ बातें करते या चुप रहकर, वह पूरा जीवन सुख से बिता सकती है। वह जानती है, दोनों

सच हैं। शरीर कभी बहुत नगण्य हो उठता है, कभी बहुत प्रबल, क्योंकि यह न वासना है न भक्ति और न दोस्ती। उसने हलकी मुस्कराहट के साथ सोचा, आजकल हम प्रेम के नाम से इतना कतराने क्यों लगे हैं। साफ़ बात यह है कि यह प्रेम है।

महेश उठकर उसके पास आ गया, उसके कन्धों पर दोनों हाथ रखकर बोला, ''कुछ ग़लती हो गई हो तो कोई बात नहीं। हम उसे भी झेल लेंगे।''

ग़लती ?

उसका मन हुआ, कहे, ग़लती ? मैं समीर से प्यार करती हूँ, कर चुकी हूँ और फिर करना चाहती हूँ। इसमें ग़लती कहीं नहीं है, सुख अवश्य है। पर उसने कहा नहीं।

''उसके साथ विवाह होते ही सब रोमांस ख़त्म हो जाएगा। यह टिकाऊ चीज़ नहीं है,'' महेश कहता जा रहा था।

''जानती हूँ,'' उसने फिर कहा।

यह कौन सा तर्क है कि जो टिकाऊ है, वही निष्पाप है, सुन्दर है, महत्त्वपूर्ण है ? टिके चाहे नहीं, वह उसे पूरी तरह पाना चाहती है। वह पुलक, अकारण हँसी, ग़ुब्बारे के समान फूलता फैलता हृदय, ज्वाला का प्रपात, नगाड़े की धमक, भाप सा मुक्त अस्तित्व, मूक चिन्तन...

कुछ घंटों में लौटकर आने को मन नहीं चाहता। उसे चाहिए दो-एक वर्ष। फिर चाहे समाप्त ही क्यों न हो जाए। उसे अजीब सा ख़याल आया, सोचा, कहे, ठीक है, मैं दो वर्ष के लिए चली जाती हूँ, फिर लौट आऊँगी। पर वह जानती है, यह कहा नहीं जा सकता। तलाक़ माँगा जा सकता है, अवकाश नहीं। हमारे आपसी सम्बन्ध भावावेश सहन कर सकते हैं, युक्ति नहीं। इतनी तर्कसंगत बात, महेश जैसे विवेकशील आदमी को भी, तहस-नहस कर देगी।

''और कुछ मत कहो। तुम हमें छोड़कर कहीं नहीं जाओगी। चाहो तो दो-तीन महीने किचनर रोड रह आओ। अलग रहकर सोचोगी तो सब ठीक हो जाएगा। दोबारा मिलने पर हम सब कुछ भूल चुके होंगे,'' महेश कह रहा था।

इतनी सहृदयता से कौन लड़ सकता है ? वह बच्चों को लेकर और सोचने के लिए माँ के घर, किचनर रोड चली आई। इस बात को दो महीने बीत चुके। अनिश्चितता में रहते चले जाना अब सह्य नहीं लग रहा। लिहाज़ा, आज सुबह दस बजे शान्ति से बात निबटाने महेश से मिलने आई है।

बाहर से देखा, रात वाला क़मीज़-पाजामा पहने महेश मेज़ पर बैठा नाश्ता कर रहा है।

''आओ आओ,'' उसे देखते ही बोला, ''आज नाश्ते में देर हो गई, रविवार जो ठहरा। आओ, बैठो।''

वह बैठ गई।

''एक कप कॉफ़ी तो बनाना। बिहारी को तो बनाना आता ही नहीं। कब से ढंग की कॉफ़ी नहीं मिली,'' महेश ने सहजता की भूमिका अदा की।

उसने बिहारी को आवाज़ देकर ताज़ा गरम पानी मँगवाया और एक कप कॉफ़ी फेंटकर तैयार कर दी।

''अरे, तुम भी लो न,'' महेश ने कहा।

''नहीं, मैं लेकर आई हूँ।''

''तो क्या हुआ ? साथ देने को लो, एक कप।''

उसने प्याले में कॉफ़ी घोली और चुपचाप पीने लगी।

''ममी-डैडी कैसे हैं?'' महेश ने पूछा।

''अच्छे हैं।''

''मिनी-कणु ने ज़्यादा तंग तो नहीं किया?''

''नहीं।''

''बढ़िया बनी है कॉफ़ी। एक कप और डालना।''

बिना सूत्र की परवाह किए महेश अपनी भूमिका निभाता जा रहा है।

कमरे में शान्ति है। काही रंग के परदे बाहर के तीव्र प्रकाश को अन्दर आने से रोक रहे हैं। पिछले वर्ष ही उसने लगाए थे, हैंडलूम हाउस से ख़रीद कर। यहाँ बैठकर कॉफ़ी पीना भला लग रहा है।

कॉफ़ी समाप्त करके महेश ने कहा, ''चलो, बाहर बाग़ में बैठें।''

''नहीं, नहीं,'' उसने एकदम कहा, ''ड्राइंगरूम में चलो, बाहर धूप बहुत तेज़ है।''

वह बाग़ में नहीं जाना चाहती। बहुत तबीयत से लगवाया था उसने। बहुत मेहनत की थी। उसे बाग़बानी का शौक़ है। महेश को भी। इस वक़्त वह वहाँ नहीं बैठना चाहती।

''जैसा तुम चाहो,'' महेश ने कहा और ड्राइंगरूम की तरफ़ मुड़ गया। वहाँ पहुँच, उसने सिगरेट जला ली और सोफ़े पर बैठ गया।

वह कुछ दूर कुर्सी पर बैठ गई और कहने लगी, ''महेश, मेरा निर्णय बदला नहीं है। मैं चाहती हूँ हम मिलकर बच्चों के बारे में तय कर लें।''

महेश निश्चल बैठा रहा। उसने देखा, वह सिगरेट पी नहीं रहा, हाथ में पकड़े बैठा है और वह धीरे-धीरे जलती जा रही है। सायास उसकी तरफ़ से नज़र हटाकर वह बोली, ''बच्चे अभी छोटे हैं, उन्हें मेरी देखभाल की ज़रूरत है। अगर तुम ठीक समझो तो अभी कुछ वर्ष मेरे पास रहने दो, फिर जैसा तुम चाहो। मैं उन्हें चाहती ज़रूर हूँ पर तुम्हें दुख नहीं देना चाहती।''

''दुख!'' महेश ने कहा और हलके से हँस दिया।

उसकी हँसी ने उसे भीतर तक झकझोर दिया।

''मैं जानती हूँ मैं तुम्हें दुख ही दे रही हूँ पर...मैं मजबूर हूँ,'' उसने कहा तो उसका स्वर विचलित हो उठा।

कुछ देर चुप्पी रही।

उसने देखा, उसकी कुर्सी के पास नीचे तिपाई पर वही फूलदान रखा है जिसमें जाने से कुछ दिन पहले उसने सरपत की फलियाँ और पत्तियाँ सुखाकर सजा दी थीं। फलियाँ अधिक पकी मालूम पड़ रही हैं। अब तक उन्हें बदल डालना चाहिए था।

''तुमने मुझे कभी प्यार नहीं किया?'' उसने सुना, महेश कह रहा है।

''क्यों नहीं किया?'' चौंककर उसने कहा।

उसका हाथ सरपत की फली पर लग गया और वह फट गई। भीतर से रुई की तरह सफ़ेद रोएँ निकलकर हवा में तैरने लगे।

''ज़रूर किया है। अब भी करती हूँ,'' उसने कहा, ''पर...यह कुछ और है। मेरे जीवन में ऐसा पहले कभी नहीं हुआ। मैं जानती ही नहीं थी, प्यार किसे कहते हैं। महेश, तुम नहीं समझ सकते। मैं मर चुकी हूँ और दोबारा जन्म लिया है। तुम मेरी मौत का दुख करो, पुनर्जन्म भगवान

के हाथ है,'' कहते-कहते उसका मुख प्रदीप्त हो उठा, होंठ फड़फड़ाने लगे। उसे लगा, आसपास उड़ रहे रुई के रोयों की तरह वह भी आज़ाद है।

महेश की आँखें उसके फड़फड़ाते होंठों पर टिक गईं।

''हम भी कभी साथ जन्मे और मरे थे, शुरू-शुरू में, नहीं?'' उसने इतने धीरे से कहा कि लगा, महेश ने नहीं कहा, उसने स्वयं सोचा है।

''सब कुछ था, महेश,'' उसने कहा, ''तुम सब कुछ थे। पर यह कुछ और है। मैं नहीं जानती, क्या करूँ। यह कामना ज़रूर कर सकती हूँ कि भगवान तुम्हें भी यह वरदान दें।''

महेश ने हार मान ली। वह सोफ़े पर ढह गया।

वह उठकर उसके पास आ गई, बोली, ''ज़्यादा दुख मत करना।''

महेश फिर हलके से हँस दिया।

वह तड़प उठी।

उसके दोनों हाथ थाम रुँधे कंठ से बोली, ''महेश, मैं नहीं जानती यह कैसे हो गया। मैंने नहीं चाहा था, मैंने सब प्यार तुम्हें दिया था पर...''

महेश ने लम्बी साँस खींचकर कहा, ''मैं जीवन में सर्वथा असफल रहा। बेकार!''

''नहीं, ऐसा मत सोचो। इसमें तुम्हारी कोई ग़लती नहीं है। तुम सब कुछ थे। हो। मैंने तुमसे पाया ही पाया है। यह तो भाग्य है या फिर मेरी कृतघ्नता।''

महेश चुप रहा।

''मैं तुम्हें इस तरह दुखी नहीं देख सकती,'' करुणा से पिघलकर उसने कहा। सोफ़े पर बैठ, उसका सिर अपनी छाती पर खींच, वह धीरे-धीरे उसकी पीठ सहलाने लगी।

''मुझे माफ़ करो,'' उसने फिर कहा और अपने होंठ उसके होंठों पर रख दिये। उसका हृदय समुद्र के समान हो रहा है, विशाल, अथाह और शान्त। बहुत स्नेह है वहाँ, बहुत दया। वह उसे दुलारती गई, प्यार करती गई। उसके शरीर का एक-एक अंग उसका जाना-पहचाना है। लज्जा या दिखावा बाक़ी नहीं है और न है आखेट की गन्ध।

कुछ देर महेश का शरीर कठोर बना रहा, फिर पिघलने लगा। वे एक झिलमिलाते पर्दे के पीछे सच्चाई से छिप गए। अहम् को खोकर आदि पुरुष और आदि नारी में बदल गए। उसके पास देने को जो है, वह उसे दे देना चाहती है, जो स्नेह बाक़ी है, जितनी करुणा सँजो सकती है। जब वे एक शरीर हुए तब भी वह यही सोचती रही, महेश, दुख मत करना...मेरा बेचारा प्यारा महेश...तुम भी सुखी हो सको, मेरी तरह सुखी...

वह फ़ौरन उठकर बाथरूम में चली गई। लगा, धो देने से ही सब कुछ धुल जाएगा। पानी डालते-डालते उसने सोचा, यह तो सर्दी से ठिठुरते भिखारी पर दुशाला डाल देने जैसी बात हुई। जाना तो मुझे है ही।

(1973)

लिली ऑफ़ दि वैली

हम चारों कॉलेज में एकसाथ पढ़ती थीं, निशि, मणि, विभा और मैं। सबसे पहले मेरा विवाह हुआ और तभी हमने एक-दूसरे से वायदा किया कि हम में से जिसका विवाह सबसे बाद में होगा; कम से कम, उसमें हम दोबारा अवश्य मिलेंगे, चाहे कहीं रहें।

मेरे विवाह को छह वर्ष हो चुके और अब विभा का विवाह है। निशि और मणि का, इस बीच विवाह हो चुका। विभा उन दिनों डाक्टरी पढ़ने अमेरिका गई हुई थी और मैं, किसी न किसी कारण, दोनों के विवाह में नहीं जा पाई थी। विभा की शादी का कार्ड पाने पर अपना पुराना वायदा याद आया, उनसे मिलने को मन कर आया। ख़ासकर निशि से मिलने को मैं अत्यंत उत्सुक हो उठी। यों घनिष्ठ हम चारों रहे थे, पर निशि के साथ मेरे ही नहीं, हम सभी के सम्बन्ध सामान्य ढंग के नहीं थे। कारण, निशि ही सामान्य ढंग की नहीं थी। वह उन स्त्रियों में से थी, जिनके बारे में अंग्रेज़ी कवि बैरी ने लिखा है, आकर्षण वह गुण है जिसके रहते स्त्री को और कुछ नहीं चाहिए और जिसके न रहने पर कुछ भी उसकी कमी पूरी नहीं कर सकता। पतला-लम्बा-छरहरा शरीर, साँवला रंग, ऊँचा ललाट, भारी केशों का ढीला जूड़ा, भावपूर्ण आँखें जिनमें प्रायः कुछ व्यथित, बहका सा भाव रहता था। पर उसकी आँखों का वह बादल उसकी उदार मुस्कराहट के सामने छँट जाता था। मुस्कराने को वह सदा तत्पर रहती थी। उसका आकर्षण उसके रूप में नहीं था। उसे असामान्य बनाता था उसका आदर्शवाद। प्रेम में उसका अगाध विश्वास था और वह फ़िल्मी न होकर सहज मौलिक था। कॉलेज के दिनों की अपरिपक्व उम्र में भी उसके मुँह से प्रेम की सराहना हमें फ़िल्मी संवादों की तरह नहीं लगी। वह मानती थी, दो आत्माओं के सह-स्पन्दन को प्रेम कहते हैं और वह आत्मा की तरह अनश्वर होता है। उसका कहना था, आदर्श, अनश्वर प्रेम होने पर ही वह विवाह करेगी।

दैनिक जीवन की नीरस या घिनौनी कथाएँ सुनकर वह मुस्करा भर देती थी जैसे उन सबसे अछूती हो। आम लड़कियों की तरह हम आपस में अश्लील या गँवारू मज़ाक़ कर लेते थे पर उसके रहते नहीं। वह उन चरित्रों में से थी जिन्हें उपन्यास या कहानी में पाकर हम उनका मज़ाक़ उड़ाते हैं पर सामने पड़ जाने पर प्रभावित हुए बग़ैर नहीं रह सकते।

उसके विवाह के बारे में सुना था। पति राकेश के साथ उसका एक चित्र भी मेरे पास है। सुना था, जैसा वह चाहती थी, वैसा हुआ था। उसके पति की दीवानगी के क़िस्से सुने थे। कैसे वह निशि की एक झलक पाने के लिए तेज़ ज्वर में उसकी खिड़की के सामने खड़ा रहा था; कैसे उसने एक दिन में निशि को पाँच पत्र लिखे थे, कैसे वह उस पर कविता लिख उन्हें गीतों में बाँध, घंटों गाकर सुनाया करता था। निशि को कविता और संगीत से लगाव था ही, सुना था, दोनों एक-दूसरे में मग्न रहते हैं।

राकेश का चित्र देखा था। लगा था, पुरुष का त्रुटिहीन सौन्दर्य स्त्री के सौन्दर्य से अधिक मोहक होता है। शायद इसलिए कि उसके बारे में इतना पढ़ा-सुना नहीं रहता। कोई भी अति विलक्षण होने पर ही चुम्बक समान हमें आकर्षित करता है। अपने पति को चित्र दिखलाया तो वे बोले, ''मुझे इसकी आँखों का भाव अच्छा नहीं लगा।'' मैं हँसकर रह गई। ईर्ष्या होना अनिवार्य था। मेरे पति सामान्य रूप-रंग, साधारण बुद्धि और आम भावनाओं वाले सज्जन पुरुष हैं। न मंत्रमुग्ध करने वाला आकर्षण है, न चौंका देने वाली भावनाओं की प्रचंडता। हमारा विवाह हमारी व हमारे माता-पिता की सहमति से हुआ था। हम एक-दूसरे को पसन्द थे पर हमारी शादी न होती तो हमारा दिल टूटता नहीं, किसी और को स्वीकार लेता। हम सुखी थे, सफल थे, सहानुकूल थे, प्रेमी थे (दो बच्चे थे हमारे)। होते ही, किसी न किसी के साथ। निशि की बात और थी। वह कैक्टस पर खिले उस पुष्प के समान थी जिसे घर-घर फूलदान में नहीं सजाया जा सकता।

अब उससे मिलने का अवसर आया तो मैं ही नहीं, मेरे पति भी उत्सुक हो उठे। विभा के घर पहुँचते ही पहली बात मैंने यही पूछी, ''निशि आ रही है न?''

''लिखा तो है,'' उसने कहा।

शादी में चार दिन बाक़ी थे। मणि और उसके डाक्टर पति पहले से मौजूद थे। मेरे पति और डाक्टर साहब एक-दूसरे को भा गए, लिहाज़ा एक ही दिन में हम काफ़ी घुलमिल गए। हमारी बातचीत घूम-फिरकर निशि पर लौट आती थी।

मणि ने पूछा, ''तू क्या विवाह के बाद निशि से मिली नहीं।''

''नहीं,'' मैंने कहा, ''उसके विवाह पर जा नहीं पाई थी। बाद में जब दिल्ली आई, निशि यहाँ रही नहीं। और तू?''

''विवाह पर गई थी। मुझसे पहले हुआ था न, फिर नहीं मिली।''

''तो तूने राकेश को देखा है?''

''हाँ। बहुत सुन्दर है। गाता भी ख़ूब है। निशि पर एकदम दीवाना है। शादी से पहले घंटों बैठा उसका मुँह निहारा करता था। कहता था, मेरी एक ही महत्त्वाकांक्षा है, निशि के खुले केश देखना।''

''अच्छा, आजकल भी हज़रत वही करते हैं क्या?'' डाक्टर साहब ने हलके व्यंग्य के साथ कहा।

''निशि ने लिखा था, किसी फ़र्म में मैनेजर हैं,'' विभा ने अपने छोटे कटे बाल झटककर कहा।

''अरे हाँ,'' सहसा मणि बोली, ''एक बार मिली थी निशि, कानपुर के स्टेशन पर। तुम भी तो थे, याद नहीं?''

''वह दुबली-पतली लड़की?'' डाक्टर साहब ने कहा, ''फूँक मारो तो उड़ जाए।''

''उस वक़्त तो आँखें नहीं हट रही थीं! अपना सामान छोड़ उसका चढ़वाने की फ़िक्र में थे,'' मणि ने चिढ़ाकर कहा।

''भई, अब तक तो निशि के बारे में इतना सुन चुके हैं कि वह उर्वशी भी निकली तो कम लगेगी,'' मेरे पति ने कहा।

''ख़ैर, अब तक तो गोल-मटोल हो चुकी होगी,'' डाक्टर साहब हँसकर बोले।

मणि इन वर्षों में काफ़ी मोटी हो गई है। उसे निशि के गोल-मटोल होने की कल्पना भली लगी।

''क्या पता बिलकुल बदल गई हो,'' उसने कहा और शरीर को ढीला छोड़ दिया।

''हमारी विभा कौन सी कम है,'' डाक्टर साहब ने कहा, ''और डाक्टर राजेन्द्र छोटे बालों से ही ख़ुश हैं।''

''कहाँ क्लिनिक खोलने का इरादा है?'' मेरे पति ने विभा से पूछा।

''यहीं दिल्ली में। राजेन्द्र पहले से यहाँ प्रैक्टिस कर रहे हैं।''

''अच्छा रहेगा।''

''इसीलिए मैं डाक्टर से शादी करना चाहती थी। काम-काज में सहूलियत रहती है।''

''राजेन्द्र बहुत होनहार डाक्टर है,'' डाक्टर साहब ने अपनी राय दी। वे राजेन्द्र को पहले से जानते थे।

''राकेश आएँगे?'' मैंने पूछा।

विभा के होने वाले होनहार डाक्टर पति से अधिक दिलचस्पी मुझे निशि के प्रणयी, कवि पति में थी।

''लिखा तो है,'' विभा ने कहा।

अगले दिन काम से निबटकर हम बैठक में जमे थे कि निशि पहुँची। वही छरहरा बदन, भारी केश, भावपूर्ण नेत्र, साज-सज्जा। विभा दौड़कर उससे लिपट गई। मैंने और मणि ने भी उसका आलिंगन किया फिर अपने-अपने पति से मिलवाया।

दोनों ने एकसाथ पूछा, ''वे कहाँ हैं?''

''आ नहीं पाए, छुट्टी नहीं मिली,'' निशि ने सोफ़े पर बैठते हुए कहा।

''तब, मिलना नहीं होगा?'' मणि ने निराश स्वर में कहा।

''हो सकता है, शादी वाले दिन आ जाएँ,'' निशि ने चुपके से कहा।

''आना ही होगा। हम लोगों का कितना पुराना वायदा है,'' विभा ने दुलार के साथ कहा, ''उसमें उनकी शिरकत भी होनी चाहिए।''

''वायदा है तभी आई हूँ। राकेश आने नहीं दे रहे थे, कह रहे थे, शादी के पहले मुझे छोड़कर चले जाने का वायदा कर रखना क्या ठीक था? सच, बड़ी मुश्किल से मनाया। शादी के बाद हम कभी अलग नहीं हुए,'' निशि ने हँसकर कहा।

मैंने निःश्वास छोड़ी। एक मेरे पति हैं। एक बार भी मना नहीं किया। सुनते ही बोले, कितने दिन के लिए जाना चाहती हो, कब का टिकट ला दूँ? वह तो बाद में छुट्टी मनाने का मन हो आया, इसलिए साथ चले आए।

''कितनी प्यारी लग रही हो तुम! बिलकुल पहले की तरह। साड़ी भी कितनी सुन्दर है,'' मणि कह रही थी।

''शुक्रिया, राकेश की पसन्द है। मैं अपने लिए ख़ुद कभी साड़ी नहीं ख़रीदती। हमेशा वे लाते हैं,'' निशि ने कहा।

''बड़ा अच्छा टेस्ट है। अब तो और भी मिलने को मन कर आया। शादी वाले दिन आएँगे न?'' मणि ने कहा।

"आ सकेंगे तो रुकेंगे नहीं," निशि ने कहा और हँस पड़ी। फिर बोली, "अच्छा विभा, अब अपनी सुनाओ, साड़ियाँ दिखलाओ," वह विभा का हाथ पकड़कर उसे भीतर ले गई।

मणि और मैं वहीं ठहरे रहे, पूछा, "कैसी लगी ?"

"सुन्दर है," डाक्टर साहब बोले।

"बिलकुल पहले की तरह," मणि अपनी भारी देह पर नज़र डाल, लम्बी साँस भरकर बोली।

मेरे पति ने कहा, "उसकी आँखों का भाव..."

"वह भी तुम्हें अच्छा नहीं लगा ?" बीच ही में मैंने कटुता से कहा।

"मोनालिज़ा की याद हो आती है," उन्होंने जोड़ा।

"बिलकुल," मैंने ख़ुश होकर कहा, "वही तो...वाह! तुम तो एकदम जान गए।"

हम लोग उठकर भीतर चले आए। निशि को अकेला पाकर मैंने पूछा, "अब तक फ़ैमिली नहीं बनाई तुम लोगों ने ?"

"नहीं," उसने हँसकर कहा, "कुछ दिन बस हम दोनों साथ रह लें।"

प्रसन्नचित्त निशि काम में लग गई। उसकी हँसी की आवाज़ जहाँ-तहाँ गूँजती रही। लगा, इन छह वर्षों में उसमें कुछ परिवर्तन नहीं आया, बस हँसने ज़्यादा लगी है। एक बात और, पहले निशि को ज़ेवर पहनने का बहुत शौक़ था, अब देखा, कुछ नहीं पहना। हाथ में काँच की चूड़ियाँ भर हैं।

मैंने पूछा, "ज़ेवर पहनना छोड़ दिया ?"

"हाँ," वह बोली, "राकेश को पसन्द नहीं है। कहते हैं, सोना और पत्थर तुम्हारे सौन्दर्य को बिगाड़ देते हैं। ऐसा लगता है, जैसे जवाकुसुम को रंग दिया हो या लिली ऑफ़ दि वैली पर सोने का वर्क चढ़ा दिया हो," कहकर वह खिलखिलाकर हँस दी।

मुझे लगा, निशि कुछ ज़्यादा हँसती है। हँस मैं भी रही थी, पर मन के भीतर असन्तोष और ईर्ष्या का तूफ़ान उठ आया था। उस रात सोते समय मैंने पति की तरफ़ देखा तक नहीं। दूसरी तरफ़ करवट किए रही। सहसा अँधेरे में उन्होंने कहा, "निशि जब हँसती है तब भी उसकी आँखों में व्यथा का भाव बना रहता है।"

मैं चुप रही।

"तुम्हें नहीं लगता ?" उन्होंने फिर कहा।

मैं चुप रही।

"मुझे लगता है, निशि कोई बादल अपने चारों ओर लपेटे है, जैसे कोई बहुत बड़ा अभाव - उसे।"

"छोड़ो कविता," मैं भड़क उठी, "अभाव निशि को नहीं है। जहाँ है, वहाँ तुम्हारी दृष्टि नहीं जाएगी।"

विवाह का दिन आ गया। तीन-चार बजे तक, मुझे याद है, निशि के पति पहुँचे नहीं थे। उसके बाद मैं विभा के शृंगार में व्यस्त हो गई। बारात सात बजे आने वाली थी। उसे सजा-धजाकर

मैं बच्चों में लगी रही, फिर स्वयं तैयार होने चली गई। बैठक में पहुँची तो मेहमानों से घिरी विभा ने पास बुलाकर कहा, ''निशि अभी तक नीचे नहीं आई, ज़रा बुला ला।''

मैं दौड़कर ऊपर निशि के कमरे तक पहुँच गई। दरवाज़ा बन्द था। खोलने को हाथ बढ़ाया कि भीतर से पुरुष की हँसी सुनाई पड़ी। मैं सोच रही थी, दरवाज़ा खटखटाऊँ या नहीं कि निशि का स्वर सुनाई दिया, ''तुम्हें आने को मना किया था, फिर क्यों आए?''

''क्यों?'' पुरुष स्वर कुछ अस्पष्ट, कंपित सा था, ''इज़्ज़त में कमी आ गई?''

फिर एक तेज़ हँसी और वही स्वर, ''अरे भई, अपनी कौन सी नौकरी है कि आने में मुश्किल हो। आया हूँ जिससे आपकी सहेलियाँ देख लें, शुचिता निशि का पति कैसा है। सचमुच मज़े की बात है।''

फिर वही हँसी।

''तब बोतल रखो और मेरे साथ नीचे चलो,'' निशि का स्वर उदास पर संयत था।

''न बाबा, मैं ख़त्म करके ही उठूँगा।''

''तब तुम पियो, मैं जाती हूँ,'' शायद उसने एक क़दम आगे बढ़ाया, चूड़ियों की खनखनाहट से लगा, हाथ पकड़ लिया गया है।

''उन सबसे क्या कहोगी?'' पुरुष-स्वर फुसफुसा रहा था, ''वह जो तुम्हारी मोटी सी सहेली है न, वही जो एक बार कानपुर स्टेशन पर मिली थी, उसने मुझे आते हुए देख लिया था।''

''तुम थके हो, आराम करके आ जाना,'' निशि ने कहा।

पुरुष में जैसे हँसी का ज्वार आ गया, ''भई, जवाब नहीं है तुम्हारा। ख़ैर, तुम जाओ, मेरा इरादा सोने का है...तकिया पकड़ाना इधर...और तुमने यह फटीचर सफ़ेद साड़ी क्यों पहन रखी है? वहाँ तुम्हारी सहेलियाँ यों चमक रही हैं कि पता नहीं चलता, सोना कहाँ ख़त्म होता है और औरत शुरू।''

''तुम जानते हो, मेरी शादी की यही दो-चार साड़ियाँ बची हैं, और ज़ेवर कोई नहीं।''

''बस, अब व्याख्यान मत शुरू कर देना,'' पुरुष ने जमुहाई लेकर कहा, ''अच्छा है, इस लिबास में तुम एकदम लिली ऑफ़ दि वैली लग रही हो।''

क्षण-भर चुप्पी रही, फिर पुरुष स्वर सुनाई दिया, ''चलो, अब जाओ भी।''

''नहीं, अभी रहने दो। कुछ देर यहीं बैठती हूँ।''

''क्यों अकेले जाते शर्म आती है! हूँ?'' चटखारेदार हँसी के साथ पुरुष स्वर उभरा, ''अच्छा, जब बैठी हो तो गिलास चूम दो।''

उसकी निर्लज्ज हँसी मुझसे और बर्दाश्त नहीं हुई। घिसटते क़दमों से नीचे उतर आई। मैं जानती थी, मुझे बहुत पहले वहाँ से हट जाना चाहिए था। नीचे आकर देखा, बारात आ चुकी है। मेरा मन इतना ख़राब हो रहा था कि उस ठेलपेल में टिकी न रह सकी, पति को ढूँढ़कर बोली, ''मेरी तबीयत ठीक नहीं है, ज़रा देर बाहर हवा में चलो।''

हम लोग बाहर निकल गए। घंटे भर बाद लौटे तो देखा, बाहर बारात का खाना चल रहा है। भीतर विभा के पास बैठी निशि उसे खाना खिला रही है। हमें देखते ही बोली, ''तुम लोग कहाँ ग़ायब हो गए थे। विभा कब से बुला रही है।''

मैं आँखें ऊपर न उठा सकी पर पति बोले, ''आप भी तो बारात के वक़्त दिखाई नहीं दीं। सुना है राकेश जी आ गए?''

''हाँ,'' वह लजाकर मुस्करा दी, ''तभी तो देर हो गई,'' उसने कहा।

फिर आवाज़ धीमी करके मुझसे बोली, ''पूरा का पूरा दोबारा तैयार होना पड़ा,'' और खिलखिलाकर हँस दी।

(1973)

एक चीख़ का इन्तज़ार

कोई बीसवीं बार उसने दर्द से बेचैन होकर शरीर अकड़ा लिया और आँखें मूँद लीं। पर मुँह से आवाज़ नहीं निकाली।

''दर्द बहुत है,'' मैंने कहा।

''हाँ, पर अभी समय लगेगा। चार-पाँच घंटे। डाइल्टेशन कम है,'' डाक्टर ने कहा।

''दर्द बहुत है,'' मैंने फिर कहा।

''ओ गॉड, छह बजे से पहले नहीं होगा। जब भी मेरी डेट होती है, कोई न कोई बच्चा पैदा करने आ जाती है,'' सिस्टर ने कहा।

''दर्द बहुत है,'' मैंने फिर भी कहा।

''उफ़ भाभी, तुम बहुत डरपोक हो। अभी क्लाइमेक्स कहाँ आया? मालूम है जब बेबी हुई थी, माँ पूरे घंटे भर चीख़ती रही थीं। मैं दरवाज़े के बाहर खड़ा था। अभी एक चीख़ भी नहीं निकली और तुम इतना घबरा गईं,'' सुरेश ने कहा।

सब कमरे के बाहर चले गए।

''दर्द बहुत है?'' मैंने उसके ऊपर झुक कर कहा।

उसने एक बार आँखें खोलीं फिर मूँद लीं।

मुझे लगा मैं पागल हो जाऊँगी। या हो चुकी।

तभी इतनी देर से तीन शब्द दोहराती चली जा रही हूँ—'दर्द बहुत है।' वे लोग अलग-अलग उत्तर देकर चलते बनते हैं और मैं—वहीं कमरे में बन्द। मुझे लगा मैं अनंत काल तक इस ख़ौफ़नाक पीड़ा के सम्मुख इसी सन्नाटे में बैठी कहती रहूँगी—दर्द बहुत है। न कोई मेरी आवाज़ सुनेगा और न वहाँ कोई आवाज़ होगी, मेरी आवाज़ की प्रतिध्वनि भी नहीं। मन हुआ उसे झकझोर कर कहूँ, 'चीख़, भगवान के लिए चीख़!' इससे बड़ी और क्या सज़ा हो सकती है। एक इनसान को दारुण व्यथा से पीड़ित दूसरे इनसान के पास अकेले बन्द कर दिया जाए और चारों ओर सिसकती, उफनती ख़ामोशी फैला दी जाए।

यूँ मूक नीरव रहकर कैसे वह सहे चली जा रही है। सहा मैंने भी है। पर तब मैं सक्रिय थी।

''यहाँ कोई नहीं सुन सकता,'' मैंने कहा, ''चाहे तो चीख़ ले।''

उसने आँखें खोलीं, मुस्कराई और बोली, ''सुरेश को यहाँ मत बुलाना, उससे बर्दाश्त नहीं होगा।''

ठीक है। पर मैं?

मैंने देखा उसके बाल पसीने से चिपचिपे हो गए हैं तथा चेहरा सफ़ेद पड़ गया है। होंठ दाँतों तले भिंचे हैं और चादर पर लाल धब्बे पड़ने लगे हैं।

"डाक्टर!" मैं ज़ोर से चिल्लाई।

"सिस्टर! सुरेश! सिस्टर!"

"लेबर रूम में ले चलिए," डाक्टर ने कहा।

"गुड! छह बजे से पहले हो जाएगा!" सिस्टर ने उसे आगे बढ़ाते हुए कहा।

"भाभी, माँ कहा करती हैं भगवान की क़ुदरत है कि औरत को जितना कष्ट हो, उसे उतना ही मोह बच्चे से होता है," सुरेश ने कहा।

मैं लेबर रूम के बाहर चक्कर काटती रही। कोने में बैठा सुरेश सिगरेट पर सिगरेट फूँकता रहा।

भीतर-बाहर सन्नाटा बना रहा।

अजीब लड़की है।

यूँ दाँत भींच-भींच कर मरेगी क्या?

"तुम्हारा क्या ख़याल है, भाभी, लड़का होगा या लड़की?" सुरेश ने प्रश्न किया।

"जो भी हो!" मैंने ग़ुस्से के साथ कहा।

और मन ही मन, "शुक्र है भगवान का, मेरे और बच्चे नहीं होंगे..."

यह भी कोई तरीक़ा है! एक इनसान को भेद कर दूसरे इनसान का जन्म! मृत्यु से भयंकर वेदना! सन्नाटा गहराता गया। मैंने चक्कर लगाना छोड़, दीवार का सहारा ले लिया।

अगर पाँच मिनट और कोई आवाज़ नहीं आई तो मैं दीवार से सिर टकरा दूँगी, खिड़की से नीचे कूद पड़ूँगी, कुछ न कुछ कर बैठूँगी।

बस और पाँच मिनट। और पाँच मिनट...और पाँच...और...

"दस्तख़त कीजिए, आपरेशन होगा। रक्तस्राव हो गया है।"

सिस्टर सामने खड़ी थी।

"नहीं-नहीं," सुरेश कह रहा था, "माँ कह रही थीं आजकल बहुत जल्दी आपरेशन कर डालते हैं। तुम इजाज़त मत देना।"

"जल्दी कीजिए। एमरजेंसी है।"

सिस्टर का चेहरा बिलकुल भावशून्य था।

"माँ! माँ! हर बात में माँ! दस्तख़त करो जल्दी!" शायद मैं चीख़ी थी।

सुरेश ने दस्तख़त कर दिये। फिर वही सन्नाटा। भय से विह्वल। मौत के समान व्यापक!

फिर जन्म!

सन्नाटे को चीरती ज़िन्दगी की पुकार।

"मुबारक हो, लड़का है—साढ़े सात पौंड," डाक्टर ने कहा।

चेहरे पर क्लांति...और गर्व।

"भीतर चले जाइए," सिस्टर ने ख़ुश होकर कहा। यद्यपि छह कब के बज चुके।

सुरेश तेज़ी से भीतर घुस गया। दरवाज़ा बन्द हो गया। और मैं?

अपनी तमाम चिन्ता, संवेदना लिये बाहर रह गई।

(1974)

मौत में मदद

तीन दिन से बुद्धन का पता नहीं है। आज अट्ठाइस तारीख़ हो चली और अगली दो को इतनी बड़ी पार्टी है, चालीस-पचास लोगों की। आने वाले सभी बड़े लोग हैं, दुर्गापुर स्टील मिल के जनरल मैनेजर, रेलवे के बड़े अफ़सर, नामी-गिरामी, वकील और डाक्टर। एक हफ़्ता पहले बुद्धन को ताक़ीद कर दी थी कि पूरे बग़ीचे की अच्छी तरह सफ़ाई करके घास तरतीब से काट दे। समझा दिया था कि सब काम दो तारीख़ से पहले हो जाना चाहिए और ये जनाब हैं कि तीन दिन से ग़ायब हैं। इन लोगों पर भरोसा करना बेवक़ूफ़ी है, वह सोच रही थी कि नौकर ने आकर कहा, "बुद्धन आया है।"

"अब आया है," वह बुदबुदाई, "शाम के छह बजने को आए, अब क्या ख़ाक काम होगा!"

"बात क्या है बुद्धन, इतने दिन कहाँ थे..." कहते-कहते वह बाहर निकली तो पाया, बुद्धन अपनी कह रहा है, "छेले भीषोण असुस्थ। टाका दाओ माँ।"

"क्या हुआ लड़के को?" उसने पूछा।

"कामिनी आछे।"

"कामिनी क्या मतलब?"

"भीषोण ज्वर, हाथ-पाँव फूले गैलो। टाका दाओ, माँ।"

"कितना बुख़ार है?"

"भीषोण व्यथा, माँ। टाका चाई।"

बंगाली और हिन्दी के इस मिले-जुले वार्तालाप में मतलब की बात यही समझ में आई कि बुद्धन का लड़का बीमार है, उसे रुपये चाहिए। बीमारी ठीक क्या है, बुद्धन ख़ुद नहीं जानता, तो उसे कैसे समझा सकता है। पर जो है, है भीषण और रुपये माँगने वाली।

रुपये! वही परेशानी का विषय है। यों हर महीने सौ-पचास रुपये वह किसी विशेष परिस्थिति के लिए अन्त तक बचाए रखती है, पर इस महीने विशेष परिस्थिति होकर गुज़र चुकी है। मिसेज़ अग्रवाल कोटा से कुछ डोरिया की साड़ियाँ ले आईं और पीछे पड़ गईं कि एक वह ले ले। साड़ियाँ थीं सुन्दर और मिसेज़ अग्रवाल से यह कहना कठिन था कि इस माह नहीं हो सकेगा। वैसे ही वह हरदम अपनी साड़ियों की शान मारती रहती थीं। शानची कहीं की!

उसके पास बीसेक रुपये पड़े होंगे पर वे सब्ज़ी-भाजी के लिए चाहिए। क्या करे? अनिल से माँगे? असम्भव। इस बार बजट बनाते वक़्त दोनों में काफ़ी खटपट हो गई थी। उसने पूरे ज़ोर के साथ कह दिया था कि इस बार महीने के बीच रुपयों की हर्गिज़ ज़रूरत नहीं पड़ेगी। फिर अनिल जिस-तिस को उधार देने की उसकी आदत से ख़ुश भी तो नहीं है।

"देखो भई," उसने बुद्धन से कहा, "इस वक़्त मेरे पास रुपये नहीं हैं।"

"छेलेर भीषोण व्यथा," ज़मीन पर बैठे-बैठे उसने एक बार फिर दोहरा दिया।

"कब से बीमार है?" उसने पूछा।

"छै-शात दिनेर।"

उसके स्वर में अन्यमनस्कता का ऐसा भाव था कि यह जानते हुए कि इस जन्मजात उदासीनता के सहारे ही, वह कठिन परिस्थितियों में जीवित रह सकता है, वह खीज उठी। बोली, "तो इतने दिन कहाँ मर गए थे? छह दिन पहले कहते।" मिसेज़ अग्रवाल से साड़ी ख़रीदे चार दिन हुए थे। उससे पहले उसके पास रुपये थे।

बुद्धन चुपचाप सूनी निगाहों से सामने देखता बैठा रहा। वह अपनी कह चुका। आगे जो हो। विधि से लड़ने का काम उसका नहीं है। निष्क्रिय स्वीकृति के इस भाव ने उसे और खिजा दिया।

"कहा न, इस वक़्त रुपये नहीं हैं," उसने कहा।

वह वैसे ही चुपचाप बैठा रहा। अजीब आदमी है।

"यहाँ कोई खान ख़ुद रही है जो माँगते ही रुपये हाज़िर हो जाएँगे। ज़रा पहले नहीं कह सकते तुम लोग?" उसका स्वर और सख़्त हो आया, "अब बैठे क्या हो? जाओ।"

वह उठा। ऐसे, जैसे बिखर आए अंगों को समेटकर इनसान की आकृति दे रहा हो। वह समझ गई, वह कुछ नहीं कहेगा, कुछ नहीं करेगा। लड़के को क़िस्मत के भरोसे छोड़, जंगल में लकड़ी काटने चला जाएगा और रात, उतनी देरी करके घर लौटेगा, जितनी रोज़ करता है।

"अच्छी मुसीबत है," वह बुदबुदाई, फिर बोली, "अब ठहरो ज़रा, चल कहाँ दिये? देखती हूँ कुछ हो सका तो..." वह भीतर की तरफ़ मुड़ गई। क्या मुसीबत गले पड़ गई। यह भी नहीं कह सकती कि कहीं और से रुपये ले ले। वह काम सिर्फ़ उसके यहाँ करता है। असल में वह दुर्गापुर स्टील मिल के अफ़सरों की कॉलोनी के आगे फैले जंगल से लकड़ी काटकर गुजारा करता रहा है। क़रीब तीन महीने पहले अपने बग़ीचे में काम करवाने के लिए उसे बुला भेजा था। तब से दो घंटे रोज़ काम करके बीस रुपये माहवार ले जाता है। उसने आसपास के घरों में भी उसे काम दिलवाने का प्रयत्न किया था पर कोई एक अनजान सिखतड़ क़िस्म के आदमी को रखने को तैयार नहीं हुआ था। सबका एक ही उत्तर था, 'इन लोगों का क्या भरोसा! नए आदमी को माली का काम सिखाते अपना माथा ख़राब हो जाएगा। न बाबा न, हमसे नहीं होगा।'

"लगता है," वह बुड़बुड़ाई, "इस पूरे शहर में मैं ही एक बेवक़ूफ़ बसती हूँ।"

मुँह में सिगरेट दबाये, ड्राइंग रूम में बैठा अनिल कोई किताब देख रहा था। वह अन्दर आई तो बोला, "आज इतवार के दिन कहाँ कटी-कटी घूम रही हो? आओ, बैठो न।"

"सुनो," उसने एकदम कहा, "मुझे कुछ रुपये चाहिए।"

अनिल बड़ी अदा से मुस्कराया, "यानी बजट फिर फ़ेल!" वह तिलमिलाकर रह गई, "मुझे अपने लिए नहीं चाहिए! बुद्धन का लड़का बीमार है, उसी को देने हैं।"

"महीने की अट्ठाइस तारीख़ को रुपये! वह भी मेरे पास?"

"मज़ाक़ छोड़ो," उसने झल्लाकर कहा, "तीसेक हों तो दे दो।"

"एडवांस तो ले चुका होगा?"

"हाँ," कहना पड़ा।

"तुम्हें कैसे मालूम, उसका बच्चा सचमुच बीमार है?"

"कह जो रहा है।"

"कहने की भली चलाई। इन लोगों का कोई भरोसा है?"

"तुम तो ऐसे ही सब पर शक करते हो।"

"और तुम हो कि चाहे जो बना ले।"

"वाह!"

"वाह क्या? वह था नहीं एक छोकरा मोची का..."

"ठीक है, रहने दो," उसने अनिल को बीच में रोक दिया। जानती थी, वह क्या कहने जा रहा है।

जब से उस मोची के लड़के का क़िस्सा हुआ है, उसे ऐसे ही लज्जित होना पड़ता है। ग्यारह-बारह साल का प्यारा सा लड़का था, बाप था नहीं और माँ थी रोगी। जूते गाँठकर अपना और माँ का पोषण करता था, लेकिन पैसे कभी मिलते थे, कभी नहीं। करुणा से भरकर उसने एक महीने तक उसे खाना खिलाया था और घर के तमाम फटे और बिन फटे जूतों की मरम्मत करवा डाली थी। जब-तब दवा के लिए पैसे दिये, सो अलग। फिर एक दिन वह जुआ खेलते पकड़ा गया था, ठर्रा भी कसकर चढ़ाये था। बाद में पता चला कि रोगी या निरोगी, उसकी कैसी भी माँ नहीं है।

"तो मना कर देती हूँ," उसने पुरानी बात को अलग करके कहा। पर वहाँ से हटी नहीं, खड़ी रही।

अनिल ने नज़रें किताब पर जमाते हुए कहा, "सचमुच बीमार है तो सरकारी अस्पताल किसलिए है?"

"वहाँ देखभाल..."

"क्यों नहीं होगी? एक की नहीं हुई तो यह मतलब थोड़े हो गया कि किसी की नहीं होगी। अख़बारों में हर बात बढ़ा-चढ़ाकर कही जाती है।"

"हो सकता है, फ़्लू हो," उसने अपने को समझाते हुए कहा।

"और क्या," अनिल ने फ़ौरन अनुमोदन कर दिया, "आजकल फैल भी कितना रहा है।"

"तो एस्पिरिन दे देती हूँ।"

"हाँ-हाँ," अनिल ने बिना ध्यान दिये कहा। वह तब तक दोबारा किताब पढ़ने में मग्न हो गया था।

बेडरूम में जाकर उसने दवा की अलमारी में से चार गोलियाँ एस्पिरिन और चार ओरिसुल की निकालीं और कुछ लज्जित भाव से पर्स खोलकर सात रुपये भी। पहले पाँच, फिर कुछ हिचककर दो और। उन्हें लेकर, बरामदे में बैठे बुद्धन तक जाते-जाते, वह महसूस कर रही थी कि वह बहुत बचकानी और सीधी क़िस्म की औरत है। उसने जल्दी से गोलियाँ और रुपये बुद्धन को थमा दिये और वापस मुड़ गई। पीछे से आ रही उसकी 'चिरोंनजीब होओ, माँ' की आवाज़ को उसने जानबूझकर अनसुना कर दिया। उसे लग रहा था, वह किसी नाटक के अति नाटकीय दृश्य में भाग लेकर हटी है।

आज दुर्गापुर क्लब में पार्टी है। शाम को उसके लिए तैयार होते हुए, उसने ड्रेसिंग टेबल के गोल दर्पण में अपनी प्रतिच्छाया देखी तो मुस्करा उठी। वह मिसेज़ अग्रवाल से ख़रीदी कोटा

डोरिया की नई साड़ी पहने है। शुभ्र श्वेत साड़ी पर फ़िरोज़ी बार्डर, गले में सफ़ेद मोतियों की माला, कानों में एक-एक बड़ा श्वेत मोती, गोल फ़िरोज़ी बिन्दी...बाहर बादल और हलकी बूँदा-बाँदी। मधुर समरसता से भरा है सब कुछ। आज की पार्टी ख़ूब रहेगी।

'दो तारीख़ वाली अपनी पार्टी में भी यही रंग पहनूँगी,' उसने सोचा, 'बस दो दिन और हैं। हरी मख़मली घास पर जहाँ-तहाँ छिपे नीले बल्ब और वैसी ही स्वप्निल महीन नीली साड़ी।'

तभी अनिल ने आकर गन्धराज के दो फूल उसके जूड़े में लगा दिये, बोला, "पूरी बात अब बनी।"

उसे गन्धराज पसन्द नहीं। न जाने क्यों, उनकी तीव्र मीठी गन्ध में मृत्यु की बास आती है। एक बार सोचा, जूड़े से निकाल दे पर हाथ बालों तक जाकर रुक गए। कभी-कभी अनिल ऐसी रोमांटिक हरकत करता है। फूल वहीं छोड़, वह धीमे से मुस्करा दी।

तैयार होकर बाहर निकली तो बुद्धन सामने पड़ गया।

"अच्छा हुआ बुद्धन, तुम आ गए," उसने कहा, "लॉन की घास तरतीब से काट दो।"

उसकी बात पूरी नहीं हुई थी कि माँ... आ... आ के चीत्कार के साथ बुद्धन उसके पैरों पर गिर गया।

"छेले आर नईं माँ!" उसने कहा।

वह स्तब्ध खड़ी रह गई।

"टाका दाओ, माँ, दाह कोरिबो।"

टाका? यानी रुपये। पर उसके पास इस वक़्त रुपये हैं नहीं।

तभी गाड़ी की चाबी घुमाता अनिल वहाँ आ पहुँचा।

"क्या हुआ?" उसने पूछा।

"इसका लड़का मर गया," दोष आरोपते स्वर में उसने कहा।

"ओहो, बहुत बुरा हुआ," अनिल ने कहा।

"टाको दाओ, माँ, दाह कोरिबो," बुद्धन ने दोहराया।

"रुपये माँग रहा है," वह बोली, "पर रुपये तो हैं नहीं..."

"नहीं," बीच में अनिल ने कहा, "मौत में कुछ न कुछ मदद तो करनी ही पड़ेगी।"

फिर बुद्धन से बोला, "देखो, तीस रुपये मैं दे देता हूँ। बाक़ी आसपास से ले लेना। ऐसे समय में कोई मना नहीं करेगा।"

बुद्धन रुपये लेकर भगवान से उनके चिरंजीव होने की दुआएँ माँगता चला गया। वह जड़वत् खड़ी रही। हवा का तेज़ झोंका आया और तमाम वातावरण गन्धराज की महक से भर गया। उसे उबकाई आने लगी।

अनिल उसकी बाँह पकड़कर उसे गाड़ी में बिठला रहा था और कहता जा रहा था, "ऐसे वक़्त में रुपये देने ही पड़ते हैं। न होगा, पार्टी में एक डिश कम कर लेंगे।" उसका स्वर धर्माभिमान से छलका पड़ रहा था।

गाड़ी चल पड़ी। "मौत में आदमी आदमी की मदद नहीं करेगा तो कब करेगा? एक न एक दिन सभी को यह देखना है न," अनिल कहता जा रहा था और उसका मन हो रहा था कि गाड़ी का दरवाज़ा खोलकर बाहर कूद जाए। उसके स्वर की दम्भी साधुता उसका दम घोटे दे रही थी।

"तुम इतनी चुप कैसे हो गईं ?" सहसा अनिल का बदला हुआ स्वर सुनाई दिया। "जानती हो," वह कह रहा था, "तुम आज कितनी सुन्दर लग रही हो ? गुलाब की ताज़ा खिली कली सी, जिस पर दो बूँद ओस पड़ी हो।"

चौंककर उसने उसकी तरफ़ देखा। यों रसिया की तरह बढ़ा-चढ़ाकर प्रशंसा करना उसका स्वभाव नहीं है। आज क्या बात है ? शायद मौसम ही उन्मादी है। उसने अदा के साथ साड़ी का पल्लू सँवारा, बाल थपथपाए और मुस्करा दी। और बालों से गन्धराज के फूल निकालकर झटके के साथ खिड़की से बाहर फेंक दिये।

(1974)

दुनिया का क़ायदा

[1]

तूफ़ान आने से पहले की निस्तब्धता से छोटा गरम कमरा बोझिल था। भीतर का हर प्राणी आने वाले उद्यम के लिए अपने ऊर्जापुंज सँभाले बैठा था। दरवाज़े पर टिकी सबकी आँखें आशंका और प्रत्याशा से किसी की प्रतीक्षा कर रही थीं। रक्षा को लगा, उस समूह में वही एक इनसान है, जो नहीं जानती कि ठीक किसकी प्रतीक्षा करे। यह भी नहीं जानती कि प्रतीक्षा का विषय जीव है या घटना या कोई पूर्व विमोचित क्षण। पर कमरे का आशंकित वातावरण ऐसा था कि औरों का अनुसरण करती उसकी दृष्टि भी दरवाज़े पर जा टिकी।

शीघ्र उत्तर मिल गया। धम्-धम् की लयबद्ध ताल पर तीव्र आर्तनाद करती एक महिला द्वार पर दिखी। त्रिविम संगीत की तरह, पूरे कमरे में धमक और चीत्कार की संगत गूँज उठी। क्षण-भर में भूतपूर्व मौन की धज्जियाँ उड़ गईं। रक्षा के लिए वह भूचाल की आकस्मिकता लिये हुए था। वह भय से सिहर उठी, मन और शरीर ने एक साथ प्रतिवर्ती क्रिया की और वह घटनास्थल से भाग जाने को उठने लगी। पर उठ न पाई। दो स्थूल कायाओं के बीच वह फँसी बैठी थी, उठना असम्भव था। तब तक उसकी बुद्धि ने काम करना आरम्भ कर दिया और स्थिति समझ में आने लगी।

उसने देखा, कमरे में बैठी तमाम औरतें बड़े बीभत्स ढंग से अपने वक्ष और जंघाओं पर हाथों से प्रहार कर रही हैं। साथ ही उससे उत्पन्न भयावह ताल पर लय देता चीत्कार चल रहा है।

"हा...ऽ...य...बहू चल बसी...ई...ई..."
"हा...ऽ...य...भरी जवानी में धोखा दे गई...ई...ई..."
"ई...ई...ई...मेरा बुढ़ापा उजड़ गया...आ...आ...आ..."
"बच्चे बेसहारा हो गए...ए...ए...ए..."
"बूढ़े बच गए...जवान उठा लिये...ए...ए...ए..."
"रानी बहू चल बसी...ई...ई...ई..."

वह स्तब्ध रहकर दृश्य को लीलने लगी। तभी उसने देखा, ठीक सामने बैठी विमला मौसी छाती पीटते-पीटते कुछ इशारा भी करती जा रही हैं। उनकी सूखी आँखें चमक-चमककर उससे कुछ आग्रह कर रही हैं। काफ़ी नेत्र-हस्त संचालन के बाद उसकी समझ में आया कि मौसी उससे भी छाती पीटने की फ़रमाइश कर रही हैं। घृणा के मारे उसके होंठ सिकुड़ गए। उसने सिर झुकाकर घुटनों पर रख लिया और बिना हिले-डुले बैठी रही।

उफान उठ-उठकर गिर चला, रोदन का दौर थमने लगा। औरतें एक-दूसरे से मनुहार करने लगीं कि धीरज से काम लिया जाना चाहिए।

''तक़दीर पर किसका ज़ोर है...''

''बस करो जी...बस करो।''

''रो-रोकर अपनी मिट्टी वीरान न करो...''

''तुम बीमार पड़ गईं तो बच्चों को कौन देखेगा...''

रक्षा ने सिर हाथों से दबाकर ऊपर उठाया।

''यह सुनील की बहू है क्या?'' उसके बराबर में बैठी औरत ने फुसफुसाकर पड़ोसन से पूछा।

''हाँ।''

''सोनी है।''

''हाँ-आ...नाक चपटी है।''

''आँखें दीवट सी हैं।''

''रंग भी गोरा है...टीचर लगी है।''

''मैंने तो आज पहले-पहल देखी।''

''क्यों, तुम ब्याह में नहीं आई थीं?''

''ना, कहाँ? बहू जो जचगी में थी।''

सहसा रक्षा के सामने अपने विवाह के बाद का दृश्य विशदता के साथ उभर आया।

मुँह-दिखाई के समय भी वह इसी तरह सिकुड़ी सिमटी बैठी थी। बार-बार पसीना आने के कारण इसी तरह मुख पर तेल का कसैलापन छाया हुआ था। छोटा गरम कमरा इतनी ही औरतों से ठसाठस भरा था। तब भी ऊँची फुसफुसाहट में टिप्पणी चल रही थी, जो पार्श्व में ढोलकी की धम-धम पर गाए जा रहे सुहाग के थमने पर स्पष्ट सुनाई दे जाती थी। उसे लगा, इस सलवट पड़ी सफ़ेद धोती की जगह, उसे रंगीन ज़रीदार रेशमी साड़ी में होना चाहिए था। हाथ-कान-गले में ज़ेवर पहने और माथे पर लाल बिन्दी लगाए।

तभी पास बैठी औरत के प्रश्न ने उसे वर्तमान में ला पटका।

''बहू की उमर क्या थी?'' वह पूछ रही थी।

''बस पैंतीस,'' उसने कहा और सहसा उसे रोना आ गया।

''बच्चा कै बरस का है?''

''दस का,'' उसने रुँधे गले से कहा।

''लड़के की उमर कितनी है?'' एक प्रश्न और आया।

उत्तर सास ने दिया, ''अजी उमर क्या है, बस क़िस्मत फूट गई। न इधर का रहा, न उधर का। मुश्किल से बयालीस का होगा।''

''राम राम, तब जल्दी बिचारे का घर-बार संगवाओ ना।''

जो औरत सास के ठीक सामने बैठी चीत्कार कर रही थी, अब पास खिसक आई। अत्यंत महत्त्वशाली सूचना देने की भाव-भंगिमा के साथ आवाज़ धीमी करके बोली, ''साह वालों की लड़की डाक्टरनी है। तीस बरस की होने को आई, ब्याह नहीं किया। अब सूझी है...कहो तो बात करूँ?''

''डाक्टरनी है?'' सास ने फुसफुसाकर पूछा।

''हाँ जी, कमाऊ है...और साह वाले देने-लेने में भी कम नहीं।''

''कित्ता दे देंगे?'' सास की आँखें चमक उठी थीं।

''तीस-पैंतीस, जो कहो।''

''हज़ार?'' राजो बुआ ने साँस रोककर पूछा।

''तो क्या सौ?'' उत्तर में व्यंग्य छलछला रहा था।

''डाक्टरनी की पढ़ाई तो टीचर की पढ़ाई से भी ज़्यादा है,'' सास ने रक्षा पर नज़र डालकर कहा।

''ना जी, ना,'' यह स्वर लक्ष्मी बुआ का था, ''अब की तुम ऐसी लो, जो तुम्हारी सेवा-टहल करे, घरबार सँभाले। पढ़ी-लिखी किस काम की?''

''हाँ, यह वाली तो जिस दिन से आई बीमार रही। हमारे ये तो कुछ पता करते नहीं, धोखा खा गए।''

रक्षा के तन-बदन में आग लग गई।

''तभी इतनी जल्दी दूसरी शादी रचाने की सोच रही हैं,'' उसने तल्ख़ी के साथ कहा।

''लो और सुनो!'' लक्ष्मी बुआ ने आँखें फाड़कर उसकी ओर देखा।

''यह तो दुनिया का क़ायदा है।''

''हाँ भाभी,'' छोटी ननद सविता बोली, ''बड़े लोग समझ-बूझकर बात कहते हैं। उन्होंने दुनिया देखी है।''

''हमें क्या पड़ी है। बच्चे का ख़याल आता है और क्या।''

''ऐसा है तो बच्चे को मैं ले जाती हूँ,'' रक्षा ने बिना सोचे-विचारे अनायास कह डाला।

''कहना आसान है...'' विमला मौसी ने आरम्भ किया तो उसका स्वर और दृढ़ हो गया।

''भेजकर देखिए। अपने बच्चे की तरह पालूँगी।''

अब उसने समझ-बूझकर देखा। यह काम वह कर सकती है। अपने बेटे शशि के साथ राकेश को भी पाल लेगी। दो बच्चे, यानी परिवार पूरा हो जाएगा।

''ठीक तो है,'' कमला भाभी ने कहा, ''पढ़ी-लिखी है, बच्चा लियाक़त सीखेगा।''

''हाँ जी, जैसी माँ वैसी चाची,'' पारो बुआ ने कहा।

''सामने मोची रहता है न,'' सविता ने कहा, ''उसकी चाची ने बचपन में उसे जलते चूल्हे में धकेल दिया था। एक हाथ जाता रहा बेचारे का।''

''राम राम! राम राम!'' कई औरतों ने एक साथ कहा और रक्षा की ओर ताकने लगीं।

''आपके ख़याल से सौतेली माँ बहुत प्यार से रखेगी?'' उसने तिलमिलाकर कहा और साथ ही अनुभव किया, यह कोई दलील नहीं हुई। इससे बात का दंश ज़रा कम नहीं हुआ।

''सौतेली माँ भला क्या रखेगी,'' पारो बुआ ने कहा, ''सौतेली माँ तो बच्चे के लिए चुड़ैल समान है।''

''मैं जो हूँ...'' सास ने शुरू किया तो डाक्टरनी की हिमायती स्त्री बोल पड़ी, ''ना, ले

जा बहू, तू ले जा। पुन्न का काम है।''

''ज़रूर ले जाऊँगी,'' रक्षा ने कहा, ''पर भाई साहब की दूसरी शादी आसान करने के लिए नहीं।''

''तो क्या सारी उमर रँडुआ बैठा रहेगा?'' महिला ने हाथ नचाकर कहा।

''जब उनकी इच्छा होगी कर लेंगे, पर इतनी जल्दी...''

''तो उसकी इच्छा बग़ैर कर कौन रहा है बहू?''

''उनसे पूछ लिया?''

''और नहीं तो!''

''वे राज़ी हैं?'' अपार आश्चर्य के साथ उसने पूछा।

''इसमें अचरज काहे का है,'' लक्ष्मी बुआ बोलीं, ''यह तो दुनिया का क़ायदा है। औरत आदमी बग़ैर रह सकती है, आदमी औरत के बग़ैर नहीं रह सकता।''

रक्षा का मन हुआ, पूछे, ''आपने सर्वेक्षण करके देखा है?''

पर पूछा नहीं। लक्ष्मी बुआ बाल-विधवा हैं। ऐसा कहना उन पर कटाक्ष लगता।

''अभी तो जीजी को गुज़रे बारह दिन...'' उसने कहा और अब इतनी देर बाद उसे अपने पर क़ाबू नहीं रहा। वह फूट-फूटकर रोने लगी। उसे रोता देख आसपास की कुछ औरतें फुग्गा मारकर रोने लगीं और कुछ उन्हें सांत्वना देने लगीं।

''चुप कर री, चुप कर।''

''अब सबर के सिवा चारा क्या है?''

''सास ने इतनी सेवा की, भगवान् ने सुनी नई...ई...ई...।''

''और लड़के ने क्या कम की? सारा-सारा दिन अस्पताल में पड़ा रहा... आ...आ...।''

उनकी बातों से रक्षा के आँसू सूख गए, पर कमरे में जोश आ गया। तभी द्वार पर एक और अदाकार के आगमन ने चढ़ते दौर को भड़का दिया। यह महिला छाती और जंघा पीटने के साथ अपने खुले केश नोच रही थी। सारा कमरा प्रभावित हो उठा। क्रंदन में ठमक आ गई। लयबद्ध गूँज छत फाड़ने लगी।

''यह कौन आई?'' पड़ोसन ने रोमांचित स्वर में रक्षा से पूछा।

''पता नहीं,'' रक्षा के तल्ख़ उत्तर के साथ विमला मौसी ने सही उत्तर दे दिया।

''बहू की भाभी।''

''मैके वाले आए हैं?''

''हाँ।''

''माँ कहाँ है?''

''माँ नहीं आई।''

''क्यों?''

''कहला भेजा, खाट पर पड़ी है।''

''लो और सुनो। धी के मरे पर रोने भी न आई।''

''अजी फ़ैशन में मरे जाए हैं। भाई-भाभी को भेज दिया।''

''लाए क्या?'' पड़ोसन ने मारे कौतूहल के सिर आगे बढ़ाकर पूछा।

''लाए क्या ख़ाक,'' मौसी ने ग़ुस्से से कहा, ''इने तो अक्कल हई नहीं।''

"गेहूँ, चावल, चीनी कुछ न लाए?"

"ना। क़ायदा-क़ानून मानें तब ना।"

इस पूरे वार्तालाप के दौरान उनके हाथ बिना रुके छाती पर चोट करते जा रहे थे। रक्षा ने जलती आँखों से उन्हें घूरा तो वे बात करना छोड़ चीत्कार कर उठीं :

"जवान धी चल बसी...ई...ई...ई..."

"कैसे लड़की बिदा कराई रे...ए...ए...ए..."

"बाप-भाई लेन भी ना आए...ए...ए...ए..."

"होली-दीवाली पर किसे दोगे रे...ए...ए...ए..."

"माँ के रहते धी चल बसी...ई...ई...ई..."

हर चीख़ के साथ धम्-धम् ताल और ताल के साथ प्रलाप तीव्रतर होता गया। कमरा इतना गरम हो उठा कि पेंडुलम के समान हिलते माथों से, पसीने की धारें, अवरुद्ध गति से छाती पीटती हथेलियों पर गिरने लगीं। मैके वाली भाभी के पसीजे हाथ टूटे बालों के गुच्छों से भर गए। आँखों की पुतलियाँ सुर्ख़ डोरों के बीच सुदर्शन चक्र के समान घूमने लगीं। दृश्य इतना प्रचंड हो गया कि रक्षा को लगा इसका अन्त पराकाष्ठा पर पहुँचकर ही हो सकता है, जो किसी के मूर्च्छित हो धराशायी होने पर होगा।

सूनी आँखों से देखते-देखते रक्षा को लगा, इस बीभत्स-विक्षिप्त माहौल के बीच एक ओर उसकी अपनी लाश पड़ी है, जिसे घेरे जन-समुदाय नकिया कर चीख़ रहा है, "ई...ई...ई...बहू मर गई...ई...ई..." और दूसरी ओर लाल कपड़ों में लिपटी नई-नवेली को घेरकर सुहाग गाया जा रहा है।

[2]

अनेक सिगरेटों से निकल रहे धुएँ के मिले-जुले गुबार के कारण छोटा बन्द कमरा बोझिल था। भीतर का हर प्राणी आने वाले दृश्य के लिए अपनी उत्सुकता थामे बैठा था। सबकी आँखें आग्रही प्रतीक्षा के साथ बीच के गोलाकार प्रकाश-पुंज पर टिकी हुई थीं। यह रक्षा का देखा-भाला परिचित माहौल है। वह अच्छी तरह जानती है कि वे किसकी प्रतीक्षा कर रहे हैं। वह, जो व्यक्ति होकर भी व्यक्ति नहीं है, है केवल एक घटना, एक तमाशा। इन लोगों ने अनेक बार यह तमाशा देखा है, फिर भी हलकी अपेक्षा बनी हुई है कि इस बार, वह कुछ नया लेकर सामने आए।

शीघ्र प्रतीक्षा का विषय आ पहुँचा। विदेशी बैंड के अति नाटकीय तुमुल नाद के साथ, एक लड़की प्रकाशपुंज में उतर आई। सितारों जड़ी नामालूम सी पोशाक, भड़कीला रंग लेप और हाथ में सिगरेट। रंग बदलते प्रकाशपुंज के बीच, नगाड़े की तीव्रतर होती धम्-धम् ताल पर, वह कमर और कूल्हे मटकाकर इधर-उधर इठलाने लगी। सब कुछ इतना पुनरावृत्तिपूर्ण था कि रक्षा को जमुहाई आ गई। उसकी सार्वजनिक बुद्धि ने उसे रोक लिया। ऊब से भरी वह सोचने लगी, वह वहाँ क्यों बैठी है? इस तमाशे में न सौन्दर्य है, न कला, न मनोरंजन, यहाँ तक कि कामोत्तेजना भी नहीं। है बस एकरसता और शोर।

उसने मेज़ पर बैठे अपने साथियों पर नज़र घुमाई। देखा, सुनील और मिस्टर मेहता की

नज़रें यांत्रिक तौर पर लड़की के शरीर पर फिसल रही हैं पर चेहरे पर भाव ऊब का है। मिसेज़ मेहता छत पर नज़र टिकाए शायद वहाँ लटके गुब्बारों की गिनती कर रही हैं। आख़िर वे वहाँ आए क्यों हैं? ये मिस्टर-मिसेज़ मेहता उनके आत्मीय नहीं हैं, उनके परिचित भी नहीं हैं। आने से पहले सुनील से कहा था तो अपेक्षित उत्तर मिला था, ''सभ्य समाज का यही क़ायदा है। ख़रीद-फरोख़्त, नौकरी-पेशा, सब खाने की मेज़ के इर्द-गिर्द, शराब का गिलास हाथ में लेकर तय होते हैं। मेहता से मेरा एक काम अटका पड़ा है।''

''आज बिलकुल मन नहीं है,'' उसने टालते हुए कहा था, ''शशि को रोज़ नौकर के पास छोड़ना पड़ता है।''

''कॉलेज जाती हो तब भी छोड़ती हो।''

''इसीलिए दुबारा शाम को छोड़ने का मन नहीं होता। फिर कॉलेज जाकर पढ़ाने में कुछ सार्थकता तो है।''

''तो यह क्या निरर्थक है? मैंने कभी तुम्हें नौकरी करने से मना नहीं किया, सिर्फ़ इसलिए कि तुम्हारा कहना है, वह तुम्हारे बौद्धिक जीवन के लिए ज़रूरी है। फिर मेरे साथ चलने से तुम क्यों कतराती हो? जबकि यह हमारी प्रगति के लिए आवश्यक है।'' मेरी की जगह हमारी कहने का अर्थ उसकी समझ में आ गया था।

अंतिम चीत्कार के साथ बैंड थरथराकर चुप हो गया। लड़की और प्रकाशपुंज दोनों एक साथ ग़ायब हो गए। विश्रांति की साँस लेकर रक्षा ने पीठ कुर्सी से टिका दी और सिर हाथों से दबाकर छोड़ दिया। कुछ देर के मौन के बाद बैंड ने फुसफुसाती सी रूमानी धुन छेड़ दी। पहले के उग्र शोर के बाद यह मधुर संगीत नसों के तनाव को सहलाकर हटाने लगा। कुछ देर आराम से बैठने के ख़याल से रक्षा मुस्कराई थी कि मिस्टर मेहता, चेहरे पर सामाजिक मुस्कराहट लिए उसकी ओर बढ़ आए। अगले क्षण उसने अपने को उनकी बाँहों में घिरे फ़र्श पर नाचते पाया।

''आप बहुत अच्छा नाचती हैं,'' मिस्टर मेहता ने औपचारिकता से कहा। कमर पर रखा उनका हाथ फिसलकर उसके वक्ष तक आ गया और पलांश में दुबारा फिसलता हुआ कमर पर लौट आया। मारे घृणा के उसका मुँह सिकुड़ गया। जलती आँखों से उनके चेहरे की तरफ़ ताका तो पाया, वहाँ मासूम उदासीनता के सिवा कुछ नहीं है। उसे अपनी ओर देखता पा वह मुस्कराये, बोले, ''मिस्टर सुनील कह रहे थे, आप कॉलेज में पढ़ाती हैं। क्या विषय है?''

तब तक उनका हाथ उसके कूल्हे पर जा टिका था।

''हिन्दी।'' उसने अपने शरीर को झटककर उनका हाथ हटाने का प्रयत्न किया, पर सफल नहीं हुई। कुछ देर बाद हाथ हटा तो अपनी इच्छा से और वह भी तब, जब वह पहले की तरह उसे दुलार चुका था। असीम क्रोध और घृणा से वह तिलमिला उठी। इन लुकी-छिपी हीन कामोत्तेजक हरकतों से उसे ख़ास नफ़रत है। इसीलिए वह नृत्य करना पसन्द नहीं करती। उसका मन हो रहा था, मिस्टर मेहता के गाल पर एक तमाचा लगाकर, उन्हें धक्का दे अलग कर दे और चीख़कर उनकी भर्त्सना करे। पर वह जानती थी, ऐसा करने पर कमरे का उच्च-वर्गीय जन समूह उसे पागल घोषित कर देगा। सुनील उसे कभी क्षमा नहीं करेगा। फिर वह दलील क्या देगी? कितनी सहजता से उसे कल्पना या दुर्भावना का नाम दिया जा सकता था।

फिर भी, उस धुन के समाप्त होते ही उसने कहा, ''मैं बहुत थक गई हूँ और नहीं करूँगी।''

''यह कैसे हो सकता है?'' मिस्टर मेहता ने उसके कन्धे पकड़कर दबा दिये, ''सभी तो फ़र्श पर हैं। देखिए न, सारी कुर्सियाँ ख़ाली पड़ी हैं।''

''नहीं,'' उसने दृढ़ स्वर में कहा, ''और नहीं।''

वे मेज़ पर लौट आए। उसने देखा, फ़र्श से सुनील ने आश्चर्य से उसकी ओर देखा, फिर वह और मिसेज़ मेहता उनके पीछे-पीछे आ गए।

उनके मेज़ पर पहुँचते ही मिस्टर मेहता ने शिकायत की, ''सुनील साहब, आपकी पत्नी बहुत नाज़ुक हैं। अभी से थक गईं।''

माथे पर शिकन डालकर सुनील ने उसकी तरफ़ देखा फिर औपचारिकता ओढ़कर बोला, ''क्या हुआ?''

पूरा मनोबल लगाकर रक्षा कामना कर उठी कि सुनील उसकी मुखाकृति देखकर बात समझ जाए, कहा, ''मैं और नहीं नाचना चाहती।''

पर बैंड ने फिर तेज़ आधुनिक धुन छेड़ दी थी। उसकी आवाज़ शोर में डूबकर रह गई। ठीक से सुनने या किसी और इच्छा से प्रेरित होकर मिस्टर मेहता उसके ऊपर ऐसे झुक आए कि उनके होंठ उसके गालों को छू गए।

''मैं और नहीं नाचूँगी,'' उसने लगभग चीख़कर कहा। तभी धुन सहसा मद्धम पड़ गई, जिससे उसका कहा वाक्य पूरे कमरे में आर्तनाद की तरह गूँज गया। सुनील और मिसेज़ मेहता ही नहीं, आसपास की मेज़ों पर बैठे लोग भी चौंककर उसे घूरने लगे।

लज्जा से भरकर उसने धीमे से कहा, ''मैं थक गई हूँ। मेरे ख़याल से अब चलना चाहिए।''

''जैसा आप चाहें,'' मिसेज़ मेहता ने सौजन्यपूर्ण स्वर में कहा।

सुनील ने होंठ चबा डाले। उसकी ओर एक तीखी नज़र फेंककर बोला, ''नहीं, नहीं। अभी एक कैबरे बाक़ी है, देखकर जाएँगे। बैठिए मिस्टर मेहता, मिसेज़ मेहता अभी नहीं जाएँगे। बैठो भी रक्षा, अभी तो रात जवान है। एक गिलास और हो जाए।''

शराब का दौर चलने लगा। रक्षा समझ गई, समाँ चढ़ाव पर है। इस दृश्य का अन्त पराकाष्ठा पर पहुँचकर ही हो सकता है, और वह है शराब की तुर्शी और गर्मी से आत्म-विमुख होकर, बारह बजे होने वाले स्ट्रिपटीज़ का कामुक रसास्वादन। मंच से धुन उभरती गई। कभी मन्द, कभी उग्र; कभी रूमानी, कभी प्रमुदित; कभी प्राचीन विदेशी सभ्यता का वाल्ट्ज, कभी आधुनिक विदेशी सभ्यता का पॉप। मिस्टर मेहता के हाथ उसकी ओर बढ़ते गए और वह नाचती गई। कभी उनकी बाँहों में घिरकर, कभी उनके सामने खड़े होकर। हर स्थिति में उनकी हरकतें चलती गईं और रह-रहकर वह अपने से पूछती गई, आख़िर वह यहाँ से चली क्यों नहीं जाती?

चार-पाँच नृत्यों के बाद उसने अपने को सुनील की बाँहों में नाचते पाया।

''दुनिया का क़ायदा है,'' वह कह रहा था, ''पहले मेहमान जाने की बात उठाता है और तुम हो कि ख़ुद कह देती हो, अब चलना चाहिए।''

''मुझे मेहता पसन्द नहीं है,'' उसने कहा।

''क्यों? अच्छा-ख़ासा ज़िन्दादिल आदमी है।''

''नाचते वक़्त अजीब हरकतें करता है।''

''कैसी हरकतें?''

बतलाना चाहकर भी वह बतला न पाई। लगा, उन हरकतों का ब्योरेवार वर्णन असम्भव

रूप से लज्जाजनक है।

"ऐसे ही। मुझे पसन्द नहीं है," उसने कहा।

"तुम भी...बहुत वहमन हो।"

"नहीं, सच। वहम नहीं है," उसने कह तो दिया पर सोचने लगी, कहीं वाक़ई वहम तो नहीं है।

"अच्छा चलो," सुनील ने कहा, "और नाचना छोड़ो, बैठकर गपशप करते हैं। कैबरे देखकर चले जाएँगे।"

"कैबरे का इतना क्या शौक़ है?"

"मुझे कौन सा शौक़ है," अब सुनील को ग़ुस्सा आने लगा था, "बतलाया तो था मेहता से एक काम अटका पड़ा है। बन गया तो नई गाड़ी ख़रीद लूँगा।"

रक्षा के चेहरे पर तनाव बना रहा।

"फिर तुम्हारा जन्मदिन आ रहा है," सुनील ने स्वर स्निग्ध बनाकर कहा।

"काम बन गया तो ख़ूब शान से मनाएँगे।"

रक्षा ने दीर्घ निःश्वास छोड़ी और मनोयोग से नाचने लगी।

"सच रक्षा," सुनील कुछ देर चुप रहकर बोला, "तुम बहुत असहिष्णु हो। नाचने में थोड़ा-बहुत यह सब चलता है। न जाने तुम इतनी परेशान क्यों हो जाती हो।"

तड़पकर रक्षा ने उसकी ओर देखा तो वह सकपकाकर सफ़ाई देने लगा, "मेरे लिए तो अच्छा है," उसने मुस्कराकर कहा, "मुझे तुम पर गर्व है। मैं ख़ुद नहीं चाहता, मेरी चीज़ को कोई आँख उठाकर देखे।"

रक्षा ने उसके स्वर के गर्व को अनुभव किया और साथ यह भी कि यह कोई दलील नहीं हुई। इससे बात का दंश ज़रा भी कम नहीं हुआ।

वे लोग मेज़ पर लौटे थे कि कमरे में सन्नाटा छा गया। तूफ़ान आने से पहले वाला सन्नाटा। गोलाकार प्रकाशपुंज फिर उदय हुआ और साथ ही छत से टकराता ऐलान माइक पर गूँज गया, "मिस लोऽला!" नगाड़े पर निर्मम प्रहार हुआ और एक नई अदाकारा प्रकाशपुंज में आ उपस्थित हुई। नगाड़े की धम्-धम् तुमुल ताल पर यह स्त्री कमर और कूल्हे मटकाने के साथ, एक-एक करके, अपने भड़कीले कपड़े उतारकर फेंकने लगी। पूरा कमरा प्रभावित हो उठा। ढोल-डमरू और नगाड़े की बढ़ती छटपटाहट के साथ जन समुदाय का अधैर्य भी बढ़ता गया। जलती निगाहों और साँसों के मिश्रण से ठंडा वातानुकूलित कमरा गरम हो उठा। अनेक मस्तक पसीने से भीग गए। आख़िर उसके शरीर पर केवल एक वस्त्र बचा रह गया। पर उसने भीतर भाग जाने की रस्म अदा नहीं की। इठला-इठलाकर मेज़ों के इर्द-गिर्द घूमने लगी, तो अनेक होंठों से इकट्ठी छोड़ी गई उसाँस सीटी की तरह बज उठी। शराब के आधिक्य के कारण पेंडुलम समान झूलते हाथ उसे छूने के लिए आगे बढ़े। पर वह अदा और होशियारी के साथ उनसे बची रही। हाँ, आँखों के सुर्ख़ डोरों के बीच सुदर्शन चक्र के समान घूमती पुतलियाँ, जी भरकर इस नए तमाशे का पान करती रहीं।

"निर्लज्जता के अभियोग में इसे कई बार पुलिस पकड़ चुकी है," मिसेज़ मेहता ने उत्तेजित स्वर में फुसफुसाकर कहा।

"फिर?"

"फिर क्या ? बड़े-बड़े लोगों से यारी है, हर बार छूट जाती है।"

सूनी आँखों से देखते-देखते रक्षा को लगा, उस बीभत्स विक्षिप्त माहौल के बीच एक ओर उसकी अपनी निर्वस्त्र देह याचना करती घूम रही है। और दूसरी ओर उपहारों और गुब्बारों से लदा सुनील हैप्पी बर्थ डे गाता नाच रहा है।

(1974)

अगर यों होता

''तुम दस साल पहले कहाँ थीं?'' जिम ने कॉफ़ी में चम्मच चलाते-चलाते पूछा।

''1960 में? दिल्ली। बी.ए., में पढ़ रही थी, क्यों?'' मधुर ने प्याला नीचे रखकर उत्तर दिया और उसकी ओर देखने लगी।

''1960 में मैं पहले-पहल हिन्दुस्तान आया, दिल्ली भी गया था।''

''तो?''

''तुम मुझे तब मिली होतीं तो हमारा विवाह हो गया होता।''

''क्या बेकार बात करते हो।''

''बेकार बिलकुल नहीं है। सच कहता हूँ आठ-दस साल पहले तुम मुझे मिलतीं तो दुनिया की कोई ताक़त हमें अलग नहीं कर सकती थी।''

''क्या रद्दी कहानीकारों की तरह बोलते हो?''

''चलो रद्दी सही, पर क्या करूँ, इस वक़्त मेरी भावनाएँ कहानी की तरह हो रही हैं,'' वह हँस पड़ा।

''तुमने रवीन्द्रनाथ ठाकुर की वह कविता पढ़ी है, फेयरवैल माई फ्रेंड?'' मधुर ने शायद बात बदलने के ख़याल से कहा।

''फेयरवैल माई फ्रेंड?'' जिम ने कुछ सोचकर कहा, ''बांग्ला में शेशेर कविता नाम है न उसका?''

''हाँ।''

''पढ़ी है, बांग्ला में।''

''बांग्ला में? तुम क्या बांग्ला जानते हो?'' मधुर ने आश्चर्य के साथ कहा। अब तक उनकी बातचीत अंग्रेज़ी में हो रही थी।

''ख़ूब अच्छी तरह। दस साल से बंगाल में जो रह रहा हूँ।''

''मुझे सुनाओगे? मैंने अंग्रेज़ी अनुवाद ही पढ़ा है।'' कुछ सोचकर वह अपनी बात पर हँस पड़ी, ''कितनी मज़ेदार बात है, तुमने अंग्रेज़ होकर बांग्ला में पढ़ी है, मैंने अंग्रेज़ी में। हिन्दी के अलावा अपने देश की कोई भाषा सीखी ही नहीं।''

''चौमत्कार। अंग्रेज़ से शादी करने पर तुम्हारे घरवाले नाराज़ नहीं होते?''

''फिर बेकार की बात।''

''बोलो भी।''

''होते। बहुत नाराज़ होते।''

''तो तुम क्या करतीं? अपने घरवालों से डरती हो?''

"मैं भला क्यों डरूँगी ? मैं जिससे प्यार करती, उससे विवाह भी करती। मैं किसी से नहीं डरती-वरती।"

"तब ठीक है। मैं तुम्हें हनीमून के लिए हांगकांग ले जाता।"

"हांगकांग क्यों ?"

"बढ़िया जगह है, गई हो कभी ?"

"नहीं।"

"एक महीना वहाँ रहते, छुट्टी मनाते, फिर...फिर कुछ कामधाम करना पड़ता।"

"तुम्हारा घर कहाँ है ?"

"माँ-बाप कैनेडा में रहते हैं आजकल। पहले इंगलैंड में थे। मैं ऑक्सफ़ोर्ड में पढ़ता था। और रहता हूँ कलकत्ते में, पिछले दस साल से। तुम्हें मैं पूरे संसार की सैर कराता। मुझे घुमक्कड़पन की सनक है। तुम्हें पसन्द है न ?"

"हाँ।"

"कहाँ-कहाँ जाना चाहती हो ?"

"जापान...रोम...पेरिस।"

"बहुत ख़ूब, चीन, ग्रीस, ईजिप्ट और टर्की ?"

"और ?"

"और इंगलैंड। है छोटा सा आइलैंड, पर बहुत सौन्दर्य है वहाँ, बहुरंगा सौन्दर्य। इतनी छोटी जगह में इतना सौन्दर्य मैंने और कहीं नहीं देखा। भारत में सब कुछ विशाल है। दूरियाँ अधिक हैं तो ऊँचाइयाँ भी। स्त्रियाँ अधिक सुन्दर हैं और अधिक भावुक भी," उसने कुछ हँसी के स्वर में कहा, फिर बोला, "कभी हिन्दुस्तान से बाहर गई हो ?"

"नहीं, पर मेरे पति अगले साल अमेरिका जाने को कह रहे हैं।"

"और योरप ?"

"वहाँ भी, घूमते-घामने।"

"ठीक है, तुम्हारे साथ मेरी डेट पक्की। पेरिस में दस जनवरी को चार बजे, बोय में।"

मधुर ज़ोर से हँसने वाली थी कि उसके मुँह का भाव देख रुक गई। वह एकटक उसकी ओर देख रहा था, भूरी आँखें कुछ नम थीं, साथ ही शैतानी से चमक रही थीं।

"क्लियोपैट्रा," उसने कहा, "तुम क्लियोपैट्रा की तरह हो। उम्र और जानकारी से तुम्हारी ताज़गी और विलक्षणता में कोई अन्तर नहीं पड़ता।"

फिर कुछ रुककर बोला, "हमारे बच्चे कितने सुन्दर होते। पूरब और पश्चिम का अतुलनीय, अद्‌भुत मिलन। एक लड़की, एकदम कमाल की होती वह।"

"धत्," उसने कहा।

"धत् क्या ? जानती हो, तुम कितनी सुन्दर हो ? तुम्हारे बाल, तुम्हारे हाथ। मेरे घर के लोग तुम्हें देखते ही मुग्ध हो जाते और जब तुम्हारे घर के लोग देखते, हम एक-दूसरे से कितना प्यार करते हैं तो वे भी नाराज़ नहीं रहते।"

"मैंने तुमसे कहा है क्या कि मैं तुम्हें प्यार करती या तुमसे विवाह कर लेती ?"

"कहा नहीं तो क्या हुआ। अब करती हो तो तब क्यों नहीं करतीं ?"

"अब करती हूँ ? किसने कहा ?"

"मैं जानता हूँ और तुम भी जानती हो। हम जीवन में पहली बार प्यार कर रहे हैं, असली प्यार।"

"क्या बकवास है! हम दोनों विवाहित हैं। मैं अपने पति से प्यार करती हूँ और ख़ूब सुखी हूँ।"

"तो मैं अपनी पत्नी से प्यार नहीं करता क्या, या तुम्हारा ख़याल है, नहीं करता?"

"मेरा ऐसा ख़याल क्यों होगा? हम दोनों विवाहित हैं, हमारे बच्चे हैं, हम सुखी हैं, फिर बेकार की बातें क्यों करते हो! हम लोग एक पार्टी में मिले और अब इस नाटक में भाग ले रहे हैं। महीना-पन्द्रह दिन मिलने से क्या प्यार हो जाता है?"

"हो जाता है या नहीं, मैं नहीं जानता, पर हो गया है। शायद हम पिछले जन्म में मिले हों। मैं अब तक पुनर्जन्म में विश्वास नहीं करता था, अब करने लगा हूँ...अजीब चीज़ है जीवन भी। पहले तुम मुझे मिली होतीं तो मुझसे बच नहीं सकती थीं। सच कहो, पहले कभी तुमने इतना प्यार किया है?"

"क्यों नहीं किया? मेरी अरेंज्ड मैरिज नहीं थी।"

"तो मेरी कौन सी थी? पर पहले हम मिले जो नहीं थे।"

"जब मिले नहीं थे तो ख़याली पुलाव पकाने से फ़ायदा? जो हुआ नहीं, जिसका कुछ अस्तित्व नहीं, जो हो नहीं सकता, उसे लेकर वाद-विवाद से लाभ?"

"लाभ तो नहीं है।"

"तब बन्द करो। ऐसी बातें सुनने से लगता है, मैं अपने पति के साथ विश्वासघात कर रही हूँ।"

"अब कौन रद्दी कहानीकार की तरह बोल रहा है? ख़ैर, ठीक है। हमें वापस जाना है अपने-अपने घर, अपने-अपने परिवारों के पास। चलो, कॉफ़ी ख़तम करो, मेकअप के लिए अन्दर चलें।"

जिम मनोयोग से कॉफ़ी पीने लगा। कुछ देर मौन बना रहा। फिर मधुर ने कहा, "तुमने कुछ कहा?"

"नहीं, भीतर चलो।"

"चलो," मधुर ने सुस्ती से कहा और उठने लगी। जिम ने हाथ आगे बढ़ा दिया, उसका हाथ थामकर उसे उठाने लगा। सहसा उसने कहा, "वाक़ई हमें मिलना-जुलना बन्द कर देना चाहिए। अगर मिलते रहे तो एक दिन मैं तुम्हें प्यार कर बैठूँगा। और तुम भी जानोगी प्यार किसे कहते हैं। वह हम दोनों के जीवन का अपूर्व क्षण होगा।"

"नहीं," मधुर ने कहा और हाथ छुड़ाकर जल्दी से उठ खड़ी हुई। उसका रोम-रोम सिहर उठा था। मुँह पर रक्त दौड़ गया था। वह चाहती थी, जिम बोलता जाए, पर उसने और कुछ नहीं कहा।

दोनों अन्दर चले गए। नाटक समाप्त होने पर जिम ने कहा, "गुड नाइट।"

"नहीं, सुनो," मधुर ने कहा, "मुझे घर छोड़ दो। मेरे पति बाहर गए हैं, मुझे लेने नहीं आएँगे।"

दोनों गाड़ी में बैठ गए। गाड़ी आगे बढ़ने लगी। भीतर बिलकुल चुप्पी थी। नाटक समाप्त हो गया था। जिम चुपचाप गाड़ी चला रहा था। मधुर देख रही थी, अभी गाड़ी सुनसान पथ से

जा रही है, फिर बाज़ार आ जाएगा, फिर उसका घर। वह गाड़ी का दरवाज़ा खोलकर उतर जाएगी। गुड नाइट, गुड बाई, समाप्त। उसने जिम की तरफ़ देखा, वह सड़क की तरफ़ देख रहा था। सुनसान पथ पर एक गति से गाड़ी, बिना हिचकोले खाए, चली जा रही थी। नाटक समाप्त हो गया है। कल से उनके पास मिलने का कोई कारण नहीं बचेगा। गुड नाइट, गुड बाई, समाप्त।

''जिम,'' उसने पुकारकर कहा, जैसे वह उसके बराबर में न होकर कहीं दूर हो।

''हाँ।''

''गाड़ी रोक दो।''

गाड़ी रुक गई।

''आज के बाद तुम मुझे नहीं मिलोगे?''

''नहीं।''

''कभी-कभी, क्लब में या कहीं और...''

''नहीं, मैं तुमसे अजनबी की तरह नहीं मिल सकता,'' जिम ने अब उसकी तरफ़ देखा।

''जिम...जिम...जाने से पहले...मैं तुम्हें प्यार करती हूँ,'' उसने छलाँग लगा दी।

''जानता हूँ,'' जिम ने कोमल स्वर में कहा।

''ओह, जिम, मैं यह नहीं सह सकूँगी। जिम, जाने से पहले एक बार...,'' मधुर ने उसका हाथ पकड़कर अपने होंठ उसकी हथेली पर रख दिये।

''नहीं,'' जिम ने स्नेह से उसके बाल सहलाते हुए कहा, ''ऐसे नहीं मधुर! मैं तुम्हारा एक चुम्बन नहीं लेना चाहता। चाहता हूँ मैं जब चाहूँ जहाँ चाहूँ तुम्हारा चुम्बन ले सकूँ। पर हमारे साथ एक भीड़ है। हम अकेले नहीं हो सकते।''

मधुर ने सिर उठाया तो उसकी आँखों में एक आँसू आ गया। वह पोंछने के लिए हाथ उठा रही थी कि जिम ने अपने होंठों से आँसू उठा लिया और धीमे से उसके होंठों पर रख दिया। नमकीन सा स्वाद महसूस हुआ कि होंठ हट गए। उसे लगा, एक बवंडर उठा था जो बहुत कुछ तहस-नहस कर गया। बस एक फूल फुनगी पर आधा लटका रह गया था जो तूफ़ान के चले जाने पर उसके होंठों पर आ गिरा। आश्चर्य, उसे अनिश्चित सा ख़याल आया, यह तो प्रथम चुम्बन के समान है। उसने आँखें बन्द कर लीं। गाड़ी फिर चल दी।

बत्तियों की जगमगाहट से चौंककर उसने आँखें खोलीं। वे बाज़ार से गुज़र रहे थे।

''गाड़ी रोक दो,'' उसने धीमे स्वर में कहा, ''बेबी के लिए खाँसी की दवा लेनी है।''

(1974)

टुकड़ा-टुकड़ा आदमी

"इस मुई बरखा को भी अभी आना था!" रामदीन ने फटा खेस बदन के चारों ओर कसते हुए कोसा।

"छिः ! किसान हो, बरखा को गाली दे रहो हो," बलिया ने फ़ौरन टोका।

"अरे किसान अब रहा कौन है ? अब तो उमर भर इसी मसीनवा में हाड़ झौंसना है। रात-भर बरखा हुई तो टपरे के नीचे नदिया बह निकलेगी, समझीं ?"

"हाँ-आ, खेत-खलिहान भी तो भरेंगे।"

"तो कौन तेरे बाप के खेत-खलिहान हैं ? पहले सरदी-बुख़ार, ऊपर से बरखा, तिस पर कल चीयरमैन साब पधार रहे हैं।"

"ये चीयरमैन साब कौन हुए ?"

"मसीन के चौधरी, और कौन ?"

"मसीन के भी चौधरी होत हैं ?"

"और नहीं तो क्या, आसमान से टपके हैं ?"

"इतनी बरखा में आएँगे ?"

"उन्हें कौन पैदल आना है जो बरखा लगेगी। जहाज, नहीं तो गाड़ी में बैठकर आ जाएँगे।"

"तो तुम्हें क्या ?"

"बुख़ार बढ़ा तो मसीन पर जाऊँगा कैसे ?"

"तो न जाना। चीयरमैन साब कौन तुमसे मिलने आएँगे !"

"हुई न मोटी अक्कल लुगाई की। नागा हुआ तो छँटनी में न आ जाऊँगा ?"

"राम राम !" बलिया ने त्रस्त भाव से कहा, "परमातमा करे, बरखा थम जाए। ये टपरा चुए भी तो कित्ता है !"

पर वर्षा न थमी।

इस वर्ष जैसे पिछली भूलों का प्रायश्चित्त कर रहे हैं, इन्द्रदेव। वर्षा क्या है, चाबुक की मार है। खेत-मैदान, नदी-नाले भरे तो भरे, सड़कें, गड्ढे और झोंपड़ियाँ भी भर गईं। बेलापुर गाँव तो है नहीं कि जल धरती में जज़्ब हो अन्न-धन बन फूटे। गाँव नहीं है तो पक्की सड़कों वाला शहर भी नहीं है। है एक औद्योगिक क़स्बा। देहाती देश में यंत्रबिद्ध युग का पपड़ी भर विस्तार। लिहाज़ा, बेलापुर सीमेंट कारख़ाने की इमारत पक्की है, अफ़सरों के घर पक्के हैं, कारख़ाने और अफ़सर कॉलोनी के बीच की सड़कें पक्की हैं। पक्की इमारत के भीतर मशीनें आधुनिक हैं और सर्वोत्तम उत्पादिता की दौड़ में दिन पर दिन अधिक यंत्रीकृत होती जा रही

हैं पर कारख़ाने के बाहर खेत-खलिहान रहित, कच्ची सड़कों और नालों से घिरी, टपरों और कच्ची दीवारों की बस्ती है, जहाँ यंत्रीकरण के दबाव में छँटते मज़दूर रहते हैं।

रात-भर वर्षा न थमी तो पास का गन्दा नाला झुग्गियों के भीतर जा पहुँचा और छत से चूते वर्षा के ताज़े जल से संगमित हो, दूने वेग से बह निकला।

रात के तीसरे पहर तक झुग्गियों के निवासी अपने फटे खेस-कम्बल लपेटे, छत कहलाने वाले टपरे के नीचे सोने लायक़ सूखे कोने खोजते रहे। चौथे पहर, इस निष्फल प्रयास को छोड़, मर्द अपने अधगीले खेस-कम्बल सँभाले कारख़ाने की तरफ़ चल दिये। वहाँ बैठने लायक़ सूखे कोने आसानी से मिल सकते थे। औरतें कम गीले सामान को अधिक गीले सामान से अलग कर, इधर से उधर और नीचे से ऊपर रख, कुछ बचा लेने के असफल प्रयत्न में जुटी रहीं। भोर होती देख, बच्चे टपरों से बाहर निकल आए और वर्षा के सामने पूर्ण समर्पण कर, गन्दे नालों में कूड़े-कचरे की नावें चलाने लगे।

असहनीय सर्दी-बुख़ार से ठिठुरता रामदीन, कोशिश करके भी अन्य पुरुषों के साथ कारख़ाने की शरण में न जा सका। झुग्गी के एक कोने में, उलटाये चूल्हे पर काठ का बक्सा रख, उस पर घर के तमाम चादर-खेसों में लिपटा पड़ा रहा, और बराबर कराहता गया।

''ज़रा हिम्मत करके कारखाने हो आओ, कम्पौडर बाबू से दवाई मिल जाएगी,'' बलिया कहे जा रही थी।

''लो, बरखा थम चली,'' उसने फिर कहा, ''कौन जाने अब सूरज निकल आए।'' तभी सूरज निकलने से भी अधिक अप्रत्याशित घटना घट गई। आँखें फाड़कर बलिया ने देखा, पूरी टोली के साथ, हाथ में छाता पकड़े सामने से मैनेजर साहब चले आ रहे हैं और छाता अपने नहीं, किसी और के सिर पर ओढ़ाये हुए हैं।

''हाय दैया! देख तो...मिनेजर साऽब!'' वह सीटी सी बजाकर फुसफुसाई तो रामदीन ने सिर झटककर आँखें खोल दीं।

''चीऽयरमैन साऽब,'' उसके फटे गले से निकला।

''क्या?'' बलिया ने पूछा।

''वो...वो...चीयरमैन साब,'' रामदीन कुलबुलाया और एक छलाँग में झुग्गी से बाहर हो गया। बुख़ार की गर्मी में उसे लगा, चेयरमैन साहब नागा करते उसे ही पकड़ने वहाँ आ पहुँचे हैं।

झुग्गियों की तरफ़ आते चेयरमैन साहब वहाँ आकर रुक गए जहाँ बच्चे कचरे की नावें चला रहे थे। लोगों ने देखा, चेयरमैन साहब ने हाथ हिलाकर मैनेजर साहब से कुछ कहा, बहुत कुछ कहा और मैनेजर साहब ने सिर झुकाकर सुना। ठीक क्या कहा, वे लोग सुन नहीं पाए, क्योंकि सुन पाने की परिधि से बाहर थे, पर इतना अवश्य समझ गए कि चेयरमैन साहब नाराज़ हैं। नाराज़गी मैनेजर साहब से है या उन लोगों से, समझना कठिन था। पता नहीं मोटी अक़्ल वाली औरतों पर क्या गुज़री, पर झुग्गी के पीछे छिपे रामदीन का दिल बैठ गया। लगा, इस बार छँटाई नहीं, जड़-मूल कटाई होगी। फिर देखा, मैनेजर साहब पत्थर पर खड़े होकर ऐलान कर रहे हैं।

''बेलापुर सीमेंट कम्पनी के मज़दूरो,'' उन्होंने कहा, ''आप लोगों को वर्षा के कारण जो कष्ट हुआ है, उसे देख चेयरमैन साहब ने, हमारे देवतास्वरूप चेयरमैन साहब ने, आपकी

सहायता करने का बीड़ा उठाया है। कारख़ाने के वेलफेयर दफ़्तर में आज शाम आप लोगों को रसद और कम्बल बाँटे...''

''नहीं, अभी,'' चेयरमैन साहब ने बीच में फटकारा तो उन्होंने दोबारा कहा, ''अभी दो घंटे में आप लोग वेलफेयर दफ़्तर में इकट्ठे हो जाएँ। सबको रसद और कम्बल बाँटे जाएँगे...जी, कह रहा हूँ...बच्चों को दूध भी मिलेगा।''

चेयरमैन साहब ने कहा, ''पूरी बात कहो,'' तो मैनेजर साहब ने बाधा दी, ''यहाँ कहना ठीक नहीं है, सर, अभी नहीं।''

तब तक ख़बर पा कारख़ाने में जमा मज़दूर वहाँ दौड़ आए थे। चेयरमैन साहब ने एक नज़र बढ़ते जनसमूह पर डाली और ऊँची पर कंपित आवाज़ में स्वयं ऐलान कर उठे :

''बेलापुर सीमेंट कम्पनी के कर्मचारियो, आपका कष्ट शीघ्र दूर हो जाएगा। आने वाली दीवाली तक मज़दूर कॉलोनी के पक्के घर बनकर तैयार हो जाएँगे। यह दीवाली आप सब नए घरों में मनाएँगे!''

तालियों की गड़गड़ाहट पर आभार प्रकट करता जय-जयकार का कलरव उठा और लोगों ने आश्चर्य के साथ देखा, चेयरमैन साहब की आँखों से आँसू बहकर उनके गालों पर बिखर गए हैं।

''चीयरमैन साब की जै! चीयरमैन साब की जै!'' चिल्लाता रामदीन भागता हुआ आया और ठीक उनके सामने गिरकर ढेर हो गया। इससे पहले वे समझ पाएँ कि हुआ क्या, ''हाय दैया...बचाओ!'' चीखती बलिया उसके ऊपर आ गिरी और विलाप कर उठी, ''बेहोस हो गए। बचाओ इसको, हमें रांड न कर दो, हमारे पेट के बच्चे का धियान करो।''

''बीमार है क्या?'' सकपकाकर चेयरमैन साहब ने पूछा।

''हाँ जी, बेहोस हो गए! बेहोस हो गए!'' सिटपिटायी बलिया दोहराती रही। चेयरमैन साहब मैनेजर साहब की ओर घूमे कि दो आदमियों ने आगे बढ़कर रामदीन को उठा लिया, तीसरे ने बलिया को झकझोरा, कहा, ''चल, रो मत, अस्पताल चल।''

''हाँ, जल्दी अस्पताल ले जाओ,'' चेयरमैन साहब ने कहा।

''भगवान भला करें! लम्बी उमर दें!'' कहती बलिया चेयरमैन साहब के पैरों पर गिर पड़ी। चेयरमैन साहब छिटककर पीछे हट गए और क़रीब-क़रीब चीख दिये, ''जाओ, जाओ! जल्दी ले जाओ!''

बेलापुर सीमेंट कम्पनी का चेयरमैन, सुबोध कुमार, बनारस के हवाई अड्डे पर उतरा तो मूसलाधार वर्षा हो रही थी। छाते के बावजूद, हवाई जहाज़ से उतर अड्डे की इमारत के भीतर घुसने तक वह पूरी तरह भीग गया। पर उसे न क़ीमती सूट पर पड़ रहे धब्बों ने विचलित किया, न क़ीमती जूतों में फिसफिस करते पानी ने। छाता बन्द करके सिर ऊपर उठाया तो देखा, सामने प्रभा खड़ी है। और कोई नहीं है। आख़िर दफ़्तर वालों की समझ में आ गया कि वह वाक़ई नहीं चाहता, उसे लेने उनमें से कोई बनारस आए। हाँ, प्रभा को बम्बई से वहाँ पहुँचवाकर अपना स्वागत करवाना भला लगता है।

''हलो,'' आह्लादित स्वर में उसने पुकारा, ''बढ़िया मौसम है।''

''बढ़िया?'' प्रभा ने चकित स्वर में कहा, ''कलकत्ते की बारिश से मन नहीं भरा?''

''कलकत्ते की बारिश और बनारस की बारिश एक बात नहीं है...प्रभा! कलकत्ते की ठेलपेल के बीच बारिश होती है तो वह भी बनावटी लगती है, व्याकुलता बढ़ाती है, घटाती नहीं। पर यहाँ...यहाँ खुलापन है, स्वच्छंदता है...''

''कविता की बात, हो सकता है, हमारी समझ में न आती हो,'' प्रभा ने कहा, ''पर बनारस में कम ठेलपेल नहीं है। शहर में जाकर देखिए।''

''होगी,'' सुबोध कुमार ने विषय को समाप्त कर दिया, ''पर मैं जिस बनारस को जानता हूँ वहाँ प्रकृति है, सौन्दर्य है, चैन है और फिर तुम हो।''

''सच, बड़ा बेकार शहर है, बनारस,'' प्रभा ने उसके स्वर के स्नेह को सुनकर रूठने के अन्दाज़ में कहा, ''कल से यहाँ हूँ, कोई जाने लायक़ जगह नहीं मिली।''

''जाने लायक़ जगह तुम दिल्ली में खोज लेना,'' सुबोध कुमार ने कठोर स्वर में कहा।

''आप चलेंगे न मेरे साथ दिल्ली?''

''देखा जाएगा।''

प्रभा ने उसके चेहरे पर नज़र डाली, देखा, नाराज़ है।

''कार्लटन प्यारा होटल है,'' उसने फ़ौरन कहा, ''अच्छा बड़ा बाग़ भी है, आपकी पसन्द का।''

''मेरी समझ में नहीं आता, तुम लोगों को दिल्ली, बम्बई की तड़क-भड़क में क्या लुत्फ़ आता है। बस, पैसे की चकाचौंध। मुझे तो घृणा होती है। रात-रात सो नहीं पाता मैं। जीवन यहाँ है छोटे शहरों में, प्राकृतिक सौन्दर्य में। चाहता हूँ एक कुटिया बनाकर रहूँ सादा खाना खाऊँ और आराम की नींद सोऊँ।''

प्रभा ने यह कहने से अपने को रोक लिया कि विशाल उद्यान के बीच कुटिया बनवाने और उसे एअरकंडीशन करवाने में भी पैसा लगेगा। वह जानती है, सुबोध कुमार को बहस पसन्द नहीं है। उसे ग़ुस्सा जल्दी आ जाता है। और उसका ग़ुस्सा उसके लिए लाभदायक कदापि सिद्ध नहीं हो सकता।

सुबह सुबोध कुमार की आँख जल्दी खुल गई। बहुत दिनों बाद वह गहरी नींद सो पाया था। चाय के लिए घंटी बजाकर खिड़की का पर्दा हटाया और बाहर झाँकते ही कह उठा, ''अरे देखो, अभी तक बारिश हो रही है।''

कोई उत्तर न मिलने पर मुड़कर देखा, प्रभा अभी तक सोई पड़ी है।

''प्रभा! प्रभा,'' उसने ज़ोर से आवाज़ लगाई। अपनी आँख खुल जाने पर सुबोध कुमार दूसरों का सोये रहना बर्दाश्त नहीं कर पाता।

प्रभा ने कसमसाकर आँखें खोल दीं।

''अरे उठो भी,'' सुबोध कुमार ने कहा, ''देखो, बारिश अभी तक हो रही है।''

उसने खिड़की खोल दी, बोला, ''देखो, बाग़ कितना प्यारा लग रहा है!''

''अच्छा, आप यहाँ इतनी बार आते हैं, अपना बंगला क्यों नहीं बनवाते?'' प्रभा ने उसके पास आकर पूछा।

''यहीं ठीक है। घर पर रहूँगा तो जमघट लगा रहेगा, नौकरों-चाकरों का, हितैषी-सम्बन्धियों का। वह चापलूसी मुझे कलकत्ते में काफ़ी मिल जाती है। यहाँ होटल में रहता हूँ तो औरों की तरह। मुझे अलग करके कोई जानता नहीं, देखता नहीं।''

प्रभा ने बात आगे नहीं बढ़ाई। वह जानती है, यह उसकी मेहनत से पाली हुई उन ग़लतफ़हमियों में से एक है, जिससे बहस बेकार है। फिर उसे ब्याहता पत्नी का अधिकार भी तो नहीं है।

"कारख़ाने जाने का ख़याल है क्या ?" उसने पूछा।

"हाँ, क्यों नहीं। प्लेन आठ बजे मँगवाया है।"

"इतनी बारिश में जाएगा ?"

"हूँ ?" सुबोध कुमार ने कुछ सोचकर कहा, "शायद न जा सके। वहाँ का हवाई अड्डा कच्चा है। ठीक है, गाड़ी से चला जाऊँगा।"

"बहुत छोटी जगह होगी, बेलापुर ?" प्रभा ने कहा।

"बहुत बढ़िया जगह है। असीम सौन्दर्य है वहाँ और शान्ति। तुम चल सकतीं तो सुन्दर रहता।"

"चलूँ ?" प्रभा ने कहा।

"इस बार नहीं, फिर कभी..."

प्रभा जानती है, सुबोध कुमार और चाहे जो करे, पुश्तैनी कारख़ाने पर अपनी रखैल को कभी नहीं ले जाएगा।

"बहुत भला लगता है वहाँ," सुबोध कुमार ने फिर कहा, "मन करता है, वहीं रहूँ।"

"कहाँ ? मज़दूरों की बस्ती में ?" प्रभा कटाक्ष करने से रुक न पाई।

"मज़दूरों की बस्ती... ?" सुबोध कुमार ने जैसे नए शब्द सुनकर दोहराए।

"गए हैं कभी ?"

"नहीं," उसने कहा और पहली बार जाना कि उसने कारख़ाने के मज़दूरों की बस्ती कभी नहीं देखी। सौन्दर्य और शान्ति की बात करते समय उसकी दृष्टि के सामने बेलापुर में अपने बँगले में खिले गुलाबों के गुच्छे भर रहे थे। जब भी दो-चार घंटे वहाँ बिताता, उन रंग-बिरंगे विहँसते गुलाबों की अमिट छाप स्मृति में संजोये लौटता। अब सहसा, उसे कुछ और याद आ गया।

"हमारा नया ड्राइवर वहीं का रहने वाला है," उसने कहा, "पिछली बार जब पूना से बम्बई जा रहा था तो लोनावला आकर गाड़ी ख़राब हो गई। सर्दी के दिन थे। होटल में गए तो उसे अपने कमरे में सो जाने को कह दिया। वह कम्बल डालकर ज़मीन पर सोया तो सुबह जाकर उठा। और मैं ! गुदगुदे बिस्तर पर सारी रात करवटें बदलता रहा। उठकर उससे पूछे बग़ैर न रह सका, ऐसी नींद कहाँ से पाई। जानती हो, उसने क्या कहा ?"

"यही कि हम लोग आपकी सेवा करते हैं, आपका दिया खाते हैं तो आराम की नींद सोते हैं। पर आप बड़े लोग ठहरे, आप पर हज़ार ज़िम्मेदारियाँ, हज़ार झंझट हैं, यही न ?"

"तुम्हें कैसे मालूम ?"

"यह बात हर प्राइमरी स्कूल की किताब में लिखी रहती है।"

"व्यंग्य कर रही हो ?" सुबोध कुमार कठोर हो आया।

"नहीं, पर ये कही हुई बातें हैं, इनका महत्त्व..."

"है।" सुबोध कुमार ने बीच में ऐलान सा करते हुए कहा और बहस को समाप्त कर दिया।

"जानती हो," कुछ ठहरकर उसने कहा, "मुझे यह पैसा काटने को दौड़ता है। शर्म महसूस होती है इससे। पैसा इस्तेमाल के लिए होता है, साधन होता है, उससे सुख नहीं मिलता। क्या तुम यह नहीं समझ सकतीं? मैं शान्ति चाहता हूँ, हमदर्दी चाहता हूँ, लोगों से, प्रकृति से, पैसा नहीं। पर तुम यह नहीं समझ सकतीं क्योंकि तुम सिर्फ़ पैसा चाहती हो।"

"नहीं," प्रभा ने तिलमिलाकर कहा, "मैं सिर्फ़ पैसा नहीं चाहती। मेरे पास काफ़ी है। पर खुली बस्तियों में रहने वाले आपके मज़दूर ज़रूर चाहते होंगे। कभी सोचा है, इस सुन्दर वर्षा का उनके लिए क्या अर्थ होता है?"

"वह भी देखूँगा। तीन दिन वहीं रहूँगा," सुबोध कुमार ने ज़िद्दी स्वर में कहा।

"और मैं?" प्रभा चौंकी।

"क्यों, यहाँ क्या परेशानी है?" सुबोध कुमार ने कठोर स्वर में कहा।

"परसों दिल्ली में मेरा शो है। आप नहीं देखेंगे?"

"पता नहीं।"

प्रभा को रोना आ गया। क्यों बेकार की बहस में पड़ गई। अब सुबोध नहीं आया तो बिना बिके टिकट कौन ख़रीदेगा? आधा हॉल ख़ाली पड़ा रहा तो सारी इमेज़ ख़राब हो जाएगी। सुबह जल्दी जगाए जाने पर वह क्षुब्ध थी, तभी ऐसी बेवक़ूफ़ी कर बैठी, वरना सुबोध कुमार के जज़्बात को लेकर वह बहस में नहीं पड़ा करती।

"गवर्नर शाह चीफ़ गेस्ट हैं," उसने कहा, "आप ही ने बुलवाया है। आप न रहे तो..."

"तो?" सुबोध कुमार ने उग्र स्वर में कहा, "मैं मुलाजिम हूँ उनका?"

"नहीं, मैं यह नहीं कह रही," प्रभा ने जल्दी से कहा। आज हर बात उलटी पड़ती जा रही है।

"तब?"

"देखिए," उसने रुआँसे स्वर में कहा, "शो बाढ़ पीड़ितों की मदद के लिए है। आप टिकट नहीं लेंगे तो उन बेचारों का कितना नुक़सान होगा!"

"ओह!" वह सोच में पड़ गया।

"आप नहीं आए तो मैं शो नहीं करूँगी," प्रभा ने मनाते हुए कहा।

"ठीक है, कोशिश कर लौट आऊँगा," वह पिघल गया।

बेलापुर पहुँचकर पाया, वर्षा की अनुकम्पा से वहाँ भी चारों ओर पानी ही पानी है। गाड़ी के रुकते ही, हाथ में छाता थामे, दौड़कर आता मैनेजर मोहन प्रसाद दिखाई दिया। साथ में छह-सात आदमी और।

"प्लेन पहुँचा नहीं, सर! हमने सोचा, आज आप आ नहीं पाएँगे," मोहन प्रसाद ने उसकी गाड़ी का दरवाज़ा खोलते हुए कहा, "बहुत बारिश हुई है।"

"मैं मज़दूर कॉलोनी देखना चाहता हूँ," खुले दरवाज़े की अवहेलना कर, सुबोध कुमार गाड़ी में बैठे-बैठे बोला।

"पर, सर, मज़दूर कॉलोनी तो कोई है नहीं," अचरज से भरकर मोहन प्रसाद ने कहा, "बनाने की योजना है। उसके लिए आपने..."

"बौखलाइए मत," सुबोध कुमार ने बात काटकर कहा, "कहीं तो रहते होंगे वे लोग।"

"पर वे कच्चे घर हैं, इतनी बारिश में सब जगह पानी ही पानी होगा।"

"तभी तो देखना चाहता हूँ," सुबोध कुमार ने चिल्लाकर कहा।

मोहन प्रसाद समझ गया, यह उन मौक़ों में से एक है, जब चेयरमैन साहब के सामने दलील रखना बेकार होता है। उसने साथ के आदमियों को दौड़ाया कि वे मज़दूर लेकर वहाँ पहुँचें और ईंट-पत्थर डालकर जैसे भी हो, पाँव रखने लायक़ जगह बनाएँ। स्वयं छाता बन्द कर सुबोध कुमार की गाड़ी में बैठ गया। आगे चलकर गाड़ी छोड़ देनी होगी, रास्ता कच्चा है, ऊपर से ढलान, पैदल जाना होगा। शुक्र है, वर्षा थम चली है, वरना एक क़दम रखना भी दूभर हो जाता।

दोपहर को दो बजे, बलिया कारख़ाने के वेलफेयर दफ़्तर पहुँची तो देखा, काफ़ी भीड़ लग चुकी है। फिर भी धक्का-मुक्की कर, किसी तरह वह आगे जा पहुँची और रसद ले ली। देखा, खिचड़ी के साथ सब्ज़ी, अचार और मिठाई का टुकड़ा भी है। वाह!

"कम्बल रात तक आएँगे, तभी मिलेंगे," बाँटने वाले ने कहा।

"ठीक है जी, जुग-जुग जियो," कह, बलिया सीधी अस्पताल चल दी।

बाहर कम्पाउंडर बाबू बैठे थे।

"शेरू के चाचा का जी कैसा है?" बलिया ने पूछा।

"कौन, रामदीना? होश में है। ठीक है।"

"खाना लाई हूँ। दे दूँ?"

"हाँ, जा, दे दे।"

बलिया भीतर जाने लगी तो डाक्टर साहब ख़ुद बाहर आते दिखाई दिये।

"कहाँ जा रही है?" उन्होंने पूछा।

"जी, वो है न..."

"रामदीना को खाना देने जा रही है, सर," कम्पाउंडर ने कहा।

"ज़रूरत नहीं है," डाक्टर ने कहा, "मिल जाएगा।"

"डाक्टर साब, ठीक हो जाएगा न?" बलिया ने पूछा।

"हाँ।"

"कै दिन लगेंगे?" उसने डरते-डरते पूछा। कहीं डाक्टर नाराज़ न हो जाएँ कि क्यों सिर खाए जा रही है।

"टाइम लगेगा। छाती में बलग़म बैठ गया है। बहुत देर कर देते हो तुम लोग।"

"सुई नहीं पड़नी?"

"पड़नी है भाई, सुई भी पड़नी है। तुम लोगों का ख़याल है, बग़ैर सुई कोई ठीक नहीं हो सकता?"

"वो नहीं, डाक्टर साब, लानी होगी न।"

"नहीं। लग जाएगी।"

आज कैसा दिन है, बलिया ने सोचा, मुफ़्त रसद, मुफ़्त दवाई और ऊपर से नए पक्के घर।

"धरती पर भगवान उतरे हैं तो यूँ ही हो रहा है," उसके मुँह से निकला।

"क्या?" डाक्टर ने कहा।

"हमारे चीयरमैन साब देवता सरूप धरती पर उतरे हैं, डाक्टर साब!"

"हाँ, क्यों नहीं!" डाक्टर मुस्कराया।

"अब रामराज फलेगा यहाँ।"

"चेयरमैन साहब कल-परसों चले जाएँगे।"

"फिर दरसन देंगे न?" बलिया बात समझी नहीं।

"देंगे ज़रूर, पर किस रूप में, कहा नहीं जा सकता।"

"क्यों जी?"

"कुछ नहीं!" डाक्टर एक बार मुस्कराकर रह गया, "तू जा, खिचड़ी खा! रामदीन शुभ दिन अस्पताल में दाख़िल हुआ है, ठीक हो जाएगा।"

"मैंने कभी नहीं सोचा था, हमारे मज़दूर इस हालत में रहते होंगे," बस्ती से लौटते हुए सुबोध कुमार ने दयार्द्र स्वर में कहा, "आपने हमारा ध्यान इस तरफ़ नहीं दिलाया।"

"सर, कॉलोनी बनाने की बात हुई थी; पर फ़ैक्टरी में ऐक्सपेंशन चल रहा था। हाथ तंग होने के कारण...।"

"शर्म की बात है मोहन प्रसाद, इस वक़्त पैसे के लिए सोचना।"

"जी!"

"दीवाली तक मज़दूर कॉलोनी बनकर तैयार हो जानी चाहिए। पैसे का बन्दोबस्त हम करेंगे। आज ही एस्टीमेट बनवाकर हमें दिखलाइए।"

"आज! सर, आज कैसे होगा? आर्किटेक्ट से बनवाना होगा। वक़्त लगेगा।"

"ठीक है! तब कल शाम को दिखलाइए। मेरे जाने से पहले। नहीं, मोहन प्रसाद, और देर नहीं होने दूँगा।"

रात दस बजे, हलका खाना खाने के बाद, सुबोध कुमार अपने शयन-कक्ष में पहुँचा तो चारों ओर गहरा मौन छाया हुआ था। न शोरगुल, न रेलपेल। कमरा ठंडा था और बिस्तर आरामदेह। पास की तिपाई पर उसके रोमांटिक मन की पसन्द की टॉमस हार्डी की किताबें सजी थीं और कोने की मेज़ पर रजनीगन्धा के श्वेत पुष्प, जिनकी तीखी मीठी गन्ध एयरकंडीशनर के कारण, बन्द कमरे में उपवन की बहार ला रही थी। शान्ति के ऐसे वातावरण की वह जब-तब कल्पना करता है। फिर भी, न जाने क्यों शान्ति मिली नहीं। पुस्तक उसने उठाई ज़रूर, बिस्तर पर लेकर भी गया, पर न उस पर लेटा, न किताब खोली। स्वच्छ सफ़ेद बिस्तर पर रखने को पैर ऊपर उठाए तो लगा, अभी तक उनमें कीचड़ लगा है। कितनी बार धो चुका, भावना बनी हुई है। उसकी आँखों के सामने मज़दूर बस्ती का वह गन्दा नाला बस कर रह गया है। गँदले पानी में बहते फफ्फस लकड़ी के टुकड़े, फटे काग़ज़ की नावें और सड़ी सब्ज़ी की कतरनें। दृष्टि हटा लेने पर भी बार-बार वहीं जाकर टिक जाती है। न भी टिके तो बीच में क्या है? वही नंगे, मैले, चिपचिपे बच्चे, आँखों में जमा कीच, नाक से बेरोक बहती सिनक और कीचड़ से लथपथ पाँव। गन्दे नाले में दूर तक फैली काली फुसफुसी मैल की धारियों के बीच, सड़े कचरे की नाव चलाते, गिलाज़त से बेख़बर वे बच्चे, जिन्हें देखकर वह रो सकता है पर हाथ से छू नहीं सकता। एक बार फिर, उसने अपने पैरों पर उस रोती औरत के पेट का दबाव महसूस किया, उसकी देह से आती पसीने की बू सूँघी। उसका शरीर घृणा से सिकुड़ आया। साथ ही

अपनी देह की इस प्रतिक्रिया पर अपने लिए गहरी घृणा उपज आई। वह समझ रहा था, उस अशान्त सन्नाटे के बीच, उसके भीतर का विभक्त व्यक्ति, अपने टुकड़ों को परस्पर साहचर्य या शान्ति नहीं दे सकता। उसे चाहिए किसी तीसरे व्यक्ति के श्वास का स्पन्दन, जिसे झेलने के लिए सिमटकर फिर एक होना पड़े। अनिश्चय की स्थिति में बैठा, वह सोच रहा था क्या करे, कि कारख़ाने के बिगुल ने चीख़कर बजना शुरू कर दिया। उस आकस्मिक चीत्कार ने हथौड़े की तरह उसके मस्तिष्क पर चोट की। तड़पकर उसने फ़ोन उठा लिया, मोहन प्रसाद को बुलवाया और कहा, ''हम अभी बनारस जा रहे हैं। एस्टीमेट तैयार करवा के आप वहीं ले आइएगा।''

रात बारह बजे बनारस पहुँचकर जब उसने प्रभा को जगाया तो उसे आश्चर्य कम हुआ, गर्व अधिक।

''अपने स्वर्ग को छोड़ इतनी जल्दी भाग आए!'' प्यार से हँसकर उसने कहा।

''वह स्वर्ग नहीं, नरक है, नरक, जहाँ इनसान गन्दे नाले में कीड़े की तरह पलता है!'' उसने इतने उग्र स्वर में कहा कि प्रभा सहम कर रह गई।

''पर मैं नरक के डर से भागकर नहीं आया। आया हूँ क्योंकि मुझे तुम चाहिए थीं।'' उसने उसके कन्धे पकड़कर इतनी ज़ोर से दबोच दिये कि नाख़ून उसके मांस में धँस गए और वह सिसकारी भर उठी।

वह जानबूझकर क्रूर हो रहा था।

''तुम्हें यहाँ तक बुलाकर तुम्हारे साथ न रहना बेवक़ूफ़ी होती,'' उसने अवहेलना के साथ कहा।

स्त्री पर क्रूरता से अधिकार करके वह अपने आहत आत्मसम्मान को फिर पाने का प्रयत्न कर रहा था, और कुछ नहीं।

''मुआ सूखा शीत क्या गजब का पड़ रहा है,'' रामदीन ने टपरे पर दीया जलाकर रखते हुए कहा।

''तुम्हें तो सूखा हो चाहे बरखा, तीज हो या त्योहार, कोसने ही देने हैं,'' बलिया ने फ़ौरन टोका।

''और टपरे के नीचे बरफ जो जम जाए है। मिनेजमंट ने हमारे लिए किया क्या? याद है, यहीं खड़े होकर चीयरमैन साब ने जुबान दी थी, दीवाली तक पक्के घर बन जाएँगे, सो बने?''

''अरे, सो कहाँ होगा,'' बलिया भाग्याश्रयी थी, निराशावादी नहीं।

''होगा कैसे नहीं? मजदूरों ने वादा किया है, इस बार कोई मिठाई नहीं लेगा। जलूस लेकर मैनेजर के पास जाएँगे, न माना तो इसट्राइक कर देंगे।''

''तुम भी करोगे इसट्राइक?''

''क्यों, मैंने चूड़ियाँ पहन रखी हैं?''

''इसट्राइक करोगे तो खाओगे क्या, पत्थर?''

क्षण-भर के लिए रामदीन की आँखों में भय की लहर दौड़ गई। पर उसने सीना तानकर कहा, ''नीच औरत की जात! पड़ गई अपने पेट में ठूँसने की।''

"नीच वो जो औरों के बहकावे में आए," बलिया ने तमककर कहा, "चले हैं इसट्राइक करने! चीयरमैन साब के सामने जो ढेर हुए थे, याद नहीं? वो न होते तो मैं और मुन्ना तुम्हारे नाम को रोते।"

"वो क्या किए?"

"किए नहीं? लादकर अस्पताल न पहुँचवा दिये? कित्ती दवाई, सुई पड़ी तब न ठीक हुए।"

"सो पड़नी हुई। अस्पताल कारखाने के मजदूरों का है।"

"अहा-हा, सो पड़नी हुई! मुफ़्त रसद मिले है? मुफ़्त सुई पड़े है?"

"नहीं पड़े तो गलती है मिनेजमंट की," रामदीन ने ज़ोर देकर कहा।

"शरम नहीं आती? जिसने परान दिये, उसी पर इसट्राइक?"

रामदीन की आँखों में संशय उभर आया। वह कृतघ्न नहीं है, कृतघ्न बनना भी नहीं चाहता। पर बलिया जो कह रही है, वही पूरा सच नहीं है। मजदूर यूनियन का लीडर कुछ और कहता है। उसके शब्दों ने बलिया के शब्दों को दबा लिया।

"तब झूठ कहा क्यों?" उसने कहा।

"कहा तो? मन हुआ कहा। तुम्हें तो परान दिये। तुम्हें तो उमर भर चाकरी करनी चाहिए उनकी।"

"कम अक्कल औरत," रामदीन ज़ोर से गरजा, "हम मजदूर कारखाने के करमचारी हैं, किसी के बाप के नौकर नहीं, समझी?"

"नौकर नहीं, नकमहराम हो," बलिया भी चीखी।

"चुप कर हरामजादी! ज्यादा-चपड़ चपड़ की तो दो लात दूँगा थोबड़े पर।"

"दो! देते क्यों नहीं? डर किसे दिखाओ हो?" बलिया और जोर से चीखी।

तड़पकर रामदीन ने उसकी चोटी पकड़कर खींच ली। ज़मीन पर पटककर उसकी झुकी पीठ पर कसकर तीन-चार लातें जमाईं और बेतहाशा गालियाँ बकने लगा, "नीच! बदजात! चुड़ैल!"

वैसे ही गालियाँ बकते-बकते, उसे रोता-फुँफकारता छोड़ वह बस्ती से निकल आया। बाहर आकर उसने कपड़े झाड़े, सीना ताना और सिर ऊँचा कर, अकड़ता हुआ मज़दूर यूनियन के दफ़्तर की तरफ़ चल दिया।

सुबह उठा तो सुबोध कुमार को अपने रात के व्यवहार पर लज्जा आ रही थी। कहाँ वह एक सांस्कृतिक जीव, कला संवेदी, सौन्दर्य प्रेमी और कहाँ वह पशु जैसा व्यवहार। प्रभा के सामने वह इतना छोटा महसूस कर रहा था कि दोबारा उसके बराबर ऊँचाई पर आने के लिए मन की विशालता का परिचय देना ज़रूरी हो गया था।

"तुम दिल्ली कब जाना चाहती हो?" उसने पूछा, "सोचता हूँ साथ चलूँ।"

"कल शो है! आज पहुँच जाती तो अच्छा रहता। मैनेजर से मिल लेती। प्रेस के कुछ लोगों से भी मिलने की बात थी," प्रभा ने उदास स्वर में कहा।

"ठीक है, आज ही चलेंगे," सुबोध कुमार ने सदयता से कहा।

"अच्छा," प्रभा अभी भी बुझी-बुझी लग रही थी।

"तुम्हारे लिए उपहार भी लेना है," सुबोध कुमार ने उसे मनाने की ग़रज़ से कहा।

"उपहार तो बाद में दीजिएगा। आपने कहा था न, शो अच्छा हुआ तो एकदम नई चीज़ देंगे," प्रभा ने कहा। वह समझ रही थी, सुबोध कुमार हर तरह से उसे मनाने का प्रयत्न कर रहा है।

"हाँ-हाँ, कैसे भूल गया? पर शो तो अच्छा होगा ही। तुम्हारा नृत्य सदा त्रुटिहीन होता है। आज ही ले लेंगे, शो के समय पहन लेना। नीले हीरे का हार! वही तुम पर जँचेगा।"

तभी फ़ोन की घंटी बज उठी। बात करके सुबोध कुमार वापस मुड़ा तो उसका पूरा व्यक्तित्व बदल चुका था। शरीर तना हुआ, मुख पसीजा हुआ, नथुने फैले हुए और आँखों में असाधारण चमक। जुआ खेलने वाले ही उस कौंध को समझ सकते हैं। द्रौपदी समेत अपने तमाम सेवकों को दाँव पर लगाते हुए शायद ऐसी ही चमक धर्मराज युधिष्ठिर की आँखों में रही होगी।

उत्तेजित स्वर में उसने कहा, "यह हुई न बात! हार नहीं, मैं तुम्हें एक लाख के शेयर देता हूँ। पूरे पाँच लाख का फ़ायदा होगा। कलकत्ते से दलाल का फ़ोन था। सदनलाल के शेयर मन्दी पर हैं पर शेयर बाज़ार चढ़ाव पर। एक पर पाँच का फ़ायदा होगा, कम से कम। एक लाख तुम्हारे नाम पर।"

"और दाम न बढ़े तो!"

"हो ही नहीं सकता! हुआ तो पाँच लाख मैं तुम्हें दूँगा अपने पास से।"

अगले दिन जब मोहन प्रसाद काग़ज़ात लेकर बनारस पहुँचा तो पता चला, सुबोध कुमार दिल्ली में है। फ़ोन पर बात की तो तीन दिन बाद कलकत्ता चले आने का हुक्म मिला। फिर सहसा सुबोध कुमार की पत्नी की तबीयत ख़राब हो गई और वह उसे लेकर कश्मीर चला गया। जाते समय कहता गया कि उसे वहाँ किसी हालत में परेशान न किया जाए। लिहाज़ा मोहन प्रसाद की उससे भेंट एक महीने बाद कलकत्ते में हुई। मिलते ही, सुबोध कुमार ने कहा, "मुझे पाँच लाख रुपया चाहिए। बेलापुर कम्पनी से भिजवा दीजिए।"

"पाँच लाख, सर? आप तो जानते हैं, ऐक्सपेंशन का काम हो रहा है। फुटकर की हालत बहुत ख़राब है," मोहन प्रसाद सुनकर अचम्भित से रह गए।

"मैं कुछ नहीं जानता! मुझे रुपये चाहिए। किसी के देने हैं। शेयर लिये थे, नुक़सान हो गया। जैसे भी हो, आप इन्तज़ाम कीजिए। इतनी बड़ी कम्पनी है, लाखों का टैक्स देते हैं, ज़रूरत पड़ने पर थोड़ा सा रुपया नहीं मिल सकता? बेकार बात है।"

"जी, अच्छा, कुछ करूँगा।"

"जल्दी होना चाहिए!"

"जी। यह एस्टीमेट भी लाया था। देखिए!"

"कैसा एस्टीमेट?"

"मज़दूर कॉलोनी का। पचास लाख का एस्टीमेट है। पाँच लाख फ़ौरन चाहिए।"

"पाँच लाख?"

"जी!"

"कम्पनी उतना ख़र्चा उठा सकेगी?" सुबोध कुमार ने एक व्यापारी के सधे, नपे तुले स्वर में पूछा।

"बहुत मुश्किल है, बल्कि नामुमकिन।"

''बैंक से उधार का बन्दोबस्त कीजिए।''

''समय लगेगा।''

''लगने दीजिए! आख़िर कितना समय लगेगा? अरे भई, कभी तो अपने दिमाग़ का भी इस्तेमाल कर लिया कीजिए।''

मोहन प्रसाद लौट आए। काफ़ी दिमाग़ी, क़ानूनी और हिसाबी कसरत के बाद सुबोध कुमार के लिए पाँच लाख रुपये का इन्तज़ाम हो गया। पर और रुपयों का बन्दोबस्त किताबी गतिविधियों में फँसकर रह गया है। मालूम नहीं, कितना समय और लग जाए!

(1974)

पोंगल पोली

आइहोले के खंडहर मन्दिरों के बीच बने ताल से सोनम्मा पानी भर रही थी कि देखा, वही कल वाले लोग आज फिर आए हैं। वही लम्बी काली गाड़ी। देखते ही उसका छोटा भाई फ़कीरप्पा अपने साथी बेरू और शान्तम्मा के साथ गाड़ी को घेरकर खड़ा हो गया। आज फ़कीरप्पा और बेरू, दोनों में से कोई स्कूल नहीं गया था, शायद इन्हीं लोगों के आने की आस में।

सोनम्मा साँस रोककर स्त्री के बाहर निकलने की प्रतीक्षा करने लगी। लकदक सफ़ेद पोशाक पहने एक आदमी कूदकर गाड़ी से उतरा और फुर्ती से पीछे का द्वार खोल खड़ा हो गया। वह उतर आई। वही गले में सोने का भारी हार, हाथों में सोने की ढेर सारी चूड़ियाँ, टोकरी भर काले केश सिर पर और...उसकी साड़ी! इतनी महीन जैसे हवा में उड़ता वर्षा ऋतु का पहला बादल। साथ ही पुरुष भी उतर आया, हाथ में वही कल वाला डब्बा लिये। क्या अजीब कपड़े पहनता है। रंग-बिरंगी क़मीज़ और कसी-कसी, वह क्या कहते हैं, पतलून। हँसी आती है।

वे दोनों हँस-हँसकर आपस में बातें कर रहे थे और सोनम्मा थी कि उधर से आँखें नहीं हटा पा रही थी।

कल आए थे तो सब मन्दिरों में घूमे थे पर जैसे और यात्री घूमते हैं वैसे नहीं। ये तो हर मूर्ति के आगे साँस रोककर खड़े हो जाते थे और आदमी डब्बा आँखों से लगा लेता था। उसका मन हो आया था, वह भी एक बार उसमें से देखे। उसमें सनीमा दिखता है क्या? एक बार मेले में देखा था, कैसे बोलता था दिखलाने वाला—आगरे का ताजमहल देखो। बारह मन की धोबिन देखो। आइयो! कितना मज़ा आया था।

पर फ़कीरप्पा कहता है, यह सनीमा नहीं, कैमरा है कैमरा। बटन दबाते ही फोटू खिंच जाता है। फ़कीरप्पा स्कूल में क्या पढ़ता है, अपने को बश्वेश्वर का अवतार समझने लगा है। संसार में जैसे कुछ हई नहीं जो ये न जानता हो।

कल सारी सुबह सोनम्मा उनके पीछे फिरती रही थी और जब सूरज चढ़ने पर उन्होंने दुर्गा मन्दिर के अहाते में बैठकर टोकरी खोली तो, शिव रे, उसके मुँह में इत्ता पानी आया कि थूकना कठिन हो गया, क्या-क्या सामान था उसमें! दही-भात, इमली-भात, पोंगल। पूरी, आलू-भाजी और सफ़ेद-सफ़ेद वह जो होती है। उसने बाज़ार में देखी कई बार है पर खाई कभी नहीं। क्या नाम है उसका; बरेड; हाँ बरेड। और भी जाने क्या-क्या। अच्छा, एक ही दिन, एक ही बेला, कोई इतना खा सकता है! अगर उसे मिले तो? हाँ, वह खा सकती है, अवश्य खा सकती है। पर मिलेगा कैसे?

खाते-पीते स्त्री ने उसे ताकते देख लिया था और सोनम्मा लजाकर भाग खड़ी हुई थी, सीधी ताल पर। अकेली क्या वही देख रही थी। उन दोनों के पीछे बच्चों का पूरा जमघट सारा

दिन पिछलगुओं की तरह घूमता रहा था। वह सिर्फ़ बढ़िया-बढ़िया चीज़ें खा नहीं रही थी, अपने सामान में से बहुत कुछ बच्चों में बाँटे दे रही थी। कोई ख़ाली हाथ नहीं रहा था, किसी के हाथ में ब्रेड, किसी के हाथ में केला, नहीं तो पूरी या पोंगल या कुछ और। तभी न सब उसे अम्माँ-अम्माँ पुकार रहे थे।

आज फिर वही हो रहा है। उसे देखते ही बच्चे उसे घेरकर खड़े हो गए हैं। तभी शान्तम्मा भागती हुई सोनम्मा के पास आई और बोली, "जानती है रे, बेरू को उसने एक फ़ाउंटेनपेन ला दिया है। बेरू भी बड़ा चंट है। स्कूल में पढ़ता है न। ज़रा लाज नहीं है उसे। झट माँग लिया और आज उसने ला भी दिया।"

सोनम्मा ने उत्साह नहीं दिखलाया तो भी शान्तम्मा का जोश कम नहीं हुआ। वैसे ही कहती गई, "सच रे, जो माँगो वही दे देती है। मैंने पूछा, तुम्हारे गले में क्या असली सोना है, तो बिलकुल पास लाकर दिखला दिया। कैसे चमकता है रे! और वह है भी कितनी सुन्दर!"

सोनम्मा फिर भी कुछ नहीं बोली।

शान्तम्मा की समझ में नहीं आ रहा था, आज वह इतनी उदासीन क्यों है। उसे झकझोरकर उसने सीधा वार किया, "तू भी माँग ले न बरेड जाकर। रोज़ कहती है, बरेड को मन ललचाता है।"

"मुझे नहीं चाहिए बरेड-फरेड," सोनम्मा सहसा झिड़ककर बोली, "तू जा यहाँ से।"

शान्तम्मा उसे अँगूठा दिखलाकर भाग गई और सोनम्मा का मन और भारी हो आया।

कल तीसरे पहर वे दोनों ताल पर आए थे। तभी से सोनम्मा का मन कैसा-कैसा तो हो गया है।

वह ताल से पानी निकाल चुकी थी कि स्त्री ने पास आकर पूछा था, "तुम लोग क्या यही पानी पीते हो?"

"हाँ, अम्माँ," सोनम्मा ने उल्लसित स्वर में कहा था, "चाहिए तुम्हें? दूँ?"

"नहीं, नहीं," कहकर वह एकदम पीछे हट गई थी।

कुछ कहा नहीं था पर उसके शरीर से जैसे घृणा बह निकली थी।

कुछ देर वह ताल के किनारे खड़ी इधर-उधर देखती रही थी, फिर हाथ बढ़ाकर किनारे बनी एक मूर्ति को दिखलाकर चिल्ला उठी थी, "अरे देखो न, धनकुबेर की मूर्ति, लगता है यह ताल भी आइहोले के मन्दिरों के साथ ही बना होगा, पाँचवीं-छठी शताब्दी में।"

"यानी," पुरुष ने हँसकर कहा था, "डेढ़ हज़ार साल से यहाँ के लोग इसी ताल का पानी पीते आए हैं! ज़रा कीच तो देखो। छी:-छी:!"

सोनम्मा की समझ में नहीं आया था, इसमें छी:-छी: की क्या बात है। पुराने मन्दिरों के खंडहरों के बीच बस्ती बसाकर जो लोग रह रहे हैं वे सभी तो इस ताल से पानी लेते हैं। आजी कहती है, वो जब छोटी थी तो यहीं से पानी भरती थी। उसी ने बतलाया था, यह मोटे पेट वाली मूर्ति धनकुबेर की है। वो धन की रक्षा करते हैं। धन क्या होता है, उसने पूछा था। यही सोना-चाँदी, आजी ने कहा था। पर यहाँ तो सोना-चाँदी है नहीं, उसने कहा था तो आजी बोली थी, अरे, नीर कौन धन से कम है। हाँ रे, ठीक तो है, यहाँ बैठे धनकुबेर ताल के नीर की रक्षा कर रहे हैं। जो हो, उसे पसन्द बहुत हैं धनकुबेर। गोल-गोल मुख, गोल-मटोल पेट

और, आइयो रामा, क्या हँसी! देखकर पेट फूल जाए। कितनी बार पानी भरते वह उनके सामने खड़ी होकर हँसती रहती है। हँसते वो भी हैं, अवश्य हँसते हैं पर गुपचुप। देवता जो ठहरे।

कल की बात याद करके सहसा उसे एक भयावह विचार आया, उस स्त्री ने इतना ढेर सोना पहन रखा है। कहीं धनकुबेर नीर-ताल छोड़ उसकी रक्षा न करने लगें? उसने घबराकर मूर्ति की तरफ़ देखा। ना, वे तो वैसे के वैसे हँस रहे हैं। वे कहीं नहीं जाएँगे। फिर भी उसका मन पूरी तरह सन्तुष्ट नहीं हुआ। बेचैनी बनी रही। तभी फ़कीरप्पा तेज़ी से दौड़ता आया और अंजुली में भरकर गटागट पानी पीने लगा। दूसरे हाथ में ब्रेड पकड़े था।

"लेगी?" गला तर करके उसने ब्रेड वाला हाथ नचाकर पूछा।

"तू ही खा, मुझे नहीं चाहिए," सोनम्मा ने कहा।

"क्यों? सब तो लेते हैं। तू क्यों नहीं माँगती?"

"चल यहाँ से, बदमाश! नीर भरने दे," वह झिड़ककर बोली।

नीर शब्द कहते ही ताल के आसपास 'छी:-छी:' का स्वर गूँज गया, 'तुम लोग क्या यही पानी पीते हो!' स्त्री का वाक्य, फिर 'छी:-छी:' का भद्दा शोर।

"बदमाश होगी तू," कह फ़कीरप्पा चल दिया पर थोड़ी दूर जाकर लौट आया। पास आकर बोला, "उसके पास कैमरा है कैमरा, बटन दबाते ही खट से फ़ोटू खिंच जाता है। कहूँ उससे, तेरे पोंगल पोली का खींच दे।"

"जाता है या कपाल फोड़ूँ," सोनम्मा ज़ोर से चीख़ी और झुककर ज़मीन से ढेला उठा लिया।

फ़कीरप्पा जीभ दिखाकर भाग गया और वह खीज से भरी खड़ी रही। जाने इस मरे फ़कीरप्पा से क्यों पोंगल पोली के बारे में कह डाला था। जब देखो, चिढ़ाता रहता है।

तभी उसने देखा, स्त्री-पुरुष उसके सामने से गुज़र रहे हैं।

'नहीं चाहिए मुझे बरेड-फरेड,' मन ही मन उसने कहा और जीभ निकालकर उन्हें दिखला दी।

पर उनका ध्यान उसकी तरफ़ था ही नहीं।

वे ताल के दूसरी तरफ़ बिखरे मन्दिरों के खंडहर देख रहे थे।

सहसा, "देखो तो, देखो तो!" कहकर वह आदमी लगभग चीख़ उठा, "वह घर तो देखो। यक्ष-यक्षिणी के कन्धों पर।"

सोनम्मा धक् रह गई। वह तो उसका घर है। वही तो उसके पोंगल पोली हैं।

स्त्री ठिठककर खड़ी हो गई।

"कितने सुन्दर हैं!" उसने गद्गद स्वर में कहा और उधर देखती रही। क्षण-भर बाद हँस दी। चहकती हुई बोली, "चालुक्यों के यक्ष-यक्षिणी मेरे द्वारपाल बन सकें तो सच, मैं और कुछ न माँगूँ।"

"सच?" पुरुष ने भी हँसकर कहा।

"सच, मज़ाक़ नहीं," स्त्री गम्भीर हो गई, "ये मुझे मिल जाएँ तो मैं एकदम सादा सा घर बनाकर रह सकती हूँ," उसने आग्रह के साथ कहा।

पुरुष ने उसकी तरफ़ देखा और सोचकर बोला, ''शायद मिल भी सके। जिसका घर है, उससे बात करके देखता हूँ।''

सोनम्मा ने सुना और झपटकर वहाँ जा पहुँची।

''क्या है?'' उसने कहा।

''यह घर किसका है?'' पुरुष ने पूछा।

''हमारा।''

''हम देख सकते हैं?''

''नहीं।''

''क्यों? भीतर और भी मूर्तियाँ हैं?''

''नहीं।''

वह सख़्ती से उन्हें टालने का प्रयत्न कर रही थी कि फ़कीरप्पा वहाँ आ पहुँचा।

''आओ-आओ, मैं दिखलाता हूँ,'' बन्दर की तरह उछलकर उसने कहा और उन्हें अन्दर ले गया।

'मूर्ख! गधा! बदमाश!' मन ही मन उसे गालियाँ देती सोनम्मा वहीं खड़ी रही।

उसने सुना है, उसके घर के नीचे कभी मन्दिर था। अब तो कुछ टूटे-फूटे स्तंभ बचे हैं। और बचे हैं उसके पोंगल पोली। उन्हीं पर मिट्टी-पत्थर ढोकर यह कच्चा-पक्का घर खड़ा किया गया है। कितने सुन्दर हैं पोंगल पोली। बचपन में ही उसे इन यक्ष-यक्षिणी से प्यार हो गया था। वह चाहती थी, उन्हें कोई बहुत प्यारा सा नाम दे जिससे वे सिर्फ़ उसके होकर रहें। पता नहीं क्यों, एक दिन इस मरे फ़कीरप्पा से कह डाला था। फिर भी हैं वे उसी के। पोंगल पोली नाम उसी ने उन्हें दिये थे। पूर्णिमा के दिन उसकी अम्माँ खाने को पोली बनाती है और पर्व के दिन पोंगल। उसकी अम्माँ जैसा पोंगल कोई नहीं बना सकता। जाने कितने दिन पहले से आदमी सोचकर प्रसन्न होता रहे। और पोली? जैसे देवता का प्रसाद हो। कितनी कोमल। कितनी मीठी। याद करते ही मुँह में पानी भर आता है। तभी न अपने सबसे प्यारे यक्ष-यक्षिणी को उसने यही नाम दे डाले थे।

कितनी सुन्दर है यक्षिणी!

वक्ष भार से झुकी पड़ रही पतली कटि, नन्हे पक्षी समान होंठ, ऊँचे बँधे मणि जैसे केश और ये ढेर सारे ज़ेवर!

कितनी बार उसके बराबर में खड़े होकर उसने अपने को देखा है। क्या वह भी इतनी सुन्दर दिखती है?

पर उससे भी सुन्दर है यक्ष। क्या चौड़ी छाती है पर पोली जैसी पतली कटि। कितने प्रेम से पोली की कटि को बाँह से घेरकर वक्ष पर हाथ रखा हुआ है। वैसा ही प्रेम भरा है उसकी लम्बी बड़ी आँखों में। और उसके होंठ। जैसे अब बोले और अब बोले। हाथ से छूकर देखो तो साँस रुक जाए। एक बार तो...

याद करके वह लजा गई और ज़ोर से बोली, ''नहीं, मैं नहीं ले जाने दूँगी, कभी नहीं।''

वे लोग बाहर आ रहे थे। पुरुष ख़ूब हँस रहा था। स्त्री गम्भीर थी।

''क्यों, सोचा नहीं था न,'' पुरुष ने हँसकर कहा, ''भीतर दरजी की दुकान देखने को मिलेगी?''

"हूँ," स्त्री ने गम्भीर स्वर में कहा, "इसके लिए कुछ करना होगा। इन मूर्तियों को इस हालत में यहाँ नहीं छोड़ा जा सकता।"

फिर वे दोनों देर तक मन्दिरों के बारे में बतियाते रहे, पर सोनम्मा ने ठीक से कुछ सुना-समझा नहीं। उसके कानों में वही वाक्य रह-रहकर बजता रहा।

"अभी कितनी बची है तुम्हारी थीसिस?" या ऐसा कुछ, आदमी ने पूछा था और उसने कहा था, "थोड़ा काम बाक़ी है, अभी पटडकल भी जाना है, वही तो चालुक्यों की राजधानी थी।" पुरुष ने उबासी ली तो वह बोली, "थक गए, पर सोचो तो सही, यह कितना पुराना है, कितना सुन्दर! अरे, यह तो मन्दिरों का जन्मस्थान है।"

'और मेरा भी,' सोनम्मा ने अनायास सोचा।

तभी आदमी ने होंठ सिकोड़कर कहा, "और अब देखो, क्या हाल बना हआ है। उफ़, किस क़दर गन्दगी है यहाँ!"

"ग़रीब लोग हैं। इन बेचारों को कला का क्या ज्ञान? मुझे तो सच, बड़ा दुख होता है इनके लिए," स्त्री ने सहानुभूति से लरजते स्वर में कहा, पर सोनम्मा को लगा, उसने उसके गाल पर कसकर तमाचा मारा है।

"हाँ, वह तो है," पुरुष ने लापरवाही से कहा, फिर पूछा, "चलें अब?"

"हाँ, चलो," स्त्री ने कहा और चूड़ी भरा हाथ उठाकर धीरे से अपने केश सँवार लिये।

सहसा सोनम्मा ने देखा, वह बिलकुल यक्षिणी के समान है। वही वक्ष भार से झुकी जा रही पतली कटि, वही नन्हे पक्षी समान होंठ, ऊँचे बँधे मणि जैसे केश, और ये ढेर सारे ज़ेवर। यक्ष के बराबर में खड़ी हो तो उसकी प्रिया लगे बिलकुल। उसे लगा, पोंगल पोली को देने के लिए उसके बापू न भी माने तो कोई लाभ नहीं होगा। पोंगल स्वयं उठकर अपनी नई प्रिया के पीछे-पीछे चला जाएगा।

वह धम् से धरती पर बैठ गई और बिछोह के दुख से आकुल, धाड़ मारकर रोने लगी।

(1975)

क्षुधा-पूर्ति

उसका नाम होना चाहिए था भीम, पर था कन्हाई। वैसे ही उसे बड़ के पेड़ जैसे भारी-भरकम शरीर वाला होना चाहिए था, पर था वह ताड़ जैसा दुबला-पतला। बदन में जगह-जगह हड्डियाँ निकली हुई थीं, पसलियाँ उसकी गिनी जा सकती थीं, गाल अन्दर धँसे हुए थे और पिचके चेहरे पर चिपकी आँखें बड़ी और भूखी दिखाई देती थीं। उसे देखकर लोग आसानी से कह सकते थे, इस आदमी ने दो दिन से भरपेट खाना नहीं खाया। वे ग़लत नहीं कहते। उसके लिए भरपेट खा पाना असम्भव था, क्योंकि चाहे वह जितना खा ले, उसका पेट नहीं भरता था।

उसका नाम चाहे जो रहा हो, बचपन से उसे पेटू कहकर पुकारा जाता था। माँ-बाप, भाई-बहन, यार-दोस्त सब उसे इसी नाम से जानते थे।

अपने छह भाई-बहनों के लिए वह एक ख़ौफ़नाक जानवर की तरह था। उनके मन में हमेशा यह डर बना रहता था कि कहीं पेटू के लिए पहले खाना न परोस दिया जाए, वरना उन्हें भूखा रहना पड़ेगा। उसकी माँ भी इस बात को अच्छी तरह समझती थी और इसीलिए सबके खा चुकने पर उसके लिए खाना परोसा करती थी। और तब तक...जब वह औरों को खाते हुए देखता...उसके बदन का रेशा-रेशा खाने के लिए तरसता रहता। उसकी खुली आँखों में सपने आने लगते।

...एक बहुत ऊँचा पहाड़ है—भात का। ऊँचा और सफ़ेद...आह, कैसे मोटे-मोटे दाने हैं चावलों के! कैसी सोंधी बास उठ रही है हर तरफ़ से! मुँह में पानी के बुलबुले उठ रहे हैं, कितना भीतर सुड़कें...पानी है कि होंठों से बाहर बहा जा रहा है। वह दबे पाँव पहाड़ की तरफ़ बढ़ रहा है। चोर नज़रों से इधर-उधर देख लेता है। कोई देख तो नहीं रहा। नहीं, कहीं कोई नहीं है। भात का ऊँचा पहाड़ और दूर-दूर तक एक भी पहरेदार नहीं। कैसा वरदान है, किसी प्रतापी देवता के प्रसाद जैसा। फिर भी वह चौकन्ना होकर आगे बढ़ रहा है। दौड़ता हुआ जाए तो कहीं कोई सोते से जगकर उसे पकड़ न ले।

आख़िर वह पहुँच गया पहाड़ के पास। मुँह आगे बढ़ाकर भात खाना शुरू कर दिया और खाता गया...खाता गया...पहाड़ में सुरंग बनाता हुआ, किसी चालाक घूस की तरह। कैसी शुभ घड़ी है यह। वह जितना चाहे खा ले, कोई मना करने वाला नहीं है। भात का पहाड़ उसका है, अकेले उसका। किसी की साझेदारी नहीं है। जब तक वह चाहे खाता रहे...जब तक...जब तक...। सपने में वह घड़ी कभी न आती थी जब वह खाना ख़तम करके तृप्ति की डकार लेता। सपना जब भी टूटता, वह चाव से खा रहा होता। सपने में भी उसने कभी भरपेट नहीं खाया।

शुरू-शुरू में जब वह छोटा था, माँ उसके पेटूपन पर तरस खाकर, उसे और भाई-बहनों की बनिस्बत दो-एक रोटी ज़्यादा दिया करती थी। बहुत जल्दी उसकी समझ में आ गया कि

दो रोटी ज़्यादा खाकर भी वह उतनी ही भूखी नज़रों से उसे ताकता है, जितनी दो रोटी कम खाने पर। जब उसकी तसल्ली होनी ही नहीं थी तो माँ फ़िज़ूल रोटियाँ बरबाद क्यों करती। रोटियों का जुगाड़ उसके लिए इतना आसान नहीं था। उसने कड़ा हिसाब रखना शुरू कर दिया था। अब सबके हिस्से में बराबर रोटी आती थी। हाँ, इतना ज़रूर होता था कि सबके निबट जाने पर, उसे खिलाकर जब माँ ख़ुद खाने बैठती और उसे भूखी नज़रों से अपनी तरफ़ ताकता पाती तो, झल्लाकर, कभी-कभी अपनी रोटी उसके हाथ पर दे मारती।

जिस दिन रोटी की जगह भात पकता उस दिन और मुसीबत हो जाती। उसका सपना टूटने में ही नहीं आता। वह आँखें खोलने से इनकार कर देता। आँखें मूँदे-मूँदे पके चावल की मीठी गन्ध से ललचकर आगे बढ़ता और थाली हाथ में लेकर खड़े-खड़े कौर निगलने लगता। दरअसल वह भात के पहाड़ के अन्दर होता, उसका मुँह तेज़ी से चल रहा होता और सुरंग के चौड़ा होते ज़ीने पर भी सफ़ेद दानों का अटाटूट ढेर कम होने में नहीं आता। पर...बिजली का झटका खाकर वह आँखें खोल लेता। ख़ाली थाली उसके हाथ से छूट जाती। माँ का सख़्त चेहरा सामने तन जाता...कहाँ गया भात का पहाड़?

'थोड़ा भात और दे', उसके मुँह से निकल पड़ता और माँ एक ज़बरदस्त दोहत्थड़ उसके सिर पर जमा देती। 'मर पेटू' वह कोस उठती, 'मर पेटू!'

भाई-बहन तालियाँ बजाकर उसके चारों तरफ़ नाचकर कहते, 'मर पेटू! मर पेटू!'

'पेटू माँगे भात! खाए दो लात!
पेटू खाए दो लात! फिर कभी न माँगे भात!'

पेटू बेचारा ज़ार-ज़ार रो देता। भाई-बहनों के चिढ़ाने की वजह से नहीं, पहाड़ के ग़ायब हो जाने के कारण।

काश, किसी दिन वह पूरा पहाड़ निगलकर एक ज़बरदस्त डकार ले सके। काश, एक दिन ऐसा आए कि वह महसूस कर सके कि उसने पेट भरकर खाया है। जब वह दिन आया...उसे अच्छी तरह याद है...यह वह दिन था, जब वह घर छोड़कर भाग निकला था।

दिन ढल रहा था। शाम की रंगत चावलों के माँड़ जैसी हो रही थी। खोली के भीतर से भी वही ख़ुशबू उठ रही थी। उस दिन घर में भात पका था। खाना माँगने से पहले, सबको काम पर गए बाप के लौट आने का इन्तज़ार था, पर भात की ख़ुशबू किसी बंदिश को नहीं मान रही थी। मन मसोसकर वह बार-बार यही सोच रहा था कि उसकी बारी सबके खाने के बाद आएगी। तभी एक अनहोनी घट गई।

माँ भात की ठसाठस भरी हाँड़ी खोली में छोड़कर बाहर निकल गई। उनकी खोली से दो खोली छोड़कर रहने वाली औरत बच्चा जन रही थी। उन खोलियों में रहने वाली सभी औरतें मौक़ा आने पर बच्चा जनवाने का काम बख़ूबी कर लेती थीं। जो पहले पहुँच जाती, वही अठन्नी-रुपया झटक लेती। माँ नहीं चाहती थी कि पड़ोसन किसी दूसरे के हाथों में पड़े, इसीलिए दौड़ी चली गई थी। अगर खोली में पेटू अकेला रहा होता तो उस वक़्त भी माँ उसे बाहर खदेड़कर खोली बन्द कर देती। पर उसकी दो बड़ी बहनें वहीं मौजूद थीं, जो उसकी निगरानी के लिए काफ़ी थीं। संयोग कुछ ऐसा हुआ कि कुछ देर की कानाफूसी के बाद, वे दोनों बहनें खिड़की से झाँककर तमाशा देखने चली गईं। और वह खोली में अकेला रह गया। एक तरफ़ वह और दूसरी तरफ़ भात से ठसाठस भरी हाँड़ी।

कुछ देर वह आँखें बन्द किए बैठा रहा। ताज़े पके भात की ललचाती गन्ध को नथुनों के ज़रिये भीतर खींचकर ख़ुश होता रहा। फिर धीरे-धीरे...सच कहा जाए तो उसे पता भी नहीं चला...कब, वह उठा, खोली का दरवाज़ा ढुकाया, अन्दर से खड़का गिराया और खेत में सेंध लगाने वाली घूस की तरह, आहिस्ता-आहिस्ता सरकता हुआ, हाँड़ी के पास पहुँच गया। फिर वह था और भात के पहाड़ के बीचोबीच खुदी सुरंग। आँखें बन्द किए वह चारों तरफ़ मुँह मारने लगा। आँखें बन्द रखो तो पहाड़ की ऊँचाई बढ़ जाया करती है। झटके के साथ उसकी आँखें खुलीं। उसने हाँड़ी को इधर-उधर टटोला पर भात का और दाना उसके हाथ नहीं आया। भूचाल बिना पहाड़ नीचे धँस गया। उसने देखा और सुना...सामने चावल की हाँड़ी ख़ाली पड़ी है, बाहर कई जोड़ी हाथ एकसाथ खोली का दरवाज़ा पीट रहे हैं।

वह समझ गया, कुछ ही देर में वे हाथ उसकी पीठ पर पड़ने वाले हैं, फिर भी...एक तृप्त डकार के साथ उसने उठकर दरवाज़ा खोल दिया।

माँ भागती हुई भीतर घुसी और सीधी हाँड़ी के पास जा पहुँची। ख़ाली हाँड़ी देखकर वह हलाल होते बकरे की तरह चीख़ी और दूसरे क्षण, उसने चूल्हे से खींचकर लकड़ी बाहर निकाल ली। दोनों बड़े भाइयों ने उछलकर उसे आ दबोचा और...औंधा करके ज़मीन पर बिछा दिया। फुफकारती हुई माँ आगे बढ़ी और छोटे भाई-बहन स्तब्ध खड़े देखते रहे...किसी ने आवाज़ नहीं की...मर पेटू-मर पेटू कहकर कोई नहीं नाचा...माँ ने मुँह से गाली नहीं निकाली...बड़े भाई चुप बने रहे...खोली में मौत का सा सन्नाटा छा गया। बस, माँ की साँस ज़ोर-ज़ोर से चलती रही, और चूल्हे की लकड़ी उसके बदन को धुनती रही। दोनों भाई उसे कसकर थामे रहे। बचाव का कोई उपाय नहीं। पिटाई तब तक होती रही, जब तक चीख़ें मारकर उसने भात की उलटी न कर दी। तब माँ ने हाथ की लकड़ी फेंक दी, भाइयों ने कसकर दो-दो लातें उसकी पीठ पर जमाईं और उसे घसीटकर खोली से बाहर कर दिया। उस दिन घर में किसी ने कुछ नहीं खाया। दो बार खाने का जुगाड़ बिठलाना उनके बस की बात नहीं थी। अगले दिन की कमाई से ही अगले दिन की भूख मिटाई जा सकती थी।

अगले दिन सबके खा लेने पर माँ ने उसे खाने के लिए नहीं बुलाया तो अपनी कुलबुलाती आँतों को हाथों से दबोचकर, वह घर से भाग निकला। उसने तय कर लिया कि जैसे भी होगा, वह एक हाँड़ी भात रोज़ खाया करेगा। रोज़! जैसे भी हो।

कुछ दिन भीख माँगकर और बोझा ढोकर उसने पेट आधा ख़ाली रखकर गुज़ार दिये। उसके बाद कई नौकरियाँ पकड़ीं और छोड़ीं। भरपेट खाने को कभी नहीं मिला। रबर की चप्पलों के फीते बनाने वाली फ़ैक्टरी में काम किया, डेढ़ रुपया रोज़ पर। पता चला कि फ़ुटपाथ पर सोकर भी इतने पैसों में आँतों का कुलबुलाना बन्द नहीं किया जा सकता। ढाबे में नौकरी की, यह सोचकर कि इतना ढेर सारा खाना जहाँ बनेगा, वहाँ उसके हिस्से भी कुछ ज़रूर आएगा, मगर ढाबे का मालिक उसकी माँ से भी कड़ा हिसाबी निकला। अस्सी रुपये माहवार जो देता, उसमें से खाने के पैसे काट लेता। दो रुपये की पूरी-सब्ज़ी खाकर उसकी आँतों में महाभारत छिड़ जाता। और-और की पुकार उसे पागल बना देती। पहले सिर्फ़ भात का पहाड़ देखा करता था, अब पूरी-पकौड़ों के भी सपने आने लगे थे। पहले सिर्फ़ आँतें कुलबुलाया करती थीं, अब ज़बान के तन्तु भी चिनचिनाने लगे थे।

ज़िन्दगी में पहली बार उसे पता चला कि दुनिया में इतनी तरह का खाने का सामान होता

है। उसने हर तरह का खाना बनाना सीखा और एक सेठ के यहाँ घरेलू नौकर की तरह नौकरी कर ली।

वाह! क्या मौज है, पहले दिन उसने महसूस किया। नित नए मेहमान, दावतें, तरह-तरह का खाना। पंचमेल खाने की ख़ुशबू से रसोई तर रहती। आदमी चाहे तो हर वक़्त सपने लेता रहे। पर रसद का सामान सेठानी अपने हाथ से निकालकर देती। सबके खा लेने पर इतना खाना नहीं बचता कि उसका अपना पूरा हो सके। फिर भी उनकी नज़र बचाकर वह फल-दूध पर हाथ साफ़ कर लेता। अपने पेट की सुलगती भट्ठी को वह सारा दिन ईंधन देता रहता। पर उससे पेट नहीं भरता, बस लालच बढ़ता जाता।

दो साल में दस नौकरियाँ बदल चुका, पर हर घर में वही तस्वीर सामने आती। कुछ लोग पहले से खाने के सामान की निगरानी रखते। कुछ उसे काम पर लगाने के बाद रखना शुरू कर देते। किसी न किसी बहाने उसे नौकरी से निकाल देते। 'तुम्हारे खाने का ख़र्च हम नहीं उठा सकते', इतनी साफ़, दो टूक बात कहने की हिम्मत सिर्फ़ एक औरत कर पाई थी। वह सच बोलने की आदी थी और अपने मोहल्ले में झक्की या पागल के नाम से मशहूर थी। पर उससे तो हर किसी ने यही कहा था, वह अच्छी तरह जानता था।

जब उसकी समझ में आ गया कि कुछ दिन बीतने पर नौकरी छूटनी ही है तो उसने तय कर लिया, जितने दिन एक घर में रहेगा, ज़्यादा से ज़्यादा खाना अन्दर ठूँस लेगा। माँगकर, चुराकर, लुका-छिपाकर। जैसे भी हो। आजकल उसके और उसकी मालकिन के बीच हर वक़्त लड़ाई छिड़ी रहती है। दोनों अपने-अपने मोर्चे पर तैनात रहते हैं। किस हद तक वह उसकी आँखों में धूल झोंकने में सफल हो सकता है और किस हद तक वह चौकन्नी रहकर, अपने सामान की रखवाली कर सकती है।

अब उसे इस लड़ाई में मज़ा आने लगा है। दिमाग़ हर वक़्त जोड़-तोड़ बिठलाता रहता है, शरीर में स्फूर्ति भरी रहती है। दिन भर के चुस्त चौकन्नेपन के बाद रात को खाट पर गिरता है तो गहरी मज़ेदार नींद सोता है। एक सेहतमन्द थकान पोर-पोर में बसी रहती है, जैसे किसी ऊँचे पहाड़ की चोटी पर चढ़कर लौटा हो। शायद यही कारण है कि उसके बदन पर थुलथुल मांस की परतें नहीं चढ़ीं, वरना मालिक बेचारा तो उससे एक चौथाई खाकर आटे की बोरी सा दिखाई देने लगा है।

उसकी भूख और खाने की मिकदार बढ़ती जा रही है। वह हर पल उन क्षणों का इन्तज़ार करता है, जब रसोईघर में अकेला होगा या उससे भी सुखद स्थिति की, जब वह पूरे घर में अकेला होगा....बचपन के उस दिन की तरह...और फिर...काश, उस दिन वे लोग खाने के सामान पर ताला लगाना भूल जाएँ। और कितना ख़ुशक़िस्मत है वह! आज वह शुभ दिन आ गया।

सुबह उसकी मालकिन को दिल का दौरा पड़ गया। ठीक क्या हुआ, उसकी समझ में नहीं आया, पर इतना ज़रूर देखा कि दर्द से बेदम होकर, वह बिस्तर पर गिर पड़ी। डाक्टर आया और जल्दी-जल्दी मालकिन को उठाकर अस्पताल ले जाया गया। इस दौरान 'दिल का दौरा' शब्द कई बार दोहराया गया। तमाम परेशानियों और जल्दबाज़ी में खाने के सामान पर ताला लगाना, किसी को याद नहीं रहा।

अब मालिक और मालकिन दोनों अस्पताल में हैं, दोनों बच्चे अपनी दादी के घर। खाने

का सामान खुला पड़ा है और पूरे घर में वह अकेला है। चार-पाँच घंटे तक किसी के वापस लौटने की उम्मीद नहीं। जो कुछ करना है, इसी दरमियान कर डालना है।

उसने क़रीब पाँच किलो चावल का डब्बा खोला। ठीक है। एक किलो दाल, मटर, गोभी, शिमला मिर्च और आलू की सब्ज़ियाँ, पूरी का आटा, खीर, उसने सारी तैयारी कर डाली। खाना बनाकर रसोई के फ़र्श पर लगा लिया। चावल उसने थाली पर इस तरह जमाया जैसे कोई ऊँचा पहाड़ हो।

कुछ देर तक सामने बैठकर, वह खाने की चीज़ों की मिली-जुली गन्ध सूँघता रहा। एक हाथ आगे बढ़ाकर धीरे से चावल के पहाड़ को छुआ। आह, सपने को छूकर देखो, कितना सुहावना लगता है! उसने आँखें मूँद लीं और एक सिरे से खाना शुरू कर दिया, और...खाता चला गया। बचपन के उस दिन का दृश्य उसकी आँखों के सामने आ टिका, जब वह भात की पूरी हाँड़ी साफ़ कर गया था और उसके परिवार को भूखा रहना पड़ा था। यहाँ ऐसी कोई बंदिश नहीं है। यह सारा खाना वह खा भी लेगा तो कोई फ़र्क़ नहीं पड़ेगा। शाम तक दुबारा सामान बाज़ार से आ जाएगा, घंटे भर के अन्दर। फ़ोन करके कहने भर की देर है। कल तक दस गुना सामान आकर जमा हो सकता है। फिर भी उसका पेट भर पाना उतना आसान नहीं है। सहसा वह खिलखिलाकर हँस पड़ा। उसकी भूखी आँखों में चमक आ गई। कितनी मज़ेदार बात है। ये लोग हज़ारों रुपया माहवार कमाते हैं। गाड़ी है, टी.वी. है, फ्रिज़ है, यहाँ तक कि एयरकंडीशनर भी है। पर उसका पेट ये नहीं भर सकते। उसे महसूस हुआ, वह एक बहुत बड़ी हस्ती है। दुनिया भर में ढूँढ़ने पर भी उतना बड़ा आदमी नहीं मिलेगा, जो उसे भरपेट खिला सके।

पर आज वह खाएगा। भरपेट खाएगा। तब तक खाता रहेगा जब तक उसके भीतर से यह आवाज़ न उठ आए कि उसका पेट और खाना अन्दर भरने के लिए तैयार नहीं है। क्या ऐसा सम्भव है? पेटू का पेट भर सकता है? सोचकर उसका बदन झनझना गया। चटखारे लेकर वह खाता गया। वक़्त का अहसास उससे छूट गया। आँखें खोलकर उसने यह भी नहीं देखा कि कितना खाना बचा और कितना पेट में चला गया। बस, हाथ बढ़ाकर एक-एक कौर उठाता और निगलता जाता।

सहसा दरवाज़े की घंटी टन-टन कर बज उठी। घबराकर उसने आँखें खोल लीं। दरवाज़ा खोलने से पहले खाने का सारा सामान समेट देना होगा, बीते वक़्त के अनुभव ने उसके दिमाग़ पर दस्तक दी। उसने जल्दी-जल्दी दो-चार कौर और निगले और बरतन समेटने लगा। ढक-ढकाकर रख देगा और बाद में मौक़ा मिलने पर फ़ुर्सत से...।

दरवाज़े की घंटी बजनी बन्द हो गई। उसके बजाय दो जोड़ी हाथ बारी-बारी से दरवाज़ा पीटने लगे और एक कर्कश आवाज़, उसके नाम की, गूँज उठी। वह समझ गया, मालिक हैं, साथ में कोई और भी। वह जानता है, ऐसी हालत में दरवाज़ा खोलने में एक मिनट की भी देर हुई तो प्रलय हो जाएगी।

बैठे-बैठे उसने बरतन एक तरफ़ खिसका दिये और झपटकर उठ खड़ा हुआ। एक क़दम आगे बढ़ाया था कि सिर में ज़ोर से घुमेर उठी। उसने हाथ बढ़ाकर दीवार को थाम लिया और उसके सहारे आगे बढ़ने की कोशिश करने लगा। पर हुआ नहीं। उसके पैरों ने उसका बोझ ढोने से इनकार कर दिया। उसका पेट पठार की तरह सख़्त हो रहा था। उस पर उसकी छाती चट्टान की तरह खड़ी थी। लग रहा था नाक के छेद बन्द हो गए हैं। हवा किसी तरह अन्दर नहीं आ

सकती। उसने मुँह खोलकर साँस लेने की कोशिश की पर बेकार। मुँह खुला का खुला रहा। हवा फेफड़ों में पहुँचने की बजाय गले में घरघराती रही। पैरों ने जवाब दे दिया और वह लड़खड़ाता हुआ औंधे मुँह फ़र्श पर जा गिरा।

उसे लगा, दोनों बड़े भाइयों ने उसे कसकर दबोच रखा है। उसकी पीठ पर एक भारी पत्थर रखकर बाक़ी भाई-बहन उस पर सवार हैं। इतना बोझ उससे उठाए नहीं उठ रहा। गर्दन ऊपर उठाकर उसने खुले मुँह को और चौड़ा किया। एक बार फिर साँस लेने की कोशिश की। लेकिन साँस नहीं ले पाया, गर्दन ऐंठकर एक तरफ़ लटक गई। बदन ने दो-चार झटके खाए, फिर तड़फड़ाकर ठंडा हो गया। उसका पेट भर चुका था।

(1975)

मधुप पत्रकार

मधुप पत्रकार का नाम जितना मधुर है, प्रकृति उतनी ही कठिन। केवल वही पत्रिका नहीं जिसका वह सम्पादक है, देश की सभी नामी-गिरामी पत्रिकाएँ उसके लेख और कहानियाँ छापना अपना सौभाग्य मानती हैं। उसकी कहानियाँ तल्ख़ होती हैं, कथन बेबाक। न किसी का डर है, न लिहाज़। देश भर में क्रान्तिकारी लेखक के रूप में उसकी धाक है। उस दिन दिल्ली के तमाम युवा और वरिष्ठ लेखक, पत्रकार उसके घर आ जुटे थे। दस-दस रुपये का चन्दा करके एक अफ़सर दोस्त की मार्फ़त फ़ौजी कैंटीन से रम की दस बोतलें मँगा ली गई थीं और महफ़िल जम गई थी।

तीसरा पैग ख़ाली करते-करते सहसा मधुप पत्रकार जोश में आ गया और मेज़ पर घूँसा मारकर बोला, "यह देश है कि क़ब्रिस्तान ? तुम लोग इनसान हो या लाशों के ढेर ?"

युवा पत्रकारों के सिर शर्म से झुक गए।

"हम क्या कर सकते हैं ?" एक ने बुदबुद करके कहना शुरू किया कि मधुप पत्रकार फट पड़ा।

"क्या नहीं कर सकते ?" उसने कहा, "पर करने के लिए हिम्मत चाहिए, हिम्मत; दुनिया का इतिहास उठाकर देखो। क्या फ्रांस, क्या रूस। जहाँ भी क्रान्ति हुई, अगुआ कौन बना ? साहित्यकार या पत्रकार ही न ? और तो और, अमेरिका जैसे सामन्तवादी देश में भी पत्रकारों ने निक्सन के छक्के छुड़ा दिये। और तुम ? मुझसे पूछते हो, हम क्या कर सकते हैं ? सब कुछ कर सकते हो। पर करने के लिए हिम्मत चाहिए, हिम्मत। डर के मारे चूहों की तरह काँपने से काम नहीं चलेगा। थूः, यह कोई देश है ! यहाँ जो आवाज़ उठाता है, उसकी ज़बान खींच ली जाती है; जो सिर उठाता है, उसकी गर्दन काट दी जाती है; जयप्रकाश नारायण जैसे आदमी पर डंडे बरसाये जाते हैं। क्यों ? क्या यह देश चन्द हज़ार नवधनिक करोड़पतियों के हाथ गिरवी रखा हुआ है ? क्या उन्होंने हमारी, आपकी, सब हिन्दुस्तानियों की आत्माएँ अपने बेशुमार काले धन से ख़रीद रखी हैं कि जिधर उनका डंडा हाँकेगा, हमें उधर ही बेज़ुबान बैल की तरह घूम जाना होगा ? कोई कुछ नहीं बोलेगा ?"

वरिष्ठ पत्रकार, जो यह सब पहले कई बार सुन चुके थे, मधुप पत्रकार से निगाहें फेर, अपने-अपने गिलासों से चुस्कियाँ भरते रहे। तीखी रम की घूँटों के साथ उसका तल्ख़ भाषण नमकीन का काम दे रहा था। पर युवा पत्रकार उतनी आसानी से उसे नज़रअन्दाज़ नहीं कर पा रहे थे। मंत्रमुग्ध वे उसका वक्तव्य सुन रहे थे और सोच रहे थे कि मधुप पत्रकार के ललकार कर कहने भर की देर है, वे लोग, जहाँ वह ले जाएगा, बेहिचक, उसके पीछे चल देंगे। बरसों से अपनी कुंठा को शब्द देने के लिए वे तरस रहे थे। जानते थे, अपने मन की भड़ास निकालने

के लिए अब तक उन्होंने जो कुछ लिखा या बोला है, व्यवस्था की मोटी खाल पर उसका प्रभाव, पत्थर पर रस्सी घिसने जितना भी नहीं पड़ा है। फिर भी वे संवेदनशील जीव थे। कुछ कर दिखाने की उनकी आशा मिटी नहीं थी। बस उन्हें ऐसे दुर्दांत जन नेता की प्रतीक्षा थी, जिसकी सिंह-गर्जना सुनते ही वे मर मिटने को तैयार हो सकें। मधुप पत्रकार में सहसा उन्हें वह जन नेता नज़र आने लगा। उत्तेजना से आकुल-व्याकुल, वे साँस रोक प्रतीक्षा करने लगे कि देखें, वह आगे क्या करता है।

मधुप पत्रकार ने किया यह कि रम की बोतल उठाकर चौथा पैग बनाया और ज़ोर से चुस्की भरी। तभी उसके पास रखा फ़ोन टनटनाकर बज उठा।

''हलो,'' उसने चोंगा उठाकर तीखे स्वर में कहा।

उधर से जो आवाज़ आई उससे पता चला कि फ़ोन एक करोड़पति सेठ के प्राइवेट सेक्रेटरी का है।

''क्या बात है?'' उसने और तीखे स्वर में कहा।

उधर की आवाज़ ने विनम्रता से करोड़पति का सन्देश सुनाया कि सेठ ने ससम्मान उसे अपने ग़रीबख़ाने पर रात के खाने के लिए निमंत्रित किया है।

''रहते कहाँ हैं?'' उसने लापरवाही से पूछा।

सामने बैठे लेखक-पत्रकार समझ गए, उसके पास रोज़ न जाने कितने सेठों के फ़ोन आते हैं कि उसे उनका नाम-पता तक याद नहीं रहता।

सेक्रेटरी ने ख़ूब समझाकर पता बतला दिया।

''मेरे घर से बहुत दूर है,'' मधुप पत्रकार ने पहले से भी करारी आवाज़ में कहा। वह गाड़ी नहीं रखता। उसकी पत्रिका के मालिक ने कई बार ज़ोर डाला और कम्पनी की तरफ़ से रुपया उधार दिलवाने का आश्वासन दिया, पर वह नहीं माना। उसका कहना था, जब आम आदमी सरकारी गाड़ी में धक्के खा सकता है तो मधुप पत्रकार क्यों नहीं। हाँ, करोड़पति के यहाँ धक्के खाते पहुँचने में वह अपनी ही नहीं, उस आम आदमी की हतक महसूस कर रहा था, जिसके नाम का हमेशा दम भरता था।

सामने बैठे पत्रकारों ने जब समझा कि मधुप पत्रकार, एक करोड़पति सेठ का आमंत्रण बेरुख़ी से नकार कर फ़ोन काटने वाला है तो आत्म-गौरव की गर्म हवा पा, उनका जोश तीव्र गति से ऊपर उड़ चला।

पर सेक्रेटरी इतनी आसानी से कमज़ोर पड़ने वाला नहीं था।

''क्या बात करते हैं, भाई साहब?'' उसने कहा, ''आपको हम क्या ऐसे-वैसे आने देंगे? आप क्या छोटे-मोटे आदमी हैं?''

अपने छोटे-मोटे आदमी न होने के अहसास में मधुप पत्रकार क्षण-भर के लिए आम आदमी को भूल गया और छाती तानकर बोला, ''ठीक है।''

उसके फ़ोन का चोंगा नीचे रखने के बाद, कुछ देर, निस्तब्धता छाई रही। युवा पत्रकार अब भी प्रतीक्षा कर रहे थे कि मधुप पत्रकार जोशीली बात कहेगा या करेगा। इतने में एक वरिष्ठ पत्रकार ने विषय बदल दिया।

''आपकी पत्रिका का नववर्षांक, विशेषांक होना है न?'' उसने पूछा।

''बिलकुल,'' मधुप पत्रकार ने कहा।

''किस विषय पर ?''

''नवधनिकों पर,'' उसने ललकार कर कहा।

युवा लेखक चौंके और अपनी-अपनी सीट पर आगे खिसक आए।

''आप लोग लिखिए,'' मधुप पत्रकार ने फिर ललकारा, ''तल्ख़ से तल्ख़, बेबाक से बेबाक, खरे से खरा। मैं छापूँगा। लोग पढ़ें और जानें इस देश में हो क्या रहा है।''

युवा लेखकों को लगा, यही वह सिंह गर्जना है, जिसकी उन्हें प्रतीक्षा थी। अपना-अपना रम का गिलास उठाकर उन्होंने प्रतिज्ञा की कि वे जो कुछ लिखेंगे, पास बैठे कथाकार से बढ़िया और बेबाक लिखेंगे और पत्रिका में वह अवश्य स्वीकार होगा। बरसों से जमी मन की कुंठा और भड़ास निकालने का ऐसा मौक़ा, मधुप पत्रकार के सिवा कौन उन्हें दे सकता था। फिर उसकी पत्रिका लेख और कहानी के दाम भी ऊँचे देती थी।

शाम साढ़े आठ बजे करोड़पति सेठ की शानदार इंपाला गाड़ी मधुप पत्रकार को ले उनके ग़रीबख़ाने पर जा रुकी। मौक़े से बेख़बर अपने कठिन व्यक्तित्व के अनुरूप, वह उस शीशे जड़े भड़कीले रंगमहल में रोज़ के सादा लिबास में आया था। धोबी का धुला सफ़ेद कुर्ता-पाजामा, पैरों में चप्पल, आँखों पर चश्मा, माथे पर शिकन, और स्वाभिमान से टिका सिर। गाड़ी से उतरते ही उसने देखा, भिन्न-भिन्न डिज़ाइन की और चार-पाँच गाड़ियाँ खड़ी हैं। नए करोड़पति का नया इस्पाती अस्तबल। हिक़ारत की नज़र उन पर डाल, वह आगे बढ़ गया। बाहर के फाटक से घर के दरवाज़े तक पहुँचने के रास्ते में बीचोबीच, एक लम्बी पतली नहर बह रही थी। वह उसी के पास से होकर जा रहा था। नहर पर असंख्य फ़व्वारे जल की भीनी फुहारें छोड़ते चल रहे थे। पास से गुज़रते हुए उसने देखा, तमाम फ़व्वारे नारी मूर्तियों के रूप में हैं। वे विविध मुद्राओं और भाव-भंगिमाओं में खड़ी हैं पर एक बात सबमें एक जैसी है। वह यह कि पानी की फुहारें उनके वक्ष से फूटकर गिर रही हैं। पहली बार उसके मन में गुदगुदी हुई। उन निर्जीव मूर्तियों को देखकर नहीं, इतना बचकाना वह नहीं है, पर उसे याद आ गया, एक पत्रकार ने बतलाया था कि उस करोड़पति सेठ के बँगले पर खाने के साथ राग-रंग में ब्लू फ़िल्म भी शामिल रहती है। वह उसी की आशा से रोमांचित हो उठा था। फ़ौरन उसे ख़याल आया कि कल जल्दबाज़ी में यह पूछना तो भूल ही गया था कि खाने पर और कौन लोग आएँगे। कहीं कुछ और लेखक और पत्रकार तो नहीं आने वाले ? लेखकों या पत्रकारों से मिलने में वैसे कोई आपत्ति नहीं होनी चाहिए थी; रम या ह्विस्की पीने की तरह ब्लू फ़िल्म देखने को कोई पत्रकार बुरा नहीं समझता। सब पीते हैं। सब देखते हैं। पर हर चीज़ का क़ायदा होता है। जहाँ तक उसका सवाल है, दूसरे पत्रकारों की संगति में उसे न शिवाज़ रीगल पीना पसन्द है, न ब्लू फ़िल्म देखना। हर चीज़ का अपना माहौल होता है, अलग साहचर्य। ख़ैर, भीतर जाकर पता चल जाएगा। ज़रा भी गड़बड़ी दिखी तो सारे क़ीमती आडम्बर को लात मार, वह एक पैग पीते ही चला आएगा। कह देगा, कार्यालय में आवश्यक काम आ पड़ा है।

यही सब सोचते-विचारते, नहर पार करने तक, उसका सिर कुछ और सीधा तन गया और वह रोज़मर्रा के क़द से ऊँचा दिखने लगा। नहर के दूसरे छोर पर बने बरामदे में, मेहमानों की अभ्यर्थना करने, सेक्रेटरी के साथ स्वयं करोड़पति सेठ खड़े थे। सेक्रेटरी ने परिचय कराया तो मधुप पत्रकार सकते में आ गया। यही हैं करोड़पति सेठ! बदन पर ठीक उस जैसा सफ़ेद सादा लिबास। धोबी धुला कुर्ता-पाजामा, पैरों में चप्पल, आँखों पर चश्मा, होंठों पर विनीत मुस्कान

और विनम्रता से झुका सिर। न अँगुली में हीरे की अँगूठी, न कुर्ते में मानिक-मुक्ता के बटन। और तो और, गले में सोने की चेन तक नहीं।

''आइए, आइए, अहोभाग्य, जो मधुप जी हमारे ग़रीबख़ाने पर तशरीफ़ लाए,'' उन्होंने विनय के साथ मुस्कराकर कहा तो मधुप पत्रकार को लगा, उसके साथ कोई भद्दा मज़ाक़ किया गया है। जिस सादे लिबास को पहनकर आने में उसने गर्व का अनुभव किया था, उसी ने उसकी सीधी तनी गर्दन को पकड़कर नीचे खींच दिया। उसकी भृकुटि तन गईं और करोड़पति के विनम्र अतिथि सत्कार के उत्तर में काठ की तरह अकड़े स्वर में केवल धन्यवाद कहकर, वह आगे बढ़ गया।

बैठक में पहुँचकर उसने देखा, और कोई पत्रकार या लेखक मौजूद नहीं है। केवल चार करोड़पति, चार नवोदित फ़िल्म तारिकाएँ और तीन उदीयमान फ़िल्म डाइरेक्टर हैं। आश्वस्त होकर उसने कमरे की साज-सज्जा पर ध्यान दिया। उस कमरे के लिए वास्तव में, बैठक शब्द का प्रयोग ग़लत था। एक नवधनिक की सांस्कृतिक उड़ान, मुगलों के शीशमहल पर जाकर अटक गई थी। वह उसी का प्रतिरूप गढ़ने की कामयाब कोशिश थी। तीन तरफ़ दीवारों पर जड़े असंख्य शीशे। छत से लटकते रंगीन शीशे के झाड़फ़ानूस। फ़र्श पर बिछा क़ीमती ईरानी कालीन, उस पर मसनदों के सहारे पसरे चन्द धनिक और उनके दोस्त अहबाब। बेहतरीन बिल्लौरी जामों में छलकती शराब। शीशमहल से क्या कम था! बस आधुनिकता की ख़ातिर, दीपाधार के स्फटिक में प्रतिबिंबित प्रकाश, अनगिनत मोमबत्तियों का नहीं, बिजली के बल्बों का था।

''फूहड़ रुचि की हद!'' मधुप पत्रकार मन ही मन बुदबुदाया और पहली नवोदित तारिका की बग़ल में मसनद के सहारे लुढ़क गया।

''आप क्या लेंगे, शिवाज़ रीगल या ब्लैक डॉग ?'' बैरे के जाम से खनकती ट्रे सामने लाने पर, ख़ुद मेज़बान ने उससे पूछा।

''वैट सिक्स्टी नाइन,'' उसने संजीदगी से कहा। दोनों को छोड़ तीसरा नाम उसने इसलिए नहीं लिया था क्योंकि वह उसे बेहतर पेय समझता था; सिर्फ़ इसलिए कि वह कुछ ऐसा माँगना चाहता था जिसके वहाँ न होने की गुंजाइश हो। पर उसका वार ख़ाली गया।

''वैट सिक्स्टी नाइन!'' करोड़पति ने पुकारकर कहा और फ़ौरन वहाँ वैट सिक्स्टी नाइन की चार बोतलें चमक उठीं। मधुप पत्रकार के पास जाम भरवा लेने के सिवा चारा न था। सोडे या पानी के लिए न किसी ने उससे पूछा, न उसने जुबान हिलाकर माँगा। चुपचाप जाम ख़ाली करने लगा।

''आपने मेरे हुसैन देखे ?'' तभी करोड़पति आकर उसके कान में फुसफुसाये।

''हुसैन ? कहाँ ?'' उसने पूछा। देखा, सामने चौथी दीवार पर शीशे नहीं जड़े पर वह बिलकुल ख़ाली भी नहीं है। बीच के लम्बे-चौड़े नीले विस्तार को छोड़, दोनों ओर हुसैन की दो-दो अनुपम कृतियाँ टँगी हुई हैं। हुसैन की वे कृतियाँ लाजवाब हैं, यह मानने से वह इनकार नहीं कर सका। दुर्भाग्य से हुसैन उसका सर्वप्रिय कलाकार रहा है। उसकी चित्रकला की सचाई में उसका विश्वास अडिग और पुराना है। अपने उस यक़ीन को वह एकाएक हिला न पाया। पर इतना अवश्य हुआ कि हुसैन के चित्रों के प्रति, समीक्षकों के बढ़ते उन्मादी अनुराग पर उसे क्रोध हो आया, जिसके कारण, उनके दाम रोज़-ब-रोज़ चढ़ते चले जा रहे हैं। उसने चित्रों

की तारीफ़ में कुछ नहीं कहा। उनकी तरफ़ से नज़रें हटा लीं और जाम पर टिका दीं। रफ़्तार के साथ जाम ख़ाली करने में जितना माहिर मधुप पत्रकार था, उतने ही उसके आज के सहचर थे। फिर क्या था, जाम पर जाम ख़ाली होने लगे, ख़ालिस शराब का नशा सिर चढ़ने लगा, बात से बात निकलने लगी और देखते ही देखते कमरे का माहौल गर्म हो उठा। मधुप पत्रकार ने पाया, वैट सिक्स्टी नाइन का नशा, उस रम के नशे से, जो वह रोज़ अपने घर पर पिया करता है, किसी प्रकार भिन्न नहीं है। रम क्या, उस सस्ते देसी ठर्रे के नशे से भी भिन्न नहीं है, जो वह, कभी-कभी, अपने कम भाग्यशाली दोस्तों की संगत में बैठकर पी लिया करता है। जैसे वह शराब सिर चढ़कर उससे क्रान्तिकारी संवाद बुलवा दिया करती है, वैसे ही यह कर बैठी। वह बढ़-चढ़कर बोलने लगा, हर नहले पर दहला फेंकने लगा और पहले से तेज़ रफ़्तार से जाम ख़ाली करने लगा।

''सरकार को हमारे आगे झुकना होगा। आज देश चल रहा है तो हमारे रुपये से,'' एक नवधनिक ने सामने रखी तिपाई पर घूँसा मारकर, वहाँ रखी बोतलों को खड़खड़ाते हुए कहा।

''आप लोग उसे काला धन बतलाते हैं, पर जानते हैं वह कितनों को रोज़ी-रोटी देता है? यह काला धन हम बाज़ार से समेट लें तो लाखों भूखे मर जाएँ,'' दूसरे नवधनिक ने सीधा मधुप पत्रकार पर वार किया।

''बड़ी कृपा करते हैं!'' उसने तिलमिलाकर कहा, ''जनता का पेट काटकर धन इकट्ठा करते हैं। उसमें से दस-पाँच फ़ीसदी वापस फेंक देते हैं तो कौन सा परोपकार करते हैं?''

''हम किसी का पेट नहीं काटते,'' तीसरे नवधनिक ने कहा, ''हम उद्योग चलाते हैं, उद्योग!''

''उद्योग या अपना मुनाफ़ा? भूखे-नंगों की अँतड़ियों से समेटा मुनाफ़ा,'' मधुप पत्रकार ने फिर चोट की।

''सरकार हमें टैक्सों से तबाह कर देना चाहती है,'' चौथा नवधनिक तुनका।

''हम अपने बेटे-बेटी तक को दस-पाँच हज़ार का उपहार, बिना टैक्स दिये, नहीं दे सकते। क्यों? बतलाइए? आप तो जनता के बिचौलिये बनते हैं, आप बतलाइए क्यों?''

''पहले अपना काला धन जनता को लौटा दीजिए तब पूछिए क्यों!'' मधुप पत्रकार ने ललकारा।

''अजी छोड़िए,'' मेज़बान करोड़पति ने बाधा दी, ''आपकी बात समझने लायक़ बुद्धि हममें कहाँ? अपना गिलास भरिए और उधर देखिए!''

खट् से कमरे की झिलमिलाती बत्तियाँ बुझ गईं और सामने दीवार पर हुसैन के तैल चित्रों के बीच नीले विस्तार पर ब्लू फ़िल्म चालू हो गई। कमरे में सन्नाटा छा गया। अंधकार में देखने को बची थी वह उत्तेजक फ़िल्म और सुनने को नवधनिकों के चटखारे और नवोदित तारिकाओं से उनकी हँसी-ठिठोली। मधुप पत्रकार को न चाहकर भी चुप होना पड़ा। ब्लू फ़िल्म ने उसे रोमांचित न किया हो, ऐसी बात नहीं थी, पर आख़िर था तो वह बुद्धिजीवी। उसकी नशे से बोझिल इंद्रियाँ भले हथियार डाल गईं, मस्तिष्क का एक हिस्सा बराबर काम करता रहा। तो मधुप पत्रकार मसनद के सहारे बैठा रहा, शराब के गिलास से चुस्कियाँ लेता रहा, फ़िल्म देखता रहा और मन ही मन उन क्रूर, स्वार्थी और लिजलिजे नवधनिकों को गालियाँ देता रहा।

फ़िल्म ख़त्म होते ही वह उठ खड़ा हुआ।

"मैं जाऊँगा," उसने कहा और एक क़दम आगे बढ़ा लिया।

"अरे, अभी से कहाँ, भाई साहब, बैठिए," करोड़पति ने उसका हाथ पकड़कर खींच लिया। वह लड़खड़ाकर गिरते-गिरते बचा और मसनद के सहारे कालीन पर बिखरकर रह गया।

"अभी तो आपसे बहुत सी बातें करनी हैं, अकेले में," करोड़पति ने कहा।

मधुप पत्रकार ने देखा, चारों करोड़पति और नवोदित तारिकाएँ वहाँ से ग़ायब हो चुके हैं, शायद बग़ल के कमरों में। अब वहाँ बैठे हैं वह स्वयं, मेज़बान करोड़पति, सेक्रेटरी और तीनों उदीयमान फ़िल्म डाइरेक्टर।

"क्या कहना है?" उसने कहा, "आप जानते हैं, पत्रिका में किसी के कहने-सुनने से मैं कुछ नहीं छापता।"

"बख़ूबी जानता हूँ मधुप साहब," करोड़पति ने विनम्रता से कहा, "साहित्य के रत्न हैं आप।"

"तब?"

"मैं सिर्फ़ यह कह रहा था, आपके उपन्यास पर मैं फ़िल्म बनाना चाहता हूँ उसी के लिए अनुमति चाहिए।"

"मेरे उपन्यास पर आप फ़िल्म बनाएँगे," मधुप पत्रकार ने चकित स्वर में कहा, "क्यों? किस उपन्यास पर?"

"माया दर माया पर।"

"माया दर माया पर?" उसका आश्चर्य और बढ़ गया, "जानते हैं, वह घोर समाजवादी किताब है?"

"जानता हूँ।"

"तब?"

"तब क्या? समाजवादी हो न हो, कला कृति तो है?"

"ज़रूर है?" उसने सगर्व कहा, "मेरी किताब है।"

"बिलकुल, आपकी किताब है, साहित्य की अनुपम उपलब्धि। उस पर फ़िल्म बननी चाहिए।"

मधुप का सिर चकराने लगा था। नशा उतरने पर जैसे चकराता था, कुछ-कुछ वैसे। अपनी पुस्तकों की चर्चा सुनकर उसका नशा वैसे भी कम हो जाया करता है, तारीफ़ सुनने पर और भी।

"बननी तो चाहिए," उसने कहा, "पर कला फ़िल्म।"

"बिलकुल," करोड़पति ने कहा, "आप स्वयं उसकी स्क्रिप्ट लिखिए।"

"पर क्यों? आपको उससे क्या मिलेगा?"

"मेरी इच्छा है," करोड़पति ने ऐसे स्वर में कहा कि मधुप पत्रकार को लगा, इसके आगे कारण खोजना अन्याय होगा। पर करोड़पति रुके नहीं, ख़ुद बात साफ़ करते गए, "आप देख रहे हैं, कला में मेरी कितनी दिलचस्पी है। हुसैन के ये तैल चित्र मैंने अपनी पसन्द से ख़रीदे हैं। दिल्ली में कोई नाटक, कला फ़िल्म, सांस्कृतिक कार्यक्रम ऐसा नहीं होता जो मैं न देखता हूँ। इतना पैसा है, सुविधाएँ हैं, इज़्ज़त है, पर सन्तोष नहीं है। मन निरंतर सुन्दर की खोज में भटकता रहता है। बहुत दिनों से इच्छा है एक कला फ़िल्म बनाने की। माया दर माया जितनी

सशक्त थीम मुझे और नहीं मिली। इन तीनों डाइरेक्टरों को बम्बई से यहाँ बुलवाया है, आप जिसे चाहिए फ़िल्म के लिए चुन लीजिए,'' उन्होंने हाथ के इशारे से डाइरेक्टरों को समेटते हुए ऐसे कहा, जैसे वे दुकान पर रखे तेल के कनस्तर हों। मधुप पत्रकार को लगा, सुनते ही वे अपमानित हो उठ जाएँगे, पर वे नहीं उठे, खीसें निपोरते वहीं बैठे रहे।

''आश्चर्य है,'' उसने धीमे से कहा, ''मैंने सोचा नहीं था, आप लोगों को कला में इतनी दिलचस्पी हो सकती है।''

''कला और धन, इनमें तो सभी को रुचि होती है, मधुप जी,'' सेक्रेटरी आँख दबाकर हँस पड़ा, ''हमारे पास धन है तो हम कला ख़रीदना चाहते हैं,'' उसने कहा, ''और आपके पास कला है तो आप धन पाना चाहते होंगे।''

''मैं अपनी कला बेचा नहीं करता,'' मधुप पत्रकार ने धनुष से निकले बाण की तरह वाक्य फेंका।

''बिलकुल,'' करोड़पति सेठ ने फ़ौरन सेक्रेटरी को डाँटा, ''तुम नहीं समझ सकते, चुप रहो।'' फिर मधुप पत्रकार से बोले, ''मधुप जी, कला को कौन बेच-ख़रीद सकता है। वह तो आत्मा की वस्तु है। हमारे-आपके बीच तो आदान-प्रदान होगा, अमूल्य वस्तु में एक से अधिक की साझेदारी। एक महान साहित्यिक रचना का क्या मूल्य लगाया जा सकता है?''

''आप ठीक कहते हैं,'' वह बुदबुदाया, ''आपकी बातें सुनकर मुझे आप पर श्रद्धा हो आई है। आपका कला प्रेम, यह सादा लिबास, लगता है सब धनिक एक जैसे नहीं होते। एक ग़ुस्ताख़ सा प्रश्न पूछना चाहता हूँ। आपने यह अपार धन कैसे कमाया? मुझे नहीं लगता, आप जैसा इनसान ग़ैर मुनासिब ढंग से धन कमा सकता है।''

''छोड़िए मधुप जी,'' वे मुस्कराये, ''हम कब ग़ैर मुनासिब ढंग से धन कमाते हैं, वह तो सरकार की दृष्टि है जो उसे वैसा बना देती है।''

मधुप पत्रकार को यह युक्ति क़तई सही नहीं मालूम पड़ी, पर वह ठीक से तय नहीं कर पाया कि उस सज्जन पुरुष की बात का खंडन किन शब्दों में करे। खंडन करने का मौक़ा भी उन्होंने नहीं दिया। फ़ौरन बोले, ''आप अनुमति दीजिए—सेक्रेटरी, इनसे दस्तख़त करवा लो—स्क्रिप्ट लिखिए हम आभारी होंगे। बीस हज़ार आपकी नज़र कर देंगे, दस हज़ार अब और दस हज़ार फ़िल्म बनने पर। आख़िर जो हमारे पास है, वही हम अपने दोस्तों को दे सकते हैं।''

बीस हज़ार! मधुप पत्रकार का रहा-सहा नशा उतर गया।

''नक़द, बिना लिखा-पढ़ी के,'' करोड़पति ने फिर कहा।

''बिना लिखा-पढ़ी के...'' मधुप पत्रकार को बात कुछ ग़लत लगी।

''आप मना मत कर दीजिएगा, बहुत आघात पहुँचेगा मुझे। कब की आस है मेरी। दोस्तों के बीच लिखा-पढ़ी कैसी? सेक्रेटरी, इन्हें रुपये दे दो। फिर चलिए, मधुप जी, खाना खाएँ।''

बात इस ढंग से कही गई थी कि मना करना असम्भव हो गया। उसने अनुमति पत्र पर दस्तख़त कर दिये, रुपये ले लिये और मेज़बान के बाँह पकड़कर उठा देने पर, चुपचाप, उनके साथ खाने की मेज़ पर चल दिया। हो सकता है, उसकी आकस्मिक विनम्रता का कारण बीस हज़ार की रक़म सुनकर नशे का अकस्मात् उतर जाना हो, जिसने उसे साहसिक करने कहने लायक़ नहीं छोड़ा हो। जो हो, तमाम बोझिल तर्क कल पर छोड़, वह करोड़पति के साथ सामने परोसी चाँदी की थाली में कौर तोड़ने लगा।

सुबह उठा तो मधुप पत्रकार का सिर पत्थर की तरह हो रहा था। नशा करने का वह आदी है और नशा उतर जाने पर सिर का भारी होना कोई अनहोनी बात नहीं है। वह यह तक कहता है कि शराब पिए बिना कोई अच्छा लेखक या पत्रकार बन ही नहीं सकता। पर सिर भारी होने पर जैसी ग्लानि वह आज महसूस कर रहा है, पहले कभी नहीं की। शायद देसी रम और विदेशी ह्विस्की के नशे में यही फ़र्क़ रहता हो। कल रात उसका पता नहीं चल पाया था। सुबह होते-होते अनेक बातें स्पष्ट हो गईं। जेब से दस हज़ार के नोटों को निकालकर वह कई बार गिन चुका। सिर भारी होने के बावजूद जोड़ में उसने कोई ग़लती नहीं की। जितनी बार गिनी, रक़म वही निकली। पर हर गिनती के बाद उसके सिर का भारीपन बढ़ता चला गया। उसे अपने बदन से एक ख़ास क़िस्म की सड़ाँध आने लगी, जैसी कई दिनों के बासी मुर्दे में आती है। जब और नहीं सहा गया तो भारी सिर झटककर उठा और काग़ज़-क़लम उठाकर लिखने बैठ गया। उसकी लेखनी जैसे सर्प का दंश पा, काग़ज़ पर अनायास लहराने लगी। इतना कटु, इतना तिक्त उसने पहले कभी नहीं लिखा था।

"यह देश एक क़ब्रिस्तान है," उसने लिखा, "और हम सब सड़ती लाशों के ढेर! हममें कुछ हैं जो अभी साँसें ले रहे हैं, पर सिर्फ़ इसलिए क्योंकि हमारी ज़िन्दगी चन्द करोड़पतियों के पास गिरवी है, जिसके बदले में उन्होंने हमें कुछ देर जी लेने की मोहलत बख़्श दी है। बख़्शी है इसलिए कि हम अपने से भी फटेहाल लाशों को घसीट कर दफ़नाने ला सकें। लाशों का ढेर बढ़ता जा रहा है, बढ़ता जा रहा है। उनके पेट का अन्न, उनके तन ढाँपने का कपड़ा उनके सिर के ऊपर की छत, उनके पुश्त-दर-पुश्त आने वाले बच्चों का भाग्य, सब चन्द करोड़पतियों के आलीशान बँगलों में आ जुटा है। ऐलान हो चुका है कि ज़िन्दा रहेंगे तो चन्द हज़ार करोड़पति, बाक़ी सबको मौत के घाट उतरना होगा, क़ब्रिस्तान में दफ़न होना होगा। कब तक हम चन्द भाग्यशाली करोड़पतियों की ज़िन्दगी के लिए यह बीभत्स क़ीमत चुकाते रहेंगे? कब तक अपने साथियों को दफ़नाते रहेंगे? कब तक? कब तक?"

मधुप पत्रकार लिखता जा रहा था और उसका एक-एक वाक्य सर्प के फुँकार की तरह काग़ज़ को डस रहा था। वह जानता था, उसकी पत्रिका के आगामी अंक में जब वह छपेगा तो हज़ारों पत्रकार और लेखक, उसका दंश पा कर, मधुप पत्रकार को अपना क्रान्तिकारी नेता स्वीकार कर लेंगे। देश भर में वह ज़बरदस्त बुतशिकन मशहूर हो जाएगा। तब शायद अपने मानस की इस ग्लानि से मुक्ति पा सके जो आज उसे इस क़दर बेचैन किए डाल रही है।

(1975)

उसका विद्रोह

वह आज बहुत तैश में था। चाहता था, कोई ऐसा काम करे जिससे सब जान जाएँ, उसे बेबात इधर–उधर नहीं खदेड़ा जा सकता। वह नाटे क़द का मुनहना सा आदमी था। अक्सर दरवाज़े में लगी सिटकनियाँ खोलने में उसे तक़लीफ़ होती थी। पंजों पर खड़े होकर भी सिटकनी तक पहुँचने के लिए उसे उछलना पड़ता था। ज़मीन पर सपाट पड़ते पाँवों पर खड़े होकर उछलते हुए, जब वह अपना गोलीनुमा सिर झटकता और मिचमिची आँखें झपकता तो उसे लगता, वह आदमी कम, बन्दर ज़्यादा नज़र आ रहा है।

पहले वह अपने सिर और चेहरे के बाल ख़ूब बढ़ाकर रखता था, पर जब से इस घर में काम करने लगा है, इधर के साहब ने उसे रोज़ हजामत बनवाने और सिर के बाल छोटे कटवा देने पर मजबूर कर दिया है। अब वह अपने को और मुनहना महसूस करने लगा है। अपने तमाम बेडौलपन के साथ उसका चेहरा उनके सामने बेपर्दा लटका रहता है और चाहकर भी वह उसे छिपा नहीं पाता। नाई के सामने बैठने पर क़रीब–क़रीब रोज़ उसका मन होता है कि अपने चेहरे पर उगे बेतरतीब बालों का इस बेदर्दी से सफ़ाया न कराये। वह उसकी अपनी चीज़ है जो वक़्त–बेवक़्त उसके काम आ सकती है। और कुछ नहीं तो उसे एहसास करा सकती है कि अपनी मर्ज़ी से भी वह कुछ कर सकता है।

ये सब बातें खुलकर उसके दिमाग़ में शायद ही कभी आई हों। बाल कटवाते हुए वह अपने को शोषित ज़रूर महसूस करता था, पर इस हद तक नहीं कि विद्रोह कर दे। यह उसके मन में ज़रूर आता था कि नाई के हाथ से लेकर उस्तरा दूर फेंक दे और वहाँ से उठकर भाग जाए। पर वह जानता था, वह ऐसा नहीं कर सकता। उसके साहब यह ग़ुस्ताख़ी बर्दाश्त नहीं करेंगे। वे बहुत बड़े ओहदे पर हैं और कई बार उसे बतला चुके हैं कि एकाएक तबादला होने की वजह से उन्हें उस जैसे वहशी से काम चलाना पड़ रहा है। अब तक जितने नौकर वे रख चुके हैं, उनमें से किसी को इतनी मामूली बातें नहीं सिखानी पड़ी थीं। वे यह भी कह चुके हैं कि जो कुछ वे चाहते या कहते हैं उस पर पूरा अमल करने पर ही उसे काम पर रखे रह सकते हैं। साहब से नहीं पर इस काम से उसे ज़रूर मोह हो गया है; काम से क्या, मोटी तनख़्वाह से, पूरे पचहत्तर रुपये माहवार; बढ़िया मुफ़्त खाने से, एक तरीदार, एक सूखी सब्ज़ी और जितनी चाहे रोटियाँ (एक बात है, ये वाली मेमसाहब रोटियाँ गिनकर खाने के लिए नहीं देती); और बढ़िया पक्के घर से। एक पूरा आठ फ़ुट चौड़ा कमरा और अलग ग़ुसलख़ाना। इन सबकी ख़ातिर मन मारकर वह उनकी बेढंगी से बेढंगी ताक़ीद भी मान लिया करता है। पर आज वह तैश में है और चाहता है, कोई ऐसा काम करे जिससे सब जान जाएँ, उसे बेबात इधर से उधर नहीं खदेड़ा जा सकता।

रोज़ की तरह आज सुबह भी वह साढ़े छह बजे उठा था और उठते ही चाय की तलब महसूस हुई थी। यह तलब भी उसके लिए नई चीज़ है। यहाँ आने से पहले जब वह दुकान पर काम करता था, कभी ऐसा नहीं महसूस हुआ था। उठते ही वह बाहर भागता था। लौटकर जल्दी-जल्दी चार रोटियाँ पका, उनमें प्याज़, मिर्च लपेट, थैले में घुसेड़ लेता था और दुकान के लिए चल पड़ता था। दस पैसे की चाय का प्याला रास्ते में पीता जाता, वह भी टाइम रहता तो, वरना उसके बग़ैर काम चला लेता। दुकान पर ठीक आठ बजे पहुँचना होता था। अगर किसी दिन उसके पहुँचने से पहले उसका मालिक दुकान खोल लेता और कोई ग्राहक आ पहुँचता तो उसकी ख़ैर नहीं होती। वह पूरी कोशिश करता था कि ठीक आठ बजे पहुँच जाए। इस कोशिश में बिना चाय पिए रह जाना मामूली बात थी। पर जब से इस घर में आया है, उठते ही चाय की ज़रूरत महसूस होने लगी है। उसका रोज़ का काम भी यही है। उठते ही चाय बनाना और उसे लेकर साहब-मेमसाहब का दरवाज़ा खटखटाना। जल्दी से चाय वहाँ रखकर, वह रसोईघर की तरफ़ भागता है और तब तक उबासियाँ लेता रहता है जब तक एक गिलास चाय सुड़क न ले। कभी-कभी चाय की ट्रे बिस्तर के पास वाली मेज़ पर रखते-रखते उसके मुँह से जमुहाई निकल जाती है। तब साहब इतनी हिक़ारत से उसे देखते हैं कि शुरू-शुरू में, वह अचकचाकर मुँह कस लेता था और घंटों मन ही मन सकुचाया रहता था। अब ऐसी नज़रों का उस पर असर नहीं होता। उनका सामना दिन में सैकड़ों बार करना पड़ता है, छोटी-छोटी बातों पर। इन नज़रों से अछूता रहने का उसके पास एक बढ़िया तरीक़ा है कि वह उनकी तरफ़ देखे ही नहीं। कमरे में बैठे साहब-मेमसाहब या उनके मेहमान उसके लिए उतने ही जानदार हैं जितने रामलीला में सजे रावण-मेघनाद। वह जानता है कि वे हैं, बस। पर सजी-सजायी मूर्तियों से अधिक वे क्या हैं, जानने की ज़रूरत वह नहीं समझता। वे लोग क्या सोचते, समझते और महसूस करते हैं, उसके लिए कोई मायने नहीं रखता। हाँ, जब कभी ये प्रतिमाएँ धमाकों के साथ विस्फोट कर उठती हैं, तब उसे वे धमाके सुनने पड़ते हैं, सहने पड़ते हैं और सहलाने भी।

"बेवक़ूफ़ आदमी! यह क्या कर डाला? जानता भी है, कितना क़ीमती है! कितनी बार कहा है, काम सँभालकर किया कर?" वे चीख़ते हैं तो वह अपनी उदासी से जाग उठता है। वह बेवक़ूफ़ आदमी है इसमें उसे न ख़ास शक-शुबहा रहा है, न ऐतराज, पर क्या चीज़ क़ीमती है और क्या नहीं, अब तक नहीं समझ पाया है। इतना भर जान पाया है कि इस घर में जो है, वह क़ीमती है। बग़ल में रहने वाला बूढ़ा ख़ानसामाँ कहता है, वह अच्छा नौकर कभी नहीं बन सकता। वह उस लायक़ नहीं है। होता तो छह महीनों के भीतर न केवल समझ जाता कि उसके मालिक को क्या चीज़ें क़ीमती लगती हैं, बल्कि ख़ुद भी उन्हें क़ीमती समझने लगता और उनकी शान मारने लगता। बड़े घरानों के नौकर मालिकों से ज़्यादा घमंडी और शानची होते हैं। पर वह ऐसा नहीं बन पाया। उस दिन कूड़े के डब्बे से उठाकर शिव-पार्वती की मिट्टी की मूर्ति उसने ड्राइंगरूम में सजा दी थी तो मेमसाहब किस क़दर बिगड़ी थीं!

"जाहिल! तुझसे किसने कहा सजावट करने के लिए? अक़्ल धेले की नहीं है और टाँग हर चीज़ में अड़ाएगा," उन्होंने कहा था और मूर्ति इस तरह घुमाकर बाहर फेंकी थी कि आँगन में गिरकर उसके टुकड़े-टुकड़े हो गए थे। पता नहीं क्यों, उसके टुकड़े होते देख, उसकी ऊपर की साँस ऊपर गले में अटक गई थी और मन हो आया था कि दहाड़ मारकर रो दे। पर वह

चुपचाप जाकर टुकड़े बटोरने लगा था और बटोर कर, जैसा उन्होंने कहा था, कूड़े के डब्बे में फेंक आया था।

पर आज वह तैश में था और कुछ ऐसा कर देना चाहता था जिससे सब समझ जाएँ कि उसे बेबात इधर-उधर नहीं खदेड़ा जा सकता।

आज के दिन की शुरुआत अच्छी हुई थी। सुबह-सुबह उसके मामा की चिट्ठी आई थी कि उन्होंने गाँव में उसके लिए लड़की ठीक कर ली है। वह अगले महीने आकर ब्याह कर सकता है। इस चिट्ठी का उसे बहुत दिनों से इन्तज़ार था। मिलते ही पास के ख़ानसामाँ से पढ़वाने दौड़ गया था। ख़बर भी मन माफ़िक़ निकली थी। बहुत दिनों से वह शादी के लिए कोशिश कर रहा था पर उस जैसे मुनहने आदमी को लड़की देने को, न कोई बाप तैयार हुआ था, न ख़ुद लड़की। इस बार कुल जमा पूँजी लगाकर तक़दीर पर खेल गया था। पिछले छह महीनों की पूरी कमाई के चार सौ रुपये लड़की का बन्दोबस्त करने, मामा के हवाले कर दिये थे। यह भी लिख भेजा था कि वह कितने बड़े साहब के यहाँ काम कर रहा है। कि उसे खाना-कपड़ा ही नहीं, एक पूरा घर, जिसमें न केवल कोठरी है बल्कि अलग ग़ुसलख़ाना भी है, मुफ़्त मिला हुआ है। तुरुप चाल यही पड़ी थी और लड़की का इन्तज़ाम हो गया था। लड़की के बाप की मंजूरी मिली ही, लड़की भी उसका हाथ थामने को तैयार हो गई। ख़बर पाकर वह खिल उठा। उसके मन में कल्पना उभरी, उसकी होने वाली पत्नी, फ़िल्मी हीरोइन की तरह, इठलाती, बल खाती, लहरों पर तैरती नाव में बैठी, नदी का आनन्द ले रही है। दिल किया, दोनों बाँहें फैलाकर फ़िल्मी हीरो की तरह गा उठे, 'आ आ, आ जा सनम मेरी बाँहों में...' पर उसने गाया नहीं। एक बार ज़ोर से हँसकर सन्तोष कर लिया। उसके साहब की सख़्त ताक़ीद है कि घर के भीतर किसी हाल में न गाए। गाए क्या, गुनगुनाए भी नहीं। पास के बूढ़े ख़ानसामाँ के घर में गाने की हिमाक़त करना नामुमकिन है। वह फ़िल्मी धुन उसके गले में बजती ज़रूर रही। रह-रहकर उसके होंठ फड़क उठते। उसकी चाल में मस्ती आ गई। ज़मीन पर सपाट पड़ने वाले पाँव गोलाई पा गए। उठकर पड़ने में अब वे घिसट नहीं रहे थे, लचक के साथ ऊपर-नीचे तैर रहे थे। मन ही मन गुनगुनाते हुए वह घर लौटा और सब काम उछल-उछलकर निबटाने लगा। उसका इरादा था, जल्दी काम ख़त्म करके दोपहर की छुट्टी ली जाए और कोई फड़कती हुई फ़िल्म देखी जाए।

क़रीब ग्यारह बजे, वह जैसे ही गैस के चूल्हे पर दाल चढ़ाने को हुआ, मेमसाहब की कुछ सहेलियाँ आ गईं। हार कर चढ़े-चढ़ाये पानी में दाल के बजाय कॉफ़ी डाल देनी पड़ी। कुछ वक़्त उसमें बर्बाद हो गया। फिर भी उसने कोशिश और उम्मीद नहीं छोड़ी। जल्दी-जल्दी हाथ चलाने से अब भी काम निबटाया जा सकता था। कॉफ़ी के प्याले ट्रे में सजा, वह लपककर बैठक में पहुँचा और उछल-उछलकर वहाँ बैठी औरतों को प्याले पकड़ाने लगा। दो प्याले ठीक ठिकाने लगाकर, चुस्ती के साथ वह तीसरी औरत के सामने जा पहुँचा। बीच में पड़ी गोल मेज़ का ख़याल नहीं आया, पैर उससे टकराया, ट्रे डगमगाई, प्याले छलके और सँभालते-सँभालते एक प्याला लुढ़ककर सामने हाथ फैलाए बैठी औरत की गोद में जा गिरा। फिर क्या था, कोहराम मच गया। वह औरत पूरा दम लगाकर चीख़ी। उतने ज़ोर का शोर वह ख़ुद इस घर में करने का साहस कभी नहीं कर सकता था। फिर उस औरत को घेरकर बाक़ी औरतें ऐसे दुख जतलाने लगीं जैसे उसका कोई नज़दीकी रिश्तेदार अचानक मर गया हो!

उस मातमपुर्सी की फुसफुसाहट से वह समझा, विस्फोट रद्द हो गया। वह चुपचाप रसोईघर में जाकर दाल पकाने लगा। पर विस्फोट रद्द नहीं हुआ था, महज़ टला था। कुछ देर में तीनों-चारों सहेलियाँ चली गईं और वह ठीक उसके सिर पर आ टूटा, उसकी अपनी मेमसाहब की चीख़ों में। आज क्योंकि उसका मन खिला हुआ था, उसने सिर्फ़ चीख़ें नहीं सुनीं, उनके सख़्त अल्फ़ाज़ भी सुने और समझे।

"गधे के बच्चे!" चीख़ों ने कहा, "ध्यान कहाँ रहता है तेरा? छह महीने हो गए काम करते और अब तक वैसा का वैसा बन्दर बना हुआ है। छछूँदर की तरह इधर-उधर उछलता रहता है! हाथ पर क्या फ़ालिज पड़ा है जो ट्रे तक नहीं सँभाल सकता!" उन्होंने कहा और चिल्ला-चिल्लाकर कहा। हर चीख़ के साथ उसके मन में बजती फ़िल्मी धुन तड़ाक-तड़ाक टूटती रही। चीख़ों के इन धमाकों में उसे लगा कि उसकी कल्पना में तैरती नाव डूब गई है। बाँहों में आती भावी पत्नी लहरों में कहीं खो गई है। उसका विश्वास गहराता गया कि लाख लड़की का बाप तैयार हो, पर कोई लड़की उस जैसे गधे, बन्दर या छछूँदर का हाथ थामने से रही।

उस विश्वास के पूरी तरह जमने की आशंका से वह इस क़दर घबरा गया कि बेक़ाबू हो उठा। एक अनजाने डर के तेज़ थप्पड़ खाकर वह उस हद पर जा पहुँचा, जहाँ आकर लोग विद्रोह करने पर आमादा हो जाते हैं। उसका मन हुआ, पूरा दम लगाकर चीख़े और कहे, 'गधे, बन्दर, छछूँदर तुम हो! यह लो अपनी नौकरी, मैं जा रहा हूँ।' पर उसके गृह देवता ने शायद ऐसा करने से रोक दिया। उसने पूरी तरह अपना आपा नहीं खोया था और उस आपे ने उसे थमने पर मजबूर कर दिया। वह जानता था, जो ज़ोर-ज़बरदस्ती उसका मामा कर सका है या अगले महीने गाँव जाकर वह स्वयं कर सकता है, इस नौकरी के बने रहने पर मुमकिन है। इसीलिए वह चुप रह गया वरना उनकी चाय और तरीदार सब्ज़ी-रोटी के लालच पर उसी वक़्त लात मारने को तैयार हो जाता। उसने मुँह से कुछ नहीं कहा पर उसका मतलब यह नहीं था कि उसका विद्रोह शान्त हो गया था। उसके पूरे बदन में आग सुलग उठी थी। मेमसाहब चीख़ चिल्लाकर अपने कमरे में जा लेटीं पर उसकी धधक कम नहीं हुई। सोच-सोचकर बढ़ती गई। अपने नाटे-झुके शरीर और गोलीनुमा सिर के हर कोने में उसकी झुलस महसूस करता, वह तैश में आ गया और कुछ ऐसा करने के लिए तैयार हो गया जिससे सब जान जाएँ कि उसे बेबात इधर-उधर नहीं खदेड़ा जा सकता।

उसने गैस पर चढ़ी दाल की पतीली उतारकर धम से नीचे पटकी, इधर-उधर पड़े बर्तनों को खनकाकर एक तरफ़ धकेला और रसोईघर का दरवाज़ा धड़ाक से मारकर आँगन में जा पहुँचा। कपड़े उतारकर आँगन के नल की चुटीली धार के नीचे बैठ गया और अपनी मोटी भोंडी आवाज़ में ज़ोर-ज़ोर से गाने लगा। इतनी ज़ोर से कि बेडरूम में पड़ी मेमसाहब के कानों तक उसकी आवाज़ साफ़-साफ़ जा पहुँचे। यही नहीं, पड़ोसियों के कानों तक भी पहुँच जाए और वे कह उठें कि पड़ोस का नौकर किस क़दर उद्दंड और गुस्ताख़ है!

(1975)

गुलाब के बग़ीचे तक

उसने कमर कुर्सी के साथ सटाकर दबा दी और यह विश्वास करने की कोशिश की कि ऐसा करने से कमर का दर्द बिलकुल जाता रहा है, पर सफल न हो सका। आज दर्द का पलड़ा भारी है। उनकी यह कशमकश चला ही करती है। कभी वह हावी तो कभी दर्द हावी। आज लगता है, दर्द का दिन है। चलो यही सही। उसने बिस्तर से तकिया खींचकर कमर के नीचे दे दिया और आँखें बन्द कर लीं। कभी-कभी ख़ातिर करनी पड़ जाती है बिन बुलाए मेहमान की। वह भी इतना टिकाऊ मेहमान। डाक्टर कहता है, 'ज़िन्दगी अब तुम्हें इस दर्द के साथ काटनी है। जितने दिन ज़िन्दगी है, दर्द भी है।' कोई लम्बा सा अंग्रेज़ी का नाम लेकर गला खँखारता है और जोड़ता है, 'इस बीमारी से ज़िन्दगी को कोई तात्कालिक ख़तरा नहीं होता। बस, दर्द है।'

वह समझता है। यानी जब तक दर्द है तब तक ज़िन्दगी है। दर्द से पीछा छुड़ाना चाहे तो जीना छोड़ दे। ख़ास मेहनत नहीं करनी होगी। बस जीने की इच्छा छोड़ देनी होगी। वही वह छोड़ नहीं पाता। डाक्टर कहता है, 'सच पूछा जाए तो तुम्हारे एक्स-रे देखकर यही कहा जा सकता है कि या तुम मर चुके हो या बिस्तर पर सपाट पड़े मरने का इन्तज़ार कर रहे हो। जब ऐसा नहीं है, तुम अब तक इतनी बड़ी कम्पनी के जनरल मैनेजर का काम सँभाले हो, तो फ़िक्र किस बात की है?' सचमुच उसे फ़िक्र नहीं है। वह जानता है, जब चाहे दर्द से निजात पा सकता है, जीना छोड़कर; जीना छोड़ सकता है, जीने की इच्छा छोड़कर। मामूली बात है।

उसने आँखें खोलकर घड़ी देखी, नौ। बोर्ड की मीटिंग दस बजे शुरू होनी है। घर से पौने दस चले तो दस तक दफ़्तर पहुँच सकता है। उसके पास अब पैंतालीस मिनट का वक़्त है जो बिला दिक़्क़त दर्द के हवाले कर सकता है। जेब से निकालकर उसने दो गोलियाँ निगल लीं, कमर तकिए में धँसा दी और आँखें बन्द कर लीं।

बन्द आँखों के सामने के धुँधलके में फ़ौरन गुलाब का नन्हा सा बग़ीचा खिल आया। छोटा सा बग़ीचा, उससे सटी खपरैल की छत वाली छोटी सी कॉटेज। उसके अन्दर से झाँकते दो चेहरे। एक आदमी का, एक औरत का। दर्द से भिंचे उसके होंठ थिरके और कुछ कशमकश के बाद दिलकश मुस्कराहट में फैल गए। गुलाब का बग़ीचा, छोटी सी कॉटेज और दो चेहरे। पता नहीं कब से वह यह सपना देखता आया है। शायद तभी से जब एम.एस-सी. करके डम्बर कम्पनी में सुपरवाइजर लगा था और एक चेहरे से उसे मोह हो गया था। पर उसने कोई जल्दबाज़ी नहीं की थी। एक बुद्धिमान और व्यावहारिक मध्यवर्गीय नौजवान की तरह, अपना सपना स्थगित कर लिया था। बीवी-बच्चों और रुपये-पैसों से भरपूर ज़िन्दगी जी लेने पर, रिटायर होने के बाद के वर्षों के लिए। ख़ूब ठोंक-बजाकर योजना बनाई थी, ठीक समय और ठीक जगह पर सपना पूरा करने की।

अब तो अंगुल भर की दूरी पर है सपना। मेरठ में उसने ज़मीन ख़रीद ली है। बस कॉटेज बनवाना और बग़ीचा लगवाना बचा है। मामूली सी बात है।

उसकी मुस्कराहट कुछ और फैली और वह कॉटेज से होता हुआ बग़ीचे में आ निकला। पीले और नारंगी गुलाब की झाड़ियों के पास ठिठका और दूसरे चेहरे के पास आने का इन्तज़ार करने लगा। चेहरा उभरा तो पहचानने की कोशिश में वह इतना चौकन्ना हो उठा कि दर्द की तीखी लहर पुट्ठों को चीरती निकल गई। उस चेहरे के नाक-नक़्श बिलकुल उसकी बीवी के थे पर सचमुच चेहरा वह था नहीं।

पच्चीस साल से वह इन ख़ूबसूरत नाक-नक़्श को रोज़ाना देखता आ रहा है। रोज़ देखने के बावजूद उनके असीम सौन्दर्य पर चकित होता चला आ रहा है। फिर भी वे उस चेहरे से मेल नहीं खाते जो कॉटेज से बाहर आकर गुलाब के बग़ीचे में निकल जाया करता है। बल्कि वह चेहरा उसे यह सोचने पर मजबूर कर देता है कि क्या वह उन बेवक़ूफ़ आदमियों में से है जो नाक-नक़्श की सुन्दरता पर मोहित होकर औरत को अपना बना बैठते हैं, हमेशा के लिए ?

पच्चीस साल पहले, दफ़्तर से लौटते हुए, एक दिन, रास्ते में उसने ये ख़ूबसूरत नाक-नक़्श देखे थे और मुग्ध होकर, उनके माध्यम से, एक अतिप्रिय चेहरा बना डाला था। यह पता लगते ही कि पिता को उस सुन्दर नाक-नक़्श वाली औरत के ख़ानदान से जुड़ने में कोई आपत्ति नहीं है, मोह को विवाह का रूप दे दिया था। उस दौरान वह चेहरा न जाने कहाँ खो गया था। आज भी जिस्म खोजता, वह चेहरा जहाँ-तहाँ भटक रहा है। कितनी औरतों के नाक-नक़्श पर उसे फिट करने की कोशिश कर चुका, हर बार लावारिस सा, वह लौट आया है और उसके कॉटेज और गुलाब के बग़ीचे में जा छिपा है।

बम्बई के कफ़ परेड पर बीस मंज़िली इमारत की उन्नीसवीं मंज़िल में साथ रहते सुन्दर नाक-नक़्श वाले जिस्म पर, वह, पच्चीस साल से क़ीमती साड़ियों और ज़ेवरों का चढ़ावा चढ़ाता रहा है, क्योंकि यही जिस्म वह चाहता रहा है। और यही उसकी बढ़ती पोजीशन से अपेक्षित रहा है। साथ ही उस चेहरे को भी वह सँभाले रहा है। अपने ज़ेहन के उस कोने में आबाद किए रहा है, जहाँ गुलाब के फूल खिले हैं।

ज़िन्दगी के किसी मोड़ या मुकाम पर उसने अपनी नज़रें सपने से नहीं चुराईं। "हम अपना परिवार सीमित रखेंगे," बेटी के बाद बेटे की पैदाइश पर उसने कहा था, "मैं दोनों को ख़ूब पढ़ाऊँगा, जिससे दोनों अपने पैरों पर खड़े हो सकें। मुझे न लड़की के लिए दहेज जुटाना है, न लड़के के लिए जायदाद। जैसे ही वे अपनी नौकरी से लगेंगे, चाहे डाक्टर बनें चाहे इंजीनियर, मैं रिटायर हो जाऊँगा। पचपन की उम्र तक। फिर मेरठ में तीन सौ गज़ ज़मीन ख़रीदकर एक खपरैल की छत वाली, चार कमरों की कॉटेज बनवाऊँगा। उसके चारों तरफ़ गुलाब का बग़ीचा लगवाऊँगा। हर क़िस्म, हर रंग का गुलाब वहाँ खिलेगा। एक साथ नहीं। धीरे-धीरे। बग़ीचा फूटेगा, पनपेगा, फले-फूलेगा। हमारी आँखों के सामने। धीमे-धीमे। कितना सुखद होगा हमारा जीवन! हमारा साथ, हमारा घर! हमारा बग़ीचा!"

"यहाँ तो एक भी गुलाब नहीं खिलता," उसकी पत्नी ने बम्बई के अपने पाँचवीं मंज़िल के दो बेडरूम वाले फ़्लैट की बाल्कनी पर रखे गमलों पर नज़र डालकर कहा था।

"धूप जो नहीं आती," उसने जवाब दिया था पर कहकर उदास होने के बजाय हँस दिया था क्योंकि, उसकी नज़र, उस वक़्त, गमले में गुलाब की मुरझाई डोडी नहीं, बग़ीचे में लहलहाते

फूल देख रही थी। और देख रही थी एक चेहरा, जो ज़बरदस्ती उसने सामने बैठी अपनी ख़ूबसूरत बीवी के मुख पर चढ़ा रखा था।

''वहाँ खिलेंगे,'' उसने विश्वास के साथ कहा था।

''रिटायर होने पर?'' पत्नी ने पूछा था।

''हाँ।''

''तब क्या होगा? पोजीशन, स्टेटस तो अब बनाना है हमें। लोगबाग़ तो अब देखेंगे हमारे घर को,'' उसने आपत्ति उठाई थी।

''तुम्हें मैं सोने का नया सेट बनवा दूँगा,'' वह कह उठा था और बग़ीचे वाला चेहरा वापस अपने दिमाग़ के कोने में सँजो लिया था।

जब तक उसकी लड़की बढ़िया स्कूल से हायर सेकंडरी करके मेडिकल कॉलेज में दाख़िल हुई, वह सुपरवाइज़र से जनरल मैनेजर बन चुका था। पाँचवीं मंज़िल के दो बेडरूम वाले फ़्लैट को छोड़कर, उन्नीसवीं मंज़िल के चार बेडरूम वाले फ़्लैट में आ चुका था। बाल्कनी में रखे गमलों की तादाद बढ़ गई थी पर उनमें खिले गुलाबों की नहीं। बीवी के नए सेट अब सोने के साथ-साथ हीरों की माँग करने लगे थे; घर के कमरे कश्मीरी गलीचों की और मेहमानों की ख़ातिर विदेशी शराब की। वह वो-वो जुटाता चला जा रहा था जो-जो उसके उच्च मध्यवर्गीय पद से अपेक्षित था। और ख़ुशी से। ख़ुश रहना उसकी आदत बन चुकी थी। आख़िर वह जानता था, यह सब हो चुकने पर अन्त में उसे वह गुलाब का बग़ीचा नसीब होना ही है।

उसकी लड़की ने मेडिकल डिग्री हासिल नहीं की। दूसरे साल के बीच में ऐलान कर दिया कि उसे एक फ़िल्म प्रोड्यूसर के मँझले लड़के से प्रेम हो गया है और उसने शादी करने का फ़ैसला कर लिया है। पर फ़िल्म प्रोड्यूसर अपने लड़के को एक अदना मैनेजर की लड़की से शादी करने की इजाज़त तभी देंगे, जब वह कम से कम उतना दहेज साथ लाए, जितना उनके बड़े लड़के की बहू लाई थी।

''इतने अमीर घर में जाएगी तो क्या ख़ाली हाथ?'' उसकी पत्नी ने ठसके से पूछा था।

''पर दहेज?'' कुछ देर के लिए उसके माथे पर शिकन पड़ गई थी।

''कौन बाप नहीं देता हिन्दुस्तान में?'' उसकी पत्नी का जवाब ठोस था।

''और इसकी पढ़ाई?'' एक शिकन और उभरी थी।

''क्या करेगी पढ़ाई का? आख़िर तो बच्चे ही पालने हैं,'' पत्नी के स्वर में उसके बचपने पर हिक़ारत थी।

उसने अपने माथे की शिकन पोंछ दी थी और पचास हज़ार का दहेज जुटाने में लग गया था। मामूली बात थी। हिन्दुस्तान में हर मध्यवर्गीय बाप यह करता है। सिर्फ़ मेरठ वाली ज़मीन की ख़रीदारी कुछ दिनों के लिए स्थगित हो गई थी।

अपने लड़के के हायर सेकंडरी के इम्तिहान का रिजल्ट अख़बार में ढूँढ़ते-ढूँढ़ते वह कुछ देर के लिए सुन्न रह गया था। पर सँभल गया था और लड़के के साथ अपने को दिलासा देने लगा था। ''एक बार रह गए तो क्या हुआ,'' उसने कहा था, ''मेहनत करोगे तो अगली बार अव्वल दर्जे में पास हो जाओगे।'' वह तो ख़ुद लड़के ने हथियार डाल दिये थे।

''मुझे आगे पढ़ना-वढ़ना नहीं है,'' उसने कहा था, ''एक पेट्रोल पंप लगवा दीजिए। काफ़ी आमदनी हो जाएगी।''

"हाँ, और क्या," पत्नी ने अनुमोदन किया था, "नौकरियों में रखा क्या है। अपने बिज़नेस में जितनी आमदनी है उतनी और कहाँ?"

"लाख रुपया चाहिएगा," उसने कहा था।

"तो क्या हुआ? इतने बड़े ओहदे पर हो, लड़के के लिए इतना नहीं कर सकते?" बीवी ने अचरज के साथ पूछा था।

उसने इस ज़िम्मेदारी को भी बिन बुलाई बीमारी की तरह स्वीकार कर लिया था और एक लाख रुपया जुटाने में लग गया था। दो-चार मिनट छोड़ ज़्यादा देर घबराया नहीं था। मामूली सी बात थी। अपना सपना स्थगित करने की उसे आदत थी।

इस बार उसने अपने प्रिय चेहरे को दिमाग़ के कोने में दुबका नहीं रहने दिया। वहाँ से निकालकर फिर एक बार किसी मुख पर चढ़ाने की कोशिश की। फिर सुन्दर नाक-नक़्श, ख़ूबसूरत जिस्म वाली एक औरत।

इस बार चेहरे की तलाश को उसने विवाह का रूप नहीं दिया, प्रेम तक सीमित रखा। पर साल बीतते बीतते उसने पाया कि अपनी बंदिशों में विवाह और प्रेम में ख़ास अन्तर नहीं है। यह भी कि ख़ूबसूरत नाक-नक़्श और तराशे हुए जिस्म किसी बने-बनाए चेहरे में आप से आप फ़िट नहीं किए जा सकते। फिर यह सिलसिला चलता गया। कितने ही जिस्म, कितने ही नाक-नक़्श वह अपने चेहरे के एवज में जमा करता चला गया। जब-जब वह अपनी बीवी के सुन्दर शरीर को रेशम या सोने से मढ़ता तो पाता कि कोई और ख़ूबसूरत जिस्म भी वैसी माँग करता हुआ उससे आ चिपटा है। वह हर माँग पूरी करता गया और इन दोहरी माँगों के धक्के खा कर, उसका सपना टलता गया। पर उसका कोई एक छोर फिर भी हाथ में थामे रहा। आँखों से ओझल उसे कभी नहीं होने दिया। यही कारण था कि ज़िन्दगी के प्रति उसका मोह बढ़ता चला गया।

पर अब, जब वह उस मुकाम पर पहुँच चुका है जहाँ जीना न जीना उसके अपने हाथ में आ गया है, वह गुलाब के बग़ीचे को और आगे ठेलना नहीं चाहता। ठेले भी क्यों? अपनी तमाम ज़िम्मेदारियाँ वह पूरी कर चुका। अब उसे अपने लिए जीने का अधिकार है। तभी न मेरठ में ज़मीन वह ख़रीद चुका। अब तो कॉटेज बनवानी है और बग़ीचा लगवाना है। बस।

कमर में उठते तीखे दर्द से छटपटाकर उसने एक बार आँखें खोलीं पर मलिन होते सपने के छूट जाने के डर से फ़ौरन दोबारा बन्द कर लीं। दर्द उठता गया। पर उसने अपनी पकड़ नहीं छोड़ी, न सपने पर, न जीवन पर। हाँ, कुछ ढीली ज़रूर कर दी। बस दो साल, उसने सोचा, बग़ीचे और कॉटेज का स्वाद मैं दो साल लूँगा, फिर दर्द और ज़िन्दगी, दोनों को छुटकारा दे दूँगा। चेहरा तो मुझसे पहले ही छूट चुका; अपने इर्द-गिर्द फैली ख़ूबसूरत जिस्मों की भीड़ में तलाश कर, उसने सोचा। और उसके मुँह से एक गहरी उसाँस निकल गई।

कुछ देर के लिए उसने अपने शरीर को ढीला छोड़कर दर्द के हवाले कर दिया। एक के बाद एक लहर उठती गई और उसका बदन निढाल होता गया। पर कुर्सी से उठकर बिस्तर पर लेटने की कोशिश उसने नहीं की। गुलाब के बग़ीचे की तरफ़ नज़र टिकाए वह अपने सपने का ताना-बाना बुनता रहा। इसी पहली से मैं रिटायर हो जाऊँगा, उसने सोचा। छुट्टी की दरख़्वास्त आज दे दूँगा। दफ़्तर जाते ही। फिर मेरठ में दो साल। ज़िन्दगी के सबसे बेहतरीन दो साल। उसने नथुने फैलाकर लम्बी साँस भीतर खींची तो एक मोहक ख़ुशबू उसके गिलाब के बग़ीचे तक ✖ 111दलोदिमाग़ को सराबोर कर गई। जैसे दर्द की लपलपाती कटार पर सौ-सौ गुलाब

खिल आए हों। आँखें मूँदे-मूँदे वह मुस्करा दिया और देर तक मुस्कराता रहा।

''सुनो, सुनो, देखो तो क्या हो गया!'' उसकी पत्नी के आतंकित स्वर और ठंडे स्पर्श ने उसे ख़ुमारी से जगा दिया।

''देखो तो,'' वह एक नीला लिफ़ाफ़ा उसके आगे बढ़ा रही थी और कह रही थी, ''बिट्टो की चिट्ठी। वह फ़ौरन यहाँ आना चाहती है। वे लोग उसकी जान लेने पर उतारू हैं। ख़ुद पति ने शराब पीकर उस पर हाथ उठाया है। तुम फ़ौरन जाकर उसे यहाँ ले आओ।''

''यहाँ क्यों?'' उसने कहीं दूर से आती आवाज़ में कहा।

''तो और कहाँ? मुसीबत में बेटी बाप के घर नहीं आएगी तो कहाँ जाएगी? साथ में लड़की भी है। लड़का होता तो वे लोग रखते। उठो न, जल्दी करो।''

वह पूरी तरह जग चुका था और दर्द की गिरफ़्त में था। उसका मन हुआ चीख़कर कहे—नहीं, यहाँ कोई नहीं आएगा। मैं किसी मुसीबतज़दा का बाप नहीं हूँ। मेरी रोज़मर्रा की ज़िन्दगी ख़त्म हो चुकी। अब सिर्फ़ दर्द बचा है और गुलाब...के...फूल...पर कह न सका। उसकी मध्यवर्गीय चेतना अभी जीवित थी। वह कुर्सी से उठा और दरवाज़े की तरफ़ बढ़ गया। वहाँ पहुँचते-पहुँचते उसके क़दम डगमगा गए। दर्द के राक्षसी पंजे ने उसे ऐसे धर दबोचा कि वह लड़खड़ाकर गिरते-गिरते बचा। दरवाज़े के साथ टिककर उसने क्षीण होती अपनी तमाम ताक़त सहेजी और गुलाब के बग़ीचे को पास खींच लेना चाहा।

पर सामने दूर तक धुंध चढ़ आई और सब कुछ उसके पीछे डूबता चला गया—उसका सपना, उसका दर्द, उसकी ज़िन्दगी और जीने की इच्छा।

(1976)

डैफ़ोडिल जल रहे हैं

आमतौर पर हिन्दुस्तान में डैफ़ोडिल नहीं होते। अच्छा है। आमतौर पर जो मिल जाए, उसका मिलना क्या मिलना? फिर भी एक जगह है, जहाँ वे मिलते हैं। हिन्दुस्तान की उत्तरी सरहद पर। कश्मीर की घाटी में। घाटी के उत्तरी हिस्से में ऊँचे-ऊँचे पहाड़ हैं। उन पहाड़ों के बीच बसा एक शहर। शहर, नगर, क़स्बा या गाँव? पता नहीं। कभी इनमें से एक रहा होगा। दुनिया भर के सैलानियों के धावा बोलने से पहले। अब तो बस गुलमर्ग है। गुलमर्ग यानी फूलों का रास्ता। एक रंगीन सफ़र। या सैलानियों की बन्दरगाह। हाँ, सैलानी भी जहाज़ों की तरह होते हैं।

उस जगह को यह नाम भी किसी सैलानी ने बख़्शा होगा।

बख़्शा था।

वह आया। पहले सर्दी में। पथरीले पहाड़ों पर जमी सफ़ेद बर्फ़ देखी। फिर आया गर्मी में। पिघली बर्फ़ के नीचे से उमगती हरी घास देखी। वहीं ठहर गया। घास फैलने लगी। पथरीले पहाड़ हरी घास के लहलहाते ढलवान बन गए। दूर तक हरा ही हरा। उसे अच्छा लगा और नहीं भी। उसने फूलों की चन्द क़िस्मों के अनगिनत बीज ढलानों पर छितरा दिये और लौट गया। बाक़ी काम मिट्टी-हवा-पानी और बर्फ़ के रक्षा कवच ने कर डाला। और यूँ कश्मीर घाटी के उत्तरी हिस्से में बसे गुलमर्ग में डैफ़ोडिल खिल उठे। खिलते रहे हर गर्मी में; सर्दी में बर्फ़ के नीचे अपने बीज सुरक्षित रखकर।

डैफ़ोडिल खिले और नर्गिस और आइरिस। गुलमर्ग में आए सैलानियों के लिए ये फूल देखना आम बात हो गई।

मैंने पहले-पहल डैफ़ोडिल वहीं देखा, गुलमर्ग में। पीले रंग का बड़ा सा फूल। चार पंखुड़ियाँ और बीच में एक कटोरा सा। सब पीला। मुझे पीला रंग पसन्द नहीं है। मतलब, डैफ़ोडिल देखने से पहले नहीं था। पर डैफ़ोडिल देखकर लगा, कोई हर्ज नहीं है। चलेगा, पीला रंग भी चलेगा।

वैसे मुझे डैफ़ोडिल देखने, गुलमर्ग जाने या कश्मीर की यात्रा करने का ख़ास शौक़ नहीं था। बल्कि मैं वहाँ के बारे में सुन-सुनकर और पढ़-पढ़कर तंग आ चुकी थी। लगता था जिसके पास भी थोड़ा सा पैसा है, वह शादी करने के फ़ौरन बाद कश्मीर भाग जाता है और वहाँ से लौटकर उसे बहिश्त का नाम देता है। जैसे नई शादी हुए हर जोड़े के लिए वक़्ती बहिश्त का होना ज़रूरी शर्त हो। अंग्रेज़ी में इस वक़्ती बहिश्त को हनीमून कहते हैं। डैफ़ोडिल की तरह हिन्दुस्तान में आमतौर पर हनीमून भी नहीं मिलता। अच्छा है, बहुत से लोग एक भुलावे से

बचे रहते हैं। वरना, वह वक़्ती बहिश्त ज़मीन पर जहन्नुम के एहसास को कुछ और तीखा बना डालता है। मुझे भुलावों का शौक़ नहीं है। मुझे बहिश्त का शौक़ नहीं है। मुझे कश्मीर जाने का शौक़ नहीं था। मुझे गुलमर्ग देखने का शौक़ नहीं था।

मेरी शादी सुधाकर से हो चुकी थी। सुधाकर और मैं कॉलेज में साथ पढ़ते थे। हम एक-दूसरे को बुरे नहीं लगते थे। सुधाकर को नौकरी मिली तो उसे लगा, अब शादी कर लेनी चाहिए। मैंने बीए पास किया तो मुझे लगा, नौकरी क्या करनी, अब सीधे-सीधे शादी कर लेनी चाहिए। सुधाकर ने सोचा होगा, वीना क्या बुरी है। मैंने भी सोचा, सुधाकर क्या बुरा है। जाना-पहचाना आदमी है। तीन साल साथ रहा, बुरा नहीं लगा। शायद इसी को प्रेम करते हैं। और जो अब तक नहीं लगा, आगे चलकर क्यों लगेगा? लगा भी तो औरों की क्या गारंटी है? यानी बुरा कोई भी किसी वक़्त लग सकता है।

एक दिन पिक्चर देखकर बाहर निकले तो सुधाकर बोला, "वीनू मुझसे शादी करोगी?"

मैंने कहा, "कर लूँगी।"

... हमारी शादी हो गई।

संयोग कुछ ऐसा था कि सुधाकर और मैं एक ही जाति और प्रदेश के थे। दोनों बनिए और दोनों उत्तर प्रदेश के। लिहाज़ा न उसके माँ-बाप ने अड़ंगा लगाया, न मेरे माँ-बाप ने। ख़ुशी-ख़ुशी दान-दहेज का सामान ख़रीदा, मेहमान जुटाये, बारात चढ़वाई और अग्नि की साक्षी दिलवाकर पंडित से हमारे फेरे फिरवा दिये। प्रेम विवाह हुआ भी और अपने शहर से भाग, कहीं परदेश जाकर चोरी-छिपे शादी करने का रोमांच तक नहीं मिल पाया।

शादी होते ही सुधाकर बोला, "हनीमून के लिए एक ही जगह है, कश्मीर। वहाँ के लिए बुकिंग करवा ली है।"

"मुझे भी जाना होगा?" मैंने पूछा।

सुधाकर बोला, "तुम्हारा सेंस ऑफ़ ह्यूमर बहुत अच्छा है।"

"ऐसा नहीं हो सकता था, हम शादी से पहले कश्मीर भाग जाते," मैंने कहा। सोचा, तब होता कोई रोमांच।

"जब हमारी शादी में कोई बाधा नहीं थी तो वहाँ जाने की क्या ज़रूरत थी?" सुधाकर ने पूछा।

मैंने कहा, "हाँ, ज़रूरत तो नहीं थी। अब क्यों है?"

"अरे, सारी ज़िन्दगी यहाँ दिल्ली में पड़े-पड़े सड़ना है, कुछ दिन तो जी लें। कश्मीर को सब लोग, पता है, स्वर्ग बतलाते हैं, स्वर्ग।"

तो सारी ज़िन्दगी पड़े-पड़े सड़ने के लिए अपने को अच्छी तरह तैयार करने, हम लोग कश्मीर चले गए।

सुधाकर ने सुन रखा था, पूरा कश्मीर स्वर्ग है। लिहाज़ा उसने क़सम खाई कि उसका कोई निसर्ग देखे बिना नहीं छोड़ेगा। और चूँकि हम हनीमून मनाने आए थे, इसलिए ज़रूरी था कि स्वर्ग

के इस आस्वादन में मैं सदा साथ रहूँ। स्वर्ग की तलहटी श्रीनगर से शुरू होकर हम पहलगाम, चन्दनवारी, वापस श्रीनगर, बूलर लेक, बनिहाल, वापस श्रीनगर होते-हवाते आख़िर ठीक बहिश्त के कन्धों पर चढ़ गए, यानी गुलमर्ग जा पहुँचे।

टनमर्ग के आगे बस नहीं जाती, इसलिए वह सफ़र हमने घोड़ों पर चढ़कर तय किया। चढ़कर मैं इसलिए कह रही हूँ क्योंकि घोड़े की सवारी करना हम दोनों नहीं जानते थे। रास्ता बेहद ख़ूबसूरत था। दोनों तरफ़ चीड़ के पेड़, ठंडी हवा वग़ैरह, सब कुछ। घोड़ों पर बैठकर कुछ दूर चलने के बाद हम दोनों की पीठ में दर्द होने लगता था। इसलिए थोड़ी-थोड़ी देर बाद उन्हें रोक देना पड़ता था और नीचे उतर आना पड़ता था। पर हम अपनी यात्रा के इन अवकाशों को बेकार नहीं जाने देते थे। नीचे उतरकर हम एक-दूसरे को चूमने लगते थे और आलिंगन में बँधकर कुछ दूर चलते चले जाते थे। साथ ही आसपास के ख़ूबसूरत नज़ारों की तारीफ़ भी करते थे। बहिश्त के दरवाज़े पर पाँव रखते हुए ये सब करना ज़रूरी होता है, ख़ासकर तब, जब आप हनीमून मनाने आए हों।

यूँ घोड़ों पर चढ़ते उतरते हम गुलमर्ग टूरिस्ट रेस्ट हाउस पहुँच गए। यह मंज़िल तय करते-करते मेरी कमर का दर्द कुछ ज़्यादा बढ़ गया। इतना कि लगा, यह महज़ घोड़े की वर्जिश के कारण नहीं हो सकता। वैसे अनाड़ियों के साथ होता यही है। वर्जिश घोड़ा करता है और बदन सवार का दुखता है। मैंने सुधाकर से कुछ नहीं कहा, अपने दर्द के बारे में। आमतौर पर, घोड़े पर बैठने से सुधाकर की कमर ज़्यादा दुखती थी। एकाध बार मुझे दबानी भी पड़ी थी। अपने दर्द का ज़िक्र करके मैं उस वक़्त उसे उसकी कमर की याद दिलाना नहीं चाहती थी। दर्द का माप-तौल करने का कोई यंत्र तो हमारे पास था नहीं, इसलिए पूरा अन्देशा था कि अपनी कहते-कहते, कमर मुझे उसी की दबानी पड़े।

अपने-अपने दुखते बदन घसीट कर, हम बिस्तरों तक ले गए और निढाल से उन पर पड़ गए। एक-दो जुंबिश देकर, उन्हें ज़रा सा उठाया और हलकी कराहटों के साथ रजाइयाँ ऊपर खींचकर फ़ौरन सो गए। उस रात खाना-पीना-प्रेम करना सब गोल रहा।

सुधाकर के होंठों ने मेरे होंठों को छुआ और तड़पकर अलग हो गए, जैसे दहकता अंगार छू लिया हो।

"तुम तो जल रही हो," उसने कहा।

"सुबह हो गई ?" मैंने पूछा। पर शायद उसने सुना नहीं।

अपना हाथ मेरे माथे पर रख दिया। फिर जल्दी से हटा लिया।

"तुम इतनी गरम क्यों हो ?" उसने कहा।

मैं भला इसका क्या जवाब दे सकती थी ?

तभी क्या जवाब दे पाई थी जब, कुछ दिन पहले, उसने अपने होंठ मेरे थके बदन पर घुमाकर कहा था, "तुम इतनी ठंडी क्यों हो ?"

पहली बार जब उसने यह वाक्य कहा था तो मैंने अपनी थकान से मुँदी जा रही आँखों को बिना खोले, जमुहाई लेकर कहा था, "कश्मीर ठंडी जगह है।"

तब वह बहुत नाराज़ हो उठा था।

"मज़ाक़ का कोई वक़्त होता है," उसने कहा था।

''तुम्हारे लिए मेरे जज़्बात मख़ौल उड़ाने की चीज़ हैं,'' उसने कहा था।

''तुम हर चीज़ को इतनी उदासीनता से क्यों लेती हो,'' उसने कहा था।

''मैंने सुना था, कश्मीर आकर मुर्दा से मुर्दा इनसान भी रोमांटिक हो जाता है, पर तुम हो कि तुम्हारा आलस ही ख़तम होने में नहीं आता,'' उसने कहा था।

और...और भी बहुत कुछ उसने कहा था।

दिन भर हम कश्मीर के चप्पे-चप्पे को कुरेदते फिरते और रात देर तक प्यार करने के नए-नए तरीक़े आज़माते। दिन भर की थकान से चूर होकर बिस्तर पर अलसाये लेटे रहना और बीच-बीच में जमुहाई ले उठना, मुझे बिलकुल मुनासिब लगता। मैं दावे के साथ कह सकती थी—अगर दावे के साथ कहने के लिए मैं कुछ देर के लिए अपनी थकान और आलस से छुटकारा पा सकती—कि कश्मीर आया हर सैलानी दिन भर घूम लेने के बाद, रात को बिस्तर पर लेटकर ऐसा ही करता होगा। पर हम उस तरह के सैलानी नहीं हैं। सुधाकर कहता था, हम हनीमून मनाने आए हैं। प्यार करना हमारी नियति है—यह वह कहता नहीं था—पर मैं समझ जाती थी।

''फिर हम दिन भर इधर-उधर टक्कर मारते क्यों घूमते हैं। आराम और सुकून से प्यार क्यों नहीं करते?'' एक बार मैंने इतना ज़रूर पूछा था, पर वह और भड़क गया था।

''कमाल करती हो,'' उसने कहा था, ''हम कोई लखपति, करोड़पति तो हैं नहीं जो हर साल गर्मियों में कश्मीर दौड़े आएँगे। ज़िन्दगी में एक बार मौक़ा लगा है, इतना पैसा ख़र्च किया है तो पूरा देखकर नहीं जाएँगे? लौटकर किसी से कहेंगे तो क्या कि कश्मीर गए भी और डल लेक देखकर लौट आए।''

''तो थोड़ा ठहरकर आते,'' मैंने कहा था।

''उससे क्या होता?''

'तब शायद प्यार करना ज़रूरी नहीं रहता,' मैंने मन में सोचा था पर मुँह से कहा नहीं था, क्योंकि मैं तय नहीं कर पाई थी कि सुधाकर उस बारे में ठीक क्या सोचता है। हो सकता था, उसका ख़याल यही होता कि शादी करने के बाद उम्रभर प्यार करते रहना ज़रूरी होता है। इसलिए मैं चुप रही थी।

जब उसने दोबारा कहा, था, ''उससे क्या होता, बोलो न।''

तो मैंने कह दिया था, ''नहीं, उससे भला क्या होता।''

कोई-कोई दिन ऐसा भी होता था जब हम दिन भर नहीं घूमते थे। सुबह घूमकर, दोपहर को खाना खाने रेस्ट हाउस लौट आते और खाकर प्यार करते। तब भी सुधाकर ख़ुश नहीं हो पाता। प्यार कर चुकने पर, मेरा मन करता कि आराम से सोया जाए, पर चार बजे हमें दोबारा सैर के लिए निकलना होता था और सुधाकर देरी बर्दाश्त नहीं कर पाता था।

तब ख़ूबसूरत से ख़ूबसूरत नज़ारे को नज़रअन्दाज़ करके मैं, घूमते हुए बार-बार पलकें झपकाती रहती थी और बीच-बीच में जमुहाई ले उठती थी। सुधाकर खीजकर कहता था, ''तुम्हें साथ लेकर बाहर आना तो ऐसा है जैसा किसी छड़ी को साथ लेकर घूमना।''

एक बार मैंने कहा था, ''मेरा साथ रहना ज़रूरी है क्या?''

सुधाकर को उसमें कोई सेंस ऑफ़ ह्यूमर नज़र नहीं आया था।

"तुम इतनी ठंडी क्यों हो?" खीजकर उसने कहा था।

तो अब जब उसने कहा—तुम इतनी गरम क्यों हो—मेरी समझ में नहीं आया क्या जवाब दूँ। मेरे दिमाग़ में यही आया कि कह दूँ, यहाँ बहुत ठंड है, इसलिए। शायद मैंने कहा भी। मेरे होंठ हिले ज़रूर पर पता नहीं उनका कहा सुधाकर तक पहुँचा या नहीं। शायद नहीं पहुँचा, क्योंकि जो अब उसने कहा, उसका उससे कोई ताल्लुक़ नहीं था।

"लगता है, तुम्हें तेज़ बुख़ार है," उसने कहा।

तो यह बात है, मैंने राहत महसूस की। दिमाग़ लगाने की ज़रूरत नहीं है। कारण मिल गया।

"अरे, कुछ बोलती क्यों नहीं?" उसने घबराये स्वर में कहा और अपना हाथ मेरी छाती पर रख दिया। वह भी ज़्यादा देर नहीं टिक पाया। झटके से हटाकर बोला, "तुम्हारी साँस धौंकनी की तरह चल रही है। क्या हुआ तुम्हें? कुछ बोलो तो सही।"

मैंने पूरा दम लगाकर आँखें खोलने की कोशिश की। पलकों पर रखे भारी पत्थरों को किसी तरह परे सरकाकर एक बार उन्हें उठा लिया पर दूसरे क्षण, वे दोबारा मुँद गईं।

"अरे, क्या हुआ तुम्हें? बोलती नहीं, हिलती-डुलती नहीं? हुआ क्या?" सुधाकर ने तेज़ घबराहट से सने स्वर में कहा और मुझे पकड़कर हिला दिया।

मेरे मुँह से चीख़ निकल गई।

"क्या हुआ?" वह और घबरा गया।

उसके हिलाने पर मेरी कमर में जो बिजली कौंधती चली गई थी, उसके लिए मैं शब्द खोजने लगी।

मौत, पहले मैंने सोचा।

हत्या, फिर दिमाग़ में आया।

बलात्कार, मस्तिष्क ने कहा।

हलाल! हलाल! हलाल! एक शोर सा मेरे सिर के अन्दर उठा, पर जुबान तक आते, न जाने कब बुद्धि ने उसे पकड़कर मोड़ दिया और...

"दर्द," मैंने कहा।

"दर्द," सुधाकर ने दोहराया, "दर्द और बुख़ार। ठहरो, मैं रेस्ट हाउस के मैनेजर से पूछकर आता हूँ कि इधर कोई डाक्टर है।"

चलो, इतनी ग़नीमत हुई कि मरने के बाद मैं स्वर्ग पहुँच गई, मैंने सोचा। पूरे कमरे को आलोकित करती सामने जो कांति स्तूप सी स्त्री खड़ी है, अवश्य स्वर्ग की देवदूती होगी। स्वर्ग में देव-दूतियाँ होती हैं या देवदूत? मैंने दिमाग़ पर ज़ोर देने की कोशिश की। उहूँ, होगा। वे चाहे जो होते हों, यह और कुछ नहीं हो सकती; स्वर्ग की देवदूती के सिवा। जिसके चेहरे की एक झलक देखकर मैं, मरकर भी इतनी जीवंत ललक महसूस कर रही हूँ। कमरे में जिसके आने से एक जगमगाती ज्योति चारों तरफ़ फैल गई है। उसे जी भरकर देखने के लिए मैंने कोशिश करके अपनी भारी आँखें एक बार फिर खोल लीं।

मुझे धक्का लगा। नहीं, यह देवदूत नहीं है। देवदूत लाल पैंट नहीं पहनते। मतलब, ऐसा

कोई क़ानून नहीं है कि लाल पैंट पहन ही नहीं सकते पर जितना उनके बारे में पढ़ा-सुना है; जिसके भरोसे मन में उनकी तस्वीर उभर सकती है; उससे यही विश्वास जगता है कि लाल पैंट वे नहीं पहनते।

यह देवदूत नहीं है तो मैं स्वर्ग में भी नहीं हूँ और शायद मरी नहीं, ज़िन्दा हूँ। अच्छा लगा जानकर कि मैं ज़िन्दा हूँ। मैंने अपने सूखे होंठों पर ज़बान फेरी और मुस्कराने की कोशिश की, पर तभी सुधाकर ने मेरे मुँह में थर्मामीटर घुसेड़ दिया।

''ये मिसेज़ दस्तूर हैं,'' उसने कहा, मेरी देवदूती की तरफ़ इशारा करके।

''मैं नीचे मैनेजर से थर्मामीटर माँग रहा था कि ये मिल गईं। इनके पति डाक्टर हैं। पास के कमरे में ठहरे हैं। इन्होंने कहा, गुलमर्ग में कोई डाक्टर मिलेगा नहीं, श्रीनगर से बुलाना पड़ेगा। ज़रूरत हुई तो इनके पति कुछ दवा दे देंगे।''

सुधाकर बोल रहा था। मैं जगे रहकर उसकी बात सुनने की कोशिश कर रही थी, तभी वह आगे बढ़ी और मेरे मुँह से थर्मामीटर निकाल लिया। मैंने जगे रहने की कोशिश छोड़ दी।

''अरे, यह तो 106 डिग्री बुख़ार है! देखिए न मिसेज़ दस्तूर, 106 ही है न!''

सुधाकर के त्रस्त स्वर से चौंककर मैंने आँखें खोल लीं।

वह मेरी तरफ़ देख रही थी। अब धीरे से मुस्करा दी। जैसे कह रही हो, तुम्हें आँखें खोलने की ज़रूरत नहीं है। मैं सब देख लूँगी। मैंने आँखें बन्द कर लीं।

''हाँ,'' उसने कहा और सुधाकर के हाथ से थर्मामीटर ले लिया।

''कमर में बहुत दर्द है,'' सुधाकर ने कहा, ''क्या करना चाहिए? पता नहीं इन्हें एकदम हो क्या गया!''

''मैं डॉ. दस्तूर को बुलाती हूँ,'' उसने कहा।

स्वर्ग भी है और देवदूत भी। बस, मौत की कमी है। मेरी आँखें बन्द थीं, पर दिमाग़ काम कर रहा था। मुझे उसके सोचने के तरीक़े पर हँसी आ गई। पर मेरी कमर बग़ावत कर उठी। दर्द से ख़ौफ़ खाकर बोली, मौत पर हँसो मत, मरना उतना आसान नहीं है। लो, मैं तुम्हें बेहोश भी नहीं होने देती। पर मेरा दिमाग़ भी कम नहीं था। बोला, तो मरो। और देवदूत की सूरत पर ध्यान जमा, सोने की मुद्रा में पसर गया। पूरी तरह सोने, कमर ने भले न दिया हो, पर पूरी तरह जगाए भी न रख सकी।

''माई गॉड, शी इज़ डन फ़ॉर!'' जज के फ़रमान सा वाक्य कमरे में बजा और मेरे अधसोये दिमाग़ तक को झिंझोड़ गया।

घबराकर मैंने आँखें खोल दीं। अपने हाथ में मेरा हाथ लिये जो आदमी खड़ा था, वह सुधाकर नहीं था।

''क्या डाक्टर! क्या कह रहे हैं आप!'' सुधाकर यह था।

''इनकी हालत बहुत ख़राब है।''

उन्होंने अपना स्वर इतना धीमा कर लिया कि मेरे लिए सुनना मुश्किल हो गया। फिर भी मेरे कान उधर ही लगे रहे। आश्चर्य, अपनी हालत से ज़्यादा मुझे उनकी बातों में दिलचस्पी हो रही थी।

''बच्चे कितने हैं आपके?'' उसी आदमी का स्वर उभरा।

''बच्चे? अभी तो हमारी शादी को पन्द्रह दिन हुए हैं,'' यह सुधाकर था।

"ओह!" सहसा कोई खिलखिलाकर हँस पड़ा, "तब तो आपको भी इनके साथ मरना होगा," उसने कहा।

"क्या ?" सुधाकर चीख़ सा दिया तो मैं हँस पड़ी, ज़ोर से।

अब पता चलेगा बच्चू...सारा-सारा दिन मुझे साथ लिये घूमते थे न...साथ नहीं रहेंगे तो हनीमून कैसे मनेगा...सुधाकर जी...हनीमूनर...अब बचकर कहाँ जाइएगा...असली हनीमून तो अब मनेगा...मरूँगी तो साथ लेकर...

"क्या हुआ ? डिलीरियस हो गईं ? हँसे क्यों जा रही हो ?" सुधाकर चीख़ा, पर मेरी हँसी रुकी तब, जब एक ठंडे ठोस हाथ ने मेरा हाथ थाम लिया। उसमें कोमलता नहीं थी, न सहानुभूति; था केवल अपनापन।

"इतने बदहवास क्यों हो रहे हो तुम लोग ?" मेरे हाथ को अपने हाथ में सँभाले रखकर, उसने कहा, "तुम अपना काम करो फ़ीरोज़, इंजेक्शन, दवा, जो देना हो, दो। शादी के पन्द्रह दिन बाद भला कोई मरता है। मिस्टर...नाम क्या है आपका ?"

"सुधाकर।"

"और तुम्हारा ?" उसने पूछा और अपना कान मेरे होंठों के पास झुका लिया।

"वीना," मैंने बुदबुदाकर कहा।

"मिस्टर सुधाकर, वीना क्या आते ही बीमार पड़ गई थी ?"

"जी हाँ।"

"ओह, तभी! मैं सोच रही थी कमरे में फूल क्यों नहीं हैं। आप जाइए मिस्टर सुधाकर, बाहर जाकर कुछ फूल ले आइए।"

"पर मैं कैसे जा सकता हूँ ?"

"क्यों, आपकी तबीयत भी ख़राब है क्या ?"

"नहीं, पर इन्हें अकेला छोड़कर..."

"अकेली कहाँ हैं ?" उसने कहा तो मैंने उसकी मुट्ठी में बन्द पड़े अपने जलते हाथ को वहीं फड़फड़ाकर उसकी हथेली पर हलके से दबा दिया।

"अभी तो डाक्टर साहब दवा-दारू करेंगे। आप जाइए न, फूल लेकर आइए। कमाल है, आदमी के बीमार पड़ने का फ़ायदा क्या जो चन्द फूल भी नसीब न हों। जाइए न। और तुम भी इंजेक्शन वग़ैरह जो देना है, देकर अपना रास्ता नापो। इतनी भीड़ के बीच कोई अपनी बीमारी क्या ख़ाक एंजॉय करेगा।"

एक बार फिर मैंने उसका हाथ अपने हाथ से दबा दिया।

वह हँस दी। फिर अपना वह हाथ हटा कर, दूसरा मेरे हाथ पर रखती हुई बोली, "लो, अब इसे गरम करो।"

मेरी बाँह में सूई चुभी।

एक बार आँखें खोलकर मैंने उसे देखा, फिर शायद मैं सो गई।

मैं बिस्तर पर औंधी पड़ी थी। दो पुष्ट हाथ मेरी कमर थामे उस पर मालिश कर रहे थे। समुद्री ज्वार-भाटे की तरह दर्द की लहरें ऊपर से नीचे उतर रही थीं। पहली बार दर्द की चोटों को कोई थामे ले रहा था। हर कचोट अपने साथ राहत लिये हुए थी।

एक लम्बी साँस खींचकर, मैंने अपनी जलती आँखें खोल दीं। सामने पीले फूलों के गुच्छों पर गुच्छे झूम रहे थे। अगर वे दो पुष्ट हाथ मेरी कमर न थामे होते तो एक बार फिर मुझे भ्रम हो जाता कि मैं मर चुकी हूँ और स्वर्ग में हूँ।

''डैफ़ोडिल हैं,'' कमर के ऊपर से आवाज़ आई।

तो ये हैं डैफ़ोडिल। पीले। चार बड़ी-बड़ी पंखुड़ियाँ और बीच में कटोरा सा। लबालब शराब से भरा, शायद। पर पीला। मुझे पीला रंग पसन्द नहीं है। पर डैफ़ोडिल देखकर लगा, कोई हर्ज़ नहीं है। चलेगा, पीला रंग भी चलेगा।

देर तक उनकी तरफ़ देखते रहने के कारण आँखों में पानी आ गया। मैंने आँखें बन्द कर लीं; तभी कमर पर टिके हाथों ने मुझे थामकर सीधा कर दिया।

मैंने आँखें बन्द रखीं।

''तुम्हारी कमर काफ़ी नाज़ुक है,'' उसने कहा, ''मज़ा आया मलने में। आँखें खोलो, इधर भी डैफ़ोडिल हैं।''

मैंने आँखें खोल दीं। डैफ़ोडिल के फूलों की पीली पृष्ठभूमि पर खिला उसका चेहरा देखा। पीले कैनवस पर उलीचे रंग जैसे फैले उसके घने भूरे बाल देखे। उनके बीच जड़ी उसकी शरारती भूरी आँखें देखीं, शोख़ मेकअप से रंगा उसका गोरा मुख देखा। और देखा कि अब उसने लाल नहीं, नीले रंग का पैंट-कोट पहन रखा है। शायद एक दिन गुज़र चुका था।

वाह मेरे देवदूत, काफ़ी आधुनिक हो तुम, मैंने सोचा। फिर मेरी आँखें बाक़ी कमरे पर घूम गईं।

''सुधाकर दवाई लेने श्रीनगर गया है,'' उसने कहा।

मैं आश्वस्त हो मुस्करा दी। फिर कुछ ख़याल आया और मैंने अपने पपड़ाये होंठों पर ज़बान फेरकर धीमे से पूछा, ''फूल कौन लाया?''

''वही, सुधाकर। कल। देखा तुमने, और लोगों को मरने के बाद फूल मिलते हैं, तुम्हें पहले मिल गए।''

''काम कम हो गया,'' मैंने कहा।

''हाँ,'' वह बोली, ''जब मरोगी तो और नहीं लाने पड़ेंगे।''

मेरी धीमी आवाज़ सुन पाने के लिए वह मेरे पास खिसक आई थी। मुँह मेरे चेहरे के ऊपर झुका लिया था।

''कौन से फूल पसन्द करोगी तुम अपने क़फ़न पर?'' उसने पूछा।

''यही।''

''डैफ़ोडिल?''

''हाँ।''

''इतनी जल्दबाज़ी न करो,'' उसने कहा, ''अभी तुमने आइरिस और नर्गिस देखे कहाँ हैं?''

''दिखलाओगी?''

''हाँ, सुधाकर आ जाए तो लाने भेज देंगे।''

''कब तक आएगा?''

''रात तक।''

मेरे चेहरे पर मन की बेचैनी दौड़ गई होगी क्योंकि उसने कहा, ''फ़िक्र मत करो। वह बहुत थका होगा। आते ही सो जाएगा।''

मैं उसे समझाना चाह रही थी। यह बात नहीं है कि मैं सुधाकर का पास होना पसन्द नहीं करती। वह मेरा पति है। अच्छा आदमी है। मुझे बुरा नहीं लगता। पर आजकल बीमारी में, मौत के क़रीब, मैं उसे देखकर यह सोचने पर मजबूर नहीं होना चाहती कि मैंने उसका हनीमून बिगाड़कर रख दिया। ज़िन्दगी में सिर्फ़ एक बार कश्मीर आने का मौक़ा मिला। गुलमर्ग का सपना देखते-देखते आख़िर गुलमर्ग पहुँचा तो क्या बीमार बीवी से तीमारदार का रिश्ता जोड़ने... अच्छा हनीमून मना...बेचारा सुधाकर। ये सब मैं कहना चाह रही थी पर मेरा गला सूखा जा रहा था। आँखें मुँदी जा रही थीं। मेरी समझ में नहीं आ रहा था कि वह मैंने कह डाला या सिर्फ़ सोचा। मैंने कसमसाकर उसकी तरफ़ देखा।

''तुम्हारे ठीक हो जाने पर, उसे इस बीमारी के बारे में फूल और बर्फ़ के अलावा कुछ याद नहीं रहेगा,'' उसने कहा।

मैं समझ गई, उसे कुछ समझाना ज़रूरी नहीं है।

''कल उसे खिल्लनमर्ग भेज देंगे,'' वह कहती गई, ''कहेंगे, सबसे बढ़िया आइरिस वहीं खिलते हैं। और वहाँ बर्फ़ है। बर्फ़ ही बर्फ़। दूर-दूर तक। पास भी। ऊपर चढ़ाई तक। नीचे ढलान पर। आइरिस का बड़ा सा गुच्छा हाथ में लेकर, अपने कूल्हे ऊपर बर्फ़ में जमा कर एक बार जो फिसला तो सीधा गुलमर्ग आ पहुँचेगा।''

दृश्य मेरी आँखों के सामने साकार हो गया। मुझे हँसी आने लगी। खिलखिलाकर मैं हँसी भी। पर हँसी होंठों से फूटी नहीं। बस भीतर कुलाँचे भरती रही।

बाँह में कुछ चुभा। मैंने एक आँख खोलकर देखा। वही डाक्टर बाँह में इंजेक्शन दे रहा है।

वह बर्फ़, जिसकी ढलान पर सुधाकर फिसला आ रहा था, धुँधली पड़ने लगी...ढाके की मलमल सी महीन धुंध उठी...एक छोर से दूसरे छोर तक बिछी चादर की झीनी परत...हवा में धीमे से झूलती हुई...एक परत पर दूसरी परत...उसकी पारदर्शिता को आच्छादित करती...बर्फ़ीले नज़ारे से खेलता, उसे घूँघट की ओट में लेता धुँधलका...प्रहार को प्रस्तुत, सितार के तारों सी कसी, दर्द से तनी नसों को सहलाता-दुलराता, राहत भरा सलेटी अँधेरा...परत-दर-परत गिरती यवनिका...भ्रान्ति, निद्रा या सुखद छाँव...जो हो...आहिस्ता-आहिस्ता बढ़ता सुकून।

सोने और जागने के बीच, दर्द के शिकंजे से बाहर फिसल आने के झुटपुटे में मैंने उसकी आवाज़ को कहते सुना, ''अगर तुम मर गईं तो हम तुम्हें वहीं खिल्लनमर्ग ले जाकर बर्फ़ के नीचे दफ़ना देंगे। आइरिस से ढक कर। क्यों ठीक है न?''

''हूँ...'' मैंने कहा।

''पर ऐसे नहीं,'' दूर होती जा रही उसकी आवाज़ ने कहा, ''उससे पहले, एक बार तुम्हें खिल्लनमर्ग जाकर उसके बारे में पक्की राय क़ायम करनी होगी। ऐसे तो तुम डैफ़ोडिल के लिए भी हाँ कह देती हो और आइरिस के लिए भी। दोनों के बीच फ़र्क़ करना ज़रूरी है न?''

"हूँ..." दूर से आ रही उसकी आवाज़ को मैंने एक बार अपने से बाँधकर महसूस किया, फिर दूर होते जाने दिया।

"उफ़, किस क़दर ठंड है," सुधाकर कह रहा था।

ऊपर से नीचे तक बर्फ़ में सना, हाथ में फूलों का बड़ा सा गुच्छा थामे, वह अभी-अभी खिल्लनमर्ग से लौटा था। बिलकुल जैसा मेरे देवदूत ने कहा था। पर ये क्या आइरिस हैं? मैंने ध्यान से फूलों को देखने की कोशिश की। पीले फूल। चार बड़ी-बड़ी पँखुड़ियाँ और बीच में कटोरा सा। लबालब शराब से भरा। शायद। पर पीला। धत्, मैंने सोचा, यहाँ क्या हर फूल पीला होता है और रूप-आकार में भी एक सा? बस, नाम फ़र्क़ दिये रहते हैं? यह तो सरासर धोखाधड़ी है। मुझे कोफ्त हो रही थी।

सुधाकर ने फूल सामने कोर्निश पर पटक दिये। गीला कोट उतारकर झाड़ता हुआ बोला, "क्या जगह है खिल्लनमर्ग! बर्फ़ ही बर्फ़! मज़ा आ गया!"

कोट उसने कुर्सी पर फेंक दिया। पूरी बाँहों का स्वेटर उठाकर पहन लिया और बोलता गया, "सर्दियों में लोग खिल्लनमर्ग स्कीइंग करने आते हैं। आजकल टोबोगन चलते हैं। अभी बर्फ़ पिघली नहीं है वहाँ। आज भी ढेरों लोग थे; पर ज़्यादातर अमेरिकन। टोबोगन महँगे क्या कम थे। अरे, पूरी लूट थी लूट। पैसा लुटाओ और बदले में मज़ा लूटो। यही दस्तूर है ज़माने का। पर अपन ने भी तय कर लिया था, मज़ा लेंगे पूरा पर पैसा ख़र्च नहीं करेंगे। सो अपन तो खिल्लनमर्ग की पहाड़ी पर जमकर बैठे और नीचे फिसल पड़े। भगवान् ने कूल्हे दिये हैं सो इसीलिए न? अरे, हिन्दुस्तानी आदमी के लिए स्की हैं, स्की। सच कहता हूँ टोबोगन पर आने वालों से पहले नीचे मैं पहुँचा और वह ठाट से कि क्या बतलाऊँ।"

वह खुलकर हँस दिया।

मैंने बहुत चाहा, उसकी हँसी में शामिल होऊँ। मैं हँसी भी, पर पहले की तरह हँसी होंठों से फूटी नहीं। भीतर-भीतर झनझनाकर रह गई। उस निःशब्द हँसी को सुधाकर कैसे सुनता? नहीं सुना उसने।

सहसा वह संजीदा हो गया। पास आकर बिस्तर पर मेरे बराबर में बैठ गया। जैसे कुछ ग़लत कर गया हो, ऐसे सपाट स्वर में बोला, "कैसी तबीयत है तुम्हारी? सच, तुम लोगों के कहने से मैं खिल्लनमर्ग चला तो गया, पर अकेले, तुम्हारे बिना, ज़रा भी मज़ा नहीं आया। तुम साथ रहतीं तो कितना अच्छा होता। हनीमून पर आकर तुम बीमार पड़ गईं, पता नहीं क्यों, लगता है इसमें मेरा दोष है।"

मेरी हँसी का दम घुट गया। मैं चुपचाप पड़ी रही, पर भीतर चीख़ पनप उठी—ओ सुधाकर, तुम मुझे पहले कहीं ज़्यादा अपने लग रहे थे। तब, जब तुम ख़ुश थे, सन्तुष्ट थे, चंचल थे। हँस रहे थे, बतिया रहे थे, जो महसूस कर रहे थे वही दिखला रहे थे। तुमसे किसने कहा, तुम्हें मुझे बहलाना चाहिए बहका कर?

"देखो," सुधाकर उसी तीमारदार स्वर में कह रहा था, "मैं तुम्हारे लिए कितने सारे फूल लाया हूँ। वही, जो परसों लाया था। वैसे ऊपर और भी फूल थे। नीले। पर मैंने सोचा, तुम्हें ये इतने पसन्द आए थे परसों, तो यही ले चलूँ।"

ओह...तो ये खिल्लनमर्ग के आइरिस नहीं हैं। अब मेरी समझ में आया, सुधाकर को फूलों

की याद, नीचे वापस पहुँच जाने पर आई होगी और पास में यही फूल दिखलाई दिये होंगे। यानी ये डैफ़ोडिल हैं, आइरिस नहीं। कहीं कोई धोखाधड़ी नहीं है। चलेंगे, मैंने सोचा, डैफ़ोडिल भी चलेंगे। यह जानकर कि ऊपर खिल्लनमर्ग पहुँचने पर, बर्फ़ पर फिसलते सैलानियों को देखकर, सुधाकर इतना उत्तेजित हो उठा था कि मेरी या फूलों की क़तई याद नहीं रही थी, मुझे उस पर प्यार आ गया। मैंने हँसकर उससे कहना चाहा पर शायद कह नहीं पाई। दर्द का कोचवान आज कुछ ज़्यादा बेरहमी से कोड़े बरसा रहा था। फ़ीरोज़ ने जो इंजेक्शन दिया था, उसके सामने पिटा सा पड़ा था। उसकी बख़्शी ख़ुमारी बस इतना कर पाई थी कि ज़ेहन में आया हर लफ़्ज़ ज़ुबान पर आने से पहले लड़खड़ाकर गिर जाता था। बाहर नहीं निकल पाता था।

कूदकर सुधाकर बिस्तर से उठ खड़ा हुआ। बोला, ''क्या ज़बरदस्त ठंड है। देखूँ, मैनेजर से कहूँ कमरे में आग जलवाने का इन्तज़ाम करवा दे! आग तापे बग़ैर आज ठंड जाती नहीं दिखती।''

जाते-जाते वह रुका, मेरी तरफ़ मुड़ा, बोला, ''तुम्हें भी आराम रहेगा। अच्छी तरह सेंक लगेगा तो दर्द-वर्द आप कम हो जाएगा,'' और बाहर चला गया।

मैंने डैफ़ोडिल के गुच्छे को देखने की कोशिश में आँखें खोलीं। दर्द से हटाकर ध्यान फूलों पर केन्द्रित किया। शरीर में बसी ख़ुमारी को दिमाग़ पर हावी हो जाने दिया। इस बार जो धुँधलका अँधेरे की परतों में गहराया, पीले रंग का आभास लिए हुए था।

आँख खुलते ही मैंने आग देखी...दोज़ख़ की आग...चट-चट चटखती लकड़ियाँ... धू-धू धधकती ज्वाला...प्रचंड अग्निशिखाएँ...कहीं मासूम नीली लौ का नामोनिशान नहीं...जो लपट उठी लाल...ख़ून से सनी...नारंगी-सिन्दूरी-सुर्ख़...नरक-ज्वाल...रक्त-रंजित...हू-हू हुड़कती हड्डियाँ...तिलमिलाता चिलकता उजारा...धाँय-धाँय धमकती धमनियाँ...मेरे देवदूत! तुम कहाँ चले गए...मैं मरकर दोज़ख़ में आ पड़ी...आग की सुर्ख़ लपटों और चकाचौंध के बीच...

छुटकारा पाने के लिए मैंने हाथ-पाँव मारे तो पाया, वे मुलायम बिस्तर पर पड़ रहे हैं। तो क्या नरक में गुदगुदे बिस्तर मिलने लगे? नहीं, कुछ ग़लती ज़रूर है। मैंने आँखें बन्द करके आग की लपटों को परे धकेला और दूसरी तरफ़ मुँह घुमाकर आँखें खोलीं। वहाँ आग का आभास तो था, आग नहीं। शायद मैं मरी नहीं। अब मेरी दृष्टि के दायरे में एक चेहरा झिलमिलाया, सुधाकर। नहीं, मैं मरी कदापि नहीं!

''क्यों, बढ़िया जल रही है न आग?'' वह बोला।

तो वह जानता है। उसे भी आग दिखलाई दे रही है। मेरी नज़रें फिर घूम गईं। वही नारंगी, सिन्दूरी, सुर्ख़ लपटें। वही धू-धू धधकती लकड़ियाँ। वही चकाचौंध, वही तपिश और...आग की झुलसती लपटों के ठीक ऊपर कोर्निश पर पड़े डैफ़ोडिल। लाल लौ के नुकीले नाख़ूनों से बिंधे, पीले, निरीह फूल। उनकी पंखुड़ियों के कोर झुलसकर सिकुड़ रहे थे, दियासलाई की लौ दिखलाए ख़त के पन्ने की तरह।

डैफ़ोडिल जल रहे हैं—मेरे भीतर चीख़ उभरी—डैफ़ोडिल जल रहे हैं। पर कमरे में कोई शब्द नहीं हुआ, लकड़ियों के जलकर चटखने के सिवा। मैंने अपनी पूरी ताक़त का इस्तेमाल किया और चीख़ को बाहर उछाल दिया, ''डैफ़ोडिल जल रहे हैं।''

सुधाकर ने चौंककर मेरी तरफ़ देखा, पूछा, "क्या हुआ?"

"डैफ़ोडिल!" मैं चीख़ी।

"डैफ़ोडिल?" उसने दोहराया, "डैफ़ोडिल क्या?"

"डैफ़ोडिल जल रहे हैं," मैंने चीख़कर कहा, पर आख़िरी लफ़्ज़ तक आते-आते मेरी आवाज़ पस्त होकर टूट गई। मेरी आँखों से आँसू निकल आए और हिचकियाँ लेते-लेते मैंने फिर कहा, "डैफ़ोडिल..."

"क्या हो गया?" सुधाकर ने बेहद चिंतित स्वर में कहा, "बुख़ार ज़्यादा बढ़ गया क्या?"

मैं बोल नहीं पाई, रोती रही।

"ठहरो, डाक्टर को बुलाता हूँ," कहता वह कमरे के बाहर दौड़ गया।

आँसुओं के पर्दे के पीछे से मुझे एक पीली आभा का अहसास हुआ।

"क्या चाहिए?" उसने मेरे चेहरे के क़रीब झुककर कहा तो मैंने जाना, आज वह पीले कपड़ों में है। डैफ़ोडिल की तरह पीले। मैं बेतरह घबरा गई। कसकर उसका हाथ पकड़ लिया। तभी उसने कहा, "अरे, डैफ़ोडिल जल रहे हैं!" मेरे मुँह से मुँह सटाकर बोली, "तो तुम इसलिए रो रही हो?"

मैंने सिर हिलाने की कोशिश की, उसका हाथ मेरे हाथ से छूट गया।

उसने आगे बढ़कर डैफ़ोडिल उठा लिये और मेरे सिरहाने रख दिये।

"इन फूलों का नाम डैफ़ोडिल है क्या?" सुधाकर ने पूछा।

"हाँ," उसने कहा।

"और वे आग की गरमी से जलने लगे थे?"

"हाँ।"

"ओह!" सुधाकर ठठाकर हँस पड़ा, "मैंने सोचा, इन्हें डिलीरियम हो गया या मालूम नहीं क्या मुसीबत आ गई। वाह साहब वाह, हद हो गई!"

वह देर तक हँसता रहा, इस बात की परवाह किए बिना कि वह उसका साथ नहीं दे रही।

वह आग के पास जा पहुँची थी। उसने कुछ लकड़ियाँ खींचकर बाहर कर दीं। आग का दायरा बढ़ गया पर पहुँच कम हो गई। कुछ लकड़ियों को फ़र्श पर पटककर बुझा दिया। आग की तपिश कम हो गई।

वह आकर मेरे पास बैठ गई। बोली, "मुझे आग के ऊपर भुट्टे भूनकर खाने में बहुत मज़ा आता है। तुम्हें?"

मैंने गर्दन हिलाई, शायद।

"अभी फ़ीरोज़ दूसरा इंजेक्शन लेकर आता है। तब तक सोचो, आग की गरमायी कितनी सुकूनदेह है।"

मैंने आँखें बन्द कर लीं। वक़्त पर फ़ीरोज़ आ जाएगा। मुझे उसका इन्तज़ार करने की ज़रूरत नहीं है।

"इसे कहते हैं कमरा," दरवाज़े की चौखट पर खड़ी वह कह रही थी, "एक हमारा कमरा है; भीतर झाँको तो पता तक नहीं चलता, अन्दर कोई जी रहा है।"

वह धीमे से हँसी, ''या मर रहा है।''

''अरे, आइए, अन्दर आइए,'' सुधाकर उठकर खड़ा हो गया।

वह अन्दर आ गई।

''दवा दे दी?'' उसने पूछा।

''दवा? वह...मैं ले तो आया हूँ श्रीनगर से...पर देने को...मैंने सोचा...डाक्टर साहब बतलाएँगे तभी...''

आज फिर सुधाकर दवा लाने श्रीनगर गया था। अभी शाम घिरने पर लौटा है।

''लाइए, मुझे दीजिए, मैं दे देती हूँ,'' उसने कहा।

उसने यह नहीं पूछा कि लौटकर तुमने डाक्टर से पूछ क्यों नहीं लिया। मेरी तरह वह भी जान गई होगी कि कुछ ही दिनों में सुधाकर अपेक्षा करने लगा है, वही आकर मुझे दवा देगी।

उसके हाथ से गोली लेकर निगलते हुए मैं सहज भाव से मुस्करा दी।

''तो इस वक़्त दर्द कम है?'' उसने पूछा।

''हाँ, कम है,'' मैंने कहा।

कुछ देर वह अपनी भूरी आँखें मेरे चेहरे पर टिकाए रही, फिर धीरे से बोली, ''लगता है तुम नहीं मरोगी।''

''नहीं!'' मैंने कहा।

''आप हमेशा मरने की बात क्यों करती हैं?'' सहसा सुधाकर फट पड़ा।

''क्यों, क्या हुआ?'' उसने पूछा।

''वीना काफ़ी परेशान है। बीमारी में आदमी को यूँ ही बुरे ख़याल आते रहते हैं। हमें इसकी हिम्मत बँधानी चाहिए। अगर हमीं मरने की बात करने लगे तो इसका क्या हाल होगा, सोचिए।''

''आप कभी मरने की बात नहीं करते न?'' उसने कहा।

''नहीं, मैं क्यों करूँगा? पर...''

''नहीं, आप क्यों करेंगे? आप कभी मरेंगे थोड़े,'' कहकर वह खिलखिलाकर हँस दी। इतनी ज़ोर से कि मैं आँखें खोलकर उसका हँसता रूप देखने को मजबूर हो गई। एक बार देख लेने पर मंत्रमुग्ध देखती रह गई।

उसका गोरा चेहरा लाल पड़ गया था। गुलाबी नहीं, लाल; जैसे गालों से आग की लपटें निकल रही हों। कटे, भूरे बाल, उनकी तपिश बर्दाश्त न कर पाने के कारण चेहरे से अलग छितर गए थे। हँसी के झटके के साथ उसका सिर पीछे झुक आया था। गोलाकार तेजोमंडल की तरह वे उसके चेहरे के चारों तरफ़ खिले हुए थे। आज पहली बार मैंने देखा, उसकी भूरी आँखें असल में भूरी नहीं हैं। एक मन्द-मन्द हरा रंग उनमें झिलमिलाता रहता है, जो भावावेश में तीखी चमक के साथ उभर आता है। उस वक़्त उसकी आँखों में हरी रोशनी की चिनगारियाँ इस तरह लपलपा रही थीं कि भूरा रंग दिखलाई तक नहीं दे रहा था।

अरे, कहीं सचमुच यह देवदूत तो नहीं? मैं सोचती रह गई। पहली बार इसे बुख़ार और दर्द की ख़ुमारी में देखा था, इसीलिए देवदूत सी लगी होगी। पर आज मैं होशोहवास में हूँ। तब इसका यह रूप? भय और पुलक की लहरें, एक के बाद एक, मेरे शरीर को थरथराते हुए निकल गईं। मेरा मन हुआ वह ऐसे ही हँसती रहे और मैं उसे देखती रहूँ। फिर डर से काँपकर

मैंने आँखें बन्द करने की कोशिश की, पर सफल न हो सकी। भयभीत, सम्मोहित, पुलकित, मैं उसे देखती रही।

''कभी न कभी तो सभी को मरना है,'' मैंने सुना, सुधाकर कह रहा है।

सुनकर विश्वास नहीं हुआ। सचमुच उसने वह कहा है और इतने क्षुब्ध स्वर में। उसने जो कहा था, उसका जवाब और चाहे जो हो, यह नहीं हो सकता था। उसके रूप ने सुधाकर में कोई रोमांच पैदा नहीं किया ? सहसा मुझे सुधाकर पर बेहद दया आने लगी। दया के साथ प्यार। बेचारा, भोला-भाला, सीधा-सादा सुधाकर। जो हो, है तो मेरा अपना।

उसकी हँसी एकदम रुक गई।

''आप ठीक कहते हैं,'' उसने गम्भीर स्वर में कहा।

फिर मेरी तरफ़ मुड़कर बोली, ''अब जल्दी से ठीक हो जाओ। अगले हफ़्ते हम यहाँ से चले जाएँगे। उससे पहले तुम्हें मेरे साथ खिल्लनमर्ग जाना है।''

''पता लेकर क्या कीजिएगा ? हम दिल्ली तो रहते नहीं,'' उसका स्वर काफ़ी दृढ़ था, पर सुधाकर विचलित नहीं हुआ।

''वाह, कभी बम्बई आएँगे तो मिलेंगे नहीं ?'' उसने कहा।

नहीं, मैं सोच रही थी, मैं तुमसे बम्बई में नहीं मिलना चाहती...आग और फूलों के बिना तुम्हारा अस्तित्व क्या है...ज़िन्दगी में एक बार तुमसे मिलना—जी भरकर सिर्फ़ एक बार—और बात है, मेरे देवदूत। पर बार-बार ? बम्बई की घुमस भरी शामों में, ट्यूब लाइट के चुँधियाते प्रकाश में तुम्हें परखना...नहीं, इतनी ज़्यादती मैं बर्दाश्त नहीं कर सकूँगी।

''बम्बई में ?'' वह हँस पड़ी, ''वहाँ क्या पता, मैं आपको पहचान ही न पाऊँ।''

सुधाकर का मुँह उतर गया।

पर वह उसे नहीं, मुझे देख रही थी। मैं हँस दी। तुम कैसे समझ जाती हो, सब कुछ ?

''ऐसे नहीं कहते, जिना,'' एक लाड़ भरा उलाहना डॉ. दस्तूर की तरफ़ से आया।

आज पहली बार मैंने डॉ. दस्तूर को देखा है। इंजेक्शन से अलग करके। डॉ. दस्तूर नहीं, फ़ीरोज़। वह उन्हें फ़ीरोज़ कहती है। उनके बाल, भूरी आँखें, त्वचा की चमक, सबमें सुनहलापन है। उनका व्यक्तित्व पिघले सोने की तरह है। ऐसा जो आसानी से गढ़ा जा सकता है। ठोस हो चुकने पर भी कुछ हद तक तोड़ा-मरोड़ा जा सकता है। पर मन नहीं होता ऐसा करने को। एक सुखद स्थिरता है उनमें जो, वे जैसे हैं, वैसे ही उन्हें रहने देने पर बाध्य करती है।

आज मैं कुर्सी पर बैठी हूँ, अपने कमरे में। वे सब भी हैं। सुधाकर, फ़ीरोज़ और...जिना। आज पहली बार, वह मेरे लिए सिर्फ़ देवदूत नहीं, जिना भी है। परसों सुबह वे दोनों बम्बई वापस जा रहे हैं। अब मैं ठीक हूँ।

''ऐसे नहीं कहते, जिना,'' फ़ीरोज़ ने कहा था और वे सुधाकर की तरफ़ मुड़ गए थे।

''कभी बम्बई आएँ तो ज़रूर मिलिएगा। बहुत ख़ुशी होगी हमें। अपना पता मैं आपको दे दूँगा,'' उन्होंने कहा।

''हम पर आपका इतना एहसान है,'' सुधाकर ने कृतज्ञ स्वर में कहा, ''और हम आपसे मिलें भी नहीं, कैसे हो सकता है?''

सुनकर, सच, बड़ा ग़ुस्सा आया मुझे।

उस बेचारी ने मेरी जान बचाई है, इसका यह मतलब तो नहीं कि हम उसका जीना मुहाल कर दें। जब भी बेचारी बाहर की ठंडी हवा खाने के लिए घर का दरवाज़ा खोले तो हम चौखट पर नज़र आएँ। अपना शुक्रिया साथ लिये। धत्! यह कोई बात हुई। ज़िन्दगी बचाई, ठीक है। ज़िन्दगी भर का ठेका तो नहीं लिया।

दयनीयता और हँसी के मिले-जुले भाव से मैंने उसकी तरफ़ देखा। मुझे आश्वस्त करती हुई वह एक बार मुस्कराई, फिर बोली, ''ठीक है। आख़िरी दिन ले लीजिएगा।''

कहते-कहते मुझे लगा, वह बहुत गम्भीर हो गई है। शायद मेरा भ्रम था। पर मेरे साथ फ़ीरोज़ ने भी चौंककर उसकी तरफ़ देखा। उधर देखते-देखते उन्होंने 'हाँ' भी कहा पर अनमने भाव से, अपने ख़यालों में खोये-खोये।

''परसों जा रहे हैं न आप?'' सुधाकर ने पूछा।

कुछ देर उसका प्रश्न हवा में टँगा रहा, फिर फ़ीरोज़ ने कहा, ''हाँ।''

''कहाँ?'' जिना ने पूछा।

''बम्बई,'' सुधाकर ने कहा।

''वह तो परसों जाएँगे,'' उसने कहा, ''अभी तो कल बीच में है।''

''कल हम खिल्लनमर्ग जाएँगे। तुम भी,'' आख़िरी बात उसने मुझसे कही।

''ये अभी बहुत कमज़ोर हैं,'' सुधाकर ने बाधा दी, ''तीन मील चढ़ाई पर चलकर जाना, मैं नहीं समझता, इनके लिए ठीक होगा। क्यों डॉ. दस्तूर, आपकी क्या राय है?''

फ़ीरोज़ अभी तक जिना को देख रहे थे। अब चौंककर उन्होंने कहा, ''हूँ? हाँ वीना, तुम्हें कैसा लग रहा है? चल सकोगी तुम?''

''हाँ,'' मैंने कहा।

मेरा छोटा उत्तर सुधाकर के शब्दों की बाढ़ के नीचे दब गया।

''अरे, उनसे पूछेंगे तो कह देंगी, हाँ। पहले भी यही हुआ था। अगर श्रीनगर में कह देतीं, तबीयत ठीक नहीं है तो हम गुलमर्ग आते क्यों?''

आते ही नहीं, मैंने सोचा, कितना कुछ छूट जाता। जैसे अब खिल्लनमर्ग छूट जाएगा। नहीं, मैं नहीं छोड़ूँगी।

''पैदल नहीं जा सकतीं तो क्या हुआ,'' मुझसे पहले जिना कह रही थी, ''डाँडी में बैठाकर ले चलेंगे। क्यों मिस्टर सुधाकर, उठा सकोगे न?''

''मैं...मैं...'' सुधाकर बेचारा हकला गया।

मैं और वह, दोनों, खिलखिलाकर हँस पड़े।

''चलिए माफ़ किया,'' उसने कहा, ''गुलमर्ग में डाँडी वालों की कमी नहीं है। किसी को भी तय कर लेंगे।''

''हाँ,'' फ़ीरोज़ बोले, ''दोनों महिलाएँ डाँडी में चल सकती हैं।''

''दोनों?'' वह हँसी रोक भँवें ऊपर चढ़ाकर बोली, ''मैं क्यों?''

''यूँ ही, मैंने सोचा, वीना का साथ हो जाएगा?''

वह कुछ देर उनकी तरफ़ देखती रही, फिर बोली, ''बर्फ़ पर हाथ में हाथ डालकर चले नहीं तो खिल्लनमर्ग जाने का फ़ायदा क्या?''

वह उठकर मेरे पास आ गई। मेरा हाथ अपने हाथ में दबा लिया और कान में फुसफुसाकर बोली, ''बीच-बीच में तुम भी डाँडी से नीचे फुदक आया करना, बर्फ़ पर, हूँ?''

''मैं तुम्हारे साथ रहूँगी,'' मैंने भी फुसफुसाकर कहा।

हम खिल्लनमर्ग पहुँच गए।

सुधाकर के मुँह से मैंने उसके बारे में काफ़ी सुन रखा था। पर ख़ुद वहाँ आना और बात थी। ख़ुद मेरे पैरों का बर्फ़ के नरम फैलाव में धँस-धँस जाना...ख़ुद मेरे हाथों का बर्फ़ की पिघलती छुअन महसूस करना...ख़ुद मेरी आँखों के सामने बर्फ़ पर पड़ रही सूर्य-किरणों का सात रंगों में बँट जाना...और बात थी।

जिना ने आज फिर लाल कोट-पैंट पहन रखा है। उसके ऊपर नाइलोन का मोटा लबादा, जिसके भीतर रुई भरी है। वह भी लाल। सफ़ेद बर्फ़ पर सूरज की रोशनी के नीचे वह अग्नि शिखा-सी चमक रही है।

दूर किसी अनजान बिन्दु पर टिकी उसकी सपनीली आँखें, रह-रहकर एक वहशी हरी कौंध से चमक उठती हैं। उसकी भूरी आँखों में हरी चिनगारियाँ जब-तब लहरा जाया करती हैं, मैं जानती हूँ। पर ऐसी हरी लौ पहले कभी नहीं देखी। हो सकता है, वह इसलिए हो क्योंकि आज पहली बार मैं उसे खुले में सूरज की रोशनी के नीचे देख रही हूँ। अब तक जब भी उसे देखा है तो कमरे के भीतर की फीकी रोशनी में।

बर्फ़ पर हँसती-दौड़ती वह सहसा होंठ दाँतों के नीचे भींच लेती है और गम्भीर हो उठती है। पर कुछ देर के लिए। फिर सिर झटककर बाल हवा में छितरा देती है और भिंचे होंठ छोड़, खुलकर हँस देती है। बार-बार दाँतों के नीचे आकर उसके होंठ सूज आए हैं और रोज़ से ज़्यादा मांसल लग रहे हैं। मुझे एक दिलचस्प ख़याल आया है। ज़रूर, प्यार कर चुकने पर वह ऐसी दिखती होगी।

हवा में बाँधी गई रस्सी पर चलने वाली सर्कस की नटी की तरह उसकी चाल में अजीब चेतन पैनापन है। लग रहा है, उसका लिया हर क़दम कँपकँपाते रोमांच से भरा है, जिसकी विद्युत तरंगें उसके शरीर से फूटकर हमारे शरीर को झनझनाए दे रही हैं।

इतने अभिभूत चैतन्य भाव से आज तक मैंने किसी की मौजूदगी महसूस नहीं की। बार-बार मुझे ख़याल आता है और अचरज होता है कि हमारे आसपास मँडराते लोग, उसकी मौजूदगी से रोमांचित क्यों नहीं हो रहे।

शायद हम जहाँ भी जाते हैं अपने साथ एक बन्द गोल दायरा ले जाते हैं। जो हमारे साथ उसकी परिधि के भीतर होते हैं, वही हमें महसूस कर सकते हैं, परिधि के बाहर के लोग नहीं। एक बात का मुझे यक़ीन है। मेरी तरह फ़ीरोज़ भी दायरे के अन्दर हैं, बाहर नहीं। मेरी तरह वे भी उसे महसूस कर रहे हैं। जब वह कहीं दूर देख रही होती है तो कई बार मैं देखती हूँ वे उसी को देख रहे हैं। और सुधाकर? पर उसका ख़याल मुझे बहुत बाद में आया था।

हमारे देखते-देखते जिना खिलखिलाकर हँस पड़ती है। अपने एक हाथ में मेरा हाथ पकड़ती है दूसरे में फ़ीरोज़ का और बर्फ़ पर दौड़ पड़ती है। दौड़ते-दौड़ते अचानक रुक जाती

है और हम उसे साथ लिए बर्फ़ पर लुढ़क जाते हैं। एक-दूसरे का सहारा लेकर उठते-उठते, वह फिर खिलखिलाकर हँस पड़ती है और उसकी हँसी हमें मजबूर करती है कि हम भी खिलखिला दें।

होते-होते मैंने पाया, उसकी मौजूदगी मुझ पर इस क़दर हावी हो चुकी है कि मैंने उसका विश्लेषण करना ही नहीं, उसके बारे में सोचना भी बन्द कर दिया है। मंत्रमुग्ध मैं वही करती जा रही हूँ जो वह कर रही है या जो मुझसे करवाना चाह रही है। मैं...और फ़ीरोज़ भी।

पिछले पाँच महीनों से यहाँ लगातार बर्फ़ पड़ती रही है। एक परत पर दूसरी परत जमकर शीशा बन गई है। उस ठोस, ठंडे विस्तार पर पिछले दिनों फिर ताज़ी बर्फ़ पड़ी है, मुलायम और चूरा-चूरा। धक्का खाते ही ठंडा सफ़ेद बुरादा सतह से उछल पड़ता है, हमारे कपड़ों पर छिड़काव करता।

हम हाथों से ताज़ी बर्फ़ खोद रहे हैं। खोदकर फ़व्वारे-सी हवा में उछाल रहे हैं। गोले बनाकर एक-दूसरे पर फेंक रहे हैं। दूसरों के गोलों से अपने को बचाते बर्फ़ पर दौड़ रहे हैं। अपने गोले फेंकने के लिए दूसरों के पीछे दौड़ रहे हैं। दौड़ रहे हैं और हँस रहे हैं। निशाना चूक जाने पर और निशाना बैठ जाने पर भी। असल में हम नहीं जानते, हम क्यों हँस रहे हैं। वह हँस रही है तो हम हँस रहे हैं। बात-बेबात...उस पर...अपने पर...उसकी अपनी हँसी पर...।

बर्फ़ का सपाट मैदान ख़तम हो रहा है। जगह-जगह ढलान दिख रहे हैं। कहीं आइरिस की नीलिमा और कहीं डैफ़ोडिल के पीलेपन में डूबते बर्फ़ से ढके ढलान। सैलानी टोबोगन पर जमे ढलानों पर फिसल रहे हैं।

बाईं तरफ़ बर्फ़ का ढलवाँ मैदान नहीं, खड़ी चढ़ाई है। हम चोटी पर हैं। नीचे खाई है। उधर कोई नहीं जाता। गाइड सबको दाईं तरफ़ भेज देते हैं। नौसिखिये डर रहे हैं। एक्सपर्ट हँस रहे हैं। टोबोगन पर लोग फ़र्राटे से ढलानों के नीचे फिसल रहे हैं; हवा की तेज़ी से।

उनकी दुनिया से अलग कुछ हम जैसे बेफ़िक्रे लोग हैं जो बिना सहारे छोटे-छोटे ढलानों पर फिसल रहे हैं। ऐसे लोग, जिन्हें खेल में दक्षता नहीं, क्षणिक स्फूर्ति चाहिए। बर्फ़ का स्पर्श, हवा की सरसराहट, बदन का खुलना, किसी का साथ और मिलकर हँसने का मौक़ा। काफ़ी है हमारे लिए। एक-दूसरे का हाथ पकड़कर हम बर्फ़ पर बैठ रहे हैं, पैरों को आगे जमा कर धक्का मार रहे हैं और लुढ़क कर नीचे पहुँच रहे हैं। बर्फ़ से सने हम एक-दूसरे को थाम बेतहाशा हँस रहे हैं। खड़े होकर कपड़ों से बर्फ़ झाड़ रहे हैं और दोबारा ऊपर दौड़ रहे हैं। हाँफते-हाँफते ऊपर पहुँच रहे हैं और बर्फ़ पर ढहे जा रहे हैं। लम्बी साँसें भरकर सुस्ता रहे हैं, फिर बदन को धकेलकर नीचे फिसल रहे हैं।

एक ढलान से दूसरी ढलान तक। एक चढ़ाई से दूसरी चढ़ाई पर। नशे में धुत्त। अलमस्त। कभी इस तरफ़ कभी उस तरफ़। कब हमारा दिशा-ज्ञान हमसे छूट गया, हमें पता नहीं चला। उस एकसार बर्फ़ीले भू-दृश्य में दाएँ-बाएँ, उत्तर-दक्षिण का फ़र्क़ करना था भी मुश्किल।

''तुम थक गई हो,'' उसने मुझसे कहा, ''अब आराम करो।''

''हाँ, थक तो गई;'' मैं वहीं बर्फ़ पर लेट गई।

उसने अपना लबादा उतारा और मुझे उसमें लपेट दिया। मेरी सलवार, क़मीज़ और उस पर पड़ा कोट गीला हो चुका था। उसके लबादे का निचला हिस्सा, उनकी बनिस्बत, काफ़ी सूखा था और गरम भी।

वह मेरे पास बैठ गई। अपने दोनों हाथों से मेरा चेहरा थामा और नीचे झुककर मेरी आँखों पर एक-एक चुम्बन दे दिया।

मेरी पलकें मुँद गईं। चुम्बन लेने को आप से आप मुँद गईं। बाद में भी मैंने उन्हें खोला नहीं। पलकों के नीचे कुछ बनता रहा, फैलता रहा।

''रहो तुम,'' मैंने सुना।

पलकें मूँदे-मूँदे, हाथ बढ़ाकर मैंने उसका हाथ थाम लेना चाहा पर वह हाथ नहीं आया। शायद वह कुछ दूरी पर रही होगी।

उसके लबादे की आरामदेह गरमाई के नीचे मेरे बदन के पोर-पोर में बसी थकान सुकून पाने लगी। मेरी आँखें एक बार भी नहीं खुलीं। बन्द की बन्द नींद की ख़ुमारी में डूब गईं...डूबी रहीं...देर तक...

''उधर मत जाइए! उधर खाई है!'' मुझे लगा, सुधाकर चीख़ रहा है।

''जिनाऽ!''

मेरी अर्धसुप्त चेतना को झकझोरती एक भयानक चीख़ गूँजी।

मैं उठी और जिस तरफ़ सुधाकर और फ़ीरोज़ को भागते देखा, उधर दौड़ पड़ी। मेरे साथ बर्फ़ पर खेल रहा सैलानियों का पूरा हुजूम।

फिर हम सब एक साथ रुक गए। सरहद पर आकर। आगे जाना नामुमकिन था। एक क़दम आगे खाई थी। सीधी नीचे जाती गहरी खाई। खाई में नीचे, बहुत नीचे, बेशुमार खिले डैफ़ोडिल के पीले फूल और उनके बीच सूरज की रोशनी में चमकता, एक छोटा सा लाल धब्बा।

...फिर सब गड्डमड्ड हो गया। फ़ीरोज़ की वह ख़ौफ़नाक चीख़ चारों दिशाओं से टकराकर अब तक सिर धुनती भटक रही थी।

जिनाऽ!! मैंने भी चीख़ने की कोशिश की और घुमेर खाकर वहीं बर्फ़ पर गिर पड़ी।

''मैंने पहले ही कहा था, उधर मत जाइए, खाई है,'' एक बार फिर सुधाकर कह रहा है।

शाम से वह इस बात को कई बार दोहरा चुका है।

मैं होटल के कमरे में अपने बिस्तर पर पड़ी हूँ। पास के कमरे में स्ट्रेचर पर चादर से ढका जिना का क्षत-विक्षत शव रखा है। कल दोपहर को उसे हवाई जहाज़ से बम्बई ले जाया जाएगा, अंतिम संस्कार के लिए। कुछ देर पहले सुधाकर ने मुझे बतलाया है। यह भी कि वह फ़ीरोज़ के साथ बम्बई जाएगा और मुझे भी जाना चाहिए।

''इतना तो हमें उनके लिए करना ही चाहिए,'' उसने कहा था।

उस सब पर मैंने ध्यान नहीं दिया था। उसकी बात सुनकर कहा था, ''जिना को यहीं खिल्लनमर्ग में बर्फ़ के नीचे दफ़नाना होगा, आइरिस के फूलों से ढक कर।''

''पागल हो गई हो?'' सुधाकर बोला था, ''डॉ. दस्तूर पारसी हैं। पारसी लोग, जानती

हो, शव को दफ़नाते नहीं। जलाते भी नहीं। एक ऊँचे बुर्ज पर रख देते हैं। गिद्ध उसे खा लेते हैं। उनका कहना है, मरकर भी आदमी को किसी काम आना चाहिए।''

''नहीं!'' मैं ज़ोर से चिल्ला पड़ी थी, ''मैं जानती हूँ वह बर्फ़ के नीचे रहना चाहती है। डैफ़ोडिल और आइरिस के बीजों के साथ। वरना वह वहाँ जाकर मरती क्यों? उसे वहीं दफ़नाना होगा।''

''यह कैसे हो सकता है? मैंने कहा न, वे लोग पारसी हैं।''

''कौन वे लोग?''

''जिना और फ़ीरोज़।''

''जिना मर गई।''

''हाँ, पर थी पारसी।''

''नहीं,'' मैंने ज़िद करके कहा था, ''वह जिना थी, बस जिना!'' और मन में कहा था, 'वह देवदूत थी, बस देवदूत, इस बर्फ़ीले प्रदेश की देवदूत।'

''उसे यहीं दफ़नाना होगा। मैं अभी फ़ीरोज़ से कहती हूँ।'' मैं उठकर खड़ी हो गई थी। बाहर जाने वाली थी कि सुधाकर ने मुझे पकड़ लिया।

''अभी नहीं,'' उसने कहा था, ''सुबह बात करना। अभी चुपचाप चलकर शव के पास बैठो। मैं वहीं बैठने जा रहा हूँ। फ़ीरोज़ अकेले हैं।''

सुधाकर बतलाता रहा था...उस हादसे के घंटों बाद तक वे गुमसुम बने रहे थे। इधर मैं बेहोश होकर गिरी, उधर वे बेहोशी की देहरी पर। सारी ज़िम्मेदारी सुधाकर के कन्धों पर आ पड़ी। मुझे डाँडी वाले के भरोसे छोड़ा। माउंटेनियरिंग क्लब से कुछ जानकार आदमियों को बुलाया। नीचे उतरकर रस्सियों के सहारे, उन्होंने जिना के शव को बाहर निकाला। मेडिकल मदद की तो उस बेचारी को कोई ज़रूरत नहीं थी, फिर भी जो कुछ करना था, फ़ीरोज़ ने ही किया। वहाँ डाक्टर और था कौन? जिना का तुड़ा-मुड़ा शरीर देखकर, उनकी सुन्न चेतना के भीतर से डाक्टर जाग उठा था। पर उसे मृत घोषित करने के बाद वे फिर निष्क्रिय हो गए थे। सुधाकर न होता तो कोई काम पूरा न हो पाता। न श्रीनगर से बम्बई की बुकिंग, न गुलमर्ग से श्रीनगर तक टैक्सी का इन्तज़ाम, न पुलिस से 'एक्सीडेंट से मौत' का सर्टिफिकेट...और भी जाने क्या-क्या। कल, वही उन्हें साथ लेकर बम्बई जाएगा। आज रात-भर उन्हें सँभाले रखेगा।

मैंने सुधाकर की बात मान ली। वह वक़्त उनसे बात करने का नहीं था। उसके बहुत कहने पर भी मैं जिना के शव के पास नहीं गई।

''तुम जाओ,'' मैंने कहा, ''कुछ देर बैठो उसके पास।''

जाने से पहले एक बार फिर उसने गहरे विषाद के साथ कहा, ''मैंने पहले ही कहा था, उधर मत जाइए, खाई है,'' और उसकी आँखें नम हो आईं।

अनायास मैंने दोनों हाथों से उसका चेहरा थाम लिया, अपने चेहरे से सटा लिया और देर तक उसकी आँखों की नमी महसूस करती रही।

अगली सुबह मेरे नाम डाक से एक ख़त आया था। जिना का। लिखा था :

मेरे देवदूत,

चौंको मत। यह कहने का अधिकार सिर्फ़ तुम्हें नहीं औरों को भी हो सकता है। और लोग

भले ही मेरी मौत को हादसा मानकर अलग कर दें, मैं जानती हूँ तुम नहीं कर सकोगी। इसलिए तुम्हें ख़त लिख रही हूँ।

आज से दो महीने पहले मैंने तय कर लिया था, अपनी मौत के लिए वक़्त और जगह मैं ख़ुद चुनूँगी। पिछले दो महीनों में हिन्दुस्तान में कहाँ-कहाँ नहीं घूमे। इससे पहले कोई जगह पसन्द नहीं आई। या शायद वक़्त मौजूँ नहीं था। गुलमर्ग पहुँचने पर खिल्लनमर्ग देखा, फिर तुम मिलीं। मैंने तय कर लिया, आगे सफ़र नहीं करूँगी।

अच्छा सच बतलाओ (रश्क मत करना, मुक़ाबला तुमसे नहीं है) इतनी ख़ूबसूरत मौत तुमने पहले किसी की देखी है? नहीं न?

हाँ, तुम यह मत समझ लेना कि मौत ही ख़ूबसूरत होती है या मौत ख़ूबसूरत ही होती है। दरअसल, ख़ूबसूरत सिर्फ़ ज़िन्दगी होती है, पर मौत उसका हिस्सा ज़रूर बन सकती है।

जानती हो, जब कोई आदमी ज़िन्दगी से बहुत-बहुत प्यार करता है तो उसके लिए मरना बहुत-बहुत आसान हो जाता है।

हाँ, तुम अभी नहीं मर सकतीं। तुम्हें अभी ज़िन्दगी से प्यार करना सीखना है, और सुधाकर से भी। प्यार अपने आप नहीं होता। सीखना पड़ता है। एक बार सीख लो तो पता चल जाता है कि बामानी सिर्फ़ प्यार करना होता है। किसे किया जाए यह नहीं। बदले में प्यार पाना तो बिलकुल नहीं। कुछ लम्हों के लिए देवदूत मिल जाए तो और बात है। पर देवदूत कुछ लम्हों से ज़्यादा नहीं टिकते।

एक बात और। अगर फ़ीरोज़ मेरा अंतिम संस्कार बम्बई जाकर करना चाहे तो तुम मना मत करना। अपने शव से मुझे मोह नहीं है।

एक बात तो मानोगी। जब भी फ़ीरोज़ मेरी मौत को याद करेगा तो उसे बर्फ़ याद आएगी। ठंडी, मासूम, ख़ुशनुमा और आरामदेह बर्फ़। और याद आएगी हम लोगों की हँसी। मेरी और तुम्हारी। सच्ची और खनकदार। मेरे साथ उसे तुम याद आओगी। मौत के बजाय ज़िन्दगी याद आएगी। ख़ुशनुमा, सच्ची और खनकदार। ठीक होगा न?

—जिना

फ़ीरोज़ ने हमें बम्बई ले जाने से इनकार कर दिया। सुधाकर ने ज़िद काफ़ी की, पर वे नहीं माने। अच्छा हुआ, उन्होंने मना कर दिया, मुझे नहीं करना पड़ा। अब मैं कुछ दिन और यहाँ रहना चाहती हूँ।

(1976)

स्थगित कल

प्रवीण

कल मैंने आधा चम्मच टिक-20 खा लिया। खाकर अपनी पत्नी रमा को बतला दिया। वह फ़ौरन मुझे अस्पताल ले गई। डाक्टरों ने मेरा पेट धो दिया। ज़हर बाहर निकल गया। मैं घर लौट आया, सही-सलामत, ज़िन्दा।

मैं जानता था ऐसा ही होगा। मैंने जानबूझकर टिक-20 कम मिक़दार में खाया था। मैं मरना नहीं चाहता था। सिर्फ़ यह जानना चाहता था कि मौत के क़रीब पहुँचकर क्या होता है। अब मैं जान गया हूँ। मौत के क़रीब पहुँचकर कुछ नहीं होता। हम मर जाते हैं या नहीं मरते। बस। अगर नहीं मरते तो घर लौट आते हैं। सही-सलामत। ज़िन्दा। जैसे कल मैं लौटा था। फिर ज़िन्दा रहते हैं। अगले दिन। जैसे आज मैं हूँ। उसके अगले दिन। दिन पर दिन। ठीक वैसे जैसे कल थे। ज़िन्दगी हमेशा बीते हुए कल की तरह गुज़रती है।

बात यहीं ख़त्म नहीं होती। कल के हादसे की वजह से एक और बात मेरी समझ में आ गई है। वह अहमियत रखती है। यह,'कुछ न होना,' मौत के एकदम क़रीब पहुँचकर होता है। पहले नहीं। अगर हमें ठीक मालूम हो कि हम दो साल बाद मर जाएँगे तो यह कुछ न होना बहुत कुछ होने में बदल सकता है। बची हुई ज़िन्दगी हम अपने तरीक़े से जी सकते हैं। बिना दिखावे। बिना समझौते।

पर एक दिक़्क़त है, अगर मैं आपसे कहूँ कि मैं महज़ दो साल जिऊँगा, दो साल पूरे होते ही फ़लाँ तारीख़ को टिक-20 की पूरी पुड़िया खाकर मर जाऊँगा, तो मुझ पर हँसेंगे। मेरी बात पर यक़ीन नहीं करेंगे। मुझे पागल कहेंगे या कम से कम ख़ब्ती। मुझसे हमदर्दी जतलाना दूर, आप मुझसे नफ़रत करने लगेंगे। मुझे उन्हीं सामाजिक मूल्यों के बाटों पर तौलते रहेंगे जिन पर अब तक तौलते आए हैं। मेरे हर सच पर नाराज़ होंगे, हर झूठ को गले लगाएँगे और मुझे बीते हुए कल की ज़िन्दगी जीने पर मजबूर कर देंगे।

यूँ सीधी-सच्ची बात से काम नहीं चलेगा। सच पर कोई विश्वास नहीं करता। विश्वास करने के लिए बात विश्वसनीय होनी चाहिए सच नहीं।

अगर मैं आपसे कहूँ कि मैं कैंसर से पीड़ित हूँ और दो साल बाद मर जाऊँगा तो आप फ़ौरन विश्वास कर लेंगे। मुझे मोहलत पाई लाश समझकर हर सामाजिक ग़लती के लिए माफ़ कर देंगे। तब आप मुझसे बात-बात पर सहानुभूति जतलाएँगे और मैं आपकी सहानुभूति नकार कर अपने मन की करने के लिए स्वतंत्र रहूँगा। मौत के क़रीब ज़िन्दगी चाहे जितनी बेकार हो, मौत से छीनी हुई ज़िन्दगी क्या मानी रखती है, मैं जानता हूँ। अच्छी तरह जानता हूँ।

हफ़्ता पहले मेरे मुँह में एक छाला हो गया था। डाक्टर को दिखलाया तो बोला, ''कहीं कैंसर न हो, बायोप्सी करवाओ।'' बायोप्सी हुई। रिपोर्ट मिलने का दिन आया। डाक्टर की दुकान पर गया तो डाक्टर था नहीं, असिस्टेंट था। कहने लगा, ''रिपोर्ट डाक्टर साब ही देंगे।''

मैंने कहा, ''रिपोर्ट में कुछ है?''

बोला, ''हाँ।''

मैंने कहा, ''कैंसर तो नहीं है?''

बोला, ''हाँ।''

''तो?''

''वह डाक्टर साब ही आपको बतलाएँगे।''

डाक्टर चाहे जो बतलाए, इतना मैं भी जानता हूँ कि कैंसर में आदमी बचता नहीं। साल दो साल, इतना ही मिलेगा जीने को। एक साल। दो साल। ख़ूब गहरे पैठ कर मैंने सोचा।

एक साल! तीन सौ पैंसठ दिन। दो साल! सात सौ तीस दिन। अठारह हज़ार घंटे। दस लाख मिनट। छह करोड़ सैकंड। अनगिनत पल। बेशुमार लम्हे। मेरे। सिर्फ़ मेरे।

सहसा डाक्टर की दुकान के कोने में रखा पीतल का बरसों पुराना फूलदान धूप में तपते पारदर्शी शीशे के टुकड़े सा दमक उठा। सातों रंग झिलमिला गए एक साथ। और उसमें खोंसी गुलाब की अकेली कली! इकहरी हरी टहनी पर स्थिर, दो नुकीली हरी पत्तियों के बीच क़ैद नारंगी रंग की सिमटी-बँधी पंखुड़ियाँ मेरे देखते-देखते सिहरीं, खिलीं और फैल गईं असीम में।

फिर सामने प्रकाश के सोते उबल पड़े। मेरी अपनी देह से फूटकर बहने लगा प्रकाश। लरज़-लरज़ कर फिर मुझमें लौटकर फूटने लगा प्रकाश और मैंने सुना, प्रकाश की हिलोरों को आलोड़ित करता कोई गाए चला जा रहा है, मैं आज़ाद हूँ... मैं आज़ाद हूँ...कहाँ से आ रही है वह आवाज़? मेरे भीतर से? बाहर से? अन्दर-बाहर सब तरफ़ वही प्रकाश है और वही गायन। मैं डूबा जा रहा हूँ उसमें। हाथ-पाँव मारने छोड़ दिये हैं मैंने। अब मैं शरीर नहीं बस चेतना हूँ। अवचेतन में डूब कर उबर आया हूँ चेतन के विस्तीर्ण प्रकाश में। यह बिलकुल तय है कि अगले दो बरस मैं अपने तरीक़े से जिऊँगा।

रात में मिस्टर वर्मा के यहाँ खाने का बुलावा है। मैं नहीं जाऊँगा। दावतों में मुझसे खाया नहीं जाता। खाने से लदी-फदी मेज़ देखता हूँ तो उबकाई आने लगती है। नाक में घुसती पाक गन्ध से बोझिल हवा, कानों में पड़ता चम्मच-कटोरियों का बेसुरा शोर, आँखों के सामने उठते खाना उड़ेलते हाथ। और मुझे दिखलाई देता है, बेलापुर में पड़ा अकाल। सुनाई देता है, भूखी मौत का सन्नाटा। नाक में भर जाती है, सूखी मिट्टी की श्मशान जैसी गन्ध!

बचपन में देखा था वह अकाल।

मन करता है, चीख़ कर कहूँ, ज़रा कम खाओ, और बहुत हैं खाने वाले। ग़नीमत है, कहता नहीं। उनकी हँसी नहीं झेलनी पड़ती। मैं क्या जानता नहीं, और बहुत खाने वाले यहाँ नहीं आएँगे और आ पहुँचे तो खा नहीं पाएँगे।

मैं खा नहीं पाता।

आँखें खोलकर कुछ न देखता हुआ, ख़ाली प्लेट हाथ में लिए जहाँ-तहाँ खड़ा रहता हूँ।

अब मेरा मन कुछ खाने को हो आया। ज़रूरत के लिए ज़बरदस्ती नहीं, स्वाद के लिए अपनी इच्छा से।

ठीक है। घर लौटकर एक बढ़िया सिंका मसालेदार आलू का पराँठा खाऊँगा। कल फ़ैक्टरी में इंस्पेक्शन है। वहाँ भी नहीं जाऊँगा। क्या करूँगा जाकर। बेकार है मेरा जाना। जानता हूँ, मैनेजर उसे ठीक चला रहा है और चलाता रहेगा। कल मैं एक किताब पढ़ूँगा। कौन सी ? जो सबसे पहले हाथ लग जाएगी वही। फिर रमा और बच्चों को लेकर चिड़ियाघर जाऊँगा। चिड़ियाघर क्यों ? पता नहीं। क्या इसलिए कि वहाँ एक ताल है। सर्दियों में सर्द देशों से उड़ कर तरह-तरह की चिड़ियाँ वहाँ आ बसती हैं। फिर गर्मियों में वापस उड़ जाती हैं। आज़ाद, मनमौजी, प्रवासी चिड़ियाँ। उन्हें देर तक देखने की यह कैसी ललक है मेरे भीतर ? पहले कभी क्यों महसूस नहीं की ?

कल मैं विपिन को बुला कर उसे पाँच सौ रुपये दे दूँगा। उसने माँगे थे। मैंने दिये नहीं। टाल गया। नहीं दिये क्योंकि मैं विपिन को चाहता हूँ और नहीं चाहता कि वह मुझसे नफ़रत करे। अब बात और है। मुझे मौत के क़रीब जानकर वह मुझसे नफ़रत नहीं कर सकेगा।

मैं मुस्कराया। होंठों से, आँखों से, रोम-रोम से। फिर हँस दिया। तभी डाक्टर आ गया।

रिपोर्ट निकाल कर बोला, ''आपकी रिपोर्ट में कुछ नहीं मिला। मामूली छाला है। मिर्च-मसाला मत खाइए, ठीक हो जाएगा।''

''क्या कह रहे हैं आप ?'' मैं इतनी ज़ोर से चीख़ा कि डाक्टर घबरा गया। हड़बड़ाकर बोला, ''क्यों, मिर्च-मसाले के बिना नहीं रह सकते आप ?''

मिर्च-मसाले के बिना ?

वाह डाक्टर! क्या मज़ाक़ है। मैं हँसा और हँसते-हँसते रुक गया। मज़ाक़ बढ़िया होते हुए भी ठठाकर हँस न सका। यह जानते हुए कैसे हँस सकता था कि अब मौत के बिना रहना पड़ेगा।

बिना खाना खिलाए वर्मा किसी तरह नहीं मानेगा...

फ़ैक्टरी का इंस्पेक्शन एकदम ज़रूरी है...

किताब पढ़ने को समय कहाँ मिलेगा...

चिड़ियाघर ? बच्चे जाते हैं वहाँ.... ।

फिर मैं लौट आया था—घर। जैसे आज लौटा हूँ। सही-सलामत।

पर डाक्टर की दुकान पर गुज़ारे चन्द लम्हों का एहसास मेरे अन्दर बस गया था। रह-रहकर मैं उस सात सौ तीस दिन की ज़िन्दगी को जीने को बेक़रार हो उठता था। आसपास के घटनाक्रम से आँखें मूँद कर साँस लेता तो वही रोशनी मेरे भीतर लरज़ जाती। उसमें डूब कर बाहर निकलता तो दिमाग़ कहता, अनुभव पूरा नहीं हुआ, उसके दूसरे सिरे तक जाकर देखो। कहीं ऐसा न हो कि मौत को बिलकुल क़रीब पाकर डर जाओ। दूर खड़ी मौत को देखकर लहकते रहना एक बात है और उसे सीने से लगा पाना बिलकुल दूसरी।

तभी मैंने टिक-20 खा लिया। कम मिक़दार में। और खाकर अपनी पत्नी को बतला दिया।

मैं मौत के बिलकुल क़रीब जाकर लौट आया। मेरा प्रयोग पूरा हो गया। मैं जान गया कि मौत के क़रीब पहुँचकर कुछ नहीं होता। न डर लगता है, न आज़ादी का एहसास होता है।

पर यह जानने से मेरा नुक़सान नहीं, फ़ायदा हुआ। मैं और अच्छी तरह समझ गया कि थोपे हुए मूल्यों से बरी होकर अपने तरीक़े से जी पाना ही असली जीना है। और वह मौत का दिन तय किए बग़ैर नहीं मिल सकता।

मौत की तारीख़ तय किए बग़ैर एक लीक पर जीते जाना भी कोई जीना है?

आज मैं अपना प्रयोग पूरा करके घर लौट आया हूँ। नहीं जानता आगे ठीक क्या करूँगा। इतना महसूस कर रहा हूँ कि क्या करूँगा, तय नहीं कर पा रहा या करने की कोशिश नहीं कर रहा या करना नहीं चाह रहा। देखते हैं क्या होता है।

एक बात मुझे बराबर खाए जा रही है। विपिन की नफ़रत से बचने का उपाय नहीं है। कल या परसों उसे रुपये दे दूँगा। अब तक टाल सका यही कम अचरज है। लेकर वह मुझसे नफ़रत करेगा। आदमी जब किसी से पैसे उधार लेता है तो उससे नफ़रत करने लगता है। ख़ासकर तब जब उसके पास लौटाने की सामर्थ्य न हो। मैं नहीं चाहता विपिन मुझसे नफ़रत करे। पर बचूँगा कैसे? पैसे दूँगा नहीं तब भी वह मुझसे नफ़रत करेगा। क्योंकि मेरे पास पैसा है। पैसा हो और आप देने से इनकार करें तो माँगने वाले को आपसे नफ़रत करने का पूरा अधिकार है। ख़ासकर तब जब उसके पास न हों और कभी आने की उम्मीद न हो। और उसकी माँग मुनासिब हो और ज़रूरत से पैदा हुई हो। जब तक मैं ज़िन्दा रहूँगा और मेरे पास पैसा रहेगा, कोई न कोई दोस्त मुझसे नफ़रत करता रहेगा।

मुझसे लोगों की नफ़रत बर्दाश्त नहीं होती। या ख़ुद अपनी। इसीलिए मैं मरना चाहता हूँ और इसीलिए मर सकता हूँ। क्योंकि मेरे पास पैसा है। इसीलिए मुझे मर जाना चाहिए।

न होता तो अपनी मौत की ख़बर सुनकर मुझे अपना ख़याल न आता। आता सिर्फ़ बीवी-बच्चों का। मौत से पहले की बाक़ी ज़िन्दगी को अपने तरीक़े से जीने की कल्पना तक करने की हिम्मत नहीं होती। मौत के बाद उनकी बेसहारा ज़िन्दगी की तस्वीर आँखों के सामने रँगी रहती। फिर जो मोहलत मौत मुझे बख़्शती, उसे मैं उनके लिए जीने के साधन जुटाने में होम कर देता।

अब मैं मर सकता हूँ। मरने से पहले जी सकता हूँ। इस शर्मनाक गुनाह के एहसास से छुटकारा पा सकता हूँ कि मेरे पास पैसा है। इस देश और काल में जिसमें लाखों-करोड़ों इनसानों के पास नहीं है।

मेरे पास है और उनके पास नहीं है, चोरी (स्तेय) के महापातक से यह कुछ कम तो नहीं।

विपिन

कल सुना प्रवीण ने टिक-20 खा लिया।

अविश्वास और आतंक से सना एक शब्द मेरे मुँह से निकला, 'क्या!'

मैं स्तब्ध होकर रह गया। आगे न कुछ बोल पाया, न पूछ। अगला सवाल पूछने को बेक़रार था पर ज़बान साथ नहीं दे रही थी। तालू से चस्पाँ होकर रह गई थी। बार-बार सवाल दिमाग़ में बज रहा था। मेरी खिंचती साँसों के बीच रुकावट डाल रहा था, पर होंठों पर आने से पहले छाती के भीतर घुट जाता था। कहीं जवाब में उन्होंने कह दिया, नहीं!

न जाने कितनी कोशिशों के बाद ज़बान ने हरकत की और ये अल्फ़ाज़ हकला दिये, "ठीक तो है न?"

जवाब मिला, "हाँ, नागर अस्पताल में है।"

मैंने झपट कर साइकिल उठाई और अस्पताल की तरफ़ दौड़ा दी। मैं मरने से बहुत डरता हूँ। न डरता तो क्या होता? मर तो नहीं जाता। तब भी जीता और ऐसे ही जैसे अब जी रहा हूँ। आने वाले कल की फ़िक्र में। आज का इन्तज़ाम होते ही कल मुझ पर हावी हो जाता है। मैं उसे निबटाने की कोशिश में लग जाता हूँ। एक-एक पल जीता हूँ ज़िन्दगी का। ज़िन्दा रहना क्या आसान काम है?

अकेला तो हूँ नहीं। एक बीवी है चार बच्चे। मैं जिऊँगा तभी वे जी पाएँगे। मौत से डरे बग़ैर कैसे काम चलेगा?

प्रवीण कहता है, जो मौत से नहीं डरता सिर्फ़ एक बार मरता है और जो डरता है, वह बार-बार मरता है। हाँ, मरता है बार-बार। पर अकेला मरता है न। बीवी-बच्चों को साथ लेकर नहीं। एक दिन की मौत झेली जाती है, दोबारा जीना मिल जाए तो।

प्रवीण की ख़बर सुनकर लग रहा है जैसे कुछ खाकर प्रवीण नहीं, मैं मर रहा हूँ।

प्रवीण मेरा दोस्त है, बचपन का दोस्त। एक-दो नहीं, तीस बरस पहले हमारी दोस्ती क़ायम हुई थी और तब से अब तक उसमें कोई फ़र्क़ नहीं आया। हफ़्ते में दो-एक बार मिल न लें तो न उसे चैन आता है, न मुझे। मेरा बस चले तो रोज़ मिलूँ। सुबह-शाम। सारा दिन साथ रहूँ। जैसे स्कूल में रहता था। बेलापुर हाई स्कूल में। पहली क्लास से दसवीं तक हम साथ-साथ पढ़े थे।

बेलापुर बहुत छोटा शहर था। वहाँ एक ही हाई स्कूल था। बेलापुर के सब लड़के वहीं पढ़ते थे।

प्रवीण के पिता वहाँ की एकमात्र शक्कर फ़ैक्टरी के मालिक थे और मेरे पिता वहाँ की एकमात्र डिस्पेंसरी में कम्पाउंडर। दसवीं पास करके हमने अपने पिता का ख़ानदानी पेशा सँभाल लिया था। फिर जब भाग्य के फेर से बेलापुर शक्कर फ़ैक्टरी और उसके दम पर चलती डिस्पेंसरी एक साथ बैठ गईं तो हम दोनों दिल्ली आ बसे। उसने नई फ़ैक्टरी खोल ली और मैंने नई डिस्पेंसरी खोज ली।

इस लम्बे-चौड़े शहर में आ बसने पर उसका घर मेरे घर से फ़र्लांग-दो फ़र्लांग नहीं मीलों दूर हो गया है। पर हमारी दोस्ती में दूरी नहीं आई। बस, मेरी पुश्तैनी साइकिल की कवायद ज़रूर बढ़ गई। बेलापुर में तो बेचारी ज़ंग खाती पड़ी रहती थी।

जब प्रवीण से मिलना होता है, मैं डिस्पेंसरी का काम निबटा कर सीधा उसके घर पहुँच जाता हूँ।

घंटी बजाते ही वह ख़ुद आकर दरवाज़ा खोल देता है। मालूम नहीं उसे कैसे पता चल जाता है कि घंटी मैं बजा रहा हूँ। वरना मैंने देखा है उसके घर की घंटी बजने पर नौकर आकर दरवाज़ा खोलता है, प्रवीण या उसकी बीवी नहीं।

हम दोनों हमेशा प्रवीण के अपने कमरे में बैठते हैं। उसे चाहे स्टडी रूम कहें, चाहे ऑफ़िस। बैठक में कभी नहीं। प्रवीण कहता है, बैठक इतनी बड़ी है कि वहाँ उसका दम घुटता है।

मैं कहता हूँ, "यह कैसे हो सकता है?"

वह हँस देता है, "अच्छा, दम नहीं घुटता, नज़र कमज़ोर हो जाती है।"

"क्या मतलब?"

"तेरा चेहरा ठीक से नहीं दिखता, विपिन," वह कहता है और मेरा हाथ पकड़कर अपने पास दीवान पर बिठला लेता है।

"मैं तेरा मतलब नहीं समझा," मैं दोबारा कहता हूँ तो वह हँस पड़ता है। कहता है, "छोड़ यार। यह बतला, रूस क्यूबा में क्या करने जा रहा है? क्या ख़याल है तेरा?"

फिर हमारी बातों का सिलसिला शुरू होता है तो ख़त्म होने में नहीं आता। प्रवीण किताबें बहुत पढ़ता है या कहना चाहिए पढ़ता था। दिल्ली आने के बाद से उसकी फ़ैक्टरी इस रफ़्तार से तरक़्क़ी कर रही है कि पढ़ने-पढ़ाने का वक़्त नहीं मिलता।

कई बार प्रवीण की बातें मेरी समझ में नहीं आतीं। पर क्या मतलब पूछने पर वह उनकी व्याख्या नहीं करता, हँसकर कह देता है, "छोड़ यार, मेरा दिमाग़ तो पूरा भानमती का पिटारा है।"

"तू किताबें बहुत पढ़ता है, यार," मैं कहता हूँ।

"हाँ, वही गड़बड़ है। चल आज से नहीं पढ़ूँगा।"

क्या ऐसा कहकर प्रवीण मुझे टाल दिया करता था? मैं तो यही सोचता था, हमारा एक-दूसरे से कोई पर्दा नहीं है। अपनी छोटी-बड़ी बात एक-दूसरे को बतला देते हैं। लगता है मेरा ख़याल ग़लत था। अपने किसी ख़ास दुख की बात प्रवीण ने कभी मुझसे नहीं कही। पर कोई गहरा दुख उसने ज़रूर अपने भीतर छुपा रखा होगा। वरना उसने कैसे खा लिया...ज़हर? चार दिन पहले मैं उससे मिला था। कुछ नहीं कहा था उसने। या कहा था, मैं समझा नहीं? या समझने की कोशिश की और उसने हँसकर टाल दिया? उस दिन बहुत हँस रहा था वह, बिलकुल बच्चों जैसी बातें कर रहा था बेलापुर स्कूल की। और हाँ, चिड़ियाघर की। फिर?

पूरे दो घंटे मैं उसके पास बैठा रहा था। हमेशा की तरह बतियाता रहा था। अरे हाँ, याद आया। बेलापुर स्कूल में अपनी दोस्ती का पहला दिन याद करके हँस रहे थे हम लोग। क्या दिन थे बचपन के।

मैं हमेशा से इसी तरह का दुबला-पतला कमज़ोर काठी का आदमी रहा हूँ। बचपन में स्कूल के दमदार लड़कों को मुझे पीटने में बड़ा मज़ा आता था।

अभी स्कूल जाते कुछ दिन हुए थे कि क्लास के दो-तीन मुस्टंडे लड़कों ने मुझे पकड़कर पीटना शुरू कर दिया। मैंने अपनी पूरी शक्ति का इस्तेमाल करके उन पर हाथ-पैर चलाए पर वाक़ई पिटाई किसकी हुई, आप अन्दाज़ा लगा सकते हैं।

तभी मैंने देखा, एक गोल-मटोल लड़का उल्कापात की तरह उन पर आ टूटा है। आंधी के बगूले सा चक्कर काटता वह ताबड़तोड़ लात-घूँसे चला रहा है और बेतहाशा रो रहा है। उसके अप्रत्याशित आक्रमण से वे लोग चौंके फिर उसे ज़ार-ज़ार रोता देख हँस दिये। गर्दन से पकड़कर मक्खी समान अलग छिटक दिया। मुझे दो-चार घूँसे और जमाए और भाग खड़े हुए।

वह गोरा, मोटा लड़का वैसे ही रोता-रोता आया और मुझसे लिपट गया।

"अबे क्या है?" मैंने डाँट कर कहा, "रोता क्यों है?"

वह रोता रहा।

"चुप कर," मैंने डपट कर कहा, "चुप कर।"

वह रोता रहा।

"चुप करेगा या नहीं," मैं चीख़ा और खींचकर एक घूँसा उसकी पीठ पर जमा दिया।

उसका रोना एकदम थम गया।

भौचक वह मुझे देखता रह गया।

"अब बता," मैंने कहा, "तू किसलिए रो रहा है?"

"उन्होंने तुझे इतना मारा," उसने कहा?

"तो?" मैंने तमक कर कहा, "तुझे टसुए बहाने के लिए किसने कहा?"

वह हक्का-बक्का बड़ी-बड़ी, गीली आँखें खोले मुझे ताकता रहा।

मुझे उस पर प्यार आ गया।

"उल्लू के चरख़े!" मैंने कहा और उसके गले में बाँहें डाल दीं।

वह दिन था और आज का दिन।

मैं साइकिल दौड़ाता सीधा अस्पताल जा पहुँचा। पता चला डाक्टरों ने उसका पेट धो कर गन्दगी बाहर निकाल दी है और उसे बचा लिया है।

वे आराम से सो रहे हैं, उन्होंने कहा। पर मुझे उससे मिलने नहीं दिया। मैंने कितना कहा, आरज़ू-मिन्नत की पर वे नहीं माने। इस वक़्त उन्हें आराम की ज़रूरत है, उन्होंने कहा। कल वे घर चले जाएँगे, फिर उनके घर वाले जानें और आप। कल से पहले मिलना नहीं होगा।

कल, यानी आज। अस्पताल से पता चला, वह घर लौट गया है। सही-सलामत। आज मैं उससे मिल सकता हूँ। अभी जा रहा हूँ उसके घर। डाक्टर कह रहे थे वह बिलकुल ठीक है। फिर भी जब तक देख न लूँगा तसल्ली नहीं होगी। क्या 'वह' खाने का कुछ भी बुरा असर नहीं पड़ा होगा। प्राण तो डाक्टर ने किसी तरह बचा लिए। दिल्ली का सबसे बढ़िया अस्पताल जो था। वरना 'वह' खाकर बच निकलना क्या आसान है! मेरे जैसा आदमी तो...ख़ैर छोड़ो। प्रवीण बच गया वही बड़ी बात है। पर बार-बार मन में यह ख़ौफ़ घिर आता है, उसने वह खाया क्यों? एक बार खा सका तो मौक़ा मिलने पर दोबारा नहीं खा लेगा?

ज़िन्दगी और मौत के बीच का फ़ासला है कितना? चार अंगुल का। एक पुड़िया टिक-20 का। बित्ते भर चाकू का। छोटी सी एक छलाँग का। वह तो एक धुंध सी छाई रहती है उस पर, जिससे लगता है मीलों लम्बी दूरी बीच में है। एक बार पाँव उठाकर आदमी जीवन की लक्ष्मण रेखा लाँघ जाए तो बचता क्या है। जब चाहे फ़ासला मिटाया जा सकता है। जब चाहे प्रवीण दोबारा कुछ खा सकता है। आज...कल...परसों...किसी भी दिन...

नहीं-नहीं। मैं इतना निराशावादी क्यों हूँ।

पागलों की तरह ज़बरदस्ती यह क्यों सोचे चला जा रहा हूँ कि प्रवीण ने वह जानबूझकर खाया है। अरे भाई, ग़लती से भी तो खाया जा सकता है। ग़लती से ही खाया होगा। धोखे से कुछ और समझकर खा लिया होगा। जल्दबाज़ी में क्या कम रहता है। जानबूझकर भला क्यों खाने लगा?

सच, मेरा दिमाग़ भी पूरा शैतान का चरख़ा है।

पर...

धोखे से क्या कोई खा सकता है? मुँह में लेते ही थूक नहीं देगा? आख़िर कीड़े-मकोड़े मारने की दवा है टिक-20। ज़ायक़ा ख़ुशगवार होने से रहा। ज़बान बग़ावत नहीं कर देगी?

बस, अब मैं अपनी तरफ़ से कुछ नहीं सोचूँगा। जो पता करना है उसी से करूँगा। जाते ही पूछूँगा, बतला क्यों खाया तूने वह। लापरवाही की भी हद होती है! उसके घर की तरफ़ दौड़ती साइकिल की रफ़्तार मैंने और तेज़ कर दी। आधे घंटे का रास्ता आज पन्द्रह मिनट में तय कर लेना है। मेरे लिए यह मुश्किल काम नहीं है। साइकिल दौड़ में मेरा जवाब नहीं। ये...ए...सर्र...र्र...र्र...!

ओ भगवान! ब्रेक मार, मैं धचक कर रुक गया।

प्रवीण कहीं यह तो नहीं सोचेगा मैं रुपये माँगने उसके पास आया हूँ। दस दिन पहले पाँच सौ रुपये उधार माँगे थे। उसने कहा था इन्तज़ाम करने में कुछ वक़्त लगेगा। कल उनके बारे में पूछने गया था कि पता चला वह अस्पताल में है।

मुझे रुपयों की सख़्त ज़रूरत है। बीस दिन हुए मेरी नौकरी छूट गई। डाक्टर साब विलायत चले गए। वैसे बेचारों ने एक महीने का नोटिस और सिफ़ारिशी चिट्ठी दी थी। पर दूसरी नौकरी अब तक मिली नहीं। शहर के सभी छोटे डाक्टरों के पास लगता है, अपने-अपने कम्पाउंडर हैं। बड़े डाक्टरों के पास अपने डाक्टर शर्मा की सिफ़ारिश से काम चलेगा नहीं। थे भी टुटपुँजिया डाक्टर। इसीलिए बेचारे विलायत चले गए। मैं पहले ही जानता था। पर करता क्या। अस्पताल में नौकरी पाने लायक़ मेरे पास माक़ूल डिग्री नहीं है।

घर के ख़र्च के लिए कम से कम चार-पाँच सौ रुपये माहवार चाहिए। डाक्टर शर्मा मुझे कुल ढाई सौ देते थे पर दो-ढाई सौ मैं दिन में मरीज़ों को इंजेक्शन वग़ैरह देकर कमा लेता था। बँधी-बँधाई तनख़्वाह के ऊपर और कितना कमा सकता हूँ, यह चुनौती हर पल मुझे आने वाले कल की तरफ़ खदेड़ती रहती थी। आज जो हुआ सो हुआ। सुबह नींद पूरी करके उठूँगा तो वह बीता हुआ कल होगा। मेरे लिए बेकार। पर कल! आने वाला कल आज से बेहतर हो सकेगा! ज़िन्दगी हमेशा आने वाले कल से टक्कर लेती गुज़रती है।

पर अब! मैं जानता हूँ, बिना किसी डाक्टर की नौकरी किए ये ऊपर वाले मरीज़ टिकने वाले नहीं। दस दिन पहले एक उम्मीद बँधी थी। डाक्टर मजूमदार के प्राइवेट क्लिनिक में कम्पाउंडर की जगह ख़ाली हुई है। वहीं के छोटे डाक्टर श्रीवास्तव ने नौकरी दिलवाने का आश्वासन दिया है बशर्ते मैं उसे पाँच सौ रुपये दूँ। घूस। नहीं-नहीं, मेहनताना।

हर हालत में मुझे पाँच सौ रुपये चाहिए। सिर्फ़ प्रवीण मुझे वह रुपये दे सकता है। इससे पहले उससे कुछ माँगने की ज़रूरत नहीं पड़ी। बेलापुर से छूट कर दिल्ली आया तो पिताजी की कुछ जमा-पूँजी साथ थी। नौकरी मिलने तक दुक्खम-सुक्खम काम चल गया था पर अब हाथ में कुछ नहीं है। दिल्ली के ख़र्चे! भगवान् बचाए! नौकरी फ़ौरन मिलनी चाहिए। बिना नौकरी पैसा नहीं आएगा। बिना पैसे नौकरी नहीं मिलेगी। नौकरी मिल जाए तो पैसा लौटा दूँगा। यही सोचकर प्रवीण से रुपये माँगे थे। दस-बारह दिन में इन्तज़ाम करने को कहा था उसने।

आज उसका हाल पूछने जाऊँ और वह समझ बैठे मैं रुपयों की माँग दोहराने आया हूँ?

छी-छी! डूब मरने जैसा होगा मेरे लिए।

तो न जाऊँ? हाल पूछने भी न जाऊँ?

क्या सोचेगा प्रवीण? मर कर बचा और विपिन देखने तक नहीं आया। बस, इसी दम पर दोस्त कहता है अपने को!

नहीं-नहीं, इससे तो डूब मरूँ तो अच्छा हो।

पता नहीं कब मैंने बेमन से पैडल मारने शुरू कर दिये और साइकिल धीमे-धीमे आगे बढ़ने लगी।

ठीक है। मैं दरवाज़े की चौखट पर पाँव रखकर पूछूँगा, तू ठीक है न? बिलकुल ठीक है न? रुपयों की बाबत अगर उसने ख़ुद बात छेड़ी तो मैं उसे चुप करा दूँगा। पहले तू ठीक हो जा तब देखा जाएगा। तू ठीक रहे, समझ, सब कुछ मिल गया मुझे।

पता नहीं छोटा डाक्टर श्रीवास्तव कितने दिन रुकने को तैयार होगा? होगा भी या नहीं? कह रहा था पचासों उम्मीदवार हैं।

...मान लो कल रुपये लेकर उसके पास नहीं पहुँचा और नौकरी उसने किसी और को दिलवा दी...बेमौत मारा जाऊँगा...उन सबका क्या होगा...बीवी-बच्चों का...

प्रवीण

मैंने विपिन को पाँच सौ रुपये दे दिये। उसे बुलाना नहीं पड़ा। मेरा दोस्त ख़ुद हाल पूछने चला आया।

रुपयों की बात उसने मुँह से नहीं निकाली। बार-बार यही पूछता रहा, "तू ठीक है न?"

"अब ठीक है न?"

"बिलकुल ठीक है न?"

मैंने ख़ुद कहा, "उस दिन जो रुपये तुझे चाहिए थे, उनका इन्तज़ाम हो गया।"

"ओह," कहकर उसने एक बार मेरी तरफ़ देखा और चुप हो गया। कुछ इस तरह कि मुझे लगा वह धाराप्रवाह बोले जा रहा है।

मैंने रुपये आगे बढ़ा दिये। उसने अँगुलियों की पोरों से पकड़कर ले लिये। पूरा हाथ नहीं लगाया। लेने वाला रुपयों को हमेशा इस तरह क्यों पकड़ता है जैसे किसी अछूत को छूने का साहस कर रहा हो?

नहीं, अछूत रुपया नहीं, देने वाला होता है।

क्षण-भर को विपिन की आँखों में नफ़रत की लपट कौंधी फिर उसकी जगह भय ने ले ली। मोमबत्ती की लौ को पीछे धकेल कर बिजली का तार छू गया। होंठों को ढीला करके उसने त्रस्त स्वर में पूछा, "तूने...वह...क्यों खाया था?"

ओह! इस डर ने पछाड़ दिया है मेरे दोस्त की नफ़रत को? मेरी मौत के डर ने। पर यह कितनी देर चलेगा? हूँ तो मैं जीवित ही न।

क्या जवाब दूँ विपिन के सवाल का?

कह दूँ वह एक प्रयोग था। एक अनुभव हासिल करने के लिए मैंने वह खा लिया था, जिसका नाम लेते वह डर रहा है? वह...ज़हर। विश्वास करेगा वह? कभी नहीं। सोचेगा, मैं झूठ बोल रहा हूँ। उसका मख़ौल उड़ा रहा हूँ। पैसे दे रहा हूँ न इसीलिए। उसे लगेगा ज़रूर

मैं सोचता हूँगा, उसका क्या है। जो चाहे कह सकता हूँ। हर तरह के ताने कस सकता हूँ। पैसा जो दिया है। एक बार फिर उसकी आँखों में नफ़रत उभर जाएगी। इस बार कौंध कर बुझेगी नहीं, फैल कर जमती चली जाएगी।

''बतला न,'' विपिन कह रहा था, ''क्यों खाया तूने...वह?''

सहसा मेरे लिए सब कुछ सहज हो गया। मुझे जवाब मिल गया। मिल क्या गया याद आ गया। कल सारा दिन बिस्तर पर लेटे-लेटे वही सब तो सोचा था।

''विपिन,'' मैंने कहा, ''कुछ चीज़ें करनी पड़ती हैं।''

''पर क्यों?...वह...क्यों?''

''विपिन, तू मेरा दोस्त है, सबसे प्यारा दोस्त। तुझसे नहीं कहूँगा तो किससे कहूँगा। दरअसल, मैं ज़्यादा दिन जीने वाला नहीं हूँ।''

''क्यों, क्या हुआ?''

''विपिन,'' मैंने कहा।

बार-बार उसका नाम लेना मुझे भला लग रहा था।

''विपिन, मुझे कैंसर है।''

''क्या? क्या कह रहा है?''

''हाँ, विपिन। मैं दो-एक साल से ज़्यादा नहीं जिऊँगा।''

''इसीलिए...तूने...वह...ज़हर...'' आख़िरी शब्द पर उसकी आवाज़ टूट गई। मुझे लगा, कैंसर शब्द की भयानकता से डर कर ही वह ज़हर शब्द का उच्चारण कर पाया है।

और कुछ न कहकर वह भयभीत करुण नज़र से मुझे ताकता रहा।

मुझे उस पर तरस आने लगा।

अपने हाथ में उसका हाथ लेकर मैंने कहा, ''हाँ विपिन। अब सोचता हूँ वह ग़लत था। साल-दो साल जीने को मिलते हैं तो वही सही, ज़िन्दगी से भागूँ क्यों? नहीं विपिन, अभी नहीं। मैं दो साल बाद मरूँगा।''

विपिन की आँखों में आँसू आ गए।

उसने उन्हें रोका नहीं। गालों पर लुढ़क आने दिया।

कितना रोमांचक था।

आज से पहले मैंने कभी विपिन को रोते नहीं देखा। वह कहता है उसे रोने से नफ़रत है। कहता है उसकी डिस्पेंसरी में सैकड़ों मरीज़ आते हैं। उसे उनसे हमदर्दी है। पर उनमें से कोई रो देता है तो उसकी सारी हमदर्दी भाप बनकर उड़ जाती है। घाव पर मरहम-पट्टी करते या बाँह में सूई घुसेड़ते उसके हाथ सख़्त पड़ जाते हैं।

वह कहता, अपनी बीवी से वह प्यार करता है। उसकी इच्छाओं को पूरा करना चाहता है। पर चाहना और करना दो अलग चीज़ें हैं। चाह कर न कर पाने पर उसे दुख होता है। कुछ कर दिखाने के लिए वह जी-जान से मरीज़ इकट्ठा करने में जुट जाता है। ज़्यादा कमाने की कोशिश में ख़ून-पसीना एक कर देता है। पर अगर उसकी बीवी अपनी माँग पेश करते हुए उसके सामने रो पड़े तो वह काठ हो जाता है। तब उसकी ख़्वाहिश को नज़रअन्दाज़ कर देने में उसे न दुख होता है, न पश्चात्ताप।

ख़ुद विपिन को मैंने कभी बचपन में भी रोते नहीं देखा। दुबले-पतले कमज़ोर काठी के विपिन को तंग करने में स्कूल के पले-पलाए मुस्टंडे लड़कों को बड़ा मज़ा आता था। पर उसकी कितनी भी पिटाई क्यों न की जाए, विपिन रोता नहीं था। वही विपिन अब मेरे सामने बिना झिझक रो दिया है।

मेरा दिल भर आया।

लगा, अगले दो साल मैं सचमुच जी सकूँगा। फिर आसानी से मर सकूँगा। पर हाँ, इस बार साइनाइड का इन्तज़ाम कर रखूँगा। टिक-20 से कहीं बेहतर रहेगा। तुरन्त असर और बिना दर्द छुटकारा।

''नहीं-नहीं,'' मैंने सुना विपिन कह रहा है, ''तू इलाज के लिए अमेरिका चला जा। इतनी तरक़्क़ी की है मेडिकल साइंस ने। वहाँ इसका कुछ न कुछ इलाज ज़रूर होगा।''

''नहीं विपिन,'' मैंने कहा, ''वहाँ भी कुछ नहीं होगा।''

''तूने पता किया है?''

''मुझे मालूम है।''

''मैं पता करूँगा। तू अपनी सब रिपोर्ट मुझे दे।''

''मैं पता कर चुका विपिन।''

''अच्छा...'' विपिन का स्वर रुँध गया, ''एक बार...जाकर देख लेते...जाने में कोई दिक़्क़त तो है नहीं...,'' उसने कहा।

मैं जानता था वह क्या सोच रहा है। इतना पैसा होते हुए अमेरिका जाने की सुविधा रहते हुए भी मेरा इलाज नहीं हो सकता, कैसी विडम्बना है। एकाएक विश्वास कर पाना कठिन है। क्या सचमुच...

पर उसका सोचना मुझे चोट नहीं पहुँचा सकता था। मैं आज़ाद था।

मैं उसका हाथ अपने हाथ में लिए चुपचाप बैठा रहा।

धीमी आवाज़ में अटक-अटक कर कहा गया उसका वाक्य चुप्पी में जाकर गुम हो गया।

उसने अपना माथा मेरे हाथ पर टिका दिया।

हम दोनों देर तक चुप बने रहे।

अपने हाथ पर उसके आँसुओं का गीलापन महसूस करता मैं एक अद्‌भुत तृप्ति से भर उठा।

विपिन

मैं प्रवीण के पास पहुँच गया। दरवाज़े पर खड़े रहकर बोला, ''तू ठीक है न प्रवीण, अब ठीक है न, बिलकुल ठीक है?''

''हाँ,'' प्रवीण ने कहा, ''आ बैठ।''

मैं उसके पास बैठ गया।

प्रवीण कुछ देर नीचे फ़र्श पर ताकता रहा फिर बोला, ''तुझे जो रुपये चाहिए थे, उनका इन्तज़ाम हो गया।''

नहीं प्रवीण, मैंने कहना चाहा, मैं रुपये माँगने नहीं आया, तेरा हाल पूछने आया हूँ। तू ठीक है न? आया हूँ कि अपनी आँखों से देख लूँ तू ठीक है। रुपये मुझे नहीं चाहिए, सच नहीं चाहिए।

अभी नहीं चाहिए। जब ज़रूरत होगी ले लूँगा। पहले तू ठीक हो जा। ठीक रह। मुझे तसल्ली दिला दे, ठीक रहेगा।

श्रीवास्तव को मैं मना लूँगा। पूरी बात समझाकर कहूँगा तो क्यों नहीं मानेगा। ज़रूर मानेगा। आख़िर वह भी इनसान है।

है ?

एक दिन भी मेरी ख़ातिर रुकने को तैयार होगा ?

प्रवीण ने जेब से रुपयों की गड्डी निकाल कर आगे बढ़ा दी।

पता नहीं कब और कैसे मेरा काँपता हाथ आगे बढ़ा और अँगुलियों से मैंने रुपये थाम लिये।

पाँच सौ रुपये उसके लिए कौन बड़ी रक़म है। इतना तो उसका रोज़ का ख़र्च होगा। रोज़ का न सही, बहुत हुआ पाँच दिन का होगा। और उसका ख़र्चा दाल-रोटी का तो है नहीं। दो बोतल स्कॉच कम ख़रीद लेगा। या एक डिनर कम दे देगा। एक जोड़ी कपड़े कम बनवा लेगा। बैडरूम के परदे दो महीने बाद बदल लेगा। या बीवी को एक साड़ी कम ला देगा। ऐसी कोई ग़ैर-ज़रूरी ख़रीदारी दो-एक महीनों के लिए स्थगित कर देगा। उधार ले रहा हूँ। नौकरी लगते ही रुपये लौटा दूँगा। जब तक लौटाऊँगा नहीं, चैन की नींद नहीं सो पाऊँगा। कमा कर दूँगा कमा कर।

ये कौन उसकी अपनी कमाई के पैसे हैं जो इतनी दरियादिली से मेरे हाथ पर रख दिये। बाप से विरासत में मिले हैं न। सच पूछो तो ख़ास दरियादिली उसने दिखाई भी नहीं। दस दिन पहले माँगे थे तो कह दिया था, इन्तज़ाम करने में वक़्त लगेगा। झूठ! उसके हाथ में पाँच सौ रुपल्ली न हों, नाममुकिन! टालने की ग़रज़ से कहा होगा। मुझे नीचा दिखलाने के लिए। जिससे मैं बार-बार उससे रुपये माँगूँ और उसकी नज़रों में गिरूँ। पर मैं नहीं गया दोबारा उसके पास। रुपये माँगने बिलकुल नहीं गया। आज भी उसका हाल पूछने चला आया वरना न आता। जब तक वह ख़ुद न बुलाता कभी न आता। आप जानते हैं न, कल से मैं उसका हाल जानने के लिए किस क़दर बेचैन था। रुपये मैंने उससे माँगे नहीं। उसने ख़ुद हाथ पर रखे दिये।

मैंने कोशिश की एक औपचारिक सा शुक्रिया कह डालूँ। पर मुँह से निकला नहीं। गुमसुम बैठा रहा।

प्रवीण ने साँस छोड़ी और बिस्तर पर लेट गया। मुझे रुपये देते हुए वह उठ बैठा था। उसने आँखें मूँद लीं। बन्द पलकों की छाया के नीचे उसका चेहरा ज़र्द दीखने लगा। जैसे लाश का चेहरा हो।

प्रवीण! यह क्या हो गया ? तूने मेरे हाथ पर रुपये क्यों रख दिये ? यह मैं तेरे लिए क्या-क्या सोच गया! प्रवीण, मेरा यक़ीन कर। मैं तेरे पास रुपये माँगने नहीं आया। तेरा हाल पूछने आया हूँ। और प्रवीण, मैं जानना चाहता हूँ तूने...वह...क्यों खाया ? इतनी लापरवाही तूने क्यों की ?

मैं उसके ज़र्द चेहरे पर झुक आया।

"तूने...वह...क्यों खाया ?" मैंने कहा।

प्रवीण ने एकदम जवाब नहीं दिया। सोच में डूबा रहा। उसकी चुप्पी से मैं सिहर उठा। अब तक मैं अपने को झूठी तसल्ली देता रहा था। उसने वह ग़लती से नहीं खाया था। ग़लती से खाया होता तो फ़ौरन कह देता, हँसकर। जानबूझकर खाया था।

उफ़ भगवान। मैं अब तक रुपयों के बारे में कैसे सोचता रहा? एक बार खा सका तो दोबारा...मौक़ा मिलते ही...नहीं, नहीं...

''बतला न,'' मैंने फिर कहा, ''क्यों खाया तूने...वह... ?''

उसने जो जवाब दिया, सुनकर भीतर तक काँप गया मैं। आत्महत्या से भी भयंकर है प्रवीण की नियति!

''अभी नहीं, मैं दो साल बाद मरूँगा।''

अपने मुँह से कैसे कह पाया प्रवीण?

सुनकर मेरे रोंगटे खड़े हो गए।

प्रवीण को कैंसर है। लाइलाज कैंसर।

दो साल बाद वह मर जाएगा। दो साल बाद के बजाय उसने अभी मरना चाहा था। ज़हर खा कर। पर मरा नहीं। अब वह कह रहा है, ''ज़िन्दगी से भागूँ क्यों? अभी नहीं, मैं दो साल बाद मरूँगा।''

कैंसर या ज़हर! मौत या ख़ुदकुशी! क्या ख़ौफ़नाक मंज़र है। कितना भयंकर चुनाव?

पर प्रवीण की आवाज़ में घबराहट या हिचकिचाहट का नामोनिशान नहीं है। जैसे चुनाव कर चुका हो और उससे पूरी तरह सन्तुष्ट हो। आदमी मौत का चुनाव इस तरह शान्ति से कर सकता है?

गर्व और प्यार से मेरी छाती फूल गई।

करुणा और आतंक से रोम-रोम झनझना उठा।

मैं कभी सोच भी नहीं सकता था, प्रवीण को कोई लाइलाज बीमारी हो सकती है। उसकी सेहत से मुझे रश्क रहा है। चौड़ी छाती, लम्बा क़द, चुस्त मांसपेशियाँ। उम्र एक होने पर भी वह मुझसे पाँच साल छोटा लगता है। अब मुझसे बहुत पहले वह दुनिया से कूच कर जाएगा।

किसी तरह उसे बचाया नहीं जा सकता?

वह कह रहा है, अमेरिका तक में उसका इलाज नहीं। मैं विश्वास नहीं कर पा रहा। या करना नहीं चाह रहा। क्या फ़ायदा इतने रुपये-पैसे का? यह तामझाम, सुख-सुविधा धरी रह जाएगी और प्रवीण...मेरा दोस्त...

मैंने हाथ में पड़े पाँच सौ रुपये देखे। ठीकरों जैसे लगे।

नियति के सामने हम कितने असहाय हैं। मैं तेरे लिए कुछ नहीं कर सकता प्रवीण। मैंने अपना माथा उसके हाथ पर टिका दिया, जिसमें बहुत पहले से, उसने मेरा हाथ थाम रखा था।

कहने को कुछ नहीं था।

बरसों बाद, शायद शुरू के बचपन के दिनों के बाद आज, पहली बार, मैंने उसे क़रीब महसूस करने से अपने को नहीं रोका। अपने दोस्त की मौजूदगी को रग-रग में महसूस किया

और आँखों में उमड़ आए आँसुओं को बाहर बह जाने दिया। याद नहीं, कितनी देर मैं उसका हाथ अपने आँसुओं से भिगोता, सिर झुकाए बैठा रहा।

आज से पहले मैं कभी रो क्यों नहीं पाया? खुलकर रोने में कैसी अद्‌भुत तृप्ति है। अब तक क्यों अपने को इससे वंचित रखा?

प्रवीण

शाम आठ बजे मैं ऑस्कर वाइल्ड का नाटक ले बिस्तर पर जा लेटा। बहुत दिन हो गए ऑस्कर वाइल्ड नहीं पढ़ा। जब पढ़ने बैठता था, अपराध भावना जग उठती थी। अव्वल दर्जे का बुर्ज़ुआ लेखक माना जाता है वाइल्ड। आज मुक्त भाव से उसे पढ़ रहा था और उसके वाक्‌चातुर्य का मज़ा ले रहा था।

उसी मुक्त भाव से, जिससे कल मैं, अपनी गली के नुक्कड़ वाले भिखारी को पैसे दे पाया था। अब तक मैं उसके कटोरे में पैसे डालता तो आत्मग्लानि के साथ। अपने बुद्धिजीवी दोस्तों के शब्द याद आए बग़ैर नहीं रहते, ''भिखारी को पैसे देने से ग़रीबी की समस्या सुलझ जाएगी? यह अमीरों के लिए अपनी गिल्ट से छुटकारा पाने का बहाना है, और कुछ नहीं!'' मैं संकुचित हो उठता था। पर कल मैंने उसके कटोरे में पैसे ही नहीं डाले, क्षण-भर ठहर कर उसकी दुआएँ सुनीं और आत्मीयता से मुस्कराया।

मुझे किताब लिये बिस्तर पर लेटा देख रमा ने नाराज़ स्वर में कहा, ''यह क्या? अभी से लेट रहे हो? साढ़े आठ बजे मिस्टर दत्त के घर खाने पर जाना है।''

''मैं नहीं जाऊँगा,'' मैंने कहा।

''नहीं जाओगे? वह कैसे होगा? दस दिन पहले उनका निमंत्रण, तुमने ख़ुद स्वीकार किया था।''

''मेरा मन नहीं है।''

''मन नहीं है?'' मारे आश्चर्य के रमा मेरे शब्द दोहरा गई।

अपने समाज के औपचारिक आने-जाने में मन कहाँ से आ टपका?

''कुछ देर के लिए चले चलो। जल्दी लौट आएँगे,'' उसने कहा।

''नहीं।''

''देख लो,'' रमा ने तुनक कर कहा, ''काम तुम्हारा ही अटका पड़ा है। नई फ़ैक्टरी के लाइसेंस का।''

''तबीयत ठीक नहीं है।''

''क्या हुआ?''

''पता नहीं, गिरी-गिरी रहती है। सोचता हूँ नई फ़ैक्टरी लगाऊँ ही नहीं।''

''क्या?'' भौचक रमा मेरे क़रीब बैठ गई। पूछा, ''डाक्टर के पास गए थे?''

''हाँ।''

''क्या कहा उसने?''

''टैस्ट किए हैं। रिपोर्ट आने पर बतलाएगा।''

''कौन से टैस्ट?''

"बहुत से हैं।"

मैंने आँखें किताब में गड़ा दीं।

"सच बतलाओ," सहसा रमा ने कहा, "तुमने...वह...जानबूझकर खाया था न?"

उस दिन मैंने उससे कह दिया था कि टिक-20 मैंने ग़लती से खा लिया था। कहा था कुछ दिन पहले कॉक्रोच मारने के लिए टिक-20 की पुड़िया खोलकर मैंने बाथरूम में डाली थी। सीलन से बचाने के लिए बाक़ी बची दवाई इनो-फ्रूट-साल्ट की बोतल में रखी थी। उसके बजाय मैं वही खा गया था।

उसने विश्वास कर लिया था। मुझे आश्चर्य हुआ था। इतनी घटिया कहानी पर, बिना जिरह, उसने इतनी आसानी से विश्वास कैसे कर लिया? अविश्वास करना नहीं चाहती थी महज़ इसी से न। फ्रूट-साल्ट के बजाय टिक-20 भला कोई खा सकता है? उनका स्वाद क्या एक जैसा होता है? मुँह में लेते ही आदमी थूक नहीं देगा?

पर रमा ने तो यह भी नहीं पूछा कि टिक-20 का स्वाद होता कैसा है? अभी भी उसे 'वह' कहकर पुकारा था। जैसे डर रही हो कि नाम लेते ही पर्दाफ़ाश हो जाएगा और नंगा, कड़ुवा और डरावना सच बाहर आ जाएगा। अपने पति का भी नाम नहीं लेतीं हिन्दू स्त्रियाँ। पत्नियों का नाम ही कितने पति लेते हैं। मैं कब रमा को रमा कहकर पुकारता हूँ।

अब मैंने पुकारा।

"हाँ, रमा," मैंने कहा, "जानबूझकर खाया था।"

"क्यों?" रमा ने फुसफुसा कर कहा, "क्या दुख है तुम्हें?"

उसका स्वर धीमा था पर शान्त नहीं। उत्तेजना से ऐसे काँप रहा था कि उसकी फुसफुसाहट चीत्कार लग रही थी। पता नहीं क्यों मुझे लगा, रमा कारण जानने से जितना डर रही है उतना ही जानने को लालायित है।

"रमा," मैंने फिर उसका नाम लिया, "शायद मुझे कैंसर है।"

हतप्रभ रमा टक लगाए मुझे देखती रही। ज़ाहिर था, यह वह नहीं था, जिसे सुनने का उसे डर था और मोह।

"हाँ रमा, कैंसर। पक्का पता रिपोर्ट आने पर चलेगा।"

"कैंसर," अब रमा ने दोहराया।

मुझे लगा जैसे विपिन कैंसर शब्द से डर कर ज़हर कह गया था, वैसे ही रमा ज़हर शब्द से डर कर कैंसर कह गई है।

शायद मेरा भ्रम था पर मुझे लगा, निमिष भर को रमा कैंसर का नाम सुनकर आशान्वित हुई है, आशंकित नहीं।

फिर उसकी आँखों में भय तैर गया।

"कहाँ है?" उसने पूछा।

"जिगर में," मैंने जो पहले सूझा वही कह दिया।

"जिगर... ?" उसकी आँखों का भय गहराता चला गया।

"नहीं," उसने जैसे अपने आपसे कहा, "नहीं...वह नहीं।"

मैं चुप रहा।

वह भी चुप हो गई।

"रिपोर्ट कब आएगी?" कुछ देर बाद उसने पूछा।

"चार दिन में।"

"तुमने मुझसे पहले नहीं कहा?" रमा बोली, "हम बम्बई चले जाते या अमेरिका। अब भी जा सकते हैं।"

"पहले रिपोर्ट आने दो।"

"अमेरिका में ज़रूर इसका इलाज होगा," उसने कहा।

"नहीं।"

"ज़रूर होगा," उसने ज़ोर देकर कहा।

इतना ज़ोर देकर बात वह तब कहती है जब जानती है, वह ग़लत है।

मैं चुप रहा।

मैं सोच रहा था, विपिन की तरह रमा की आँखों से निकलकर आँसू बेधड़क क्यों नहीं बहे। उस रात रमा भी डिनर पर नहीं गई। चुपचाप आकर मेरे बराबर लेट गई। क्या सोच रही थी वह? चुप, अपने में डूबी हुई।

एक बार जब नाटक पढ़ते-पढ़ते मैं ज़ोर से हँस दिया तो चौंककर उसने मेरी तरफ़ देखा, अजीब बहकी नज़र से।

क्या वह सफ़ेद बुर्राक कपड़ों में अपने रूप की कल्पना कर रही थी? मेरी हँसी ने उसमें बाधा पहुँचाई थी?

रात देर तक मैं वाइल्ड पढ़ता रहा। फिर बत्ती बुझा कर गहरी नींद सो गया। जागते-सोते, एक बार भी अपने झूठ पर ग्लानि नहीं हुई। इतना ख़याल ज़रूर आया कि टिक-20 का ज़ायक़ा वाक़ई बहुत कड़वा है। इस बार साइनाइड का इन्तज़ाम कर रखना होगा।

विपिन

प्रवीण के पास से उठकर मैं सीधा घर आ गया।

विमला चौके में काम कर रही थी। आवाज़ देकर उसे बुला लिया। मन हो रहा था किसी का हाथ थामे बैठा रहूँ। जब जो गुबार मन में उठे बाहर उगल डालूँ। अपने को धिक्कारूँ, अपने दुख की बात कहूँ, प्रवीण के लिए आशा का सेतु खोजूँ।

क्या वाक़ई प्रवीण बच नहीं सकता? किसी तरह नहीं? हर बीमारी का इलाज होता है, कोई न कोई, कहीं न कहीं।

माथे पर शिकन डाले विमला सामने खड़ी हो गई। बोली, "क्या है? खाना अभी तैयार नहीं है।"

मेरी समझ में नहीं आया बात कहाँ से शुरू करूँ।

अब तक जो कह डालने को तड़प रहा था, छुपा कर रखने को मन हो आया।

प्रवीण की बात मैंने नहीं उठाई।

कहा, "बीस दिन हुए मेरी नौकरी छूट गई।"

"क्या!" विमला ने कहा। उसकी आँखों में भय झलक रहा था।

''हाँ। पर घबराओ मत। नई नौकरी मिलने की उम्मीद है।''

''ओह,'' उसने कहा, गहरे अविश्वास के साथ।

''नौकरी दिलवाने के लिए डाक्टर का असिस्टेंट पाँच सौ रुपये माँग रहा है।''

''तब?'' उसका स्वर आतंक से झनझना उठा, ''कैसे होगा?''

''रुपयों का इन्तज़ाम हो गया।''

''सच?'' और ठोस अविश्वास।

''हाँ।''

''कैसे?'' अविश्वास के भीतर से झाँकता उपहास।

''प्रवीण ने दिये हैं।''

''पाँच सौ, पूरे?''

''हाँ।''

''एकदम दे डाले?''

''नहीं। उधार हैं।''

''ओह! सूद कितना लगेगा?''

''सूद क्या लगता? दोस्त है प्रवीण मेरा,'' मैंने तमतमाकर कहा।

''हाँ सच,'' उसने कहा, ''बिलकुल कृष्ण-सुदामा की दोस्ती है,'' कहकर वह हँस दी।

''क्या बक रही हो,'' मैंने कहा, ''उधार लिया है दान नहीं। तनख़्वाह मिलते ही क़िस्तों में रुपये लौटा दूँगा।''

''न लौटाओ तो क्या फ़र्क़ पड़ता है। उनके लिए पाँच सौ रुपये कौन बड़ी रक़म है!''

''क्या मतलब?'' मैं चीख़ पड़ा, ''उन्हें फ़र्क़ नहीं पड़ता, इसीलिए उनके रुपये मार लूँगा। समझ क्या रखा है मुझे, एक-एक पैसे का हिसाब चुकाऊँगा, समझीं।''

''अच्छा,'' उसने इतनी निस्संगता से कहा कि मैं उबल पड़ा।

''पैसा-पैसा! इसके अलावा समझती हो कुछ। पता है, दोस्ती के क्या मानी हैं? दोस्ती आदमी देखकर की जाती है, पद देखकर नहीं।''

प्रवीण हमेशा यही कहता है। दोस्ती आदमी देखकर की जाती है उसका पद देखकर नहीं। कहते हुए उसका चेहरा बड़प्पन और भलमनसाहत से चमक उठता है।

वही तो मैं कह रहा हूँ मैंने प्रवीण से दोस्ती आदमी देखकर की है, पद देखकर नहीं। फिर मेरा चेहरा बड़प्पन और भलमनसाहत से क्यों नहीं चमका? मैं अपने को और छोटा क्यों महसूस करने लगा? इससे पहले मैंने प्रवीण से कभी कुछ नहीं माँगा।

दोस्ती की नहीं जाती, हो जाती है। प्रवीण यह भी कहता है। ठीक कहता है। मैंने उससे दोस्ती की नहीं, छुटपन में एक दिन अपने आप हो गई। पर इस वक़्त मुझे यह सोचकर अच्छा क्यों नहीं लगा? मैं फिर अपने को छोटा क्यों महसूस कर गया? प्रवीण तो इस बात को बड़े गर्व के साथ कहता है।

''कुछ समझ में आया ?'' मैंने घिन के साथ विमला से कहा। जैसे मुझे छोटा बनाने में उसी का क़ुसूर हो।

''हाँ,'' उसने उदासीन स्वर में कहा, ''अच्छा है।''

''क्या अच्छा-अच्छा लगा रखा है ?'' किसी तरह मुझे उसकी उदासीनता मिटा देनी थी, ''जानती हो किस क़हर के बीच प्रवीण ने रुपये दिये हैं। उसे कैंसर हो गया है !'' मैं चीख़ा और एकदम शान्त हो गया।

अब तक जो मांसपिंड छाती के भीतर तेज़ी से धड़क रहा था, ख़ून निचुड़ जाने से केंचुए सा सुस्त-जड़ पड़ गया। छाती से मुँह तक एक लम्बी-पतली नली जा फँसी। उसके भीतर मेरे जिस्म का ख़ून क़तरा-क़तरा बनकर बर्फ़ सा जम गया। साँस लेने को जगह न रही। लगा, सिर हाथों से पीट हूक मार रो दूँ तो शायद जमा मलबा हट सके और मैं दोबारा साँस ले सकूँ।

''क्या कह रहे हो ?'' विमला कह रही थी।

एक चोट में उसकी उदासीनता झड़ गई थी। आशंका से उसका स्वर काँप रहा था।

''हाँ, विमला,'' रोने के बजाय मैंने बोलने की कोशिश की। सफल हो गया।

''लाइलाज बीमारी है। कह रहा था, दो साल से ज़्यादा...''

''ओ भगवान !'' विमला ने हथियार डालते हुए कहा।

''बेचारी रमा !'' कुछ ठहर कर उसने धीमी आवाज़ में कहा।

रमा कौन ? ओह हाँ ! प्रवीण की पत्नी। विमला तो उससे कभी मिली नहीं। फिर उससे सहानुभूति क्यों ? प्रवीण की पत्नी जो है। मैं भी कभी उससे नहीं मिला। आते-जाते देखा भर है। सामने पाकर हाथ जोड़ दिये हैं। काफ़ी सुन्दर है। कमउम्र।

बेचारी रमा ! मैंने भी कहना चाहा पर कह न पाया। मेरे अपने दुख के सामने उसका दुख क्या है ?

तभी विमला ने कहा, ''चलो, कम से कम पैसे की तंगी नहीं होगी उन्हें।''

''किसे ?''

''रमा को। प्रवीण जी न रहे तो वे...''

विमला बीच में चुप हो गई वरना आगे यही कहती, तो वे मेरे जैसी अभागी नहीं होंगी।

मेरे अन्दर एक ज़हरीला नाग फन काढ़ कर खड़ा हो गया।

प्रवीण के रुपयों से उसका इलाज भले न हो पाए पर बिलकुल बेकार वे नहीं हैं। सच यह है कि उन्हीं के कारण वह इतनी निडरता से मौत का सामना कर पा रहा है। जानता है न, उसके न रहने पर भी उसके बीवी-बच्चों का कुछ नहीं बिगड़ेगा। जो आज वह स्वयं है उसके बाद बड़े मज़े से उसका बेटा बन जाएगा।

पर मैं ? मेरी नौकरी मेरे बेटे को विरासत में नहीं मिलेगी। मैं न रहूँ तो दर-दर की ख़ाक छानते फिरेंगे मेरे घर के लोग। वही क्यों ? किसी दिन मैं ख़ुद यही करने पर मजबूर हो सकता हूँ। डाक्टर मजूमदार के यहाँ नौकरी मिल गई तो क्या होगा। वे जिस दिन चाहें उसे छीन सकते हैं। मेरे परिवार का सुख-चैन डाक्टर मजूमदार के माथे की शिकन में क़ैद है। तब क्या मैं दोबारा प्रवीण से रुपये माँगने जाऊँगा ?

प्रवीण मर रहा है। मैं ज़िन्दा हूँ। फिर भी बड़ा वही है। वही रहेगा। व्यवस्था का शिकार वह नहीं, मैं हूँ और मैं ही रहूँगा।

ठीक है। जो मुझे सहना है मैं सहूँगा।

नौकरी लगते ही प्रवीण के रुपये लौटाने शुरू कर दूँगा। विमला समझती क्या है। दोस्त समझकर मैं उसका रुपया मार लूँगा। हाथ फैला कर दान ले लूँगा। कभी नहीं। जान पर खेल जाऊँगा पर उसका रुपया लौटाऊँगा ज़रूर। पर हे भगवान् मेरी जान ले मत लेना। और चाहे जो हो ज़िन्दा मुझे रहने देना। ज़िन्दा मुझे रहना है।

पर प्रवीण ? उसका क्या होगा ?

मर प्रवीण रहा है और सोच मैं अपने बारे में रहा हूँ। मैं इतना नीच कैसे हो गया ?

क्या वाक़ई प्रवीण किसी तरह नहीं बच सकता ? नौकरी लगने दो। मैं ख़ुद पूछूँगा डाक्टर मजूमदार से। सुना है काफ़ी बड़े डाक्टर हैं। ऐसा कैसे हो सकता है कि अमेरिका तक में इसका इलाज न हो। डाक्टर मजूमदार से कहकर मैं ख़ुद पता लगाऊँगा। प्रवीण बेचारा निराश महसूस कर रहा होगा। क्या पता उसने मालूम किया ही न हो। आज से और कुछ नहीं सोचूँगा। प्रवीण को बचा कर रहूँगा।

प्रवीण

अगले कुछ दिनों में एक काम मैंने यह किया कि दिल्ली के प्रसिद्ध कैंसर विशेषज्ञ डॉ. मनचन्दा का पता लगाकर उनसे दोस्ती कर ली। मुश्किल काम नहीं था। ऊँची सोसाइटी में नए आदमी से दोस्ती कर लेना आसान है। मुश्किल है उसे बनाए रखना।

ख़ैर, डॉ. मनचन्दा से दोस्ती हो गई।

एक दिन मैंने उनसे कहा, ''डाक्टर, मेरा एक काम करना होगा।''

''कहिए,'' उन्होंने कहा।

इससे पहले मैं सरकारी नौकरी के लिए उनके भतीजे की सिफ़ारिश कर चुका था। इसके सिवा वे कह भी क्या सकते थे।

''आपको यह कहना होगा कि मुझे कैंसर है और मैं दो साल से ज़्यादा नहीं जिऊँगा।''

''क्या ?'' उन्होंने अचरज से कहा, ''किससे ?''

''मेरी बीवी से।''

''क्यों ?''

''ऐसे ही। यह समझिए मैं एक प्रयोग कर रहा हूँ।''

''माफ़ करना, प्रवीण,'' उन्होंने नाराज़गी के साथ कहा, ''मेरे लिए यह मज़ाक़ नहीं है।''

''सच मानिए डाक्टर, मज़ाक़ मेरे लिए भी नहीं है। मैं जानना चाहता हूँ मेरी मौत की ख़बर का उस पर क्या असर होगा।''

यहाँ मैं थोड़ा सा झूठ बोल गया। रमा पर क्या असर होगा, जानने के लिए मैं उत्सुक नहीं था। हाँ, रमा को इस ग़लतफ़हमी में रखना ज़रूरी था कि मुझे कैंसर है। उसे झूठ का पता लग जाने पर औरों के सामने उसका निर्वाह कठिन हो जाता। अपनी बात मैं डाक्टर से कह नहीं पाया। अपनी तरह जीने की इच्छा, मौत तक जाते, मौत और ज़िन्दगी का अनुभव (मौत आने पर हम सिर्फ़ मर जाते हैं, पर अपनी मौत ख़ुद देख सकें तो एक अनुभव हासिल कर लेते हैं), अपने दोस्तों का अस्वीकार, विपिन की नई निकटता, ये सब क्या कहने की बातें थीं। समझ

नहीं पाते वे। और समझ लेते तो एक तरह से नंगा हो जाता मैं उनके सामने। हो सकता था वे ज़ोर से हँस देते। न भी हँसते तो इस मज़ेदार बात को किन्हीं दावतों में दोहराने के लिए याद रख लेते। नहीं, जो मैंने कहा वही ठीक था। सच न सही विश्वसनीय तो था।

''जानकर क्या करेंगे?'' डॉ. मनचन्दा पूछ रहे थे।

''कुछ नहीं करूँगा। बस, जानूँगा। मैं आपको विश्वास दिलाता हूँ, करूँगा मैं कुछ नहीं।''

डॉ. मनचन्दा चुप रहे।

''मुझ पर विश्वास नहीं है?'' मैंने पूछा।

''विश्वास तो किसी पर नहीं है,'' कहकर वे हँस दिये, ''विश्वास न करना मैंने बहुत मेहनत से सीखा है।''

''सिर्फ़ कहना ही तो होगा,'' मैंने कहा।

''सिर्फ़ कहना नहीं, झूठ कहना।''

''पर सफ़ेद झूठ। उससे किसी का नुक़सान नहीं होगा। मैं ज़बान देता हूँ।''

''देखिए,'' कुछ सोचकर उन्होंने कहा, ''लिख कर मैं कुछ नहीं दूँगा।''

''बिलकुल नहीं। अपने आप कुछ कहिएगा भी नहीं। बस, मेरी बीवी पूछे, क्या इन्हें कैंसर है तो कह दीजिएगा, हाँ। अगर पूछे, क्या उसका कोई इलाज है तो कह दीजिएगा, नहीं।''

''बहुत मुश्किल काम है।''

''निन्नानवे फ़ीसदी वह आपसे पूछने आएगी नहीं। आ जाए तो इतना नहीं कर सकेंगे?'' मैंने याचना भरे स्वर में कहा।

''एक काम हो सकता है,'' उन्होंने कहा, ''मैं कह दूँगा अपने मरीज़ से पूछे बिना मैं किसी और को उसके बारे में जानकारी नहीं दे सकता।''

''मैं उनके साथ हुआ तो?''

''कह दूँगा आपके पति को सब मालूम है, वही आपको बतलाएँगे।''

''डाक्टर, जानते हैं आपका ऐसे कहना कितना क्रूर मालूम पड़ेगा?''

''जानता हूँ। क्रूर समझा जाना बर्दाश्त कर सकता हूँ, झूठा नहीं।''

''ठीक है। यही सही।''

उसकी नौबत नहीं आई। रमा डॉ. मनचन्दा के पास नहीं गई। मेरे मुँह से रिपोर्ट में कैंसर की पुष्टि की बात सुनकर वह दुखी हुई। भयभीत भी। उसने मुझसे पूछा किस डाक्टर को दिखलाया है। डॉ. मनचन्दा जैसे मशहूर डाक्टर का नाम सुनकर आश्वस्त हुई। मेरे साथ उनके पास जाने को तैयार हुई। मेरे मना करने पर नहीं गई। आजकल वह मेरी कोई बात नहीं टालती।

अमेरिका जाकर इलाज कराने की बात उसने फिर कही। बार-बार कही। वहाँ भी कोई इलाज न होने की बात सुनकर वह और दुखी हुई। और भयभीत हुई।

धीरे-धीरे उसने विधि के विधान के सामने समर्पण कर दिया। बचपन से हमें यही सिखलाया जाता है। अपनी तरफ़ से तहक़ीक़ात करने वह डॉ. मनचन्दा के पास नहीं गई। मेरा अनुमान सही निकला। रमा कम से कम जानना चाहती है। अच्छा हुआ वह वहाँ नहीं गई। डॉ. मनचन्दा से बात करने के बाद पहली बार मुझे अपने झूठ पर ग्लानि हो आई थी।

विपिन

मुझे मजूमदार क्लिनिक में नौकरी मिल गई। पहले दिन ड्यूटी ख़त्म करके मैं प्रवीण के पास जा पहुँचा।

''ला, अपनी सब रिपोर्ट मुझे दे,'' मैंने कहा, ''डॉ. मजूमदार से सलाह करता हूँ।''

''आ बैठ,'' उसने कहा, ''नौकरी मिल गई?''

''हाँ, उसे छोड़। अपनी रिपोर्ट दे।''

''मेरे पास नहीं है।''

''कहाँ हैं?''

''डॉ. मनचन्दा के पास।''

''वे इलाज कर रहे हैं?''

''हाँ।''

''क्या कहते हैं?''

''क्या कहेंगे?'' उसने कहा और हँस दिया। एक शर्मीली हँसी, ''कुछ नहीं कहते।''

मैं लज्जित हो उठा। तो डॉ. मनचन्दा के पास उसका इलाज नहीं है।

फिर भी अपने को रोक न सका। बोला, ''किसी और डाक्टर से सलाह ले लें तो...''

''डॉ. मनचन्दा यहाँ के सबसे बड़े कैंसर स्पेशलिस्ट हैं,'' उसने कहा।

''ओह...पर बम्बई...या अमेरिका...रिपोर्ट भेजकर पूछने में क्या हर्ज है?''

''डॉ. मनचन्दा पूछ चुके।''

''एक बार रिपोर्ट मुझे दे तो।''

''क्या करेगा?''

''डॉ. मजूमदार को दिखलाऊँगा। शायद कोई सलाह दे सकें।''

''वे क्या देंगे?'' प्रवीण ने भिंचे स्वर में कहा, ''वे स्पेशलिस्ट तो हैं नहीं।''

मैं चुप हो गया। सच, डॉ. मजूमदार का डॉ. मनचन्दा से क्या मुक़ाबला? उतने बड़े डाक्टर होते तो मुझ जैसे अनपढ़ को कम्पाउंडर रखते?

भला मैं प्रवीण की क्या मदद कर सकता हूँ? दिल्ली के सबसे क़ाबिल डाक्टर उसे देख चुके। जो करना होगा करेंगे। इतने अमीर आदमी को बचाने के लिए हर मुमकिन तरीक़ा आज़माए बिना नहीं छोड़ेंगे।

लाचार-नाकारा मैं सिर झुकाए बैठा रहा।

''छोड़ यार,'' प्रवीण ने कहा, ''यह बता नौकरी कैसी लग रही है?''

''ठीक है,'' मैंने थूक घोंट कर कहा।

मैं समझ गया प्रवीण अपनी बात नहीं करना चाहता, इसीलिए मेरी कर रहा है। पर उससे ज़्यादा कुछ कहा नहीं गया।

कुछ देर चुप्पी रही फिर उसने पूछा, ''पहले वाली से अच्छी है?''

''ठीक है,'' मैंने कहा।

''ज्वाइन कब किया?''

''आज। क्लिनिक से सीधा तेरे पास आया हूँ।''

''अब तो साढ़े आठ बज रहे हैं,'' घड़ी देखकर उसने कहा, ''अब छूटा है ?''

''हाँ।''

''गया कब था ?''

''सुबह आठ बजे।''

''अच्छा,'' उसने कहा, ''दोपहर में लम्बी छुट्टी करते होंगे।''

''नहीं।''

''नहीं ? कितनी देर बन्द रहती है दुकान ?''

''रहती ही नहीं।''

''बिलकुल नहीं ? बड़ी सख़्त ड्यूटी है,'' उसने कहा, ''देंगे क्या ?''

''तीन सौ।''

''बस ? बारह घंटे की ड्यूटी के लिए ?''

''हाँ।''

''हद हो गई ! डॉ. शर्मा के यहाँ तो सात घंटे रहता था। नौ से एक और चार से सात ?''

''हाँ,'' मैंने बड़ी मुश्किल से कहा।

मुझे उसके प्रश्न अच्छे नहीं लग रहे थे।

''तूने कहा नहीं ? कम से कम पाँच सौ तो देते।''

मेरी तनख़्वाह में वह इतनी दिलचस्पी क्यों ले रहा है ?

''मैं कहने लायक़ स्थिति में हूँ ?'' मैंने कहा।

''ऐसे काम कैसे चलेगा ? दिन में अवकाश नहीं और छूटेगा रात आठ बजे। फिर तू अलग से मरीज़ कैसे देख पाएगा ?''

एक झटके में मैं उठ खड़ा हुआ।

''तू फ़िक्र मत कर,'' मैंने कहा, ''तनख़्वाह मिलते ही तेरे रुपये लौटा दूँगा।''

प्रवीण का मुँह पीला पड़ गया।

''क्या हुआ ?'' उसने कहा।

''आठ बजे छूट कर भी मैं मरीज़ देख सकता हूँ। इतना कमज़ोर नहीं हूँ।''

''विपिन,'' उसने कहा, ''विपिन !''

और मेरा हाथ अपने हाथ में कस लिया।

''मैं चलूँगा,'' मैंने कहा।

उसने मेरा हाथ नहीं छोड़ा।

''एक मरीज़ को टाइम दिया हुआ है,'' मैंने कहा।

''जाने दे,'' उसने कहा, ''कल देख लेना।''

आज से पहले उसने मुझे मरीज़ देखने जाने से कभी नहीं रोका। पहले जब मैं दोपहर को या रात सात बजे के बाद उसके पास आता था तो, बीच-बीच में जाकर, मरीज़ निबटा आया करता था। किसी दिन उसने मना नहीं किया। बल्कि कभी मुझे ध्यान न रहता तो याद दिला दिया करता था। अब शायद वह सोचता है मेरे समय पर उसका अधिकार है।

''नहीं, जाना है,'' मैंने कहा।

''विपिन,'' उसने कहा, ''मैंने तुझसे रुपये माँगे हैं ?''

"माँगे नहीं तो क्या मैं दूँगा नहीं ?"

प्रवीण ने जवाब नहीं दिया। कुछ देर मेरी तरफ़ ताकता रहा फिर बोला, "अभी बैठ।"

देखा, यह नहीं कहा उसने, चाहे तो मत देना या देगा भी तो मैं लूँगा नहीं। उफ़, इतना बड़ा होता है रुपया ?

"बैठ न," उसने कहा, "आज मेरा मन बहुत ख़राब है। तुझसे बहुत सारी बातें करनी हैं।"

मैं बैठ गया। उसकी बात कैसे टाल सकता हूँ ?

पर उसने कुछ नहीं कहा। चुपचाप बैठा रहा। मेरा हाथ अपने हाथ में लिये।

मेरा मन हुआ, उस दिन की तरह आज भी उसका हाथ अपने माथे से लगाकर उसे क़रीब आने दूँ पर कर नहीं पाया।

यह भी नहीं पूछ पाया, प्रवीण तुझे मुझसे क्या बातें करनी थीं ? मैं तेरे लिए क्या कर सकता हूँ ? तू बीमार है, मौत की तरफ़ बढ़ रहा है, तेरा मन ख़राब होगा ही। पर तेरे लिए मेरे मन के भीतर जो हो रहा है, मैं बतला नहीं सकता। तुझे और दुखी नहीं करना चाहता।

मेरे बस में जो है, तेरे लिए करने को तैयार हूँ। पर मेरे बस में है क्या ? मैं तुझसे ज़्यादा लाचार हूँ। तू नहीं जानता मैं तुझे कितना चाहता हूँ। बतला नहीं सकता, तब तक जब तक तेरे रुपये लौटा न दूँ।

उस दिन को तीन महीने बीत गए। दो बार तीन सौ रुपये हाथ में आ चुके, पर प्रवीण का एक पैसा लौटा नहीं पाया। डॉ. मजूमदार की साख और लोकप्रियता मुझे ले डूबी।

उनकी फ़ीस काफ़ी तगड़ी है। अपने डॉ. शर्मा से तिगुनी। फिर भी वेटिंग रूम मरीज़ों से ठसाठस भरा रहता है। डॉ. मजूमदार रहें, न रहें, छोटे डॉ. श्रीवास्तव रहते हैं और मैं। परीक्षण की मेज़ और औजारों की तरह, क्लिनिक का आवश्यक अंग हूँ मैं।

डॉ. शर्मा के यहाँ हम मरीज़ों की राह देखते थे। यहाँ मरीज़ डाक्टर की राह देखते बैठे रहते हैं। हाँ, उनकी डिस्पेंसरी थी फटीचर। अपने एक कमरे के घर की याद दिला देती थी। एक तिकोना सा कमरा। एक कोने में ज़ाफ़री के पीछे डाक्टर साहब की कुर्सी, मेरी बैठक की तरह। दूसरे कोने में लम्बूतरी अलमारी में बेतरतीब ठुँसी दवाइयों की बोतलें, मेरे इकलौते कमरे के कोने में घुसड़े रसोई के सामान की तरह। बीच में बदरंग बेंचों पर ऊँघते चन्द मरीज़, चारपाइयों पर पसरे मेरे बच्चों की तरह।

पर यह क्लिनिक ! प्रवीण की बैठक से उम्दा। एयर कंडीशंड। झक सफ़ेद दीवार-दरवाज़े। तीन कमरे। एक डाक्टर साहब की बैठक, एक परीक्षण गृह और तीसरा वेटिंग रूम। तभी न इसका नाम डिस्पेंसरी नहीं क्लिनिक है।

वेटिंग रूम के भीतर झाँकते ही पता चल जाता है कि भीड़ पैसे वालों की है। लगता है उन्हें ज़्यादा बीमारियाँ होती हैं। कुछ ऐसी जिन्हें हम बेचारे बीमारियाँ मानते ही नहीं। कोई ज़्यादा खाकर पेट में गैस बना लेता है। कोई बैठे-बैठे मुटा जाता है और दिल की धड़कन अटका लेता है। कोई हवाई जहाज़ में उड़ानें भरकर ब्लडप्रेशर बढ़ा लेता है तो कोई सर्दी में ठंडा पानी पी

कर गला बिठा लेता है। डॉ. मजूमदार के पास सबका लम्बा और ख़र्चीला इलाज है। एक बीमारी से दूसरी बीमारी का पैदा होना बहुत आसान है।

पहले दिन लोगों को देखकर बड़ा ढाढ़स बँधा था। यही तो हैं वे लोग जो बात-बेबात कम्पाउंडर को घर बुलाते हैं।

पर मैं ही बेकार हो गया। बारह घंटे की ड्यूटी बजाकर रात आठ बजे जब साइकिल पर सवार होता हूँ तो लगता है पैडल मारने को पैर उठेंगे नहीं। अपने को दुत्कार-धिक्कार कर किसी तरह साइकिल आगे बढ़ाता हूँ तो आँखों के आगे अँधेरा छा जाता है। सड़क दिखनी बन्द हो जाती है। पेड़ चक्कर खाने लगते हैं। गोल उड़ते धूल के गुबार के बीच तारे झिलमिलाने लगते हैं। मजबूरन साइकिल रोककर नीचे उतरना पड़ता है। सड़क के किनारे बैठकर सुस्ता लेने पर भी दोबारा साइकिल पर सवार होने की हिम्मत नहीं होती। वह मुझे नहीं मैं उसे ढोता-धकेलता आगे बढ़ता हूँ। ऐसे में एक-दो मरीज़ भी नहीं निबट पाते।

आज ख़याल आया कहीं मेरा ब्लडप्रेशर न बढ़ा हो। कल डॉ. मजूमदार से कहूँगा चैक कर दें। पर कहीं बढ़ा हुआ निकल आया और उन्होंने कह दिया, नौकरी से छुट्टी! उनसे क्या कहना। घर के पास वाले वैद्यजी को दिखा लूँगा।

बासी पराँठे खाकर पेट में हवा बनने लगी होगी। वही सिर पर सवार हो जाती होगी और क्या। कल से पराँठे बन्द। सूखी रोटी उबले आलू के साथ, बस।

मेरा अन्दाज़ सोलहों आने सही निकला। निकलता कैसे नहीं। बीस साल डाक्टरों के साथ रहते गुज़र गए। छोटे-मोटे डाक्टर से कम नहीं हूँ। वैद्यजी ने खुले दिल से मेरी बात का अनुमोदन किया। वायु का प्रकोप है और कुछ नहीं।

आजकल वैद्यजी की पुड़िया के साथ सूखी रोटी तो निगलता ही हूँ, साइकिल चलाने में भी सावधानी बरतता हूँ। धीमी चाल और दिमाग़ एकदम सामने सड़क पर। इधर-उधर की ख़ुराफ़ात सोचना बन्द। प्रवीण के रुपये लौटाऊँगा ज़रूर पर उनके बारे में सोचकर भेजा ख़राब नहीं करूँगा।

इसी तरह चलता रहा तो चार मरीज़ रोज़ निबटा लूँगा। महीने के आख़ीर में दो-तीन सौ जो मिलेंगे, उनमें से सौ रुपयों की पहली क़िस्त प्रवीण को लौटा आऊँगा। क़िस्तों में लौटाना ठीक रहेगा।

नौकरी लगने के बाद सिर्फ़ एक बार उससे मिल पाया हूँ। कितना मन करता है उसे देखने को। पर टाल जाता हूँ। जाऊँगा तो रुपये लेकर...कुछ दिनों की बात...और है...

प्रवीण

आज मैं अपने दोनों बच्चों, रिन्कू और रिक्की को लेकर चिड़ियाघर गया था।

रमा भी साथ थी।

सुबह नाश्ते पर चिड़ियाघर जाने का प्रस्ताव रखा तो बच्चे ख़ुशी से उछल पड़े।

''वाह पापा, यह हुई न बात!'' आठ बरस के रिक्की ने मेरे कन्धे पर हाथ मारकर कहा।

''बिना हमारे कहे आप जाने को कह रहे हैं। पापा, क्या बात है? आपकी तबीयत तो ठीक है न?'' यह रिन्कू थी।

ग्यारह वर्ष की रिन्कू रिक्की से सिर्फ़ तीन नहीं कई वर्ष बड़ी है।

"बेकार की बात मत करो। जाकर तैयार हो," रमा ने डाँट कर कहा।

वह शायद मुझे मेरी तबीयत ख़राब होने की बात याद नहीं दिलाना चाहती थी।

बेचारी रमा।

"तुम भी चलोगी न?" मैंने पूछा।

"मैं?" उसने अचकचा कर कहा।

मैं जानता हूँ उसे चिड़ियाघर में रुचि नहीं है।

"आप चाहते हैं तो ज़रूर चलूँगी," सँभलकर उसने कहा।

आजकल वह मुझे किसी बात के लिए मना नहीं करती।

"मम्मी," रिक्की ने कहा, "जब तुम नहा रही थीं तो अरुण अंकल का फ़ोन आया था। वह एक बजे आएँगे।"

"ओह," मैंने कहा, "एक बजे तक तो हम लौट नहीं पाएँगे।"

"तो क्या हुआ?" रमा फुर्ती से बोली, "मैं फ़ोन करके मना कर देती हूँ।"

मैं कुछ कहता उससे पहले वह फ़ोन करने चली गई।

अरुण आजकल बहुत आने लगा है। मेरा मौसेरा भाई है। रमा का देवर। उम्र में मुझसे छोटा है पर रमा से नहीं। जब हमारी शादी हुई थी वह रमा को भाभी कहकर पुकारता था, फिर रमा भाभी कहने लगा। अब देखता हूँ कभी-कभी रमा कह जाता है। दो वर्ष हुए उसकी पोस्टिंग दिल्ली हो गई। पहले बम्बई में था। एस्कॉर्ट में मैनेजर है। बीवी है नहीं। सुना है अमेरिका गया था तो किसी अमेरिकन लड़की से प्रेम हो गया था। दो-तीन बरस साथ रहे। पर हिन्दुस्तान अरुण अकेला लौटा। ठीक से पता नहीं शादी होकर तलाक़ हो गया या शादी कभी हुई नहीं। अब पाँच बरस से अकेला है। उम्र मुश्किल से चालीस होगी।

धीरे-धीरे मेरी समझ में आने लगा है, उस दिन रमा मेरे ज़हर खाने का कारण जानने से इतना डर क्यों रही थी। जानकर आशंका के बजाय कुछ देर के लिए निष्कृति क्यों अनुभव कर गई थी।

रमा मुझे चाहती न हो ऐसी बात नहीं है। वह मेरा अनिष्ट नहीं चाहती। न कभी चाहा है, न चाहेगी, यह मैं अच्छी तरह जानता हूँ। अगर तीस बरस और मैं जीता रहूँ तो वह तीस बरस और मेरे साथ रहती जाएगी। पत्नी की तरह। मेरा घर-बार चलाएगी, मेरे बच्चों को देखेगी, मेरे आराम का ख़याल रखेगी। और मेरा अनिष्ट नहीं चाहेगी। पर मेरे न रहने पर वह विधवा नहीं होगी, यह भी मैं जान गया हूँ। एक तरह से ख़ुशी है मुझे। बस, अरुण मुझे पसन्द नहीं।

हम चिड़ियाघर पहुँच गए।

रिन्कू ने कहा, "हम शेर देखेंगे।"

रिक्की ने कहा, "हम बन्दर देखेंगे।"

रमा ने कहा, "जो आप चाहें देख लेंगे।"

मैंने सबकी बात रख ली।

सोचा, जब और सब देख चुकेंगे तो वह देखेंगे, जिसके लिए मेरा मन ललक रहा है। प्रवासी

चिड़ियों से भरा ताल। अन्त तक स्थगित रखने से, वह हर पल मेरे मन पर छाया रहेगा। उसका इन्तज़ार करते, हर पल मेरे लिए महत्त्वपूर्ण बना रहेगा।

एक ताल चिड़ियाघर के भीतर घुसते ही पड़ता है। मनुष्य के हाथों बना छोटा सा सुन्दर-सजीला-कृत्रिम ताल। बतख़ें, सारस और हंस उस पर भी तैरते हैं। पर ठीक पालतू न होते हुए भी वे जंगली नहीं हैं। पिंजरों में बन्द वे बेशक नहीं हैं, पर बरसों से उसी ताल पर रहते ख़ुद-ब-ख़ुद, सीख़चों में क़ैद हो गए हैं। उन्हें देखता हूँ तो मुझे एक विशाल पनीला पिंजरा नज़र आता है और कुछ नहीं।

जिस ताल को देखने को मैं तरस रहा था, वह प्राकृतिक है। जंगली घास से ढकी ऊबड़-खाबड़ ज़मीन के बीच टेढ़े-मेढ़े, चौड़े-नेड़े होते घुमावदार किनारे। किनारों के बीच अपनी मर्ज़ी से बहता पानी। बर्फ़ीले देशों से उड़ान भरकर आए, आसमान से ताल पर डाइव मारते सारसों के क़ाफ़िले। फ़िज़ा को चीरती, हवा को कँपाती, जंगली कलहंसों की गोहारती डांक। ताल के पानी की स्थिरता की चिंदियाँ उड़ाती, छपाक डुबकियाँ लगातीं, आज़ाद बतख़ें, मुर्ग़ाबियाँ व कुक्कुट। काली-सफ़ेद-चितकबरी-अबलख। अपने कलरव से पानी की कलकल को नियमितता की नियति से मुक्त करते प्रवासी पंछी। चन्द महीनों बाद बदलते मौसम का आह्वान पा एक हुंकार भर ताल से आसमान में उड़ान भरने की क्षमता रखते हैं वे।

बहुत दिन पहले एक बार देखा था। लगा था वह ताल नहीं, सागर है। सागर नहीं संसार है। ब्रह्मांड है। एक दिन ऐसे ही हाँक मार मेरी आरोही आत्मा खुले आसमान में जा उड़ेगी।

एक दिन!

हमने कृत्रिम ताल देखा। चने ख़रीदे और बन्दरों के विशाल पिंजरेनुमा कमरे के आगे जा रुके। रिक्की ने चने भीतर फेंक दिये। पेड़ों की शाख़ाओं पर लटके बन्दर नीचे कूद पड़े और उछल-उछलकर चने ढूँढ़ने-फाँकने लगे। बस, एक बूढ़ा बन्दर चुपचाप शाख़ पर शान्त बैठा रहा। बहुत खा चुका चने। अब लोभ नहीं रहा। पर उसे सिर्फ़ मैंने देखा। बच्चे चने फाँकते, उछलते-कूदते बन्दर देख रहे थे। रमा अनमनी सी बाहर बेंच पर बैठी थी। रिक्की ने हाथ हिलाया। सामने बैठे बन्दर ने भी हाथ हिला दिया। रिन्कू ने रिक्की के गाल पर चपत लगा दी। एक बन्दर ने फ़ौरन दूसरे बन्दर के चाँटा जमा दिया। बच्चे खिलखिला पड़े। बन्दर गुत्थमगुत्था हो गए। खों-खों कर हँस दिये। रमा उठकर हमारे पास आ गई। हम सब साथ हँसे और आगे बढ़ गए।

फिर शेर की गुफा। रिन्कू की पसन्द। शेर गुफा के मुँह पर बैठा था। भीमकाय, सेहतमन्द, रोबीला। पर उसकी राजसी वन्यता पर दाग़ था। वह प्रतीक्षा कर रहा था कोई उसे खाना ला कर दे। असहिष्णु वह अवश्य था। दहाड़ें मारकर अपना अधैर्य प्रकट कर रहा था, पर था लाचार, कुछ आलसी भी। खाने की तलाश में इधर-उधर भटकने की उसे ज़रूरत नहीं थी। इच्छा भी नहीं।

रिन्कू ने कहा, ''मैं शेर को खाना खाते देखूँगी।''

''देख नहीं पाओगी,'' मैंने कहा।

''देखूँगी,'' उसने ज़िद की, ''मैं बच्ची नहीं हूँ।''

हम खाना लाने वाले का इन्तज़ार करने लगे। रमा सामने घास के लॉन पर बैठकर सुस्ताने लगी।

वह आया। भाले की नोक में फँसा कर कच्चे मांस के लाल लोथड़े शेर के पास फेंकने लगा। उबकाई लेकर मैं वहाँ से हट गया। पर रिन्कू खड़ी देखती रही। हटी तब, जब शेर खाकर लम्बी तान चुका था। उसके चेहरे का रंग ज़र्द पड़ा हुआ था, शायद उबकाई रोके रहने के कारण। मुट्ठियाँ अब तक भिंची थीं और आँखें त्रस्त। पर वह ख़ुश थी। उसने कहा था, वह बच्ची नहीं है। मुझे उस पर मोह हो आया।

उसके बाद गेंडा अपने कुंड में, मगरमच्छ, ऊदबिलाव अपने छोटे से पोखर में, हिरण खुले मैदान में, चिंपांजी, चौड़े पिंजरे में, भालू मज़बूत सीख़चों में। और...

घूमकर हम देखते रहे और थककर चूर हो गए।

''चलें अब?'' रमा ने क्लान्त स्वर में पूछा।

''पंछियों वाला ताल देख लें, फिर चलेंगे,'' मैंने कहा।

''वह तो सबसे पहले देखा था भीतर घुसते ही,'' रमा बोली।

''नहीं, वह नहीं, यह और है,'' मैंने कहा।

''वह रहा, पापा, वह रहा ताल!'' रिन्कू ने अँगुली उठाकर कहा।

मैंने देखा, हम वापस दरवाज़े पर लौट आए हैं। सामने वही छोटा सा सुन्दर सजीला ताल है।

''नहीं, यह नहीं, वह और है,'' मैंने कहा।

''कहाँ है?'' रिक्की ने पूछा।

''यहीं कहीं। चिड़ियाघर में।''

''पूरा चिड़ियाघर तो घूम चुके,'' रमा ने कहा।

''लगता है कोई मोड़ छूट गया,'' मैंने कहा, ''आओ फिर से देखें।''

''मैं बहुत थक गई,'' उसने कहा।

''तुम यहाँ आराम करो। हम देखकर आते हैं।''

''तुम नहीं थके?''

''नहीं,'' मैं बच्चों को ले, पलट गया।

कितनी देर हम ताल खोजते रहे पर वह नहीं मिला।

जो मोड़ सामने दीखा उसी पर मुड़ गए। आगे बढ़े फिर मुड़ गए। कभी दाएँ कभी बाएँ। कभी चौड़ी सड़क पर कभी सँकरी गली में। पर ताल नहीं मिला।

एक ताल दीखा ज़रूर पर वह ख़ाली था।

''वह है तो ताल,'' रिन्कू ने उसे दिखाकर रुआँसे स्वर में कहा।

''यह नहीं,'' मैंने कहा, ''वह और है।''

''हम तो थक गए,'' रिक्की सहसा रो दिया।

''अच्छा, चलो बाहर चलो,'' मैंने कहा, ''गाड़ी लेकर आते हैं। हो सकता है वह कुछ बाहर जाकर हो।''

हम दरवाज़े पर लौटे। मैंने रमा और बच्चों के लिए आइसक्रीम ख़रीदी, उन्हें गाड़ी में बिठलाया और गाड़ी अन्दर ले ली। आइसक्रीम खाकर वह सीट पर बैठे-बैठे सो गए।

मैं ताल ढूँढ़ता रहा।

जो मोड़ सामने देखा उसी पर मुड़ गया। आगे बढ़ा फिर मुड़ गया। कभी दाएँ कभी बाएँ। कभी चौड़ी सड़क पर कभी सँकरी गली में। चिड़ियाघर की सरहद के भीतर। सरहद के बाहर। पर प्रवासी पंछियों वाला ताल नहीं मिला। सामने आए वही दो ताल, एक पालतू पंछियों से बोझिल, दूसरा ख़ाली।

मुझे घबराहट होने लगी। कहाँ गया ताल? किधर गुम हो गया? था ही नहीं कभी? मेरी कल्पना के परे कुछ नहीं था। एक भी उड़ान भरता मुक्त पंछी नहीं? मेरी गाड़ी की गति बढ़ती गई। मैं अपना रास्ता खोजता रहा पर ताल नहीं मिला। बच्चे सोते से चौंककर कहते रहे, वह रहा पापा, वह रहा ताल! मैं मायूसी के साथ गुनगुनाता रहा, नहीं, यह नहीं, वह और है।

और मुझे दीखे वही दो ताल, एक पनीला पिंजरा, दूसरा ख़ाली।

''वह है। मैं जानता हूँ है। मैं उसे ढूँढ़ कर रहूँगा,'' मैं बुदबुदाता रहा, घसड़-पसड़ गाड़ी चलाता रहा और मन ही मन घबराता रहा।

''किसी से पूछ लो,'' आख़िर रमा चिड़चिड़ा उठी। सहनशीलता की हद होती है।

डूबते को सहारा मिला। मैंने ज़ोर से ब्रेक मारी, गाड़ी रोकी और सामने दौड़ गया। जो पहले दीखा, उसी से पूछा, ''उड़ने वाली चिड़ियों का ताल कहाँ है?''

''चिड़ियाँ तो सभी उड़ती हैं, जनाब!'' पहला आदमी मुस्करा दिया।

''मुझे क्या मालूम, चिड़ियों से पूछिए,'' दूसरा आदमी हँस पड़ा।

''चिड़ियाघर वालों से पूछिए जनाब, हम तो आपकी तरह दर्शक हैं,'' तीसरे ने लाचारगी जतलाई।

''मेरी तरह?'' मैंने कहा, ''आप भी चिड़ियों वाला ताल देखना चाहते हैं?''

''जी नहीं, मैं तो घर जाना चाहता हूँ,'' उसके साथी खिलखिला दिये।

''सामने हाथी का महावत है। उससे पूछिए,'' चौथे आदमी ने मेरी बाँह पकड़कर मुझे दूसरी तरफ़ घुमा दिया।

''उड़ने वाली चिड़ियों का ताल किस तरफ़ है?'' मैंने उससे पूछा। वह देर तक मेरी तरफ़ देखता रहा।

फिर बोला, ''जो साल में एक बार आती हैं?''

''हाँ-हाँ, वही। दूसरे देशों से आने वाली।''

वह फिर देर तक मुझे देखता रहा, तब बोला, ''आप जिधर से आए हैं उधर ही है।''

''पर वहाँ तो नहीं है।''

''कोई ताल नहीं है?''

''है। उस पर रोज़मर्रा वाली बतख़ें तैर रही हैं।''

''और? एक और नहीं दीखा?''

''हाँ। पर वह ख़ाली है।''

''वही है,'' उसने कहा।

''ख़ाली?''

''हाँ,'' उसने कहा, गहरे दुख के साथ।

''पर क्यों? ख़ाली क्यों?''

"क्योंकि चिड़ियाँ नहीं आईं!"

"क्यों नहीं आईं?"

"क्यों जानना चाहते हैं, साहब!" उसने मेरे साफ़ क़ीमती कपड़ों पर नफ़रत की नज़र डाल कर कहा, "आपकी वजह से।"

"मेरी?"

"हाँ-हाँ, आपकी। आप जैसे लोगों की।"

"क्या मतलब?"

"वह रेलगाड़ी देख रहे हैं?"

"हाँ।"

"पहले देखी है कभी चिड़ियाघर के अन्दर रेलगाड़ी?"

"नहीं।"

"यह इसलिए चलाई गई है क्योंकि आप साहब लोग चिड़ियाघर में पैदल नहीं घूम सकते। रेलगाड़ी में बैठे-बैठे सब कुछ देख लेना चाहते हैं। इस गरजते, धुआँ उगलते लोहे के जानवर के रहते चिड़ियाँ आएँगी यहाँ? कभी नहीं। एक नहीं उतरी इस बरस, साहब! एक नहीं।"

मैंने अपना सिर हाथों में थाम लिया और वहीं ज़मीन पर बैठ गया।

"आप भी गाड़ी से आए हैं न," उसने मेरी गाड़ी की तरफ़ देख तल्ख़ हँसी के साथ कहा।

"भाई मेरे," मैंने कहा, "ज़रा सा पानी पिला दो।"

मैं घर लौट आया। वैसे ही। ख़ाली।

विपिन

अभी-अभी प्रवीण की चिट्ठी मिली है। बुलाया है उसने। लिखा है, विपिन, जैसे भी हो समय निकाल कर आना ज़रूर। तू जानता तो है मेरे पास वक़्त ज़्यादा नहीं है।

आप शायद यक़ीन नहीं करेंगे पर उस दिन के बाद मैं प्रवीण से मिलने नहीं गया। चार महीने हो गए। जाने कैसा ख़ौफ़ लगता है उसके पास जाने में। धीरे-धीरे मरता हुआ आदमी कैसा लगता है। क्या सोचता है...किस तरह जीता है...।

यह बात नहीं है कि मैंने पहले कभी मरते लोग नहीं देखे। डाक्टर के साथ काम करता हूँ। मरतों को देखना पेशा है मेरा। डाक्टर कहता है, फ़लाँ मरीज़ मर गया। मैं उसके नाम की पर्ची फाड़ देता हूँ। दुख भी होता है। आह, बेचारा मर गया! बेचारी बीवी! बच्चे कितने हैं?

लड़कियाँ शादीशुदा हैं? लड़के कमाऊ हैं?

हाँ। चलो, शुक्र है।

नहीं? ओह बेचारे! कैसे गुज़र करेंगे?

यही आता है मेरे दिमाग़ में। यह नहीं कि मरने से पहले उसने क्या सोचा, क्या कहा, क्या किया।

पर प्रवीण मेरा दोस्त है। उसका नाम पर्ची पर नहीं मेरे दिलोदिमाग़ पर दर्ज है। प्रवीण मर रहा है और जानता है वह मर रहा है। जब भी याद आता है, लगता है वह नहीं, मैं मर रहा हूँ। और मैं मरना नहीं चाहता।

अच्छा है मेरे पास पैसे नहीं हैं वरना लौटाने के लिए उसके पास जाना पड़ता। नहीं, यह बात नहीं है।

मैं जानता हूँ मुझे उसके पास जाना चाहिए।

नहीं, यह भी ग़लत है। मैं चाहता हूँ उसके पास जाऊँ।

यही वक़्त है जब दोस्त की ज़रूरत होती है। मैं चाहता हूँ उसका ग़म हलका करूँ।

उसके पास बैठूँ, उसकी सुनूँ, जो वह चाहे कहूँ।

प्रवीण को बीते दिनों की, बचपन की बातें करना कितना भला लगता है। मेरे सिवा किससे कर पाएगा। एक मैं ही हूँ बचपन का साथी, पुराना दोस्त, उसका राजदाँ। सच, कितनी इच्छा है मेरी, पहले की तरह उसके पास बैठ घंटों गुज़ार दूँ।

पर क्या करूँ वक़्त नहीं मिलता।

सुबह आठ से रात आठ तक की ड्यूटी, फिर मरीज़। पता नहीं चलता कब सुबह हुई कब शाम, कब आज कल में बदल गया।

इतना सब करके भी मैं प्रवीण को रुपयों की पहली क़िस्त लौटा नहीं पाया।

विमला की बहन की शादी पड़ गई थी।

शादी की चिट्ठी आई तो मेरे हाथ लगी। मैंने विमला को नहीं दिखलाई फिर कार्ड आ गया। वह उसी के हाथ पड़ा।

''अरे,'' उसने चिहुँक कर कहा, ''लल्ली की शादी है।''

''कब ?'' मैंने पूछा।

''अगली दस को।''

''आज अट्ठाईस है। बड़ी जल्दी ख़बर भेजी।''

उसका मुँह सूख गया। वह आजिज़ी से लिफ़ाफ़े के भीतर कुछ खोजने लगी।

''बस, कार्ड भर है ?'' मैंने पूछा।

''हाँ,'' उसने चुपके से कहा।

''हूँ,'' कहकर मैं चुप हो गया पर मेरा आशय वह समझ गई। कुछ ठहर कर बोली, ''पता नहीं चिट्ठी क्यों नहीं डाली।''

''बुलाना नहीं चाहते होंगे,'' मैंने ठंडे स्वर में कहा।

''कमला-सरला के ब्याह में नहीं गई थी...इसी से...शायद न लिखा हो,'' कुछ देर चुप रहने के बाद उसने गहरे विषाद के साथ कहा।

लल्ली विमला की सबसे छोटी और प्रिय बहन है।

मैंने सोचा अब वह रोने वाली है। मेरे लिए उसे जाने से मना करना आसान होगा। पर वह नहीं रोयी। सूखा विषण्ण मुख लिये चुपचाप बैठी टुकुर-टुकुर सामने ताकती रही।

मुझे परेशानी होने लगी।

''क्या देख रही हो ?'' झल्ला कर मैंने पूछा।

वह चौंककर सिहर उठी। बोली, ''कुछ नहीं।''

फिर टक लगाकर मेरी तरफ़ देखने लगी।

मुझसे रहा नहीं गया।

"इतना परेशान क्यों होती हो," मैंने कहा, "हो सकता है चिट्ठी डाक में खो गई हो।"

पता नहीं मैं इतना कमज़ोर क्यों हूँ।

"हाँ," उसने ख़ुश होकर कहा, "यही हुआ होगा। मैं उन्हें चिट्ठी लिख दूँ?"

"लिख दो," मैंने हार मानकर कहा।

फिर जो होना था वही हुआ। दो दिन के अन्दर उसकी चिट्ठी के जवाब में दो चिट्ठियाँ आ गईं। एक उसके नाम, एक मेरे नाम। ख़ूब मनुहार के साथ बुलावे की चिट्ठियाँ।

"जाना तो होगा नहीं," विमला ने कहा, "ब्याह में जाओ तो ख़र्चा पूरा लगता है," कहकर उसने मेरी तरफ़ ताका और देर तक आँखें नहीं हटाईं।

"जाए बग़ैर मर नहीं जाओगी," मैंने कहा।

"हाँ, मुझे मन मारने की आदत है। कमला-सरला के ब्याह में ही कहाँ गई थी," उसने कहा।

"ठीक है। मारो मन को और मरो तुम भी," मैंने तेज़ी से कहा।

सोचा अब ज़रूर रोएगी।

पर वह नहीं रोयी। कमबख़्त हँस दी। बोली, "उससे क्या फ़ायदा होगा? इस उम्र में तुम्हें दूसरी औरत मिलने से रही।"

मैंने प्रवीण के रुपये नहीं लौटाये। संध्याकालीन रोगियों से जो पैसे मिले, लाकर उसके हाथ पर रख दिये।

उसने इतने आश्चर्य से मेरी तरफ़ देखा कि मैं वहाँ से हट गया। डर लगा कहीं धन्यवाद देने के लिए वह रोना न शुरू कर दे।

विमला और बच्चे शादी में बेलापुर चले गए। मैंने साइकिल चलाने में सावधानी बरतनी छोड़ दी। शाम के मरीज़ों का नम्बर बढ़ाने की कोशिश में जी-जान से जुट गया।

अब चक्कर आते भी हैं तो कोशिश करता हूँ उनकी परवाह न करूँ। जो हो, साइकिल रोककर सुस्ताने न बैठ जाऊँ। पर ख़याल आए बग़ैर नहीं रहता, कहीं वैद्य का बच्चा वायु-वायु करके जान न ले ले।

कहूँ डॉ. मजूमदार से? नहीं, चार महीने कुल हुए नौकरी करते हुए। अभी से बीमारी लेकर पहुँच गया तो छुट्टी पक्की समझो।

डॉ. श्रीवास्तव से कहूँ? वह तो पक्का हरामी है। पाँच सौ रुपये पहले हजम कर चुका। कुछ कहा तो फट जाकर डाक्टर साब के कान में भर देगा। मेरी छुट्टी और नए आने वाले कम्पाउंडर से पाँच सौ पक्के।

कोई और तरक़ीब निकालनी होगी।

मुझे तरक़ीब सूझ गई।

कई दिनों तक मैं डाक्टर साहब का ब्लड प्रेशर का परीक्षण ध्यान से देखता और दिमाग़ में बिठलाता रहा। फिर उनकी ग़ैरमौजूदगी में अपना ब्लड प्रेशर ख़ुद चैक कर डाला। कुछ हाई निकला। 180-95। डाक्टर साहब को मैं कई बार कहते सुन चुका हूँ, है तो ब्लड प्रेशर हाई पर चिन्ता की कोई बात नहीं है। दिन में एक गोली खाइए, दिमाग़ ठंडा रखिए, हलका खाना लीजिए और भूल जाइए कि आपको ब्लड प्रेशर है।

मैंने उनके शब्द अपने को सुना दिये और सैंपल की दवाइयों में से काम की बोतल ग़ायब कर दी। सैंपल की दवाइयों का हिसाब मैं ही रखता हूँ। लिस्ट बनाकर डॉ. श्रीवास्तव को दे देता हूँ। सच पूछो तो उसे उन्हें बेचने का कोई अधिकार नहीं है।

डॉ. मजूमदार की हिदायतों का ख़याल रखते हुए मैं गोली खा लेता हूँ। मौक़ा देखकर अपना ब्लड प्रेशर चैक कर लेता हूँ।

लगता है डॉ. मजूमदार ही मेरा इलाज कर रहे हैं। बिलकुल द्रोणाचार्य के शिष्य एकलव्य जैसी बात है। कभी ख़ूब गर्व होता है अपने ऊपर। कभी हँसी आती है। कहीं एकलव्य की तरह गुरु-दक्षिणा में अँगूठा न देना पड़ जाए। वाह, क्या बढ़िया मज़ाक़ है।

पर एक बात मेरी समझ में नहीं आई। चैक करने पर मेरा ब्लड प्रेशर कभी एकदम ऊपर होता है, 180-95 और कभी एकदम नीचे, 140-80। कभी सिर पत्थर की तरह भारी रहता है, कभी हवा निकले गुब्बारे की तरह ख़ाली। कोई गुर है जो मेरी पकड़ में नहीं आया। आ जाएगा धीरे-धीरे।

आजकल मैं डॉ. मजूमदार के कार्य-कलापों को ध्यान से देखने लगा हूँ। एक दिन उन्हें कहते सुना, ब्लड प्रेशर का ऊपर-नीचे होते रहना ठीक नहीं है। एकसार चलना चाहिए। जो दवा उन्होंने बतलाई, मैंने फ़ौरन नोट कर ली। पर सैंपल की दवाइयों में वह मिली नहीं।

कोई बात नहीं। दस-पाँच दिन में मिल जाएगी। बाज़ार से कौन ख़रीदने जाए। दस-बीस रुपयों की चपत पड़ जाएगी। सैंपल में आनी है ही एक न एक दिन। अब नहीं, हफ़्ते भर बाद सही। तब तक एहतियात के तौर पर यही दवा जारी रखूँगा। बन्द नहीं करूँगा।

जब से प्रवीण का बीमारी के बारे में सुना है मुझे अपनी छोटी से छोटी बीमारी से डर लगने लगा है।

मैं सब चीज़ों से इतना डरता क्यों हूँ?

मैं प्रवीण से मिलने क्यों नहीं जाता?

जब से प्रवीण का ख़त मिला है मैं बराबर यही सोच रहा हूँ। न जाने कितनी बार पढ़ चुका। कितना इसरार करके बुलाया है।

जैसे हो समय निकाल कर आना ज़रूर...ज़रूर आना...जैसे भी हो...पिछली बार तो कह आया था अगले महीने उसके रुपये लौटा दूँगा। फिर पलटकर गया नहीं। पता नहीं क्या सोच रहा होगा मेरे लिए।

एक नहीं चार महीने बीत गए। रुपये लौटाने नहीं थे तो कहने की क्या ज़रूरत थी। किसी वजह से लौटा नहीं पाया तो कम से कम आकर कह जाता। सोचा नहीं था कि इतना कृतघ्न निकलेगा विपिन।

मुझे उसके पास फ़ौरन जाना चाहिए। अब और नहीं टालूँगा।

रविवार की शाम ख़ाली मिलती है। उस दिन मेरे तमाम बेचारे मरीज़ टेलीविज़न पर पिक्चर देखते हैं। इंजेक्शन वग़ैरह लगवाने में एक मिनट भी जाया नहीं करना चाहते। और मैं, उनका तीमारदार, सारी शाम अपना भारी या ख़ाली सिर हाथों में दबाये आँखें मूँदे, बिस्तर पर पड़ा जाया करता हूँ।

अगला रविवार आने दो। बिस्तर छोड़ प्रवीण से मिलने ज़रूर जाऊँगा। और कुछ नहीं

तो उससे कह आऊँ, उसके रुपये मैं जल्द वापस कर दूँगा। क्या पता इसीलिए इतने इसरार के साथ ख़त लिखा हो।

प्रवीण

कुछ वैसा नहीं हो रहा जैसा मैंने सोचा था।

चार महीने गुज़र गए। विपिन मिलने नहीं आया। मेरी बात सही निकली? आदमी किसी से उधार लेता है तो उससे नफ़रत करने लगता है। मुझे मिली मौत की सज़ा भी उस नफ़रत को कम न कर सकी?

लगता है विपिन अब नहीं आएगा। जब से ख़ाली ताल देखकर लौटा हूँ, अथाह निराशा से घिर आया हूँ। विपिन अब नहीं आएगा। ताल के लिए भी तो चार महीने प्रतीक्षा की थी। सर्दी के मौसम की बाट जोहते...

तो विपिन अब कभी नहीं आएगा?

आएगा। जिस दिन उसके पास लौटाने लायक़ पैसा होगा वह दौड़ा चला आएगा। रुपये मेरे मुँह पर दे मारेगा। फिर...उसकी नफ़रत पिघल जाएगी। मुझे पूरी छूट होगी। चाहूँ तो दोबारा उसे दोस्त बना लूँ।

कब होगा? कब होंगे उसके पास रुपये?

मेरी मौत से पहले या बाद में?

हो सकता है विपिन मेरी लाश पर रुपयों की बौछार कर दे।

पर मैं तो उसे अब देखना चाहता हूँ।

चार दिन हुए उसे ख़त लिखा है। इसरार करके कहा है कि जैसे हो समय निकालकर आना ज़रूर। तू जानता तो है मेरे पास वक़्त ज़्यादा नहीं है...

...अब तक वह नहीं आया। ख़त का जवाब भी नहीं दिया। क्या यह हो सकता है कि मेरा ख़त पाकर भी वह न आए? देखूँ...कल तक और देखूँ आता है या नहीं। न आया तो मैं ही जाऊँगा उसके घर।

आज तक कभी गया नहीं। कभी उसने बुलाया नहीं।

आता है तो वही आता है। बाहर मेरे कमरे में बैठकर चला जाता है।

कभी रमा से उसे मिलाया नहीं। न मैं कभी उसकी पत्नी से मिला।

हमारी दोस्ती ऐसी ही है।

एक बार उसने कहा था, ''मेरे पास एक ही कमरा है। तू मेरे घर कभी मत आना।''

मैं नहीं गया। कभी नहीं गया। पर अब कल वह न आया तो मैं जाऊँगा। उसके एक कमरे में।

पर...कहीं...वह यह न समझ बैठे...

विपिन आया था।

घर में घुसते ही मेरे दरवाज़े पर खड़े रहकर बोला, ''तेरे रुपये मैं आज नहीं लाया।''

''कोई बात नहीं,'' मैंने कहा, ''आ बैठ न।''

वह अन्दर आकर मेरे बराबर बैठ गया और बोला, ''फ़िक्र मत कर। मैं क़सम खाता हूँ तेरे रुपये इसी पहली से लौटाने शुरू कर दूँगा।''

''मैं फ़िक्र नहीं कर रहा,'' मैंने कहा।

''हाँ,'' उसने तल्ख़ी से कहा, ''तेरे लिए पाँच सौ रुपये क्या मानी रखते हैं!''

''वह बात नहीं है, विपिन...'' मैंने कहा और बात पूरी किए बिना चुप हो गया।

क्या कहना ठीक रहेगा?

हाँ, रुपये मेरे लिए कोई मानी नहीं रखते या यह कि नहीं, रुपये सभी के लिए मानी रखते हैं, मेरे लिए भी।

अगर कहूँगा मानी नहीं रखते तो विपिन और तल्ख़ होकर कहेगा, ''मेरे लिए तो रखते हैं। मैं तेरे रुपये लौटा कर रहूँगा चाहे जान देनी पड़े।''

अगर कहूँगा, मानी रखते हैं, तो वह तैश में आकर कहेगा, ''मुझे क्या बतला रहा है? मैं क्या जानता नहीं? फ़िक्र मत कर, तेरे रुपये लौटाये बग़ैर मैं मरूँगा नहीं।''

दोनों में से एक भी, मैं नहीं कह पाया। कुछ देर चुप बैठा रहा, फिर एकाएक कह उठा, ''इस वक़्त मुझे रुपयों की नहीं, अपनी जान की फ़िक्र हो रही है। ऐसा क्यों नहीं करता विपिन, उन रुपयों से मेरे लिए एक बढ़िया कफ़न ख़रीद देना।''

कहते ही मैं आत्मग्लानि से भर उठा।

क्यों इस तरह के झूठे फ़िल्मी जुमले बोल रहा हूँ? विपिन की आँखों से नफ़रत पोंछ देने के लिए? उनमें एक बार फिर आँसुओं की नमी देखने के लिए? छी–छी! रुपये देकर आदमी इतना दयनीय हो जाता है कि ब्लैकमेल पर उतर आए।

वाक़ई, विपिन ने चौंककर मेरी तरफ़ देखा और सिर झुका लिया।

अपना हाथ आगे बढ़ाकर मेरा हाथ थाम लिया और उसे माथे से लगा, सुन्न बैठा रहा।

पर यह क्या हुआ? मेरा दिल एकदम पत्थर की तरह सख़्त हो, मेरी छाती के भीतर पड़ा रहा। विपिन का सहृदय स्पर्श मुझे छुए बग़ैर मेरे हाथ–पैरों से फिसल कर गुम हो गया।

मैं भी विपिन की तरह चुपचाप बैठा रहा।

सोचता रहा, क्या इसी के लिए मैं मर जाना चाहता हूँ।

हमारे बीच की चुप्पी असहनीय हो चली।

मैंने कोशिश की, कुछ महसूस कर सकूँ।

''विपिन,'' मैंने कहा, ''पिछले रविवार मैं चिड़ियाघर गया था। जानता है, इस साल एक भी चिड़िया वहाँ नहीं उतरी।''

''कौन?'' उसने चौंककर सिर उठाया, ''कौन नहीं उतरी?''

''चिड़िया। हर साल सर्दी के मौसम में, जब सर्द देशों में बर्फ़ पड़ने लगती है तो सारसों के क़ाफ़िले वहाँ से उड़ कर यहाँ आ जाते हैं।''

''क्यों?''

''यहाँ मौसम उतना सर्द नहीं होता। ताल–तालाबों का पानी जमता नहीं।''

''सब के सब?''

''नहीं, सब नहीं। इस साल भी उनके क़ाफ़िले वहाँ से चले होंगे पर दिल्ली, चिड़ियाघर के ताल पर नहीं उतरे।''

''तो?''

''मैं गया था देखने। ताल ख़ाली पड़ा था। एक भी पक्षी नहीं था।''

''तो?''

''बुरा लगा मुझे। बुरा हुआ न?''

''नहीं,'' उसने कहा, ''अच्छा हुआ। वे आते तो यहाँ वाले पक्षियों की ख़ुराक खा जाते।''

मैं उसे देखता रहा।

ठीक कह रहा है विपिन।

अपने तरीक़े से जीना इतना आसान नहीं है। अपराधबोध कम करने की कोशिश भी एक तरह से अपराध है।

विपिन काफ़ी देर बैठा रहा।

हम दोनों चुप बने रहे।

फिर वह चला गया।

''नमस्ते, भाई साहब।''

देखा, अरुण सामने खड़ा है।

''रमा अन्दर है,'' मैंने कहा।

''हाँ,'' उसने कहा, ''नहीं...मैं आपके पास आया था।''

''क्यों?'' मैंने कहा।

वह पास बैठ गया।

''अब तबीयत कैसी है?'' आर्द्र स्वर में उसने पूछा।

''वैसी ही है,'' मैंने कहा।

''ओह...पहले से बेहतर नहीं हुई?''

''बिगड़ी भी नहीं।''

''रमा कह रही थी... रमा भाभी कह रही थीं...आपको...वह...शायद...''

मैं एकटक उसे देखता रहा। वाक्य पूरा करने में मदद नहीं की। बल्कि बोला, ''शायद क्या?''

''डाक्टर क्या कहता है...कब तक ठीक...''

''अभी दो साल नहीं मरूँगा,'' मैंने कहा।

''यानी...यह तय है कि...जिगर में...कुछ है?''

''कुछ क्या?''

''कैंसर,'' उसने फुसफुसा कर कहा।

आख़िर उसकी हकलाती ज़बान से मैंने वह शब्द कहला ही लिया। अजीब ख़ुशी हुई मुझे।

''है तो,'' मैंने कहा, ''पर मैं जल्दी नहीं मरूँगा।''

''नहीं, भाई साहब...'' वह सकपका कर बोला, ''ऐसी बात मुँह से निकालते ही क्यों हैं? आजकल...हर बीमारी का इलाज निकल आया है। आप अमेरिका क्यों नहीं चले जाते?''

''क्यों?'' मैंने कहा, ''अपने देश में मरने की मनाही है?''

''नहीं...नहीं..,'' वह फिर हकलाने लगा, ''पर वहाँ...वहाँ...इलाज...''

उसे हकलाता देख मुझे इतना मज़ा क्यों आ रहा है?

बहुत दिनों से मैं उसे जानता और नापसन्द करता आया हूँ पर आज से पहले इस तरह क्रूर होकर उसे नहीं कोंचा।

आज लग रहा है, जिसे जो चाहूँ, कह सकता हूँ, कड़वी से कड़वी बात। तो क्या अपनी तरह जीने का अर्थ है, क्रूरता को प्रश्रय देना?

''अगर गया तो तुम और रमा भी चलोगे न साथ?'' मैंने अरुण से पूछा।

''जी हाँ, क्यों नहीं,'' उसने तत्परता से कहा, ''आप कहेंगे तो ज़रूर चलेंगे।''

''और मैं वहाँ मर गया तो तुम लोग क्या करोगे? यहाँ लौटोगे या वहीं बस जाओगे। रमा के नाम रुपया मैं काफ़ी छोड़ जाऊँगा।''

''जी? क्या? क्या...मतलब?'' उसके चेहरे का रंग उड़ गया।

हे भगवान! यह क्या कह गया मैं?

फ़ौरन बात बदल देनी चाहिए।

''जानते हो अरुण,'' मैंने कहा, ''अमेरिका से बहुत से जल पक्षी इस मौसम में यहाँ आ जाते हैं!''

''जी?'' वह मुँह फाड़े मुझे देखता रहा।

''हाँ! यहाँ चिड़ियाघर में जो बड़ा ताल है, बहुत से उसी पर आकर बस जाते हैं।''

''जी।''

''पर इस साल एक भी चिड़िया वहाँ नहीं उतरी।''

मैं चुप हो गया तो नासमझ की तरह उसने कहा, ''ओह!''

''जानते हो, चिड़ियाघर के भीतर आजकल रेलगाड़ी चलने लगी है?''

''जी हाँ,'' उसे कहने को कुछ मिल गया। चिहुँक कर बोला, ''बड़ा आराम हो गया है। पूरे चिड़ियाघर की सैर रेलगाड़ी में बैठे-बैठे हो जाती है। आप चलिए न एक दिन। बिलकुल थकान महसूस नहीं होगी। रमा को बहुत मज़ा आया था रेलगाड़ी की सैर...'' उसका वाक्य टूट गया।

''अच्छा,'' मैंने कोमल स्वर में कहा, ''रमा को ले गए थे चिड़ियाघर?''

''जी,'' कह वह दोषी भाव से चुप हो गया।

''जानते हो, अरुण, इसी रेलगाड़ी की वजह से इस साल वहाँ चिड़िया नहीं उतरीं।''

''क्यों?''

''शोर और धुआँ!''

''वह तो रेलगाड़ी से होगा ही।''

''रेलगाड़ी बन्द भी हो सकती है।''

''क्यों?'' वह हँस पड़ा, ''चिड़ियों के मारे? आप भी भाई साहब...चिड़ियों के मारे कहीं रेलगाड़ियाँ बन्द होती हैं?''

''अरुण,'' मैंने निहायत बदतमीज़ी से कहा, ''अब तुम जाओ। मैं आराम करूँगा।''

''जी,'' वह हड़बड़ाकर उठा और बाहर चला गया।

तुम भी रेलगाड़ी की तरह हो, अरुण। सुविधाजनित।

मेरा मन हुआ मैं मरूँ नहीं। जिऊँ और देखूँ कि चिड़िया वापस आती हैं या नहीं।

विपिन

''ऐसा क्यों नहीं करता विपिन, उन रुपयों से मेरे लिए एक बढ़िया कफ़न ख़रीद देना।''

प्रवीण ने कहा कल।

क्यों कहा उसने?

क्या वह व्यंग्य था?

क्या वह समझता है मैं दो साल तक उसका रुपया नहीं लौटाऊँगा?

बार-बार यह ख़याल क्यों आ रहा है मुझे?

उस वक़्त जब उसने कहा ऐसा नहीं सोचा था मैंने। शर्म से मेरा सिर झुक गया था। रुपयों को मैं एकदम भूल गया था। उसका हाथ थामे माफ़ी माँगता सा चुपचाप बैठा रहा था।

चाह कर भी कुछ कह नहीं पाया था। हमारे बीच चुप्पी खिंचती चली गई थी।

सहसा प्रवीण ने चिड़ियों के बारे में कुछ कहा था। अचरज हुआ था मुझे। पहले वह कह रहा था मुझे इस वक़्त रुपयों की नहीं, अपनी जान की फ़िक्र है। रुपयों की उसे फ़िक्र नहीं थी पर चिड़ियों की थी। वह भी दूसरे देशों से आई चिड़ियों की। फिर भी मैंने उसकी बात धैर्य से सुनी थी और जवाब दिया था। पर बात देर तक चल नहीं पाई थी।

एक बार फिर चुप्पी हम पर छा गई थी। पर मेरे मन में कोई संशय नहीं उठा था। मैं प्रवीण का स्पर्श महसूस करता बैठा रहा था। कुछ देर के लिए मैंने उसके उधार के बारे में ही नहीं, उसकी अवश्यंभावी मृत्यु के बारे में भी नहीं सोचा था। बस, महसूस किया था प्रवीण को। सोचो कुछ नहीं था। कुछ देर के लिए मैं अपने भय से मुक्ति पा गया था। भय, संशय का, सोच के परे कोई अस्तित्व नहीं है न।

उसके कमरे से बाहर आते ही मुझे क्या हो गया? रह-रहकर वही वाक्य सिर के भीतर बज रहा है, उन रुपयों से मेरे लिए एक बढ़िया क़फ़न ख़रीद देना...

मैं याद कर रहा हूँ प्रवीण ने ठीक किस तरह वे शब्द कहे थे।

वक्र मुस्कराहट के साथ?

आँखों में नफ़रत भर के?

स्वरों की लय को तोड़कर?

हाँ। ऐसे ही। ऐसे ही।

ऐसे ही कहे थे उसने वे शब्द। व्यंग्य की सान पर चढ़ाकर।

ठीक है। इस महीने उसके रुपयों की क़िस्त ज़रूर चुकाऊँगा। जैसे भी हो।

मैं साइकिल पर सवार क्लिनिक की तरफ़ चला जा रहा हूँ, मेरे कानों में बराबर उसके शब्द गूँज रहे हैं।

मेरा सिर चकरा रहा है और हर घुमेर के साथ उसके शब्द घुमड़ रहे हैं। मेरी आँखों के आगे अँधेरा छा रहा है और बीच में बिजली की तरह उसके शब्द कौंध रहे हैं।

आज भी सैंपल में वह दवा नहीं निकली। बाज़ार से ही ख़रीद लानी होगी।

किसी तरह सिर में उठता तूफ़ान थाम देना होगा वरना...।

...क्या सोच रहा था मैं?

यह सड़क पर चढ़ाई कैसे आ गई? पहले तो सपाट थी। मैं कहाँ से नीचे आ गिरा? वह गड्ढा था या ढलान?

मुझे कुछ दीख क्यों नहीं रहा?

अब सिर कुछ टिका।

ओह, चक्कर आया था। निकल गया। मैं अब भी साइकिल पर सवार हूँ। गिरा नहीं। कम बेशर्म नहीं हूँ। अब सड़क सपाट है। चढ़ाई या ढलान नहीं है।

क्या सोच रहा था मैं?

आज बाज़ार से वह दवा ज़रूर लानी है वरना...वरना...

...यह साइकिल को क्या हुआ? धचक-धचक कर क्यों चल रही है? आगे के पहिये की हवा निकल गई क्या? मेरा सिर बिलकुल ख़ाली हो गया...

मुझे कुछ सुझायी नहीं दे रहा। सड़क पर गाढ़ा अँधेरा उतरता आ रहा है।

साइकिल रोकूँ?

रोकूँ या बढ़ूँ?

...चाह कर भी मैं साइकिल रोक क्यों नहीं पा रहा?

यह सड़क के किनारे की बत्तियाँ बीच सड़क पर कैसे झिलमिलाने लगीं?

यह कैसी चकमक है?

दीर्घकाय दैत्य की जगमग आँखें मुझ तक बढ़ी चली आ रही हैं।

रुको! रुको! तुम ही रुको!

...मैं नहीं रुक सकता।

...मेरे हाथ नाकाम हो गए हैं...।

मैं हवा के साथ बह रहा हूँ।

मुझे बचाओ...बचाओ...बचाओ!

...आह!...बचाओ!

सब कुछ थम गया। साफ़ हो गया। मैंने देखा, मजूमदार क्लिनिक से कुछ दूरी पर मैं साइकिल समेत सड़क पर गिर पड़ा हूँ।

जहाँ मेरा सिर होना चाहिए वहाँ गरम लावा उबल रहा है। मेरे हाथ उठे, सिर तक गए और ख़ून में सन कर नीचे गिर गए।

मेरे चारों तरफ़ लोगों की भीड़ बढ़ रही है।

प्रवीण...प्रवीण...मैंने अपनी बुदबुदाहट अपने कानों से साफ़ सुनी फिर...पता नहीं...

''प्रवीण...प्रवीण...!''

...मैं चला मेरे दोस्त। अब तेरा कोई व्यंग्य मुझे नहीं छू सकता। न तेरा एहसान...न प्यार...

...मैं एहसान फ़रामोश नहीं हूँ। ज़िन्दा रहता तो तेरा रुपया बहुत जल्द वापस कर देता और...तेरे बचे दिनों को अपने स्नेह से सराबोर कर देता।

...मैं सफ़ाई नहीं दे रहा। ज़रूरत नहीं रही। मेरी मौत ने मुझे बचा लिया। अपना औचित्य सिद्ध करने के लिए अब मुझे किसी कल की प्रतीक्षा नहीं है।

...सुन रहा है प्रवीण?

अरे यह प्रवीण ही तो है। मेरे सामने!

"सुन, मेरी बात सुन। मेरे पास आ।"

...मैं जानता हूँ जो सचमुच मैंने तुझसे पाया है वह रुपया नहीं, तेरी दोस्ती है। दोस्ती उपकार नहीं होती। वह बदले में कृतज्ञता नहीं, सिर्फ़ दोस्ती चाहती है। वह मैं तुझे दे चुका। अब और कल तक स्थगित नहीं।

...कल से मैं मुक्त हो गया।

...अब कोई आने वाला कल मुझे चुनौती नहीं देगा।

...अब कोई बीता हुआ कल मेरी असफलता पर नहीं हँसेगा।

...तेरा ऋण मैंने मौत को चुका दिया।

सुन रहा है प्रवीण?

"सुन प्रवीण, मेरे पास आ!" अपनी चीख़ मैंने अपने कानों से सुनी और...फिर...

प्रवीण का चेहरा एक बार आँखों के आगे कौंध कर धुँधला पड़ता जा रहा है।

मेरे अपने शब्द मेरे कानों में नहीं पड़ रहे।

कहीं से रोने का शोर उठ रहा है...कानों में लावे सा धँस रहा है...आसपास छायाएँ घिरती जा रही हैं...जलती आँखों के सामने बीवी-बच्चों के चेहरे छटपटा रहे हैं...रोने का शोर बढ़ता जा रहा है...मेरी बीवी! मेरे बच्चे!

अरे! यहीं तो हैं सब...मेरे सामने!

मेरे पीछे इनका क्या होगा?

हे भगवान्, इनकी क़ैद से मुझे कभी छुटकारा नहीं मिलेगा?

कितनी ठोस दीवारें हैं। दरवाज़े, खिड़कियाँ, रोशनदान, सब बन्द। कहीं कोई रास्ता नहीं। कोई छोटा सा छिद्र तक नहीं जिसे सिर मारकर बढ़ा सकूँ।

उफ़! क्यों आए तुम सब यहाँ?

मैं कहीं भी चला जाऊँ मेरा पीछा करते वहीं पहुँच जाओगे? पकड़कर अन्धी दीवारों के बीच चिन दोगे? इतना रो क्यों रहे हो तुम लोग? बन्द करो रोना!

मुझे मुक्त कर दो। छोड़ दो मेरा रास्ता। जाने दो मुझे।

प्रवीण, मेरे भाई, तू बचा मुझे। इनकी क़ैद से बचा।

"प्रवीण! इनका क्या होगा, प्रवीण!"

प्रवीण का चेहरा साफ़ हो उठा है। मेरे चेहरे से बिलकुल सटा हुआ। मेरे कानों को छूते उसके होंठ बुदबुदा रहे हैं।

''फ़िक्र मत कर। मैं देखूँगा इन्हें।''

''पर तू तो ख़ुद मर रहा है,'' मेरी चीख़ मेरे कानों में पड़ी और कँपकँपी मुझे मथती निकल गई।

प्रवीण अब भी कुछ कह रहा है।

रोने का शोर बढ़ता जा रहा है।

रुको! थमो ज़रा। सुनने दो, प्रवीण क्या कह रहा है।

''...देखूँगा...सब इन्तज़ाम...कर...''

इन्तज़ाम। कैसा इन्तज़ाम? पैसों का इन्तज़ाम?

फिर तेरा एहसान मेरे सिर पर?

मुझे कभी मुक्ति नहीं मिलेगी? बोल प्रवीण, बोल!

रोने का शोर एकदम थम कैसे गया?

सब लोग कहाँ चले गए?

नहीं, प्रवीण अब भी मेरे पास है। उसके होंठ मेरे कानों पर फरफरा रहे हैं।

फिर मुझे...कुछ...सुनाई...क्यों...नहीं...दे रहा...।

मैं चीख़ रहा हूँ, मेरी आवाज़ ख़ुद मेरे कानों तक...।

प्रवीण! मैंने अपनी मौत तुझे बेच दी।

मेरे बीवी-बच्चे मेरी मौत की कमाई खाएँगे।

मैंने अपनी मौत तेरे हाथों बेच दी।

मैं तेरा एहसानमन्द हूँ।

इस एहसान के लिए मैं तुझे कभी माफ़ नहीं कर सकता...

प्रवीण

''प्रवीण! प्रवीण।'' विपिन चीख़ रहा है।

''सुन, प्रवीण। मेरे पास आ।''

मैं उसके पास हूँ। सुन रहा हूँ। पर वह कुछ नहीं कह रहा। बस, खुली आँखों से मुझे देखे जा रहा है।

मेरे पास कहने को बहुत है।

काश, विपिन मैं तेरे पलंग की तीन बार परिक्रमा करके तेरी जगह ले पाता। पर ऐसा मनचाहा सौदा सिर्फ़ शहंशाहों की क़िस्मत में होता है। मैं अपने को मार भी लूँ तो तुझे जिला नहीं सकता।

अपनी चाहत बिना, एक लाश की तरह हम पैदा हुए थे। ज़िन्दगी का स्वाँग रचने के लिए कुछ दिनों की मोहलत मिल गई थी। तेरी मोहलत ख़त्म हो गई। और अपील नहीं है, भाई। अपनी मर्ज़ी से हम मोहलत घटा भले लें, बढ़ा एक पल नहीं सकते।

तेरे एक्सीडेंट की ख़बर सुनकर मुझे कैसा लगा, तुझे बतलाऊँ भी तो तू विश्वास नहीं करेगा।

मैं तेरा महाजन जो हूँ।

तेरी पत्नी कहती है, सिर्फ़ मेरे रुपये लौटाने की ख़ातिर तू दिन-रात मरीज़ जुटाता फिरता था।

डॉ. मजूमदार कहते हैं, लगता है तेरा ब्लड प्रेशर अस्थिर था और तू उसके लिए ग़लत दवा खा रहा था। अपनी मर्ज़ी से। उनकी राय लिये बग़ैर। सैंपल से चुरा कर। तेरी जेब से दवा की बोतल और एक पर्चे पर लिखा कुछ दिनों का तेरा ब्लड प्रेशर मिला है।

डाक्टर से सलाह तूने क्यों नहीं ली?

बाज़ार से दवा लेकर तूने क्यों नहीं खाई?

मरना न चाह कर भी तू अपने को मार क्यों रहा था?

मुझे अपराधी सिद्ध करने के लिए!

मेरी चिट्ठी तू जेब में लिये क्यों घूमता था? इसलिए कि मुझे मेरे अपराध की ख़बर फ़ौरन हो सके और मैं तुझे अपनी आँखों से मरता देखूँ?

मैंने तो अपराध करने से पहले अपने को सज़ा सुना दी थी।

पर तूने ठीक पकड़ा भाई।

सुनाने में मैं बेईमानी कर गया था। दो साल की मोहलत माँग ली अपने से। और ख़ुद अपील पास कर दी थी। पर तू नहीं जानता विपिन, मेरा अपराध ही मेरी सज़ा है।

कितना कुछ है कहने को मेरे पास। पर विपिन ने कुछ नहीं सुना। मैंने कहा जो नहीं।

''मेरी बीवी। मेरे बच्चे,'' विपिन चीख़ रहा है, ''प्रवीण, इनका क्या होगा?''

मुझे उबरने का रास्ता मिल गया।

मैंने अपना चेहरा उसके चेहरे से सटा लिया। अपने होंठ उसके कान पर रख दिये।

''तू फ़िक्र मत कर। मैं देखूँगा इन्हें,'' मैंने कहा।

''पर तू तो ख़ुद मर रहा है,'' वह ज़ोर से चीख़ा।

''नहीं,'' मैं कह उठा, ''मैं देखूँगा इन्हें। सब इन्तज़ाम करूँगा इनके लिए।''

विपिन जड़ पड़ा है। जैसे मेरी बात उस तक पहुँच न रही हो।

आसपास रोने का शोर बढ़ रहा है। उसके बीवी-बच्चे यहीं हैं। दहाड़ मारकर रो रहे हैं। क्या मुझे रोने का अधिकार नहीं?

विपिन की आँखों में नफ़रत लहरा रही है।

नहीं, ऐसा क्यों सोचा मैंने?

नफ़रत नहीं, यह मौत की छाया है। उड़ान भरते कलहंस की फरफराती परछाईं।

नहीं विपिन, मैं मरूँगा नहीं। तेरे बीवी-बच्चों को देखूँगा। इस बार बेईमानी नहीं करूँगा। मेरा अपराधबोध ज़रा कम नहीं होगा। एक सज़ायाफ़्ता क़ैदी की तरह जिऊँगा मैं। तू मर गया और मैं ज़िन्दा हूँ, हत्या के महापातक से यह कम तो नहीं।

(1977)

मेरा

मीता और महेन्द्र स्कूटर पर बैठे हैं। स्कूटर खड़-खड़ करता, हिचकोले खाता तेज़ रफ़्तार से आगे बढ़ रहा है; तारकोल की चौड़ी सड़क पर। बड़े शहर की यही पहली पहचान है, चौड़ी-पक्की सड़क और उस पर तेज़ भागता यातायात। दोनों पास-पास बैठे हैं। और उपाय नहीं है। स्कूटर की सीट इतनी चौड़ी नहीं होती कि यात्रियों को एक-दूसरे से अलग होकर बैठने की सुविधा हो।

फिर भी भरसक कोशिश करके मीता एक कोने में सिकुड़कर बैठी है कि उसकी देह का कोई हिस्सा महेन्द्र के शरीर को छू न सके। यही नहीं, साड़ी का पल्लू उसने कन्धे पर से डालकर इस तरह बदन के चारों तरफ़ कस लिया है कि स्कूटर की खुली सीट के पार होता, हवा का तेज़ से तेज़ झोंका, उसे उड़ाकर महेन्द्र का जिस्म छूने को लाचार नहीं कर सकता।

अपने-अपने ख़यालों में खोये, मन से दोनों एक-दूसरे से पूरी दूरी बनाए हुए हैं। बस महेन्द्र शारीरिक निकटता से उस तरह परेशान नहीं हो रहा जैसे मीता। शायद वह उस तरफ़ ध्यान नहीं दे रहा।

महेन्द्र सोच रहा है, स्कूटर कुछ और तेज़ चल सकता तो अच्छा रहता। जितनी जल्दी हो सके, वहाँ पहुँचकर मीता को दिखला कर, जो फ़ॉर्म भरने हों भरकर, वह अपने दफ़्तर जाना चाहता है। चाहता क्या है, जाना चाहिए। सारवरिया एंड को. में असिस्टेंट इंजीनियर है वह। छह सौ रुपये माहवार पर। दो साल से। साली नौकरी क्या है पूरी मुसीबत है। मारवाड़ी कन्सर्न में खिट-खिट के सिवा और मिलता क्या है ? न तरक़्क़ी, न तारीफ़। महीने में उनतीस दिन टाइम से पहले पहुँचते रहो, कोई मुँह उठाकर देखेगा नहीं; तीसवें दिन ज़रा देर से पहुँचे नहीं कि बॉस सिर पर सवार। घर की दुख-तकलीफ़ से उसे क्या सरोकार। काम करो और पैसा लो; पैसा देते हैं तब न काम कराते हैं। सीधा सा उसूल है। छह सौ रुपल्ली देता है और रोब ऐसे मारता है जैसे काम के लिए चाँद-तारे लुटाता फिरता हो। साला, मक्खी की औलाद !

इस कमबख़्त अस्पताल के टाइमिंग ऐसे हैं कि यह काम सिर्फ़ सुबह साढ़े आठ बजे से दस तक हो सकता है। दस बजे दफ़्तर पहुँचना है और घड़ी इस वक़्त नौ बजा रही है। आठ बजे से मीता के पीछे पड़ा था कि चलो, चलो, देर हो जाएगी, पर क्या मज़ाल जो ज़रा जल्दी हाथ-पैर चला ले। मरी-मरी-सी घूमती रही और उसकी तरफ़ ऐसे ताकती रही, जैसे वह पति नहीं दुश्मन हो। ये औरतें एक तरह से ज़िद्दन ही होती हैं। कितना भी पढ़-लिख लें, नौकरीपेशा हो जाएँ पर संस्कार वही के वही, सोच वहीं का वहीं। दिमाग़ के इस्तेमाल का नाम लिया नहीं कि हो गए निर्दयी, क्रूर। बस, जज़्बात की रौ में बहकर फ़ैसले करते चलो तो ठीक। ज़िन्दगी क्या इस तरह जी जाती है कि जब जो होता जाए होने दो। वे क्या शतरंज के मोहरे हैं ? नहीं,

वह क़िस्मत के हाथों मार नहीं खाएगा। सोच-विचार कर जो योजना बनाई है, उसी पर अमल करेगा। कुछ दिन की बात और है। इस बिन-बुलाई मुसीबत और साली छह सौ रुपल्ली की नौकरी से एक साथ छुटकारा मिल जाएगा।

मीता सोच रही है, यह स्कूटर रास तुड़ाये घोड़े की तरह सरपट क्यों दौड़ा जा रहा है? अभी घर से निकले वक़्त कितना हुआ है और वे इतना रास्ता तय कर चुके। कुछ सोचने-विचारने या तय करने का समय ही नहीं मिला। दो-चार क्षण में वहाँ पहुँच जाएँगे। अपने को दिखला कर, जो फ़ॉर्म भरने हों भरकर, दिन मुकर्रर करके, वह अपने दफ़्तर पहुँच सकती है। सेतु ट्रैवल्स कम्पनी में टाइपिस्ट है वह। तीन सौ रुपये माहवार पर। ढाई साल से। काम बुरा नहीं है पर बॉस सख़्त है। देर से पहुँचो तो फ़ौरन फ़ाइन लगाकर तनख़्वाह से पैसे काट लेता है। डाँट-फटकार नहीं करता। कभी उसे लगता है, चलो अच्छा है, कम से कम ज़लील तो नहीं करता। पर महीना ख़तम होने पर लगता है, इससे अच्छा तो चीख़-चिल्ला लिया करता, कम से कम महीने के आख़ीर में क़िल्लत कम होती। महेन्द्र को यह समझाने की ज़रूरत न पड़ती कि घर से ठीक समय पर निकलकर दफ़्तर पहुँचने में देर कैसे हो जाती है, कि किसी दिन लाख कोशिशों के बावजूद, वह धक्का-मुक्की करके भी बस के भीतर नहीं घुस पाती और दूसरी बस के इन्तज़ार में खड़ी रह जाती है।

पिछले महीने उसे इस तरह देर कई बार हुई। उससे महेन्द्र की खीज में इज़ाफ़ा भी ख़ूब हुआ। शिथिल मन और क्लांत शरीर लेकर आजकल सुबह, जल्दी मचाना उसके लिए कितना मुश्किल हो गया है, महेन्द्र समझता है तो उसे हमदर्दी नहीं होती। ग़ुस्सा आता है। क़ुसूर मीता का है। सिर्फ़ मीता का, उसकी नज़रों में। पर उस क़ुसूर की सज़ा क्या होगी, उसका फ़ैसला मीता का कैसे हो सकता है? वह महेन्द्र का है, सिर्फ़ महेन्द्र का।

एक ज़ोरदार धक्के के साथ स्कूटर रुक गया; सड़क के नुक्कड़ पर तीन मंज़िली सफ़ेद इमारत के सामने। कूदकर महेन्द्र स्कूटर के बाहर हो गया और ठीक-ठीक पैसे गिनकर स्कूटर वाले के हवाले कर दिये। कोने में सिकुड़ी मीता धक्के से पीछे की तरफ़ गिर गई थी। स्कूटर थमने पर, क्षण-भर अनमनी सी, वह उसी तरह पीछे लुढ़की सामने ताकती रही।

"आओ न," महेन्द्र ने कहा तो चौंककर उसने दोनों हाथ सीट पर रखकर बदन आगे धकेला और सुस्त चाल से नीचे उतर आई।

तब तक महेन्द्र काफ़ी आगे बढ़ चुका था।

"आओ न। क्या कर रही हो?" उसने पीछे देखकर सख़्ती से कहा और तेज़ क़दमों से इमारत के भीतर घुस गया।

बोझिल क़दमों को घसीटती मीता भी उसके पीछे अन्दर आ गई।

भीतर घुसते ही एक छोटा सा तिकोना कमरा नज़र आया, जहाँ चौड़ी मेज़ के पीछे कुर्सी पर, श्वेत साड़ी-ब्लाउज में लैस, एक विशालकाय रिसेप्शनिस्ट बैठी थी।

हमारे दफ़्तर की रिसेप्शनिस्ट से यह कितनी फ़र्क़ है, मीता सोच उठी। जिस सेतु ट्रैवल्स एजेंसी में वह काम करती है, वहाँ हर लड़की को बॉस की तरफ़ से सख़्त हिदायत है कि वह दफ़्तर में चुस्त कपड़ों में बनी-सँवरी दिखे। रंगीन चुस्त कपड़े, फ़ैशनेबुल तरीक़े से सँवरे बाल और हँसती-मुस्कराती सूरत, यह हर लड़की के लिए ज़रूरी है। पर सबसे बाज़ी मार ले जाती

है, गोरी गदराई रिसेप्शनिस्ट अलका। उसकी आकर्षक देह और सलोनी सूरत देखकर ही उसे वहाँ रिसेप्शनिस्ट रखा गया था, और लड़कियों से पचास रुपये ज़्यादा तनख़्वाह पर। उसके चेहरे पर एक मारक मुस्कराहट जैसे स्थायी रूप से चस्पाँ हो गई है। रोज़ देखते रहो तो ऊब सी होने लगती है। पर जो पहले-पहल या दो-चार बार देखते हैं, मुँह बाये, आँखें फाड़े घूरते रह जाते हैं। हँसी आने लगती है उन पर। अलका भी मन ही मन हँसती है पर काम में कोताही नहीं करती। किसी ग्राहक के आगमन की आहट पाते ही उसकी मुस्कराहट और दिलकश हो उठती है। उसके बॉस का कहना है, वहाँ आने वाले कितने ही लोग, उसकी मुस्कराहट बार-बार देखने के मारे एजेंसी के स्थायी ग्राहक बन गए हैं।

पर यह रिसेप्शनिस्ट! लगता है मुस्कराना जानती ही नहीं। जो लोग यहाँ आते हैं, अपनी ज़रूरत से आते हैं, किसी का स्वागत करने की आवश्यकता नहीं पड़ती। स्थायी ग्राहक वे न ही बनें तो अच्छा है। निर्जन प्रदेश की चट्टान की तरह नीरव चेहरे पर पतले-कसे होंठ, लकीर की मानिन्द खिंचे हैं। आना है तो आओ, अपना काम बताओ और आगे बढ़ो, उसका तना चेहरा और भावशून्य आँखें सपाट सुर में कह रही हैं। जब वे अन्दर घुसे तो वह उदासीन भाव से पास खड़ी तीन-चार औरतों को पर्ची बाँट रही थी। उन्हें निबटाकर अपना भावहीन चेहरा उन दोनों की तरफ़ घुमाया और रूखे स्वर में बोली, ''कहिए?''

मुख पर न शिकन, न मुस्कराहट, न खीज, न आग्रह। मीता को लगा, यह स्त्री इस ईंट-पत्थर की जड़ इमारत के अभिन्न अंग के रूप में, ग्रेनाइट के टुकड़े से गढ़ी गई होगी।

''जी बात यह है,'' महेन्द्र ने थूक घोंटकर कहा, ''हम लोग...यह मेरी पत्नी हैं...हम लोग चाहते हैं...यानी हम...''

''नाम?'' उसने महेन्द्र के हकलाते वाक्य को काट, कड़ककर मीता से पूछा। महेन्द्र जैसे उबरकर अलग हट गया।

''मिसेज़ अग्रवाल,'' मीता ने कहा।

''पूरा नाम?''

''मिसेज़ महेन्द्र अग्रवाल।''

''पति का नाम?''

''महेन्द्र अग्रवाल।''

''दोनों का नाम महेन्द्र है?'' उसने उसी रूखे स्वर में पूछा।

''जी नहीं, महेन्द्र मेरे पति का नाम है,'' मीता ने समझाकर कहना चाहा।

''अपना नाम बताइए?''

''मीता।''

''मीता अग्रवाल,'' रिसेप्शनिस्ट ने महेन्द्र काटकर मीता लिख दिया।

पर यह ग़लत है, मीता को लगा। वह वहाँ सिर्फ़ इसलिए आई है क्योंकि संयोगवश वह महेन्द्र अग्रवाल की पत्नी है। अगर उसकी न होकर उसके बॉस की होती तो शायद न आना पड़ता या शायद तब भी आती। हो सकता था उसकी भी कुछ मजबूरियाँ होतीं, कुछ असन्तुष्ट महत्त्वाकांक्षाएँ।

''पहला है?'' रिसेप्शनिस्ट के स्वर की खीज से लगा कि प्रश्न दोहराया जा रहा है।

''जी,'' उत्तर महेन्द्र दे चुका था।

"बैठ जाइए। नम्बर आने पर भीतर जाइएगा," उसने मीता को छोटा सा सफ़ेद कार्ड थमाकर कहा।

मीता ने देखा, सब बेंचें औरतों से भरी हुई हैं। कुछ मर्द भी हैं, जो अपनी औरतों के पास खड़े हैं या इर्द-गिर्द मँडरा रहे हैं। ज़्यादातर औरतें बेडौल नज़र आ रही हैं और बेंचों पर पसरी पड़ी हैं। कुछ ऐसी ज़रूर हैं जो मीता की तरह साड़ी कसकर बाँधे हैं, जिसके नीचे पेट का हलका उभार बमुश्किल नज़र आ रहा है। अपनी रचना यात्रा पर अग्रसर उनकी देह, भिन्न सीढ़ियों पर है। पर एक बात है, जो सबमें है, चेहरे पर निर्द्वन्द्व आलस्य से भरा तुष्टि का भाव।

मीता को लगा, उसका अपना चेहरा इन सबसे इतना फ़र्क़ है कि उसके भीतर जाते ही ये लोग उसके बारे में कानाफूसी शुरू कर देंगी। और वह इसलिए है, क्योंकि इन सबमें वही, केवल वही महेन्द्र अग्रवाल की पत्नी है।

पन्द्रह दिन पहले की बात है। महेन्द्र अग्रवाल की पत्नी होने के नाते, सन्तुष्ट गर्व और सलज्ज मुस्कराहट के साथ, उसने अपना महत्त्वपूर्ण समाचार पति को सुनाया था।

"क्या?" सुनकर महेन्द्र अग्रवाल जैसे छत से गिरा था।

"यह कैसे हो गया?" उसने सवाल किया।

"तुम जानते नहीं क्या?" मीता ने हँसकर छेड़ा था और छेड़कर लजा गई थी। लजाकर हँस दी थी।

पर महेन्द्र नहीं हँसा था। मुस्कराया भी नहीं था। उसके माथे की त्योरियाँ चढ़ गई थीं और उसने तल्ख़ आवाज़ में पूछा था, "गोलियाँ खानी छोड़ दीं?"

"खाती तो हूँ" मीता ने कहा था।

"ख़ाक खाती हो। खातीं तो कैसे हो जाता? कोई मज़ाक़ है," कहते-कहते महेन्द्र का स्वर इतना अशान्त हो उठा कि लगा, अगले क्षण रो देगा।

भौचक मीता उसे देखती रह गई। शक की गुंजाइश नहीं थी। उसका महत्त्वपूर्ण समाचार महेन्द्र के लिए महत्त्वहीन कदापि नहीं था, पर महत्त्व समझकर वह हर्ष और उल्लास से नहीं, क्रोध और क्षोभ से अभिभूत हो उठा था और मीता को दोषी ठहरा रहा था।

दोष मीता का ही था। गोलियाँ बीस दिन तक बिला नागा रोज़ खानी होती थीं, जो मीता के लिए क़रीब-क़रीब नामुमकिन था। जानबूझकर उसने गोली खाने में किसी दिन आनाकानी नहीं की, पर याद से निकल जाए तो कोई क्या करे? रात को बिस्तर में रज़ाई के अन्दर घुसने पर गोली की याद आएगी तो भला सर्दी में रज़ाई से बाहर निकलने से कोई क़तरा नहीं जाएगा? पिछले दो महीने सर्दी भी क्या ग़ज़ब की पड़ती रही है। किसी-किसी दिन तो बिस्तर में घुसकर भी गोली याद नहीं आती थी। तब कैसे खाती? जब अगले दिन रात की भूली गोली याद आ जाती तो एक के बजाय दो निगल लेती। पर कुछ कसर रह गई होगी। महेन्द्र ठीक कह रहा है। बिना नागा गोली खाई होती तो कैसे हो जाता?

असल में उसे इस प्रतिक्रिया के लिए तैयार रहना चाहिए था। ऐसा नहीं है कि वह महेन्द्र की जीवन योजनाओं से नावाक़िफ़ है। उनकी शादी को सिर्फ़ एक साल हुआ है। बीसियों बार महेन्द्र उसे समझा चुका है कि उनका शादी करना इसलिए सम्भव हो सका है क्योंकि मीता नौकरी कर रही है। दोनों की आय से मिल-मिलाकर काम चल जाएगा, पर ऐसे में बच्चा

एकदम नामुमकिन है। अमेरिका जाने के लिए उसने एप्लीकेशन दे रखी है। शिकागो यूनिवर्सिटी में स्कॉलरशिप के साथ एम.एस. में दाख़िला मिलने वाला है। दो साल पूरा करने में लगेंगे तब नौकरी मिलेगी, मन मुताबिक़ तनख़्वाह वाली। बाक़ी बातें तभी सोची जा सकती हैं। पहले नहीं।

हर आदमी क्या इतनी बारीक़ी और तरतीब से अपनी ज़िन्दगी की योजना बना सकता है? कितनी महत्त्वाकांक्षा चाहिए, कितनी लगन, उत्साह और आत्मविश्वास, मीता क्या जानती नहीं!

फिर भी...

मीता ने सोचा था, समाचार सुनकर कम से कम कुछ क्षणों के लिए महेन्द्र ख़ुशी से झूम उठेगा। उसे बाँहों में भरकर चूम लेगा। आख़िर प्रेम-विवाह हुआ है उनका। चाहे कुछ देर बाद इस नई परिस्थिति से पैदा हुई उलझनें उसे उलझन में क्यों न डाल दें। किसी बनी-बनाई योजना के रास्ते में रुकावट पैदा हो तो परेशानी महसूस होती ही है। उसे छोड़ दूसरी योजना जो बनानी पड़ती है। पर महेन्द्र जैसे कर्मठ आदमी के लिए क्या मुश्किल है? ऐसे नहीं तो किसी और तरह सही।

भौचक मीता उसकी तरफ़ ताकती खड़ी रही तो महेन्द्र का ग़ुस्सा और बढ़ गया। अजीब औरत है। इतना बड़ा हादसा हो गया। टुकुर-टुकुर ताक रही है जैसे कुछ हुआ ही नहीं। एक नहीं हज़ार बार समझाया, अभी पाँच-छह साल बच्चा किसी हाल में नहीं होना चाहिए। हर महीने गोलियों का पैकेट लाकर हाथ में थमाया और नतीजा यह निकला। आ गई मुस्कराती, अदाएँ दिखलाती अपनी मनहूस ख़बर सुनाने। क्या सोचा था इसने? सुनकर महेन्द्र ख़ुशी से झूम उठेगा? साल-भर कुल हुआ है शादी को और दो साल नौकरी लगे। साली, छह सौ रुपल्ली की टुटपुँजिया नौकरी और बीस-तीस रुपया सालाना तरक़्क़ी के भरोसे वह ज़िन्दगी काटने से रहा। उसके भरोसे वह शादी तक नहीं करना चाहता था। प्रेम का चक्कर पड़ गया वरना वह बिना शादी किए अमेरिका चला गया होता। माँ ने कितनी ख़ूबसूरत लड़कियाँ दिखलाईं पर उसने मना कर दिया। सोचा था, मीता पढ़ी-लिखी, होशियार, नौकरीपेशा लड़की है, उसकी योजना में ख़ुशी से हाथ बँटाएगी। वह उसे अमेरिका ले जाएगा और जो दो साल उसे वहाँ एम.एस. करने में लगेंगे वहीं वह कोई छोटी-मोटी नौकरी कर लेगी। वहाँ नौकरियों की क्या कमी है। छोटा भाई सुरेन्द्र है ही वहाँ, कोई न कोई जुगाड़ कर देगा। एक बार एम.एस. करके उसकी नौकरी लगनी चाहिए, फिर तो मौज ही मौज होगी। दो-तीन साल में इतना पैसा जमा हो जाएगा कि वापस हिन्दुस्तान आकर कोई छोटा-मोटा बिज़नेस आराम से जमाया जा सकता है।

फिर मीता चाहे जो करे। दो, तीन, जितने चाहे, बच्चे पैदा करे। ये ट्रैवल्स एजेंसी जैसी मामूली नौकरियाँ जाएँ भाड़ में। तब क्या वह किसी छोटे आदमी की बीवी होगी। पर यहाँ तो ीता ही दग़ाबाज़ निकली। उसकी लापरवाही से सब सोचा-विचारा धरा रह जाएगा। उसका ान हुआ, सामने खड़ी मीता को कन्धों से पकड़कर झिंझोड़ दे। पर किसी तरह अपने पर क़ाबू रखकर उसने सख़्त स्वर में दोबारा इतना ही पूछा, "गोलियाँ खाते कैसे हो गया?"

"पिछले महीने एक-दो बार भूल गई हूँगी," मीता ने हड़बड़ाकर कहा।

"कमाल करती हो! कैसे भूल सकीं तुम? और भूल गई थीं तो मुझसे कहा होता।"

"तुम क्या करते?" मीता हँस दी, "तुम तो गोलियाँ खा नहीं सकते।"

"गोलियाँ नहीं खा सकता पर और तरीक़े हैं," उसे हँसता देख, उसके बदन में आग लग गई, "तुम बच्ची नहीं हो," उसने कड़ुवाहट के साथ कहा।

मीता को लगा, अब वह एक पल और जिरह बर्दाश्त नहीं कर सकती। उसने किया क्या है? किसी का ख़ून नहीं किया। गबन नहीं कर डाला। महेन्द्र को क्या हक़ है उसे कठघरे में खड़ा करके उससे सवाल-जवाब करने का। और हक़ को छोड़ो। उसकी समझ में नहीं आ रहा, वह यह कर कैसे पा रहा है।

उसके शरीर के पोरों से बहता प्रहर्ष उसे तनिक नहीं छू रहा? पिछले महीने जिस अदम्य उल्लास से भरकर उसका शरीर टूटता रहा है, क्या आसानी से नकारने वाली चीज़ है? अब वह है और होने में सार्थक है, क्योंकि प्रत्यक्ष में कुछ किए बिना हर पल इतना कुछ कर रही है, सृजन। भूख, थकान, अकारण खीज, आसक्ति-विरक्ति, रोज़मर्रा के उतरते-चढ़ते सहज भाव तक बेमानी नहीं रहे। उसी सृजन के प्रतीक बन गए हैं। अब उसे भूख लगती है तो वह रोज़मर्रा के समय में बँधकर खाने का इन्तज़ार नहीं करती। सोचती है, भूख क्या यूँ ही लगी है, बच्चे की माँग है और खाकर ऐसी तृप्ति अनुभव करती है जैसे कोई दायित्व निभा चुकी हो। थकान महसूस होती है तो अपने को आलसी कहकर फटकारती नहीं, गौरव अनुभव करती है। सुस्ता कर लगता है यह बच्चे के प्रति उसका कर्तव्य था, जो उसने निभा दिया। खीज आती है तो अपने को समझा लेती है, कुछ दिनों की बात है, बच्चे के गर्भ में आने पर कुछ महीनों के लिए होता है, इसमें उसका क़ुसूर नहीं है। सहसा कुछ अच्छा लग जाता है या अचानक बुरा तो रुककर उसके कारण नहीं खोजती। लगने देती है। सोचती है, ऐसा ही होता है, ऐसे समय में ऐसा ही होता है। सबके साथ।

माना ये क्षण हर स्त्री के जीवन में आते हैं। उसके अपने जीवन में तो पहली बार आए हैं। माना कि इस सृजन में उसके अपने व्यक्तित्व का योगदान नहीं के बराबर है। उसकी देह का रेशा-रेशा, लहू का कतरा-कतरा उसका पोषण तो कर रहा है। नए जन्म के इस चिरंतन सत्य, देह के इस अनादि व्यापार के सामने तमाम योजनाएँ-मान्यताएँ एकाएक बेमानी हो गई हैं। क्यों महेन्द्र उसकी नैसर्गिक अनुभूति में हिस्सा नहीं बँटा पा रहा? आख़िर उसने उससे प्रेम किया है। यह उसी प्रेम की परिणति नहीं है क्या?

महेन्द्र को लगा, अब वह एक पल और मीता की कूढ़मग़ज़ दलीलें बर्दाश्त नहीं कर सकता। कैसे वह इतने सहज भाव से कह सकी, दो-एक बार भूल गई हूँगी? दो-एक बार की उसकी भूल उसका पूरा जीवन नष्ट करके रहेगी। भूल! लापरवाही! भूल की ही तो इनसान को सज़ा मिलती है। और यह है कि भूल गई हूँगी कहकर हँस रही है।

वह जानता है कि अगर यह बच्चा पैदा हो गया तो उसकी सारी ज़िन्दगी चौपट हो जाएगी। उसका और मीता का स्टूडेंट वीज़ा बना है। बच्चे को साथ ले जाने का सवाल ही नहीं उठता। ले जाने की इजाज़त मिल जाए तो उसे साथ लेकर क्या काम करने लायक़ रह जाएगी मीता? वह करेगा अपनी पढ़ाई और इन दोनों को सुरेन्द्र पालने से रहा। उस सबके बारे में पहले ही खोलकर लिख दिया है। बीवी को साथ लेकर आओ तब, जब वह नौकरी करके अपना पेट भरने लायक़ हो, वरना नहीं।

मीता को छोड़कर वह अकेला गया तो दो-तीन साल अलग रहना पड़ेगा। अकेले वह अमेरिका में और मीता यहाँ बच्चे के साथ अपनी माँ के घर। उनकी माली हालत क्या है, वह जानता है तो क्या मीता नहीं जानती होगी। वह वहाँ रही तो घर का आधा ख़र्च उसके ज़िम्मे आ जाएगा। ऐसे में बच्चा किस हाल में पलेगा, वह अच्छी तरह जानता है। वैसे ही जैसे वह ख़ुद पला था।

जब तक माँ का दूध मयस्सर हो, ठीक। बाद में न दूध, न फल, न टॉनिक, न कपड़े न खिलौने। वह ऐसा नहीं होने देगा। युवावस्था में पहला क़दम रखते ही, उसने तय कर लिया था कि अपने बच्चे को वह इस तरह नहीं पलने देगा। बहुत सपने देखे थे उसने अपने बीवी-बच्चों के लिए। घोर ग़रीबी में रहकर, घोरतर मेहनत करके, स्कॉलरशिप प्राप्त करके, उसने इंजीनियरिंग कर डाली तो क्या इसी दिन के लिए कि प्यार से ब्याही उसकी बीवी बरसों, उससे अलग सीलन भरे कमरे में उसका बच्चा पालती रहे और वह दूर-दराज़ देश में अकेला, ठूँठ सा पड़ा अपने को कोसता रहे?

उसने अपनी दृढ़ दृष्टि मीता के पेट पर गड़ा दी और निर्णय किया कि इस एक महीने के अदृश्य भ्रूण को वह अपने सपनों की हत्या नहीं करने देगा।

"तुम अच्छी तरह जानती हो, मीता," उसने कहा, "इस वक़्त बच्चे का होना नामुमकिन है।"

"क्यों?" मीता का स्वर उसी की तरह सख़्त था।

"क्यों क्या मतलब? तुम जानती नहीं, इसी जून में हम अमेरिका जाने वाले हैं। स्टूडेंट वीज़ा है। बच्चे के साथ कैसे होगा?"

"अमेरिका जाना हकीम ने तो बतला नहीं रखा।"

"हकीम ने नहीं बतला रखा तो क्या सारी उम्र छह सौ रुपल्ली की नौकरी के लिए घिसटता रहूँ? कितनी मुश्किलों से दाख़िला मिला है। सुरेन्द्र ख़ुद तो शादी के पहले से वहाँ बैठा ठाट की नौकरी कर रहा है। जब मैंने अपने लिए कोशिश करने को कहा तो टका सा जवाब भेज दिया, आजकल वहाँ भी काम मिलना उतना ही मुश्किल है जितना यहाँ। छोटा भाई है पर ज़रा भी मदद की हो...आख़िर स्टूडेंट की तरह जाना पड़ रहा है। और माँ ने मेरे साथ कौन सी भलाई की। बाबू जी के मरने पर सारा बोझ मुझ पर लाद दिया। स्कॉलरशिप लेकर पढ़ाई करो और उसमें से भी बचाकर ख़र्चा भेजो माँ को। और सुरेन्द्र को खुली छुट्टी। मैट्रिक करते ही भाग गया केनेडा और वहाँ से अमेरिका। ख़ूब गुलछर्रे उड़ाये और वहीं शादी की। बस, इतना करम हम पर ज़रूर कर दिया कि पिछले साल माँ को वहाँ बुलवा लिया। वरना इस छह सौ रुपल्ली में उन्हें भी पालना पड़ता। मेरी क़िस्मत ही ख़राब है। पहले माँ ने लगाम खींचकर रखी अब तुम पटकनी दो।"

"अमेरिका जाना था तो शादी से पहले जाते," इतने लम्बे लैक्चर से बिफरकर मीता ने कहा।

"ज़रूर जाता," महेन्द्र उसी झोंक में कहता गया, "पर क़िस्मत होती तब न!"

"क़िस्मत को क्यों कोस रहे हो? यह कहो कि कमाऊ बीवी के लालच ने नहीं जाने दिया," मीता कटुता का जवाब कटुता से दे बैठी।

"कमाऊ बीवी! हुँः! तीन सौ रुपल्ली की कमाई भी कोई कमाई है।"

''कमाई नहीं है तो छोड़ देती हूँ नौकरी।''

''छोड़ दो। अमेरिका जाएँगे तो छोड़ोगी नहीं?''

''अमेरिका, अमेरिका, अमेरिका! तुम पर तो अमेरिका का भूत चढ़ गया है। किसी ओझा को बुलवाकर झड़वा लो,'' मीता ने कहा।

उसका ग़ुस्सा कुछ देर बाद हँसी से पिघल जाया करता है।

महेन्द्र सँभल गया। यह वक़्त ग़ुस्से का नहीं, प्यार से समझाने का है।

''मीता,'' उसने कहा, ''मैंने तुम्हारे लिए क्या-क्या सपने देखे हैं। मुझे ज़रा अच्छा नहीं लगता कि तुम इतनी मामूली नौकरी करो। अमेरिका जाना चाहता हूँ तो सिर्फ़ तुम्हारे लिए जिससे तुम्हें हर सुविधा दे सकूँ।''

''हूँ,'' मीता चुपचाप सुन रही थी।

''इतनी जल्दी बच्चा हो गया तो मेरे हाथ-पाँव बँध जाएँगे। मैं कुछ नहीं कर सकूँगा।''

''अब परेशान होने से क्या फ़ायदा?'' मीता ने कहा, ''अब तो हो गया। तुम अपना अमेरिका जाना स्थगित कर दो। दो-एक साल बाद चले जाना।''

दो-एक साल बाद चले जाना! महेन्द्र ग़ुस्से से तड़प उठा। जैसे वे लोग द्वार पर बन्दनवार सजाए उसी के इन्तज़ार में बैठे रहेंगे। पर उसने अपने पर नियंत्रण रखा। धीमे स्वर में कहा, ''मैं तुम्हारे लिए क्या नहीं कर सकता। पर उससे समस्या सुलझती नहीं। छह सौ रुपये में बच्चे को कैसे पालेंगे?''

''जैसे और लोग पालते हैं।''

''नाली का कीड़ा बनाकर? मैं अपने बच्चे को ऐसे नहीं पालूँगा।''

''फिर क्या करोगे?''

''सुनो मीता,'' सहसा महेन्द्र का स्वर इतना ममतालू हो उठा कि मीता डर गई।

''हम दोनों अलग थोड़ा हैं। दोनों घर-गृहस्थी, सुखी परिवार चाहते हैं। पर हम दोनों अच्छी तरह जानते हैं कि धन और साधन के अभाव में कुछ मुमकिन नहीं। मान लो बच्चा पैदा हो जाता है, किसी सरकारी अस्पताल के जनरल वार्ड में तो उसकी परवरिश करने के लिए तुम्हें अपनी नौकरी छोड़नी होगी। इन छह सौ रुपयों में हम उसे क्या देंगे, अभाव के सिवा? अगर यही बच्चा अब न होकर, पाँच साल बाद हुआ तो सब कुछ होगा हमारे पास। बड़ा घर, गाड़ी, फ्रिज़ सब। बढ़िया से बढ़िया खिलौनों से हम उसे बहला सकेंगे। रंग-बिरंगे कपड़ों में उसे सजा सकेंगे। बीमार पड़ने पर क़ाबिल डाक्टर से इलाज करवा सकेंगे। बड़े होने पर उम्दा स्कूल में पढ़ा सकेंगे। तभी न पढ़-लिखकर जीने लायक़ ज़िन्दगी जी सकेगा वह। मीता, मैं नहीं चाहता मेरा बेटा मेरी तरह ग़रीबी और अभाव में पले।''

''अब क्या हो सकता है?'' मीता ने जैसे कुछ सुना नहीं था, ''अगले बच्चे के लिए रुक जाएँगे पाँच साल।''

''और इसका क्या होगा?''

''मुझे नहीं मालूम।''

महेन्द्र ने उसके पास आकर बहुत प्यार से उसके कन्धे घेर लिये। लाड़ भरे स्वर में कहा, ''मेरी मानो, मीता, एबॉर्शन करा लो।''

''नहीं, कभी नहीं,'' मीता छिटककर अलग जा पड़ी जैसे बिजली का नंगा तार छू गया हो।

''मीता, और कोई उपाय नहीं है।''

''नहीं, कभी नहीं। मैं नहीं जानती थी तुम इतने क्रूर हो, अपने बच्चे को ख़ुद मारोगे।''

''यह मारना नहीं है।''

''मारना है। बिलकुल मारना है। पैदा होने से पहले नहीं मरने दूँगी मैं अपने बच्चे को।''

''मीता, समझने की कोशिश करो...''

''नहीं,'' मीता ज़ोर से चीख़ी, ''तुम जाओ। अभी फ़ौरन अमेरिका चले जाओ। तुम हत्यारे हो, अभी नहीं तो बाद में मार डालोगे मेरे बच्चे को।''

''मीता,'' महेन्द्र की आवाज़ भी ऊँची हो गई, ''हिस्टीरिया डालने की ज़रूरत नहीं है। ज़रा अक़्ल से काम लो। मैं अमेरिका चला गया तो क्या हालत होगी तुम्हारी, जानती हो? तुम्हें अपनी माँ के घर रहना पड़ेगा। उनकी माली हालत क्या है, जानती हो न। तुम्हारे तीन सौ रुपये उन्हीं पर ख़र्च हो जाया करेंगे। मैं दो साल पढ़ाई करूँगा। तुम्हें एक पैसा नहीं भेज सकूँगा। तब कैसे पैदा होगा बच्चा? कैसे पलेगा? बोलो?''

क्षण-भर के लिए मीता की भयभीत आँखों में एक नए आतंक की लहर दौड़ गई। कैसे होगा?

फिर जानबूझकर उसने आँखें मूँद लीं और बोली, ''देखा जाएगा।''

''कब देखा जाएगा? कैसे!''

मीता ने जवाब नहीं दिया। होंठ भींचकर चुप्पी साध ली। महेन्द्र की तरफ़ पीठ करके बैठ गई।

महेन्द्र उसकी चुप्पी से घबराता है। उसने उस वक़्त बात को आगे बढ़ाना ठीक नहीं समझा। अपनी जगह से बोला, ''मैं तुम पर ज़ोर नहीं डालना चाहता। ख़ुद सोच लो। मैं दफ़्तर जा रहा हूँ।''

दरवाज़े की तरफ़ बढ़ा, फिर कुछ सोचकर ठिठक गया और बोला, ''तुम चाहो तो अपनी माँ से सलाह कर देखो।''

फिर घर से बाहर निकल गया।

महेन्द्र चला गया पर मीता उस दिन दफ़्तर नहीं गई। घर बैठकर सोचती रही, आश्चर्य करती रही, और रोती रही।

ओह महेन्द्र! तुम ऐसे कैसे हो गए। तुम, जिसे मैंने प्यार किया था और जिसने मुझे प्यार दिया था। सिर्फ़ एक साल पहले हमने अपने प्यार को हमेशा के लिए अपना संगी बनाया। कितनी योजनाएँ बनाईं, कितने सपने देखे। कितना प्यार किया और कितना सराहा उस भाग्य को जिसने हमें एक-दूसरे से मिला दिया था।

मीता का विश्वास रहा है कि अगर उस पहली मुलाक़ात के दिन उनके दफ़्तर की रिसेप्शनिस्ट छुट्टी पर न होती और वह उसकी जगह ड्यूटी न दे रही होती तो महेन्द्र को कभी न जान पाती। महेन्द्र से मिलना एक सुखद संयोग था या भाग्य का पूर्व-निर्धारित योग।

महेन्द्र अपने बॉस के लिए बम्बई-कलकत्ता-मद्रास के टूर की बुकिंग करवाने सेतु ट्रैवल्स एजेंसी के दफ़्तर आया था। रिसेप्शनिस्ट अलका छुट्टी पर थी। मीता ने उसका काम करवा दिया था।

वह लौट गया था। बात वहीं ख़त्म नहीं हुई थी। अगले दिन महेन्द्र फिर आया था। रिसेप्शनिस्ट की कुर्सी पर दूसरी लड़की को देखकर बोला था, ''मेरा धूप का चश्मा यहाँ रह गया। कल जो महिला यहाँ बैठी थीं, उन्हें बुलवा दीजिए। शायद उन्होंने उठा कर रखा हो।''

अलका उसे कमरे से बाहर बुला ले गई थी।

कमरे से अलका के साथ बरामदे में रिसेप्शनिस्ट की मेज़ तक आते-आते, उसने अचरज के साथ देखा था कि उधर खड़े पुरुष की निगाहें अलका पर नहीं, उस पर टिकी हैं। ऐसा बहुत कम होता था। पुरुषों को आकर्षित करने में निपुण अलका के साथ रहते, शायद ही कोई पुरुष, किसी और स्त्री की तरफ़ देखता था, मीता की तरफ़ कदापि नहीं। अलका के गठीले, गदराये बदन पर कसकर बँधी साड़ी, अंगों के उभार को ही नहीं, उनमें फड़कते मतवालेपन को भी अनावृत्त करके रख देती। उसकी सर्पीली चाल और क़दम-क़दम पर झटका देकर छितराई केश राशि, देखने वाले को मदमस्त कर डालती। मांसल, लाल होंठों पर आमंत्रित करती मुस्कान, ख़ास सामने खड़े पुरुष के लिए खिल कर, उसके दम्भ को सहला जाती। सँवारी हुई कँटीली आँखों के कटाक्ष अनायास बिजली गिराकर उसे घायल कर देते। जितनी देर वह सामने रहती, पुरुष क्या, स्त्रियाँ भी सिर्फ़ उसे देखा करतीं।

पर यह आदमी उसे छोड़, उसकी परछाईं में चल रही मीता जैसी मामूली लड़की को देखे चला जा रहा था। एक गुदगुदी महसूस की थी उसने मन के भीतर और होंठ बरबस मुस्कराहट में फैल गए थे। बाद में, महेन्द्र ने कहा था, वह पहले दिन उसकी शोख़ मुस्कराहट पर मर मिटा था। यह भी कि उस दिन वहाँ आने पर उसकी जगह रिसेप्शनिस्ट की कुर्सी पर किसी और को बैठा देखकर, उसके दिल की धड़कन बन्द होने वाली थी।

चश्मा तो ख़ैर वहाँ छूटा नहीं था सो मिलता कैसे? दो-चार बातें करके वह चला गया था।

दो दिन बाद फिर उसकी आवाज़ कानों में पड़ी थी। वह गोवा-कोचीन-कन्याकुमारी के ट्रिप के बारे में अलका से पूछताछ कर रहा था। बाहर बरामदे से उसकी आवाज़ साफ़ कमरे तक आ रही थी। मीता को लगा था कि वह उसे सुनाने के लिए ही इतनी ज़ोर से बोल रहा है। अनायास वह अपनी सीट से उठी थी और फ़ोन मिलाने के बहाने, रिसेप्शन पर आ गई थी। फ़ोन तक आते-आते, उसने महसूस किया था कि उसकी नज़रें आगे बढ़ती उसकी आकृति पर अपलक टिकी हैं। वह भीतर तक गुदगुदा गई थी।

फ़ोन का चोंगा उठाकर उसने यूँ ही नम्बर मिलाया था और कुछ देर कान पर रखकर खड़ी रही थी। महेन्द्र तब भी उसे देखता रहा था। वह बोली थी, 'एंगेज्ड है' और चोंगा नीचे रख उसके 'नमस्ते' का इन्तज़ार करने लगी थी। इन्तज़ार करना कहाँ पड़ा था? वह फ़ौरन अलका को छोड़ 'नमस्ते' कहता उसकी तरफ़ बढ़ आया था। अन्त में यह कहकर चला गया था कि आज वह जानकारी लेने आया था, दो दिन बाद आकर टूर तय करेगा। यानी दो दिन बाद फिर आएगा। मीता संकेत समझ गई थी।

दो दिन बाद आया तो बोला, ''गोवा-कोचीन-कन्याकुमारी का ट्रिप तो बन नहीं पाया। अब हैदराबाद-बेंगलौर-मद्रास के बारे में पता करने को कहा है।''

''ज़रा ठहरिए'' कहकर अलका उसे बुला लाई थी।

''अब कहिए क्या कह रहे थे?'' उसने कहा था।

''मैं कह रहा था गोवा-कोचीन-कन्याकुमारी का ट्रिप तो बन नहीं पाया। अब हैदराबाद-बेंगलौर-मद्रास के बारे में पता करने को कहा है,'' उसने दोहरा दिया था।

अलका और मीता ने एक-दूसरे को देखा फिर महेन्द्र को और खिलखिला कर हँस पड़ीं।

बाद में महेन्द्र ने कहा था, वह उसकी खनखनाती शोख़ हँसी पर मर मिटा था।

उस शाम, दफ़्तर ख़तम होने पर, मीता बस-स्टॉप पर पहुँची तो महेन्द्र को वहाँ खड़े पाया।

''अरे आप,'' उसने आश्चर्य दिखलाते हुए कहा।

''मैं इसी बस-स्टॉप से बस लेती हूँ,'' मीता ने कहा।

''ओह, हाँ, आपका दफ़्तर यहीं तो है। कौन सी बस लेती हैं आप?''

''चार सौ दस।''

''अरे!'' उसने ख़ूब अचरज दिखला कर कहा, ''तब तो हमें एक ही बस में जाना है।''

मीता को हँसी आने लगी। मन हुआ पूछे, जाना कहाँ है? यक़ीन था वह ठीक जगह का नाम नहीं ले पाएगा। यह सोचकर कि कहीं ज़्यादा शर्मिंदा न हो उठे और साथ जाए ही नहीं, वह उसकी मदद करती हुई बोली, ''अच्छा, आप भी लाजपत नगर रहते हैं।''

''जी हाँ,'' उसने कहा, ''जी नहीं, किसी से मिलने जा रहा हूँ'' वह तो दिख ही रहा है, मीता शैतानी से मुस्करा दी। बहुत बाद में महेन्द्र ने बतलाया था कि रहता वह करोलबाग़ में है और लाजपत नगर में उसका कोई जानकार नहीं है। तब, जब उसके साथ आने के लिए बहाने की ज़रूरत नहीं रही थी, उससे उसने कहा था, उसकी शरीर मुस्कराहट से उसे बहुत बढ़ावा मिला था।

शायद उसी के दम पर दो दिन बाद वह फिर उसके बस-स्टॉप पर खड़ा मिला था। और बस पकड़ने से पहले एक कप कॉफ़ी पीने का प्रस्ताव रखने में ख़ास झिझक नहीं दिखलाई थी।

मीता मान गई थी और सिलसिला बन गया था। साथ कॉफ़ी पीना, इंडिया गेट घूमना, पिक्चर देखना, घंटों बातें करना और भविष्य के लिए सपने बुनना।

बाद में महेन्द्र ने बतलाया था कि उसके बॉस को बम्बई-कलकत्ता-मद्रास के अलावा किसी टूर पर कभी जाना ही नहीं था। न ही उसने उसे एक दिन के सिवा दोबारा कभी ट्रैवल्स एजेंसी के दफ़्तर भेजा था। बल्कि दफ़्तर से घंटों ग़ायब रहने के अपराध में कितनी बार उसे बेतरह फटकार सुनाई थी। जब भी वह डाँटता, वह माँ की बीमारी का बहाना बना देता। ऐसे दिखलाता जैसे उसकी माँ कुछ ही दिनों की मेहमान है और ऐसे आड़े वक़्त में उसे डाँटकर वह भयानक काम कर रहा है।

सुनकर हँस दी थी मीता, ''अब मत बीमार करना माँ को।''

''नहीं,'' महेन्द्र भी हँस दिया था, ''अब क्यों करूँगा? अब तो बॉस को टूर पर भेजने की भी ज़रूरत नहीं रही।''

छह महीनों के भीतर मीता उसके इतने क़रीब आ चुकी थी कि शादी जल्द होने के सपने देखने लगी थी। उसे ख़ासा अचरज था कि महेन्द्र फ़ौरन शादी की बात तय क्यों नहीं कर डालता, देर किसलिए कर रहा है। किस चीज़ का इन्तज़ार है?

उसे बाद में पता चला था कि महेन्द्र को एक चीज़ का वाक़ई इन्तज़ार था। और वह तय नहीं कर पा रहा था कि उसके लिए शादी स्थगित करे या नहीं। अपनी आर्थिक स्थिति में सुधार लाने का। छह सौ रुपये माहवार की नौकरी उसके लिए शर्मनाक चीज़ थी, यह उसने मीता से बाद में कहा था। मीता ने सुन लिया था पर समझा शायद तब भी नहीं था।

आख़िर एक दिन उसने कह डाला था। इंडिया गेट पर फैले घास के मैदान में बैठकर। शाम के छह बजे। जब गेट के मेहराबों के पीछे सूरज डूब रहा था। हाँ, वे बरसात के दिन थे। सुबह बारिश होकर चुकी थी। घास तब तक नम थी। गीली मिट्टी से उठती सोंधी महक घास के बेशुमार तिनकों में बस चुकी थी। साँस लेते ही, यह भीनी मादक गन्ध नथुनों को सहलाती हुई पूरे जिस्म और जज़्बात को दुलरा उठती थी।

ख़ूब अच्छी तरह याद है मीता को वह दिन। अब भी जब बारिश होती है या कोई घास के लॉन पर पाइप से पानी डालता है, मिट्टी की गन्ध उसे उसी क्षण के पास ले जाकर खड़ा कर देती है जब महेन्द्र ने उससे अपनी पत्नी बनने के लिए कहा था।

वे दोनों दफ़्तर से उठकर रोज़ की तरह कॉफ़ी पीते हुए इंडिया गेट की तरफ़ घूमने आ निकले थे और वहाँ पानी की छोटी कृत्रिम झील के किनारे घास पर बैठ गए थे। बैठते ही महेन्द्र ने उसका हाथ अपने हाथ में लेकर भींच डाला था और कहा था, 'मैं तुमसे शादी करना चाहता हूँ। करोगी ?'

बहुत दिनों से मीता इन शब्दों को सुनने के लिए बेक़रार थी। अब सुनकर उसका दिल इतने ज़ोर से धड़क उठा कि वह घबरा गई। मुँह से 'हाँ' निकलना मुश्किल हो गया। बस गर्दन स्वीकृति में हिला दी।

महेन्द्र ने उसका हाथ फिर दबा दिया और कहता गया, "मैं जानता हूँ मेरे पास तुम्हें देने को ज़्यादा कुछ है नहीं। कुल छह सौ रुपये माहवार पर छोटी सी फ़र्म में एपरेंटिस इंजीनियर हूँ। हमेशा ऐसा नहीं रहेगा। मैं हमेशा के लिए तुमसे अपनी ग़रीबी का भागीदार बनने के लिए नहीं कह रहा। मैंने एप्लीकेशंस भेज रखी हैं। उम्मीद है, अगले साल तक मुझे अमेरिका की किसी यूनिवर्सिटी में एम.एस. में स्कॉलरशिप पर दाख़िला मिल जाएगा। मैं अमेरिका चला जाऊँगा। सारी समस्याएँ हल समझो..."

उसके स्वर की उत्तेजना से साफ़ ज़ाहिर था, जो वह कह रहा है उसके लिए कितना महत्त्व रखता है। पर मीता के लिए जो महत्त्वशाली था पहले कहा जा चुका था। जो भावपूर्ण चित्र उन शब्दों ने खींच दिया था वही सब कुछ था। बाद का कहा केवल उस चित्र के चारों तरफ़ फ्रेम जड़ने जैसा था। अथाह तृप्ति की भावना से भरकर उसने आँखें मूँद, एक लम्बी साँस भरी थी और नम घास की ताज़ी महक अन्तर में बसा ली थी। कुछ देर यूँ ही आँखें बन्द किए बैठी रही थी और महेन्द्र की आवाज़ सुनती रही थी। उसके शब्द भी स्पष्ट हो कान में पड़ने लगे थे। "दो साल एम.एस. करने में लगेंगे," वह कह रहा था, "फिर मुझे नौकरी मिल जाएगी। वहाँ नौकरी मिलने का मतलब समझती हो न ? पैसे की कोई कमी नहीं रहेगी। दो-चार साल में इतना कमा लूँगा कि यहाँ लौट आ सकता हूँ और अपना बिज़नेस शुरू कर सकता हूँ।"

"तुम्हारा मतलब उतने साल इन्तज़ार करना होगा। दो साल एम.एस. करने के और चार नौकरी में पैसा जमा करने के। छह साल ?"

"इन्तज़ार ?" महेन्द्र समझ नहीं पाया था।

"शादी के लिए ?"

''अरे, नहीं। शादी हम फ़ौरन कर लेंगे अगर तुम एकाध साल बेआरामी से गुज़ारने को राज़ी हो तो। फिर अमेरिका चले जाएँगे...''

''और सारी समस्याएँ हल समझो,'' मीता बीच में हँस दी, ''मैं डर गई थी तुम शादी के लिए इन्तज़ार करने को कह रहे हो। मेरी समस्या तो शादी होते ही हल हो जाएगी।''

''कौन सी समस्या?''

''तुम्हें पाने की।''

''सच,'' महेन्द्र निहाल हो आया था, ''तुम भी उतना ही चाहती हो?''

''तुम क्या समझे बैठे थे, जनाब?''

''मीता,'' महेन्द्र ने उसके दोनों हाथ अपने हाथ में ले लिये और काँपती आवाज़ में बोला, ''तुम्हें देखकर आग लग जाती है बदन में। मैं एक दिन भी रुक नहीं सकता। तुम साथ रहोगी तो साल देखते-देखते निकल जाएगा, चुटकियों में।''

''चुटकियों में?' मीता की भवें और ऊपर चढ़ गई थीं।

''नहीं, प्यार में,'' महेन्द्र ने संशोधन किया था और आँखों में इतना प्यार भरकर उसे देखा था कि मीता उसकी तरफ़ देखती रह गई थी। यूँ दृष्टि से चुंबित-प्रतिचुंबित वे देर तक एक-दूसरे को देखते रहे थे। अपने से अनभिज्ञ, दूसरे से आकर्षित, परस्पर समर्पित।

दो महीने बाद शादी हो गई थी। उसके बाद भी मुग्ध समर्पण का भाव कम नहीं हुआ था। सचमुच, साल देखते-देखते गुज़र गया था, प्यार में। कल तक भी उनका संगी प्यार उनके साथ था। पर आज? आज महेन्द्र उसे रोता छोड़ चला गया है और वह कमरे में अकेली बैठी याद कर रही है, आश्चर्य कर रही है, और रो रही है।

कल तक महेन्द्र, तुम यही कहते थे कि तुम जो भी करना चाहते हो, सिर्फ़ मेरे लिए। मेरे आराम के लिए, मेरी ख़ुशी, मेरे भविष्य के लिए, क्योंकि मैं ही तुम हूँ। एकाएक तुम ऐसे कैसे हो गए? एक नन्ही सी जान, जो अभी जीने से अनजान है, तुम्हारे सारे वादे झुठला गई? तुम, तुम हो गए हो और मैं, इस नन्ही जान में क़ैद अलग। यह नन्ही जान भी तो मैं हूँ और तुम भी। फिर इसने हम दोनों को अलग कैसे कर दिया? मुझे भूल तुम तर्क कैसे देने लगे? रुपयों की तंगी! बच्चे की परवरिश! छह सौ रुपयों की नौकरी! अमेरिका! पढ़ाई! बढ़िया नौकरी! पैसा! सुनहरा भविष्य! बदरंग वर्तमान! उफ़ महेन्द्र, तुम्हारे तर्क इतने दो-टूक कैसे बन गए? इतने निर्द्वन्द्व? इतने क्रूर और अकाट्य?

मीता भूल रही थी कि उस नन्ही जान के आगमन की सूचना से पहले भी महेन्द्र ने जब प्यार किया एक सुन्दर भविष्य को पाने की ललक के साथ, उसको पाने के लिए आवश्यक योजनाएँ बनाकर, ऐसे ही अकाट्य और दो-टूक तर्क देकर। पर तब ख़ुद मीता के हृदय में द्वन्द्व नहीं था। उसका वर्तमान और भविष्य, दोनों महेन्द्र में केन्द्रित थे। महेन्द्र तक सीमित। तब महेन्द्र तर्क देता था तो वे उसके प्यार को काटते नहीं थे, उसमें लिपट कर रुई के मुलायम गोले से उसकी गोद में आ गिरते थे।

मीता और महेन्द्र बस में सवार होकर बाज़ार जाते तो महेन्द्र कहता, ''मीता, हमेशा हम बस में सफ़र नहीं करेंगे। एक दिन अमेरिका से लौटने पर हमारे पास अपनी गाड़ी होगी। तुम्हें भी मैं गाड़ी चलाना सिखलाऊँगा।''

मीता इसे एक सुन्दर सपना मानकर अपना लेती और प्यार से हँस देती।

सख़्त गरमी में वे दोनों टेबल फ़ैन से निकलती गरम हवा के आगे पसीना सुखाते तो महेन्द्र कहता, "मीता, हमेशा तुम्हें यूँ पसीना सुखाना नहीं पड़ेगा। एक दिन हमारे यहाँ एयरकंडीशनर होगा।"

मीता सुनती और इसे एक असम्भव सपना मान मुस्कराकर रह जाती।

बस में लटक कर वह दफ़्तर से लौटती और थकी-माँदी चौके में खाना बनाने घुसती तो महेन्द्र कहता, "मीता, तुम क्या चूल्हे-चौके में खपने के लिए बनी हो? तुम्हें तो इस वक़्त गुलाबी नाइटी पहन कर, बिस्तर पर लेटे-लेटे कोई पत्रिका उलटते रहना चाहिए और नौकर से मँगा कर ठंडा कोका कोला पीना चाहिए। कुछ दिनों की बात है। अमेरिका हो आएँ, फिर हमारे यहाँ नौकर होगा, आया होगी, सब होगा।"

मीता सुनती और कनखियों से उसकी तरफ़ देखकर प्यार और ख़ुशी से सुर्ख़ हो उठती।

बरसात में वे चालीस पैसे की बर्फ़ मँगा कर सुराही का बकबका पानी ठंडा करने की कोशिश करते तो महेन्द्र कहता, "बस, इस साल चला लो, मीता। अगले साल हम अमेरिका में होंगे और हमारे पास अपना फ्रिज़ होगा, बड़े से बड़ा, जितना बाज़ार में मिल सके।"

मीता हँस देती और उसे लगता कि यह सपना इतना नामुमकिन भी नहीं।

शादी के बाद उसकी सालगिरह आई तो महेन्द्र चालीस रुपये की एक सूती साड़ी ले आया। मीता ख़ुश होकर बोली, "वाह, क्या लाजवाब रंग है। हरे पर उन्नाबी बॉर्डर। वाह! औरंगाबादी है न? तभी। उनका रंगों का मिलान होता ही एकदम अलग है।"

पर महेन्द्र उसकी ख़ुशी से आश्वस्त नहीं था। वह कह रहा था, "इस बार यही सही, मीता। अगले साल हम अमेरिका में होंगे। उसके अगले साल मेरी नौकरी लग चुकी होगी। तब मैं तुम्हें इतने उपहार दूँगा कि तुम एक दिन में उन्हें गिन भी न पाओगी। शिफ़ॉन की साड़ी, नाइलॉन की गुलाबी नाइटी, मोतियों की माला, पन्ने की अँगूठी, ऊँची एड़ी के सैंडिल, सीपियों का पर्स, तरह-तरह के कॉस्मेटिक्स, लिपिस्टिक, पाउडर-कॉम्पैक्ट, फ्रेंच परफ्यूम...।"

"और एक कुत्ते का पिल्ला," मीता बीच में बोल पड़ी।

सूची गिनता महेन्द्र अटक गया।

"कुत्ते का पिल्ला!" उसने कहा, "वह किसलिए?"

"अरे, तुमने देखा नहीं,' मीता ने खिलखिला कर कहा, "जब अंग्रेज़ औरतें ऊँची एड़ी की सैंडिल पहन, ठक-ठक करती घूमती हैं, तो अपने साथ चमड़े की पेटी पर एक प्यारा झबरा, सफ़ेद रुई के गोले सा पिल्ला ज़रूर बाँधे रखती हैं। तभी आती है न असली शान!"

और मीता हँसते-हँसते लोट-पोट हो गई।

महेन्द्र भी हँस दिया पर साथ देने भर को। स्थिति को हास्यास्पद पाकर नहीं। क्षण-भर बाद वह गम्भीर हो उठा और दृढ़ स्वर में बोला, "तुम देखना।"

पिछले बरस में न जाने कितनी बार महेन्द्र आने वाले ख़ुशनुमा वक़्त की तस्वीर उसके सामने रख चुका है। और हर बार उसके बाद वह उसे इस बात से आगाह करता रहा है कि यह ख़ुशगवार वक़्त तभी आ पाएगा जब वे ख़याल रखें कि इस बीच कोई अनहोनी घटना न घट जाए जिससे उनकी योजनाएँ खटाई में पड़ें। यानी इस बीच जीवन में उन दोनों के सिवा तीसरा प्राणी न आ

टपके। महेन्द्र की माँ भी सुरेन्द्र के पास चली गई है। उसने बुलाया तो अपने मतलब के लिए था। मियाँ-बीवी दोनों अमेरिका में काम करते हैं और होने वाले बच्चे को पालने के लिए और इन्तज़ाम इससे ख़र्चीला बैठता था। मीता उसकी बातें सुनती थी और मान लेती थी। पर पूरी तरह उनमें शरीक नहीं होती थी। पहले कहे प्यार भरे जुमले उसके कानों में बजते रहते थे और वह उन्हीं में मगन रहती थी।

तभी न, अब जब वह न घटने योग्य अनहोनी घटना घट गई है, वह अपने अकेले कमरे में बैठी बार-बार यही पूछे जा रही है—ओह, महेन्द्र, तुम्हारे तर्क ऐसे कैसे हो गए, इतने दो-टूक, निर्द्वन्द्व, क्रूर और अकाट्य? तुम तर्क कर ही कैसे पाए? प्यार क्या तर्क है? तुम्हारा दिल क्या तर्क से धड़कता है? भावना है ही नहीं? ऐसा है तुम जीवित ही नहीं हो। तुम्हारा बच्चे पर क्या अधिकार? वह मेरा है, सिर्फ़ मेरा।

अपने को विश्वास दिलाने को, मीता चीख़-चीख़कर अपने से कहती रही कि बच्चा उसका है, सिर्फ़ उसका। हर बार, कहते ही उसका विश्वास टूटता गया। उसके भीतर यह एहसास जगता गया कि उसका अपना कुछ नहीं है, वह स्वयं भी नहीं। वह केवल महेन्द्र की पत्नी है और उसके गर्भ में भटक आया जीव, वह बच्चा, जिसकी माँ वह तब तक नहीं बन सकती जब तक महेन्द्र उसका बाप बनने को तैयार न हो।

मीता को कमरे में रोता छोड़ महेन्द्र दफ़्तर चला आया पर उस दिन बीसियों बार बॉस से डाँट खानी पड़ी। साला काम में मन ही नहीं लग रहा था। हर पाँच मिनट में मीता की कारगुज़ारी में जा अटकता था। कितना प्यार किया था इस औरत से और यह बदला दिया उसने। ज़रा सी गोली निगलना याद नहीं रख सकी।

वह सपने देखता था तो ख़ूब साथ देती थी। हँसकर, लजा कर, शोख़ी से मुस्कराकर। तभी कह देती मन में क्या है। उसकी उस शोख़ मुस्कराहट पर तो मर मिटा था। एक बार, डेढ़ साल पहले बॉस के लिए बम्बई-कलकत्ता-मद्रास की बुकिंग कराने सेतु ट्रैवल्स एजेंसी गया और वह सामने पड़ गई। एक बनी-ठनी गदराये बदन की चालू लड़की भी थी साथ। पर महेन्द्र को मीता के सामने बिलकुल बेकार लगी थी। यूँ वक़्त काटने को कितनी भी बढ़िया चीज़ रही हो, हमेशा के लिए अपना बनाने के लिए नहीं थी। पता नहीं ये जानकर रिझाने वाली लड़कियाँ, नामर्द क्यों महसूस करा देती हैं। पर मीता की शोख़ मुस्कराहट में एक मासूमियत थी, छरहरे बदन में एक बाँकपन था जो उसे दीवाना बना उठा था। सामने से चलकर आती दिखती तो लगता, पतली नाज़ुक कमर उसके वक्षभार को सँभाल नहीं पा रही, झुकी पड़ रही है। उसकी कमर की नज़ाक़त ही उसके वक्ष के भारीपन को वहशियाना बना देती थी और महेन्द्र को दीवाना।

"क्या कैबरे डांसर की फ़िगर पाई है!" उसकी कमर को हाथों से घेर कर वह कितनी बार कह चुका है।

"बिकिनी पहन किसी फाइव स्टार होटल के स्विमिंग पूल में उतर जाओ तो, ख़ुदा क़सम, क़यामत बरपा हो जाए क़यामत।"

इंडिया गेट के लॉन पर घूमते-घूमते वह बोल पड़ा था तो मीता कैसी मस्त होकर हँसी थी।

"कहो तो कूद पड़ूँ इसी पूल में? क्या पता मेरी याद में यहीं फाइव स्टार होटल बनवा दिया जाए!"

"पर साड़ी-ब्लाउज में लैस नहीं," वह उसके कान में फुसफुसाया था, "कूदना है तो पूरी तैयारी के साथ कूदो।"

"धत्" कहकर वह लाल टमाटर हो गई थी।

उफ़, क्या दिन थे वे। मीता को अपना बनाने के लिए किस क़दर बेक़रार था वह।

पहले दिन उसके पास बैठने के मारे वह ग़लत बस में सवार हो गया था। वह रहती थी लाजपत नगर और वह करोलबाग़। पर उसके दफ़्तर से निकलने के वक़्त का अन्दाज़ लगाकर उसी के बस-स्टॉप पर जा खड़ा हुआ था, सेंट्रल सेक्रेटेरियट पर। एक बार बॉस के लिए टूर की जानकारी लेने क्या गया, मीता से ऐसा उलझा कि हर दूसरे-तीसरे दिन किसी न किसी टूर के बहाने उसके दफ़्तर पहुँच जाता था। कितनी डाँट खाई है इस मीता के लिए अपने बॉस से। उस दिन तय कर लिया था कि एजेंसी के दफ़्तर के बाहर भी उससे मिलना है, जिससे खुलकर बातें हो सकें।

जब वह अपनी लचीली बिखरी-बिखरी चाल से बस-स्टॉप पर आती दिखलाई दी तो वह आगे बढ़ आया और अपार आश्चर्य दिखलाता हुआ बोला, "अरे आप?"

उसे वहाँ देखकर पहले वह कुछ असमंजस में पड़ गई फिर मुस्कराकर बोली, "मैं तो हमेशा इसी बस-स्टॉप से बस लेती हूँ।"

"हाँ-हाँ," कहकर उसने पता कर लिया कि कौन सी बस में चढ़ेगी और कहाँ उतरेगी और फिर ख़ुद भी उसी बस में बैठ गया।

चार सौ दस नम्बर की बस उसी स्टॉप से चलती थी। क़िस्मत से उन्हें बैठने लायक़ जगह मिल गई। दो यात्रियों की सीट पर। मीता खिड़की की तरफ़ बैठ गई थी और वह उसके पास। होली के आसपास के दिन थे। बस में न गरमी थी, न सरदी। आरामदेह ठंडक लिए हवा के हलके झोंके खिड़की के रास्ते उन तक पहुँच रहे थे। हर झोंके के साथ, मीता की देह की भीनी गन्ध उसके नथुनों से छेड़खानी कर जाती थी। वह लम्बी साँस भरकर उसे भीतर खींच लेता और मीता के बहुत क़रीब पहुँच जाता। उसने उसे छूने की बिलकुल कोशिश नहीं की। तंग सीट पर दूरी बनाए रहा। पर उसकी देह के एक-एक उभार की छुअन महसूस करता रहा। पैंतालीस मिनट का सफ़र उसी गन्ध और छुअन के अहसास के सहारे चन्द साँसों में कट गया। मन की पुरज़ोर चाहत के बावजूद वह एक अजीब सुकून से भर उठा था।

उसी दिन बस में साथ बैठे उसने तय कर लिया था कि वह मीता को अपनी बीवी बनाकर रहेगा। आठ महीनों के भीतर उसने कर भी दिखाया। उसकी बेक़रार ख़्वाहिश बेपनाह ख़ुशी में बदल गई। पर वह बस में पहली बार साथ किया सफ़र, उसके ज़ेहन में बस कर रह गया, किसी आला नज़ारे की याद की तरह। शादी के बाद कितनी बार मीता को बाँहों में कस कर पूरी तरह पाया है, पर उस जैसी गुदगुदाती चाह से भरपूर तसल्ली कभी नहीं मिली। जो मिला है, वही बहुत है, प्यार से लबालब ख़ूबसूरत जिस्म, उस पर निसार होता जज़्बात भरा दिल।

वह दिन या रात अब तक उसके साथ है, जब पहले-पहल उसने मीता को अपनी छत के नीचे पाया था। करोलबाग़ का दो कमरों का छोटा सा घर, जहाँ वह अपनी माँ के साथ रहता था, उसकी शादी के लिए आए रिश्तेदारों से खचाखच भर गया था। फिर भी रात में उन्हें एक अलग कमरा दे दिया गया था। बाक़ी तमाम लोग दूसरे कमरे और बरामदे में दरियों पर पसर

गए थे, औरतें अन्दर और मर्द बाहर। इससे ज़्यादा क्या हो सकता था? पर सारी रात सब कुछ पाकर भी उसमें असन्तोष बना रहा था, अपने माहौल के प्रति।

बार-बार वह कहता रहा था, "काश, मेरे पास इतना पैसा होता कि तुम्हें हनीमून के लिए किसी बढ़िया होटल ले जा सकता।"

"यहाँ क्या बुरा है?" मीता का कहना था।

"वहाँ हम अकेले हो सकते थे, सचमुच अकेले। बस, हम दो। न शोर-शराबा, न रिश्तेदारों की किचकिच।"

"यहाँ कौन रिश्तेदार है?"

"फैल नहीं रहे सारे बाहर?"

"बाहर हैं न, अन्दर तो नहीं," मीता हँस पड़ी थी।

"...तुम्हें इस वक़्त रिश्तेदार याद आ रहे हैं?" होंठ गोल करके, उसने शोख़ी के साथ कहा था।

मर गया था उस पर महेन्द्र। मरता ही चला गया था।

कितनी रातें आई थीं, कितने दिन। रिश्तेदार अपने घर लौट गए थे। माँ को सुरेन्द्र ने शिकागो बुला लिया था।

हर रात, हर दिन, महेन्द्र के लिए मीता का आकर्षण और तीव्र होता गया था। जाना-पहचाना जिस्म, दिन पर दिन और तिलिस्मी बनता जाता था। एक राज़ जान जाते ही नया राज़ पैदा हो जाता था। एक साल में किसी क्षण मोह भंग नहीं हुआ। किसी दिन, सम्मोहन नहीं टूटा। किसी रात, उसके आकर्षण को लौट जाना नहीं पड़ा।

फिर भी यह कहना वह कभी नहीं भूला, "हमेशा ऐसा नहीं रहेगा। तुम देखना, वैसा हनीमून भी हम मनाएँगे एक दिन, जिसका सपना मैंने तुम्हारे लिए पहले दिन देखा था। पहाड़ी इलाक़े में घने जंगल के बीच बढ़िया डाक बँगले या होटल के बेहतरीन कमरे में होंगे हम दोनों। जानती हो कैसा होगा वह कमरा? एक दीवार से दूसरी दीवार तक बिछा गुदगुदा ऊनी कालीन। उस पर डनलोपिलो के गद्दों से पटा डबल बैड। उस पर बिछी छींटदार मुलायम चादर। खिड़की के दरवाज़ों पर मोटे मख़मली पर्दे, ऐसे कि खींच दो तो दिन में रात हो जाए। पूरी दुनिया से कट कर हम दोनों अपने निजी द्वीप में प्यार करेंगे और एक-दूसरे में खो जाएँगे। तुम देखना मीता, एक बार अमेरिका पहुँच जाएँ, हम अपना दूसरा हनीमून कितने ठाट से मनाएँगे।"

कल तक यही कहता रहा था वह। प्यार की रोमानी तरंगों से आलोड़ित हो बहकता रहा था। कल तक।

पर आज?

उसकी आँखों के सामने फैले पेट और मोटी कमर में थुलथुल करती मीता घूम गई। यही हाल रहा तो वह अकेला अमेरिका जाता नज़र आएगा। मान लो, किसी तरह उसके साथ जाने का इन्तज़ाम हो गया तो क्या। ऐसी हालत में ख़ाक हनीमून मनेगा। चार-पाँच महीनों में गाभिन भैंस की तरह उसके चारों तरफ़ मँडराएगी। जल्दी ही उसके अरमानों को चूसता एक बच्चा आ चिपकेगा उसकी छाती से।

नहीं, वह नहीं होने देगा। एक अजन्मे फ़ितने को अपनी ज़िन्दगी में आंग नहीं लगाने देगा।

सारा दिन मीता अकेले कमरे में बैठी रोती रही, महेन्द्र पर तोहमतें लगाती रही, उसकी बात न मानने का निश्चय करती रही और अपने पर अविश्वास कर रोती रही। शाम घिर आने से पहले वह अकेलेपन से घबरा उठी। संध्या के पहले का धुँधलका कमरे के भीतर परछाइयाँ फेंकने लगा, कोनों में भूरापन उभर आया तो मीता को लगा, हर कोने में छिप कर वार करने को तैयार, एक कापुरुष दुबका बैठा है। उसकी अपनी सिसकियाँ कमरे की धुँधली पड़ती दीवारों से टकराकर लौट आईं और हर तरफ़ से नन्हे बच्चों के सुबक कर रोने का शोर फूट पड़ा। जिधर नज़र दौड़ाई, छोटी अधखुली आँखों से नन्ही मासूम लाशों को घूरते पाया। घबरा कर उसने आँखें बन्द कर लीं। कोनों में दुबके कापुरुष चाक़ू तान कर निकले और उसके पेट के नामालूम उभार को लक्ष्य बनाकर झपट पड़े। वह बेलाग चीख़ उठी। आँखें खोल लीं और उबकाइयाँ लेती ग़ुसलख़ाने की तरफ़ भागी। सुबह का खाया-पिया बाहर निकल गया पर पेट में मरोड़ खाता डर नहीं। पसीने से तरबतर वह कुछ देर निढाल कुर्सी पर पड़ी रही फिर हिम्मत करके अपनी माँ के घर चल दी। महेन्द्र की बात मानकर सलाह लेने नहीं, उसके बर्ताव के लिए हमदर्दी पाने की चाह से। इस उम्मीद के साथ कि औरत और माँ होने के नाते उन्हें हत्या की योजना से उतनी ही जुगुप्सा होगी जितनी उसे। शायद वे महेन्द्र को शर्म दिला सकें। एक बार वह अपने स्वार्थ की क्रूरता पर लज्जित हो जाए तो वह उसे क्षमा कर देगी। सोच लेगी कि वह क्षणिक स्वार्थ था। क्रूरता, कायरता क्षणिक थी। स्थायी केवल मीता के लिए उसका प्यार है, मीता के लिए इसलिए उसके होने वाले बच्चे के लिए।

सर्दी की शाम घिर आने पर अकेले मीता को घर आया देख, माँ परेशान हो उठीं। उसके चेहरे पर नज़र डालते ही बोलीं, "क्या हो गया तुझे?"

सहानुभूति के दो शब्द सुनते ही मीता फूट पड़ी। वहीं झिलंगी खाट पर गिर कर ज़ोर से रो दी। घबरा कर माँ पास आ गईं। खाट पर पास बैठ, बाँहों से उसे घेर लिया। नन्हे बच्चे को बहलाने वाले लाड़ भरे स्वर में पुचकार कर कहने लगीं, "अरे, क्या हो गया? बस भी कर। बात क्या हुई यह तो बतला। महेन्द्र से झगड़ा हो गया? चल मैं ठीक करूँ उसे। ऐसा क्या हो गया? पति-पत्नी के बीच लड़ाई-झगड़ा तो चला ही करता है। इतना ग़म क्या करना। बोल भी, क्या हुआ? देख तू, मिनट भर में सब ठीक हुआ जाता है।"

वे बोलती जा रही थीं और प्यार से उसकी पीठ पर हाथ फेरती जा रही थीं। मीता का मन हुआ वैसे ही लेटी रहे, सारी उम्र उनकी बाँहों के सुरक्षित दायरे में। उनसे ज़्यादा कौन उसे प्यार कर सकता है। आख़िर जन्म दिया है उसे। धीरे-धीरे उसका रोना थमने लगा। वह नाक सुड़क कर सुस्त सी उनकी बाँहों में सिमटी पड़ी रही।

"अब बतला क्या हुआ? या पहले चाय पिएगी?" माँ ने कहा। कहकर वह शायद चाय लाने उठने को हुईं तो मीता ने उन्हें जाने नहीं दिया। बाँह पकड़कर रोके रखा।

"अच्छा बतला क्या हुआ?" उन्होंने कहा। उनके स्वर में हलका हास्य था। सोच रही थीं, किसी मज़ेदार सी प्यार भरी झड़प के बारे में बतलाएगी लड़की।

रुक-रुककर मीता ने कहना शुरू किया पर दो-चार वाक्य बोल लेने पर उत्तेजित हो बोलती चली गई। चन्द मिनटों में पूरी कहानी सुना डाली। बीच में माँ एक शब्द भी न बोल पाईं।

बात ख़त्म करके मीता फुग्गा मारकर रो दी। बोली, "महेन्द्र बच्चे को मार डालना चाहता है।"

माँ की बाँहें अभी भी उसके चारों तरफ़ घेरा डाले पड़ी थीं, पर निर्जीव सी। प्यार से दुलारने की हरकत उन्होंने नहीं की, न ही चुप कराने की। पत्थर सी बैठी रहीं। उनका स्नेही स्पर्श पाने को मीता खिसक कर उनके और क़रीब आ गई, उसका सिर उनकी गोदी में आ पड़ा।

तब धीमे से उन्होंने कहा, ''नहीं मीता, यह नहीं कहा जा सकता।''

''तो और क्या है यह?'' मीता ने सुबक कर कहा।

माँ ने नज़रें मीता से हटाईं और अपने फटेहाल कमरे पर घुमा दीं।

छोटा सा बारह-पन्द्रह फ़ुट का कमरा। पलस्तर उखड़ी दीवारें। सीलन से फूई खाई छत। कोने में खड़ी दो झिलंगी बान की खाटें। उन पर गोल करके रखीं पैवंद लगी रज़ाइयाँ। दूसरे कोने में बाबा आदम के ज़माने की मेज़, जिसकी एक टाँग टूटी थी और दो ईंट अड़ा कर अटकायी गई थीं और दो कुर्सियाँ। उस पर अटा दुनिया भर का सामान। दो-चार धुले कपड़े, शीशा, कंघा, तेल, छोटी लड़की की स्कूली किताबें और दवा की भरी और ख़ाली बोतलें। सब पर मुफ़लिसी की छाप। मेज़ के ऊपर दो खूँटियाँ। उन पर टँगे फीके, बदरंग कपड़े अपनी कथा अलग कहते हुए। आँखों से न देख पाने पर भी उनकी नज़र कमरे के बराबर के गलियारेनुमा चौके में घूम आई। कैरोसीन के स्टोव के पास तख़्ते पर रखे कनस्तर और डब्बों को देख आईं, जो आजकल ज़्यादातर ख़ाली रहते हैं।

जब उनकी नज़र वापस मीता पर लौटी तो उसमें आतंक और प्रशंसा का मिला-जुला भाव तैर रहा था। महेन्द्र को उन्होंने इतना नहीं समझा था, इतना महत्त्वाकांक्षी और धुन का पक्का। ऐसा इनसान आतंक पैदा करता है और आस्था भी। उन्होंने मीता के चारों तरफ़ से बाँहें समेट लीं, दृढ़ स्वर में कहा, ''सुन।''

मीता ने मुँह ऊपर उठा लिया।

उसकी आँखों में अपनी बोलती आँखें डाल कर माँ ने कहा, ''मीता, मैं सोचती हूँ महेन्द्र ग़लत नहीं कह रहा।''

''क्या?'' एक झटके में मीता झिलंगी खाट से उछलकर खड़ी हो गई। माँ की आँखों ने उसका पीछा नहीं छोड़ा। ऊपर उठीं और उसके चेहरे से जा चिपकीं। उनमें आतंक और प्रशंसा का भाव और तीखा हुआ और मीता को अपनी पिशाची चमक से झुलसा गया।

''तुम भी...''उसने रुँधे कंठ से कहा, ''तुम भी...'' माँ उसे घूरती रहीं, फिर बोलीं, ''मीता, एक बात सोचने की यह है कि तूने अपनी ज़िद नहीं छोड़ी तो हो सकता है महेन्द्र वहाँ जाकर रम जाए। तुझे बुलाए ही नहीं। तब क्या करेगी?'

''अगर उन्हें मेरी परवाह नहीं है...'' मीता ने कहना शुरू किया तो माँ ने बात काट दी, ''ये बेकार की भावुक बातें हैं। परवाह है तभी साथ ले जाने को कह रहा है। कितने लोग हैं जो पढ़ाई करते हुए बीवी को साथ रखते हैं। पर एक बार अकेले जाने पर छह-सात महीनों में क्या होगा, कौन कह सकता है।''

''मैं क्या कर सकती हूँ उसमें?''

''साथ जा सकती है और क्या।''

''कैसे? अपने बच्चे की हत्या करके!''

माँ चुप रहीं। काफ़ी देर उन्होंने उसकी बात का जवाब नहीं दिया। धीरे-धीरे अपनी आग्रही

दृष्टि उसके मुख से हटा ली। जब बोलीं तो निगाहें ज़मीन पर टिकी थीं और स्वर बिलकुल सपाट, भाव-शून्य था।

''यह हत्या नहीं है,'' उन्होंने कहा, ''छह-सात महीने तक बच्चे में आत्मा नहीं होती।''

एक और तर्क। अकाट्य। निर्मम। मीता ने दोनों हाथों से अपना पेट थाम लिया। उसे लगा, उसके बच्चे की जान लेने के लिए ये यंत्रणादायक तर्क ही बहुत है, सर्जन के नश्तर की आवश्यकता नहीं पड़ेगी।

तीखे विकर्षण से भरकर वह चिल्ला उठी, ''नसीहत देना आसान है। तुम्हें करना पड़ता तो कर पातीं?''

माँ की नज़रें और झुक गईं।

''कर भी चुकी हूँ,'' उन्होंने उसी सपाट स्वर में कहा।

''कर चुकी हो?''

''हाँ। दो मर्तबा।''

''दो मर्तबा?''

''हाँ। तेरे बाद दो महीनों पर फिर हो गई थी। क्या करती? फिर नीता के बाद भी।''

''पर क्यों?''

''क्यों पूछ रही है? अपने पिताजी की हालत नहीं जानती? तेरे बाद तो वह अस्सी रुपल्ली की क्लर्की भी हाथ में नहीं थी। दो जून रोटी नसीब नहीं थी। और नीता के बाद भी। एक तो पक्की नौकरी का जुगाड़ नहीं, ऊपर से दे मार लड़की पर लड़की की पैदाइश। मैं तीसरी बार भी सफ़ाई करवा लेती। वह तो तेरे पिताजी को जाने किस मरे ज्योतिषी ने बतला दिया कि इस बार लड़के का जोग है। उसी भरोसे मारे गए। और मिला क्या नौ महीने इल्लत पाल के? लड़की, वह भी मरी हुई।''

''आपको दुख नहीं हुआ?'' मीता के मुँह से निकला।

''दुख? दुख कब नहीं था? पूरी ज़िन्दगी में दुख ही दुख था। पेट भरके न खा पाने का दुख। बीमारी में दवाई न मिलने का दुख। मकान की चूती छत के नीचे भीगने का दुख। किराया न भर पाने पर मकान मालिक की गाली-गलौज सुनने का दुख। इस-उससे उधार माँग कर सूखी रोटी जुगाड़ करने का दुख। एक दुख था? अभी कौन सी कमी हो गई दुख में। तेरी शादी तो ख़ैर क़िस्मत से हो गई। पढ़ाई-लिखाई में अव्वल रही तो मानो नौकरी कर ली और लड़का भी पट गया। पर नीता के लिए कोई उम्मीद नज़र नहीं आती। दसवीं पास कर ले तो बहुत समझो। आगे कौन हम पढ़ा पाएँगे। वर का संजोग तब बैठेगा न जब दहेज का बैठेगा। बैठता दिखता है तुझे? अब तक क्या मिला है लड़की को और क्या पाया है हमने दुख के सिवा?''

मीता की आँखों में पहले सहानुभूति उभरी फिर आतंक। वह डर गई, कहीं माँ के तर्क उसे प्रभावित न कर दें।

माँ अब पूरी तरह अतीत में डूब चली थीं।

''तब और तरीक़ा ही क्या था?'' वह कह रही थीं, ''तुम लोगों की तरह मौज थोड़े कि गोली निगली और छुट्टी।''

उनकी आवाज़ में हलकी ईर्ष्या उभर आई, "अपने पास बस वही एक तरीक़ा था।"

"बस वही ?"

"और क्या ? उसके लिए भी, तुम क्या जानो, कितनी जोखिम उठानी पड़ती थी। डाक्टरनी को राज़ी कराओ तो हाथ खोलकर पैसा ख़र्चो वरना दाई से काम चलाओ। न ढंग की दवा-दारू, न देखभाल।"

आख़िरी बात कहते, वे मीता के पास खिसक आईं और आँखें उसके चेहरे पर जमा कर बोलीं, "सुना है अब वह ग़ैरक़ानूनी नहीं रहा। सरकारी अस्पतालों में मुफ़्त हो जाता है ?"

मीता ने उनकी आँखों में देखा, मुग्ध ईर्ष्या का भाव। उफ़, कितना बीभत्स था। लगा एक पल और वहाँ ठहर नहीं सकती।

"चुप करो माँ," कहकर वह दरवाज़े की तरफ़ भागी।

"सुन तो," वे कहती रह गईं और मीता बाहर निकल गई। बिना देखे-पहचाने मील दो मील, चलती चली गई। अँधेरा घिरता गया। ठंड बढ़ती गई। सड़कें सूनी हो गईं। आख़िर जब रुक कर उसने अपने चारों तरफ़ देखा तो समझा कि सुनसान सड़क पर अकेले घूमते रहना उसकी स्थायी स्थिति नहीं हो सकती, एक रात के लिए भी नहीं। उसे वापस घर लौटना होगा। फ़ौरन। इससे पहले कि सरकारी बसें चलनी बन्द हो जाएँ।

वह लौट आई। घर। माँ के नहीं, महेन्द्र के घर।

फिर बस तर्क थे और तर्क थे।

अलसायी, घबराई मीता सुबह उबकाइयाँ लेती बिस्तर से उठती और तर्कों से घिर जाती। हर तर्क अँगुली उठाकर उसे अभियोगी ठहराता और उसकी पहरेदारी पर तैनात हो जाता। इतना मज़बूत कठघरा बन जाता कि आँखें मूँदकर छलाँग लगा देने पर भी वह उसके बाहर न आ पाती। अपने गले से निकली क़ै तक उसे अपराध भावना से भर जाती। सब क़ुसूर उसका है, सिर्फ़ उसका। वरना ऐसी स्थिति क्यों पैदा होती कि उसका और महेन्द्र का प्यार तर्कों तले दब जाता। अपनी बनाई स्थिति से वही उन दोनों को उबार सकती है। महेन्द्र के तर्कों के जवाब देते-देते, वह अपने मन में उठते तर्कों से परास्त हो जाती।

क्या महेन्द्र के लिए उसका प्यार इतना छिछला है कि अपने ऊपर यह मासूम सा ज़ुल्म नहीं सह सकती ? उसके हाड़-मांस से गढ़ा, उसके रक्त से सिंचा यह बच्चा आख़िर है क्या ? उसकी भूल का नतीजा ? उसके और महेन्द्र के प्यार की अभिव्यक्ति का, अवांछनीय परिणाम ? उसके गर्भ में अटका एक अनचाहा, अजनबी भार ? उसकी नसों में जमा ख़ून में सना इतर पदार्थ, जिसे समय रहते बाहर निकाल फेंका जा सकता है ? क़ानून तक उसकी इजाज़त देता है। ज़बरदस्ती ओढ़ा हुआ एक दायित्व जिसे वह चाहे तो नकार सकती है ? फिर क्यों नहीं नकार रही ? क्या महेन्द्र के लिए वह इतना नहीं कर सकती कि प्यार भरे ख़त में, ग़लती से लिखे इस सख़्त अल्फ़ाज़ वाले पन्ने को फाड़ कर फेंक दे ? क्या वह इतनी स्वार्थी है कि पति और प्रेमी के लिए छोटा सा बलिदान नहीं दे सकती ?

किसी दिन वह क़ै करके ग़ुसलख़ाने से बाहर निकलती तो महेन्द्र उसकी तरफ़ ऐसे देखता जैसे उसे देखकर ख़ुद क़ै कर देगा। कहता कुछ नहीं, बस उसकी तरफ़ ताकता रहता और मीता के अपने दिमाग़ से आवाज़ें आने लगतीं, शर्म आनी चाहिए तुझे, शर्म। पहले लापरवाही की, नियम से गोलियाँ खाईं नहीं, ऊपर से यह ज़िद—शर्म आनी चाहिए तुझे, अपने पर शर्म।

किसी-किसी रात वह महेन्द्र से नज़रें बचाती, उसके बिस्तर पर आने से पहले दूसरी तरफ़ करवट लेकर सो रहती। पर कुछ देर बाद चौंककर जग उठती। लगता, नुकीले पंजे फैलाए सैकड़ों दरिंदे उसके पेट की ओर बढ़े चले आ रहे हैं। आँखें फाड़े पसीने से तरबतर वह उन्हें पास आते देखती रहती। वे आएँगे, उस पर झुकेंगे, अपने पंजों से उसके पेट की पोली ज़मीन खोद डालेंगे और भीतर उगी अनचाही पौध उखाड़ लेंगे। तरतीब से उगाए घास के लॉन में नाहक निकल आए मोथे की तरह मसल कर बाहर फेंक देंगे और मीता शर्मनाक तोहमतों के कठघरे से बरी हो जाएगी। मौत सज़ा भी होती है और रिहाई भी। मौत के सामने डरते, थरथराते, वह कभी किसी वक़्त रिहाई के आसरे को गले लगा लेती। अपने को उन विकराल पंजों के हवाले कर देती। दो, जो सज़ा उसे देना चाहते हो, दो। क़ुसूर उसका है, सिर्फ़ उसका।

धीरे-धीरे उसकी अपनी अँगुलियों में भी नाख़ून उग आए। वे लम्बी-पतली-कोमल अँगुलियाँ, उनकी नुकीली धार के पीछे दुबकी, अलसायी सी पड़ी रहने लगीं। उसकी मासूम हथेलियाँ सख़्त होती गईं और पंजों का नक़्शा हासिल कर गईं। फिर वे फैले और उन्हीं आक्रामक पंजों में जा मिले।

महेन्द्र ने माँ से सलाह करके हमले की ठीक जगह चुन ली। दिन तय करना बाक़ी है। उसके लिए आज हमलावर के सामने मीता की पेशी है।

''मीता! मीता! उठो न!'' महेन्द्र उसका कन्धा पकड़कर हिला रहा था।

''क्या हुआ?'' उसने हड़बड़ाकर पूछा।

''सो रही थीं? डाक्टर कब से बुला रही हैं।''

''डाक्टर?''

''ओफ़्फ़ोह, अभी तक सपना देख रही हो? डाक्टर तुम्हारा नाम दो बार पुकार चुकीं।''

उसने महेन्द्र की खीज भरी आवाज़ सुनी। उसका परेशान, ग़ुस्सैल चेहरा देखा और याद किया कि वह अस्पताल के वेटिंग रूम में बैठी है। घबराकर उसने एक नज़र अपने चारों तरफ़ डाली। देखा, बेंचों पर निढाल पसरी औरतें थुलथुलाता बदन सँभाल कर उठंगी हो गई हैं और उसकी तरफ़ ताक रही हैं। उनके होंठ मुस्करा रहे हैं पर आँखों में उपहास का भाव नहीं है, स्नेह और सहानुभूति की चमक है। गर्भवती स्त्री के साथ यही होता है, उनकी दृष्टि कह रही है, जब-तब मौक़े-बेमौक़े सपनों में खो जाती है, हम क्या जानती नहीं। हम इस दौर से कितनी बार गुज़र चुकीं।

''अरे, उठो न,'' महेन्द्र ने कहा और इस बार, बाँह खींचकर उसे उठा दिया। घिसटते क़दमों से वह उसके साथ चल दी। चाह कर भी उन औरतों की मुस्कराहटों का जवाब नहीं दे पाई। उड़ती सी नज़र उन पर ज़रूर डाली पर मुस्कराहट में फैलने के बजाय सूखे होंठ फड़फड़ा कर रह गए। आँखों में शर्म के आँसू छलछला आए और उसने नज़र फ़ौरन झुका ली। ऐसे ही सिर और आँखें झुकाए वह डाक्टर के कमरे में दाख़िल हुई।

काग़ज़ों से लदी चौड़ी मेज़ के पीछे बैठी अधेड़ महिला ने सिर उठाकर उनकी तरफ़ नहीं देखा। व्यस्त भाव से हाथ आगे बढ़ा दिया। महेन्द्र ने उसके हाथ से कार्ड लेकर डाक्टर के हाथ में थमा दिया। उसे कन्धे से थाम कर एक कुर्सी में धकेल सा दिया। ख़ुद दूसरी कुर्सी में बैठ गया और अधैर्य से डाक्टर के कार्ड पढ़ चुकने की प्रतीक्षा करने लगा।

डाक्टर ने कार्ड पढ़ा और चेहरा ऊपर उठाया। गम्भीर साँवला चेहरा। दो-चार हलकी झुर्रियाँ, होंठों के पास और आँखों के नीचे। आँखों में व्यस्त भाव। अपने काम में मशग़ूल एक कार्यदक्ष, कर्तव्यनिष्ठ स्त्री।

क्या जल्लादों के चेहरे ऐसे ही होते हैं, मीता ने सोचा और नज़रें उसके मुख से हटा कर हाथों पर जमा दीं। तरतीब से कटे साफ़ गुलाबी चमकते नाख़ून। चौकोर पोरों वाली चौड़ी अँगुलियाँ। स्वस्थ गदराई हथेलियाँ। समर्थ। अपना काम करने में निपुण। मीता काँप उठी। ये हाथ असफलता नहीं जानते। घबरा कर उसने आँखें दोबारा उसके चेहरे पर लौटा लीं।

तभी डाक्टर मुस्करा दी।

''पहला है?'' होंठों के हलके कम्पन के साथ उसने पूछा।

उसकी आवाज़ में दिलकश नग़मे सा सोज़ था। हलकी थरथराहट, जो किसी ख़ुशनुमा नज़ारे पर ध्यान दिलाते हुए आवाज़ में ख़ुद-ब-ख़ुद आ जाती है। मीता को लगा, बहुत दिनों बाद उसने किसी इनसान की आवाज़ सुनी है। पिछले पन्द्रह-बीस दिनों से केवल तर्कों का ख़ौफ़नाक शोर सुनती रही है।

अभिभूत सी वह डाक्टर की तरफ़ ताकती रह गई, बोल कुछ नहीं पाई।

''पहला है?'' डाक्टर ने दोबारा पूछा, उसी हलकी उत्तेजना से झंकृत, संगीतमय स्वर में।

''हाँ,'' मीता के कंठ से निकला, मवाद भरे फोड़े के फूटने सा।

''घबराने की कोई बात नहीं है,'' डाक्टर का स्वर और स्नेही हो उठा, ''सब ठीक हो जाएगा।''

फिर नर्स की तरफ़ देखकर कहा, ''इन्हें भीतर लिटा दो।''

नर्स ने मीता को इशारा किया और वह उठने लगी।

''पर हम उस लिए नहीं आए,'' सहसा महेन्द्र का वाक्य चाबुक की तरह कमरे में उछला और उसे वापस कुर्सी में धकेल गया।

''क्या?'' डाक्टर की निगाहें महेन्द्र की तरफ़ घूम गईं, ''क्या कहा आपने?

डाक्टर के कमरे में आने के बाद, महेन्द्र तीन बार घड़ी देख चुका था। उसे वह मोटी साँवली, अधेड़ औरत बेहद सुस्त और ढीली-ढाली लग रही थी। पहले इतनी देर कार्ड घूरती रही फिर मीता को घूरने लगी। मीता से तो ख़ैर इससे ज़्यादा उम्मीद क्या की जा सकती है कि वह सामने टुकुर-टुकुर ताकती बैठी रहे। और कुछ कहने-करने लायक़ आजकल रह ही नहीं गई है। पर यह तो डाक्टर है। इसे तो ऐसे चेहरे पर मुग्ध मुस्कान लिये नहीं बैठे रहना चाहिए।

''हम उस लिए नहीं आए,'' उसने अपना वाक्य ऊँची आवाज़ में दोहरा दिया।

''गर्भ है न?'' डाक्टर ने पूछा।

''जी हाँ।''

डाक्टर के चेहरे से सौम्य मुस्कराहट ग़ायब हो गई। होंठ सिमट कर पत्थर पर खिंची लकीर से महीन हो गए। आँखों से तरल चमक मिट गई। दृष्टि पैनी हो गई। चुभती नज़र महेन्द्र के चेहरे पर जमा कर उसने करारे स्वर में पूछा, ''तो?''

न जाने क्यों महेन्द्र डाक्टर का यह वांछित चुस्त रूप झेल नहीं पाया। उसकी पैनी दृष्टि

में जाने क्या देखा कि अपनी बात कहते हकला गया, ''जी...वह... ? दरअसल बात यह है...हम लोग...''

''एबॉर्शन ?'' डाक्टर ने बिना इधर-उधर किए सीधे मुँह पर थप्पड़ मारते हुए पूछा।

''जी,'' महेन्द्र का स्वर काँप गया।

''विवाहित नहीं हो ?''

''हैं।''

''तो ?''

''हम नहीं चाहते...कई मुश्किल हैं...हमारी आर्थिक हालत...''

महेन्द्र समझाकर कहना चाह रहा था पर उसकी सर्द निगाह कहने नहीं दे रही थीं। इस ठंडी, भावना-विहीन, प्रस्तर-प्रतिमा से क्या कहना ?

''ख़ैर,'' उसने ज़बरदस्ती अपने स्वर को आक्रामक बनाकर जोड़ा, ''हम यही चाहते हैं। और अब तो यह...''

''ग़ैर-क़ानूनी नहीं है।'' डाक्टर ने उसका जुमला पूरा कर दिया।

सुनकर महेन्द्र को ख़ुशी नहीं हुई। लगा, डाक्टर ने यह दूसरा तमाचा मारा है उसके गाल पर।

महेन्द्र डाक्टर से बात कर रहा था और मीता बराबर डाक्टर को देख रही थी। देख रही थी, कैसे क्षण, दो क्षण के भीतर, हाड़-मांस से बना भावुक इनसान लोहे की मशीन बन सकता है। अब यह डाक्टर उसे बाहर बैठी रिसेप्शनिस्ट की याद दिला रही थी, जिसे देखकर लगा था, ईंट-पत्थर से चिनी इस इमारत के साथ इसे भी किसी ग्रेनाइट के टुकड़े से गढ़ा गया होगा और भीतर फिट कर दिया गया होगा। क़ानून और क़ानूनन अपने फ़र्ज़ के आगे वह कुछ नहीं जानती, जानना नहीं चाहती। इनसान की इनसानियत, औरत के जज़्बात, माँ बनने का आह्लाद, भ्रूण में प्राण भरते देखने का उत्साह और एक नए जीव को धरती पर लाने की उपलब्धि, इन सबका उसके लिए कोई अर्थ नहीं है। होंठ भींचे, आँखों की दृष्टि पैनी किए, मुख को निर्जीव मुखौटे में ढाले वह तैयार है, जिसका कहो पेट एक बार में चीर कर, ख़ून और तन्तुओं से सनी गन्दगी निकाल बाहर फेंकने के लिए। जल्लादों के चेहरे ऐसे ही दीखते होंगे, मीता को लगा और घबरा कर उसने दृष्टि उसके मुख से हटा कर हाथों पर टिका दी।

उसने देखा, उसके दोनों हाथ मेज़ पर रखे हैं और उनकी चौड़ी चौकोर पोरों वाली अँगुलियाँ एक-दूसरे में पिरोयी हुई हैं। स्वस्थ गदराई हथेलियाँ एक-दूसरे में लिपट कर भिंची पड़ी हैं। लग रहा है वज्र जैसी ठोस मुट्ठी में से दस अँगुलियाँ उग रही हैं। अँगुलियाँ या लक्ष्य पर तने भाले।

मीता ने देखा, उसकी अँगुलियों में नाख़ून उगने लगे हैं। लम्बे, नुकीले नाख़ून। अँगुलियों के चौकोर पोरों को ढके नाख़ून बढ़ते जा रहे हैं। लम्बे, पैने। फिर वे आगे से मुड़ गए हैं, गिद्ध के पंजों की तरह जिससे शिकार को फाड़ने में आसानी रहे। अपने तीखे-पैने नाख़ून साधे वह इस्पाती पंजा आगे बढ़ रहा है, उसके पेट की तरफ़। ख़ुद उसने अपनी कोख उसके हवाले की है। बचाव का रास्ता नहीं है। क्या कोई नहीं ?

एक बार ऊपर से नीचे तक उसका बदन थरथराया, मुट्ठियाँ कसीं और जब तक वह अपने को रोके, मुँह से बेसाख़्ता चीख़ निकल गई।

चौंककर डाक्टर ने उसकी तरफ़ देखा और महेन्द्र ने भी। डपट कर महेन्द्र ने पूछा, "क्या हुआ?"

मीता ने उसके सवाल का जवाब नहीं दिया। शायद उसने सुना भी नहीं। चीख़ निकलने के साथ वह कुर्सी पर कुछ आगे को होकर मेज़ के सहारे गिर पड़ी थी। और अब डाक्टर की नज़र ठीक उसके ऊपर थी। उसकी कँटीली व्यस्त दृष्टि में एक चुनौती का भाव उभर आया। मीता ने मेज़ पर हाथ जमा कर अपने को सँभाला और कुर्सी पर सीधी होकर बैठ गई। डाक्टर उसकी ओर देखती रही। उसकी आँखों में चुनौती का भाव धूमिल पड़ता हुआ मिट गया और वहाँ अथाह दया का सागर लहरा उठा। उस नज़र ने मीता को भीतर तक तिलमिला दिया। कसमसा कर वह कुछ कहने को हुई कि डाक्टर ने अपनी दृष्टि नीची करके, मेज़ पर पड़े काग़ज़ों में कुछ टटोलना शुरू कर दिया।

उस ढेर से उसने एक फ़ॉर्म निकाला और व्यस्त भाव से मीता की तरफ़ बढ़ा दिया। सपाट स्वर में बोली, "भर दीजिए!" अब उसकी दृष्टि में पहले वाली भावहीनता लौट आई थी। मीता को वह उसकी दया से भी गहरी चुभ गई। वह उसकी चुनौती का जवाब देने को तड़प उठी।

पर अभी तो फ़ॉर्म उसके हाथ में था। उसकी दृष्टि उस पर टंकित थोड़े से शब्दों पर फिसलती रही पर क्रम से वह उन्हें पढ़ नहीं पाई। फिर भी इतना ज़रूर समझ गई कि वे उससे गर्भपात की अनुमति माँग रहे हैं।

मैं अपनी इच्छा से और अपने दायित्व पर गर्भपात करवा रही हूँ उसने पढ़ा।

अपनी इच्छा...अपना दायित्व...

देर तक वह फ़ॉर्म हाथ में लिए बैठी रही और सोचती रही, इन शब्दों को काटकर लिख दे—गर्भपात जैसे तकनीकी शब्द के पीछे क्या छिपना? मैं साफ़ कहती हूँ मैं अपने बच्चे का ख़ून इसलिए करवा रही हूँ क्योंकि उसका कोई बाप नहीं है। अपनी कोख में रहकर पैदा होने से उसे इसलिए महरूम कर रही हूँ क्योंकि जिस पुरुष का वह बीज है, वह उसका पिता नहीं, केवल मेरा पति है। नहीं, पति नहीं, केवल मेरा प्रेमी है। प्रेमी भी नहीं, केवल एक पुंसक पुरुष है, अपने पुंसत्व से लाचार। नपुंसक का हृदय लिये एक पुरुष देह।

सहसा महेन्द्र उठकर खड़ा हो गया। यहाँ का माहौल उसका दम घोंटे दे रहा था। थुलथुल बदन और फूले पेट लिये बाहर बैठा औरतों का हुजूम। सफ़ेद कपड़ों में लैस सपाट चेहरे लिये घूमती नर्सें। इस बन्द कमरे के भीतर मीता की तनावपूर्ण चुप्पी। डाक्टर का पैना तिरस्कारपूर्ण व्यवहार। सब मिलकर उसे ज़मीन पर रेंगनेवाले कीड़े जैसा महसूस करवा रहे थे। वह यहाँ क़ानूनन अपना हक़ माँगने आया है जो उसकी अपनी मर्ज़ी पर निर्भर करता है, डाक्टर की नहीं। फिर वह उसकी तरफ़ हिक़ारत भरी नज़रों से क्यों देख रही है? उसे क्या हक़ है उसके व्यक्तिगत मामले में पसन्द-नापसन्द ज़ाहिर करने का? डाक्टर है, अपने काम से मतलब रखे, बस। मुँह से कुछ कहा नहीं तो क्या? वह क्या समझता नहीं, उसमें यह मशीनी चुस्ती नफ़रत से पैदा हुई है?

जल्दी से जल्दी वह अपने दफ़्तर पहुँच जाना चाहता है। वहाँ का वातावरण उसका जाना-पहचाना है। फ़ाइलों पर झुके निस्तेज़ आँखों वाले क्लर्क। टाइपराइटरों पर टिप-टिप करती, ज़रूरत से ज़्यादा मेकअप लिये लड़कियाँ। नीचे वर्कशॉप में रसायनों से उठती खट्टी-मीठी सड़ाँध। सिरदर्द पैदा करने वाली मशीनों की घड़घड़ाहट। बॉस की बात-बेबात पड़ती फटकार।

ढेरों काम। सब उसे गहरे दोस्तों की तरह याद आने लगे। और जो हो, वहाँ इस तरह हिक़ारत से नहीं देखता कोई उसकी तरफ़। न इस तरह अजनबी महसूस करता है वह।

''मुझे देर हो रही है,'' उसने मीता से कहा, ''दफ़्तर टाइम पर पहुँचना है। मैं अपने दस्तख़त कर देता हूँ। बाक़ी तुम बाद में करती रहना।''

उसने हाथ बढ़ा दिया और मीता ने चुपचाप फ़ॉर्म उसे पकड़ा दिया।

''मुझे दस्तख़त कहाँ करने हैं?'' उसने डाक्टर से पूछा।

''ज़रूरत नहीं है,'' डाक्टर ने कठोर सपाट स्वर में उत्तर दिया।

''जी?'' महेन्द्र ने कहा, ''यह मेरी पत्नी हैं।''

''ठीक है।''

''क्या मतलब? इसके लिए मेरी इजाज़त नहीं चाहिए?''

''जी नहीं। यह इनका निजी मामला है,'' उसका स्वर और कठोर हो गया।

महेन्द्र तय नहीं कर पाया कि क्या कहे। ठीक है, उसने सोचा, जब मुझे इसमें कुछ लेना-देना नहीं है तो चला जाता हूँ दफ़्तर। ये लोग अपने आप कर-करा लेंगी। पर उसके क़दम आगे नहीं बढ़े। फ़ॉर्म हवा में झुलाता वहीं खड़ा रहा। सहसा वह बहुत अकेला और लाचार हो आया।

डाक्टर ने अपनी नज़रें मीता की तरफ़ घुमा दीं। एक बार फिर उनमें वही चुनौती का भाव उभर आया। और उसके पीछे अथाह संवेदना का गहराता सागर। उसे लगा, यह डाक्टर उसकी चिरआत्मीय है।

वह अपनी कुर्सी पर आगे को खिसक आई और तीव्र उत्तेजना से थरथराते स्वर में फुसफुसायी, ''यह मेरा निजी मामला है?''

शब्द डाक्टर के थे पर मीता के मुँह से सुना तो महेन्द्र को लगा, उसके भेजे को पार करके कोई गोली निकल गई है।

''बिलकुल,'' डाक्टर ने कहा।

''पति से पूछे बग़ैर गर्भ गिराया जा सकता है तो रखा भी जा सकता है?'' मीता ने उसी फुसफुसाती आवाज़ में डाक्टर के चेहरे पर आँखें गड़ा कर पूछा।

''बिलकुल,'' डाक्टर ने फिर कहा।

उसने अपना स्वर ज़रा भी ऊँचा नहीं किया। न वह काँपा, न थर्राया। पर उसके पीछे छिपी ललकार ने मीता को झकझोर डाला।

किसी अज्ञात आकर्षण में बँधी दोनों स्त्रियाँ एक-दूसरे को देखती रहीं।

फिर मीता ने हाथ बढ़ाकर महेन्द्र से फ़ॉर्म ले लिया।

अकंपित दृढ़ हाथों के बीच उसने उसे पकड़ा और खच से चीर डाला। दोनों टुकड़ों को साथ रखा फिर खच से चीर दिया। टुकड़ों को फिर रखा, फिर चीरा, फिर रखा फिर चीरा और तब तक रखती-चीरती चली गई, जब तक उसकी चिन्दी-चिन्दी न हो गई। फिर पास पड़ी रद्दी की टोकरी में उनकी बौछार करती वह उठ खड़ी हुई।

''चलिए सिस्टर, भीतर कहाँ जाना है?'' उसने नर्स से पूछा और उसके इशारा करने पर कमरे के बीच डले पर्दे की तरफ़ चल दी।

पर्दे के पास आकर वह रुकी और मुड़ कर महेन्द्र से बोली, ''महेन्द्र, तुम दफ़्तर जाओ। मैं भी यहाँ से सीधे दफ़्तर जाऊँगी। शाम को वापस लौटने में शायद देर हो। टाइपिंग का कुछ एक्स्ट्रा काम करना है।''

चौंककर महेन्द्र ने उसकी तरफ़ देखा तो आश्चर्य से देखता रह गया।

उसका चेहरा बिलकुल शान्त है, उसकी आवाज़ की तरह। पर उस शान्ति में निष्क्रियता नहीं निर्णय झलक रहा है। तुष्टि का ऐसा भाव है, जो पर्वतारोही के मुख पर दुर्गम चोटी पर पहुँच जाने पर खिल आता होगा। एक निर्द्वन्द्व स्थिरता जिसमें उसका होना, न होना कोई हलचल पैदा नहीं कर रहा। उसने सुना, वह कह रही है, ''फिर मुझे किसी बेहतर नौकरी की तलाश भी करनी है।''

अपने को बेहद लाचार महसूस करता, वह खड़ा मीता को देखता रहा। उसने देखा, मीता की आँखें उसकी तरफ़ उठी हुई हैं पर वे उसे देख नहीं रहीं। उसके चेहरे को नज़रअन्दाज़ करतीं दूर किसी बिन्दु पर टिकी हैं, ऐसे कि वह आँखें घुमा भी ले तो लक्ष्य-बिन्दु दृष्टि से बँधा रहे।

वह समझ गया, वह उसके तर्कों के घेरे से बाहर निकल गई है। यही नहीं, जो तर्क अब ख़ुद मीता के हाथ आ गया है, इतना अकाट्य और ओजस्वी है कि उसने उसके चारों तरफ़ घेरा खींचकर, महेन्द्र को बाहर कर दिया है।

उसके देखते-देखते, आँखों में अपना अभीष्ट बसाये मीता मुड़ी और सधे क़दमों से पर्दे के पीछे चली गई।

(1977)

विचल

अलका जीजी को स्टेशन छोड़कर शोभा और सतीश लौट आए हैं। बुरा लगा है उनका जाना। जब भी कुछ दिन रहकर वापस जाती हैं तो दुख होता है। पूना वे पहली बार आई थीं। पर पहले उनके पास दिल्ली और लखनऊ आ चुकी हैं। अब, दो दिन के लिए आईं तो पूरा घर हँसी-ख़ुशी से भर उठा था।

यहाँ का घर बड़ा है, ख़ूब आरामदेह। हाल में सतीश तरक़्क़ी पाकर यहाँ चीफ़ इंजीनियर होकर आया है। काफ़ी बड़ी कम्पनी है, कॉटन मिल। जीजी काफ़ी तारीफ़ करती रही थीं घर की, बग़ीचे की, शोभा की। पता नहीं, फिर, सतीश को यह क्यों लगता रहा था कि उनके बीच अव्यक्त सा तनाव बना हुआ है। शायद जीजा जी का चेहरा देखकर यह एहसास जगा था। पर वह समझ नहीं पाया था कि ऐसा क्यों है या ठीक क्या है। हो सकता है, उसका भ्रम हो। यही सब सोचते उसने स्टेशन से लौटते हुए शोभा से कहा, ''जीजी की तबीयत यहाँ काफ़ी बहली हुई थी, कुछ दिन और रह जातीं तो अच्छा रहता।''

''हाँ, पर भरत और शरत के इम्तिहान शुरू होने वाले हैं। उन्हें छोड़कर आई थीं न। फिर सन्दीप जी भी जल्दी मचा रहे थे। इसलिए चली गईं,'' शोभा ने कहा।

सतीश की यह जीजी शोभा को ख़ूब पसन्द हैं, जीजा जी भी। दोनों के साथ अच्छी पटती रही है उसकी, पर इस बार...

सहसा उसके मन में यह अबोध इच्छा जगी कि उनका घर छोटा होना चाहिए था, महज़ दो कमरों का। उसकी साज-सज्जा कम क़ीमती होनी चाहिए थी, मामूली सी।

जाने से पहले, जब सन्दीप फलों की बड़ी सी टोकरी घर पर रखवा गए थे, तब भी मना करने में अपने को असमर्थ पाकर, यही इच्छा मन में उठी थी। सच यह है कि आज ही नहीं, परसों से जब वे आए थे, तभी से ऐसा लगता रहा है।

''आह, कितने प्यारे गुलाब हैं,'' अलका ने फाटक के भीतर घुसते ही कहा था। सतीश ने घूमकर देखा था, वाक़ई हरी घास के ऊपर जहाँ-तहाँ खिले गुलाब आकर्षक लग रहे थे। रोज़ वह कितनी बार इस फाटक से बाहर-अन्दर जाता है, तब ये गुलाब कहाँ छिपे रहते हैं?

''सब तुम्हारी भाभी की करामात है,'' उसने कहा तो शोभा ख़ुश हो गई। हाथ बढ़ाकर एक दूधिया गुलाब तोड़ लिया और अलका की ओर बढ़ाकर कहा, ''आपके बालों में ख़ूब फबेगा।''

अलका ने गुलाब लेकर जूड़े में नहीं लगाया। हाथ में थामे रही। एक लम्बी साँस भरकर उसे सूँघा तो चेहरे पर तृप्ति निखर आई।

''बाल सँवार लूँ तब,'' उसने कहा और सँभालकर रख लिया। फिर सन्दीप से कहा, ''बम्बई में तो खुली जगह देखने को तरस जाते हैं।''

सन्दीप ने सीधा उत्तर नहीं दिया। बग़ीचे पर एक बार नज़र घुमाकर कहा, ''लगता है, शोभा भाभी को बाग़बानी का काफ़ी शौक़ है।''

''हाँ, जो ख़ाली समय मिलता है, यहीं लगा देती हूँ।'' शोभा ने कहा और सोचा, बग़ीचा अधिक बड़ा न सही पर है सुन्दर। छोटा चौकोर घास का लॉन, तरतीब से कटी बाड़, एक तरफ़ गुलाब के दस-पन्द्रह पौधे जो उस समय पूरी बहार पर थे। बरामदे की सीढ़ियों पर गमले रखे थे, जिनमें खिले गुलदाउदी के फूल और सदाबहार पौधों के रंग-बिरंगे पत्ते एक-दूसरे से होड़ ले रहे थे।

''सारा काम ख़ुद करती हो?'' अलका पूछ रही थी।

''नहीं, एक आदमी भी है मालीनुमा, दो घंटे के लिए आता है।''

''ओह।''

''पर बतलाना, सिखलाना मुझे ही पड़ता है। वह मज़दूरी भर कर देता है, बस।''

बरामदा पार कर वे भीतर आ गए। शोभा ने कमरे का दरवाज़ा खोल दिया। उनके पीछे रामू सामान लेकर आ पहुँचा। दो पुराने सूटकेस और एक लम्बूतरा बिस्तरबन्द। सामान को जमते देख अलका सहसा विचलित हो उठी, ''न, न, उधर कोने में रखो, नहीं तो ऐसा करो, सोफ़े के पीछे सरका दो।''

''बाद में करवा लीजिएगा,'' शोभा ने टोका, ''नहा-धोकर फ़ारिग़ होइए, चाय बन रही है।''

''तुम्हारे ड्राइंग रूम में बड़ी घिचपिच हो गई। कोई आए तो...''

''यह ड्राइंग रूम नहीं, गेस्ट रूम है,'' कहते शोभा संकुचित हो उठी।

वह जानती थी, बम्बई में अलका जीजी के पास दो कमरों का घर है, एक ड्राइंग रूम और एक बेड रूम। लिहाज़ा मेहमानों को ड्राइंग रूम में ठहराया जाता है। मेहमानों को ही क्यों, दो बच्चे जो हैं, हर रात सोफ़ा-कम-बेड खोलकर बिस्तर बिछाया जाता है। मेहमानों के आने पर दोनों लड़के अलका जीजी के बेड रूम में फ़र्श पर बिस्तर बिछाकर सोते हैं। बम्बई में जगह मिलती कहाँ है। जैसे यहाँ के चार कमरे वैसे वहाँ के दो, उसने अपने को समझाया। फिर ख़याल आया कि उस ड्राइंग रूम की साज-सज्जा भी इस कमरे जैसी है, एक सोफ़ा-कम-बेड, दो आरामकुर्सियाँ, गोल मेज़, लकड़ी की छोटी सी अलमारी, कुछ मूढ़े और फ़र्श पर बिछा सूती कालीन। सन्दीप जी पाते कितना होंगे, कॉलेज में पढ़ाते हैं न।

उसने कह तो दिया, ''यहाँ यही आराम है। बम्बई में इतने दाम पर एक कमरा भी न मिले,'' पर लगता रहा, सचमुच यहाँ जगह ज़्यादा है। बच्चे पास रहते नहीं। पिछले पाँच वर्षों में उन्होंने इतनी बार जगह तब्दील की है, पहले दिल्ली, फिर मद्रास, अब पूना कि बच्चे दिल्ली हॉस्टल में रह गए हैं। बार-बार स्कूल बदलने का अर्थ होता, बार-बार भाषा बदलना और बच्चे उतनी मेहनत के लिए तैयार नहीं थे। चाय का सामान शोभा ने वहीं उनके कमरे में मँगवा लिया। वह नहीं चाहती थी, वे लोग देखें कि उनके घर में ड्राइंग रूम के अलावा अलग से डाइनिंग रूम भी है। चाय का प्याला बनाकर अलका ने कहा, ''क्यों न बाहर घास पर बैठकर पी जाए?''

''बढ़िया सुझाव है,'' सतीश फ़ौरन उठ खड़ा हुआ।

बाहर घास पर बैठकर वह ऐसे हलका महसूस कर रहा था जैसे घर पर न होकर, कहीं तफ़रीह के लिए आया हुआ हो। रोज़ दफ़्तर से लौटने में आठ बज जाते हैं, अँधेरा हुआ रहता है। खाना खाकर कहीं निकल गए तो ठीक, वरना सीधे बिस्तर पर।

रविवार को छुट्टी मिलती है तो शाम सिनेमाघर या क्लब में बीतती है। अपने घर के आगे अपने बग़ीचे में अपनी बीवी को लेकर बैठे रहना, उनके समाज का क़ायदा नहीं है। आज इन लोगों को लिवा लाने के ख़याल से दफ़्तर पाँच बजे छोड़ दिया था। संध्या बेला में बग़ीचा मनोहर लग रहा है, और वहाँ बैठना वैविध्य लिये होने के कारण, रोमांटिक।

''कुछ गाना-वाना हो जाए,'' उसने शोभा से कहा।

''बड़े मूड में हो आज,'' उसने कहा, ''मैं तो भूल चली थी कि मैं गाती हूँ।''

''हाँ, गाओ न,'' अलका ने मनुहार की, ''चलो, हम सब मिलकर गाते हैं,'' साथ ही उन्मुक्त कंठ से गा उठी।

शोभा ने साथ दिया और सतीश भी मद्धम स्वर में गुनगुनाता रहा। सन्दीप ने गाने में साथ नहीं दिया पर बाद में दाद ज़ोरदार दी और दूसरे गाने की फ़रमाइश भी उतनी ही गर्मजोशी से की।

''कहीं घूमने चलना है?'' सतीश ने एक बार पूछा तो अलका ने मना कर दिया, बोली, ''तुम्हारा घर इतना अच्छा है, बाहर क्या जाना।''

वाक़ई, हमारा घर कितना अच्छा है, शोभा ने ख़ुश होकर सोचा। बोली, ''खाना यहीं मँगवा लूँ?'' फिर चारों ओर घिर आए अन्धकार को देखकर अपने प्रस्ताव का खंडन कर उठ खड़ी हुई। भीतर जाकर खाने का इन्तज़ाम करने लगी तो पीछे-पीछे अलका आ पहुँची।

''मुझे बतलाओ न, क्या करना है? रोटी बनवा दूँ?''

''नहीं, बस मेज़ लगानी है। खाना तो रामू बना लेता है,'' शोभा ने कहा।

''अच्छा, सब काम देख लेता है रामू?''

''हाँ,'' कहकर शोभा इस बात को दबा गई कि ऊपर का काम करने एक औरत भी आती है।

मेज़ लग गई तो अलका बोल उठी, ''अपना ड्राइंग रूम तो दिखलाओ।'' तभी सतीश और सन्दीप भी आ पहुँचे। शोभा ने दोनों कमरों के बीच का पर्दा हटाया तो अलका वाह-वाह कर उठी, ''क्या बढ़िया सजाया है। कालीन कितना प्यारा है! है न सन्दीप? और रंगों का चुनाव कितना शानदार है। सच शोभा, तुम्हें घर की सजावट सिखलाने का काम शुरू कर देना चाहिए।''

सतीश ने जैसे पहली बार देखा, काही रंग का गदगदा कालीन, उस पर बने मुगलिया फूल, फ़ीरोज़ी रंग में सजा सोफ़ा-सेट, उसी रंग के भव्य पर्दे, छोटी कलात्मक मेज़ें, तरतीब से सजी कलाकृतियाँ, कांसे की प्रतिमा, चन्दन की आकृतियाँ, दीवार पर टँगा बाटिक शैली का आकर्षक चित्र। सचमुच कमरा किसी बढ़िया होटल की उच्चवर्गीय छाप लिए हुए है।

''तुम्हारी भाभी बहुत कलात्मक हैं भई,'' उसने कहा।

''वही तो मैं कह रही हूँ,'' अलका ने खुले हृदय से अनुमोदन किया, ''तुम्हारा घर देखकर कितना अच्छा लग रहा है। बम्बई भी कोई जगह है, दीवारें ही दीवारें और घुटन। है न सन्दीप?''

सन्दीप ने उत्तर नहीं दिया। उसके मुँह पर कठोर सा भाव उभर आया और वह चुपचाप कमरे को देखता रहा।

सहसा, शोभा को लगा, कमरा ज़रूरत से ज़्यादा बड़ा है, उसकी छत बहुत ऊँची और सजावट ज़रूरत से ज़्यादा भड़कीली। जिसे सतीश और अलका कलात्मक बतला रहे हैं, वह महज़ आडम्बरपूर्ण है और इस हद तक कि कुरुचिपूर्ण हो उठा है। ''इसमें हमारा क्या है, सब कम्पनी का सामान है, जैसा भी है। चलो खाना खाएँ,'' उसने कहा।

''ठहरो भई, पहले कुछ बियर-ह्विस्की हो जाए,'' सतीश ने उछलकर प्रस्ताव रखा।

सन्दीप ने फ़ौरन बात काट दी, ''नहीं, मैं नहीं लेता।''

''क्यों, पहले तो लेते थे?''

वे जानते हैं, सन्दीप काफ़ी शौक़ीन हैं, ख़ासकर बियर के।

''छोड़ दी।''

''कब से?'' सतीश ने अचरज के साथ पूछा और शोभा ने देखा, उसके साथ अलका ने भी अविश्वसनीय दृष्टि से उनकी ओर ताका है।

''बहुत दिन हो गए,'' सन्दीप ने होंठ भींचकर कहा।

''तो आज फिर सही। एक दिन में आपका धर्म भ्रष्ट नहीं होगा जीजा जी,'' सतीश ज़िद करने लगा तो शोभा ने टोक दिया, ''मन नहीं है तो ज़िद क्यों करते हो? तुम्हीं कौन सा रोज़ लेते हो।''

वह ठीक समझ रही थी, सन्दीप क्यों पीना नहीं चाहते।

शोभा घर के भीतर घुसी कि सतीश को कहते सुना, ''सरोज का तार है।'' मुड़कर देखा, वह डाकिए से तार लेकर खोल चुका है।

''वह और निखिल दो दिन के लिए आ रहे हैं।''

''अच्छा? कब?'' उसने चिहुँककर पूछा।

सरोज सतीश की सबसे छोटी बहन है। हाल में उसका विवाह हुआ है। सरोज घर में सबसे सुन्दर मानी जाती थी और पढ़ी-लिखी भी। उसने इतिहास में एमए किया था। सबको उम्मीद थी, उसे पति बढ़िया मिलेगा और यही हुआ। निखिल बड़े आदमी हैं। ओहदे से, उम्र से नहीं। उम्र में सतीश के बराबर होंगे। ए.सी.सी. की दुर्गापुर वाली ब्रांच के जनरल मैनेजर हैं। पहली बार उनके घर आ रहे हैं।

''कल,'' सतीश ने कहा और तार उसे पकड़ा दिया।

''ज़रा पहले पता चल जाता तो अलका जीजी को भी दो दिन के लिए रोक लेते,'' शोभा ने कहा, पर लगा, नहीं, तब जगह की तंगी हो जाती।

''एक काम से बम्बई आए थे, सोचा, पूना आप लोगों से मिलते चलें,'' निखिल ने चाय का प्याला रख सिगरेट जलाते हुए कहा।

''बहुत अच्छा किया। शादी पर मिलना हुआ सो हुआ, फिर मौक़ा नहीं मिला,'' सतीश ने औपचारिक उत्तर दे दिया।

डाइनिंग रूम में मेज़ के इर्द-गिर्द बैठे वे चाय पी रहे थे। सतीश समझ नहीं रहा था, इस अजनबी से क्या बात करे। कुछ सोचकर उसने कहा, ''आइए बाहर बाग़ में बैठें। आपकी शोभा भाभी बाग़बानी में माहिर हैं।'' प्रयत्न करके वह स्वर में आत्मीयता का पुट

ले आया था। सोच रहा था, बग़ीचे के साथ में शायद बातचीत का विषय मिल जाए और साहचर्य उपज आए।

''सच?'' सरोज ने चहककर कहा, ''चलो दिखलाओ न भाभी!''

वे लोग बाहर निकल आए। निखिल ने एक सधी नज़र बाग़ के एक कोने से दूसरे कोने तक डाली, सिगरेट का कश खींचा और बोला, ''घास को यूरिया की ज़रूरत लगती है।''

शोभा ने देखा, सचमुच हरी दिखनेवाली घास जगह-जगह पीली पड़ी हुई है, जैसे मखमली दामन पर पैबन्द लगे हों।

''पता नहीं इस माली को क्या होता जा रहा है, किसी चीज़ का ध्यान नहीं रखता, आज ही उससे कहूँगी,'' वह बुड़बुड़ाई पर इतनी ऊँची आवाज़ में कि निखिल सुन सकें।

तब तक सतीश गुलाब की क्यारी पर पहुँच गया था। एक चटख लाल गुलाब तोड़कर सरोज को देता हुआ बोला, ''लो, तुम्हारी भाभी का तोहफ़ा।''

सरोज ने फूल ले लिया और डंडी पकड़कर उसे लापरवाही से घुमाने लगी।

''सीजनल फ्लावर्स नहीं लगाए?'' निखिल ने पूछा।

''नहीं,'' उत्तर सतीश ने दिया, ''आपकी भाभी साहिबा को गुलाब का खब्त है।''

निखिल मुस्करा दिया।

''नहीं,'' शोभा ने एकदम कहा, ''यह बात नहीं है। इस साल इधर बिलकुल बारिश नहीं हुई, इतनी गर्मी पड़ी कि सीजनल फ्लावर्स हुए ही नहीं। आपने पढ़ा होगा, इधर कितना सूखा पड़ रहा है?''

उसने यह नहीं बतलाया कि जब बीज एक बार नहीं जमे तो दुबारा ख़रीदने का प्रयत्न नहीं किया। जो आदमी माली का काम करता है, वह बीज उगाना जानता नहीं और नर्सरी से पौधे ख़रीदना काफ़ी महँगा पड़ता है। पर उसे लगा, बिना बतलाए निखिल जान गया है। उसने एक और सधी नज़र बग़ीचे पर डाली और बोला, ''हाँ, छोटे से छोटे बग़ीचे की देखभाल भी काफ़ी मुश्किल काम है।'' शोभा को लगा, उसका बग़ीचा जो कल तक इतना खुलापन लिए था, सिकुड़कर इतना छोटा हो गया है कि चार इनसान भी वहाँ भीड़ पैदा कर रहे हैं।

''आइए बैठें,'' सतीश ने कहा।

निखिल खड़ा रहा। लगा, किसी की प्रतीक्षा में है।

''रामू कुर्सियाँ ले आओ,'' शोभा ने समझकर आवाज़ लगाई।

कुर्सियाँ बाहर आ गईं। चारों अपनी-अपनी कुर्सी पर बैठ गए। निखिल ने दूसरी सिगरेट सुलगा ली। शोभा ने सरोज से पूछा, ''दुर्गापुर कैसा लगा?'' सरोज ने शोभा से पूछा, ''बच्चे कैसे हैं?'' सतीश को लगा, बेहद उमस फैल गई है। उनका वहाँ कुर्सियों पर सीधा तनकर बैठना कितना बेमानी है। उसकी नाक पर एक मच्छर आकर बैठ गया। हाथ मार उसे उड़ा दिया तो दूसरा आ गया। उफ़, कैसे वह परसों यहाँ बैठा गाता रहा था! यह भी कोई जगह है? बालिश्त-भर लॉन और चन्द फूल। उमस और मच्छर। बेंत की कुर्सी उसकी पीठ में गड़ने लगी।

''चलो, कहीं बाहर चलें,'' उसने नाक और कमर एक साथ मलते हुए कहा।

''नहीं, भैया, आज बहुत थके हैं,'' सरोज ने जमुहाई लेकर बदन तोड़ा।

''चलिए भीतर बैठें, बड़ी गर्मी है,'' निखिल ने रूमाल से माथे का पसीना पोंछकर कहा।

''हाँ, चलिए, ड्राइंग रूम में बैठें,'' शोभा ने कहा।

उसका मन उन्हें अपना ड्राइंग रूम दिखलाने को ललक आया। बाग़ की सूरत आज कुछ बिगड़ी हुई है पर ड्राइंग रूम सजा-सँवरा है। बल्कि आज उसने काँच के चौड़े पारदर्शी फूलदान में जापानी रीति से गुलदाऊदी सजाए हैं।

''आज भाभी, जल्दी सोएँगे,'' भीतर जाते-जाते सरोज ने कहा, ''नौकर से कहिए, बिस्तर ठीक कर रखे, खाते ही गोल होने का इरादा है।''

''हाँ-हाँ,'' कहकर शोभा उनके कमरे की ओर मुड़ गई और रामू को पुकारने लगी। पीछे-पीछे सरोज भी पहुँच गई। रामू सोफ़ा-कम-बेड खोलकर बिस्तर बिछाने लगा। शोभा ने देखा, नई फूलों वाली चादर और साथ के तकिए के गिलाफ़ काफ़ी सुन्दर लग रहे हैं, पर पलंग आकार में छोटा है। उसके खुल जाने से कमरा तंग हो आया है। फैले पड़े सामान की वजह से इधर से उधर जाना तक आराम से नहीं हो सकता।

तभी सरोज ने कहा, ''भाभी, ऐसा कीजिए, कोई तिपाई दिलवाइए तो सामान बाथरूम के एक कोने में रखवा लूँ। यहाँ भीड़ हो जाएगी।''

''नहीं, ऐसा करते हैं,'' शोभा व्यस्त भाव से उठ गई, ''तुम्हारा सामान अपने कमरे में रखवाये देती हूँ। हम लोग इधर सो जाएँगे।''

''नहीं भाभी, तुम्हें तकलीफ़ होगी,'' सरोज ने कहा और उसकी नज़र सीधी जाकर बिस्तर के बीच उभरी लकीर पर टिक गई। कमबख़्त यह सोफ़ा-कम-बेड, शोभा ने कोसा। इसमें यही नुक्स है कि बीच में दरार पड़ी रहती है, जो शरीर में गड़ती है।

''नहीं, क्या तकलीफ़ होगी,'' उसने ज़बरदस्ती हँसकर कहा, ''हमें सामान थोड़ा साथ रखना है। तुम ड्राइंग रूम में जाकर बैठो, मैं रामू को समझाकर आती हूँ।''

रामू को उधर भेज शोभा रसोई सँभालने लगी। सारा काम वैसे ही पड़ा था। वह भी अजीब बेवक़ूफ़ है, उसने झुँझलाकर सोचा, कामिनी को अलग से पैसे देकर क्यों न रोक लिया। अब बीच-बीच में उठकर आधा काम सँभालना पड़ेगा। रामू बनाएगा, परोसेगा या इधर-उधर नाचता फिरेगा? आख़िर क्या-क्या करेगा?

तभी हाथ में ह्विस्की की बोतल लिये सतीश आ पहुँचा, बोला, ''यह स्कॉच तो ज़रा सी है, एक पैग भी नहीं बनेगा। और है क्या?''

''नहीं।''

''तब?''

''तब क्या?'' उसने खीझकर कहा, ''इंडियन पिलाओ।''

''क्या बात करती हो?'' सतीश ने गहरी भर्त्सना से कहा।

''अब कहाँ मिलेगी? खुलेआम तो बिकती नहीं।''

''ऐसा न करूँ, दोनों को मिलाकर स्कॉच की बोतल में डाल दूँ। क्या पता चलता है।''

''और क्या,'' शोभा को बात जँच गई, ''सब पहचान लेबल से होती है।''

''तो डाल दूँ?'' कहकर सतीश ने ब्लैक नाइट ह्विस्की के चार पैग ओल्ड स्मगलर की बोतल में उड़ेल दिये।

''आओ न तुम भी। यह खटर-पटर छोड़ो,'' कहकर वह ड्राइंग रूम की ओर चल दिया।

ड्राइंग रूम में पहुँचकर शोभा ने देखा, सरोज उसके फूलों के सामने खड़ी उनका निरीक्षण कर रही है।

"आकर्षक बना है भाभी," उसने उसे देख मुस्कराकर कहा।

उसे लगा वह मुस्कराहट भरी तारीफ़ एकदम औपचारिक है, फिर भी उसकी झुँझलाहट कम अवश्य हो गई।

"आओ बैठो," उसने कहा और इन्तज़ार करने लगी कि अब वह कमरे की बाक़ी सजावट की तारीफ़ करेगी। पर बात उसने नहीं, निखिल ने कही।

"यह कालीन क्या असली बुखारा है?" उसने पूछा और साथ ही झुककर कालीन पर हाथ फेरने लगा।

"नहीं तो," शोभा ने कहा पर लगा, कहने की आवश्यकता नहीं है, उसे हाथ फेरकर ही पता चल गया है।

"फिर भी, अच्छी नक़ल है," उसने भद्र मुस्कराहट के साथ कहा।

"यह तो कम्पनी का फ़र्नीचर है, जैसा भी है," सतीश को लगा, सफ़ाई देना ज़रूरी है।

"अच्छा ही है," निखिल फिर भद्रता से मुस्कराया।

सतीश को लगा, रंगों का मिलान कर देने और फूल सजाने से क्या होता है? नक़ली चीज़ नक़ली रहती है। लगा इस कमरे में न जाने कितनी ख़ामियाँ हैं, जिन्हें दूर होना चाहिए। मौक़ा देखकर मैनेजर से बात करेगा, न हुआ, ख़ुद ख़रीद लेगा। पर तनख़्वाह में से कुछ बचता कहाँ है? तीन-तीन बच्चे हॉस्टल में रहते हैं। कितना कहा, पूना चलो, पर नहीं। अरे, मराठी पढ़ लेते तो क्या बिगड़ जाता? वह ख़ुद मदद कर देता। पर करता कैसे? समय कहाँ मिलता है? दफ़्तर से लौटते आठ बज जाते हैं। क्या नौकरी है! उसका मन गहरे आक्रोश से भर उठा। तभी देखा, शोभा कुछ इशारा कर रही है।

"क्या है?" उसने पूछा।

"ह्विस्की पिलानी नहीं है क्या?"

"अरे हाँ," उसने अपने को सँभाला और ह्विस्की गिलासों में डाल दी।

"चियर्स," निखिल ने गिलास उठाकर कहा और होंठों को आगे बढ़ाकर एक छोटी सी प्रयोगात्मक चुस्की भरी। एक चुस्की और ली, पहली से कुछ बड़ी। अपने सामने कुछ दूरी पर रखकर गिलास को घुमाया। हलके से मुस्कराया। हाथ बढ़ाकर सामने मेज़ पर रखी ओल्ड स्मगलर की बोतल को यूँ घुमाया कि उस पर लगा लेबल सामने आ गया। वह फिर मुस्कराया और कुछ ठहरकर दुबारा गिलास से चुस्कियाँ भरने लगा।

इस तमाम व्यापार के दौरान शोभा और सतीश उसे देखते रहे थे। हालाँकि, निखिल ने कुछ कहा नहीं और पूरे समय चेहरे पर तटस्थ विनम्रता का भाव बनाए रहा, फिर भी दोनों को लगा, उनकी चोरी पकड़ ली गई है। निखिल महज़ उनकी इज़्ज़त रखने के लिए इतनी शालीनता से उस निकृष्ट पेय का पान किए जा रहा है।

(1977)

लौटना और लौटना

''यह बाथरूम का क्या हाल बना रखा है? कोई भला आदमी ठहर सकता है यहाँ?'' हरीश ने दहाड़ते हुए कहा।

''क्या है? क्या हो गया?'' माँ क़मीज़ पर बटन टाँक रही थी, छोड़कर भागी।

''मारे बदबू के दम घुट रहा है।''

''काहे में?''

''पाख़ाने में और किसमें?''

''लो। पाख़ाने से बदबू नहीं तो और क्या आएगी?''

''और यह फ़्लश भी काम नहीं करता, कीच जमी पड़ी है।''

''सो तो बरस हो गया,'' माँ ने आराम से कहा, ''ला एक बाल्टी पानी डाल दूँ,'' वे पानी भरने लगीं।

भरते-भरते बुदबुदाती गईं, ''यह मरा जमादार भी ऐसा कामचोर है कि क्या कहूँ। कुछ करने का न धरने का और दिमाग़ सातवें आसमान पर चढ़ा रहेगा।''

''पता नहीं आप लोग इतनी गन्दगी में रहते कैसे हैं। तभी न इस देश का यह हाल है,'' हरीश अलग बुड़बुड़ा रहा था।

माँ को ख़ाली बाल्टी हाथ में थामे बाथरूम से आते देखा तो बोला, ''बस, हो गया?''

माँ अब खीज चली थीं। बोली, ''तो और क्या पाख़ाने में सोफ़ा-सेट डलवाऊँ, अगरबत्ती जलाऊँ?

अभी परसों लड़का पाँच साल बाद अमेरिका से लौटा है। हवाई अड्डे पर टेरीवूल सूट में सजी उसकी स्वस्थ देह और चमकते मुख को देखकर जो मोह उत्पन्न हुआ था, सारा दिन बना रहा। परसों का पूरा दिन उसका चेहरा निहारकर गुज़ार दिया। एक ही सन्तान है, वह भी पाँच साल से अलग। पर दो दिन गुज़र जाने पर उसकी नई-नई माँगों ने, और हर माँग के साथ नुक़्ताचीनी ने उन्हें खिजाना शुरू कर दिया। बाबूजी की तरह वह अधिक देर तक इस बात से प्रभावित नहीं रह पाईं कि लड़का अमेरिका से लौटा है। लौटा है तो ठीक है, पर उसका यह मतलब नहीं कि हर बात पर छींटे कसता जाए।

तब तक कोलाहल सुन बाबूजी आ पहुँचे।

''ठीक तो कह रहा है,'' उन्होंने टोका, ''मालूम है, अमेरिका में पाख़ाने भी शीशे की तरह चमकते हैं।''

''तुम हो आए हो?'' माँ ने प्रभावित हुए बग़ैर पूछा।

''हो नहीं आया तो क्या जानता नहीं?''

''तो करा दो फ़्लश ठीक। बरस भर से ख़राब पड़ा है।''

''हाँ, हाँ, अभी मिस्तरी बुलवाये देता हूँ। मुझसे पहले क्यों नहीं कहा?'' बाबूजी ने मासूमियत दिखलाते हुए कहा।

''समझ में नहीं आता आप लोग इस गिलाज़त में रहते कैसे हैं?'' कह हरीश झपटकर बाहर निकल गया।

''ये भी कोई बात हुई,'' माँ ने उसके जाने के बाद कहा, ''हम कोई गिरे-पड़े हैं?''

''अरे भाई, तुम समझती क्यों नहीं? लड़का अमेरिका से आया है, तहज़ीब, लियाक़त सीख कर, रोशन ख़याल लेकर, हमारे गँवारू पिछड़े तरीक़े उसे कैसे रास आएँगे? पता है, हमसे अच्छी ज़िन्दगी तो अमेरिका के कुत्ते बसर करते हैं।''

''करते होंगे,'' माँ ने कहा। फिर स्वर धीमा कर मुँह उनके कान के पास लाकर बोलीं, ''मुझे तो लगे है, वहाँ कोई मेम-वेम देख रखी है इसने। तभी हमें ऐसी हिक़ारत से देखे है।''

कुछ देर बाबूजी की समझ में नहीं आया कि पाख़ाने से मेम का क्या सम्बन्ध हो सकता है, पर बात ऐसी थी कि समझ में न आने पर भी घबरा उठे, पूछा, ''कुछ कह रहा था क्या?''

''न, सीधे तो कुछ नहीं कहा।''

''शादी की बाबत बात की थी?''

''न, मैंने नहीं की। परसों आया है तब से हरदम काटने को दौड़ रहा है। करनी है तो तुम्हीं करो।''

''ठीक है, मैं ही करूँगा, पर तुम भी कुछ ख़याल रखो। अब देखो, खाने में मिर्च बिलकुल मत डालना, सूप का टिन खोल लेना, ले आया हूँ। और सलाद काटा?''

''तुम्हीं काट लो।''

''अच्छा, अच्छा, मैं ही काट लेता हूँ। पर सुनो, सुबह उसे बिस्तर पर बेड टी ज़रूर पहुँचा देना। आज तुमने क्या किचकिच लगा रखी थी?''

''किचकिच क्या लगा रखी थी? न मुँह धोया, न दाँत माँजे, चाय पीने बैठ गया।''

''तो तुम्हें क्या,'' बाबूजी झल्लाए, ''तुम भी एक गावदी औरत हो। पता है, सारे अंग्रेज़ ऐसे चाय पीते हैं।'' वे एक बार गरजे, फिर स्वर को थोड़ा कोमल बनाकर बोले, ''यहाँ टिकेगा तो अपना घर बन जाएगा। काफ़ी रुपया लाया होगा वहाँ से। वरना अब की गया तो किसी अमेरिकन के साथ वहीं बस जाएगा।''

''हाँ,'' माँ ने कहा, ''फूलबाग़ वाली ज़मीन कब से पड़ी है। मकान बन जाए तो सिर पर छत रहे। अगले साल तुम रिटायर हो जाओगे।''

''तभी न सोचता हूँ कहीं अच्छी जगह शादी-ब्याह तय हो जाए तो दहेज के रुपयों से मकान खड़ा हो जाए, कमाई को हाथ भी न लगे। मालूम है, अमेरिका से लौटे लड़कों के दाम कितने ऊँचे लगते हैं? सिन्हा साहब कह रहे थे पचास-साठ हज़ार तो मामूली बात है। और तुम हो...,'' उनका स्वर फिर तेज़ हो गया, ''हर वक़्त चख-चख लगाए रखती हो।''

''मेरा क्या, अब से मुँह को ताला लगा लूँगी,'' माँ बुड़बुड़ाती हुई रसोईघर में जा घुसीं।

अगले दिन सुबह बेड टी हाथ में लिये बाबूजी स्वयं हरीश के कमरे में जा पहुँचे। उसे प्याला पकड़ाकर पास की कुर्सी पर बैठ गए। हरीश पलंग पर अधलेटा हो चाय की चुस्कियाँ भरने लगा।

"ठीक बनी कि नहीं?" उन्होंने उत्सुक विनम्रता से पूछा।

"ठीक ही है," हरीश ने कहा, "पत्ती कुछ तेज़ है।"

"अब बेटा, तुम्हारी माँ ठहरी पुराने ढंग की। असल में अब तो बीवी ही पसन्द की पिला सकेगी," कहकर बाबूजी हाँफने लगे। बस, अब रहस्योद्घाटन होने वाला है।

हरीश ने चाय की एक और चुस्की ली। फिर प्याला तिपाई पर रखकर तकिए के नीचे हाथ डाल, सिगरेट का पैकेट निकाल लिया। जब खोला तो बाबूजी की उपस्थिति का ख़याल आया। अनमने भाव से पैकेट धीमे-धीमे वापस तकिए के नीचे ले जाने लगा, पर बाबूजी ने बाधा दे दी।

"अरे पियो पियो," वे बोले, "आजकल सभी पीते हैं। जैसी आदत हो वैसे रहो, वरना सेहत ख़राब हो जाएगी।"

हरीश ने सिगरेट सुलगा ली।

"अच्छा, डांसिंग-वांसिंग भी सीखी होगी," उन्होंने चुहल भरी मुस्कराहट के साथ पूछा, जिससे उनके झुर्रियोंदार चेहरे पर काफ़ी भद्दा भाव उभर आया।

"हाँ, उसके बिना वहाँ चलता नहीं।"

"बिलकुल, बिलकुल," उन्होंने ऐसे कहा जैसे बरसों वहाँ नाचते रहे हों।

फिर गला खँखारकर बोले, "वैसे और कोई ख़ास बात, मेरा मतलब, कोई दोस्त-वोस्त.... कहीं कुछ...।"

हरीश ने बात काट दी, "छोड़िए बाबूजी, जो वहाँ की ज़िन्दगी के साथ था, वहाँ निबटा आया हूँ। यहाँ मैं शादी करने के इरादे से आया हूँ।"

सुनकर बाबूजी सन्न रह गए। मुँह खोलकर कुछ देर उसकी ओर ताकते रहे।

वाह, जो बात वे इतना घुमा-फिराकर कहने वाले थे लड़के ने साफ़-साफ़ ख़ुद कह दी।

चमकती आँखों से उन्होंने कहा, "बस बेटा, हमारी भी यही तमन्ना है।"

"शादी के लिए मुझे अमेरिकन लड़कियाँ बिलकुल पसन्द नहीं। उनके साथ आदमी रिलैक्स नहीं कर सकता। हरदम तनाव बना रहता है। हज़ार माँगें होती हैं उनकी, हर तरह आदमी के साथ बराबरी करना चाहती हैं।"

"क्यों नहीं, क्यों नहीं," बाबूजी ने गद्गद स्वर में कहा, "हिन्दू नारी के समान कौन नारी हो सकती है।"

तभी दूध का गिलास हाथ में थामे माँ चली आईं। बाबूजी से बोलीं, "लो दूध! यहाँ बैठे गप्पें मार रहे हो, यह नहीं होता तनिक अँगीठी सुलगा दो।"

बात पूरी नहीं हुई थी कि हरीश को सिगरेट पीता देख बिफर उठीं, "यह सिगरेट पीना कब से सीख लिया?"

"तुम्हें मतलब?" बाबूजी ने टोका तो वह और चिढ़ गईं।

"बाप के मुँह पर धुआँ उड़ाने का क़ायदा उन लोगों का होगा, हमारा नहीं है," कह वह बाबूजी पर फट पड़ीं, "बैठे-बैठे ताक रहे हो, कुछ कहा नहीं जाता।"

हरीश के माथे पर शिकन उभर आई। कड़ुआ मुँह बनाकर सिगरेट बुझाने लगा तो बाबू जी ने रोक दिया, "पियो बेटा, पियो। तुम्हारी माँ ठहरी अनपढ़, उसके कहे का क्या बुरा मानना।"

फिर गुर्राकर माँ से बोले, ''तुमसे चुप नहीं रहा जाता तो अन्दर बैठो। यहाँ हरीश की शादी की बात हो रही थी और तुमने आकर अपनी झकझक शुरू कर दी।''

माँ ने ग़लती महसूस की। चुपचाप हरीश के पलंग के पायताने बैठ गईं। हरीश ने दुबारा सिगरेट नहीं जलाई।

''तो कोई लड़की है नज़र में?'' बाबूजी ने डरते-डरते पूछा।

''नहीं, दो-चार देखकर तय कर लूँगा। आपकी नज़र में तो कुछेक होंगी?''

''हाँ बेटा,'' बाबूजी निहाल हो गए, ''हमने कब से आस लगा रखी है। कल ही चलो देखने।''

''बेकार की लड़कियाँ देखने से क्या फ़ायदा? दो बातें ज़रूरी हैं। एक तो लड़की डाक्टर होनी चाहिए, वहाँ बहुत पूछ है उनकी, काफ़ी पैसा कमा लेती हैं और दूसरे...''

''तो...तो,'' बाबूजी बीच में हकला दिये, ''तो क्या वापस जाने का इरादा है?''

''और नहीं तो क्या यहाँ ख़ाक छानने का इरादा है? बहुत मिली तो यहाँ आठ सौ की नौकरी मिल जाएगी। मैं चार महीने की छुट्टी लेकर शादी कराने आया हूँ। इसी बीच लड़की मिलनी चाहिए।''

चार महीने? बाबूजी को निराशा होने लगी। लगा, मकान का स्वप्न देखना बेकार है।

''अरे वहीं क्या सोना बरसे है? पाँच बरस में आए हो, अब यहीं बसो, हमारे बुढ़ापे का सहारा बनो,'' माँ को कहते सुना तो बाबूजी सँभलकर बोले, ''तुम चुप रहो जी।''

वे जानते हैं अमेरिकी तहज़ीब के लड़कों को बुढ़ापे का रोना अच्छा नहीं लगता। ''वह तो बेटा,'' उन्होंने कहा, ''तुम्हारी ख़ुशी पहले है। जहाँ रहना चाहो, रहो। हमारा दिल तो ख़ैर चाहेगा ही कि तुम हमारी आँखों के सामने रहो। अपना देश है बेटा, कभी न कभी तो लौटेगे न?''

''हाँ, मेरा वहाँ हमेशा रहने का इरादा नहीं है। वहाँ के लोग साले सब पैसे के टट्टू हैं। हिन्दुस्तानियों की बेइज़्ज़ती ही बेइज़्ज़ती है। मैं बस पाँच साल और रहूँगा, इतना पैसा जमा हो जाए कि अपना बिज़नेस जमा सकूँ।''

''यह तो बहुत अच्छा है,'' बाबूजी ने जोश के साथ अनुमोदन किया। मकान का निराकार रूप फिर आँखों के सामने साकार होने लगा।

''मैं सोच रहा था,'' हरीश ने कहा, ''दो-एक महीने में शादी हो जाए तो दक्षिण भारत का एक चक्कर लगा आऊँ, हनीमून भी हो जाएगा। वहाँ भारतीय संस्कृति की काफ़ी चर्चा रहती है, अपने मन्दिरों-वंदिरों के बारे में कुछ पता हो तो अच्छा रहता है।''

''हाँ-हाँ, क्यों नहीं,'' बाबूजी ने कहा, ''भारतीय संस्कृति के समान महान् संस्कृति और कहाँ मिलेगी?''

''महान्-वहान् तो ख़ैर क्या है, अमेरिकनों को बहलाने के लिए ठीक है। टेलीविज़न तक पर प्रोग्राम मिल जाते हैं।''

''अब तो यहाँ भी टेलीविज़न आ गया।''

''यह टेलीविज़न है! हुँह! अभी हमें उन तक पहुँचने में कई युग लगेंगे, युग।''

''सो तो है।''

कुछ देर चुप्पी रही, फिर हरीश ने कहा, ''तो है कोई डाक्टर लड़की आपकी नज़र में?''

''हो जाएगी,'' बाबूजी ने कुछ चिंतित स्वर में कहा, ''तुम बुरा न मानो तो अख़बार में इश्तिहार दे दें?''

''दे दीजिए। हाँ, दूसरी बात, लड़की गोरी-काली जो हो, सेक्सी होनी चाहिए।''

''क्या होनी चाहिए?'' माँ ने अचरज से पूछा। उसकी समझ में नहीं आया कि गोरी-काली के अलावा यह तीसरी चीज़ क्या होती है?

बाबूजी ने खुला मुँह मुश्किल से बन्द किया और बोले, ''तुम्हारी समझ में नहीं आएगा। जाओ, एक प्याला चाय और बना लाओ। लोगे न?''

''हाँ,'' हरीश ने कहा।

''जाओ-जाओ, कुछ ख़ुद भी सोच लिया करो।''

माँ उठकर चली गई।

पता नहीं बेटे के मुँह से इस शब्द को सुनकर बाबूजी इतने विचलित क्यों हो उठे, पर सँभल भी जल्दी गए। चेहरे पर वही बीभत्स चुहल का भाव लाकर बोले, ''वह तो बेटा, तुम देख लेना। हम बूढ़े क्या जानें?''

''घर-बार तो आप देख ही लेंगे। शादी बिलकुल सादे ढंग से होनी चाहिए।''

''सादे ढंग से!''

''सामान देने की ज़रूरत नहीं है, वहाँ उठाकर थोड़ा ले जाएँगे। जो देना हो, नक़द दे दें।''

नक़द! बाबूजी की देह आह्लाद से काँप गई। लड़का हो तो ऐसा। पाँच वर्ष अमेरिका में रह लिया, पर अपनी संस्कृति नहीं भूला। उनका मन हुआ, खींचकर उसे छाती से लगा लें, पर लगाया नहीं। वे जानते हैं, उसे भावुकता पसन्द नहीं।

''अब उठना नहीं है क्या?'' माँ दूसरा प्याला चाय लिये आ पहुँचीं।

''तुम जाओ, नहाने का पानी गरम करो, मैं आता हूँ।''

''दफ़्तर जाने से पहले सब्ज़ी-भाजी पहुँचाकर जाना,'' उन्होंने जाते-जाते रुककर कहा।

''हाँ-हाँ, अब जाओ भी।''

माँ गईं नहीं कि हरीश बोल उठा, ''और वह फूल बाग़ में अपनी कोई ज़मीन है न?''

''हाँ बेटा,'' बाबूजी की साँस रुक सी गई।

''सोचता हूँ, मकान बनवा डालूँ। प्रापर्टी हो जाएगी तो आराम रहेगा।''

''बेटा, तुम तो, बस क्या कहूँ, सब हमारे दिल की बात कहे दे रहे हो,'' बाबूजी आनन्द-विभोर हो उठे।

यथासमय हरीश का मनचाहा विवाह हो गया, दक्षिण-यात्रा सम्पन्न हुई और मकान बनकर तैयार हो गया। पर बाबूजी का अपने मकान में रहने का स्वप्न पूरा न हो सका। जाते समय हरीश मकान किराये पर चढ़ा गया और किराये के रुपये अपने नाम से बैंक में जमा कराने का बन्दोबस्त कर गया।

(1977)

दो-एक फूल

"ओ बाई, साड़ी काढ़कर भी कोई पैसा कमाता है!" कह शान्तम्मा ज़ोर से हँस दी।

"इसमें हँसने की क्या बात है?" डॉ. मालती शर्मा ने पूछा, "लोग कढ़ाई की साड़ियाँ ख़रीदना चाहते हैं। तुझे कढ़ाई आती है तो बनाकर बेचने में हर्ज क्या है?"

"मैं तो खाली बखत में बैठी फूल निकाला करती थी, जी। तुम बोली, साड़ी पर बना, मैं बना दी। वो क्या पैसा कमाने के वास्ते?" शान्तम्मा अभी भी हँस रही थी।

"ठीक है, शान्तम्मा! पर तू जो कसीदा करती है, वह ख़ाली वक़्त में बैठ फूल निकालने जैसा नहीं है। वह इतना सुन्दर है कि लोग बहुत पैसा देकर ख़रीदना चाहते हैं। कम ही लोग ऐसी कसूती कर सकते हैं।" मालती शर्मा की समझ में नहीं आ रहा था किन शब्दों में शान्तम्मा को समझाये कि वह जो कसीदा करती है, मामूली चीज़ नहीं है। वह उस प्राचीन और परिष्कृत कला का भाग है, जिसे कर्नाटक कसूती के नाम से जाना जाता है, और जो देश से लुप्त होती जा रही है। कर्नाटक में अब इने-गिने लोग महीन कसूती का काम करते हैं। अपने फूल निकालने के लिए कला जैसा भारी शब्द प्रयोग सुनकर वह खिलखिलाकर हँस देगी, बस।

"ना बाई!" उसने कहा, "मेरे को शौक़ होता तो करती। तुम बोलीं, तुमको साड़ी होना तो बना दी। पर सब कोई के वास्ते नहीं। पेट भरने को नहीं करना, बाई!"

"तब क्या करेगी?"

"वही, झाड़ू-झटका, चौका-बर्तन," शान्तम्मा मधुर मुस्कराहट के साथ बोली। डॉ. मालती शर्मा अचरज से उसे देखती रह गई।

मालती, मैसूर के इस छोटे से क़स्बे बागलकोट में नई आई है। उसने हाल में मैसूर मेडिकल कॉलेज से एम.बी.बी.एस. किया है। बागलकोट के सरकारी अस्पताल में लेडी डाक्टर की जगह ख़ाली थी, जो सौभाग्य से उसे मिल गई। शुरू-शुरू में बड़े शहरों में नौकरी मिलनी मुश्किल होती है, छोटे क़स्बे से सन्तोष करना पड़ता है। छोटे क़स्बों को भी ज़्यादा तालीमशुदा तजुर्बेकार डाक्टर नहीं मिल पाते। इसलिए मालती शर्मा और बागलकोट ने एक-दूसरे को बिना मीन मेख निकाले अपना लिया था।

वहाँ आते ही डॉ. मालती शर्मा को एक औरत की ज़रूरत हुई जो उसके छोटे से घर को झाड़-बुहार दे, दो-चार बर्तन और कपड़े धो दे। इधर-उधर कहने पर एक दिन पड़ोसन की नौकरानी, शान्तम्मा को ले, उसके पास पहुँची थी। पहले-पहल शान्तम्मा को देखकर मालती को लगा, इस स्त्री से झाड़ू-बुहारू और कपड़े-बर्तन धोने जैसे छोटे काम करने को कहना असम्भव है। उसके अंग-प्रत्यंग से ऐसी सुसंस्कृत गरिमा फूट रही थी कि मालती ठगी सी रह गई। फिर सँभलकर झिझकते हुए पूछा, "क्या काम कर सकती हो?"

उत्तर देते शान्तम्मा ज़रा नहीं झिझकी, "झाड़ू-झटका, चौका-बर्तन, जो तुम बोलो!" मीठी हँसी के साथ कहा।

वह अपनी देह के उस वैभव से अनभिज्ञ थी, जिसने मालती को असमंजस में डाल दिया था। न उसे तीर की तरह सीधी-तनी अपनी ऊँची देह का महत्त्व ज्ञात था, न गर्व से टिकी लम्बी गर्दन या चौड़े कन्धों का। न दूसरे की आँखों में आँखें डालकर देखने वाली अपनी दृष्टि की निर्भय एकाग्रता में उसे कुछ विशेष नज़र आता था।

तीस रुपये महीने पर शान्तम्मा मालती शर्मा के यहाँ काम करने लगी। मालती ने पाया कि नीची छतों, तंग खिड़कियों और छोटे नीले दरवाज़ों वाले उसके दो कमरों के घर में निखार आ गया है। जब शाम छह बजे वह अस्पताल से लौटती तो देखती, धुल-पुँछकर सारा घर शीशे की तरह चमक रहा है, बाहर के छोटे से बरामदे में किन्हीं दक्ष हाथों ने कलात्मक रंगोली सजा दी है, जिससे गन्दला सीमेंटी रंग का फ़र्श नन्हे बग़ीचे की तरह खिल उठा है। सुख की साँस ले वह अन्दर आ जाती। गरमागरम चाय का प्याला लाकर शान्तम्मा उसे पकड़ा देती, साथ में अपने हाथ से बनाया कोई दक्षिणी व्यंजन, चिउड़ा, चकली या उपमा। मालती खा-पी चुकती तो शान्तम्मा कहती, "अब चलूँ बाई। अँधेरा होने पर मेरे को अकेले जाना होगा तो मेरा मरद डरेगा," कहकर वह खिलखिला देती। मालती भी मुस्करा देती। अकेली जाएगी शान्तम्मा और डरेगा उसका मर्द, इस बात में उसके लिए हँसी का ठीक क्या कारण है, वह समझ नहीं पाती थी, पर हँसी में साथ दिये बग़ैर नहीं रह सकती थी।

वह जाने की तैयारी करती तो मालती देर तक उसकी पीठ निहारा करती और सोचती, लम्बी तनी काया होने पर जो आकर्षण चिकने साँवले रंग में आ समाता है, गोरे रंग में कदापि नहीं आ सकता। फिर सोचती, नहीं, करिश्मा लम्बी तनी देह का नहीं, निर्भीक दृष्टि और मोहक मुस्कान का है। फिर अपने को झिड़ककर सोचती, कुछ नहीं है, शान्तम्मा साँवले रंग और चुस्त देह वाली एक साधारण औरत है, जो उसे सिर्फ़ इसलिए आकर्षक लगती है क्योंकि वह उसका घर साफ़-सुथरा और सजा-धजा रखती है। वही साफ़-सुथरापन उसके अपने शरीर से भी झलकता है। मालती देखती आ रही है, उसके पास कुल दो धोतियाँ हैं, लाल पाड़ और लाल पल्लू वाली हरे रंग की एक और एक नीले रंग की। उन्हीं को वह दोहराती रहती है, फिर भी आज तक उसने उसे मैली धोती पहने नहीं देखा। साफ़ तो होती ही है, उसके रंग की चमक भी ज्यों की त्यों बनी रहती है।

मालती को यह धीरे-धीरे पता चला था कि उस इलाक़े की तमाम औरतें वैसी ही लाल पाड़ और लाल पल्लू वाली रंगीन सूती साड़ियाँ पहनती हैं। हरे, नीले, नारंगी और जामुनी रंग की वे साड़ियाँ बागलकोट के निकटवर्ती गाँव इल्कल में बनती हैं और रंगों की शोखी और टिकाऊपन, उनकी खासियत है।

एक दिन अस्पताल से जल्दी लौट आने पर उसने देखा, रसोईघर में बैठी शान्तम्मा, फीके कपड़े के छोटे से टुकड़े पर रंग-बिरंगे महीन फूल काढ़ रही है। रेशमी धागे से निकाले गए फूल रत्नजड़ित आभूषणों की कलापूर्ण नक़्क़ाशी को मात दे रहे हैं। मालती मुग्ध हो देखती रही। कसीदा काढ़ना उसका ख़ास शौक़ है। फ़ुरसत के लम्हों में स्टेथस्कोप के बजाय सुई हाथ में लेकर कपड़े पर रंगीन धागों का खेल रचाने में सुकून मिलता है। अपने देश के विभिन्न प्रदेशों के पारम्परिक कसीदों के बारे में उसे काफ़ी जानकारी है। पंजाब, सौराष्ट्र, बंगाल और कर्नाटक

के कसीदों में कर्नाटक कसूती ने अधिक प्रभावित किया है। पर उसके बहुत कम नमूने देखने को मिले हैं। यहाँ आने पर सुना था, अस्सी मील दूर धारवाड़ में एक संस्था है जो ग़रीब औरतों से साड़ियों पर कसूती करवाकर महानगरों में बेचती है। वह जाकर देख आई थी। साड़ियों के दाम इतने ज़्यादा थे कि ख़रीदने की हिम्मत नहीं पड़ी थी। अब उसी कसूती का कहीं अधिक परिष्कृत रूप अपने रसोईघर में देख रही थी। कपड़े के धागे गिनकर बनाए जाने वाले इस क़सीदे में जितनी दक्षता चाहिए उतनी लग्न। रंग-बिरंगे रेशमी धागों से छोटे-छोटे फूल इस तरह निकाले जाते हैं कि उनके गुच्छे मिलकर मोर, कलश या कंगूरों का रूप ले लेते हैं। शान्तम्मा तल्लीन हो फूल निकाल रही थी और मालती शर्मा मुग्ध हो उन्हें कपड़े पर खिलते देख रही थी। मोर बनाना ख़त्म करके शान्तम्मा ने कपड़े को अपने से थोड़ी दूरी पर रख, परखने के लिए सिर उठाया तो मालती ने पूछा, "क्या बना रही है?"

शान्तम्मा ने चौंककर उसकी ओर देखा, बोली, "थैला।"

"थैला? कसूती करके?" मालती जैसे आसमान से धरती पर आ गिरी।

"हाँ," शान्तम्मा ने सहज भाव से कहा, "सब्जी-भाजी लाने को होगा।"

तब तक मालती उसके हाथ से कपड़ा लेकर कसूती की बारीक़ी जाँच रही थी।

"अच्छा है, बाई?" शान्तम्मा ने सकुचाकर पूछा।

"अच्छा? लाजवाब है।"

"क्या बोली, बाई, क्या है?"

"बहुत सुन्दर है। पहले कभी किसी को नहीं दिखाया?"

"इसमें दिखाने का क्या है, बाई," वह हँसकर बोली।

"बहुत है। इस कसूती पर लोग पागल हैं, पागल।"

"सच्ची!" वह ज़ोर से हँस पड़ी।

"साड़ी पर बना सकती है?"

"हाँ," शान्तम्मा उत्साहित हो उठी, "तुम्हारे वास्ते होना? इल्कल की साड़ी लाना, बाई। सफ़ेद, नहीं तो काली। ऐसी, जैसी मैं पहने हूँ पर इससे बढ़िया। और महीन कपड़ा। तुम पर कित्ती अच्छी लगेगी बाई। बना के दूँगी तो पहनोगी न?"

"बनाएगी? वक़्त बहुत लगेगा।"

"बखत तो लगेगा। ख़ाली बखत में बैठी बनाऊँगी। दो-चार महीने में होगी। धागा इल्कल से मँगाना। रेशमी। उधर ठीक मिलेगा। साड़ी की किनारी से बनाते न वो लोग। इधर कब्बी मिलता कब्बी नहीं। दाम भी जास्ती होता।"

"इल्कल कहाँ है?"

"इधर ही है। अगला गाँव। यह मैं पहनी हूँ न इल्कल की साड़ी। सब पहनते हैं इधर।"

"अच्छा, छुट्टी होने पर जाऊँगी। ख़ूब अच्छे से बनाना। तैयार हो जाएगी तो धारवाड़ ले जाकर दिखाऊँगी।"

"धारवाड़ ले जाकर? तुम भी बाई!" शान्तम्मा मज़े से हँस पड़ी, और कपड़े की तह करने लगी।

उसके अगले हफ़्ते मालती इल्कल से एक काली साड़ी ले आई थी और शान्तम्मा ने उस पर कसूती शुरू कर दी थी। इस बात को चार महीने बीत गए। आज शान्तम्मा उसे पूरा करके

लाई है। साड़ी सचमुच अद्‌भुत लग रही है। उसे देख, मालती ने प्रस्ताव रखा कि शान्तम्मा घर बैठकर साड़ियाँ काढ़े। मालती उन्हें बड़े शहरों में बिकवाने का इन्तज़ाम कर देगी। बनाने के लिए ज़रूरी सामान, कपड़ा, धागे आदि भी मँगवा दिया करेगी। पर शान्तम्मा है कि बराबर हँसे जा रही है। साड़ी काढ़कर पैसा कमाने की बात उसके गले नहीं उतर रही। मालती ने एक बार फिर कहा, ''झाड़ू-झटका करके पैसा कमाना ठीक है, कसूती करके नहीं?''

''हाँ, वो शौक़ के लिए जो करती हूँ,'' शान्तम्मा ने सहजता से कहा।

मालती की समझ में उसकी बात आने लगी थी। उसे लगा, शान्तम्मा कसूती के कला तत्त्व को उससे ज़्यादा जानती है, तभी, उसे बेचने के लिए तैयार नहीं है। और न किसी की देख-रेख में बनाने के लिए।

फिर भी अपनी योजना एकदम छोड़ना नहीं चाहती। पिछले दस-पन्द्रह दिन से जो बात नज़र में आती रही है, उसी का सहारा लेकर पूछा, ''तुझे बच्चा होना है न?''

''हाँ, बाई,'' शान्तम्मा ने सलज्ज मुस्कराहट के साथ कहा।

''मुझसे कहा क्यों नहीं? डाक्टर हूँ तुझे देख लेती।''

''देखने को क्या है, बाई,'' वह उदास हो गई।

उसकी उदासी देख मालती ने कहा, ''इसीलिए कहती हूँ बच्चा जब तक बड़ा हो, आराम से घर बैठकर कसूती कर। झाड़ू-झटका करके क्यों हलकान होना और बच्चे को भी करना।''

''बच्चे का क्या करना बाई,'' शान्तम्मा की उदासी और गहरी हो गई, ''दो बार पहले हुआ, पर रहा नहीं।''

''रहा नहीं, मतलब? बीच में गिर गया?''

''नहीं, हुआ ठीक पर महीना, दो महीना बाद चला गया। बदन पर फोड़े निकले और ख़तम।''

''फोड़े निकले थे? डाक्टर को दिखलाया था?''

''हाँ, बाई, इसी अस्पताल में लाई थी पर कुछ हुआ नहीं। मेरा मरद बोलता है, तेरे करम ख़राब हैं जो बच्चा नहीं रहता। तेरा पाप फलता है उसके बदन पर।''

शान्तम्मा उस दिन को याद करके, साड़ी का पल्लू मुँह पर डाल, ज़ोर से रो दी।

एक साल पहले की बात है। बच्चे को अस्पताल छोड़कर शान्तम्मा पति को लिवाने घर आ गई थी। उसका ख़याल था, रोज़ की तरह आज भी फ़कीरप्पा घर जल्दी आएगा। जब से बच्चा हुआ है, वह फ़ैक्टरी से सीधा घर आता है। बाहर से मुन्ना बेटा की रट लगाते अन्दर धुसता है और बच्चे को बाँहों में लेकर उछाल देता है। 'इतनी ज़ोर से ना उछालो', शान्तम्मा टोकती है तो छाती तानकर कहता है, 'मरद बच्चा है, मरद, देख कैसा हँस रहा है, तेरे जैसा डरपोक नहीं...' उस डरपोक शब्द में इतना प्यार घोल देता है कि शान्तम्मा निहाल हो जाती है। औरों के घर पर रहने पर उसे बीवी-बच्चे की तरफ़ से थोड़ी लापरवाही बरतनी पड़ती है। जोरू का ग़ुलाम कहलाना कोई मर्द पसन्द नहीं करता। फिर भी चाय-पानी के बहाने शान्तम्मा को आवाज़ दे लेता और चाय का गिलास हाथ में लेकर मुन्ने के पास जा पहुँचता। शान्तम्मा अचरज और कृतज्ञता से देखती कि कभी-कभी, संध्या का पूरा समय, वह अपनी खोली के सामने के अहाते में मुन्ने से खेलते बिता देता है। दोस्तों के बुलाने पर पत्ती खेलने या दारू पीने चला ज़रूर जाता

पर रात नौ-दस बजे तक लौट आता। शान्तम्मा को पूरा विश्वास है कि आजकल वह बाज़ार भी नहीं जाता। कम से कम जब से मुन्ने के बाद उसे चालीस दिन पूरे हुए हैं, तब से। बाज़ार में जाता है तो न रात इतनी जल्दी वापस लौटता है और न इतने लाड़-दुलार से शान्तम्मा को पास बुलाता है। आता है तो बाहर अहाते में पड़कर नाक बजाने लगता है। सुबह सात की सीटी होने पर भी काठ के कुन्दे सा वहीं पड़ा रहता है। फ़ैक्टरी जाने में देरी होने के डर से, जब हारकर शान्तम्मा उसे उठाती है तो लाल-लाल आँखें तरेरता उठता है। फिर उसके मुँह खोलने की देर होती है, किसी न किसी बहाने या बिना बहाने, उसकी पीठ पर दो-चार दोहत्थड़ जमा देता है। शान्तम्मा समझती है, रात का अपना दोहरा नशा उतारने की ख़ातिर घूँसे मार रहा है; उसकी पीठ पर उनके पड़ने में उसे कोई दिलचस्पी नहीं है। इसलिए उनकी शुरुआत और शान्तम्मा के क़ुसूर के बीच तालमेल भी नहीं है।

जब से मुन्ना हुआ है, वह वारदात नहीं हुई। जब से मुन्ना हुआ है फ़कीरप्पा जल्दी घर आ जाता है; जब से मुन्ना हुआ है, फ़कीरप्पा बाज़ार नहीं जाता; जब से मुन्ना हुआ है...शान्तम्मा की ज़िन्दगी की हर ख़ुशनुमा तब्दीली मुन्ने के होने से ताल्लुक़ रखती है। जब से मुन्ना हुआ है, टीन के टपरों से ढका दो कच्ची कोठरियों का उसका घर ऐसे खिल गया है जैसे कपास का खेत फूलों से लहलहा उठा हो। और तो और, अब हर दूसरे-तीसरे दिन फ़कीरप्पा कच्चा नारियल लिये घर पहुँचता है, मौक़ा देखकर चुपके से शान्तम्मा को पकड़ा देता है और कहता है, "ले, नारियल तुझे खाना चाहिए।" क्यों खाना चाहिए वह जानती है। नारियल खाने से दूध अधिक बनता है और बच्चा गोरा और मोटा होता है। पर यह बात किसी के सामने कहनी नहीं चाहिए नहीं तो बच्चे को नज़र लग जाती है।

यही नहीं, चालीस दिन पूरे होने पर जब शान्तम्मा नारियल फोड़ने तुलसीगिरी के हनुमान मन्दिर जा रही थी तो फ़कीरप्पा उसके लिए एक चटख हरी साड़ी लिये आ पहुँचा था। सच, जब से मुन्ना हुआ है, उसके जीवन में हरियाली आ गई है। पिछली दो बार यह दिन देखना नसीब नहीं हुआ था। पन्द्रह-बीस दिन बाद दोनों बच्चों ने दम तोड़ दिया था। इस बार जब ख़तरे का पहला महीना टल गया तो शान्तम्मा और फ़कीरप्पा, दोनों ने चैन की साँस लेनी शुरू कर दी। उनकी जान-पहचान के लोगों में अधिकतर बच्चे इसी पहले महीने में ख़त्म हुआ करते हैं।

अब, जब दूसरा महीना पूरा हो चला, वही पुराना क़हर उन पर टूट पड़ा। मुन्ने का होना फिर जोख़िम में था।

फ़ैक्टरी में छह की घंटी बजनी शुरू हुई तो शान्तम्मा घर के दरवाज़े पर आ खड़ी हुई और बेसब्री से उसका इन्तज़ार करने लगी। पन्द्रह-बीस मिनट बाद वह सड़क पर घर की तरफ़ आता दिखाई दे गया। वह वहाँ नहीं ठहरी, उसकी तरफ़ दौड़ गई। बीच रास्ते में उसके पास पहुँच बदहवास सी बोली, "मुन्ना अस्पताल में है। जल्दी चलो मेरे साथ। फारम भरना है।"

एक क़दम आगे बढ़ाये फ़कीरप्पा मूर्ति की तरह जड़ रह गया।

"मुन्ना अस्पताल में है?" उसने घबराकर पूछा, "क्या हुआ?"

"गर्दन लटकी जा रही थी, मानो प्राण ना हों। सारी देह फूट आई है," शान्तम्मा ने वेदना से विदीर्ण स्वर में कहा।

"इसकी देह पर भी फोड़े निकले हैं?" फ़कीरप्पा का स्वर फ़ौलाद की तरह सख़्त पड़ गया।

शान्तम्मा के मुँह से घुटा-घुटा हाँ निकला था कि उसने हाथ में पकड़ा नारियल उसके सिर पर दे मारा।

"करमजली, बदजात," वह चीख़ा, "तेरी सड़ी कोख से और क्या फलेगा, डायन!"

शान्तम्मा ने अपने सिर पर हुए प्रहार की परवाह नहीं की। पति का हाथ पकड़कर ऊँची आवाज़ में चीत्कार कर उठी, "जल्दी चलो, नहीं तो डाक्टर बाबू चले जाएँगे। जल्दी चलो, जल्दी! जल्दी!"

उसके स्वर के संत्रास ने फ़कीरप्पा को हिला दिया। वह सब कुछ भूल, अस्पताल की तरफ़ दौड़ पड़ा। शान्तम्मा भी। पर उनकी वह दौड़ मुन्ने को बचा न सकी।

असल में छह-सात दिन पहले शान्तम्मा ने मुन्ने के पेट और पीठ पर फोड़े निकलते देख लिये थे। उसने तुरन्त तुलसीगिरी के मन्दिर में जाकर नारियल फोड़ दिया था, उसकी गिरी पीसकर फोड़ों पर लगा दी थी और ठीक होने पर सवा रुपये का प्रसाद बोल दिया था। उसे यक़ीन था, इस बार भगवान उसके पिछले कर्मों की सज़ा माफ़ कर देंगे और मुन्ने को बचा लेंगे। पिछली दोनों बार जब बच्चों को फोड़े निकले थे तो चालीस दिन पूरे न होने के कारण, वह मन्दिर नहीं जा पाई थी। क्या फोड़े थे! जैसे कोयला छुआ कर जलाया हो। याद करके बदन सिहर उठता है। इस बार फोड़ों का रूप उतना डरावना नहीं था फिर भगवान का प्रसाद भी मिल गया था। पर आज उसके विश्वास की डोर टूट गई। मुन्ने ने सारा दिन दूध-पानी कुछ न लिया, और शाम तक गर्दन लटका दी। तब सास को साथ ले, उसने सरकारी अस्पताल की शरण ली। कोई लाभ न हुआ। जिसके डर से इतने दिन उसने फोड़ों की बात घर में किसी से नहीं कही थी, वही भयानक सच, उसके सिर पर आ गिरा। अगले दिन, शान्तम्मा के जीवन की हरियाली और ख़ुशहाली अपनी नन्ही मुट्ठियों में समेट, मुन्ने ने आँखें मूँद लीं।

उसकी मृत्यु से फ़कीरप्पा जितना व्यथित हुआ, उतना ही लज्जित। एक भी स्वस्थ बेटा न पैदा कर सकने को वह नामर्दगी की निशानी मानता था। विश्वास करता था कि उसके नाते-रिश्तेदार और पड़ोसी भी ऐसा मानते हैं। इस हीन भावना से मुक्ति पाने का सिर्फ़ एक उपाय था, दोष शान्तम्मा के सिर मढ़कर, उसे मारपीट कर अपनी मर्दानगी क़ायम रखने की कोशिश करना। मुन्ने को ज़मीन में गाड़ने के अगले दिन से वह इस कोशिश में लग गया।

उस रात वह ख़ूब देर से घर लौटा और आते ही भीतर बैठी शान्तम्मा को खींच कर बाहर अहाते में ला पटका और गालियाँ बकते, उसकी पीठ पर दनादन लातें मारने लगा, "चुड़ैल, अभी कितने बच्चों को खाएगी। हरामज़ादी, तेरे करम सड़े हैं, तेरा बदन सड़ा है, तेरा पाप फलता है बच्चों की देह पर। हरामज़ादी! कुलटा! डायन!"

हर गाली के साथ उसकी आवाज़ बुलन्द होती गई। हर वार के साथ उसके प्रहार निर्दयी होते गए। फ़कीरप्पा की मर्दानगी साबित होती रही। गाज गिरी इमारत सी शान्तम्मा उसके पैरों के पास पड़ी रही।

देवर-ननद-ससुर-पड़ोसी, सब खड़े-खड़े उसे पिटता देखते रहे।

"दूसरी पत्तल की जूठन घर लाएगा और सड़ाँध नहीं उठेगी?" कह सास आराम से दीवार के सहारे टिककर वह हिंसक तमाशा देखती रही। शरीर पर आघात सहते-सहते, शान्तम्मा के मन की व्यथा, तन की यातना से ऊपर उठकर फ़कीरप्पा के हृदय की कुंठा से जा मिली। उसकी रोती देह कलप उठी, सूनी आँखें आँसू पा गईं। उसने समझ लिया, बच्चे का मरना उसके पापों

का दंड भर था, प्रायश्चित्त नहीं। प्रायश्चित्त वह पिट के कर रही है। अब जाकर उसे अपने बच्चे की मौत पर रोने का अधिकार मिला है।

धीरे-धीरे शान्तम्मा के रोने का उफान कम हो चला। साड़ी के पल्लू से मुँह पोंछकर वह निढाल बैठी रही। मालती ने उसे चुप कराने का प्रयास नहीं किया था। शरीर पर फोड़े और बच्चे की मौत, उसकी डाक्टरी बुद्धि उसी के निरूपण में लगी हुई थी।

"कल अस्पताल चलना। तेरा ख़ून टेस्ट करूँगी," सोच-विचार कर उसने कहा।

असल में बागलकोट के छोटे से अस्पताल में ख़ून टेस्ट करने की सुविधा नहीं है। मालती ने पास के बड़े शहर, बेलगाम के एक प्राइवेट क्लिनिक में बन्दोबस्त कर रखा है। जब ज़रूरत होती है, ख़ून वहाँ भिजवाकर टेस्ट करवा लेती है। शान्तम्मा का ख़ून वहीं भेज दिया और रिपोर्ट आने का इन्तज़ार करने लगी। अपने मन को दिलासा देती रही कि नौसिखिया होने के कारण वह घबरा उठी है, वरना चिन्ता का कारण नहीं है। क़स्बे की स्त्रियों के प्रसव में या प्रसव के कुछ दिन बाद, शिशुओं की मौत होना आम बात है। मालती नौसिखिया ज़रूर है पर नादान नहीं। वह जानती है बच्चों की मौत के साथ और कई ख़तरनाक चीज़ें हैं, जो इन लोगों की ज़िन्दगी में आमतौर पर पाई जाती हैं। इसीलिए बार-बार अपने को समझाने के बावजूद उसकी बेचैनी बनी रही।

तीन दिन बाद ख़ून की जाँच रिपोर्ट बेलगाम से आ गई। लिफ़ाफ़ा हाथ में लेकर मालती देर तक बैठी रही। हाथ की हलकी चेष्टा से लिफ़ाफ़ा खुल जाता और समाचार पढ़ने को मिल जाता। पर जानबूझकर उसने प्रयत्न नहीं किया। आँखें बन्द करके प्रार्थना करती रही कि उसमें वह लिखा न मिले, जिसके ख़याल से वह डरती आई है, जैसे उसकी मनोकामना से अब भी लिफ़ाफ़े के अन्दर का मज़मून बदल सकता था। पर इस तरह कितनी देर बैठा रहा जा सकता था ? उसने अपने को झकझोरा और लिफ़ाफ़ा खोलकर रिपोर्ट बाहर निकाली, पढ़ी और सन्न बैठी रही। जो सोचा था, सही निकला। ब्लड टेस्ट पाज़िटिव, सिफ़िलिस प्रेजेंट। डाक्टरी भाषा में छोटा सा, कटा-कटा वाक्य। सिफ़िलिस मौजूद। रक्त कणों में सिफ़िलिस मौजूद। रक्त कणों में। जैसे उनका अस्तित्व टेस्ट ट्यूब में डले चन्द क़तरे ख़ून तक सीमित हो। पर ऐसा नहीं है। यह ख़ून शान्तम्मा की रगों में बह रहा है, उसी ख़ून से पलकर उसकी देह से बच्चा जन्म लेगा। पैदा होने से पहले सिफ़िलिस की वेदी पर बलि होने वाला एक नन्हा प्राणी। ज़रूरी नहीं है कि एक माह, दो माह या साल में मौत उसे आ दबोचे, पर इसका यह मतलब नहीं कि वह शिकारी के पंजों से छुटकारा पा जाएगा। वह जिएगा तो शरीर में कोई न कोई विकार लेकर। लड़की हुई तो बची रहेगी पर वंश के उत्तराधिकारी लड़के को इस पैतृक दाय से मुक्ति शायद ही मिले। और शान्तम्मा ? उसकी आँखों के सामने उसकी आज की कंचन काया की जगह वह विकृत देह साकार हो उठी, जो पाँच-छह साल बाद होगी। भव्य अट्टालिका टूटकर खंडहर हो जाती है, तब भी उसके वैभव के कुछ चिह्न बाक़ी बचे रहते हैं। पर उसमें फफूँद लग जाए, वह सड़-गलकर लिजलिज करती ज़मीन पर लुढ़कती फिरे तो कौन कह सकेगा, वह कभी आसमान को चुनौती देती, सीधी तनी खड़ी आलीशान इमारत थी। कौन विश्वास कर सकेगा कि यह औरत, जिसका व्यक्तित्व आज चन्दन की तरह घर भर को सुवासित किए है, ऐसी बीभत्स बीमारी के कीटाणु अपने भीतर पाल रही है ? मालती की आँखें गीली हो आईं। उसने सख़्ती से रगड़कर

उन्हें सुखा दिया। कमज़ोर पड़ने से काम नहीं चलेगा। शान्तम्मा को नीरोग करना होगा। सिफ़िलिस का इलाज न हो, ऐसी बात नहीं है। डॉ. मालती शर्मा जानती है कि प्रारम्भिक अवस्था में उसका इलाज सीधा और सहज है। पैन्सिलिन के इंजेक्शन के एक कोर्स से वह ठीक हो सकती है, बशर्ते कि दोबारा न हो। पर इसके लिए शान्तम्मा का ही नहीं, उसके पति का भी इलाज करना होगा। वह जानती है, ख़ून की जाँच कभी-कभी पूरी तस्वीर नहीं दिखलाती, उसे साफ़ करने के लिए दोनों को और टेस्ट देने होंगे। उन्हें बेलगाम भेजना होगा। क्या शान्तम्मा का पति, मालती शर्मा की हिदायतों की क़दर करेगा? जो हो, कोशिश कर देखनी होगी। उसने सिस्टर को बुलाकर बाक़ी काम समझाया और चार बजे अस्पताल छोड़कर घर आ गई।

देर तक शान्तम्मा की समझ में कुछ नहीं आया।

"क्या बोली, बाई? क्या बोली, बाई?" बार-बार यही दोहराती रही। फिर हलके से हँस, कन्धे झटककर बोली, "मेरे को जान के क्या करना? तुम डाक्टर हो, दवाई दो, मैं लूँगी।"

"सिर्फ़ तुझे दवाई देने से कुछ नहीं होगा, शान्तम्मा," मालती ने ज़ोर देकर कहा, "तेरे मर्द का भी इलाज करना होगा।"

"मरद का, बाई?" उसका चेहरा फक पड़ गया।

गर्भ हुए तीन माह होने को आए पर अब तक फ़कीरप्पा से छिपा रखा है। तुलसीगिरी के मन्दिर में नारियल फोड़कर मन्नत मान आई है, उसके आगे क्या करे, नहीं सूझा है। अगर गर्भ के साथ अपनी बीमारी का ज़िक्र उससे करेगी तो वह क्या कहेगा, वह जानती है। कहेगा, "बीमारी तेरे को है, लगाती मेरे को है? तेरा बदन सड़ा है तभी बच्चा नहीं रहता। तेरा पाप फलता है उसके बदन पर।"

कहेगा तो ठीक कहेगा। शान्तम्मा भी यही सोचती है। इसीलिए मन्दिर में नारियल फोड़ने के बाद देर तक, मूर्ति के सामने औंधी गिरकर रोती रही थी। अपने को कोसती रही थी और भगवान से पिछले जन्म की ग़लतियों के लिए माफ़ी माँगती रही थी। फिर भी दिल से डर नहीं निकला था। पिछली बार भी भगवान ने उसका साथ नहीं दिया था। इन दिनों अगर बाई की साड़ी न काढ़ रही होती तो जाने कितनी दुखी रहती। वह नहीं जानती, ऐसा क्यों होता है पर मन ख़राब होने पर सूई-धागा लेकर बैठ जाने से शान्ति मिलती है।

पिछले वर्ष, बच्चे की मृत्यु के बाद भी, जब हृदय अपने पाप और सन्ताप का बोझ सहने से इनकार कर देता था, जब उसकी अतृप्त कोख और कुंठित देह हाहाकार कर उठती थी; वह इसी सूई-धागे का सहारा लेती थी। पर तब कपड़े पर दो-एक फूल खिलते ही सास आकर ताना मार जाती थी, "क्या औरत है तू! अभी बच्चा मरा, अभी फूल होना तेरे को?"

उसका हाथ वहीं थम जाता और कई दिन उठ न पाता।

"कल बुलाकर ला अपने मर्द को," उसने सुना, मालती कह रही है, "मैं उससे बात कर लूँगी।"

"हाँ," उसने चौंककर कहा, "पर तुम उसको बुरा मत बोलना, बाई।"

"बुरा कुछ नहीं बोलूँगी, भई," मालती ने नरम स्वर में कहा, "समझाकर कहूँगी, मेरी बात मानेगा तो बच्चा ठीक रहेगा।"

"सच्ची बाई, रहेगा?" शान्तम्मा का मुख चमक उठा।

"ज़रूर रहेगा," मालती ने कहा।

"मैं लाऊँगी उसको, जैसे भी हो, लाऊँगी। मुन्ना रहता है ना, तो वो मेरे को बहुत चाहता है," कह शान्तम्मा नई दुलहिन की तरह शरमा गई।

"करता क्या है तेरा मर्द?" मालती ने पूछा।

"फ़ैक्टरी में खलासी है।"

"सीमेंट फ़ैक्टरी में? कितना कमा लेता है?"

"तीन सौ।"

"फिर तू तीस रुपये महीने पर काम क्यों करती है?"

"तुम भी बाई,..." वह उसकी नासमझी पर हँस दी, "वो कमाता है तो ख़र्चा भी है उसका।"

"क्या ख़र्चा है? दारू पीने का?"

"थोड़ी तो मरद को चाहिए ना, बाई। पर ख़ाली वो नहीं। महीने के पहले दिन सौ और पचास पठान ले लेता है, सूद के।"

"रुपया उधार लिया था?"

"हाँ, चार सौ।"

"चार सौ पर डेढ़ सौ हर महीने सूद कैसे होता है?" मालती ने कहा।

शान्तम्मा फिर हँस दी, "होता है, बाई।"

"उधार लिया क्यों था?"

"उसकी बहन का ब्याह था।"

शान्तम्मा जानती है, पूरा चार सौ ब्याह पर ख़र्च नहीं हुआ। सौ तो बाज़ार की हसनबी को पाज़ेब बनवा देने में लगे थे। पर मालती से वह सब कहने का कारण नज़र नहीं आया। मालती देर तक पूरे व्यापार पर अचरज करती रही, पर बहुत सोचने पर भी उसका हल समझ में नहीं आया; कम से कम ऐसा हल जो उसके हाथ में हो।

"घर पर हैं कौन-कौन?" उसने कुछ कहने की ख़ातिर कहा।

"माँ-बाप, दो भाई, दो बहन।"

"सबका ख़र्च वही चलाता है?"

"ना। सब जाते हैं फ़ैक्टरी कैजुअल करने। दो रुपये रोज़ पर औरतें और ढाई रुपये पर मरद। कभी काम मिलता, कभी नहीं।"

"तू क्यों नहीं जाती?"

"ना बाई, मेरा मरद डरता है," वह खिलखिलाकर हँस दी।

"वह तुझे पैसे नहीं देता?"

"देता है, बाई, देता है। जब होते हैं तो देता है। पर कभी होते जो नहीं," उसने सहज भाव से कहा।

वह जाने लगी तो मालती ने बीस रुपये उसके हाथ पर रख दिये।

"किसके वास्ते, बाई?" शान्तम्मा ने पूछा।

"ऐसे ही। साड़ी बहुत सुन्दर बनी है।"

"उसके लिए पैसा नहीं होना," शान्तम्मा कहने लगी, फिर कुछ सोचकर बोली, "अच्छा, अभी रहने दो। पगार में से काट लेना।"

उस रात फ़कीरप्पा के घर आते ही शान्तम्मा ने वे बीस रुपये उसके हाथ पर रख दिये। उसने रुपये लेकर जेब में डाल लिये, फिर पूछा, ''किधर से आए?''

''बाई मेरे को इनाम दी है।''

''क्यों?''

''उनके वास्ते साड़ी बनाई थी।''

महज़ साड़ी बनाने के लिए फ़कीरप्पा को बीस रुपये काफ़ी ज़्यादा लगे। डाक्टरनी की नासमझी पर वह ख़ुश हो गया और रुपये ख़र्च करने की योजना बनाने लगा।

तभी शान्तम्मा ने कहा, ''बाई तेरे को बुलाई है।''

''मेरे को? क्यों?''

''मालूम नहीं।''

''तू ठीक से काम नहीं करती क्या?'' उसने डपटकर पूछा।

''करती तो हूँ। तभी ना इनाम दी हैं।''

इनाम की ठोस दलील से वह निरुत्तर हो गया।

''बाई बोली, कल ज़रूर अपने मरद को लेकर आ। तेरे को देखना माँगती है,'' शान्तम्मा ने अपनी सबसे मोहक मुस्कान के साथ मधुर स्वर में कहा।

''अच्छा-अच्छा, चला जाऊँगा।''

जो औरत बेबात बीस रुपये इनाम में दे दे उसे नाराज़ करना ठीक नहीं। देखना चाहती है तो देख ले। कौन जाने दो-चार रुपये पकड़ा दे।

उसने जेब में पड़े बीस रुपये थपथपाए और ताज़ा देखी फ़िल्म, जवानी दीवानी का गीत गुनगुनाता बाज़ार की तरफ़ चल दिया। हाथ तंग होने की वजह से हसनबी से मिले बहुत दिन हो गए थे।

अगले दिन देर तक मालती ने अकेले में फ़कीरप्पा से बात की। समझाकर कहा कि शान्तम्मा के मुँह से तीन बच्चों की मौत के बारे में सुनकर उसने उसे बुलाया है। अगर वह और उसकी पत्नी ख़ून की जाँच करवाकर इंजेक्शन ले लेंगे तो इस बार उनका बच्चा तन्दुरुस्त होगा। पहले फ़कीरप्पा झिझका पर उसके यक़ीन दिलवाने पर कि यह बात किसी को मालूम नहीं होगी, और उसका पूरा ख़र्च वह उठाएगी, तैयार हो गया। उसके मन में लड़के की चाह वाक़ई ज़ोरदार थी। वह उसके लिए वह सब करने को तैयार था, जो अपनी मर्दानगी पर चोट किए बग़ैर कर सकता था।

इलाज शुरू हो गया और शान्तम्मा को छठा महीना लगने पर मालती ने पाया कि उन दोनों के शरीर से सिफ़िलिस का विकार मिट गया है। उसने शान्तम्मा को विटामिन देने शुरू कर दिये और समय आने पर प्रसव अस्पताल में करवाया।

चार महीने के मोटे-चिकने बालक को मालती के पैरों के पास रखकर शान्तम्मा चहक उठी, ''देखो ना बाई, अपने लड़के को। एकदम तुम्हारे जैसा दिखता है।''

''मेरे जैसा?'' मालती हँस दी।

''हाँ, तुम इसको जान दी ना, इसी से।''

''तब तो तू भी मेरे जैसी दिखती होगी,'' मालती ने उसे छेड़ा, ''इसका रंग तो तेरे जैसा साँवला है और नाक-नक़्श तेरे जैसे तीखे!''

''हाँ, बाई,'' शान्तम्मा उदास स्वर में बोली, ''कुछ मेरे पर पड़ गया। काला है ना?''

''तू भी एक बुद्धू औरत है,'' मालती खिलखिला पड़ी, ''जब तू यही नहीं जानती कि तू सुन्दर है तो यह क्या जानेगी कि पिछले पाँच-छह महीनों में और सुन्दर हो गई है।''

''धत्,'' उसने लजाकर मुँह हाथों में छिपा लिया और वहीं फ़र्श पर बैठ गई।

''अच्छा, लजा मत, यह बतला, ठीक तो है न? पूरे एक महीने के बाद आई है।''

''मैं पूछती थी,'' उसने मुँह ऊपर करके कहा, ''अब काम पर आऊँ, बाई?''

''काम पर?'' मालती गहरे सोच में डूब गई।

सिफ़िलिस के मरीज़ से हमदर्दी होना या उसका इलाज कर देना, एक बात है और उसे घर पर रखकर कपड़े-बर्तन धुलवाना दूसरी बात।

''तू काम पर आएगी तो बच्चे को कौन देखेगा?'' उसने इधर-उधर करते हुए कहा।

''साथ ले के आऊँगी।''

कुछ न कहकर मालती उसी ऊहापोह में पड़ी रही। आस भरी नज़रों से शान्तम्मा उसे ताकती रही। फिर अपने थैले में से कसूती की हुई, एक हरी साड़ी निकालकर बोली, ''तुम्हारे वास्ते बनाई है, बाई।''

''अरे,'' सुखद आश्चर्य से मालती चहक उठी, ''कितनी सुन्दर है!''

कसीदे के आकर्षण से खिंचकर उसने साड़ी ले ली, कुछ देर उस पर बने हर फूल को निगाहों से चूमती रही, फिर बोली, ''कुछ दिन तो आराम किया होता।''

''मेरा मरद बोला, बाई के वास्ते साड़ी होना,'' शान्तम्मा ने सगर्व कहा।

''अच्छा, पर मेहनत तो तूने की।''

''तुम मुझे माँ समान देखी, मैं इतना नहीं करूँगी,'' उसने कहा तो उससे काम कराने के लिए मन में उठे संशय पर मालती लज्जित हो उठी।

''सुन,'' उसने कहा, ''ऐसा कर, कल अस्पताल आकर अपना ख़ून दे जा, एक बार टेस्ट कर देखूँ। चार दिन बाद काम पर आ आना, दूसरी औरत का हिसाब करना होगा न।''

अगले दिन मालती ने उसका ख़ून लेकर बेलगाम भेज दिया। तीन दिन बाद रिपोर्ट आ गई। सामने बैठे मरीज़ को विदा देते उसने लिफ़ाफ़ा खोल लिया। अन्दर से रिपोर्ट निकालते हुए सोच रही थी, शान्तम्मा काम पर आ जाए तो उसका घर, एक बार फिर, कोठरी से बँगला बन जाए। वह अब पहले से भी अधिक निर्मल और मोहक लगने लगी है। उसका बच्चा भी उस जैसा सलोना है। उस दिन की बातें याद करके मुस्कराते-मुस्कराते उसने रिपोर्ट पढ़ी और सुन्न बैठी रही। ब्लड टेस्ट पाज़िटिव, सिफ़िलिस प्रेजेंट। अविश्वास के साथ उसने दोबारा, तिबारा, बार-बार पढ़ा, पर शब्द ज्यों के त्यों बने रहे। डाक्टर के नाते मालती को आश्चर्य नहीं होना चाहिए था। इंजेक्शन लगाते वक़्त भी वह जानती थी कि सिफ़िलिस का इलाज सीधा और सहज है, बशर्ते वह दोबारा न हो। वह बशर्ते कितनी जोख़िम की चीज़ है, यह भी जानती थी। इसके लिए शान्तम्मा और उसके पति का इलाज ही नहीं करना होगा, यह भी देखना होगा कि पति शान्तम्मा को दोबारा दूषित न करे, यानी स्वयं दोबारा दूषित न हो। केवल डॉ. मालती शर्मा की हिदायतें उसे नहीं बचा सकतीं। वास्तव में, शान्तम्मा के प्रति उसके मन में जो मोह था, उसी ने उसे अत्यधिक आशावादी बना दिया था, वरना वह जानती है कि बचे रहने के लिए उसे या पति बदलना होगा या पति की आदतें।

चपरासी भेजकर मालती ने उसी वक़्त शान्तम्मा को घर से बुला भेजा और सारी बात कह डाली।

''मेरी तकदीर!'' माथे पर हाथ मारकर शान्तम्मा ने कहा और वहीं धरती पर बैठ गई।

सूरजमुखी सा खिला उसका चेहरा काला पड़ गया और मालती को उसके बदन से मुर्दा जिस्म की बास आने लगी।

''तू ऐसे आदमी के पास रहती क्यों है,'' उसने कहा, ''वह औरों के पास जाकर बीमारी लाएगा और तुझे देगा। तू मेरे पास रह, कमा-खा, तुझे कमी किस बात की है?''

शान्तम्मा के मुख पर दयनीय पर मृदुल मुस्कराहट खिल आई।

''कैसे होगा, बाई?'' उसने धीमे से कहा, ''जैसा भी हो, मरद है।''

''बस इसीलिए उसके पास रहकर सड़-सड़कर मरना होगा?'' मालती ने दुखी स्वर में फटकारा, ''दूसरा कर ले। तुम लोगों में तो बुरा नहीं मानते।''

शान्तम्मा कुछ देर चुप रही, फिर लम्बी साँस खींचकर बोली, ''पहला एक मरद था बाई। वो मेरे को छोड़ दिया। तो इसको किया। ये फिर भी अच्छा है। वो तो रोज़ रात बाज़ार में जाता था, रोज़ दारू पीकर आता था और रोज़ मेरे को मारता था। ये देखो ना, बाई।''

उसने पीठ से साड़ी का पल्ला हटा दिया। मालती ने देखा, ब्लाउज के नीचे उसकी कमर एक भद्दे काले दाग़ से ढकी हुई है।

''जलती लकड़ी से मारा था एक बार। अब तक निशान नहीं गया,'' शान्तम्मा ने कहा, ''ये रोज़ नहीं मारता। कभी-कभी, बहुत ग़ुस्सा आने पर।''

जब से मुन्ना हुआ है, एक बार भी नहीं मारा, उसने याद किया। उन दोहत्थड़ों की बात और है, जो कभी-कभी उसकी पीठ पर जमा देता है, जैसे आज सुबह। तीन-चार घूँसे मारकर उसने कहा था, 'अब सारी उमर बैठी रोटियाँ तोड़ेगी या काम पर भी जाएगी।' पिछले महीने में यह वारदात कई बार हो चुकी है। शान्तम्मा जानती है, ये घूँसे वह रात का अपना दोहरा नशा उतारने की ख़ातिर मारता है। उसकी पीठ पर उनके पड़ने में उसे कोई दिलचस्पी नहीं है। जब भी फ़क़ीरप्पा बाज़ार में जाता है, उसका नशा शान्तम्मा की पीठ पर घूँसे जमाए बग़ैर, जाने क्यों, नहीं उतरता। जब मुन्ना हुआ था, उसका वहाँ जाना कम हो गया था। वह विश्वास के साथ कह सकती है, उसके चालीस दिन पूरे होने के बाद एक-डेढ़ महीने तक वह एक बार भी वहाँ नहीं गया। दोबारा जाना उसने तब शुरू किया जब उसे यक़ीन आ गया कि डॉ. मालती का कहा सही है, इस बार मुन्ने के बने रहने में कोई ख़तरा नहीं है। जब वह समझ गया कि घर पर एक स्वस्थ बेटे का होना निहायत मामूली बात है। फिर भी हाथ तंग होने के कारण, जितनी बार चाहता है, नहीं जा पाता, शान्तम्मा से ज़्यादा इस बात को कौन जान सकता है? एक महीने से वह उस पर ज़ोर डाल रहा है कि वह दोबारा काम पर जाना शुरू कर दे। पन्द्रह-बीस दिन पहले चटख हरे रंग की बीस रुपये वाली इल्कल साड़ी भी ख़रीद लाया था और उसे देकर बोला था, 'बाई के वास्ते साड़ी बनाकर रख। और देख, इस बार तीस रुपये से कम मत लेना।'

शान्तम्मा ने साड़ी का पल्ला आगे खींचकर कमर ढक ली तो अवाक् उसे देख रही मालती के मुँह से बोल निकला, ''तो फिर!''

''मरद है, बाई,'' शान्तम्मा के लहजे में बहस को गुंजाइश नहीं थी।

वह जाने के लिए उठी तो मालती ने उसे रोक लिया। पचास रुपये उसकी तरफ़ बढ़ाकर

बोली, ''ये रख ले।''

''वो किसके वास्ते?''

''ऐसे ही। साड़ी बहुत सुन्दर बनाई तूने।''

''नहीं, बाई,'' उसने दृढ़ स्वर में कहा, ''उसके वास्ते पैसा नहीं होना।'' और दरवाज़े की तरफ़ मुड़ गई।

मालती उसकी पीठ निहारती रही। उसे लगा, उस लम्बी-तनी देह पर पड़ा काला धब्बा फैलकर ग़िलाज़त के दलदल में बदल गया है, जिसमें शान्तम्मा का रूप, लावण्य, प्रतिभा, व्यक्तित्व सब धँस गया है। डॉ. मालती शर्मा की आँखों के सामने वह सड़ाँध भरी मोरी में बिना हाथ-पाँव मारे डूबती जा रही है, और वह हाथ पर हाथ धरे, किनारे खड़ी, तमाशा देखती रो रही है। केवल एक नन्हे शिशु को वह उस नरक कुंड से बचा पाई है। उसे मैं पाल लूँगी, उसने सोचा और सोचते ही समझा, वह असम्भव है। अपनी मर्दानगी की निशानी, उस नर-सन्तान को, शान्तम्मा का पति, इतनी आसानी से अपनी विरासत से वंचित नहीं करेगा।

(1977)

उसकी कराह

सुमीत फाटक खोलकर भीतर आ गया। गाड़ी का दरवाज़ा उसने आहिस्ता से बन्द किया। सुधा सो रही हो तो, वह नहीं चाहता शोर से जग जाए। वह सो नहीं रही थी। उसकी पदचाप उसने साफ़ सुनी और उसके मुँह से एक लम्बी कराह निकल गई। उसके पैरों की आहट सुनने पर रोज़ यही होता है। वह कराह उठती है। ऐसा नहीं है कि वह जानबूझकर कराहती है। वह आप से आप निकल जाती है। वह उसे एहसास करा देना चाहती है कि वह जगी है और बीमार है, सुधा नहीं, उसकी कराह। उसका ध्यान खींचकर वह सिर्फ़ यह कहना चाहती है कि वह बीमार ज़रूर है पर ख़याल रखने से ठीक हो सकती है।

उसकी कराह ने उसका ध्यान अपनी ओर खींचा। आगे बढ़ते उसके क़दम शिथिल पड़ गए। फिर वही। भीतर पहुँचकर उसकी मिज़ाजपुर्सी करनी होगी, दवा देनी होगी, खाने के लिए मनुहार करनी होगी और रह-रहकर उसके होंठों से निकलती कराह सुननी होगी। काश, वह सोई हुई मिलती। वह दो-एक घंटे सुस्ता लेता। ऐसा नहीं है कि उसे सुधा से हमदर्दी नहीं है। है, पर सुधा से, उसकी कराहों से नहीं। वह जानता है कि वह धीरे-धीरे मर रही है। उसके दिल में ट्यूमर है, जो ऑपरेशन करने लायक़ हालत में नहीं है। डाक्टर जवाब दे चुके हैं कि वह दो-चार या छह महीनों की मेहमान है। कितनी आसानी से डाक्टर ने कहा था, दो-चार या छह महीने, जैसे दो और छह महीनों में ख़ास अन्तर न हो। पर अन्तर है, कुछेक हज़ार कराहों का, जो इस दरमियान उसे सुननी हैं, डाक्टर को नहीं। डाक्टर कभी-कभी आता है। तब जब दर्द नाक़ाबिले बर्दाश्त हो जाए या दिल की घुटन बेपनाह बढ़ जाए। आता है मॉरफ़िया का इंजेक्शन लगाने, जिसे लेकर सुधा सुनने-सुनाने से परे बेसुध हो जाती है। जगने पर उसका ख़याल होता है, इस बार डाक्टर ने जो नई दवा दी है, उससे ज़रूर फ़ायदा होगा, बल्कि काफ़ी फ़ायदा महसूस हो रहा है। इस वहम में सुमीत को उसका साथ देना पड़ता है। यह जानते हुए कि वह ठीक नहीं होगी, जोश के साथ कहना पड़ता है—हाँ, यह दवा ज़ोरदार है। रोग डाक्टर की पकड़ में आ गया है। उस वक़्त सुधा कराहती नहीं, मुस्कराती रहती है। उसका वहम उसे भला लगता है। वह हृदय से इच्छा करने लगता है कि काश, डाक्टर ने सचाई न कहकर उसे भी वहम दिया होता।

घिसटते क़दमों से वह सुधा के कमरे में घुसा और बिस्तर के पास रखी कुर्सी पर बैठ गया। सुधा सीधी पड़ी थी। अब उसने उसकी तरफ़ करवट बदली और ज़ोर से कराह उठी।

''कैसी तबीयत है?'' सुमीत ने पूछा।

उसने एक कराह और भरी, बोली, ''खाना खा लो।''

''तुमने दवा ले ली?'' सुमीत ने पूछा।

"नहीं।"
"क्यों?"
"उठा नहीं गया।"
"उठने की क्या ज़रूरत थी? दवा कोई भी दे सकता था।"
"कौन?" सुधा ने कहा और कराहती हुई उठ बैठी।
"दीपक कहाँ है?"
"क्या मालूम? यहाँ आकर झाँका हो तो बताऊँ।"
"दीपक!" वह ज़ोर से चिल्ला उठा।
"जी," भीतर के कमरे का दरवाज़ा खोल दीपक बाहर निकल आया।
"अन्दर बैठे हो। यह नहीं होता, माँ को दवा दे दो," उसने डाँटकर कहा।
"परसों मेरा इम्तिहान है," दीपक ने भरे गले से कहा।

उधर सुधा फट पड़ी, "क्यों उसके ऊपर चिल्ला रहे हो? परसों से उसके फ़ाइनल हैं, पता है? यह तो होता नहीं, उसे पढ़ा-लिखा दो, ऊपर से चीख़ रहे हो। दस साल का बच्चा है, अपना ख़याल रखे, पढ़ाई करे या मुझे दवा देता फिरे। तुमसे होता है तो करो वरना मरने दो मुझे। मरना तो है ही।"

तब तक वह उठकर दवा की गोलियाँ निकाल रहा था। चौंककर उसने उसका चेहरा देखा। क्या वह जानती है, वह मर रही है? नहीं, यह वह दिन में दस बार कहती है और हर बार उसका मतलब होता है, बीमार ही तो हूँ, मेरा ख़याल रखोगे तो ठीक हो जाऊँगी।

यह बात नहीं है कि वह उसका ख़याल नहीं रखना चाहता। दो-चार महीने बाद उसे मर जाना है, तब भी उतने समय के लिए उसे पूरा आराम देना चाहता है और इलाज बरकरार रखना चाहता है। कौन जानता है, कब किससे फ़ायदा हो जाए। पर क्या करे? उसकी बीमारी आई ग़लत समय पर है। अभी-अभी उसने नौकरी छोड़कर साइकिलों की फ़ैक्टरी लगाई है। जो जमा पूँजी बारह साल की नौकरी के बाद मिली, उसी में झोंक दी। इस वक़्त उसकी देखभाल नहीं की तो सारा पैसा डूब जाएगा। शुरू का समय सबसे ख़तरनाक होता है। पता नहीं रहता, ऊँट किस करवट बैठे। सीधा बैठ गया तो पौबारह वरना सत्यानाश। अगर सुधा चार-छह महीने बाद बीमार पड़ती तो बात और होती। फ़ैक्टरी तब तक चल निकलती। वह अपना पूरा समय सुधा के हवाले कर देता, इतनी सेवा करता कि वह भली-चंगी हो उठती।

"मैं क्या करूँ?" उसने परेशान स्वर में कहा, "घर आने में देर हो जाती है। नई-नई फ़ैक्टरी लगाई है, देखभाल न की तो पूरा पैसा डूब जाएगा।"

"ठीक है," सुधा फिर फट पड़ी, "तुम अपने पैसे की चिन्ता करो। भाड़ में जाने दो हमें। मुझे और दीपक को। दो महीने से खाट पर पड़ी हूँ उसे एक शब्द नहीं पढ़ा पाई। लगता है, इस बार फ़ेल होगा। तुम्हें क्या? होने दो फेल। तुम्हें तो फ़िक्र है नहीं।"

"मैं ख़ुद पढ़ लेता हूँ, माँ," दीपक ने धीमी आवाज़ में कहा, "तुम परेशान मत हो।"

वह भीतर चला गया। पिता की भर्त्सना उसे अच्छी नहीं लग रही थी। उसकी समझ में नहीं आता था, माँ को हो क्या गया है। चौबीसों घंटे बिस्तर पर पड़ी रहती हैं और बात-बात पर चीख़ने लगती हैं। बीमार वह भी होता है, जब-तब, पर कुछ दिन बिस्तर पर रहकर चलने-फिरने लगता है। माँ जाने कब से खाट पर पड़ी हैं। बीच-बीच में दो-चार दिन,

चलते-फिरते ख़ुश भी नज़र आती हैं। फिर खाट पकड़ लेती हैं और पिताजी से चिड़चिड़ाना शुरू कर देती हैं। लगता है, उन्हें बिस्तर पर पड़े रहने की आदत हो गई है, वैसे ही जैसे चीख़ने-चिल्लाने की।

दीपक की बात से सुधा शिकायत भूल स्तब्ध रह गई। सुमीत ने दवा आगे की तो चुपचाप लेकर निगल ली। नौकर सूप ले आया तो वह भी पी लिया और दीवार की ओर करवट कर लेट गई। इस उठने-बैठने-लेटने में उसके मुँह से एक भी कराह नहीं निकली, बस आँखों से आँसू बहते रहे।

''लाओ,'' सुमीत ने मधुर स्वर में कहा, ''तुम्हारा सिर दबा दूँ।''

सुधा चुपचाप सिर दबवाने लगी।

''सोचता हूँ,'' सुमीत ने कहा, ''कुछ दिनों के लिए माँ को बुलवा लूँ। कम से कम दीपक की देखभाल हो जाएगी।''

''नहीं,'' सुधा एकदम चौकन्नी हो गई, ''उन्हें बुलाने की ज़रूरत नहीं है।''

''क्यों, सुधा?''

''जानते नहीं? आते ही कहना शुरू कर देंगी, इसे कुछ नहीं हुआ है, सब बहाना है। पिछली बार बेहोश होकर चूल्हे के पास गिरी थी तब क्या हुआ था?''

सुमीत की समझ में नहीं आया, क्या कहे। वह जानता है, सुधा ठीक कह रही है। माँ क्या, उसने भी सोचा था सुधा को हिस्टीरिया का दौरा पड़ा है। पर अब? अगर माँ को सच बतला दिया तो सुधा को पता लगते देर नहीं लगेगी। वे फ़ौरन रोना-धोना शुरू कर देंगी और हर आने-जाने वाले से, सुधा के सामने, अपने बेटे की फूटी क़िस्मत का बखान करने लगेंगी। सुधा के जान लेने पर कैसे कटेंगे बाक़ी के महीने? कैसे बर्दाश्त कर पाएगा वह, उसकी घबराहट भरी चीख़ो-पुकार? उसका मन अपने प्रति गहरी करुणा से भर आया। उसे मानसिक सन्ताप से बचाने के लिए वह कितना बड़ा बलिदान दे रहा है। अकेले इतनी कठोर होनी का कँटीला भार कन्धों पर ढो रहा है।

''मैं दीपक के लिए सोच रहा था,'' उसने करुणा से भीगे, टूटे स्वर में कहा। उसके भीगे स्वर ने सुधा को सहानुभूति से नहला दिया। उसकी टूटन ने उसमें अपार आत्मबल भर दिया।

''इतनी फ़िक्र की क्या ज़रूरत है?'' उसने बालों में चल रही अँगुलियाँ सदयता से थाम लीं और कहा, ''कुछ दिनों की बात है, मैं धीरे-धीरे ठीक हो रही हूँ।''

सुमीत कुछ न कह पाया।

सुधा ने आगे कहा, ''घर में पड़े-पड़े मन परेशान होने लगता है। सोचती हूँ थोड़ा आना-जाना शुरू करूँ। मन बहलेगा तो जल्दी ठीक होऊँगी।''

सुमीत कुछ कहने की स्थिति में नहीं था।

कुछ देर चुप रहकर सुधा ने कहा, ''कल रविवार है न?''

''हाँ,'' सुमीत बोला।

''फ़ैक्टरी जाओगे?''

''जल्दी लौट आऊँगा,'' सुमीत ने सतर्क होकर कहा, ''क्यों?''

''सोच रही थी, कहीं हो आऊँ...''

''हाँ, हाँ,'' उसके मुँह से निकला, ''कहाँ चलोगी...पिक्चर?''

जब ठीक थी तो सुधा हर पिक्चर देखने को उत्सुक रहा करती थी। सुमीत पूछने को पूछ गया पर सशंकित हो उठा कि अब वह नाराज़ होकर कहेगी, 'तुम्हें मैं पिक्चर देखने लायक़ लग रही हूँ? तीन घंटे बैठ सकती तो घर उजड़कर न रह जाता।'

उसने वैसा कुछ नहीं कहा, बोली, "सुना है गोलचा में बढ़िया पिक्चर लगी है, क्या नाम है—आनन्द। दीदी कह रही थीं।"

"तीन बजे चलेंगे," उसके कहे पर पूरा विश्वास न करते हुए भी सुमीत बोला।

"टिकट आज ही मँगा लेना वरना मिलेंगे नहीं," उसने पहले वाली सुधा जैसे चिहुँक कर कहा।

सुमीत ने अचरज के साथ देखा, उसके चेहरे की तमाम कालिमा धुल गई है और पहले वाली सुधा का हँसमुख, उज्ज्वल चेहरा निकल आया है। क्षण-भर को लगा, माँ ठीक कहती हैं। सुधा को कोई रोग नहीं है, जो है मानसिक, परिचर्या की चाह। पर डाक्टर? और एक्सरे ग़लत हो सकते हैं या नहीं? हटाओ, जितनी देर शान्ति है, चैन से साँस ले ले।

अगले दिन, पिक्चर देखकर निकले तो सुधा और सुमीत, दोनों गहरे सोच में डूबे गाड़ी तक पहुँचे। सुधा जब सीट से उठी थी, पीला चेहरा क्लांति से सफ़ेद पड़ा हुआ था। गाड़ी तक पहुँचने के लिए बीच का हॉल पार करने में, उसके चकराते सिर और लड़खड़ाते पैरों ने कई बार साथ देने से इनकार किया पर उसने ध्यान नहीं दिया। चुपचाप इस कोशिश में लगी रही कि अपने पर हावी होते बेहोशी के बादल से परास्त न हो और घर पहुँच जाए।

सुमीत अभी देखी पिक्चर के बारे में गहराई से सोच रहा था। गाड़ी में बैठने पर उसने कहा, "देखा, वह जानता था, वह मरने वाला है फिर भी कितना प्रसन्न रहता था! इसे कहते हैं हिम्मत।"

वह, यानी फ़िल्म का नायक, आनन्द, कैंसर से पीड़ित। मृत्यु की अनिवार्यता से वाक़िफ़ होने के बावजूद, पूरी तन्मयता और आनन्द के साथ जीवन के बचे दिन जी रहा था और दूसरों को जीना सिखा रहा था।

"हाँ," सुधा ने हाँफती आवाज़ में कहा और सोचा, 'बीमारी भी झेली जा सकती है अगर आदमी हिम्मत रखे।'

सफ़ेद पड़ रहे होंठों की कँपकँपी को नियंत्रित कर, उसने खुलकर मुस्कराने का प्रयत्न किया और कहा, "अच्छी पिक्चर थी।"

तभी उसे एक ख़ौफ़नाक ख़याल आया। सुमीत ने उसे सुनाकर यह क्यों कहा? कहीं इशारा उसकी तरफ़ तो नहीं था? वह भी मरने तो नहीं जा रही? वह नथुने फुलाकर ज़ोर-ज़ोर से साँस लेने लगी। उसके होंठ नीले पड़ने लगे। बाएँ हाथ की अँगुलियाँ सुन्न हो गईं, फिर हथेली, हाथ और फिर पूरी बाँह। पूरा दम लगाकर सुमीत को पुकारने के लिए गले में आवाज़ जमा करने लगी वह पर जब निकली तो एक लम्बी कराह की तरह। वह तड़पकर वहीं सीट पर लुढ़क गई।

क्या ऐसा नहीं हो सकता, सुमीत सोच रहा था, अगर सुधा आनन्द की तरह जान जाए कि उसकी ज़िन्दगी के इने-गिने दिन बाक़ी हैं तो रोने-झींकने के बजाय, ख़ुश रहकर उन्हें बिताना चाहे! जब सुमीत फ़ैक्टरी में रहे तो दीपक की पढ़ाई में दिलचस्पी ले, उससे हँसे-खेले, किताबें पढ़े, रेडियो सुने, और जब वह घर लौटे तो उससे हँसे-बोले! जहाँ तक हो सके, घूमे-फिरे, न हो लेट जाए, संगीत सुने, दोस्तों को बुलाए, गप्प मारे, दवा खाए और सो जाए। ऐसा हो तो वह कोशिश करके फ़ैक्टरी से जल्दी लौट आया करे। न हो तो फ़ाइलें साथ ले आया करे

और बाबू को वहीं बुलवा ले। दिमाग़ हलका रहे तो घर के ऊपर वाली बरसाती में दफ़्तर खोल सकता है। कम से कम काग़ज़ पत्र वाला काम वहाँ निबटा सकता है। सुधा को ख़ास ज़रूरत पड़े तो उसे नीचे बुलवा सकती है। कितना समय नष्ट होने से बच जाए! आज ही को लो, अगर काग़ज़ घर पर होते तो पिक्चर से आकर उन्हें निबटा लेता। पर सुधा ऐसा कर सकेगी? समझ नहीं आता, मृत्यु की पूर्व सूचना उससे छिपाकर रखे या स्पष्ट शब्दों में ज़ाहिर कर दे? कब ज़्यादा शान्ति मिलेगी? एक लम्बी साँस छोड़कर उसने कुछ तय करना चाहा कि सुधा की लम्बी कराह उसके कानों से टकराई। चौंककर उसने देखा, वह गाड़ी की सीट पर बेसुध पड़ी है। उसके होंठ नीले पड़े हुए हैं और चेहरे का रंग अजीब हरा-काला सा हो गया है।

'ओफ़, फिर बेहोश हो गई,' उसने गाड़ी की रफ़्तार दोगुनी करते हुए सोचा, अब फ़ैक्टरी छोड़ डाक्टर के पास भागना होगा। रविवार है, जाने कितनी दौड़धूप के बाद मिलेगा। पता नहीं कब तक चलेगा यह सब? उसकी आँखों में आँसू भर आए, भगवान इतनी लम्बी बीमारी किसी को न दे।

सौभाग्य से डाक्टर घर पर मिल गया। परिचित था इसलिए मरीज़ को देख लिया और हिदायत कर दी कि फ़ौरन अस्पताल में भर्ती कर दिया जाए, शायद आख़िरी स्टेज आ गई है।

"कब तक वहाँ रहना होगा?" सुमीत ने पूछा।

"दो दिन भी हो सकते हैं, दो महीने भी," डाक्टर ने कहा।

माँ को बुलाना पड़ेगा, अस्पताल के रास्ते में सुमीत ने सोचा।

अस्पताल में सुधा के पास हरदम किसी को रहना होगा और घर पर दीपक की देखभाल के लिए कोई चाहिए। अकेले नौकर से काम नहीं चलेगा। फ़ैक्टरी छोड़ वह घर बैठ नहीं सकता। अगर सुधा दो महीने बाद अस्पताल गई होती तो वह स्वयं उसकी देखभाल कर सकता था। अपनी भूख-प्यास-नींद की परवाह किए बग़ैर रात-दिन उसकी सेवा कर सकता था। दो महीने बाद फ़ैक्टरी सँभल चुकी होती, एक मैनेजर रख लेने से काम चल सकता था, पर इस वक़्त ज़रा लापरवाही हुई तो किए-कराये पर पानी फिर जाएगा। कितने ज़रूरी काम उसे निबटाने हैं। सरकारी दफ़्तरों के चक्कर काटकर कोटा परमिट पक्के करवाने हैं। फिर माल की बिक्री? नई लगी फ़ैक्टरी नवजात शिशु के समान होती है। पूरा ख़याल न रखने पर रोगग्रस्त हो दम तोड़ देती है। माँ को सब कुछ बतलाकर समझाना होगा। वे आकर घर सँभालें ताकि वह फ़ैक्टरी को पूरा नहीं तो आधा समय दे सके।

सुधा को अस्पताल छोड़ वह सीधा माँ के पास मेरठ जा पहुँचा। पूरी बात सुनकर पहले उन्होंने विश्वास करने से साफ़ इनकार कर दिया। डाक्टर के कहे को किसी छोकरे की बढ़ी-चढ़ी बात की तरह उड़ा दिया और दिल्ली के प्रसिद्ध वैद्य गोकुलचन्द को दिखलाने की राय दी। इसी इरादे से वे उसके साथ दिल्ली चली आईं। पर अस्पताल जाकर सुधा को देखा तो एक धक्के के साथ उनका दृढ़ विश्वास ढह गया।

"अरे, इसकी हालत तो सचमुच ख़राब है, मुझसे पहले क्यों नहीं कहा? कब से है?"

"दो महीने से।"

"राम राम! और तू अकेला जूझता रहा! कैसे किया? रोटी-पानी का भी ढंग नहीं रहा

होगा। और दीपक? कम से कम उसे मेरे पास भेज दिया होता।''

''जो हुआ, सो हुआ। अब तुम यहीं रहो।''

''अच्छा,'' माँ ने कुछ सोचकर कहा, ''मैं रहूँगी अस्पताल, घर कौन देखेगा?''

''नौकर है।''

''नौकर क्या ख़ाक देखेगा? तू कहे तो तेरी बुआ जी से कह दूँ कुछ दिन आकर रह जाएँ?''

''जो ठीक समझो, कर लो,'' उसने कहा।

इतने दिन बाद अपने सिर का भार किसी और के माथे डाल, वह हलका महसूस कर रहा है। घर के झंझटों से फ़ारिग़ हो फ़ैक्टरी पहुँचना चाहता है। फिर अस्पताल भी जाना है। दिल्ली के सब बड़े डाक्टर सुधा को देख चुके। उनकी राय से उसे सफ़दरजंग अस्पताल में दाख़िल करा दिया है। जो सम्भव है, करने में डाक्टर जी-जान से जुटे हैं। सुमीत भी अपना तमाम ख़ाली समय वहीं बिताता है। उसकी अनुपस्थिति में माँ वहाँ रहती हैं।

चार-पाँच दिन में मुज़फ़्फ़रनगर से बुआ जी दिल्ली आ पहुँचीं। उनके साथ एक जवान लड़की को देख सुमीत ने अचरज से पूछा, ''यह कौन है?''

''तेरी बुआ जी की ननद है,'' माँ ने कहा, ''कब से दिल्ली देखना चाह रही थी, बीबी जी ने सोचा लेती चलें, घर पर मदद हो जाएगी।''

''ओह!''

''पढ़ी-लिखी है,'' माँ कहती गईं, ''स्कूल में पढ़ाती है, इसी से अब तक ब्याह नहीं किया। दीपक को पढ़ा दिया करेगी। बेचारा इन दो-ढाई महीनों में बिलकुल नाकारा हो गया है।

सुमीत ने अनमने ढंग से सुना। वह लड़की को देख रहा था। बहुत ध्यान देकर नहीं, सरसरी तौर पर। देखी, बाईस-तेईस वर्ष की साधारण सी लड़की, सुन्दर नहीं, सुधा के समान कदापि नहीं। जब सुधा को पहलेपहल देखा था, वह इतनी ही बड़ी रही होगी। पर इस लड़की में न उसकी तरह मोहित करने वाला आकर्षण है, न शोख़ी। सुधा की बात और थी। देखते ही मन एकबारगी उसे बाँहों में भर लेने को मचल उठा था। यह तो साधारण लड़की है। लम्बी, पतली, साँवली, सामान्य नाक-नक़्श वाली स्वस्थ और युवा लड़की। स्वस्थ और युवा! उसने आश्चर्य के साथ महसूस किया कि वह तरोताज़ा अनुभव कर रहा है और ऐसा कई महीनों बाद हुआ है। उसके होंठों पर आप से आप मुस्कराहट फैल गई, आँखों में चमक आ गई और औपचारिकता से अधिक मधुर स्वर में उसने कहा, ''अच्छा किया।''

माँ को अस्पताल पहुँचा, सुधा का हाल पूछ वह फ़ैक्टरी चल दिया। अस्पताल और फ़ैक्टरी, आजकल इन्हीं के बीच पिटता फिर रहा है। घर से क़रीब-क़रीब कोई वास्ता नहीं रह गया है।

बेचारा, माँ ने उसे अस्पताल से निकल गाड़ी में सवार होते देख सोचा, घर के रहते बेघर-बार हो गया है। लगता है सुधा ज़्यादा दिन नहीं जिएगी। भगवान की मर्ज़ी। होनी को कौन टाल सकता है। ख़ैर, बीबी जी की ननद भली लड़की है। साथ रहेगी तो मोह हो जाएगा। लगता है, वह घर और सुमीत, दोनों को सँभाल लेगी।

(1977)

यह मैं हूँ

''यह क्या कर डाला आपने? कैसी रोशनी में लिया है कि तमाम चेहरे पर झुर्रियाँ ही झुर्रियाँ नज़र आ रही हैं?'' फ़ोटो का प्रूफ़ देखकर सरल ने तल्ख़ी के साथ कहा।

''टच करने से ठीक हो जाएगा, मैडम! यह तो प्रूफ़ है,'' फ़ोटोग्राफ़र ने लापरवाही से कहा।

उसे लगा, वह रोज़ न जाने कितनी औरतों से शिकायत सुनता है और यही जवाब थमा देता है। उसकी लापरवाही ने उसे और भड़का दिया।

''पूरा ठीक नहीं हुआ तो पैसे नहीं दूँगी,'' उसने कहा।

''ठीक है, मैडम,'' उसने उसी बेफ़िक्री से कहा।

यह आदमी समझता क्यों नहीं, बात कितनी अहम है। उसकी उम्र जितनी है, इस फ़ोटो में उससे दस साल ज़्यादा लग रही है, और जितनी आईने में दिखती है, उससे पन्द्रह साल ज़्यादा। जबकि इसमें और कम लगनी चाहिए थी। उसने साड़ी नहीं, अल्हड़ उम्र वाला बैल बॉटम सूट पहनकर चित्र खिंचवाया था। पत्रिका में वह पोशाक उसे इसीलिए पसंद आई थी क्योंकि उसके कटाव से कमसिन जवानी टपक रही थी। उसने फ़ौरन तय कर लिया था कि वह बिलकुल वैसा लिबास बनवाएगी और पहली बार पहनने पर फ़ोटो ज़रूर खिंचवाएगी। हर नई ड्रेस बनवाने पर वह एक चित्र अवश्य उतरवाती है। बुढ़ापा आने पर जवानी की यही यादगारें बची रहेंगी। अधिक से अधिक संख्या में उन्हें जमा करके वह बुढ़ापे को दूर ठेलने का प्रयत्न कर रही है, और यह चित्र है कि उसे बिलकुल पास खींच लाया है। चंचल चुलबुली नवयौवना के बजाय वह लग रही है बीतते समय का एक त्रासद पल। 'पन्द्रह साल में मैं ऐसी लगा करूँगी?' उसने डूबते हृदय से सोचा। साथ ही उससे भी भयंकर प्रश्न ने उसे झिंझोड़ दिया, 'क्या अब भी कुछ–कुछ ऐसी लगती हूँ?' घबराकर उसने फ़ोटो का चेहरा अँगुली से छिपा दिया। फ़ौरन पोशाक पत्रिका वाली अल्हड़ता से भर उठी।

''आप समझते क्यों नहीं,'' उसने उग्र स्वर में कहा, ''इस चित्र में मेरी उम्र दस वर्ष अधिक लग रही है।''

''मैंने कहा न, ठीक हो जाएगा,'' फ़ोटोग्राफ़र खीज उठा। यह औरत आम औरतों से ज़्यादा झक्की मालूम पड़ रही थी।

उसे रोना आ गया। कहीं सचमुच रो न पड़े, इस डर से तस्वीर वहीं पटक बाहर निकल आई।

''परसों ले जाइएगा,'' पीछे से फ़ोटोग्राफ़र ने आवाज़ दी।

स्टूडियो से निकलकर वह बराबर वाले कॉफ़ी हाउस में जा बैठी। एक कप कॉफ़ी के लिए कह, भीतर लेडीज रूम में चली गई और शीशे के सामने खड़ी हो बाल सँवारने लगी। यों वे सजे–सँवरे थे। कंघी बालों तक लाकर सहसा वह निस्तब्ध रह गई। ऊपर लगी ट्यूबलाइट

के तेज़ चुँधियाते प्रकाश में, एक चेतन क्षण के लिए दर्पण में उसके चेहरे के बजाय, वही चित्र वाला चेहरा उभर आया। उसने आँखें बन्द कर लीं। फिर पूरी संकल्प शक्ति जुटा कर, पर्स से पाउडर और लिपस्टिक निकाली और उनकी एक और परत चेहरे को ओढ़ा दी। चित्र वाला मुख धुँधला पड़कर हट गया। वह सावधानी से मुस्कराई जिससे होंठों के पास वाली लकीरें उभर न पाएँ और वापस कमरे में लौट आई। कॉफ़ी पीते-पीते पर्स में से छोटा आईना निकाला और कॉफ़ी हाउस के मद्धम प्रकाश में सूरत परखी। इस बार वह खुलकर मुस्करा दी।

सरल कालरा जानती है, वह काफ़ी आकर्षक स्त्री है। रेडियो स्टेशन पर साथ काम करने वाले पुरुष ही नहीं; राह चलते, सिनेमाघरों में पास बैठे, पार्टियों में मिलने वाले स्त्री-पुरुष अनायास उसकी ओर ललचाई दृष्टि से देख उठते हैं। बड़ी सांत्वना मिलती है उस दृष्टि से। जूड़े में ढके सफ़ेद बाल सामने नहीं आते पर वह जानती है, वे हैं, और धीरे-धीरे बढ़ रहे हैं। पर उसका चुलबुलापन ज्यों का त्यों बना हुआ है। हरदम वह हँसने हँसाने को तत्पर रहती है, सबके साथ, सबकी बात पर, सब पर। अपने पर भी।

कल किसी ने कहा था, ''मिसेज़ कालरा, आप कमरे में आती हैं तो लगता है, सदाबहार खिल उठा है।'' जिसने कहा था, वह पुरुष नहीं, स्त्री थी। पुरुष होता तो बात को, उन लटकों में से एक कहकर उड़ाया जा सकता था, जो पुरुष स्त्रियों को देते रहते हैं। पर अब नहीं। मुनासिब समझकर ही उसने कहा होगा।

सदाबहार! वह और खुलकर मुस्कराई, फिर धीमे से हँस दी। तभी, नए प्रसाधन, नई पोशाकें जुटाती रहती है। किसी तरह बहार थमी रहे। पोशाक का ख़याल आते ही वह मनहूस तस्वीर याद आ गई और उसकी हँसी ग़ायब हो गई। कितनी मुश्किल से बन पाई थी!

उसके पतिदेव आजकल कुछ ज़्यादा पी रहे हैं। इस बार नौकरी छूटे छह महीने से अधिक हो गए। हाथ तंग है। रेडियो स्टेशन से उसकी आमदनी इतनी नहीं कि सब शौक़ पूरे किए जा सकें। यों पति की नौकरी छूटती-जुटती रहती है पर इस बार अन्तराल अधिक खिंच गया है। यह पीने की लत! चाँद की तरह घटती-बढ़ती रहती है, आजकल शुक्ल पक्ष है। अपनी उपमा पर हँसी आ गई। कल प्रीति से कहेगी। वह मज़ाक़ समझती है। कोई बात हुई चाहिए, दोनों की सम्मिलित हँसी का फव्वारा यों फूट पड़ता है कि पास वाले देखकर हँसने लगते हैं। बिना समझे-बूझे उन्हें हँसता देख उनका जोश और बढ़ जाता है। ग़लती हो गई। आज उसे साथ लाना चाहिए था। कॉफ़ी पीकर बाज़ार में घूमते और आने-जाने वालों पर टिप्पणी करते। पर चित्र देखने वह अकेली आना चाहती थी। ''लानत!'' उसने कहा, ''लानत है, उस फ़ोटो पर!''

पर दो दिन बाद चित्र दोबारा देखकर सारा आक्रोश मिट गया। अब उसके सामने उसका आज का चेहरा था, बल्कि उससे पाँच वर्ष पहले था। टच करने के बाद गाल, होंठ और नाक के पास वाली झुर्रियाँ ग़ायब हो गई थीं।

''शुक्रिया,'' उसने मुस्कराकर कहा, ''यह तो बिलकुल ठीक हो गया।''

''मैंने पहले ही कहा था,'' फ़ोटोग्राफ़र ने निश्चिन्तता से कहा।

''आपने एकदम सही कहा था,'' वह हँस पड़ी, ''बहुत-बहुत शुक्रिया।''

आख़िर फ़ोटोग्राफ़र भी हँस दिया। चित्र को पर्स में रखने से पहले फिर एक बार उसने उसे ग़ौर से देखा और उसका चेहरा आत्मविश्वास से निखर आया। आज वाक़ई शुभ दिन है।

सुबह-सुबह एक सुखद घटना घट चुकी है। आज रेडियो स्टेशन पर विख्यात चित्रकार मणि पाल आई थीं। सरल ने उनका इंटरव्यू लिया था। बढ़िया गया था। सभी कहते हैं, उसकी आवाज़ में आकर्षक बाँकपन है। इंटरव्यू के बाद जो हुआ, एकदम अप्रत्याशित था।

मणि पाल बोलीं, "मैं आपका चित्र बनाना चाहती हूँ, सिटिंग देंगी?"

"जी, मेरा... ?"

"हाँ। शायद आप नहीं जानतीं, आपका चेहरा कितना भाव-प्रवण है। आपका चित्र बनाए बग़ैर मुझे चैन नहीं आएगा। आएँगी न?"

"जी...ज़रूर।"

"कल पाँच बजे, मेरे स्टूडियो पर।"

"जी अच्छा।"

"चार-पाँच सिटिंग देनी होंगी। सौ रुपये ठीक रहेंगे।"

"जी?"

"मैं अपने मॉडल को इतना ही देती हूँ। अगर कम लगें..."

"नहीं, बिलकुल ठीक हैं।"

"शुक्रिया।"

"शुक्रिया तो मुझे कहना चाहिए।"

"चलिए आप भी कह लीजिए।"

दोनों आत्मीयता से हँस दी थीं।

"ज़रा सोच। मणि पाल! देश की जानी-मानी चित्रकार। और मैं एकदम अपरिचित। पर एक नज़र में फिदा। कहने लगीं, मॉडल बनना पड़ेगा। ऊपर से सौ रुपये वे देंगी, मैं नहीं। क्या ख़याल है?" बाद में उसने प्रीति से कहा तो उसने सीटी बजा दी।

"हम कहते हैं, हमारी सहेली कोई मामूली चीज़ नहीं है। आदाब!" वह सलाम ठोंक हँस दी।

पहले दिन मणि पाल ने कहा, "चित्र बनने के दौरान कोई देखे, मुझे अच्छा नहीं लगता। आपको भी पूरा होने पर ही देखने दूँगी।"

"ठीक है," उसने कहा। अधूरी चीज़ें देखने का उसे कोई शौक़ नहीं है। आख़िरी दिन प्रीति को साथ लेकर आएगी। ज़रा वह भी देखे! पूरा होने पर मणि पाल चित्र किसी प्रदर्शनी में रखेंगी। शायद पुरस्कार भी मिले। लोग पूछेंगे, मॉडल कौन है? सरल कालरा? अच्छा, अभी तक इतनी सुन्दर लगती है!

चित्र पूरा हुआ तो प्रीति फ़ौरन उसके साथ चल, देखने के लिए तैयार हो गई।

"मैं कब से इस महान् चित्र को देखने के लिए बेक़रार हूँ," उसने कहा।

"तब चल, बाद में पिक्चर भी दिखा दूँगी।"

"वाह!"

"टिकट लेते चलते हैं, साढ़े तीन रुपये वाले।"

"क्यों फ़िजूलख़र्ची करती है? दो के ठीक हैं।"

"समझती क्या है, सौ रुपये मिलने वाले हैं।"

"ठीक है। ज़्यादा दिलेरी दिखलाने की ज़रूरत नहीं है।"

"चल, दो वाले सही।"

टिकट लेकर वे मणि पाल के स्टूडियो पहुँच गईं। उनके पहुँचते ही मणि पाल ने सौ रुपये उसे पकड़ा दिये और बोली, "चित्र देखना है तो देख लीजिए।"

उनका स्वर काफ़ी रूखा लगा। ठीक है, सरल ने सोचा, काम जो पूरा हो चुका।

"जिगर थामकर बैठो, अब मेरी बारी..." चित्र के सामने पहुँचकर प्रीति ने कहना शुरू किया पर बीच में चुप हो गई। मणि पाल ने चित्र से कपड़ा हटा दिया था।

अवाक् सरल देखती रह गई।

यह मैं हूँ? उसने प्रीति पर नज़र डाली। उसके चेहरे पर क्या है? सहानुभूति? यह मैं हूँ या त्रासदी की प्रतिमूर्ति? यह चित्र क्या है—टेढ़ी-मेढ़ी लकीरों से बना एक जाल और उसके भीतर से झाँकती दो आँखें। तमाम माहौल को डसती बड़ी-बड़ी दो आँखें। आँसुओं से भीगी, यंत्रणाओं से बोझिल, संत्रास से विस्फारित। फिर भी उदासीन! काल के हाथों पिटी-हारी, एक दुखी बुढ़िया की तस्वीर।

इतने दुख झेले हैं मैंने? झेले तो हैं ही। मेरा पति शराबी है, बेकार है। कोई सहारा नहीं, अभाव ही अभाव है। आज मेरा काम है तो ज़िन्दगी चल रही है, पर कल? कल के बाद फिर कल? आने वाले समय की घात सँभाल पाऊँगी? मैं कितनी बेसहारा, अरक्षित, दुखी हूँ! त्रासदी की प्रतिमूर्ति।

वह फूट-फूटकर रोने लगी।

दोनों स्त्रियाँ असमंजस में पड़ गईं।

"बेचारी बहुत दुखी है," प्रीति ने कहा।

"जानती हूँ," मणि पाल बोलीं।

वह रोती रही।

(1977)

एक और विवाह

''तो आख़िर कोमल जी ने विवाह कर लिया,'' प्रेम ने सुसज्जित वधू का हाथ दबाते हुए कहा।

''अजी यह कोई हमारी-तुम्हारी तरह पल्लू पकड़कर किया गया विवाह थोड़े है। प्रेम-विवाह है—एकदम अपनी पसन्द, अपनी इच्छा। ऐक्य की उत्कट लालसा!'' श्रीमती श्रीवास्तव ने कटुता को हँसी से ढकने का निष्फल प्रयास करते हुए कहा।

''प्रेम-विवाह के अलावा द्वेष-विवाह कैसा होता है, जी ?'' रानी ने कहा और वातावरण में आ रही कटुता हँसी में बह गई।

श्रीमती श्रीवास्तव की बात एक तरह से कोमल की कही हुई थी। जब-तब वह कॉलेज के स्टाफ रूम में कहा करती थी, ''मैं व्यवस्थित विवाह में विश्वास नहीं करती। वह विवाह नहीं, ज़बरदस्ती किसी का पल्लू पकड़ लेना होता है। दो कारणों से ऐसा करने की आवश्यकता पड़ सकती है, आर्थिक अवलम्बन की खोज या शारीरिक भूख। पहले की हमें ज़रूरत नहीं है और रहा दूसरा, तो उसके लिए विवाह की आवश्यकता नहीं है। बेहतर है मुक्त प्रेम, जो बासी होने पर फेंका जा सकता है। विवाह तब करना चाहिए जब पुरुष को उसके बिना सब अर्थहीन मालूम पड़े। और स्त्री उसके बिना भी पूर्ण समर्पण को व्यग्र हो, तभी वास्तविक ऐक्य हो सकता है।''

चार बहनों के परिवार में कोमल बुद्धिजीवी मानी जाती थी। पिता बुद्धिजीवी थे ही और एक कम्पनी के मालिक। नौकर-चाकर, गाड़ी-बँगला लेकर, पुत्र के अभाव में पुत्रियों को उच्च शिक्षा और स्वतंत्र विचार देने में जुटे थे। सब बहनों में कोमल पढ़ने-लिखने में तेज़ थी। स्कूल-कॉलेज में हमेशा प्रथम आती रही, साथ ही नाटक, व्याख्यान, विचार गोष्ठी आदि में आगे रहकर, उसने राजनीतिशास्त्र में पी-एचडी. कर डाला। अपने विचारों को बिना हिचक स्पष्ट कह देना उसका व्रत था। बुद्धिजीवी होने के नाते उसके विवाह की चिन्ता माँ-बाप को नहीं थी। उनका ख़याल था, उसे विवाह में रुचि नहीं होगी। बड़ी और छोटी बहन का सुपात्र देखकर यथासमय विवाह हो गया। कोमल दिल्ली के कॉलेज में लैक्चरर हो गई। पढ़ने-लिखने और तर्क करने में समय बिताने लगी। देखने में कोमल एक सरस प्रेयसी नारी थी। दुबली-पतली देह, गेहुआँ रंग, साधारण नाक-नक़्श पर बड़ी-बड़ी रसीली आँखें और भावप्रवण वाणी। लगता, अगर यह अपनी आँखों से व्यंग्य का आवरण हटाकर किसी पुरुष पर टिका दे तो चारों ओर का वातावरण सुरभि बन लुप्त हो जाए। ऐसा ही मधुमास उसकी वाणी में छिपा था, पर सुनने को मिलती थीं वही हलके व्यंग्य से लिप्त, तर्क से बोझिल बातें।

एक दिन उसने यह ज़रूर कहा था, ''जीवन में हमें सेक्स से ज़्यादा रोमांस की खोज होती है और व्यवस्थित विवाह का अर्थ है रोमांस को तिलांजलि।''

इस पर रानी ने कहा था, ''विवाह सभी व्यवस्थित होते हैं। यहाँ बाहरी सज्जा को परखकर और वहाँ (पश्चिम में) बाहरी सज्जा में बह कर। सच्चा प्रेम होने से, उसे विवाह की अग्नि-परीक्षा में न डाला जाए तो अच्छा है। जहाँ तक अपना सवाल है, मुझे बच्चे चाहिए! बिना विवाह के मिल जाएँ तो बहुत ख़ूब, वरना विवाह करना ही पड़ेगा।''

रानी चंचल, आत्मनिर्भर और स्पष्टवादी लड़की थी। पिता थे नहीं, वही माँ और छोटे भाई-बहनों का पोषण कर रही थी। इसीलिए सत्ताइस वर्ष होने पर भी विवाह नहीं कर पाई थी। उसका विशेष गुण था, हँसना, औरों पर और अपने पर। उसकी बात सुन कोमल मुस्करा दी थी। वह बरट्रेंड रसेल से सहमत थी कि मातृत्व की भूख स्वतंत्र व्यक्तित्व की स्त्रियों को नहीं होती, कम से कम अनिवार्य रूप से नहीं।

अब कोमल दुलहिन बनी बैठी है और बारात के आने का इन्तज़ार कर रही है। उसने सुना, रानी कह रही है, ''जो हीरे की अँगूठी अँगुली पर चमक रही है, मदन जी का उपहार है।''

''भेंट कहाँ हुई?'' प्रेम ने पूछा।

''किसी काम से इनके पिताजी के पास आए थे, कोमल जी वहाँ विराजमान थीं, बस जो आपस में छिड़ी, कामधाम भूल गए। आठ वर्ष अमेरिका रहकर आए हैं, पहले सकुचाए कि भारतीय महिला से कैसे पेश आया जाए, फिर एक दिन रास्ते में भेंट हो गई। कोमल जी ने चाय पीने का सुझाव रख दिया। फिर क्या था? लगूना में बैठकर दिल की कह गए और अगले दिन अँगूठी लेकर हाज़िर कि हाँ कहो, वरना यहीं बैठा हूँ। फँस गईं कोमल जी।''

बात एक तरह से कोमल की कही हुई थी, भाषा रानी की ज़रूर थी। हाँ, अँगूठी कोमल ने स्वयं ख़रीदी थी।

जब उसकी सबसे छोटी बहन की शादी की बातचीत चली तो माँ ने कहा, ''एक बार कोमल से भी पूछ लेना चाहिए छब्बीस पार कर चुकी है।''

सचमुच कोमल छब्बीस पार कर चुकी थी। रोमांस की प्रतीक्षा, प्रतीक्षा बनी हुई थी। तब तक न वह किसी पुरुष की ओर आकर्षित हुई थी, न कोई पुरुष उसकी ओर। क्षणिक रूप से हुए होंगे पर चिनगारी भड़क नहीं पाई थी। अब माँ की नज़र में सुपात्र जुट गया था। कोमल से उन्होंने कहा, ''लड़का आठ साल अमेरिका रहकर आया है। न्यूकलियर फिजिसिस्ट है, ट्रॉम्बे में काम कर रहा है, शायद वापस अमेरिका चला जाए। स्वतंत्र विचारों का है। मिलने में क्या आपत्ति है?'' फिर कुछ सकुचाकर यह भी जोड़ा था, ''सुन्दर है, लम्बा-चौड़ा।''

कोमल ने कह दिया था, ''ठीक है, यह सर्कस भी हो जाए।''

पहली बार उस तीस वर्षीय सुन्दर युवक से घर पर भेंट हुई। मदन वाक़ई आकर्षक था। आकर्षण था पौरुष का, साफ़ त्वचा, चौड़ा माथा, कांतिमय नेत्र, ठोड़ी के बीच गदगदा, सजी-सँवरी मूँछें, भारी काले चमकदार केश और ऊँचा, भरा-पूरा शरीर। चौड़े माथे पर सँवरे भारी केश चेहरे को लावण्य दे रहे थे। सूट के नीचे उसकी मांसपेशियाँ रह-रहकर फड़क उठती थीं। कोमल ने देखा और शारीरिक पुलक अनुभव की। चाय-पानी हुआ। जैसा वहाँ से लौटे लोगों के साथ आमतौर पर होता है, बातचीत अमेरिका के बारे में हो रही थी। वहाँ की ज़िन्दादिली, यहाँ का आलसीपन; वहाँ की आधुनिकता, यहाँ की पुरातन-भक्ति। बीच-बीच में कोमल व्यंग्य कस देती पर जो उत्तर मिलता, उसमें आवेग कम, परख ज़्यादा होती।

"अच्छा, यहाँ से लोग अमेरिका जाकर अमेरिकनों की तरह क्यों बोलने लगते हैं?" कोमल ने पूछा।

मदन का अंग्रेज़ी उच्चारण अमेरिकन छाप लिये हुए था।

"शायद इसलिए कि अंग्रेज़ी हमारी अपनी भाषा नहीं है। हम उसे दूसरों की तरह बोलने की कोशिश करते हैं, जो भी नक़ल करने को मिल जाए, अंग्रेज़ या अमेरिकन," मदन ने कहा।

यानी ज़रा ठेस नहीं लगी थी।

चाय के बाद कोमल के पिता ने कहा, "तुम लोग बैठो, हम एक रिसेप्शन में जा रहे हैं, पौने घंटे तक लौट आएँगे।" वे और माँ चले गए थे।

अब उनके पास प्यार क़ायम करने के लिए पौने घंटे का वक़्त था। यों प्रेम प्रथम दृष्टि में भी होता पाया गया है, कभी-कभी आवाज़ों और तस्वीरों से हो जाता है, कम से कम उपन्यासों में। पर यहाँ विवाह की नंगी तलवार सिर पर झूल रही थी। प्रेम का दिखावा कठिन था। बातचीत में वह हलकापन और बहाव नहीं आया, जो आकस्मिक मिलन होने पर अनायास आ जाता है और शारीरिक आकर्षण की धरती सहज प्रेम उपजा देती है। उन दोनों की बातें उसी पुराने ढर्रे पर चलती गईं।

रह-रहकर कोमल की आँखें मदन के काले केशों से उसकी पिंडलियों पर फिसल जाती थीं। वापस मुख पर निगाह ले जाने पर वह अपनी गोद में उसके घने बालों का स्पर्श महसूस कर उठती और सिहर जाती। फिर अपने को फटकार कर बातचीत का बौद्धिक स्तर बनाए रखने का प्रयत्न करती।

"आप अमेरिका वापस क्यों जाना चाहते हैं? ज़िन्दा रहने के लिए पैसा और सेक्स ही क्या सब कुछ है?"

"ज़िन्दा रहने लायक़ यहाँ भी मिल जाता है।"

"पर आपको कुछ अधिक चाहिए?"

वह मुस्कराकर रह गया।

चलो, कम से कम दिखावा नहीं करता।

फिर कोमल ने एक दिलचस्प क़िस्सा सुनाया, "हमारी जान-पहचान की एक लड़की हाल ही में अमेरिका से लौटी थी। उसको बच्चा होने वाला था तो उसने अमेरिका में अपनी सहेली को लिखा, वहाँ से चादरें वग़ैरह भेज दे, क्योंकि यहाँ ढंग का सामान नहीं मिलता। चादरें आईं तो देखा, ख़ालिस बाँबे डाइंग की हैं, सहेली ने किसी पोर्ट से ख़रीदी थीं।"

मदन हँस पड़ा, बोला, "आप बहुत दिलचस्प बातें करती हैं। विदेशी चीज़ों से लगाव सचमुच हास्यास्पद है। मैं इसीलिए वहाँ से एक भी चीज़ नहीं लाया।"

दिलचस्प आप भी हैं, कोमल ने सोचा।

पिता के लौटने पर मदन ने उनसे कहा, "देखिए सर, मैं आठ साल अमेरिका में रहा हूँ, इसलिए एक बार मिलकर शादी नहीं कर सकता। आपको कोई आपत्ति न हो तो मैं कोमल जी से एक बार और मिलना चाहूँगा, अकेले में।"

उत्तर कोमल ने दिया, "मिस्टर मदन," उसने कहा, "मैं कभी अमेरिका नहीं गई, फिर भी आपसे अकेले मिलने में मुझे आपत्ति नहीं है।"

उसके जाने पर माँ ने कोमल से पूछा, ''क्या ख़याल है?''

''मौसम को देखते हुए मच्छर अच्छा है,'' कोमल ने कहा और हँस दी।

दूसरी भेंट या कहना चाहिए इंटरव्यू लगूना रेस्तरां में हुई। मदन प्रश्न करता रहा, कोमल उत्तर देती रही।

''आपको अमेरिका जाने या रहने में आपत्ति है क्या? कल आपकी बातचीत से लगा...'' मदन ने कहा।

''मुझे कहीं भी जाने या रहने में आपत्ति नहीं है।''

''वैसे जाना ज़रूरी नहीं है। आप जैसा चाहें वैसा ही...।''

''करूँगी, बिलकुल।''

''विवाह के बाद आप काम करना चाहेंगी?''

''किस क़िस्म का काम?''

''मेरा मतलब, नौकरी।''

''पैसों के लिए या बिना पैसों के?''

''क्या मतलब?''

''बिना पैसा पाए नौकरी तो सभी विवाहित स्त्रियाँ करती हैं।''

''मैं कहना चाहता था, मुझे कोई आपत्ति नहीं है।''

''शुक्रिया।''

एक-डेढ़ घंटे बाद मदन ने कहा, ''ठीक है, आपको कष्ट दिया, क्षमा कीजिएगा। मैं आपके पिताजी से कह देता हूँ, मुझे स्वीकार है।''

''जी, क्या स्वीकार है?''

''आप जानती तो हैं,'' कुछ सकुचाकर मदन ने कहा।

''मुझसे विवाह, यही न?''

''जी।''

''क्यों स्वीकार है?''

''जी?''

''मुझसे विवाह क्यों कीजिएगा, पता तो चले?''

''जी, आप सुन्दर हैं, शिक्षित हैं, आधुनिक विचारों की हैं। पहली बार में ही आपके लिए मेरी राय ऊँची बनी थी।''

''आप तो ऐसे कह रहे हैं जैसे मैं किसी कम्पनी का शेयर हूँ।''

''बुरा मान गईं। मैंने आपसे दुबारा मिलने के लिए आपका अपमान करने की ग़रज़ से नहीं कहा, सच मानिए।''

''मैं आपसे विवाह करना चाहती हूँ या नहीं, यह जानने की आप ज़रूरत नहीं समझते?''

''आपके पिताजी कह चुके हैं, आपको कोई आपत्ति नहीं है,'' मदन ने कुछ दुखित स्वर में कहा, ''हो तो कहिए।''

आपत्ति तो बहुत है, उसने सोचा, मैं इस तरह दो बार मिलकर किसी से विवाह नहीं कर सकती। विवाह इसलिए नहीं किया जाता कि पात्र में कोई ख़राबी नहीं है। विवाह किया जाता है क्योंकि ख़राबी रहने पर भी वही पसन्द है, वही चाहिए। मन हुआ कह दे, अभी

इरादा नहीं है। वह सचमुच आकृष्ट हुआ होगा तो कालेज में उससे मिलने की कोशिश करेगा, उसे मनाएगा, धीरे-धीरे वह द्रवित होगी, अन्त में हाँ कह देगी। आखेट की कल्पना से उसकी देह तन गई। फिर ढीली पड़ गई। आखेट था कहाँ? वे तो तराज़ू में तोलकर ले रहे थे। कहीं यह मौक़ा भी निकल गया तो? छि:, उसने अपने को दुत्कारा। यह बात नहीं है, मुझे मदन पसन्द है। प्रेम की बातें बाद में हो सकती हैं, रोकने के बाद। संध्या का मँगेतर हर हफ़्ते उसे डाक से फूल भेजा करता है, रोकने के बाद से ही तो। अगर मदन भी भेजे? सोचकर वह मुस्करा उठी।

मदन ने कहा, ''जी? क्या सोचा आपने?''

वह हँस दी, ''मुझे कोई आपत्ति नहीं है।'' वहाँ से उठने लगे तो कुछ झिझककर यह भी कह गई, ''कल मेरा कॉलेज एक बजे तक है।''

पर मदन शायद संकेत समझा नहीं, बोला, ''मुझे कल ट्राम्बे वापस पहुँचना है।''

अगले दिन कोमल ने हीरे की अँगूठी ख़रीदकर पहन ली और रानी को अपनी प्रेम कहानी सुना डाली। कैसे भेंट हुई, फिर प्रेम, और कैसे सगाई पक्की करते हुए मदन ने प्यार से अँगूठी उसे पहना दी।

''बारात आ गई!'' प्रेम ने चिल्लाकर कहा। सब औरतें उसके पास से उठकर बाहर भाग गईं। शहनाई और बैंड की मिली-जुली चीख़ोपुकार के बीच क्षण-भर को कोमल अकेली रह गई। रोकने के बाद हुई मदन से मुलाक़ात, उसकी आँखों के सामने घूम गई।

अकेला पाकर, मदन ने उसे बाँहों में ले, चूम लिया। प्रथम चुम्बन! कई भाषाओं में पढ़े उपन्यासों और कहानियों के वर्णन कोमल की आँखों के सामने से निकल गए। वसन्त समीर का झोंका, अशोक वन में भ्रमरों की गुंजार, कलिका का अनायास प्रस्फुटन, घुँघरुओं की झनकार। ऐसा कुछ महसूस नहीं हुआ। बस इच्छा हुई कि ज़ोर लगाकर उसे परे धकेल दे। उसने हाथों से मुख ढाँप लिया। मदन आकर्षक है। उसे देखकर उसके स्पर्श की कल्पना मात्र से वह सिहर उठती है। फिर उसकी बाँहों में ऐसा क्यों नहीं हुआ? इसलिए कि उस आकर्षण पुंज को दीप्त करने के लिए झंझा की आवश्यकता है, और झंझा है नहीं। सब कुछ लीक पर चल रहा है। रोकने के बाद आधुनिक लोग चुम्बन लेते हैं। पर इस चुम्बन ने उसके अन्तर में नहीं झाँका, उसकी विशिष्टताओं को नहीं परखा। वह एक प्रयोग था पर ऐसा प्रयोग जो किसी अनिश्चित, अस्पष्ट पर मोहक अभियान की ओर पैर नहीं उठाता था। अब क्या होगा, यह प्रश्न उठता ही नहीं था। सब कुछ सुनिश्चित था।

''क्या हो गया? चुम्बन ही तो लिया है,'' मदन ने उसे मुख ढाँपे देखा तो कहा।

''सो अमेरिका में न जाने कितनी स्त्रियों को चूम चुके होंगे,'' कोमल ने अपने को सँभालकर उसे छेड़ा।

''हाँ,'' मदन ने सहज भाव से कहा, ''वहाँ चुम्बन का कोई महत्त्व नहीं है। हाथ मिलाने जैसा है।''

''बस।''

''हाँ। हम लोग इसे बहुत महत्त्व देते हैं। आप आधुनिक विचारों की हैं, ईर्ष्या तो नहीं होती न?''

''अजी नहीं,'' कोमल ने कहा।

बेवक़ूफ़ आदमी ! उन सबसे मुझे क्या लेना-देना ? यह जो तुमने अभी मुझे चूमा था, वह भी यों ही था ? अगर कह देते कि उन सबका कोई महत्त्व नहीं था पर यह तुम्हारे लिए प्रियतमा, मेरा प्रेमोपहार है, तो मैं यत्न करके वसन्त का आह्वान कर लेती।

मदन कहता जा रहा था, ''अमेरिका में स्त्रियाँ कितनी जागरूक होती हैं; जीवन से उन्हें कितना प्रेम होता है; खुले हृदय से सबसे मिलती हैं। यहाँ बचपन से स्त्रियों को शिक्षा मिलती है लज्जा की। लज्जा ही स्त्रियों का आभूषण है। कोरी बकवास ! सेक्स को इतना ढाँपकर चलना है तो विवाह की चीख़ोपुकार क्यों ? यहाँ, जैसे गाँव वाले को किसान कहलाने के लिए चौथाई बीघा ज़मीन काफ़ी है; वैसे ही स्त्री को विवाहित कहलाने के लिए आँख मींचकर समर्पण कर देना काफ़ी है। ख़ैर, छोड़िए। आप बुरा तो नहीं मानीं न ? आपसे कह गया क्योंकि आप आधुनिक स्त्री हैं।''

उस दिन की पूरी बातचीत याद करके कोमल मन ही मन प्रार्थना कर उठी, आज रात मुझे कोई लज्जा न रहे। और जो हो, मदन यह न कह पाए कि वह किसी क्षण लजायी थी। कहीं वह कह उठा, वाह, लजाती क्यों हो, तो वह वाक़ई लज्जित हो जाएगी। और स्त्रियों की तरह कोमल को अपने मुख या देह के लावण्य पर गर्व नहीं है। शायद वह जानती भी नहीं कि वह सुन्दर है या नहीं। गर्व है अपनी स्पष्टवादिता पर, अपने विचारों की स्वतंत्रता पर, अपनी आडम्बरहीन आधुनिकता पर। आधुनिकता या व्यक्तिगत जागृति के नाम पर, मदन जो उससे चाहता है, उसमें पूरा न उतरना उसके आत्म-गौरव को खलता है।

कोमल ने बहुत प्रतीक्षा की थी, शायद किसी क्षण मदन कह बैठे, ''मुझे तुमसे प्रेम है।'' पर मदन स्पष्टवादी और सत्यवादी क़िस्म का जीव था, झूठ बोल नहीं पाया होगा। एक दिन इंडिया गेट पर घूमते-घूमते लगा था, बस कहने वाला है। वह उसे अपने एक पुराने प्रेम अनुभव की कहानी सुना रहा था। अमेरिका में उसे एक स्त्री से प्रेम था पर वह विवाहित थी और पति को त्यागने के लिए तैयार नहीं थी। बात ख़तम करके उसने कहा, ''ख़ैर, अब तो बात बीत गई। मैं नहीं चाहता, पति-पत्नी के बीच कुछ गोपनीय रहे, इसलिए आपसे कहा।''

''वह स्त्री अमेरिकन थी ?'' कोमल ने पूछा था।

''नहीं, भारतीय।''

मालूम नहीं क्यों इससे कोमल को अधिक दुख हुआ।

''एक ही स्त्री से प्रेम किया है आपने ?'' उसने पूछा।

''हाँ।''

''फिर किसी से नहीं ?''

''नहीं।

''उससे पहले भी नहीं, बाद में भी नहीं ?''

''नहीं।

कोमल चुप हो गई। कितना प्रयत्न किया था उसने कि वह कह दे, उसके बाद अब तुमसे किया है, पर उसने नहीं कहा।

कोमल हाथ में वरमाला लिये दूल्हे के सामने खड़ी थी। तभी पीछे से किसी ने कहा, ''दूल्हा है सुन्दर।''

कोमल मुस्करा दी। उसने अपनी नज़रें मदन के चेहरे पर टिका दीं। सचमुच, किस क़दर सुन्दर है मेरा मदन! उसने आँखें बन्द कर लीं और मन ही मन दोहराया, मैं मदन से प्रेम करती हूँ, अतिशय प्रेम, अमर-अटूट-अखंड प्रेम। बार-बार दोहरा कर, बुद्धि और आत्मबल के ज़ोर से, कोई भी बात सच की जा सकती है, ऐसा सभी बुद्धिजीवियों का विश्वास होता है।

फेरों पर जाने से पहले, रानी उसका शृंगार दुबारा सँवार गई।

''बस बीस बरस,'' उसने कहा।

''क्या?'' कोमल ने पूछा।

''तुम्हारी उम्र। इससे अधिक नहीं लग रही।''

विश्वास योग्य बात न होने पर भी सुनने में भला लगा।

अग्नि के समक्ष बैठकर कोमल ने उन सब विचारों को झटके से अलग कर दिया। आँख के कोने से वह मदन को निरखती-परखती रही। देखे उसके भारी काले केश, याद आई अपनी हथेली पर उसके स्पर्श की सिहरन, जो उस दिन चुम्बन के समय, क्षण-भर को महसूस होकर लुप्त हो गई थी। देखे उसके होंठ, उसकी मूँछें। कहीं पढ़ा था, इटली के लोग कहते हैं दाढ़ी के बिना चुम्बन ऐसा है जैसे नमक के बिना अंडा। वह मुस्करा दी। और मूँछों के रहते? याद नहीं आया कैसा लगा था उस दिन। शायद वह बहुत हकबका गई थी। अबकी बार ठीक होगा। मदन हाथ बढ़ाकर आग में घी दे रहा था। सूट के नीचे उसके कन्धे की मांसपेशियाँ तनी थीं। कोमल का मन हुआ, छूकर देखे। उसकी आँखें फिसलकर उसकी पिंडलियों पर आ गईं। उसने अपने को नहीं फटकारा। यह पुरुष, यह आलोकित ज्योतिपुंज! आज रात झंझा होगी ही! अच्छा हुआ, उसने मदन से अपने प्रेम का औरों को विश्वास दिलाया और स्वयं भी विश्वास करने का प्रयत्न किया। आज उसका प्रयास सफल हो गया। उसने ढेर सारा घी आग में डाल दिया। लपटें भक से ऊपर उठ गईं। मदन चौंककर पीछे हट गया। आज रात, कोमल सोचती गई, आज रात शारीरिक मिलन के बाद हृदय का मिलन। यही होता है, मिलन की चाह में प्रेम या मिलन के बाद प्रेम। बस, मुझे लज्जा न रहे। यह एक प्रयोग है, एक और प्रयोग।

शुभ-विवाह निर्विघ्न समाप्त हो गया। असंकुचित सुहागरात भी बीत गई। पर जब अगली सुबह मदन ने कहा, वाह, तुम तो अमेरिकन स्त्रियों को मात करती हो, तो कोमल को तनिक सुख नहीं मिला। प्रयोग बख़ूबी पूरा हुआ था। उस पर गर्व किया जा सकता था, परितोष की आशा नहीं।

(1978)

झूलती कुर्सी

मैं अपनी बालकनी पर बैठी बाहर सड़क पर ताकती रहती हूँ।

चौड़ी सड़क है। तारकोल की। काली-काली। दोनों तरफ़ पेड़ हैं। सूरज पेड़ों से नीचे झाँकता है। सड़क पर। रोशनी बूँद-बूँद झरती है। सड़क और काली लगती है।

इस सड़क पर यातायात बहुत कम जाता है। बस-ट्रक-लॉरी एक भी नहीं। इक्का-दुक्का मोटरगाड़ी, एकाध स्कूटर और पैदल यात्री। यह मेन रोड नहीं है। फिर भी है चौड़ी। जब बनी होगी, किसी ने ख़याल नहीं किया होगा, इसके समानान्तर एक और चौड़ी सड़क है। उसी पर चलती हैं बसें...ट्रक और लॉरी। इस पर नहीं।

तभी न, यह इतनी काली है। अब तक। जैसे कल बनकर चुकी हो। इस पर पैदल आता आदमी दूर से दीख जाता है। मेरी बालकनी से। बहुत दूर से आता।

मैं बालकनी में बैठी नीचे सड़क पर ताकती रहती हूँ।

बालकनी पर एक आरामकुर्सी हमेशा पड़ी रहती है। झूले की तरह बनी आरामकुर्सी। उस पर बैठिए। आँखें बन्द कर लीजिए। कुर्सी को धीरे-धीरे आगे-पीछे कीजिए। शुरू-शुरू में सायास करना होगा। फिर कुर्सी और आपकी पीठ में सामंजस्य बन जाएगा। कुर्सी ख़ुद-ब-ख़ुद झूलती चली जाएगी। आप आँखें खोल भी लें तो फ़र्क़ नहीं पड़ेगा। सपने खुली आँख भी आते हैं और मुँदी आँखों भी।

मैं आरामकुर्सी को कमरे के अन्दर बन्द नहीं करती।

इस सड़क पर, मैंने कहा न, दूर से पैदल आता आदमी साफ़ दीख जाता है। सड़क काली है और चौड़ी भी। आदमी दूर से दीखता है, ख़ासकर तब, जब सफ़ेद या नीले या पीले कपड़े पहने हो। हलके रंगों के साफ़ कपड़े।

उसे सफ़ेद-नीले-पीले कपड़े पहनने का शौक़ था। हलके-हलके रंगों के साफ़ कपड़े।

मैं बालकनी पर झूलती कुर्सी में बैठी देख रही हूँ...सड़क पर दूर...बाईं तरफ़...

दूर से आता एक आदमी दिखलाई देता है। पहचाना-पहचाना। हलके रंगों के कपड़ों में। कपड़े नीले हैं या पीले या शायद झक सफ़ेद।

सूरज पेड़ों के नीचे झाँक रहा है। पत्तों से छन, रोशनी बूँद-बूँद झर रही है। सड़क पर। उसके कपड़ों पर। उस पर। सड़क और काली लग रही है। उसके कपड़े और सफ़ेद। वह कितना पहचाना है।

मैं उसे देख रही हूँ। वह धीमे-धीमे आगे बढ़ रहा है। मेरी कुर्सी झूल रही है। एक ताल पर। मैं नहीं चाहती, ताल की गति में अन्तर आए। एक छोटा सा झटका। छोटे से छोटा भी। नहीं, लगना नहीं चाहिए।

वह मेरी नज़रों के सामने, धीमे-धीमे, क़रीब आ रहा है।

मैं साँस नहीं ले रही। बस, झूल रही हूँ। एक लय में। बिना झटका खाए। दम साधे।

वह आगे बढ़ रहा है। उसकी चाल कितनी पहचानी है। मंथर, एकसार। जैसे सड़क न होकर, पानी की झील हो। आदमी न होकर, शिकारा हो।

मैंने कभी उसे चलते हुए झटका खाते नहीं देखा था। न सड़क पर कभी नीचे देखते। वह ठीक सामने देखकर चलता था, मंथर गति, एकसार चाल।

वह सामने देखता बढ़ रहा है। बिना झटका खाए। अभी उसकी नज़र बालकनी पर नहीं पड़ी। आँख की पुतली घुमाकर दाएँ देखे, तब न। पर वह हमेशा सामने देखकर चलता था। जब वह ठीक बालकनी के नीचे आ जाएगा तब एक बार घूमेगा...दाएँ। एक नज़र ऊपर फेंकेगा—मुझ पर। और फाटक के अन्दर हो जाएगा। फिर सीधा ऊपर—मेरे पास।

अभी वह दूर है। सामने देखकर चल रहा है। धीरे-धीरे आगे बढ़ रहा है।

कितना पहचाना-पहचाना है वह। उसके कपड़े। उसकी चाल। उसकी दृष्टि की दिशा। और सब भी, जो धीरे-धीरे साफ़ होता जा रहा है।

उसके बाल भूरे थे और घुँघराले। नहीं, घुँघराले नहीं, सिर्फ़ लहरदार। ज़्यादा थे, शायद इसीलिए सीधे सिर पर समाते नहीं थे। एक लहर पर दूसरी लहर। अँगुलियाँ पिरो लो तो बालों में हाथ गुम हो जाए।

वह पास आ रहा है। पेड़ों की शाख़ें झूल रही हैं। पत्ते हिल रहे हैं। छलनी की तरह धूप छान रहे हैं। क़तरा-क़तरा रोशनी उसके बालों पर झर रही है। उसके बाल कितने घने हैं और सुनहले। धूप में निखर आए भूरे बाल। सुनहले-घने-लहरदार। भरी दोपहरी में चमकती समुद्रतट की रेत की तरह। हवा से उड़ी-बिखरी लहराई रेत। धूप से निखर आई रेत। एक लहर पर दूसरी लहर। अँगुलियाँ डाल कर चलाते रहो, रेत सिमटने में नहीं आती, हाथ गुम हो जाता है।

वह कुछ क़दम और बढ़ आया है।

उसके चेहरे का रंग सुनहला था। होता है न ऐसा रंग? जो न गोरा हो, न साँवला, दोनों के बीच का। कनक जैसा। शायद उसे गेहुँआ कहते हैं। गेहुँआ-सुनहला। छाँव में गेहुँआ, धूप में सुनहला।

धूप की बूँदों से उसका चेहरा भीग गया है। भीग कर चमक रहा है। हाँ, सुनहला रंग दोपहरी में यूँ ही दमका करता है। आँख टिकती नहीं, झपक जाती है। कितना सुनहला है उसका रंग।

वह धीमे-धीमे आगे बढ़ रहा है।

उसके चेहरे के नक़्श साफ़ होने वाले हैं।

वह काफ़ी पास आ चुका है।

मेरी कुर्सी उसी लय पर झूल रही है।

वह चला आ रहा है।

यह वही है, वही, और कोई नहीं।

वही, मेरा परिचित।

वह आगे बढ़ रहा है। अब उतने धीमे नहीं। उसकी चाल में तेज़ी आ गई है। अब वह फाटक के क़रीब है।

...मैंने आँखें बन्द कर ली हैं।

सब कुछ तो पहचान चुकी, मैं।

यह वही है, और कोई नहीं।

दो-चार क़दम और—उसे मेरे फाटक पर पहुँचा समझो—तभी उसकी चाल में तेज़ी आई है।

मेरी आँखें बन्द हैं।

अब वह फाटक ठेल कर भीतर घुसेगा...गलियारा पार करके सीढ़ियाँ चढ़ेगा...मेरा दरवाज़ा खोलेगा...मैं अपने दरवाज़े पर सिटकनी कभी नहीं लगाती...कमरा पार करेगा और...फिर बालकनी पर मेरे पास होगा!

मैं आँखें तभी खोलूँगी जब वह मेरे बिलकुल क़रीब होगा। मेरी कुर्सी की बग़ल में। वह हाथ बढ़ाकर मेरी झूलती कुर्सी को रोक न देगा? कुर्सी झूलना बन्द कर देगी। समय ठहर जाएगा। मैं आँखें खोल लूँगी। वह मेरे सामने होगा।

अभी मेरी आँखें बन्द हैं। अभी फाटक चरमराया नहीं। अभी गलियारे में पदचाप नहीं पड़ी। सीढ़ियों पर थाप नहीं हुई। दो-चार क़दम और हैं।

दो-चार क़दम और। चार...। तीन....। दो...एक...अभी फाटक चरमराया नहीं।

मैं आँखें बन्द रखूँ या खोल लूँ?

मेरी कुर्सी झूल रही है...उसे किसी ने रोका नहीं...समय ठहरा नहीं...मैं आँखें बन्द रखूँ या खोल लूँ?

मैंने आँखें खोल लीं।

नीचे गलियारा ख़ाली है...बाहर फाटक बन्द है...दूर तक सड़क सूनी है।

मैं सड़क पर बाईं तरफ़ देख रही थी न? या दाईं तरफ़? या बाईं? या दाईं... ?

मैं नज़रें सड़क की दाईं तरफ़ घुमा लेती हूँ।

एक आदमी सड़क पर चला जा रहा है। पर मेरी तरफ़ उसकी पीठ है। वह आ नहीं रहा, जा रहा है।

उनके कपड़े भूरे हैं, गाढ़े भूरे। न पीले, न नीले, न सफ़ेद; हलके रंग के बिलकुल नहीं।

उसके बाल काले हैं, तेल लगे चीकट काले। सीधे, सपाट और कम। न घने, न घुँघराले, न भूरे; सुनहले बिलकुल नहीं।

वह चला जा रहा है। तेज़-तेज़ क़दम उठाता। कमर को झटका देता। जैसे सड़क न होकर पहाड़ी हो। जैसे आदमी न होकर बकरी हो।

यह कौन आदमी है? एकदम अपरिचित? अजनबी?

अच्छा है उसका चेहरा मुझे दीख नहीं रहा। मेरी तरफ़ उसकी पीठ है। वह आ नहीं, जा रहा है।

उसका क्या देखना?

मैं नज़र फिर सड़क की बाईं तरफ़ घुमा लेती हूँ। वह जब आता था तो बाईं तरफ़ से।

मेरी कुर्सी झूल रही है।

मैं नीचे सड़क पर ताक रही हूँ...बाईं तरफ़।

सड़क सूनी है।

मैं आँखें जमाए देखती रहती हूँ...देखती रहती हूँ...

...दूर से एक आदमी आता दिखलाई देता है। पहचाना-पहचाना। हलके रंग के कपड़े पहने...

...कितना पहचाना-पहचाना है वह...

टेलीफ़ोन की घंटी बजती है। बजती चली जाती है।

क्या पता उसका फ़ोन हो ? उसका ही होगा। उसका है। ऐसी घंटी तभी बजती है, जब वह फ़ोन करता है।

मैं कुर्सी छोड़, फ़ोन पर भागती हूँ।

ख़ाली कुर्सी झूल रही है। बराबर झूल रही है।

फ़ोन का चोगा मेरे हाथ में है।

मैं अपनी आवाज़ को बेहद शीरीं बनाकर कहती हूँ, ''हैलो।''

''हैलो,'' उधर से आवाज़ आती है।

यह उसकी आवाज़ है, उसी की।

ऐसी ही थी उसकी आवाज़। भारी भी और महीन भी। दबंग भी और विनीत भी। ग़ज़ब का उतार-चढ़ाव था उस आवाज़ में। मेरा नाम लेकर पुकारता तो तीन अक्षर कहते-कहते, तीन सुर बज उठते। मंच पर गाता तो आलाप लेते ही लगता, कक्ष के हर कोने में ऑकेस्ट्रा बज उठा है।

उसने हैलो कहा है तो दो सुर अलग-अलग बज उठे हैं। पहले शराब, फिर नमक। नमकीन नशा। कैसा होता है ? ऐसा ही।

''हाँ, बोलो ना,'' मैंने कहा है।

''मिलोगी ?'' आवाज़ आई है।

''हाँ, कहाँ ?'' मैंने कहा है।

वह शायद सोच रहा है।

''रैंबल!'' मैंने ख़ुद कहा है, ''रैंबल ठीक रहेगा। मैं पहुँचती हूँ आधे घंटे में।''

हाँ, रैंबल ठीक रहेगा। चौड़ी सड़कों के चौराहे पर खुले मैदान में बना रेस्तरां। एक सार्वजनिक स्थान। ख़ूब चहल-पहल। भीड़-भाड़। वहाँ ठीक रहेगा।

मैं जानती हूँ, सच्चा एकान्त सिर्फ़ भीड़ के बीच मिल सकता है। वहाँ कौन देखेगा हमें ? इतने लोग होंगे। हर कोई साथियों के संग। सब व्यस्त। अपने अपनों में मस्त।

कहीं अकेले में जाकर बैठो, सुनसान सड़क के किनारे या निर्जन मैदान में, तो कोई सिरफिरा उधर निकल ही आता है। हमें देखकर चौंकता है और देखता चला जाता है। एक अजूबा हैं हम, उसके लिए। कानोकान दोहराने लायक़, अपवाद। वह भी कोई एकान्त हुआ। नहीं, भीड़ के सिवा एकान्त सम्भव नहीं।

मैं रैंबल पहुँच गई। रेस्तरां की छत के नीचे क़दम रखने से पहले चारों तरफ़ नज़र घुमाकर देखा। वह अभी नहीं पहुँचा। कोई बात नहीं, पहुँच जाएगा। आधा घंटा हुआ कहाँ। मैं ज़रा जल्दी आ गई। कोई बात नहीं। उसे आते हुए देख सकूँगी।

एक कप कॉफ़ी पीती हूँ। इतने वह आ जाएगा। कहाँ बैठूँ? ऊपर वाली मंज़िल पर, जिससे चारों तरफ़ अच्छी तरह देख सकूँ।

मज़ेदार जगह है रैंबल। दो मंज़िली। बिना इमारत के। बस घास का मैदान। उस पर बिछी कुर्सियाँ–मेज़ें। यह निचली मंज़िल है। फिर चन्द सीढ़ियाँ। यही, कोई दस–बारह। ऊपर चढ़िए तो एक और घास का मैदान। निचले मैदान से कम चौड़ा। उस पर छाई खपरैल की छत। खंभों पर टिकी। सूरज से बचाती। घास पर बिछी कुर्सियाँ...मेज़ें। दाएँ–बाएँ घुसपैठ करती धूप। यह दूसरी मंज़िल है।

मैं दूसरी मंज़िल पर बीचोबीच पड़ी कुर्सी पर बैठ गई। इस तरह, मैं नज़र घुमाकर चारों तरफ़ देख सकती हूँ। वह चाहे जिधर से घुसे। एक कप कॉफ़ी मँगा ली है। कॉफ़ी ख़ूब गरम है। भाप उठ रही है। अच्छा है। मैं धीरे–धीरे पीऊँगी। इतने वह आ जाएगा। बस...आया समझो...

बढ़िया जगह है, रैंबल। तरह–तरह का खाना। ऊपर इडली–डोसा। नीचे दाईं तरफ़ हैमबर्गर–हॉटडॉग। बाईं तरफ़ पंचमेल व्यंजन। बग़ल में किताबों की दुकान। ख़ूब भीड़–भाड़। चहल–पहल। शोर–शराबा। हँसी–ठट्ठा। तरह–तरह के लोग।

कितनी पहचानी सूरत है। यह लड़की तो मेरे साथ कॉलेज में पढ़ती थी।

"अरे नीरा, तू!"

"अरे शेफाली, तू!"

"यहाँ कहाँ?"

"ऐसे ही।"

"कैसी है?"

"बढ़िया। तू कैसी है?"

"मज़े में।"

"शादी हुई?"

"हाँ, तीन बच्चे हैं। तेरी?"

"अभी नहीं।"

"काम करती है?"

"हाँ, इंडियन एयरलाइंस में।"

"बड़ी ख़ुशक़िस्मत है।"

"और तू? पति कैसे हैं?"

"मज़े में।"

"पटती है?"

"चलता है। करके देख ले।"

"हाँ...करूँगी...शायद।"

"चलूँ, मेरी पलटन नीचे खड़ी है।"

"अच्छा..."

कुछ मुटा गई है, नीरा। ज़्यादा नहीं, कुछ। तीन बच्चे भी तो हैं। चलो, ठीक है। ख़ास बुरा नहीं। सजी–सँवरी, सुन्दर दीख रही थी।

कॉफ़ी अब उतनी गरम नहीं है। भाप उठनी बन्द हो गई। पता नहीं कब। पीने लायक़ है अब। छोटे-छोटे घूँट लेने की ज़रूरत नहीं रही। होंठ जलते नहीं। पर मैं लूँगी, छोटे-छोटे घूँट लेते-लेते, वह आ जाएगा।

मैं बराबर नज़र घुमाकर इधर-उधर देखती जा रही हूँ। वैसे कोई दिक़्क़त नहीं है। वह जिधर से भी आए, टैरस पर बीचोबीच मुझे बैठा देख लेगा। फिर क्या है? दस-बारह सीढ़ियाँ और मेरे पास।...पर मैं चाहती हूँ, उसे आता हुआ देखूँ।

भीड़ बढ़ती जा रही है। लोग आ भी रहे हैं और जा भी।

एक और पहचाना चेहरा।

यह वही है न, जिसके साथ एक बार मैंने नाटक में अभिनय किया था। क्या नाम था नाटक का? हाँ, कांचनरंग। और इसका? हूँ—याद आया...मोहन। ऊँह, क्या बेचारा सा नाम है। वैसे अभिनय अच्छा किया था, बेचारे ने।

"हैलो, शेफाली। शेफाली है न?"

अरे, यह मुझे पहचान गया।

"हाँ।"

"मुझे पहचाना?"

"मोहन..."

"हाँ।"

"हैलो। कैसे हो?"

"मज़े में। तुम?"

"बढ़िया।"

"उसी दफ़्तर में...क्या था?"

"इंडियन एयरलाइंस...हाँ।"

"अभिनय नहीं करतीं, आजकल?"

"कभी-कभार।"

"बहुत दिनों से देखा नहीं।"

"हाँ...बस...तुम कर रहे हो आजकल, कोई नाटक?"

"हाँ। चौबीस को है। कमानी में। गिनीपिग। आना।"

"अच्छा। कोशिश करूँगी।"

"अच्छा..."

"अच्छा।"

कॉफ़ी ठंडी हो गई। एक घूँट भरा। कैसा बदज़ायका सा लगा।

कितनी देर हो गई। वह अब तक नहीं आया। आएगा तो, पर लगता है, देर करके। इन्तज़ार करना पड़ेगा। चलो...दूसरी कॉफ़ी नहीं मँगाऊँगी। उसके आने पर ही...

एक और परिचित चेहरा। अपने ही दफ़्तर में काम करने वाला। हद हो गई! सारी-की-सारी दिल्ली आज रैंबल पर टूट पड़ी? होने दो। मैं नहीं बोलूँगी। अपना मुँह घुमा लेती हूँ। वह उधर से मुझे देखे बग़ैर निकल जाएगा।

जाने दो। किस-किससे बात करूँ?

वह अब तक आया क्यों नहीं?

मैं कुर्सी छोड़ खड़ी हो गई। एक बिन्दु पर पैर जमा कर चक्कर काट, कितनी बार इधर-उधर, नीचे-ऊपर देखा।

वह नहीं है। नहीं होगा वरना वह मुझे न भी दीखता, मैं उसे दीख गई होती। दूसरी मंज़िल पर, खुले में, बीचोबीच, अकेली खड़ी।

उसने ठीक सुना था न?

उसने सुनकर हाँ कहा था न?

रैंबल। मैंने साफ़-साफ़ रैंबल कहा था न?

हाँ। उसने साफ़-साफ़ हाँ कहा था न?

फिर वह अब तक आया क्यों नहीं?

इतनी देर तो कभी नहीं की। या की है...कभी-कभी?

अजीब जगह है यह रैंबल। इतना लम्बा-चौड़ा घास का मैदान। दो-दो मंज़िलें। कोई दरवाज़ा नहीं। रोक-टोक नहीं। ओर-छोर नहीं। मैदान जाकर सड़कों में मिल जाता है। चार-चार सड़कें। इतनी चौड़ी। इतनी भीड़-भाड़। इतना ट्रैफ़िक। आता हुआ आदमी दीखे भी तो कैसे?

पर...वह न भी दीखता...मैं तो उसे दीख जाती।...अगर वह आता।

वह आया नहीं। क्यों नहीं आया? आएगा ही नहीं?

उसने रैंबल के बजाय कुछ और तो नहीं सुन लिया? साफ़-साफ़ कहा भी था, मैंने...रैंबल? मैं साफ़ बोलती हूँ। बोलती हूँ न? हाँ, बोलती तो हूँ। वे सब कहते थे। नाटक वाले।

फिर वह क्यों नहीं आया? कहाँ गया? चला नहीं? पहुँचा नहीं?

क्या...यह हो सकता है...वह न आए? बिलकुल आए ही नहीं?

नहीं-नहीं। वह आएगा। ज़रूर आएगा।

मैं बैठ जाती हूँ। वह आएगा।

बैठूँ या खड़ी रहूँ?

कब तक?

अगर वह नहीं आया...

समय बीतता चला गया। मैं खड़ी रही। सामने देखती रही।...

और वह फिर भी नहीं आया?

मैं बुत में तब्दील हो जाऊँगी—और सदियों तक यहीं खड़ी रहूँगी!

उफ़! कितनी भयानक जगह है यह रैंबल!

काली सड़कें। ख़ूँख़ार दरिंदों सी लपलपाती गाड़ियाँ। घास का जंगल। घात लगाते शिकारी। डरावने जंगली चेहरे। हर चेहरे पर नक़ाब। अजनबी भीड़। बीच में लाचार लटकी मैं।

हर चेहरा मुझे घूरता हुआ। हर हाथ मुझे नोचता हुआ। हर पाँव मुझे धकेलता हुआ। और मुझमें कोई हरकत नहीं...

मेरा ख़ून जम रहा है। मेरा बदन सुन्न होता जा रहा है। मेरी आँखों को दीख रहा है...वह नहीं है...

वह नहीं आया। वह नहीं आएगा।

नहीं ? आएगा ही नहीं ?

यहाँ नहीं...तो...कहीं और ?

मैं दौड़ी चली जा रही हूँ...सीढ़ियाँ फलाँगती...घास का मैदान पार करती...सड़क लाँघती...दौड़ी चली जा रही हूँ...अपने घर की तरफ़।

मैंने उससे यह तक नहीं पूछा, वह बोल कहाँ से रहा है ? अब मैं उस तक कैसे पहुँचूँगी ? उसे कहाँ ढूँढूँगी ? अब वह नहीं मिलेगा।

कभी नहीं ? क्या पता वह दुबारा...

मैं दूने वेग से दौड़ रही हूँ।

मोटर-गाड़ियाँ चिंघाड़ रही हैं। बसें दहाड़ रही हैं। स्कूटर किकिया रहे हैं।

मैं सड़क पर बेतहाशा दौड़ रही हूँ...अपने घर की तरफ़। कहीं उसका फ़ोन दुबारा आए...

फिर फाटक खुला, गलियारा पार हुआ, सीढ़ियाँ छूटीं और दरवाज़ा ठेल कर मैं फ़ोन के पास ढह गई।

ट्रिंग ट्रिंग!

फ़ोन बजा। एक बार। झपट कर मैंने उठा लिया।

आशा और आशंका के बीच झूलती खुरदुरी आवाज़ में मैंने कहा, ''हैलो।''

''हैलो,'' उधर से आवाज़ आई।

यह उसकी आवाज़ है, उसी की। ऐसी ही थी, उसकी आवाज़। भारी भी और महीन भी। दबंग भी और विनीत...

''हेलो-हैलो,'' मैं पगलाई आवाज़ में चीख़ी, ''तुम रैंबल क्यों नहीं आए...रैंबल... रैंबल... !''

मैंने रैंबल बिलकुल साफ़ कहा है। हालाँकि मेरी साँस उखड़ रही है, दम घुट रहा है, ज़बान तालू से चिपकी जा रही है।

फिर भी मैंने रैंबल बिलकुल साफ़ कहा है।

''मैं वहीं तो था,'' वह कह रहा है।

''कहाँ ? रैंबल में ?''

''हाँ।''

''कब ?''

''अभी तो लौटा।''

''पर मैं जो वहाँ थी। तुम्हारा कितना इन्तज़ार किया। दो घंटे।''

''मैंने भी।''

''पूरे दो घंटे तुम वहाँ थे ?''

''पूरे।''

''फिर मुझे दीखे क्यों नहीं ?''

क्या कहा उसने?

"बोलो...मुझे दीखे क्यों नहीं...क्यों नहीं दीखे...क्यों...क्यों?"

मैं इतनी ज़ोर से चीख़ रही हूँ कि उसका कहा सुनाई नहीं दे रहा। बम फटने के बाद ऐसा ही होता है। हम कुछ नहीं सुन पाते।

"...अच्छा सुनो," आख़िर मैंने अपने पर क़ाबू पा लिया।

"सुनो," मैंने कहा, "छोड़ो रैंबल। तुम घर आ जाओ।"

और मैंने फ़ोन काट दिया।

मैं जल्दी में थी। मुझे फ़ौरन बालकनी पर पहुँचना था। जिससे उसे आते हुए देख सकूँ।

बालकनी पर मेरी कुर्सी अब भी झूल रही है, वैसे ही, जैसे तब, जब मैं फ़ोन उठाने भागी थी।

यह ख़ाली कुर्सी बदस्तूर झूले क्यों जा रही है?

मैं डर कर कभी कुर्सी को देख रही हूँ, कभी सड़क को...और कभी फ़ोन को।

मैं आहिस्ता से कुर्सी पर बैठी हूँ। सिमट कर। एक कोने में। डरते-डरते।

कुर्सी एकाएक थम गई। कैसे थमी कुर्सी? किसने हाथ लगाया? किसने रोका उसे?

मेरी पागल नज़र चारों तरफ़ घूम गई।

बालकनी ख़ाली है। मेरे सिवा वहाँ कोई नहीं है।

गलियारा सूना है। कोई नहीं है।

सड़क सुनसान है। कोई नहीं है।

कहीं कोई नहीं है...कोई नहीं...

मैं उठी हूँ। धीमे से फ़ोन तक गई हूँ। पूरा टेलीफ़ोन उठाया है। बाहर देखते-देखते, उसे लिए लौटी हूँ। डोरी पर घिसटता फ़ोन साथ चला आया है। पता नहीं, कितनी लम्बी है डोरी। मैं रुकी नहीं। तब तक, जब तक बालकनी पर पहुँच न गई। कुर्सी के पास।

पता नहीं, डोरी दीवार से उखड़ गई या जुड़ी रही।

मैं...नहीं...जानती...

मैं...जानना...नहीं...चाहती...

मैं कुर्सी पर बैठी हूँ। फ़ोन मेरे क़रीब रखा है।

शायद वह सड़क पर आता हुआ दीखे...शायद फ़ोन बजे...शायद...वह सड़क पर आता हुआ दीखे...शायद फ़ोन बजे...शायद...वह...

(1979)

तुक

अपने बारे में दो बातें आपको पहले ही बतला दूँ। पहली यह कि मैं उन बेवक़ूफ़ औरतों में से हूँ जो अपने पति को प्यार करती हैं। या कहना चाहिए कि मैं ही एक बेवक़ूफ़ औरत हूँ जो अपने पति को प्यार करती है। मेरी शादी को छह महीने हो चुके और इस बीच मैं बहुत सी शादीशुदा औरतों से मिल चुकी हूँ। अपने सिवा मुझे कोई औरत नहीं मिली, जो अपने पति को दिल से चाहती हो। मैं जानती हूँ दिल से चाहना ऐसा जुमला है, जिसे सुनकर हम आजिज़ आ चुके हैं। हर बाज़ारू क़िस्से, हर बम्बइया फ़िल्म में इसका बार-बार इस्तेमाल किया जाता है। पर यह इस्तेमाल, चाहे वह कितना झूठा क्यों न हो, जुमले की सचाई को ख़त्म नहीं कर सकता। मेरी जान-पहचान की हर शादीशुदा औरत औरों को यह विश्वास दिलाते-दिलाते कि वह अपने पति को दिल से चाहती है, ख़ुद उस पर विश्वास भले करने लगी हो, मन से वह जानती है और मैं भी जानती हूँ कि ऐसा है नहीं।

पति का होना उनके लिए एक स्थिति है, जिसके भीतर से कुछेक सुखदायक स्थितियाँ पैदा होती हैं; जैसे बच्चों का होना, घर का होना, घर में ढेरों काम होना और अपनी तरह के जोड़ों के साथ सामाजिक ताल्लुक़ात होना। पति का होना उनके लिए एक तरह का व्यवसाय है, जिसके माध्यम से उन्हें पैसा और व्यस्तता, दोनों मिलते हैं। आम व्यवसायों की तरह इसमें भी छोटी-मोटी उलझनें पैदा होती रहती हैं। कभी बच्चे बीमार हो जाते हैं, कभी चावल में पानी कम हो जाता है, तो सब्ज़ी में नमक ज़्यादा, और कभी अपनी तबीयत बिगड़ जाती है। और व्यवसायों की तरह, इसमें भी कभी-कभी ये उलझनें भीतर से न होकर बाहर के सामाजिक दबावों के कारण पैदा हो जाती हैं। जैसे तब, जब चीज़ों के दाम तेज़ी से बढ़ने लगते हैं, या आम ज़रूरतों की चीज़ें बाज़ार से ग़ायब होने लगती हैं। बॉस से खींचातानी तो आम बात है ही। कभी पति जल्दी-जल्दी और ज़रूरत से ज़्यादा प्यार करके थका देता है, तो कभी कई-कई दिन (रात) बिना प्यार के गुज़ार, उबा देता है।

पर ये उतार-चढ़ाव ऐसे नहीं होते, जिनसे स्थिति के औसत चरित्र में कोई बदलाव आए या व्यवसाय के ठप हो जाने की नौबत आ जाए। यह व्यवसाय वाली बात अभी-अभी मेरी समझ में आई है। उसके साथ मैं यह भी समझ गई हूँ कि पति की ख़ुशी-नाख़ुशी, आकर्षण-विकर्षण, या रुचि-उदासीनता जैसे मेरे लिए ज़िन्दगी और मौत का सवाल बन जाती है, उनके लिए क्यों नहीं बनती।

एक मैं ही हूँ जो पति के दफ़्तर से घर लौटने पर, उसके चेहरे से अपनी निगाहें हटा नहीं पाती। एक मैं ही हूँ जो प्याले में केतली से चाय डालते हुए या नमकीन की प्लेटें उसकी तरफ़ बढ़ाते हुए उसके चेहरे पर आ रहे हर भाव को पढ़ने की कोशिश करती रहती हूँ। नतीजा यह

होता है कि कभी मैं चाय छलका देती हूँ तो कभी नमकीन छिटका देती हूँ। इस पर उसके माथे पर शिकन उभर आती है, तो मैं भीतर ही भीतर मर लेती हूँ। एक मैं ही हूँ। बस, और कोई औरत यह बेवक़ूफ़ी नहीं करती।

दूसरी बात यह है कि मैं ताश नहीं खेल सकती। वाक़ई नहीं खेल सकती। ताश के पत्तों को सोच-सोचकर मेज़ पर डालना तो दरकिनार, हाथ में पकड़े-पकड़े उन्हें सिलसिलेवार लगाना भी मेरे लिए मुमकिन नहीं है। ताश खेलना मुझे पसन्द नहीं है या मुझे उससे नफ़रत है, यह कहने लायक़ हालत में भी मैं नहीं हूँ। वह तय करने का मौक़ा ही नहीं आ पाता। ताश के पत्ते हाथ में लेते ही मैं जड़ हो जाती हूँ। शायद आप लोगों ने पार्किंसन डिजीज़ (कँपाने वाले लकवे) का नाम सुना हो। उसका मारा, अपने बदन की हरकतों को क़ाबू में नहीं रख पाता। कुछ हरकतें आपसे आप होती रहती हैं। बीच-बीच में कुछ ऐसे क़हर के लम्हे भी आते हैं, जब वह कोई हरकत नहीं कर पाता। ताश के पत्ते हाथ में लेकर मुझ पर यही क़हर टूट पड़ता है। न मैं कुछ सोच पाती हूँ न कर पाती हूँ।

मेरा पति, उसका नाम नरेश है, स्टेट बैंक में चीफ़ अकाउंटेंट है। वैसे मेरा नाम मीरा है, पर उसका कोई महत्त्व नहीं है। मेरा पति, नरेश, काफ़ी आकर्षक आदमी है। लम्बा-चौड़ा जिस्म, ख़ूबसूरत चेहरा, साँवला रंग, पैनी काली आँखें, लाल मांसल होंठ और तीखी नाक। अगर उसका चेहरा सिर्फ़ मुझे ख़ूबसूरत लगता तो आप कह सकते थे वह प्यार करने के कारण है। पर वह सचमुच ख़ूबसूरत है। सभी कहते हैं। बस, मुझे उसकी तीखी नाक पसन्द नहीं है। कई बार मैं सोचती हूँ अगर उसकी नाक तीखी न होकर चपटी रही होती, तो वह इतना कार्यकुशल अकाउंटेंट नहीं बन पाता और तब वह मुझे इतना ही प्यार करता, जितना अब मैं उसे करती हूँ।

आप कहेंगे, यह बिलकुल बेतुकी बात है। और आप ठीक कहेंगे। तीखी नाक ख़ूबसूरती की पहली शर्त है। किसी से भी पूछ देखिए वह यही कहेगा। मैं जानती हूँ। अगर नरेश की नाक तीखी न होकर चपटी रही होती, तो लोग उसे कम ख़ूबसूरत समझते। हो सकता था, वह ख़ुद भी अपने को कम ख़ूबसूरत मानता। पर मुझे वह और ख़ूबसूरत लगता और शायद तब वह मुझे उतना प्यार कर सकता, जितना मैं उसे करती हूँ। आप कहेंगे, मैं फिर वही बेतुकी बात दोहरा रही हूँ।

मैं जानती हूँ, यह भी जानती हूँ कि मेरी बातों में तुक कम रहता है। नरेश की बातों की तुलना में बहुत कम। फिर भी मेरी बातें ग़लत नहीं होतीं। बल्कि कभी-कभी, मेरे न चाहने पर भी, सही निकल जाया करती हैं। ख़ैर, जाने दीजिए।

मैं कह रही थी नरेश स्टेट बैंक में अकाउंटेंट है और बहुत कार्यकुशल है। आम तौर पर उम्मीद की जानी चाहिए कम से कम, मुझे शादी से पहले यह उम्मीद थी, कि जो आदमी सारा दिन अंकों में सिर खपाता रहता है, वह उनसे छुट्टी पाने पर, शाम को कुछ और चाहेगा। सैर-सपाटा, खुला मैदान, ताज़ी हवा, फूलों के बगीचे, प्यार की बातें, इधर-उधर की गप्पें, बाज़ार की रंगीनी, सजी-धजी दुकानें, चहल-पहल, खाना-पीना, फ़िल्म-थियेटर। कुछ भी, बस और अंक नहीं। पर ऐसा नहीं है। नरेश के लिए अंकों का आकर्षण कभी नहीं चुकता। वैसे ही जैसे मेरे लिए नरेश का आकर्षण कभी नहीं चुकता।

शाम को दफ़्तर से लौटकर, नहा-धो-खा चुकने पर नरेश को अगर कुछ ललचाता है, तो वह है ताश का खेल। ऐसा-वैसा नहीं। बौद्धिक और तार्किक लोगों का खेल, ब्रिज। ब्रिज

के खेल में नरेश को महारत हासिल है। अपने इस छोटे शहर का वह चैंपियन बन चुका। अब डिस्ट्रिक्ट चैंपियन बनने की सुखद योजना दिमाग़ में है। उसके लिए वह कहता है, रोज़ाना नियमित रूप से प्रैक्टिस करने की ज़रूरत है।

क्लब हमारे घर से कुछ दूरी पर है। इसलिए रोज़ शाम को हम लोग गाड़ी से वहाँ जाते हैं। क़रीब पन्द्रह मिनट का रास्ता है। इन पन्द्रह मिनटों के अलावा, नरेश अपनी व्यस्त दिनचर्या में से और पन्द्रह मिनट का समय निकाल कर, पिछले दिनों मुझे गाड़ी चलाना सिखाता रहा है। कम दिनों के अभ्यास के बाद मुझे गाड़ी चलानी आ गई है। यह बहुत अचरज की बात है, नरेश कहता है, क्योंकि तीन–चार महीनों की कोशिश के बाद भी, मुझे ब्रिज खेलना नहीं आ पाया। नरेश की बहुत इच्छा थी मुझे ब्रिज सिखलाने की। तब, वह कहता था, खेल चुकने पर जब वह अपनी जीत का विश्लेषण मेरे सामने करेगा, तो मैं बेवक़ूफ़ की तरह उसकी तरफ़ ताकते रहने के बजाय, खेल की ख़ूबसूरत बारीकियों में रस ले सकूँगी।

पर वह अब तक नहीं हो पाया है। मैंने नरेश को समझाने की कोशिश की है कि ताश के पत्ते हाथ में लेते ही मैं जड़ हो जाती हूँ और चाहने पर भी मेरा दिमाग़ या बदन हरकत नहीं कर पाता। पर वह उसे मेरी ज़िद बतलाता है। उसका ख़याल है, मैं जानबूझकर खेल को समझने से इनकार करती हूँ।

''यह कैसे हो सकता है?'' महीने भर मेरे साथ झक मारने के बाद उसने कहा था, ''जो औरत दस दिन में गाड़ी चलाना सीख सकती है, वह महीने भर में ब्रिज के नियम तक नहीं समझ सकती?''

''ताश के पत्ते हाथ में लेकर मुझे कुछ हो जाता है,'' मैंने कहा था।

''कुछ हो जाता है? वाह, क्या ख़ूब वजह बतलाई है। क्या हो जाता है, वह भी तो सुनें,'' उसने हँसकर कहा था, पर उसकी हँसी उसकी नाक की तरह तीखी थी।

''मैं जड़ हो जाती हूँ,'' मैंने हकलाते हुए कहा था।

''कैसे?'' उसने सवाल किया था, ठीक किसी वकील की तरह। और उसकी पैनी आँखों में एक वहशी सी चमक आ गई थी।

''वह...जैसे पार्किंसन डिजीज़ से पीड़ित आदमी का बदन हरकत करने से इनकार कर देता है...''

मैंने अपनी बात अच्छी तरह समझाकर कही थी, पर सुनकर वह भड़क उठा था।

''इतनी बेतुकी बात मैंने अपनी ज़िन्दगी में पहले कभी नहीं सुनी!'' उसने तीखे स्वर में कहा था, ''तुम्हें तो पार्किंसन डिजीज़ नहीं है!''

''नहीं, है तो नहीं...पर...'' समझा न पाने के कारण नहीं, उसे नाराज़ देखकर मेरी आवाज़ रुँध गई थी और मैं आगे बोल नहीं पाई थी।

''पर क्या?'' उसने जिरह जारी रखी थी, ''पर क्या? बोलती क्यों नहीं?''

मैं कुछ कह नहीं पाई थी, आँखों में आ गए आँसू भी नहीं रोक पाई थी। वे टपककर मेरे गालों पर गिरने लगे थे।

''अब रो किसलिए रही हो?'' उसने बेहद खीज भरे स्वर में कहा था, ''कोई तुक भी हो। जवाब नहीं सूझा तो रोना शुरू कर दिया।''

तब मैं और भी बेतुकी बात कह बैठी थी।

"मैं तुम्हें प्यार करती हूँ," घरघर करते गले से मैंने कहा था।

यह सुनकर, जिरह जारी रखने को तैयार उसकी तीखी नाक जैसे हड़बड़ाकर नीचे झुक गई थी और उसने अपनी सख़्त आवाज़ को नरम बनाकर कहा था, "लो...फिर अच्छा ही तो है।"

इतना ही नहीं, उसने अपना हाथ आगे बढ़ाकर मेरा कन्धा भी थपथपा दिया था।

उस दिन के बाद भी नरेश मुझे ब्रिज सिखलाने की कोशिश करता रहा था। मैंने पत्ते हाथ में लेकर अपने सुन्न दिमाग़ में हरकत पैदा करने की ईमानदार कोशिश की थी, पर हम दोनों की कोशिश नाकाम रही थी। धीरे-धीरे, नरेश ने कोशिश छोड़ दी थी।

पर ब्रिज खेलना उसने नहीं छोड़ा और न खेल देखने मुझे अपने साथ ले जाना। मैंने भी उसे प्यार करना नहीं छोड़ा।

खेल सीखने-सिखलाने की कोशिश छूटने के फ़ौरन बाद मेरा हौसला कुछ ज़्यादा ही बुलन्द हो गया और मैं प्यार को दाँव पर लगाकर, और ही खेल खेलने की कोशिश कर उठी।

नरेश जब दफ़्तर से लौटता, मैं प्यार की तमाम अदाओं का इस्तेमाल कर उसे मोहित करने की कोशिश करती। बहला-फुसला कर पहले उसे बाहर घुमा लाने का प्रयास करती, फिर अपने साथ बिस्तर पर ले जाने का।

बतलाने की ज़रूरत नहीं है कि उसे ब्रिज की मेज़ से दूर रखने के लिए मैं रोज़ नए तरीक़े से अपनी अवमानना करती। पारदर्शी नाइटी पहन कर दरवाज़ा खोलना, उसके सामने घुटनों पर गिर कर उसके जूते खोल देना, पैरों से लेकर चेहरे तक चुम्बनों की बौछार करना, उसकी गोदी में बैठकर अपने हाथों से उसे लज़ीज़ पकवानों के निवाले खिलाना, आँखों में आँसू भरकर ठंडी हवा में घूम आने की मनुहार करना, उसके सामने अपने जिस्म के हर ख़ूबसूरत कोण का प्रदर्शन कर उसे निमंत्रण देना। सभी कुछ मैं करती थी। हाँ, मैं यह बताना भूल ही गई थी कि मैं भी काफ़ी सुन्दर मानी जाती हूँ। ख़ैर, इतना सब करके मैं हफ़्ते में दो-तीन दिन उसे क्लब जाने से रोक लेती थी।

पर दो-तीन हफ़्तों में इस खेल के लिए मेरा उत्साह ठंडा पड़ने लगा। मेरा प्यार भरा आत्म-तिरस्कार उसे इतना उत्तेजित तो अवश्य कर देता कि वह चटपट मुझसे प्यार कर डालता, पर करता निहायत ठंडेपन से। मुझे लगता एहसान करने की भावना से वह एक ऊँचाई से मेरी तरफ़ झुकता है और मुझे प्यार करके अलग हो जाता है। मेरी असन्तुष्ट देह पिटी सी पड़ी रहती है और मैं अगले दिन के अपने अपमान की योजना बनाने लगती हूँ।

और एक हफ़्ता गुज़र जाने पर मैंने पाया कि, मुझे प्यार करने के फ़ौरन बाद वह अपनी ग़ैरहाज़िरी में हुए ब्रिज के खेल के बारे में क़यास लगाने लगा है। कल वह जैसे ही मुझे प्यार करके चुका, वैसे ही, कपड़े पहन कर क्लब चला गया।

कल क्लब जाते हुए पहली बार उसने मुझसे साथ चलने के लिए नहीं कहा। क्लब से लौटकर पहली बार उसने अपने मुँह से कहा कि वह ब्रिज के खेल में हार कर घर लौटा है। यह कहकर वह भूखे भेड़िये की तरह मुझ पर टूट पड़ा। बिस्तर पर मेरी देह अभी तक वैसी ही नग्न पड़ी थी जैसी वह छोड़कर गया था। अपनी हार का तमाम ग़ुस्सा उसने उस पर उतारा। उसके नाख़ूनों और दाँतों के निशान मेरे होंठों, कन्धों, वक्ष और पीठ पर उभर आए। अब तक उसे आकर्षित करने के लिए मैं अपनी देह को स्वयं प्रताड़ित करती रही थी, पर उसमें इतनी तीव्र उत्तेजना नहीं जगा पाई थी, जितनी आज विकर्षण ने पैदा कर दी थी। अब चुम्बनों से वह

मेरी देह को प्रताड़ित कर रहा था, पर वह विकर्षण तक उसमें मेरा जगाया हुआ नहीं था। वह ब्रिज के खेल से जन्मा था।

ब्रिज के खेल में जीत कर वह मुझे प्यार करता था, मेरी पहल के बिना। कल की तरह तब भी वही पहल करता था। पर तब मेरा शरीर जीत में मिला पुरस्कार होता था।

अपने खेल की ख़ूबियाँ बतलाते-बतलाते, वह सहसा उत्तेजित होकर एक झटके में, मेरे बदन से कपड़े अलग कर देता और मुझ पर टूट पड़ता। तब उसमें विजेता का दर्प लहरा रहा होता, पराजित की क्रूरता नहीं। ब्रिज के बेहतरीन हाथ की तरह, वह मेरी देह को सहला-सहेज कर अपनी ज़रूरत के मुताबिक़ इस्तेमाल में लाता। तब उसमें बड़प्पन से पैदा हुआ अनुकम्पा का भाव ज़रूर रहता, पर याचक को भीख देने की ठंडी दया नहीं। वह घिनौनी दया, जो पिछले दिनों ब्रिज न खेल पाने पर, उसके प्यार करने में रही थी।

कल की बात बिलकुल अलग थी। कल वह ब्रिज खेला तो था, पर विजय नहीं पा सका था। कल उसका दर्प चूर-चूर हो गया था, बड़प्पन झुठला गया था, वह उग्रता और अनुकम्पा, दोनों छोड़कर हिंसा पर उतर आया था। अपनी हार का मुआवज़ा वह मेरे बदन के सिवा वसूल करता भी कहाँ? मेरी समझ में आ गया कि उसके लिए ताश का खेल भी बैंक में नौकरी की तरह एक व्यवसाय है। और मैं वह फुटकर कैश, जिसका प्रयोग वह व्यवसाय में हुए नुक़सान को भरने के लिए या लाभ पर ख़ुशी मनाने के लिए करता है।

आज जब वह दफ़्तर से लौटा तो मैंने प्यार का कोई प्रदर्शन नहीं किया। बम्बइया फ़िल्मों की हीरोइननुमा, शुद्ध भारतीय नारी की तरह, मैंने भारी ज़रीदार सिल्क की साड़ी पहन रखी थी और ढेर सारे ज़ेवर। माथे पर लाल बिन्दी और माँग में सिन्दूर दपदपा रहा था। नक़ली बालों के सहारे, मैंने अपने छोटे कटे बाल, ढीले-ढाले जूड़े में सहेज रखे थे। मेरे पति नरेश को यह रूप पसन्द है। उसे उसमें एक ठोस घरेलूपन दिखलाई देता है, जो उसके स्वामित्व और मेरे पालतूपन पर मुहर लगाता है। अन्य व्यावसायिक ट्रेडमार्कों की तरह वह भी स्थायित्व और स्थिरता प्रदान करता है।

चाय के साथ अपने हाथ से बनाए पकवान मैंने प्लेट में सजाकर उसके सामने रख दिये और बिना उसे छुए या उसके पास आए, उससे अधिक से अधिक खाने की मनुहार करती रही। जब खा-पी कर वह उठा तो मैं भी क्लब जाने के लिए चुपचाप, उसके पीछे-पीछे गाड़ी में जा बैठी। जब से मैंने गाड़ी चलाना सीखा है, वह मुझसे ही गाड़ी चलवाता है। आज भी मैं उसे क्लब तक ले आई। आज, पहली बार, मैंने अपनी भावनाओं को अलग रखकर, एक कार्य-दक्ष मातहत की तरह, अपने बॉस का तटस्थ भाव से स्वागत-सत्कार किया था। उसके मुख पर आ रहे भावों ने मुझे कितना ही क्यों न झकझोरा हो, ऊपर से मैं तटस्थ बनी रही थी। मुझे उम्मीद होने लगी थी कि ब्रिज का खेल शुरू होने पर भी, आज मैं अपनी तटस्थता और दक्षता बनाए रख सकूँगी। और खेल का ठीक से अनुसरण करके, नरेश को उसकी जीत पर टिप्पणी समेत बधाई दे सकूँगी।

पर ऐसा नहीं हुआ। खेल शुरू होते ही मेरा दिमाग़ सुन्न हो गया। कुछ देर बाद मेरे जड़ शरीर से पृथक् वह अपना अलग जीवन जीने लगा। बीच-बीच में खिलाड़ियों के टुकड़े-टुकड़े जुमले कानों में पड़ कर मुझे कचोटते रहे।

''वन हार्ट,'' खेल शुरू हुआ।

''नो बिड,'' दूसरी आवाज़ आई।

"टू हार्ट्स," तीसरी आवाज़ उभरी।

मैं अपने में ग़र्क हो गई।

टू हार्ट्स। दो दिल। मिलते हैं और जुदा हो जाते हैं। जवान दिल प्यार करते हैं और टूट जाते हैं। कितना यातनापूर्ण होता है दिल का टूटना।

आप कहेंगे मेरे मन में उठ रही बातों को सुनकर आपको हँसी आ रही है। इस क़दर घिसे-पिटे हैं ये अल्फ़ाज़, ये जुमले।

मैं जानती हूँ। ख़ूब जानती हूँ। पर क्या करूँ, यही तो मेरी त्रासदी है। कि मेरी त्रासदी बिलकुल घिसी-पिटी, फ़िल्मी त्रासदी है। क्योंकि इन अल्फ़ाज़ में यक़ीन न रखने वाले लोग इनका बार-बार इस्तेमाल करते हैं, इसलिए मेरे कहने पर ये झूठे मालूम पड़ते हैं। पर मैं इनमें यक़ीन करती हूँ। मेरे साथ वाक़ई यही घट रहा है।

"कम ऑन, थ्रो हार्ट," एक आवाज़ ने मुझे चौंकाया।

"तुम्हारी बारी है।"

"तुमने हार्ट क्यों नहीं फेंका," एक ग़ुस्सैल सी आवाज़ आई, शायद नरेश की। ठीक तो है। टूटे दिल को फेंक देना चाहिए। पर क्या इतना आसान है? दिल के कोने में कहीं प्यार धड़कता रहता है, फेंक दिये जाने पर भी धड़कता जाता है।

"वन क्लब।"

"वन नो ट्रम्प।"

"क्लब।"

"थ्री स्पेड्स।"

अपने बग़ीचे के लिए भी एक स्पेड ख़रीदना है। पिछली खुरपी बिलकुल भोथरी हो गई। तमाम बग़ीचे में मोथा उग आया है। दूब का गला घोंटता मोथा। उखाड़ कर फेंक न दिया गया तो फूलों की क्यारियों तक जा पहुँचेगा। सब कुछ ख़त्म हो जाएगा।

"मेक गुड विद ए स्पेड।"

"आई हैड थ्री ट्रिक्स।"

"...पता है पास के गाँव में दस आदमी भूख से मर गए?"

"होगा। तुम पत्ता चलो।"

"हाँ-हाँ, चलो। प्ले द गेम।"

हाँ, खेल खेलते रहो। अन्त तक जो हो, होने दो। तुम खेल खेलो। प्ले द गेम। अन्त तक। यह भी मैंने कहीं पढ़ा था।

"टू डाइमंड्स।"

"नो बिड।"

"थ्री डाइमंड्स।"

"नो बिड।"

नो बिड। मेरे पास चलने को कुछ नहीं है। बाज़ी मेरी नहीं है। खिलाड़ी मैं नहीं हूँ। मैं भला क्या चल सकती हूँ? खेल खेला जाना है अन्त तक। पर खेल के पत्ते दूसरों के हाथों में हैं।

"टू क्लब्स।"

"क्या रद्दी पत्ते हैं?"

"तुम्हें खेलना नहीं आता।"

"पत्तों को क्यों दोष देते हो?"

"...तुमने ग़लत बिड दी।"

"यही मान्यता है।"

"गोली मारो मान्यता को।"

"...टू हाट्र्स।"

"थ्री क्लब्स ऑन इट। अब बोलो।"

क्लब द हार्ट। क्लब इट। पीस डालो। क्लब इट। मार-मारकर लोंदा बना दो। फिर कभी धड़क न पाए। घोंट दो। पीस दो, कूट डालो।

किसी भारी बोझ के दवाब के नीचे छटपटा कर मैंने अपनी पगलाई नज़रें इधर-उधर दौड़ाईं। मेज़ पर पड़े ताश के पत्ते उठे, भिन्न-भिन्न करते चारों ओर फैले और एकजुट हो, तेज़ी से मुझ पर झपट पड़े। मानो आँधी आ गई। धूल-बजरी भरा पीला अँधेरा मेरी नज़रों के आगे फैल गया। आँखों में गिर कर किरकिर करने लगा। पत्ते भिनभिनाते गए, डंक मारते गए, मेरा अन्धापन बढ़ता गया। जलन बर्दाश्त से बाहर हो गई तो दोनों हाथ, मुँह के आगे फैला कर मैं झटके से कुर्सी पीछे फेंक, उठ खड़ी हुई और चीख़ कर बोली, "मुझे जाने दो।"

मेरे पति ने मेरा हाथ पकड़कर मुझे वापस कुर्सी में धकेल दिया और गुर्रा कर कहा, "चुप रहो। डिस्टर्ब मत करो।"

"पर मुझे जाना है," मैंने मिमिया कर कहा।

"चुप रहो!" वह दहाड़ उठा।

मैं चुपचाप आँसू बहाती कुर्सी में पड़ी रही। ताश के खिलाड़ियों की आवाज़ें टूट-टूट कर भी मेरे ज़ेहन से टकरानी बन्द हो गईं।

अपने में डूबी, दुख में निमग्न, जैसे ही मैंने अवसाद के अतिरेक में परितोष अनुभव करना आरम्भ किया, नरेश ने अपने हाथ के फ़ौलादी शिकंजे में मेरा हाथ गिरफ़्तार किया और हथौड़े की चोट सा चलो कहकर, मुझे घसीटता हुआ बाहर गाड़ी की तरफ़ ले चला। दरवाज़ा खोलकर मुझे भीतर धकेला और ख़ुद चालक की सीट पर बैठकर गाड़ी आगे बढ़ा दी।

इतनी तेज़ रफ़्तार से चलती गाड़ी में मैं पहले कभी नहीं बैठी। नरेश को गाड़ी से बहुत लगाव है। वह हमेशा उसे मध्यम गति पर चलाता है। न तेज़, न धीमे। मुझे भी उसने यही सिखलाया था। "गाड़ी को हमेशा एक रफ़्तार से चलाना चाहिए," वह कहता है, "तभी वह ज़्यादा दिन तक काम देती है। न तेज़, न धीमे।" पर आज गाड़ी चालू ही तीसरे गियर से हुई। छलाँग लगाकर आगे बढ़ी कि मेरा सिर आगे जाकर डैशबोर्ड से टकरा गया। दूसरे झटके के साथ मैं वापस सीट से जा टिकी। माथे की टीसती चोट पर अभी गोला उभरा भी नहीं था कि मेरा सिर दुबारा डैशबोर्ड से जा टकराया। झन्नाटा खाकर गाड़ी रुक गई थी, हमारे घर के सामने।

नरेश ने दरवाज़ा खोलकर मुझे बाहर निकाला और बेडरूम में ले जाकर पलंग पर पटक दिया। आतंक और उत्तेजना से काँपती मैं फटी-फटी आँखों से उसे ताकती रही और इन्तज़ार करती रही कि आज भी कल की तरह, वह भूखे भेड़िये की तरह, मुझ पर टूट पड़े। मैं समझ गई थी कि आज वह फिर ब्रिज में हार गया है। पर वह मेरी तरफ़ नहीं बढ़ा। ज़रा दूरी पर खड़े

रहकर नफ़रत से सने कठोर स्वर में बोला, ''अपनी बेतुकी बात कहने को कोई और वक़्त नहीं मिला तुम्हें? ठीक क्राइसिस के वक़्त डिस्टर्ब करना ज़रूरी था। सारा खेल चौपट करके रख दिया।'' और वह कमरे से बाहर हो गया।

आज की हार उसकी दूसरी हार थी। दो दिनों के भीतर दूसरी। पहली हार से कहीं ज़्यादा हराने वाली। मैं समझ गई, यह नुक़सान इतना बड़ा है कि मेरी देह उसका मुआवज़ा अदा नहीं कर सकती।

उसके बहुत देर बाद तक, जब वह बिस्तर पर नहीं आया तो मुझसे अकेले वहाँ पड़ा नहीं रहा गया। उसे ढूँढ़ती हुई बैठक के दरवाज़े पर पहुँची और अन्दर झाँककर देखने लगी। मैंने देखा, वह सोफ़े पर बैठा, लैंप की रोशनी में एडवांस्ड ब्रिज नाम की किताब पढ़ रहा है। ग़मगीनी में डूबा उसका चेहरा पीला और सुस्त लग रहा है। पैनी काली आँखों में नमी झलक रही है। मांसल लाल होंठ आगे को लटक आए हैं। किताब को पढ़ कर तुरन्त समझ लेने के प्रयास से माथे पर शिकनें उभर आई हैं और तीखी नाक पहले से ज़्यादा तीखी लग रही है।

मेरी उपस्थिति से अनजान वह पढ़ने में मग्न था। मैं देर तक दरवाज़े की चौखट पर खड़ी उसे देखती रही। उसका ग़मगीन चेहरा मुझे भीतर तक झिंझोड़ गया था। मुझे लगा उसके चेहरे पर ख़ुशी देखने के लिए मैं कुछ भी कर सकती हूँ। कुछ भी। ताश खेलना तक सीख सकती हूँ।

इतना सोच लेने पर भी मैं कमरे के अन्दर नहीं गई। वहीं खड़ी-खड़ी उसे देखती रही। प्यार के दबाव से मेरा सीना फटने को हो गया।

मैं जान गई, मुझसे कुछ नहीं होगा। सोचने-समझने के बावजूद मैं चीज़ों को जिस तरह महसूस करती जाती हूँ उसमें कोई तुक नहीं होती। मैं इस युग में मिसफ़िट हूँ। मैं जानती हूँ, मैं उसे ऐसे ही प्यार करती रहूँगी। उसके होने को कभी व्यवसाय की तरह नहीं ले सकूँगी। उसकी नाराज़गी और ख़ुशी को, उसकी संजीदगी और हँसी को, उसकी दिलचस्पी और रुखाई को, व्यावसायिक जीवन के सामान्य उतार-चढ़ाव मानकर स्वीकार नहीं कर सकूँगी। इसलिए मैं उसे कभी ख़ुश भी नहीं कर सकूँगी। मैं यूँ ही दिन में सौ-सौ बार मरती रहूँगी पर उसके साथ तटस्थ होकर जी नहीं सकूँगी। लाख सोच लेने पर भी मैं ताश नहीं खेल सकूँगी।

मैं उन बेवक़ूफ़ औरतों में से एक हूँ जो अपने पति को प्यार करती हैं, या यह कहना चाहिए कि मैं ही एक बेवक़ूफ़ औरत हूँ जो...

(1979)

उलटी धारा

होली का दिन था। महफ़िल जमी हुई थी। भाँग की ठंडाई के दौर के साथ उड़ रहे थे गप्पों के ग़ुब्बारे। समाँ बँध चुका था। तभी मक्खासिंह कुछ ज़्यादा जोश में आ गया और सिखों की बहादुरी के आँखों देखे क़िस्से सुनाने लगा—दूसरी लड़ाई के दौरान। बात सिर पर से नहीं गुज़री। हमने उसका सिरा थाम लिया। वह हिन्दुस्तान के हर सूबे पर होकर बहने लगी। कोई शिवाजी का नाम लेने लगा तो कोई टीपू सुल्तान का; कोई जनरल थिमय्या का तो कोई ब्रिगेडियर उस्मान का। तभी नब्बे बरस के श्यामसिंह ने ऐसी बात कह दी कि सबकी ज़बान एकबारगी बन्द हो गई।

''क्या बकबक लगा रखी है,'' उसने कहा, ''उन्नीस सौ बासठ में चीनियों से सीज़ फ़ायर कराने का दम था तो एक बिहारी में।''

चीनियों से सीज़ फ़ायर! कह क्या रहा है श्यामसिंह? 1962 के अक्तूबर में चीनियों के हमले और नवम्बर में उनके एकतरफ़ा सीज़ फ़ायर से कौन वाक़िफ़ नहीं है? पर सीज़ फ़ायर हुआ क्यों, यह ठीक से आज तक कोई नहीं बतला पाया।

''विक्रमसिंह मेरा भानजा था। आप तो जानते हैं, मेरा अपना बच्चा नहीं हुआ। वही मेरा वारिस था। 1961 में, जब मैं इस बुरी तरह बीमार पड़ा कि बचने की उम्मीद नहीं रही, तब वसीयतनामे के साथ, अपने ख़ानदान का राज़ मैंने विक्रमसिंह के हवाले कर दिया।''

''कैसा राज़?'' मैंने पूछा।

कुछ देर श्यामसिंह चुप रहा, फिर उसके झुर्रियोंदार चेहरे पर ऐसी शरारती मुस्कराहट दौड़ गई कि वह यक-ब-यक जवान दीखने लगा।

''प्रेमा पहले मुझसे प्यार नहीं करती थी,'' उसने कहा।

''कौन प्रेमा?'' जसवंत ने पूछा।

''मेरी बीवी,'' श्यामसिंह ने छोटा सा जवाब दिया और मन लगाकर ठंडाई पीने लगा।

कुछ देर हम इन्तज़ार करते रहे कि वह आगे कुछ कहेगा, पर जब नहीं बोला तो सोच लिया, बूढ़े का मन है, यूँ ही इधर-उधर भटक रहा है, ध्यान देने की ज़रूरत नहीं है।

''अजी चीनियों का क्या है,'' मक्खासिंह ने बात का लट्टू अपनी तरफ़ घुमाया था कि श्यामसिंह कहने लगा, ''विक्रमसिंह फ़ौज में मेज़र था। राज़ पता चलने के कुछ दिन बाद उसकी पोस्टिंग तेज़पुर (असम) में हो गई। वहीं एक नागा लड़की लक्का से वह प्यार कर बैठा। विक्रम ने मुझे लिखा और मैंने फ़ौरन उसे दवा भेज दी,'' कहकर श्यामसिंह फिर ठंडाई पीने लगा।

''दवा? कैसी दवा? प्रेम की दवा होती है?'' मैंने और दत्त ने एकसाथ पूछा।

"और क्या नहीं तो प्रेमा ने मुझसे शादी कैसे की ?" जवाब के तौर पर श्यामसिंह ने सवाल हमारी तरफ़ फेंका।

उसका जवाब हमारे पास था नहीं, लिहाज़ा हम चुप रहे।

उसने कहा, "मज़े की बात यह है कि जब शुरू-शुरू में मेरा उससे प्यार हुआ और उसने यूँ दिखलाया कि वह मेरे नाम से नफ़रत करती है, तब भी मुझे दवा का इल्म था। पर मैं अपने को रोशनख़याल समझता था। उन दकियानूसी ख़ानदानी टोटकों को अपनाने में अपनी तालीम की तौहीन मानता था, जो इंग्लैंड में हुई थी।"

वह फिर बोला, "प्रेमा गांधी जी की चेली थी। उसका ख़याल था, मुझे अपनी ज़मीन-जायदाद, ओहदा सब छोड़कर, आज़ादी के लिए लड़ना चाहिए। साहब, मैं प्यार ज़रूर करता था, पर उसका मतलब यह नहीं था कि मैंने दिमाग़ से काम लेना बन्द कर दिया था। आज़ादी मिलने, न मिलने से आख़िर हम ज़मींदारों को क्या फ़र्क़ पड़ना था! पर जिस तरह प्रेमा बातें करती थी, पिलपिले खद्दरधारियों के गीत गाया करती थी, लगता था, उसे मेरा शिकार खेलना और घुड़सवारी करना नापसन्द है। मेरी छाती की चौड़ाई और बदन के गठीलेपन में उसे पाप नज़र आता है। चाहते न चाहते, मैं ठीक मजनूँ बनता जा रहा था।

"एक दिन मेरे हाथ अंग्रेज़ी की एक किताब, जान बूकन की 'ए ल्यूसिड इंटरवल' लग गई। करिश्मा देखिए इस कहानी में मेरे पूर्वज रामसिंह की उसी दवा का ज़िक्र था। एक साँस में मैं पूरी कहानी पढ़ गया। पढ़ते ही सोचा, जब एक अंग्रेज़ उसमें विश्वास कर सकता है, तब भला मैं किस खेत की मूली हुआ ?

"बस साहब, मैंने प्रेमा के रसोइये को पटा लिया और दूध में दवा..." वह बात बीच में रोककर ठठाकर हँस पड़ा।

"फिर क्या हुआ ?" जसवंत ने पूछा।

"सब जानते हैं," उसने कहा, "पुश्त दर पुश्त यह दवा हमारे ख़ानदान में चली आ रही है। उसके खाने से आदमी के सोचने का तरीक़ा बदल जाता है। जो तब तक सोचता आया हो, उससे ठीक उलटा सोचने लगता है।...अब प्रेमा का हाल क्या बयान करूँ। दूध का पहला घूँट भरा था कि तड़प कर बोली, 'यह साड़ी है या गधे का बोझ!' देखते-देखते उसने अपने बदन से खादी की साड़ी उतार फेंकी। अगले दिन जब मुझसे मिली तो क़ीमती रेशम की साड़ी पहने थी। ख़ुशमिज़ाजी से मुझसे बात की, ख़ालिस अंग्रेज़ी में, वह भी घुड़सवारी और पोलो से शुरू करके, लन्दन कैंब्रिज में हुई मेरी तालीम के बारे में। उसके बाद शादी के लिए उसे तैयार करने में भला कितनी देर लगती।"

एक बार फिर वही दिलकश मुस्कान फेंक, वह अपनी रोमानी यादों में खो गया, और हम, उस करामाती दवाई के करिश्मे की उधेड़-बुन में।

"यार, ऐसी दवा हो सकती है क्या ?" मक्खासिंह ने कहा।

"हो सकती है, बिलकुल हो सकती है," दत्त जोशीली आवाज़ में बोला।

सहसा मक्खासिंह चिल्ला उठा, "विक्रमसिंह! विक्रमसिंह ने क्या किया ?"

"मरते दम तक मैंने प्रेमा को दवाई के बारे में पता नहीं लगने दिया," श्यामसिंह ने कहा, "पचास साल हम शादीशुदा रहे, बस, बच्चा नहीं हुआ।"

"पर विक्रमसिंह ?" मक्खासिंह फिर चिल्लाया।

''वह मेरा भानजा था।''

''उसने चीनी कैसे भगाए?''

''चीनी हमले के दौरान, जब बाक़ी लोग मरने-मारने में व्यस्त थे, विक्रमसिंह जासूसी में लगा था। चीनियों का जनरल अपनी बर्बरता के लिए मशहूर था। सुना जाता था, उसका हुक्म था कि जब कोई सिपाही मैदान में घायल हो जाए तो उसके पीछे वाले, उसके हथियार लेकर, आगे बढ़ते चलें। उसकी देखभाल में वक़्त बर्बाद न करें। काफ़ी दिन खोज करने के बाद, उसे उसकी एक कमज़ोरी का पता चल गया। वैसे तो कामरेड जनरल च्यांग लाओत्से को किसी ने हँसते या रोते नहीं देखा था, पर सुनने में आया था कि तेज़ मिर्चदार खाना खाते हुए उसके होंठ ऐसे हिल उठते थे कि लगता था मुस्कराहट आते-आते रह गई। विक्रमसिंह ने यहीं चोट करने का इरादा किया। उसके ख़ानदानी हथियार के लिए था भी मुनासिब।

''विक्रमसिंह ने सूझ-बूझ के साथ एक वफ़ादार नागा, अंगम को चीनी फ़ौज में मिलवा दिया। उसने उन्हें हिन्दुस्तानी फ़ौज की पोज़ीशन और हालात के बारे में तमाम जानकारी दे दी। इसमें विक्रमसिंह की कितनी गहरी चाल थी, समझे?''

''पर ऐसी जानकारी देने से हिन्दुस्तानी फ़ौज का नुक़सान भी तो हो सकता था,'' मक्खासिंह ने आपत्ति की।

''कह दी न बच्चों वाली बात,'' श्यामसिंह हँसा, ''वही न मैं कह रहा हूँ! चीनियों को हिन्दुस्तानी फ़ौज के बारे में जानकारी पहले से थी, पर ठीक जानकारी देकर, अंगम उनके लिए भरोसे का आदमी बन बैठा। उसने यह भी बताया कि वह हिन्दुस्तानी फ़ौज में रसोइये का काम करता था। खोलने पर उसके झोले में से तरह-तरह के मिर्च-मसाले निकले। देखकर, च्यांग लाओत्से के मुँह में पानी आ गया। उसने अंगम से मिर्चदार मांस पकाने को कहा।

''मांस बनकर तैयार हुआ। च्यांग ने अपने बाडीगार्ड लुत्से से चखने को कहा। लुत्से ने एक निवाला खाया। फिर क्या था आँखों से बहा पानी, मुँह का रंग हुआ लाल और गले में लगा धसका। उसने अंगम को ऐसे देखा जैसे मौक़ा मिलते ही ज़िन्दा निगल जाएगा। अंगम मन में हँसा। लुत्से को भेड़िये से भेड़ बनाने का नुस्खा उसके पास था—वहीं मसालों के झोले में, अमचूर में मिला हुआ।

''ख़ैर, लुत्से की आँखों के पानी से च्यांग को सरोकार नहीं था। उसने शौक़ से मांस खाया। खाकर वही कशिश भरी मुस्कराहटनुमा चीज़ उसके होंठों पर थिरक उठी। अंगम ख़ुश हो गया।''

''तो मांस में दवा थी?'' मैंने पूछा।

''नहीं, उसने पहली मर्तबा नहीं मिलाई। वह उस दिन का इन्तज़ार करना चाहता था, जब खाने पर फ़ौज के सब बड़े अफ़सर जमा होने वाले थे।

''आख़िर वह दिन आ पहुँचा। बोमदिला शिकस्त का दिन। उस रात खाने पर बड़े अफ़सर मिलकर, तेज़पुर पर हमले का प्लान नत्थी करने वाले थे। बस, अंगम ने ख़ूब झोलदार मांस की तरी बनाई और भगवान का नाम लेकर, दवा उसमें मिला दी। रोज़ की तरह लुत्से ने चौकन्नी जलती नज़र उस पर फेंक, होंठ बिचका कर, मांस का कौर मुँह में डाला। पर आज उसके माथे पर शिकन नहीं आई, बल्कि वह खुलकर मुस्कराया और बोला, 'बढ़िया है!' अंगम समझ गया, प्लान कामयाब हो रहा है। पक्का सुबूत उसे तब मिला! जब भीतर मांस पहुँचाने पर लुत्से ने एक लम्बी जमुहाई लेकर कहा, 'कई रातों से सो नहीं सका। तुम यहीं रहो, मैं आराम करके

आया।' वह चला गया। उलटी धारा वाक़ई बह निकली थी। अन्दर भी खाना शुरू हो गया था। अंगम कान लगाकर भीतर की बातचीत सुनने लगा। मांस का टुकड़ा च्यांग ने तबीयत से चबाया, निगला और ज़ोर से चिल्लाया, 'यह कैसा शोर है? भगवान के लिए इसे बन्द करवाओ।' उसके मुँह से भगवान शब्द सुनकर, सब हक्के-बक्के रह गए। बचपन में कभी उसने भगवान का नाम लिया हो तो लिया हो, होश सँभालने के बाद तो माओ का नाम जपता आया था। उसके पास बैठे कामरेड कप्तान ने डरते-डरते कहा, 'कामरेड जनरल, यह तो रोज़ वाला शोर है। बंदियों से पूछताछ हो रही है।'

'' 'पूछताछ! यानी यातना!' च्यांग दहाड़ा, 'मेरे रहते हुए! तुम लोग इनसान हो या शैतान? बन्द करो यह सब!'

पहले भगवान, अब इनसान! कप्तान ने सोचा, च्यांग पागल हो गया, पर किया क्या जा सकता था! हुक्म तो उसका ही चलना था। कप्तान उठकर बाहर चला गया। च्यांग ने मुस्कराकर बाक़ी लोगों से कहा, 'आप लोग यह तरी तो चखिए!' उसके चेहरे पर मुस्कराहट देखकर लोग जहाँ के तहाँ रह गए। किसी के मुँह से बोल नहीं निकला! होश सँभलने पर हुक्म की तामील की। सबने एक-एक निवाला मुँह में डाल कर, जल्दी से पानी पी लिया। सबसे पहले पो-लिन ने निवाला निगला। फ़ौरन वह खड़े होकर बोला, 'कामरेड जनरल, कल आपने तेज़पुर पर हमला करने का हुक्म दिया था। पर मैं समझता हूँ आने वाली सर्दी और रसद की दिक़्क़तों को देखते हुए यह सरासर ग़लत क़दम होगा।'

''सब लोग मुँह बाये पो-लिन को अपने ही प्लान का बिरोध करते सुनते रहे, पर च्यांग एकदम फट पड़ा, 'चुप रहो,' वह दहाड़ा, 'इतना विनाश करके भी तुम्हें शान्ति नहीं मिली। अभी कसर बाक़ी है? उन बेचारों ने तुम्हारा क्या बिगाड़ा है? मेरा हुक्म है, फ़ौरन लड़ाई बन्द कर दी जाए।' तब तक बाक़ी लोग भी अपने-अपने निवाले निगल चुके थे और उन पर भी असर हो चला था। जहाँ तक च्यांग का सवाल था, हुक्म सुनाकर, वह उठकर अपने कमरे में चला गया। बाक़ी अफ़सरों ने मिलकर तय किया कि यह ख़बर पीकिंग भेजी जाए, हालाँकि हिन्दुस्तानी फ़ौजें हिम्मत-पस्त हैं, फिर भी, आने वाली सर्दी में आगे बढ़ना ख़तरे से ख़ाली नहीं है।

''बस, फिर क्या था। सन्देश लेकर कप्तान को पीकिंग रवाना कर दिया गया।'

''बात उन्हें जँच गई, और साहब, सीज़ फ़ायर हो गया,'' श्यामसिंह ने बात ख़त्म कर दी। काफ़ी देर तक चुप्पी रही। हम लोग तय नहीं कर पा रहे थे कि कहानी पर यक़ीन करें या नहीं। यक़ीन करने का मन नहीं था, पर यक़ीन किए बग़ैर रहा नहीं जा रहा था।

श्यामसिंह ने ठंडाई का एक और गिलास छाना और बोला, ''यह कहानी मेरे सिवा कोई नहीं जानता। इसके फ़ौरन बाद अंगम एक नागा मुठभेड़ में मारा गया।''

तभी मुझे एक ख़ौफ़नाक ख़याल आया।

''तो विक्रमसिंह के पास अब भी दवा है!'' मैंने घबरा कर कहा।

श्यामसिंह ने एक गहरी साँस भरकर कहा, ''विक्रमसिंह बेचारा सन् 1965 की पाकिस्तान मुठभेड़ में मारा गया।''

उसने आँखें बन्द कर लीं, पर मैंने उसे सोने नहीं दिया।

''उसने किसी और को वह दवा बतलाई होगी?'' मैंने पूछा।

"हमारे ख़ानदान का उसूल है, सिर्फ़ एक वारिस को दवा बतलाई जाती है। विक्रमसिंह के कोई बच्चा नहीं था और दूसरा कोई वारिस भी नहीं था। असल में उसे सपने में भी ख़याल नहीं था कि वह यूँ मारा जाएगा। संयोग कुछ ऐसा हुआ कि एक गोली पीछे आकर उसी को लग गई। बेचारा, राज़ साथ लिए भगवान को प्यारा हो गया।"

शुक्र है भगवान का, मैंने सोचा।

पर दूसरे क्षण मुझे मायूसी होने लगी। इतनी नायाब चीज़ दुनिया से उठ गई, बहुत बुरा हुआ।

तभी मक्खासिंह चिल्ला उठा, "वाह-वाह! ऐसी दवा हिन्दुस्तान में ही बन सकती है।"

मैंने सोचा, बात तो ठीक है। ऐसी दवा हिन्दुस्तान में ही ईजाद हो सकती है। यहाँ की हवा की करामात है, साहब। तभी न हमारे प्यारे नेता, इस मुस्तैदी से, आए दिन अपने नारे और दल बदल लेते हैं। हो न हो, यह करामाती दवा उन्हीं नेताओं की राख से तैयार की जाती होगी। तब मायूस होने की कोई बात नहीं है। दोबारा ज़रूरत पड़ने तक, दवा के लिए काफ़ी कच्चा माल जमा हो जाएगा।

(1980)

ख़रीदार

दफ़्तर से लौटी तो थकान के मारे बदन टूट रहा था। आज लोकसभा में महत्त्वपूर्ण परिप्रश्न होने थे। पश्चिमी बंगाल में हुई राजनीतिक हत्याओं के बारे में गृहमंत्री को प्रश्नों के उत्तर देने थे। उन्हीं का ब्योरा तैयार करने में लगी हुई थी। जब कभी किसी प्रसिद्ध व्यक्ति की हत्या के कारण मामला लोकसभा की नज़र में पड़ जाता है, तो यूँ ही फ़ाइलों को फिर खपाना पड़ता है। पूरा हफ़्ता इतनी व्यस्त रही कि सुनील तक से नहीं मिल पाई।

चाय पी कर सीधे शयनकक्ष में चली आई और बिस्तर पर लेट कर आँखें मूँद लीं। नींद के दो-चार झोंके आए पर पूरी तरह सो नहीं पाई। पास कहीं लाउडस्पीकर पर फ़िल्मी धुनें ज़ोर-शोर से बजे जा रही थीं। अनायास उसने पाया कि वह एक गीत के बजने पर उसके समाप्त होने की प्रतीक्षा कर रही है और उसके समाप्त होने पर दूसरे के आरम्भ होने की। फिर भी ज़िद करके आँखें बन्द किए रही। फिर ठीक कमरे की खिड़की के सामने शोर इतना उत्कट हो उठा कि बहाना किए रहना नामुमकिन हो गया। वह उठकर खिड़की पर चली आई।

छोटे क़स्बे की नौचन्दी की तड़क-भड़क के साथ सामने से बारात जा रही थी। विलायती बैंड की बेसुरी धुन पर तंग पतलूनें पहने लड़के, शरीर को झटका देकर नाच रहे थे। हंडों का तीव्र प्रकाश इस कठपुतली के तमाशे को अति नाटकीय शोभा दे रहा था। बीच में था घोड़े पर सवार, नौटंकी के नायक समान सजा-धजा दूल्हा।

शादी का इश्तिहार। आधुनिकता का पुट लिये हुए। दूल्हे का मुख खुला था। शायद सेहरा पहनने से इनकार कर दिया होगा। पर इस सर्कसनुमा जुलूस से नहीं कट पाया। ज़िन्दगी में एकाध बार आदमी तमाशा बनता है, वरना तमाशबीन रहता है। उसने देखा, दूल्हा काफ़ी बदसूरत है।

बदसूरत!

कितना भारी शब्द है, विशेषकर जब अपने आप पर लागू किया जाए।

बारात आगे बढ़ गई तो उसने दुबारा सोने का प्रयत्न नहीं किया। नींद ग़ायब हो चुकी थी, भीतर उमस महसूस होने लगी थी।

वह बाहर बाग़ में निकल आई। हरी घास देखकर सिर का भारीपन कुछ कम हो गया। उसने चप्पल उतार दी और नंगे पाँव घास पर चहलक़दमी करने लगी। उसने महसूस किया कि घास बहुत बढ़ी हुई है। बार-बार पाँव भीतर तक धँस जाता है और भुनगों-पतंगों का अम्बार उठ खड़ा होता है। कोफ़्त बढ़ गई और उसने ज़ोर से माली को आवाज़ लगाई। ''घास काटी क्यों नहीं गई ?'' उसने डपट कर पूछा।

''वह...साहब बोला था, सल्फ़ेट डलवा कर अपने सामने कटवाएगा, इसीलिए रोक रखा है...।'' माली ने सफ़ाई दी।

दस दिन से सुनील नहीं आया। वह भी इतना व्यस्त रही कि बुलवा नहीं पाई। इस बार बिना बुलवाये नहीं आएगा, यही तय हुआ था।

पिछले रविवार को उसने कहा था, ''नीना जी, बहुत दिनों से कुछ कहना चाह रहा हूँ। यही सोचकर रह जाता हूँ कि जो मेरे लिए अनिवार्य है, ज़रूरी नहीं है कि आपके लिए भी हो। यानी, जो मैं चाहूँ आप भी चाहें।''

''सो तो है,'' उसने स्नेह से कहा था, ''इतना घबराते क्यों हो, कह डालो।''

''एक बार मैंने आपसे कहा था न कि कभी-कभी विवाह अनिवार्य हो जाता है?''

''हाँ।''

''मेरे लिए हो गया है।''

वह चुप रही।

''मैं जानता हूँ, मैं बेकार क़िस्म का आदमी हूँ,'' सुनील कहता गया, ''पर आपने जो कहा, कह डालो।''

''मैं...''

''नहीं, नहीं। एकदम कुछ मत कहिए। सोच लीजिए। हाँ करें तो बुलवा लीजिएगा, जब आप चाहें।''

पहले-पहल सुनील उसके दफ़्तर आया था। कहा था, ''अपना वक़्त बर्बाद करने की अनुमति दीजिएगा?''

''क्या चाहिए?'' उसका स्वर कठोर पड़ गया था।

''मैं अफ़सरों पर लेख लिख रहा हूँ। कुछ प्रश्न?''

''अफ़सरों पर लेख! वह क्यों?'' वह हँस पड़ी।

वह एकदम बुझ गया।

''वैसे मैं कविता लिखता हूँ,'' उसने कहा।

उसे लगा जैसे किसी बच्चे को धक्का दे दिया हो।

''अच्छा! तो सुनाइएगा कभी।''

उसका स्वर शायद ही कभी इतना मधुर रहा हो।

''पर कविता से जिया नहीं जा सकता है,'' वह हँस दिया।

''तब पूछिए प्रश्न,'' वह स्वर को नम्र बनाए रही।

''आप सुबह कितने बजे उठती हैं?''

''बस, एक यही प्रश्न मत कीजिए।''

अब दोनों हँस पड़े।

''अच्छा...अपने काम से आप सन्तुष्ट हैं? अपने को स्वतंत्र पाती हैं? व्यवस्था को सुधारने के लिए आपके सुझाव?''

उसके बाद जब भी वह आया—घर पर। प्रश्न करने नहीं, चाय पीने, साथ बैठने, गपशप करने, कविता कहने। सुनील का साथ बहुत आरामदेह है। उसमें न कोई तनाव है न दबाव।

दफ़्तर से थकी-माँदी लौटती है। अगर सुनील बैठा मिल जाए, तो एक प्रकार का सन्तोष होता है। फिर बाग़ में आरामकुर्सियों पर बैठकर चाय पीना और उसकी कविताएँ आधी-पौनी सुनना भला लगता है। आगे के चन्द घंटों का भार वह उस पर डाल कर अलस निष्क्रियता का

आनन्द लेती है। नौकर चाय दे जाता है, सुनील प्यालों में डाल देता है और वह आरामकुर्सी पर सिर टिका लेती है। फिर बात करता है तो सुनील, कविता कहता है तो सुनील, घूमने-फिरने का कार्यक्रम बनाता है तो सुनील। यही नहीं, सुनील चुप रहना भी जानता है। जब वह अधिक थकी रहती है तो वह तब तक चुप बना रहता है, जब तक वह स्वयं कुछ न पूछे। उसकी चुप्पी भी अकेलेपन से बचा लेती है। बहुत भला है सुनील, और सुन्दर। गेहुँआ रंग, घने रेशमी केश, मांसल लाल होंठ। गुदगुदे होंठ, खुले होंठ, फड़कते-काँपते होंठ...

वह और तेज़ी से चक्कर लगाने लगी।

''मेरे लिए अनिवार्य हो गया है,'' सुनील ने कहा था, ''कभी-कभी हो जाता है।''

उस दिन सुनील ने पूछा था, ''नीना जी, आपने अब तक विवाह क्यों नहीं किया?''

''तुम तो ऐसे पूछ रहे हो जैसे कोई कहे, आज खाना क्यों नहीं खाया? यह कोई अनिवार्य क्रिया है?''

''नहीं,'' वह हँस दिया, ''कभी-कभी हो जाती है।''

''कब?''

''मसलन जब प्यार हो जाए।''

''तब तुमसे भी पूछा जा सकता है, तुमने विवाह क्यों नहीं किया?''

''मैंने तो किया था।''

''ओह!''

''कुछ दिन पाला-पोसा। क्लर्की करके। पर अधिक दिन नहीं करना पड़ा। दो वर्ष के भीतर बदक़िस्मती से या अपनी ख़ुशक़िस्मती से वह चल बसी। कुछ दिन तक लगा, अगर इलाज बढ़िया डाक्टर से कराया जाता तो बच जाती। फिर सोचा, मैं ठहरा कवि आदमी। कहाँ कमाने-धमाने के झंझट में पड़ता। फिर चेष्टा नहीं की।''

उसकी समझ में नहीं आया क्या कहना ठीक रहेगा, इसलिए चुप रही।

सुनील कहता गया, ''मेरी अपनी ज़रूरतें बहुत थोड़ी हैं। एक खाट हो, काग़ज़-पेंसिल हो, और दिन में एक बार खाना मिल जाए।''

''और तुम बैठे-बैठे कविता लिखते रहो।''

''बैठे-बैठे क्यों, नीना जी, लेटे-लेटे। और जब...ऊब जाऊँ तो बाग़बानी करूँ। सच, ज़मीन चीर कर जो कुछ निकले, गुलाब चाहे आलू, मुझे बहुत भला लगता है।''

''हमारे माली तो ऐसे हैं कि गुलाब के पौधे पर आलू निकल आए तो अचरज न हो।''

''कहें तो मैं ठीक-ठाक करवा दूँ?''

''करवा दो तो बड़ा आभार हो। मुझे देखने का वक़्त नहीं मिलता।''

तभी से कितनी बार दफ़्तर से लौटी है तो सुनील को बाग़ में काम करते या माली को हिदायतें देते पाया है। वाक़ई बाग़ पहले से कहीं सुन्दर और सुव्यवस्थित हो चला है। गुलाब पर बहार आ गई है। उसने एक पीला गुलाब तोड़कर जूड़े में खोंस लिया।

लाउडस्पीकर पर अब फ़िल्मी गीत नहीं बज रहे थे। संस्कार हो रहे थे। पंडित जी बड़े चाव से गाकर करा रहे थे।

वह चहलक़दमी करती रही और जाने कब के भूले-बिसरे दृश्य याद आते रहे। जिन क्षणों को दस-बारह वर्ष पहले हम गहरी पीड़ा के साथ जीते हैं, वही समय के साथ, डायरी के पन्ने

बनकर रह जाते हैं। एक-एक पन्ना स्पष्ट होकर उसके सामने आने लगा और वह हलके विनोद से पढ़ती गई।

उस दिन ज़रूर रविवार रहा होगा। तभी कॉलेज की छुट्टी थी और उसने सुबह-सुबह बाल धो डाले थे। माथे पर उनका शीतल अहसास लिये वह बरामदे में बैठी पत्र-पत्रिकाएँ पलट रही थी। पिछली रात वर्षा होती रही थी, सुबह नवजात शिशु के समान कोमल लग रही थी। लम्बी साँस खींचकर जो ठंडी हवा भीतर भरी थी, उसका हुलास अब तक महसूस कर सकती है।

माँ ने आकर कहा, ''तुझे एक ख़ुशख़बरी सुनानी है, वे लोग मान गए हैं।''

उसने साँस रोककर सुना और सिर्फ़ इतना कहा, ''क्यों?''

''हमने लिख दिया है जल्दी से जल्दी तारीख़ निकलवा लेंगे।''

''क्यों?'' उसने दुबारा कहा।

''देरी करने से क्या फ़ायदा।''

''कितने पर हुआ?'' उसने साँस छोड़ दी।

''तू उसकी फ़िक्र क्यों करती है? देना हमें है तुझे नहीं,'' माँ उदार थीं।

''नहीं। मैं नहीं करूँगी।''

''क्या? मालूम है कितनी मुश्किल से हुआ है?''

''मालूम है।''

''फिर?''

''वही पूछ रही हूँ न, कितने पर हुआ?''

''बीस हज़ार,'' माँ ने खीज कर कहा।

''मना लिख दो।''

''वाह!'' माँ एकदम रुआँसी हो गईं, ''बड़ी उर्वशी का अवतार है न, मना लिख दो। बार-बार किसकी चौखट पर नाक रगड़ने जाएँगे।''

''ज़रूरत नहीं है, मैं शादी नहीं करूँगी।''

''फिर क्या करेगी?''

''सोचना होगा।''

''देख,'' माँ अब समझाने पर उतर आईं, ''यह तो दुनिया का क़ायदा है। पहले-पहल लड़की की सूरत देखी जाती है और लड़के की कमाई। बाद में सब ठीक हो जाता है। तेरी तरह ज़िद करतीं तो आधी लड़कियाँ कुँआरी रह जातीं।''

''ठीक है माँ, तुम जाओ। मेरी फ़िक्र छोड़ो।''

उसने अख़बार उठाकर नज़रें उस पर गड़ा दीं। पर क्रमबद्ध पढ़ा नहीं। इधर-उधर से उठकर सुर्ख़ियाँ आँखों के सामने पड़ती रहीं।

...पलामू ज़िले में भीषण अकाल। आसाम में फिर नर-बलि। कारोलिना, अमेरिका में नब्बे वर्षीय कृषक का चौथा विवाह। हर मौक़े पे रंग, कोकाकोला के संग। चाहिए—कायस्थ युवक के लिए, सुन्दर गोरी कायस्थ लड़की। सुन्दर रंग, आकर्षक डिजाइन, रूबिया की बहार। चार अंकों की आय वाले विधुर के लिए सुन्दर-स्वस्थ कन्या। सुन्दर स्वस्थ, गोरी कन्या के लिए पंजाबी ब्राह्मण वर। फुसफुसाहट सी फुसफुसाती कालीसिंथ।

इश्तिहार और इश्तिहार।

जितना ख़राब माल उतना महँगा इश्तिहार। ज़िन्दगी ख़ुद एक इश्तिहार बनकर रह गई है। पूरी दुनिया दो गुटों में बँटी है—दुकानदार और ख़रीदार। ठीक है, मैं भी ख़रीदार बनूँगी, उसने तय किया। विक्रेता नहीं ख़रीदार!

आई.ए.एस. की परीक्षा पास करना उस मंज़िल की तरफ़ पहला क़दम था। आगे रास्ता अकेला और सपाट था। यह नहीं कि रास्ते पर कभी क़दम डगमगाए नहीं। शुरू-शुरू में ज़रूर डगमगाए पर धीरे-धीरे जमने लगे।

आई.ए.एस. हॉस्टल जाने के लिए वह सामान बाँध रही थी कि बाहर से आवाज़ आई, "गोरी बीबी जी, बादाम लेओ लाकांई?"

"हाँ-हाँ, भीतर आ जाओ," माँ का स्वर अतिरिक्त रूप से मधुर था, उन्हें अपने गोरे रंग पर गर्व था।

उसने झाँककर देखा, एक साँवली, लम्बी, सुडौल काया, मस्त चाल से भीतर घुसी है पर ख़ाली हाथ।

"बादाम कहाँ हैं?" माँ का खीज भरा स्वर सुनाई दिया।

"अरै या छै," और साँवली मूर्ति खिलखिला कर हँस दी। सुनकर मंत्रमुग्ध सी वह कमरे के बाहर निकल आई।

तभी वह भीतर पहुँचा और गठरी नीचे पटक दी।

"कितो तोलूँ?" औरत ने कहा।

"दाम?" माँ ने पूछा।

"चौदह रुपये।"

"नहीं बारह।"

"तेरह। बोवा का टाइम छै।"

"नहीं बारह।"

"तेरह सै कम को नै।"

"अच्छा चलो साढ़े बारह। एक सेर तोल दो।"

इस पूरे वार्तालाप के दौरान औरत की नज़रें मर्द पर टिकी रहीं। उसके कुर्ते के बटन टूटे हुए थे जिससे गले से चू रही पसीने की बूँदें नीचे तक महीन धारा बनकर फिसलती हुई दिख रही थीं। गठरी नीचे रखकर सीधे होते हुए बाँह की मांसपेशियाँ यूँ फड़क उठी थीं कि लगा कपड़े के बाहर फट पड़ेंगी।

"अब कै मैं उठाऊँगी," औरत ने बादाम तौलते-तौलते कहा।

"अरी जा," मर्द ने सिर्फ़ इतना कहा पर उसे लगा कुछ अश्लील घट गया। प्रेम-खिलवाड़ यूँ सबके सामने।

औरत मुस्करा दी। वह कमरे में लौट आई और देर तक शीशे के सामने खड़ी रही। चाहा ठीक उसकी तरह मुस्कराये। पर समझने में देर नहीं लगी कि होंठों को खींच देने से ही मुस्कराहट नहीं बन जाती। उस औरत में क्या है, वह देर तक सोचती रही। वह सुन्दर नहीं है, गोरी नहीं है, शायद स्वस्थ भी न हो। फिर क्या है जो उसकी हँसी को इस क़दर दिलकश बना रहा है, क्या आकर्षण है जो चुँधियाते प्रकाश के समान उसके शरीर से फूट रहा है?

उसने साड़ी सँभाली और पल्लू को बदन पर कस लिया। साथ ही कभी सुनी फुसफुसाहट मानस पर उभर आई...''नाक-नक़्श तो जो हैं सो हैं, चलो निभ भी जाएँ—पर इसकी तो छातियाँ...''

नहीं, उसने फिर तय किया। यह बिक्री का माल नहीं है। मैं ख़रीदार बनूँगी। विक्रेता नहीं, ख़रीदार।

दूसरा क़दम तब उठा, जब वह प्रशिक्षण समाप्त करके मैसूर के एक छोटे क़स्बे में सहायक कमिश्नर नियुक्त हुई। यूँ तो यह क़दम सभी प्रशिक्षार्थियों ने उठाया पर महिलाओं में से अधिकांश ने या विवाह करके कर्मक्षेत्र से त्यागपत्र दे दिया या वरिष्ठ पदवी से सुशोभित अफ़सर पति के मातहत पदवियाँ स्वीकार लीं। पर वह संकल्प और निष्ठा के साथ एकाकी पथ पर चलती गई। आज वह गृह मंत्रालय में संयुक्त सचिव है। न स्त्री है, न पुरुष, बस एक कुर्सी है।

ललचाई नज़रों से पुरुषों ने उसे कभी नहीं देखा, अब अग्राह्य दृष्टि से देखना भी बन्द होने लगा है। समझने लगे हैं कि वह विवेकशील है, कर्मकुशल है, स्त्री है तो क्या। उसे काम सौंपना होता है, सौंप कर उसकी क्षमता पर विश्वास करना होता है। यही नहीं, काम करते समय उसके आदेशों का पालन करना होता है। उसको बेवक़ूफ़ नहीं बनाया जा सकता, बनाने की इच्छा नहीं होती।

यह सब एकदम से नहीं हो गया। काम सँभालने के उन प्रारम्भिक दिनों को याद करके वह हँसे बग़ैर नहीं रह पाती। मैसूर के उस छोटे क़स्बे में सहायक कमिश्नर बनकर जाने पर, सबसे पहली मुलाक़ात वहाँ के ए.एस.पी. साहब से हुई थी। क्या रौबदार आदमी था! भरा-पूरा शरीर, लाल चेहरा और उस पर घनी पैनी मूँछें। मानो पुलिस अफ़सर नहीं पुलिस अफ़सरी का इश्तहार हो। उन्होंने एक चुभती नज़र उस दुबली-पतली बदसूरत लड़की पर डाली और कहा, ''ए.सी. साहिबा को नमस्कार करता हूँ।''

'साहिबा,' पर हलका सा ज़ोर दिया गया था जिसने सीधे-सादे अभिवादन को गाली का रूप दे दिया।

''नमस्कार,'' उसने निहायत औपचारिक स्वर में बिना मुस्कराये कहा, ''कैसा है यह प्रदेश?''

''काफ़ी सुरक्षित है।'' यानी एक औरत की पहली दिलचस्पी अपनी सुरक्षा में होगी।

''कोई ख़ास समस्या?''

''नम्बर एक—अनधिकार मद्यकरण, नम्बर दो—हर तीसरे साल सूखा और भूख। भुखमरी शब्द का प्रयोग निषिद्ध है।''

''आप अनधिकार मद्यकरण को भूख से पहले रख रहे हैं?''

''मैं पुलिस में हूँ।''

''अपराध चार्ट दिखाइए।''

''आपने देखा, इस प्रदेश में हत्या का नम्बर, मद्यकरण, चोरी और बलात्कार के बाद आता है।''

उनकी नज़र एक बार ऊपर से नीचे तक उसके शरीर पर घूम गई, कहा, ''शायद यहाँ की स्त्रियाँ कुछ ज़्यादा सुन्दर हैं।''

उसका पूरा शरीर भक से जल उठा, चेहरा तमतमा गया पर उसने कुछ भी कहने से अपने को रोक लिया।

''यहाँ की लम्बाड़ी आदिजाति अपराधी आदिजातियों के अन्तर्गत आती है,'' ए.एस.पी. साहब ने आगे कहा।

''अपराधी आदिजाति से क्या मतलब है आपका?'' उसने कठोर स्वर में पूछा।

''यही कि अधिकतर अपराध लम्बाड़ियों द्वारा किए जाते हैं या यह कि वे अपराध करते रहते हैं,'' ए.एस.पी. ने लापरवाही से कहा।

''अपराधी आप-हम भी हो सकते हैं। इससे क्या पूरे पुलिस फोर्स को अपराधी वर्ग घोषित कर दिया जाए? इनसान को वर्ग से अलग रखना चाहिए।''

''जी,'' वह मुस्करा दिये। किताबी बातें।

''मैं लम्बाड़ी गाँवों का दौरा करना चाहती हूँ।''

''तांडे तक गाड़ी नहीं जा सकती,'' उन्होंने ऐसे कहा जैसे बहस शुरू होने से पहले समाप्त कर रहा हो।

''तब पैदल चलेंगे।''

''घोड़ा जाता है,'' उनकी आँखें चमक रही थीं।

''ठीक है, घोड़े पर चलेंगे।''

सबसे पहले तांडे पर वही पहुँची थी। ए.एस.पी. के पहुँचने तक वह पेड़ के सहारे बैठी थर्मस से ठंडा पानी उँडेल कर पी रही थी और एकदम तरोताज़ा दिख रही थी।

''थक गए? पानी?'' उसने थर्मस आगे करके कहा और उनके घोड़े से उतरने से पहले कूद कर खड़ी हो गई।

ए.एस.पी. का स्थूल चेहरा पसीने से लथपथ था।

''चलें?'' उसने कहा।

वह बेचारे क्या जानें कि घोड़े पर सवार होते ही उसका व्यक्तित्व और हो जाता है। वह पूर्णतया स्वतंत्र, आत्मनिर्भर, संशयहीन हो उठती है। जैसे इस भव्य जंतु को ही नहीं, सम्पूर्ण सृष्टि को भगाए ले जा रही हो। चेहरे पर हवा के थपेड़े, शरीर पर भागते पैरों से हिचकोले, हाथों में सत्ता-स्वरूप लगाम, और बराबर से सरपट भागती वादियाँ।

ए.एस.पी. थे उदार। ईर्ष्या नहीं की, मान दिया।

बाद में हँसते-हँसते कहा था, ''वैसे तांडे तक जीप भी जा सकती है।''

''जानती हूँ।''

दोनों हँस पड़े थे।

उस दिन की स्मृति पर आज भी हँसी आ गई पर फ़ौरन गम्भीर हो गई। ए.एस.पी. ने उसे पूर्ण रूप से स्वीकार तब भी नहीं किया था। वह किया दंगे के बाद।

आँधी के समान वह उसके कमरे में घुस आए थे, ''गोली चलाने के लिए आपके आर्डर चाहिए। दो आदिवासी गुटों में दंगा हो गया है। पुलिस...''

''मैं चलती हूँ,'' वह बीच में उठ खड़ी हुई।

''वह औरतों के लायक़ जगह नहीं है,'' उन्होंने रुखाई से कहा।

''मैं ए.सी. हूँ,'' उसने उतनी ही नर्मी से कहा और आगे बढ़ गई।

"बीच-बचाव करते अब पुलिस पिट रही है। काफ़ी कर्मचारी घायल हो चुके हैं। गोली चलाने के सिवा कोई रास्ता नहीं है," जीप चलाते--चलाते उन्होंने कहा।

"देख लेते हैं," उसने कहा।

"यह दयाभाव दिखाने का समय नहीं है, अनुशासन का है," वह बेहद खीज रहे थे।

"दयाभाव अनुशासन से अलग नहीं है," उसने स्वर को कोमल बनाए रखा था।

दूर से जलते घरों की पृष्ठभूमि में लाठी चलाती काली आकृतियाँ एक कुशल छाया-नाटक का आभास दे रही थीं। पर पृथ्वी पर लोटती पुलिस वर्दी और पास बह रहा लाल रक्त कुछ और था। वर्दी के ऊपर जहाँ कुचला लोथ पड़ा था, वहाँ सिर रहा होगा। नहीं, वही सिर था!

उसे इतनी ज़ोर से उबकाई आई कि दोनों हाथ मुँह पर रखकर दबा देने पड़े। पसीने की ठंडक से सिहर कर पूरा शरीर एकबारगी काँप गया। मन हुआ आँखें कस कर मूँद ले और चिल्लाकर कहे, "वापस करो जीप! जल्दी!"

"गोली चलानी होगी," ए.एस.पी. के ठंडे स्वर ने उसे बचा लिया।

एक रुक्ष झिड़की के साथ उसने शरीर को ललकारा और आँखें पूरी खोल लीं। "नहीं।" उसके स्वर में ललकार बाक़ी थी, "माइक मुझे दीजिए। जीप आगे बढ़ाइए।"

वह माइक थाम कर खड़ी हो गई।

"बैठी रहिए," ए.एस.पी. ने सख़्ती से कहा।

"जीप आगे बढ़ाइए," उसने कहा।

ए.एस.पी. ने कन्धे झटक दिये और तूफ़ान की तेज़ी के साथ जीप को आगे झोंक दिया। उसके पीछे हथियारबन्द पुलिस से भरी तीन और गाड़ियाँ दौड़ीं। उनकी चापेट से बचने के लिए लोगों ने अनायास ही रास्ता दे दिया पर फ़ौरन गाड़ियाँ घिर गईं।

"मैं चेतावनी दे रही हूँ। एक मिनट के भीतर आप नहीं हटे तो गोली चला दी जाएगी।"

लोगों ने आश्चर्य से सुनी, औरत की आवाज़! तभी एक झनझनाता पत्थर आकर सीधा उसके कन्धे पर लगा। चटचट आवाज़ के साथ उसका शरीर आगे झूल गया, पैर उखड़ गये। पर उसने माइक छोड़ा नहीं, और कस कर थाम लिया। शरीर को झिंझोड़ कर सीधा किया और होंठों तक आई चीख़ को भीतर घोंट दिया। बेहोश होने से काम नहीं चलेगा। उसने सिर पर हावी होते काले बादल को ज़बरदस्ती हटा दिया।

"तीस सेकेंड और। फिर गोली चला दी जाएगी!" उसका स्वर अब सिर्फ़ एक ललकार था, "मैं गिन रही हूँ। एक-दो-तीन-चार-पाँच..."

हर अंक के साथ उसकी श्वेत साड़ी पर फैला लाल धब्बा बढ़ता जा रहा था। वह जान नहीं पाई कि अन्त में गिनती कहाँ तक बढ़ी।

"गोली तो नहीं चलानी पड़ी," होश आते ही उसने पूछा।

"हिलिए मत। पट्टी कर रहा हूँ," डाक्टर ने हिदायत की।

"कहाँ!" ए.एस.पी. ने कहा, "आर्डर देने से पहले आप बेहोश हो गई थीं," उन्होंने स्वर सपाट रखा पर मुस्कराहट नहीं रोक पाए। वह भी मुस्करा दी। फिर दोनों हँस पड़े।

बड़े भले थे वे दिन। चढ़ाई ही चढ़ाई। फिर मंज़िल।

आज उसके पास सब कुछ है। गाड़ी है, बँगला है, नौकर-चाकर हैं। क्लब की सदस्यता है, सभा-समारोह के निमंत्रण हैं। सफलता का अपना एक रूप होता है, वह भी उसके पास

है। उसकी चाल में आत्मनिर्भरता है, आवाज़ में रौब और चेहरे पर प्रभावशाली व्यक्तित्व की छाप। सबसे बड़ी बात यह कि वह जानती है कि उसके कुछ कहने पर लोगों को झुकना होगा, ध्यान देना होगा, उसकी ओर देखना होगा। चाहे दफ़्तर हो चाहे बैठक। औरतें क्या जानें यह जंजाल कहकर बात को उड़ा नहीं सकेंगे। उसके पास सब कुछ है। और जो नहीं है, कभी भी ले सकती है।

कल सुनील को बुलवाएगी। पिछले हफ़्ते उतना सोचा नहीं। वक़्त नहीं मिला। अब अकेले अच्छा नहीं लग रहा। सुनील सचमुच अच्छा लड़का है—सुन्दर और निष्कपट। फिर कल क्यों? आज ही सही। आख़िर वह अब एक ख़रीदार है।

(1980)

प्रतिध्वनि

"मेरे साथ गाओ—हाईया।"

"हाईया।"

"ताली बजाओ—क्लैप क्लैप क्लैप।"

क्लैप। क्लैप। क्लैप।"

थिरकते क़दम।

बल खाते बदन।

सिरों के ऊपर उठे सर्पीले सरसराते हाथ।

त्ता त्ता बजती हथेलियाँ।

धमक देते पाँव।

झटका खाते बदन।

तेज़। और तेज़। और और तेज़।

हाईया। हाईया। हाईया।

धम धम धम।

लहराता, बलखाता, तड़फड़ाता बदन।

कँपकँपाता, थरथराता, टेरता स्वर।

लय? ताल? सुर?

हाईया-हाईया-हाईया।

एक के साथ एक

शोर का सम्मोहन।

भीड़ का सम्मोहन।

सटे अंगों का सम्मोहन।

विवेक से परे, अनायास आदेश पालन का सम्मोहन।

एक मैं ही तो नहीं बहक रहा।

एक मैं ही तो नहीं ताली पीट रहा।

एक मैं ही तो नहीं झूम रहा।

एक मैं ही तो नहीं चीख़ रहा।

मेरे साथ भीड़ है।

मेरे साथ नेता है।

हुक्म वह देता है

ताली बजाओ—त्ता-त्ता-त्ता।

मैं नहीं बजाता, वे बजाते हैं।
मैं तो सिर्फ़ अनुसरण करता हूँ।
आदेश वह देता है,
मिलकर गाओ—हाईया!
मैं नहीं चिल्लाता, वे चीख़ पड़ते हैं।
मैं चीत्कार सा फूट पड़ता हूँ।
ज़िम्मेदारी उसकी है, मेरी नहीं।
वे भी यही सोचते हैं।
सोचते नहीं, महसूस करते हैं।
सोच के दायरे से बाहर आकर भी दायरों में बन्द रहते हैं।
मैं भी रहता हूँ।
कोई कहने वाला न हो तो वे
इस तरह कूद सकते हैं, झूम सकते हैं, चीख़ सकते हैं?

वे बहना नहीं जानते, सिर्फ़ उछलना जानते हैं
वे लहर नहीं हैं, तरंग नहीं, हिलोर नहीं हैं।
वे ठहरे पानी में बाँस सरीखे हैं
धकेल दो, आगे सरक जाएँगे।
खींच लो, पीछे पलट आएँगे।
डोरी फँसाकर घुमा दो, चकरघिन्नी खाते चले जाएँगे।
जब तक डोरी वापस न खींच लो।
सम्मोहन तोड़ दो, लट्टू रुक जाएँगे।
कितना आसान है
उनके घूमने की धुरी एक है।
वे इस चौकोर दायरे से बाहर नहीं भागे।
कोशिश नहीं की।
क्यों करें?
वे अलग व्यक्ति नहीं, समूह के अवयव हैं।
समूह डोरी से बँधा उसकी आवाज़ में क़ैद है।
सम्मोहन समूह में है, साथ देने में है।
होने के अहसास को छोड़कर होने में है।
उस दायरे के बीच जीने में है जहाँ कोई सवाल नहीं करता।
तुम क्यों हो?
यहाँ क्यों हो? ऐसे क्यों हो? इस हाल में क्यों हो?
सिर्फ़ कहता है, तुम यह हो, यहाँ रहो, ऐसे करो,
इस हाल में रहते चलो।

जब तक नगाड़े पर धमक पड़ रही है।
गिटार की रगें तड़प रही हैं।
ये लोग झूमेंगे, झूलेंगे, झटका खाएँगे
आदेशों की थापें थम जाने पर सीधे होकर
अपनी सीटों पर जा बैठेंगे।
पेशानी पर आया पसीना पोंछेंगे और...सम्मोहन टूट जाएगा।
अपने-अपने घर जाकर वे अपनी
ज़ंजीरों में जकड़े अपनी दिनचर्या में जुट जाएँगे।
वे न जानें कि उन ज़ंजीरों को
कसने में उसका हाथ है, वह उन्हें
भीड़ का अंग बनाता है। तो क्या हुआ?
वे और ही क्या जानते हैं?
वे सिर्फ़ महसूस करते हैं अपना होना
अलग से नहीं, सम्मोहित समूह के अंश रूप में।

"कृष्ण कृष्ण! हरे कृष्ण!"
"कृष्ण कृष्ण! हरे कृष्ण!"
"तुम जो राधा होते श्याम..."
"तुम जो राधा होते श्याम..."
"तुम जो..."
"तुम जो..."
"राधा होते श्याम। श्याम श्याम। राधे श्याम!"
"श्याम श्याम! राधे श्याम!"
झूम-झूम लड़खड़ाते क़दम।
बल खाते गेरुआ चोले।
इधर-उधर लरज़ते हाथ
दाएँ-बाएँ झूलती गरदन।
सुलगती सम्मोहित चितवन।
"कृष्ण कृष्ण! कृष्ण कृष्ण!"
"कृष्ण कृष्ण! कृष्ण कृष्ण!"

लस्त-पस्त पड़ते पाँव
सिरों के ऊपर उठे सर्पीले सरसराते हाथ
त्ता त्ता बजती हथेलियाँ।
घंटियाँ टुनटुनाओ। मंजीरे खनखनाओ।
ढोलकी पर थाप दो।
"कृष्ण कृष्ण! राधे कृष्ण!"

भगवान है भगवान का अवतार है।
वह कहता है, है।
वे नहीं जानते उन्होंने नहीं देखा वे समझना नहीं चाहते।
वे सुन रहे हैं और महसूस कर रहे हैं।
भगवान है भगवान का अवतार है। वह कहता है, है।
भगवान व्यक्ति के लिए नहीं होता।
वह समूह का संचालक है।
वे व्यक्ति नहीं हैं समूह के अंग हैं।
संचालित होने में कितना आनन्द है
मुक्ति? नहीं-नहीं, निर्वाण।
कोई रोक नहीं, रुकावट नहीं।
अपने अंगों तक पर अंकुश नहीं।
जिधर पड़ते हैं पड़ने दो।
हाथ-पाँव ही हैं न।
आह, कोई और चलाए तो डगमगा कर चलने में
कोई अपराधबोध नहीं।
भगवान है, वह कहता है, है।
बहक लो जितना वह बहकाए, फिर भी तुम गुमराह नहीं।
करो करो, जो वह कराता है, करो।
सुनो सुनो, जो वह सुनाता है, सुनो।
उसकी मानो, भगवान है।
भजो राधे कृष्ण। राधे कृष्ण।
तुम जो राधा होते श्याम...
तुम जो
जो तुम...
राधा होते श्याम...

''इंकलाब ज़िन्दाबाद!''
''ज़िन्दाबाद! ज़िन्दाबाद!''
मैं ज़िन्दाबाद।
मेरा होना ज़िन्दाबाद
दाएँ-बाएँ। सामने देख।
ठक-ठक। ठक-ठक।
जूतों की ठमक।
सीधे तने बदन।
झंडा फटकारते हाथ।
इंकलाब! इंकलाब! इंकलाब!

ज़िन्दाबाद! ज़िन्दाबाद! ज़िन्दाबाद!
एक के पीछे एक।
सिरों की क़तार।
पताकाओं का हुजूम।
धमकते क़दमों का जुलूस।
फड़कते नारों का शोर।
सिरों के ऊपर उठे सर्पीले सरसराते हाथ
त्ता त्ता बजती हथेलियाँ।

ज़िन्दाबाद-ज़िन्दाबाद-ज़िन्दाबाद!
ज़िन्दाबाद कौन?
वे नहीं जानते। जानना नहीं चाहते।
वे बस सुन रहे हैं, भड़क रहे हैं चीख़ रहे हैं।
धधक रहे हैं। वह कहता है आगे बढ़ो।
वे आगे बढ़ रहे हैं
वह कहता है जला डालो।
वे आग सुलगा रहे हैं।
वह कहता है तहस-नहस कर डालो।
वे गोली चला रहे हैं।
वे उस सरहद पर मँडरा रहे हैं जहाँ कोई सवाल
नहीं करता। तुम क्यों बढ़ रहे हो सुलग रहे हो
झपट रहे हो? वह कहता है मैं हूँ।
तुम हो क्योंकि मैं हूँ।
जो मैं कहूँ करो।
कहीं ऐसा न हो मैं न रहूँ।
फिर तुम्हारा क्या होगा?
तुम हो क्योंकि एकसाथ हो मेरे पीछे हो।
आगे का रास्ता अनजान है
मेरे बिना तुम कैसे जानोगे रास्ता किधर जाता है?
तुम बँट जाओगे। बँटकर बिखर जाओगे। बिखर कर
व्यक्ति बन जाओगे।
उन संकुचित दायरों में क़ैद जहाँ हर
क़दम की ज़िम्मेदारी तुम्हारे कन्धों पर होगी।
यहाँ ज़िम्मेदारी मुझ पर है।
तुम्हें सिर्फ़ क़दम से क़दम मिला कर चलना है।
साथ बढ़ते क़दमों का सम्मोहन।
साथ उछलते नारों का सम्मोहन।

साथ होने का सम्मोहन।
क्या कम है?

वह ज़िन्दाबाद!
उसका होना ज़िन्दाबाद!
अनेक से पहले एक।
एक के पीछे अनेक।
अनेक में सिमट कर एक।
सम्मोहित अनेक। सम्मोहन एक।
ताली बजाओ, क्लैप क्लैप क्लैप।
तान लगाओ, कृष्ण कृष्ण कृष्ण।
नारा उठाओ, ज़िन्दाबाद ज़िन्दाबाद ज़िन्दाबाद।
कौन दर्शक?
कैसा प्रश्न?
किसका निर्णय?
चुनाव कर लो।
अधिकार है तुम्हें।
जिसकी प्रतिध्वनि बनकर जीना चाहते हो
जी सकते हो।

(1980)

ग्लेशियर से

मिसेज़ दत्ता अकेली ताजीवास ग्लेशियर की तरफ़ जा रही हैं।

ताजीवास ग्लेशियर है। सब गाइड किताबों में लिखा है, है। इतने सारे लोग उसे देखने सोनमर्ग आए हैं। इसलिए...ज़रूरी है...कि है...पर...दिखलाई नहीं दे रहा...

दिखलाई जो दे रहा है, बिलकुल साफ़ दिख रहा है, वह है, आसमान को छू रहे हरे पहाड़ों की चोटियों पर पुता सफ़ेद रंग। बस में आते हुए रास्ते में ही दीख गया था।

''बर्फ़, वह देखो बर्फ़,'' मिस्टर दत्ता ने अपनी सीट से कहा था।

''बर्फ़,'' सीट नम्बर चौदह ने खँखारकर कहा था। ''बर्फ़,'' सीट नम्बर तेईस ने किलक कर कहा था। ''बर्फ़,'' सीट नम्बर दो और तीन ने इकट्ठा कहा था। मिसेज़ दत्ता ने देखा था, पहाड़ों की चोटियों पर सफ़ेदी जमी है। हाँ, वह बर्फ़ है...होनी तो चाहिए।

पहाड़ों पर बर्फ़ होती है।

बर्फ़ सफ़ेद होती है।

बर्फ़ ठंडी होती है, बेहद ठंडी...बर्फ़ की तरह।

वे जानती हैं।

नहीं, जानती नहीं। उन्होंने पढ़ा है, ऐसा होता है, सुना है, ऐसा है। देखा नहीं तो जाना क्या ?

दूर बर्फ़ है। बर्फ़ दूर है। पर मरीचिका की तरह नहीं। चन्द क़दम चल लेने पर पास आ जाएगी.. पैरों के नीचे...ताजीवास ग्लेशियर सिर्फ़ दो मील दूर है। मिसेज़ गुप्ता, मिसेज़ सोनी, मिसेज़ लाल उस पर चल सकती हैं तो मिसेज़ दत्ता क्यों नहीं ? मिसेज़ दत्ता हर वह काम कर सकती हैं जो मिसेज़ बत्रा, मिसेज़ सोनी, मिसेज़ सिंह करती हैं। अपने-अपने दायरे के भीतर आदमी एक-दूसरे के बराबर होता है!

पर...मिसेज़ दत्ता तो अकेली ग्लेशियर जा रही हैं।

मिस्टर दत्ता ने कहा था, आज टूरिस्ट बँगले में आराम करेंगे, कल सुबह ग्लेशियर देखने चलेंगे...जल्दी क्या है ?

तीन बजे वे टूरिस्ट बँगले पर पहुँच गए थे।

चार बज रहे थे...

ग्लेशियर दो मील दूर है...ग्लेशियर सोलह घंटे दूर है...मिसेज़ दत्ता को मिस्टर दत्ता के साथ ग्लेशियर देखने जाना चाहिए...मिसेज़ दत्ता को अकेले घूमने की आदत नहीं है...

पाँच बज गए...

मिस्टर दत्ता चाय का तीसरा प्याला पी रहे हैं...मिसेज़ दत्ता दूसरा प्याला पी कर तृप्त हैं...आँखें मूँदे आराम कर रही हैं...कल ग्लेशियर चलेंगे...ग्लेशियर पन्द्रह घंटे दूर है...ठीक है...बात-बात पर बेताब होने की मिसेज़ दत्ता की आदत बरसों पहले छूट चुकी...

साढ़े पाँच बजने लगे...

ऐसा भी होता है कि तोहफ़े पर चढ़े झीने काग़ज़ को उघाड़ने में डर लगता है और तोहफ़ा...मिसेज़ दत्ता को ख़ुद से डर लगता है...काग़ज़ झीना है पर एक के ऊपर एक, बेहिसाब, न जाने कितनी परतें हैं, कब तक कोई उतारे ? मिसेज़ दत्ता को मिसेज़ दत्ता बने रहने की आदत है...

छह शायद बजे नहीं...

एकाएक हवा को न जाने क्या हो गया!

हू-हू कर रोती हुई बदहवास हवा उठी और चीड़ के घने दरख़्तों से टकरा-टकराकर सिर धुनने लगी।

मिसेज़ दत्ता की आँख खुल गई। क्या हुआ ? यह हवा को क्या हो गया! वे उठकर खड़ी हुईं कि हवा आकर उनकी छाती से लिपट गई। गले में पड़े दुपट्टे ने अड़चन पैदा की तो खींचकर उसे दूर फेंक दिया। चीड़ के दरख़्त की तरह चौड़ा उनका सीना नहीं है...बिलखती हवा को सँभालें कि दुपट्टा...

आदतन मिसेज़ दत्ता दुपट्टे के पीछे चल दीं और दौड़ने पर मजबूर हो गईं। हवा पागल हो चुकी थी, मिसेज़ दत्ता को दौड़ने की आदत न थी, फिर भी कुछ बदहवासी के बाद दुपट्टा हाथ आ गया। पर हवा का बिलखना न रुका। वे खड़ी रहीं पर चीड़ के दरख़्त झुक गए। शाख़ें झुकतीं और धक्का खाकर सीधी हो जातीं, हवा को उनकी हमदर्दी क़बूल न थी।

दुपट्टा हाथ में पकड़े, मिसेज़ दत्ता हवा के थपेड़े सहती कुछ देर खड़ी रहीं फिर जाने क्या हुआ कि ख़ुद अपने हाथ से उन्होंने दुपट्टा दूर फेंक दिया और हवा के बहाव के साथ चल दीं...दुपट्टे को पेड़ों ने उलझा लिया पर मिसेज़ दत्ता चलती गईं...

दस साल पहले वे मिसेज़ दत्ता नहीं थीं...

श्यामला पुरी ने कहा था, चल, हम दोनों बारामुला के पहाड़ों पर रहकर मधुमक्खियाँ पालें। मुँह पर जाली बाँध कर छत्ते में हाथ डालेंगे, शहद चुराएँगे और बेचेंगे शहर-शहर, पहाड़-पहाड़, ऊँचे और ऊँचे, बर्फ़ के साथ...तू और मैं...

नहीं-नहीं, ऐसा भी कहीं होता है। कभी सुना नहीं, देखा नहीं...

तो चल हम लोग भेड़ पालें...जम्मू में पठान खानाबदोशों के खेमों में रहेंगे, सर्दी ख़त्म होने पर चल देंगे...कंगन...सोनमर्ग...लद्दाख...हर महीने नया पहाड़, नया खेमा, पहले से लम्बी ऊन...साल में एक बार ऊन काटेंगे और बेच देंगे, अरे, मन हुआ तो भेड़ ही बेच डालेंगे। फिर नई जगह, नया खेमा, नया धंधा,...तू और मैं...बस हम दो और पहाड़...हर सुबह नया पड़ाव...

नहीं-नहीं, कैसे होगा ? न-न, मुमकिन नहीं है यह होना...कोई भी तो ऐसे नहीं जीता...हमारे जानने वालों में...कोई भी तो नहीं...

श्यामला को लोग पागल कहते थे। थी जो पागल...थी ? बी.ए., बीच में छोड़कर एक दिन एकाएक ग़ायब हो गई, जाने कहाँ। पर जाने से पहले...

तब वे मिसेज़ दत्ता नहीं थीं पर...

क्या थीं वे ?

मिसेज़ दत्ता बनने की तैयारी में मशग़ूल एक अदना लड़की।

हर लड़की श्यामला नहीं हो सकती...

दस साल से उन्होंने व्यतीत को याद नहीं किया। आज अचानक हवा को क्या हुआ...पहाड़ों पर घूमती श्यामला याद आ गई।

श्यामला बहुत लम्बी थी, देवदार की तरह। ढीला कुर्ता और पाजामा पहना करती थी। दुपट्टा ओढ़ती तो चलते-फिरते रास्ते में कहीं गिर जाता...चलती तो थी नहीं श्यामला, दौड़ती थी, इस पगलाई हवा की तरह...पागल नहीं तो क्या कहते उसे...

श्यामला...श्यामला...श्यामला...

श्यामला उसे, मिसेज़ दत्ता को, जो तब मिसेज़ दत्ता नहीं, उषा भटनागर थी, बहुत प्यार करती थी...

हर लड़की के लिए ज़रूरी नहीं है कि वह क़ीमती पर्दों के नीम अँधेरे में सोफ़ों और कालीन के रंग मिलाती हुई जिए, पत्थर और लकड़ी के चन्द टुकड़ों पर बिछे रंगीन कपड़ों को घर कहकर पुकारे और हर बरस घर के सामान में लोगों को दिखलाने लायक़ इजाफ़ा करती हुई, एक दिन ख़ुद भी बेशक़ीमती सामान का दर्जा हासिल कर ले, श्यामला कहा करती थी...

हर औरत के लिए मुनासिब नहीं है कि वह अपने से एक चौथाई दिमाग़ वाले आदमी से शादी करके, उम्र भर उसके कहे जुमले दोहराती हुई जिए जो उसने बासी किताबों से चुराये हों, श्यामला कहती थी...

पर...उसे, उषा भटनागर को ख़ुद अपने से उतना प्यार नहीं था, जितना श्यामला को उससे था, लिहाज़ा...एक दिन उषा भटनागर मिसेज़ दत्ता बन गई...

पर मिसेज़ दत्ता तो अकेली...

यह वक़्त ग्लेशियर जाने का नहीं है, सूरज डूबने को है, अँधेरे में पाँव फिसल गया तो...और फिर जल्दी क्या है, सुबह आराम से नाश्ता करके, गाइड साथ लेकर चलेंगे, मिसेज़ दत्ता ने ख़ुद से कहा, ख़ुद-ब-ख़ुद कहा क्योंकि कुछ देर पहले मिस्टर दत्ता ये शब्द कह चुके थे पर...वह वापस नहीं लौटीं, ग्लेशियर की तरफ़ बढ़ती गईं...

रास्ता ऊबड़-खाबड़ है। पहाड़ के बीच चढ़ती-उतरती, पत्थर लुढ़काती, घास से महरूम धूल भरी पगडंडी है। पर ग़लतफ़हमी की गुंजाइश नहीं है। इतने पैर उसे रौंद गए कि यह पहाड़ी पगडंडी बड़े शहर की गली की तरह पालतू हो चुकी है। मिसेज़ दत्ता सही गली की मुसाफ़िर हैं।

फिर भी...

पगडंडी पर वे नीचे उतर रही हैं, झुंड के झुंड सैलानी ऊपर चढ़ रहे हैं। ऊबड़-खाबड़ पथरीली राह वे ऊपर चढ़ रही हैं, पर्यटकों की भीड़ नीचे उतर रही है, वे ग्लेशियर की तरफ़ जा रही हैं, लोग ग्लेशियर से लौट रहे हैं।

"घोड़ा ले लो मेमसाब, सिर्फ़ पन्द्रह रुपये," आवाज़ आई है।

मेमसाहब ने देखा है, ठीक–ठीक गाइड है। सिर पर गोल प्यालानुमा कश्मीरी टोपी, मैला–पैबन्द लगा कुर्ता–पाजामा, जाकेट, नाटे क़द का जवान आदमी, बोलने का ठीक गाइडनुमा अन्दाज़।

"नहीं," उन्होंने कहा, "नहीं।"

"ले लो मेमसाब, हम भी कुछ कमाएगा। दस रुपया लेगा।"

"नहीं," उन्होंने फिर कहा, "नहीं।"

मैदान में दिन ढल चुका था। पर यहाँ...न जाने कितना वक़्त गुज़रा होगा...सूरज सिर पर है। गरम तीखी रोशनी सोच को पिघला रही है। मैं कौन हूँ...मिसेज़ दत्ता...बार–बार याद करना पड़ रहा है...

"किधर जाएगा मेमसाब, ग्लेशियर?"

कोई दूसरा गाइड है या शायद वही पहले वाला। एक कम्पनी की बनी मोटर गाड़ियों की तरह हैं सब।

"ग्लेशियर जाना, मेमसाब?"

"हाँ...नहीं..." उसने कहा, "पता नहीं अभी..."

"यह रास्ता तो ग्लेशियर जाता है," गाइड जानकारी दे रहा है। आवाज़ें और भी हैं...

मिसेज़ दत्ता, क्यों ख़्वाहमख़्वाह अपने को बहका रही हो। तुम ग्लेशियर जा रही हो और सही–सीधे जाने–पहचाने रास्ते से। तुम चाहो तो भी ग़लत रास्ते पर नहीं चल सकतीं...

तुम किससे बात कर रही हो! मिसेज़ दत्ता...कौन है वह? कहाँ है?

मुझसे? मैं मिसेज़ दत्ता हूँ?

नहीं...हाँ...हो...नहीं हो?

तुम हो, तुम।

मैं...मैं...कौन...मिसेज़ दत्ता...

तुम ग्लेशियर जा रही हो।

कौन हो तुम? कौन...कौन...

मैं...मेरा नाम...

उषा! मिसेज़ दत्ता! ग्लेशियर! बर्फ़! श्यामला! बर्फ़ की श्यामला! सूरज का ग्लेशियर! नहीं, बर्फ़ का ग्लेशियर! सूरज की श्यामला! उ...ऽषा उ...षा...ऽषा...उ...ऽषा...

"चुप," उसने कहा, "प्लीज़ इतनी सारी आवाज़ों में मत बँटो। मैं सोचना चाहती हूँ।"

पर सूरज की किरणें कब मानती हैं? हज़ार–हज़ार बूँदों में बँटकर बरसती रहीं। सात–सात रंगों में झिलमिला कर तरसाती रहीं। सोच पिघल कर मोम बन गया।

सामने क्या वही बह रहा है—मोम का सोता? लावे की तरह उबलता...काले पत्थरों पर रंगीन लौ जलाता...

"घोड़ा ले लो मेमसाब," गाइड फिर पुकार रहा है, "नदी पार नहीं कर सकेगा।"

तो यह नदी है। क्या बहाव है! सूरज और बर्फ़ के सम्मोहन से पैदा हुई नदी। ग्लेशियर को भी आख़िर पिघलना पड़ा...सूरज की किरणें पत्थर को भी न पागल बना दें तो...

''घोड़े पर पार कराएगा, मेमसाब। हम भी कमाएगा, ग़रीब आदमी है। सिर्फ़ पाँच रुपये,'' गाइड क़रीब आ गया।

उसने जवाब नहीं दिया।

वह एकटक नदी के बहाव को देख रही है।

इतनी तेज़ तो कभी श्यामला भी नहीं दौड़ी।

लगा दूँ छलाँग? कूद जाऊँ पानी में?

समुद्री उफ़ान में वह उन्माद कहाँ जो इस पहाड़ी नदी में है। उठाकर पत्थर पर पटक देगी और बहा ले जाएगी, चूरा हुई देह के हर टुकड़े को साथ। समुद्र और पहाड़ी नदी में यही तो फ़र्क़ है। समुद्र की लहरें जाकर लौट आती हैं, पर पहाड़ी नदी जिस दिशा में दौड़ पड़ी तो दौड़ पड़ी, वापस नहीं आती। एक बार बदन क़ब्ज़े में आ जाए, उत्कंठित पानी उसे छोड़ेगा नहीं। रेशा-रेशा अलग हो जाए, सात रंगों से सात आवाज़ें फूट निकलें...कितना भी ठोस पत्थर हो, अख़्तियार उसका रहेगा नहीं। हर रेशे, हर रंग, हर आवाज़ को मथता पानी बहा ले जाएगा... उसे...वह कौन है... ?

''छाती तक पानी है मेमसाहब, दो रुपये में पार उतारेगा,'' गाइड ने आख़िरी कोशिश की।

छाती तक पानी में खड़े होकर आँखें मूँद लो। पहाड़ी नदी का जुनून ख़ुद पाँव उखाड़ देगा, फिर पत्थर भी...

उतर जाऊँ पानी में? बह जाने दूँ शरीर को... ?

उसकी आँखें मुँद गईं।

नदी का पानी, सूरज की बँटी किरणें, पत्थर और पगडंडी एकसाथ ऊपर उठे और गड्डमड्ड होकर गोल-गोल चक्कर काटने लगे।

वह सिर पकड़कर वहीं नदी के किनारे बैठ गई।

नदी का पानी खिलखिला कर हँस पड़ा।

डरपोक! डरपोक! ठोस धरती से इतना लगाव! पार नहीं जाना? नहीं जाना पार?

उस पार! उस पार!

वह बैठी रही।

पानी हँसता रहा।

सारे सैलानी लौट गए।

गाइड ने हार मान ली।

उसने धीरे-धीरे आँखें खोलीं।

सामने नदी का अट्टहास करता पानी है पर दूर...पानी से परे...

वह घास पर बैठी है। चार क़दम पर बर्फ़ है। उसने छू कर देखी है। हाँ, बर्फ़ है। चीड़ की टूटी-बिछी फुनगियों सी उगती टहनियों से अटी बर्फ़ की ज़मीन। पर बर्फ़ को खिजाता नदी का पानी है।

चार छलाँग लम्बी नदी की चौड़ाई है। आदमी को सिर्फ़ एक छलाँग की इजाज़त है। पर बर्फ़?

उसने ध्यान से देखा...उससे कुछ क़दम आगे पानी से रास तोड़े नहीं टूट रही। इस तरफ़ की बर्फ़ ने उस तरफ़ की बर्फ़ से मिलकर जीन कस दी है। बर्फ़ के उस छोटे से पुल के नीचे पानी बेपनाह छटपटा रहा है।

वह उठकर खड़ी हो गई।

हँसने दो पानी को। बर्फ़ पर सवार होकर वह नदी पार कर लेगी।

चिढ़ाते पानी को चिढ़ा कर वह हँस दी।

"एई लड़की, किधर जाता है?" कानों में एक कड़कदार आवाज़ पड़ी।

क्या हुआ? पानी बोल पड़ा या पुल नाराज़ हो गया?

उसने चौंककर इधर-उधर देखा...कहीं कोई नहीं है। बस, सूरज सिर पर है और गर्म रोशनी सोच को पिघला रही है।

उसने पैर आगे बढ़ाया।

"किदर जाता है लड़की?" आवाज़ फिर गूँजी।

सिर को हाथों में थाम कर उसने देखा...

दाएँ हाथ पर, चीड़ की बिखरी टहनियों और नाटे पौधों पर हावी बर्फ़ की चढ़ाई है। आवाज़ उधर से आई है।

उसने देखा और आँखें मल कर फिर देखा, बर्फ़ की उस चढ़ाई पर एक ऊँचा दरख़्त उगा है...एक अकेला...चीड़ से ऊँचा...पहाड़ी पीपल...पर सोनमर्ग में पहाड़ी पीपल...रास्ते में तो नहीं देखा...

वह उसकी तरफ़ चल दी।

बिन झुके उठे, पेड़ अपनी जगह खड़ा है। हाँ, उसने महसूस किया, हवा का उन्माद शान्त हो चुका है, पेड़ अब नहीं हिल रहे होंगे...शायद...यहाँ बर्फ़ पर तो अकेला एक वही पेड़ है।

वह आगे बढ़ी।

कहाँ, यह दरख़्त तो नहीं है। बर्फ़ का आला बुत है...किसने बनाया? अपने डूबने की चाहत से रँगते सूरज ने इसे भी अपने रंग में समेट लिया है। तभी न इसकी आँखों से इस क़दर शोख़ नीली रोशनी फूट रही है।

वह आगे बढ़ रही है...

बुत अपनी जगह खड़ा है...बुत है न, कैसे हिले-डुलेगा?

"किदर जाता था?"

उसके दिल की धड़कन बन्द होने को हो गई। बर्फ़ का बुत नहीं, यह तो..

उसकी आँखें अपनी पूरी चौड़ाई में खुल गईं और खुली रहीं...

"किदर जाता था?" पठान ने फिर पूछा।

"उधर...बर्फ़ के पुल से...पार," किसी तरह जवाब उसने दे दिया।

"बर्फ़ के पुल से?" वह ठठाकर हँस पड़ा। नीली आँखें इस तरह भभक उठीं कि उसकी अपनी आँखें चुँधिया गईं।

"हाँ," बमुश्किल उसने कहा।

''चल,'' उसने कहा और उसका हाथ पकड़कर एकदम चल पड़ा।

पुल के पास आकर वह रुका।

''चलेगा पार?'' उसने उसी खिलखिलाती, दिपदिपाती आवाज़ में कहा।

उस चुम्बकीय उन्माद का स्पर्श पा लेने पर हाँ कहना दिक़्क़त पैदा करता है और हाँ कहने के सिवा दूसरा चारा रहता नहीं...

''चल,'' उसी ने कहा और उसे खींचता हुआ पुल पर दौड़ गया।

चार क़दम लम्बी दौड़ और...पैरों तले की ज़मीन खिसक गई।

बर्फ़ का पुल भड़भड़ा कर टूट गया।

छोटा सा एक क्षण वह था जब वह हवा में लटकी थी, फिर एक खनखनाती हँसी उसे ऊपर उठाए थी।

नहीं–नहीं, क्या बेवक़ूफ़ी की बात है।

पर...छाती तक पानी है...पानी पर तिरती खिलखिलाहट है...क्या हुआ कि वह पानी में नहीं गिरी?

साफ़ उसने सुना था...उत्कंठा की धमक से टूटा बर्फ़ का टुकड़ा बोल पड़ा था—दुप! उसके गले से घुटी चीख़ निकली थी—दुप! चीख़ कम वह हँसी ज़्यादा थी। विस्मय और उत्तेजना से पैदा हुई उमंग भरी किलकारी...टूट कर गिरी कि अलमस्त हँसी ने उसे बाँहों में उठा लिया।

पठान छाती तक पानी में है। वह उसकी बाँहों में है और ठहरी हुई हवा को, ज़िन्दगी की चाहत से जन्मी हँसी, बहाये लिये जा रही है।

''देखा!'' उसने कहा, ''पुल का हाल!''

उसने देखा, नीली आँखों की मशाल भभक रही है—दुप! दुप!

उसकी हँसी में उसने अपनी खिलखिलाती हँसी जोड़ दी। नई हिस्सेदारी की तरावट से टपकती हँसी।

नदी पार हो गई।

उसने उसे बर्फ़ सनी घास पर उतार दिया। सामने फिर पहाड़ हैं।

''ग्लेशियर?'' उसने कहा, ''ग्लेशियर?''

''स्लेज गाड़ी खेलेगा?'' पठान ने कहा।

''ग्लेशियर?'' उसने व्यग्र होकर कहा, ''ग्लेशियर!''

''यह तो रहा,'' हवा में हाथ फहरा कर उसने कहा।

''दिखलाई क्यों नहीं देता?'' गहरी उत्कंठा से उसने पूछा।

''मैं दिखलाऊँगा तेरे को, मैं!'' उसने कहा और लम्बे डग भरता वापस बर्फ़ की उसी चढ़ाई पर चल दिया जहाँ से कुछ देर पहले नीचे उतरा था।

वह उसके पीछे चल दी...चली...दौड़ी...भागमभाग भागी...कि कहीं नज़रों से ओझल न हो जाए। पैर फिसले, फिर जम गए। बर्फ़ पर वह लुढ़की, लिसड़ी, उठकर खड़ी हो गई।

गिरती तो वह ठठाकर हँस देता।

''आ! आ न, यह रहा ग्लेशियर!'' उसके हाथ हवा को बटोर लेते।

"दिखलाई क्यों नहीं देता?" बेक़रार वह कहती, "दिखलाई क्यों नहीं देता?" और दौड़ पड़ती, लथर-पथर, भागमभाग कि बर्फ़ के खड़े कन्धे के पीछे वह ग़ायब न हो जाए। वह दीखना बन्द हो गया तो ग्लेशियर भी नहीं दिखेगा। वह चोटी के नीचे होती और वह चोटी के दूसरी तरफ़ उतर जाता तो पल भर को साँस रुक जाती...दुबारा न दिखा तो? पूरी ताक़त लगाकर वह दौड़ पड़ती...

एक खड़ी चढ़ाई...एक तीखा मोड़...फेफड़े फाड़ती एक लम्बी दौड़ और...वह जड़ लिये खड़ा था...बर्फ़ के किनारे...पहाड़ी पीपल का ऊँचा दरख़्त।

सामने बर्फ़ का झरना है पर मूक, निस्पन्द!

चंचल पानी वेग से गिरा और बीच हवा में ठगा रह गया...निर्वाक्...स्तब्ध!

"ग्लेशियर!" वह फुसफुसायी।

"स्लेज गाड़ी खेलेगा?" पठान ने कहा।

"ज़िन्दगी में पहली बार बर्फ़ देखी है," तृप्त लालसा को शब्द उसने दिये।

उतावला हो हँस वह दिया।

क्या हुआ? ग्लेशियर फिर जल प्रपात बन गया!

"तब चल, खींचकर ले जाऊँगा ऊपर!" उसने कहा।

वह लकड़ी के सपाट तख़्ते पर बैठी है और वह रस्सी से खींचकर उसे ग्लेशियर की खड़ी बर्फ़ीली चढ़ाई पर ऊपर लिए जा रहा है।

तेज़ी से उठती-गिरती बदहवास साँसों की गूँज हवा को कँपा रही है।

"नहीं," उसने कहा, "तुम थक जाओगे। मैं चलूँगी। ऊपर तक ख़ुद चलूँगी।"

उसने पीछे मुड़ कर देखा।

"ले जाएगा खींचकर!" भरी बोतल से उड़लती शराब की तरह फक्कड़ आवाज़ में उसने कहा।

सूरज उनके साथ ऊपर चढ़ आया है। खुली बर्फ़ की सफ़ेदी सात रंग सोख कर और सफ़ेद हो उठी है। उसकी आँखें सतरंगी। नीली...हरी...भूरी...जामुनी या...सात रंग अपने में समेटे, काली। दमकते गुलाबी चेहरे पर तीखी नाक, काली दाढ़ी और वशीकरण मंत्र सी मोहपाश में बाँधती, रंग-रंग का धोखा देती आँखें। उफ़, इतना ख़ूबसूरत भी कोई हो सकता है...इनसान?

कूद कर वह स्लेज से नीचे बर्फ़ पर आ गई।

"मैं साथ चलूँगी," उसने कहा।

"तब हाथ पकड़े रख। पहली बार बर्फ़ देखी है न," वह खिलखिलाया।

यह आदमी है या जुनून की जलती मशाल?

हाथ पकड़कर वह ऊपर चढ़ गई। थकान से बदन चूर हो गया। चोटी पर पहुँचकर उसने स्लेज का मुँह मोड़ा है और कहा है, "बैठ पीछे।"

वह पीछे बैठ गई है। टाँगें उसकी कमर को घेर कर आगे जमायी हैं, हाथ उसके कन्धों पर रखे हैं और...ज़ूऽम नीचे!

रफ़्तार। चाहत को दम देती रफ़्तार!

गति। दिल को धड़कने से आगे धकेलती गति!

तेज़ी का आलम यह कि हवा पिछड़ जाए!

"फिर चलेगा ऊपर?"

अनकहा हाँ।

फिर ऊपर। हाथ में उसका हाथ। बर्फ़ में जलती मशाल।

ज़ूऽम नीचे!

ऊपर सूरज। नीचे ठंडी बूरे सी उड़ती बर्फ़...

फिर ऊपर

सूरज ढल रहा है...सोच पिघल चुका...अब मशाल की गरमी पाकर शरीर पिघल रहा है, मोम की तरह...कोई अहसास बाक़ी नहीं है...बस, रफ़्तार है और रफ़्तार...नीचे फिर...ऊपर...

ज़ूऽम नीचे, फिर ऊपर और...बर्फ़ पर केसर का बाग़ उग आया!

कितने मौसम बदल चुके।

कितने महीने?

ज़ाफ़रान का फूल बैगनी से नारंगी हो गया। चाँद की रोशनी में चमक रहा है।

सूरज डूब चला।

उसकी आँखें मुँदी जा रही हैं।

ज़ाफ़रान का फूल रंग बदल-बदल कर चमक रहा है...बैगनी...नारंगी...बैगनी...नारंगी...

पल भर को आँखें खुलती हैं...बर्फ़ गुलाबी है या नीली...फिर मुँद जाती हैं। शरीर की पिघलती बूँदें बर्फ़ की नज़र हो चुकीं। मौत का फ़रिश्ता साथ है।

हाँ, अब पहचाना। यह मौत का फ़रिश्ता है। कोई इनसान इतना ख़ूबसूरत नहीं हो सकता, न इतने गहरे छल सकता है।

तूफ़ान आने से पहले सन्नाटा छा जाता है, मौत के सन्नाटे से पहले तूफ़ान मचल उठता है, वह जुनून, वह शोख़ी, हवा का वह दिलफेंक मिज़ाज!

हाँ, अगली बार जब स्लेज नीचे लुढ़केगा तो वह बाहर कूद जाएगी।

मौत के फ़रिश्ते, तेरा लाख-लाख शुक्रिया, ज़िन्दगी का वह लाजवाब समाँ बाँधा कि...

अब बस...हाथ सुन्न हो गए...तेरे कन्धे छूटे जा रहे हैं...पैर मेरे नहीं, नींद की अमानत हैं...मशाल बर्फ़ीले बुत में बदल गई...मैं...बर्फ़...हूँ...

लुढ़कता हुआ उसका शरीर बर्फ़ की तलहटी पर आ लगा।

उसने तो अगली बार के लिए तय किया था। यह इसी बार...बेहोशी की बर्फ़ उस पर बिखर गई...

उसके बदन में गरमी दौड़ गई। तपती बूँदें गले से उतरीं और पूरे बदन में फैलने लगीं। उसने आँखें खोल दीं।

उसके होंठों से कहवा का प्याला लगा है...उसके सुन्न हाथ–पैरों को मला जा रहा है...सामने मिस्टर दत्ता खड़े हैं।

"इस तरह बिना बतलाए चली आईं," वे कह रहे हैं, "सूरज डूब गया तो घोड़े पर ढूँढ़ने निकला। वह तो ग़नीमत हो गई..."

सुनने लायक़ कुछ नहीं है। उसकी आँखें कुछ और ढूँढ़ रही हैं...वह...हाँ...वही तो है...उसके पैरों के पास...फिर यह धोखा कैसे हो गया!

उसने चाहा, आँखें मूँद कर बेहोशी की बर्फ़ीली चादर ऊपर खींच ले पर...कहवा के घूँट गले से उतरते चले गए...बदन में गर्मी फैलती रही...

पठान ने सहारा देकर मिसेज़ दत्ता को घोड़े पर सवार करा दिया। रास हाथ में लेकर वे सीधे तन कर बैठ गईं। नज़र घुमाकर ग्लेशियर को नहीं देखा। जो पीछे छूट गया सो...

मिसेज़ दत्ता ने घोड़े को एड़ दी। पहाड़ी घोड़ा दौड़ निकला। हवा पीछा करने लगी और उससे होड़ लेती एक आवाज़ दौड़ी...कल शाम आना। तेरे को मैं स्लेज गाड़ी खिलाऊँगा—मैं!

उसने मुड़ कर देखा...पठान के पीछे बर्फ़ का पहाड़ है, घोड़े के आगे पहाड़ी नदी है, बीच में दूर तक फैला सपाट मैदान है...

दूर से देखने पर लगा...बर्फ़ पर पहाड़ी पीपल उग आया है...सूरज की किरणों ने बर्फ़ के आला बुत को रंग दिया है...वह और कोई नहीं मौत का फ़रिश्ता है...

अगली सुबह वे सोनमर्ग से नीचे उतर आए...

बरस पर बरस बीतने लगे...

आजकल मिसेज़ दत्ता के घर, कालीन और पर्दों पर धूल जमा करती है...

(1980)

टोपी

मन कहीं मँडरा रहा हो, अविजित बंसल के पाँव ख़ुद–ब–ख़ुद दफ़्तर पहुँच जाते हैं। पाँव नहीं गाड़ी, बड़े लोग भटकते भी मशीन पर चढ़ कर हैं। कोई मंज़िल के रास्ते में भटकता है, कोई मंज़िल पर पहुँचकर। पहली भटकन से छुटकारा पाने की उम्मीद की जा सकती है, दूसरी से कभी नहीं।

आज भी अविजित समय से दफ़्तर पहुँच गया। जनरल मैनेजर की भारी–भरकम मेज़ के पीछे रिवाल्विंग कुर्सी में क़ैद हो गया। हाथ सीधा घंटी पर गया।

''सर!'' उसका सेक्रेटरी भंडारी सामने खड़ा था।

''स्टेट बैंक के लोन की फ़ाइल लाओ। फाइनेंस कमीशन में अपाइंटमेंट तय हुआ ? महाजन को रिमाइंडर भेजो, पेमेंट अभी तक नहीं हुआ। आज रिमाइंडर भेजो, परसों आदमी भेज देना...तुम ख़ुद चले जाना, पेमेंट फ़ौरन होना चाहिए। पवन कुमार का ट्रांसफ़र आर्डर गया कि नहीं। वह कानपुर में बैठा क्या कर रहा है, मुझे यहाँ ज़रूरत है उसकी। सतना को बुलाओ...सेल्स टैक्स के केस की डेट आज है। और सुनो, देखो, सिंघानिया जी कहाँ ठहरे हैं दिल्ली में। मुझसे बात करवाओ...''

पता नहीं उद्योगमंत्री मुखर्जी बाबू से मुलाक़ात हुई या नहीं। यह काम बहुत तंग कर रहा है। बाँकुरा में फ़र्टिलाइजर फ़ैक्टरी लगाने के लिए लाइसेंस लेना है। कब से जोड़–तोड़ कर रहे हैं। निचली सीढ़ियाँ तय हो चुकीं। अब सिंघानिया जी ने ख़ुद मुखर्जी बाबू से अपाइंटमेंट लिया है। काम हो तो जाना चाहिए। अविजित को अपने सोर्स से पता चला है, मंत्री जी ख़ानदानी सज्जन हैं, उनके यहाँ रक़म चलती ज़रूर है, पर ज़रा तगड़ी।

''सर!'' भंडारी ने कहा।

''सर!'' सतना ने कहा।

''सर, कुमार रिपोर्टिंग!'' पवन कुमार ने कहा।

''भंडारी, खिड़की का पर्दा खींच दो। धूप ज़्यादा तेज़ है। बत्ती जला लो।'' जेल की खिड़की से हरियाली और आसमान देखने को एक भटकता हुआ मन चाहिए जो अविजित के पास अब नहीं है। पहले ही 'सर' ने उसे कनपटी की नस में छुप जाने पर मजबूर कर दिया था। दूसरे और तीसरे 'सर' ने तने शरीर में चाबी कस दी। अविजित ख़ुद दीवार घड़ी बन गया। अब पाँच बजे तक वह लगातार घंटों और मिनटों में बँध कर दौड़ लगाएगा।

भंडारी फ़ोन मिलाता, उससे पहले ही सिंघानिया जी का फ़ोन आ गया। मंत्री जी से मिल चुके थे और कामयाबी हासिल न कर पाने से काफ़ी तमतमाए हुए थे।

''अजीब आदमी है,'' उन्होंने कहा, ''हाथ ही नहीं रखने देता। कितनी तरह से भेद लेना चाहा, पर वहाँ कोई असर नहीं।''

"पर मेरी सूचना तो यह है कि उनके साथ रक़म चलती है," अविजित ने कहा।

सिंघानिया जी एकदम गरम हो गए, "ग़लत सूचना है, बंसल," उन्होंने कहा, "मेरी आँखें कभी धोखा नहीं खातीं। मुझे लगता है, इस बार तुमने कोई बहुत ही कमज़ोर सोर्स पकड़ लिया है।"

"जी..." अविजित सोच में पड़ गया।

"मुझे लगता है," सिंघानिया जी कहते जा रहे थे, "या तो वाक़ई उस आदमी के ख़यालात ऊँचे क़िस्म के हैं, या वह खेल गहरा खेलता है।"

"जी।"

"मेरा ख़याल है, लाइसेंस किसी कांग्रेसी को मिलेगा। क्या विडम्बना है! इलेक्शन के वक़्त पार्टी को पैसा दें हम लोग, और मलाई लूट कर ले जाए कोई फटेहाल खुद्दरधारी।"

"जी।"

"अरे भाई बंसल," सहसा उनकी आवाज़ में सरगर्मी आ गई, "तुम भी तो फ्रीडम फ़ाइटर हो। जेल काट आए थे न उन दिनों। बस, फिर क्या है, तुम मिलो न उनसे। देखो यह काम होना ज़रूर चाहिए...मैं कहता हूँ भाई, ज़रूरत पड़ने पर गांधी टोपी लगा लेने में कोई हर्ज़ नहीं है...क्यों ठीक है न?"

"जी," कहकर अविजित ने फ़ोन रख दिया, पर उसके बदन में आग लग गई। समझते क्या हैं मिस्टर सिंघानिया! एक लाइसेंस लेने की ख़ातिर अविजित बहुरूपिए का स्वाँग रचेगा! बढ़िया सिला सूट उतार कर खद्दर की धोती-कुर्ता पहन, गांधी टोपी लगाकर मुखर्जी बाबू के पास जाएगा और अपनी जेल-यात्रा का बयान करेगा। हिम्मत कैसे हुई उनकी यह प्रस्ताव देने की?

और हिम्मत क्यों नहीं हुई अविजित की कि उसी वक़्त उनके मुँह पर तीते शब्द उछाल कर इनकार कर दे?

इसमें हिम्मत की क्या बात है? उस समय वह शालीनता बरत गया, बस। इसका यह मतलब बिलकुल नहीं है कि वह वाक़ई अपने को इस तरह ज़लील होने देगा। इस्तीफ़े का क्या है, किसी वक़्त भी दिया जा सकता है।

"भंडारी," उसने आवाज़ लगाई, "जितनी पेंडिंग फ़ाइलें हैं, आज सब निकाल डालो। इस हफ़्ते के अन्दर पिछला सारा काम निबट जाना चाहिए, समझे।"

अविजित काम में मशग़ूल हो गया। खाना खाने भी घर नहीं गया। पास के रेस्तरां से दफ़्तर ही में मँगा लिया।

तीसरे पहर सरण दफ़्तर में आ धमका। इलाहाबाद यूनिवर्सिटी में साथ था, आजकल मेरठ में है। छठे-छमासे दिल्ली चला आता है। खादी का कुर्ता-पाजामा, सिर पर गांधी टोपी, चेहरे पर अपार सन्तोष! आज उसे देखकर अविजित खीझ से भर उठा।

"यार, तू ढंग के कपड़े क्यों नहीं पहनता?" उसके मुँह से निकला।

"क्या मतलब?" सरण बोला।

"अंग्रेज़ गए, स्वराज्य आ चुका, फिर गांधी टोपी लगाने की क्या तुक हुई भला?"

"क्यों? सभी तो लगाते हैं।"

"सभी नेता लगाते हैं। पर तू तो नेता नहीं है।"

''नेता गांधी जी थे, हम टोपी लगाते हैं,'' सरण ने मासूमियत से कहा।

अविजित बेसाख़्ता हँस पड़ा।

''इसमें हँसने की क्या बात है?'' सरण ने बुरा मानकर कहा, ''एक वक़्त था, जब तू भी खादी के कपड़े पहनता था और गांधी टोपी लगाता था, याद नहीं?''

''हाँ, तब ये विरोध के प्रतीक थे। अब नहीं हैं। आजकल जब हम ख़ुद मिलों में कपड़ा बना रहे हैं, दुकानों पर पिकेटिंग करके विदेशी माल जला नहीं रहे, तब यह लगाकर घूमने का मक़सद?''

''हम तो भैया, गांधी जी को मानते हैं। गांधी जी ने कहा था, स्वदेशी के बिना स्वतंत्रता किसी काम की नहीं है। खादी बुनना छोड़ दोगे, तो स्वराज्य भी नहीं रहेगा।''

''और ये जो इतनी बड़ी-बड़ी मिलें खोली जा रही हैं, उनका बुना कपड़ा कौन पहनेगा?''

''पहनो तुम।''

''यानी मेरे पहनने में हर्ज नहीं है। है न?'' अविजित फिर हँस दिया।

सरण नाराज़ हो गया।

''तुम लोग सदा मुझ पर हँसते रहे, पर बात मेरी ही ठीक निकली, हर बार। अच्छा तू बतला, जिसने देश की सेवा की होगी, वह चाहेगा नहीं कि लोग जानें, वह देश-सेवक है। सूट पहनने पर कौन विश्वास करेगा?''

''और कोई देश-सेवा किए बग़ैर गांधी टोपी लगाकर खादी पहन ले तो?''

''क्यों पहनेगा भला? हाँ, यह हो सकता है कि किसी कारण पहले दिनों में देश का काम न कर पाया हो और अब करने का इरादा रखता हो।''

अविजित जानता है, सरण से बहस करना बेकार है। उसमें यह सिफ़त है कि आप तर्क चाहे जो दे लें, उसके जवाब वही रहते हैं। पर उसे छेड़ने में अविजित को मज़ा आ रहा था, इसीलिए उसने कहा, ''ऐसा कर, इस बार तू इलेक्शन में खड़ा हो जा।''

''इलेक्शन में खड़ा होना होता, तो बावन में ही न हो जाता, अपने पंत जी ने कितना कहा, विधानसभा में आ जाओ, मंत्री पद सँभालो, पर हमने मना कर दिया। अपन ठहरे सीधे-सादे आदमी, सरकार चलाना अपने बस की बात नहीं है।''

''फिर तो तेरा टोपी पहनना बेकार रहा,'' अविजित ने टोका।

''अपना काम तो सेवा करना है, भाई,'' सरण ने उसकी बात अनसुनी करते हुए कहा, ''आज़ादी मिलने पर जो सीमेंट एजेंसी सरकार ने हमें दी थी, वह भी हमने छोटे भाई को दे डाली। पेट्रोल पंप का लाइसेंस मिला, तो लड़का कहने लगा, मैं चला लूँगा। मैंने कहा, ठीक है भइया चला लो, अपने बस का तो यह रोग है नहीं। हाँ, सरकार ने गांधी संस्थान चलाने को नियुक्त कर दिया, तो रास आ गया अपन को। छह बरस हो गए, आनन्द ही आनन्द है।''

''सीमेंट की एजेंसी, पेट्रोल पंप का लाइसेंस, कुछ और भी दिया सरकार ने?''

''हाँ,'' बिना हिचक सरण बोला, ''स्टील का कोटा मिला था। पत्नी ने कहा, बच्चे बड़े हो गए, वक़्त काटे नहीं कटता, कहो तो स्टील के बर्तनों की छोटी सी फ़ैक्टरी खोल लूँ। मैंने कहा, खोल लो देवी, हम तो स्त्री-पुरुष को समकक्ष मानते हैं।''

अविजित निरुत्तर रह गया।

आगे केवल यही पूछा, ''चाय पियोगे?''

''पी लूँगा,'' सरण ने तटस्थ भाव से कहा, ''एकाध कप ले लेता हूँ कभी-कभार।''

इतमीनान से चाय पी कर सरण ने झोला सँभाला और दरवाज़े की तरफ़ बढ़ गया। अविजित ने सबसे ऊपर वाली फ़ाइल सामने सरका ली।

दरवाज़े पर पहुँचकर सरण सहसा पलटा और बोला, ''अपने साथ एक चड्ढा हुआ करता था, याद है?''

''हाँ-हाँ,'' अविजित ने तुरन्त कहा। यूनिवर्सिटी में चड्ढा उसके सबसे अज़ीज़ दोस्तों में से था।

''बेचारा चल बसा।''

''क्या!'' अविजित उठकर खड़ा हो गया, ''कब?''

''आज सुबह किरिया करके ही तो चला दिल्ली के लिए,'' सरण ने कहा।

''आज! सुबह! पहले क्यों नहीं बतलाया?''

''क्यों, पहले बतलाने से तू क्या करता?''

''इतनी देर यहाँ बैठा हँसी-ठट्ठा करता रहा, उसका मरना याद तक नहीं रहा!''

''हँसी-ठट्ठा मैंने तो नहीं किया,'' सरण ने कहा।

हाँ, हँसा सिर्फ़ अविजित था।

वह वापस कुर्सी में धँस गया।

''क्या हुआ था उसे?'' सूखे गले से पूछा।

''बेचारा बड़ी तंगहाली में मरा। मैंने कितना कहा, चलो सरकारी अस्पताल में भरती करवा दूँ, पर वह माना ही नहीं।''

''हुआ क्या था?'' अविजित ने बाधा दी।

''होना क्या था, एक गुर्दा तो तभी ख़राब हो गया था, जब उन्नीस सौ बयालीस में जेल गया...इलाज कुछ हुआ नहीं...बस...अब दूसरा गुर्दा भी जवाब दे गया।''

''वह मेरठ ही में था?''

''हाँ।''

''तूने कभी उसके बारे में बतलाया नहीं?''

''तूने पूछा कब?''

''मुझे पता नहीं था, वह मेरठ में है।''

''पता मुझे भी नहीं था। करने से चल गया। बाद में भले ही ग़लत रास्ते पर पड़ गया हो, एक वक़्त था तो हमारा ही साथी।''

''ग़लत रास्ते पर वह कब पड़ा?''

''1942 में छिप कर काम कर रहा था।''

''तो?''

''गांधी जी ने छिप कर काम करने को ग़लत बतलाया था। उन्होंने सभी भूमिगत विद्रोहियों को राय दी थी कि वे सरकार के आगे समर्पण कर दें।''

''वे जानते भी थे, उन लोगों के साथ जेलों में क्या सुलूक किया जाता है? उनके ख़ुद के साथ कभी कोई जुल्म नहीं हुआ, इसी से...''

"नहीं हुआ, क्योंकि अहिंसा से उत्पन्न उनकी नैतिक शक्ति के सामने ब्रिटिश सरकार भी नतमस्तक थी।"

"तुम जानते हो, चड्ढा के साथ फतेहगढ़ जेल में क्या हुआ?"

"जानता क्यों नहीं। मैं तो ख़ुद तुम्हें बतला रहा था।"

"जानते हुए भी तुमने उसे बिना इलाज मर जाने दिया?"

"मैंने? मैंने तो भइया उसे बचाने की बहुत कोशिश की। कितनी बार कहा, सरकार के नाम अर्जी दे दो। बाद में जो भी हुआ हो, बत्तीस में तो गांधी जी के सविनय आज्ञा भंग आंदोलन में हिस्सा लिया ही था और दो बरस जेल भी काट आए थे, इलाज का इन्तज़ाम ज़रूर हो जाएगा...मैं ख़ुद सिफ़ारिश कर दूँगा, पर वह माना ही नहीं। अब मैं..."

"शट अप!" अविजित ने तड़प कर कहा, "और...चले जाओ यहाँ से।"

"ठीक है," सरण ने कहा, "पर यह ज़रूर सोच रखना, तुमने ख़ुद क्या किया उसके लिए!"

अविजित के पास कोई जवाब नहीं था।

सरण कमरे से बाहर चला गया।

चड्ढा बिना इलाज मर गया और उसका बीस हज़ार रुपया अविजित के पास पड़ा है।

बारह साल पहले का दृश्य अविजित की आँखों के सामने साकार हो गया। 1942 का अगस्त ख़त्म होने को था, जब शाम के घिरते झुटपुटे में नुकीली छोटी दाढ़ी और पादरी के लबादे के पीछे छिपा चड्ढा उसके घर पहुँचा था। "पुलिस मेरे पीछे है। लगता है, अब मैं जल्दी गिरफ़्तार हो जाऊँगा," उसने कहा था।

"मैं कुछ कर सकता हूँ तेरे लिए?" अविजित ने पूछा था।

"इसीलिए तो आया हूँ। तुझ पर कोई शक नहीं करेगा," उसने कहा था।

"क्यों नहीं करेगा?" अविजित को उसका संकेत बींध गया था, "मेरा रिकार्ड काफ़ी ख़राब है।"

यह ठीक था कि 1942 में वह एक प्रतिष्ठित उद्योगपति के यहाँ ऊँची पोस्ट पर काम कर रहा था, पर दस साल पहले विद्यार्थी जीवन में दो बरस की जेल भी तो काट आया था।

"इसीलिए तो आया हूँ," चड्ढा ने मुस्कराकर दोहराया था, "मुझे ऐसे आदमी की ज़रूरत है, जिस पर न मुझे शक हो, न सरकार को।"

"करना क्या है?" उसने पूछा था।

"यह रुपया और काग़ज़ रख ले, बस। पकड़ा नहीं गया, तो ख़तरा कम होने पर ख़ुद ले जाऊँगा, वरना हमारा कोई आदमी। पासवर्ड होगा—पीला साफ़ा।" चड्ढा ने मतलब की बात के अलावा उसे कुछ नहीं बतलाया था, पर ज़ाहिर था कि वह किसी भूमिगत दल के लिए काम कर रहा है।

अविजित ने रुपया रख लिया था।

उसके बाद...जब-जब चड्ढा मिला, रुपया उसे देना चाहा, पर उसने लिया नहीं। पहली बार मिला था 1945 में, फतेहगढ़ जेल से छूटने पर, हड्डियों का ढाँचा और एक टाँग पर लँगड़ाता हुआ।

"यह क्या हाल हो गया तेरा?" अविजित कह उठा था।

"अब यार, इंकलाबी शौक़ फ़रमाएँगे, तो कुछ न कुछ तो होगा ही," कहकर चड्ढा ठठाकर हँस दिया था और थककर देर तक निढाल पड़ा रहा था। अविजित ख़ामोश रहा था।

"अच्छा, यह बतला," चड्ढा ने सुस्ताकर कहा था, "हमने लड़ाई बन्द क्यों कर दी? ब्रिटेन अपनी लड़ाई जीत गया, पर हम?...गांधी जी ने कहा, करो या मरो, और जब जनता कर गई, तो कह दिया, इस आन्दोलन से हमारा कोई सम्बन्ध नहीं है। क्यों?"

क्यों का जवाब अविजित के पास नहीं था।

पहले वह पूछता था, मैं क्यों नहीं?

अब वह पूछने लगा है, मैं ही क्यों?

जो ठोस था, उसी को थाम कर उसने कहा था, "तेरा रुपया मेरे पास है।"

"रहने दे," चड्ढा ने कहा था, "रुपया मेरा नहीं, दल का था और दल अब तितर-बितर हो चुका है।"

"तो क्या करें रुपये का?"

"रख अभी। देखें आगे क्या होता है।"

उसके बाद चड्ढा मिला था 1950 में, आज़ादी मिलने के तीन साल बाद।

"तेरा रुपया..." अविजित ने फिर कहा था।

"मेरा नहीं, दल का," उसने कहा था।

"हाँ, पर अब तो दल के लोग भूमिगत नहीं हैं। रुपया लेकर आपस में बाँट लो।"

"किस हिसाब से?" चड्ढा ने पूछा था, "रुपया हम लोगों ने अपने लिए नहीं, दल के काम के लिए जमा किया था।"

"फिर...यूँ ही बेकार पड़ा रहेगा रुपया? कुछ तो करना होगा।"

"आदमी बेकार पड़ा रह सकता है, रुपया नहीं?"

"पर...मुझे तो उबार इस ज़िम्मेवारी से। बतला क्या करूँ उसका?"

"किसी संस्था को दान कर दे।"

"किसे?"

"मैं क्या जानूँ।"

दो क्षण चुप रहकर चड्ढा सहसा तल्ख़ी से कह उठा था, "कांग्रेस के इलेक्शन फंड में दे देना।"

तब से आज तक चड्ढा से मिलना नहीं हुआ।

रुपया अभी भी उसके पास है। सूद मिला कर तीस हज़ार हो गया। कहीं दान नहीं दिया। सोचा था, शायद कभी ज़रूरत हो और चड्ढा माँगने आए। सच, यही बात थी, और कुछ नहीं...

अविजित के लिए कुर्सी पर बैठे रहना नामुमकिन हो गया। हज़ारों काँटे उग आए उसमें। शरीर के रोम छिद्रों में गड़ने लगे। वह उठा और कमरे के फ़र्श को रौंदने लगा। दस क़दम आगे...दस क़दम पीछे...आगे...पीछे...कोई फ़ायदा नहीं...काँटे उसके शरीर में उगे हैं, कुर्सी में नहीं।

कितने दिन रुपया बेकार बैंक में पड़ा रहा...फिर...अविजित मकान बनवा रहा था, रुपये की ज़रूरत थी। उसने वह रुपया मकान में लगवा दिया। सिर्फ़ उधार लिया था। दो साल के

अन्दर पूरा रुपया लौट आया था बैंक में...चड्ढा लेने आता, तो सूद समेत उसे लौटा देता। सच। जिस संस्था को वह कहता, दान कर देता। बिलकुल। उसने कुछ कहा ही नहीं।

'मैं नहीं जानता था वह मेरठ में है... मैं बिलकुल नहीं जानता था, वह तंगी में है, बीमार है, उसे इलाज की ज़रूरत है...जानता तो ज़रूर उसके पास जाता, उसका इलाज करवाता... सच...मैं...करता...ज़रूर...' अविजित की आवाज़ कमज़ोर पड़ती गई और एक अन्य स्वर उसके भीतर पनप उठा...

'पिछली बार जब चड्ढा मिला था, तो उससे पूछा था, वह कहाँ रहता है?'

'हाँ, पूछा था। बिलकुल पूछा था,' कमज़ोर आवाज़ में जवाब दिया, 'तब वह इलाहाबाद में एक पत्रिका का सम्पादन कर रहा था। यही जानने को तो पूछा था कि आमदनी का ज़रिया क्या है उसके पास?'

'पत्रिका को लिखते, तो पता न चल जाता, वह किधर गया!'

'हाँ, पर...मैंने दो-तीन ख़त उसे लिखे। जवाब नहीं आया, तो मैंने सोचा, वह ताल्लुक़ात रखना नहीं चाहता...अब किसी से ज़बरदस्ती तो दोस्ती रखी नहीं जा सकती।'

'पत्रिका में किसी दूसरे सम्पादक का नाम छपा देखकर क्या सोचा, चड्ढा मर गया?'

'नहीं-नहीं, मैंने पत्रिका देखी ही नहीं। सच, मुझे पता नहीं चला, चड्ढा कब नौकरी या इलाहाबाद छोड़ गया।'

'और पता करने की ज़रूरत भी महसूस नहीं की?'

'मैं इतना व्यस्त रहा...घर...परिवार...दफ़्तर...कारोबार...'

'पैसा कहो, पैसा। पैसा कमाने का सिर्फ़ एक तरीक़ा है कि आदमी सिर्फ़ पैसा कमाए।'

'मैंने नाजायज़ ढंग से पैसा नहीं कमाया। परिवार का पालन-पोषण करने के लिए...'

'हर तरीक़ा जायज़ है।'

'यह मैंने नहीं कहा।'

'नहीं, मैंने कहा है। पूँजीवादी समाज की सबसे बड़ी विशेषता यही है—नाजायज़ सिर्फ़ आदमी होता है, पैसा नहीं।'

'उफ़?' कहकर अविजित ने दोनों हाथों से कनपटी की नसें दबा लीं।

'ज़मीर पर भारी पड़ रहा है?' आवाज़ ने छींटा कसा।

'नहीं,' अविजित ने पूरी ताक़त लगाकर प्रतिवाद किया, 'दुख हो रहा है चड्ढा के मरने का। सरण ने आज से पहले कभी उसका ज़िक्र नहीं किया, वरना यह कभी न होता। अगली बार वह दफ़्तर आया, तो धक्के मारकर निकाल दूँगा। रँगा सियार! बड़ा देश-सेवक बना घूमता है!'

तभी फ़ोन की घंटी घनघना उठी।

अविजित ने चौंककर चोंगा उठा लिया।

आदतन वह फिर उस भारी-भरकम मेज़ के पीछे पड़ी रिवाल्विंग कुर्सी में क़ैद हो गया।

फ़ोन पर फ़ोन आते चले गए।

अविजित की कनपटी की नस कुट-कुट कर कराहती रही।

हर ख़ाली क्षण में वह सरण के विरुद्ध भड़कता रहा, अपने को भड़काता रहा।

घड़ी ने पाँच बजा दिये। कुर्सी पीछे खिसका कर अविजित उठ खड़ा हुआ।

तभी फ़ोन एक बार और बजा। सिंघानिया जी बोल रहे थे। आवाज़ में ख़ुशी और जोश था।

"अरे बंसल, लो इस बार तुम्हारा काम हमने कर दिया। एक ज़बरदस्त सोर्स हाथ लगा है। मेरठ में कोई एक सज्जन हैं, गांधी संस्थान के व्यवस्थापक। पता चला है कि ऐसे लाइसेंस उन्हें मिल जाया करते हैं और वे उन्हें प्रीमियम पर बेच देते हैं। आधी रक़म उनकी, आधी मंत्री जी की। मैं न कहता था, आदमी वह खेल गहरा खेलता है। बस, तुम आज ही मिलकर बात पक्की कर लो। सुना है, वह भी इलाहाबाद यूनिवर्सिटी का पढ़ा हुआ है। नाम है—सरण कुमार। काम आसान हो गया न, क्यों?"

अविजित का शरीर नुकीली कीलों से जड़े सलीब पर टँग गया।

उसने साफ़ सुना, उसके भीतर से आवाज़ उभरी है, 'मैं सरण के पास कभी नहीं जाऊँगा। लात मारता हूँ मैं आपकी नौकरी को। अभी फ़ौरन इस्तीफ़ा दे रहा हूँ।'

पर यह आवाज़ इतनी कमज़ोर थी कि उसके कानों तक पहुँचते ही टूट गई सिंघानिया जी तक नहीं पहुँची।

उन्होंने वही सुना, जो अविजित ने फ़ोन पर उनसे कहा, "आप बेफ़िक्र रहिए। काम हो जाएगा।"

उसकी समझ में आ गया था, टोपी लगानी नहीं, तो उतारनी ज़रूर पड़ेगी।

(1980)

ख़ाली

आधे ढुके दरवाज़े को ठेल कर निर्मला अन्दर गलियारे में आ गई और कुछ देर ठिठके रहने के बाद बैठक में पहुँच गई। बाहर घंटी बजाने की उसने ज़रूरत महसूस नहीं की थी, सामने दरवाज़ा जो खुला दिख गया था। उसने सोचा था, दरवाज़ा खुलने की आहट पाते ही, कोई चौंककर आगे बढ़ आएगा और पूछेगा, 'कौन ?' पर वह बैठक तक पहुँच गई और कहीं कोई प्रतिक्रिया नहीं हुई। कमरे में चारों तरफ़ फैले बेतरतीब सामान पर नज़र डाल कर, उसने बेहद बेचैनी महसूस करते हुए सोचा—घर सामान से अटा पड़ा है और घरवाली नदारद, जैसे चोरों के लिए एक जगह इकट्ठा कर रखा गया हो। लगता है, इन लोगों के घर की चौकीदारी मुझे करनी होगी। सोचकर उसके मन में सन्तोष की लहर दौड़ गई। कोई नई ज़िम्मेदारी आ पड़े, तो वह ऐसा ही सुकून महसूस करती है, ख़ासकर तब, जब ज़िम्मेदारी किसी बाहरी आदमी से ताल्लुक़ रखती हो।

दो महीने से ऊपर का मकान ख़ाली पड़ा है। उसका समय भी। उससे ज़्यादा ख़ाली है उसकी जिज्ञासा। यों तो आसपास भी घर हैं। ख़ाली नहीं, आबाद। बाहर बरामदे में बैठकर उनके भीतर के दृश्यों को आँका जा सकता है। पर वह बात नहीं आती। ठीक अपने ऊपर वाली मंज़िल का मज़ा और है। वहाँ पहुँचने के लिए हर आने-जाने वाले को उसके अहाते से होकर गुज़रना पड़ता है। उनकी शक्लें तक वह पहचानने लगती है। घर के काम में हाथ चलाते-चलाते उसका ख़ाली दिमाग़ ऊपर भटकता रहता है।

यों तो हर घर की ज़िन्दगी में भूकम्प के हलके-तेज़ झटके लगते रहते हैं, पर कोई-कोई घर ठीक ज्वालामुखी के गर्भ में पलता है। वहाँ कम-ज़्यादा झटके लग कर नहीं रह जाते। आता है, तो पूरे वहशीपन से ज़लज़ला आता है। उसके आने के बहुत दिन पहले से माहौल तना रहता है। हलकी से हलकी आहट, धीमे से धीमा सुर संत्रास से सना रहता है।

सुनते हैं, पशु-पक्षियों को भूचाल के आगमन का पूर्वानुमान हो जाता है। निर्मला में उन्हीं सी अन्त:प्रज्ञा होगी। तभी न, ज़लज़ला आता ऊपर था और उसके आने से पहले नसें उसकी तन जाती थीं। कान चौकन्ने हो उठते थे, सूँघने की शक्ति तक बढ़ जाती थी। फिर जब ज़लज़ला वाक़ई आता, तो वह उसके लिए पूरी तरह तैयार रहती। तब उसके हाथ भगौने में करछुल तेजी से चलाने लगते और मैले कपड़ों पर डंडा जल्दी-जल्दी मारने लगते, जिससे काम चटपट निबटा कर, वह कढ़ाई-बुनाई लेकर बरामदे में जा बैठे। देखती रहे कि ऊपर वाला कब बाहर निकलता है। उसके बाहर जाते ही उसकी बीवी के पास जा पहुँचे। उसका दुखड़ा सुने, उसे तसल्ली और नसीहत दे। पहले वाला किरायेदार तो अपनी बीवी को मार तक बैठता था। याद करके उसका बदन एक तीखे रोमांच से झनझना उठा।

दो महीने से, ऊपर मकान ख़ाली पड़ा है और उसका समय भी। समय से ज़्यादा उसका कौतूहल। पति और तीनों लड़के सुबह दफ़्तर–कॉलेज चले जाते हैं, तो सारा दिन घर में अकेली रह जाती है। ख़ाली समय काटने को दौड़ता है। शाम को वे लौटते हैं, तो अपने–अपने अनुभव लेकर और अपने–अपने संवाद।

खाने के लिए पुकारने पर सब आकर मेज़ पर इकट्ठा हो जाते हैं। कभी–कभी बिना बुलाए भी आकर पूछ लेते हैं, "क्या बना है?" मेज़ पर ख़ूब रौनक रहती है। कभी–कभी चारों उत्तेजित होकर एक साथ बोलने लगते हैं। ख़ासकर तब, जब बहस राजनीति पर उतर आती है। बीच–बीच में वह भी कुछ बोल जाती है। वे उसे चुप रहने को नहीं कहते। उसकी बात भी नहीं काटते। बस, जब वह कह चुकती है, तो अपनी बातों में डूब जाते हैं। तब सहसा, वह सोच उठती है, उसके घर में न झटके लगते हैं, न ज़लज़ला आता है, बस, सूनी–सपाट मैदानी सड़क पर वह स्थिर गति से रेंगती रहती है। तब ज्वालामुखी वाले घरों से उसे ईर्ष्या सी हो आती है। फिर खाना ख़तम करते–करते वे उसकी बनाई किसी ख़ास चीज़ की तारीफ़ कर देते हैं और वह ख़ुश होकर बर्तन समेटने लगती है। फिर भी...मन अकुलाया सा रहता है। ऊपर कोई रहता होता तो कितना अच्छा था।

आज सुना, नए किरायेदार आ रहे हैं, तो मन ताज़ा–ताज़ा हो आया। ट्रक आकर सामान छोड़ गया, तभी से इन्तज़ार करने लगी कि घर वाले आएँ और वह ऊपर जाए। कुछ देर बाद औरत अकेली आई, तो और अच्छा लगा। जम कर बातें हो सकेंगी।

वह एक क़दम आगे बढ़ आई और बैठक से सटी रसोई में झाँककर देखने लगी, कहीं आते ही वहीं तो नहीं लग गई, बेचारी। तभी उसने देखा, बैठक में, रसोईघर की तरफ़ के कोने में, उसकी तरफ़ पीठ किए, उसकी उपस्थिति से बिलकुल बेख़बर, एक औरत जाने किस काम में मशग़ूल है।

"नमस्ते," उसने गला खखारकर कहा।

औरत उसकी तरफ़ घूम आई। अब उसने देखा, उसके हाथ में चन्द हरे पत्ते और कुछ सूखी डालियाँ हैं, जिन पर रुपहला रंगलेप हुआ है। कोने में पड़े स्टूल पर पत्थर का चौड़ा फूलदान रखा है। उसमें भी कुछ वैसी ही डालियाँ खड़ी हैं, जैसी उसके हाथ में हैं।

"नमस्ते," उसने मुस्कराकर मधुर स्वर में कहा, "आप निचली मंज़िल पर रहती होंगी और यह देखने चली आई होंगी कि मुझे किसी चीज़ की ज़रूरत तो नहीं।"

उसके स्वर के हास्य से वह क्षण–भर को अप्रतिभ हो गई, फिर सँभल कर ऊँची आवाज़ में बोली, "हाँ, आपको बाहर का दरवाज़ा खुला नहीं छोड़ना चाहिए। यह एरिया बहुत ख़राब है। दिन–दहाड़े चोरी हो जाती है।"

"मैं जहाँ पहले रहती थी, वह एरिया भी बहुत ख़राब था। दिन–दहाड़े कितनी बार चोरी हुई," उसने कहा।

"फिर भी आप दरवाज़ा खुला छोड़ देती हैं?" उलाहना देते हुए उसका स्वर आवेश से काँप आया।

"हाँ, वे लोग कभी कोई काम की चीज़ लेकर ही नहीं गए," उसने हँसकर कहा, फिर बोली, "बैठिए न, मैं ज़रा इन्हें लगा लूँ। बस, दो मिनट।"

निर्मला ने कमरे में फैले सामान के बीच फ़र्नीचर की बड़ी पैकिंग ढूँढ़ते हुए पूछा, ''आपने अभी सामान खोला नहीं? सोफ़ा वग़ैरह सब बन्द हैं।''

''अरे हाँ,'' झट से आकर उसने एक पैकिंग केस का ढक्कन उठा लिया और बोली, ''न बन्द है, न खुला।''

''मतलब?''

''मतलब है ही नहीं।''

वह हँस दी और पैकिंग केस में से एक मचिया बाहर निकाल कर बोली, ''इस पर बैठिए।'' और फिर वापस अपने कोने में चली गई।

''इन सब डब्बों में है क्या?'' निर्मला पूछे बग़ैर न रह सकी।

''किताबें।''

''किताबें? सब में?''

''हाँ, बहुत काम की होती हैं,'' उसने बड़ी संजीदगी से कहा, ''जब पैसों की ज़रूरत हो, रद्दी में बेच लो।''

निर्मला चुपचाप मचिया पर बैठ गई।

वह अपने काम में लगी रही।

''आप कर क्या रही हैं?'' दो मिनट की चुप्पी से ही निर्मला ऊब गई।

''फूल सजा रही हूँ,'' उसने कहा।

''फूल? पर फूल हैं कहाँ?''

''जब मैं सजा चुकूँगी, तो दिखने लगेंगे,'' कहकर वह स्वयं अपने पर हँस दी, पर उसकी तरफ़ घूमकर देखा नहीं।

''पहले सामान खोल लेतीं, तो ठीक रहता न,'' उसकी एकाग्रता से परेशान होकर निर्मला ने कहा, ''फूल तो बाद में भी सजाए जा सकते हैं।''

''बस, यही तो आदमी की सबसे बड़ी कमज़ोरी है,'' उसने वहीं से जवाब दिया, ''दिलचस्प काम पहले करता है, उबाऊ बाद में।''

''काम तो काम है,'' निर्मला ने सिर झटक कर बड़ी गरिमा के साथ कहा।

''और आदमी आदमी।''

''आदमी...''

''औरत भी,'' हँसती हुई वह उसके पास आकर पैकिंग केस पर बैठ गई और फूलदान की तरफ़ इशारा करके बोली, ''अब देखकर बतलाइए, ऐसा नहीं लगता, ठंडी सड़क के दोनों तरफ़ छायादार पेड़ उग रहे हैं?''

निर्मला को लगा, वह औरत जानबूझकर उसका मख़ौल उड़ा रही है।

बदला लेने के लिए उसने फूलदान में सजी डालियों पर एक सरसरी निगाह डाली और सख़्ती से बोली, ''नहीं।''

''आप बिलकुल ठीक कह रही हैं,'' वह खिलखिला कर हँस पड़ी, ''ख़ास लग मुझे भी नहीं रहा, पर कोशिश करने पर लगने लगेगा।''

निर्मला ने फिर एक बार फूलदान में सजी आकृति देखी। इस बार ध्यान से और देर तक। बीच में हरे पत्तों का समूह और दोनों तरफ़ ऊपर आसमान तक उठती सी, बल खाती, लम्बी

रुपहली डालियाँ। सचमुच इस बार उसे वह आकृति भली लगी। एक शान्ति सी अनुभव की उसने। मन हुआ, कुछ देर चुपचाप बैठकर उधर देखती रहे।

''कुछ पिएँगी, चाय-कॉफ़ी ?'' उसने सुना, वह पूछ रही है।

''नहीं-नहीं,'' वह चुस्ती से उठ खड़ी हुई, ''वही कहने आई थी। लाइए आपका सामान खुलवा दूँ। फिर नीचे चल कर हमारे साथ खाना खाइए। रात को भी। अभी तो रसोई जमाने में आपको काफ़ी समय लग जाएगा।''

''नहीं, उसकी कोई ज़रूरत नहीं है,'' उसने मधुर, पर दृढ़ स्वर में कहा, ''डबलरोटी-मक्खन साथ लाई हूँ। दिन में वही खाऊँगी और सामान खोलूँगी। आपके यहाँ खा लिया, तो लम्बी तान कर सो रहूँगी और यह सब ऐसे ही पड़ा रहेगा। जहाँ तक रात के खाने का सवाल है, वह तो दिनेश के आने पर ही तय होगा।''

''कितने बजे तक आ जाते हैं आपके पति ?''

''कोई ठिकाना है, जब घर की याद आ जाए।''

ओह, तो उस तरह का है उसका पति, उसने सोचा। फिर एक सन्तोष की लहर उसके मन में दौड़ गई। तब तो उसकी शामें भी अकेले गुज़रा करेंगी। चाय-कॉफ़ी का साथ हो जाएगा।

''और बच्चे ?'' उसने पूछा।

''बच्चा तो कोई है नहीं।''

''कोई नहीं !'' मारे कौतूहल के वह आगे को झुक गई, दम साध कर पूछा, ''शादी को कितने साल हो गए ?''

''पाँच।''

''पाँच, और बच्चा नहीं हुआ ?'' आख़िरी शब्द पर आते-आते उसका स्वर टूट गया, साथ ही आँखों में चमक आ गई।

उसके हृदय में दया का ऐसा तूफ़ान उमड़ आया कि वह विश्वास कर उठी, उसे वाक़ई इस औरत से सहानुभूति है, पर अनजाने ही मन में विचार कौंध गया कि ये लोग पहले वाले किरायेदारों से भी ज़्यादा दिलचस्प रहेंगे। उस औरत के तो बच्चा था, फिर भी...

''क्या-क्या इलाज करवाया ?'' मारे उत्तेजना के उसका स्वर फुसफुसाहट में डूब गया।

उसकी लम्बी-पतली तराशी भवें माथे पर ऊपर चढ़ गईं और होंठों पर तीखी मुस्कराहट खेल गई, ''इलाज ? किस चीज़ का इलाज ?''

उसे उसकी प्रतिक्रिया अप्रत्याशित लगी, पर कुछ सोचने से पहले कह गई, ''बच्चे के लिए। मेरी एक भाभी के शादी के आठ साल बाद बच्चा हो गया। डॉ. साहनी ने आपरेशन...'' वह पूरी जानकारी देने वाली थी कि वह ठठाकर हँस पड़ी, ''अच्छा !'' उसने कहा, ''पर मैं तो बच्चा चाहती नहीं।''

''चाहती नहीं ! क्यों ?''

''मतलब, अभी नहीं चाहती। हम दोनों अपने काम में इतने मशग़ूल रहते हैं, उसे पालेगा कौन ?''

''दफ़्तर में काम करती हो ?'' निर्मला ने पूछा।

''हाँ।''

''आज छुट्टी ली होगी ?''

‘‘हाँ।’’

‘‘सामान जमाने के लिए? हाँ, कुछ भी कहो, घर का काम औरत के ही ज़िम्मे आता है,’’ उसके स्वर में फिर सहानुभूति उभर आई।

‘‘सच बतलाऊँ? छुट्टी दरअसल मैंने फूल सजाने के लिए ली थी। बहुत दिनों से किसी नए माहौल में कुछ नई चीज़ बनाने को मन था। पर अब सोच रही हूँ लगे हाथों सामान भी खोल लूँ।’’

‘‘ठीक है, दिन में वही कीजिए पर रात के खाने की परेशानी में मत पड़िए, हमारे साथ खाइए।’’

ये नहीं तो इसका पति मेरा बनाया खाना खाकर ज़रूर ख़ुश होगा। ये वह सब बनाना क्या जानती होगी।

‘‘नहीं, रहने दीजिए। कौन जाने दिनेश कितने बजे आए,’’ उसने आपत्ति की।

‘‘तो बनाकर यहीं भिजवा दूँ?’’ उसने उदारता से कहा।

‘‘नहीं-नहीं,’’ उसने डरे स्वर में कहा, ‘‘कहीं दिनेश यह समझ बैठे कि मैंने बनाया है, तो ग़ज़ब हो जाएगा।’’

‘‘क्यों?’’

‘‘रोज़-रोज़ माँगने लगे तो।’’

‘‘तो क्या?’’

‘‘मुझे आप जैसा बनाना कहाँ आएगा।’’

‘‘मैं सिखला दूँगी,’’ उसने ख़ुश होकर कहा।

‘‘उतना वक़्त कहाँ है मेरे पास,’’ उसने लम्बी साँस खींची, पर चेहरे से ऐसा नहीं लगा कि कोई दुख है।

‘‘तो मैं बनाकर भेज दूँगी, दूसरे-तीसरे दिन। पहली वाली के यहाँ भी मैं तीसरे-चौथे दिन कुछ न कुछ नाश्ता बनाकर भेज दिया करती थी। उसका पति कितनी तारीफ़ करता था। जब मिलता था, यह कहता था—कुछ मेरी बीवी को भी सिखला दीजिए। बड़ा भला आदमी था बेचारा।’’

‘‘बेचारा,’’ उसने हामी भरी।

‘‘हाँ, बीवी के पास वक़्त कहाँ था!’’

‘‘बेचारी, अब कहाँ हैं?’’

‘‘बम्बई।’’

‘‘आपकी बड़ी याद आती होगी बेचारों को।’’

‘‘मुझे भी बहुत आती है।’’

‘‘बेचारे,’’ उसने फिर कहा, तो निर्मला को अच्छा नहीं लगा। उनकी बात छोड़कर बोली, ‘‘तो रात को भेज दूँगी खाना।’’

‘‘नहीं-नहीं, बिलकुल नहीं। मैं हाथ जोड़ती हूँ, ऐसा मत कर डालिएगा,’’ उसने इतने व्याकुल स्वर में कहा कि वह कुछ घबरा गई।

‘‘क्यों, क्या बात है?’’

‘‘ऐसा करेंगी, तो सारा मज़ा किरकिरा हो जाएगा। मैंने तय कर रखा है कि आज रात का खाना दिनेश बनाएँगे। मकान शिफ़्ट करने में ज़रा मदद नहीं की बच्चू ने।’’

निर्मला जैसे आसमान से गिरी। चकित स्वर में बोली, "खाना...भी...बनाना... जानते हैं आपके पति?"

"जानते-वानते तो ख़ैर क्या हैं। शायद अन्त में सब फेंक-फाँक कर डबलरोटी का सहारा लेना पड़े। पर शग़ल रहेगा।" और खनखन कर देर तक उसकी हँसी बजती चली गई।

इस चोट के बाद काफ़ी देर तक निर्मला स्तब्ध चुप बैठी रही। फिर किसी तरह अपने को समेट कर बोली, "पर आप कह रही थीं, वे बहुत देर से लौटेंगे, फिर कब बनेगा खाना?"

"हाँ, अच्छा याद दिलाया आपने। लगता है, आज रतजगा करना होगा। यह देर से आने वाला मर्ज़ भी जल्दी छूटता नहीं दिखता," उसने फिर एक लम्बी साँस भरी।

आश्वस्त होकर निर्मला ने एक बार फिर उसकी ज़िन्दगी में शामिल होने की कोशिश की। इस बार नसीहत देकर। "आपके पति इतनी देर से लौटते हैं, तो और भी ज़रूरी है बच्चा। आपकी शामें उसके सहारे कट जाया करेंगी।"

"पर उसका दिन किसके सहारे कटेगा?"

"मेरे पास छोड़ जाया करना," उसने फ़ौरन कहा, "पहले वाली भी जब नौकरी करने जाती थी, तो बच्चे को मेरे पास छोड़ देती थी। बड़ा हिल गया था मुझसे।"

"बेचारा।"

उसने दोहराया तो निर्मला कुछ नाराज़ होकर बोली, "कहो तो अच्छी बढ़िया आया का इन्तज़ाम कर दूँ। बड़ी तजुर्बेकार औरत है," कहते-कहते वह दोनों बाँहें फैला कर मचिया पर आगे झुक गई। किसी उलझे हुए मसले को सुलझा कर रख देने के आश्वस्त दर्प से उसका चेहरा चिकना हो आया। लबालब भरी सुराही से उँडेले गए पानी की तरह, उसका तरल स्वर अबाध बह चला।

"अपनी भाभी को भी मैंने ढूँढ़ कर दी थी। अब तक गुण गाती है मेरे। फिर यहाँ तो मैं निगाह रखूँगी, उस पर। तुम कहो तो..."

"जी नहीं, शुक्रिया," उसने बात बीच में काट दी, "जब पैदा करूँगी तो पालूँगी भी ख़ुद। पालने को मन है, इसलिए पैदा करूँगी न। न हुआ तो दफ़्तर छोड़-छाड़ कर अलग करूँगी।"

निर्मला का चेहरा एकदम बुझ गया। मुँह से निकल रहे शब्द सिर्फ़ टूटे नहीं होंठों के बीच सूख गए। गुमसुम सी वह उसकी तरफ़ ताकती रह गई, जैसे भरी सुराही ठोकर खाकर लुढ़क गई हो और ख़ाली निःशब्द औंधी पड़ी हो। उसके सूखे मुँह को देखकर उसका सख़्त पड़ आया चेहरा नम हो उठा। हलके से हँसकर उसने मधुर स्वर में कहा, "चाय पी कर जाइएगा।" वह उठी और जिस पैकिंग केस पर बैठी थी, उसे खोल डाला। भीतर से बिजली का छोटा सा हीटर, अल्युमिनियम का भगौना, दो प्याले और चाय का सामान निकाला और रसोई की तरफ़ बढ़ गई।

"बिजली का प्वाइंट मिल गया," वहीं से चिल्ला कर उसने कहा, "बस, पाँच मिनट में चाय तैयार समझिए। जाइएगा नहीं। डबलरोटी भी ला रही हूँ साथ में।"

जाने की उसमें हिम्मत भी नहीं थी। उसे रोना आ रहा था। इससे तो ऊपर वाला मकान ख़ाली पड़ा रहता तो अच्छा था। सच, औरत को औरत जात से इस तरह विश्वासघात नहीं करना चाहिए!

(1981)

अन्धकूप में चिराग़

मैं साफ़ देख रही हूँ...धीरे-धीरे अपनी आवाज़ पर से मेरा इख़्तियार मिट रहा है। हर इनसान के मुँह में एक ज़ुबान होती है। काट दो तो आदमी गूँगा हो जाए। पर महज़ उसके रहते इनसान बोल नहीं पाता। ज़ुबान को भी साथी चाहिए। होंठ, दाँत, तालू या मूर्धा। ज़ुबान इन्हें छूती है और आवाज़ बन जाती है। कभी-कभी नहीं भी छूती। मुँह के अन्दर अधर में लटकी रहती है और...कितनी कशिश होती है इन्तज़ार की उस अनदीखती छोटी सी घड़ी में...आवाज़ कंठ से फूट पड़ती है।

यह बात जीव विज्ञान की है। ज़ुबान होती है, कंठ होता है और आवाज़ होती है। पर इनसान? जीव विज्ञान से परे भी कुछ है धरती की तरह। साफ़ पानी गहरा खोदने पर निकलता है।

ज़ुबान की पहुँच हद से हद कंठ की तलहटी तक है। हर तलहटी में गहरे छिपे कुएँ होते हैं। आँतों को चीर कर आवाज़ निकले तो कंठ के तंग छिद्र को फोड़ कर बाहर नहीं आ पाती। अन्दर ही अन्दर चक्राकार घूमती हुई भँवर बन जाती है, अपने जाल में फँस कर गहरे, और गहरे डूब जाती है।

मेरी ज़ुबान सुरक्षित है, यूँ मेरे शरीर का हर अवयव सुरक्षित है। मुँह में मूर्धा, तालू, दंत और ओष्ठ, सब हैं। फिर भी अपनी आवाज़ से मेरा अधिकार उठता जा रहा है।

पहले भी मेरी बात किसी की समझ में नहीं आती थी। पर सुनने से वे इनकार नहीं करते थे। कर नहीं पाते थे। साफ़ और तेज़ आवाज़ सुननी पड़ती है। लोग मेरी बात सुनते थे और उसके ग़लत अर्थ लगाकर ताली बजा देते थे। मैं चाहती तो समाजनेत्री बन सकती थी। नेताओं का जन्म ऐसे ही होता है। समाज को ऐसे आदमियों की हरदम ज़रूरत है, जिनकी आवाज़ साफ़ और तेज़ हो, आसानी से कानों में पड़े और अर्थों के झमेले से दूर रहे। ऊँची और स्पष्ट आवाज़ शब्द तक की मोहताज नहीं होती, अर्थ की तो बात ही क्या है। समाज के लिए अर्थ का मतलब दूसरा होता है। शब्दों के अर्थ छूने के लिए लोगों के पास वक़्त नहीं है। अर्थ प्राप्ति शब्दों से नहीं होती।

मैं तुम्हारा नेता हूँ, मेरे पीछे आओ, ऊँची तेज़ आवाज़ में यह सुनने पर समाज क्यों नहीं कुछ पूछता। चुपचाप पीछे चल देता है। नहीं, चुपचाप नहीं, हर आदमी अपने पीछे चलने वाले को हुक्म देता चलता है। वही हुक्म, मेरे पीछे आओ, जिसके जवाब में वह क्यों नहीं कुछ पूछता।

मैंने अपने पीछे मुड़ कर उस लम्बी लाइन को देखा, जहाँ हर आदमी के आगे एक आदमी है और एक पीछे, तो मैं डर गई। साथ-साथ वे क्यों नहीं चल रहे। सब न सही, कुछ लोग तो साथ-साथ चलें, क़दम से क़दम मिला कर। नहीं, हाथ में हाथ डाल कर।

यह मेरी ग़लती थी। सब न सही कुछ लोग...यह मैंने क्यों कहा ? या सब या कोई नहीं, कहने की हिम्मत मेरी क्यों नहीं हुई ? कुछ और सबका फ़र्क़ करते ही एक आदमी आगे हो जाता है, एक पीछे और सबसे पीछे वाले आदमी तक पहुँचने के लिए बहुत ऊँची आवाज़ चाहिए।

मैंने कहा न, आवाज़ की बुलन्दी हद से बढ़ जाए तो शब्द बेमानी हो जाते हैं, अर्थ की तो बात ही क्या है।

अपनी आवाज़ की बढ़ती हुई बुलन्दी से मैं ख़ुश न रह सकी। मेरे मन में मोह जग उठा कि मेरी बात का अर्थ भी समझा जाए। कब और कैसे यह मोह मेरे मन में जगा मुझे ठीक से याद नहीं। शायद यह दस बरस पहले हुआ था या शायद अभी कल की बात है। या शायद...मैंने सिर्फ़ चाहा कि ऐसा हो...वाक़ई हुआ होता तो अपनी आवाज़ पर मेरा इख़्तियार इस तरह धीरे-धीरे खो क्यों जाता...

हुआ यह कि पंक्तिवार चल रहे छोटे-बड़े आदमियों की भीड़ के पिछले हिस्सों से निकल कर एक आदमी आगे बढ़ आया। शायद हवा में तिरती एक निःशब्द कराह मुझ तक पहुँची और मैं ही पीछे मुड़ गई...

हुआ यह कि वह मेरे बराबर आ खड़ा हुआ, मैं उसके बराबर जा खड़ी हुई, हमारे क़दम एक साथ उठे, कुछ दूर चले और ठिठक गए। मैंने कुछ कहा...मेरी आवाज़ एकदम धीमी थी। लगा, कंठ के बहुत नीचे आँतों के गहरे गर्त में सिसकती आवाज़ का भँवर सहसा ज़ोर से सुबक उठा है, अपने वेग के सहारे ऊपर चढ़ गया है और कोई एक बुलबुला कंठ के छिद्र को भेद कर बाहर उछल आया है। छोटा सा बुलबुला है। क्षण-भर को काँपा है और फूट गया है। धमाका नहीं हुआ, शोर की लपटें नहीं उठीं, लाल-पीली-नीली प्रतिध्वनि की चिनगारियाँ नहीं उड़ीं। माहौल बेआवाज़ और बेअसर रहा, पर...मेरे भीतर लोभ पनप उठा कि मेरी बात का मतलब भी कोई समझे।

शायद उसने बुलबुले से फूटी सिसकी सुन ली...वह सिसकी जिसमें शोर नहीं था, शब्द नहीं था क्योंकि उसका अर्थ बिलकुल साफ़ था...वह ख़ुद अपना अर्थ थी। शायद यह दस बरस पहले हुआ था और मैं पूरे दस बरस तक सिर्फ़ एक बुलबुले के सहारे अपनी आवाज़ पर अधिकार बनाए रही। शायद यह अभी कल हुआ था और वह बुलबुला आज तक के लिए भी मुझे सहारा देने में नाकाम रहा। ग़लती मेरी थी।

मैं इस बात से सन्तुष्ट नहीं रह सकी कि मेरी बात ख़ुद मेरी समझ में आती है। मेरे भीतर लोभ पैदा हो गया। मैंने समाज के नियम और सिलसिले में बाधा डाली। एक आदमी को अलग कर लेना चाहा, सिर्फ़ इसलिए कि वह मेरी बात, महज़ सुने नहीं, समझ भी जाए।...मेरी तरह... मुझसे भी ज़्यादा...मेरी बात मुझे ही समझा पाने लायक़।

इतना बड़ा लालच!

मैं उसे साथ लेकर अपने कमरे में चली आई। वहाँ और कोई नहीं था।

मैंने कमरे की खिड़कियाँ और दरवाज़े बन्द कर लिये।

मैंने महसूस किया, पंक्तिवार चल रहे समाज के प्राणी कमरे के चारों तरफ़ घेरा डाल कर खड़े हो गए हैं। मुझे तभी समझ जाना चाहिए था, बिना वजह वे अपनी क़तार तोड़ा नहीं करते। यह घेराव उसके लिए है।

मैंने उनकी तरफ़ देखा तक नहीं। इससे पहले कि वे कुछ कहते मैंने दरवाज़ों को दीवार बना दिया।

उनकी आवाज़ की बुलंदियों से मैं वाक़िफ़ थी। मुझे समझ जाना चाहिए था कि चन्द खिड़कियाँ और बन्द दरवाज़े उसे भीतर आने से रोक नहीं सकते। मेरा विश्वास खिड़कियों और दरवाज़ों पर था भी नहीं। मेरा ख़याल था...अभी न जाने कितने बुलबुले उठकर फूटेंगे। मेरी आवाज़ धीमी होती जाएगी। वह उसका अर्थ हथेली में सँजोता रहेगा। उसकी अंजुली की आड़ उनके शोरगुल को हम तक आने से रोक देगी।

शायद यह दस साल पहले हुआ या...शायद अर्थों की बाड़ हमारे चारों तरफ़ खिंच भी गई...शायद बाहर समाज में खलबली मच गई...शायद उनमें से अनेक प्राणी शब्दों की तलाश करने लगे...शायद हममें उनकी दिलचस्पी ख़त्म हो गई...शायद वे भी एक-दूसरे के शब्दों के अर्थ खोजने में लीन हो गए...शायद दस बरस तक यह होता रहा और यही वजह थी कि उन्होंने भीतर घुसने की कोशिश नहीं की और वह निर्द्वन्द्व मेरे पास बैठा रहा।

फिर...मेरी आवाज़ पर से मेरा अधिकार उठ कैसे गया?

मैं साफ़ देख रही हूँ...मैं गूँगी नहीं हुई, मेरे मुँह में ज़ुबान है। उसके तन्तु मरे नहीं। हाथ से छू कर देखो, चिनचिना उठते हैं।

मेरी ज़ुबान बराबर सिर धुनती विधवा की तरह, तालू मूर्धा, दाँत और होंठों की पनाह माँगती फिर रही है...पड़ाव की जगह मिलती है, स्वर फूटता है, पर जैसे मैं चाहती हूँ वैसे नहीं। मैं ज़ुबान को तालू से सटा रही हूँ वह मेरा साथ छोड़कर दाँतों पर भटक जाती है। मैं उसे होंठों से चूमना चाहती हूँ, वह पीछे हटकर मूर्धा से लिसड़ रही है। आँतों में जमी चाहत बलगम बनकर गले में लिपट जाती है, हर स्वर घरघराहट में सन कर मुझे मुँह चिढ़ा रहा है। अब मेरी बात का मतलब ख़ुद मेरी समझ में नहीं आ रहा...

नहीं, यह दस साल पहले नहीं हुआ। यह आज की बात है।

मैं उसे बाहर के घटाटोप अँधेरे से खींचकर अपने कमरे में ले आई। एक-एक करके दरवाज़े और खिड़कियाँ बन्द कर लीं।

एक छोटा सा चिराग़ मेरे और उसके बीच जल उठा।

इससे पहले कि रोशनी का घेरा हमारे चारों तरफ़ खिंचता चला जाता, उसकी एक किरच दरवाज़े की सेंध से बाहर निकल गई। अँधेरे में खलबली मच गई। बहुत सारे लोग एक साथ खिड़की-दरवाज़ों पर झपटे, कुछ दीवारें नोच-नोच कर उखाड़ बाहर फेंकने लगे। कमरा सपाट मैदान बन गया। फ़ौरन वे लोग क़तार बाँध कर खड़े हो गए और उसे अपनी तरफ़ खींचने लगे। अँधेरा चुम्बक बन गया। उनकी आवाज़ की आँधी के नीचे वह नन्हा चिराग़ पतझड़ के आख़िरी पत्ते की तरह काँप उठा।

मैं देख रही थी...वह उनकी तरफ़ खिंचता जा रहा है...चिराग़ की लौ बुझने की मानिन्द बराबर काँप रही है...

मैं पूरी ताक़त लगाकर उसे अपनी तरफ़ खींच सकती थी...कोशिश कर सकती थी...ख़ुद घिसट कर उनकी पंक्ति में शामिल होने का जोख़िम उठाने पर ही यह मुमकिन था।

मेरी नज़र चिराग़ पर थी। इसके पहले कि वह काँप कर बुझे, मैंने उसे उठाकर

अपनी ज़ुबान पर रख लिया। हद थी मेरे पागलपन की। मैंने सोच लिया मुझमें महफ़ूज़ वह जलता रहेगा।

अँधेरे में तहलका मच गया। सैकड़ों हाथ मेरी तरफ़ बढ़ आए। मुझे रस्सों में कस दिया गया। सख़्त पंजों ने मेरा जबड़ा चीर कर खोल दिया। पर चिराग़ उनके हाथ नहीं आया। मैं उसे निगल चुकी थी।

मेरी झुलसी ज़ुबान और मसूड़ों को उन्होंने हथेलियों से भींच कर मसल डाला। नाख़ूनों से बींधकर लहूलुहान कर दिया। मेरी आँतों में आग लग गई। शब्द झुलसकर धुआँ बन गए। धुआँ ऊपर चढ़ता है, पर बलगम में सन कर, उल्टी की तरह जले मुँह से कराह कर नीचे गिर जाता है। ज़मीन पर गिरे शब्दों को उठाकर कौन देखेगा?

झुलसी हुई आँतें सिकुड़ कर पीछे हट गई हैं। बीच में गहरी कुइयाँ ख़ुद आई हैं। नीचे बहुत अन्दर, तली पर चिराग़ टिका है। कूप की गरम दीवारों की शह पाकर काँपती लौ ठहर गई है। देह का ख़ून उसे सींचता रहेगा...चिराग़ जलेगा...शायद दस बरस बाद फिर एक दिन आए...मैं चिराग़ उगल दूँ...उसके सामने...क्योंकि वह पहचान गया था, मेरे भीतर चिराग़ जल रहा है...

पर अब...मैं देख रही हूँ...पंक्तिवार वे मेरे बराबर से निकल कर जा रहे हैं और पंक्ति के सबसे पीछे वह है, वही जो कभी मेरी बगल में ठिठक कर खड़ा हो गया था और जिसे खींचकर मैं...

''ज़रा ठहरो!'' मैंने कहना चाहा, ''मेरे भीतर चिराग़ जल रहा है।''

ख़ून से सनी मेरी ज़ुबान पूरे मुँह में घूमी और उसने कहा, ''चले जाओ, झुलसी आँतों में चिराग़ नहीं जला करते।''

हर शब्द से उगला गाढ़ा लाल धुआँ लम्बे डग भरता, गिरे हुए कमरे के क्षेत्रफल के आगे फैलता जा रहा है।

''यह चिराग़ भी बुझ गया,'' एक ने दूसरे से कहा है...और वही जिन्होंने चिराग़ को बुझाना चाहा था, शिथिल चाल, उसका मातम मनाते चले जा रहे हैं।

पल-दो पल और जो वह बाहर जला होता...हो सकता था वे लोग अँधेरे से सदियों पुराना अपना समझौता तोड़ लेते, रोशनी से डरते-कतराते भी उसकी आदत डाल लेते...फिर भला चिराग़ को कौन बुझा सकता था।

पर अब...वे नहीं जानते...मैं कितना सह सकती हूँ...अब तो धुआँ उनसे आगे निकल चुका।

क़तार में बँधे लोग अन्धों की तरह चले जा रहे हैं। एक-एक करके धुआँ उन्हें लील रहा है।

वह क़तार के आख़िर में है। मेरे पास उसे बचाने का कोई साधन नहीं है। आवाज़ दूँ? पर अपनी आवाज़ पर मेरा अधिकार नहीं है।

बस...अब थोड़ी देर और...मैं बोलने की कोशिश भी छोड़ दूँगी...उनकी तरह नहीं, जिन्हें धुआँ निगल चुका...मेरे पास चिराग़ है।

(1982)

अलग-अलग कमरे

दरवाज़ा बन्द रहा। दीवार में बनी छोटी सी खिड़की खुली और कम्पाउंडर ने बाहर झाँककर रुखाई से आवाज़ लगाई, ''क्या है?''

''डाक्टर साहब को घर ले जाना है। लगता है, पिताजी पर फ़ालिज पड़ा है,'' खिड़की के दूसरी तरफ़ खड़े आदमी ने हाँफते-हाँफते कहा।

''रात के पाँच बजे हैं, मालूम है न? फ़ीस दुगनी लगेगी। दिन के बीस और रात के चालीस।''

''ठीक है, जो भी लेंगे। डाक्टर साहब को जल्दी बुला दीजिए।''

''मुझे क्या ज़रूरत है, देर करने की! चालीस रुपये जमा करवाओ और ले जाओ डाक्टर साहब को।''

''हाँ हाँ, पर...'' जेब टटोल कर बाहर खड़ा आदमी दुविधा में पड़ गया।

''जल्दी में पैसे लाने का ख़याल नहीं रहा। घर पहुँचकर दे देंगे,'' उसने कहा।

''हाँ जी, दे देंगे घर पहुँचकर,'' कम्पाउंडर नाराज़ होकर बोला, ''जेब में रुपये होते नहीं और चले आते हैं डाक्टर साहब को बुलाने। मालूम नहीं यहाँ का क़ायदा? पहले रुपये जमा करवाओ तब दरवाज़ा खुलेगा। नाहक नींद बिगाड़ कर रख दी हमारी।''

वह खिड़की बन्द करने लगा पर आगंतुक ने हाथ बीच में रखकर अड़चन दे दी और सख़्त स्वर में बोला, ''जानते हो मैं कौन हूँ? पाठक जी का लड़का, श्याम। पाठक जी को फ़ालिज पड़ा है। जानते नहीं, वे बड़े डाक्टर साहब के कितने गहरे दोस्त हैं? जाओ, जाकर डाक्टर साहब को बुला लाओ।''

उसकी फटकार का कम्पाउंडर पर ज़रा असर नहीं हुआ।

''यह ताब किसी और को दिखाना,'' वह मुँह बिगाड़ कर हँसा, ''बड़े डाक्टर साहब के दोस्त हैं तो होंगे। उनका तो तमाम बरेली शहर दोस्त है। तुम बड़े डाक्टर साहब को बुलाने आए हो या छोटे डाक्टर साहब को?''

''बड़े डाक्टर साहब को अब क्या बुलाऊँगा,'' बाहर खड़े श्याम ने लम्बी साँस खींचकर कहा, ''वे बेचारे तो ख़ुद फ़ालिज में पड़े हैं। अब तो छोटे-बड़े जो हैं, डॉ. सुरेन्द्र देव ही हैं।''

''उन्हें ले के जाना है तो चालीस रुपये लेकर आओ। तब बात करना,'' कह कम्पाउंडर ने ज़बरदस्ती उसका हाथ हटा कर खिड़की धड़ाक से मार के बन्द कर दी।

''कम्पाउंडर! कम्पाउंडर!'' तभी भीतर से ज़ोरदार पुकार सुनाई दी।

''सत्यानाश! अब ये बुढ़ऊ जग बैठा है सो सारी रात वीरान समझो,'' बुड़बुड़ करता कम्पाउंडर भीतर मुड़ गया।

श्याम रुपये लेने घर लौट गया। रात जब सहसा पिता फ़र्श पर गिर कर ढेर हो गए थे, तो जैसा था, वैसा उठकर डाक्टर को बुलाने दौड़ गया था। जल्दी में रुपये साथ लेने का ख़याल नहीं आया था। चालीस रुपये उसके पास थे भी नहीं। उसकी अपनी नौकरी है नहीं और पिता पिछले बरस रिटायर हो गए हैं। आजकल हाथ तंग चल रहा है। फिर भी माँ से कहने पर शायद रुपयों का कुछ जुगाड़ हो जाए।

कम्पाउंडर अन्दर पहुँचा तो बिस्तर पर पड़े बूढ़े डॉ. नरेन्द्र देव ने पूछा, "कौन आया था?"

"मरीज़।"

"तो लौटा क्यों दिया?"

"फ़ीस लेने गया है।"

"फ़ीस लेने? शर्म नहीं आती। फ़ीस पहले लोगे, देखोगे बाद में?"

"मैं क्या करूँ? डाक्टर साहब का हुक्म है।"

"हुक्म के बच्चे!" डॉ. नरेन्द्र देव दहाड़ उठे।

उनकी देह पर फ़ालिज ज़रूर पड़ा था, पर आवाज़ वैसी की वैसी करारी थी।

"वह पाठक जी का लड़का था या नहीं?" कड़क कर उन्होंने पूछा।

"जी।"

"तब? जानता नहीं वे हमारे जिगरी दोस्त हैं?"

"जी, पर मुझे तो हुक्म डाक्टर साहब का बजा लाना होता है," कुछ हिचक कर कम्पाउंडर ने कह डाला।

"ठीक है, बुला कर ला सुरेन्द्र को।"

"सोते से जगाऊँगा तो नाराज़ होंगे, साहब।"

"जाकर कह, मैं बुला रहा हूँ," नरेन्द्र देव ने ऐसे स्वर में कहा जो हुक्म की फ़ौरन तामील चाहता था।

कम्पाउंडर हिचकिचाया। पुराना आदमी था। उसे वे दिन याद थे जब बड़े डाक्टर साहब पर फ़ालिज नहीं पड़ा था।

"जल्दी जा," नरेन्द्र देव फिर चिल्लाए।

कम्पाउंडर चल दिया पर बुड़बुड़ाता भी गया, "मैं बुला रहा हूँ तो ऐसे कह रहे हैं जैसे इनकी सुनते ही वे दौड़े चले आएँगे।"

"क्या बात है बाबूजी, रात-भर आप सोते नहीं हैं क्या?" क़रीब आधे घंटे बाद सुरेन्द्र देव ने डॉ. नरेन्द्र देव के कमरे में घुस कर कहा।

"अरे सुरेन्द्र, सुना तुमने, पाठक को फ़ालिज पड़ गया। श्याम बुलाने आया था और इस गधे के बच्चे ने उसे वापस लौटा दिया," नरेन्द्र देव इतने विचलित हो उठे कि लगा रो देंगे।

पर सुरेन्द्र देव एकदम शान्त बना रहा।

"बुढ़ापे में फ़ालिज होना आम बात है," उसने लापरवाही से कहा, "फ़ीस लेकर आ जाएँगे तो चला जाऊँगा।"

वह कम्पाउंडर से पूरी बात सुन चुका था।

"फ़ीस! फ़ीस!" नरेन्द्र देव ज़ोर से चीख़े और बदन को झटका देकर बिस्तर से उठने की कोशिश करने लगे। पूरा ज़ोर लगाने के बावजूद सिर्फ़ बायाँ हाथ ऊपर उठाकर रह गए। कुछ जुंबिश बाएँ पाँव ने भी की पर बाक़ी जिस्म लकड़ी के कुंदे सा बेजान पड़ा रहा। वे तड़फड़ा कर रह गए। बदन को हिलाने के लिए जमा की पूरी ताक़त का इस्तेमाल कर ज़ोर से दहाड़ उठे, "जानता नहीं, पाठक मेरा जिगरी दोस्त है, उनसे फ़ीस लेगा?"

"आपका तो पूरा बरेली शहर जिगरी दोस्त है। किस-किस का लिहाज़ करूँ?" सुरेन्द्र ने कहा।

सुनकर नरेन्द्र देव बेक़ाबू हो गए। बायाँ हाथ हिला कर इतने ज़ोर से चिल्लाए कि मुँह से झाग निकल पड़े, "नाशुक्रे! नालायक! कसाई!"

"आप तो बाबू जी, नाहक परेशान होते हैं," उनकी हालत देखकर सुरेन्द्र ने कुछ नम्रता से कहा, "मैं अभी चला जाता हूँ। पर आप ख़ुद डाक्टर हैं, जानते हैं, फ़ालिज पड़ा है तो कुछ होना-हवाना नहीं है।"

"जानता हूँ," नरेन्द्र देव ने कहा और सहसा उनकी आवाज़ धीमी पड़ कर टूट गई। अपना कारगर बायाँ हाथ उठाकर उन्होंने आँखें पोंछ डालीं।

डॉ. नरेन्द्र देव क़ाबिल डाक्टर, नेक इनसान और आदर्श पिता थे। अब उनकी उम्र साठ पार कर चुकी। अपनी लम्बी ज़िन्दगी में उन्होंने हमेशा अपने चरित्र के इन तीनों आयामों की मुश्किल माँगों को पूरा करने की कोशिश की और काफ़ी हद तक कामयाब रहे। यह कई बार हुआ कि एक माँग को पूरा करने के लिए उन्होंने दूसरे को नकार दिया पर यह कभी नहीं हुआ कि तीनों की क़ुर्बानी देकर अपनी ख़ुदग़र्ज़ माँग पूरी की हो।

डॉ. नरेन्द्र देव को श्वेत रंग से बहुत लगाव था। रात हो चाहे दिन, वे हमेशा साफ़-सफ़ेद लिबास पहने दिखलाई देते थे। चिट्टी खादी की पतलून और बन्द गले का कोट दिन में, और चिट्टी खादी का कुर्ता-पाजामा रात में। उनकी कोठी की छतें और दीवारें सफ़ेद बुर्राक़ थीं ही, वही लकदक उजलापन उसके भीतरी साजो-सामान में भी नज़र आता था। खाने की मेज़ और बिस्तर पर बिछी चादरें सफ़ेद, सोफ़े-कुर्सियों पर चढ़ा कपड़ा सफ़ेद, बैठक में रखी संगमरमर की गोलमेज़ सफ़ेद, यहाँ तक कि दरवाज़ों और खिड़कियों पर लटके परदे भी सफ़ेद। जो मोटर गाड़ी डॉ. देव चलाते थे, वह भी सफ़ेद रंग की थी। अपनी साठ साल की ज़िन्दगी में उन्होंने अनेक बार गाड़ी बदली पर उसके रंग में कोई तब्दीली नहीं आई। एक सफ़ेद गाड़ी बेचकर वे दूसरी सफ़ेद गाड़ी ख़रीदते रहे।

डॉ. देव की कोठी के आगे काफ़ी बड़ा बग़ीचा था, जिसमें मौसम का हर फूल खिला रहता। वहाँ भी दो लम्बी क्यारियाँ बेला और मोगरा के श्वेत पुष्पों के लिए सुरक्षित थीं। इसके अलावा, और भी कई फूलों की सफ़ेद क़िस्में चुन-चुन कर उन्होंने वहाँ लगवा दी थीं। श्वेत गुलाब, श्वेत कनेर, श्वेत लिली और श्वेत गुलदाउदी जैसे फूल अपनी दूधिया या कपूरी शुभ्रता से बाग़ के अनेक कोनों में अमावस्या की रात्रि को भी खिली चाँदनी का निखार लाए रहते थे। फिर भी अपने इस हरे-भरे उद्यान में घूमते हुए वे कई बार कह उठते, "मेरा बस चले तो इन तमाम फूलों को सफ़ेद कर दूँ।" अगर विभिन्न रंगों के फूलों के पौधे उखड़वा कर उन्होंने सफ़ेद फूल वहाँ लगवाने न दिये थे तो वह सिर्फ़ इसलिए कि वे एक आदर्श पिता थे और उनके

बच्चों को सफ़ेद के अलावा अन्य रंग के फूल भी पसन्द थे। बच्चों के कमरों की साज-सज्जा में भी वे दख़ल नहीं देते थे। वहाँ पहुँचते ही बरामदे से चला आ रहा धवल विस्तार छँट जाता और चटख रंगों का खिलवाड़ शुरू हो जाता।

किसी और आदमी में यह सफ़ेद-परस्ती होती तो लोग फ़ौरन उसे ख़ब्ती की उपाधि दे देते। पर डॉ. नरेन्द्र देव का व्यक्तित्व ऐसा था कि उनका यह शौक़ बिलकुल सहज और तर्कसंगत मालूम पड़ता था। लगता था, उन जैसे इनसान के लिए यही मुनासिब है कि वे सफ़ेद रंग पहनें और पसन्द करें।

यही नहीं, इतनी ही आसानी से, सनकी क़रार किए बग़ैर, वे और भी कई छोटे-मोटे ख़ब्त झेल जाते थे शायद इसलिए कि उनके ख़ब्त कुछ इस तरह के होते थे जो सम्पर्क में आने वाले लोगों का फ़ायदा करते थे। जैसे ग़रीबों को मुफ़्त इलाज करने की उनकी सनक या अपने बच्चों की हर माँग पूरी करने की उनकी कोशिश।

डॉ. नरेन्द्र देव एक ग़रीब पिता के इकलौते बेटे थे। बचपन से ही इतने मेधावी कि किसान पिता ने अपना सर्वस्व बलिदान करके भी उन्हें उच्च शिक्षा दिलवाने की ठान ली। जो चार बीघा ज़मीन उनके पास थी, उसे बेच कर उन्होंने पुत्र की शिक्षा का प्रबन्ध किया और शहर में रहकर क्लर्की करके परिवार का पालन-पोषण करते रहे।

पुत्र नरेन्द्र देव ने भी उनके त्याग की आन रखी और अव्वल दर्जे में एम.बी.बी.एस. पास किया। डाक्टरी की डिग्री मिलने पर, हर्ष के अतिरेक में ग़रीबों की सहायता का जो संकल्प नरेन्द्र देव ने किया, आश्चर्य था कि सफल और व्यस्त डाक्टर बन जाने पर भी, उसे नहीं भूले। इसका कारण ठीक क्या था, कहा नहीं जा सकता, यह कि वे स्वयं अभाव में पले थे या यह कि जन्म से ही उनके चरित्र में संवेदना का दिव्य गुण आ मिला था या सिर्फ़ यह कि एक बार ठान लेने पर कोई भी चीज़ बिना किए छोड़ देना उनकी स्वाभिमानी प्रकृति में नहीं था।

जो हो, बरेली शहर में सभी जानते थे कि जब किसी मरीज़ का सम्बन्धी हकला कर कहता है, "डाक्टर साहब, फ़ीस के पैसे तो हैं नहीं," तो जेब से दस रुपये का नोट निकाल कर थमाते हुए वे उसे ज़ोर से फटकारते हैं, "अरे, ख़ाली फ़ीस देने से बीमारी ठीक हो जाएगी क्या? लो, जाकर डिस्पेंसरी से दवा लो और खाने में दूध-फल के सिवा कुछ मत देना।"

डिस्पेंसरी उनकी अपनी थी, जो उनकी कोठी के बाहर वाले बरामदे में जाफरी लगाकर बनाई गई थी। बरामदे से सटे कमरे में बैठकर वे मरीज़ देखा करते थे और बाहर डिस्पेंसरी से कम्पाउंडर दवा बाँटा करता था। वहाँ से मुफ़्त दवा न दिलवा कर वे रोगियों को दस-पाँच के नोट इसलिए थमाया करते थे, क्योंकि उनका कम्पाउंडर मुफ़्तख़ोरों से सख़्त नाराज़ रहता था और मौक़ा मिलते ही दबे स्वर पर कड़े शब्दों में उनकी भर्त्सना करने से नहीं चूकता था।

डॉ. देव नहीं चाहते थे कि कोई मरीज़ उससे मुफ़्त दवाई माँग कर उसकी नज़रों में हीन बने। रुपये देने से बात डॉ. देव और बीमार के तामीरदार तक रह जाती थी। एक बात ज़रूर थी, अगर सम्बन्धी रोगी की देखभाल में ज़रा भी भूल-चूक करते, मसलन, उनके दिये रुपयों से उसके लिए फल-दूध न ला कर अपने लिए चाय या दारू का इन्तज़ाम कर लेते तो डॉ. देव के क्रोध का ओर-छोर न रहता। वे जितने संवेदनशील थे, उतने ही क्रोधी। तब उनकी ज़बान के चाबुक खाकर मोटी से मोटी खाल वाला आदमी कौल भर लेता कि उम्र भर चाय या दारू को हाथ नहीं लगाएगा। अगर उसने रुपया दारू या चाय पर ख़र्च न करके दाल-रोटी पर किया

होता तब भी कोई फ़र्क़ नहीं पड़ता। डॉ. देव उसी बेरहमी से उसे फटकारते और वह वैसे ही तिलमिला कर अपने को धिक्कारता। ऐसा करते समय वे भूल जाते कि अभावग्रस्त केवल मरीज़ नहीं, उसका तीमारदार भी है और ज़रूरतमन्द के लिए उसकी अपनी ज़रूरत सबसे बड़ी होती है। उस वक़्त उनकी हमदर्दी सिर्फ़ अपने मरीज़ के साथ होती क्योंकि उसके लिए वे अपने को ज़िम्मेदार ठहराते। लड़कपन से उन्होंने अपने को एक आदर्श डाक्टर के रूप में देखा था। और उस छवि को बनाए रखने के लिए वे सब कुछ बलिदान कर सकते थे।

सौभाग्य से आदर्श डाक्टर होने के साथ नरेन्द्र देव परिश्रमी और योग्य भी थे, जिससे फ़ीस में मिले रुपयों का काफ़ी अंश निर्धन रोगियों में बाँट कर भी उनके पास इतना धन बचा रहता था कि, वे अपने परिवार की हर जायज़ और नाजायज़ माँग पूरी कर सकें। अच्छा ही था कि क्योंकि आदर्श डाक्टर के अलावा जो दूसरा भव्य रूप उन्होंने अपना रखा था, वह था एक आदर्श पिता का।

डॉ. नरेन्द्र देव चाहते थे कि उनके बच्चों को ऐसे किसी अभाव का सामना न करना पड़े जो उन्हें बचपन में झेलने पड़े थे। छात्र-जीवन में जो कमी उन्हें सबसे अधिक सालती रही थी, वह थी जगह की तंगी। माँ-बाप के साथ एक कमरे के घर में रहते हुए पढ़ने-लिखने के लिए बरामदे का कोना भर नसीब रहा था। उसी में पढ़ना-लिखना और उसी में सोना। गरमी में लू की थपेड़, बरसात में पानी की बौछार और सरदी में पाले की चपेट, उन्होंने फिर भी आसानी से सहन कर ली थीं। जिसे बर्दाश्त करना तकलीफ़देह था, वह था बराबर के कमरे से आने वाला निरंतर शोर—बर्तनों की खटर-पटर, कपड़ों का कुटना-धुलना, आपस की नोंक-झोंक और प्यार का लेन-देन। लिहाज़ा उन्होंने तय किया कि अपने बच्चों को वे इतनी जगह मुहैया करा देंगे कि उनके कमरों की दीवारें, बाक़ी घर का शोर उन तक नहीं आने देंगी। साथ ही कमरे इतने लम्बे-चौड़े होंगे कि चारों ओर खड़ी दीवारों के बावजूद, उनके भीतर अपने व्यक्तित्व के हर पहलू को विकसित करने के लिए वे ख़ुद को आज़ाद पाएँगे।

उनके तीन बच्चे हुए। एक लड़का, सुरेन्द्र देव और दो लड़कियाँ, उषा और आशा। तीनों के लिए अपनी कोठी में उन्होंने दो-दो कमरे रिजर्व कर दिये, एक सोने के लिए और दूसरा पढ़ने-लिखने और खेल-कूद के लिए। इन अलग-अलग कमरों के अन्दर उन्हें हर तरह की छूट दे दी गई। नरेन्द्र देव अपनी किसी इच्छा, अभिलाषा या महत्त्वाकांक्षा का बोझ उनके कन्धों पर नहीं डालना चाहते थे।

बढ़िया से बढ़िया स्कूल, उम्दा से उम्दा खाना-पहनना, खेल-कूद की सब सुविधाएँ, सुरक्षा के साथ स्वतंत्रता का वातावरण, इन सबके होते, वे सोचते, कैसे सम्भव है कि व्यक्ति का आदर्श विकास न हो।

उनकी पत्नी गंगाबाई को बच्चों के पालन-पोषण का यह तरीक़ा ख़ास पसन्द नहीं आया था। वैसे वे गाँव की अनपढ़ औरत थीं, लेकिन पति की योग्यता और प्रतिष्ठा से इतनी प्रभावित थीं कि उनके कामों में तभी हस्तक्षेप करती थीं, जब कोई भीषण धर्मसंकट आ पड़े।

डॉ. नरेन्द्र देव ने बच्चों की हर माँग को उनके प्रगतिशील व्यक्तित्व की पुकार मानकर पूरा किया और इतनी तत्परता से कि उन्हें एहसास ही नहीं हुआ कि उससे उन्हें कोई परेशानी भी महसूस हो सकती है। यह बात और थी कि पूरी होते ही उनकी माँगें रूप बदल कर नए जन्म लेने लगीं और हर जन्म के साथ, अधिक असहिष्णु होती गईं। अलग-अलग अपने कमरों

की दहलीज़ को अपनी-अपनी सम्पत्ति की सरहद मानकर वे उसकी रखवाली में जुट गए। 'यह मेरा है, इस पर मेरा अधिकार है' का मंत्र उन्होंने इतनी अच्छी तरह ग्रहण किया कि 'यह उसका है, इसमें दूसरे की साझेदारी है' जैसी बातें उन्हें सर्वथा असंगत लगने लगीं।

बच्चों की इस दीक्षा का तीखा अनुभव डॉ. नरेन्द्र देव को सबसे पहले तब हुआ, जब उनके बचपन के दोस्त मोहनलाल और उसकी पत्नी का सड़क दुर्घटना में देहान्त हो गया और वे उनके सोलह वर्षीय लड़के, वंशीधर को घर लिवा लाए।

"अब से यह भी हमारा बेटा है," घर आकर उन्होंने ऐलान किया, "सुरेन्द्र, जाओ इसे अपने कमरे में ले जाओ। और देखो, इसे कोई तकलीफ़ न हो।"

"क्यों, मेरे कमरे में क्यों?" चौदह वर्ष के सुरेन्द्र ने तपाक से कहा, "मेरे कमरे में जगह नहीं है।"

"तुमने शायद सुना नहीं। इसके माँ-बाप का देहान्त हो गया है। इसे दोस्ती और हमदर्दी की ज़रूरत है। तुम साथ रहोगे तो इसका मन बहला रहेगा," सुरेन्द्र को समझाते हुए उनका स्वर व्यथा से भर गया।

"मेरी पढ़ाई में हर्ज़ होगा," सुरेन्द्र ने कहा, "आप उषा-आशा से कहिए न, वे दोनों एक कमरे में सो लें और एक कमरा इसे दे दें।"

"उससे क्या फ़ायदा होगा? मैं नहीं चाहता, इस वक़्त वंशीधर अकेला रहे," डॉ. नरेन्द्र देव क्रुद्ध हो उठे।

"तब अपने कमरे में रख लीजिए," कह सुरेन्द्र जल्दी से वहाँ से हट गया। पुत्र के व्यवहार से कुंठित हो वे यही करने जा रहे थे कि गंगाबाई ने नई आपत्ति उठा दी।

"दो-दो जवान लड़कियाँ हैं घर में," उन्होंने कहा, "पराये लड़के को यहाँ कैसे रखा जाएगा?"

"अरे यह मेरा बेटा है, उनका भाई हुआ। कैसी बातें करती हो तुम?" डॉ. देव ने आश्चर्य के साथ कहा।

"तुमने बेटा कह दिया, इसी से क्या उनका भाई हो गया?"

"पर वे अभी बच्चियाँ हैं, उम्र ही क्या है उनकी? साथ रहेंगी तो भाई ही मानेंगी।"

"उम्र में क्या कमी है?" गंगाबाई उस क्षेत्र की बात कर रही थीं जो पूरी तरह उनकी पकड़ में था, पति की विद्वत्ता का वहाँ दख़ल नहीं था। उषा तेरह की हो गई और आशा ग्यारह की। "नहीं, यह नहीं होगा। घर पर वंशीधर नहीं रह सकता। तुम्हें उसे बेटा बनाना है तो बनाओ, पर घर से बाहर रखकर।"

हार कर डॉ. देव ने वंशीधर को अलीगढ़ हॉस्टल में रख दिया और आगे चल कर वहीं मेडिकल कॉलेज में दाख़िला दिलवा दिया। छुट्टियों में वह अवश्य घर आता था और तब डाक्टर साहब उसके लिए मेहमानों वाला कमरा बड़े चाव से सजवा रखते थे। पाँच साल यों ही बीत गए। उसके बाद जब वंशीधर एम.बी.बी.एस. करके बरेली आया तो जो भय गंगाबाई ने पाँच साल पहले व्यक्त किया था, सहसा साकार हो उठा। डॉ. नरेन्द्र देव की बड़ी लड़की उषा ने छिपकर मन्दिर में आर्यसमाजी रीति से वंशीधर से विवाह कर लिया, और यह भेद उन पर तब खोला जब वह माँ बनने वाली हो गई।

उसने अपने पिता को वकील से यह कहते सुन लिया था कि वे वंशीधर को अपना दत्तक पुत्र मानते हैं, इसलिए जायदाद का एक-चौथाई भाग उसे देंगे। भाई-बहन के मुक़ाबले अधिक सम्पत्ति पाने का इससे अच्छा उपाय उसे और नहीं सूझा था।

सुनकर डाक्टर साहब अवसन्न रह गए। वे सचमुच वंशीधर को अपना बेटा और उषा-आशा का भाई मान बैठे थे। उनकी मनोभावना और उससे उत्पन्न व्यथा का कुछ आभास वंशीधर को अवश्य रहा होगा क्योंकि शादी के बाद उसने उन्हें अपना मुख नहीं दिखलाया। पत्नी को ले सुदूर बम्बई में जा बसा।

पहली की चोट को भुलाने के लिए डॉ. नरेन्द्र देव ने दूसरी लड़की आशा के लिए वर खोजने में कोई कसर उठा न रखी। दौड़-धूप कर ऐसा लड़का पा लिया जो मेधावी और होनहार होने के साथ घर-बार से सम्पन्न था। पर विवाह के कुछ ही दिन बाद पुत्री पति को लेकर बरेली लौट आई।

दुर्भाग्य से पति की सम्पन्नता सम्पत्ति तक सीमित नहीं थी, परिवार के सदस्यों की संख्या भी भरपूर थी। आशा को ऐसी सम्पन्नता की आदत नहीं थी। कुछ ही दिनों में पारिवारिक आदान-प्रदान से तंग आ कर, उसने पति की ओर से माँ-बाप, भाई-बहन से झगड़ा करके, अपनी अलग राह बना ली।

उसके इस व्यवहार से डॉ. नरेन्द्र देव और गंगाबाई से भी ज़्यादा दुख सुरेन्द्र देव को हुआ क्योंकि उसने उन्हें घर में जगह देने से कतई इनकार कर दिया। तब आशा पिता की सम्पत्ति में अपने हिस्से की माँग कर, वहीं बरेली में अलग कोठी बनाकर रहने लगी। काफ़ी ज़मीन उसने ख़रीद ली और पति की वकालात छुड़वा, उसे भी उसके काम में जोत लिया। ज़मीन का काम उसने किया तो खेती-बाड़ी जैसा अनिश्चित लाभ वाला नहीं। धरती से उसे कोई लगाव नहीं था, मोह था उससे मिलने वाले पैसे से। शुरू-शुरू में वह ज़मीन और उस पर बनी पक्की इमारतें ख़रीदती-बेचती रही, फिर उससे मिला रुपया सूद के ज़रिये ख़ुद-ब-ख़ुद बढ़ने लगा। रुपये से रुपया खींचने और उसे गिनने में उसका होनहार पति इतना माहिर हो गया कि उसे याद भी नहीं रहा कि कभी वह सुप्रीम कोर्ट में जिरह करने के सपने देखा करता था।

अलग-अलग कमरों में पनपी अपने बच्चों की ख़ुदग़र्ज़ बढ़ोतरी से दुखी डॉ. नरेन्द्र देव को एक बात का सन्तोष ज़रूर था और वह यह कि उनका लड़का सुरेन्द्र भी उनकी तरह एम.बी.बी.एस. हो गया था। यह सच है कि अपनी आकांक्षाओं को उन्होंने अपने बच्चों पर कभी नहीं लादा था, पर उसका यह मतलब नहीं था कि उनके अरमान ही मिट गए थे। उनके बाद, उनका लड़का उनका प्रतिष्ठित दवाख़ाना चलाए और उनके उसूलों को क़ायम रखे, इससे बढ़ कर उनकी साध और क्या हो सकती थी। एम.बी.बी.एस. करने के बाद उन्होंने उसे एफ.आर.सी.एस. करने विलायत भेज दिया। उससे पहले ही उसने एक धनिक उद्योगपति की इकलौती लड़की से विवाह कर लिया था। डॉ. नरेन्द्र देव से इस बारे में न उसने राय पूछी थी और न उन्होंने दी थी। वे उसके डाक्टर बन जाने के लिए इतने कृतज्ञ थे कि बहू के रूप में डाक्टर को देखने की अपनी इच्छा को असम्भव स्वप्न मानकर हटा देने में उन्हें विशेष कठिनाई नहीं हुई थी। जितने दिन वह विलायत रहा, डॉ. नरेन्द्र देव उसके लौटने पर होने वाली अपने दवाख़ाने की समृद्धि के सपने लेते रहे।

गंगाबाई का इस बीच देहान्त हो गया, इसलिए वे उसके लौट आने के सुख को न देख सकीं पर नरेन्द्र देव अब तक उसे भुगत रहे थे।

डॉ. सुरेन्द्र देव ने तीन बरस पिता के साथ काम ज़रूर किया पर यह समझने में उसे देर न लगी कि वह चाहे जितनी डिग्रियाँ हासिल करके आया हो, जब तक डॉ. नरेन्द्र देव ज़िन्दा हैं, उसे कोई नहीं पूछेगा। दवाख़ाने में आने वाला हर मरीज़ बड़े डाक्टर साहब की गुहार मचाता आता और उन्हें दुआएँ देता जाता। आख़िर उसने यह बात डॉ. नरेन्द्र देव से कह डाली और तब, उन्होंने वह कर डाला जिससे उनके आदर्श पिता होने का दर्जा आदर्श डाक्टर होने से ऊपर उठ आया।

ऐसा नहीं था कि निर्णय लेने में उन्हें तकलीफ़ नहीं हुई या अपने से लड़ना नहीं पड़ा। एक लम्बी और दर्दनाक कशमकश के बाद ही वे उस नतीजे पर पहुँचे, जिसके तहत वे जानबूझकर रिटायर हो गए और बरेली का दवाख़ाना, सुरेन्द्र देव को सौंप देहरादून-मसूरी जा बसे।

गर्मियों में मसूरी और सर्दियों में देहरादून। यह उनकी शोहरत का असर था कि कुछ मरीज़ वहाँ भी उन्हें आ घेरने लगे पर अपनी तरफ़ से वे रिटायर हो चुके थे और मरीज़ों को आमंत्रित करना उन्होंने छोड़ दिया था। वे यही सोचकर ख़ुश रहते थे कि उनके नाम और परिपाटी को उनका लड़का बरेली में जीवित रखे हुए है।

तभी साठ की आयु पर पहुँचते-पहुँचते उनके दाएँ अंग पर फ़ालिज पड़ा और वे बरेली लौट आए। छह महीने से वे दवाख़ाने के बराबर वाले अपने कमरे में बिस्तर पर पड़े, दवाख़ाने के उत्तराधिकारी को अपने अधिकारों की रक्षा करते देख रहे थे। बिस्तर पर बिछी सफ़ेद चादरों पर और उनके चेहरे पर जर्दी छाने लगी थी और उन्हें महसूस होने लगा था कि फ़ालिज सिर्फ़ उनके शरीर पर नहीं, दवाख़ाने, कोठी और तमाम बरेली शहर पर पड़ गया है।

आज उनके सब्र की हद हो गई थी। पाठक के लड़के के दवाख़ाने से लौट जाने ने उन्हें यह सोचने पर मजबूर कर दिया कि क्या इस हद तक पहुँचकर भी, उनके पास सब्र के सिवा कोई चारा नहीं है?

''क्या हुआ? क्या हुआ?'' सुरेन्द्र देव की गाड़ी जैसे ही बाहर आकर रुकी, डॉ. नरेन्द्र देव ने आवाज़ें देनी शुरू कर दीं।

''पाठक जी नहीं रहे,'' सुरेन्द्र ने अन्दर आकर कहा, ''मेरे पहुँचने के कुछ ही देर पहले ख़त्म हो गए,'' फिर बुदबुद करके बोला,'' फ़ीस के रुपये भी नहीं दिये कमबख़्तों ने।''

नरेन्द्र देव की आँखों से आँसू बह निकले।

''तुम अगर जल्दी पहुँच गए होते...'' उन्होंने कहना शुरू किया तो...सुरेन्द्र ने बीच में टोक दिया, ''तभी क्या हो जाता? उनके लिए तो अच्छा ही हुआ। छुटकारा मिल गया। घिसट-घिसट कर जी भी लेते तो क्या फ़ायदा होता।''

नरेन्द्र देव देर तक उसकी तरफ़ देखते रहे। आँखों से आँसू कुछ देर और बहे, फिर अपने आप सूख गए, हाथ बढ़ाकर उन्हें पोंछने का प्रयत्न उन्होंने नहीं किया।

''तुम ठीक कहते हो,'' आख़िर चुप्पी तोड़कर उन्होंने धीरे से कहा और फिर दृढ़ स्वर में जोड़ा, ''मैं वहाँ जाऊँगा।''

''कहाँ?''

''पाठक के यहाँ।''

''आप? आप वहाँ जाकर क्या करेंगे?'' सुरेन्द्र देव का स्वर हिक़ारत से सना पड़ा था।

"क्यों ? पाठक मेरे दोस्त थे। उनके बीवी-बच्चों को ढाढ़स बँधाऊँगा, ज़रूरत हुई तो कुछ मदद कर दूँगा।"

"और जाएँगे कैसे आप ?" सुरेन्द्र ने उसी स्वर में कहा।

"जैसे भी जाऊँ," नरेन्द्र देव ने उसकी तरफ़ से नज़रें हटा कर कम्पाउंडर से कहा, "जाकर हमारे ड्राइवर को बुला लाओ।"

"जाना चाहते हैं तो जाइए," सुरेन्द्र ने कहा, "आप ख़ुद डाक्टर हैं, जानते हैं अगर इस बार बाईं तरफ़ फ़ालिज पड़ गया तो आप बचेंगे नहीं!"

"जानता हूँ," नरेन्द्र देव ने इतना ही कहा।

दुबारा वे ड्राइवर के अन्दर आने पर बोले, "हमें पाठक जी के घर तक ले जा सकते हो ?" उन्होंने कहा।

ड्राइवर पुराना आदमी था। तीस साल से उनके यहाँ काम कर रहा था, डॉ. नरेन्द्र देव के बीसों अहसान थे उसके ऊपर।

"गोद में ले चलूँगा हुजूर," उसने कहा।

"उसकी ज़रूरत नहीं है। दवाख़ाने से ह्वील चेयर ले आओ।"

ड्राइवर पास के कमरे से ह्वील चेयर ले आया और गोद में उठाकर उन्हें उस पर बिठला दिया। लुंज-पुंज दायाँ अंग एक तरफ़ को फिंका सा पड़ा रहा, पर बायाँ पैर ज़ोर लगाकर उन्होंने समेट लिया और बायाँ हाथ बढ़ाकर बोले, "मेरी चेकबुक।"

ड्राइवर ने तकिए के नीचे से निकाल कर उनकी चेकबुक उन्हें पकड़ा दी। तभी उनकी निगाह अभी छोड़े अपने बिस्तर पर गई।

"सुनो," उन्होंने कहा, "मेरे बिस्तर की चादर बदलवा देना।"

"अभी तीन दिन हुए तो बदली थी, फिर मैली हो गई," सुरेन्द्र ने खीज भरे स्वर में कहा।

"सफ़ेद है न भैया," कुर्सी का हत्था पकड़े ड्राइवर ने मधुर स्वर में कहा, "जल्दी मैली हो जाए है, पर तुम तो जानो हो, मालिक हमेशा उजले बिस्तर पर सोया करे हैं।"

कन्धे झटक कर सुरेन्द्र देव कमरे से बाहर निकल गया।

ह्वील चेयर को गाड़ी में रखवा, डॉ. नरेन्द्र देव पाठक के घर पहुँच गए। चेकबुक में पाठक की पत्नी के नाम दो हज़ार का चेक पहले ही लिख लिया। फ़ालिज पड़ने के बाद, अपने बैंक के मैनेजर को बुला कर उन्होंने बाएँ हाथ के हस्ताक्षर पक्के करवा लिए थे, चेकबुक भी हमेशा सिरहाने रखते थे। बीमारी में जब-तब रुपये की ज़रूरत पड़ती रहती थी।

उन्हें देखते ही पाठक की पत्नी धाड़ मारकर रो दी।

"अरे भैया, अगर तुम पहले आ जाते तो कौन जाने ये बच ही जाते," रोते-रोते वे बोलीं।

नरेन्द्र देव के मुँह से बोल नहीं निकला, आँखों से आँसुओं की धार अवश्य बह चली। कुछ देर बाद अपने निस्पन्द शरीर पर लाचार नज़र डाल कर उन्होंने कहा, "भाभी, अब मैं किस लायक़ हूँ ?"

"तुम्हारे हाथ में शफ़ा है, सीने में दिल है, तुम मुर्दे को भी जिला सकते हो।"

नरेन्द्र देव गहरे सोच में डूब गए। उनकी दृष्टि शरीर के दाएँ भाग से हटकर बाएँ हाथ पर केन्द्रित हो गई। देर तक वे अपना हाथ हिला-डुलाकर देखते रहे, फिर उसे जेब में डाल कर

दो हज़ार का चेक निकाला और भाभी की ओर बढ़ा दिया। फिर वही हाथ श्याम के सिर पर रख दिया।

उसी सोच में डूबे नरेन्द्र देव घर पहुँचे तो देखा, उनके बिस्तर पर हरे और काले रंग की चारख़ानों वाली चादर बिछी हुई है। ह्वील चेयर पर बैठे डॉ. देव और हत्था थामे ड्राइवर, दोनों भौचक देखते रह गए।

''इस बिस्तर पर रंगीन चादर किसने बिछाई,'' चकित स्वर में ड्राइवर बुदबुदाया और नरेन्द्र देव ने ज़ोर से आवाज़ लगाई, ''सुरेन्द्र! कम्पाउंडर!''

सुरेन्द्र देव और कम्पाउंडर भीतर घुसे तो ड्राइवर कुर्सी छोड़ आगे बढ़ गया।

''भैया, मालिक के बिस्तर पर रंगीन चादर जाने किसने बिछा दी,'' उसने मीठे स्वर में कहा। वह चाह रहा था, किसी तरह डॉ. नरेन्द्र देव के कुछ कहने से पहले, वह चादर बदलवा डालने में सफल हो जाए।

''मैंने,'' सुरेन्द्र ने कहा, ''सफ़ेद चादर रोज़ मैली होती है, रोज़ बदलनी पड़ती है। आख़िर कितनी चादरें रखी जाएँगी घर में।''

''ऐसा न कहो भैया,'' ड्राइवर ने हाथ जोड़ कर कहना शुरू किया कि नरेन्द्र देव का दृढ़ स्वर सुनाई दिया, ''ड्राइवर, यह कमरा बन्द कर दो। रात हमारे सोने से पहले बिस्तर पर सफ़ेद चादर बिछा देना। तब तक हम दवाख़ाने में बैठेंगे।''

''दवाख़ाने में?'' अब चकित होने की सुरेन्द्र की बारी थी।

''हाँ, अब से हम दवाख़ाने में बैठा करेंगे,'' नरेन्द्र देव ने उसी अकंपित स्वर में कहा, ''फ़ालिज हमारे बदन पर पड़ा है, दिलोदिमाग़ और नज़र पर नहीं। और बाएँ हाथ से चेक लिख सकते हैं तो नुस्ख़ा भी लिख लेंगे।''

फिर उन्होंने सीधा कम्पाउंडर की तरफ़ देखा और कहा, ''जाओ, दवाख़ाने का दरवाज़ा खोल दो और हमारे बैठने का इन्तज़ाम करो।''

कम्पाउंडर उस दृष्टि को पहचानता था। वह चुपचाप दवाख़ाना ठीक करने चला गया। ''यह आदमी नीच तो है पर हुक्म का ताबेदार,'' जाते हुए कम्पाउंडर की तरफ़ देखकर उन्होंने कहा, ''हमारा काम चला देगा।''

बाएँ हाथ से धक्का देकर उन्होंने ह्वील चेयर को दवाख़ाने की तरफ़ मोड़ दिया और ड्राइवर से बोले, ''तुम तो हमारे साथ होगे ही।''

ड्राइवर ने कुर्सी का हत्था पकड़ लिया और उसे आगे धकेलने लगा।

जाते-जाते नरेन्द्र देव ने हाथ उठाकर कहा, ''और देखो सुरेन्द्र, तुम अपने लिए कोई दूसरा दवाख़ाना ढूँढ़ लो।''

(1982)

बेनक़ाब

माधो देख रहा था...बराबर देख रहा था...इन्हीं आँखों से देख रहा था माधो!

बेंत की कुर्सी काफ़ी चौड़ी थी पर उसका शरीर उसमें समा नहीं रहा था। दरअसल उसे चाहिए था लोहे का मज़बूत पिंजरा, जिसकी सलाखों से भिड़ कर वह लहूलुहान हो सकता, जिसकी छड़ों को अपने फ़ौलादी हाथों से जकड़ कर फाड़ सकता और दहाड़ती छलाँग लगाकर बाहर निकल सकता। कुर्सी के भीतर उसकी छटपटाहट बेमानी थी। वह जब चाहता उसमें से निकल सकता था। कोई मुक़ाबला नहीं था।

पर वह कुर्सी के भीतर था कहाँ। वह तो जेल की अँधेरी कोठरी में बन्द था। लोहे के दरवाज़े में मोटी-मोटी सलाखें लगी थीं, जिनके बीच से वह बाहर देख सकता था पर जिन्हें तोड़कर निकल नहीं सकता था। वह उन्हें खींच रहा था, झिंझोड़ रहा था, मुक्के मारकर तोड़-मरोड़ रहा था और क़समें खा रहा था—माँ भवानी, क्या ऐसा नहीं हो सकता कि मरा हुआ आदमी दोबारा ज़िन्दा हो जाए। माँ बेतवा को ज़िन्दा कर दे जिससे मैं एक बार फिर बाग़ी बनूँ, फिर बलवा करूँ, फिर बन्दूक़ हाथ में उठाऊँ और उसके कुंदे की मार से उसका सिर कुचल कर उसे तेरे पास पहुँचा दूँ। बार-बार उसे ज़िन्दा कर माँ जिससे बार-बार मैं उसे मार सकूँ।

रोज़ सुबह उठकर मैं एक ही प्रार्थना करता हूँ, यही प्रार्थना। माँ भवानी, मेरा प्रतिशोध पूरा नहीं हुआ। सीने की आग बुझी नहीं। तीस बार गिन कर मैंने चोट की। फिर भी उसके नापाक सिर का मलबा मुझे शान्ति नहीं दे पाया। गोली से? गोली से कैसे उड़ा सकता था उसे? कुत्तों-भेड़ियों पर नहीं बरबाद करते अपनी गोलियाँ हम। एक गोली में वह ढेर हो जाता, ख़तम हो जाती उसकी ज़िन्दगी तो? मेरे सीने की आग कैसे बुझती एक पल में? राख हो जाता जल कर मैं। अब भी क्या कम झुलस रहा हूँ। एक ही सदमा है मेरे मन में, वह हरामी एक ही मौत में हमेशा के लिए क्यों मर गया! दोबारा ज़िन्दा क्यों नहीं हो सकता माँ भवानी...

शेर बूढ़ा हो गया है फिर भी है शेर।

सामने कुर्सियों पर बैठे आदमी ठीक-ठीक आदमी हैं। अपनी-अपनी कुर्सी के बीचोबीच अपने जिस्म के अनुपात में एकदम वाजिब जगह घेरे हुए। आदमी और चौपाए में एक ही फ़र्क़ है। रीढ़ की हड्डी के भरोसे आदमी सीधा खड़ा रह सकता है। दो पैर ज़मीन से क्या उठे, आदमी हाथों के भरोसे जीने लगा। हाथ जोड़ कर, हाथ मिला कर, माथे से लगाकर, आँखों को ढाँप कर, हर काम हाथों से निकालने लगा। आदमी की पहचान के कुछ अचूक चिह्न हैं। हाथ मिला कर हटा लेना, दूसरों का हक़ हथिया लेना और हर डरावने और शर्मनाक दौर को आँखों पर हाथ रखकर अनदेखा कर देना। आदमी ने ख़ुद माँग नहीं की थी। मजबूरन उसे रीढ़ की हड्डी

के भरोसे दो पैरों के बल सीधा खड़ा रहना पड़ रहा है। अपनी तरफ़ से वह जितने समझौते कर सकता है, कर रहा है। अपने सिर को तब तक झुकाता चला गया है, जब तक वह उसके हाथों के समतल न आ गया। उसका बस चलता तो मुँह पैरों में छुपा लेता पर क़ुदरत के हाथों लाचार है। सिर को हाथों की ओट तो कर सकता है पर पैरों में दूसरों के ही दे सकता है, अपने नहीं। उसकी आँखें बहुत कुछ देखती नहीं और देखती हैं तो जल्द भूल जाती हैं। वह टकराता नहीं, दुबक जाता है।

शेर फिर भी शेर है। कुछ आदमी ऐसे थे जिनकी रीढ़ की हड्डी क़ुदरत ने खींचकर सीधी तो कर दी पर उनके पाँव धरती से उखड़े नहीं। उनके हाथों ने समझौते करना नहीं सीखा, आँखें उनकी कमनज़र नहीं हुईं।

चाक़ू-ख़ंजर की तरह उसकी उँगलियाँ उठ रही हैं, आँखों की तरफ़ इशारा कर रही हैं—इन आँखों से देखा, माधो ने सब कुछ देखा...ख़ुद देखा माधो ने...

आँखों में लाल ख़ून उतर रहा है। आँसुओं की यहाँ इतनी कम औक़ात नहीं कि पानी बनकर बहें। ख़ून की धार से ज़्यादा धधक है उनमें। तेज़ाब की बौछार की तरह फूँक रहे हैं उसकी आँखों को...उसे दीखना बन्द हो गया है...कुछ देर के लिए...सामने बैठे आदमी, कुर्सियों में डरे-दुबके बैठे ठीक-ठीक आदमी उसे दीखने बन्द हो गए हैं और एक वही दृश्य उनमें थिर होकर रह गया है।

उसका फ़ौलादी हाथ बार-बार कुर्सी की छड़ों से टकरा रहा है। लोहे का कड़ा खाटी खनक के साथ बज रहा है। उसका कड़ा टकराता है तो बेंत के छड़ लोहे के सरिये बन जाते हैं। खाट खाट खनाट! खाट खाट खनाट!!

सामने बैठे आदमी कुछ और दुबक गए हैं, कुछ और सिकुड़ गए हैं, आदमी होने की मजबूरी में कुछ और आदमी बन गए हैं। उनकी आँखों में भी लाल डोरे हैं। पर वे ख़ून के क़तरों से नहीं, रम की घूँटों से पैदा हुए हैं। रम यहाँ सस्ती मिलती है। इसीलिए रोज़ से ज़्यादा पी ली गई थी और उससे पैदा हुए सुरूर ने इतनी दिलेरी पैदा कर दी थी कि वे इसे घर बुला लाए थे। अपने मेज़बान के घर। पेशे से लेखक हैं। पेशे से, शग़ल से, हौसले से या महज़ भगोड़ेपन से, कहना मुश्किल है। हर किसी के लिए एक बात मौजूँ नहीं है। और जो हो, वे हैं सभी ठीक-ठीक आदमी। सोच रहे हैं, क्यों बुला लाए इसे यहाँ? इसका असली परिवेश जंगल है। खुला शिकार खेलता है, यह आदमी नहीं शेर है, चीता है, सिंहराज है। आदमी तो लुक-छिप कर, ताक-झाँककर, अँधेरे कोने टटोल कर, पीछे सुदृढ़ दीवार का टेका लगाकर शिकार करता है। चुपचाप, धीरे-धीरे, बिना शोर-शराबे उसे निबटाता है, हज़म करता है और हाथ जोड़े, हाथ माथे से लगाए, हाथ आगे फैलाए दोबारा रोशनी में प्रकट हो जाता है।

मैंने मारा उसे दिन के ठीक तीन बजे...हर मुहिम मेरी शुरू हुई हमेशा दिन के ठीक तीन बजे। हर शख़्स जानता था, माधो हमला करेगा तो दिन के ठीक तीन बजे। न पाँच मिनट पहले न पाँच मिनट बाद। हमारी मुहिम का सिपहसालार दस मिनट देर करके पहुँचा तो हमने उसे कप्तान के पद से हटा कर घसियारों का मुखिया बना दिया। आगाह कर दिया कि खेमे में कहीं लीद पड़ी दीख गई तो खाल खिंचवा लेंगे उसकी। जहाँ भी हम मुहिम पर जाते थे, एक हफ़्ता पहले ख़बर पहुँच जाती थी, माधो आ रहा है...आ रहा है तो आएगा ही...आएगा माधो दिन के उजाले में ठीक तीन बजे...जानते हैं, क्यों?

जानना नहीं चाहते वे लोग। इस दरिंदे की बातें नहीं जानना चाहते। दिन के उजाले में शिकार करता है वह। मनुष्यता का शत्रु है, तहज़ीब से बाग़ी। दिन का उजाला हाथ जोड़ने के लिए होता है, हाथ मिलाने के लिए, सिर झुका कर हाथ माथे से लगाने के लिए। दिन का उजाला उस ताक़त को इकट्ठा करने के लिए होता है, जिसके बल पर रात के अँधेरे में शिकार खेला जा सके। बेतवा ने भी तो...

बेतवा डरता था दिन के उजाले से, पर उस वक़्त तीन ही बजे थे। रात के तीन...पौ फटी नहीं थी...रोशनी इतनी कम थी कि...फिर भी माधो ने देखा...इन्हीं आँखों से देखा...कमरे में लालटेन इसलिए जला कर रखी गई थी कि माधो देखे...माधो देखे और बतलाए, उसका बापू ठाकुर ओंकारसिंह कहाँ जा छिपा है। बतला भी देता माधो...हाँ बतला देता पर उसे मालूम नहीं था उसका बापू कहाँ है। वह सिर्फ़ इतना जानता था कि दो दिन पहले बापू ने कचहरी में अर्ज़ी दी थी कि वह ज़मीन जो उसकी थी, बाप-दादों के ज़माने से उसकी थी, उसकी ग़ैर-मौजूदगी में गाँव के चौधरी ने हड़प ली थी। गाँव में सूखा पड़ा था, ज़मीन बंजर हो गई थी, बापू और भाई दूसरे गाँव दूसरों के खेतों पर मज़दूरी करने गए थे और पीछे चौधरी खा गया था उनका अपना खेत। जोत ली थी धरती ट्यूबवैल ख़ुदवा कर। मना किया था बापू को सब भले आदमियों ने, आप जैसे भले आदमियों ने, कोर्ट-कचहरी मत करो। सबने सलाह दी थी, नेक सलाह, पर बापू नहीं माने। भाई को लेकर शहर चले गए। नालिश करने और पीछे से पुलिस आकर हम माँ-बेटे को पकड़ ले गई। पूछा बार-बार—कहाँ छुपा है ठाकुर ओंकारसिंह और बेटा उसका? डाका डाल कर भागे हैं वे लोग, बोलो, कहाँ छिपे बैठे हैं? जंगा डाकू के गिरोह के आदमी हैं दोनों, ओंकार और उसका बेटा, बोल, बतला कहाँ गए हैं पुलिस की आँखों में धूल झोंक कर।...झूठ बोलती है तू शहर क्यों जाएगा तेरा ख़सम। बोल कहाँ छिपा रखा है, बोल! नहीं बोलेगी तो...। और उन्होंने सिर्फ़ कहा नहीं, किया। माधो की माँ के साथ...और माधो देख रहा था...इन्हीं आँखों से देख रहा था...इन्हीं हाथों से कोठरी की छड़ें फाड़ रहा था...इन्हीं हाथों से।

उसकी आँखें उसके हाथों पर टिकी थीं। वह उँगलियों की पोरों पर अँगूठा फेर रहा था, धीमे, बहुत धीमे। हैं। अभी हैं। छू कर महसूस की जा सकती हैं। कितनी गोलियाँ बाँहों के आर-पार हुईं पर बाँहें टूटी नहीं, उँगलियाँ निस्तेज़ नहीं हुईं।

''क़रीब हज़ार एक ख़ून तो हुए होंगे इन हाथों से पर अपने बेटे की क़सम, किसी अज़ीज़ का बाल बाँका नहीं हुआ, किसी ग़रीब की रोटी नहीं छीनी इन हाथों ने। जो कमाया इन हाथों ने, अपना ख़ून बहा कर कमाया, हराम की कमाई नहीं है हमारी, उस चौधरी की तरह। कितने गाँवों का पेट पाला है हमने। मज़लूम बेसहारा ग़रीब गँवई जनता का। हमारी सरकार थी, अपना क़ानून, अपना इंसाफ़। बाग़ी थे हम, सरकार से बाग़ी, जुल्म से बाग़ी, ज़िन्दगी से बाग़ी नहीं। मौत से नहीं डरे, इसलिए कहते हैं ज़िन्दगी से कभी नहीं डरे हम...

''ख़ूनी हैं हम, मानते हैं ख़ूनी हैं। पर ख़ूनी आप भी हैं...साहब और आप भी मिस्टर...। कोई आदमी आपका नुक़सान कर दे तो आप कहते हैं, हे भगवान, वह मर जाए। भगवान को मध्यस्थ बनाते हैं आप लोग। दलाली कराते हैं भगवान से। क्यों? क्योंकि आप मौत से डरते हैं। ताक़त नहीं है आपकी बाज़ुओं में ख़ुद मरने को तैयार रहने की और अपने दुश्मन को मार डालने की। कायर हैं आप। भगवान को ढाल बनाकर उसके पीछे छिपे रहना चाहते हैं। नौजवान,

सच मानो, कायर बनने से कहीं अच्छा है अपराधी बन जाना। खुलेआम बलवा कर देना। बेपर्दा क़त्ल करना। बन्दूक़ उठाकर मारो दिन के उजाले में और तैयार रहो ख़ुद जान देने को। हम तो कहते हैं, जो आदमी मौत से डर गया वह ज़िन्दगी से डर गया, हमारी नज़र में वह मर गया।

''ख़ून जो किए हमने, हमें उनका मलाल नहीं। मलाल है उन शहीदों की शहादत का जो हमारे इस शरीर को बचाने के लिए शहीद हुए। बहादुरों के सरगना थे हम। पूरे बहत्तर नौजवानों ने हमारी हिफ़ाज़त करते हुए अपनी जान दी। पूरे बहत्तर जवानों ने। बहत्तर बहादुरों का क़र्ज़ है हमारे सिर पर और हम उतार नहीं सकते उस क़र्ज़ को। क़र्ज़ चुकाने का एक ही रास्ता है, एक ही रास्ता...माधो जानता है सिर्फ़ एक रास्ता है...किसी की जान की हिफ़ाज़त करते अपनी जान गँवा देने के सिवा कोई रास्ता नहीं है। नहीं हो सका तो...

''जो सोचा था वह भी नहीं हुआ। आत्मसमर्पण किया था यह सोचकर...नहीं-नहीं, विनोबा भावे के सामने नहीं किया समर्पण हमने। जयप्रकाश के सामने किया था। विनोबा का आधार धार्मिक था, प्रायश्चित्त करवा कर बेहतर आदमी बनना चाहते थे हमें। इस तरह होता है प्रायश्चित्त? आत्मसमर्पण करके? जानते हैं आप, क्यों बनता है आदमी अपराधी? एक अपराध खींच ले जाता है दूसरे अपराध के दलदल में। घुसने का रास्ता है, निकलने का नहीं। मगर...हम फिर भी यही कहेंगे बेटे, कायर बनने से अपराधी बनना बेहतर है। प्रायश्चित्त कभी हो नहीं सकता हमारा। हज़ार ख़ून किए हैं हमने या शायद चौदह सौ या कुछ उससे भी अधिक...'' उसकी नज़र फिर अपने हाथों पर टिकी है, पोर-पोर छू रहा है अँगूठा। पर आँखों में लाल लपट नहीं फुँक रही। बीहड़ सुनसान है। उनमें खाइयाँ हैं, बन्दूक़ें हैं, बियाबान है चंबल घाटी का। आवाज़ उसकी धीमी पड़ गई है फिर भी घाटियाँ प्रतिध्वनि पर प्रतिध्वनि फेंक रही हैं।

''क़सम खाते हैं हम अपने बेटे की, हमने किसी मासूम, ग़रीब, बेसहारा को नहीं मारा। मारा उसी को जिसने ज़ुल्म किया...दौलत इकट्ठी की...ज़ुल्म से ही होती है इकट्ठा, दौलत।''

उसकी आवाज़ और भीतर डूबी, होंठ हिलने बन्द हो गए। अब उसका शरीर बेंत की कुर्सी में ठीक-ठीक आदमी की तरह बिला छटपटाहट क़ैद था।

''मैंने भी बहुत दौलत इकट्ठा की...बहुत दौलत...बेशुमार...हाँ मदद की मैंने बेसहारा लोगों की...लड़कियों की शादियों के लिए पैसा दिया करता था...अपनी ख़ून-पसीने की कमाई...और...और...''

उसकी आवाज़ बेगूँज थी, ख़ुद अपने से माफ़ी माँगती हुई।

''सोचा था, आत्मसमर्पण करेंगे तो सरकार हमारे शहीद साथियों की ज़ब्त की हुई ज़मीनें वापस कर देगी। यही वादा था उसका। तभी हमने विनोबा के सामने समर्पण नहीं किया, जब राजनीतिक आधार पर समर्पण करने का मौक़ा आया तभी किया। पर उन्होंने वायदाख़िलाफ़ी की। हमारी राजनीति उनकी राजनीति से मात खा गई। ग़लती कर गए हम आत्मसमर्पण करके। सोचा था, हमारे सिर से क़र्ज़ का बोझ कुछ तो हलका होगा पर नहीं हुआ। उनके परिवार बस जाते तो...नहीं हुआ। अब तो इलाक़े में जाते कतराते हैं हम। वे लोग पूछते हैं हमसे, गवर्नमेंट, हम क्या करें, कहाँ जाएँ? आपका साया सिर से उठ गया, कमाई का साधन रहा नहीं, ज़मीनें वापस नहीं मिलीं। खेती न कर सके तो क्या करेंगे? तुम्हीं बतलाओ बेटे, क्या करेंगे? डाकू बनेंगे और क्या। बाग़ी नहीं, डाकू। बाग़ी बनता है आदमी भावना से और डाकू बनता है क्रोध

से। क्रोध उफन रहा है उन लोगों में। न खेत हैं, न चंबल में कारख़ाने हैं, जिनमें वे कमा-खा सकें। क्यों नहीं लगाए जाते वहाँ कारख़ाने? क्यों नहीं हमसे मदद लेती सरकार वहाँ का नक़्शा बनाने में?...इलेक्शन आते हैं तो हमारी ज़रूरत पड़ती है...कहते हैं, जीत जाएँगे तो ज़मीनें छुड़वा देंगे तुम्हारे साथियों की। जीत जाते हैं तो..."

वह चुप हो गया तो सामने बैठे आदमियों के बदन ज़रा ढीले हुए। बेवक़ूफ़ है यह तो, उनमें से कुछ सोच रहे थे, सौदा तक करना नहीं जानता। इलेक्शन में मदद करने से पहले ज़मीनें छुड़वाये तब मदद करे, वादों पर एतबार क्यों करता है? कुछ थे जो क़मीज़ की जेब में लगी क़लम निकाल कर काग़ज़ पर चन्द सतरें नोट करने की फ़िक्र में थे पर क्षण-भर को सिमट आए उसके अस्तित्व से आश्वस्त नहीं थे। क़लम को काग़ज़ पर रखते न रखते वह अगर फिर आदमी से शेर बन गया? कुर्सी में समाए हुए भी पूरे कमरे में, एक दीवार से दूसरी दीवार तक, उसका वजूद फैल गया तो उनके पास साँस लेने तक को जगह नहीं बचेगी। क़लम हाथ से छूट जाएगी। हो सकता है क़लम देखकर वह नाराज़ हो जाए और उसे फेंक देने का हुक्म दे बैठे। ठीक-ठीक आदमी से अलग ऐसे आदमी की हुक्मउदूली नहीं की जा सकती।

फिर भी कुछ बातें थीं, क्रोध और भावना का अन्तर...वाह, क्या दार्शनिक विचार था या बनाया जा सकता था। एक-एक का मन हो रहा था कुछ कहे पर...उनकी नज़रें उसकी तरफ़ घूम गईं जो उनका सरगना था। राजनीति और लेखन में समान रूप से दक्ष, उनका नुमाइंदा था, जो उनकी आलोचना-समीक्षा ही नहीं करता था, उन्हें पुरस्कार दिलवाने का काम भी करता था। उनकी नज़रों की लाज रखते हुए उनके मुखिया ने खखार कर कहा, बस यहीं तो मात खाता है आदमी। राजनीति में बहादुर से बहादुर आदमी की हार हो सकती है। कहकर वह मुस्कराया। उसकी दर्प भरी मुस्कराहट राजनीति में उसकी अपनी दक्षता को सलामी दे रही थी। पर वह ज़्यादा देर क़ायम नहीं रह सकी।

शेर गुर्रा उठा था :

"नहीं! यह राजनीति नहीं व्यापार नीति है। आप लोग बाग़ी क्या, डाकू बनने के क़ाबिल भी नहीं हैं। व्यापारी हैं फ़क़त व्यापारी। बेईमान व्यापारी। चोरी करते हैं माल की, माप की, बाँट की, हुनर और लियाक़त की। थू! आप अपराध करते हैं पर अपराधी कहलाने का हौसला नहीं रखते। ख़ून तक ख़ुद नहीं करते, करवाते हैं। आँखों के आगे अत्याचार होता देखकर आप आँखें मूँद लेते हैं, तिजारत के नए तरीक़े सोचते हैं, नफ़े की मापतौल करते हैं। उस हरामी इंसपेक्टर ने आपकी माँ के साथ किया होता, आपकी बेटी के साथ किया होता...तो कुछ नहीं करते आप लोग, कुछ नहीं करते। बात को दबा जाते, माँ को चुपचाप जला आते, बेटी को फरार कर देते और कोसने देकर कहते, हे भगवान, इंसपेक्टर बेतवा मर जाए। नहीं? नहीं करते ऐसा आप लोग? करते। यही करते आप लोग!..."

खाट खाट खनाट! खाट खाट खनाट! उसका लोहे का कड़ा कुर्सी की बेंत से जा टकराया। लकड़ी के छड़ लोहे के सरिये बन गए। उसकी नज़र बन्दूक़ का कुंदा बन ग़ई। उसकी चोट से ख़ुद बेहाल होकर उसने ललकारा :

"यही करते आप लोग। मैं करूँ आपकी माँ के साथ। यहीं। आपकी आँखों के सामने। अभी! तो क्या करेंगे आप? बोलिए क्या करेंगे? बोलिए!"

सभ्यता का ख़ून जम गया। चेहरा ज़र्द पड़ गया। हाथ कँपकँपाने लगे। पाँव गल गए। नज़रें झुक गईं। होंठ नीले पड़ गए। आवाज़ गले में भिंच गई। ज़बान सूख गई। कोई कुछ कहना भी चाहता तो कैसे कहता!

थू! उसने फ़र्श के बीचोबीच थूक दिया। और एक छलाँग में कुर्सी और कमरे की गिरफ़्त से बाहर निकल गया।

सभ्यता कुचली बैठी रही।

न जाने कितनी देर बीत गई। झुकी नज़रें उठी नहीं। अपने सरगना तक की तरफ़ नहीं। वह ख़ुद चारों तरफ़ फैली चुप्पी से सहम गया और डरी-धीमी आवाज़ में बोल पड़ा, 'ग़लती हो गई। ऐसे आदमी को घर पर नहीं बुलाना चाहिए था।'

बाक़ी लोग बुत बने बैठे रहे। निश्चल। इतनी हिम्मत भी नहीं जुटा पाए कि हाथ आगे बढ़ाकर रम का अगला पैग बना लें।

(1983)

उधार की हवा

एकाएक वे ज़ोर से कह उठे, "गाड़ी रोको!"

ड्राइवर ने हड़बड़ाकर गाड़ी रोक दी। इससे पहले कि वह पूछ पाता, इतने भीड़-भड़क्के के बीच गाड़ी क्यों रुकवा दी, बाऊ जी धड़ाक से दरवाज़ा मार गाड़ी के बाहर थे और फिर ये जा वो जा! एक हाथ में दोनों थैले सँभालते, वे दौड़ कर सड़क के किनारे, बस स्टाप से कुछ दूर खड़ी बस में सवार हो गए और बस झटका मारकर चल दी। चल तो ख़ैर उनके चढ़ने से पहले दी थी, उनके भीतर दाख़िल होते ही रफ़्तार पकड़ गई।

कमाल है, ड्राइवर बच्चूसिंह ने सोचा, चलती बस में कूद कर सवार होने में, मैं भी दिक़्क़त महसूस करता। ये साले बस ड्राइवर! बस चालू करेंगे, जैसे ज़मीन पर कुदाल मारेंगे और रफ़्तार पकड़ेंगे, जैसे दारू का घूँट। करें भी क्या! इस भूत को सारा दिन ढोते रहना क्या आसान काम है! भेजा ख़राब हो जाता है। ऊब और थकान मिटाने को कुछ तो चाहिए। फिर भी इतना ख़याल करना चाहिए कि कितनी बूढ़ी सवारी चढ़ रही है।

बूढ़ी! मुस्कराते-मुस्कराते वह हँस दिया। बूढ़े होंगे उनके बेटे-बहू। ये तो भर जवान हैं। क्या उम्र होगी, पैंसठ-सत्तर, कौन हिसाब रखता है! सिर के बाल खिचड़ी हुए पर उतने नहीं, जितने उनके पचाससाला बेटे के हैं। जितने उनके सिर पर सफ़ेद हैं, उतने इनके सिर पर काले होंगे। बूढ़े बेटों के जवान बाप। वह फिर हँसा।

तभी पीछे की गाड़ी वाले ने ज़बरदस्त गाली उछाली। बीच सड़क, उसके गाड़ी रोक देने की वजह से यातायात में रुकावट पैदा हो रही थी। अग़ल-बग़ल, पीछे के सारे वाहन एक साथ भोंपू बजा रहे थे। 'सब्र करो सालो' कहकर उसने गाड़ी चालू की और अगले मोड़ पर जाकर वापस ले ली। चलें घर वापस, और क्या करना है। रास्ते में रुक कर चाय-बीड़ी मार लेगा। जाकर कह देगा साहब से कि बाऊ जी को खेत पर पहुँचा कर आया है। बस का नाम लेकर नाहक क्यों उनका भेजा ख़राब किया और अपना करवाया! जाने दो बुढ़ऊ को बस में, अपना क्या! बुढ़ऊ उसने प्यार से कहा। वाह, क्या जीवट है! साठे का पाठा। और एक ये हैं अपने साहब लोग। इस बार वह हँसा तो देर तक हँसता रहा।

थैले थामे हाथ से ही उचक कर बाऊ जी ने ऊपर का डंडा पकड़ा और उससे झूलते-झूलते, निहायत तसल्ली के साथ, बाएँ हाथ से जेब से रेज़गारी निकाल कर कंडक्टर को थमा दी। 'किंग्सवे कैंप' उन्होंने ऐसे कहा, जैसे अपने निजी महल का नाम ले रहे हों। टिकट कटा कर वे पैर जमा कर खड़े हो गए। 'मार लो जितने मार सको झटके, मुझे नहीं हिला सकते अपनी जगह से!' सोचते हुए उनके चेहरे पर मुस्कराहट खेल गई। वाह, पंजा लड़ाने जैसा मज़ा है

इसमें। बस-चालक की उन्हें झटका देकर गिराने की कोशिश और उनकी डटे रहने की सौगन्ध। गिरना तो दूर, उनके अनुभवी पैर आगे-पीछे हिलने से भी इनकार कर रहे थे। मीलों लम्बा, बरसों चला सफ़र, जो तय कर चुके हों, ज़रा से झटके से क्या डगमगाएँगे!

नथुने फुला कर उन्होंने लम्बी साँस खींची। वही जानी-पहचानी गन्ध। मनीश इसे बासी पसीने की बू बतलाता है। कहता है, आप उस ग़लीज़ बदबूदार भीड़ के बीच धक्के खाने जाते क्यों हैं? क्या मिलता है आपको? हर महीने पेंशन पाते हैं आप। छोटा सही, अपना घर है, किराया नहीं भरना पड़ता। फिर दोनों बेटे ऊँचे ओहदों पर हैं, आपसे पैसे माँगने नहीं आते। ठीक है, क़ीमतें इतनी तेज़ी से बढ़ रही हैं कि आपकी कुछ मदद नहीं कर पाते, पर...ऐसा नहीं है कि ज़रूरत पड़ने पर कर नहीं सकते...आप जब चाहें साथ आकर रह सकते हैं। गिरीश भी यही कहता है। अरे कुछ करने को चाहिए तो वही कीजिए जो दुनिया भर के रिटायर्ड लोग करते हैं। सुबह-शाम सैर को जाइए थोड़ा-बहुत सौदा-सुलुफ़ कर आइए और बाक़ी दिन लड़कों-बच्चों से मन बहलाइए। हम आपको बच्चों की देखभाल करने तो नहीं बुला रहे। हमारे तो कॉलेज जाने लायक़ हुए अलबत्ता गिरीश के ज़रूर छोटे हैं, पर उसे छोड़िए। दुनिया जानती है, दादा-पोतों के बीच एक ख़ास रिश्ता होता है। बुढ़ापा दूसरा बचपन होता है न, और क्या?

बाऊ जी के होंठों की मुस्कराहट दिलकश हो गई...होता तो है मनीश! उस हिसाब से तुम्हारा दूसरा बचपन आ गया। जल्दी पोते-पोतियों से खेलोगे। जहाँ तक मेरा सवाल है, मेरा दूसरा बचपन कब का बीत चुका, अब दूसरी जवानी आई है। वे हँस पड़े। नहीं, मनीश की समझ में नहीं आएगा, हँसता तो कभी है ही नहीं। अजीब बेमज़ा सा मुँह बनाए रखता है, जैसे पुलाव में नमक ज़्यादा हो। मैंने तभी कहा था, जब पैदा हुआ; मनीश नाम मत रखो, अंग्रेज़ी में हिज्जे करो, तो लगता है, लिखा है—मैनिश, यानी मर्द नहीं मर्दनुमा! वह कहकहा लगाकर हँस पड़े। तभी स्टॉप पर बस रुकी और लापरवाही की हालत में, वे आगे को झूल गए। महिलाओं वाली सीट से एक महिला उतरने के लिए उठी, तो उनसे बोली, "आप बैठ जाइए।"

"नहीं-नहीं," वे फ़ौरन तन गए और पास खड़ी जवान लड़की को बैठने का इशारा किया, "महिलाओं की सीट है," उन्होंने कहा।

लड़की ने उन्हें ऊपर से नीचे तक देखा और सकुचाते हुए कहा, "कोई बात नहीं, आप बैठ जाइए।"

"क्यों, हम तुम्हें महिला नज़र आते हैं?" उन्होंने गम्भीर स्वर में पूछा।

अचकचा कर लड़की सीट पर बैठ गई।

वे मज़े से हँस दिये।

"क्यों बाबा, ख़ूब मौज में हो," कंडक्टर कह उठा।

"हाँ, बहुत दिन बाद आज ताज़ी हवा में निकले हैं," उन्होंने ख़ुशी-ख़ुशी कहा।

"यह ताज़ी हवा है!" कंडक्टर ने साँस खींची और मुँह बिचका दिया।

"बिलकुल।" गति पकड़ गई बस की खुली खिड़की से होकर गरम हवा का झोंका आया, उनके चेहरे पर बह रही पसीने की बूँदों को शीतल किया और उनकी बात की पुष्टि कर दी। बाऊ जी गुपचुप मुस्कराते रहे।

चार हफ़्ते बाद निकले हैं घर से। उस दिन एक पराँठा ज़्यादा खा लेने की वजह से सीने में हवा क्या चढ़ गई, उन लोगों ने उसे दिल का दौरा बतला दिया। उनका बस चलता, तो कमअक़्लों को ख़बर न होने देते। पर कुछ देर के लिए उनका अपने पर से अख़्तियार उठ गया था। उन्हें याद है, 'तबीयत ख़राब है,' कहकर उन्होंने एक आदमी को बस की सीट से उठा दिया था और उसकी जगह ख़ुद बैठ गए थे। अपने घर वाले स्टॉप पर उतरे, तो वहीं सड़क के किनारे गिर कर बेहोश हो गए। वहाँ बैठने वाला, गाजर-मूली बेचने वाला छोकरा उन्हें पहचान गया था और जाकर उनकी पत्नी को घर से बुला लाया था। फिर क्या था! एक हंगामा खड़ा कर दिया था भलीमानुस ने। बेटे-बहुओं-बच्चों का जमघट लगा लिया था। वे लोग लाद कर उन्हें अस्पताल पहुँचा आए थे। लाख मना किया, कोई सुने तब न! अस्पताल वालों का क्या है, उन्हें तो पैसा बनाना है। मरीज़ ऐसे हैं, जैसे जाल में फँसी मछली, वह भी वरदान देने वाली। बस, रख लिया दबा कर दो हफ़्तों के लिए। उसके बाद भी छुट्टी तब दी, जब उन्होंने भूख हड़ताल कर दी। घर-घर की वह रट लगाई कि डाक्टरों ने उसे, एक बूढ़े आदमी की अंतिम इच्छा बतला कर, घर जाने की इजाज़त दे दी। उनका इरादा अगले दिन बस पकड़कर खेत पहुँचने का था, पर उन लोगों ने क्या साज़िश की कि अस्पताल से ला कर गाड़ी ने उन्हें मनीश के घर उतार दिया। काफ़ी भन्नाए, चीख़े-चिल्लाए, पर कर कुछ नहीं पाए। बदन में इतनी ताक़त नहीं थी कि पैदल घर जा पाते और अस्पताल ले जाते वक़्त, उन लोगों ने उनका बटुआ जाने कहाँ रख दिया था। बड़ी मुश्किल से कल डाँट-डपट कर पत्नी से निकलवाया और सिरहाने रखा। ऊपर से पहरेदारी पूरी की भलीमानुस ने। सारा दिन सिरहाने बैठी बोलती रहती थी। जैसे पूरी ज़िन्दगी की चुप्पी की कसर निकाल रही हो। वे आँखें बन्द किए पड़े रहते। बोल-बोल कर थक आती, तो ऊँघने लगती। हिलने-डुलने से भी मोहताज हो गए थे बाऊ जी। जानते थे कि ज़रा हरकत की नहीं कि वह जगी और दोबारा चालू हुई। इसलिए उसकी नींद में खलल डाले बग़ैर पड़े-पड़े सोचा करते।

पचपन की उम्र में रिटायर होने पर, प्रॉविडेंट फंड का सारा रुपया लगाकर, किंग्सवे कैंप से दो मील दूर की बंजर ज़मीन ख़रीद कर, उसे खेत बनाने के काम में न जुटे होते तो अब तक उसके बोल सुन-सुनकर...वाक़ई बुढ़ा गए होते। बीस साल की उम्र से लेकर पचपन तक आदमी क्लर्की करे, पूरे पैंतीस बरस; धूल अटी फ़ाइलों को चश्मा लगी आँखों से घूरते-घूरते काम करे तो ख़ुद घूरा बन जाता है। पता नहीं कैसे उनकी आँखों पर चश्मा नहीं चढ़ा। खुले मैदानों का सपना जो बसा था उनमें। पैंतीस बरस, नज़रें नीचे किए, सिर झुकाए, काली स्याही पीते बिताओ और बाक़ी ज़िन्दगी तंग कमरे के अन्दर बैठ बीवी की चखचख सुनते। वाह, क्या ख़ूब खाका है ज़िन्दगी का! क्या तुक है भला, आदमी को पचपन की उम्र में रिटायर कराके बीवी की बग़ल में बिठला देने की? और इसी में क्या तुक है कि आदमी ज़िन्दगी के बेहतरीन पैंतीस बरस एक अदद बीवी और चन्द बच्चों के लिए रोटी-पानी का जुगाड़ करने के लिए, नीचे नज़र किए हुए, सिर झुकाए गुज़ार दे? कभी तो सिर उठाकर खुला आसमान देखे। ऐसा नहीं है कि उन्होंने कभी देखा नहीं। बचपन हरे-भरे खेतों के बीच बीता। पढ़ाई-लिखाई भी की। शहर आकर ग्रेजुएट बने। सोचा था, पढ़-लिख कर वापस गाँव जाएँगे और एक आधुनिक किसान की ज़िन्दगी जिएँगे। क्या कहते हैं उसे प्रगतिशील कृषक। पाँव ज़मीन पर और दो अंगुल ऊपर भी। घी-दूध से लबरेज दिन और सोने से पहले किताब। वाह!

पर पिताजी ऐसे कुसमय सिधारे कि बड़े भैया ने कब ज़मीन बेच डाली, ठीक से याद नहीं। सुना था, उनकी पढ़ाई और शादी में सारा पैसा उठ गया। दस बीघा कुल तो खेत था। यह दो कमरों का मकान उन्हीं पैसों की बदौलत नसीब हुआ। बड़े भैया ख़ुद नौकरी कर रहे थे। यह दूसरी बात थी कि भाभी ज़रा ऊँचे ख़ानदान की थीं। भैया की शादी पिताजी के सामने हो गई थी और ससुर भरोसे उन्हें नौकरी ऊँची मिल गई थी। अपने सुपुत्रों को भी ऊँची नौकरियाँ ताऊ भरोसे ही मिली हैं। अच्छी चीज़ है यह भाई-भतीजावाद। न होती, तो क्या करते अपने नौनिहाल!

क़िस्मत है अपनी-अपनी। उनके हिस्से यही आई थी। अपनी गऊ पत्नी। बुराई बेचारी में कोई नहीं है। पैसे-लत्ते से चौकस, गाँठ की पक्की, घर-गृहस्थी में डूबी भली औरत है। बस...अब यह भी कोई बात हुई, हँसती नहीं। नहीं आती हँसी, तो कैसे हँसे! बढ़िया से बढ़िया लतीफ़ा सुना लो, शेख़चिल्ली का पूरा ज़िन्दगीनामा उघाड़ कर रख दो, क्या मज़ाल जो भलीमानुस हँस दे! दोस्त भले ही पेट पकड़कर लोटपोट होते रहें ख़ासकर अपना पार्टनर राधेश्याम। मनीश भी माँ पर गया है। उस दिन वह मैनिश वाली बात कही थी उससे। हँसा थोड़ा। मज़ाक़ समझे तब न!

और यही माँ-बेटे की समझ में कहाँ आता है कि बंजर पड़ी ज़मीन को, जिस पर कुछ न उग रहा हो, खेत कहकर पुकारा जा सकता है। क्यों नहीं समझ पाते वे कि पैरों के नीचे कच्ची ज़मीन हो और ऊपर खुला आसमान, तो ज़मीन खेत ही है; उगना न उगना तो बुआई और वक़्त पर निर्भर है। आज न उगा, कल उगेगा। प्यार से सहलाए-दुलराये बिना कौन माँ बनती है। पाँच साल तक जी तोड़ मेहनत करके, प्रॉविडेंट फंड और ग्रैच्युटी का सारा रुपया लगाकर, उन्होंने बंजर ज़मीन को खेत बना डाला। हरा-भरा खेत। ट्यूबवेल ख़ुदवाया, ट्रैक्टर ख़रीदा, जतन-जुगाड़ किया। पार्टनर भी तो है अपना, आधी ज़मीन का मालिक, राधेश्याम। उसने क्या कम मेहनत की!

चार हफ़्ते हो गए देखे। अब तो गेहूँ की फ़सल लहलहा रही होगी। बोरी भर-भरकर गेहूँ आता है, दो-चार दिन को सब ख़ुश हो जाते हैं, फिर वही खिटखिट। मनीश, गिरीश का कहना है, खेती में क्या रखा है। ज़मीन के दाम इन पन्द्रह सालों में बीस गुना हो गए, बेच-बाच कर किसी पॉश कॉलोनी में ज़मीन ख़रीद कर मकान बनवाया जाए। दो तल्ले का मकान हो, नीचे एक भाई रहे, ऊपर दूसरा। और बाऊ जी ? अरे उनका क्या है, किसी के भी साथ रह लें। वरना अपना दो कमरों वाला पुश्तैनी मकान क्या बुरा है।

कितनी बार समझाया दोनों को, अपनी माँ को ले जाकर साथ रख लो। मैंने तो समझ लो वानप्रस्थ में प्रवेश ले लिया। और पाँच साल बाद संन्यास लूँगा, तब तो रखोगे अपने पास। कहते-कहते बाऊ जी ख़ुद भले हँस दें, पर मजाल है, जो लड़के हँसें। वही दुखता-टीसता मुँह बिसूरे रहेंगे। कहेंगे, पोंगापंथी बातें अच्छी नहीं लगतीं, वानप्रस्थ संन्यास सब ढकोसला है। जब आपकी पत्नी जीवित है, तो आप संन्यास कैसे ले सकते हैं। क्यों भई, जिसकी पत्नी जीवित हो, उसे जीने का अधिकार नहीं है ?

''सारी उम्र मैंने क्या सुख देखा ?'' उन्हें बीवी के आँसू भीगे, क़रीब रोज़ दोहराये शब्द याद आए। अब यह भी मेरा क़सूर हो गया। तुम, बीवी, हँसना न चाहो, मिट्टी की गन्ध से तुम्हारा रोम-रोम न हुलसे, खुले आसमान में खिले तारों की रोशनी तुम्हारी आँखों को ठंडक

न पहुँचाए, तो मैं क्या कर सकता हूँ। तुम समझ क्यों नहीं सकतीं, क्षण-भर चुप रहकर, धरती पर अच्छी तरह पाँव जमा कर, दूर तक फैली हरियाली देख पाओ और ईंट-पत्थर की इमारतें तुम्हारा नज़ारा न चुराएँ, कितनी बड़ी नेमत है यह! कितना बड़ा सुख! राधेश्याम समझ सकता है, तो तुम क्यों नहीं समझ सकतीं! मनीश-गिरीश क्यों नहीं समझ सकते। राधेश्याम, उन्होंने प्यार से याद किया। पूरे पचहत्तर का हो गया, खबीस बूढ़ा। उससे कहता हूँ 'तेरी तो यार, दूसरी जवानी भी ढलने को आई', तो बच्चों की तरह खिलखिला कर हँस देता है। 'तीसरा बचपन आ रहा है', कहता बुढ़ऊ छलाँग ही तो लगा देता है क्यारी के उस पार।

किंग्सवे कैंप का बस स्टॉप आ गया। चलो, अच्छा हुआ। खड़े-खड़े दायाँ पाँव सोने लगा था। बस से उतरे, तो काफ़ी झनझना रहा था, पर उन्होंने परवाह नहीं की। लम्बे डग भरते सड़क पार करके खेत के मुहाने पर जा पहुँचे और पुकार उठे, ''राधेश्याम!'' एक ही पुकार में गला हकला गया, पर उन्होंने उसकी तरफ़ ध्यान नहीं दिया। सामने से राधेश्याम फुदकता चला आ रहा था। अपनी समझ में भाग रहा था, पर उसकी एक टाँग कुछ कमज़ोर पड़ चुकी है, इसलिए भागता कम, मेढक की तरह फुदकता ज़्यादा है। बाऊ जी हँस दिये।

राधेश्याम आकर उनसे लिपट गया। बंसी दूध का गिलास ले आया। खाट भी बिछ गई। बाऊ जी और राधेश्याम उस पर अधलेटे हो गए। दूध की छोटी-छोटी चुस्कियाँ भरते साँस में साँस आ गई, पाँव की झनझनाहट भी कम हो गई। बोलने की ज़रूरत थी नहीं। दूध ख़तम करके वे सिर के नीचे हाथ रखकर खाट पर लेट गए और ऊपर आसमान निहारने लगे। ताज़ी हवा ने सारी थकान हर ली थी। वह बस का कंडक्टर भी बावला था। ताज़ी हवा का तआल्लुक़ मौजूदा हालात से हो, ज़रूरी नहीं है। उधार पर भी मिलती है, नहीं जानता होगा बेचारा।

राधेश्याम को बतलाने की ज़रूरत नहीं है। वह जानता है, वे क़ैद से छूट कर नहीं, भाग कर आए हैं। इस बार तगड़ा हथियार हाथ लग गया था लड़कों के। 'आपकी सेहत इजाज़त नहीं देती कि आप बसों में धक्के खाते फिरें। अच्छा हो कि आप खेत बेच दें। अच्छा-बुरा क्या, अब खेत आपको बेचने ही होंगे।' एक रट ही लगा ली थी दोनों बेटे-बहुओं ने। और वह भलीमानुस, उनकी हाँ में हाँ ही नहीं मिलाती, बराबर शह देती जाती थी। फिर क्या था, रोज़ डाक्टर और रोज़ ग्राहक। डाक्टर कहे—खेत बेचो, ग्राहक कहे—मैं ख़रीदूँ। ख़ूब चक्रव्यूह रचा घर वालों ने। पर भला हो राधेश्याम का। ख़बीस किसी तरह अपना हिस्सा बेचने को तैयार नहीं हुआ। ख़रदिमाग़ है, मज़े से उन्होंने लड़कों की हाँ में हाँ मिला दी थी।

आज भी मनीश उन्हें खेत तक भिजवाने को, इस शर्त पर राज़ी हुआ था कि वे राधेश्याम को अपना हिस्सा बेचने के लिए तैयार कर लेंगे। आधा खेत बेचने में फ़ायदा कम था और लड़कों की निगाह में कम फ़ायदा नुक़सान बराबर था। चलते-चलते उसने हिदायत कर दी थी कि वे गाड़ी से जाएँगे और गाड़ी से लौट आएँगे। ड्राइवर बच्चूसिंह को ताक़ीद कर दी थी कि उनका साथ न छोड़े। बेचारा बच्चूसिंह। बस में चढ़ने की हड़बड़ी में उसका चेहरा भी न देख पाए।

वे कहकहा लगाकर हँस पड़े। बग़ल में बैठे राधेश्याम ने मुड़ कर उनकी तरफ़ नहीं देखा, सीधा बैठा सामने गेहूँ का खेत ताकता रहा, पर कहकहे में साथ पूरा दिया। फिर देर तक दोनों ठहाके पर ठहाका लगाते रहे।

चुप हुए, तो बाऊ जी ने कहा, ''तू मर गया तो भी मैं अपना हिस्सा नहीं बेचूँगा!''

"हूँ," राधेश्याम ने हुँकारा भरा। और कुछ कहने की ज़रूरत नहीं थी। बाऊ जी आश्वस्त थे। उन्होंने आँखें बन्द कर लीं। एक हाथ सीने पर जा पड़ा। हलका दबाव महसूस हो रहा था।

क़रीब एक घंटे बाद बच्चूसिंह ने गाड़ी ला कर घर के अहाते में खड़ी की। लपक कर साहब बाहर आए और उसे अकेला खड़ा देख डपट कर बोले, "बाऊ जी कहाँ हैं?"

"उन्होंने कहा, देर लगेगी इसलिए गाड़ी लौटा लाया," बच्चूसिंह ने कहा।

"लौटने की क्या ज़रूरत हो गई। कहा था न वहीं रहना।"

"जी उन्होंने कहा..." बच्चूसिंह ने वाक्य अधूरा छोड़कर बड़ी दयनीय निगाहों से उन्हें देखा। उनके बस में चढ़ने की बात कहने को वह क़तई तैयार नहीं था।

गनीमत हुई कि साहब अपने बाऊ जी की ज़िद्दी तबीयत से अच्छी तरह वाक़िफ़ थे, उन्होंने और जिरह नहीं की। "ठीक है, दफ़्तर चलो। लौटते वक़्त उन्हें खेत से ले लेंगे। याद रखना," कहकर वे गाड़ी में सवार हो गए।

बच्चूसिंह ने गाड़ी चला दी। उसके होंठों पर मुस्कराहट खेल रही थी। उसे पूरा यक़ीन था कि साहब के खेत पहुँचने तक बाऊ जी वहाँ नहीं होंगे। किंग्सवे कैंप तक बसें सिर्फ़ जाती नहीं, वहाँ से लौटती भी हैं। उसकी मुस्कराहट कुछ और फैली और वह धीमे से हँस दिया। शरीर में अजीब पुलक महसूस हो रही थी। जैसे बाऊ जी के आज़ाद घूमने में कहीं उसकी अपनी धरती और आकाश भी शामिल हो।

(1983)

उर्फ़ सैम

अच्छा लगता है सोचकर, अपने देश जा रहे हैं। हिन्दुस्तान के लिए टिकट कटवाकर उसने महसूस किया। हमेशा के लिए नहीं। जो यहाँ का आबोदाना छोड़कर हमेशा के लिए वापस अपनी मिट्टी पर बसने गए, उनके अनुभव काफ़ी कड़वे रहे। एक भी आदमी ऐसा नहीं मिला जो अपनी क़िस्मत को कोस न रहा हो और उसकी ख़ुशक़िस्मती से रश्क न करता हो।

हाँ, छुट्टी बिताने के लिए छह हफ़्ते वहाँ जाकर रहता है तो उसे किसी तरह का कष्ट नहीं होता। अपने माँ-बाप, भाई-बहन हों या पत्नी के, सब उसे सिर-आँखों पर बिठलाते हैं, जैसे सूरमा दुश्मनों से मोर्चे में विजय प्राप्त करके लौटा हो। दोस्त भी पीछे नहीं रहते। स्कूल-कॉलेज के दिनों में साल दर साल जिन दोस्तों से इम्तिहानों में बाज़ी हार कर शर्म से सिर झुकाना पड़ता था, अब उन्हीं की आँखों में रश्क की कौंध देखता है तो दिल बाग़-बाग़ हो जाता है। उसे दावत देने की होड़ सी लग जाती है। वह भी अपने साथ अमेरिका की सौग़ात ज़रूर ले जाता है। बल्कि बीच के तीन-चार साल वह इसी इरादे से हर क़िस्म का सस्ता अमेरिकी माल इकट्ठा करता रहता है। बिजली के छोटे-मोटे उपकरण, शृंगार के सामान, नायलॉन, टेरेलीन की क़मीज़ें, साड़ियाँ आदि। जिन चीज़ों को ख़ुद इस्तेमाल करने से कतराता है, उन्हीं पर अपने नाते-रिश्तेदारों को लार टपकाते देखता है तो कभी-कभी मन होता है, चिल्ला कर कहे—कमबख़्तो, कमअक़्लो, इससे कहीं बेहतर सामान हिन्दुस्तान में मिलता है, लौटकर जाते वक़्त मैं अपने और अपने अमेरिकी दोस्तों के लिए ख़रीदकर ले भी जाऊँगा। पर ज़ब्त कर जाता है।

उसका उसूल है कि अपने नए देश के ख़िलाफ़ कभी कुछ नहीं कहता। कहीं किसी सिरफिरे की आँखों का रश्क तरस में बदल गया तो ? फिर उस देश की बदौलत ही उसे यह रुतबा हासिल हुआ है कि अपने देश में बड़े से बड़े आदमी से नज़रें मिला कर बात कर सकता है। उसका भी कुछ फ़र्ज़ बनता है।

उस हिसाब से उसे पैन-एम से सफ़र करना चाहिए, पर उसने बुकिंग एअर इंडिया से करवाई है। दरअसल उसे एअर इंडिया से कोई रूहानी लगाव नहीं है, जैसा जापानियों को जाल से या अंग्रेज़ों को ब्रिटिश एअरवेज से होता है। एक तरह की मजबूरी है...

वह जानता है कि उसके अमेरिकी परिचितों को जैसे ही यह पता चलेगा कि भारतीय होते हुए भी वह भारतीय विमान सेवा से यात्रा नहीं करना चाहता, वह उनकी नज़रों में बौना हो जाएगा। उनकी नज़रें ! सर्र से ख़ून उसके सिर चढ़ गया। कान-गाल गर्म सुर्ख़ हो गए। कभी-कभी दिल चाहता है, सारे के सारे अमेरिकी अन्धे हो जाएँ। फिर कोई बौना बनाती नज़रों से उसे न देख सके।

पर...वजूद सिर्फ़ नज़रों का नहीं, और बहुत कुछ है, सिर की जुंबिश, हाथ की हरकत, बदन का अनायास अकड़ जाना...तब तो उसे भी अन्धा होना पड़ेगा। और उन्हें शायद बहरा

भी। बेपनाह कोशिश के बावजूद अंग्रेज़ी बोलने का उसका लहजा अमेरिकियों जैसा नहीं हो पाया है। अन्धा भी सुने तो समझ जाए, ज़रूर कोई हिन्दुस्तानी है, हद से हद पाकिस्तानी। जर्मन, फ्रेंच, रूसी नहीं। उफ़! ये लोग! उसका नाम है सावन प्रताप सिंह और ये लोग उसे पुकारते हैं सैम। बौना और विकृत! कितना शक्तिशाली हथियार है किसी का अस्तित्व मिटा डालने के लिए। किसी यूरोपीय का नाम बिगाड़ कर देखें। फ्रांसीसी या जर्मन आदमी अंग्रेज़ी बोलता है तो उनकी आँखों में प्रशंसा ही नहीं, कृतज्ञता कौंध जाती है। इसलिए कि ग़लत अंग्रेज़ी बोलते हुए भी उसके लहजे में फ़ख्र रहता है, शर्मिंदगी नहीं; जो सही अंग्रेज़ी बोलते हुए भी, सावन को भारतीय होने की मजबूरी बनकर, ले डूबती है।

धीरे-धीरे बहुत सी बातें उसकी समझ में आने लगी हैं। पन्द्रह बरस हो चले इस देश में रहते। अमेरिका जाकर पढ़ाई पूरी करने की धुन में माँ-बाप से झगड़ा करके कुँवारा ही चला आया था। पहली बार हिन्दुस्तान लौटा था शादी करने के लिए और सिर्फ़ उसी बार उसने पैन-एम से बुकिंग करवाई थी। एक बार उससे सफ़र करके इतना समझदार हो गया था कि बीवी को साथ लेकर लौटने पर, जब अमेरिकियों ने व्यंग्य करते हुए उससे पूछा कि हर हिन्दुस्तानी, शादी करने वापस देश क्यों भागता है, उसने निहायत शायराना अन्दाज़ में जवाब दिया, ''मेरी जड़ें वहाँ हैं। उनकी जड़ें वहाँ हैं। जड़ों से जड़ें न मिलें तो मिलन कैसा?''

उन्हें जवाब पसन्द आया था। जड़ों की बहुत क़द्र करते हैं वे लोग। जब से वहाँ वह बेस्टसेलर उपन्यास निकला है, रूट्स, एक काले का लिखा, तब से हर नीग्रो अपने को काला कहलाना पसन्द करने लगा है और हर गोरा अमेरिकी अपनी जड़ें तलाशने लगा है। सुना, यहाँ से निर्यात होकर यह फ़ितूर हिन्दुस्तान भी जा पहुँचा है। उस दिन वह हँसते-हँसते बावला हो गया था जब हिन्दुस्तान के किसी मंत्री को अपने भाषण में कहते सुना, तुलसीदास हमारी जड़ थे। कमाल करते हैं हिन्दुस्तानी। हिन्दी बोलेंगे तो अपनी भाषा की तरह नहीं, अंग्रेज़ी से अनुवाद करके। गधे! स्कूल-कॉलेज में सावन प्रताप सिंह हमेशा हिन्दी में अव्वल रहा। कितने ही व्याख्यानों में पुरस्कार प्राप्त किए। अब भी कभी मौक़ा मिल जाए तो...पर मिलता कहाँ है? हिन्दुस्तान में शुद्ध हिन्दी बोलो तो गँवार कहलाओ या पोंगा पंडित और अमेरिका में बोलो तो समझे कौन? बस, कभी-कभार भारत लौटने पर, किसी सांस्कृतिक कार्यक्रम में जा पहुँचता है तो कुछ देर अमेरिकी अंग्रेज़ी बोल कर, अपने विदेश रह आने की धाक जमा चुकने के बाद, विशुद्ध हिन्दी बोल लेता है। उस तरह वाहवाही ख़ूब मिलती है। वाह, पन्द्रह बरस विदेश रहते हो गए, फिर भी अपनी भाषा पर ऐसा अधिकार! धन्य हैं आप, धन्य धन्य! हाँ, एक बात है। मिलती यह वाहवाही ख़ालिस अंग्रेज़ी में ही है।

हँसते-हँसते उसे रोना आ गया था। लाल सुर्ख़ ग़ुस्से से उफनता रोना। कमबख़्तो, क्यों हँसी उड़वाते हो अपनी और हमारी? क्यों बौना बनवाते हो हमें इस देश में? तुलसीदास तुम्हारी रगों में बसे हैं तो कहो, बसे हैं, जड़-जड़ क्या रटते हो? वैसे ग़नीमत जानो, मंत्री महोदय यह नहीं कह गए कि तुलसीदास जड़ थे। रोते-रोते वह फिर हँस दिया था।

इस जड़ धातु का सहारा उसे भी लेना पड़ा था, वह एकदम अलग बात थी। सच तो यह है कि हिन्दुस्तानी औरत से शादी करने की वजह उसे अलग-अलग लोगों को अलग-अलग बतलानी पड़ी थी। माँ से कहा, ''मैं तो हिन्दुस्तानी खाने को तरस गया। उनका खाना भी कोई खाना

है। न मिर्च-मसाला, न घी तड़का। न, बुराई नहीं कर रहा। सेहत के लिए मुफ़ीद है, पर हम ठहरे हिन्दुस्तानी, ज़ुबान के ग़ुलाम। मुझे बीवी ऐसी चाहिए जो लज़ीज़ से लज़ीज़ खाना बनाकर खिला सके, फ़क़त हिन्दुस्तानी।''

माँ निहाल हो गई थीं। अख़बार में इश्तिहार दिया तो उसमें भी लिख मारा। तभी तो बीवी से उसे कहना पड़ा कि देश जाकर शादी इसलिए की क्योंकि अमेरिकी औरतों की बनिस्बत उसे हिन्दुस्तानी औरतें ज़्यादा ख़ूबसूरत लगती हैं। ख़ासकर वे, जो हिन्दुस्तानी तरीक़े से बनाव-शृंगार करती हों, चौड़ी लाल बिन्दी, भरा-भरा जूड़ा, लकदक साड़ी, झनझन करती चूड़ियाँ, ज़ेवर वग़ैरह। बाद में पछताना पड़ा था, जब देखा कि बीवी रसोईघर में बहुत कम समय बिताती है। तरह-तरह के टिन खोलकर मिनटों में बदज़ायका खाना तैयार करके, बाक़ी वक़्त सजने-सँवरने में ही लगा देती है। हार कर उसे बतलाना पड़ा था कि हिन्दुस्तानी खाना नसीब करने की यही तरक़ीब उसे सूझी थी कि हिन्दुस्तानी लड़की को बीवी बनाकर लाए। पर तब तक वह हिन्दुस्तानी लड़की एक बच्चे की माँ बन चुकी थी और शुद्ध भारतीय शैली में पति की बातें ग़ौर से सुनने की फ़ुरसत उसे नहीं थी। फिर भी शिकायत का मौक़ा उसने नहीं दिया था। हफ़्ते में एक दिन हिन्दुस्तानी खाना बनाना शुरू कर दिया था। पर साथ ही पेजबॉय स्टाइल में बाल कटवा लिये थे, जींस-पैंट का पहनावा अख़्तियार कर लिया था। उसके सावन प्रताप सिंह से सैम बनने के साथ-साथ, वह भी आशा रानी से ऐश बन गई थी। असल अफ़सोस इस बात का है कि इस नए पहनावे में वह ज़रा आकर्षक नहीं लगती, ख़ासकर दूसरे बच्चे आर्ची के जन्म के बाद से (वैसे नाम उसका अर्जुन है) इतमीनान सिर्फ़ इस बात का है कि पार्टियों में वह अब भी भारी साड़ी और ज़ेवर से लद कर जाती है। उसके परिचित अमेरिकी ज़्यादातर उसे वहीं देखते हैं और साड़ी की ज़री और हार के कुंदन के काम पर हाय-हूय कर देते हैं। उसे लगता है, उसकी बीवी एक ढाल की तरह है, जिसकी आड़ में वह उनकी बौना बनाती नज़रों को झेल सकता है।

पता नहीं क्यों, यह ताक़त पुरुषों से ज़्यादा स्त्रियों की नज़रों में है। ऐसा नहीं है कि सभी ने उसे नफ़रत से देखा हो। कितनी स्त्रियों के साथ वह डेट्स पर जा चुका है! दिल नहीं तो जेब खोलकर, उनके खाने-पीने और मनोरंजन पर ख़र्च किया है, घर के दरवाज़े पर खड़े होकर हिन्दी फ़िल्मों में वर्जित चुम्बन लिये हैं और दो-चार बार घर के अन्दर प्रवेश भी पा चुका है। तब भी उसका बौनेपन का अहसास घटा नहीं, बढ़ा है। भारतीय साहित्य में हमेशा उसे समर्पण के नाम से पुकारा जाता रहा है। जानते हैं ये लेखक लोग, कितना अनैतिक है कच्ची उम्र के पाठकों को इस तरह धोखे में रखना! समर्पण नहीं, चुनौती होती है वह। पौरुष का स्वधर्म पूरा करने के बाद भी नपुंसकता का अहसास पैदा करा सकने वाली चुनौती। उस बौनेपन को और छोटा कर देने वाली चुनौती, जो वैसे भी इस देश के सामाजिक कार्यकलापों के बीच महसूस होती ही है, हर भारतीय को।

सब मौज़ूँ जवाबों से अलग, अगर सच पूछा जाए तो हिन्दुस्तानी औरत से शादी करने की असल वजह यही थी, अपने बौनेपन के अहसास को मिटा सकने की लालसा। भला हो भारतीय संस्कृति और मान्यताओं का, आशा रानी आशा से लाख ऐश बन जाए, पति को अपने से श्रेष्ठ योनि का प्राणी मानने से इनकार नहीं करती। यह ठीक है कि रोज़मर्रा के जीवन में वह सावन उर्फ़ सैम की मान्यताओं, अपेक्षाओं और सुझावों को नज़रअन्दाज़ कर देती है,

उसकी पसन्द-नापसन्द को सनक का दर्जा देती है, अर्जुन और कविता को (लोग उसे केटी पुकारते हैं और ऐश को यह पसन्द है) उसकी मर्ज़ी के ख़िलाफ़ अमेरिकियों से भी ज़्यादा अमेरिकी शैली से पालती है। पर यह भी सही है कि जहाँ तक स्थायी जीवन दर्शन का ताल्लुक़ है, उसे पुरुष-पति के रूप में अपने से नहीं, सम्पूर्ण स्त्री जाति से बड़ा मानती है। यानी वह उसे बेवक़ूफ़ भले माने, बौना नहीं मानती। शायद इसे ही अपनी जड़ें पाना कहते हैं। आशा मेरी जड़ है, मंत्री महोदय के अन्दाज़ में उसने दोहराया और ठठाकर हँस पड़ा। मेरी आशा वाक़ई जड़ है।

अमेरिका में ऐसे रच-बस गई है कि छह हफ़्ते हिन्दुस्तान रहकर तंग आ जाती है। कहती है, कौन सुने रिश्तेदारों की चिखचिख, यहाँ अपन बिलकुल स्वतंत्र हैं। हाँ, एक-दूसरे को बोर करने के लिए किसी तीसरे आदमी के दख़ल से बरी, एकदम स्वतंत्र। कभी-कभी सावन प्रताप किसी तीसरे आदमी के दख़ल के लिए तरस जाता है। कहीं इसीलिए तो यहाँ के लोग पति-पत्नी के बीच एक वह हमेशा तैयार नहीं रखते? पर आशा रानी वाक़ई जड़ हैं। बोर वे नहीं होतीं। अपने चार बेडरूम के स्वतंत्र दोमंज़िले मकान के हर कमरे में लगे रंगीन टी.वी. की चकमक दुनिया को लेकर प्रसन्न, व्यस्त रहती हैं। सिर्फ़ अपना मकान नहीं है, और सब कुछ है उनके पास। स्टडी में कंप्यूटर, किचेन में हर सम्भव विद्युत उपकरण। और तीन हज़ार डॉलर महीने की कमाई। यानी तीस हज़ार रुपया। हिन्दुस्तान में ऊँची से ऊँची नौकरी में भी यह बरक्कत नहीं। बिज़नेस अलबत्ता कर सकता है। हिन्दुस्तान में डॉलर राजसी सिक्का है। कुछ इस तरह जैसे जिसकी जेब में हो, उसी का चेहरा उस पर छपा हो। पर जो लोग बिज़नेस करने वहाँ लौटकर गए, हमेशा यही रोना रोते पाए गए कि लाइसेंस लेने से माल बेचने तक, इतनी काग़ज़ी कार्यवाहियाँ हैं कि दिमाग़ ख़राब हो जाता है। ऐश कहती है, बिज़नेस ही करना है तो अमेरिका में करो। रियल एस्टेट। ग़लत नहीं कहती आशा। वह जानता है, हमेशा के लिए भारत लौट जाने में कोई तुक नहीं है। पर...

एक दुःस्वप्न है जो कभी उसका पीछा नहीं छोड़ता। रात का घुप अँधेरा हो या दिन का झकाझक उजाला। वह देख सकता है साफ़-साफ़, वह बूढ़ा हो चुका है। और बिलकुल अकेला है। निस्संग, निरुपाय। आशा के बारे में वह तय नहीं कर पाता। हो सकता है वह उससे पहले गुज़र चुकी हो या ओल्ड पीपल्स होम में उसके साथ हो। पर उससे कोई फ़र्क़ नहीं पड़ता। हर हाल में वह अपने को नितान्त अकेला महसूस करता है। आर्ची और केटी भूल चुके हैं कि उनका नाम अर्जुन और कविता हुआ करता था। किन्हीं सूज़न, जार्ज से उनकी शादियाँ हो चुकी हैं, बॉब, जॉन आदि उनके बच्चे हैं। अपने अमेरिकी नाना-दादा के नामों पर और वे अपने अधगोरे हिन्दुस्तानी रिश्तेदारों को याद करना पसन्द नहीं करते। आर्ची-केटी कहते हैं, हर महीने उनसे फ़ोन पर बात होती है, क्रिसमस-ईस्टर पर उसे उनके भेजे उपहार और केक-टर्की मिल जाते हैं, उसी की उम्र के पचासों मर्द-औरतें उसके साथ हैं, वह अकेला किस तर्क से है?

बेवक़ूफ़! जाहिल! इतना भी नहीं समझते कि दूसरे बूढ़ों का साथ बूढ़े आदमी के लिए कितना त्रासदायक होता है। सुकून? मौत का सन्नाटा। हर हफ़्ते-दस दिन पर एक मौत। पता है ओल्ड होम का सबसे बड़ा त्योहार क्या है? शवयात्रा! छक कर खाते-पीते हैं उस दिन लोग, इस अहसास को दूर भगाने के लिए कि अगली यात्रा उनकी हो सकती है।

अमेरिका में आजकल इस मुद्दे पर वैज्ञानिक शोध हो रहा है। लम्बी-चौड़ी केस स्टडीज के आधार पर निष्कर्ष निकाला जा रहा है कि वास्तव में बूढ़ों के लिए बूढ़ों का नहीं, बच्चों-जवानों का साथ अधिक लाभप्रद है। कितना विकसित देश है। अपनी निजी अक़्ल से काम तो लोग पिछड़े देशों में लेते हैं। हैं न अपने आदिवासी इस काम में अव्वल! यहाँ तो जब तक शोधकार्य पूरा नहीं हो जाता, लोग अपने पर क़ाबू रखते हैं, न जज़्बात का इस्तेमाल करते हैं, न दिमाग़ का। हाँ, जैसे ही मनोवैज्ञानिक तर्क अनुमति देता है, फटाफट क़तार में आ लगते हैं। हाल ही में वैज्ञानिकों ने सिद्ध कर दिया है कि नवजात बच्चों के लिए डब्बे के दूध से माँ का दूध ज़्यादा मुफ़ीद है तो लाखों माँएँ डब्बों की मोहताजी से मुक्त हो गईं।

काश, यह कुछ पहले हुआ होता! अर्जुन-कविता भी माँ का दूध पी लेते। ऐश बेचारी को भी दूध सुखाने के लिए क्या कम तकलीफ़ झेलनी पड़ी। इससे भी क्रान्तिकारी तथ्य जो उन्होंने साबित किया है, वह है ममता भरे स्पर्श की महत्ता। क्या कहें साहब, उन्होंने तो यह तक साबित कर दिया कि माँ के स्पर्श से बच्चे को राहत मिलती है और वह बीमारी के इलाज तक में सहायक हो सकती है। हमारे यहाँ की हिन्दुस्तानी माँएँ तो यों ही बिना कुछ जाने-समझे बच्चों को गोद में टाँगे-टाँगे फिरा करती हैं। यहाँ आकर कविता को तो फिर भी आशा रानी कभी-कभी सीने से लगा लेती थीं, पर आर्ची कुछ ऐसे ग़लत वक़्त पैदा हुआ कि अमेरिकी शोध पूरा हुआ नहीं था और आशा रानी ऐश बन चुकी थीं। उन लोगों को पता भी नहीं चलता था कि आर्ची अपने अलग कमरे में रात में कितनी देर रोया और कितनी देर सोया। दूध की बोतल तकिए पर सिर ऊँचा करके मुँह से लगा दी जाती थी। पेशाब इकट्ठा करने को प्लास्टिक की नैपी थी, ज़्यादा भर जाने पर वह बदल देता था, और उससे पैदा हुई फुंसियों को दूर करने के लिए एक से एक बढ़िया पाउडर उपलब्ध हैं अमेरिका में।

यह कमबख़्त बूढ़ों पर खोज देर से शुरू हुई है। लगता नहीं, उसके बूढ़े होने तक पूरी हो पाएगी। वैसे भी विशुद्ध अमेरिकियों के मुक़ाबले भारतीय अमेरिकियों तक वैज्ञानिक ज्ञान कुछ देर से पहुँचता है। हर हाल में उसका बूढ़ेघर में रहना निश्चित है। नहीं, वह बर्दाश्त नहीं कर सकता। बूढ़े होने से पहले उसे हिन्दुस्तान लौटना होगा। दो भाई हैं, एक बहन। उनके तीन-तीन, चार-चार बच्चे। भरा-पूरा परिवार है। अकेला कौन रहने देगा उसे? वैसे भी वह एक अमीर बूढ़ा होगा। रोज़ नई वसीयत बनाने की धमकी देकर बच्चों को अपना बनाए रखेगा। वह हँसा। अपने ताऊ जी थे न, श्री हरदयाल सिंह, आख़िरी दिन तक सेर भर पक्का औटा हुआ दूध और असली घी के बने हलवे पर हाथ साफ़ किया करते थे। वसीयत बनाना उनकी हॉबी थी। शनिवार का दिन उसके लिए रिज़र्व था। हर शनिवार को उनके दोस्त वकील साहब घर तशरीफ़ लाते थे और दोनों एक कमरे में बन्द हो जाते थे। बाहर फैले रिश्तेदार वह—वह माल अन्दर भेजते थे कि सुना है, हर इतवार को वकील साहब को दस्त लगा करते थे। ताऊ जी मरे तो ढेरों ढेर वसीयतें बरामद हुईं। तारीख़वार लगाकर उन्हें पढ़ा गया। हर वसीयत में चन्द सतरें लिखी पाई गईं, जो अपने मज़मून में एकदम यकसां थीं—जो कुछ मेरे पास था या है, साथ लिये जा रहा हूँ। वाक़ई उन्होंने अपनी जमा-पूँजी और जायदाद के रेहन का इस अक़्लमन्दी से इस्तेमाल किया था कि दो-तीन हज़ार रुपयों के अलावा कुछ बाक़ी नहीं बचा था, सो उनके दाह संस्कार में ख़र्च हो गए।

उसका मन उड़ कर हिन्दुस्तान पहुँचने को कर आया। इस बार जाएगा तो अपना कुछ पक्का इन्तज़ाम करके आएगा।

छह महीने पहले बड़े भाई पवन कुमार का पत्र आया था। लिखा था, बीस बरस पहले जो ज़मीन पिताजी को मिली थी, उस पर उन्होंने मकान बनवाना शुरू कर दिया है। उसने याद करने की कोशिश की थी। हाँ, एक बार, एकदम बीहड़ जगह ऊबड़-खाबड़ पथरीली ज़मीन का एक टुकड़ा पिताजी ने उसे दिखलाया था। सरकारी नौकरों को कम दाम पर यह ज़मीन दी गई थी। पुष्प विहार जैसा कुछ नाम था। देख-सुनकर वह हँसते-हँसते दोहरा हो गया था! "पुष्प विहार!" उसने कहा था, "इसका नाम तो प्रस्तर विहार होना चाहिए!" वहाँ कभी मकान बनेगा, उसने क्या, किसी ने कल्पना नहीं की थी।

छह महीने पहले उसके बारे में पत्र में पढ़कर उस पर कोई विशेष प्रतिक्रिया नहीं हुई थी। बनने दो, उसने सोचा था, मुझे क्या। पर महीना भर पहले, एक पड़ोसी दोस्त हिन्दुस्तान अपनी छुट्टी बिता कर लौटा तो दिल्ली में विकसित हो रही नई पॉश कॉलोनियों की बात करते ख़ासा भावुक हो उठा, "बीस बरस पहले जहाँ जंगल-पठार थे, आज ख़ूबसूरत दोमंज़िला बँगले खड़े हैं। मैन, क्या हरे-भरे बग़ीचे, चौड़ी सड़कें, फव्वारे! लगता है, दिल्ली ने कनाट प्लेस का दिल तोड़ साउथ को दिलदार बना लिया है। और उनमें भी सबसे ख़ूबसूरत, आला जगह है पुष्प विहार। गॉड, जानते हो, ज़मीन की क्या क़ीमत है वहाँ? चार सौ डालर प्रति मीटर! क्या समझे?"

ख़ूब समझा था सावन प्रताप सिंह ने। फ़ौरन बड़े भाई पवन कुमार को पत्र लिख कर पूछा था कि पुष्प विहार में उनकी कितनी ज़मीन है और निर्माण कहाँ तक मुकम्मल हो चुका है। उसी वक़्त छुट्टी के लिए दरख़्वास्त भी दे दी थी। आज एअर इंडिया से बुकिंग भी हो गई। भाई का जवाब आ चुका। ज़मीन आठ सौ मीटर है। मकान की पहली मंज़िल बन चुकी। पुताई-रंगाई का काम चल रहा है। दूसरी मंज़िल बनाने का कार्यक्रम अभी स्थगित है, क्योंकि पिताजी के पास उतना पैसा नहीं है।

सावन प्रताप को एक बार फिर अपना आगत बुढ़ापा डंक मार गया था। अपनी छत वैसे उसके सिर पर अभी से है, पर बुढ़ापा आने पर...हाथ-पाँव से लाचार हो जाने पर...कमाया काफ़ी है उसने, पर यहाँ का रहन-सहन ऐसा है कि पैसा बचता नहीं। वह तो हिन्दुस्तानी जात का आदमी ही है जो फिर भी कुछ बचा लेता है वरना अमेरिकी तो क़र्ज़ और क़िस्तों के बोझ तले ही दबे रहते हैं। बुढ़ापा आने पर, काम करने की ताक़त खो जाने पर, कितने दिन साथ देगा यह रुपया? कितने दिन महफ़ूज़ रह सकेगा यह एपार्टमेंट? हिन्दुस्तान के रहन-सहन और यहाँ के रहन-सहन में ज़मीन-आसमान का फ़र्क़ है। जल्दी मर जाए तो बात दूसरी है पर...एक तो अमेरिका में जल्दी कोई मरता नहीं, ऊपर से उसकी विरासत भी दुखदायी है। बाबा अठासी के होकर मरे, ताऊ नब्बे तक जिए और पिताजी भी पचहत्तर छू रहे हैं। ताऊ की तरह सेहतमन्द रहा तो भी चलेगा पर बाबा की तरह छह साल लकवे में रहना पड़ा तो? इलाज तक के लिए पैसा नहीं बचेगा।

ज़रूरी नहीं है कि ऐसा हो, उसने अपने को फटकारा। निगेटिव नहीं सोचना चाहिए। अमेरिकी मनोवैज्ञानिक कहते हैं, पाजिटिव सोचो तो भला होता है, निगेटिव सोचो तो बुरा। वैज्ञानिक बात है, अपने योगियों-सोगियों की धार्मिक प्रवंचना नहीं। फिर भी...भावी सुरक्षा

का इन्तज़ाम जो न कर रखे, वह बेवक़ूफ़। बुज़ुर्गों को हमेशा कहते सुना, अक़्लमन्द वह, जो बुरे से बुरे वक़्त के लिए ख़ुद को तैयार रखे। जो हो, सावन प्रताप सिंह उर्फ़ सैम अपने आख़िरी दिन ओल्ड होम में नहीं गुज़ारेगा, भले ही ये लोग उसे सीनियर सिटिजंस रिजॉर्ट के नाम से क्यों न पुकारें। हिन्दुस्तान लौट जाएगा तो सैम पुकारे जाने पर गर्व अनुभव करेगा, शर्म नहीं। जो पैसा बचाया है, वहाँ जाकर बिज़नेस करेगा, छोटे भाई के बच्चों में से किसी को साथ लगा लेगा। कृतज्ञ रिश्तेदार बुढ़ापे में कुछेक होने ही चाहिए और ठाठ से अपने मकान में रहेगा। अपना मकान! उसके क़दमों में तेज़ी आ गई।

दिल्ली के ऊपर चक्कर काटते हवाई जहाज़ की खिड़की से झाँककर उसने पता चलाने की कोशिश की कि पुष्प विहार ठीक कहाँ है? मुमकिन नहीं था। दिल्ली के भूगोल से उसका परिचय पुरानी दिल्ली तक सीमित था, जहाँ दरियागंज की एक तंग गली में, ऊपर की मंज़िल पर बने दो कमरों के क्वार्टर में, उसके हैड क्लर्क पिता ने अपनी ज़िन्दगी जी थी। वहीं के नुक्कड़ वाले सरकारी स्कूल में उसने तालीम हासिल की थी और फिर दाख़िला मिला था एक छोटे शहर के टुटपुंजिया इंजीनियरिंग कॉलेज में। जी तोड़ मेहनत करके वह दरमियाने नम्बरों से पास हो गया था और कह-सुनकर एक नौकरी का जुगाड़ भी कर लिया था। बस, एक साल काम किया, जो कमाया, पेट काट कर बचाया और अमेरिका भाग आया। वहाँ कौन जानता था उसे? बैरे से लेकर लिफ़्टमैन तक का काम किया, फ़ीस जुटायी और एम.एस. कर डाला। काम की उस देश में कमी नहीं थी। नौकरी, दलाली, छोटा-मोटा व्यापार। काफ़ी पैसा कमाया, फिर भी रहा अमेरिका के मध्यवर्ग की दरमियानी सीढ़ी पर। उफ़ यह दरमियानी ज़िन्दगी...!

जहाज़ की खिड़की से वह पुष्प विहार को पहचान तो नहीं पाया पर जो इलाक़ा, बिजली की बत्तियों की वजह से सबसे ज़्यादा चमचमा रहा था, उसे ही उसने पुष्प विहार मान लिया। ज़ैसे-जैसे जहाज़ नीचे उतरा, उसका बदन कुछ इस तरह झूम उठा जैसे पैरों के नीचे जड़ें उग आई हों, गहरे, बहुत गहरे धरती में समा गई हों और इस तरह उसे सँभाल रही हों कि हवा में वह झूम-झूम तो उठे पर तेज़ से तेज़ तूफ़ान भी उसे उखाड़ कर फेंक न सके।

उपहारों से लैस माँ-बाप के पास पहुँचा तो वे निहाल हो गए। नया रंगीन टी.वी. और वी.सी. आर. पाकर पिता धन्य हो गए और उनसे भी ज़्यादा माँ, अपनी नई मिक्सी देखकर।

"तुम क्या कभी हिन्दुस्तान नहीं लौटोगे, बेटा?" गद्गद कंठ से पिता कह उठे।

"करूँगा क्या लौटकर?" ठंडी साँस भरकर उसने कहा।

"क्यों बेटा, अपना देश है," माँ ने कहा, "इतना ढेर रुपया कमा लिया, यहाँ आकर बिज़नेस करो। अरे, रत्ना बीबी का दामाद आया था न, परके बरस, लाखों में खेल रहा है।"

सावन प्रताप होंठ टेढ़े करके मुस्करा दिया। "रहता कहाँ है?" उसने पूछा, "अपना मकान है?"

"नहीं किराये पर लिया है। तीन हज़ार पर। वह बेटा...तुम जानो...ज़मीन इतनी महँगी हो गई। अब इसी ज़मीन को लो, साठ हज़ार में ख़रीदी थी और अब खड़े-खड़े तीस लाख में बेच लो। उतना पैसा..."

"उसके पास नहीं है। मेरे पास भी नहीं है। अपना मकान न हो तो क्यों लौटकर आएगा कोई? पिताजी, अमेरिका में मुझे कमी किस बात की है। ऊँची नौकरी है, पैसा है, घर-बार है पर..." उसने एक दीर्घ निःश्वास भरी, "मन मेरा यहीं अटका रहता है। कितना अकेला हूँ

में ? कहाँ हैं मेरी जड़ें ? कोई है ऐसा घर जिसे मैं अपना कह सकूँ ?'' क्षण-भर वह अपने पर क़ाबू पाने की कोशिश में चुप रहा।

''यह मकान तो आप भैया के नाम कर रहे होंगे ?'' सहसा उसने पूछा।

माँ-पिताजी सकपका गए।

''ऐसा है बेटा,'' पिताजी पहले सँभले, ''पवन ने इसके बनवाने में पैसा लगाया है और श्रवण ने बहुत मेहनत की है। फिर पवन का कहना है, तुम्हारा अपना मकान अमेरिका में है ही। तो...मैंने...हमने सोचा, यह मकान पवन के नाम कर दें और ज़मीन दोनों के। बनवा सका तो श्रवण अपने लिए ऊपर बनवा लेगा, वरना...''

''भैया बनवा कर किराये पर चढ़ा देंगे। सुना है पाँच हज़ार किराया मिल जाता है इतने बड़े मकान का, इस कॉलोनी में।''

''पर श्रवण तो हमारे साथ ही रह रहा है। बाद में भी...''

''भैया आपके साथ क्यों नहीं रहते ?'' उसने पूछा।

''अब बेटा, संयुक्त परिवार का चलन आजकल उतना रहा नहीं, तुम तो जानते ही हो।''

''यही तो ग़लती कर रहे हैं आप लोग। हिन्दुस्तान में जो अच्छी बातें हैं, उन्हें मिटने दे रहे हैं। पता है आपको, अमेरिकी समाजशास्त्री कहते हैं, बच्चों की परवरिश के लिए संयुक्त परिवार उत्तम है। मार्गरेट मीड का नाम सुना है। जरमेन ग्रेयर का ? नहीं, कहाँ सुना होगा ? बदक़िस्मती है आप लोगों की। मैं लौटकर आऊँ तो...''

''पवन ने पैसा लगाया है,'' पिता ने बाधा दी।

''पैसा !'' सैम ने हिक़ारत से कहा, ''पैसा क्या चीज़ है ? हाथ का मैल। पैसा लौटाने में कितनी देर लगती है। आप चाहें तो कल लौटा दूँ। कितना लगा दिया ऐसा उन्होंने ? लाख ? दो लाख ?''

''तीन लग गया होगा।''

''ठीक है। तीन लाख मैं वहाँ वापस जाते ही भेज दूँगा, उनके नाम। पर लिखा-पढ़ी आप अभी करवा रखिए। भैया को संयुक्त परिवार पसन्द नहीं तो वे अलग रहें। मकान आप मेरे नाम कर दीजिए। श्रवण को परेशान होने की ज़रूरत नहीं है। ऊपर की मंज़िल मैं बनवाऊँगा उसके लिए। वह हमेशा मेरे साथ रहेगा।''

पिता कुछ कहते, इससे पहले ही उसने उनके दोनों कमज़ोर हाथ अपने सबल हाथों में जकड़ लिये और कातर कंठ से बोला, ''मुझे अपनी जड़ों से मत काटिए। हिन्दुस्तान लौट पाने के तमाम दरवाज़े बन्द मत कीजिए। यह मकान होगा तो मुझे लगेगा, हाँ, मेरे देश में मेरा नाम सुरक्षित है। अपनी तरफ़ खींचेगा यह हर पल मुझे। वरना समझ लीजिए एक तरह से मैं मर गया।''

माँ फुग्गा मारकर रो दी। पिता ने खींचकर उसे छाती से लगा लिया।

वापस उड़ान भरते जहाज़ की खिड़की से झाँककर सावन प्रताप सिंह उर्फ़ सैम ने नीचे देखा। वह रहा पुष्प विहार। हवाई अड्डे से विशेष दूर नहीं है। साफ़ नज़र आ रहा है। धीरे-धीरे नज़रों से ओझल होगा, फिर भी आँखों में बना रहेगा। अच्छा लग रहा है सोचकर, वह कहीं भी क्यों न रहे, ईंट-सीमेंट की इतनी सुदृढ़ जड़ें उसका इन्तज़ार करती रहेंगी, यहाँ उसके अपने देश में।

(1983)

बाँसफल

छोटे बच्चे की तरह टक लगा, मेरी तरफ़ देखकर उन्होंने पूछा, ''सुना है, आजकल आँखों के अन्दर शीशे लगा देते हैं। ख़ूब बढ़िया दीखता है। क्या कहते हैं उन्हें?''

''कांटेक्ट लैंस?'' मैंने अख़बार से नज़र उठाए बिना अनमने भावे से जवाब दिया।

''हम लगवाएँ, तो कैसा रहे?'' उन्होंने पूछा तो जबरन मुझे ऊपर देखना पड़ा और देर तक उन्हें देखते रह जाना पड़ा।

सन जैसे पके सफ़ेद बाल, झुर्रियों से भरा चेहरा, झुके कन्धों के बोझ तले दोहरी होती जा रही कमर! क़द-काठी से भरी जवानी में भी वे दबंग नहीं रही होंगी पर आवाज़ उनकी अब तक दमदार है। मोटे शीशे जड़े चश्मे के पीछे से झाँकती आँखों में चमक ही नहीं, शरारत भी है।

''बाबू जी जब ज़िन्दा थे, कहते थे चश्मा न लगा होता, तो हमारा चेहरा...'' लवलीन मुस्कान ने चेहरे की झुर्रियों पर लुनाई ला दी।

मेरे मन में गुदगुदी हुई। मैं समझ गई, बाबू जी से उनका मतलब अपने पिता से नहीं, पति से था। मैंने अन्दाज़ा लगाने की कोशिश की कि भरपूर जवानी में बिना चश्मे, वह चेहरा कैसा लगता होगा, या कहना चाहिए कैसा लग सकता था! उसके लिए ज़रूरी था कि उनका पूरा हुलिया बदल कर गढ़ा जाए। अभी मैंने उन्हें बिना किनारी की सफ़ेद धोती की जगह शोख़ रंगीन साड़ी पहनाई थी कि आधी बनी तस्वीर तिड़क कर टूट गई। पास बैठा उनका आठ बरस का पोता चिचिया कर हँस दिया।

''इस उम्र में आप कांटेक्ट लैंस लगाएँगी, आप भी बस्स!'' एक बार फिर उसकी हँसी गूँजी, फिर मेरी तरफ़ घूमकर उसने अंग्रेज़ी में कहा, ''कितनी बेवक़ूफ़ी भरी बातें करती हैं ये।''

''तुमसे बात नहीं कर रही मैं,'' उन्होंने रोबीली आवाज़ में कहा, ''और अंग्रेज़ी में जो तूने कहा, मैं समझ गई।''

आवाज़ में रोब के बावजूद उनका चेहरा दयनीय हो गया, झुर्रियाँ गहरा गईं, होंठ हलके-हलके काँप उठे।

''चलिए बाहर चलें,'' पोते ने कन्धे झटक कर मुझसे कहा, ''आपको अपना बग़ीचा दिखलाऊँ।''

''मैं यहीं बैठूँगी। तुम जाओ,'' मैंने कहा।

''दादी की बातों में बड़ा मज़ा आ रहा है आपको,'' उसने नाराज़गी ज़ाहिर करने के लिए फिर अंग्रेज़ी का सहारा लिया।

''तू बग़ीचा क्या दिखलाएगा,'' वे झिड़क कर बोलीं, ''देखभाल मैं करती हूँ न कि तू!''

''देखभाल तो माली भी करता है,'' पोते ने कहा, ''उससे क्या? बग़ीचा मेरे पापा का है, आपका या उस फटीचर माली का नहीं,'' कहकर वह दन से बाहर भाग गया।

उनका नाटा, झुका बदन और सिकुड़ गया। चश्मे के शीशे धुँधले पड़ गए। फिर भी चिल्ला कर उन्होंने कहा, ''बदतमीज़! मुझसे ज़बान लड़ाएगा तो ऐसा मज़ा चखाऊँगी कि याद रखेगा।''

पता नहीं, आवाज़ उस तक पहुँची या नहीं। दयनीय और ख़ुँख़्वार मुद्रा का मिला-जुला भाव उनके चेहरे पर तैर रहा था। मेरे हाथ से अख़बार लेकर ख़ुद को उन्होंने उसके पीछे छिपा लिया।

''एक बार चश्मा उतारिए तो,'' मैंने कहा।

''क्यों?'' उन्होंने गुर्रा कर पूछा।

''देखें तो, बाबू जी को आपका कैसा चेहरा पसन्द था!''

वह खिलखिला कर हँस पड़ीं। बिलकुल बच्चों की तरह। उनकी हँसी में वह चिचियाहट नहीं थी, जिससे उनके आठ वर्षीय पोते की हँसी बुढ़ा चुकी थी।

''उतारिए न!''

अख़बार उन्होंने नीचे कर लिया। आँखें एक बार शरारत से चमकीं, फिर एकदम बुझ गईं। चश्मा तब तक वे उतार चुकी थीं।

जवानी में भी वे ख़ूबसूरत नहीं रही होंगी। बस एक ज़िन्दादिली थी, जो...

''बाबू जी कहते थे, औरतों का इस क़दर बेहिसाब हँसना उन्हें क़तई पसन्द नहीं,'' वे कह रही थीं, ''पर क्या कहें, हमसे तो बिना हँसे कभी रहा नहीं गया। आजकल तो...''

''खाना लग गया।'' सूजा चेहरा लिए उनकी बहू सामने खड़ी थी।

''अरे-रे!'' उन्होंने कहा, ''हमसे कहा होता। हम पो देते रोटी।''

''हो गया,'' उसने कहा, फिर उनकी तरफ़ से चेहरा मेरी तरफ़ घुमाकर बमुश्किल मुस्कराहट ओढ़ कर बोली, ''चलो।''

मेरे उठने से पहले उसका चेहरा दोबारा गम्भीर हो चुका था।

''चलो-चलो,'' लबड़-धबड़ करती वे उठीं, ''करेले बनाए हैं भरवाँ, पसन्द हैं? और घिया-चने की दाल? बहू को तो हमारी पसन्द नहीं,'' वे हँसीं, ''क्यों बहू तुम्हारी सहेली भी तुम्हारी तरह चुग्गा चुगती है? हमारी बहू तो एकदम चिड़िया की तरह दाना चुगा करती है। थाली देखो, तो भरी की भरी तमाम। हमारी समझ में तो आता नहीं, बिना खाए आदमी कैसे चलता-फिरता है। खिलौना हो तो अलबत्ता...चाबी भर दो और चल पड़े ठुमुक-ठुमुक...क्यों भई, ठीक कहा हमने?'' वे बोलती जा रही थीं और रह-रहकर हँसती जा रही थीं। उनकी बहू यानी मेरी बचपन की सहेली बिलकुल गम्भीर थी। मैं अवाक् एक से दूसरे के चेहरे पर नज़रें घुमा रही थी। समझ नहीं आ रहा था, क्या ज़्यादा दयनीय है, उनकी हँसी और चुलबुलापन या अभ्यास से सिद्ध की हुई उसकी चुप्पी।

''अजय कहाँ है? अजय, ओ अजय!'' मेज़ पर पहुँचकर उन्होंने पुकारना शुरू किया।

''वह नहीं आएगा,'' बहू ने कहा।

''क्यों?''

''पता नहीं।''

''यह क्या बात हुई भला! मैं बुला कर लाती हूँ,'' वे उठकर पोते को बुलाने चली गईं।

''पहले कुछ कह देती हैं, फिर पुचकारने का सिलसिला चलता है। इनकी वजह से बिलकुल

बेशऊर होता जा रहा है,'' मेरी सहेली ने कहा और निरासक्त भाव से भरवाँ करेले का सिरा तोड़कर रोटी के कौर में लपेटा। वही भरवाँ करेला, जिसका ज़िक्र करते हुए उनके चेहरे पर ललकती चमक आ गई थी। मैं कुछ देर रुकी रही, फिर मैंने शुरू कर दिया। पर उनके बिना मुझे मेज़ बेहद सूनी और उबाऊ लग रही थी।

दूसरे कमरे से दादी-पोते की तकरार का शोर आ रहा था। मैं जानती थी, मेरी सहेली ने ठीक कहा था। वे वहाँ न रह रही होतीं, तो अजय इतना मुँहफट न होता। अपनी माँ के गाम्भीर्य के नीचे पब्लिक स्कूलों में पढ़ने वाले बच्चों की तरह ऊपरी तौर पर अनुशासित रहता। अनुशासित या घुन्ना, जो कहो। ज़ेहनी तौर पर मेरी सहानुभूति सहेली के साथ थी पर...

वे लौट आएँ, तो माहौल इतना चुप्पा और बोझिल न रहे...भरवाँ करेले वाक़ई बढ़िया बने थे, मैं उनकी तारीफ़ करना चाहती थी...

थोड़ी देर बाद वे अजय को लेकर मेज़ पर आईं। कुर्सी पर बैठते ही वह ज़ोर से चिल्लाया, ''रोटी दो जल्दी, भूख लगी है, आलू दो ना, कर क्या रही हो।'' मेरी सहेली ने कठोर मुखमुद्रा के साथ दोनों चीज़ें उसे पकड़ा दीं। वह जल्दी-जल्दी आलू परोसने लगा, कुछ कटोरी के अन्दर, कुछ कटोरी के बाहर। उसके आलू परोसते हाथ को छू कर उन्होंने ललक कर पूछा, ''भरवाँ करेले लेगा?''

''नहीं!'' वह ज़ोर से चिल्लाया।

''खा के तो देख। तेरे पापा को ख़ूब पसन्द हैं।''

''नहीं,'' वह और ज़ोर से चिल्लाया।

''घिया-चने की दाल?''

''नहीं!''

''फिर क्या खाएगा?''

''आलू।''

''आलू भी कोई खाने की चीज़ है! बाबू जी तो हमारे, आलू बनाओ तो, कटोरी उठाकर पटक दिया करते थे। कहते थे, अक़्ल का इस्तेमाल नहीं कर सकती, बस धर दिये आलू पका के। दूँ दाल?'' कहकर उन्होंने दाल से भरी कटोरी उसकी थाली में टिका दी।

झन्न की आवाज़ के साथ कटोरी फ़र्श पर जा गिरी।

''रोज़-रोज़ क्यों पकाती हो घिया-चने की दाल। अक़्ल का इस्तेमाल नहीं कर सकतीं,'' वह चीख़ा, फिर खिलखिला कर हँस दिया। विजय दर्प से भरी हँसी। उनका चेहरा अपमान से लाल पड़ गया, पर सिर झुका कर वे एक खिसियानी हँसी हँस दीं।

''उफ़!'' कहकर मेरी सहेली खाना छोड़ उठ खड़ी हुई और कमरे से बाहर चली गई। 'बर्दाश्त से बाहर है मेरे लिए,' जाते-जाते उसने कहा। बुदबुद करके बहुत धीमे कहे गए शब्द मेरे कानों में पड़े तो उनके भी पड़े होंगे। पर उन्होंने कुछ कहा नहीं। वे एकटक अपने पोते को देखे जा रही थीं।

उनकी आँखों में जो भाव था, पूरी तरह मेरी समझ में नहीं आ रहा था। उसमें अपमान से उत्पन्न पीड़ा थी, आतंक था, पर साथ ही एक मुग्ध चाहत का भाव भी था।

''करेले बहुत अच्छे बने हैं,'' बेवक़ूफ़ की तरह मैंने कहा।

उन्होंने जवाब नहीं दिया। वे अब भी अजय को देख रही थीं। धीरे-धीरे वह वापस अपनी कुर्सी पर आ बैठा था। जो हो गुज़रा था, उससे शायद कुछ सहम गया था। थाली पर नज़र गड़ा कर चुपचाप खाना खाने लगा। ज़रा देर ठहर कर उन्होंने भी खाना शुरू कर दिया। मुझे लगा, दादी-पोते के बीच मूक समझौता हो गया है, युद्ध विराम का। लग रहा था, दोनों का पूरा ध्यान खाने पर है, पर अजय के चेहरे का घुन्नापन हर पल गहराता जा रहा था। खाना ख़त्म होने को आया, तो सहसा उसने ज़ोर से कहा, ''पता है, पवन की दादी नौकरी करती हैं।''

उनकी तरफ़ से कोई जवाब नहीं आया, पर अपमान की काली छाया, एक बार फिर उनके चेहरे पर मँडरा गई।

''अच्छा, क्या काम करती हैं?'' अपनी समझ में विषय परिवर्तन में हिस्सा बँटाते हुए मैंने पूछा।

''ख़ूब ऊँची पोस्ट पर हैं। पापा से भी ऊँची। दो हज़ार रुपया महीना कमाती हैं,'' उसने कहा और कुटिल नज़रों से उन्हें देखा।

नहीं, मेरा भ्रम है, मैंने सोचा। बच्चा केवल पीड़ादायक चुप्पी को तोड़कर संवाद स्थापित करना चाहता है।

''बहुत अच्छी बात है,'' मैंने कहा, ''तुम बड़े होकर क्या बनोगे?''

उसने मेरी बात का जवाब नहीं दिया। वह बराबर अपनी दादी को देख रहा था।

''पवन के दादा जी उन्हें बहुत प्यार करते हैं,'' उसने कहा।

उनका चेहरा विवर्ण हो गया।

''आपकी तबीयत तो ठीक है?'' मैंने घबराकर पूछा।

उन्होंने जवाब नहीं दिया। थाली पर रखे अपने काँपते हाथों को उठाया और आँखों से चश्मा उतार लिया। धोती के पल्लू से उसके शीशे साफ़ करने लगीं।

''हा-हा-हा!'' अजय हँस पड़ा, ''कांटेक्ट लेंस लगाओगी, दादी?'' उसने कहा, ''चश्मे के बिना तुम्हारा चेहरा कितना सुन्दर दिखता है।''

उसके स्वर में व्यंग्य था, जो मेरी समझ से परे था। उनकी प्रतिक्रिया भी अपेक्षित नहीं थी। इस बात से उन्हें ख़ुश होना चाहिए था, पर वे ग़ुस्से से उफनती हुई 'चुप बदतमीज' कहकर उसकी तरफ़ बढ़ आई थीं। वह कूद कर खड़ा हो गया और उन्हें अँगूठा दिखला कर दौड़ता हुआ बाहर निकल गया। उसके बग़ीचे में दौड़ जाने से भी उनके हौसले पस्त नहीं हुए। लतर-पतर करतीं उसके पीछे दौड़ पड़ीं। पर उसकी जवान टाँगें उन्हें हाँफता छोड़ दूर निकल गईं। बकती-झींकती वे क्यारी की मुंडेर पर पसर गईं। कुछ देर हाँफते रहने के बाद खुरपी उठाकर बेमतलब उसकी ख़ुदाई करने लगीं। जब मैं उनके पास पहुँची, वे ज़ोर-ज़ोर से ज़मीन पर खुरपी मारती हुई बुड़बुड़ा रही थीं।

''छोड़िए इसे,'' मैंने कहा, ''चलिए, अन्दर चल कर गप्पें मारें।''

उन्होंने मेरी तरफ़ नहीं देखा और न उठने की कोशिश की।

''अजय ने कुछ बुरा तो नहीं कहा। बाबू जी भी यही कहा करते थे न?'' मैंने उन्हें गुदगुदाने की कोशिश की।

उनके हाथ से खुरपी छूट गई। बुड़बुड़ाना थम गया। और कोई होता तो उसकी आँखों में आँसू उमड़ पड़ते, पर उनका चेहरा हँसी से विकृत हो गया।

''सच तो यह है बेटी,'' बुझी आँखों से हँसते हुए उन्होंने कहा, ''उन्हें हमारा चेहरा कभी पसन्द ही नहीं था,'' कहकर वहशियों की तरह उन्होंने क्यारी को खुरपी से खोदना शुरू कर दिया। पसीने से तरबतर, पर हँफनी पर भरसक क़ाबू रखते हुए कड़क आवाज़ में बोलीं, ''यहाँ धूप में क्यों खड़ी हैं ? जाइए अन्दर जाकर आराम कीजिए। आ रहे हैं हम भी।''

मुझे हटना पड़ा। बरामदे तक पहुँची कि देखा, कहीं से आकर माली उनके पास प्रकट हो गया है।

''इस क्यारी को हम गोड़ चुके। क्यों बेकार खुरपी चला रही हैं ?'' उसने कहा।

''चुप !'' वे गरजीं, ''हमसे ज़बान न चलाना, कह दिया हमने। किसी के भरोसे नहीं पड़े हम। ज़मीन-जायदाद सब है हमारी।''

''तो वहीं जाकर रहो न माँ जी !'' माली ने लापरवाही से कहा।

''वहीं रह रहे हैं,'' उन्होंने कहा, ''एक बेटा है तो सब उसी के नाम करेंगे कि नहीं ? बाबू जी कहा करते थे...'' पलक मारते उनकी आवाज़ अपना तमाम रुआब खो कर दयनीय और कमज़ोर हो आई, ''औरत को किसी न किसी के भरोसे रहना पड़ता है, पिता, पति या...'' वे हड़बड़ाकर उठीं और ज़ोर से पुकार उठीं, ''अजय ! कहाँ है रे अजय ? आज तेरी सारी हेकड़ी निकाल कर रहूँगी।''

''उफ़ !'' मेरे कानों में पड़ा, ''लड़के को चौपट करके रहेंगी ये।'' पता नहीं कब, मेरी सहेली आकर मेरे पास खड़ी हो गई थी।

दूर मैदान से सरपट भागता हुआ अजय आया और हम दोनों के बीच दुबक कर खड़ा हो गया।

आक्रामक मुद्रा में वे बढ़ी चली आ रही थीं कि अजय को हम दोनों के बीच सुरक्षित खड़ा देख, हकबका कर रुक गईं। उनके चेहरे पर कई तरह के भाव उभरकर आए और ग़ायब हो गए। फिर वे हँस दीं।

''आ-आ,'' उन्होंने कहा, ''भुट्टा खाना हो तो इधर आ। बग़ीचे में देख आई हूँ, दो लगे हैं, ये बड़े-बड़े !''

क्षण-भर को अजय झिझका।

''कोई ज़रूरत नहीं है रोज़-रोज़ भुट्टा खाने की,'' मेरी सहेली ने सुस्त स्वर में डाँटा, तो वह और नहीं हिचकिचाया। दौड़ कर उनके पास पहुँच गया।

''बढ़िया भूनना,'' उसने कहा, ''कच्चा छोड़ देती हो तमाम।''

चश्मे को आँखों पर अच्छी तरह बिठलाकर उन्होंने उसे घूर कर देखा और बोलीं, ''अरे जा पिल्ले, हुक्म चलाना अपनी बीवी पर। हम अपने मन की करते हैं। ख़ुदमुख़्तार हैं, ख़ुदमुख़्तार। तीस बरस हो गए...'' हाथ में थमी खुरपी तेज़ी से घुमाकर उन्होंने दूर फेंक दी। वह ठक से जाकर बेख़बर खड़े माली के पैरों के पास गिरी।

''क्या करती हैं माँ जी !'' वह ज़ोर से चीख़ा, ''लग जाती तो ?''

वे खिलखिला कर हँस पड़ीं, ''ठीक कर दिया चपड़कनातिए को,'' उन्होंने किलक कर कहा। अजय भी ताली बजाकर उनके साथ हँस रहा था। इस वक़्त उसकी हँसी में चिचियाहट नहीं थी।

(1983)

नकार

अँधेरे पर अँधेरा चढ़ता चला जा रहा है। धूल की कई परतें जम चुकीं। अब एक और जम रही है। अपने बोझ से दबी-दबी।

कमरे के बाहर अभी भी धूप छिटकी हुई है। बस, मेरी आँखें सामने देखने से कतरा रही हैं। मेरी नज़र फ़र्श पर जमी हुई है। पैरों के पास धूप की एक आरी खिंची है। डर कर मेरे पैर पीछे सिमट गए हैं। कमरे के बेपनाह सर्द माहौल में इतनी सी गर्माहट भी फफोले डाल सकती है।

अभी कुछ देर पहले तक मेरी आँखें सामने देख रही थीं। वहाँ, जहाँ ख़ुशनुमा धूप निखरी हुई है। ऐसी कि पेड़ का पत्ता-पत्ता साफ़ दीखे पर ऐसी नहीं कि आँखें चुँधिया जाएँ। अन्दर और बाहर की धूप में सामंजस्य हो तभी रोशनी का सामना किया जा सकता है, वरना आँखें चुँधियाने लगती हैं। वही हुआ। चुँधिया कर मेरी आँखें नीचे झुकीं और कमरे के अँधेरे में झुकी रह गईं।

मैं जानती हूँ कुछ ही देर में बाहर की धूप की तमाम प्रखरता के बावजूद भीतर काला अँधेरा छा जाएगा। वैसा, जैसा नाटक शुरू होने से पहले स्टेज पर किया जाता है। एक दृश्य दोहराया जाने वाला है। पूर्वाभास मुझे हो गया है।

दरअसल दृश्य शुरू हो चुका। प्रारम्भिक संवाद बोले जा रहे हैं। वाक्य टूट कर गिर रहे हैं। हर बार इस दृश्य की शुरुआत इसी तरह होती है।

पास की कुर्सी पर बैठे आदमी का चेहरा कुछ और काला पड़ गया है। वैसे भी उसके नक़्श ऐसे दीखते हैं, जैसे धूल में लिपटे हों। ऐसी धूल नहीं जो फूँक मारकर उड़ाई जा सके या रूमाल से पोंछ कर साफ़ की जा सके। लगता है, उसके भीतर हमेशा एक अन्धड़ चलता रहता है और ये नक़्श उसी की धूल से गढ़े गए हैं।

''जीवन नकार है,'' वह कह रहा है।

मेरी आँखें कुछ और झुक गई हैं।

''जीवन नकार है,'' उसने कहा है, ''मैं इतना खो चुका हूँ कि अब किसी चीज़ की चाह बाक़ी नहीं रही।''

मैं जानती हूँ यह सिर्फ़ कहने के लिए कही गई बात नहीं है। यह उसके जीवन का निर्विवाद सच है। उसे जीवन में कुछ नहीं मिला। न प्यार, न विश्वास और न पैसा। उसने सब कुछ चाहा, पर पैसा नहीं। यानी दूसरों के लिए नहीं चाहा या दूसरों को पैसा चाहने नहीं दिया। पैसा चाहने के लिए उनकी बेइज़्ज़ती की। उनकी, जिनके पास था और उनकी भी, जो चाहते थे पर जिनके पास था नहीं। दोनों ने इसके लिए उसे कभी माफ़ नहीं किया। यह सब मैं जानती हूँ और...यह भी जानती हूँ कि इसके फ़ौरन बाद वह मुझसे पैसा माँगेगा।

यह दृश्य पहले भी खेला जा चुका है।

पैसा उसके लिए बहुत मामूली चीज़ है।

जब जीवन में कुछ मिलने की उम्मीद नहीं होती तो आदमी महज़ अपनी ज़रूरतें पूरी करता चलता है। और उसके लिए पैसे की ज़रूरत होती है। फुटकर पैसे की। बँधी हुई कमाई या मासिक आमदनी की नहीं। नियमित नौकरी ढूँढ़ कर महीने के महीने आदमी तब कमाता है जब उसे जीवन से लगाव हो। उसकी कुछ महत्त्वाकांक्षाएँ हों, योजनाएँ हों। जब भविष्य उसके लिए मानी रखता हो। जीवन उसे कुछ दे सके, प्यार, विश्वास, सम्मान!

इस आदमी के लिए पैसा किसी बेहतर ज़िन्दगी तक पहुँचने का पुल नहीं है। बस, एक साधन है जो थोड़े-थोड़े दिनों के अन्तराल के बाद ज़िन्दा रहने की शर्त बन जाता है। और तब वह फ़ौरन, बिना एक दिन की देरी के, पैसा चाहने लगता है। कहीं से मिल जाता है तो तात्कालिक ज़रूरत पूरी हो जाती है। उसके पूरा होने के साथ या उससे कुछ पहले पैसा भी निबट जाता है इसलिए लेकर वापस लौटाने का सवाल ही पैदा नहीं होता।

ऐसा नहीं है कि उसकी ज़िन्दगी उधार के भरोसे चलती है। बीच-बीच में वह छोटे-मोटे काम करता रहता है। पर अनियमित ढंग से। नियमित रूप से तो वह कलाकार है। चित्र बनाता है। बेहद पैशन से खींचे गए चित्र। दिमाग़ की नसों को चटखा देने वाले चित्र। शायद इसीलिए वे लोग जिनके पास ख़रीदने की क्षमता है, उन्हें ख़रीदने से कतराते हैं। कौन अपने दिमाग़ पर बोझ लादे। फिर भी वह चित्र बनाता है। शायद किसी दिन कोई पारखी मिल जाए। नहीं, वह इस तरह नहीं सोचता। पारखी मिलेगा, ऐसी कोई उम्मीद लेकर वह चित्र नहीं बनाता। कम से कम वह कहता यही है। फिर भी आदमी का मन ही तो है। कहीं किसी कोने में आशा, जुगनू की तरह पंख फड़फड़ाती पड़ी रहती होगी। जिस दिन पारखी मिलेगा...मिलेगा क्या, एक हूँ तो मैं। मैं उसके चित्र सराह सकती हूँ, समझ सकती हूँ, इसीलिए तो आता है मेरे पास। पैसा तो यूँ ही...पैसा उसके लिए मामूली चीज़ है।

पैसा कमाने के लिए वह छोटे-मोटे काम नहीं करता। करता है, किसी ज़रूरत के दबाव में आकर। भूख जैसी तेज़ ज़रूरत के दबाव में। उसकी कमाई और ज़रूरत एक साथ ख़त्म होती हैं। दो दिन बाद की आने वाली ज़रूरत से जूझने के लिए कोई योजना वह नहीं बनाता।

इसलिए उसका यह कहना बिलकुल ठीक है कि वह पैसे लेता है तो कुछ चाह कर नहीं बल्कि तब, जब किसी चीज़ की चाह बाक़ी नहीं रहती।

मेरी स्थिति उससे बिलकुल भिन्न है। मेरे पास हर महीने बँधा-बँधाया पैसा आता है। एक-एक रुपये का ख़र्च पहले से निश्चित रहता है। दस तारीख़ तक ज़्यादातर बिल चुका दिये जाते हैं। यानी ज़्यादातर ख़र्च पूरे हो चुके होते हैं और ज़्यादातर पैसा भी ख़तम हो जाता है। बची रहती हैं अगले महीने की ज़रूरतें और अगले महीने में आने वाली कमाई। ऐसी व्यवस्था में से पैसे निकाल कर किसी को देना कितना मुश्किल है, मैं जानती हूँ। पर यह भी जानती हूँ कि मुँह खोलकर कह पाना और भी मुश्किल है। और इस सचाई को वह ख़ूब अच्छी तरह समझ गया है।

वह रूसी साम्यवाद पर बात कर रहा है। उसके नक़्श आँधी से घिरे हैं और उसकी आवाज़ में उड़ते कंकड़ों की खरखराहट है। उसकी बात वज़नदार है और बेहद बौद्धिक। मुझे अपने

बौद्धिक होने पर गर्व है और विषय में दिलचस्पी। पर मैं पूरा ध्यान नहीं दे पा रही। बेसब्री और ख़ौफ़ से, इन सबके बाद आने वाले उस एक वाक्य का इन्तज़ार कर रही हूँ जो हमेशा इसी तरह कंकड़ों की खिर्र-खिर्र के साथ आया करता है।

मेरे पास नहीं हैं, मैं कह दूँगी। महीने की बीस तारीख़ है आज, सब बिल अदा कर चुकी। अब तो बस, रोज़मर्रा के ख़र्च के रुपये पड़े हैं, जिन्हें लेकर बड़ी मुश्किल से महीने के अन्त तक गाड़ी खिंचेगी। इस वक़्त पैसे दे दिये तो पति से क्या कहकर माँगूँगी ? बात दो-चार दिन के उधार की होती तो...

नहीं, उधार का नाम लेना बहुत ख़तरनाक है। वह जब माँगता है, उधार ही माँगता है और अत्यंत गरिमा के साथ।

''सिर्फ़ दो दिन के लिए तीन सौ रुपये चाहिए...परसों शनिवार की शाम को साढ़े चार बजे लौटा जाऊँगा।''

''ज़रूर लौटा देंगे न...मुझे ज़रूरत...''

''निश्चित। मैंने एक किताब का कवर बनाया है। परसों उसके पैसे मिलेंगे तो सीधे आकर आपको दे जाऊँगा।''

शनिवार आता है तो या तो काम करवाने वाला बेईमान निकल जाता है और पैसे मिलते नहीं या कोई भयानक ज़रूरत मुँह खोलकर सामने खड़ी हो जाती है और उधार, उधार रह जाता है। उधार ऐसी चीज़ है कि कुछ दिन बीत जाएँ तो देने वाले से ज़्यादा लेने वाले की सम्पत्ति हो जाता है। उसे वापस माँगना उधार लेने से कहीं मुश्किल हो जाता है।

नहीं, उधार का ज़िक्र मैं नहीं करूँगी। उधार देकर पहले देख चुकी। न चाहते हुए भी, तमाम पिछले अनुभवों के बावजूद, रुपया वापस मिलने की आस बनी रहती है। ख़र्चों को किसी तरह कुछ दिनों के लिए टालती रहती हूँ और फिर एक दिन...घर पर हंगामा खड़ा हो जाता है।

मेरे पास नहीं हैं, मैं कह दूँगी। सचमुच मेरे पास हैं भी नहीं।

'नहीं हैं,' कहने पर, उसकी नज़र मेरे हाथ के कंगन या घड़ी या उँगली की अँगूठी पर टिक जाती है। या कमरे में पड़ी गद्दीदार कुर्सियों पर घूम जाती है। इनमें से एक भी चीज़ बेच डाली जाए तो उससे दोगुने-तिगुने रुपयों का इन्तज़ाम हो सकता है। नहीं, वह यह नहीं कहता। आज तक कभी उसने इस तरह की कोई बात नहीं कही। फिर भी उसकी नज़रें...नहीं, उसकी नज़रें भी उन चीज़ों पर नहीं टिकतीं, भीतर के रेतीले नकार में धँसी रहती हैं।

मेरी अपनी नज़रें ही इतनी तेज़ हैं कि कोई चीज़ उनकी पकड़ से छूटे नहीं छूटती। मेरे पास बहुत कुछ है जो औरों के पास नहीं है। 'द हैव्स एंड द हैव नॉट्स,' वह कहता तो है। ऐसे बहुत से लोग हैं जिनके पास कुछ नहीं है और वे मेरे पास माँगने नहीं आते। मेरे पास माँगने एक ही आदमी आता है, जिसके पास कुछ नहीं है पर सब कुछ हो सकता था। उसे आलसी नहीं कहा जा सकता क्योंकि इन थोड़े से पैसों को पाने के लिए वह जितनी मेहनत करता है, उससे आधी किसी नियमित नौकरी में न लगे! वह चाहता तो कमा सकता था। वह नहीं चाहता...क्यों नहीं चाहता...उसके भीतर का नकार...पैसा वाक़ई मामूली चीज़ है...तो फिर मुझसे क्यों माँगता है ? मामूली चीज़ है इसीलिए तो दूसरों से माँगा जा सकता है। उसका महत्त्व ही क्या है...पर...यह तर्क...उससे पैसों का इन्तज़ाम तो हो नहीं सकता...

तुम नौकरी क्यों नहीं कर लेते, मैं कहना चाहती हूँ। पर कहती कुछ और हूँ अपने से। नौकरी करने से क्या होगा...कितने लोग हैं जो नौकरी करते हैं, सारी उम्र करते आए हैं, नौ-दस साल की छोटी उम्र से, पर अपनी ज़रूरतों को पूरा नहीं कर पाते। भूख जैसी तेज़ ज़रूरत तक को नहीं। पर जो नहीं कर पाते मेरे पास माँगने नहीं आते, मैं तर्क को काट देना चाहती हूँ। काट नहीं पाती। मेरे भीतर और तर्क पैदा होने लगते हैं। वाक़ई कितने लोग हैं जो जी-तोड़ मेहनत करते हैं, फिर भी सिर पर छत तक नहीं जुटा सकते। मेहनत मेरे पति भी कम नहीं करते। तभी यह छत जुटा पाए हैं...और ये कुर्सियाँ और परदे और बच्चों के स्कूल की पढ़ाई का ख़र्च और उनके कपड़े और मेरे हाथ की उँगली में जड़ी यह बहुत पुरानी पर क़ीमती अँगूठी! परसों हमने पिक्चर देखी थी। कल बच्चों ने आइसक्रीम खाई थी। बारिश के आसार देखकर हम बस छोड़, स्कूटर में जा बैठे थे और आराम से घर पहुँच गए थे। मैं बीमार पड़ी थी तो डाक्टर एक बार नहीं, दो बार...

"तो...मैं...चलूँ..." उसने कसमसा कर कहा पर कुर्सी से उठा नहीं।

"हाँ," मैंने तत्परता से कहा, जैसे छुटकारा पाने का रास्ता मिल गया हो।

अगर वह फ़ौरन उठकर चला गया तो मैं उस सवाल का सामना करने से बच सकती हूँ—कम से कम आज भर के लिए।

"तो...चला...जाए..." वाक्य फिर टूटे। हर टूटे हुए वाक्य का नुकीला किनारा मेरे भीतर धँस गया।

मैंने पैर और अन्दर को समेट लिये। धूप की आरी चुभ रही थी। दृश्य चल निकला था।

"हाँ," मैंने तत्परता से कहा और इस बार घड़ी भी देख डाली।

"आपको...जल्दी...है?" वाक्य टूट कर चुभा।

मेरी आँखें अपनी गोद के अँधेरे पर ठहर गईं। पैरों के पास की धूप भी अब मुझसे बर्दाश्त नहीं हो रही।

कमरे में गहरी धुंध छा गई है। उसके चेहरे के नक़्श दीखने बन्द हो गए हैं। सिर्फ़ उसके भीतर का अन्धड़...

"एक प्याला चाय और पिला दीजिए फिर चलूँगा," उसने कहा और इस बार वाक्य नहीं टूटा। मैं समझ गई यह असली बातों में से नहीं है।

उफ़, जो कहना है तुरन्त क्यों नहीं कह डालता। इस तरह समय को चीर कर धूप चुराते रहने का फ़ायदा?

तो...मैं ही पूछ डालूँ... "रुपये चाहिए क्या?"

कितनी बेवक़ूफ़ी की बात कर डाली। अब दृश्य और लम्बा खिंचेगा। वह कह रहा है, "चाहिए भी होंगे तो आपसे नहीं लूँगा। मैंने पिछली बार ही तय कर लिया था। मेरे घर की हालत ख़राब है तो क्या। फ़ीस जमा न हुई तो लड़के का नाम स्कूल से कट ही तो जाएगा, सो कट जाने दीजिए। आप मुझे रुपये क्यों देंगी और मैं लूँगा क्यों? मैं आपके पास रुपये माँगने नहीं आता..."

"नहीं, नहीं, रुपये माँगने क्यों आएँगे," मैं जल्दी से कहती हूँ। उसकी आवाज़ काली आँधी की तरह ऊपर चढ़ रही है और मुझे अतिनाटकीय दृश्यों से बेहद घबराहट होती है। शहरी सभ्यता और मध्यवर्ग की यही पहचान है। नाटकीय दृश्यों से कतराना। कहते-कहते रुक जाना। आवाज़ों के हमले से डर कर पीछे हट जाना।

उसकी आवाज़ चढ़ती जा रही है। अब कोई निजात नहीं है।

"आपको एक ग़रीब आदमी की बेइज़्ज़ती करने का कोई हक़ नहीं है। मैं यहाँ आता हूँ क्योंकि आप मेरे बनाए चित्रों को समझ सकती हैं। सराहें चाहे नहीं, उसकी मुझे परवाह नहीं है, पर समझ सकती हैं, यह मेरे लिए बड़ी बात है। कला को महसूस करने की ताक़त हर आदमी में नहीं मिलती, इसलिए...पैसे का क्या है? ज़िंदगी में सचमुच पैसा चाहा होता तो मैं कमा सकता था...कमाया भी है...आप सोचती हैं, आपके पास पैसा है इसलिए..."

'नहीं है,' मैं कहना चाहती हूँ, 'दिक़्क़त तो यही है कि मेरे पास इतना पैसा नहीं है कि बिना महसूस किए किसी को दे सकूँ।' 'पर नहीं कहती। मैं जानती हूँ, मेरा यह कहना दृश्य को और नाटकीय बना देगा।

"नहीं, नहीं," मैं धीमे स्वर में कहती हूँ, "मैं ऐसा नहीं सोचती। आपके चित्र वाक़ई..."

"मैंने आपको हमेशा बराबर समझा! आप नहीं समझ सकतीं तो..." वह किसी क़ीमत पर दृश्य बीच में छोड़ने के लिए तैयार नहीं है।

"समझती तो हूँ," मैं कहती हूँ, "मैं जानती हूँ आप बहुत बड़े कलाकार हैं। कला को समझने की दृष्टि, वही बड़ी चीज़ है। पैसे का क्या है? पैसा मामूली चीज़ है," यहाँ आकर मैं हमेशा उसके शब्द दोहराने लगती हूँ, "ज़रूरत हो तो..."

"ज़रूरत! ज़रूरत तो हमेशा होती है, पर हर आदमी अपनी ज़रूरतें पूरी नहीं कर सकता और आप..."

"मैं चाय बनाती हूँ," बात काट कर मैं उठ जाती हूँ पर अच्छी तरह जानती हूँ कि बात कटी नहीं है। कमरे के भीतर काले आधे तंबू की तरह तन चुकी है और दृश्य हर हालत में अन्त तक खेला जाना है।

तूफ़ान से पहले की चुप्पी में हम लोग चाय की चुस्कियाँ लेते रहते हैं।

"आई एम सॉरी," वह कहता है।

मैं बहुत डर जाती हूँ।

"मुझे आपसे वह सब नहीं कहना चाहिए था। मैं जानता हूँ आप मेरा शुभ चाहती हैं। फिर जब इतनी बार पहले ले चुका हूँ तो अब क्या शर्म..."

नहीं, प्लीज़ मत कहिए! मुझे आपसे हमदर्दी है। उससे ज़्यादा उन लोगों से हमदर्दी है जो मुझसे हमदर्दी माँगने नहीं आते। आपने मुझे उनसे हमदर्दी करना नहीं सिखलाया। अपने सिवा किसी के लिए कभी कुछ नहीं माँगा। यहाँ तक कि मेरे मन में ख़ुद अपने लिए जो थोड़ी-बहुत हमदर्दी थी, उसे भी ख़तम कर दिया। जो आदमी ख़ुद से हमदर्दी न रख सके वह दूसरों से क्या रखेगा...मैं अपराधी बनकर रह गई हूँ, अपने तईं अपराधी। क्योंकि मेरे पास है और उनके पास नहीं है। पर जब इस बात का फ़ायदा वे नहीं उठाते तो आप क्यों उठाए चले जा रहे हैं। अपने से चाहे मैं कितनी नफ़रत क्यों न करूँ, सच यह है कि इस वक़्त मेरे पास इतने रुपये नहीं हैं कि आपको दे सकूँ। नहीं...कभी नहीं...कंगन बेचने मैं नहीं जा सकती। किसी से उधार नहीं ले सकती। पति से कहना असम्भव है। उनकी आय ज़्यादा नहीं है। कड़ी मेहनत करने पर घर ख़र्च लायक़ कमा पाते हैं। हाँ, मैं नौकरी कर सकती हूँ पर क्यों करूँ? और करके तनख़्वाह आपको क्यों दूँ? उस पर मेरे पति और बच्चों का, मेरे घर का अधिकार है। आप

न माँगें तो ठीक रहेगा। मैं साफ़ इनकार कर दूँगी। मैं करूँ, इससे बेहतर आप ख़ुद कोई नौकरी क्यों नहीं कर लेते।

''दरअसल,'' मैंने सुना, वह कह रहा है, ''परसों से मेरा छोटा लड़का तेज़ बुख़ार में पड़ा है। मैंने कुछ पुराने चित्र रेस्टोर किए हैं। उनका पैसा आज मिलना था पर मिला नहीं। परसों ज़रूर मिल जाएगा। परसों शाम को पाँच बजे मैं निश्चित आपको आपका रुपया वापस कर जाऊँगा।''

''नहीं!'' मैं चीख़ पड़ी और उठ खड़ी हुई, ''मेरे पास रुपया नहीं है।''

कमरे में घुप अँधेरा छा गया। उसके बीच मेरे हाथ का कंगन, उँगली की अँगूठी और सामने मेज़ पर रखी कांसे की बुद्ध की प्रतिमा धकधक कर जगमगा उठी...इनमें से एक भी चीज़ बेच डालने से...नहीं, उसने नहीं कहा, फिर भी...नहीं, मैं उसकी तरफ़ नहीं देखूँगी। करने दो उन्हें जगमग। मैं उन्हें भी नहीं देखूँगी। बाहर धूप है। मैं अपनी नज़रें ऊँचे पेड़ों के हरे पत्तों पर टिकाए रखूँगी...''नहीं,'' मैंने एक बार फिर कहा।

पर मेरी आँखें इतनी झुकी हुई थीं कि फ़र्श ने मेरी आवाज़ सोख ली। मंच पर खड़े होने पर आवाज़ सामने फेंक कर बोलने की हिम्मत रखनी पड़ती है, पर उसके सामने मैं...

मैंने आँखें बन्द करके अँधेरे को ख़ुद को लील जाने दिया।

''कितने रुपये चाहिए?'' मैंने कहा।

''जितने दे सकें।''

''कितने?''

''कितने हैं?''

''हैं तो...'' अँगूठी की दमक से मेरी आँखें चुँधिया गईं। लगा उँगली पर धीरे-धीरे फफोला पड़ने लगा है।

''दो सौ,'' घुट-घुट कर मेरी आवाज़ ने कह दिया और आने वाले दिनों के बारे में सोचकर मैं बेतरह घबरा उठी।

(1983)

वितृष्णा

डेढ़ बजने वाला है। दिन का डेढ़। सूरज ठीक सिर पर है। धूप ने सड़क को नंगा कर रखा है। पास कहीं कोई पेड़ भी नहीं कि झीनी चादर की ओट दे दे।

मोटरसाइकिल के हत्थे को हाथ से थामे दिनेश बेमतलब सड़क के किनारे खड़ा है। हेलमेट के नीचे भट्ठी सुलग उठी थी। उतार कर सीट पर रख लिया है। अब आसमान नंगे सिर पर कोड़े बरसा रहा है। सिर, माथे और चेहरे से बह कर पसीना क़मीज़ के कॉलर के नीचे जमा हो रहा है। गीली क़मीज़ पीठ पर चिपक रही है। हाथ-पाँव चिपचिपा रहे हैं। सूरज की तीखी चौंध बेसहारा आँखों के आगे लाल-नारंगी गोले नचा रही है।

ऐसे में किसी को भी घर की याद आ सकती है। धूप और बारिश से बचने के लिए ही आदमी घर बनाता है।

यहीं सामने उसका घर है। सड़क के उस पार। मोटरसाइकिल को घसीट कर चार क़दम ले जाना होगा। आँगन पार करके बीसेक सीढ़ियाँ चढ़ेगा तो दरवाज़ा खोलने की देर होगी। वह घर के अन्दर होगा। कुल मिला कर दो मिनट भी नहीं लगेंगे।

उसने एक बार फिर कलाई पर बँधी घड़ी देखी। हाँ, डेढ़ बजा चाहता है। यही ठीक वक़्त है। शालिनी खाना खा रही होगी। और देर की तो वह अपने कमरे में जाकर सो रहेगी। घंटी बजेगी तो आकर दरवाज़ा खोलेगी ज़रूर, पर उस वक़्त उसका चेहरा...दिनेश के लिए बर्दाश्त करना मुश्किल हो जाता है।

वह आएगी, आहिस्ता-आहिस्ता, पैरों की आहट से वह पहचान लेगा—उसकी चाल हमेशा यकसां रहती है—वह आएगी, दरवाज़े की चटखनी नीचे गिराएगी और वापस लौट जाएगी। ठेल कर दरवाज़ा दिनेश को ही खोलना पड़ेगा। अन्दर घुसने पर वापस जाती उसकी पीठ की एक झलक देख पाएगा, उसका चेहरा नहीं। फिर खटाक, उसके कमरे का दरवाज़ा बन्द हो जाएगा। वह बाहर वाले कमरे में रह जाएगा, जिसे वे बैठक और खाने के कमरे की तरह इस्तेमाल करते हैं। खाने की मेज़ पर करीने से खाना लगा होगा। एक थाली, न ज़्यादा बड़ी, न छोटी। उसमें दो कटोरियाँ, एक चम्मच, पास रखा एक गिलास, ट्रे में लगे सब्ज़ियों के दो डोंगे, परोसने को दो बड़े चम्मच, कपड़े से ढकी चार रोटियाँ। दिनेश आराम से हाथ-मुँह धोये, पीछे वॉशबेसिन पर साफ़ तौलिया टँगा होगा। फ्रिज़ से ठंडे पानी की बोतल और दही निकाले और खाना खा ले। इच्छा हो तो रसोईघर में जाकर खाना गरम भी कर सकता है। गैस के चूल्हे के पास दियासलाई रखी होगी और धुली-मंजी कड़ाही भी। शिकायत की गुंजाइश नहीं है।

खाना खाकर वह अपने कमरे में आराम कर सकता है। बिस्तर के पास मेज़ पर छोटी सी डिबिया में सौंफ-इलायची रखी रहती है। खा ले और सो जाए। न चाहे तो न सोये।

उस पर किसी क़िस्म का दबाव नहीं है। पाँच बजे शालिनी उठती है तो चाय बनाकर मेज़ पर रख देती है। अपना प्याला लेकर वह अक्सर खिड़की पर चली जाती है और बाहर देखती रहती है। दिनेश जानता है, अगर वह भी अपना प्याला लेकर खिड़की पर गया तो शालिनी बैठक में लौट आएगी और कोई पत्रिका खोलकर बैठ जाएगी।

अपने ही घर में समय काटना कितना मुश्किल होता है। चार बजे से वह बाहर निकलने की योजना बनाने लगता है। पर पाँच बजे से पहले निकलने पर दरवाज़ा बन्द कर लेने के लिए शालिनी को पुकारना होगा। फिर वह चाहे कितनी देर इन्तज़ार क्यों न करे, दरवाज़े में चटखनी लगाने वह तभी आएगी जब वह घर से निकल चुका होगा, पहले नहीं। इससे तो...करवट बदलते पाँच बज जाएँ...

डेढ़ बज गया। अब घर पहुँच जाना चाहिए। वह जानता है, शालिनी को दोपहर में खाना खाकर सोने की आदत है। नींद में विघ्न पड़ने से उसके सिर में दर्द हो जाता है। कभी-कभी वह दर्द तीन दिन तक ठीक नहीं होता। वह नहीं चाहता, उसके देर से घर पहुँचने की वजह से उसके सिर में दर्द हो।

अभी घर पहुँच गया तो हो सकता है, शालिनी खाने की मेज़ पर बैठी मिल जाए। तब घंटी बजाने की ज़रूरत नहीं होगी। दरवाज़ा खाने की मेज़ के ठीक सामने है और खाते वक़्त वह चटखनी नहीं लगाती, ढुकाकर छोड़ देती है। ठेल कर भीतर आया जा सकता है। शालिनी सामने बैठी मिलेगी। उसके सामने मेज़ पर दिनेश के खाने का इन्तज़ाम होगा। वही एक थाली, एक गिलास, एक चम्मच, दो कटोरियाँ, सब्ज़ी के डोंगे, कपड़े से ढकी रोटियाँ...सलीक़े से अदा किया गया ठंडा फ़र्ज़।

दिनेश भीतर घुसता है तो शालिनी मुँह ऊपर उठाकर नहीं देखती। चुपचाप खाती रहती है। वह कैसे समझ जाती है, आनेवाला और कोई नहीं, बस दिनेश है? रोज़ वह नए तरीक़े से दरवाज़ा खोलता है। शायद वह चौंककर सिर ऊपर उठाए और एक भरपूर नज़र उसे देखने पर मजबूर हो जाए। फिर...क्या ऐसा नहीं हो सकता कि बरसों बाद उसे देखकर, वह नए सिरे से उसे पहचान उठे?

'शालिनी,' वह कहना चाहता है, 'शालिनी, मैं रिटायर हो चुका। अब मेरे पास कोई काम नहीं है। तुम्हें याद है, तुम कहती थीं मेरे पास कुछ कहने-सुनने का वक़्त नहीं है। दफ़्तर से घर लौटता हूँ तो फ़ाइलें साथ लेकर। हर वक़्त काम में डूबा रहता हूँ। अब मेरे पास फ़ुर्सत ही फ़ुर्सत है। हम घंटों बैठकर बातें कर सकते हैं। यह तो मैं यूँ ही, आदत से लाचार सुबह घर से निकल जाता हूँ। तुम कहो तो बिलकुल न जाऊँ।' और भी बहुत कुछ वह कहना चाहता है और उसके लिए सही वक़्त की तलाश करता रहता है।

हाथ-मुँह धोकर वह शालिनी के सामने कुर्सी पर बैठ जाता है। खाना परोसता है तो उसकी तरफ़ देखता रहता है...वह मुँह ऊपर उठाए तो अपनी बात कह डाले। पर उसकी नज़रें थाली पर गड़ी रहती हैं और खाना ख़त्म करते ही वह चुपचाप अपने बर्तन समेट कर उठ जाती है। कभी ऐसा नहीं होता कि कोई जूठा बर्तन मेज़ पर छूट जाए। ऐसा भी नहीं होता कि वह आँख उठाकर देख ले कि दिनेश खा चुका या अभी खा रहा है, मेज़ पर से उठ चुका या वहीं बैठा है। दिनेश सामने रहता है तो शालिनी का चेहरा, चेहरा नहीं रहता, सपाट पीठ बन जाता है।

अपनी तरफ़ पीठ किए आदमी से बात करना बहुत हिम्मत का काम है। दिनेश में उतनी हिम्मत नहीं है।

फिर भी एक दिन, खाते-खाते वह पुकार उठा था, ''शालिनी!''

शालिनी के जिस्म में हरकत नहीं हुई। कौर तोड़ती उसकी उँगलियाँ चौंककर काँपीं तक नहीं।

''शालिनी!'' उसने और ऊँची आवाज़ में पुकारा।

शालिनी खाना खाती रही।

''मुझे तुमसे कुछ कहना है,'' हिम्मत करके वह एक खाई फलाँग गया।

शालिनी ने मुँह ऊपर नहीं उठाया, न उसका हाथ रुका।

दिनेश ने चुप्पी को सुनने की कोशिश की। शायद वह उसे सुन चुकी हो, और बिना कहे कह रही हो, 'हाँ, कहिए मैं सुन रही हूँ।' पर नहीं, उस चुप्पी में कोई शब्द नहीं था। बिलकुल बेजान थी वह।

''तुम कुछ बोलती क्यों नहीं?'' आख़िर वह चीख़ पड़ा था।

''कहना आपको है मुझे नहीं,'' शालिनी ने धीमे से कहा था, फिर चुप्पी छा गई थी। ग़ुबार की तरह शब्द उठे थे और चारों तरफ़ छाये सन्नाटे में बिना कोई लहर पैदा किए सो गए थे। शालिनी का चेहरा पहले की तरह भावहीन था, सिर के साथ आँखें भी झुकी हुई थीं। उसके कसे होंठ इतनी कम देर के लिए खुले थे कि दिनेश सोचता रह गया कि वाक़ई उसने कुछ कहा था या महज़ उसका वहम था। दिनेश की हिम्मत पस्त हो गई थी। अभी बहुत सारी खाइयाँ सामने थीं और फलाँगने के लिए दूसरी तरफ़ तनिक सम्बल न था। वरना कहने को उसके पास बहुत कुछ था।

'शालिनी,' वह पूछना चाहता था, 'बीस साल पहले तुम्हें इतना कुछ कहना था, उसका क्या हुआ? कहाँ खो गए वे शब्द? बिना कहे तुम्हारा मन कैसे भर गया? तब मैं कितना व्यस्त था। तुमने मुझसे पूछा था, आपके पास घंटे भर की फ़ुर्सत नहीं है कि बैठकर बात कर सकें तो मैंने कहा था, बात करने की फ़ुरसत उन्हें होती है जिनके पास काम नहीं होता। अगर तुम घर को पूरे सलीक़े से चलाओ तो तुम्हारे पास भी चखचख करने को वक़्त न बचे...तुम समझती क्यों नहीं, शालिनी, तब मेरे पास वक़्त नहीं था। अब है। हालात बदलते रहते हैं। हालात के साथ हमें बदलना पड़ता है। देखो, घर में हम दो ही प्राणी हैं। एक बेटा है सो अमेरिका जा बसा। लौटकर क्या आएगा। अब जो कुछ कहना है हमें एक-दूसरे से कहना है। इस तरह चुप्पी साधे रहने से ज़िन्दगी कैसे चलेगी?'

एक बार फिर कोशिश करूँ अपनी बात कहने की, उसने सोचा था। रोज़ सोचता है। रोज़ अपने को समझाता है कि एक बार सन्नाटा टूट जाएगा तो सब ठीक हो जाएगा। आपस में बात करने का उनका अभ्यास जाता रहा है, बस। और कोई बात नहीं है। पर...शालिनी...

कल दोपहर घर लौटा तो दरवाज़े के बाहर से अन्दर से आ रही हँसी की आवाज़ सुन ली। वह ठिठक गया। किसी और के घर के आगे तो नहीं जा खड़ा हुआ? दरवाज़े के ऊपर लगी अपने नाम की तख़्ती कई बार पढ़ डाली। घर तो उसी का है। तब कौन है अन्दर? हँसी एक नहीं दो नारी कंठों से फूट रही है। कौन है? एक तो शालिनी है, दूसरी? दूसरी कोई हो, शालिनी

ज़रूर है। बेसब्री से उसने दरवाज़े को धक्का दिया और अन्दर जा पहुँचा। सामने सोफ़े पर मंगला बैठी थी, शालिनी की छोटी बहन। बराबर में शालिनी। दोनों ठहाके मारकर हँस रही थीं। इससे पहले कि हँसी सहसा थम जाने के बाद की चुप्पी कानों को खटकती, दिनेश बोल पड़ा, ''अरे मंगला, तुम! कैसी हो? बड़े दिन बाद आईं। बैठो-बैठो। और सब कैसा चल रहा है? सुरेश कैसे हैं? और बच्चे? माधवी के डाक्टर बनने में कितने साल बाक़ी हैं? हाँ...और कोई नई फ़िल्म देखी?''

वह एक के बाद एक सवाल पूछता चला गया। मंगला बीच-बीच में जवाब देती रही। शालिनी चुपचाप पास बैठी रही, फिर उठकर खड़ी हो गई। मंगला ने उसे देखा, क्षण-भर को झिझकी, फिर वह भी खड़ी हो गई।

''अरे, कहाँ चल दीं?'' दिनेश ने कहा, ''बैठो-बैठो, खाना खाकर जाना। एकदम तैयार है।''

''हमने तो, जीजा जी, खा लिया,'' मंगला ने सकुचा कर कहा।

''खा लिया! ओह... ! अच्छा किया, अच्छा किया!'' उसने कहा, ''मुझे देर भी तो कितनी हो गई। पर आओ, मेज़ पर बैठो मेरे साथ। चाय-कॉफ़ी ले लो। क्या लोगी?''

''नहीं, कॉफ़ी भी हम लोग...''

''चलो मंगला, हम उस कमरे में चलें,'' शालिनी ने कहा और अपने सोने के कमरे की तरफ़ बढ़ गई। पीछे-पीछे मंगला।

दिनेश वहीं छूट गया, आरामदेह, सुसज्जित बैठक में, जहाँ मेज़ पर करीने से उसका खाना लगा था, सन्तुलित, पौष्टिक और स्वादिष्ट।

उसका मन हुआ, सब्ज़ी के डोंगे उठाकर दीवार पर दे मारे; दाल कालीन पर बिखरा दे और चिल्ला कर कहे, सब्ज़ी में बाल है! दाल में कंकड़! शालिनी की इस सुचारु, सुव्यवस्थित, सपाट गृहस्थी का भ्रम टूटना चाहिए। शोर सुनकर वह अपने कमरे से बाहर आएगी तो वह उछलकर उसके सामने आ खड़ा होगा और उसके कन्धे दबोच लेगा (जिस्मानी ताक़त उसमें उससे कहीं ज़्यादा है) और तब तक उसके बदन को झटके देता रहेगा जब तक वह चीख़ न पड़े।

'बोलो,' वह कहेगा, 'कुछ भी बोलो! चुप रहोगी तो मैं तुम्हें मार डालूँगा!' तब ज़रूर बोलेगी वह।

उसने हाथों में एक-एक सब्ज़ी का डोंगा उठा लिया और वापस...मेज़ पर पटक दिया। ज़िन्दगी में कभी कोई वहशियाना हरकत की नहीं थी। अब भी न कर सका। बस लगा-लगाया खाना मेज़ पर सूखता छोड़, घर से बाहर निकल गया।

क़मीज़ की बाँह से बार-बार माथे का पसीना पोंछते हुए वह सोच रहा था, अगर कल वह सचमुच कुछ कर गुज़रता तो क्या होता? क्या शालिनी... ? उसकी आँखों की वितृष्णा झेल पाता वह? बलगम की तरह उसके पूरे अस्तित्व पर लिसड़ न जाती।

एक दिन उसका ध्यान आकृष्ट करने के लिए खाते-खाते वह कह उठा था, ''दाल में कंकड़ हैं।'' शालिनी चुपचाप उठी थी, दाल का डोंगा और थाली में परोसी दाल की कटोरी उठाकर कूड़ेदान में उलट आई थी। ''फेंक क्यों दी? खाई जाती,'' वह बरबस कह उठा था।

शालिनी ने जवाब नहीं दिया था पर उसके पूरे हाव-भाव से ज़ाहिर था कि दाल में कंकड़ होने का सवाल ही पैदा नहीं होता। कहा उसने कुछ नहीं था, एक बार उसकी तरफ़ देखा भर था, पर वह देखना ऐसा था कि आदमी सब कहना-सुनना भूल जाए।

कब तक इस चिलचिलाती धूप में खड़ा रहूँ? उसने फिर क़मीज़ की बाँह से माथे का पसीना पोंछा और हसरत के साथ अपने घर की तरफ़ देखा। कल दोपहर बाद घर नहीं लौटा। आधी रात क्लब में और आधी पार्क में बैठकर बिता दी। अब जाना चाहिए। इस बार देखा तो लगा उसके घर की खिड़की का पर्दा हिल रहा है। डोरी पर आधी दूर सरकाया गया है, फिर रोक दिया गया है। एक हाथ अब भी वहाँ टिका हुआ है। शालिनी है पर्दे के पीछे। खिड़की से बाहर देख रही है। ज़रूर। अगर वह दबे पाँव भीतर घुसे और पीछे से जाकर उसके कन्धे दबोच ले? उसे ज़बरदस्ती अपने से सटा ले? आज उसकी पीठ से ही बात करे? हाँ, शायद यही ग़लती वह करता रहा है। उसकी आँखों में देखकर अपनी बात कहने की कोशिश की है। उनमें अपनापन ढूँढ़ता रहा है और उसकी जगह फैली वितृष्णा से चोट खाकर मूक रह गया है। आज पहले अपनी बात कहेगा, तब उसका चेहरा अपनी तरफ़ घुमाकर देखेगा। शायद उसकी बात सुन लेने पर शालिनी...उसका हृदय एक दबी उत्तेजना से धड़क उठा और वह मुस्तैदी से मोटरसाइकिल आगे घसीटने लगा।

खाना खाकर शालिनी खिड़की पर आ गई। पर्दा एक तरफ़ खिसक गया है। उसे खींचकर पूरी खिड़की ढक दे तो दरवाज़े में चटखनी लगाकर अपने कमरे में जाकर सो रहे। बाहर तो देखा नहीं जाता। उफ़, किस क़दर धूप है। कितने बरस हो गए, वह धूप में बाहर नहीं निकली। ज़रूरत ही नहीं पड़ती। कोई उससे पूछे, धूप का क्या मतलब होता है तो वह कहेगी—सिरदर्द! पता नहीं लोग कैसे घूम लेते हैं धूप में बेमतलब।

अब वहाँ, उसके घर के ठीक सामने, तपते सूरज के नीचे एक आदमी हाथ से मोटरसाइकिल थामे खड़ा है, निरुपाय सा। मोटरसाइकिल बिगड़ गई है शायद। बेचारा! ज़्यादा देर इसी तरह धूप में खड़ा रहा तो चक्कर खाकर गिर पड़ेगा। लगता है पसीना ख़ूब आ रहा है। जेब से रूमाल निकालने का भी धैर्य नहीं है। बार-बार क़मीज़ की बाँह से माथे का पसीना पोंछे जा रहा है।

इस तरह वहाँ खड़े रहने से क्या होगा? मोटरसाइकिल घसीट कर ले जानी ही पड़ेगी। तब जाए, गैरेज बहुत पास नहीं तो ख़ास दूर भी नहीं है। ऐसे धूप के नीचे खड़े रहने से तो लू लगने का पूरा अन्देशा रहता है। कॉलेज में पढ़ती थी तो देखा था, सूरज के नीचे चक्कर खाकर एक मज़दूर को गिरते हुए। ज़मीन पर गिर कर कैसे छटपटाया था और पाँच मिनट में ख़तम हो गया था। बाद में लोगों ने कहा था, समय पर पानी मिल जाता तो बच जाता। उस वक़्त किसी की समझ में नहीं आया था कि हो क्या रहा है। यहाँ भी पास में कहीं पानी नहीं है। क्या पता, प्यास की वजह से ही यह मोटरसाइकिल आगे न बढ़ा पा रहा हो। न हो तो वही एक गिलास पानी उसे दे आए। हर्ज क्या है? उसने फ्रिज खोलकर ठंडे पानी की बोतल निकाली और गिलास भर लिया। वापस खिड़की पर आकर एक बार फिर बाहर झाँका। वह आदमी उसी तरह वहीं खड़ा है। बार-बार उसी के घर की तरफ़ ताक रहा है। क्यों? कोई जान-पहचान का आदमी तो नहीं है? कौन है?...कौन होगा!

उसने देखा, मोटरसाइकिल घसीटता हुआ वह आदमी धीरे-धीरे उसके घर के आँगन में बढ़ा

आ रहा है। अब उसका चेहरा साफ़ दिखाई दे रहा है। अरे यह तो... ! उसकी आँखों के किवाड़ बन्द हो गए। शरीर में शिथिलता आ गई। उदास भाव से उसने खिड़की का पर्दा खींच दिया और दरवाज़े की चटखनी बिना लगाए अपने कमरे की तरफ़ चल दी। जाते-जाते उसने मेज़ पर पड़ी ठंडे पानी की बोतल उठाई और वापस फ्रिज़ में रख दी। ज़रूरत होगी तो निकाल लेगा ख़ुद।

बेसब्री से दरवाज़ा ठेल कर दिनेश घर में घुसा। सामने शालिनी की पीठ दिखी। वह अपने कमरे में जा रही थी। फिर खटाक! दरवाज़ा उसके पीठ पीछे बन्द हो गया। दिनेश क़रीने से सजे कमरे में अकेला रह गया।

(1985)

अगली सुबह

नीचे वाले बंसल बाबू और मनकू फिर आवाज़ लगा रहे थे, ''भाभी जी! सत्तो आंटी! ओ भाभी जी! सत्तो आंटी, सत्तो आंटी!''

कितनी ज़ोर से चिल्लाते हैं ये लोग, हमेशा की तरह पहला ख़याल यही आया, फिर वह सहम गई। कुछ घंटों पहले उन्होंने ऐसी ही गुहार मचाई थी और उसे उनका शोर बुरा लगा था, पर जो ख़बर उन्होंने सुनाई थी, इतनी हैरतंगेज और ख़ौफ़नाक थी कि शोर आप ही सहम गया था। इंदिरा गांधी को सोलह गोलियों से छलनी करके मार दिया गया!

अब क्या हो गया! 'शुभ शुभ', जपती वह कमरे से निकलकर बाहर छज्जे पर लटक गई।

''लड़कों को बाहर न जाने देना भाभी जी, शहर में दंगा हो गया।''

''चार सिख तो मैंने अपनी आँखों से कटते देखे सत्तो आंटी! मारकर फेंक दिया पुल के उस पार!'' उनके लड़के मनकू ने हाथ के इशारों से जतला कर कहा। उसकी तरफ़ देखकर वह काँप उठी, पर बात समझ में नहीं आई।

''सिख? सिख क्यों मारे?'' उसने पूछा।

''सुना नहीं, इंदिरा गांधी को सिखों ने मारा है।''

''रेडियो पर तो कहा, उनके अपने गार्डों ने गोली चलाई उन पर!''

''हाँ-हाँ, वे दोनों सिख...'' उत्तेजना से थरथराती आवाज़ में मनकू ने कहा।

''तो क्या हुआ? दो ने मारा, इसका यह मतलब नहीं कि पूरी क़ौम ने मार डाला,'' अशोक ने बाहर निकलते हुए लताड़ा।

उसने देखा, अशोक के पीछे अजय के साथ सरबजीत भी कमरे से बाहर निकलने वाला है। वह तेज़ी से अन्दर पलटी और धक्का देकर सरबजीत को कमरे की पिछली दीवार पर पहुँचा दिया। फिर ग़ुस्से से गरज कर आवाज़ लगाई, ''अशोक, चल अन्दर!''

चकित अशोक अन्दर को मुड़ा तो उसे भी भीतर करके दरवाज़े पर सिटकनी लगा दी और हाँफती हुई उसके सामने खड़ी हो गई।

''क्या हुआ?'' तीनों लड़के अचरज से उसे देख रहे थे।

उसने हाथ के इशारे से उन्हें पास बुलाया, सरबजीत का हाथ कस कर पकड़ा और फुसफुसा कर कहा, ''बाहर मत निकलना और किसी को ख़बर ना हो यह यहाँ है।''

तीनों लड़के ज़ोर से हँस पड़े।

उसने दोनों हाथों से सरबजीत का मुँह भींच कर बन्द कर दिया, ''ख़ामोश! आवाज़ नहीं!''

''क्या हो गया तुम्हें, अम्माँ!'' हँसना भूल अशोक ग़ुस्से से उफन पड़ा।

''सुना नहीं, शहर में दंगा हो गया। लोग सिखों को मार रहे हैं।''

"बकवास! तुम भी दुनिया-जहान की अफ़वाहों पर यक़ीन कर लेती हो। पता है न, नीचे वाले ख़ामख़ाह शोर मचाने में कितने तेज़ हैं।"

"एकाध वारदात हो गई होगी, आंटीजी!" सरबजीत ने उसका हाथ हटा कर कहा, "उससे हमें क्या?"

"मैं देखकर आता हूँ क्या हो रहा है बाहर," छोटे अजय ने कहा और लपक कर सिटकनी खोल ली।

"नहीं," फुफकार कर उसने उसकी कलाई पकड़कर मरोड़ दी, "ख़बरदार,जो मुझसे बग़ैर पूछे कुछ किया!"

दोबारा सिटकनी चढ़ाकर, वह दरवाज़े के सामने दूसरा दरवाज़ा बनी खड़ी रही।

"तुम लोग नहीं जानते। सन् 1947 में यही हुआ था। सरबजीत को ख़तरा है। इसे छुपा कर रखना होगा।"

"मुझे भला क्या ख़तरा होगा, आंटी जी!" सरबजीत ने कहा, "मुझे यहाँ सब जानते हैं।"

"यही तो ख़तरा है", उसके मुँह से निकला, "बाबू जी को भी मोहल्ले में सब जानते थे। रेलवे के टिकट बाबू थे, सब उन्हें पहचानते थे। तभी तो...नहीं, वक़्त जाया न कर! मेरे साथ आ," सरबजीत का हाथ पकड़कर वह ज़बरदस्ती उसे घसीटती हुई पास के स्टोर में ले गई।

"यहाँ बैठ," उसने कहा, "बत्ती ना जलाना! दरवाज़े पर बाहर से ताला डाल रही हूँ। तीन बार ठक-ठक करूँगी तो समझ जाना मैं हूँ।"

"लगता है आंटीजी, आपने हाल में कोई बढ़िया जासूसी पिक्चर देखी है। चलो, आपकी ख़ुशी! बैठ जाता हूँ। पर साँस लेने का इन्तज़ाम है ना?"

वह नहीं हँसी। "है ना वह जंगला!" दीवार में बने छोटे गोल छेद को दिखाकर वह दरवाज़ा बन्द करने लगी।

"ठहरो आंटी जी, कुछ खाने को दे जाओ। दोपहर को तो आप जानो..."

"उसकी बात ख़त्म होने से पहले वह पलटी और जल्दी-जल्दी थाली में खाना डाल, पानी की बोतल थाम वापस पहुँच गई। दरवाज़े पर ताला डाल कर आई तो अशोक-अजय ने उसकी तरफ़ से मुँह फेर लिया।

"तुमने कभी देखा नहीं, इसीलिए नहीं समझ रहे। मैंने देखा है। सन् 1947 में मेरी उमर दस बरस की थी। मेरे अपने बाबू जी..." उसका गला रुँध गया।

"कमाल करती हो अम्माँ, तब बँटवारा हुआ था देश का, अब बिना बात कोई किसी को क्यों मारेगा? लोग पागल हैं क्या?"

"हैं नहीं, हो जाते हैं।"

"सब के सब पागल हो जाते हैं?"

"सब नहीं, कुछ।"

"पर क्यों?"

"भड़काने वाले थोड़े हों तो भी बहुत हैं। दियासलाई की एक तीली फूस के ढेर में आग लगा देती है। एक बार भीड़ जमा हो जाए तो कुछ होकर रहता है, जश्न या जिहाद! भीड़ का आदमी आदमी नहीं रहता..."

अशोक हँस पड़ा। "किसका भाषण दोहरा रही हो," उसने कहा।

वह जवाब देती, उससे पहले अजय पूछ बैठा, "आते कहाँ से हैं वे लोग?"

उसकी आवाज़ में जिज्ञासा थी, पर वह जवाब देने के बजाय सवाल से उलझ कर रह गई। सच, कहाँ से आते हैं वे लोग, दंगाई, हत्यारे? कल तक सब अपने काम-धंधे में लगे थे, किसी को किसी से कुछ लेना-देना नहीं था, फिर आज कैसे एक-दूसरे को पहचान गए, कैसे एकजुट हो जत्थे की शक्ल अख़्तियार कर ली, कैसे मारने लगे लोगों को गुट बनाकर? कौन होते हैं वे लोग, कहाँ से आते हैं और फिर कहाँ जाकर दोबारा छुप जाते हैं?

"बतलाओ न अम्माँ, कहाँ से आते हैं वे लोग?" अजय ने फिर कहा।

"कहीं से नहीं आते," अशोक ने डपटकर कहा, "अम्माँ को वहम हो गया है।"

तभी नीचे से फिर शोर उठा। इस बार भाभी जी की एक ही पुकार में वह दरवाज़ा खोलकर छज्जे पर झूल गई।

"क्या है भाई साहब," आवाज़ को बेहद मीठा बनाकर उसने पूछा।

"अशोक है घर पर?"

"हाँ जी, हाँ, है।"

"कोई दोस्त आया हुआ है उसका?"

"ना जी। वह तो गया कब का! सुबह आया था, फिर तीन बजे जब आप गए मेडिकल तो वह बोला, देखकर आऊँ।"

"लौटकर आए तो घुसने मत देना घर में।"

"नहीं जी। अब क्या भरोसा रहा उनका।"

"कैसे नहीं रहा?" अशोक ने चिल्ला कर कहा, "शरम करो अम्माँ!"

"चुप!" उसने घुड़क कर कहा।

"अजी मिठाइयाँ बाँट रहे थे ये लोग, भँगड़ा डाल रहे थे। मारते नहीं तो क्या करते! हिन्दुओं का ख़ून पानी है क्या?" बंसल बाबू बोले।

"आपने देखा भँगड़ा करते, मिठाई बाँटते?" अशोक ने पूछा।

"और क्या। झूठ कह रहे हैं हम!"

"सच...देखा आपने?" अशोक की आवाज़ में असमंजस उभर आया।

"मार खाए बिना बाज़ नहीं आना था, इन लोगों ने! पंजाब में इतने हिन्दू क़त्ल किए, हम ग़म खाए रहे..."

"क्यों खाए रहे?" अशोक ने बात काट कर कहा, "वहाँ जाकर मारते तो बहादुरी होती! यहाँ वालों को मारने से फ़ायदा?"

"वाह बेटा, ख़ूब हिमायत कर रहे हो दुश्मनों की! हम नहीं मारेंगे तो पता है सफ़ाया करके रख देंगे वे हिन्दुओं का। क्यों भाभी जी, ग़लत कह रहा हूँ?"

"नहीं जी, बिलकुल सच्ची खरी बात है," उसने कहा।

"तुम विश्वास करती हो, सचमुच विश्वास करती हो? मैं...नहीं...मैं विश्वास नहीं करूँगा," अशोक उससे नहीं जैसे ख़ुद से नाराज़ हो रहा था।

"अम्माँ के पल्लू में बैठकर क्या पता चलेगा बर्ख़ुरदार! ज़रा बाहर निकल कर देखो!" बंसल बाबू ने चुनौती दी।

''हाँ-हाँ, बाहर ही जा रहा हूँ,'' रुँधे गले से चिल्ला कर अशोक ने कहा और सामने आ पड़ी माँ को रुखाई से परे धकेल, वह जैसा था, वैसा ही पैदल घर से निकल गया।

''अशोक...अशोक,'' वह चिल्लाती रह गई। बजरंगबली रक्षा करना इसकी, रक्षा करना, उसके चले जाने पर देर तक बुदबुद करती रही।

स्टोर के अन्दर बैठे सरबजीत सिंह का हाथ सुन्न पड़ गया। रोटी का कौर तोड़कर मुँह में डाल रहा था कि सत्तो आंटी की बातें कान में पड़ीं। वह यहाँ बैठा रोटी चबा रहा है, और वहाँ वे लोग! रोटी का कौर वापस थाली में जा गिरा। उठकर वह दरवाज़े की तरफ़ बढ़ा। दरवाज़े की निचली फाँक से कमरे की रोशनी छन कर अन्दर आ रही थी। अब तक वह उस हलके उजास में देखने का आदी हो चुका था। दरवाज़ा बाहर से बन्द था। भीतर से टटोलकर ऊपर तक देखा। अन्दर कोई सिटकनी नहीं थी! बाहर से दरवाज़ा खोले जाने पर वह निहत्था, विवश, लाचार, उनकी दया पर निर्भर होगा! टटोल-टटोल कर उसने उस छोटे से पिंजरेनुमा कमरे की इंच-दर-इंच तलाशी ली। सिर्फ़ लकड़ी का एक मज़बूत तख़्ता हाथ लगा। उसी को दोनों हाथों से थाम, वह सतर्क होकर बैठ गया।

चारों तरफ़ गहरा सन्नाटा था, ठीक वैसा, जैसा हर रात के पहले पहर में होता है। अँधेरे और चुप्पी के बीच रेडियो ज़रूर बज रहा था, पर एक लय में, थका-हारा सा। उसकी आवाज़ चुप्पी में समो जाती थी। कभी सितार के सुर, कभी वीणा की धुन, कभी भजन के बोल। ओम् शान्ति शान्ति! दिवंगत आत्मा को श्रद्धांजलि, मौन, सन्तप्त प्रार्थना। दुख में डूबा आदमी क्या किसी को मारने जाएगा? वह ख़ुद भी तो...उनके जाने का इतना गहरा सदमा लगा था दिल को कि एक ही हूक उठती थी रह-रहकर मन में, जो मेरे साथ हुआ किसी के साथ न हो। सात बरस होने को आए...ऐसे ज़ख़्म कहीं भरा करते हैं, अब भी दिल फोड़े सा रिसने-टीसने लगता है। कितना मन था, अपने छोटे घर में रहने का! कितनी मुसीबतें उठाकर दो कमरों का फ़्लैट बनाया था, पर एक दिन नहीं रह पाए उसमें। किराये के लिए दूसरों को देना पड़ा। उसी से गुज़र हो रही है, वरना गवर्नमेंट स्कूल में सिलाई-कढ़ाई सिखलाने का क्या मिलता है! फिर भी सिर पर छत है न! बंसल बाबू बुरे आदमी नहीं हैं। रोज़-रोज़ किराया बढ़ाने की माँग नहीं करते। मुसीबत के दिनों में तंग नहीं किया। दस बरस हो गए इसी कमरे में रहते। लाखों से अच्छी हूँ। रिफ़्यूजी होकर आए तो चाचा-चाची ने सहारा दिया। जैसा भी था, सहारा तो था। माँ भी हमेशा यही कहती थी, 'सत्तो बेटी, हम लुटे सो लुटे, बस अब मानता माँग कि कहीं आग न लगे, ख़ून न बहे, सिर न कटे, फिर कहीं किसी की इज़्ज़त न लुटे। फिर कहीं किसी बेटी के सामने उसका बाप हलाल न हो, किसी माँ के सामने उसका बेटा...!'

सन्नाटे को चीरते हुए कुत्ते भौंक उठे। वह चौंक पड़ी। अशोक अब तक नहीं आया। पता नहीं कहाँ भटक रहा होगा। हे बजरंगबली, रक्षा करना उसकी।

कुत्ते ख़ामोश हो गए। सन्नाटे में बसा ख़ौफ़ सिमटने लगा। रेडियो पर आ रहा मीराबाई का भजन, 'मेरे तो गिरधर गोपाल...दूसरा न कोय...दूसरा न कोय...मेरे तो...'। बोल उसे गले लगाकर थपकाने लगे।

मैं हूँ एक जन्मजात पागल, उसने सोचा। कितनी जल्दी घबरा जाती हूँ। ठीक कह रहा

था अशोक, सैंतीस साल पहले जो हुआ, उसकी वजह दूसरी थी, तब देश का बँटवारा हुआ था। वह तो अंग्रेज़ कर गए हमारा बँटवारा, नहीं तो हिन्दुस्तान घने पेड़ जैसा था, चाहे जो बसेरा कर ले। घना पेड़ तो बरगद का भी होता है, जिसके नीचे कुछ उगता नहीं। उग सकता नहीं...दुर, दीमक लगे मेरी सोच को, उलटा-सीधा पता नहीं क्या सोच जाती हूँ! उठूँ, चलूँ स्टोर खोल दूँ! अँधेरे तंग कमरे में बैठा लड़का मुझे कोस रहा होगा। उसके चेहरे पर हलकी-सी मुस्कान खेल गई। दुर, आग लगे मेरी अक़्ल को, यह तक नहीं पूछा, पुत्तर, और रोटी दूँ? पूरी बहमन हूँ, ठीक कहता है अशोक।

"माँ, खाना नहीं दोगी आज?" तभी अजय ने कहा और उसकी मुस्कराहट और सहज हो आई।

"चल रे खाना परोसूँ मैं भी कमबख़्त..." वह चारपाई छोड़ उठी कि एक ऊँची चीख़ सन्नाटे को चीरती हुई गूँज गई। फिर सब कुछ शान्त हो गया।

"तूने सुनी?" सीने पर हाथ बाँध वह फुसफुसायी।

अजय ने हाँ में गरदन हिला दी।

उसने उसका हाथ पकड़ लिया, होंठों पर अँगुली रखकर समझाया, क़तई शोर नहीं होना चाहिए।

रेडियो का वाल्यूम थोड़ा तेज़ कर दिया और उसकी शान्तिपूर्ण स्वर-लहरियों के बीच अपना काम आहिस्ता-आहिस्ता करना शुरू किया। कमरे के एक कोने में एक लम्बूतरी अलमारी खड़ी थी। वही एक चीज़ थी, जो स्टोर के दरवाज़े को आड़ दे सकती थी। इशारों से समझाकर उसने अजय को साथ लेकर अलमारी उठाई और स्टोर के सामने रख दी। दरवाज़े पर लटकता ताला दीखना बन्द हो गया। दरवाज़े से हटकर ध्यान अब पहले-पहल अलमारी पर जाता था। फिर चारपाई उठाकर दूसरे कोने में की। दोनों कुर्सियाँ और लकड़ी का बक्सा भी अपनी जगह से हटा कर दूसरी जगह रखवाया। कोई देखेगा तो सोचेगा, कमरे का सामान बहुत दिनों से इसी तरह रखा हुआ है। पूरे समय उसने ख़याल रखा कि सामान की रगड़ फ़र्श पर न लगे और मन ही मन जपती रही कि सामान इधर-उधर करने की आवाज़ नीचे वालों तक न पहुँचे। और हाँ, वह तो भूल ही चली थी, जहाँ से सामान हटाया है, जगह-जगह धूल-मिट्टी के दाग़ निकल आए हैं। उन्हें गीला कपड़ा करके पोंछ देना है। झाड़ू नहीं देनी, उसकी फटकार नीचे तक पहुँच जाएगी। वह सोचेंगे, सूरज डूबे झाड़ू देने का क्या काम। अपशकुनी जो होता है, साँझ ढले झाड़ू लगाना।

स्टोर के भीतर सहसा अँधेरा गहरा गया। उस कमरे से आता हलका उजास भी लोप हो गया। सरबजीत ने दरवाज़े की फाँक से नीचे झाँककर देखने की कोशिश की। लगा, कमरे की दीवार खिसककर दरवाज़े से भिड़ गई है। क्या किया उन लोगों ने, कमरे की बत्ती क्यों बुझा दी? एकदम घुप्प अँधेरे में क़ैद कर दिया उसे! वाहे गुरु, कहाँ फँस गया वह! हाथ में हथियार नहीं, कूद कर बाहर भाग सकने लायक़ खिड़की नहीं, दरवाज़ा खोल पाने को चाबी नहीं, इस दमघोंटू अँधेरे से छुटकारा पाने का उपाय नहीं। 'बत्ती ना जलाना,' उसे सत्तो आंटी के शब्द याद आए। हाँ, बत्ती है अन्दर। एक बार जला कर ज़रूर देखेगा वह। हाथ आगे बढ़ाकर उसने सावधानी से कमरे के एक कोने से दूसरे कोने तक दीवार टटोल डाली। कहीं

कोई स्विच नहीं मिला। तो अन्दर से बत्ती जलाई नहीं जा सकती। सत्तो आंटी ने झूठ बोला उससे। हाय रब्बा!

अशोक, अजय की अम्माँ से यह उम्मीद नहीं थी। पाँच बरस से उनके घर आ रहा है, उनके अपने बेटों की तरह। अशोक के साथ स्कूल में पढ़ा, अब कॉलेज का आख़िरी साल है, साझे में स्कूटर रिपेयरिंग की दुकान खोलने की तैयारी कर रहे हैं और आज इस तरह...

यह क्या उसका क़सूर है कि इंदिरा गांधी को उसके सिख रक्षकों ने मार दिया! क्यों मारा, करमजलों ने! क्यों की ग़द्दारी? जिसकी जान बचाने की क़सम ली, जिसकी हिफ़ाज़त करने की रोटी खाई, उसे अपने हाथों मार दिया! एक निहत्थी औरत जात को! एक बार नहीं, सोलह बार गोली चला कर! यह तो खालसा की बहादुरी नहीं। हम तो जानवर तक पर दोबारा चोट नहीं करते। एक झटके में ख़तम तो ठीक, वरना नहीं। कौन जाने मोनों ने दाढ़ी-केश रखकर गोली चला दी हो! बदकारी उनकी, बदनामी सिखों की! हाँ, यही हुआ होगा। हमारी क़ौम ग़ुस्सेबाज़ भले हो, दग़ाबाज़ नहीं होती। फिर मैं क्यों दुबका बैठा हूँ यहाँ भगोड़े की तरह। न हों औज़ार पास, दो हाथ, दो पैर तो हैं। धक्का मारकर दरवाज़ा तोड़ डालूँगा और सारी बात समझा दूँगा अशोक की अम्माँ को। कहूँगा, ग़ुस्सा थूक दो आंटी जी, सब चालबाज़ी है, लोगों के बहकावे में आकर अपनों से दुश्मनी ना करो। सच कहो आप, मैं क्या आपके बेटे की तरह नहीं?

तभी स्टोर के अन्दर-बाहर लाल रोशनी भक से जल उठी। उसकी आँखें चुँधिया गईं। पल भर को कुछ समझ में नहीं आया। ऐसी लपट तो मढ़ि से उठती है। देखी थी न भाइया जी की मौत पर! मढ़ियों की आग यहाँ कैसे जली! यहाँ कौन मसान है? वाहे गुरु, यह तो आग लगी है आग! दीवार में बने, छोटे गोल छेद से ऊँची-ऊँची लपटें उठती दिखलाई दे रही हैं। इसी मोहल्ले में लगी है आग! इसी घर के पीछे! कौन जाने आगे भी लगी हो। या...वाहे गुरु, आग इसी घर में लगी है। मुझे ज़िन्दा मढ़ि में फेंक भाग गए सबके सब, दग़ाबाज़! समझ क्या रखा है, हत्यारो, मैं ज़िन्दा जल कर नहीं मरूँगा। खालसा हूँ खालसा! जितनों को मार सका, मारकर मरूँगा। जो बोले सो निहाल, सत् श्री अकाल!

मन पक्का करके उसने बन्द दरवाज़े पर ज़बरदस्त धक्का मारा।

हे मेरे परमात्मा, कर क्या रहा है लड़का! सारी दुनिया को इकट्ठा करना है क्या! सबर कर लड़के, सबर कर। ऐसा क्या हो गया? दरवाज़ा खोलकर जाऊँ अन्दर या...वह तय नहीं कर पाई कि धड़धड़ाते पैर ऊपर चढ़ने लगे।

"भाभी जी! सत्तो आंटी! ओ भाभी जी! सुना कुछ! सरदारों के जत्थे ने हमला बोल दिया। गुरुद्वारे से गोलियाँ बरसा रहे हैं," बंसल बाबू और मनकू नीचे ठहर नहीं पा रहे थे, सीधा ऊपर चले आ रहे थे। वह झपट कर बाहर आई और सीढ़ी के दरवाज़े पर उनसे टकरा गई।

"अशोक लौट आया?" मनकू ने पूछा।

"ना, कहाँ लौटा।"

"आपने जाने क्यों दिया? कुछ हो गया तो?"

"रक्षा करना बजरंगबली," सिर पकड़कर वह वहीं दीवार के सहारे टिक गई।

"कहा नहीं था सरदारों का भरोसा नहीं! आग देखी बाहर?"

"अशोक..." अस्फुट स्वर में उसके मुँह से निकला।

"आग सरदारों ने लगाई है?" अजय ने बाहर निकल कर पूछा।

"और क्या!"

"पर यह आग तो गुरुद्वारे में लगी लगती है!"

"तो?" मनकू ने आगे बढ़ कर उसका कालर पकड़ लिया, "गोलियाँ चलाएँगे तो आग नहीं लगाएँगे? पानी पिलाएँगे! एक-एक को ज़िन्दा ना भून दिया तो नाम नहीं!"

"अशोक..." टूटी आवाज़ में सत्तो ने फिर दोहराया, "अशोक कहाँ चला गया..."

"मैं देखता हूँ," मनकू ने कहा, "चल मेरे साथ," वह अजय को खींचता हुआ बाहर ले गया।

"भाई साहब!" वह रो दी।

"फ़िकर ना करो, भाभी जी! हमारे रहते आपको क्या फ़िकर! आ जाएगा अशोक भी! मनकू लाएगा ढूँढ़ कर। वह गया।"

"कौन?" उसकी आवाज़ काँप गई।

"वही, अशोक का दोस्त!"

उस एक धक्के के बाद सरबजीत ने दरवाज़े पर और धक्के नहीं मारे थे। नीचे से ऊपर आती चीख़ोपुकार साफ़ उसके कानों में पड़ी थी। वह दरवाज़े से सट कर खड़ा रहा। तख़्ते पर उसके हाथ और जकड़ गए। दरवाज़ा खुलते ही...! साँस रोककर वह उस औरत के जवाब का इन्तज़ार करने लगा।

कान लगाकर सुनने के बावजूद उसने जो कहा, समझ में नहीं आया। इतनी धीमी आवाज़ में क्यों बोल रही है वह औरत! नीचे वाले तो ख़ूब चीख़-चिल्ला रहे हैं! पता नहीं, क्या साज़िश की जा रही है! यह वक़्त दरवाज़ा तोड़कर बाहर निकलने का नहीं है। इस घर में आग नहीं लगी, इतना तो पता चल गया। घर की मालकिन घर पर है। लगता है, सब लोग ख़ूब चौकन्ने हैं। मौक़ा देखकर वार करना मुनासिब होगा।

"गया कि नहीं?" बंसल बाबू ने दोहराया।

"कब का," सत्तो ने रोते-रोते जवाब दिया। बंसल बाबू के कानों तक भी वह मुश्किल से पहुँचा, "अब तक तो मर-खप गया होगा!"

बंसल बाबू लौट गए।

वह कमरे में आकर चारपाई पर ढह गई और बुदबुद करके हनुमान का जाप करने लगी।

दरवाज़े से सटा सरबजीत चौकन्ना खड़ा रहा। उसके और मौत के बीच बस वही दरवाज़ा था। तख़्ते पर जकड़े उसके हाथ पूरी तरह तैयार थे। मरना है तो मरेगा, पर बहादुरी से।

लपटों से बिंधी भले हो, रात फिर भी रात है। एक वक़्त आया, जब दरवाज़े का सहारा लिए सरबजीत और चारपाई पर उठंगी पड़ी अशोक की अम्माँ, दोनों की आँख लग गई।

हर रात के बाद सुबह होती है। उस रात के बाद भी हुई। बस, कोई सुबह रात से ज़्यादा स्याह होती है। पहली नवम्बर की सुबह ऐसी ही हैबतनाक सुबह थी।

अपने घर में वह दबे पाँव दाख़िल हुआ, दरवाज़े पर थपक दी तो ऐसे जैसे ज़रा शोर से धज्जियाँ उड़ जाएँगी। एक ही थपक में सत्तो चारपाई से उठकर दरवाज़े पर थी। 'कौन है' का फुसफुसाहट में जवाब मिलने पर फाँक भर दरवाज़ा खोला और उसे अन्दर कर लिया।

एक नज़र उसे देखा तो दिलोदिमाग़ झिंझुड़ कर रह गया। यह सात बरस बाद अशोक का बापू कहाँ से लौट आया! उसकी आँखों के सामने उसका जवान जिस्म आग की लपटों में झुलस कर राख हुआ था! शक की गुंजाइश नहीं थी। भरपूर जवानी में मौत से बुढ़ाया उसका चेहरा, एक दिन के लिए भी तो उससे जुदा नहीं हुआ।

झपट कर उस आदमी ने सिटकनी चढ़ा दी और उसे बाँह से खींचकर कमरे में ले आया। ''उसे घर में नहीं रखा जा सकता, माँ।'' उसने कहा।

माँ शब्द सुनकर वह चौंक उठी। अरे यह तो अजय है, उसका छोटा बेटा। इसके चेहरे को क्या हुआ? एक रात में इसकी उमर चौदह से चालीस कैसे हो गई।

''क्या... ?''

''मुझसे बहुत बड़ी ग़लती हो गई। मैं पुलिस स्टेशन चला गया।''

''फिर?''

''उनसे मदद माँग ली उसके लिए। उन्होंने कहा, कैसे हिन्दू हो तुम, उसको मारकर आए होते, तो करते हम मदद तुम्हारी!''

सत्तो ने उसके हाथ थाम लिये, ''अब क्या होगा?''

''एक ही रास्ता है। उसके केश काटने पड़ेंगे।''

''वह कभी नहीं मानेगा।''

''मान जाएगा,'' अजय ने सूखे सख़्त स्वर में कहा, ''उसे बतला दूँगा सब जो मैंने देखा।''

चौंककर उसने अपने छोटे बेटे को देखा। यह वही लड़का है जो पहली रात पूछ रहा था, कहाँ से आते हैं वे लोग?

''जल्दी करो! वक़्त नहीं है। उसे यहाँ से निकालना है,'' उसने कहा।

''क्यों, यहाँ क्या ख़तरा है?'' सत्तो ने पूछा और अजय के जवाब दिये बग़ैर जवाब मिल गया।

सड़क के दोनों सिरों से एकसाथ शोर उठा और उनके चारों तरफ़ क़िलेबन्दी करने लगा।

''मारो! मारो! मारो!''

''बच कर ना जाने पाए!''

अजय ने खींचकर उसे अलमारी के पीछे कर दिया। स्टोर का दरवाज़ा खोलकर वह अन्दर घुस गई।

शोर से हड़बड़ाकर सरबजीत नींद से जग गया, पर तख़्ता उसके हाथ से फिसल चुका था। वह हाथ आता, उससे पहले वह औरत अन्दर थी। दोनों हाथों की मुट्ठियाँ बाँध कर उसने उसके सिर पर मारने के लिए उठाईं कि उसने उसकी कौली भर ली।

''पुत्तर! लाल मेरे, जल्दी कर! ख़तरा सिर पर आ गया। केश कटा कर अजय के साथ भाग जा। और कोई उपाय नहीं।''

तब तक अजय अन्दर आ चुका था। उसके हाथ में कैंची और अशोक का रेजर-ब्लेड

था। भौचक सरबजीत अब भी हाथ ऊपर उठाए खड़ा था। बाहर शोर के साथ दर्दनाक चीख़ें गूँजने लगी थीं।

एक ट्रक और कुछ स्कूटर धड़धड़ाते हुए उनके घर के सामने आकर रुके और सामने वाले मकान से आग की लपटें निकलने लगीं।

और चीख़ें! उफ़, वे हैबतनाक चीख़ें! फिर भी उनके हाथ मशीनों की तरह चलते रहे। सरबजीत का सिर और चेहरा साफ़ निकलते ही उसने उसे अशोक के कपड़े पहनने को दिये। वही क़मीज़-पैंट जिसमें मोहल्ले वाले सैकड़ों बार उसे देख चुके थे। दूसरा जोड़ा पहन कर वह रात घर से निकला था...अब तक नहीं लौटा। अशोक, मन में हूक उठी, कहाँ चला गया अशोक! पर सोचने-कलपने का वक़्त नहीं था।

''आंटी जी...'' कपड़े पहनते-पहनते सरबजीत ने रुँधे कंठ से कुछ कहना चाहा पर विदाई लेने-देने का वक़्त नहीं था।

''जल्दी चल,'' अजय ने कहा, ''भीड़ का ध्यान दूसरे घर पर है। साइकिल तू चला, मैं पीछे बैठूँगा,'' ठीक है, इस तरह भीड़ को अजय की सूरत ज़्यादा दीखेगी, सरबजीत की कम।

अशोक की साइकिल पर सवार होकर दोनों जने भीड़ के किनारे-किनारे भाग निकले।

बंसल बाबू के घर से किसी ने ध्यान नहीं दिया, सब छत पर चढ़ कर तमाशा देख रहे थे। उसने कटे केश समेट कर सहेज लिये। स्टोर के दरवाज़े पर दोबारा ताला डाल दिया। वह तय नहीं कर पा रही थी, उन लम्बे बालों का क्या करे कि भीड़ के उन्मत्त नारों ने बरबस उसे बाहर खींच लिया। छज्जे पर लटक कर वह नीचे देखने लगी...

कैसी भीड़ है यह! ये जवान छोकरे जिहाद पर निकले हैं या जशन पर! किसी के चेहरे पर दुख का ताप नहीं, रंजिश नहीं, मस्त हाथियों से वहशीपन के सिवा कुछ नहीं। एक हत्या तब भी हुई थी, सन् 1948 में। तब भी भीड़ जुटी थी, मातम मना था। लोगों के घरों में चूल्हे तक नहीं जले थे, उस रात और अगली सुबह। और एक अब है कि घर जल रहे हैं। यह मातम है या त्योहार?

छज्जे पर झूलती वह देख रही है...अजय और वह, सरबजीत, अभी भीड़ के नापाक इरादों के दायरे से बाहर नहीं निकले। बजरंगबली...बजरंगबली...उसने बुदबुदाने की कोशिश की पर देखा, ठीक उसके घर के सामने चार जवान छोकरे एक आदमी को सड़क पर घसीटे ला रहे हैं। ''छोड़ो उसे, हैवानो, छोड़ो!'' चीख़ कर वह नीचे दौड़ने को हुई कि पत्थर बन रह गई। एक सफ़ेद गाड़ी किनारे आकर रुकी, उसमें से बाहर झाँककर एक आदमी चीख़ा। सीने में मुक्का खाकर उसने पहचाना, यह तो वही आदमी है, जिसे पिछली बार उसने वोट दिया था। पास-पड़ोस के सिखों ने भी। वह सँभल पाती, इससे पहले वह चिल्ला उठा, ''रोको रोको! साइकिल पर केश कटा सरदार जा रहा है!''

''नहीं!'' पूरा दम लगाकर वह चीख़ी, ''ये देखो केश!'' सरबजीत के कटे केश दोनों हाथों में ऊपर उठा लिये। आग की लपटों ने उन्हें रोशनी से बाँध दिया, ''लड़का मेरे घर में बन्द है। ले जाओ आकर! उसको छोड़ो। वह मेरा बेटा है। जल्दी आओ ऊपर! कहीं निकल ना भागे!'' उस पर जैसे दौरा आ गया था।

वह आग की तपिश थी या उसकी अपनी उत्तेजना की। भेड़ियों की तरह जीभ लपलपाती भीड़ उसकी तरफ़ दौड़ पड़ी।

"वहाँ है," अलमारी की तरफ़ इशारा करके उसने कहा। नंगे मज़बूत हाथों ने दो धक्कों में पल्ले झटक दिये। अन्दर ठसाठस सामान भरा था। ग़ुस्से में फुफकार कर वे उसकी तरफ़ मुड़े।

"अलमारी के पीछे, स्टोर में!" उसने कहा। शब्द मुँह से निकले भी नहीं थे कि अलमारी आगे खींच, भीड़ टूट पड़ी। चाबी लगाने की नौबत नहीं आई। जवान हाथों ने कुंडी समेत ताला तोड़ लिया। अपनी-अपनी छड़ और बर्छी सँभाले, मोर्चाबन्दी करते क़दमों से उचक कर उन्होंने भीतर झाँका। ख़ाली पड़ा कमरा मुँह चिढ़ा रहा था।

"झूठ! बार-बार झूठ! सच बोल, कहाँ छिपा रखा है उसको ?" पता नहीं कितने आदमी एक साथ चीख़े और उसकी तरफ़ बढ़ आए।

"शरम करो, राक्षसो, शरम करो!" उसने चिल्ला कर कहा, "यही धरम है तुम्हारा! इसी बूते पर हिन्दू कहते हो अपने को ? उसकी जगह तुम्हारा बेटा हो तो ? तुम्हारे मनकू को ज़िन्दा जलाए कोई, तुम्हारे हरीश को पटक-पटक कर मारे! रहम खाओ, मेरे भाइयो, रहम खाओ। तुम भी बेटे-बेटी वाले हो। तुम्हारे भी बूढ़े माँ-बाप हैं। आओ मेरे साथ, बचाओ सामने वाले सरदार जी को!" छज्जे की रेलिंग का सहारा लेकर अपना बचाव करते हुए उसने इशारा करके सामने दिखलाया और स्तब्ध रह गई। बावलों की तरह वह नीचे कूद पड़ने को तैयार थी कि धाड़ से किसी ने लोहे की छड़ उसके सिर पर दे मारी। सरबजीत के केश सत्तो के ख़ून में सराबोर हो गए। "अशोक... !" बेहोश होते-होते उसके मुँह से निकला। भीड़ की सरहद पर उसने अपने बेटे को देखा था।

(1985)

विनाश दूत

''मैं तुम्हारा सन्देश तुम्हारी प्रेयसी तक नहीं ले जाऊँगा, हर्गिज़ नहीं ले जाऊँगा,'' मेघ ने साफ़ इनकार कर दिया।

कवि हतप्रभ रह गया। यह कैसे हो सकता है? युगों से चली आ रही परिपाटी एक झटके में तोड़ी जा सकती है? कालजयी कवि कालिदास ने वर्षा के प्रथम मेघ को ही चुना था न, अपने नायक का सन्देश प्रेयसी तक पहुँचाने के लिए। बेचारा प्रेम करने के अपराध में इंद्रलोक से निकाल बाहर कर दिया गया था और प्रेयसी को बाहर क़दम रखने की अनुमति नहीं मिली थी। अपनी-अपनी क़ैद दोनों ने भुगती। अलग। निपट अकेले। एक घर के बाहर जंगल में और दूसरा घर के भीतर जंगल से निर्जन में। प्रेम उनका अपराध था और उनका त्रास। कालिदास का भी। राजाओं के प्रिय कवि जो ठहरे। तो वियोग की व्यथा और संभोग के आनन्द का मोहक गायन जाल बुना कवि ने और नन्हा मेघ फँस गया। नायक का प्रेमोन्मत्त सन्देश ले जाने को तैयार ही नहीं, व्याकुल हो उठा। कविता के प्रभुत्व के अनुरूप ही था कवि का गायन और मेघ का उत्सुक सन्देशवाहन। ऊँचाई पर विचरण करने वाले ठहरे कालिदास। भोपाल के शामला हिल्स सी ऊँचाई? नहीं, कालिदास ने नाम दिया था कैलाश। हिमालय के शीर्ष पर बसा देवताओं का निवास स्थान, जहाँ एम.आई.सी. या फॉसजीन पहुँच नहीं सकती थी। पहुँची तो ख़ैर, शामला हिल्स भी नहीं। वह भी देवताओं का निवास स्थल है।

ज़रा सोचिए ऐतिहासिक मेघ ने सन्देश ले जाने से इनकार कर दिया होता तो? कालिदास का मेघदूत अलिखित रह जाता। उस दुनिया में, जो तब तीसरी दुनिया भी नहीं थी पर अब पहली क्या, अकेली दुनिया बन बैठी है, भारत का नामलेवा कौन होता? कौन जानता आज के हिन्दुस्तान को, अगर भारत न होता?

पर छोड़िए, बात आज की हो रही है। और आज, यहाँ, इस नाचीज़ वर्षा के पहले बादल ने कवि का हुक्म मानने से इनकार कर दिया है। कवि, जो कालिदास का हज़ारवाँ अवतार है, पैदा हुआ है एक बार फिर कालिदास के अपने प्रदेश में।

कवि ठहरा ब्राह्मण, उसका पारा चढ़ गया। तन कर खड़ा हो गया मेघ को शाप देने के लिए। पर उसके भीतर के कवि ने उसे रोक लिया। मेघ और उसके वंशजों को शाप देने का अर्थ था, सूखी पड़ती जा रही धरती से उसका रहा-सहा सम्बल भी छीन लेना।

अपने पर क़ाबू रखकर उसने शान्त पर सख़्त आवाज़ में मेघ को फटकारा—मेरा सन्देश ले जाने से इनकार नहीं कर सकते तुम। तुम्हें मालूम होना चाहिए ऐसा करके तुम कविता के उद्गम पर चोट कर रहे हो। कविता क्या है, प्रेम का त्रास और आनन्द ही तो। उसकी अभिव्यक्ति में अवरोध डालोगे तो भावावेग का गला घुट जाएगा, भावना का गला घुट जाएगा, पराबौद्धिक रचना का रास्ता

रुक जाएगा। फिर बचा क्या रहेगा धरती पर? केवल जन्म और मृत्यु? न-न, रचना का प्रस्फुटन कैसे होगा, कहाँ से आएगी उसकी लय ताल, उसका भाव संवेग, उसका चरम आह्लाद?

मेघ हा-हा कर हँस दिया। "चरम आह्लाद! रचना का प्रस्फुटन! और कहते हो अपने को कवि। बाहरी आँखें जो दिखलाती हैं, उतना भर देख पाते हो, उससे परे कुछ नहीं? जानते नहीं, यहाँ से अस्सी किलोमीटर की दूरी पर शहर भोपाल है।"

कहकर मेघ चुप हो रहा। कवि इन्तज़ार करता रहा उसकी बात का, पर मेघ यों चुप्पी साधे था जैसे आगे कहने को कुछ हो नहीं, जैसे अंतिम सत्य उद्घाटित हो चुका हो, जैसे सब कुछ शेष हो चुका हो। श्मशान की प्रत्येक चिता जल कर बुझ चुकी हो। आग की लपटें सर्वस्व स्वाहा कर महाकाल सी मूक हो गई हों।

कवि हैरान था और नाराज़। बात समझ में नहीं आ रही थी। हैरान होने की उसे आदत नहीं थी। युगों से अपने को त्रिकालदर्शी मानता आया था, वह जो सब कुछ समझ सकता था, कवि होने के नाते। काल तीन, लोक तीन और कवि सबका ज्ञाता। पर संसार तब था एक लोक, तीन हिस्सों में बँटा नहीं था। पहली दुनिया को समझने वाला कवि तीसरी दुनिया को भी समझ सके, यह ज़रूरी नहीं पर यह आज की बात है, तब की नहीं, जब कालिदास ने मेघ को दूत बनाकर भेजा था।

जो हो, कवि अपने को त्रिकालदर्शी ही मानता था। बाल मेघ से स्पष्टीकरण माँगना उसके अहम् को ठेस पहुँचाता था। पर था तो कवि। जिज्ञासा अहम् से प्रबल थी। तो अहंकार भूल समाधान माँग लिया।

मेघ फिर हा-हा कर हँस दिया—देखने के साथ सुनने-सूँघने की शक्ति भी गँवा बैठे कवि? कीड़े पड़े कड़वे बादामों की गन्ध सूँघ नहीं पा रहे? एकाएक छा गए सन्नाटे से तुम्हारे कान फटे नहीं जा रहे? चीख़ोपुकार बरदाश्त हो भी जाए, ऐसा बेजान-बेआवाज़ सन्नाटा कैसे बरदाश्त कर पा रहे हो तुम? या अपनी मायावी दुनिया में इस तरह डूबे हुए हो कि प्रलय सा नरसंहार, सपनों में खोयी आँखों को दिखलाई नहीं देता। यह शिव का तांडव नहीं जो प्रलय में सृष्टि का बीज लिये हो। यह अन्त है, आवृत्तिहीन अन्त। यह नाच मनुष्य के निर्देश पर नाचा जा रहा है, दिव्य शक्ति के निर्देश पर नहीं। उस अपूर्ण मनुष्य के निर्देश पर जो अपने को अपूर्ण जानते हुए भी पूर्ण मानने लगा है। अर्धसत्य पर विश्वास और अर्धज्ञान में दम्भ जिसकी प्रकृति बन चुकी है। तभी न प्रकृति के विरुद्ध युद्ध छेड़ बैठा है। प्रकृति ने नहीं चुना उसे, वह ख़ुद उसका संरक्षक बन गया है, प्रकृति रक्षिता हो उसकी जैसे। अपने निरंकुश अहंकार से उन्मत्त वह भूल गया है कि प्रकृति तभी देती है जब नतमस्तक होकर उससे माँगा जाए, नहीं तो प्रहार कर उठती है। प्रकृति से युद्ध किया ही नहीं जा सकता क्योंकि जो प्रकृति के विरुद्ध है, अन्ततः समझ लो, वह नहीं है। खिलवाड़ भी नहीं किया जा सकता उससे, खेल के मैदान की कृत्रिम सीमाएँ प्रकृति नहीं मानती। प्रहार करने पर बाध्य हो तो कहीं भी कर सकती है, तीसरी दुनिया में भी। पर प्रहार करती तभी है जब और रास्ता बचे नहीं। और रास्ता बन्द करने का काम केवल मनुष्य करता है, अहंकारी, अल्पज्ञ और लोभी मनुष्य।

तीसरी दुनिया में प्रहार करने को उद्धत प्रकृति ने चुना शहर भोपाल को। चुनना पड़ा। सम्पन्न देशों ने अपनी वैज्ञानिक जिज्ञासा शान्त करने के लिए तीसरी दुनिया को प्रयोगशाला बना डाला।

पर बनने दिया क्यों तीसरी दुनिया ने ? क्यों भूल गए तीसरी दुनिया के शासक कि उनके देशों में मनुष्य रहते हैं, कीड़े-मकोड़े नहीं, जिन पर प्रयोग करके सम्पन्न देश अपने को विकसित बतला लें और विपन्न देश वैज्ञानिक दृष्टि से जागरूक। दरअसल सम्पन्न देशों के लिए कीड़े-मकोड़ों और उस अपार जनसंख्या में अन्तर था भी नहीं, जो उनकी अपनी दुनिया की वासी नहीं थी, केवल उस हवा, पानी और मिट्टी पर दख़लन्दाजी कर रही थी, जो उनके हिसाब से उनके ऐशोआराम के लिए बनी थी। जब ज़हर उन्होंने बनाया तो शायद इतना ही सोचकर कि वह उन कीट-पतंगों का सफ़ाया करेगा जो मनुष्य के हिस्से का अन्न खा जाते हैं। बस, मनुष्यों से उनका सरोकार केवल अपनी दुनिया के मनुष्य से था। तीसरी दुनिया के निवासियों ने ग़लती की कि ख़ुद को मनुष्यों की गिनती में मान लिया। फिर क्या था! ज़हर फैलता चला गया। इस क़दर फैला कि कीट-पतंगों को पार करके दो पैरों पर सीधा चलने वालों पर आक्रमण कर बैठा। और अब यहाँ से कुल आठ किलोमीटर की दूरी पर शहर भोपाल है। नहीं, मैं ग़लती नहीं कर रहा। पहले अस्सी था, अब सिर्फ़ आठ रह गया है। दुनिया के हर शहर से भोपाल शहर केवल आठ किलोमीटर दूर रह गया है। और यह फ़ासला हर पल घटता जा रहा है, हर पल...

लो देखो, सुनो, सूँघो, त्रिकालदर्शी, तुम्हारे बिलकुल क़रीब आ पहुँचा भोपाल शहर। क्यों अब भी महसूस नहीं कर पा रहे उस अथाह शून्य को, जो तुम्हारे चारों तरफ़ फैल रहा है ? कितना भयानक है यह शून्य। चीख़ोपुकार नहीं, शोर-गुल नहीं, बस बेआवाज़ खाँसी के दौरों का भूकम्प और लाशें। ऐसी लाशें जो सड़ती तक नहीं, बस, बढ़ती जाती हैं गिनती में। सड़ती नहीं क्योंकि सड़ने के लिए भी जीव चाहिए नन्हे कीटाणु। ज़हर के प्रकोप से बच नहीं पाया कोई जीवाणु। सोचो कवि, आवाज़ नहीं, गन्ध नहीं, आकार नहीं, केवल शून्य और शून्य में जमा होती लाशें। बढ़ रही हैं अब भी, मेरे बोलते-बोलते, हज़ारों की तादाद में।

इतनी लम्बी साँस कवि ? भगवान का नाम ले रहे हो या प्रेयसी का ? पर उनके पास तो आख़िरी साँस भरने की ताक़त भी शेष नहीं कि किसी का नाम लें। हे राम! नहीं, वह भी नहीं। मृत्यु का यह वाहक पिस्तौल की गोली सा क्षिप्र नहीं पर अंतिम सन्देश देने की वाक्शक्ति नहीं बख़्शता। शब्द नहीं, आँसू नहीं, केवल घुटन, देता है सिर्फ़ घुटन, गरिमाविहीन घुटन, अनंत में रेंग-घिसट कर मिलती अन्तहीन घुटन।

"आह मेरी प्रियतमा!...उसका क्या हुआ ?" अस्फुट स्वर में कवि के मुँह से निकला तो बादल ग़ुस्से में फट पड़ा—अब भी प्रेयसी का ही समाचार चाहिए! जो सैकड़ों-हज़ारों प्रेमी युगल और उनके परिजन दम तोड़ रहे हैं उनका ख़याल...

बीच उठान वाक्य टूटा और बदहवास मेघ चुप हो रहा।

पूरे माहौल पर स्याह अँधेरा छा गया।

क्या हुआ, मेघ ने अपनी ताड़ना क्यों रोक दी, चकित कवि ने सोचा, और यह भरी दोपहरी में सहसा अन्धकार कैसे घिर आया ? उसने उठकर कमरे की खिड़की खोल दी। गूँगा बना मुखर बादल भाग कर भीतर घुस गया। कवि ने उसकी चुप्पी का कारण पूछने को मुँह खोला कि एक भीषण आग भड़क उठी। नहीं, बाहर नहीं, बाहर तो अँधेरा इतना स्याह था कि पेड़-पौधों का अहसास तक मिट चुका था। आग की लपट विध्वंस करे तब भी उसमें रोशनी होती है। यह आग कवि के जिस्म के भीतर सुलग रही थी। खुले होंठों से एक शब्द भी नहीं निकला। फेफड़ों में जो बासी हवा शेष थी, उसी को सोख कर शरीर का हर रोमछिद्र होमकुंड बन धधक

उठा और एक-एक अवयव उसकी लपट में आहुति बन झुलसने लगा। बाहर की साँस भीतर खींच पाने की ताक़त सहसा वह खो बैठा था। अथक कोशिश के बाद भी साँस नहीं आई। काश, वह साँस ले पाता! बस, एक बार ले पाता, चाहे कितनी ज़हरीली क्यों न होती बाहर की हवा। साँस ले पाता तो कविता की उस अंतिम पंक्ति को, जो अन्त समक्ष जान, उसके जलते कवि हृदय में स्वतः फूट पड़ी थी, शब्दों में अभिव्यक्त कर सकता। नन्हा मेघ उन्हें अनागत के लिए सुरक्षित सँजो रखता—क्षमा नहीं, हे विराट, प्रायश्चित्त का अवसर दो...पर स्वर की एक मात्रा भी उसके पास शेष नहीं थी। उसने चाहा, और कुछ नहीं तो अपने आँसुओं से उसे लिख डाले। बाल मेघ अपनी सहज करुण बुद्धि से उसे ज़रूर पढ़ पाएगा। पर आँख का सब पानी शरीर की आग सोख चुकी थी, असह्य जलन के सिवा कुछ शेष नहीं था।

फटी-सूखी आँखों से उसने देखा, स्याह बादल का एक ग़ुब्बारा दैत्य की तरह पल-पल आकार बढ़ाता उसकी तरफ़ चला आ रहा है। ठीक उसके सिर के ऊपर। वह जानता है, कवि है न, वर्षा के बादल इतने गरिमाहीन नहीं होते। आसमान से इतना नीचे मनुष्य के समकक्ष नहीं मँडराते। और यह मँडरा नहीं रहा, गोल-गोल बढ़ा आ रहा है। उसके आगमन में नमी नहीं है, शीतलता नहीं है, झकोरा नहीं है। समान्तर गति से वह किसी मशीन की मानिन्द बढ़ रहा है।

झपट कर उसने खिड़की बन्द कर देनी चाही। अपने कमरे के कोने में सिमटे बाल मेघ की वह इस दैत्य से रक्षा करना चाहता था, पर हाथ-पैरों ने हिलने-डुलने से इनकार कर दिया। सज़ायाफ़्ता क़ैदी की तरह वह देखता रह गया और स्याह बादल का ग़ुब्बारा, बिना गड़गड़ाहट बिना चमक, प्रेतात्मा की तरह उसके कमरे में घुस आया। बेआहट उसके चारों तरफ़ फैल कर उसकी नाकेबन्दी कर दी।

खड़े-खड़े ही अन्धे-गूँगे कवि ने प्राण त्याग दिये। नीचे गिर धरती माँ का स्पर्श पाने का निस्तार भी उसे नहीं मिला। पर अंतिम क्षण, उसके प्यासे चेहरे पर शीतल जल के कुछ छींटे पड़े। चरम हताशा के बीच आशा की एक क्षीण किरण उद्भासित हो ही गई। वह समझ गया, उसका वह नन्हा विद्रोही मेघ, स्याह ग़ुब्बारे का ग्रास बनने से पहले, प्रकृति के अपरिहार्य प्रतिशोध की क्रूरता पर रो दिया है, ठीक उसके चेहरे से सट कर।

(1985)

नहीं

यह टूंडला का स्टेशन है। जनता गाड़ी यहाँ काफ़ी देर रुकेगी। पूरे दस मिनट। पर उसका यह मतलब नहीं है कि खेमू उसमें चढ़ने के लिए उसके पूरी तरह रुकने का इन्तज़ार कर सकता है। अन्दर घुसने में देर की तो अपना ही नुक़सान है।

दूर से झिलमिल करती बत्तियों को देखते ही वह बोतलों की पेटी सिर पर उठा, लंगूर वाली छलाँग लगाने को, कमर कस कर खड़ा हो गया। मुँह से सुरीली पुकार आपसे आप निकल पड़ी, 'पैप्सी! कोला! मिरिंडा!' छुक-छुक करती गाड़ी के पास आने के साथ उसकी आवाज़ ऊँची होती गई। गाड़ी के भीतर घुस कर पैप्सी-कोला की बोतलें बेचने वाला वह अकेला तो है नहीं। श्यामू, बरखू भी पेटियाँ सँभाले कूदने को तैयार खड़े हैं। यहाँ आवाज़ का मीठा नहीं, दमदार होना ज़रूरी है। जो ज़्यादा ज़ोर से चिल्लाएगा, फुरती से बोतलों की टोपियाँ उड़ाएगा और भाग कर यात्रियों को पकड़ाएगा, वही बाज़ी मार ले जाएगा। जिसकी बिक्री ज़्यादा, वही बादशाह। उसको भरपेट रोटी, बाक़ियों को लात-घूँसे।

सबसे ज़रूरी है, एक छलाँग में चलती गाड़ी के भीतर चढ़ना। उसके बापू ने एक यही हुनर उसे सिखलाया है। भरी बोतलों की पेटी सिर पर सँभाल कर, एक छलाँग में चलती गाड़ी के भीतर चढ़ना। गाड़ी के रुके रहते फटाफट ग्राहक साधना। ख़ाली बोतलों की पेटी उठाकर, उसी फुर्ती से चलती गाड़ी से नीचे कूदना। गाड़ी की चाल के साथ बदन का तालमेल बिठलाने में ज़रा चूक हुई और काम तमाम! गाड़ी के नीचे पटके जाओ तो भगवान को प्यारे हो। पटरी पर न गिर कर प्लेटफॉर्म पर गिरो तो नाक-दाँत टूटें सो टूटें, ऐसा हो नहीं सकता कि बोतल एक न टूटे। एक भी बोतल टूट जाए तो मालिक लात-घूँसों से वह ख़ातिर करता है कि मुँह से यही विनती निकलती है कि हे भगवान! इससे तो रेल की पटरी पर गिरता, एक बार में दम निकल जाता।

पर ऐसे मौक़े कम आते हैं। बचपन से उसका बापू उसे चलती गाड़ी से चढ़ने-उतरने का गुर सिखलाता आ रहा है। अब तो वह ग्यारह साल का जवान हो चला। सात बरस का था, तभी से बापू उसे एक हाथ से उठाकर कोयले की बोरी की तरह, चलती रेलगाड़ी के भीतर फेंक देता था। और डपट कर कहता था—उतर नीचे! उस लोहे के दानव के पेट में हिचकोले खाते, उसकी घिग्घी बँध जाती। राक्षस की रफ़्तार बढ़ती जाती और उसे लगता, वह उसे अपने शहर से दूर भगा, बिना डकार हजम कर जाएगा।

अजनबी शहर में खोने के भय, नीचे गिर कर चोट खाने के भय पर, विजय पा लेता और वह जैसे ख़ुद को धक्का देकर नीचे गिरा देता।

नीचे खड़ा बापू उछलकर उसका हाथ थाम लेता और अपने साथ दूर तक दौड़ा ले जाता। फिर पीठ पर दो धौल जमा कर कभी प्यार से, कभी ग़ुस्सा होकर समझाता कि नीचे कूद कर,

कुछ दूर तक गाड़ी के साथ दौड़ते रहना चाहिए। नहीं तो मुँह के बल ऐसे गिरेगा कि दाँत टूट जाएँगे। रेल के पहियों के नीचे पिस कर मरा नहीं तो ग़नीमत।

दूर से आती रेलगाड़ी की धुक-धुक सुनकर उसकी जान सूख जाती थी। 'आज रहने दे बापू!' वह रिरिया उठता था, 'बस इस बार रहने दे। इस दफ़ा मत फेंक राक्षस के पेट में! कल फेंक दियो। बस आज माफ़ कर दे!' पर बापू एक नहीं सुनता था। गाड़ी का टेम होने से पहले उसे घसीट कर प्लेटफॉर्म पर ला खड़ा करता। दूर से भक-भक करती बत्तियों को देखकर, उसके पैर वहाँ से भागना चाहते। पर हाथ बापू के हाथ की फ़ौलादी जकड़ में होता। इतनी ताक़त उसके बदन में नहीं होती कि हाथ छुड़ा कर भाग सकता। लाल आँखें तरेरता, मुँह फाड़े, दैत्य पास आता जाता...वह रो पड़ता। उसकी सिसकियों की आवाज़ रेलगाड़ी की चिंघाड़ के नीचे दब जाती।

धीरे-धीरे आदत पड़ गई थी। अब कोई उसे खड़ी गाड़ी में चढ़ने को कहे, तब भी वह दूर से दौड़ लगाता आए, और छलाँग लगाकर भीतर कूदे। उसके और राक्षस के बीच समझौता हो चुका है। अब धुक-धुक करती गाड़ी आती है तो खेमू उसके सुर में सुर मिला कर पैप्सी-कोला की तान छेड़ देता है। अब खेमू को लोहे के पेंच से बोतलों की टोपियाँ उड़ाने में मज़ा आने लगा है, जैसे गुलेल से मारकर नीम के ऊँचे पेड़ से निबोलियाँ गिरा रहा हो। वाह! खेमू से बाज़ी मारना आसान काम नहीं। जितनी देर में श्यामू-बरखू छह बोतलें खोलते हैं, खेमू दस पार लगा देता है।

दस बजने को आए। जनता गाड़ी आज फिर लेट है। टेम से नहीं आती तो दिल धक-धक करने लगता है। सबसे ज़्यादा बिक्री इसी गाड़ी में होती है। टूंडला पहुँचने का वक़्त रात नौ बजे का है। यात्री खाना खाकर प्यास बुझाने की फ़िक्र में होते हैं। बोतलें धड़ाधड़ बिकती हैं। पर गाड़ी देर से आती है तो स्लीपर डब्बों में आधे से ज़्यादा यात्री, ऊपर वाली सीटों पर पहुँचकर सो चुके होते हैं या सोने की तैयारी में होते हैं। उस वक़्त पैप्सी-मिरिंडा की पुकार मचाने पर, उसे गालियों के सिवा कुछ नहीं मिलता। यह गवर्नमेंट टेम से रेल क्यों नहीं चलाती? आज का दिन अकारथ हो जाएगा। बोतलों का मालिक बिक्री के हिसाब से पैसे देता है, दस बोतलों पर बीस पैसे। दिन भर की मेहनत के बाद एक-दो रुपये रोज़ कमा लेता है। पर जिस दिन इस गाड़ी में बिक्री नहीं होती पेट भरना मुश्किल होता है। आज पेट में वैसे ही चूहे कूद रहे हैं। सुबह एक रोटी नसीब हुई थी। आटा हो तो रोटी दूँ, अम्माँ ने कनस्तर झाड़ कर दिखला दिया था। दिन की कमाई से अम्माँ ख़रीद भी लाई होगी तो ख़ाली हाथ जाने पर देगी नहीं। कहेगी, कल क्या मेरा मूड़ खाओगे!

उसने गाली मुँह से उछाली थी कि रोशनी के चौकोर टुकड़े अपनी तरफ़ आते देखे। सब कुछ भूल कर वह गाड़ी के भीतर कूदने को तैयार हो गया। टिमटिम करता डब्बा उसके सामने से गुज़रा और वह 'ठंडा पैप्सी! कोका कोला! ठंडा कोला!' की गुहार मचाता भीतर पहुँच गया। अन्दर घुसते ही उसने देखा, नीचे की सीट पर दस-बारह आदमी बैठे ताश पीट रहे हैं। वह ख़ुश हो उनकी तरफ़ बढ़ गया। देखा, निचली सीटों पर और जगह भी ताश जमा हुआ है। ऊपर की सीटों पर लोग सो ज़रूर रहे हैं पर सब नहीं। बच गए, हो जाएगी बिक्री। एक पेटी भीतर रखकर वह दूसरी भी अन्दर घसीट लाया और ज़ोर से आवाज़ें लगाने लगा। उसकी पुकार सुनकर ऊपर लेटे लोग कुनमुनाए ज़रूर, पर किसी ने उसे फटकारा नहीं। ताश खेल रहे नौजवानों में से एक

ने उसकी नक़ल उतारते हुए नकिया कर दोहराया, 'ठंडा कोका-कोला!' बाक़ी युवक खी-खी कर हँस दिये। उसने बुरा नहीं माना। मसख़रे के अन्दर उसे ग्राहक की सुगन्ध आ रही थी। वह भी खी-खी कर हँस दिया और बोतलों के सिर उड़ाता, उनकी तरफ़ चढ़ गया।

"पीजिए साब, ठंडा पैप्सी! कोका कोला! मिरिंडा!" उसने जोशीली आवाज़ में कहा।

"चल खोल दे पाँच बोतल। तू भी क्या याद करेगा!" दूसरे नौजवान ने कहा और खेमू फटाफट बोतलों के सिर उड़ाने लगा।

"इधर ला दो मिरिंडा। ठंडे दीजियो। जल्दी कर!" दूसरी सीट से आवाज़ आई और खेमू उधर मुड़ गया।

फिर...एक पैप्सी! दो कोका कोला! एक मिरिंडा! की आवाज़ें उठीं और खेमू डब्बे के एक सिरे से दूसरे तक, लट्टू की तरह लुढ़कने लगा।

माथे से चू रहे पसीने और गरमी से सूख आए गले की परवाह किए बग़ैर, वह बड़ी ख़ुशमिज़ाजी से लोगों की प्यास बुझाता रहा। डब्बे के दूसरे सिरे तक भरी बोतलें बाँट कर, उसने पहले सिरे से ख़ाली बोतलें समेटनी शुरू कीं और पेटी में जमाने लगा। क़िस्मत से पैसों को लेकर आज ख़ास किटकिट नहीं हुई। कभी-कभी बहुत परेशान होना पड़ता है। दो रुपये की बोतल के लिए हर आदमी दस का नोट पकड़ता है और छुट्टे पैसे की माँग करता है। इतना छुट्टा उसके पास कहाँ से आएगा? मालिक से कहने का फ़ायदा नहीं है। कान पकड़कर मसल देता है और धक्का मारकर दूर फेंक देता है। 'बीस रुपये का छुट्टा पकड़ा दूँ तुझे जुआ खेलने को!' वह कहेगा, चाहे खेमू अपनी ग्यारह बरस की लम्बी ज़िन्दगी में एक दिन भी जुआ न खेला हो।

ख़ैर, आज काफ़ी लोगों ने छुट्टा दे दिया। वह बिजली की तेज़ी से बोतलें उठाता, पैसे जमा करता, डब्बे के अंतिम सिरे पर जा पहुँचा। जल्दी-जल्दी बोतलें पेटियों में जमाईं तो देखा एक बोतल कम है। पैसे गिने तो पाया, एक बोतल के नहीं मिले हैं। वह तेज़ी से वापस पलटा और, 'बोतल? बोतल?' कहता एक ग्राहक से दूसरे के पास दौड़ लगाने लगा। बोतल नहीं मिली, हाँ फटकार बेहिसाब मिली।

"साब, एक बोतल होगी? बाबू जी, ज़रा देखना मेरी बोतल? लाला जी, मेरी बोतल?" वह जितना घिघिया कर बोलता, लोग उतना ही डपट कर कहते, "चल हट! दे तो दी बोतल। दिमाग़ मत चाट। हट यहाँ से!"

गाड़ी धीरे-धीरे आगे सरकने लगी। वह यात्रियों के पास जा, हाथ जोड़ कर विनती करने लगा, "साब, मेरी बोतल ली हो तो बतला दो, किसने ली थी एक बोतल? बतला दो लाला जी, दे दो मेरी बोतल।"

"अरे, अब नीचे भी उतर," एक नौजवान ने चिल्ला कर कहा, "गाड़ी चल पड़ी है। एक बोतल के मारे दूसरे स्टेशन का टिकट लेगा क्या?"

खेमू बेहद घबरा गया। अब क्या करे? भरी बोतल के पैसे मिल जाने के बाद भी अगर ख़ाली बोतल टूट जाती है तो मालिक मार-मारकर अधमरा कर देता है। अब तो भरी की भरी बोतल ग़ायब है। पाँच रुपये दाम पैप्सी के और बोतल के... ! दो दिन की कमाई के पैसे काट कर भी उसका पेट नहीं भरेगा। बिना पैसे लिए घर पहुँचेगा तो बापू भी मारे बग़ैर नहीं छोड़ेगा। घबरा कर उसने उसी नौजवान के पाँव पकड़ लिये।

"टिकट मैं कहाँ से लूँगा, बाबू साब! मेरी बोतल दिलवा दो। नहीं तो मालिक बड़ी मार मारेगा।"

"अरे वाह!" नौजवान ने पैर झटक कर कहा, "मैं कहाँ से दिलवा दूँ? ज़रा हमदर्दी दिखलाई नहीं कि पीछे पड़ गया। चल हट यहाँ से।"

"वाह बे," मसख़रे नौजवान ने हँसकर कहा, "बोतल ख़ुद पी गया और पैसे हमसे माँग रहा है।"

"मैं कहाँ पी गया, बाबू जी," वह फट पड़ा, "मेरी तो बोतल की बोतल ग़ायब है।"

"तब तो ज़रूर पीपल वाला भूत ले गया होगा," दूसरे नौजवान ने छींटा कसा।

ताश पर जमे तमाम युवक ठहाका मारकर हँस दिये।

सहसा खेमू ने उनकी हँसी से आश्वस्त महसूस किया। ऐसे हँस रहे हैं तो ज़रूर इन्हीं लोगों ने बोतल छुपाई होगी, ठिठोली करने को। शायद उनकी टोली बारात में जा रही है। बाराती लोग रेल के सफ़र में हँसी-ठिठोली करते चलते हैं, उसने कई बार देखा है। तब तो मिल जाएगी बोतल। कुछ देर उसे सता, खिजाकर ये लोग अपना मनोरंजन करेंगे, फिर बोतल लौटा देंगे। कोई बात नहीं। वह अगले स्टेशन से लौट आएगा। बिना टिकट सफ़र करने की उसे आदत है। रात के वक़्त कोई चैक नहीं करेगा। उसने आगे बढ़ कर, मसख़रे युवक की बाँह दोनों हाथों से थाम ली और मिन्नत करता हुआ बोला, "साब, ज़मींदार साब, मुझ पर दया करो, आपने छुपाई है तो लौटा दो मेरी बोतल, मैं आपके पाँव पड़ता हूँ," कहकर उसने उसके घुटनों पर हाथ रखा और दिल लगाकर उसके पैर दबाने शुरू कर दिये। बाक़ी के युवक ठहाका मारकर हँसे और मसख़रा बुरी तरह खीज उठा। धक्का देकर उसने खेमू को दूर फेंक दिया और बोला, "परे हट, बन्दर की औलाद! हिम्मत तो देखो, हम क्यों छुपाएँगे तेरी बोतल?"

"झटक क्यों दिया, यार," दूसरा नौजवान बोला, "मज़ा आ रहा था, डायलॉग में," एक ठहाका डब्बे को गुँजाकर निकल गया।

इस बेदर्द ठहाके की मार से खेमू तिलमिला गया। यह ठिठोली नहीं, निर्दयी मार थी।

"मेरी बोतल दो!" वह चीख़ा। अब उसकी आवाज़ में रिरियाहट नहीं, आक्रोश था, "बच्चे को सताओगे तो भगवान तुम्हें सज़ा देगा। ग़रीब की हाय ख़ाली नहीं जाती। किसने ली है मेरी बोतल? दो, वापस दो!"

"यार," मनचला युवक बोला, "डायलॉग वाक़ई काफ़ी फ़िल्मी बोल लेता है। लो तुरुप," उसने पत्ता फेंका और बाज़ी समेटने लगा।

"च्च-च्च, मेरे अमिताभ बच्चन," दूसरे ने कहा, "काफ़ी एक्टिंग हो गई। अब कोने में जाकर बैठ, नहीं तो दो झापड़ दूँगा थोबड़े पर।"

"ग़रीब पर ज़ुल्म मत करो, बाबू जी! मैं कह रहा हूँ पछताओगे। दे दो मेरी बोतल!" वह ज़ोर से चीख़ा।

नौजवान तालियाँ पीटकर हँस दिये।

तभी ऊपर वाली सीट पर लेटी औरत झटके से उठकर बैठ गई और चिल्ला कर बोली, "क्या बात है, क्यों इतना शोर मचा रखा है! सोने क्यों नहीं देते?"

"बीबी जी," खेमू ने कहा, "इन्होंने मेरी बोतल छुपा दी है। माँगता हूँ तो देते नहीं।"

"किसने छुपाई है?"

खेमू ने नौजवानों की तरफ़ देखा, वे ख़ूँख़ार नज़रों से उसे घूर रहे थे। उनका नाम लेते वह डर गया। ''मालूम नहीं,'' उसने सुबक कर कहा, फिर ऊँची आवाज़ में चिल्लाया, ''किसके पास है मेरी बोतल? बोलते क्यों नहीं?''

''अब क्या सारी रात तू इसी तरह चिल्लाता रहेगा?'' औरत ने डपट कर कहा।

''तो क्या करूँ? मेरी बोतल...''

''अरे चुप, बोतल के बच्चे! रात के ग्यारह बजे कोई टाइम है बोतलें बेचने का?

''जब गाड़ी रुकेगी तभी तो बेचूँगा,'' वह रो दिया, ''बिना बोतल लिए जाऊँगा तो मालिक मारेगा। अरे, दे दो न मेरी बोतल!'' वह दम लगाकर चीख़ा।

''ओफ़्फ़ोह, लगता है यह लड़का रात-भर सोने नहीं देगा। कितने की थी तेरी बोतल?'' औरत ने कहा।

''पाँच रुपये की पैप्सी और एक रुपये की बोतल। छह रुपये कहाँ से लाऊँगा मैं?''

''क्या मुसीबत है,'' औरत बड़बड़ाई, ''पता नहीं रेलवे वाले इन यतीमों को गाड़ी के अन्दर आने क्यों देते हैं। ले, ये छह रुपये और फूट यहाँ से।''

अचरज के साथ खेमू ने देखा, वह औरत पाँच का एक नोट और एक रुपया का सिक्का उसकी तरफ़ बढ़ा रही है।

''क्या?''

''ले ये रुपये और भाग यहाँ से। तेरी चिल्ल-पों ने सारी नींद उचाट कर रख दी। ले!''

खेमू एकटक उन्हें देखता रहा। छह रुपये! मालिक की मार से बचने का ताबीज़! देवी माँ का परसाद! उसने मुँह उठाकर औरत का चेहरा पढ़ा। जैसे चमड़े की पेटी की मार उसके बदन पर पड़ी हो। कैसा है यह मुँह? जैसे मानुष का न होकर पुतले का हो। सहानुभूति का नामोनिशान न था। खीज, ऊब और नफ़रत से आँख, मुँह, होंठ सने हुए थे।

''ले, लेकर फूट या सारी रात चिल्लाता रहेगा,'' औरत ने फिर कहा।

खेमू को लगा, वह कोई घिनावना कीड़ा है जो इस औरत के बदन पर रेंग आया है। आराम से सोने के पहले वह उसे चूँट कर अलग फेंक देना चाहती है।

''नहीं!'' सहसा उसके मुँह से निकला, ''मुझे रुपये नहीं, अपनी बोतल चाहिए। बोतल लिए बिना मैं नहीं जाऊँगा। रखो अपने रुपये।''

उसकी तरफ़ पीठ करके, वह पहले से भी ऊँची आवाज़ में चिल्लाने लगा, ''मेरी बोतल किसने चुराई है? देनी पड़ेगी मेरी बोतल! लिये बिना नहीं जाऊँगा। नहीं!''

(1985)

जिजीविषा

"इन्हें पहचानते हो?" मेरी पत्नी ने अपना दमकता चेहरा मेरे चेहरे से सटा कर पूछा।

मैंने पूरा दम लगाकर गरदन हिला दी। नहीं, मैं इसे नहीं पहचानता। अपनी बात से मैं ख़ुद दहल गया। मुझे लगा, मैं इतनी ज़ोर से चीख़ा कि मेरे एक 'नहीं' ने उस पुराने अस्पताल की सफ़ेद दीवारें हिला कर रख दीं।

फिर सामने वाला आदमी डर कर पीछे क्यों नहीं हटा? उसके चेहरे पर जड़ी मुस्कराहट तक नहीं पिघली। एक सेहतमन्द और जवान आदमी के सुर्ख़ चेहरे पर खिंची बेमतलब मुस्कराहट से ज़्यादा भद्दी चीज़ और क्या हो सकती है! वह जानता नहीं कि बिस्तर पर चित लेटे आदमी को, सिर के ऊपर टँगी, बिजली सी कौंधती उसकी मुस्कराहट, कितनी बेहया मालूम पड़ रही होगी! इसे पता होना चाहिए कि एक बीमार के कमरे में आने से पहले अपने चेहरे की मुस्कराहट पोंछ कर फेंक देनी चाहिए। यह सोचकर मेरा ख़ून खौल रहा है कि फेंकना तो दरकिनार, इस आदमी ने मेरे लिए ज़बर्दस्ती उसे अपने मुँह पर ओढ़ रखा है। शायद इसका ख़याल है कि मैं अपने चारों तरफ़ हँसी-ख़ुशी देखना पसन्द करता हूँ। बेवक़ूफ़!

या...हो सकता है...मुस्कराना, न मुस्कराना इसके हाथ में न हो। यह जवानी की उस मंज़िल पर हो, जहाँ अन्दर का उत्साह चेहरे पर झलक जाता है। न आदमी उसे रोक सकता है, न रोकने की कोशिश करता है। होगा। ऐसे आदमी को बीमार के कमरे में आने की ज़रूरत क्या है?

मेरी पत्नी ने दोनों हाथों में मेरा काँपता चेहरा थाम लिया। शायद तेज़ी से इधर-उधर घूमती मेरी गर्दन उसमें वितृष्णा पैदा कर रही थी। अपनी तेजस्वी आँखें मेरी निस्तेज आँखों में डाल कर, एक-एक शब्द को नश्तर के चीरे जैसी सफ़ाई से बोल कर कहा, "ये नरेश हैं, बिट्टी जीजी के पति। लखनऊ से तुम्हें देखने आए हैं।"

मुझे देखने आए हैं?

क्यों?

क्या है मुझमें देखने को?

यही कि मेरे पीले गाल पिचक कर और भीतर धँस गए हैं। आँखों की चमक फीकी पड़ते-पड़ते लगभग ग़ायब हो गई है। या मेरी ज़बान को लकवा मार गया है। नहीं कहने तक की ताक़त मुझसे छिन गई है। इसीलिए इतनी ज़ोर से गर्दन हिलानी पड़ी थी। क्योंकि मैं जानता था कि 'नहीं' कहने की कोशिश में जो रिरियाहट मेरे मुँह से निकलेगी, मेरे प्रतिवाद को एक बीभत्स रूप दे देगी।

एक हफ़्ता पहले तक मैं इस हालत में भी नहीं था कि गर्दन हिला सकूँ। यह आधुनिक

चिकित्सा विज्ञान का कमाल है कि मैं दोबारा कुछ हरकत कर सकता हूँ। पर मेरी आवाज़! मालूम नहीं मेरी आवाज़ मुझे वापस मिलेगी या नहीं!

मेरी पत्नी का कहना है, जैसे भी होगा वह मेरी आवाज़ मुझे वापस दिलवा कर रहेगी—फिजियोथेरेपी की मदद से। चाहे उसके लिए उसे सब कुछ छोड़कर रात-दिन मुझे बुलवाने का अभ्यास क्यों न करवाना पड़े।

''कौन हैं ये? न-रे-श! तुम कहो न, न-रे-श!'' मेरी पत्नी ने फिर एक बार हर अक्षर को चाक़ू से छीलते हुए कहा।

वह आदमी भी मुझे प्रोत्साहित करने के लिए अपनी जगह से आगे झुक आया। आँखों में पुरज़ोर चमक भरकर मेरी पत्नी को देखता रहा, फिर उसके शब्दों में शब्द मिला कर बोला—हाँ, कहिए न—न-रे-श! वह शायद मात्र संयोग था कि जब उसने नरेश कहा तभी मेरी पत्नी ने भी तीसरी बार उस शब्द को अक्षर-अक्षर करके दोहराया। पर हुआ यह कि उन दोनों के मुँह से नरेश शब्द ऐसे निकला जैसे युगल गीत गाया जा रहा हो। उसने भी महसूस किया होगा, क्योंकि अब वह पहले से ज़्यादा जवान दिखलाई देने लगा। उसके सुर्ख़ गालों पर लाली की एक और परत चढ़ गई। उसकी मुस्कराहट धार खाकर लपलपाई और इतनी शोख़ हो गई कि मेरी पत्नी ने चौंककर उसकी तरफ़ देखा और गर्दन झुका ली। फिर वह मेरे पास से उठकर कमरे के दूसरे कोने में चली गई।

''कहिए न...कोशिश कीजिए...'' वह कहता रहा, ''डाक्टर का कहना है, कोशिश करने से आप दोबारा बोलना शुरू कर सकते हैं। इस मर्ज़ की कोई ख़ास दवा नहीं है। बस, कोशिश और अभ्यास...कीजिए न कोशिश कहने की...न-रे-श...'' वह बिलकुल मेरे क़रीब आ गया। इस ख़याल से मैं काँप उठा कि कहीं वह मेरे बिस्तर पर मुझसे सट कर न बैठ जाए! पर वह पलंग के बराबर एक इंच जगह रखकर खड़ा रहा। जैसे उससे ज़्यादा क़रीब आना उसे भी बर्दाश्त न हो।

होगा भी कैसे? ज़मीन पर रेंगते गिलगिले केंचुए जैसा दिखाई देता हूँ मैं। दसियों नलियाँ लगी हुई हैं बदन में। ख़ुद पेशाब तक करना मेरे बस में नहीं। एक दुर्गंध सड़ाँध मेरे चारों तरफ़ बस गई है।

ख़ाली पड़ा मैं सोचता रहता हूँ काश, इन नलियों की जकड़न और सड़ाँध को पीछे छोड़ मैं यहाँ से ग़ायब हो सकता, मोम की तरह पिघल कर बिस्तर से नीचे बह जाता, भाप बनकर हवा में समा जाता, राख होकर धूल-मिट्टी में मिल जाता...इन्हीं का नाम मृत्यु है। काश, मैं मर सकता, ऐसा क्यों नहीं सोचता मैं?

''अच्छा चलिए नरेश न सही, आप पहला अक्षर कहने की कोशिश कीजिए ना...कहिए...ना...'' मेरे पलंग के बराबर में खड़ा वह मुझसे कह रहा है। पर उसकी निगाहें मुझ पर नहीं, मेरी पत्नी पर टिकी हुई हैं।

''कहिए...ना...ना...ना...'' वह पूरा मुँह खोलकर ना-ना का उच्चारण कर रहा है और उसकी आँखें चमक-चमक कर मेरी पत्नी को बतला रही हैं—देखो, मैं कितना धैर्यवान हूँ कितना ख़ुशमिज़ाज और तुम्हारा शुभचिन्तक! कितनी मेहनत करके तुम्हारे पति के मुँह से आवाज़ निकलवाने की कोशिश कर रहा हूँ!

मैंने अपने होंठ कस कर बन्द कर लिये। अब तक मैं चाह रहा था कि किसी तरह एक ज़ोरदार 'नहीं' मेरी ज़बान से फूट सके। नहीं, मैं तुम्हें नहीं पहचानता, पहचानना नहीं चाहता!

पर अब मुझे डर लगने लगा कि कहीं उसके बार-बार इसरार करने के दौरान, अनायास मेरे मुँह से ना न निकल पड़े! उस वक़्त जो आत्मतुष्ट मुस्कराहट उसके चेहरे पर दौड़ जाएगी और जिस गर्व के साथ वह मेरी पत्नी की तरफ़ देखेगा, मेरे लिए बर्दाश्त करना नामुमकिन होगा। और बर्दाश्त करने के अलावा कुछ करना भी मुमकिन नहीं रहा अब मेरे लिए!

"लो सूप पी लो," कहती मेरी पत्नी कमरे के दूसरे कोने से हाथ में सूप का प्याला पकड़े मेरे पास लौट आई। मेरे बिस्तर से सट कर खड़ी हो गई। मेरे सीने पर तौलिया बिछाया और एहतियात के साथ सूप से भरा चम्मच मेरे होंठों की तरफ़ बढ़ाया।

"लो, मुँह खोलो," उसने कहा। उसकी आँखें चमक रही थीं, आवाज़ से प्यार छलका पड़ रहा था। "लो न, बस, दो चम्मच...अच्छे बच्चे की तरह..." वह प्यार जतलाते हुए हँस दी—खिल खिल! खिल खिल! कितनी सात्विक है उसकी हँसी और तेजस्वी! देखो, वह कह रही है, पति की इतनी ख़ौफ़नाक हालत देखकर भी मैं घबरा नहीं रही, अपने होशोहवास खो नहीं रही! कितने धैर्य के साथ उनकी सेवा कर रही हूँ। सावित्री अपने पति को यमराज से वापस माँग लाई थी न! मैं भी कम नहीं हूँ। देख लेना, ठीक उसी की तरह मैं भी इन्हें मृत्यु के मुँह से बचा लूँगी।

वह एकटक उसे देखे जा रहा है। उसकी दृष्टि से प्रशस्ति ऐसे ढलकी पड़ रही है, जैसे लुढ़के हुए मटके से पानी। आह, तुम कितनी महान हो, और कितने मामूली आदमी के लिए अपना बलिदान दिये जा रही हो। इस बेपनाह प्यार का असली सत्पात्र तो मैं हूँ। कैसा शुष्क बना लिया है तुमने अपना जीवन! तुम चाहो तो मैं तुम्हें छुटकारा दिला सकता हूँ; तुम्हारी ज़िन्दगी में हँसी-ख़ुशी ला सकता हूँ। साफ़ कह रहा है वह। मुझे उसका एक-एक शब्द सुनाई दे रहा है। मेरी पत्नी नहीं सुन पा रही होगी? सुन पाएगी तो सोचेगी, मैं नहीं सुन सकता। जब से बोलने की शक्ति मुझसे छिनी है, ये लोग शब्दों को चबा कर मुझसे बात करते हैं, जैसे मेरी सुनने की ताक़त भी जाती रही हो। इन्हें मालूम होना चाहिए कि अब मैं पहले से ज़्यादा अच्छी तरह सुन सकता हूँ। अस्फुट स्वर में कहा गया ही नहीं, वह भी, जो कहते-कहते कोई रुक गया हो।

वह कूद कर मेरी पत्नी के पास आ गया।

"लाओ, प्याला मुझे पकड़ा दो। तुम चम्मच से सूप मुँह में डालती चलो," उसने कहा और प्याला मेरी पत्नी के हाथ से ले लिया।

अब वह उससे बिलकुल सट कर खड़ा है। उसके गालों में ख़ून चस-चस कर रहा है।

मुझे सूप की नहीं, इस ख़ून की ज़रूरत है जो तुम्हारे गालों से टपका पड़ रहा है, मैं सोच रहा हूँ। मन हुआ, उसके गालों को नोंच लूँ और उनमें रिसते ख़ून को पी जाऊँ। शायद उससे मेरे एनेमिया से पीड़ित बदन में कुछ ताक़त आए और मैं...

पर क्या होगा? दूसरे का ख़ून मेरे बदन में कितने दिन चलेगा?

मैं धीरे-धीरे मौत की तरफ़ बढ़ रहा हूँ और मुझे लगता है, जितना मैं मौत के नज़दीक आता जा रहा हूँ उतने ही मेरे आसपास घूमने वाले लोग सेहतमन्द और जवान होते जा रहे हैं। जवानी क्या है? बस सेहत! वरना उम्र मेरी भी ज़्यादा नहीं है। बिट्टी जीजी के इस पति से, जिसे मेरी पत्नी आज नरेश भाई या जीजा जी न कहकर सिर्फ़ नरेश कहकर पुकार रही है, कम ही है।

एक ज़माना था जब बिट्टी जीजी मुझे देखकर ख़ास अदा के साथ मुस्कराया करती थीं और मेरी पत्नी मुझे बड़ी साली के ख़ासुलख़ास जीजा जी कहकर चिढ़ाया करती थी।

अब भी मुझे देखकर बिट्टी जीजी का चेहरा पसीज जाता है, पर...अब वह नमी करुणा और भय से पैदा होती है, आकर्षण से नहीं। मृत्यु में चाहे जितना आकर्षण हो, घुल-घुल कर मरते आदमी में से आती बुढ़ापे की दुर्गंध, सब सम्मोहन सोख लेती है। यह अभी तक ज़िन्दा है, देखने वाला आदमी सोचता है और अपने अचरज पर शर्म से गड़ जाता है। ऐसे आदमी के पास कौन आना चाहेगा, जिसे देखकर ख़ुद पर शर्म आए।

मैं भी सोचता हूँ, मैं अब तक ज़िन्दा हूँ, क्यों ? कैसे ? किसलिए ? फिर अपनी पत्नी की तरफ़ देखता हूँ। सब सवालों के जवाब मिल जाते हैं। क्यों, कैसे, किसलिए, सबका एक जवाब है...मेरी पत्नी। जीवन मेरा है पर जिजीविषा उसकी। मैं ज़िन्दा हूँ क्योंकि वह चाहती है मैं ज़िन्दा रहूँ। हर हाल में ज़िन्दा रहूँ। जैसा भी हूँ बस बना रहूँ। मैं नहीं जानता वह मुझे ज़िन्दा क्यों रखना चाहती है! शायद इसलिए कि मैं उसका पति हूँ और मेरे न रहने पर उसके नाम के साथ वह शब्द जुड़ जाएगा, जिसके ख़याल से हर हिन्दुस्तानी औरत की रूह काँपती है—विधवा! आदित्य भंडारी की विधवा! न इनसान, न औरत। एक आलीशान इमारत का मरणोन्मुख खंडहर जो आसमान छूती ऊँचाई से गिर कर सड़क की धूल में जा लोटा है। इस देश में विधवा होने का मतलब है, न होना। विकट जिजीविषा रहते हुए भी मृत्यु को गले लगाना। जब हर नज़र तुम्हारी तरफ़ देखकर कहे, बेचारी, तो न मर कर भी तुम मरा हुआ महसूस करते हो। और जो मरना नहीं जीना चाहे, हर पल जीवित महसूस करना चाहे, वह क्या करे ?

मेरी पत्नी जीना चाहती है। भरपूर जीना चाहती है। पता नहीं कैसे, उसे दुनिया की हर चीज़ में कोई ख़ूबसूरती नज़र आ जाती है और वह उसे देखने-सुनने, महसूस करने के लिए जीना चाहती है। कोई कविता या धुन, पेड़ पर खिला कैसा भी फूल, सड़क पर इतराती बिल्ली, धुंध या बादल, गुलमोहर पर छिटकी धूप, रसगुल्ले के लिए फटा पनीर, नन्हे बच्चे का धुला ख़ुशबूदार बनियान, कड़ाही से आती छुन-छुन आवाज़, रविशंकर का सितार, शादी का बैंड, रामलीला का हनुमान, अपनी लड़की के काले बाल, अस्पताल की सफ़ेद दीवार पर टँगा मामूली सा कलैंडर, क्या है जो उसे कभी न कभी ख़ूबसूरत नहीं लगा। काश, उसमें इतनी जिजीविषा न होती। तब मेरे लिए मरना आसान हो जाता। अब तो...जब तक उसकी जिजीविषा मर नहीं जाती मुझे जीना है। हर तकलीफ़ भोग कर जीना है, उसके लिए।

अपने लिए भी। कभी-कभी मुझे लगता है सिर्फ़ अपने को वैधव्य से बचाने के लिए वह मुझे ज़िन्दा नहीं रखना चाहती। वह मुझे चाहती है, मेरा साथ उसे पसन्द है। उसके लिए मैं मौत की तरफ़ घिसटता बीमार आदमी नहीं हूँ, आदित्य भंडारी हूँ जिसे कभी उसने पूरी ज़िन्दादिली से चाहा था और अब भी चाहती है। तब मेरे अन्दर भी जीने की अदम्य लालसा भड़क उठती है। उस दिन जब डाक्टर ने उससे कहा था, 'आपके पति के दोनों गुर्दे ख़राब हो गए हैं। अब ये सिर्फ़ डायलिसिस की मदद से ज़िन्दा रह सकते हैं। आप दिलवाना चाहती हैं ?' मैं जानता था वह हाँ कहेगी, इसीलिए उसके जवाब देने से पहले बोल पड़ा था। 'हाँ,' मैंने कहा था। यह सवाल मेरी ज़बान पर लकवा पड़ने से पहले पूछा गया था। डाक्टर एकदम चौंक उठा था।

अजीब निगाहों से मुझे घूरने लगा था, जैसे इस मामले में दख़ल देने का मुझे कोई अधिकार नहीं था। जैसे आप किसी से पूछें, इस कूड़े का क्या करना है और कूड़ेदान ख़ुद बोल पड़े,

मैं यहीं रहूँगा, घर पर। पर मेरी पत्नी बिलकुल नहीं चौंकी थी। उसकी आँखों से आँसू छलक कर बाहर गिर रहे थे, उसके बावजूद वह मेरी तरफ़ देखकर मुस्करा दी थी और हाथ आगे बढ़ाकर मेरा हाथ कस कर पकड़ लिया था। फिर उसे चूम भी लिया था।

तुम मेरी ख़ुदा हो, मैंने सोचा था, जब तक तुम चाहोगी मैं ज़िन्दा रहूँगा, पूरी चाहत के साथ ज़िन्दा रहूँगा।

तुम मेरी ख़ुदा हो, कहने के लिए मैंने मुँह खोला था और...कुछ नहीं कहा था। ज़बान धोखा दे गई थी। गला घरघराता रहा था, घिघियाता रहा था, गिड़गिड़ाता रहा था पर मुँह से शब्द नहीं निकला था। वे अल्फ़ाज़ मैं कह चुका होता तो इस जवान और सेहतमन्द आदमी के सामने...

वह इतमीनान से मेरी बीवी की बग़ल में सूप का प्याला पकड़े खड़ा है और उसे देखे जा रहा है। वह चहक-चहक कर सूप से भरा चम्मच मेरी तरफ़ बढ़ा रही है। और मैं...

मेरे होंठ कसे हुए हैं। उसके बार-बार कहने पर भी मुँह नहीं खुल रहा।

"मुँह खोलो, प्लीज़," उसने सूप का चम्मच बिलकुल मेरे होंठों से सटा कर कहा, "खोलो न!"

मुझ पर कोई असर नहीं हुआ।

सहसा वह घबरा कर उठ खड़ी हुई और उसकी तरफ़ मुड़ कर बोली, "क्या हो गया इन्हें? ये मुँह खोल क्यों नहीं रहे?"

"डाक्टर को बुला कर लाऊँ?" उसने सूप का प्याला मेज़ पर पटक कर कहा, "हो सकता है लकवे का असर पूरे बदन पर फैल गया हो।"

वह कमरे से निकल गया। उसके पीछे मेरी पत्नी भी बाहर चली गई। मैं कमरे में अकेला रह गया।

मैंने होंठों के कसाव को ढीला पड़ने दिया। दो बार मुँह खोला और बन्द किया। अगर मेरी पत्नी अकेली लौटकर कमरे में आई तो मैं मुँह खोल दूँगा, मैंने तय किया। अगर वह साथ हुआ तो...

वे तीनों एक साथ कमरे में आए—मेरी पत्नी, डाक्टर और वह। डाक्टर मेरे बदन का मुआयना करने लगा तो वह बाहर चला गया। ठीक है। मैंने सोचा, अब यह लौटकर नहीं आएगा। मैं मुँह खोलने ही वाला था कि मेरी पत्नी भी कमरे से निकल गई।

"तुम तो इतनी बहादुर हो," मैंने सुना वह कह रहा है, "इस तरह घबराते नहीं।"

मेरी पत्नी की दबी सिसकी सुनाई दी, फिर...मेरे मन में ज़रा भी शुबहा नहीं था कि उसने अपना सिर उस आदमी के कन्धे पर टिका दिया है।

वक़्त, मौत के मुँह में जाते सिपाही की तरह ठिठका, फिर सीना तान कर आगे दौड़ गया।

किसी ने लम्बी साँस भरी। शायद दो कंठों ने एक साथ। समय फिर ठिठका और तब जैसे बहुत दूर से अचरज में डूबी मेरी पत्नी की आवाज़ आई, 'मैं तो भूल ही चली थी, मर्द की बाँहों में इतना सकून होता है।'

दाँत भींचे, होंठ कसे मैं निढाल पड़ा रहा। अब नहीं खोलूँगा। जब तक साँस आनी बन्द नहीं हो जाएगी, मुँह नहीं खोलूँगा, मैंने तय किया। तभी मेरी पत्नी बेतहाशा हाँफती हुई भीतर घुसी और कुर्सी पर गिर कर ज़ोर से रो उठी। इस तरह रोते मैंने उसे पहले कभी नहीं देखा।

“डाक्टर!” रोते-रोते उसने कहा, “अब और क्या हो गया इन्हें? खाने के लिए मुँह नहीं खोल पाएँगे तो...डाक्टर प्लीज़ कुछ कीजिए! इन्हें बचा लीजिए किसी तरह। मैं हर हाल में इनकी देखभाल कर लूँगी। रात-दिन इनकी सेवा करूँगी। बस मुझे अकेला मत होने दीजिए।”

“हम कोशिश कर रहे हैं पर...”

“नहीं! पर नहीं। ये जिएँगे। ज़रूर जिएँगे।” उसने दोनों हाथों से मेरा चेहरा थाम लिया और कहा, “मुँह खोलो!”

मैंने मुँह खोल दिया। और विकल्प नहीं था। मैं जीना चाहूँ या नहीं, मुझे जीना होगा। जितने दिन वह, मेरी विधवा, मुझे जिलाए रखेगी, जीना होगा।

(1985)

चौथा प्राणी

ज्योति का सवाल बिलकुल मामूली था। इनका नाम क्या है? पर जब पूछा तो काफ़ी सख़्ती के साथ उसके मुँह से निकला, ''और इनका नाम क्या है?''

'और' जोड़ना एकदम ज़रूरी हो गया था। 'इनका' पर ज़ोर देना भी।

कमरे में बैठे तीनों प्राणियों ने आँख उठाकर उसकी तरफ़ देखा। बिना शब्दों में पिरोये पूछा, ''किसका?''

आँख के इशारे से उसने दिखला दिया—इनका।

चौथे प्राणी के चेहरे का भाव नहीं बदला। उसने अपना नाम बतलाने की कोशिश नहीं की। चुपचाप चाय पीता रहा। चाय की चुस्कियाँ लेते हुए कोई सभ्य आदमी आवाज़ नहीं करता, वह भी नहीं कर रहा था। पर उसका आवाज़ न करना औरों से भिन्न था। उसका सम्बन्ध चाय से नहीं, उसके अपने व्यक्तित्व से था। औरों का आवाज़ न करना उनकी शिष्टता थी, उसकी नियति।

बाक़ी तीनों प्राणी भी चुप रहे। तीनों का नाम वह जानती थी। एक का बहुत पहले से, बाक़ी दोनों का पिछले तीन दिनों के परिचय में।

श्यामला, अचला और महामहिम बी.एन. सरकार।

नहीं, यह ज्योति की ज़्यादती है। महामहिम उनका नाम नहीं। पदवी भी नहीं। अपने को महामहिम कहलवाने की माँग भी उन्होंने कभी नहीं की। ज़्यादातर लोग उन्हें बी.एन. सरकार या केवल बी.एन. कहकर पुकारते हैं। बी.एन. कहना ज्योति को ख़ासा अटपटा लगता है इसलिए कहती है, मिस्टर सरकार। वे अलबत्ता उसे ज्योति कहकर बुलाते हैं। बरसों से। बी.एन. से ठीक क्या नाम बनता है, वह नहीं जानती। कभी पता करने की कोशिश नहीं की। ना, उनका नाम लेकर पुकारने का साहस केवल उनकी माँ कर सकी थीं।

ज्योति की ज़बान कहती है, मिस्टर सरकार और मन कहता है, महामहिम।

''मिस्टर सरकार,'' अब उसने महामहिम को सीधे सम्बोधित करते हुए पूछा, ''मैं इन्हें क्या कहकर पुकारूँ?''

मिस्टर सरकार चौंके नहीं। बात-बेबात चौंकने की आदत नहीं है उनकी। बस हलके से मुस्करा दिये, जैसे कोई सभ्य, शालीन आदमी बेतुकी उत्सुकता पर मुस्कराता है। जवाब उन्होंने फिर भी नहीं दिया।

उनकी मुस्कराहट बहुत आकर्षक है, सामने बैठे आदमी का तिरस्कार करे तब भी उनके चेहरे को आलोकित कर देती है। सुन्दर वे नहीं हैं, किसी तरह नहीं हैं पर मुस्कराहट ऐसी है कि तिरस्कृत व्यक्ति भी मोहपाश में बंधा, उनकी तरफ़ देखता रह जाता है। हो

सकता है ऐसा केवल स्त्रियों के साथ होता हो। मुस्कराहट मोह में बाँधती है क्योंकि हर स्त्री जानती है, आज तक कोई स्त्री उन्हें बाँध कर रख नहीं सकी। उनकी मुस्कराहट चुनौती है और विजय पताका भी। स्त्री केवल अपनी नहीं, सम्पूर्ण स्त्री जाति की हार उसमें देखकर बौखला उठती है।

महामहिम की बैठक में उस वक़्त चौथे प्राणी को छोड़कर तीनों स्त्रियाँ ही थीं। चौथे प्राणी की बेटी श्यामला नाख़ूनों पर पालिश लगा रही थी। पत्नी अचला रैक पर लगी किताबों की धूल पोंछ रही थी। अचला महामहिम की बहन है।

दोनों स्त्रियों ने बरबस अपना काम रोककर मिस्टर सरकार को देखा। देखती रहीं। मिस्टर सरकार मुस्कराते रहे। चौथा प्राणी बेख़बर चाय पीता रहा। यह सम्भव नहीं था कि उनमें से कोई उसका नाम नहीं जानता हो। आख़िर वे उसके नज़दीकी रिश्तेदार थे। अजनबी केवल ज्योति थी। मिस्टर सरकार को वह कई बरस से जानती थी, पर इन तीनों से परसों मिलना हुआ। अचानक बम्बई चले आने पर आदतन उनके घर चली आई तो देखा उनकी बहन सपरिवार मौजूद है। श्यामला और अचला से वह दो दिनों में ही घुलमिल गई पर यह घर का चौथा प्राणी... !

आज जाने क्यों अचानक उसका नाम पूछ बैठी। जानने को विशेष उत्सुक नहीं थी पर जवाब न मिलने पर तिलमिला उठी थी। प्रश्न पूछा है तो उत्तर मिलना ही चाहिए। एक सवाल को दो बार दोहराना नाक़ाबिले बर्दाश्त है उसके लिए। इतना अहंकार न होता तो क्या महामहिम सरकार अब तक मिस्टर सरकार बने रहते। बी.एन. के बी से क्या बनता है? बीरेन, बंकिम, बेणु...बंशी...याद नहीं आ रहा, माँ उन्हें क्या कहकर पुकारा करती थीं, बरसों हो गए उन्हें गुज़रे। सहसा उनमें से एक नाम उसके अवचेतन में बज उठा। बीरेन। माँ कहती थीं, इसलिए या यूँ ही नाम भला लगा, पता नहीं। बीरेन, उसने मन ही मन कहा। बीरेन कहकर न पुकारती उन्हें? बीरेन। प्रिय बीरेन...

"बीरेन," तभी श्यामला ने कहा, "आप इन्हें बीरेन पुकार सकती हैं।"

वह बुरी तरह चौंक गईं। "किसे? क्या?" उसके मुँह से निकला।

"आप इनका नाम पूछ रही थीं न," लड़की ने नेल पालिश की बोतल पिता की तरफ़ घुमाकर कहा, "सभी तो इन्हें बीरेन कहते हैं।"

बीरेन नाम के उस प्राणी ने शायद एक बार नज़रें उठाकर उसकी तरफ़ देखा, शायद नहीं। चेहरा उसका भावहीन बना रहा।

ज्योति ने एक साथ उसे और महामहिम को नज़रों में समेटा और बेसाख़्ता उसकी हँसी निकल गई। बीरेन, ओ माँ, बीरेन! वह खिलखिला कर हँस पड़ी।

वह उठकर खड़ा हो गया। केवल पलांश को जिस्म थरथराया, पर उसकी बिलबिलाहट ज्योति तक पहुँच गई, ठीक उस तरह जैसे सहसा पैरों के नीचे आए कीड़े को परे झटकते हुए उसकी तड़फड़ाहट आदमी तक पहुँच जाती है। क्षण-भर को वह ठिठका, हाथ के कँपकँपाने से प्लेट पर रखा प्याला झनझनाया पर ज्योति की तरफ़ उसने देखा नहीं, सीधा रसोई की ओर मुड़ गया।

हँसी वापस निगली नहीं जा सकती थी। होंठों की मुस्कराहट तो थी नहीं जो पोंछ दी जाती। वह सुन्न बैठी रही, हतप्रभ, लज्जित।

''तुम पिओगी, ज्योति?'' मिस्टर सरकार ने पूछा।

अपना नाम सुनकर वह चेती, उनकी तरफ़ देखा पर कहा कुछ नहीं।

''चाय। वह दूसरा प्याला बनाने गया है,'' उन्होंने सहज भाव से वाक्य पूरा किया।

''कौन... ?''

''बीरेन,'' श्यामला ने कहा और ठीक ज्योति की तरह खिलखिला कर हँस पड़ी।

''हिश! बाबा का नाम लेती है,'' अचला ने मीठी झिड़की दी और धीमे से हँस दी।

''उनका पूरा नाम क्या है?'' हिम्मत करके ज्योति ने पूछा, पर जवाब न मिलने पर दोबारा नहीं पूछ पाई। उसका अहम् उससे छिन चुका था।

उसने देखा, चाय का प्याला थामे वह रसोई से निकला और अपने कमरे में चला गया। भीतर पहुँचकर दरवाज़ा बन्द कर लिया। चुपचाप, बेआवाज़। न रसोई में खटर-पटर, न दरवाज़ा भेड़ने की ठक-ठक। यह कभी कोई आवाज़ क्यों नहीं करता? करता नहीं या इससे होती नहीं?

काफ़ी देर ज्योति का मन अशान्त बना रहा। रात होने पर नियम से पहले सोने चली गई। मिस्टर सरकार की बेशुमार किताबों में पढ़ने लायक़ किताब ढूँढ़ रही थी कि वे स्वयं आ पहुँचे और न हन्यते उसे थमा दी। फिर मारे ग़ुस्से के उसका सारा ध्यान चौथे प्राणी से हटकर प्रथम पुरुष सरकार पर केन्द्रित हो गया। प्रेम के बारे में क्या जानते हैं सरकार मोशाय कि दिव्य-दिव्य कहकर प्रेम कथा उसे पकड़ा गए। हठ करके पुस्तक उसने पढ़ी नहीं, नींद फिर भी आ गई। सुबह होने तक वह चौथे प्राणी को लगभग भूल चुकी थी।

सुबह बैठक में पहुँची तो सरकार साहब ने पूछा, ''खंडाला चलोगी ग्यारह बजे!''

''किसलिए?'' ज्योति ने पूछा।

''यूँ ही। वीक एंड गुज़ारने।''

''वीक एंड गुजारने वहाँ वे लोग जाते हैं जिन्हें लुका-छिपी प्यार करना हो। आप क्यों जाएँगे?'' रात का ग़ुस्सा ज़बान पर आ गया।

महामहिम अपनी वही मोनालिज़ा वाली मुस्कान मुस्करा दिये, देर तक। बड़ा बनने के प्रयास में छोटा बन जाने के दंश को झेलने में अशक्त होती जा रही ज्योति ने सुना, वे कह रहे हैं, ''हो सकता है वहाँ तुम्हें अपने नए उपन्यास के लिए कोई कथ्य मिल जाए।''

अब मुस्कराने की उसकी बारी थी। वह मुस्कराई पर बहुत कम देर के लिए। वह उसे उनकी मुस्कराहट की रद्दी नक़ल लगी। मुस्करानें और मुस्करा न पाने के बीच अपना चेहरा ख़राब किए बैठी थी कि उन्होंने उबार लिया।

मधुर स्वर में कहा, ''जब ये लोग आए, तभी मैंने तय कर लिया था कि श्यामला और अचला को वीक एंड पर खंडाला ले जाऊँगा। अब तुम आ गई हो तो तुम भी चलो।''

अच्छा, तो एकदम पारिवारिक है मामला। वह मुस्करा दी, उनकी नहीं, अपनी निजी मुस्कराहट। पूछा, ''गाड़ी में फिट हो जाएँगे सब लोग?''

''हाँ, पाँच जन ही तो हैं,'' उन्होंने कहा।

तभी श्यामला और उसकी माँ आ पहुँची। खंडाला का नाम सुनते ही श्यामला बोली, ''पर मैं पहनूँगी क्या?''

''कुछ भी पहन लो,'' माँ ने कहा।

"कुछ भी पहन लूँ यह क्या बात हुई। कुछ तो पहनूँगी ही। तुम्हें पता है, सारी फ़िल्म एक्ट्रेस जाती हैं वहाँ।"

मिस्टर सरकार मुस्कराये। "वह स्कर्ट पहनो जो मैं हांगकांग से लाया था," उन्होंने कहा।

श्यामला ख़ुश हो गई। "यह हुई न बात," उसने कहा, "माँ तो हमेशा यही कहेंगी, कुछ भी पहन लो।"

ज्योति को पता नहीं क्या हुआ, एकदम कह उठी, "कपड़े हमेशा अपनी पसन्द के पहनने चाहिए।"

किसी ने उसकी बात पर ध्यान नहीं दिया। ध्यान देने योग्य बात थी भी नहीं।

वह उठकर अपने कमरे में आ गई। अटैची में कपड़े रखकर ठीक ग्यारह बजे बैठक में लौट आई। देखा, अपनी-अपनी अटैची लिये सब तैयार खड़े हैं। पर...हैं कुल तीन जन।

"चलें," मिस्टर सरकार ने कहा। फ़ौरन श्यामला और अचला एक क़दम आगे बढ़ गईं। ज्योति की आँखें चौथे प्राणी के कमरे के बन्द दरवाज़े की तरफ़ घूम गईं और वहीं गड़ी रहीं। तब तक वे लोग घर के बाहरी दरवाज़े पर पहुँच चुके थे।

"आइए," अचला ने पुकार कर कहा।

"और वो। वो नहीं जाएँगे?" ज्योति के मुँह से निकला।

"कौन?" तीनों ने एक साथ कहा।

"वे..." चाह कर भी, वह बेशर्मी से बीरेन नहीं कह पाई।

"तुम्हारे बाबा," श्यामला की तरफ़ घूमकर उसने कहा।

"बाबा!" श्यामला के स्वर में अचरज था जो बाद में असमंजस में बदल गया, "वे...तो...कहीं जाते नहीं।"

"क्यों?"

"उन्हें पसन्द नहीं है। उन्हें तो हमारा जाना भी पसन्द नहीं है," अचला के शब्द समुद्री ज्वार की तरह ऊपर चढ़ आए।

"फिर जा क्यों रहे हैं आप लोग?"

अचला हतप्रभ चुप हो रही, फिर अचकचा कर बुदबुदाई, "बड़ दा..."

"बीरेन," मिस्टर सरकार ने आवाज़ दी।

बिना चूँ-चपड़ किए दरवाज़ा खुला और वह बाहर निकल आया। खड़ा हो गया उनके सामने।

"तुम चलोगे हमारे साथ?" उन्होंने पूछा।

उसने ना में सिर हिला दिया।

"चल सकते हो," उन्होंने कहा, "ड्राइवर को मिला कर हम पाँच जन हैं। छह बैठ सकते हैं, आराम से गाड़ी में।"

उसने फिर सिर हिला दिया।

"चलिए न," ज्योति ने कहा।

वह सिर हिला रहा था कि उसने अपनी दृष्टि उसके चेहरे पर गड़ा दी और ज़ोर देकर कहा, "चलना होगा। एक आदमी घर पर अकेला रहे, ठीक है?"

"ना," उसने कहा पर नज़रें उससे नहीं मिलाईं।

"तब चलेंगे न?"

"ना।"

ज्योति मिस्टर सरकार की तरफ़ मुड़ गई, सख़्त स्वर में बोली, "आप कहिए न।"

मिस्टर सरकार मुस्करा दिये।

"मैं किसी से ज़बरदस्ती नहीं करता," उन्होंने कहा।

"ठीक है। तब मैं भी नहीं जाऊँगी।"

उन्होंने कुछ नहीं कहा। मन्द-मन्द मुस्कराते रहे, पर दोनों स्त्रियाँ एकदम अस्त-व्यस्त हो उठीं। "यह कैसे हो सकता है। आपको चलना होगा। बाबा, चलो न तुम भी। ओ माँ, क्या व्यापार। चलो न बाबा! काम नहीं, धाम नहीं, ख़ाली झमेला।" एक शोर उठ खड़ा हुआ।

"रहने दो," मिस्टर सरकार ने कहा, "ज़बरदस्ती मत करो।"

अचला एकदम चुप हो गई। श्यामला ने एक बार आहत स्वर में बाबा ज़रूर कहा पर उसके बाद कुछ नहीं।

मिस्टर सरकार बहन और भांजी को लेकर चले गए।

वह कब अपने कमरे में गया, ज्योति को पता नहीं चला। वह जब तक उसकी तरफ़ घूमी, दरवाज़ा बन्द हो चुका था।

ज्योति ने हार नहीं मानी।

इतने नि:शब्द वातावरण में दरवाज़ा खड़खड़ाने का साहस नहीं जुटा पाई पर बाहर खड़े रहकर पुकार उठी, "बीरेन दा, बीरेन दा!"

वातावरण पहले की तरह निर्विकार बना रहा। अपनी वाचालता पर लज्जित वह वापस पलट गई। तभी देखा वह सामने खड़ा है। दरवाज़ा चरमराया तक नहीं!

एकाएक उसे सामने खड़ा देख वह सकपका गई और मूर्ख की तरह पूछ बैठी, "आपका नाम क्या है?"

"बीरेन," उसने निर्विकार भाव से जवाब दे दिया। यह नहीं कहा कि इतनी देर से यहाँ खड़ी आप मेरा नाम लेकर ही तो पुकार रही थीं।

लज्जित भाव से ज्योति ने कहा, "नहीं, वह नहीं। आपका पूरा नाम क्या है?"

"बीरेन," उसने फिर कहा।

"नहीं। जैसे मिस्टर सरकार का नाम है बी.एन. सरकार, वैसे आपका पूरा नाम क्या है?"

"बी.एन. सरकार," उसने कहा।

"अच्छा, बी.एन. से क्या बनता है?" पुरानी जिज्ञासा ललक उठी तो वह पूछ बैठी।

"बीरेन्द्र नाथ।"

"महामहिम बीरेन्द्र नाथ सरकार," ज्योति ने शब्दों पर माक़ूल वज़न देकर कहा। आभिजात्य से ओत-प्रोत एक भव्य व्यक्तित्व!

"ज्वाइंट सेक्रेटरी," मुग्ध फुसफुसाहट में जोड़ कर चौथे प्राणी ने उसके चित्र में जीवंत रंग भर दिया। सरसरी नज़र उस पर डाल कर ज्योति ने पूछा, "और आप? आपका नाम?"

"आमि तो बी.एन. सरकार," उसने कहा। और सहसा उसके चेहरे पर वही महामहिम वाली मुस्कराहट खिल उठी। मंत्रमुग्ध ज्योति एक क़दम आगे बढ़ आई।

"बीरेन्द्र नाथ सरकार?" चमत्कृत वाणी में उसने कहा।

उसकी आँखें ऊपर उठीं और ज्योति की आँखों के समतल हो गईं। केवल एक क्षण के लिए। फिर वह हकला गया।

''ना...,'' उसने कहा, ''आमि...मात्र...बीरेन।''

ज्योति कुछ कहती, उससे पहले सामने का दरवाज़ा बन्द हो गया। वह भीतर गुम हो चुका था। बाहर गहरा सन्नाटा था, जिसे तोड़ने की हिम्मत ज्योति में नहीं थी।

(1986)

अनाड़ी

सुवर्णा ने बाई की आँखों में आँखें डाल ठसके के साथ कहा, "पाव नको।" अब यह रोज़ का नियम है। पिछले दस दिनों से सुवर्णा इसी तरह कहती आ रही है, "पाव नको।" फिर भी बाई पूछती ज़रूर है। क्या जाने ले ही ले।

"चपाती?" बाई ने मीठे स्वर में पूछा।

"नको," सुवर्णा ने फिर कहा।

बाई के मस्तक पर बल पड़ गए। "चपाती नको। पाव नको। क्या खाएगी, मेरा सिर?"

बाई नवी-नवी बम्बई आई है। मराठी नईं जानती। और सोचती है कि सुवर्णा हिन्दी नईं जानती। उसकी तरह एकदम नईं। बुद्धू। जानती नईं सुवर्णा कित्ती फ़िलमें देखती है। है न टी.वी. हरेक बाई के घर में। पर सुवर्णा क्यों बतलाने जाए। समझे अनाड़ी। सुवर्णा जानबूझकर मराठी बोलती है उससे। भेजा ख़राब हो जाता है बाई का, समझने में।

है बाई ख़ूब घुन्नी। हिन्दी में गाली देकर बात करेगी तो मुख पर ये मोटी मुस्कान बनाए रखेगी। आलसिन जो ठहरी। झाड़-फटके वाली बाई बिग़ैर काम नईं न चल सकता।

"अरे बोल, क्या खाएगी?" बाई ऐसे बोली जैसे घुमाकर थप्पड़ मार रही हो मुँह पर। पर होंठ पर वोई मोटी मुस्कान।

सुवर्णा डरने वाली नईं। तन कर बोली, "बिस्कुट।"

"बिस्कुट!" बाई की मुस्कान ग़ायब, जैसे बत्ती गुल। सिनेमा के अन्दर जैसे, एक बार गई थी न सुवर्णा। तब पढ़ती थी इस्कूल में। बप्पा की छँटनी होने से पहले। टीचर बाई ले के गई थी क्या तो फिलम दिखाने। एकदम बेकार। फिलम ना। पर मज़ा आया था फिर भी जाने में। बप्पा की छँटनी क्या हुई, सब छूट गया। पता नईं फ़ैक्टरी में क्या तो हुआ कि बप्पा का काम नईं रहा। पूछो तो मारने को दौड़ते हैं बप्पा, छड़ लेकर। अकेले बप्पा थोड़ा हटे, सब्बी तो छुटा दिये। आई तीन छोड़ पाँच घर में झाड़-फटका करने लगी। साथ में सुवर्णा, भांड़े मलने को। आठ बरस की थी तब। अब तो बारह की हो चली। कित्ती तो जिनगी बीत गई। फिर भी मन करता है न इस्कूल जाने को, साथ की छोकरी-सहेली से खेलने को, झूला झूलने को, बिस्कुट-दूध खाने को...।

"बिस्कुट खाएगी, वाह!" उसने सुना बाई कह रही है, "कभी खाई है पहले?"

सुवर्णा टक लगाकर उसे देखती रही।

बाई ने इधर-उधर टटोला। एक डब्बे से बासी भजिया निकाल कर बोली, "भजिया खाएगी?"

"नको," सुवर्णा ने कहा, "बिस्कुट।" एकदम फ़िलमी हीरो की माफ़िक़।

पल भर बाई डब्बा और भजिया पकड़े बिटर-बिटर उसे ताकती रही। लगा पकड़कर पिटाई लगा देगी। फिर भजिया डब्बे में पटक, दूसरे डब्बे से दो बिस्कुट निकाल उसे थमा दिये, बोली, ''ले, मर।''

सुवर्णा ने बिस्कुट ले लिये।

''कल जल्दी आना सुबह...सकाले। जल्दी...जल्दी,'' बाई ने हाथ हिला कर जताया।

सुवर्णा हँस दी। हाँ करो, बिस्कुट की वसूली।

ये लोग भी अजीब होते हैं। एक दिवस अपने एक घर के भांड़े मलने पड़ें तो मर लेंगे। और सुवर्णा है कि अकेले पाँच घरों का अक्खा काम निबटा देती है। एक ये बाई है, दरवाज़ा खोलेगी तो ये मोटी मुस्कान फेंकेगी, जैसे सामने सुवर्णा नईं अमिताभ बच्चन खड़ा हो। अनाड़ी देखे तो ख़ुश हो जाए। आह, क्या प्यारभरी बाई है। पर सुवर्णा अनाड़ी नईं न है। ख़ूब समझती है, इन मतलबियों के प्यार-दुलार को।

वो दिवस काम पर आई, नवी-नवी, तो सेठ कितने तो प्यार से बोला, ''ले सुवर्णा, पहले केला खा ले, फिर काम करना।''

सुवर्णा ने चुपचाप केला ले लिया था। सेठ मिनट भर टक लगाए उसे देखता रहा था, फिर बाई से बोला था, ''इतनी छोटी लड़की को काम नईं ना करना चाहिए।''

''हाँ,'' बाई बी साँस खींच दी थी, ''बाप का काम छूट गया, माँ अकेली क्या कैसे सँभाले।''

''सब यूनियन वालों की कारस्तानी है। इतना तो सोचें कि काम है तो सब कुछ है। उन्हें तो अपना उल्लू सीधा करना है। कहीं हड़ताल करवाएँगे, कहीं कुछ। उन्हें तो लीडरी चलानी हुई, भुगतें-मरें ग़रीब मज़दूर। अब हो गई न छँटनी।''

ये सेठ लोग येई कहते हैं। सुवर्णा की समझ में नईं आता।

हड़ताल से पहले जो सेठ बस्ती में आता था, वो कहता था, हक़ माँगोगे तब्बी ना मिलेगा। डरो मत, क्या दिया तुम्हें फ़ैक्टरी ने, बस ख़ून की उल्टी, टी.बी. की बीमारी और क्या!

मिलता माँगने से है, इतना तो सुवर्णा भी जानती है पर पता होना चइये, कितना माँगना है, कितना नईं। सुवर्णा जानती है तो वो लोग क्यों नईं जान पाए।

''बेचारी लड़की। हो गई इसकी तो ज़िन्दगी चौपट,'' सेठ बोला था।

''बेचारी,'' बाई भी बोल दी थी।

अच्छा नईं लगा सुवर्णा को। अच्छा नईं लगता उसे बेचारी-बेचारी सुनना।

इतना तरस आ रहा है तो भेज दो ना इस्कूल। करवा दो उसकी पढ़ाई-लिखाई का इन्तज़ाम। ना, वो इनके बस का नईं। फिर कौन करेगा झाड़ू-फटका, कौन मलेगा भांड़े। चः! और ये बेचारी-बेचारी बी कितने दिन करेंगे। मक्कार! मतलब पड़ा तो थमा देंगे केला या पाव। नईं चइये सुवर्णा को। उसे चइये बिस्कुट। जब तक मिले।

ख़ूब होशियार है सुवर्णा। जो मिलता है, फ़ौरन लेती है। कौन जाने, कब मन पलट जाए इनका।

बाई है मज़े वाली। क्या-क्या लगाती है मुँह पर जैसे वो फ़िलम वाली बाई लोग। सुवर्णा लगाए तो? सच, एकदम रेखा के माफ़िक़ दीखे। और ये बाई! फिक्क करके सुवर्णा हँस दी।

पर बाई के सामने नईं हँसती वो। बड़ी आरसी के सामने बैठी बाई साज-सिंगार करती है तो सुवर्णा टक लगाकर देखती है। बाई मना नईं करती। सोचती होगी, कित्ती ख़ूबसूरत लगती

है। तब्बी ना देख रही है सुवर्णा। उसकी तरफ़ ताक कर क्या मोटी-मोटी मुस्कान फेंकती है और सुवर्णा बी तो हँस-हँसकर देखती है बाई को, और आरसी में ख़ुद को, पाउडर-लाली लगाए। आहा, क्या सुन्दर दिखती है सुवर्णा।

पर मुँह पर पाउडर-लाली लगाओ तो आरसी चाहिए देखने को। सबसे अच्छा लगता है सुवर्णा को नख रँगना, कभी लाल, कभी गुलाबी, कभी नारंगी। हाथ आगे करो और देख लो। गोरी लम्बी उँगलियों पर झक-झक करता रंग। रहता नईं न जास्ती दिन भांड़े मलने में। आई से कहा लाने को एक बार, तो बस पिटायी लगा दी कस कर उसने।

उस दिन देखा, पिछले इतवार के रोज़, बाई एकदम नवा रंग लाई नख रँगने को। हाय, ताज़े कांदे सा गुलाबी।

चमक से खिंची आई थी सुवर्णा, बाई के पास।

"बाई...मेरे कू..." हाथ के इशारे से रंग की बाटली दिखला कर सुवर्णा ने जतलाया, "मेरे कू बी..."

"क्या-क्या?" देर तक बाई समझी नईं।

सुवर्णा ने हिम्मत कर रंग की बाटली छू दी। "मेरे कू," उसने कहा।

बाई सन्न। एकदम मच्छी माफ़िक़ उसे ताकती रही।

सुवर्णा डरी ज़रूर पर हटी नईं, डटी खड़ी रही, एकदम धाँसू फ़िलम विलेन माफ़िक़। और तब क्या तो हुआ कि बाई खी-खी कर हँस दी। एकदम फिक्क से।

च्च! ऐसे तो उसकी आई हँसती है। खी-खी! खी-खी! ताली देकर, घुटनों में सिर घुसेड़, पाँव हिला कर। ना, बाई ने ताली नईं बजायी, पाँव नईं हिलाए, पर हँसी वोई ज़बर तरीक़े से। खी-खी, ही-ही, खी-खी...!

क्यों हँसी बाई, सुवर्णा समझ नईं पाई। किस पर हँसी? सुवर्णा पर क्या? मारे ग़ुस्से के सुवर्णा पीछे पलटी कि बाई ने उसका हाथ पकड़ उसके नख रँग डाले। रंगे क्या, बस एक बार ब्रश मारकर हटा लिया। सुवर्णा ने बाटली पकड़ने की कोशिश की तो झिड़क दिया, "चल हट छोकरी। हो गया बस।"

देर तक किचन में बैठी सुवर्णा अपने नख निरखती रही थी। चांगला लगा नईं रंग। अपने रँगती है बाई तो कित्ता मन लगाकर। जित्ती बार रँगेगी उत्ती बार सुखाएगी। और सुवर्णा को। ऐसे जैसे कुर्सी पर फटका मार रही हो। च्चः!

इतवार था न उस दिन। सेठ क्या तो खेल कर लौटा खाने के टेम। खाने बैठा तो बाई ने पूरी कहानी सुना डाली। सुवर्णा किचन में भांड़े मल रही थी। इतवार के दिन बड़ी मुसीबत है उसकी। जिसके घर जाओ वही कहता है, इतवार है, खाना निबटा नईं, देर से आना। सुवर्णा का मन होता है इतवार को वो बी छुट्टी मारे। पर वोई एक बात पहले दिन कहते हैं लोग, इतवार को छुट्टी नईं करना, हाँ, सेठ घर पर होता है। तो? क्या करे सुवर्णा? गौरमेंट देती है ना छुट्टी इतवार की सब्बी को। तो सुवर्णा क्यों ना करे छुट्टी? पर...। एक बार की थी उसने इतवार की छुट्टी। घर से निकली, काम पर आई नईं। जुहू की रेत पर लोट लगाकर वापस लौट ली। आई ने जो पिटाई लगाई अगले दिन। गणपति रे! हाथ का नील अब तक नईं गया।

बाई सेठ को सुवर्णा की कहानी सुना रही थी, हँस-हँसकर, धीरे-धीरे पहले माफ़िक़ खी-खी करके नईं। सुवर्णा ध्यान लगाकर सुन रही थी। तब ना जाकर बात कान में पड़ रही थी।

"देखा ज़रा सी छोकरी को," बाई बोली, "कहती है नाख़ूनों पर पालिश लगाऊँगी। भगवान बचाए बम्बई को छोकरियों से। सबकी सब फ़िलमों के सपने देखती हैं, हरदम।"

उसने सोचा था सेठ बोलेगा, अरे एक बाटली ला कर दो ना बेचारी को। इतनी छोटी लड़की को काम नईं ना करना चाहिए।

पर सेठ तो एकदम आगबबूला हो गया। आई की तरह। "क्या! इतनी हिम्मत छोकरी की! बुलाओ तो इधर। तुमसे नाख़ून रँगवाएगी। धुन कर नहीं रख दिया तुमने? अरे, निकालो बाहर चुड़ैल को। आज माँग कर ली है तो कल चुरा कर लेगी।"

सुवर्णा के हाथ का नील टस-टस टीसने लगा। कहीं छड़ उठाकर पिल पड़ा तो... ?

वह चुपके से किचन की दीवार से सटी-सटी बाहर खिसकने लगी कि सुना बाई कह रही है, "धीरे बोलो। क्यों चिल्ला रहे हो? एक बोतल पालिश के मारे छुड़ा कर बैठ जाऊँ तो घर का काम कौन करेगा, तुम! अरे बाबा, जाओ, जाकर आराम करो। औरतों का काम औरतों पर छोड़ो। अब से सारा सामान ताले में बन्द करके रखूँगी, और क्या। तुम जाओ न बाबा, बेकार तुमसे बतलाने बैठी।"

सुवर्णा वापस आ बैठी। भांड़े मलते-मलते चेहरे पर मुस्कान खिल उठी। बाई की माफ़िक़। निरी आलसिन है बाई। चलेगा, इसके साथ बहुत कुछ चलेगा। बारह बरस की हुई सुवर्णा, अनाड़ी नईं रही कि समझे ना, किसके साथ क्या चलेगा, क्या नईं। तब्बी ना आज इतने ठसके के साथ बिस्कुट माँग लिये और बाई ने दे भी दिये। उसने बिस्कुट का एक सिरा कुतरा कि बाई के बोल याद आ गए, "ले मर।" मुँह का स्वाद ख़राब हो गया।

"मैं क्यों मरूँ? तू मर," उसने हिन्दी में कहा। तीन-चार बार। विलेन की तरह मुँह बनाकर। तब भी मन हलका नईं हुआ।

वह किचन से उठकर बैठक में आ गई। चारों तरफ़ देखकर सबसे बड़े सोफ़े पर पसर गई, ये टाँग फैला कर, एकदम सेठ के माफ़िक़। और उसी के माफ़िक़ धीरे-धीरे बिस्कुट कुतरने लगी। क्या बिस्कुट खाता है सेठ। दो बिस्कुट खाने में इत्ता टैम लगे कि छाया गीत का एक गाना ख़त्म हो ले।

बिस्कुट कुतरने के साथ-साथ उसने बदन हिला कर गाना भी शुरू कर दिया। एकदम छाया गीत के माफ़िक़, मेरे अँगने में तुम्हारा क्या काम है!

"हायऽ," साँस खींचकर दूसरी बार गाना शुरू किया था कि बाई आ धमकी। मुँह खोल ताकती रही उसे, वोई मच्छी के माफ़िक़।

सुवर्णा बिस्कुट खाती रही। कुट-कुट। कुट-कुट। धीरे, बहुत धीरे।

"अरे, तू सोफ़े पर क्यों चढ़ी बैठी है?" आख़िर बाई चिल्लाई। वह बिस्कुट कुतरती रही। धीरे, और धीरे।

"सुवर्णा!" बाई चीख़ी।

अब उसे सिर उठाना पड़ा। अपना नाम नईं समझती, वो नाटक चलने वाला नईं ना था। पर सोफ़ा छोड़ उठी नईं। बाई को देख ऐसे मुस्कराई जैसे रेखा मुस्कराती है। है न एक फ़िलम जिसमें काम वाली बाई बनी है वो। अरे, क्या तो नाम है उसका, दिखाई थी न टी.वी. पर कुछ दिन पहले। वह माथे पर बल डाल कर नाम याद कर रही थी और उधर बाई थी कि पागल माफ़िक़ चीख़ रही थी, "सुवर्णा! उठ। सोफ़ा नको, नको।"

सुवर्णा ने समझा, और नईं चलेगा। अब उठना पड़ेगा। बिस्कुट का आख़िरी टुकड़ा मुँह में डाल, वह उठने वाली थी कि बाई ने चील की तरह झपट कर उसका हाथ पकड़ लिया। खींचकर उसे सोफ़े से उठाया और घसीटती हुई बाहर ले जाने लगी।

हाथ छुड़ाने की कोशिश बेकार हुई तो सुवर्णा ने चिल्ला कर कहा, ''कल से नईं आऊँगी काम पर।''

उसने सोचा था, उसकी बात सुनते ही बाई उसका हाथ छोड़ देगी और वोई अपनी मोटी मुस्कान फेंकने लगेगी। पर...अचरज! उसके साथ बाई ने भी चिल्ला कर कहा, ''कल से काम पर नईं आने का।''

उसके हाथ पर उसकी पकड़ और ज़बर हुई और घसीटते हुए उसे घर के दरवाज़े से बाहर धकेल दिया और खटाक से दरवाज़ा बन्द।

सुवर्णा आख़िर अनाड़ी निकली। बाई कितनी भी आलसिन हो, उसे सोफ़े पर बैठने नईं दे सकती, अपने पाँच साल के कामकाज से उसे इतना सीख जाना चाहिए था।

(1986)

क़रार

रेत के ढूह पर चढ़ते-चढ़ते मैंने हाँफते स्वर में कहा, ''रेत और बर्फ़ में ख़ास फ़र्क़ नहीं है। बस बर्फ़ ठंडी होती है और रेत गर्म।''

रेगिस्तान की निस्तब्धता में मैंने अपना कहा स्पष्ट सुना। सोचा, चैरी मेरी बात पर हँस देगी, पर वह नहीं हँसी। मेरी तरह वह भी पहली बार रेगिस्तान की बालू पर चल रही थी। पाँव से चप्पलें निकाल कर हमने झोले में डाल ली थीं। नंगे पाँव रेत के ढूह पर चढ़ना-उतरना कम मुश्किल था। कुछ देर चल लेने पर हमारी समझ में आ गया था कि बर्फ़ की तरह बालू पर भी पाँव सीधा रखने के बजाय एक तरफ़ से जमा कर रखना चाहिए। चढ़ने में भीतर कम धँसता है, उतरने में कम फिसलता है। तपेगा तो ख़ैर है ही। चैरी के पैरों में फफोले पड़ रहे होंगे। मुझे तो फिर भी आदत थी, तेज़ गरमी की और नंगे पाँव चलने की भी। हर क़दम के साथ मेरे तलवे बर्दाश्त करना सीख रहे थे। पर वह सर्द देश से आई थी।

''तुम्हें बर्फ़ पर चलने की आदत होगी,'' मैंने उससे कहा।

''यह रेगिस्तान जैसा नहीं लगता,'' उसने कहा।

''हर रेगिस्तान एक-दूसरे से फ़र्क़ होता होगा।''

''मैंने सिर्फ़ फ़िल्मों में देखा है?''

''मैंने भी।''

अब हम धीमे से हँसे, अपनी बात पर कम, चढ़ाई पूरी करके समतल ज़मीन पर पहुँचने की ख़ुशी में ज़्यादा।

जोधपुर की नीली कोठियाँ काफ़ी पीछे छूट चुकी थीं। जैसलमेर पहुँचने के लिए इतना ही रास्ता और तय करना था। मैं चैरी से पहली बार जोधपुर में ही मिली थी। थार रेगिस्तान के पर्यावरण और पानी की खेती पर एक सेमिनार था, उसी में। वह यूनीसेफ की तरफ़ से पारम्परिक जल-संचय व्यवस्था पर प्रोजेक्ट कर रही थी और उसी सिलसिले में हिन्दुस्तान आई थी। वह तीसरी पीढ़ी की अमेरिकन थी। उसके दादा चीन से भाग कर अमेरिका आए थे और वहाँ के नागरिक बन गए थे। स्वयं वह चीन कभी नहीं गई थी और हिन्दुस्तान पहली बार आई थी। पर इस वक़्त मेरी तरह सलवार-क़मीज़ पहने थी।

सेमिनार ख़त्म होने पर हम दोनों ने जैसलमेर जाना तय किया था। अच्छे-भले बस में जा रहे थे कि मुझे ले चैरी बीच रास्ते उतर गई। हर अमेरिकी की तरह उसने भारत के गाँवों के बारे में काफ़ी रूमानी बातें सुन रखी थीं। कुछ पुष्टि सेमिनार ने कर दी थी। उसका ख़याल था, किसी भी गाँव में बिना सूचना पहुँचा जा सकता है, गाँव वाले आदर-सत्कार अवश्य करेंगे। वह यत्र-तत्र गाँवों में जाकर उनकी 'पानी की खेती' देखना चाहती थी। मैंने उसका साथ क्यों दिया, ठीक नहीं जानती। शायद रेगिस्तान मुझ पर हावी हो गया था।

''यह रेगिस्तान जैसा क्यों नहीं लगता?'' अब मैंने उससे पूछा।

''यहाँ काफ़ी झाड़ियाँ और पेड़ हैं।''

''हाँ, थार रेगिस्तान सहारा की तरह नहीं है,'' मैंने सेमिनार की बात दोहराई।

फिर हम उन झाड़ियों और पेड़ों को पहचानने की कोशिश करने लगे, जिनकी वजह से रेत का विस्तार छितरे जंगल सा दीख रहा था।

वह कैर, वह झरबेरी, वह बबूल, वह रोहेड़ा और वह खेजड़ी। रेगिस्तान का कल्पतरु। चौड़ा फैला पेड़, पर घना नहीं। उसकी शाखाओं के बीच इतनी फाँकें थीं कि सूरज की रोशनी नीचे उगी घास को सहलाने छन आए। तभी न पेड़ के नीचे घास थी।

हमारी चाल में तेज़ी आ गई। सुस्ताने के लिए खेजड़ी तक पहुँचना था। फिर सफ़र दोबारा शुरू किया जा सकता था। खेजड़ी की धूप-छाँह में बैठकर मैं सोच रही थी, सचमुच अद्‌भुत है यह पेड़। खेत पर फ़सल के बीच उगते रहने दिया जा सकता है, पैदावार को नुक़सान नहीं पहुँचाता बल्कि ज़मीन को और उपजाऊ बनाता है। बीज छींटते वक़्त इसे काट-छाँट कर जलावन के लिए लकड़ी इकट्‌ठी कर ली जाती है। जब तक फ़सल तैयार होती है, इसमें नई शाखाओं का चौड़ा आच्छादन बन चुका होता है। चौड़ा पर घना नहीं। छितरा इतना कि सूरज की रोशनी में बाधक न बने। इसके तल में फ़सल और बढ़िया होती है। इसका हर हिस्सा काम आता है। पत्ते ढोर-डांगर खाते हैं तो फली इनसान। लकड़ी जलावन बनती है और छाल दवा। सबसे काम की बात यह है कि छोटा होने पर यह पशुओं के लिए अखाद्य होता है। जब सुखाद्य बनता है, जड़ें जमा चुका होता है, मवेशियों को चारा खिलाता है पर स्वयं खाया नहीं जा सकता। मरुवासियों का विश्वास है कि खेजड़ी का पेड़ न उखाड़ा जाता है, न उगाया। वे इसे दैवी वृक्ष मानते हैं, जो ख़ुद-ब-ख़ुद उगता है। वह तो ख़ैर अन्धविश्वास हुआ। जंगल में सभी पेड़ों के बीज पशु-पक्षियों की बदौलत छींटे जाते हैं और प्रकृति की कृपा से फूटते-बढ़ते, फूलते-फलते हैं। मनुष्य बीच में न आए तो सब तरफ़ जंगल ही जंगल हो! पर मनुष्य ऐसा जीव है, जिसे खाना, कपड़ा, मकान ही नहीं, ऐशोआराम का हर सामान चाहिए। इसलिए जंगल काटे जाते हैं, रेगिस्तान की फ़ितरत रंग लाती है, सूखा और अकाल पड़ता है।

नहीं, यह सब मैंने चैरी से नहीं कहा। सेमिनार में हम दोनों ने हिस्सा लिया था, इससे ज़्यादा और भी बहुत कुछ सुना था। वैसे भी चैरी मुझसे ज़्यादा जानती थी। उसका पेशा था जानना। मैं तो मात्र जिज्ञासु थी।

मैंने देखा, चैरी के तलवों में वाक़ई फफोले पड़े हुए थे। वह अपने झोले में से क्रीम निकाल कर उन पर लगा रही थी।

''ग़लती हमारी थी,'' उसने क्रीम मेरी तरफ़ बढ़ाते हुए कहा, ''बस से दोपहर बाद उतरना चाहिए था।''

मैंने क्रीम नहीं ली। कहा, ''तुम्हारी ज़रूरत मुझसे ज़्यादा है।''

वह हँस दी, बोली, ''पानी के बिना मरने लगें, तब कहना।''

''वह नौबत भी आ सकती है। अब उठें।''

''ज़रा देर ठहरो। धूप कुछ और ढल जाए।''

मैं अधलेटी हो गई। पर ज़्यादा देर नहीं। उठकर बैठना पड़ा। कुदालें थामे एक जनसमूह उधर आ निकला। हमें देख सब ठिठक कर खड़े हो गए। बच्चों ने आगे बढ़ हमें घेर लिया।

एक आदमी पास आकर बोला, ''आप यात्री हैं, पाबू जी के मन्दिर में विश्राम करें। उधर है।''

कहकर वह गया नहीं। हमारे उठने का इन्तज़ार करने लगा। उसे कोई जल्दी नहीं थी। कुदाल का टेका लेकर, वह लम्बी प्रतीक्षा में जड़ हो गया। बच्चे हमें घेरे रहे। बाक़ी लोग कुछ दूरी पर जहाँ थे, वहीं रुक गए। कुदालों का सहारा लिये, अपलक हमें ताकते हुए, वे चूना-मिट्टी की मूर्तियाँ लग रहे थे। शायद ढलते सूरज का मृत्युगामी प्रकाश था या तारे निकलने से पहले का धुँधलका, वे मुझे जीते-जागते इनसान नहीं, आधुनिक मूर्तिकला के अनगढ़ नमूने लग रहे थे। देर तक उनकी अपेक्षा रहित दृष्टि झेलने की क्षमता हममें नहीं थी। हमें उठना पड़ा। हमारे उठते ही पथ-प्रदर्शक पाबू जी के मन्दिर की तरफ़ चल पड़ा। बाक़ी मूरतें भी हरकत में आ गईं। मंथर गति से क़ाफ़िला बढ़ चला।

''हिन्दुस्तान में कोई जगह ऐसी है, जहाँ हर छह गज़ पर आदमी न हो?'' चैरी ने अंग्रेज़ी में कहा।

''तुम्हीं गाँव वालों की मेहमाननवाज़ी देखना चाह रही थीं,'' मैंने जवाब दिया और पथ-प्रदर्शक के साथ हो ली। उसे बोलने बतियाने से आपत्ति नहीं थी।

पता चला, वे सब अकाल राहत के नाम पर बन रहे तालों की मिट्टी खोद कर लौट रहे थे। रेत से उनके कपड़े, चेहरे और सिर के बाल यूँ सराबोर थे कि समझ में आया, क्यों वे मुझे चूना-मिट्टी की मूर्तियों जैसे लगे थे। मन्दिर की तरफ़ बढ़ते-बढ़ते मैंने देखा, उनकी आँखें निस्तेज नहीं थीं। शायद इसलिए कि अब वे अनंत प्रतीक्षा की साधना में नहीं थे, निश्चित गंतव्य की तरफ़ जा रहे थे। बातों में पता चला, इससे अधिक प्रभावी कारण भी था, आज, बहुत दिनों की बकाया मजूरी मिली थी, इसलिए धूप से झुलसे और रेत से लिपे-पुते चेहरों पर भरपेट खा पाने का सुख टिमटिमा रहा था।

''चल सकोगी? फफोले कैसे हैं?'' मैंने चैरी से पूछा।

''चुप!'' उसने घुड़क कर कहा। उन लोगों के सामने वह लज्जित हो आई थी।

ओरण से भी पहले मुझे कुआँ दीखा। मन्दिर के सामने। प्यास भड़क उठी। अब तक पता नहीं कैसे, मैं अपने हलक की ख़ुश्की को पैरों तले रौंद रही थी। अब जैसे तलवों पर मलहम का लेप हो गया, मैं तेज़-तेज़ चलने लगी। पर गला रेत का ढूह बन गया, किरकिर करती आवाज़ में पूछ ही लिया, ''कुएँ में पानी होगा न?''

जवाब मिला, ''यह पाबू जी का ओरण है।''

तो? फिर देखा सभी की चाल में तेज़ी आ गई थी। चेहरों की चूना-मिट्टी पर आस का अबरक चमक उठा था।

प्यास को फिर भी तनिक सब्र करना पड़ा। कुएँ के बजाय सब मन्दिर के द्वार की तरफ़ बढ़ रहे थे। पहले दर्शन, फिर पानी। मैं और चैरी भी मन्दिर के भीतर पहुँच गए पर मुझे और इन्तज़ार नहीं करना पड़ा। अतिथि देख, एक आदमी पीतल की छोटी सी लुटिया में पानी ले आया। लुटिया उसने चैरी की तरफ़ बढ़ाई। वह झिझकी तो मैंने थाम ली। मुँह खोलकर पानी की धार गले में डाली। उसे दिखला दिया, कैसे लुटिया बिना जुठलाए और पानी बिना खिंडाये पिया जा सकता है। गला तर करके लुटिया मैंने उसकी तरफ़ बढ़ा दी।

''मेरे झोले में पानी है,'' उसने अंग्रेज़ी में कहा।

''पी लो,'' मैंने कहा, ''वे बुरा मानेंगे।''

उसने लुटिया ले ली, मुँह खोला, लुटिया ऊपर की, पर पानी की धार मुँह में गिरी नहीं। सिर्फ़ मैंने देखा।

''कुएँ का पानी है। इसमें कौन सा बैक्टीरिया नज़र आया तुम्हें?'' मैंने ग़ुस्से से कहा।

''मेरे पास पानी है,'' उसने कहा।

''और तुम्हारे पाँव में फफोले हैं,'' मैंने तंज के साथ कहा।

उसने चुपचाप लुटिया लौटा दी।

मन्दिर में प्रसाद भी मिला। चैरी इधर-उधर हो गई। पथ-प्रदर्शक ने हमें घर चल कर जीमने का न्योता दिया पर मैंने क्षमा माँग ली। हमारे झोले में खाना था। रात हम वहीं बिताना चाहते थे। सुबह गाँव देखने आएँगे। पानी के ताल, टाँके, कूँडियाँ देखना चाहते थे, बावड़ियाँ जोधपुर में देख ली थीं।

''हाँ, टाँकों में अब भी पानी है,'' पुजारी ने आह भरकर कहा, ''बाक़ी सब सूखा ही सूखा है। सरकार गाँव में ट्यूबवेल खोदती है और पानी जोधपुर शहर को पिलाती है। हमारे कुएँ सूखते जाते हैं। बस, इस कुएँ में पानी है। पर यह तो पाबू जी का ओरण है,'' हाथ जोड़ उसने माथे से लगाए, फिर कहा, ''सुना है कायलाना झील भी सूख गई।''

''हाँ,'' मैंने कहा, ''हम देखकर आए हैं। पर यहाँ ताल भी तो खोदे जा रहे हैं, राहत कार्य के अन्तर्गत।''

पुजारी ऐसे हँसा जैसे रो दिया हो।''जहाँ धरती में पानी न हो, वहाँ ताल खोदने का लाभ? पर ठीक है...मजूरी तो मिलती है। ज़माना तो जब होगा, होगा,'' उसने कहा।

मुझे मायूसी ने घेर लिया। मैं बाहर आ गई। देखा, चैरी कुएँ की जगत पर जमा राहत-मज़दूरों की फ़ोटो खींच रही थी। लोग ख़ुश नज़र आ रहे थे। बच्चे एकटक उसे निहार रहे थे। वह ख़ासी हिन्दुस्तानी लग रही थी। गोरी असमिया। कुएँ को देख अधबुझी प्यास हिलक उठी। मैंने पानी पिया और प्यास से निवृत्त होने पर मुझे ओरण दिखा। काफ़ी लम्बे-चौड़े विस्तार में असंख्य खेजड़ी के पेड़। दूर-दूर सही पर दूर तक। रेगिस्तान का अरण्य।

''यहाँ के पेड़ काटे नहीं जाते न?'' मैंने पूछा।

''न...न,'' पास वाले ने ज़बान काट कर कहा, ''दाहकर्म के लिए ज़रूरत होती है तो नीचे गिरी लकड़ी या सूखी टहनियाँ बीन लेते हैं। यह पाबू जी का ओरण है। सरकार ने जब भी कोशिश की, पछाड़ खाई। पता है, पिछले साल एक सरकारी अफ़सर आया था, ज़मीन की नाप-जोख करने। मन में वृक्ष काटने का पाप होगा, ओरण में प्रवेश करते ही चकरघिन्नी खाकर जो गिरा, तीन महीने तक चल-फिर नहीं पाया। तब से कोई नहीं फटका। यह पाबू जी की सम्पत्ति है,'' उसने श्रद्धा के साथ हाथ जोड़े।

''हम जा सकते हैं वहाँ?''

''अवश्य अवश्य!'' पुजारी ने कहा।

मैंने चैरी का कन्धा छुआ और हम दोनों ओरण में प्रवेश कर गए। तब तक अँधेरा घिरने लगा था। रात झुटपुटे से आगे निकल आई थी। जिसे मैं ढलता सूरज समझ रही थी, दरअसल वह उगता चाँद था। अभी उसका प्रकाश पीला और उदास था, अँधेरे से जूझने में अशक्त। पर तपे तलवों के नीचे धरती शीतल हो चली थी। उस निविड़ अन्धकार और

निविड़तर मौन में हम दोनों चुपचाप ओरण में काफ़ी दूर तक चलते चले गए। फिर मूक सहमति से रुक गए। अन्धकार, धूमिल चाँद और खेजड़ी के पेड़ों के अलावा, दूर-दूर तक हमारे सिवा कोई नहीं था।

मैं ज़मीन पर पसर कर अपने तलवे सहलाने लगी। चैरी झोला कन्धे पर लटकाए-लटकाए बैठ गई।

"झोला उतारो," मैंने कहा, "कुछ खा-पी लो। मेरा मन्दिर में हो गया।" वह न कुछ बोली, न झोला उतारा। सुन्न-सी सामने ताकती बैठी रही।

"यहाँ तो हर छह गज़ पर आदमी नहीं है," मैंने कहा।

वह फिर भी कुछ नहीं बोली।

मैं लेट गई और आँखें बन्द कर लीं।

हवा का नामोनिशां न था। सूरज की तपाती, पिघलाती गरमी नहीं थी पर उमस भरपूर थी। तनिक हवा चलती तो जीवन का आभास होता। मैं आँखें बन्द किए प्रतीक्षा करती रही कि हवा का एक झोंका, झकोरा न सही, हलका कम्पन, साँस की आवाजाही जैसी नाममात्र की हरकत, बदन को सहलाए तो सो जाऊँ। पर वहाँ सब कुछ ठहरा हुआ था, श्मशान की तरह। घबरा कर मैंने आँखें खोल लीं। चाँद ने अँधेरे के साथ मोर्चा लेना शुरू कर दिया था, बस इतना कि उसकी पीली रोशनी दूधिया होने लगी थी और उसके झुकामुखी उजास में, प्रेतों से खड़े खेजड़ी के पेड़ देखे जा सकते थे। अपनी-अपनी जगह स्थिर काले कृषकाय पेड़। हवा होती भी तो क्या हिलता? उन पेड़ों में टहनियाँ थीं कितनी? बस ठूँठ सा तना, शाखाओं के अभाव में लूलों की तरह आकाश की तरफ़ निष्पलक मुख उठाए। ये बिरिच्छ थे या कंकाल? मानव कंकाल। यह पितृवन ही था न। पुजारी कहता था, केवल दाहकर्म के लिए सूखी लकड़ी बीनी जाती है। झूठ! बीनी नहीं, काटी जाती है। सूखी तो सब हैं ही। न जाने कितने लोग मरते हैं रोज़। यहाँ के सारे पेड़ चिता चिनने को काट डाले गए। एक-एक पेड़ एक-एक लाश का प्रतीक था।

हौले से मैं चैरी के पास सरक आई। वह वैसे ही बैठी थी, अवाक्। उमस और बढ़ गई थी। उसके कपड़े पसीने से चिपचिपा कर बदन से चिपक रहे थे। मैंने छू कर देखा। मेरा स्पर्श निरुत्तर रहा। चाँदनी अँधेरे की अभ्यस्त नज़रों से मैंने उसे ग़ौर से देखा। उसकी आँखों से आँसू बह रहे थे।

"चैरी," मैंने धीमे से पुकारा।

"किसी को घर छोड़कर भागने पर मजबूर नहीं होना चाहिए," उसने कहा।

"अकाल पड़ने पर जाना पड़ता है। बारिश होते ही लौट आते हैं। वह इनकी नियति बन चुकी है।"

"नियति! नियति, धर्म, अन्धविश्वास! इनसे उबर कर कभी बाहर आ पाओगे तुम लोग? यह धार्मिक स्थल है। इसलिए यहाँ के पेड़ छाँटे तक नहीं जा सकते, जबकि और जगह सरकार जंगल के जंगल काटती जा रही है। देखा नहीं था, कायलाना झील के कैचमेंट एरिया में पत्थर की ख़ुदाई हो रही थी। पक्के मकान समृद्धि के द्योतक हैं न," वह तैश में आ गई।

"अब तो यहाँ के पेड़ भी कटने लगे। देखो ये ठूँठ।"

"वह इसलिए कि कटे नहीं। छँटाई होती रहती तो नई शाखाएँ फूटतीं। पेड़ फैलता, चौड़ा बनता। देखा नहीं था रास्ते में? पर नहीं। अन्धविश्वास है तो वृक्ष काटा नहीं जाएगा। खड़ा रहेगा कंकाल सा। न टहनी, न पत्ते।"

ठीक कह रही थी वह। रेगिस्तान का कल्पतरु रेगिस्तान की ज़रूरत और आबोहवा के अनुरूप ढला है। छँटता है तो फैलता है, तना कटे तो सूख जाता है, अनछुआ रहे तो वैरागी बन स्थविर हो जाता है। पर छाँटने और काटने के बीच का सूक्ष्म अन्तर बनाए रखना...मैं उससे कहती, उससे पहले उसने कहा, "मेरी तरह।"

"क्या ?"

"मेरी तरह हैं ये पेड़। न शाख़, न पत्ते। पर ज़मीन है इनके पास। मेरी तो जड़ें ही छूट गईं। मैं कभी लौट नहीं सकती।"

"लौटने की ज़रूरत क्या है तुम्हें। सम्पन्न देश की नागरिक हो, जो अपना कचरा और ज़हर दूसरे देशों को भेज देता है।"

चाँद काफ़ी मुहिम तय कर चुका था। अब ठीक हमारे ऊपर था और पहले से कहीं ज़्यादा चमकदार। वह चाँदनी में नहाई साफ़ नज़र आ रही थी। उसने चौंककर मुझे देखा। उसका हाथ उठा और मेरे कन्धे पर टिक गया। दुनिया भर की थकान मुझ पर हावी हो गई। मैंने लेट कर दोबारा आँखें बन्द कर लीं।

जो कहा, वह नहीं, मैं उससे कुछ और कहना चाहती थी। उसे समझाना चाहती थी कि धर्म में आस्था, अन्धविश्वास नहीं, सूझबूझ वाली रणनीति थी। अगर एक बार ओरण के पेड़ छँट जाते, लोगों का भ्रम टूट जाता कि देवालय का वन अलंघ्य है तो कोई ताक़त उसे बचाए नहीं रख सकती थी। धर्म का विधान हटते ही, पेड़ छँटते नहीं, बेरहमी से काटे जाने लगते। सरकार ख़ुद अपनी विकास योजना के लिए ज़मीन हथिया लेती या आरक्षित गुंडों के संरक्षण में कोई सम्पन्न परिवार उस पर क़ब्ज़ा जमा लेता। न ओरण बचता, न उस पर उगी सेवन घास। थोड़ा-बहुत चारा और लक्कड़ जो जनसाधारण को अब मिलता है, वह भी हाथ से निकल जाता। धीरे-धीरे कुआँ भी सूख जाता।

मैं जानती थी, सुनकर वह कहेगी, तुम्हारी सरकार अभी भी ग़ुलाम देश की सरकार है क्या ? जानती थी क्योंकि वही मैं अपने से कह रही थी। मैं उसे समझा सकती थी कि जैसे उसका देश अमेरिका अपना कचरा और ज़हर फेंकने के लिए ग़रीब देशों का इस्तेमाल करता है, वैसे ही हमारे देश का सम्पन्न वर्ग ग़रीब तबके का करता है। सरकार सम्पन्नता की प्रतिनिधि है। हम ख़ुद अपने उपनिवेश हैं।

जब तक ख़ुद मैंने यह सब समझा, बहुत देर हो गई। निस्तब्धता अन्धकार की तरह गहरा कर, पूरे ओरण को निगल गई। पत्ता पहले ही नहीं खड़क रहा था, अब जैसे धरती-आकाश सब सो गए। ज़रा वक़्त बीता तो उस चुप्पी को तोड़ पाना नामुमकिन हो गया। पहले कहती तो कहा जाता। अब निःशब्दता आस्था की वस्तु बन चुकी थी। मेरी समझ में आ रहा था, निर्वाण का क्या रूप होता होगा। ऐसा ही गहन सघन मौन। ऐसा ही निर्वाक् अन्धकार। अनंत आकाश और धरती का ऐसा ही निर्बाध विलय। आसमान में छिटके कितने-कितने तारे मूक थे। प्रहरी से खड़े खेजड़ी दम साधे चुप थे। मैं और चैरी उस अनादि-अनंत मौन के साक्षी भर नहीं, उसके अंश थे। मैं भीतर ही भीतर और और चुप होती चली गई।

उजाले के पहले स्पर्श के साथ हवा ने भी साँस छोड़ा। उसके उच्छ्वास ने मुझे जगा दिया। चैरी वैसे ही बैठी थी।

ये क्या रात-भर नहीं सोई ?

मुझे जगा देख वह धीमे से मुस्कराई और झोला सँभालकर उठ खड़ी हुई।

मन्दिर में घंटियाँ बजने लगीं।

मुझे उठना पड़ा।

मन्दिर की तरफ़ जाते-जाते मैं ठिठक कर खड़ी रह गई। ओरण की सरहद पर यह इतना हरा-भरा, चौड़ा खेजड़ी का पेड़। रात तो नहीं देखा था।

"आश्चर्य है," मैंने कहा।

चैरी मुस्कराई, जैसे वह उसका अपना रहस्य हो।

मुस्करा तो मैं भी रही थी। मन ऐसे खिल उठा था जैसे बारिश पड़ गई हो। हवा ने भी साथ दिया। मैंने नथुने फुला कर साँस ली और वृक्ष के छितराये छज्जे के नीचे पल भर ठहरी रही। तो यह अकेला प्रहरी ओरण की लक्ष्मणरेखा के बाहर था। या सरहद की पैमाइश दुरुस्त नहीं हो पाई थी। होती कैसे, हर सरकारी अफ़सर को तो लकवा मार जाता था। मैं हँस दी। ख़ुश रहो, आज़ाद बिरिच्छ, तुम पर कोई शासन लागू नहीं होता।

"रात के अँधेरे में यह हमें दिखा ही नहीं," मैंने ललक के साथ चैरी से कहा।

"शायद था नहीं," उसने कहा।

"क्या!"

उसने और कुछ नहीं कहा, सधे क़दमों से कुएँ की तरफ़ बढ़ने लगी। मुझे अपने विस्मय से उबरने में समय लगा। जब तक मैं वहाँ पहुँची, चैरी कुएँ की जगत पर बैठी, पीतल की लुटिया बिना जुठलाए, हलक में पानी की मोटी धार उतार रही थी। चेहरे पर आनन्द और तृप्ति का भाव था।

"झोले का पानी ख़तम हो गया?" मैंने पूछा।

"मैंने खेजड़ी में डाल दिया," उसने कहा।

"और वह रात ही रात में हरा-भरा हो गया," मैंने कटाक्ष किया। इसी बूते पर वह हमारे अन्धविश्वास को कोस रही थी।

"नहीं," उसने कहा, "वह तो पाबू जी का मुझसे क़रार था।"

"क्या मतलब?"

"तुम बहुत गहरे सोईं रात। मैं पूरा वक़्त जगी रही।"

"फिर?"

वह देर तक मुझे देखती रही, निःशब्द। मुझे लगा, रात वाली चुप्पी फिर पूरे माहौल पर छा गई। कुछ देर पहले चिड़ियों का कलरव सुना था। अब वे किसी रहस्य से पर्दा उठने के इन्तज़ार में मौन हो गईं। मन्दिर में घंटियाँ बजनी बन्द हो गईं। प्रभात का खिलता उजाला क्षण-भर को अँधेरे की मानिन्द मौन का संगी बन गया। लगा, बरसेगा। और नहीं तो छींट से छींट मिल ही जाएगी। मैं इन्तज़ार करती तो किसका? मुझे शब्द नहीं, उत्तर चाहिए था। और चैरी की दृष्टि में पर्याप्त उत्तर था। प्रश्न दोहराना निरर्थक लगा। तभी मन्दिर में एक बार फिर घंटियाँ टनटना उठीं। उनके स्वर से स्वर मिला कर चैरी ने कहा, "मैं वापस नहीं जाऊँगी।"

यह उत्तर था, मेरे प्रश्न का, जो मैं पहले ही उसकी आँखों में पढ़ चुकी थी। फिर भी पुष्टि के लिए पूछा, "कहाँ, चीन?"

''नहीं, अमेरिका। तुम्हें पता है, चीन में सरकार दोबारा जंगल उगाने की कोशिश कर रही है। पर वहाँ अब चिड़ियाँ नहीं रहीं।''

''तो?''

''यहाँ दोनों बचाए जा सकते हैं, पेड़ और उनके दूत।''

उसने पानी की लुटिया मुझे पकड़ा दी और उठकर खड़ी हो गई।

''ख़ैर,'' उसने कहा, ''वह सब सोचकर तय करने वाली बातें हैं। समय लगेगा। अभी तो...'' वह मेरे कान के पास होंठ रखकर फुसफुसायी, ''दिशा-मैदान को जाना है।''

''पता करती हूँ,'' मैंने गम्भीर रहने की कोशिश की, पर हँसी आ ही गई। वह भी हँस दी।

निर्दिष्ट ठौर की तरफ़ जाते हुए नज़र फिर उस चौड़े हरे खेजड़ी पर पड़ी। मैंने देखा, चैरी उसे फ़ौजी ढंग से सलाम कर रही थी।

(1986)

तीन किलो की छोरी

शारदाबेन ने मुचड़ी धोती टाँगों के बीच से निकाली और उठकर खड़ी हो गई। नंगे-गीले बच्चे को फटे कपड़े से लपेटा और तराज़ू की तरफ़ लपकी। आजकल यह उसका रोज़ का नियम था। बच्चा जनवाने पर, उसे नहलाना तो ख़ैर ज़रूरी ठहरा, पर उसके बाद, माँ को उसका मुँह दिखलाने से पहले, वह तराज़ू पर उसका तौल करने दौड़ती थी। मालिकों की नज़र में बच्चे जनवाने का महत्त्व कम, तराज़ू में तौलने का ज़्यादा था। सौ रुपया महीना की नौकरी थी उसकी, कोई मज़ाक़ नहीं।

आज कुछ अलग उछाह था तराज़ू तक की लपक में। गोद में पड़ी छोरी, उसके जने और बालकों से फ़र्क़ थी। बहुत दिनों बाद, बच्चा उठाने पर लगा था, हाँ, कुछ है गोद में, चिथड़ों की पोटली के अलावा। एक दबाव महसूस हुआ था बाँहों में। वह तो भूल ही चली थी, नन्ही हड्डियों के ढाँचे पर चढ़े मांस का वजन क्या होता है।

नई नहायी बच्ची के बदन पर लिपटा कपड़ा नम हो गया था। उसे उतार अपने कन्धे पर डाल लिया। चन्द मिनटों में सूख जाएगा।

फिर जतन से सँभाल कर उसने छोरी को तराज़ू में लिटा दिया। उसे यही सिखलाया गया था। निपट नंगे बच्चे का तौल करना चाहिए वरना कपड़ों का वज़न जुड़ जाता है आँकड़े में। घिसे-पिटे चिथड़े का वज़न क्या होगा, दस ग्राम भी नहीं, पर शारदाबेन हँसी तक रोके रखती है अपनी। चिथड़ा अलग करती है और नंग-मलंग बच्चे को तराज़ू में लिटाती है। तभी न, तमाम ग्रामसेविकाओं में अव्वल ठहराई जाती है हमेशा। काम के मामले में न हँसी-ठट्ठा, न कोर-कोताही। नंगा तुलना है बच्चा तो नंगा तुलेगा, कपड़े का वजन देख हँसी छूटे तो रखो पेट में दबा के।

जो सोचा था सही निकला। शारदाबेन ने उचक कर वज़न पढ़ा और ताली पीटकर चहक उठी, तीन किल्लो। पूरी तीन किल्लो। वाह री छोरी, तू तो औसत से भी जाड़ी निकली।...औसत वज़न ढाई किलो है, अपने गाँव-गँवई के बच्चों का, उसे मालूम था। यह छोरी उससे ऊपर होगी, नीचे नहीं। गोद में लेने पर लगा तो था पर उसने अपना अनुमान नीचे की हद पर खींच रखा था, ऊपर उठने नहीं दिया था। मानुष की अक़्ल आख़िर मानुष की ठहरी। जब तक मशीन ठोंक-बजाकर कह न दे, ट्रेनिंग पाई दाई को धीरज धरे रहना चाहिए, है कि नहीं ? वैसे शारदाबेन दाई नहीं, अपने को ग्रामसेविका कहलाना पसन्द करती थी। हर लल्लू-पंजू दाई के हाथ में तराज़ू नहीं होता ना। वह भी एकदम नए ढंग का, न बाट न बटखड़ा, ऊपर लगी सुई खटाक से दिखा देगी वज़न का नम्बर, घड़ी की सुई की तरह। तीन किलो तो तीन किलो, न एक ग्राम इधर, न एक ग्राम उधर। वैसे शारदाबेन का हिसाब भी कच्चा नहीं था। शायद ही कभी मोटी

गड़बड़ी हुई हो, पर आदत कुछ ऐसी बन चुकी थी कि बच्चा गोद में उठाने पर, उसके वज़न में आधे-चौथाई किलो की बढ़त करके ही रहती। हर बार मन में कहती, अरे, कुल जमा डेढ़ किलो वज़न होने से रहा, दो नहीं तो पौने दो किलो तो होगा ही होगा। माँ का दूध मिल गया तो जी जाएगा, बेचारा!

फाउंडेशन की मोटीबेन यही बोलती हैं हमेशा, अरे शारदाबेन, (या शान्ताबेन या हमीदाबीबी, जो रहे सामने) एक बात गाँठ बाँध लो; माँ के दूध जैसी नैमत दूसरी है नहीं। तीन महीने तक भरपेट, टैम से माँ का दूध मिले बच्चे को बस और कुछ नहीं चाहिए। अरे, अब तो विलायत-अमेरिका की मेमें भी बच्चों को अपना दूध पिलाने लगीं। जानती है शारदाबेन। उसके इस छोटे से गाँव में भी चली आती हैं जब-तब मेमें। मोटीबेन भी भेजती हैं। कहती हैं, उसका सेंटर सबसे बढ़िया है उनके गाँव में, और शारदाबेन ठहरी फिर ख़ूब चटर-पटर बतियाने वाली। एक बात नहीं छोड़ती बिना बतलाए।

यह देखो, दस पैसे की पचहत्तर ग्राम ममरी, मूँग की दाल, चावल और तेल से बनी। पाँच साल से कम बच्चों, गर्भवती और दूध पिलाती माँओं के लिए। जो चाहे, खुले हाथों ले। किसी को वापस नहीं लौटाते हम। क्या चीज़ है ममरी, खाने में स्वाद, सेहत के लिए बढ़िया। दस पैसे क्या हैं, पचहत्तर ग्राम के लिए मुफ़्त बराबर समझो। हमें तो पचास की पड़ती है। दस्सी लेते हैं सो इसलिए कि भिखारी नहीं ना बनाना हमें गाँव वालों को। और यह देखो, बालदीपक, कुपोषित बालकों के लिए बढ़िया टानिक। कमज़ोर हो बच्चा, तो छठी होते ही, चम्मच भर रोज़ पिलाना शुरू। क्या बतलाऊँ आपको, कैसे पुच-पुच घोट जाते हैं बदमाश। अरे कमज़ोर हुए तो क्या, कमअक़्ल तो नहीं, अपने मतलब की चीज़ ख़ूब पहचानते हैं।

ताली बजाकर वह खिलखिला पड़ती पर मेमें उसका मज़ा ख़राब कर देतीं। होंठ दबा कर कहतीं, इस सबकी कोई दरकार नहीं है, छोटे बच्चों को मिलना चाहिए माँ का दूध, टैम से और भरपेट। उसके लिए माँ को भी, कड़क तला, तेल रचा खाना खाने के बजाय, ताक़त की ख़ुराक खानी चाहिए।

शारदाबेन का मन-मुँह कसैला हो जाता। ताक़त की ख़ुराक! अन्न का जहाँ जुगाड़ न हो...

खाने का ख़याल आया नहीं भेजे में, कि पेट ने गुड़गुड़ाना शुरू कर दिया। उसे याद आ गया, अभी रोटला खाया नहीं, काग़ज़ में लिपटा पड़ा है थैली में, वहीं सेंटर पर। अभी क्या टैम हुआ होगा, दो-ढाई और क्या, ऊपर आसमान में तपते सूरज को देखकर उसने सोचा। ना, तब पेट इतनी बेहाली से गुड़गुड़ ना करने वाला था। ज़रूर तीन से ऊपर हो रहे होंगे। साले पेट में भी घड़ी की सुई लगी है। बच्चे तौलने वाले तराज़ू के माफ़िक़, ठीक टैम पर गुड़गुड़ाना चालू करता है।

खा लूँगी पापी, सबर कर, उसने अपने पिचके पेट पर चपत लगाकर कहा और खी-खी कर हँस दी। ऐसे न खाने वाली हूँ आज, रूखा रोटला-प्याज़, आज तो इस तीन किल्लो की छोरी की माँ से सकड़ी लिये बग़ैर न मानूँगी। अरे, पूरा तीन किल्लो वजन है छोरी का, कोई मज़ाक़ है, यह समझ लो जैसे एक के बजाय दो बालक एक साथ जने हों, डेढ़ किल्लो से ज़्यादा वज़न का बच्चा जनमता कहाँ है इधर।

बस एक अड़चन है। है साली छोरी। छोरा होता तो खुले हाथों देता बापू इसका। सुखी परिवार है, दो भैंसें हैं, क़िस्तें भी, सुना, चुका लीं अब तक। पाँच बीघा खेत भी है अपना, चारे-

खारे की किल्लत नहीं है। ऊपर से मौसम भी सहारे वाला है, न बाजरे की कटाई का बखत है न रुपाई का। छोरी की माँ को आराम मिल जाएगा। वरना क्या, सुखी परिवार हो तब भी, कटाई-रुपाई के बखत औरत घर पर तो बैठ नहीं सकती। पर लल्लीबेन खींच ले जाएगी, पन्द्रह-बीस दिन। घर पर सासू भी है न, मनुबेन, भैंसों का चारा-सानी तो कर ही देगी इतने दिन।

"चल मेरी तीन किल्लो की छोरी, सूकड़ी तो खिलवा दे।" अरे, छोरी हुई तो क्या हुआ, कहती नहीं अपनी मोटीबेन, 'छोरे-छोरी में अब फ़र्क़ नहीं रहा।' देख न शारदाबेन, मैं भी छोरी हूँ पर पूरा का पूरा फाउंडेशन मेरे दम पर चलता है। है कि नहीं?" सच्ची-खरी बात कही थी मोटीबेन ने। यह सारा तामझाम था तो मोटीबेन के कन्धों पर। उनकी बात सुन शारदाबेन की छाती इतनी चौड़ी हो गई थी कि झट घर पहुँच, ज्यों की त्यों जड़ दी थी अपने मरद के माथे पर। उस दिन, सच, मार खाते-खाते बची थी शारदाबेन।

एक बात है उसके मरद की। याद नहीं पड़ता कभी हाथ उठाया हो उस पर। एकाध बार को छोड़ दो, कभी-कभार तो आप जानो, मरद ठहरा, पर क़सम है जो एकाध बार से ज़्यादा पिटाई की हो उसकी। अब एकाध झापड़ कभी मार दिया, वह तो ख़ैर मान-मनौवल की बात हुई, पर मन की भड़ास निकालने को उसकी पीठ का इस्तेमाल कभी नहीं करता।...हाँ, उस दिन ज़रूर मार खाते-खाते बची थी शारदाबेन।

खटिया पर बैठा उसका मरद चाय पी रहा था कि झलल-मलल करती वह भीतर आई थी और खटाक से जा चढ़ी थी ऊपर, उसके बराबर में। बोली थी, "आज का दिन बड़ा ख़राब बीता, तीनों की तीनों चुड़ैल छोरियाँ जनी गईं। किसी ने टुकड़ा भर गुड़ भी न धरा हाथ पर। फिर मोटीबेन से बतलाया तो शीत पड़ा कलेजे में, कहने लगीं, 'ले शारदाबेन, सूकड़ी खा। छोरे-छोरी में कोई फ़र्क़ नहीं है। अरे, तू भी छोरी है, है कि नहीं, फिर सौ रुपये कमा रही है कि नहीं...महीने के महीने। सारा गाँव तेरी इज़्ज़त...' "

बात यहीं तक पहुँची थी कि मरद ने लात मारकर उसे खटिया से नीचे गिरा दिया था। फिर एक घूँट में चाय सटक, उसकी गरदन पर आ सवार हुआ था। पीठ पर धौल जमा कर बोला था, "सौ रुपल्ली का भूत चढ़ गया सिर पर, हरामज़ादी।" और तो और, छोरा उसका, बालिश्त भर का, बाप की देखा-देखी चढ़ आया था सिर पर और चीख़ कर बोला था, "छोड़ परे साली नौकरी। कल ही जाकर छुट्टी कर। हमें नहीं चाहिए तेरे सौ रुपये।"

छोरे की बात सुनते ही मरद की अक़्ल ठिकाने आ गई थी। उसे छोड़ छोरे पर झपट लिया था। एक झन्नाटेदार थप्पड़ उसकी कनपटी पर रसीद कर दहाड़ा था, "खाल में रह, हरामज़ादे! बड़ा आया नौकरी छुड़ाने वाला। जाकर पढ़ाई कर अपनी। इस्कूल में नाम क्या फोकट में लिखवाया है?"

रोता-बिसूरता छोरा कोने में सिकुड़ गया था। मरद वापस खटिया पर विराजमान हो गया था। अब की बेर उससे इतना कहकर सन्तोष कर लिया था, "तेरी इज़्ज़त में फ़र्क़ ना आता हो तो जाकर चा बना ला, कमज़ात।" शारदाबेन चाय बनाने चूल्हे पर चली गई थी और बरबस उसकी हँसी फूट पड़ी थी। बेचारा, उसका भलामानुस मरद, सौ रुपये की मार में ही ठंडा हो गया। मोटीबेन के मरद का तो राम जाने क्या हाल होता होगा। चाय तैयार होने तक वह खिल-खिल हँसती चली गई थी। पर गिलास में छान मरद को पकड़ाई तो चेहरे पर मुर्दनी ओढ़ ली और धरती पर सिमट सिर घुटनों में दे बैठ गई थी।

ज़्यादा देर बैठे रहना नहीं पड़ा था। ज़रा देर बाद ही मरद की प्यारभरी घुड़की सुनाई दे गई थी, ''अपने लिए भी छान ली होती, करमजली, न खाएगी, न पीएगी, सौ रुपल्ली के लिए परान देगी क्या?'' मुँह ऊपर उठाकर वह बेलाग हँस दी थी। मरद ने भी साथ दिया था, ''सिललबिलल्लो है सिललबिलल्लो, एक तू एक तेरी मोटीबेन। अरे, छोरे-छोरी का फ़र्क़ कभी मिट सकता है!''

शारदाबेन क्या जानती नहीं। वह तो मोटीबेन से सुनी सो उसने कह दी। फ़र्क़ है तो हुआ करे, उसकी बला से। उसे तो फ़र्क़ से मतलब है, जो उसके कमाए सौ रुपये माहवार से, उसकी अपनी ज़िन्दगानी में आया है। छोरे के इस्कूल में नाम लिखाने को लेकर कितना फ़साद हुआ करता था घर में। मरद कहता था, ''कौन बाबू साहब का छोरा है कि पढ़-लिख कर लाट बनेगा। घसख़ुद्दा बनना है तेरे छोरे को घसख़ुद्दा। सो एक जमात पढ़े कि दस, क्या फ़र्क़ पड़ेगा। अरे ओ कमअक़्ल, किताब क्या मालिक की भैंस को सुनाएगा, जो पीछे पड़ी है उसके।'' पर शारदाबेन की नौकरी पक्की हुई नहीं और मोटीबेन ने बुला कर एक बोल सुनाया नहीं कि मरद, कजरी गऊ सरीखा, छोरे को इस्कूल में बिठला आया। बुड़बुड़ तो ख़ैर कम नहीं की पर वह तो आप जानो, कढ़ी का उबाल, ठंडा होते-होते होता है। पर तब से लेकर आज तक, मरद ने न किताबों की ख़रीद में कोर-कसर रखी, न छोरे के खाने-पीने में।

अब उस दिन को लो। जंगल से लकड़ी काट, गट्ठर लाद कर चला तो रास्ते में मटके भर छाछ के बदले बेच कर घर लौटा। छोरा कढ़ी-खिचड़ी खाने को मचल जो रहा था। कहने लगा, ''लकड़ी का क्या है, फिर काट लेंगे, हाड़-गोड़ बचे रहें, यहाँ से काट भी ले गए ठेकेदार तो पाँच-दस मील पर तो रहेगा जंगल, मेहनत से नहीं घबराते हम।'' लाड़ लड़ाने पर आएगा मरद तो जादूगर सा तमाम मुश्किलों को फूँक मार उड़ा देगा। वह क्या जानती नहीं, जलावन की कितनी किल्लत हो गई पिछले पाँच-दस बरसों में। जिनके पास डंगर हैं, उनके पास फिर भी गोबर है, जिनके खेत हैं, उन्हें फ़सल काटने पर डंठल मिल जाते हैं जलाने को, पर उसके मरद सरीखों के घरों की तो दुर्गत ही दुर्गत है। छोरी जाती थी लकड़ी बीनने तो सारा दिन लगाकर, एक ज़रा सी गठरी उठाए लौटती थी। मरद बोला, ''मटरगश्ती करती होगी साली, इत्ती लकड़ी बीनने में आठ घंटे लगेंगे क्या।'' एक दिन तो धुन कर ही रख दिया था बेचारी को। ताव खाकर ख़ुद चला लकड़ी लाने, फिर कितनी काटी-बीनी, सो किसी ने जाना नहीं। क्यों, लौटा तो लकड़ी के बदले छाछ का मटका लेकर। हाँ, दोबारा छोरी को दुतकारा नहीं। अब वही जाती है सुबह-सकाले। संध्या घिरने पर घर लौटती है। क्या करे मानुष! रहा कहाँ जंगल जो जलावन मिले। सब काट-कूट कर तंबाकू उगा लिया पटेलों ने। ग़रीब-गुरबा का क्या, लो तेंदू का पत्ता और पेलो बीड़ी। क्या मरद, क्या औरत, क्या बूढ़ा, क्या बच्चा। पेलते-पेलते उँगलियों के निशान तक साफ़-सफ़ाचट हो जाते हैं। बीड़ी हाथ से फिसल-फिसल पड़ती है। जितनी फिसली उतने कटे पैसे। तभी न, नन्हे-नन्हे छोरे-छोरियाँ, बा-बापू से ज़्यादा कमा लेते हैं। पर कित्ते दिन? इस काम में बुढ़ाते क्या देर लगती है। दिन-रात करके भी एक अदद औरत सौ रुपया महीने की बँधी-बँधाई पगार नहीं पा सकती। पूरा परिवार लगता है तब जाकर चार-पाँच रुपया रोज़ की आमदनी होती है। अरे कितनी हैं इस गाँव में, जो शारदाबेन सरीखी सौ रुपया पगार पाती हैं। छोरे को इस्कूल में बिना नागा पढ़ाई करने पठाती हैं। गर्व से उसकी छाती फूल गई। तभी गोद में पड़ी छोरी, महीन सुर में रो दी।

चौंककर शारदाबेन ने उसे देखा और अपने गाल पर चपत लगाकर ख़ुद को कोसा। बस, यही एक दोष है तुझमें शारदाबेन, ज़बान की कैंची थमने में नहीं आती, एक बार शुरू हुई तो चली जाएगी कच-कच। सुनने वाला हुआ नहीं तो भेजा ही चालू हो जाएगा, कचर-कचर।

''बस, मेरी तीन किल्लो की छोरी, और ना बोलने की मैं। देख, आ गया तेरा छप्पर। ना रे, छप्पर कहाँ, अब तो पक्की छत डाल ली तेरे बापू ने। अहा, क्या लीप-पोत कर रखती है लल्लीबेन घर को। भागवान है तू छोरी, बड़ी भागवान।'' छाती से लगाकर उसने बच्ची को प्यार किया और भीतर घुस गई। लल्लीबेन की काँख में उसे देते हुए बोली, ''ले सँभाल अपनी जायी को, पूरी तीन किल्लो की है, तीन किल्लो की। माथे पर काला टीका दे दे और कहियो मत किसी से, कौन जाने किसकी नज़र लग जाए।''

''मरने दे हरामज़ादी को,'' भैंस का दूध दुहती मनुबेन ने हुँकार भरी तो वह सकते में आ गई।''तीन किल्लो! तीन किल्लो दूध है जो डीपो पर बेच आएँ। क्यों जले पर नमक छिड़क रही है शारदाबेन। खा-खाकर मुटाती रही हरामख़ोर, हमें क्या पता था तीसरी भी छोरी जनेगी कमज़ात। डाल परे कमबख़्त को। मरे तो अपने भाग से, जिए तो अपने भाग से।''

लल्लीबेन हिलक कर रो पड़ी, ''मेरी क़िस्मत ही ख़राब है। कितने बरत-उपवास किए, कितनी मन्नत-मनौती माँगी, सब बेकार, भगवान ने एक ना सुनी।''

''चुप चुड़ैल! छोड़ नौटंकी, उठ और काम पर लग। दूध पहुँचाने कौन जाएगा, तेरा बाप!'' मरद ने लताड़ लगाई तो धोती का पल्लू मुँह में ठूँस वह और ज़ोर से रो दी।

''चोप हरामज़ादी!'' मरद और ज़ोर से चीख़ा।

''छोड़ उसे, दूध पहुँचा कर आ,'' मनुबेन ने बीच में टोक दिया, ''डीपो वाले बैठे नहीं रहेंगे तेरे लिए।''

शारदाबेन की आँखें बरबस दूध की बाल्टी की तरफ़ खिंच गईं। ज़्यादा नहीं तो चार किल्लो दूध तो होगा। संध्या समय इतना है तो सुबह आठ से कम क्या हुआ होगा। आँख भर देखा नहीं कि पेट फिर गुड़गुड़ाने लगा। हाय, छोरा हुआ होता तो माँग ही लेती छटाँक भर। मलाईदार चाय के साथ रोटला खाती। इस मरी छोरी के हुए...

''क्यों इत्ता हलकान हो रहे हो तुम लोग,'' हिम्मत जुटा कर उसने कहा, ''छोरे-छोरी में कोई फ़र्क़ नहीं रहा अब, मोटीबेन कहती हैं कि नहीं।''

''तो दे आ जाकर अपनी मोटीबेन को, वही कर लेंगी लगन इसका,'' कहते-कहते लल्लीबेन के मरद ने दूध की बाल्टी ऐसे उठाई जैसे लल्लीबेन के सिर पर दे मारेगा। पर पास नहीं फटका, धम-धम करता बाहर निकल गया।

दुह लिये जाने पर दोनों भैंसें वापस धरती पर पसर गई थीं और जुगाली कर रही थीं। खूँटे से खोल दिये गए पाड़े, पास दुबक कर, बेमतलब, थन पर मुँह मार रहे थे।

अच्छी जाड़ी भैंसें हैं, क्या वज़न होगा, शारदाबेन का भेजा चालू हुआ तो जाँघ पर चपत लगाकर उसने फटकारा, ''मर साले, हर बखत वज़न क्या तौलता रहता है।'' ज़बरदस्ती हटाने पर भी उसकी नज़रें बार-बार भैंसों पर जाकर अटकती रहीं। पास पसरी मनुबेन के बदन में भैंसों जैसा ढीलापन था पर उसने बीड़ी सुलगा रखी थी और पूरा दम लगाकर कश भर रही थी। उसके धुएँ में वही नफ़रत रेंग रही थी जो उसकी आँखों से फूट रही थी। भैंसें इतमीनान से जुगाली कर रही थीं। लल्लीबेन अब भी हिलक रही थी। पास पड़ी छोरी के बदन से कपड़ा

हट गया था और वह दुनिया से बेख़बर मस्त-मलंग पड़ी थी। भैंसों का मुँह और मनुबेन का कश बराबर चल रहा था। दिन में बारह किल्लो दूध तो देती ही देती होंगी, चारा अच्छा खिलाता है लल्लीबेन का मरद। क़र्ज़े की क़िस्तें भी चुका लीं, डेरी से अमूलदान ख़रीद कर भैंसों को खिलाने में कोताही नहीं करता। छोरा होता तो मनुबेन सारा का सारा दूध डीपो बिकने ना भेजती। कुछ ज़रूर बचा कर रख लेती, घी बनाने को। छोरे की माँ को, और कुछ नहीं, तो तनिक-मनिक घी तो देना ही हुआ खाने में। कुछ छाछ शारदाबेन के हिस्से भी आ जाती। अब क्या बनाएगी ख़ाक! छोरी को माँ का दूध मिल गया तो बहुत समझो। मनुबेन का बस चले तो गला ही घोंट दे छोरी का।

ग़ुस्से के मारे उसका ख़ाली पेट उफन कर कलाबाज़ियाँ खाने लगा। ''क्या रोना-पीटना मचा रखा है,'' चिल्ला कर उसने कहा, ''छोरी को दूध पिलाओ, मेरा हिस्सा मुझे दो, रोटला खाऊँ। सुबह से बिना खाए बैठी हूँ, तुम अपने तमाशे में लगे हो। कोई मज़ाक़ है, तीन किल्लो की छोरी है, तीन किल्लो की।''

मनुबेन ने एक जलती नज़र उस पर फेंकी और पहले से भी तेज़ रफ़्तार से धुआँ उगलने लगी। रोती लल्लीबेन ने खटिया की बीनाई में से टटोल कर मुसा-तुसा एक रुपये का नोट निकाला और उसकी तरफ़ बढ़ा दिया।

तभी पास वाले छप्पर से किसी के चीख़ मारकर रोने की आवाज़ आई। नन्नीबेन! पिछले हफ़्ते बच्चा जना था उसका शारदाबेन ने। पहलौठी का छोरा। नोट छोड़ वह उधर लपक ली।

लल्लीबेन और नन्नीबेन के बीच अधबनी-अधलिपी कच्ची दीवार के अलावा एक भैंस भर थी, जो आठ-दस की कुठरिया के आधे हिस्से में पसरी हुई थी। दुब्बर होने पर भी लगता था वही उस छप्पर की असली मालकिन है। उसके ज़मीन पर पसरते ही बाक़ी जन कोने में सिकुड़ जाते थे।

मिनट भर के अन्दर शारदाबेन छप्पर के नीचे थी। पर उतनी देर में ही रोना थम गया था। ज़मीन पर चिथड़े में लिपटी छोरे की लाश रखी थी और पास में नन्नीबेन और उसका मरद घुटनों में सिर दिये बैठे थे। उसे देख नन्नीबेन एक बार फिर चीख़ मारकर रो पड़ी। उसके मरद ने बिना सिर ऊपर उठाए उदास स्वर में कहा, ''सुबह से टट्टियाँ कर रहा था।''

''मुझसे नहीं कहा!''

''तुम उधर थीं, उनके धोरे।''

''चीनी-नमक का पानी पिलाया था?''

नन्नीबेन ने ना में सिर हिला दिया।

''क्यों, मोटीबेन ने बतलाया नहीं था? मैंने भी।''

''काम से आई तो दूध लगाया...'' कहते-कहते उसकी आवाज़ घुट गई, ''मुँह ही नहीं मारा छोरे ने।''

''काम पर गई थी, अभी से?''

मुँह से कुछ न कहकर नन्नीबेन ने हाथ हिला कर जतलाया, क्या करें, भाग हमारा।

तब तक आसपास से और दो-चार जन आकर जमा हो गए थे। संध्या के चार बज रहे थे। ज़्यादातर लोग डीपो पर दूध पहुँचाने गए हुए थे या काम से घर नहीं लौटे थे।

दो दिन ना जाती काम पर। डेढ़ किलो तो वज़न था छोरे का। बखत पर दूध न मिला तो ऐंठ गया होगा बेचारा। ''किधर गई थी, काम पर ?'' उसने फिर बिना कुछ कहे, हाथ के इशारे से अपनी लाचारी जतलाई पर पड़ोस की मनुबेन चिचिया उठी, ''वही ट्रक पर खाद के बोरे लादने का काम, और क्या! अरे, छोरा जना था, छोरा, नासपीटी ना जाती दो दिन काम पर। एक हमारी को देखो, छोरी जनी है, वह भी तीसरी, और खा-पी कर खटिया तोड़ रही है।''

''भैंस भी है अब तो तुम्हारी,'' शारदाबेन ने दो फुटे खूँटों के पीछे बंधी डाँगर भैंस पर नज़र डाल कर कहा, जो अलग बंधे कटरे को देख करुण स्वर में बिबिया रही थी, ''फिर भी गुज़र नहीं होती ?''

नन्नीबेन का मरद चौंककर खड़ा हो गया। ''डीपो निकल जाएगी,'' उसने कहा, ''दूध पहुँचा आऊँ।''

लोटा लेकर वह भैंस दुहने बैठ गया। काम तो औरत का था पर अभी मरे छोरे की माँ से कह न सका कि उठकर दूध दुह ले।

शारदाबेन ने देखा, लोटा दूध से भरा नहीं। कुल होगा यही कोई तीन पाव। बेच कर मिलेगा क्या, तीनेक रुपये। उसी से छोरे को दफ़न कर पिंड छुड़ाना होगा।

''इतने भारी काम पर जाएगी तो दूध कैसे उतरेगा ?'' उधर मनुबेन का भाषण चालू था, ''कितनी बार कहा, माने तब ना। दो दिन से भूखा कलप रहा था छोरा, भैंस भी बाँध ली अब तो घर में...''

''भैंस ही तो खा गई मेरे लालभाई को,'' घुटनों से सिर उठाकर नन्नीबेन चीख़ पड़ी, ''चार हज़ार का क़र्ज़ हुआ ख़रीदने पर। हर महीने क़िस्त चुकानी होती है। चारे की तलाश में डोलते दिन बीत जाता है। खली खिलाने की औक़ात नहीं। दूध उतरेगा कैसे ? बहुत हुआ तो दो किल्लो, वह भी चार रुपये किल्लो की चिकनाई वाला। क्या करे ग़रीब आदमी ? तभी ना हमने कहा, अपनी पियरी भैंस है तो सब कुछ है। दूध बेच कर जो मिलेगा, इसी को खिलाएँगे। डेरी बेचती है न अमूलदान। खिलाएँगे तभी न दूध उतरेगा, तभी न क़िस्त चुकेगी। सेवा करेंगे तभी न फल मिलेगा। यह दिया फल हमें पियरी ने। खा गई मेरे लालभाई को।'' वह फुक्का मारकर रो दी।

''चुप कर करमजली, भैंस को क्यों कोस रही है, अपनी क़िस्मत को कोस,'' उसके मरद ने टोका पर फटकार कर नहीं। लोटा उठाकर वह बाहर चला गया।

''ये तो कल सारा दिन चारा काटते डोले। मैं काम पर गई तो किल्लो भर बाजरा हुआ घर में। काम पर न जाऊँ तो क्या खिलाऊँ मरद को और क्या पिलाऊँ छोरे को। आकर मुँह में दूध दिया तो...'' अब की बार वह रोई तो रोती ही चली गई!

शारदाबेन से आगे बढ़ कर उसे चुप नहीं कराया गया। ग़लत हो गया यह तो। भैंस को गाली नहीं देनी चाहिए। छोरे का क्या है, दूसरा जन लेगी।

पर यह सब हो क्या रहा है गाँव में, उसका भेजा जाम हो रहा था। उसका अपना भला तो ज़रूर हुआ, कौपरेट डेरी से, पर बाक़ी जन ? भैंसें इतनी आ गईं गाँव में, दूध की कौपरेट डेरी चल निकली, फिर भी दुखी परिवार दुखी के दुखी और सुखी परिवार वही दो-चार। इससे तो पहले अच्छे थे। और कुछ नहीं तो छाछ ही मिल जाती थी बालकों को। बहुतेरे जन घी बनाया करते थे पहले, अब तो सारा का सारा दूध बेच आते हैं डीपो में। सुना है डीपो-डीपो दूध जमा करके डेरी शहर में बेचती है, ऊँचे दामों पर। दूध ही क्यों, और भी जाने क्या-क्या बनाकर

खपा देती है शहरों में। मक्खन तो ख़ैर समझ में आता है उसको, पर क्या फ़ायदा ऐसे दूध का जिससे न घी निकले, न छाछ? मोटीबेन कहती हैं, ''शहर में छाछ-घी को कोई नहीं पूछता, वहाँ के लोग माँगते हैं मक्खन, चीज़ और चॉकलेट, सो वही बनाकर बेचती है डेरी और घना मुनाफ़ा कमाती है।'' शारदाबेन के पल्ले कुछ नहीं पड़ता पर मोटीबेन कहती हैं तो ठीक ही कहती होंगी। ''मुनाफ़ा होता है तो तुम्हीं लोगों में बँटता है न। अरे, कौपरेट डेरी है कि नहीं, तुम्हीं लोग तो मैंबर हो। पैसा मिलेगा तभी न बँटेगा। फिर जो तुम चाहो, खाओ। अरे, घी से नहीं बना करता कसरती बदन। तुम लोगों को तो घी खाने का रोग है।''

मोटीबेन की बात काटने की शारदाबेन की बिसात नहीं। उन्होंने कहा, उसने सुन लिया पर घी उसने कभी जाना-देखा नहीं, खाने की कौन कहे। न उन भागवानों को उसने कभी देखा, जिनमें डेरी का पैसा बँटा करता है। वह तो बस छाछ को रो सकती है। पूरा परिवार कढ़ी-रोटला खा लेता था छाछ के भरोसे, हारी-बीमारी में बालक पी लिया करते थे। अब क्या है, भैंस हैं, भैंस का चारा-सानी है, दूध का डीपो है, बस। छोरे-छोरियाँ छूछे के छूछे। घी खाने वाले सुखी परिवारों की उसे क्या ख़बर! चार-पाँच भैंसों वाले सुखी पटेल परिवारों में तो उसकी आमद है नहीं। सुना है, सूकड़ी-भाकड़ी सब घी में लोटमलोट खाते हैं वे लोग। और बच्चा जनने पर ठठ के ठठ मेथी पाक। पर वे सब सुनी-सुनाई बाते हैं। उसकी जानकारी में तो ऐसे ही छोटी जात के घर हैं, क़र्ज़े पर ख़रीदी एक भैंस, सो भी खली-चारे के अभाव में सूखी मरियल, मुश्किल से तीन-चार किल्लो दूध देने वाली। उस पर क़िस्तों की मार, बेजोड़ मेहनत-मज़दूरी और कमज़ोर-काहिल बालक। दो भैंसों वाले सुखी परिवार हैं तो यही दो-चार।

शारदाबेन का मन खट्टा हो गया। क़िस्मत उसकी। तीन किल्लो की हुई भी तो छोरी। वह भी तीसरी। और यह छोरा, पहलौठी का, जनमा डेढ़ किल्लो का, बचना कहाँ था इसे जो बचता। ''पर अपनी तीन किल्लो की छोरी को न सुखाने-दुबलाने दूँगी मैं इन लोगों को। कल ही जाकर शिकायत करती हूँ मोटीबेन से। कोई मज़ाक़ है! डेरी के सिकरेटरी से कह देंगी तो लल्लीबेन के मरद को खली मिलनी बन्द हो जाएगी, हाँ, सारी अक़्क़ल ठिकाने आ जाएगी। मोटीबेन के सामने बोले तो जानूँ। अरे करमजला, लगन नहीं करा सकतीं छोरी का, तो नौकरी तो दिला सकती हैं। कह दें एक बार छाती ठोंक कर, बड़ी होने पर छोरी को ग्रामसेविका लगवा देंगी, तब देखो, सब के सब फिस्स।'' बदन से चिपक आई धोती को फटकार कर शारदाबेन ने मनुबेन को फिस्स होते देखने का आनन्द उठाया ही था कि भेजे ने कैंची चला दी, किस-किसको ग्रामसेविका बनवाएँगी मोटीबेन? अरे चुप बैठ, वह बुदबुदाई, यही कचर-कचर सुनती रही तो हो लिया, बीसियों काम पड़े हैं करने को। अभी सेंटर पहुँच, बालसेवा वाली बेन के साथ बैठकर ममरी का हिसाब भरना है, चीज़ें साज-सँभाल कर कमरा बन्द करना है और...फिर वह नहीं लौटेगी इधर। निकल जाएगी वनकरों की बस्ती की तरफ़। उनका दुख-दरद दूर करने वाला कौन है, उसके सिवा? वही उनकी डाक्टर है, वही अस्पताल। सेंटर में जो बुख़ार, दरद की दवा रहती है, उसी के भरोसे इलाज चलता है उनकी हारी-बीमारी का। कितनी इज़्ज़त देती हैं शारदाबेन को, जैसे उनमें से एक न होकर ऊँची जात की हो।

पिचके पेट पर धोती का फेंटा कस कर वह सेंटर की तरफ़ निकल पड़ी। रोटला खाने की फ़ुर्सत नहीं थी। सूरज ढलने पर देखा जाएगा।

सेंटर के दरवाज़े पर पहुँची थी कि मास्टरभाई के छोरे ने दौड़ कर रास्ता रोक लिया। ''घर

चल बेन,'' जल्दी मचा कर उसने कहा, ''बा का बदन तप रहा है, दरद से सिर पटक रही है, दवाई लेकर चल मेरे साथ।''

''जा, चली जा,'' सेंटर की बेन ने कहा, ''हिसाब मैं देख लूँगी।''

सब कुछ भूल कर शारदाबेन ने झटपट दवाई की पुड़िया थैली में डाली और उसके साथ हो ली।

उनकी कोठरी पर पहुँचकर देखा, मास्टरबाई की बहू का हाल जो बेहाल। हाथ लगाने की औक़ात उसकी थी नहीं। देखकर ही समझ गई, बदन ज़रूर आग हो रहा होगा, आँखें जो कनेर के फूल सी लाल हो रही थीं, ऊपर से जूड़ी की कँपकँपी। चादर के नीचे, हड़काई भैंस सी देह छटपटा रही थी।

''पानी पिला बा को, भाई, और साथ में ये गोलियाँ दे,'' उसने छोरे से कहा कि अरबरा कर बेन उसकी तरफ़ पलटी और उसका हाथ पकड़ चीख़ उठी, ''सिर फट जाएगा बेन, मर जाऊँगी।''

''हैं हैं! क्या करती हो!'' संकुचित होकर शारदाबेन हाथ छुड़ाने लगी। उसने कहना चाहा, मैं वनकर हूँ। छू लिया तो नहाना पड़ेगा। बीमारी में तुम...पर मास्टरभाई की बहू ने मौक़ा नहीं दिया। कस कर उसके दोनों हाथ थाम, उन पर सिर पटकने लगी। गुहार मचा, दवा की माँग करने लगी। उससे हाथ छुड़ाये नहीं गए। आप से आप, बेटी की उमर की बीमार बेन को थपथपा उठे। तो क्या गाँव में ऐसे भी लोग हैं, जो भूल चुके हैं कि शारदाबेन वनकर जात की है, उनके लिए वह सिर्फ़ दवाई वाली बेन है?

छोरा पानी ले आया था। उसने बीमार बेन को सहारा देकर उठाया और गोलियाँ खिला दीं। बेन ने उसके हाथों पर अपनी जकड़ ढीली नहीं की। बरबस शारदाबेन उसके सिरहाने बैठ गई और उसका माथा सहलाने लगी। जैसे-जैसे उसके हाथों के नीचे बेन का कलपना-कराहना धीमा पड़ा, वह भर-भर आई। मटकी छाछ के साथ ढेर सारे रोटले डकार कर उठी हो जैसे। बदन की थकान मिट गई। महीने के सौ रुपये फूल कर पाँच सौ हो गए। छुअन की मिठास से बँधे हाथ और सध कर चले और मन में उस तीन किल्लो की छोरी को छोरे माफ़िक़ पाल-पुसवा लेने का हौसला पेंग भरने लगा।

(1987)

विलोम

यह ठीक है कि मैं इस शहर में सोलह साल बाद आई हूँ। सोलह साल बहुत होते हैं, यह भी जानती हूँ पर शहर कहीं से, कुछ तो जाना-पहचाना लगना चाहिए। यह कोई छोटा-मोटा, आऊँ-झाऊँ शहर नहीं, बम्बई है, हिन्दुस्तान का अकेला महानगर, फिर एकदम भूल कैसे गई इसे मैं ?

बॉम्बे सेंट्रल पर उतरी, वहाँ तक ठीक था। स्टेशन हर शहर के यकसाँ होते हैं। अलग करके याद रखने लायक़ कुछ नहीं होता। अजनबी शहर के अजनबी स्टेशन पर उतरी तो उसकी अजनबीयत तक महसूस नहीं हुई।

टैक्सी पकड़ी और वरली पहुँच गई। मेरे एक परिचित रहते हैं वहाँ, उन्होंने मेरे लिए एक कमरे का इन्तज़ाम कर दिया था। सामान रखा, हाथ-मुँह धोया, चाय पी और काम से निकल पड़ी। काम क्या, बॉस ने कहा था, ख़्वाहमख़्वाह कॉन्फ्रेंस करते हैं, हाथ कुछ लगता नहीं। चलो, इस बार तुम हो आओ, दफ़्तर के ख़र्चे पर घूमना हो जाएगा, तो मैं आ गई थी बम्बई। अपनी कम्पनी की सभी बिक्री-शाखाओं की कॉन्फ्रेंस थी नटराज होटल में। कम्पनी का नाम ? क्या करेंगे जानकर ? वैसे जानें तो भी हर्ज़ नहीं है। कुंडालिया एंड कम्पनी। कोई फ़र्क़ पड़ा ? नहीं न, कम्पनियाँ सब एक जैसी होती हैं। रेल के किराये के अलावा अपने अफ़सरों को दूसरे शहर में घूमने के लिए टैक्सी का भाड़ा भी देती हैं और होटल का ख़र्चा। पर मुझे उतने ठाट-बाट से ठहर कर क्या करना था। पैसे बचेंगे तो घर के लिए कुछ ज़रूरी सामान ख़रीद लूँगी। एक अलार्म घड़ी, एक बड़ा थर्मस, यही सब, और क्या। इसीलिए परिचित के घर ठहर गई हूँ। रात गए, सोना भर तो है। आते वक़्त 750 ग्राम मिठाई लेती आई थी उनके लिए। ऐसा है कि एक किलो मिठाई लो तो महँगी पड़ती है और 500 ग्राम कम लगती है, पर एक किलो के डब्बे में 750 ग्राम मिठाई रखवा लो तो कम दाम में शो बढ़िया बन जाता है। इस बार एकदम चौकस, चाक-चौबन्द दुनियावी बन, आई हूँ बम्बई।

बॉस ने कहा था, तुम्हारा जाना-पहचाना शहर है, कोई दिक़्क़त नहीं होगी।

ठीक कहा था। सोलह साल पहले मैं कम्पनी की बम्बई शाखा में ही काम करती थी और पैडर रोड पर बने कम्पनी के मकान के एक कमरे में रहती थी। दो साल बाद दिल्ली तबादला हुआ था।

ठीक है, सोलह साल हो गए मुझे इस शहर में लौटे, पर शहर है आख़िर, बच्चे से जवान तो हो नहीं सकता कि पहचान में न आए। जवानी में बनी पहचान कहाँ भूलती है। बूढ़ा होने पर भी, पूरा चेहरा न सही, दो-एक नक़्श याददाश्त में उभर ही आते हैं और उनके सहारे व्यक्ति पहचाना जाता है। यही होता है न, भूले-बिसरे, पुराने परिचित से मिलने पर! आदमी हो या

शहर, जवान से बूढ़ा हो चला हो या...पर यह शहर! कहीं से भी तो पहचान में नहीं आ रहा। अपार, अगम्य है इसका अपरिचय, इतना कि मन को कचोटता तक नहीं।

वरली से होटल नटराज गई तो रास्ते में पैडर रोड पड़ी। टैक्सी से गई थी न, कम्पनी किराया जो देगी। देखा, अब उसका नाम जी.बी. देशमुख रोड है। क्यों बदल दिया करते हैं हमारे सरमाएदार सड़कों के नाम? जानते नहीं, सड़क से लोगों की यादें जुड़ी रहती हैं। क्या हक़ है सरकार को जनता से उसकी यादें छीनने का! सड़क का नाम किस आदमी के नाम पर है, वह हिन्दुस्तानी था या अंग्रेज़, स्थानीय या विश्वविख्यात, इससे राहगीरों को क्या मतलब! उनकी यादें राह से जुड़ी होती हैं और राह की पहचान उसका नाम होता है। नाम उसका अपना होता है, सिर्फ़ उसका; किसी आदमज़ात का मोहताज नहीं। पैडर रोड पर मेरा घर हुआ करता था। जी.बी. देशमुख रोड मेरे लिए क्या मानी रख सकती है? इसीलिए उस सड़क पर आ कर मैंने कुछ महसूस नहीं किया, पर...ऐसा होता तो अपना घर देखकर मैं ज़रूर द्रवित होती। मेरा घर या मेरा कमरा जिस इमारत में था, उसका नाम था अजूमल मैंशंस। दिल्ली से चलने से पहले नाम मुझे याद दिलवाया गया था। कम्पनी के स्थानीय बिक्री मैनेजर अब भी वहाँ रहते थे, उनसे मिलने की मुझे ज़रूरत पड़ सकती थी, इसीलिए मेरी टैक्सी अजूमल मैंशंस के सामने से गुज़री। सड़क की दाईं तरफ़ बनी इमारत पर लगी तख़्ती मैंने पढ़ी—मैंने याद किया, हाँ, यहीं रहती थी मैं।

याद आ गया मुझे, पर घर की कोई तस्वीर, किसी कोने की धुँधली सी छाया भी मन में नहीं उभरी। तब मैं थोड़ा घबरा गई। बॉम्बे सेंट्रल और वरली को न पहचान पाना इतना विस्मयकारी नहीं था, पर यह, मेरा अपना घर! ठीक है मैंने तय किया, कॉन्फ्रेंस ख़त्म होने पर मैं वरली वापस नहीं आऊँगी, कुछ देर गेटवे ऑफ़ इंडिया पर जाकर बैठूँगी।

न जाने कितनी शामें मैंने इस सदर दरवाज़े के सामने बैठकर बितायी थीं। घंटों बैठी रहा करती थी वहाँ। तब तक, जब तक मुँह फाड़ कर समुद्र सूरज को निगल न जाता, आसमान के साथ ख़ुद स्याह न पड़ जाता, समुद्र की सतह पर खड़ा हर जहाज़ अँधेरे में ग़र्क न हो जाता। सदर दरवाज़े के पीछे फैला समुद्र सिर्फ़ समुद्र नहीं, एक रास्ता था, जो उसके देश को जाता था। बन्दरगाह में खड़े किसी एक जहाज़ पर दृष्टि जमा कर मैं आँखें मूँद लेती थी और...

कुछ नहीं करना पड़ता था मुझे। बस, अपने को मुक्त कर देना होता था। और मैं जहाज़ के भीतर पहुँच जाती थी। फिर हिचकोले लेता जहाज़ मुझे ले चलता था उसके पास...उसके देश।

उसका हाथ मेरे हाथ में आ जाता और तृप्त आनन्द से भरपूर मैं घंटों बैठी रहा करती थी, उस वासनाहीन स्पर्श को महसूस करती।

मैं गेटवे ऑफ़ इंडिया पहुँच गई। मैंने देखा, एक भव्य सदर दरवाज़ा, नाम गेटवे ऑफ़ इंडिया। उसके सामने देखी एक आलीशान इमारत, नाम ताजमहल होटल। नज़रें घुमाईं और देखा, दूर तक फैला विशाल समुद्र। उसकी सतह पर जहाँ-तहाँ दूर और पास खड़े दस-बारह दीर्घकाय जहाज़। अति सुन्दर। भव्य। बिलकुल अजनबी यात्री की तरह परखा मैंने। समुद्री हवा की ठंडक ने बदन का पसीना सोख लिया। मुझे आराम मिला। बिना कोई आत्मीयता अनुभव किए प्रकृति के उपहार को सराहा मैंने। फिर...सदर दरवाज़े के सामने मुँडेर पर बैठकर समुद्र का ग्रास बनते काँपते-कँपकँपाते सूरज का अवसान भी देख लिया। देखा, परखा, सराहा, बस। महसूस कुछ नहीं किया।

ऐसा क्यों हुआ। यहीं बैठकर तो उसने मुझसे कहा था, ''तुम्हारे–मेरे बीच बस इस समुद्र जितना फ़ासला है।''

तभी तो उसके चले जाने के बाद, कितनी–कितनी शामों को मैं यहाँ बैठकर उसके देश तक हो आया करती थी।

यह सब मुझे याद है। फिर यह शहर मुझे याद क्यों नहीं ?

शायद मैं ग़लत जगह आ गई थी। गेटवे ऑफ़ इंडिया मेरे सन्ताप का साक्षी रहा था, इसलिए मेरा अवचेतन उसे भूल गया होगा।

पर पैडर रोड का मेरा घर ? वह भी तो। उसके चले जाने के बाद, उस घर के अन्दर, कम मायूस शामें बिताई थीं मैंने ?

उन दिनों मैं बम्बई शहर की तरफ़ देखती कहाँ थी ? हर ज़र्रे में मुझे वह दिखलाई देता था, तभी तो...

मैंने आँखें बन्द कर लीं। शरीर को ढीला छोड़ दिया और इन्तज़ार करने लगी कि उन दिनों की तरह, उसका चेहरा उभरकर सामने साकार हो जाए। इन्तज़ार में भरी उम्मीद की गन्ध से ही रोम–रोम लहक उठा तो वाक़ई चेहरा सामने आने पर! आह, अभूतपूर्व होगा वह क्षण। रोमांचक और तृप्तिदायक।

इसकी तुलना में बम्बई शहर को न पहचान पाना कितनी मामूली बात थी। जिस आदमी के लिए मुझे शहर दीखना बन्द हो गया था, आज इतनी कोशिश के बाद उसका चेहरा तक मुझे याद नहीं आया।

ऐसा नहीं हो सकता। कभी नहीं हो सकता। मैं उसे भूल नहीं सकती। भूली नहीं...फिर याद क्यों नहीं कर पा रही। कैसा है यह बम्बई शहर कि मेरे जीवन का आधार, मेरा स्मृति भंडार ही छीने ले रहा है मुझसे। कहीं पागल तो नहीं हो रही मैं ? पागलपन के ही लक्षण हैं ये, वरना अपनी सबसे प्रिय, सबसे उत्कट स्मृति किसी से कैसे छिन सकती है!

नहीं–नहीं, सँभालना होगा ख़ुद को। थामना होगा आवेग को। बुद्धि से काम लेना होगा। तर्क शक्ति की कमी नहीं है मुझमें।

हाँ, मैं ग़लत जगह आ गई हूँ। इतना सन्ताप भोगा था यहाँ कि मैं याद करना नहीं चाहती। अवचेतन पलायन कर रहा है। स्वतः मुझे भूलने पर मजबूर कर रहा है। पर मैं भूलना नहीं चाहती। भूल गई तो जीऊँगी कैसे ? निपट अकेले ? मुझे ऐसी जगह जाना होगा, जो उसके विछोह की नहीं, प्राप्ति की साक्षी रही हो। यह ठीक है। हाँ, यही ठीक है। बार–बार मैंने ख़ुद को यक़ीन दिलाया और पसीने से तरबतर बदन को खींच–खाँच, उस रात किसी तरह घर ले आई।

अगले दिन, दोपहर को कॉन्फ्रेंस मैंने बीच में छोड़ दी। चर्च गेट स्टेशन गई और मलाड जाने वाली लोकल ट्रेन का टिकट ख़रीद लिया।

उस दोपहर, मुझे याद है, उसके बम्बई छोड़कर चले जाने के कुछ दिन पहले, हम दोनों इसी तरह धीमी लोकल ट्रेन में बैठकर मलाड तक गए थे। सारा रास्ता वह मुझे अपने बारे में बतलाता गया था। तभी मैंने उसे सम्पूर्ण पाया था। उसके बाद वह मुझे छोड़कर चला गया था।

कितनी बड़ी विडम्बना थी कि ठीक उन क्षणों में, जब वह अपने आपको सम्पूर्ण मुझे दे रहा था, मैं उसे सबसे कम समझ पाई थी। सच तो यह है कि सम्पूर्ण रूप से उसने दिया ज़रूर,

पर मैं ले न सकी। फिर भी, बाद में जब-जब उसे याद किया तो लगा, उस दिन लोकल ट्रेन में बम्बई के एक बड़े इलाक़े से गुज़रते हुए मैंने उसे पाया, सो पाया, और नहीं।

वह बोल रहा था, केवल हृदय की गहराइयों से नहीं, दृढ़ संकल्प के साथ लक्ष्य की ओर बढ़ने के निर्णय में से, और मैं थी कि उसकी बातों में काव्यात्मक रस ले रही थी। उसकी बात मुझे रामराज्य की उस निर्दोष परिकल्पना की तरह लग रही थी, जिसमें राम ने धोबी के आरोप पर सीता को देश-निकाला नहीं दिया था, उसकी अग्नि परीक्षा भी नहीं ली थी, कहीं कुछ ग़लत नहीं हुआ था और न हो सकता था। इतना सुन्दर सपना देखने वाला आदमी परियों के देश के राजकुमार से भी ज़्यादा मनमोहक होगा, नहीं? मुझे तो उसने सर्वांग मोह लिया था। इतना प्यार आ रहा था उस पर कि लग रहा था, उसके लिए कुछ भी कर सकती हूँ। पर किया क्या मैंने? ठोस धरती का सम्बल छोड़, छोटा-मोटा सपना भी न देख सकी। मैंने प्यार किया, विश्वास नहीं।

जब उसने कहा, वह बिहार के दुमका ज़िले में किसी गाँव में रहकर काम करना चाहता है तो अपने ही सपनों में खोयी मैं मुस्करा पड़ी थी। प्यार से चिहुँक कर पूछा था, "क्यों?"

"बंधुआ मज़दूरों के साथ रहकर उनकी समस्याओं को समझने के लिए; उन्हें उनका हक़ दिलाने में मदद करने के लिए।" उसने कहा तो मेरी मुस्कराहट ग़ायब हो गई। सच कहूँ तो मैं आशंका में काँप उठी। याद रखिए, यह सोलह साल पहले की बात है। बंधुआ मज़दूरों की बात करने वाले लोग उन दिनों नक्सलवादी कहलाते थे। और उनका नाम कहीं सुनने में आ जाने पर, दुनियादार जन वहाँ से भाग खड़े होते थे या अपना माल-असबाब बचाने की फ़िक्र में लग जाते थे। जहाँ तक बंधुआ मज़दूरों का सवाल था, उनके बारे में मैंने तब तक सिर्फ़ अर्थशास्त्र की किताबों में पढ़ा था।

यह तो आप समझिए पिछले दस बरसों में हर किसी की ज़बान पर उनका नाम चढ़ गया है, तब से जब से बंधुआ मज़दूरी को ग़ैरक़ानूनी घोषित कर दिया गया है। अजीब मज़ाक़ है, सैंतीस साल पहले देश का संविधान बना तो बंधुआ मज़दूरी अवैध थी, पर अगले सत्ताईस साल तक जैसे किसी ने संविधान पढ़ा ही नहीं, ख़ुद केंद्रीय सरकार ने भी नहीं। फिर अचानक अवैध को ख़ूब धूमधाम के साथ दोबारा ग़ैरक़ानूनी घोषित किया गया। बंधुआ मज़दूरों पर जम कर उपन्यास-नाटक लिखे जाने लगे, फ़िल्में बनने लगीं; हर किसी को उसका अर्थ समझ में आ गया, पर उनके हालात में कोई फ़र्क़ नहीं आया, बल्कि बद से बदतर ही हुए। पर सोलह साल पहले मुझे यह सब कहाँ मालूम था।

उसकी बात सुनी तो सटाक मेरे मुँह से निकला, "क्या रे, तुम नक्सलवादी हो क्या?"

"हूँ तो?" इतनी देर बाद वह हलके से मुस्कराया।

"हो? सचमुच हो?" मेरी आशंका आतंक से घिरने लगी।

"वादी-प्रतिवादी मैं नहीं जानता। तुम्हारे लिए इतना ही काफ़ी है कि मैं उन इनसानों की मदद करना चाहता हूँ जिन्हें हम लोग इनसान का दर्जा देने से इनकार करते आए हैं।"

"तुम! तुम्हें हम लोगों से क्या? बिहार क्या तुम्हारा देश है?"

"हाँ।"

"कैसे?"

"है, मेरा देश है। जैसे तुम मेरी हो।"

"मेरे कारण?" हुलस उठी थी मैं, "मेरे कारण तुम मेरे देश को अपना बनाना चाहते हो?"

तब उसने मेरा हाथ अपने हाथ के ऊपर से हटा दिया था। दूर होकर बैठने की जगह डब्बे में नहीं थी, पर मुझे लगा था यथासम्भव वह परे सरक गया है। फिर अपने और मेरे बीच दूरी बनाए रखकर, उसने गम्भीर स्वर में पूछा था, "तुम चलोगी मेरे साथ?"

"तुम्हारे साथ मैं कहीं भी चलने को तैयार हूँ।"

वह एकदम चुप बना रहा। पास खिसक कर मैंने अपना सिर उसके कन्धे पर रख दिया। उसने धीरे से हटा दिया। कहा फिर भी कुछ नहीं।

एक साल बाद किसी ने मुझे बतलाया कि उसके नाम के एक आदमी को हमारी सरकार ने बिहार के किसी इलाक़े से गिरफ़्तार किया है तो मैंने सोच लिया, कोई दूसरा आदमी होगा। फिर पाँच साल बाद अख़बार में पढ़ा कि उसके नाम के एक आदमी को रिहा कर दिया गया है, पर पुलिस के पहरे में देश छोड़कर जाने पर मजबूर किया गया है।

जब वह मुझे छोड़कर गया, तभी मैंने अपने को समझा लिया था कि उसके जाने का एक ही कारण हो सकता था, वह यह कि भरपूर चाहने के बावजूद, वह समुद्र भर के फ़ासले को पाटने की हिम्मत नहीं जुटा पाया था। मुझे जैसे ठीक-ठीक मालूम था कि मुझे छोड़कर वह अपने देश लौट गया है। बहुत दिन पहले, एक शाम, उसने मुझसे कहा जो था, 'मेरे-तुम्हारे बीच फ़ासला ही कितना है, बस समुद्र भर का।' उसके बाद बन्दरगाह से दूर होते जा रहे जहाज़ को दिखला कर यह भी कहा था, 'देख रही हो उस जहाज़ को, समुद्र को लाँघ कर दूसरे तट पर पहुँचना कोई मुश्किल काम नहीं, इसलिए हमारे बीच का यह फ़ासला...' मेरा हाथ उसने अपनी मुट्ठी में भींच लिया था। बाद में समुद्र तट पर हँसी-हँसी में कहे गए इन्हीं वाक्यों पर, मैं अपनी मुट्ठी कसे रही थी। उनके सहारे अनगिनत शामों को गेटवे ऑफ़ इंडिया पर बैठे-बैठे उसके देश तक सफ़र कर आई थी। एक क्षण को भी मैंने विश्वास नहीं किया था कि सचमुच वह बिहार में दुमका ज़िले के किसी गाँव में जाकर बस गया है। पर आज, सोलह साल बाद, बम्बई के सीने पर धीमी गति से रेंगती इस लोकल ट्रेन की खिड़की से बाहर देखते-देखते अविश्वास का धुँधलका छँट रहा है।

उस दिन उसने मुझसे कुछ नहीं कहा था, क्योंकि वह जानता था, समुद्री फ़ासला तय करना आसान है, मंज़िल का फ़ासला मिटाना नामुमकिन। मैं कुछ नहीं जानती थी पर जंगल में रहने वाले जानवरों की तरह, अपने बचाव की तदबीर ख़ूब अच्छी तरह जानती थी। सीखनी नहीं पड़ी थी। ऊपरी मंज़िलों पर रहने वाले सभ्य लोगों के बच्चे, अभिमन्यु की तरह, कोख में ही सब कुछ सीख लेते हैं। फ़र्क़ सिर्फ़ इतना है कि अभिमन्यु ने चक्रव्यूह भेदने का तरीक़ा सीखा था, उसमें से बाहर निकलने का नहीं और हम केवल निकलने की तरक़ीबें सीखते हैं, भीतर घुसने की नहीं। वर्गगत विरासत के रूप में हमारे माँ-बाप हमें ऐसी स्वार्थी उदासीनता दे जाते हैं, जो जीवन के हर मोड़ पर हमें चक्रव्यूह में घुसने से रोके रखती है, अभिमन्यु के विलोम हैं हम सब।

अभिमन्यु की कथा मैं जानती थी, अभिमन्यु को नहीं। अभिमन्यु जैसे लोग शायद अब संसार में पैदा नहीं होते। होते हैं तो समाज उन्हें बहिष्कृत करके ही दम लेता है। जिसे मैंने अपने आसपास कभी देखा नहीं, जाना नहीं, अचानक अप्रत्याशित ढंग से मिल जाने पर उसे मैं कैसे

पहचान सकती थी ? उसने कहा, वह दुमका के उस गुमनाम गाँव में जाकर बस रहेगा तो मुझे उसमें एक दिलफेंक सपना भर दीखा, एक रोमानी कविता।

आज सब कुछ मेरी समझ में आता जा रहा है। आज सोलह बरस बाद, इस लोकल ट्रेन में अकेले इस अजनबी शहर में सफ़र करते, मेरे देखते-देखते शहर अपनी अजनबीयत खोने लगा है। लोकल ट्रेन मैंने दोपहर को पकड़ी है। सुबह-शाम जितनी ठूसमठूस नहीं है डब्बों में। बैठने की जगह मिल गई है। खिड़की से बाहर की झोंपड़पट्टियाँ बराबर नज़र आ रही हैं। झुग्गी बस्ती, फिर स्टेशन, फिर झुग्गी बस्ती, फिर स्टेशन। ग़रीबी, गन्दगी, फटेहाल, फिर स्टेशन, भूख, तंगहाली, सड़ांध, फिर स्टेशन। अब जाकर पहचान पा रही हूँ बम्बई शहर को। झोंपड़पट्टियों का गुणा और जोड़, बस इतना ही अस्तित्व है इस महानगर का। दुमका के उस गाँव जैसे छप्पर छज्जे वाले अनेक ख़स्ताहाल गाँव आँखों के सामने से गुज़र गए तो मैं समझी, सोलह साल पहले, उस दोपहर मैंने उसके साथ कहीं भी चलने की हामी नहीं भरी थी, ऐलान किया था, कहीं भी उसके साथ न रह पाने का। दुमका का गाँव, बम्बई की बस्ती, लेशमात्र भी तो फ़र्क़ नहीं है दोनों में।

मेरी बात के मर्म को वह समझ गया था, एकदम सही-सही समझ गया था। मैं ही जानबूझकर नासमझ बनी रही थी।

अब मैं समझी, कल वरली से लेकर गेटवे ऑफ़ इंडिया तक मैं बम्बई की किसी सड़क, किसी इमारत को पहचान क्यों नहीं पाई थी। मैं जानती थी, अपने भीतर गहरे में कहीं जानती थी, जो दिखलाई दे रहा है, वह सच नहीं है। दरअसल यह कंक्रीट की बीस-बीस मंज़िला इमारतें, झोंपड़पट्टियाँ हैं, जर्जर, ख़स्ताहाल झोंपड़पट्टियाँ। जो दीख रहा है, तिलिस्म है, माया। ये मायावी इमारतें उन्हीं झोंपड़पट्टियों की नींव पर खड़ी हैं और किसी भी क्षण भरभरा कर धूल में मिल सकती हैं।

मलाड स्टेशन पर मैं उतरी और पैदल रास्ता तय करने लगी। एक-एक झोंपड़पट्टी मेरे लिए अलग अस्तित्व लिए खड़ी थी। उसे आत्मसात् करती मैं धीरे-धीरे आगे बढ़ रही थी कि सुबह सूरज के उगने की तरह, मेरे बराबर में उसका चेहरा साफ़ उभर आया। फिर पूरे क़द-बुत में उसकी आकृति। मेरे इतने क़रीब कि हाथ से छू कर देखने की ज़रूरत भी नहीं पड़ी। उसका कन्धा मेरे कन्धे से लगा हुआ था और तमाम विलोम भूल मैं दृढ़ता से आगे बढ़ रही थी।

(1987)

चकरघिन्नी

विनीता ने जीवन में अपनी भूमिकाएँ तय कर रखी थीं। आदर्श पत्नी और आदर्श माँ की। आदर्श का स्वरूप तय करने में उसे दिक़्क़त नहीं हुई थी। उसका एक ही मापदंड था। अपनी माँ जैसा न होना। उसकी माँ डाक्टर थीं। लेडी डाक्टर नहीं। उस शब्द से उन्हें ख़ास चिढ़ थी, इतनी कि बरसों तक विनीता लेडी का अर्थ कोई भद्दी गाली समझती रही थी। स्कूल में मायने बतलाए जाने पर भी वह यही सोचती रही थी कि डाक्टर के साथ जोड़े जाने पर मतलब बदल जाता होगा। जैसे हराम के साथ ज़ादा लगाने से। साहब के साथ लगाने में हर्ज़ नहीं था। पापा उसे साहबज़ादे ही तो कहकर पुकारते थे। माँ माथे पर बल डाल कर कहती ज़रूर थीं, ''वह लड़की है और मुझे उसके लड़की होने पर गर्व है।'' पर पापा बाज़ नहीं आते थे। हँस देते थे। पापा के लिए हँसना साँस लेने की तरह था। माँ उन्हें प्यार से विदूषक कहती थीं। वैसे वे भी डाक्टर थे। माँ की तरह हृदय रोग विशेषज्ञ नहीं, बच्चों के डाक्टर। माँ उससे ख़ुश थीं। वे विनीता की देखभाल अच्छी तरह कर सकते थे। वे घर से ही अपना दवाख़ाना चलाते थे। इसलिए माँ को दिल्ली शहर के नामी, पंत अस्पताल में, चीफ़ की ड्यूटी निभाने जाते हुए, यह नहीं सोचना पड़ता था कि विनीता को किसके ज़िम्मे छोड़ें।

वे आदर्श पत्नी और माँ क्यों नहीं थीं, यह विनीता नहीं जानती थी। नहीं थीं, यह ज़रूर जानती थी। सभी जो कहते थे। उसकी सहेलियों की माँ–दादी जिस छवि का वक़्त–बेवक़्त बखान करती थीं, वह उसकी माँ की नहीं थी। कभी खाना बना परोस कर इसरार करके पति–पुत्री को खिलाया नहीं, कभी सज–सँवर कर इन्तज़ार में शाम नहीं बितायी, कभी आने–जाने वालों के सामने घर के लिए अपनी प्रतिभा होम करने का रोना नहीं रोया। कभी भूले से घर जल्दी लौट आतीं और पापा विनीता को लेकर घूमने निकले होते तो लौटने पर खा–पी कर सोई हुई मिलतीं। पापा कहते, ''धीरे बोलो, शोर मत करो। माँ को सोने दो। आओ साहबज़ादे, हम चुपचाप खाना निकालें और खाएँ,'' गुपचुप जैसे चोरी करने घर में घुसे हों।

बड़े होने तक विनीता यह भी जान गई थी कि आदर्श पत्नी–माँ की जो छवि फ़िल्मों और किताबों में मिलती थी, वह भी उसकी माँ की तस्वीर से भिन्न थी। उसने सुन रखा था कि माँ ने उसे ज़्यादा दिन अपना दूध नहीं पिलाया था। पहले ही महीने में अस्पताल में एक बेढब केस आ निकला था और माँ उसे आया के हवाले कर, पूरे चौबीस घंटों को ग़ायब हो गई थीं। लौटने पर उन्होंने अपना दूध सुखा दिया था। वे अपने मरीज़ों का नुक़सान नहीं कर सकती थीं। नुक़सान विनीता का भी नहीं हुआ था। वह ख़ासी तन्दुरुस्त थी और बनी रही थी। सुन उसने यह भी रखा था कि उसकी आया उसका दूध चुरा कर पी जाती थी। पकड़े जाने पर माँ ने उसे निकाल दिया था और दूसरी आया के आने पर, दूध बनाने की ज़िम्मेदारी

पापा पर डाल दी थी। इससे भी उसका कोई नुक़सान नहीं हुआ था। आख़िर उसके पिता बाल विशेषज्ञ थे।

वे विनीता को लेकर आश्वस्त थीं कि बड़ी होकर वह भी उनकी तरह हृदय रोग विशेषज्ञ बनेगी। जब वह आठ बरस की होने को आई तो उन्हें यह चिन्ता सताने लगी थी कि दूसरा बच्चा न होने पर, पति के बाद क्लिनिक का क्या होगा?

"विनीता हार्ट स्पेशलिस्ट बन जाएगी तो तुम्हारे क्लिनिक का क्या होगा, विदूषक? हमें एक बच्चा और पैदा करना चाहिए," वे जब-तब कहती थीं।

वे हा-हा कर हँस पड़ते थे, "भई, मैं कर सकता तो ज़रूर करता पर तुम नहीं। तुम्हारे मरीज़ हमेशा कूच की हड़बड़ी में रहते हैं। कहीं बीच डिलीवरी किसी का बुलावा आ गया तो बच्चा बेचारा अधर में लटका रह जाएगा।"

"जैसे विनीता लटकी पड़ी है।"

"आठ साल पहले दिल के दौरे कम पड़ते थे या तुम्हारा नाम सब दिल वालों तक पहुँचा नहीं था। अब मुश्किल बढ़ गई है।"

"पर तुम्हारा क्लिनिक?"

"उसकी फ़िक्र मत करो, दोस्त। यहाँ इतने बच्चे इलाज के लिए आते हैं, इनमें से कई डाक्टर बनेंगे। किसी एक को पकड़कर दवाख़ाना सौंप दूँगा। साहबज़ादे चाहें तो ज़रूर दिल के डाक्टर बनें।"

"वह लड़की है..."

"और मुझे उसके लड़की होने पर गर्व है, है न दोस्त?"

वे फिर हा-हा कर हँस देते और कहते, "हँसना सीखो दोस्त, हँसना! मेरे पास जितने दिल के मरीज़ आते हैं, उनसे मैं कहता हूँ, हँसना सीखो, हँसना।"

"तुम्हारे पास दिल के मरीज़ आते हैं?"

"हाँ, मेरे बच्चों के बाप भी सीने में दिल रखते हैं। सब आपकी तरह नहीं होते, दोस्त।"

माँ हँस पड़तीं और उनके सीने से लग जातीं।

कभी-कभी विनीता को माँ के असफल पत्नी होने पर सन्देह होने लगता था। वह सोचती पापा तो ज़रा भी दुखी या असन्तुष्ट नहीं दीखते। माँ उनसे लड़ती भी नहीं। फिर वे असफल पत्नी क्यों हैं? पर धीरे-धीरे सन्देह कमज़ोर पड़ता गया। बाहरी संसार से मेल-जोल बढ़ने के साथ उसे विश्वास हो गया कि उसकी माँ आदर्श पत्नी और माँ नहीं थीं। क्यों नहीं थीं, जानना ज़रूरी नहीं था। नहीं थीं, जानना काफ़ी था।

विनीता सोचती, वह बड़ी होकर डाक्टर नहीं बनेगी। कभी-कभी पापा से कह भी देती। पापा शान्त भाव से कहते, "अभी कुछ तय मत करो। बड़े हो जाओ, जो चाहो करना।" मज़ाक़ के मूड में होते तो आँखें तरेर कर कहते, "क्यों, मुझमें क्या ख़राबी है? राक्षस दीखता हूँ?" दोनों सूरतों में बात आगे बढ़ती नहीं। माँ और विनीता के बीच इस विषय पर कभी बात नहीं हुई। दोनों अपनी-अपनी जगह संशयहीन थीं। माँ जानती थीं, विनीता पढ़ाई-लिखाई में होशियार है, मेडिकल में दाख़िला मिल जाएगा। इसलिए बात क्यों करतीं? दाख़िला लेने में उसे आपत्ति हो सकती है, यह ख़याल उनके ज़ेहन में आया नहीं था।

विनीता जानती थी माँ क्या सोचे बैठी थीं, पर चूँकि डाक्टर और हार्ट स्पेशलिस्ट बनना,

न बनना उसके अपने हाथ में था, उसने उनसे बात करने की ज़रूरत महसूस नहीं की थी।

स्कूल की बारहवीं कक्षा में आने तक संवाद टला रहा। फिर निर्णायक क्षण आ ही गया।

एक दिन माँ ने मेडिकल की परीक्षा के फ़ॉर्म वग़ैरह उसकी मेज़ पर रखकर कहा, ''उन्हें भरकर भेज दे और तैयारी शुरू कर दे।''

''कैसी तैयारी?'' विनीता ने पूछा।

''मेडिकल का इम्तिहान काफ़ी सख़्त होता है। बिना तैयारी कोई पास नहीं हो सकता,'' उन्होंने कहा और कमरे से बाहर जाने लगीं।

''मैं डाक्टर नहीं बनूँगी,'' विनीता ने कहा पर माँ बाहर जा चुकी थीं, सुन नहीं पाईं। अपनी बात दोहराने, उसे उनके पीछे बाहर बरामदे में आना पड़ा, जहाँ पापा पौधों को पानी दे रहे थे।

''मैं मेडिकल में नहीं बैठूँगी,'' उसने क़रीब-क़रीब चिल्ला कर कहा।

''क्या?'' माँ मुड़ीं, ''क्या कह रही हो? मैं जल्दी में हूँ।''

''मुझे डाक्टर नहीं बनना, इसलिए मेडिकल में नहीं बैठूँगी,'' वह ज़ोर से चिल्लाई। माँ ठिठक गईं, ''डाक्टर नहीं बनना! फिर क्या करोगी?''

''शादी।''

''शादी!'' माँ हँस पड़ीं, ''डाक्टर शादी नहीं करते क्या? क्यों विदूषक, बेटी को क्या सिखला दिया? हम शादीशुदा नहीं हैं? अब सँभालो इसे। मुझे देर हो रही है।''

माँ के हँसने पर भी पापा नहीं हँसे। इस अनहोनी ने विनीता को बेसब्र बना दिया।

''उस तरह नहीं, मैं अच्छी पत्नी बनना चाहती हूँ,'' उसने तल्ख़ी से कहा।

हठात् माँ की हँसी ग़ायब हो गई। उनके चेहरे पर एक आहत भाव उभर आया जो विनीता ने पहले कभी नहीं देखा था। वे कुछ बोलीं नहीं। एक बार उसकी तरफ़ देखकर सिर यूँ झुका दिया, जैसे शर्मिंदा हों। नाराज़ हुए पापा, माँ नहीं।

''मतलब क्या है तुम्हारा?'' डपट कर उन्होंने कहा, ''डाक्टर अच्छी पत्नी नहीं होती! तुम्हारी माँ अच्छी पत्नी नहीं है!''

विनीता दो क़दम पीछे हट गई। इससे पहले उसने पापा को कभी ग़ुस्सा होते नहीं देखा था। उसकी आँखें डबडबा आईं।

''आप ही ने कहा था, जो चाहो करना।''

''ठीक है,'' वे संयत हुए, ''क्या करना चाहती हो तुम?''

''मैं डाक्टर नहीं बनना चाहती।''

''तो यह कहो। उलट-सुलट क्यों बोल रही हो?''

''उसे कहने दो,'' माँ की आवज धीमी पर दृढ़ थी, ''तुम्हारे ख़याल से डाक्टर अच्छी पत्नी नहीं बन सकती, है न?''

वह चुप रही।

''कोई डाक्टर या सिर्फ़ मैं?''

''लेखा!'' पहली बार विनीता ने पापा को दोस्त के अलावा माँ को कुछ और पुकारते सुना।

''तुम बीच में मत आओ। बोलो विनीता, और क्या सोचती हो तुम?''

तब तक विनीता ने अपने विस्मय और डर पर क़ाबू पा लिया था।

''मैं शादी करके घर-बार चलाना चाहती हूँ। अच्छी पत्नी और माँ बनना चाहती हूँ। इसमें इतना अजीब क्या है जो आप लोग इस तरह जिरह कर रहे हैं?'' उसने कहा।

''तुमने लड़का देख लिया?'' माँ ने अचरज से कहा, ''पर तुम तो कुल सत्रह वर्ष की हो।''

''अभी नहीं देखा। बी.ए. ख़तम होने तक देख लूँगी।''

''बी.ए. करोगी?''

''जी हाँ। मैं सिर्फ़ इसलिए डाक्टर नहीं बन सकती क्योंकि आप चाहती हैं। आपने कभी यह जानने की कोशिश की है, मैं क्या चाहती हूँ, क्या पढ़ती हूँ, क्या करती हूँ, ज़िन्दगी में मेरी ख़्वाहिशें क्या हैं?''

माँ कुछ देर उसकी तरफ़ ताकती रहीं, फिर बुदबुद करके बोलीं, ''तुमने पहले कभी कुछ नहीं कहा...तुमसे कहा था?'' वे पापा से मुख़ातिब हुईं।

''हाँ।''

''तुमने मुझसे नहीं कहा।''

''मैं तुम दोनों से हमेशा कहता रहा, अभी से कुछ तय मत करो। समय आने पर विनीता चाहे तो...'' वे चुप हो गए।

''ओह, ग़लती मेरी थी। ठीक है विनीता, जो चाहो करो।'' थके-हारे भाव से, गाड़ी का दरवाज़ा खोल, वे भीतर बैठ गईं।

पापा फिर ग़ुस्से में आ गए, ''इतना याद रखना, आदर्श पत्नी और माँ बनने का, डाक्टर होने न होने से कोई ताल्लुक़ नहीं है। तुम्हारी माँ से अच्छी पत्नी की मुझे कभी चाह नहीं थी, समझीं?''

''हाँ, पर...''

''पर इससे अच्छी माँ भी तुम्हें नहीं मिल सकती थी और न तुम बन पाओगी।''

''अगर मेरा डाक्टर बनना आपके लिए इतना ज़रूरी है तो आप हमेशा यह क्यों कहते रहे कि मैं जो चाहूँ करूँ?''

''अब भी कह रहा हूँ जो चाहो करो, पर जो तुम चाहो। वह नहीं, जो दूसरे कहते हैं, तुम्हें चाहना चाहिए। वह नहीं, जो तुम अपने पर थोप रही हो। लो, पौधों को पानी दो। स्कूल बस तो निकल गई।'' पानी का पाइप उसे पकड़ा कर उन्होंने बहस ख़तम कर दी और अपने क्लिनिक में चले गए।

विनीता ने बी.ए. कर लिया। विवाह भी हो गया। पति का नाम था अमित गोयल। वह सेंट्रल बैंक में मैनेजर था। और बैंक के खाते की तरह चाक-चौबन्द।

उसके रोज़नामचे में सब कुछ तयशुदा था। न वह कभी सुबह जल्दी घर से भागता था, न देर करके लौटता था। न ख़्वाहमख़्वाह हँसता था, न ज़मीन छोड़ हवा में उड़ता था। वह रोज़ सुबह सात बजे उठता था, चाय के साथ अख़बार देखता था, नहा कर नाश्ता करता था और नौ बजे दोपहर का भोजन साथ ले, मोटरसाइकिल पर बैंक रवाना हो जाता था। पाँच का गजर बजते ही वह फ़ाइलें समेट कर कमरे में ताला मारता और घर लौट आता था। छह बजे हाथ-मुँह धो कर, चाय के साथ पत्नी के हाथ का बना कोई सुस्वादु नमकीन खाता, फिर टी.वी.

देखता और साढ़े दस बजे सो जाता था। शनिवार की शाम किसी दोस्त के यहाँ सपत्नीक खाना खाने जाता था या किसी कामयाब परिचित को सपत्नीक अपने यहाँ खाने के लिए बुलाता था। रविवार को स्पेशल नाश्ता खाने से पहले तैरने जाता था, फिर दिन भर टी.वी. देखने में पत्नी को साथ रखता था (विनीता सुबह-सुबह पूरे दिन का खाना बनाकर रख देती थी)। महीने में एक बार विनीता के साथ पिक्चर, नाटक या कोई और उत्सव देखने जाता था। एक बार विनीता के माँ-बाप से मिलने, जहाँ ज़्यादातर केवल बाप से मुलाक़ात होती थी। और दो बार अपने माँ-बाप से, जहाँ पूरा परिवार जुटा रहता था। खाना एकदम दावती होता था और उसके दौरान, विनीता और सास में पाक-शास्त्रार्थ चला करता था।

शादी के बाद, विनीता जब बैंक के लॉकर में अपना ज़ेवर रखने गई तो उसे यह सोचकर बहुत सुकून मिला कि उसका पति ठीक उस लॉकर की तरह था। भरोसेमन्द और अपनी हदों में चकबन्द। पाँच साल के अन्दर, अमित का तबादला बैंक की प्रमुख शाखा में हो गया। मोटरसाइकिल के बजाय मोटरगाड़ी आ गई और विनीता दो बच्चों की घी-खाई माँ बन गई। चर्बी दोनों के बदन में एक अनुपात में चढ़ी। पाँच साल पहले की तरह वे 'एक-दूसरे के लिए बने' लगते रहे। इस बीच विनीता कई बार लॉकर खोल चुकी थी। हर बार उसे वही एहसास होता था कि उसका पति ठीक उसकी तरह क़ाबिले एतबार था। फिर ज़ेवर अदल-बदल कर, लॉकर बन्द करते हुए उसके मुँह से लम्बी साँस क्यों निकल जाती थी, वह नहीं जानती थी। जानती थी तो सिर्फ़ इतना कि घर पहुँचने पर उसे सब कुछ ठीक वैसा ही मिलेगा, जैसा वह छोड़कर आई थी। अगर कभी उसके मन में ख़्वाहिश उठ आती कि वह घर लौटने के बजाय पापा के पास चली जाए और बेमतलब ठहाके लगाए तो वह उसे अपने और अमित के अयोग्य ठहरा कर, उस दिन का इन्तज़ार करती थी, जब उनका वहाँ जाना तय था। या उस दिन का, जब माया और अजय का डाक्टरी मुआयना कराने की दरकार होगी। आख़िर उसके पिता बाल विशेषज्ञ थे और वह बच्चों की सेहत के प्रति सजग माँ थी। बच्चों के बहाने पापा से मिलना बराबर होता रहा। अजीब थे पापा भी। कभी जो किसी चीज़ को गम्भीरता से लिया हो! बस, बच्चों को लतीफ़े सुनाना और बात-बेबात हँसना। अमित भी एक लतीफ़ा था उनके लिए। ज़रा चर्बी क्या चढ़ी बदन पर, पापा जब उससे मिलते, विनीता के कान में फुसफुसाते, "रहने दो, माँ के पास वैसे भी कम मरीज़ नहीं हैं। क्रेडिट कम करो, इसके खाते में और अपने में भी।"

कुछ दिन विनीता टालती रही। फिर सुबह की सैर अपनी दिनचर्या में शामिल कर ली। एक बार शुरू हुई तो अमित बिना नागा सैर को जाने लगा। विनीता कभी जा पाती, कभी नहीं। आदर्श माँ कहती, माया को स्कूल भेजो और अजय को अपने हाथ से दूध पिलाओ। आदर्श पत्नी कहती, पति के साथ चर्बी घटाने जाओ। कभी पत्नी जीतती, कभी माँ और अमित था कि नियमित सैर के बावजूद वज़न ज़रा न घटा। मुश्किल यह थी कि विनीता जितनी बढ़िया माँ और पत्नी थी, उतनी ही उम्दा बावर्ची भी थी। पाक कला उसने बाक़ायदा कुकिंग स्कूल में सीखी थी। पत्र-पत्रिकाओं से निरंतर अपने ज्ञान में वृद्धि की थी। रही-सही कसर सास से शास्त्रार्थ ने पूरी कर दी थी। क्या उसकी डाक्टर माँ ने स्वाध्याय किया होगा जो विनीता ने किया था। इतनी तैयारी के बाद जो खाना वह बनाती थी, फेंका तो जा नहीं सकता था। इसलिए अमित रोज़ सुबह घूमता था, दिन भर खाता था और रात में खर्राटे भरता तोंद हिलाता था।

ऐसा नहीं था कि विनीता उसकी सेहत के प्रति उदासीन थी। पापा के कहने पर उसने चर्बी

घटाने में मुफ़ीद खाना भी बनाना शुरू कर दिया था। पर आदर्श माँ और पत्नी की रस्साकशी फिर शुरू हो गई थी। बढ़ती वय के बच्चों को पौष्टिक आहार देना ज़रूरी था। इसलिए ख़ाली वक़्त में, जिसकी उसके पास कमी नहीं थी, वह दूसरी तरह का खाना भी बना डालती थी। तब तक अजय भी स्कूल जाने लगा था और आदर्श माँ की भूमिका अदा करने में, उसका ज़्यादा वक़्त नहीं लगता था। पर खाने के मामले में होता यह था कि अमित और वह चर्बी घटाने वाले खाने के साथ, चर्बी बढ़ाने वाला भोजन भी कर जाया करते थे। ज़ुबान का स्वाद भी कोई शै है आख़िर। पति ख़ुश होकर लज़ीज़ खाने की तारीफ़ करे तो कौन पत्नी ख़ुद उसे चखने और पति को और देने से रुक सकती है! कम से कम वह नहीं, जो महीने में चार बम्बइया फ़िल्में टी.वी. पर और एक सिनेमाघर में देखती हो।

पापा को अच्छा लतीफ़ा मिला, अमित के दूसरे–तीसरे संस्करण निकलते रहे। विनीता को वह लॉकर के बजाय पूरे बैंक की याद दिलाने लगा। अपनी सुरक्षित और योजनाबद्ध ज़िन्दगी पर भरसक सन्तुष्ट होती, वह पापा के पास पहुँचती और उनकी नई असिस्टेंट डाक्टर को देखकर जल–भुन जाती। पापा के पास असिस्टेंट का होना ज़रूरी था, पर उसका औरत होना तो लाज़िमी नहीं था। वह भी जवान, पतली और दो तन्दुरुस्त, चपल और मेधावी बच्चों की माँ। उसके बच्चे विनीता के बच्चों के साथ एक ही स्कूल में पढ़ते थे और हमेशा उनसे ज़्यादा अंकों से पास होते थे। पापा जब उसे मोटापा घटाने के नुस्ख़े बतलाते तो वह मन्द–मन्द मुस्कराकर उनका अनुमोदन करती थी। कहना न होगा कि उसका पति एकदम दुबला–पतला था। खाने को नहीं मिलता होगा बेचारे को! पर बेचारा टेनिस और स्क्वाश का बढ़िया खिलाड़ी था, दिल्ली का चैंपियन, कुछ तो खाता ही होगा।

विनीता ने पाया कि वह जब–तब ठंडी आहें भरने लगी है, कभी पापा के क्लिनिक में, कभी अमित के तोंदल खर्राटे सुनते हुए और कभी अन्य आदर्श गृहिणियों की मंडलियों में ख़्वाहमख़्वाह। घर के कोने बार–बार चमकाते या रसोईघर में तांबेजड़ित स्टील के नए बर्तन सजाते, उसके हाथ रुक जाते और बिना बुलाए मेहमान की तरह, माँ का थका गर्व से चमकता चेहरा, आँखों के सामने हाज़िर होता। उस दिन बच्चों के स्कूल से लौटने पर, वह उन्हें इतना जम कर पढ़ाती कि होमवर्क ख़त्म होने पर भी पढ़ते रहने की बोरियत को कम करने के लिए, वे आपस में लड़ पड़ते। नौबत मारा–मारी तक पहुँच जाती। उनके मुँह से बास्टर्ड और बिच जैसी गालियाँ सुनकर, वह अचरज करती कि कैसे उनकी उम्र तक, वह लेडी डाक्टर को गाली समझती रही थी और माँ के डर से शब्द मुँह पर नहीं ला पाई थी। तब उसे अपने आदर्श माँ होने पर शक होने लगता और उसकी आहें कुछ और ठंडी और लम्बी हो जातीं।

फिर तीन–चार घटनाएँ जल्दी–जल्दी घटीं। दोपहर के खाने पर विनीता ने बारह वर्षीय माया को खाने के साथ कॉमिक पढ़ने पर टोका तो उसने तड़प कर कहा, ''तुम हर वक़्त घर पर क्यों बैठी रहती हो? कोई जॉब क्यों नहीं करतीं? मेरी सब सहेलियों की मम्मी काम करती हैं।'' और वापस कॉमिक पढ़ने में तल्लीन हो गई।

शाम को अजय बाहर जाने लगा तो आदतन विनीता के मुँह से निकल गया, ''पूरी बाँहों का स्वेटर पहन कर जाओ।'' उसने क्रिकेट का बल्ला ज़मीन पर पटकते हुए हिक़ारत के साथ कहा, ''ओफ़्फ़ोह, तुम कुछ जानती भी हो! रवि की मम्मी डाक्टर हैं, वे कहती हैं, खेलते समय भारी ऊनी कपड़े नहीं पहनने चाहिए।''

अमित ने बैंक से लौटकर बतलाया कि उसके पापा की असिस्टेंट का पति उसके आफ़िसर्स क्लब में स्क्वाश सिखलाने आता है, हफ़्ते में दो दिन। सब उसके शरीर की गठन देखकर रश्क करते हैं। कहते हैं उसे मिस्टर इंडिया प्रतियोगिता में हिस्सा लेना चाहिए।

''तुम उसकी बीवी से सन्तुलित ख़ुराक के बारे में पूछो न, पता नहीं क्या खिलाती है उसे?''

''वह क्या खिलाएगी? उसे डाक्टरी से छुट्टी मिले तब न। ख़ुद बनाता होगा।''

कुछ देर अमित इस सकील तखमीने को पचाता, चुप बैठा रहा। फिर बोला, ''तब भी...पूछकर तो देखो।''

अगले दो सप्ताह विनीता जानबूझकर पापा से मिलने नहीं गई। फिर माया को खाँसी-ज़ुकाम हो गया। उस मामूली मौसमी गड़बड़ी के लिए उसने दवाख़ाने जाने से साफ़ इनकार कर दिया। लिहाज़ा उसके स्कूल जाने पर, विनीता को अकेले पापा के क्लिनिक जाना पड़ा।

उनके कमरे में घुसी तो भौचक खड़ी रह गई। डाक्टरी की कुर्सी पर असिस्टेंट डटी हुई थी, पापा माँ का हाथ पकड़े सोफ़े पर बैठे थे और दोनों मज़े लेकर हँस रहे थे।

न रविवार था, न शनिवार।

''आओ विनीता,'' माँ ने हँसना बन्द करके कहा।

''आप यहाँ क्या कर रही हैं?'' उसने कहा।

''क्यों, मेरा घर है।''

''पर इस वक़्त सुबह दस बजे...अस्पताल नहीं गईं?''

''मैं रिटायर हो गई हूँ।''

रिटायर! माँ! तो वे भी उसकी तरह अब घर पर रहा करेंगी! पर माँ कुछ और कह रही थीं।

''हफ़्ते में मुश्किल से छह-सात घंटे मेडिकल कॉलेज में पढ़ाना होगा, बस!'' तब तक विनीता सँभल चुकी थी।

''बाक़ी वक़्त प्राइवेट प्रैक्टिस?'' उसने कहा।

''कंसलटेंसी,'' पापा ने कहा, ''इज़्ज़त से बात करो।''

''इसी क्लिनिक से प्रैक्टिस करेंगी?'' विनीता ने उन पर ध्यान नहीं दिया।

''नहीं भाई, विदूषक मज़ाक़ नहीं कर रहे। प्रैक्टिस करने के लिए मुझे अस्पताल का ताम-झाम चाहिए। हाँ, कंसलटेंसी ऑफ़िस यहाँ ज़रूर रहेगा। कोई बुलाएगा तो कंसलटेंट की हैसियत से ऑपरेशन में मदद करने चली जाऊँगी।''

''कोई बुलाएगा,'' पापा बोले, ''रोज़ दस बुलावे न आएँ तो कहना। अपाइंटमेंट नोट करने के लिए ही दो सेक्रेटरी रखने पड़ेंगे, दोस्त।''

''उसके लिए आपको डाक्टर चाहिए होंगे,'' विनीता ने हताश भाव से कहा।

''नहीं, मैं डाक्टरों का क्या करूँगी? उनका ज़िम्मा अस्पताल वाले लेंगे। यहाँ भी मुझे एक-दो रिसेप्शनिस्ट चाहिए होंगी।''

विनीता जाकर सोफ़े के हत्थे पर बैठ गई, माँ से एकदम सट कर, व्यग्र स्वर में उसने कहा, ''माँ, आप मुझे रिसेप्शनिस्ट रख लीजिए सुबह की शिफ़्ट के लिए। मैं अमित को कैसे भी मना लूँगी, प्लीज़।''

''तुम... !'' माँ तैयारी के साथ कुछ कहने जा रही थीं कि पापा बीच में आ गए। ''एक

शर्त पर,'' उन्होंने कहा, ''तुम खाना यहीं खाओगी और ख़ुद कुछ नहीं बनाओगी।''

''च्च, विदूषक,'' माँ ने टोका पर विनीता हँस दी।

''ठीक है,'' उसने कहा, ''मैं आज ही अमित से बात करूँगी। शाम को उनके घर रहते तो असम्भव है पर सुबह के लिए मैं, किसी भी तरह, उन्हें राज़ी कर लूँगी।''

उस शाम विनीता ने खाने की एक-एक चीज़ अमित की पसन्द की बनाई। मेथी-उड़द की दाल, मक्खनी मुर्ग़, पुदीने का पराँठा, लाल मूली का रायता और गाजर का हलवा। पूरा दिन लग गया। हमारे खाने की यह ख़ासियत है, जिस चीज़ को बनाने में जितनी ज़्यादा देर लगे, वह उतनी ही ज़ायकेदार मानी जाती है। खाना बनाने के साथ, वह अपने संवादों का भी अभ्यास करती रही। उसने तय किया कि असल बात वह गाजर के हलवे के साथ परोसेगी। तब तक अमित तृप्ति से उनींदा हो चुका होगा। गाजर के हलवे की तरावट के साथ कुछ कड़ियल लुक्मे भी गले के नीचे फिसलाए जा सकेंगे। तो, हलवे के दो निवालों के बीच वह कहेगी, ...तुम्हारी और बच्चों की देखभाल में कोई कमी नहीं होगी। मैं दोपहर का खाना बनाकर जाऊँगी और लौटकर घर का बाक़ी काम निबटा लूँगी। तुम्हें पता भी नहीं चलेगा, मैं कब गई, कब आई। माँ और पापा, दोनों बूढ़े हो गए हैं, मैं उनकी अकेली औलाद हूँ। उन्हें मेरी ज़रूरत है, वरना मैं तो ऐसे ही ख़ुश हूँ। मेरे जीवन का एक ही मक़सद है, तुम्हारी सेवा...और जो माया बोल उठी, शिट! तो? ऐसा करे, खा-पी कर बिस्तर पर जाने पर कहे। नहीं, वह नहीं। अमित लेटते ही नाक बजाने लगता है या फिर ऊँची-ऊँची डकारें मारता पाचन बटी तलाशता रहता है। गाजर के हलवे का विकल्प नहीं है। अपना डायलॉग कुछ कम फ़िल्मी कर लेगी। और माया हँसी तो एक तमाचा जड़ देगी उसके मुँह पर आज, सच।

खाने की मेज़ पर, विनीता ने ख़ूब लाड़-मनुहार के साथ प्लेटों में हर चीज़ अपने हाथ से परोसी पर रंग कुछ जमा नहीं। जाने क्यों, अमित आधा हुआ पड़ा था। हर पदार्थ को आँखों से लीलते रहकर भी, लेते समय, आधा कह जाता था। दो पराँठों के बजाय आधा-आधा करके चार बार लिया। प्लेट में परोसे मक्खनी मुर्ग़ में से आधा माया की प्लेट में खिसका दिया। उड़द से साफ़ इनकार कर गया। रायता ज़्यादा मिकदार में खाया पर नज़र आधी उड़द और आधी मुर्ग़ पर टिकी रही। आख़िर उड़द की आधी करछुल प्लेट में डाल ली पर घी की कटोरी से घी नहीं उड़ेला।

''इतना कम क्यों खा रहे हो? ठीक नहीं बना क्या?'' विनीता ने पूछा तो माया ने माथे पर हाथ मारकर कहा, ''नॉट अगेन।'' और मेज़ छोड़ गई।

चलो पीछा छूटा। विनीता ने नए उत्साह के साथ गाजर का हलवा प्लेटों में परोसना शुरू किया। अब जो कहना है, बेहिचक कह पाएगी। हलवे की प्लेट अमित के सामने रखने झुकी तो वह बोल पड़ा, ''तुमसे कुछ ज़रूरी बात करनी है।''

''कहो,'' उसने हलवे जैसे स्वर में कहा।

''कल मैं तुम्हारी माँ के पास गया था। मेरा कोलेस्टरॉल बढ़ा हुआ है। ब्लड-प्रेशर भी। उन्होंने परहेज़ से खाने को कहा।''

घबरा कर विनीता ने हलवे की प्लेट उसके सामने से उठा ली।

''आधा कर दो,'' अमित ने कहा। उसने आधे से भी आधा कर दिया। ''मैं रोज़ शाम को क्लब में स्क्वाश खेलना चाहता हूँ,'' अमित कहता गया, ''मेरी सेहत के लिए ज़रूरी है।

तुम्हें अकेले न रहना पड़े इसलिए सोचता हूँ कि तुम पापा के क्लिनिक में रिसेप्शनिस्ट का काम ले लो।''

''शाम को भी ?'' उसने घुटी आवाज़ में कहा।

तब तक हलवे का कौर अमित के मुँह में पहुँच चुका था। वह परमानन्द की स्थिति में था। निगल चुकने पर ही आगे बोल पाया, ''वे तैयार हैं, मैं बात कर चुका हूँ।''

''कब ?''

''कल ही,'' हलवे के दूसरे लुक्मे के साथ वह गुनगुनाया और दोबारा परोसने के लिए प्लेट उसके आगे कर दी।

''नहीं, पापा!'' अजय ने कहा।

''क्या ? तुम नहीं चाहते मैं काम करूँ ?'' विनीता ने उबर कर पूछा।

''मैं हलवे के लिए कह रहा हूँ, पापा को और मत दो,'' खीज कर उसने कहा।

''बस, एक चम्मच,'' अमित ने कहा।

''आधा,'' अजय ने कहा। विनीता ने पूरा चम्मच प्लेट में डाल दिया। दोबारा पता नहीं कब बने।

तीसरा और आख़िरी कौर, रसिक की तरह देर तक चुभलाते रहकर, अमित ने पूछा, ''तो... तुम क्या कहती हो ?''

विनीता का जवाब तैयार था। ''जैसी आपकी इच्छा,'' उसने आदर्श पत्नी की तरह कहा।

(1988)

बाहरी जन

नन्दिनी सिर झुकाए धीरे-धीरे खा रही थी। जानबूझकर। वह जानती थी, सामने जड़ी दो जोड़ी आँखें किस आतुरता से उस पर टिकी हैं। इन्तज़ार में हैं कि वह नज़र उठाए और वे अपना सवाल पूछें। यह भी जानती थी कि ये सभ्य, सुसंस्कृत ऊँचे वर्ग के लोग हड़बड़ी में कुछ नहीं कहेंगे। तब तक चुप बने रहेंगे, जब तक नौकर रोटी लेकर आता-जाता रहेगा। शायद तब तक भी, जब तक वह खाना ख़तम न कर ले। ठीक नहीं कह सकती थी, उन्हें किसका लिहाज़ ज़्यादा था, उसका या नौकर का। सिर झुकाए रहने पर भी वह सास की ताक-झाँक करती नज़र महसूस कर रही थी। जायज़ा लेती, सवाल फेंकती नज़र। तो, क्या कहा डाक्टर ने?

तो? सरिता ने सवाल फिर अन्दर घोंट लिया। नया नौकर पूरी तरह प्रशिक्षित नहीं हुआ। उसके सामने निजी बातें कीं तो जाने क्या सोचे। सोचने की तो ख़ैर क्या तमीज़ होगी उसे और परवाह भी क्यों हो उन्हें, पर आस-पड़ोस में एक की दो कहेगा तो बर्दाश्त नहीं होगा। दो कौड़ी का नौकर पल भर में सारा आभिजात्य बिगाड़ कर रख सकता था। उन्होंने एक और तौलती नज़र नन्दिनी पर डाली। इतनी गुमसुम क्यों हो रही थी, क्या कहा डाक्टर ने, क्या बिलकुल कोई उम्मीद नहीं?

नज़र बचा कर उन्होंने पति को देखा। चम्मच पकड़े उनका हाथ धीरे-धीरे काँप रहा था। राजेश्वर जी का उतावलापन इससे ज़्यादा कभी ज़ाहिर नहीं होता। उनका चेहरा शान्त ही नहीं, भावहीन था। नज़र चुरा कर भी वे बहू को परख नहीं रहे थे। क्या बहू-बहू, नन्दिनी कहो। हाँ, उन्हें नहीं पसन्द ये मध्यवर्गीय सम्बोधन। और भी बहुत कुछ। चप्पल के भीतर पाँव हिला कर उन्होंने अपनी आतुरता को समेटा और ऊपर से प्रकृतिस्थ दिखने की कोशिश करने लगीं। पुराना अभ्यास था।

नन्दिनी जानती थी, नाटक देर तक नहीं चलेगा। खाना ख़त्म होते ही सवाल का सामना करना पड़ेगा। क्या जवाब देगी वह?

आपको मतलब! यह मेरा निजी मामला है। बच्चा चाहती हूँ या नहीं, मेरा निर्णय है। हो सकता है या नहीं, मेरा भाग्य है। हो सकने के लिए कुछ करना, न करना, मेरी समस्या है। आपको क्या अधिकार है, मुझसे जिरह करने का। ठीक है, आप बच्चे के दादा-दादी बनेंगे। उसे प्यार देंगे-लेंगे। आपको उसकी चाहत हो, इससे मुझे इनकार नहीं, हमदर्दी है, पर अपनी चाहत को मुझ पर थोप कर मेरे जेलर बनने का अधिकार आपको नहीं है।

क्या! कह तो नहीं दिया कहीं उसने! घबराहट में उसके हाथ से चम्मच छूट गया।

"क्या हुआ?" सरिता ने कहा, "खाने का मन नहीं है क्या?" उनके स्वर में ललक थी, काश कुछ ऐसा होता!

नन्दिनी ने ख़ुद को सँभाला, चम्मच मज़बूती से पकड़ा और दोबारा खाना शुरू कर दिया। शुक्र है कहा नहीं उसने, सिर्फ़ सोचा। कहने का मतलब होता, यह आलीशान कोठी, नौकर-चाकर, गाड़ी, ड्राइवर छोड़कर, पति की आय के मुताबिक़, दो कमरों के फ़्लैट में रहना। अपनी नौकरी वह छोड़ चुकी। शर्त थी शादी की। वह रह सकती है, दोबारा नौकरी भी जुटा सकती है। पर उसका पति, इतनी आरज़ू से मिला माँ का जँवाई और बड़े घर का आदर्श बेटा, नितिन, कभी नहीं मानेगा। आजकल बाहर गया हुआ है, पैसा कमाने के चक्कर में। छीः ! फिर वही मध्यवर्गीय सोच। पैसा क्या है, हाथ का मैल। जमा हुआ है इस घर में पहाड़ की तरह। कृष्ण भगवान ने उठाया नहीं था गोवर्धन पहाड़ हथेली पर। नितिन पैसा कमाने नहीं, देश की प्रगति और विकास योजना को अंज़ाम देने के लिए एक लघु उद्योग स्थापित करने के सिलसिले में बाहर गया है। उसे उस पर गर्व होना चाहिए...है न ?

सरिता ने हताशा की साँस भरने से अपने को रोका। चप्पल में पाँव हिला कर सन्तोष कर लिया। अजीब लड़की है, गुमसुम खाए जा रही है। पता नहीं लगने दे रही कि क्या सोच-गुन रही है। इकलौते बेटे के लिए मामूली घर की लड़की ली थी तो यह सोचकर कि सुन्दर है और पाँच भाई-बहनों में एक। घर सुन्दर पोते-पोतियों से भर जाएगा। नौकरी छोड़ने को भी झट राज़ी हो गई थी। शुरू में कितनी डरी-डरी रहती थी। हर बात उनसे पूछकर करती थी। कहीं बड़े घर के चलन में खोट न आ जाए और अब...सात साल हो गए, एक बच्चा नहीं जन्मा, ऊपर से... "और नहीं चाहिए," राजेश्वर ने कहा। दोनों औरतों ने सुना और समझ गईं कि अब प्रश्न और टला नहीं रहेगा।

नन्दिनी जानती थी, इस घर में ऐसा कोई कोना नहीं है जहाँ उनका दख़ल न हो। अपने कमरे में जाकर कुंडी चढ़ा भी ली तो कितनी देर की मोहलत मिलेगी। फिर भी...

सरिता ने देखा, उन दोनों के उठने से पहले ही नन्दिनी कुर्सी धकेल कर खड़ी हो गई थी और बाहर जाने की तैयारी में थी। अपने अचरज पर क़ाबू पाकर वे कुछ कहतीं, उससे पहले सुना, राजेश्वर पूछ रहे हैं, "तो क्या कहा डाक्टर ने ?" नन्दिनी खड़ी रही, चुप!

"कोई गम्भीर बात तो नहीं है न ?" सरिता ने मधुर स्वर में पूछा।

राजेश्वर ने उन्हें घूरा और सख़्त आवाज़ में कहा, "पूरी बात पूछो।"

"कब करना तय हुआ, वह...ऑपरेशन ?" हलकी झिझक के साथ उन्होंने कहा।

"उन्होंने कहा है, ज़रूरत नहीं है," नन्दिनी फुसफुसायी।

"तो, वे क्या करना चाहते हैं ?"

"उन्होंने कहा है, प्रकृति को अपना काम करने दो। एक साल और इन्तज़ार करो। टेंशन मत रखो। रिलैक्स करना सीखो," नन्दिनी एक साँस में कह गई।

"नॉनसेंस!" राजेश्वर ने सख़्ती से कहा और उठकर खड़े हो गए। उनके खड़े होते ही नौकर रामू आकर बर्तन समेटने लगा। इस घर में ऊपर का काम करने वाले हर नौकर को रामू कहकर पुकारा जाता है। शुरू-शुरू में नन्दिनी को बहुत अमानवीय लगता था, अब आदत पड़ गई है। इसे भी पड़ जाएगी। नयापन अभी गया नहीं। कितना सहेज-सहेज कर काँच के बर्तन उठा रहा था। तभी उसने ससुर की दहाड़ सुनी, "नक़्क़ाशी कर रहे हो, उठाओ जल्दी।"

मुँह खोले रामू खड़ा हो गया। "...ईडियट!" मोटी गाली भीतर घोंट वे फिर दहाड़े।

सरिता घबरा गई। बहू का ग़ुस्सा नौकर पर क्यों उतार रहे हैं। अभी उठकर चल दिया तो इसी बहू का मुँह देखना पड़ेगा। रसोइया आजकल छुट्टी पर है। मामूली घर की लड़की है। खाना बनाना जानती है पर वे उस पर निर्भर नहीं होना चाहतीं। ख़ुद उनका तो चाय बनाने तक का अभ्यास कब का छूट चुका है।

अपनी आदत के ख़िलाफ़ वे तत्परता से स्वयं बर्तन समेटने लगीं। साथ में कहती गईं, "छोड़ो-छोड़ो, लो हो गया, ले जाओ रामू, बस ले जाओ। आओ, हम लोग इधर बैठें बैठक में।" क़रीब-क़रीब मध्यवर्गीय हड़बड़ी दिखलाते हुए, वे उन दोनों को घेर कर बैठक में ले आईं।

"टेंशन! किस बात का टेंशन है तुम्हें?" बैठक में पहुँचते ही, राजेश्वर ने कहना शुरू कर दिया, "सजना-धजना और पार्टियों में घूमना, इसके सिवा कोई काम है? बॉस की फटकार सुननी पड़ती तो पता चलता, टेंशन किसे कहते हैं। दिन भर ऊँचा-ऊँचा पॉप म्यूज़िक सुनती हो, बहरी न हो गईं तो देखना! क्या पता इसीलिए बच्चा न होता हो!" आख़िरी जुमला उन्होंने बुदबुदा कर कहा। वे जानते थे कि यह एकदम बेवक़ूफ़ाना बात थी।

इसी बात का टेंशन है कि कुछ नहीं है करने को। देर रात तक पार्टियों में खाओ-पीओ, नाचो-गाओ, सारा दिन अकेले झक मारो, सजो या सजने की तैयारी में ख़रीदारी करते रहो। न काम, न चुनौती, न थकन, न गहरी नींद। उसने फिर अपने को झिंझोड़ा। नहीं, कहा नहीं उसने, केवल सोचा।

"अकेली गाड़ी चला कर डाक्टर के पास भेजा। तुम क्यों नहीं गईं साथ?" अब वे सरिता पर बरस रहे थे।

"मैंने तो कहा था पर आजकल की लड़कियाँ सब कुछ ख़ुद करना चाहती हैं। मैंने सोचा स्मार्ट लड़की है..."

"अच्छा ठीक है," उन्होंने टोका, "यह बेवक़ूफ़ डाक्टर सुझाया किसने?"

"सभी ने कहा, बहुत बढ़िया गायनोकॉलोजिस्ट है। दिल्ली का सर्वोत्तम," सरिता ने सफ़ाई दी।

"सभी माने?"

"मिसेज़ चोपड़ा, मिसेज़ सोनी, नन्दिनी की माँ भी..."

"स्टुपिड विमेन। एकदम दकियानूसी डाक्टर है," राजेश्वर ने फुफकार कर कहा, "मिडिल क्लास!" भीतर घुटी मोटी गाली जैसे बाहर उछल आई थी।

"ममा ने भेजा था मुझे," नन्दिनी ने तड़प कर कहा।

"कौन सी ममा ने?"

"इन्होंने," नन्दिनी ने सास की तरफ़ इशारा कर दिया।

"तो ये कौन ऊँचे घराने की हैं। मेरी बहन थी तो तौर-तरीक़ा सीख गईं वरना वही रहतीं, बौड़म की बौड़म।"

कहकर राजेश्वर रुके नहीं, झपट कर बाहर निकल गए। "दिमाग़ चौपट करके रख दिया है इन औरतों ने," अपने कमरे की तरफ़ जाते हुए वे बुदबुदाये, "एक ये थीं, एक बच्चा पैदा किया और निश्चिंत होकर बैठ गईं। एक ये आई हैं, टेंशन! साल भर और रुके रहो। प्रकृति को अपना काम करने दो। हरामज़ादा पोंगापंथी डाक्टर।" अब वे अकेले थे। जो चाहे कह सकते थे।

बैठक में दोनों औरतें सुन्न बैठी थीं।

इनकी बहन न होती तो मैं...इतनी नाकारा न बनती। उसी ने मेरे भीतर हीन भावना पैदा करके मुझे बेकार कर दिया, वरना बी.ए. में फ़र्स्ट डिवीज़न में पास हुई थी। इच्छा थी आगे पढ़ूँ, नौकरी करूँ। यहाँ आई तो छुरी-काँटे और बिल्लौरी काँच में उलझ कर रह गई। बौड़म मैं हूँ या ये और इनके ऊँचे ख़ानदान के नकचढ़े लोग? क्यों इतना चीख़-चिल्ला रहे हैं बेचारी लड़की पर। न हुआ बच्चा, न सही, गोद ले लेगी। क्या इतना भी अधिकार नहीं है इसे?

मिडिल क्लास। ये भी उसकी तरह बौड़म क़रार दी गईं, एक बाहरी औरत। बेचारी। नहीं, बेचारी नहीं। नहीं चाहिए उसे बच्चा। नहीं जाएगी वह डाक्टरों के पास। नहीं करेगी किसी अप्राकृतिक प्रक्रिया का इस्तेमाल। उसकी गोद है, भरे न भरे, निर्णय लेने का अधिकार उसका है, सिर्फ़ उसका। "नहीं चाहिए मुझे बच्चा!" कह ही डाला उसने।

कह तो गई पर घबरा कर उसने सास को देखा। वह अपमानित झुकी बैठी थीं, कमर को खींचकर सीधा रखने तक से बेख़बर। पर चेहरे पर हताशा के साथ करुणा का भाव था। उन्होंने उसकी कही बात सुन ली थी पर चौंकी नहीं थीं। उसे वे बेहद बूढ़ी और दयनीय लगीं। वह उनके पास चली आई।

"आप क्या कहती हैं? मुझे क्या करना चाहिए? एक साल रुकी रहूँ? बाद में...हम बच्चा गोद भी ले सकते हैं। क्यों, बतलाइए न?" वह उन्हें दोबारा रोबीला देखना चाहती थी।

"मैं क्या कहूँ?" उन्होंने हारे स्वर में कहा।

"क्यों, बच्चा हम पैदा करती हैं। क्या हमारा कोई अधिकार नहीं है?"

"अधिकार!" उन्होंने कड़वे स्वर में कहा, "अधिकारों की क्या कमी है इस घर में! तुम और मैं..."

अपनी बात बीच में छोड़कर वे उठ खड़ी हुईं। रसोई से किसी चीज़ के गिर कर झन्न से टूटने की आवाज़ आई थी।

"क्या तोड़ा?" कहती वे तेज़ चाल से रसोई की तरफ़ बढ़ गईं। पीछे-पीछे नन्दिनी भी आई। रसोई में रामू हतप्रभ खड़ा था। उसके सामने फ़र्श पर घर का सबसे क़ीमती बिल्लौरी कांच का डोंगा टूटा-बिखरा पड़ा था।

दोनों औरतों ने टूटी किरचों को देखा और बिना सलाह-मशविरा, एक साथ, रामू पर चिल्लाना शुरू कर दिया।

(1988)

रेशम

हेमवती ने अपनी सफ़ेद साड़ी पर हाथ फेरा। कपड़ा ख़ूब मुलायम है। बढ़िया रेशम। उनका हाथ खुरदरा मालूम पड़ रहा है उसके सामने। है जो खुरदरा। उन्होंने हथेलियाँ रेशम से हटा कर आँखों के सामने फैलाईं। फिर एक-दूसरे पर मल कर देखीं। न, ज़रा लुनाई नहीं है। रगड़ खाकर ऐसे आवाज़ कर रही हैं जैसे दाल का ख़ाली लिफ़ाफ़ा मसल कर फेंका हो। दोनों बहुओं के हाथ कितने मुलायम हैं! हथेलियाँ, हाथों की ऊपरी खाल तक मक्खन हुई पड़ी है। क्यों न हो! काम न धाम...न, अन्याय की बात नहीं कहेंगी वे...काम तो भतेरा है, करतीं भी कम नहीं। पर साज-सँभाल, सिंगार-पटार भी ख़ूब। जाने कितनी तरह की क्रीम हाथ-पैरों पर रगड़ा करती हैं। फिर बेटों का रसिक प्यार, लाड़-मनुहार। अच्छा कमा-खा रहे हैं, बढ़िया पहन-ओढ़ रहे हैं। बल्कि खाते कम, पहनते ज़्यादा हैं। कहना चाहिए अच्छा कमा-लुटा रहे हैं। मज़ा लूटते हैं। पैसा लुटाते हैं।

बाऊ जी भुन-भुन करते रहते थे, ''लुटाने के लिए कमाते हैं उल्लू के पट्ठे। यह नहीं कि कुछ ज़मीन-जायदाद का जुगाड़ करें। देख लेना तुम, दोनों मिलकर भी अपने बच्चों के लिए एक मकान नहीं बना पाएँगे।''

बाऊ जी की निराशाजनक भविष्यवाणी उन्हें कभी त्रासद नहीं लगी थी। पर मुँह खोलकर विरोध भी नहीं किया था। ऐसा नहीं था कि वे पति-परमेश्वर की शिक्षा से अभिभूत थीं या बाऊ जी से भय खाती थीं। बोलतीं वे उनके सामने रहती ही थीं, बस वे सुना नहीं करते थे। रामू की शादी के बाद घर में टी.वी. क्या आया, शाम को दुकान से घर लौटते ही उसके सामने जा विराजते थे। ख़ुद कुछ कहना हो तभी आवाज़ धीमी करें वरना मार ऊँचे सुर में भौंका करे बक्सा। एक पत्रिका में पढ़ा, उसका नाम बुद्धू-बक्सा दिया हुआ था। उनकी समझ में नहीं आया था वह 'बुद्धू' कैसे हुआ! बुद्धू तो वह औरों को बनाता था। सब गुमसुम उसके सामने बैठे रहते थे। तो 'चालाक-बक्सा' हुआ! बाऊ जी को ही लो। उस पर हुए ख़र्च से सख़्त नाराज़ थे पर सबसे ज़्यादा वक़्त वही उसके सामने गुज़ारते थे। ''उल्लू के चरखे! इतना पैसा लुटा दिया, अब कुछ वसूली तो हो। कोई देखेगा नहीं तो तमाम पैसा मिट्टी हुआ कि नहीं। देखा करो तुम भी।''

नाराज़ होकर जब-तब ताक़ीद करते रहते थे। पर वे नहीं देखती थीं। बल्कि उसके शोर से होड़ करके ऊँचे-ऊँचे बोला करती थीं। बाऊ जी सुनते नहीं थे। सो तो पहले भी नहीं सुनते थे, पर अब सुनाई ही नहीं पड़ता था। किसको ज़्यादा बेवक़ूफ़ बनाया चालाक-बक्से ने, उन्हें या बाऊ जी को, कहना मुश्किल था।

एक सुबह जब बाऊ जी आदतन लड़कों की फ़िज़ूलख़र्ची को कोस रहे थे और चालाक-बक्सा ख़ामोश था, वे कह उठी थीं, ''लुटाने को है तो लुटा रहे हैं।''

''चाहते तो हम भी लुटा सकते थे,'' भड़ककर बाऊ जी ने कहा था, ''पर तब सड़क पर खड़े होते तुम लोग।''

वे चुप कर गई थीं। बाऊ जी की बात में दम था। लुटाने की चाह नहीं थी तभी तो पाई-पाई जोड़ कर, दक्षिणी दिल्ली जैसे महँगे इलाक़े में, यह छोटा सा मकान बना पाए थे। नींव का पत्थर तभी रख दिया था, जब नन्हा राजू क्रिकेट के बढ़िया बल्ले के लिए हफ़्तों रो-रो कर हलकान होता रहा था और बल्ला नहीं आया था। आख़िर उसके रोने-झींकने से परेशान होकर, उन्होंने अपने पास के पैसों से उसे बल्ला ख़रीद दिया था। बस, तभी से बाऊ जी ने उन्हें एकमुश्त घर का ख़र्च देना बन्द कर दिया था।

रोज़ सुबह हिसाब लगाकर दिन भर के ख़र्च को पैसे पकड़ाते थे और शाम को उनसे पूरा हिसाब तलब कर लेते थे। अगला दिन, अगली सुबह पर। हर सुबह हाथ फैला कर दस-बीस रुपये लेने में वे भिखारिन सा महसूस करती थीं। तमाम दिन पैसे-पैसे की गिनती करते बीतता था। शाम तक, हाथ ख़ाली होने पर, वही भिखमंगापन दूनी ताक़त के साथ उन पर हावी हो जाता था। कोई तक़ाज़ा करने आ निकलता तो जग ज़ाहिर भी हो जाता। अगली सुबह, ब्योरेवार हवाला देने पर ही, दस-पाँच रुपये ज़्यादा हाथ लग पाते थे। मकान का किराया, बिजली, पानी का बिल, स्कूल की फ़ीस जैसे एकमुश्त ख़र्चे बाऊ जी स्वयं करते थे। दिन भर के मामूली ख़र्चों के लिए हिसाब बीस का बनता, तो अपनी तरफ़ से कटौती करके उन्हें दस या पन्द्रह ही थमाते। साथ में तकियाकलाम की तरह सधा, अपना फटकारभरा जुमला कहना कभी नहीं भूलते थे।

''गधे हैं गधे, काठ के उल्लू, एक पैसा नहीं बचा पाएँगे ये जोरू के ग़ुलाम! देख लेना, एक गज़ ज़मीन नहीं ख़रीद पाएँगे।'' वे चुपचाप रुपये लेकर धोती के पल्लू में बाँध लिया करती थीं। कभी-कभार धीमे से जवाब भी ठोक दिया करती थीं पर सुनने से पहले बाऊ जी बाहर निकल चुके होते थे। एक दिन उन्होंने कुछ ज़ोर से कहा था, ''रामू का बेटा शशि है न, क्रिकेट बहुत बढ़िया खेलता है।''

बाऊ जी ठिठक गए थे, मुँह उठाकर कहा था, ''तो?''

''अपने स्कूल की जूनियर टीम में है।''

''तो?'' बाऊ जी ने त्योरी चढ़ाकर पूछा था।

''उसका बल्ला बहुत क़ीमती है।''

''तो?'' बाऊ जी की त्योरी और चढ़ी थी।

वे कुछ गड़बड़ा गई थीं और खीज कर बोली थीं, ''तो-तो क्या? तो बस!''

''सठिया गई हो,'' बाऊ जी गरमा गए थे, ''रुपये सँभाल लोगी या बहू को दे दूँ?'' उनका मन हुआ था रुपये उनके मुँह पर दे मारें, पर तभी दूध वाला आ गया था और दस में से पाँच रुपये उसके हवाले हो गए थे।

अपने कमरे से रामू की बहू तारा ने बाऊ जी की बात सुन ली थी। देर तक वहाँ से उसकी और शशि की खिलखिलाहट सुनाई देती रही थी, ''दस रुपये का ख़ज़ाना, बाप रे, मैं कैसे सँभालूँगी!'' कहा उसने दबी ज़बान से ही था, पर हँसी के दबाव से शब्द उछलकर उनके कानों

में आ पड़े थे। बेकार अटपटी बात कहने गईं। बाऊ जी ग़लत नहीं कहते थे, यह बात दूसरी थी कि शशि के पास वाक़ई बहुत बढ़िया क्रिकेट बल्ला था, जैसा वे चाह कर भी रामू के लिए ख़रीद नहीं पाई थीं।

हँस-हँसा लेने पर तारा सहसा उन पर मेहरबान हो गई थी और शाम को बाऊ जी के घर लौटने पर उनसे पूछ बैठी थी कि वे महीने का ख़र्चा एक साथ माताजी को क्यों नहीं देते।

''रोज़-रोज़ हाथ फैलाने में आदमी ज़लील महसूस करता है!'' उसने टोका था।

''आदमी?'' बाऊ जी ने त्योरी चढ़ाकर पूछा था।

''औरत सही,'' तारा ने कहा था, ''औरत भी आदमी, मेरा मतलब, इनसान होती है।''

''सवाल इनसानियत का नहीं, अक़्ल का है। पैसा सँभालना आना चाहिए। इनके हाथ पर रख देता तो बना लेता मकान। तब इतने ठाट से रहने को नहीं मिलता, बहू।''

तारा पहले कसमसायी थी, पर उनकी तकरीर के आख़िर तक आते-आते ठंडी पड़ गई थी। मकान की ठोस असलियत के नीचे उसकी सहानुभूति दब गई थी। उसका अपना पति बाऊ जी की नक़ल करता तो बात आगे बढ़ाती भी, पर वह तो हर महीने की पहली तारीख़ को, आज्ञाकारी मातहत की तरह, पूरी तनख़्वाह ला कर उसके हाथ पर रख देता था। लो, फिर हो गई अन्याय की बात। वे शब्द तो बाऊ जी के कहे हुए थे, आज्ञाकारी मातहत की भला इसमें क्या बात थी! अपनी कमाई पति पत्नी को नहीं देगा तो किसे देगा? ब्याह के वक़्त पंडित जी साफ़-साफ़ वचन नहीं भरवा लेते? भरे तो बाऊ जी ने भी थे पर...उस दिन बहू को अपना पक्ष लेते देख या अपने लिए ज़लील शब्द का इस्तेमाल सुन, वे एकबारगी हद दर्जे की ज़लालत महसूस कर उठी थीं। इतना ज़लील बाऊ जी के आगे हाथ फैलाते कभी महसूस नहीं किया था। उनका रूखा चेहरा और सूख गया था, शायद उसी को देख बहू ने बात आगे नहीं बढ़ाई थी। दोपहर को नरमी के साथ उनसे कहा भी था, ''आप घर में ख़र्च क्यों करती हैं? मेरे पास पैसे हैं न!''

''हैं तो मेरे पास भी,'' उन्होंने मान भरे स्वर में कहा था, ''मुझ पे हुए, बाऊ जी पे हुए, एक ही बात है। यह तो पीढ़ी-पीढ़ी का फ़र्क़ है। ख़र्चा किसके हाथ से हो, औरत के या आदमी के!'' कहते-कहते उनके स्वर की ठसक जाने कब बिला गई थी और उन्हें अनुभव हुआ था कि वे रुआँसी हो आई हैं। तारा भावुक और समझदार लड़की थी। समझ गई होगी कि वह अच्छे को कहे या बुरे को, उन्हें चोट ही पहुँचा सकती है, राहत नहीं। फिर बात नहीं छेड़ी थी उसने। दोनों अपना-अपना ख़र्च, अपने-अपने तरीक़े से चलाती गई थीं। हाँ, जब रामू ने अपने कमरे में एयरकंडीशनर लगवाया तो बैठक में कूलर लगवाने का प्रस्ताव ज़रूर रखा था। बाऊ जी ने डाँट दिया था, ''फ़िज़ूल के चोंचले! हमें नहीं चाहिए कूलर-वूलर। जितना तुम एयरकंडीशनर पर फूँकोगे उतने में डी.डी.ए. के मकान की एक क़िस्त अदा हो जाएगी।''

अपने कमरे में तारा हँस दी थी, ''और बाक़ी की क़िस्तों का क्या होगा?'' हँसती-बोलती वह धीमे से थी, पर हेमवती तक उसकी बात पहुँच जाती थी। कान ही इतने तेज़ थे उनके, क्या करती! बचपन में रामू-राजू शिकायत किया करते थे कि माँ से कोई बात छुपी नहीं रहती। ग़ुसलख़ाने का दरवाज़ा बन्द करके गुप्त मंत्रणा करो तब भी उन तक भनक पहुँच जाती है।

तारा को पता तो होगा, उनके कानों की तेज़ी के बारे में, रामू ने बतलाया होगा, आज्ञाकारी मातहत जो ठहरा। फिर भी बोली-ठोली मार ही देती थी। न, वैसे नहीं...ख़्वाहमख़्वाह झूठ बोलने

की आदत नहीं है उनकी...अब हँसना-बोलना तो बन्द कर नहीं सकती जवान लड़की। वह तो तब भी अपने कमरे के भीतर मज़े लेती थी, राजू की बहू, प्रीति, तो ठीक मुँह पर दो टूक बोल मारा करती थी।

"सारा क़ुसूर आपका है, माताजी। पायदान बनेंगी तो पायदान बनाएगा आदमी। साफ़-साफ़ कह क्यों नहीं देतीं, इतनी कंजूसी करनी है तो ख़ुद चलाओ गृहस्थी!"

"ख़ुद ही तो चला रहे हैं," उन्होंने हँसकर कहा था। प्रीति की बातें थीं जो उन्हें हँसा कर छोड़ती थीं वरना हँसी-ठिठोली वे कब की भूल चुकी थीं।

एक बार तो उसने हद कर दी थी। सुझाव रखा था कि वे बाऊ जी से कहें, उनके नाम कुछ रुपया बैंक में जमा कर दें। वे इतना खुलकर हँसी थीं कि प्रीति नाराज़ हो गई थी। "हँसने की बात नहीं है," उसने कहा था, "दुख-तक़लीफ़ में पैसा काम आता है।"

"मकान तक में तो मेरा हिस्सा रखा नहीं है और तुम कहती हो..." गम्भीर होकर उन्होंने कहा था।

"ग़लत बात है। क़ानूनन तीन हिस्से होने चाहिए।" प्रीति वकील की लड़की थी और क़ानून की कायल। धीरे-धीरे तारा ने उसे काफ़ी ऊँच-नीच समझा दी थी। उसने बराबर के तीन हिस्सों की बात करनी बन्द कर दी थी। पर उनके जीते जी उनकी सुरक्षा के लिए मकान में अस्थायी हक़ की माँग करती रही थी। उसके बार-बार कहने पर बाऊ जी ने वसीयत में उनके लिए कुछ इन्तज़ाम कर दिया था, जिससे जीते जी लड़के उन्हें मकान से नहीं निकाल सकते थे, और वे अपनी इच्छा से उन्हें या उनके बच्चों को बेदख़ल नहीं कर सकती थीं। उस दिन प्रीति ने ख़ुश होकर अपनी विजय का ऐलान किया था। घर भर ने सुना था और राजू ने फटकार बतलाते हुए कहा था, "अजीब ख़ब्ती हो तुम, हर बात में टाँग क्यों अड़ाती हो!"

बस, ज़रा सी बात पर महाभारत छिड़ गया था। प्रीति ने वह खरी-खरी सुनाई थी कि राजू बेचारा माफ़ी माँगता नज़र आया था। आवाज़ उसकी इतनी खनकदार थी कि हेमवती क्या सबने सुना था। किसी को कान चौकन्ने नहीं करने पड़े थे। दस इधर-उधर की सुनाने के बीच, वह कह उठी थी, "ख़ुद एयरकंडीशनर चला कर सोते हैं, माँ के लिए एक अदद गुलमर्ग कूलर भी नहीं लगवा सकते!"

इस बात पर तारा अपने कमरे से बाहर निकल आई थी और मधुर कंठ से बोली थी, "ज़रूर लगवाना चाहिए। राजू, तुम आज ही इन्तज़ाम कर देना।"

माफ़ी माँगता राजू सकपका कर अगली सुबह कूलर ले आया था और बिना उनसे पूछताछ किए उनके कमरे में रख गया था। शाम को बाऊ जी आए तो...

उनका मन ग्लानि से भर आया था। छोड़ो भी, क्या याद करना। आज की सोचो। उन्होंने अपनी चरेरी हथेलियाँ साड़ी के रेशम पर रगड़ीं...तारा ज़ोर करके बढ़िया रेशम की सफ़ेद साड़ी पहनवा गई थी। नई लाई थी ख़रीद कर। कहा था, इतने लोग आएँगे, साड़ी ढंग की होनी ही चाहिए माताजी कुछ भी कहें। पता नहीं अपनी आवाज़ इतनी रेशमी कैसे बनाए रखती है यह लड़की। उन्हें याद है सास से बात करते हुए वे ख़ुद कैसे चुपा जाती थीं। या आवाज़ ऊँची फेंक कर ऐसे गरियाने लगती थीं जैसे आसपास सब बहरे हों। फिर जब सास उनसे भी ऊँचा चीख़तीं तो घबरा कर दोबारा चुप्पी साध लेती थीं। पर यह लड़की...ख़ूब आत्मविश्वासी है, तभी न...

वे मना करने को हुई थीं पर सुनीता बीबी बीच में आ गई थीं, ''पहनो-पहनो, पहननी चाहिए। बहू सयानी है। चिथड़े लपेट कर बैठोगी तो नाते-रिश्तेदार क्या कहेंगे? भइया इतना बढ़िया मकान बनवा गए, और कुछ नहीं तो उसी का मान रखो। और अब बेटों का दिया नहीं पहनोगी तो किसका पहनोगी?'' उन्होंने कहा था।

तब तक मुलायम रेशम की झक सफ़ेद साड़ी तारा उनकी गोद में डाल चुकी थी। नरम मक्खन सा स्पर्श। कभी पहना नहीं न इतना कोमल बढ़िया रेशम। बाँहों पर छुअन हुई तो बदन कँपकँपा गया। हथेलियों की तरह नहीं हैं न बाँहें। टाट समान। हथेलियाँ इतनी खरखरी न होतीं तो...''तुम भी रगड़ लिया करो क्रीम,'' बाऊ जी का फ़िकरा याद आ गया, ''बुड्ढी घोड़ी लाल लगाम!''

रेशम के भीतर वे सिकुड़ आईं। न, ऐसे नहीं चलेगा। बीते दिनों से हटा कर दिमाग़ को आज पर केन्द्रित करना होगा। उन्होंने कमरे का जायज़ा लिया। फ़र्श पर बिछी दरी पर अटाटूट औरतों की भीड़। रामू-राजू के परिचितों की बीवियाँ ज़्यादा, उनकी जानकार कम। सुबह का वक़्त। मई का तपता महीना फिर भी गरमी नहीं। इतने ठसाठस भरे शरीर पर पसीना चिपचिपाहट नहीं। रेशम का स्पर्श सुखद, ठंडा-ठंडा। परसों ही ला कर बड़ा कूलर फिट करवा दिया था बैठक में रामू ने। राजू जो लाया था, वह तो छोटा था, ट्रॉली पर रखा हुआ। उनके कमरे में बस एक दिन रहा। शाम को बाऊ जी दुकान से लौटकर आए तो...हो-होकर हँसते रहे थे देर तक। ''वाह, अब तुम कूलर चला कर सोया करोगी। वाह भई वाह, क्या कहने! हो-हो, कूलर बिना नहीं सरता अब तुम्हें, हो-हो!''

भौंके-गाँजे नहीं थे, बस हँसते रहे थे। भौंकना-गाँजना बर्दाश्त था उन्हें, सुनकर अनसुना किए रहती थीं। पर हँसी, कभी-कभी की, लगा था दनादन थप्पड़ रसीद किए जा रहे हैं गालों पर।

''राजू ले आया,'' कष्टपूर्वक उन्होंने कहा था।

''वह क्या लाएगा, जोरू का ग़ुलाम! कहा होगा वकील की बेटी ने।'' अपना चिरपरिचित वाक्य बोलते हुए भी वे तैश में नहीं आए थे। आदतन कह भर दिया था और वापस हो-हो हँसने में लीन हो गए थे।

तड़प कर वे उठी थीं और भाग कर चौके में शरण ली थी। चूल्हे की गरमी से कुछ राहत मिली थी। खाना बन चुका था, फिर भी एक सब्ज़ी और छौंक ली थी। बहुओं ने कुछ नहीं कहा था। सभी ने बाऊ जी की हँसी सुनी होगी। सुनकर बिसार भी देते, अगर वे खाने की मेज़ पर दोबारा शुरू न हो जाते।

''क्यों भई राजू तुम्हारी माँ अब कूलर लगाकर सोया करेंगी? हो-हो, इस उमर में। वाह भई राजू, हो-हो!''

राजू ने जवाब नहीं दिया था। देता भी क्या, सुबह का फ़िकरा ही भारी पड़ा था। कुछ कहने पर फिर माफ़ी माँगने का संजोग बन सकता था। प्रीति के साथ यही मुश्किल थी। बात कहती तो ऐसी न्याय वाली कि काटे न कटे और माने न बने। जवाब उसी ने दिया था, प्रीति ने। पर वह भी बाऊ जी की अनपेक्षित हँसी से कमज़ोर पड़ गई थी।

''गरमी तो सभी को लगती है,'' उसने कहा था।

''हाँ-हाँ, क्यों नहीं? ऐसा करो, अपनी सास को लाली-पाउडर लगाना भी सिखा दो। कूलर लगा है तो मेकअप भी होना चाहिए। पसीना आने पर बह नहीं जाएगा।''

इस बार प्रीति तैश में आ गई थी, ''तो क्या हुआ ?'' उसने कहा था, '' अमेरिका में सत्तर-सत्तर बरस की औरतें सज-धज कर रहती हैं। यहाँ...''

बाऊ जी और ठठाकर हँसे थे। ''तो अमेरिका चले जाओ तुम लोग। इन्हें भी साथ लेते जाओ। सजा-धजाकर दूसरी शादी कर देना। कोई मोटी अक़्ल वाला फँस ही जाएगा।''

सब भौचक रह गए थे। प्रीति क़ानून भूल गई थी। खाना बीच में छोड़ उठ गई थी। जाकर उनके कमरे से कूलर बाहर निकाल लाई थी। कुछ ज़्यादा ही हतप्रभ हो गई थी प्रीति। बात-बात पर उत्तेजित होने वालों के साथ यही दिक़्क़त है। उनकी बर्दाश्त की हद बहुत जल्दी आ जाती है।

स्वयं उन्हें बाऊ जी की यह बात उतनी बेजा नहीं लगी थी जितनी उनकी बेमुरव्वत हँसी। बच्चों ने सोचा होगा, माँ अपने सुहाग की चिन्ता में फक पड़ गई हैं। बेचारे! पहली पीढ़ी के बारे में कैसे-कैसे भ्रम पाले रहते हैं।

फिर किसी ने उनके कमरे में कूलर नहीं रखा था। कोल्ड क्रीम की एक बोतल तारा से कहकर मँगवाई थी, उसे भी प्रीति उठा ले गई। हथेलियों पर लगा लेतीं तो रेशम...

इस बार उन्होंने साड़ी के रेशम को छुआ नहीं, सिर्फ़ आँखों से महसूस किया। एक और साड़ी ला कर रखी है तारा ने। वे जानती हैं। सफ़ेद ठहरी। रोज़-रोज़ वही एक पहन कर तो बैठा नहीं जा सकता। धुलनी भी तो होगी। अभी दो दिन ही बीते हैं, दस दिन यूँ ही...शायद प्रीति भी लाए सफ़ेद साड़ी अमेरिका से। संजोग देखो, बाऊ जी ने हँसी-हँसी में कहा और राजू और प्रीति सचमुच कुछ दिन बाद अमेरिका जा बसे। छह बरस के ऊपर हो गए होंगे। दो लड़कियाँ जो हो लीं। दूसरी के वक़्त उन्हें बुलवा भेजा राजू ने। हवाई जहाज़ का टिकट साथ था। बाऊ जी ने जाने नहीं दिया था। कहा था, ''मरना अपने देश में चाहिए। वहाँ मरीं तो ढंग की किरिया भी नसीब नहीं होगी।''

अभी पहुँचे नहीं वे लोग। ख़बर तो रामू ने परसों ही कर दी थी। कहा था, '' आएँगे ज़रूर।'' आज पहुँचेंगे। बच्चियों को वे पहली बार देखेंगी। भगवान् की माया, ददिहाल पहली बार आएँगी...और ऐसे मनहूस मौक़े पर!

लम्बी साँस भरकर उन्होंने सिर ऊपर उठाया और नज़रें कमरे में घुमाईं। देखा, उनके सिवाय दरी पर बैठी सभी औरतों ने मुँह नीचे लटका रखे थे। कुछ ने रूमाल से आड़ की हुई थी, कुछ कनखियों से दूसरी औरतों को परख रही थीं। ज़िद करके उन्होंने अपना सिर इधर-उधर घुमाकर उन नीचे झुके चेहरों को टटोला। एक प्रतीक्षारत ऊब के सिवा कहीं कुछ नहीं था। एक भी चेहरा ऐसा नहीं मिला जो ग़मगीन हो या जिस पर हमदर्दी के चिह्न हों। शायद उनकी नज़रों से बचे रहने के लिए ही मुँह नीचे लटका रखे थे। उनके देखते-देखते कई औरतों ने पैंतरे बदले। भारी बदन वाली औरतें ज़्यादा कसमसा रही थीं। ज़मीन पर देर तक बैठे रहने में बेआरामी महसूस हो रही होगी। उन्हें लगा, वे सब स्टेशन के प्लेटफॉर्म पर बैठी देरी से आने वाली गाड़ी का इन्तज़ार कर रही हैं। सीटी सुनाई देते ही झटपट उठकर एक तरफ़ दौड़ पड़ेंगी। बेचारी! उनकी बेहाल सूरतों पर उन्हें हँसी आने को हुई। काश, वे उन्हें छुटकारा दिला सकतीं।

सहसा एक नए अहसास ने उन्हें घेर लिया। वे न हँसीं, न लम्बी साँस भरीं। अपनी सफ़ेद रेशमी साड़ी अच्छी तरह सँभाल कर उठीं और सीधी खड़ी हो गईं। ''चलिए, उठ जाइए सब

लोग!'' सधे स्वर में उन्होंने कहा, ''शोक ख़तम करो। दरी का कोना मोड़ दो। और चाय बना लाओ, सबके लिए। एक बार उठकर बैठ जाइए आप।''

सब औरतें भौचक उठ खड़ी हुईं। तारा फटी-फटी आँखों से उन्हें देखती रही। फिर उनकी साड़ी का सिरा खींचकर फुसफुसायी, ''क्या कर रही हैं...चाय?''

''पगला गई है!'' सुनीता बीबी ने हुँकार भरी तो वे और तन गईं। कमर से सीधा खींचकर क़द ऊँचा किया और दृढ़ स्वर में बोलीं, ''मैं कह रही हूँ न, उठावनी हो ली, शोक ख़तम। आप लोग चाय पी कर जाओगे तो मुझे अच्छा लगेगा। खड़ी क्यों हो, तारा। जाओ, चाय बना लाओ।''

हेमवती ने अपने कानों से सुना, उनका स्वर रेशम-रेशम हो उठा है, बिलकुल तारा की तरह, आत्मविश्वास से भरा। वे धीमे से मुस्कराईं। कूलर की हवा में हलकी ठंड महसूस हो रही थी। उन्होंने साड़ी को बदन से कस कर लपेटा और वापस दरी पर बैठ गईं। उनकी देखादेखी बाक़ी सभी औरतें भी बैठ गईं। अब उनके चेहरों पर ऊब नहीं थी। थोड़ी देर असमंजस में खड़ी रहकर तारा चाय बनाने लगी। वे खुलकर मुस्करा दीं।

(1989)

मिज़ाज

''मन, यहाँ आकर बैठो मेरे पास,'' दो अक्षरों के शब्द को उसने इस अदा से तान कर कहा कि वह सरगम की तरह बज उठा। मऽन!

वैसे उसका नाम मानस है। पर श्वेता का ख़याल है कि 'स' को लरज कर कहने से उसमें फुफकार की ध्वनि आ जाती है, जो प्यार का मिज़ाज बिगाड़ कर रख देती है। इसलिए सपाट म-न वाले मन को वह 'मऽन' बनाकर पुकारती है, जैसे विलंबित लय में धुन बज रही हो। कामयाब ज़िन्दगी की ज़रूरतों में, मिज़ाज, श्वेता के लिए काफ़ी वज़नदार चीज़ है। बचपन से लेकर अब तक माँ को यही कहते सुना है, ''मिज़ाज में बड़प्पन हो, नज़ाक़त-लताफ़त हो तो सब कुछ झेला जा सकता है।''

''तेरे नाना जी के मिज़ाज में यही बड़प्पन था। छोटी नौकरी होते हुए भी उन्होंने मुझे पढ़ाया-लिखाया, सब तरह की तालीम दी जिससे मैं इस लायक़ बन सकूँ कि बड़े से बड़े ख़ानदान में ब्याह कर जाऊँ तो आसानी से उसमें घुलमिल सकूँ। और फिर...'' कहते-कहते माँ अटक जाया करती थीं क्योंकि फिर कुछ नहीं हुआ था। उनकी सारी तालीम और तैयारी रखी रह गई थी।

शादी तो माँ ने अपनी समझ में ऊँचे घराने में की थी पर...

शादी के बाद पता चला कि लड़के की आमदनी कुल छह सौ रुपये है। दरअसल वह बढ़िया विदेशी कम्पनी में अफ़सर नहीं, बाबू था। फिर...शायद वह नौकरी भी छूट गई थी। श्वेता ठीक से नहीं जानती। माँ ने पिता के बारे में सिलसिलेवार कभी कुछ नहीं बतलाया। हाँ, उन्हें बापू, बापू जी, पिताजी न कहकर पापा कहना ज़रूर सिखलाया था। कहा था, इससे उनके मन को सकून मिलेगा। धीरे-धीरे श्वेता की समझ में आ गया था कि पापा कहने से उनके अहम् की तुष्टि होती है। दो-चार अंग्रेज़ी उपन्यास पढ़ लेने पर वह पापा के बजाय उन्हें पपा कहने लगी थी और अपने मिज़ाज के मुताबिक़ ख़ूब लरज कर, पऽपा! माँ को मऽमा कहना वह ख़ुद सीख गई थी, माँ को सिखलाना नहीं पड़ा था। बड़ी हुई तो उसे पऽपा को वक़्त-बेवक़्त घर पर देखने की आदत पड़ गई थी। अब समझ में आता है क्यों। उनकी नौकरी छूटती लगती रहती थी। शायद पहली बार जब छूटी होगी तभी माँ ने स्कूल की नौकरी कर ली होगी, जो तब से अब तक चली आ रही है।

उसके साथ की लड़कियाँ उसकी माँ को बंधेज की साड़ियाँ पहनने वाली टीचर कहा करती थीं। श्वेता को याद है उनके पास एक सफ़ेद सूती साड़ी हुआ करती थी। उसे वे जगह-जगह धागों से बाँध कर कच्चे रंग में रँग लिया करती थीं। पहले पीले रंग में। पीली-सफ़ेद बंधेज की साड़ी तैयार। कुछ दिन पहनने के बाद वे उसे दोबारा बाँध कर हरे रंग में डुबा लेती थीं और

एक नई हरी–पीली–सफ़ेद बांधनी साड़ी तैयार कर लेती थीं। इस तरह उस पर कई रंग चढ़ते चले जाते थे और ममा हमेशा नई–नई बंधेज साड़ियों में दिखलाई देती थीं, हलके रंगों की सूफ़ियानी साड़ियाँ। श्वेता को लगा करता था, माँ का मिज़ाज, उनका पहनावा, बोलचाल, सब आपस में पूरी तरह मेल खाते हैं, बस पापा ही कुछ नहीं, माँ ने उन्हें पापा कहना सिखलाते हुए कहा था, जैसे तुम उन्हें देखोगी वैसे ही वे दिखलाई देंगे। श्वेता ने उनकी बात मानकर जिरह छोड़ दी थी। उन्हें पपा कहती तो लाड़ से गा कर, प्यार से लरज कर, वैसे ही जैसे अब उसने कहा, ''मऽन, यहाँ आकर बैठो मेरे पास।''

मानस कुर्सी से उठकर उसके क़रीब आकर बैठ गया। आज शाम वे दोनों श्वेता की माँ के घर आए हुए हैं। पास–पास बैठने लायक़ यही एक तख़्त है कमरे में, जिसे श्वेता की माँ दीवान कहकर पुकारती है। उस पर रखे तकियों को मसनद कहती है और तख़्ता पर बिछे पुराने गद्दे को, जिसकी रुई कई जगह से खिसक चुकी है, तोशक। श्वेता ने मानस का हाथ अपने हाथ में ले लिया। ''मऽन, ममा को बतलाओ न, यह साड़ी मुझे उपहार मिली है,'' उसने कहा, फिर ख़ुद माँ से मुख़ातिब होकर बोली, ''मऽमा देखो तो, यह साड़ी मेरी सास ने मेरे जन्मदिन पर दी है। सूफ़ियानी है न?''

माँ ने बेटी की तरफ़ लाड़ से देखा। सुन्दर है साड़ी, पटोला। अंगूरी पर बैंजनी बार्डर। काफ़ी महँगी होगी। नहीं, वह असली बात नहीं। असली वही है जो श्वेता ने कहा, सूफ़ियानी है।

''बहुत बढ़िया पसन्द है तेरी सास की,'' उन्होंने दोनों को लाड़ भरी मुस्कराहट में समेटते हुए कहा, ''और मानस ने क्या दिया जन्मदिन पर?''

''क्यों, मैं और माँ अलग हैं क्या?'' दन्न से मानस ने कहा।

माँ ने अपना मिज़ाज बिगड़ने नहीं दिया। शब्दों को अर्थ से अलग करके उनमें संगीत पैदा करने का उनका अभ्यास श्वेता से भी पुराना है। मानस का वाक्य पूरा भी नहीं हुआ था कि वे कह उठीं, ''मुझे लगता है दोनों ने मिलकर दी है। भई आप दोनों की पसन्द लाजवाब है।''

मानस ने कुछ नहीं कहा। वह रुई खिसके गद्दे पर पैंतरा बदल कर ज़्यादा आरामदेह जगह तलाश रहा था। उस कोशिश में उसके माथे की शिकन गहरा गई थी। श्वेता ने एक परेशान निगाह उस पर डाली और बोली, ''मऽन और इनकी माँ, सच मऽमा, दोनों की पसन्द एकदम एक है, मालूम है, दोनों का जन्मदिन भी एक है, चार अप्रैल। तभी न जब मऽन ने मुझे पसन्द किया तो मेरी सास ने भी झट पसन्द कर लिया, है न मऽन?''

श्वेता ने अपनी तरफ़ से भी माँ के छोटे से कंकड़नुमा सवाल पर ढेर सारे रुई के फाये लपेट दिये। मानस हँस दिया। तख़्त पर वह आरामदेह जगह तलाशने में सफल हो चुका था। श्वेता धीमे–धीमे उसका हाथ सहलाती रही। देखो न, हम लोग कितने आज़ाद ख़याल हैं। माँ–बाप के सामने बैठकर भी अपने प्यार की नुमाइश करने में नहीं झिझकते। आख़िर हमारा प्रेम विवाह हुआ है। छह महीने पहले। इतना प्यार है हमें एक–दूसरे से कि रोके नहीं रुकता, बाहर छलक पड़ता है। अलग–थलग बैठना मुसीबत है हमारे लिए। नहीं? श्वेता ने उड़ती नज़र माँ पर डाली और मुस्करा दी।

और क्या! माँ ने श्वेता से नज़रें नहीं मिलाईं, पर मुस्करा वे भी दीं।

''और मऽमा,'' श्वेता ने साँस लेकर कहा, ''मैं नौकरी छोड़ रही हूँ।''

माँ का कलेजा धक् से रह गया। क्यों ? एक चीख़ उनके भीतर पनप उठी। पागल हो गई क्या ? नौकरी छोड़कर पूरी तरह इन पर निर्भर हो जाएगी! अस्तित्व मिट जाएगा तेरा।

पर मुँह खोलकर उन्होंने क्यों नहीं पूछा। होंठों को गोल करके मुस्कराईं और बोलीं, ''अच्छा...कब से ?''

हो सकता है उनकी मुस्कराहट को परे धकेल कर उनके भीतर की चीख़ ने उनके मासूम 'कब से' को क्यों की ध्वनि दे दी हो क्योंकि मानस कह उठा, ''मुझे पसन्द नहीं है इसका नौकरी करना। पिछले महीने इस्तीफ़ा दिलवा दिया था।''

मानस के इस पतिनुमा ऐलान ने माँ-बेटी का मिज़ाज ही नहीं, कमरे का माहौल तक झिंझोड़ कर रख दिया। पर श्वेता ने उसे टूट कर बिखरने नहीं दिया। कुशल बाज़ीगर की तरह हवा में सँभाल लिया। ''तुम तो जानती हो मऽमा,'' उसने कहा, ''मुझे ख़ुद होटल के रिसेप्शन पर बैठना पसन्द नहीं। कैसे-कैसे लोग आते हैं वहाँ...''

माँ की नज़र अपने पर देखकर वह ठिठक गई।

...जैसे मानस!

मानस भी तो होटल में ही आया था और रिसेप्शन पर उसे पूरी सजधज में देख, उस पर मोहित हो गया था। अगर वह उसे वहाँ उस माहौल में दिखाई न दी होती तो...

एक बात श्वेता के नाना जानते थे, माँ जानती थीं और ख़ुद श्वेता जानती है। हिन्दुस्तानी लड़की को बिना मोटे दहेज के ऊँचे ख़ानदान का लड़का नहीं मिल सकता, जब तक किसी को उससे प्रेम न हो जाए, तब भी...

श्वेता के इतिहास के प्राध्यापक कहते थे, प्रेम इतनी विवेकहीन भावना है कि उसके लिए नादान-नासमझ होना ज़रूरी है। दरअसल उन्होंने इतिहास के साथ मनोविज्ञान में भी एम.ए. किया हुआ था। वे कहते थे, नई संस्कृति वाले कच्ची उम्र के देशों में प्रेम होता रहता है। पर पुरानी संस्कृति वाले परिपक्व देशों में लोग इतने सभ्य हो चुके होते हैं कि वे बिना सोचे-समझे कोई क़दम नहीं उठाते। प्रेम करने से पहले इतनी बार सोचते हैं कि प्रेम में पड़ना उनके लिए लगभग नामुमकिन होता है। परिपक्वता का जांबाजी से क्या ताल्लुक़! श्वेता ने उनकी बात के मर्म को अच्छी तरह मन में बिठला लिया था। भारतीय संस्कृति से पुरानी संस्कृति कहाँ मिलेगी। तो...वह जानती थी कि आकर्षण को विवाह की मंज़िल तक पहुँचाने के लिए प्रेम के पंखों का सहारा काफ़ी नहीं होगा, उसके लिए बहुत पथरीला रास्ता चल कर तय करना होगा। पल-पल ठोकर खानी होगी, काफ़ी ख़ून बहाना होगा। वह उसके लिए हरदम अपने को तैयार रखती थी, बस साफ़-साफ़ कहने से कतराती थी। तहज़ीब का ताल्लुक़ मिज़ाज से भी है न।

तो मानस जब पहले-पहल होटल में उसे दिखा और उससे जान-पहचान बढ़ी तो उसकी आँखों के मोह को अच्छी तरह पहचान लेने पर भी, उसकी अक़्ल पर पर्दा नहीं पड़ा। केवल मोह के भरोसे वह शादीशुदा नहीं बन पाएगी और बन जाए तो शादी को बनाए नहीं रख पाएगी, जब तक ख़ुद को गृहिणी की आम तस्वीर में ढाल न ले। मोह होना एक बात है, मोह का क़ायम रहना दूसरी। और पत्नी का दर्जा पाना बिलकुल अलग बात है। ठीक है मानस ने पहले-पहल उसे होटल में देखा, सजा-धजा, आत्मनिर्भर और मोहक, पर...

माँ की नज़र उस पर से हट गई। उसने लम्बी साँस भरी और कहती गई, ''तुम तो ख़ुद

इस नौकरी के ख़िलाफ़ थीं मऽमा। मैंने ही ज़िद करके कुछ दिनों के लिए ख़ाली वक़्त भरने को ले ली थी। शादी के बाद छोड़नी ही थी। ज़रूरत भी क्या है मुझे नौकरी करने की। मऽन के घर में मुझे कमी किस बात की है।''

माँ ने उसकी तरफ़ नहीं देखा। बहुत पहले उन दोनों के बीच मूक समझौता हो चुका कि एक-दूसरे की तरफ़ वे सीधी-सपाट नज़रों से नहीं देखेंगी। निगाहों को सँभाल कर ज़रा आड़ा-तिरछा रखा जाए तो मिज़ाज बिगड़ने के ख़तरे पैदा नहीं होते।

''ठीक तो है,'' माँ ने कहा, ''सेहत भी तेरी पहले से अच्छी हो गई। नौकरी करते-करते कितना तो दुबला गई थी।''

बात ख़त्म करके भी उन्होंने नज़रें ऊपर नहीं उठाईं। कहीं श्वेता उनमें उनके मन की बात न पढ़ ले। सेहत! बाक़ायदा मोटी हो गई है। वे तय नहीं कर पा रही थीं, उसका मोटापा उजड्डपन ज़ाहिर करता था या महज़ पालतूपन। जो हो वह एक चौकस, दुनियादार औरत बन गई थी, जिस पर गृहिणी का ट्रेडमार्क चस्पाँ हो चुका था।

''हाँ,'' सगर्व मानस कह रहा था, ''पहले से मोटी हो गई है न?''

उसकी नज़रें ऊपर से नीचे तक श्वेता पर घूमीं, मालिकाना जायज़ा लेती हुई। वाक़ई उसके बदन पर मोटापे की पहली परत चढ़ चुकी। एकाध बच्चा हो जाने पर ठीक-ठीक गृहिणी और माँ लगने लगेगी।

मानस ने जब पहले-पहल उसे होटल के रिसेप्शन पर बैठे देखा था तो एक अजीब तरह का बेबस ग़ुस्सा उसके भीतर उफन आया था। तराशा हुआ बदन, निर्दोष सजधज, सब कुछ इतना साफ़-सुथरा, सलीक़ेदार था, उस वातानुकूलित कमरे की संगमरमरी दीवारों के माफ़िक़, कि वह तिलमिला कर रह गया था। क्या जानती हैं ये लड़कियाँ ज़िन्दगी की ज़द्दोजहद को? शौक़िया काम करने चली आती हैं, पैसों की ज़रूरत का डंक खाकर नहीं, मौज-मस्ती करके आरामदेह ज़िन्दगी हासिल करने के लिए। इसे पता है, क्या होता है, पढ़ाई पूरी होने से पहले, नौकरी न मिलने का ख़ौफ़? नौकरी की तलाश में यहाँ-वहाँ धकेले जाने का अपमान? नौकरी मिलने पर कमरतोड़ मेहनत और उस पर भी डाँट-फटकार? इस पंचसितारा होटल में भी वह मौज करने नहीं, अपने बॉस के हुक्म पर एक ख़रीदार की मिन्नत-आरज़ू करने आया है, अपनी सेकंड हैंड फटफटिया पर लू के थपेड़े खाता हुआ।

उसने अपनी पार्टी का कमरा नम्बर दरियाफ़्त किया तो बेहद लरज़ते, बल खाते अन्दाज़ में जवाब मिला। उसकी आवाज़ से लेकर उसके सुगठित कद्दावर जिस्म, पतली कमर, हाथों की लम्बी-पतली उँगलियाँ, सबने उसके ग़ुस्से में इजाफ़ा किया था। उसने तय कर लिया था कि जैसे भी होगा, इस आज़ाद-ख़याल, आत्मनिर्भर लड़की को नीचा दिखला कर रहेगा।

वह बार-बार होटल गया था, बॉस का काम ख़त्म हो जाने के बाद भी। अजीब थी वह ख़ौफ़ज़दा चाह जो उसे वहाँ घसीट ले जाती थी। उस लड़की से बात करने पर मजबूर करती थी और साथ ही उसके औसत दर्जे के आदमी होने के अहसास को तेज़ करती थी। वह जानता था कि क़द-बुत से, बोलचाल से, चेहरे-मोहरे से, वह एक दरमियाने क़िस्म का आदमी था, बुरा नहीं पर ख़ास कुछ नहीं। जब भी उस लड़की को देखता, उसे लगता वह कह रही है, दरमियाने क़िस्म का औसत आदमी! वह बिलबिला उठता और अपना संकल्प पुख़्ता करता कि एक दिन वह इस ख़ास, औरों से अलग मिज़ाज की लड़की को औसत औरत के चौखटे में जड़ा देखकर

रहेगा।

पहले उसने उसका नाम पूछा, फिर पता और हालचाल। उसने उसे झिड़का नहीं। शालीनता से उसी लरज़ते, बल खाते अन्दाज़ में जवाब दिया। उसे ख़ुशी होनी चाहिए थी पर नहीं हुई या हुई तो अधूरी, क्योंकि उसे बराबर यही लगता रहा कि इस तरह जवाब देना उसकी आदत है। उसका सलीक़ा, उसका मिज़ाज। हर आदमी के हर सवाल का जवाब वह इसी तरह देती है, उसमें मानस नाम के आदमी के लिए अलग से कुछ नहीं है। उसने कॉफ़ी के लिए आमंत्रित किया, वह साथ चल पड़ी। उसने पिक्चर दिखलाई, उसने देख ली। उसकी खटारा फटफटिया पर बैठकर भी उसका अन्दाज़ वही रहा जो होटल के संगमरमरी ठंडे कमरे में रहता था। मानस का ग़ुस्सा बढ़ता गया और एक दिन उसी उफान में उसने उससे शादी की बात छेड़ दी। उसने हाँ कहा तो वह घबरा गया। उसके ज़ेहन में एक साथ श्वेता के माँ-बाप और अपनी माँ की तस्वीर कौंध गई। शादी तभी हो सकती थी जब मानस की माँ श्वेता को ही नहीं, उसके माँ-बाप को भी पसन्द करे। अपनी माँ से ज़िक्र करने से पहले ज़रूरी था कि वह श्वेता के माँ-बाप से मिल ले।

जब वह श्वेता को अपनी फटफटिया पर सवार कराके उसके घर की तरफ़ चला तो उसकी मनःस्थिति बहुत अवज्ञापूर्ण थी। मन ही मन उसने उस संवाद की पंक्तियाँ तैयार कर रखी थीं जो उसे श्वेता की माँ या पिता से कहनी थीं, 'होगी आपकी बेटी आरामतलबी और शानोशौकत से पली, हम भी इज़्ज़तदार लोग हैं। अच्छी-ख़ासी नौकरी है मेरी, पूरे आठ सौ कमाता हूँ, अपनी फटफटिया है, आम आदमी की तरह बस की लाइन में नहीं लगना पड़ता। आगे उम्मीद है कि तरक़्क़ी होती जाएगी, मन लगाकर काम करता हूँ, इधर-उधर ठिठोलीबाज़ी करता नहीं घूमता, न फ़ैशनपरस्ती में रुपया और वक़्त ज़ाया करता हूँ। ज़िम्मेदार पति में जितने गुण होने चाहिए, सब मुझमें हैं। ऊपर से अपनी माँ का अकेला बेटा हूँ और पिताजी उनके लिए मरने से पहले डी.डी.ए. का दो बेडरूम वाला फ़्लैट बनवा गए हैं। उसी में रहते हैं हम लोग ठाठ से। और आपको अपनी लड़की के लिए क्या चाहिए?' यानी ठीक औसत दर्जे के आदमी हैं आप, श्वेता की माँ की खिलखिलाहट भी उसने ख़ुद ईजाद कर ली थी और ग़ुस्से से उफन कर फटफटिया की रफ़्तार इतनी तेज़ कर दी थी कि पीछे बैठी श्वेता डर कर उससे चिपक गई थी। उसके भीतर मर्दानगी का अहसास दहाड़ने लगा था। उसने धाड़ से ले जाकर फटफटिया उसके घर के आगे खड़ी कर दी थी।

उसका घर देखकर उसकी हालत कुछ देर के लिए हवा निकले ग़ुब्बारे जैसी हो गई थी। एक कमरे, रसोई और जाफ़री लगे बरामदे वाला छोटा सा घर, टीचर माँ, नाकारा बाप। वो गाड़ी, नौकर-चाकर, बंगला...?

कुछ भी तो नहीं जिसका सहारा लेकर माँ को मनाया जा सके, उसने धक्का खाकर समझा था। दूसरे ही क्षण अपने को औसत से ऊपर सिद्ध करने का हथियार उसके हाथ लग गया था। वह प्रेम विवाह करेगा, बिना दहेज लिये। लड़की को जो वे अपनी मर्ज़ी से देंगे वह तो ख़ैर देंगे ही पर अपनी तरफ़ से वह कुछ नहीं माँगेगा। माँ को मनाने के लिए भूख-हड़ताल नहीं करनी होगी, सौभाग्य से माँ तर्क समझती हैं। वे समझ जाएँगी कि दहेज न लेकर वे लड़की को अपना एहसानमन्द बना सकती हैं और तब...

उसने मुक्त कंठ से श्वेता की माँ की सराहना की थी, "किन लफ़्ज़ों में कहूँ आपसे मिलकर

कितनी ख़ुशी हुई। श्वेता आपकी तरह बन पाए तो सौभाग्य होगा मेरा।''

वे ख़ुश हो गई थीं। गद्गद भाव से बोली थीं, ''तुम्हारे जैसा दामाद पाकर मैं धन्य हो गई। बेटा नहीं, दामाद ही कहूँगी तुम्हें। तुम नहीं जानते दामाद पाने की कितनी ललक थी मेरे मन में। एक ज़िम्मेदार सफल पुरुष, यही तो है पौरुष का प्रतीक, नहीं ?''

मानस की नज़र श्वेता की माँ पर देर तक टिकी रही थी। पीली–नीली बंधेज की फुसफुसाती सी सूती साड़ी में लिपटा दुबला–पतला कद्दावर जिस्म, चमकदार आँखें, गेहुँआ रंग, और हाथों की लम्बी–पतली नुकीली उँगलियाँ। इतनी उम्र में भी बदन में कहीं झोल नहीं, फ़ालतू मांस नहीं। तराशा हुआ बदन, आवाज़ में सोज़, किसी तरह औसत टीचर नहीं, अलग क़िस्म की कलाकार जैसी औरत लगती हैं, ठीक श्वेता की तरह।

पर यह छह महीने पहले की बात थी। उसने सामने बैठी माँ और बग़ल में बैठी बेटी का मुआयना किया। नहीं, बहुत बदल गई है श्वेता। माँ उसकी अलबत्ता...

''आप अब तक नौकरी करती हैं, थक नहीं जातीं ?'' मानस ने पैर आगे फैला कर तख़्त पर और जम कर बैठते हुए पूछा।

माँ की आँखों में बिजली कौंध गई। मानस को लगा, अपने मिज़ाज के ख़िलाफ़ वे कुछ सख़्त कहने वाली हैं। वह घबरा गया और उससे ज़्यादा श्वेता। बेचैन होकर उसकी उँगलियाँ उसकी बाँह पर दौड़ने लगीं। उसकी अनकही घबराहट माँ तक पहुँच गई होगी क्योंकि उन्होंने नज़रें झुका कर अपने को सँभाल लिया।

''थकान तो होती ही है,'' उन्होंने कहा, ''पर...'' वे एक शालीन हँसी हँस दीं, ''तुम्हारे जैसा प्यार करने वाला पति नहीं मिला न, जो ज़बरदस्ती आराम करवा दे। इसी से...करती हूँ...नौकरी...''

बाद के अल्फाज़ टूट–टूट कर ज़रूर आए पर व्यंग्य का आभास उन दोनों में से किसी को नहीं हुआ। माहौल और मिज़ाज के बिलकुल माक़ूल थे उनके अल्फ़ाज़। और उनकी आवाज़ का सोज़।

(1990)

वह मैं ही थी

जब भी उमा को वह औरत याद आती, एक ख़ौफ़ उसके वजूद पर तारी हो जाता। वह औरत, जो कमरे में उसी पलंग पर बच्चा पैदा करते मर गई थी, जिस पर आजकल उसे लेटना पड़ता था। कई बार सोचती थी अपना बिस्तर उठाकर दूसरे कमरे में ले जाए और फ़र्श पर बिछा कर सो रहे। पर अपने ख़ौफ़ को दूसरों पर ज़ाहिर करना इतना आसान नहीं था। मनीश पर तो बिलकुल नहीं। उससे कहा तो वह अबूझ आँखों से उसे देखता रहेगा और अपनी बात समझा न पाने का डर उसकी दहशत को और गाढ़ा कर देगा। माँ जी से कहा तो वे वही क़िस्सा बयान करना शुरू कर देंगी, जिससे उसे ख़ौफ़ आता था।

जब वह इस घर में आई, तुम्हारी तरह गर्भवती थी। यहाँ कारख़ाने की नई शाखा शुरू हुई तो उसके पति का तबादला अचानक बड़े शहर से इस क़स्बे में हो गया। आख़िरी महीना बहुत बुरा बीता उसका। रात को बिस्तर पर लेटती तो घंटे-आधे घंटे में उठ बैठती। छाती मसल कर कहती, साँस नहीं आ रही। बार-बार यही कहती, साँस नहीं आती। लोग सुनते और कहते, सब्र करो, आदत पड़ जाएगी। यह जो कारख़ाने में सीमेंट उड़ता है, वही हवा को भारी बना देता है, उसी से साँस नहीं आती। किसी को नहीं आती, शुरू-शुरू में, फिर आदत पड़ जाती है। सबको पड़ गई तो उसे क्यों नहीं पड़ेगी। वह पूरी-पूरी रात बैठकर गुज़ार देती। कोशिश करती ज़्यादा चले-फिरे नहीं, पति को नींद पूरी करनी थी न! कारख़ाने में नया-नया तबादला, काम का बोझ इतना कि बिस्तर पर लेटते ही नाक बजाने लगता।

फिर भी, दिन में जब-तब वह उससे कह उठती। वह जानती है, वह बच्चे को जन्म देने में बचेगी नहीं। शुरू-शुरू में पति सुनता और सुस्त हो जाता। कैसे बुरे वक़्त, इस क़स्बे में पटका गया। न अस्पताल, न डाक्टर, पर करता क्या बेचारा! न ख़ुद की माँ ज़िन्दा, न पत्नी की, छोड़ता भी तो कहाँ छोड़ता उसे? उसके सामने वह यही दिखलाता कि घबराने की कोई बात नहीं थी। उसकी बात हँसी में टालते-टालते आदत पड़ गई और धीरे-धीरे उसने ध्यान देना बन्द कर दिया। रोज़-रोज़ एक ही बात, कोई कब तक सुने।

उमा सुनती और सोचती, पर यह तो मेरी कहानी है। बिलकुल मेरी कहानी। पर कहती नहीं। कैसे कहती? मनीश की माँ ज़िन्दा थी और उसकी ख़ुद की भी।

फिर उस औरत पर सफ़ाई का फ़ितूर सवार हो गया। रात-रात-भर न सोये, न साँस ले, बस घर को सजाती घूमे। कलात्मक रुचि की थी, चित्र बनाया करती थी। अब क्या हुआ कि दिन-रात कैनवास पर रंग उड़ेलने में अपने को खपा दिया। घर की तमाम दीवारें अपने बनाए चित्रों से पाट दीं। फ़र्श की जो धुलाई-रगड़ाई की कि पूछो मत। कम्पनी की मेज़-कुर्सियाँ उठाकर स्टोर में बन्द कर दीं। यह पलंग उसने ख़ुद खड़े होकर बढ़ई से बनवाया था। पलंग क्या तख़्त

समझो। हाँ, लकड़ी बढ़िया लगवाई और बनवाया ख़ूब लम्बा-चौड़ा। पर नीचा तो देखो कितना है, फ़र्श से कुल छह इंच ऊपर। गद्दा भी पतला सा। पता है क्यों ? दिमाग़ में यह ख़याल चढ़ गया कि सारा सामान कमरे से बाहर निकाल कर नीचा तख़्ता डालेगी तो कमरा बड़ा और ख़ाली लगेगा। ख़ाली जगह में हवा क़ाबू आ जाएगी और वह साँस ले पाएगी। साँस आने पर, कौन जाने एक रात नींद भी आ जाए। पर उम्मीद कहाँ रंग लाई। सीमेंट के कण उसी तरह हवा को बोझिल बनाए रहे। उसके फेफड़ों को चुनौती देते रहे और वह छाती मसलती रात-भर इधर-उधर डोलती रही। उसे लगता उसका अजन्मा बच्चा आकर छाती में अटक गया है। कभी-कभी महसूस होता, वह ज़िन्दा नहीं, मर चुका है। अन्दर पड़ा-पड़ा फोड़े की तरह सड़ रहा है। इसलिए साँस नहीं आती, नींद ग़ायब हो गई है, खुली आँख बुरे-बुरे सपने आते हैं। पर पक्का पता करने का कोई तरीक़ा नहीं था। क़स्बे में न अस्पताल था, न एक्स-रे मशीन और न डाक्टर। इन्तज़ार के सिवा चारा न था। उस क्षण का जब पेट में दर्द की ऐंठन शुरू हो और बच्चा ख़ुद-ब-ख़ुद जन्म ले ले। दाई का काम तो नाल काटना और बच्चे को नहलाना भर था। प्रकृति साथ न दे तो मौत से कौन लड़ सकता है। दाई जो कर सकती थी, किया। उस औरत की क़िस्मत ख़राब थी। बच्चे का सिर माँ के जिस्म में अटका रह गया। बाहर आ ही नहीं पाया। बाद में सुना, बड़े शहर में उसके परिचित कह रहे थे, फ़ॉरसेप लगाकर बच्चे को बाहर खींच लेते तो दोनों की जान बच जाती। पर यहाँ कौन लगाता फ़ॉरसेप ? मर गई बच्चे समेत इसी कमरे में, इसी बड़े तख़्त पर, जिस पर तुम लेटी हुई हो। बदक़िस्मत थी बेचारी।

बदक़िस्मत या महज़ औरत, उमा सोचती। यह उसकी कहानी है या मेरी या हर उस औरत की, जो अपने वर्ग और स्थान से तोड़कर दूसरी जगह फेंक दी जाती है ? जब वह शादी से पहले कॉलेज में अर्थशास्त्र पढ़ाया करती थी तो उसकी हेड ने एक बार कहा था, विवाह करते हुए जिस बात का ख़याल रखना चाहिए वह है स्थानमूलक तुष्टिगुण, यानी प्लेस यूटिलिटी। उमा समेत सब हँस दिये थे। विवाह के अर्थशास्त्रीय विवेचन पर हँसने के सिवा कर भी क्या सकते थे ! आज समझ में आता है उनकी बात में दम था। भारत जैसे भीषण असमानताओं वाले देश में वर्ग और स्थान की भूमिका एक जैसी है। सिर्फ़ औरत ऐसी चीज़ है जिसे कहीं से उखाड़ कर कहीं फेंका जा सकता है, इस धारणा के साथ कि वह जड़ें जमा ही लेगी। ऐसे तो कोई कीकर-बबूल से भी पेश नहीं आता। पर क़ुसूर किसका है ? ख़ुद औरत का न। परजीवी की तरह इन्तज़ार क्यों करती है कि कोई सुदृढ़ जड़ों वाला वृक्ष मिले तो उसके कन्धों पर चढ़ कर जीना शुरू कर दे। जड़विहीन क्यों बनाए रखती है ख़ुद को।

नहीं, उमा ये सब माँ जी से नहीं कहती। उनका एक ही जवाब होता, तुम्हारे माँ-बाप को शादी से पहले सोचना चाहिए था। माँ-बाप को, उमा को नहीं। मनीश से कहने का सवाल ही पैदा नहीं होता था। अबूझ, अकबकाए भाव से उसे देखते रहने पर, जो समझ उसकी आँखों में उपजती, वह सिर्फ़ यह कहती कि उसकी बातों का बुरा क्या मानना, गर्भवती स्त्रियाँ ऊलजलूल सोचा ही करती हैं। कहती क्या, वह सिलसिलेवार सोचती भी नहीं थी। यों ही टुकड़ा-टुकड़ा तर्क दिमाग़ में उठता और किरच-किरच दहशत मन में रड़कती रहती। फिर रात के अँधेरे में एक क्षण ऐसा आता, जब निस्सीम आतंक उसके पूरे अस्तित्व पर हावी हो जाता।

न चाह कर भी उसे वही कहानी बार-बार सुननी पड़ती थी। माँ जी न सुनाएँ तो कोई और औरत सुना जाती थी। उन्होंने भी तो उन्हीं सबसे सुन-सुनकर रटी थी। मनीश का नया-नया

तबादला उस क़स्बे में हुआ था, इसलिए कारख़ाने में काम करने वाले सभी अफ़सरों और बाबुओं की बीवियाँ एक-एक करके उससे मिलने आ चुकी थीं। सबकी ज़बान पर छह महीने पहले मरी औरत की कहानी थी, जिसे अपनी-अपनी शैली में वे उसे सुना जाती थीं।

औरत मर गई तो पति का दिल टूट गया। इस घर में रह नहीं पाया। अगले दिन पड़ोसी के घर जा टिका और मैनेजर को दरख़्वास्त दे दी कि उसका घर बदल दिया जाए। इस घर के पीछे, ज़रा दाएँ को जो घर है, वह अलॉट हुआ है उसे। आजकल यहाँ है नहीं। शादी कराने दिल्ली गया हुआ है। आदमी अकेला कब तक रहे। छह महीने बीत चले। अच्छा हुआ बच्चा माँ के साथ निबट लिया, वरना कौन पालता बेचारे को। आदमी का तो दिल ऐसा टूटा कि घर छोड़कर जाते वक़्त यह पलंग यहीं छोड़ गया। कहने लगा, मुझसे देखा नहीं जाएगा। उसकी हैबतनाक चीख़ों और बच्चे की बेआवाज़ मौत का साक्षी है यह। हर वक़्त उसकी याद दिलाएगा। बड़ी साध से बनवाया था बदक़िस्मत ने।

दाई के बाहर आकर कहने पर कि दोनों ख़त्म हो गए, वह रोता हुआ कमरे में दाख़िल हुआ तो सबसे पहले ख़ून से तरबतर पलंग देखा। फिर पलंग पर पड़ी उसकी लाश। वह तो चीख़ मारकर बेहोश हो गया, बाक़ी लोग भी डर से जकड़े खड़े रह गए। औरत की लाश की आँखें चौड़ी खुली हुई थीं और ख़ौफ़ और दर्द भरा था उनमें, कि किसी की हिम्मत पास जाने की नहीं हुई। सुना, मरघट के डोम ने ही आँखें बन्द कीं उसकी। बच्चा उसी के साथ जला। अटका जो पड़ा था बीच में। न पूरा बाहर, न पूरा अन्दर। कोई लेडी डाक्टर होती तो बाहर खींचकर देख लेती, मरा है या ज़िन्दा। पर...देखकर होता क्या ? ज़िन्दा होता भी तो पालता कौन ? तुमने देखे नहीं, बच्चों के कितने सुन्दर-सुन्दर चित्र बनाए थे उसने। उस घर में लगे हैं, देख आना किसी दिन। सारे के सारे सहेज कर ले गया उसका पति। बस, एक यह पलंग छोड़ गया। यों धो-पोंछ कर साफ़ कर दिया था एक पड़ोसी ने, पटना शहर से डब्बा ला कर पॉलिश भी मार दी थी, बिस्तर फिंक ही चुका था, पर वह ले जाने को तैयार नहीं हुआ। मैनेजर कहने लगा, कारख़ाने के स्टोर में पलंग वैसे भी कम हैं, कुछ टूट-फूट गए, कुछ अफ़सरों की बहाली बढ़ गई। जो अगला अफ़सर इस मकान में आएगा, इस्तेमाल कर लेगा। पलंग है बढ़िया, नहीं ?

कहानी सुनते-सुनते उमा का चेहरा पीला पड़ जाता, साँस घुटने लगती, पेट में हौल का गोला उठ आता, सिर में चक्रवात भर जाता और उबकाई लेती वह उसी तख़्त पर निढाल पड़ जाती। आने वाली अफ़सर की बीवी होती, तो कान के पास आकर फुसफुसाती, "बच्चा यहाँ मत होने दो। यहाँ की दाई दस बच्चे करवाती है तो सात माँएँ मर जाती हैं। मेरे दोनों बच्चे शहर में हुए, माँ के घर। तुम अपनी माँ के पास दिल्ली क्यों नहीं चली जातीं ?" क्लर्क की बीवी होती तो त्रस्त आँखों से कहती, "आपने यह घर कैसे ले लिया, छह महीने से ख़ाली पड़ा था, कोई यहाँ आने को तैयार नहीं था। उस औरत का भूत...आप तो गर्भवती भी हैं। बच्चा जनने अपनी माँ के पास क्यों नहीं चली जाती ? आपकी सास नहीं मानेगी क्या ?" कोई-कोई औरत माँ जी से कह भी देती। तब वे लम्बी आह भरकर कहतीं, "इसके माँ-बाप! उन्हें अपने सैर-सपाटे से फ़ुर्सत मिले तब न!"

वह बात नहीं है। उसके माँ-बाप और छोटी बहनें संवेदनहीन नहीं हैं। वह तो उनकी महानगरीय दृष्टि है, जो उन्हें बिहार के इस धुर क़स्बे की वास्तविकता देखने नहीं देती। वे जानते

ही नहीं कि उनके देश में ऐसे गाँव-क़स्बे भी हैं, जहाँ डाक्टर नहीं हैं, चिकित्सा की सुविधाएँ नहीं हैं, जहाँ हर बीमारी का इलाज एस्परीन की गोली या तुलसी का काढ़ा है। दिल्ली शहर में भी लाखों लोग हैं, जो इसी क़स्बाई तरीक़े से जीते-मरते हैं, उनके बारे में भी वे क्या जानते हैं? उनके लिए बच्चे के जन्म में औरत का मरना बाज़ारू फ़िल्म का लटका है या सस्ते उपन्यास की गप। वे जानते ही नहीं, क़स्बा होता क्या है। उनके लिए छोटे से छोटा शहर है, जयपुर या कानपुर, जहाँ अस्पताल कम-ज़्यादा आधुनिक होते हैं, डाक्टर कम-ज़्यादा क़ाबिल, पर होते ज़रूर हैं। घर के बिस्तर पर, दाई की मदद से एक भगौना उबले पानी के भरोसे, बच्चे नानी-दादी ने पैदा किए थे, जिन्हें उसकी आधुनिक बहनें मनुष्य का दर्जा देने को भी तैयार नहीं थीं। वे संवेदनहीन नहीं, संवेदनशील थीं अपने वातावरण के प्रति। वही अर्थशास्त्र का स्थानमूलक तुष्टिगुण! वर्ग और स्थान का न पट सकने वाला अन्तर, उन्हें बिहार के इस औद्योगिक क़स्बे की सचाई जानने नहीं दे सकता था।

जब उसके गर्भवती होने के बाद, मनीश का तबादला अचानक यहाँ होने के आदेश आए, तो उसने सुझाव दिया भी था कि, उमा माँ-बाप के पास जाकर बच्चे को जन्म दे। सुनकर वे भौचक रह गए थे। दोनों छोटी बहनों को लगा था शहर में दंगा हो गया। उनकी व्यस्त सामाजिक ज़िन्दगी की रफ़्तार में अड़चन तभी आती थी, जब शहर में फ़साद हो जाए। कॉलेज के बाद पिक्चर, पार्टी, नाटक, सैर-सपाटा उनकी दिनचर्या के अभिन्न अंग थे। अस्पताल की भागमभाग और बच्चे की चिल्लपों की उसमें गुंजाइश नहीं थी। ऐसा नहीं था कि उसके बच्चा पैदा करने या पालने में उन्हें हाथ बटाना पड़ता, बच्चा अस्पताल में डाक्टर-नर्स के भरोसे पैदा होता, पर बेफ़िक्री और तफ़रीह में कुछ मनोवैज्ञानिक फ़र्क़ पड़ ही जाता। माहौल भी कोई चीज़ होती है। रात को बच्चा, 'टाऊँ-टाऊँ' करके नींद ख़राब करता और दिन में मौज-मस्ती करते यह अहसास मन को सालता रहता कि उमा अकेली है। पेट बढ़ी औरत को साथ लेकर बाहर जाना बहनों की सोफ़िस्टिकेटेड प्रकृति को रास नहीं आता और उसका अकेले घर पर पड़े रहना न्यायपूर्ण नहीं लगता। बेकार के धर्मसंकट में कोई पड़े क्यों, जब उनके महानगरीय धर्म के अनुसार, बच्चे का जन्म उसकी और उसके पति की अन्तरंग समस्या थी, जिससे उनका कोई सम्बन्ध नहीं था। माँ-बाप की सहानुभूति भी अपने माहौल के प्रति थी। उमा उन्हें क्या दोष देती! शादी से पहले वही कहाँ जानती थी कि हिन्दुस्तान में ऐसे गाँव-क़स्बे भी हैं, जहाँ डाक्टर, अस्पताल, चिकित्सा-यंत्र, ऑक्सीजन तो दूर, मामूली दवाइयाँ और इंजेक्शन भी नहीं होते। होता है एक प्राथमिक चिकित्सा केंद्र, कम्पाउंडर, दाई, एस्पिरीन की गोली और उबला गरम पानी। जानती तो अनजान अन्धे की तरह, गर्भ धर, इस क़स्बे में न चली आती। पर...जाती कहाँ?

शुरू-शुरू में उसने मिलने आने वाली औरतों से पूछा भी था, "यह कैसी जगह है कि यहाँ कारख़ाना है, घर हैं, फ़र्नीचर हैं पर अस्पताल या डाक्टर नहीं हैं?"

जवाब मिला था, "हैं क्यों नहीं। आम बीमारियों के लिए प्राथमिक दवाख़ाना है। एक प्राइवेट जनरल फ़िजीशियन भी है। गम्भीर बीमारी हो तो कम्पनी अपने मातहतों को इलाज के लिए पटना भेज देती है। बस लेडी डाक्टर नहीं है। तो भई, देहात में तो बच्चे दाई ही जनवाती है। हाँ, जच्चा-बच्चा की मृत्यु दर काफ़ी ज़्यादा है। पर क्या किया जाए, गँवई गाँव का यही हाल है अपने देश में! जिनका मन यहाँ नहीं टिकता, मायके या ससुराल चली जाती हैं। तुम जानो, हमारे यहाँ लड़कियाँ मैके जाना ही पसन्द करती हैं। एकाध कोई ससुराल जा टिकती

है। इसीलिए लेडी डाक्टर की ज़रूरत कभी महसूस नहीं हुई। पर अब कम्पनी के मालिक बूढ़े हो चले। नई हवा के उनके लड़के बहू चाहते हैं, यहाँ अस्पताल खुले, इलाज का वाजिब इन्तज़ाम हो, लेडी डाक्टर तक बहाल की जाए। योजना बन गई है, दो-तीन साल तक अस्पताल हो जाएगा यहाँ।''

पर उमा का बच्चा तो अगले महीने पैदा होना था। उसे रोककर नहीं रखा जा सकता था। दो-तीन साल क्या, प्रकृति एक बार निर्णय ले ले तो घंटा, आधा घंटा भी रोका नहीं जा सकेगा। तभी न, इतना आसान है बच्चे का जन्म और इतना दुष्कर! अपने हाथ में कुछ है ही नहीं— उसका जी करता था पटना चली जाए, दस-पन्द्रह दिन किसी होटल में रहे और दर्द शुरू होने पर अस्पताल में भर्ती हो जाए। वहाँ वह अकेली हो सकेगी। वह औरत नहीं जाएगी उसके साथ। पर कैसे ? पैसा कहाँ था उसके पास ? जो कमाया, साथ-साथ ख़र्च करती रही, तब आर्थिक स्वतंत्रता विलास की वस्तु थी। जो बचाया, अपनी शादी में लगा दिया, थोड़ा-बहुत फिर भी जो बचा रहा, शादी के बाद मौज-मज़े में होम कर दिया। अब वह पूरी तरह मनीश पर निर्भर थी। मनीश के पास इतना पैसा नहीं था कि उसे हफ़्ते दो हफ़्ते सस्ते से सस्ते होटल में भी ठहरवा सके। फिर ज़रूरत क्या थी ? बच्चा किसके नहीं होता! गाँव-क़स्बों में, शहरों में ज़्यादा होते हैं। सब की सब औरतें बच्चे जनने में मर जातीं तो देहात में बढ़ती आबादी यों अज़ाब न बनी होती। रहने दो। मैं जच्चा-बच्चा की मृत्यु दर नहीं जानना चाहती। मैंने तुम्हारी तरह अर्थशास्त्र नहीं पढ़ा। आँकड़ों पर मेरी आस्था नहीं है, अपनी आँखों पर है। कोई एक औरत बच्चा जनते इस घर में मर गई तो इसका यह मतलब नहीं कि सब मरेंगी। औरतों को तो बात में से बात निकालने का चस्का होता है। मेरे पास इतना वक़्त कहाँ है ? अभी तबादला हुआ है। नया काम समझने-निबटाने के बाद बिस्तर पर लेटता हूँ तो बदन चस-चस कर रहा होता है, मुझे तो साँस लेने में कोई तक़लीफ़ नहीं होती, न किसी औरत का भूत मुझे सताता है। बढ़िया, चौड़ा, आरामदेह पलंग है। टीसते बदन को सुख मिलता है। गहरे सोऊँ नहीं तो अगले दिन काम कैसे करूँ ?

हर आदमी अपने-अपने वर्ग-स्थान के प्रति संवेदनशील था। बच्चा उमा को पैदा करना था। इस क़स्बे के इस घर के उस पलंग पर, जिस पर वह औरत मरी थी, मनीश को नहीं। न उमा के माँ-बाप या बहनों को। वे सब अपने दायरों में सुरक्षित थे। वह औरत तो सिर्फ़ उमा के साथ रहती थी।

उसे हलका-हलका बुख़ार रहता था। जब-तब पेट और कमर में दर्द की मरोड़ उठा करती थी। दिन फिर भी गुज़र जाता, पर रात होने पर बिस्तर पर लेटती तो घंटे भर बाद उठ बैठती। नाक-मुँह दोनों से साँस लेने की कोशिश करती, पर साँस आती नहीं। कभी-कभी इतना घबरा जाती कि मनीश को झकझोर कर जगा देती। कहती, ''दम घुट रहा है मेरा, साँस नहीं आ रही।''

''बेवक़ूफ़ी की बात मत करो,'' वह कहता, ''हवा में सीमेंट के कण हैं, इसीलिए साँस लेने में तक़लीफ़ होती है। शुरू-शुरू में सभी को होती है, फिर आदत पड़ जाती है। सबको पड़ गई, तुम्हें क्यों नहीं पड़ेगी ? दम घुट कर कोई नहीं मरा आज तक। कोशिश करो, नींद आ जाएगी। आदमी चाहे तो बैठे-बैठे भी सो सकता है। और चारा भी क्या है, तुम्हीं बतलाओ, मैंने तो कहा था कि दिल्ली चली जाओ पर तुम...''

उमा निरुत्तर हो जाती और मनीश करवट बदल कर पलंग के दूसरे कोने पर सरक जाता।

ख़ूब चौड़ा पलंग था, चार ताबूतों के बराबर। मनीश और उसके बीच वह औरत आराम से आ लेटती थी। उसी का था न पलंग, साध से बनवाया हुआ। होनी को टाल कर, साँस लेने की ज़िद्दी आस में वह उमा के बराबर में लेटी रहती। साँस न उसे आती, न उमा को। उमा आँखें पूरी खोल, नीचे चेहरे पर जड़ी, भय से फटी उन आँखों में देखती, जिनसे मौत ने रोशनी तो छीनी, त्रास नहीं छीन पाई। ख़ौफ़ और दर्द का कैसा आलम था, जिसने मर कर भी उसकी आँखों को बन्द नहीं होने दिया। उमा और गहरे उनमें झाँकती। वह औरत मन्द-मन्द मुस्कराने लगती पर आँखों का आतंक बना रहता। उमा को लगता वह उसका अजन्मा बच्चा ही था, जो अब उसकी कोख से जन्म लेने वाला था। उसके घर में उसी पलंग पर। उसका मन पसीज उठता। वह उसे भरोसा देने लगती कि इस बार उसका बच्चा ज़िन्दा जन्म लेगा, वह उसे सहेज कर रखेगी, उसकी अमानत की तरह। औरत मुस्कराना बन्द कर देती। उसकी पुतलियाँ और फैलतीं, त्रास और गहराता और उसके साथ उमा को भी वह हैबतनाक मंज़र दीख जाता, जिसने कभी न ख़त्म होने वाला ख़ौफ़ उसकी रूह में भर दिया था। हौल का बवंडर उठता और उसके पूरे वजूद पर तारी हो जाता।

पता नहीं कितनी रातें उसने उस औरत के साथ एक बिस्तर पर गुज़ारीं। फिर सहना नामुमकिन हो गया। वह उसे मनीश के पास छोड़, भटकी रूह की तरह घर में डोलने लगी। मनीश उस औरत की बग़ल में आराम से सोया रहता। उमा इस कमरे से उस कमरे में भागती, वक़्त काटने के लिए कोने-कोने की सफ़ाई करने लगती।

एक वक़्त आया कि सफ़ाई-सजावट का फ़ितूर उसके सिर पर सवार हो गया। छोटे क़स्बे में और जो न हो, प्राकृतिक सम्पदा काफ़ी थी। उसने सारा दिन आसपास के मैदानों-जंगलों में गुज़ारना शुरू कर दिया। तरह-तरह की आकर्षक आकार वाली डालियाँ, फलियाँ, लतरें, बाँस, जड़ें और जंगली फूल-पत्तियाँ ढूँढ़-ढूँढ़ कर जमा करती और घर ले आती। फिर उनमें से कुछ फूलदानों में सजाती, कुछ के कोलाज बना डालती। फ़र्श और दीवारों पर सीमेंट की परत बार-बार साफ़ करती, उन्हें झाड़ती, पोंछती, चमकाती और अपनी बनाई कलाकृतियाँ उन पर सजा देती। फ़र्श पर छोटी मचियों पर रखे फूलदान, दीवार पर रंग-बिरंगे, जीवन की हँसी-ख़ुशी को मूर्त करते कोलाज। अपने सबसे प्रिय कोलाज से उसने शयनकक्ष की दीवार ढक दी। पत्रिकाओं में से हँसते-खिलखिलाते बच्चों के चित्र काट कर उनके बीच उगते सूरज और अनगिनत झिलमिलाते सूरजमुखी के फूलों के बिम्ब रंग कर कोलाज तैयार किया था। उसकी कोशिश थी कि घर को इतनी सुन्दरता और जीवंत हँसी से भर दे कि मौत अपना देखा हुआ रास्ता भूल जाए।

इस कोशिश में किसी-किसी रात बदन की हरारत ज़ोर पकड़ लेती। जूड़ी से थरथर काँपता शरीर तेज़ ज्वर के कब्ज़े में आ जाता। वह तय नहीं कर पाती, एस्पिरीन की गोली खाए या नहीं। कभी मेहनत से क्लांत देह ताप के सामने समर्पण कर देती और वह वहीं कमरे के धुले-पुंछे फ़र्श पर ढह जाती। नीम बेहोशी नींद का काम देती। माँ जी का ध्यान उस पर चला जाता तो उठाकर फ़र्श पर बिछे अपने बिस्तर पर लिटा देतीं। उमा को कुछ राहत मिलती। जब से उसने देखा है, माँ जी फ़र्श पर ही अपना बिस्तर बिछाती हैं। मनीश को ज़मीन पर पसरने से ख़ास चिढ़ है, वह जानती है। पर माँ जी से उसने समझौता कर रखा है। एक बार बतलाया था उन्होंने, कैसे पति के मरने पर जब उन्हें धरती पर उतारा गया तो वे उतर आई थीं। दोबारा पलंग पर नहीं चढ़ी

थीं। मनीश की कहा-सुनी के बावजूद ज़मीन पर सोने का नियम बना लिया था।

उमा को वहाँ लिटा कर वे उसके सिर में तेल की मालिश करते हुए उसे ढाढ़स बँधातीं, "ऐसे घबराया नहीं करते, भगवान पर भरोसा रखो। मैंने दस बच्चों को जन्म दिया, ज़िन्दा रहे कुल चार। तीन लड़कियाँ और यह एक लड़का, मनीश। भगवान की मर्ज़ी। हिम्मत रखी। भगवान जो करेगा अच्छा ही करेगा।"

उमा की हिम्मत जवाब दे जाती। वह यह पूछने लायक़ भी नहीं रहती कि दस बच्चों में से कुल चार को जीवित रखकर भगवान ने अच्छा क्या किया? वह औरत आकर उसके पैताने खड़ी हो जाती और अपनी दहशत भरी आँखों से उसे ताकती रहती। वह काँप-काँप जाती। माँ जी और मनीश उसे आम बीमारियों का इलाज करने वाले प्राइवेट फ़िज़ीशियन को दिखलाने के बारे में इस-उस से सलाह करते, गर्भावस्था में दिखलाना ठीक रहेगा या नहीं? निर्णय लिये जाने से पहले बुख़ार उतर जाता और इन्तज़ार का पुराना सिलसिला शुरू हो जाता उस दिन का, जब समय पूरा होने पर, प्रकृति उसे उस गुरुभार से मुक्त कर देगी।

एक महीने तक उसने इसी तरह घर को सजाया-सँवारा, सुन्दर-स्वास्थ्यकर बनाया। फिर बरसात के मौसम में शुरुआती हफ़्ते में, रात के तीसरे पहर, जब वह घर के अन्दर घुस आए चींटियों-मकोड़ों को बुहार कर बाहर फेंकने की नाकाम कोशिश कर रही थी, उसको लगा उसके भीतर कुछ फट गया। ढेर सारा पानी टाँगों के बीच से निकल कर फ़र्श पर बहने लगा। कोई ज़ोर से चीख़ पड़ा। शायद वह औरत थी।

माँ जी दौड़ी आईं और गुहार मचाने लगीं कि बरसाती रात के उसी अँधियारे पहर में मनीश भाग कर जाए और दाई को बुला लाए। उमा को ले जाकर पलंग पर लिटाने लगीं तो उसने क़हर बरपा कर दिया। "दूसरा पलंग लाओ। कहीं से भी लाओ, दूसरा लाओ। यह नहीं। इस पर नहीं।"

वह साफ़ देख रही थी उस पलंग पर वह औरत लेटी हुई थी।

"पागल हुई हो," मनीश ने कहा, "इस वक़्त दूसरा पलंग कहाँ से आएगा?"

माँ जी इस क़दर घबरा गईं कि ज़िन्दगी में पहली बार, इकलौते बेटे को गाली दे डाली, "नामुराद, बच्चा जनती औरत की बात सुना करते हैं। कहीं से भी एक खाट लेकर आ, माँग कर, चुरा कर, कैसे भी ला।"

क्या उन्होंने भी उस औरत को देख लिया था?

मनीश को याद आया, घर के सामने जो आम का बाग़ीचा था, उसके बाहर एक तख़्त पड़ा रहता था। चौकीदार और उसके साथी उस पर बैठकर खैनी फाँकते और ताश पीटा करते थे। इस बरसात में वह ख़ाली होगा। वह जाकर वही उठा लाया।

तख़्त बारिश के पानी से भीगा हुआ था। आम से झड़ा बौर सड़ कर उस पर चिपक गया था। उमा उस पर लेटी तो एक बार लिसलिसाहट ज़रूर महसूस की, फिर बदन से बेतरह झर रहे पसीने से उसे एकाकार कर लिया। बच रहीं दर्द की उठती-गिरती लहरें और हर ज्वार के बाद शरीर पर रेंगने काटने का अहसास। जब तक दर्द की लहर उतर कर दोबारा चढ़ने में पन्द्रह मिनट का वक़्फ़ा देती रही, देह पर कीड़े रेंगने का अहसास तीव्रता से महसूस होता रहा। उसे लगा वह औरत, दूसरे कमरे में खिसकाए गए पलंग से उठकर, उसके बराबर में आ लेटी थी। यह उसकी ठंडी नीली उँगलियों का स्पर्श था, जो सहलाने-गुदगुदाने के बजाय बदन पर रेंग-

रेंग कर डंक मार रहा था। डर कर वह चीख़ उठी। दर्द ने चीख़ को समेट लिया और उस लिजलिजे चुंटते अहसास से छुटकारा दिलाने के लिए पाँच-पाँच मिनट पर उठने लगा। पर छुटकारा मिला नहीं। ज्यों-ज्यों दर्द बढ़ा, वह अहसास भी बढ़ता गया। जब तक दाई वहाँ पहुँची, दर्द से निजात का वक़्त बेमानी रह गया था, फिर भी उमा ने उसके दोनों हाथ पकड़कर कहा, ''मेरे बदन पर कुछ रेंग रहा है, काटे जा रहा है।''

दाई हँस पड़ी। बोली, ''यह बोसीदा तख़्त कहाँ से उठा लाए, चींटियाँ ही चींटियाँ भरी पड़ी हैं सड़ी लकड़ी में। वह बढ़िया पलंग कहाँ गया, जिस पर मैंने पहली वाली की जचगी करवाई थी?''

''नहीं, वह नहीं,'' उमा चीख़ पड़ी, ''उस पर मैं उसका बच्चा ज़िन्दा नहीं जन पाऊँगी।''

दाई ने कन्धे झटक दिये और अपने काम से लगी। उसके दोनों हाथ अपने बलिष्ठ हाथों में जकड़ कर, बच्चा जनने के लिए सामर्थ्य से बाहर का ज़ोर लगाने के लिए उसे उकसाने लगी। दर्द पूरे उठान पर था। उमा उस औरत से मिन्नत कर रही थी कि वह उसके बराबर से उठ जाए, जिससे वह उस सँकरे तख़्त पर पूरा फैल कर लेट सके और उसके बच्चे को ज़िन्दा जन्म दे सके। होंठों ही होंठों में वह कहे जा रही थी, ''इस बार तुम्हारा बच्चा ज़रूर ज़िन्दा रहेगा, तुम देख लेना, ज़रूर रहेगा। इस ख़ौफ़ को अपनी आँखों से निकाल दो, मेरे बोसीदे पलंग से उठ जाओ। मुझे अकेला छोड़ दो। मैं वादा करती हूँ कितनी भी ताक़त लगे, मैं तुम्हारे बच्चे को ज़िन्दा जन्म दूँगी।''

उमा ने आँखें बन्द कीं, दाँत कसे, दाई के हाथों पर नाख़ून गड़ाये और शरीर के निचले भाग को शक्ति का केंद्र बना लिया। पल भर के लिए उस औरत ने भी अपनी आँखें बन्द कर लीं। उतनी विमुक्ति काफ़ी थी। ख़ौफ़ से आज़ाद होते ही, उसकी देह में एक नई इच्छाशक्ति ने जन्म लिया। शरीर की ताक़त से परे की चीज़ थी वह इच्छाशक्ति, जिसके बल पर बदन से निकला ख़ून का फव्वारा शिशु को भी बाहर खींच लाया।

''लड़की है,'' दाई ने कहा।

गर्व से उमा का चेहरा दीप्तिमान हो गया। डर, दर्द, बदन पर रेंगती चींटियाँ सब भूल कर वह बुदबुदा उठी, ''मैं जीत गई। अपनी बच्ची को रोते सुना मैंने।'' उसने आँखें खोलीं और बच्ची के बजाय औरत को देखा। उसकी आँखें भी खुली थीं और उनका ख़ौफ़ बरक़रार था। उमा ने अपनी ग़लती महसूस की। हार-जीत का सवाल कहाँ था? यह जन्म उन दोनों का साझा था। ''मेरी नहीं तुम्हारी बच्ची,'' उसने प्रार्थना के स्वर में कहा, ''एक बार देखो तो उसे, कितनी स्वस्थ है। सुनो उसका जीवन-क्रंदन और भय को अपनी आँखों से मिटा दो। प्यार करो उसे और विदा लो।''

ख़ौफ़ज़दा चेहरे और फटी आँखों के साथ वह औरत हँस दी। अगर फव्वारे की तरह उमा का ख़ून बाहर न बह रहा होता तो उस हैबतनाक हँसी को देख जम जाता। कँपकँपी तो छूट ही गई। फिर थर-थर, थर-थर, उसका बदन थरथराता ही चला गया।

''मेरा काम ख़त्म हुआ। मुझे इनाम दो, मैं जाऊँ,'' दाई ने कहा, ''अब किसी डाक्टर को बुलाओ। ख़ून गिरना बन्द नहीं हो रहा, ताप चढ़ रहा है। यह काम मेरा नहीं, डाक्टर का है।''

माँ जी फिर गुहार मचा उठीं, ''लेडी डाक्टर को मार गोली। जा मनीश, किसी मर्द डाक्टर

को ही बुला ला। कुछ तो करेगा। ऐसे मर जाएगी बहू।''

एक बार फिर बरसाती रात के अँधेरे और पानी को कोसता, मनीश घर से बाहर निकला।

''कुछ नहीं बदला, उस औरत ने कहा, ''इच्छाशक्ति मुझमें तुमसे कम नहीं थी। फ़र्क़ सिर्फ़ इतना था कि मेरा बच्चा पहले मरा, मैं बाद में और तुम पहले मरोगी, तुम्हारा बच्चा बाद में।''

''ऐसा मत कहो,'' थरथराते बदन, किटकिटाते दाँत और बहते ख़ून को नज़रअन्दाज़ करके उमा ने कहा, ''यह तुम्हारी ही बच्ची है, जिसने मेरी कोख से जन्म लिया है। यह ज़िन्दा रहेगी। ज़रूर रहेगी। तुम देखो तो सही एक बार।''

मनीश जवान नौसिखिये डाक्टर को लिए कमरे में दाख़िल हुआ। डाक्टर ने देखा और सिर हिला दिया। ''बहुत देर कर दी। गुर्दे नाकाम हो गए हैं। रक्त-स्राव रोकने का मेरे पास उपाय नहीं है। यह केस अस्पताल का था।''

उमा ने सुना और नहीं भी सुना। उसका पूरा ध्यान उस औरत पर केन्द्रित था। ''बच्ची ?'' उसने आर्तनाद करके कहा।

आख़िर वह औरत अपना ख़ौफ़ज़दा चेहरा लिए बच्ची के ऊपर झुक ही गई। उमा उन्हें एकटक निहारती रही। उस औरत की आँखों का फैलाव कम हुआ, पलकें झपकीं, पुतलियाँ सिकुड़ीं और उनमें आँसू उमड़ आए। फिर दुनिया भर की ममता और करुणा उनमें भर गई। अब जब उसने उमा को देखा तो उसकी आँखों में दहशत के बजाय करुणा का दर्द लहरा रहा था। उमा का डर जाता रहा। उसने अपनी बाँहें फैला दीं। वह पास चली आई। उसे अपनी बाँहों में थाम उसके बराबर में लेट गई।

उमा ने उसके सीने पर सिर रखकर कहा, ''मैं मरना नहीं, जीना चाहती हूँ।''

''मैं भी जीना चाहती थी। बहुत कोशिश की थी मैंने।''

''जानती हूँ तुम्हारी कहानी। बहुत बार सुन चुकी हूँ।''

''भूल जाओ उसे, अब यह तुम्हारी कहानी है। ख़तम होकर फिर शुरू होने वाली। वह देखो।'' उसने उसका चेहरा बच्ची की तरफ़ घुमा दिया। ''हाँ, एक औरत अभी ज़िन्दा है, वह जो अभी पैदा हुई है,'' आख़िरी हिचकी के साथ उमा ने कहा। बच्ची पर टिकी उसकी आँखें खुली की खुली रह गईं।

''इसके प्राण भी आँखों से निकले,'' माँ जी ने काँप कर कहा।

सनाका खिंच गया। कोई आगे बढ़ कर उन खुली आँखों में छाया ख़ौफ़ और दर्द देखने की हिम्मत नहीं जुटा पाया। तभी बच्ची धीमे सुर में रो पड़ी। एक और औरत दुनिया में आ गई। माँ जी का मन ममता से भर गया। वे बच्ची को उठाने आगे बढ़ीं। हिम्मत करके उमा की पलकें मूँदने को हाथ बढ़ाया। देखा चींटियों ने उसके पूरे बदन को ढक लिया था पर उसकी आँखों में ख़ौफ़ नहीं, अपार करुणा भरी हुई थी। उन्होंने मर चुकी औरत की आँखें बन्द कर दीं और अभी पैदा हुई औरत को चींटियों के बीच से उठा, उस कमरे में दौड़ गईं, जहाँ साध से बना पुराना पलंग रखा था।

(1990)

संगत

आज मैंने फिर नौकरी से इनकार कर दिया। यह जानते हुए कि बनिया और उधार नहीं देगा। मान जाता तो एकमुश्त नौ सौ रुपये मिल जाते। महीना भर भी काम करता तो...और कुछ नहीं तो बनिए का पुराना उधार उतर जाता। आगे मिलने की सुविधा हो जाती।

मैं वक़्त का ग़ुलाम बनकर नहीं जी सकता। मुझे अपनी आज़ादी बहुत प्यारी है। मैं किसी के इशारों पर नहीं नाच सकता। जब मर्ज़ी होती है, काम करता हूँ मर्ज़ी नहीं होती, नहीं करता। मैं कलाकार हूँ, कला का पाबन्द, किसी दूसरे के वक़्त का क़ैदी कैसे बनूँ! वक़्त का अछोर रेगिस्तान मेरी कला के रास्ते में बिछा पड़ा है। जब, जहाँ क़दम पड़ते हैं, हमेशा के लिए अपने निशान छोड़ जाते हैं।

क्या कह रहा हूँ मैं? रेत पर बने निशान क्या हमेशा रहते हैं! हवा का झोंका आया और सब मटियामेट! मैं क्या जानता नहीं मेरे पास से हवा हमेशा आँधी की तरह गुज़रा करती है।

मेरे यह अहंकार भरे जुमले...आप समझ गए होंगे, ये सिर्फ़ जुमले हैं जो मैं अपने से बोलता रहता हूँ, अपने अन्दर यह वहम पैदा करने के लिए कि मैं आज़ाद हूँ। हाँ, मैं जानता हूँ यह वहम है। तो क्या हुआ? ज़िन्दा रहने की ज़रूरत महसूस करना भी तो वहम ही है। मेहनत से पाला गया वहम कभी-कभी ज़िन्दगी की शर्त बन जाता है।

तो एक के बजाय पन्द्रह आदमियों की ग़ुलामी करके मैं अपने इस वहम को पाल रहा हूँ कि मैं आज़ाद हूँ। बार-बार कहता हूँ मुझे मेरी आज़ादी बहुत प्यारी है। मैं किसी को अपना मालिक नहीं मान सकता, किसी के इशारों पर नहीं नाच सकता। जबकि मैं अच्छी तरह जानता हूँ कि किसी के इशारों पर नाचने के लिए ही मैं हूँ।

इतने सारे जुमले, ज़बरदस्ती पाले हुए वहम, सब इसलिए कि उसके लिए ख़ाली रह सकूँ। वक़्त-बेवक़्त वह बुलाए तो...

कहाँ, वह बुलाती भी तो नहीं। मैं ख़ुद ख़ाली रहकर ऐसे हालात पैदा करता रहता हूँ कि उससे कहूँ और वह बुलाने से इनकार न कर सके। कोई छोटी-मोटी ज़रूरत, अपनी या उसकी पैदा कर ही लेता हूँ जिससे उसके पास जा सकूँ। वक़्त बेवक़्त। यह वक़्त भी नौ और पाँच के बीच में होता है और बेवक़्त भी। शाम का वक़्त वक़्त नहीं, मरे हुए घंटों का जनाज़ा है जो रात-भर शहर की तंग गलियों में घूमकर सुबह नौ बजे दफ़न होता है। तब जब यह सम्भावना शुरू होती है कि शायद उससे मिलना हो सके। सुबह-शाम वह अपने परिवार के साथ व्यस्त होती है। बस नौ और पाँच के बीच...

कह तो मैं ऐसे रहा हूँ जैसे यह सारा वक़्त वह मुझसे मिलने के लिए ख़ाली रखती है। या सारा न सही कुछ वक़्त तो रोज़ मेरे लिए रखती ही है। ऐसा होता तो...काश कि ऐसा होता।

तब मैं पूरी तरह दुनिया से बेख़बर हो जाता और छोटे-छोटे स्वतंत्र कहलाए जाने वाले काम करना भी बन्द कर देता और फिर...जो होना था हो जाता...शायद यह कि मेरा पूरा परिवार एक दिन भूख से बेज़ार होकर दम तोड़ देता। मैं भी।

पर ऐसा नहीं है। मेरा परिवार जी रहा है—मर-मर कर और मैं चन्द लम्हा जी लेने के लिए वक़्त के रेगिस्तान में औंधा पड़ा इन्तज़ार कर रहा हूँ।

कोई दिन ऐसा आता है, हफ़्ते में दो-एक बार, जब वह अपने रोज़मर्रा के कामों से छुटकारा पाकर कह देती है...चले आओ। और मैं एक बार फिर अपना यह फ़ैसला पुख्ता कर लेता हूँ कि बँधी-बँधाई नौकरी करना, मेरे जैसे कलाकार के लिए मुमकिन नहीं है। मुझे अपनी आज़ादी कहीं ज़्यादा प्यारी है। आज़ादी! जो अपाहिज की तरह उसके दो शब्दों—आ जाओ—की बैसाखी पर खड़ी है और जिसकी क़ीमत मेरा परिवार अदा कर रहा है। हमारे घर में हर आदमी आज़ाद है, यानी हर आदमी छोटे-मोटे काम की टोह में इधर-उधर घूमता है और किसी तरह अपनी गुज़र-बसर का इन्तज़ाम कर लेता है, इतना कि मरने की नौबत न आए और ज़िन्दा रहने की आज़ादी भी न छिने।

मैं उसके पास जाता हूँ और उसके पति की ग़ैरहाज़िरी में, यह सुनकर आप किसी ग़लतफ़हमी में मत पड़ जाइएगा।

हम दोनों चित्रकार हैं—वह और मैं। उसकी नज़र में मैं सिर्फ़ चित्रकार हूँ। मेरी नज़र में वह सब कुछ है—चित्रकार! स्त्री! और सौन्दर्य का वह रूप जो शिव है और सत्य भी!

वह कहती है मैं बहुत बड़ा कलाकार हूँ। महान कलाकार! इसीलिए मेरे चित्र बिकते नहीं। कला को पेशा नहीं बनाया जा सकता। समाज की कला पर कितनी बड़ी मेहरबानी है। कलाकार चाहे भी तो कला को नहीं बेच सकता। बेचने के लिए जो बनाएगा कला नहीं होगी। और कला...मगर छोड़ो। मैं फिर इधर-उधर भटक गया। असली बात किसी से कहते कतराता हूँ। अपने से हर वक़्त कहता हूँ...आज आपसे कहूँ...चित्रकार क्या इनसान नहीं होता? क्या उसके हाथ सिर्फ़ कूँची पकड़ने के लिए उठ सकते हैं? किसी का हाथ...किसी स्त्री का हाथ...पर उसके हाथ में भी कूँची है। और उसकी कूँची मेरी कूँची से टकराती रहती है।

वह मुझे बुलाती है तो अपना कोई चित्र दिखलाने के लिए। या फिर मेरे बहुत इसरार पर मेरा चित्र देखने चली आती है। देखकर कहती है, "आपके चित्रों पर भला मैं क्या राय दे सकती हूँ! आप इतने बड़े चित्रकार हैं, मैं तो बस मुग्ध रह जाती हूँ या फिर कभी-कभी थोड़ी सी ईर्ष्या होती है...काश, मैं भी ऐसे चित्र बना सकती!"

मैं कहना चाहता हूँ...तुम मुझसे पूछो, आपने आज तक मेरा चित्र क्यों नहीं बनाया? क्या तुम इतना भी नहीं जानतीं कि मेरी कला तब तक अधूरी रहेगी, जब तक मैं तुम्हारा चित्र न बना लूँगा? मेरी हर तस्वीर तुम्हारी तस्वीर बनाने की कोशिश है। हाँ, यह चित्र भी...यह कारख़ाने की चिमनियों से निकलते धुएँ में घुटे बच्चों का चित्र। यह साँप के मुँह में फँसी गौरैया का चित्र। याद है, देखकर तुमने कहा था, पर साँप के मुँह में तो मेढक होता है, कहकर मेरी तरफ़ देखा था और हँस पड़ी थीं। कभी-कभी ऐसा भी होता है, मेरी गौरैया, कि मेढक के पंख निकल आते हैं। वह अपनी गढ़ी छोड़कर बाहर आ जाता है और अपने को उड़ने वाला पंछी समझ बैठता है। छोटी-छोटी छलाँगें लगाने के बजाय आसमान में उड़ान भरने की कोशिश करने लगता है और इसी कोशिश में...साँप बड़ी आसानी से उसे मुँह में दबा लेता है। पर इससे

उसकी कोशिश का महत्त्व कम नहीं होता। साँप के मुँह में मेढक नहीं, गौरैया ही है। यह मेरा चित्र है और तुम्हारा भी।

और यह लाल आँधी के बीच खड़ा वीरान पीपल का पेड़, जिस पर सिर्फ़ एक सूखा पत्ता खड़खड़ा रहा है। तुम्हें याद है, तुमने कहा था, पीपल का पेड़ इतना खुरदरा होता है, पर उसके पत्ते कितने कोमल! यह सूखा पत्ता उन्हीं कोमल हरे पत्तों की आख़िरी मंज़िल है। जो सूखे पत्ते की हताशा को महसूस नहीं कर सकता, वह हरे पत्तों की जिजीविषा को गहराई से कैसे अनुभव करेगा?

मैं जीवन के हर बदसूरत अनुभव को अपनी कूँची पर झेल कर उस बिन्दु पर पहुँचना चाहता हूँ जहाँ तुम्हारे सौन्दर्य को कैनवास पर उतार सकूँ।

मैं तुम्हारे जिस्म की सुन्दरता की बात नहीं कर रहा। मैं जानता हूँ, तुम बहुत सुन्दर स्त्री नहीं हो। स्त्री की तरह तुम्हारा चित्र बनाना चाहता तो बहुत पहले बना सकता था। तुम्हें केवल स्त्री की तरह देखा होता तो...हाड़-मांस का शरीर, चेहरे के नक़्श काग़ज़ पर उतार डालने क्या मुश्किल हैं। मैं तो उस सौन्दर्य की बात कर रहा हूँ जिसके लिए 'तुम्हारा' शब्द का प्रयोग ही ग़लत है। दरअसल वह सौन्दर्य मेरा है, मेरे अनुभवों से उपजा। संस्कृति के वर्षों लम्बे अनुभवों में से सौन्दर्य की उत्पत्ति होती है और उसमें हर तरह का अनुभव शामिल रहता है। बस, हर व्यक्ति के लिए उसका रूप अलग-अलग होता है। मेरे लिए उस अमूर्त का रूप तुम हो।

और तुमने तो पुरुष समझकर कभी मेरी तरफ़ आँख उठाकर देखा ही नहीं। उसे छोड़ो। क्या इनसान समझकर भी नहीं देखा? एक दिन भी तुमने यह नहीं सोचा कि यह जो मैं हर समय, किसी भी समय तुम्हारे पास चले आने के लिए तैयार बैठा रहता हूँ तो मेरी और मेरे परिवार की रोज़ी-रोटी कैसे चलती होगी! क्या हुआ? नहीं कहना चाहिए था? सौन्दर्य का भ्रम टूट गया? नहीं, सौन्दर्य बोध इतना अल्पजीवी नहीं होता। वह तो शिव है और सत्य भी! ये छोटी-छोटी बातें...ज़िन्दा रहने की ज़रूरतें, मामूली और ग़ैरमामूली, दोनों तरह के लोगों की, इनसे सौन्दर्य की अनुभूति कम नहीं होती। बल्कि इनके न मिलने पर जो अनुभव होता है, भूख का और मिल जाने पर जो अनुभूति होती है, और भी तीखी भूख की, मन के भीतर दबी इच्छाएँ ज्वालामुखी की तरह फूट जो पड़ती हैं, इसी भूख में से सौन्दर्य की उत्पत्ति होती है। और मेरे लिए उसका साकार रूप तुम हो। जिस दिन तुम्हारा चित्र बना लूँगा...

पर तुमने तो आज तक पूछा नहीं—मेरा चित्र आपने क्यों नहीं बनाया? तुमने कभी कुछ नहीं पूछा—मेरी भूख के बारे में। तुम्हारे हिसाब से मैं पुरुष ही नहीं हूँ और न मुझे भूख लगती है।

कैसी बिडम्बना है! जब तक तुम मुझे पुरुष नहीं समझोगी, मैं वह चित्र नहीं बना पाऊँगा, जिसे बनाने के लिए मैं इतने बदसूरत और नकारात्मक अनुभवों को कैनवास पर उतारता घूमता हूँ। वह एक चित्र...कैसे बनेगा...वह एक अनुभव जो मुझे कभी हुआ नहीं।

प्रेम की बात मैं नहीं करता, पर एक स्त्री जो मेरे लिए अमूर्त सौन्दर्य का रूप है, मूर्त होकर मेरे पास आए, मुझे पुरुष समझे और...ज़्यादा मैं कुछ नहीं चाहता। बस, एक बार तुम्हारी गोदी में सिर रख दूँ और देर तक...

पर मैं जानता हूँ तुम्हारी उँगलियाँ मेरे बालों से नहीं खेलेंगी, तुम्हारे शरीर में स्पन्दन नहीं होगा, तुम्हारे दिल की धड़कन घड़ी की सूई की तरह बिना गति बदले चलती रहेगी और मैं...तुम्हारे चित्रों की रेखाएँ आँकने लगूँगा।

वे रेखाएँ जिनमें इतना गहरा इन्तज़ार है कि वह तुम्हें ज़्यादा रेखाएँ भी खींचने नहीं देता। रंग तुम इस्तेमाल करती नहीं। कैसे करोगी ? शून्य का रंग होता जो नहीं। बस, पेंसिल से खिंची कुछ रेखाएँ। काली—सब रंगों को नकारती हुई।

एक गोलाई लेती रेखा और क्षितिज खिंच गया। छोटी-छोटी आड़ी-तिरछी कुछ रेखाएँ—टप-टप बरसता पानी। मूसलाधार कभी नहीं। आँसुओं की तरह—रोकते-रोकते न रुके हुए। दो-चार रेखाएँ और। सब नहीं समझ सकते, पर मैं फ़ौरन पहचान लेता हूँ। यह तुम हो...सिर क्षितिज की तरफ़ उठाए...एक मायूस इन्तज़ार। यह जानते हुए कि कोई आने वाला नहीं है, तुम कैसे इन्तज़ार कर लेती हो ? कभी बारिश में सिसकता इन्तज़ार, कभी धूप में पिघलता, कभी तूफ़ान में भटकता, कभी बर्फ़ में ठिठुरता। रेखाएँ बस रेखाएँ।

हठ करके अपना सिर मैंने तुम्हारी गोदी में रख दिया और...तुम रेखाओं में तब्दील होने लगीं। तुम्हारा इन्तज़ार मेरा बन गया। यह कैसा भयानक मज़ाक़ है मेरे साथ ! तुम्हारा सौन्दर्य मैं उन रेखाओं में देख रहा हूँ, जिनमें किसी और का इन्तज़ार है। तुम्हारे साथ मैं भी इन्तज़ार कर रहा हूँ।

एक दिन ऐसा भी आया था जब मुझे लगा था तुम्हारा इन्तज़ार ख़त्म हो गया। तुमने अपना वह चित्र मुझे दिखलाया था...याद है ? एक तरफ़ बर्फ़ का ग्लेशियर, दूसरी तरफ़ घास का सपाट मैदान। बीच में बर्फ़ का पुल—टूटा हुआ। आर-पार, ऊबड़-खाबड़ एक मोटी दरार। दरार के साथ ही ढिलक कर नीचे खिसकता पुल। ग्लेशियर दूर दीखे चाहे पास, अब मैदान से होकर किसी भी तरह उस तक पहुँचा नहीं जा सकता। मैंने ख़ूब ध्यान देकर चित्र को देखा और फिर आँख उठाकर तुम्हारी तरफ़ ताका भर कि...क्या हुआ...तुम फूट-फूटकर रो दीं। मैं भौचक तुम्हें देखता रह गया। इससे पहले कभी तुम्हें रोते नहीं देखा था। तुम रोती रहीं और धीरे-धीरे मेरे भीतर रंग खिलने लगे। मेरा चित्र आकार लेने लगा। मुझे लगा सब कुछ बहा चला जा रहा है। इस पानी के दबाव से दरार खाई बन चुकी होगी—जिसके आर-पार जाना...नहीं, अब कभी मुमकिन नहीं होगा। सच तुम्हारी पकड़ में आ गया है और तुमने जान-बूझकर अपने इन्तज़ार का गला घोंट दिया है।

पर...आँसुओं का सैलाब आया और चन्द तिनके बटोर कर निकल गया। इमारतों की नींव नहीं हिली।

बहुत जल्दी तुम सँभल गईं। अपना अगला चित्र खींचने में मशग़ूल हो गईं। और मेरे रंग... लावारिस से मेरे रंग...

मैं समझ गया तुम्हें अपना इन्तज़ार उतना ही प्यारा है, जितनी मुझे मेरी आज़ादी। शायद उससे भी ज़्यादा। तुम्हारे वहम की जड़ें मेरे वहम से भी गहरी हैं, वही तुम्हारी ताक़त है जिसके बल पर तुम जी रही हो। शायद तुम मुझसे भी अच्छी तरह जानती हो कि यह सच नहीं, वहम है, मेहनत से पाला हुआ, सच से कहीं ज़्यादा वफ़ादार।

बहुत कुछ मेरी समझ में आने लगा है और उसके साथ-साथ...आख़िर जीना मुझे भी है न...एक और वहम मेरे भीतर पनपने लगा है...एक न एक दिन तुम्हारा इन्तज़ार ख़तम ज़रूर होगा। कब, कैसे, मैं नहीं जानता। जानने की कोशिश भी नहीं करना चाहता। बस, यक़ीन करता हूँ कि एक दिन ऐसा होगा ज़रूर।

तब उस दिन...देखो, मेरे चित्रों में कितने रंग हैं ! जिस दिन तुम्हारा इन्तज़ार ख़तम हो, अपनी रेखाओं में थोड़ा सा रंग भर देना।

चित्र दिखलाने तुम मुझे बुलाओगी ही। मैं समझ जाऊँगा। एक बार फिर अपना सिर तुम्हारी गोद में रख दूँगा। तुम्हारा हाथ मेरे सिर पर आ टिकेगा, तुम्हारी उँगलियाँ धीमे-धीमे मेरे बालों को सहलाएँगी। मेढक के पर निकल आएँगे। साँप के मुँह से गौरैया छूट उड़ेगी—एक उड़ान आसमान में और मैं...अपना वह चित्र बना लूँगा जिसे बनाए बिना मेरी कला-साधना अधूरी है।

उसके बाद...सुनकर लोग हँसें तो हँसें। जीवन कला से अलग नहीं होता या कहना चाहिए कला जीवन से अलग नहीं होती। उसके बाद मैं नौकरी करने से इनकार नहीं करूँगा। अपने तमाम जुमले वापस बटोर लूँगा—कहो तो एक लिफ़ाफ़े में बन्द करके तुम्हें भेज दूँ—और अपनी 'प्यारी आज़ादी' को नौ से पाँच तक के बन्धन में बाँध कर सचमुच आज़ाद हो जाऊँगा।

(1990)

शहर के नाम

यह मेरा आख़िरी ख़त है और मैं तय नहीं कर पा रही हूँ कि इसे किसके नाम लिखूँ। ऐसा पहले कभी नहीं हुआ। मुझे ख़त लिखने का शौक़ रहा है। दिमाग़ पर दस्तक हुई नहीं कि ख़त लिखने बैठ जाती। जिस किसी का ख़याल पहले ज़ेहन में उतर आता, उसी के नाम। माँ के, बप्पा के, तुरन्त बने दोस्तों के, बरसों से छूटी सहेलियों के, किसी के भी नाम। जवाब मिले न मिले परवाह नहीं।

जवाब कम ही मिलता था। हर किसी को ख़त लिखने का शौक़ नहीं होता न। बाद में मिलना होता, हफ़्तों-महीनों बाद, तो लोग सकुचा कर कहते, माफ़ करना, सोचा बहुत पर तुम्हारे ख़त का जवाब नहीं दे पाए। क्या करें यह शहर ही ऐसा है, इतना मसरूफ़ रखता है कि वक़्त नहीं मिलता। मैं हँस पड़ती। लो, शहर को क्यों बदनाम कर रहे हो। जवाब न दिया, न सही। मुझे चाहिए भी नहीं। ख़त तो प्यार की तरह होता है, जवाब नहीं माँगता।

क्यों इतनी खिसियानी हँसी हँस देते हैं ये लोग ? प्यार और जवाब न चाहे, कौन सी सदी की बात कर रही हो ? वे कहते नहीं यह हमेशा, पर कहा-अनकहा मुझ तक पहुँच जाता था। कौन से प्यार की बात कर रहे हैं ये लोग, मैं सोचती रह जाती थी। शायद औरत-आदमी के बीच के प्यार की बात। पर मेरा मतलब उससे नहीं होता था। मेरे लिए प्यार का मतलब था देना। ख़ुद को देना। नहीं-नहीं, जिस्म नहीं।

वे यही मतलब लगाते थे, मैं अब समझ गई हूँ पर यह ग़लत है। मैं क्या सिर्फ़ जिस्म हूँ ? जिस्म तो घर है मेरा। मैं उसके अन्दर रहती हूँ। हर घर की एक आत्मा होती है। मेरे घर की भी है। मैं उसी आत्मा को लोगों में बाँटना चाहती थी। घर ही उनके हवाले कर देती तो आत्मा कहाँ रहती ?

मैं लोगों से कहना चाहती थी, तुम अच्छे हो, मुझे अच्छे लगते हो। तुम्हारी जिज्ञासा, तुम्हारी दृष्टि, तुम्हारी त्वरा, तुम्हारी स्थिरता, तुम्हारी हँसी, तुम्हारी चुप्पी। कुछ भी। हर आदमी के पास कुछ ज़रूर होता है जो दूसरों को अच्छा लगता है। वही मैं उससे बाँट लेना चाहती थी। हर किसी में कुछ था जो मुझे पसन्द था। तुम मुझे पसन्द हो मैं कहना चाहती थी, तुम, तुम, तुम भी।

किसी एक को जीवनसाथी बनाने का सवाल दूसरा था। बिलकुल अलग। क्या बतलाऊँ तुम्हें, मुझे बच्चे कितने प्यारे लगते थे। कोई मोटा, कोई गंजा, कोई मिचमिची आँखों वाला तो कोई गला फाड़ कर रोने वाला। मैं अपने बच्चे भी चाहती थी। कम से कम चार। मुझे मतलब नहीं था परिवार नियोजन से। बच्चे पाने के लिए किसी एक को जीवन साथी चुनना ज़रूरी था तो चुन लेती। जल्दी नहीं थी। वक़्त बहुत था मेरे पास। हाँ, एक बात में फेरबदल करने को तैयार नहीं थी। बच्चे चाहिए थे कम से कम चार। ज़्यादा हों तो ठीक। बप्पा की तरह नहीं

कि एक पैदा किया और कर दी छुट्टी। क्या कहते थे मेरे बप्पा, सरकार दो कहे तो हमें एक पैदा करना चाहिए। सरकारी अफ़सरों को मिसाल रखनी चाहिए औरों के सामने, कितने फ़ख़्र के साथ ख़ुद कहा था बप्पा ने मुझसे एक दिन।

हाय, मैंने सब कुछ लिख ही तो डाला था। सीधा बप्पा के नाम ख़त में। पढ़ कर कितना नाराज़ हुए थे। उन पर छींटाकशी की, उससे उतना नहीं जितना इस बात से कि मैं ढेरों बच्चे चाहती थी।

चार-चार बच्चे। इस युग में। देश की दिन पर दिन बदतर हो रही हालत को नज़रअन्दाज़ करके। लानत है। इसीलिए पढ़ाया-लिखाया तुम्हें। इसीलिए अमेरिका भेजा। (लो, अमेरिका आने का मतलब यह कैसे हो गया कि आदमी बच्चे पैदा करना नहीं चाह सकता!)

उफ़, कितनी ग़ुस्सैल पर मज़ेदार चिट्ठी लिख भेजी थी बप्पा ने जवाब में। ख़ूब हँसी थी पढ़ कर मैं, ख़ूब हँसी थी। दोस्तों को भी पढ़ कर सुनाई थी। पर वे लोग हँसे नहीं थे, बल्कि कुछ ज़्यादा ही संजीदा हो गए थे। बग़लें झाँकते से, जैसे लोग किसी की ग़रीबी की बात सुनकर हो जाया करते हैं। इतना ग़ुस्सा आया था कि क्या बतलाऊँ। मन हुआ था सबको पकड़कर झकझोर दूँ।

तभी हैरी बोल पड़ा था। था तो बड़बोला। किताबें पढ़-पढ़ कर फ़लसफ़ा छाँटना सीख गया था। पर एक बात थी, उसकी बड़ी-बड़ी बातें सुनकर प्यार आ जाता था। मैं सोचती थी, काश, हैरी हवाई बातें करना कभी न छोड़े। धरती से ज़रा सा ऊपर उचक कर चलता रहा तो एक दिन ज़रूर लीक से हटकर कुछ कर दिखलाएगा। हिन्दुस्तान के बारे में इतनी किताबें पढ़ रखी थीं उसने कि हर मुद्दे पर मुझसे ज़्यादा जानकारी हासिल कर ली थी। मुझे वह अच्छा लगता था, उसकी अन्तहीन जिज्ञासा और तेज़ी अच्छी लगती थी, इसलिए मैंने उसे नहीं बतलाया था कि जानकारी रखने और जानकार होने में बहुत फ़र्क़ है। सोचती थी, जब हिन्दुस्तान जाएगा तो ख़ुद समझ जाएगा। ज़रूरत हुई तो मैं मदद कर दूँगी। तब तक वह अपनी ख़ुशफ़हमी बनाए रख सकता था कि सबसे ज़्यादा जानकारी उसी को है।

उस दिन बप्पा का ख़त सुना, वह ठीक बप्पा की तरह नाराज़ होकर बोल पड़ा था। बिलकुल ठीक कहते हैं तुम्हारे बप्पा। हिन्दुस्तान में रहकर चार-चार बच्चे पैदा करना सरासर बेवक़ूफ़ी है। बच्चों का ऐसा शौक़ है तो अमेरिका में रहो। और शादी किससे करूँ, तुमसे? मैंने पूछा तो हैरी तमतमा कर उठ खड़ा हुआ। हाँ, मुझसे, ग़ुस्से से उफ़न कर उसने कहा, बिलकुल ठीक आदमी हूँ तुम्हारे लिए, सोच लो।

मैंने सोच लिया हैरी, हम लोग शादी कर लेते हैं, मैंने उसे ख़त में लिखा, पर रहेंगे हिन्दुस्तान में। अमेरिका में रहकर मैं बच्चे पैदा नहीं कर सकती। तुम चलो मेरे साथ हिन्दुस्तान। कितना पढ़ा है तुमने उसके बारे में। अब आँखों से देख लेना। यक़ीन करो, हम दोनों नौकरी करेंगे तो चार बच्चों के लायक़ ज़रूर कमा लेंगे। और तुम न चाहो तो चारों अपने पैदा करने की ज़रूरत नहीं है, दो तो ख़ैर मुझे चाहिए ही चाहिए पर बाक़ी के दो या चार, हम अनाथालय से या परित्यक्त बच्चों की संस्था से गोद ले लेंगे। फिर तो देश की हालत हमारी वजह से बदतर नहीं होगी न? ठीक है, छह बच्चे पालूँगी मैं। मेरे नाना के भी छह थे। तो बस फटाफट प्रोग्राम बना लो। शादी करके हम दोनों जल्दी से जल्दी हिन्दुस्तान पहुँच जाएँ और अपना परिवार आरम्भ करें।

हैरी ख़ुद आकर मेरा ख़त लौटा गया था। बहुत भोली हो तुम, उसने कहा था, इतनी खुली खुली चिट्ठी भला कोई लड़की लिखती है। कोई देख लेता तो क्या सोचता। प्रपोज़ लड़के करते हैं, लड़कियाँ नहीं। वह मेरी तरफ़ से शर्मिंदा नज़र आ रहा था। निगाहें नीची रखकर भाषण दे रहा था। पर शादी की बात तो तुम्हीं ने कही थी, मैंने कहा तो घबरा गया। यहाँ रहकर शादी करने को कहा था मैंने, तुम तो...तुम तो...पता नहीं क्या समझ बैठीं।

मैं समझ गई, एक सम्पन्न देश के नागरिक को हिन्दुस्तान चल कर रहने का न्योता देकर मैं उसका अपमान कर बैठी थी। यह सोच लेना कि वह हिन्दुस्तान आ सकता है, आना चाह सकता है, गुस्ताख़ी थी मेरी। क्यों? वह हिन्दुस्तान नहीं आ सकता था पर मैं अमेरिका रह सकती थी। ख़ुशी-ख़ुशी रह सकती थी। मैं क्यों रहूँ अमेरिका में?

नहीं रहूँगी और वहाँ, मैंने तय कर लिया। सब दोस्तों से कह दिया, मैं वापस लौट रही हूँ अपने देश। बप्पा को भी लिख दिया, फ़ौरन टिकट के पैसे भेज दो; मैं लौट रही हूँ अपने शहर, तुम्हारे पास।

बप्पा का जवाबी ख़त इतनी जल्दी आया कि मैं घबरा गई। दोनों देशों की डाक-व्यवस्था एकाएक इतनी सुधर कैसे गई, सवाल-जवाब के बीच थोड़ा सा असमंजस भी बाक़ी नहीं रहा।

मेरी मुस्कराहट ज़्यादा देर तक नहीं टिकी। बप्पा का ख़त पढ़ कर मैं सुन्न रह गई। कृतघ्न, बप्पा ने लिखा था, पढ़ाई बीच में छोड़कर चले आने की वजह? मेरी बेइज़्ज़ती का ज़रा ख़याल नहीं है। लोग क्या कहेंगे, यही न, बड़ा समझते थे अपने को, लड़की से एम.एस. की पढ़ाई तक पूरी न हो सकी। जानती हो शहर में मेरा कितना नाम है, कितने ऊँचे पद पर हूँ आजकल। हर आदमी मुझसे जलता है, मेरी क़िस्मत से रश्क करता है और तुम हो, सब कुछ धूल में मिला देने पर आमादा हो। इतना पैसा ख़र्च करके तुम्हें पढ़ाई पूरी करने अमेरिका भेजा, क्या इसीलिए कि तुम ख़तों में ऊलजलूल बातें लिखती रहो। कभी माँ से अचार-मुरब्बे बनाने की विधि मँगाती हो, कभी चार-चार बच्चे पैदा करने की घोषणा और अब यह वापस आने की धमकी। तुर्रा यह कि पैसे मैं भेजूँ। क्यों? किसलिए? कमा लो ख़ुद। झाड़ू लगाओ, बर्तन रगड़ो, तुम्हारी ज़िन्दगी है, जियो। पर इतना याद रखो कि डिग्री लिए बग़ैर वापस लौटीं तो हमारा-तुम्हारा कोई रिश्ता नहीं रहेगा। फ़िलहाल मैंने तय किया है कि तुम्हारी फ़ीस मैं सीधे तुम्हारे कॉलेज में जमा करवाऊँगा। उसके अलावा जेब-ख़र्च नहीं भेजूँगा। देखता हूँ, कमाने की कितनी ताक़त है तुममें। या शायद कमाने की ज़रूरत ही न पड़े। बेशुमार दोस्त जो हैं तुम्हारी मदद करने को। माँग लेना उन्हीं से पैसे।

ख़त की आख़िरी लाइन मुझे सबसे ज़्यादा कचोट गई। कुछ दिन पहले माँ को जो ख़त लिखा था, उसी के जवाब में तमाचा मारा था बप्पा ने। माँ ने बप्पा को ख़त दिखलाया ही होगा, मैंने मना थोड़े किया था। यहाँ मेरे बहुत सारे दोस्त हैं, मैंने लिखा था, मैं सबको प्यार करती हूँ तुम्हें और बप्पा को भी। माँ, यहाँ रहती हूँ तो मन दुखता है, अपना देश, अपना शहर याद आता है, तुम और बप्पा बहुत। और लौटने की सोचती हूँ तो भी दिल दुखता है। यहाँ मेरे इतने सारे दोस्त हैं, प्यारे-प्यारे दोस्त। मगर माँ, एक बात समझ में नहीं आती। ये लोग प्यार का मतलब नहीं समझते या मेरी अंग्रेज़ी इतनी कमज़ोर है कि अपनी बात इन्हें समझा नहीं पाती। तुमने मुझे अमेरिका क्यों भेजा पढ़ने? करोड़ों लोग अपने शहर में रहकर पढ़ते हैं, मैं उनमें से क्यों नहीं हूँ? मैं तो अपने शहर को उन सबसे ज़्यादा प्यार करती हूँ।

आजकल मैं हरदम यही सोचती रहती हूँ अपने शहर लौट आने पर मुझे ठीक क्या काम करना चाहिए जिसके ज़रिये मैं अपना प्यार ज़ाहिर कर सकूँ। तुम बतलाओ न माँ, क्या करना ठीक होगा ?

उस बात का जवाब भी माँ ने नहीं, बप्पा ने दिया था। उस बार भी ख़ूब ग़ुस्सा हुए थे। तुम अच्छी तरह जानती हो, तुम्हें इस शहर से हटा कर बाहर क्यों भेज देना पड़ा। तुमने मेरी इज़्ज़त, मेरी पद-प्रतिष्ठा का कभी ख़याल नहीं रखा। शहर के सबसे बढ़िया कॉलेज में तुम्हें पढ़ने भेजा और तुम मन लगाकर पढ़ने के बजाय, कृतघ्नों की तरह, राजनीति के गन्दे दलदल में फँस गईं। क्यों ? मुझे ज़लील करने के लिए ही न! पुलिस पकड़ ले जाती तुम्हें तो जानती हो क्या होता ? मुझे नौकरी से इस्तीफ़ा देना पड़ता। शहर भर में बेआबरू हो जाता मैं।

मैंने क्या राजनीति की ? मज़दूरों की झुग्गी-झोंपड़ी बस्तियों में, गली-गली जाकर, नाटक ही तो किया करते थे हम लोग। इसमें ग़लत क्या था ? हम तो ख़ुद सीखना चाहते थे, जानना चाहते थे, गहराई से महसूस करना चाहते थे, वह सब जो किताबों में पढ़ा करते थे। शोषण, भ्रष्टाचार, प्रदूषण, खोखले शब्द भर न रह जाते अगर हम उन लोगों के बीच जाकर उन्हें महसूस न करते, जो इनके असली शिकार थे। नाटक में जो हम दिखाते थे, वह तो उन्हीं की दुनिया थी। उससे अनभिज्ञ थोड़े थे वे लोग। फिर भी अपना झेला मंच पर देखकर, उनके भीतर उससे लड़ने की इच्छा जग जाती थी शायद। यही क़ुसूर बन गया था हमारा। काम भी कितना सा आ पाए हम उन लोगों के। बस, उनकी तरफ़ से कुछ चिट्ठी-पत्री लिख दिया करते थे। ऐप्लीकेशन, दरख़्वास्त, अपील जो तुम कहना चाहो। मुझे ख़त लिखने का कितना शौक़ था। क़ानूनी कार्रवाइयों के नुक़्ते पढ़ कर उन्हें समझाने में भी ख़ूब मज़ा आता था मुझे।

बप्पा, तुम चाहते थे न, मैं मन लगाकर पढ़ूँ क्लास में अव्वल आऊँ, तो बिना इन बारीक़ियों को समझे कैसे पढ़ाई पूरी हो सकती थी। अलग-थलग, सुरक्षित कोनों में बैठे रहकर। फिर यह जुर्म कैसे हो गया ? पुलिस हमारे पीछे क्यों पड़ गई ? तुम्हारा मान-सम्मान आड़े कैसे आ गया ? अच्छा बप्पा, तुम तो प्रशासक हो, सरकारी अफ़सर। तुम्हें सरकार ने इतनी पद-प्रतिष्ठा देकर बहाल क्यों किया ? इसीलिए न कि तुम अपने शहर के लोगों की देखभाल करो। न सही सेवा, सेवा नहीं कहूँगी, तुम्हारे काम को। शब्दों की तानाशाही से वाक़िफ़ हूँ। तुम सेवक नहीं, प्रशासक हो, अफ़सर हो। सेवा न सही देखभाल करने का तो काम है तुम्हारा। मैं तो तुम्हारा ही हाथ बँटा रही थी, फिर मेरी वजह से तुम्हारा अहित-अपमान कैसे हो गया ? क्या इतना बड़ा जुर्म था मेरा कि एकदम देशनिकाला दे देना पड़े ?

मैंने ख़त लिख डाला था बप्पा को।

सोचकर देखती हूँ तो अब तक सबसे ज़्यादा ख़त मैंने बप्पा को ही लिखे हैं। माँ को भी कम नहीं लिखे पर उन्हें एक ही बात समझाने के लिए बार-बार लिखने की ज़रूरत नहीं होती थी। वे मुझसे जिरह या बहस नहीं करती थीं। मेरी बात सुनकर हज़म कर जाती थीं। और बप्पा थे कि उसे चुभलाते-जुगालते रहते थे। मैं जो भी लिखती, माँ का जवाब वही रहता था, तुम ख़ुश रहो, मन लगाकर पढ़ो, ख़ुराफ़ातों में मत पड़ो, तुम्हारे बप्पा को तुमसे बहुत आशाएँ हैं। बेटा-बेटी सब तुम्हीं हो न। अकेली सन्तान। उनकी महत्त्वाकांक्षा तुम नहीं तो कौन पूरी करेगा। मैं तो यही चाहती हूँ तुम और तुम्हारे बप्पा, दोनों ख़ुश रहें और मेरे पास रहें। तुम्हारी बहुत याद आती है। तुम्हारे बिना घर एकदम सूना लगता है। सब दोस्त-रिश्तेदार तुम्हें पूछते रहते हैं। तुम

लौट आओगी तो सबसे मिलवाऊँगी। पढ़ाई पूरी करके, जल्द से जल्द लौटो, इसी इन्तज़ार में, तुम्हारी माँ।

उस बेगाने शहर में कभी-कभी लगता, मैं माँ के ख़तों के इस आख़िरी वाक्य के सहारे जी रही हूँ। मेरा शहर मेरा इन्तज़ार कर रहा है। जल्द से जल्द मेरे लौट आने का। पर समझ नहीं पाती बप्पा की आशाएँ क्या हैं? उनकी महत्त्वाकांक्षा पूरी करने की ज़िम्मेदारी मेरी क्यों है? अगर बप्पा का एक बेटा भी होता, दो-चार और बेटे-बेटियाँ होते तब भी वे इसी तरह अपनी आशाएँ-महत्त्वाकांक्षाएँ उन सबसे पूरी करवाते? बाप रे, तब तो ढेरों महत्त्वाकांक्षाएँ ढोनी पड़तीं उनको। या एक ही महत्त्वाकांक्षा बँट-चुट जाती। एक जोड़ी कन्धों का पूरा बोझा नहीं उठाना पड़ता, सोचते-सोचते हँसी आ जाती थी मुझे।

अकेली जान मैं कब, कहाँ तक तुम्हारी महत्त्वाकांक्षाओं को ढोती फिरूँगी, बप्पा? मुझे ख़ुद को बाँटने दो, देने दो। मैं प्यार बाँटना चाहती हूँ सबके बीच, बहुत है मेरे पास, तुम्हें भी दूँगी, अथाह ख़ज़ाना है, कभी नहीं चुकेगा, सच। और लिख ही तो डाला मैंने ख़त में बप्पा को। बप्पा, यहाँ के पादरी कहते हैं, मैं नन बन जाऊँ, तब मुझे प्यार बाँटने से कोई नहीं रोकेगा। मेरे प्यार के ग़लत अर्थ भी नहीं लगाए जाएँगे। अंग्रेज़ी कितनी भी ख़राब हो मेरी, जीसस क्राइस्ट से सम्बन्ध जोड़ कर मैं सर्वथा मुक्त हो जाऊँगी। बन जाऊँ क्या?

पर कैसे बन सकती हूँ? मुझे बच्चे चाहिए। कम से कम चार। पालने को तो मिल जाएँगे पर अपने पैदा करने की उन लोगों को मनाही है। पर मुझे तो चाहिए। अपने भी। गोद लिये हुए भी। मैं शादी के बाद, बच्चे पैदा करके, बच्चे गोद लेकर, प्यार बाँटते रहना चाहती हूँ बप्पा। समझ में नहीं आता क्या करूँ? तुम बतलाओ न बप्पा, मेरे प्यारे, अच्छे, विज्ञ बप्पा, मुझे बतलाओ, मैं तुम्हें बहुत प्यार करती हूँ फिर भी प्यार बाँटना चाहती हूँ सबके बीच। मुझे बतलाओ यह कैसे सम्भव होगा, मेरे बहुत-बहुत प्यारे बप्पा।

बप्पा का जवाब आया था...नहीं-नहीं, याद करती हूँ तो बर्दाश्त नहीं होता। उसके बाद आए इस ख़त को पढ़ने पर बिलकुल नहीं होता। तब मैंने सोचा था अगले ख़त में बप्पा को मना लूँगी और उनसे एक प्यारभरा ख़त वसूल कर ही लूँगी। कैसे भ्रष्ट लोगों की संगत में पड़ गईं तुम, बप्पा ने लिखा था, ऐसे ऊलजलूल सम्बोधन पिता के लिए प्रयोग नहीं किए जाते, इतना भी ज्ञान नहीं रहा। नन बनोगी तुम! भूल जाओ, शादी की बाबत बात समय आने पर होगी। अभी तुम सिर्फ़ पढ़ाई पूरी करने में दिल लगाओ। समझीं? मैंने अपने एक दोस्त को लिखा है, तुम पर नज़र रखें। पादरियों से मिलने क्यों गईं तुम? आगे से ध्यान रखना, एक बार बचा लिया, इस बार ग़लत सोहबत में पड़ीं तो बचाना मेरे हाथ में नहीं होगा।

एक बार आए थे उनके दोस्त मुझसे मिलने, फिर नहीं। बेचारे मुझ पर क्या नज़र रखते। वे तो ख़ुद नज़र बचाते फिर रहे थे। अपने कारनामों का कोई साक्ष्य नहीं चाहते होंगे। बड़ी उम्र में पहली बार अपना शहर छोड़ बाहर आए थे। पता नहीं कब-कब की कसर निकाल रहे थे। उनके शहर जाकर कोई कह देता तो? मैंने उन्हें बन्धनमुक्त कर दिया। कह दिया, आप जो करते हैं उसमें ज़रा दिलचस्पी नहीं है मेरी। कृतज्ञ हुए बेचारे। नज़रें मुझसे मोड़ लीं। हाय बप्पा, कितना कम समझना चाहते रहे तुम।

इस बार अति कर गए तुम बप्पा। ख़त का जवाब मैंने नहीं दिया। बस, मन ही मन कहा, बप्पा, अब और यहाँ नहीं रहूँगी। तुमने जो कहा है वही करूँगी, झाड़ू लगाऊँगी, बर्तन रगड़ूँगी

और टिकट के पैसे जमा होते ही अपने शहर लौट आऊँगी। कैंपस में मुझे लाइब्रेरी में नौकरी मिल रही थी, कैंटीन में कैश काउंटर पर भी, पर मैंने नहीं की। मैं अपने को उनके शहर में खुला छोड़ देना चाहती थी। विदेशी थी न, विद्यार्थी की हैसियत रखती थी। मुझे बाहर काम करके कमाने की इजाज़त नहीं थी। पर इजाज़त थी किस चीज़ की हम जैसे लोगों को। मैं उन्हीं लोगों से मिलना चाहती थी, जिन्हें समाज इज़्ज़त नहीं देता और इजाज़त नहीं देता इज़्ज़त पाने की कोशिश करने की। उस शहर में भी ऐसे अनेक दूषित कोने थे जहाँ क़ानून की इजाज़त पाकर काम करने के लिए किसी का पूर्वग्रह विशेष था नहीं। वहाँ बसे छोटे-छोटे ढाबों में समाज की जूठन बर्तन जूठे किया करती थी। वहीं मैंने बप्पा का कहा पूरा करना शुरू किया। जूठन की जूठन साफ़ करने का काम आसानी से मुझे मिल गया।

कितनी भी बढ़िया प्लेट क्यों न धोऊँ, मेरा मालिक यही कहता था, प्लेट साफ़ करो। एक दिन मुझे ग़ुस्सा आ गया। साफ़ तो है, मैंने कहा। साफ़ करो, उसने दोहराया। ग़ुस्से में मैं कह उठी, जानते हैं मैं एम.एस. कर रही हूँ। तो ? उसने कहा और खड़ा-खड़ा मुझे ताकता रहा...ताकता रहा...। और कुछ नहीं बोला। वैसे भी वह कम बोलता था। वहाँ सभी कम बोलते थे। इतने दिनों में एक भी हैरी नहीं मिला मुझे। उसके उस एक शब्द के सवाल ने मुझे बेतरह हिला दिया। एक पल के भीतर बहुत सारी बातें मेरी समझ में आ गईं। प्लेट साफ़ करनी है तो प्लेट साफ़ करनी है। मैं क्या हूँ, कौन हूँ, क्या कर सकती हूँ, उससे मतलब नहीं है।

सच कहती हूँ माँ, मैंने माँ को ख़त लिखा, मेरे जैसा प्लेटें धोने वाला तुम्हें पूरी दुनिया में ढूँढ़े नहीं मिलेगा। जब प्लेट धो रही होती हूँ तो लगता है, मैं मैं नहीं प्लेट हूँ। अपने को साफ़ चमकीला बना डालने के अलावा जीवन में कोई ध्येय नहीं है मेरा। न किसी बाधा को मानने को तैयार हूँ मैं। माँ, दोषरहित काम करने के लिए एक जैसी एकाग्रता चाहिए, चाहे पहाड़ पर चढ़ना हो, चाहे प्लेटें धोना। नाराज़ मत होना, मेरी प्यारी माँ, पर प्लेटें धोते-धोते मुझे लगता है मैं बप्पा से ज़्यादा महत्त्वपूर्ण काम कर रही हूँ। मैं ख़ुश हूँ माँ, आजकल बहुत ख़ुश हूँ। एकदम नए तरह के संगी-साथी मिल रहे हैं और मैं सबको प्यार दे रही हूँ। इन्हें ज़्यादा ज़रूरत है न, माँ।

माँ ने वह ख़त बप्पा को नहीं दिखलाया होगा क्योंकि उनकी कोई तीखी प्रतिक्रिया मुझे नहीं मिली। बल्कि कुछ दिनों की चुप्पी के बाद उन्होंने लिखा, पैसों की ज़रूरत हो तो लिख देना। लिखूँगी बप्पा, ज़रूर लिखूँगी। ज़रूरत हुई तो लिखूँगी नहीं ? पर मुझे ज़रूरत है नहीं। इतना भरा-पूरा है सब कुछ। किसी चीज़ की कमी नहीं है तो ज़रूरत कैसे महसूस होगी। पर ख़त नहीं लिखा मैंने बप्पा को; उस दिन के लिए स्थगित रख दिया जब ज़रूरत महसूस करूँगी।

और नहीं, पर एक ज़रूरत मुझे है ज़रूर। वापस अपने शहर लौट जाने की। उसी के लिए कमा कर पैसा जमा कर रही हूँ। पर काम के बीच, इतने लोगों के बीच बँटकर पा रही हूँ कि ज़रूरत कचोटती नहीं, बल्कि दूर से दिखाई दे रहे मंज़िल के दीये की तरह टिमटिमा कर रोशनी देती है।

अच्छा है न माँ, इतने लोगों के बीच बँटकर रहना। माँ, मैंने लिखा, आज मैंने तुम्हारे सिखाए अलीगढ़ी आलू बनाकर खिलाए उन लोगों को। बहुत पसन्द आए सभी को। अरे, आलू के पीछे तो पागल हैं यहाँ के लोग, पर बनाने के नाम पर वही चिप्स या हद से हद बेक कर लिये मक्खन-चीज़ डाल कर। हम लोगों की तरह हर शहर के नाम पर फ़र्क़-फ़र्क़ तरह के आलू बनाना कहाँ जानते हैं ? सच माँ, सोचती हूँ मेरी-तुम्हारी तरह लोग आलू के नाम पर प्यार बाँटना शुरू कर दें तो दुनिया में जंग होनी बन्द हो जाए। ओ माँ, कितना मन है उड़ कर तुम्हारे पास

पहुँच जाऊँ और ऊलजलूल बेवक़ूफ़ी भरी बातें करूँ। तुम्हें बेवक़ूफ़ी से परहेज़ नहीं है न, बप्पा को क्यों है? काश, लोग बेवक़ूफ़ होते और प्यार बाँटा करते। आलुओं की तरह। ओ माँ, इतने स्वाद बने अलीगढ़ी आलू, इतने स्वाद कि मज़ा आ गया। अब फटाफट दमआलू की विधि लिख कर भेज दो। कलकत्ते में खाए थे न लूची के साथ। ख़ूब मसालेदार। कलकतिया आलू। न-न, दमआलू नाम बेहतर है। चलने दो वही। बनाकर खिलाऊँगी इन लोगों को। माँ, तुम सोच नहीं सकतीं, कितने बेबस लाचार क़िस्म के लोग आते हैं यहाँ। दो दिन काम किया और ग़ायब। कोई जेल से छूट कर आ रहा है तो कोई जेल जा रहा है, शराबी, आवारा, गँजेड़ी। ड्रग ऐडिक्ट्स कहते हैं ये लोग। फिर भी गोरी जूठन ख़ुद को काली जूठन से बेहतर समझती है। हँसी आती है। नहीं, रोना आता है। और माँ, कभी-कभी उन लोगों से बातें करते-करते मुझे बप्पा का चेहरा याद आ जाता है और तब मन करता है मैं भी शराब पिऊँ, ड्रग खाऊँ, आवारागर्दी करूँ और इन लोगों के दुख को भीतर से समझूँ।

न-न, घबराओ मत। पैसे ही नहीं हैं मेरे पास वह सब करने के लिए। जो कमाती हूँ ख़र्च कर देती हूँ या बचा कर रखती हूँ एक ख़ास काम के लिए। अभी नहीं बतलाऊँगी किस काम के लिए। एक दिन हैरत में डाल दूँगी तुम्हें, मेरी अच्छी प्यारी, कुछ-कुछ बेवक़ूफ़ माँ।

दमआलू की विधि भेजना मत भूलना। इन्हीं लोगों को खिलाने हैं। कुछ हैं इनमें जो पुरानी लतें छोड़कर दोबारा इनसान बनने की कोशिश कर रहे हैं। भूख मिटाने को बेचारे कॉफ़ी-डोनट का सहारा लेते हैं। उन्हीं को बनाकर खिला देती हूँ कभी-कभी। अपने ढाबे के पीछे गैरेज है, उसी में मिलते हैं हम लोग। हाय, मेरा मालिक ढाबा नाम सुनेगा तो बिगड़ उठेगा। ईटिंग जॉयंट है यह माँ, फ़ास्ट फ़ूड बोनांज़ा। काके दा ढाबा याद है तुम्हें और वह ईरानी होटल? कब देखूँगी मैं उन्हें?

लगता है अब माँ मेरे ख़त बप्पा को नहीं दिखातीं। बप्पा मेरी फ़ीस और उसके साथ कुछ जेब-ख़र्च सीधे कॉलेज भिजवा देते हैं। रसीद उन्हें मिल जाती है। मैं आजकल उन्हें ख़त नहीं लिखती। जब लौटकर जाऊँगी अपने शहर तो ख़ूब समझाकर बात करूँगी उनसे, तुम्हारे पैसों से ही लौटकर आई हूँ बप्पा, तुम्हारे कमाए पैसे या तुम्हारी राय से मेरे कमाए, कोई फ़र्क़ नहीं है न। मुझे लौटना था मैं लौट आई। अब से तुम्हारे जूते मैं पॉलिश किया करूँगी। शीशे से चमका करेंगे। पता है मैं कौन हूँ द ग्रेटेस्ट पालिशर ऑफ़ द वर्ल्ड, द चैंप। प्लेटें चमका-चमका कर एक्सपर्ट हो गई हूँ...पर इन्तज़ार करना है अभी। अभी तो जूठन साफ़ करनी है मुझे। प्लेटों की और समाज की। थोड़े से आलू और थोड़ा सा प्यार बाँट कर।

माँ, अबकी बार, सरसों-प्याज़ वाले आलू-बैगन की विधि भेज देना। तुम्हारे हिसाब से बनाती हूँ तो खाकर सब भौचक रह जाते हैं। गैरेज हमारा वह गुलज़ार होता है कि क्या बतलाऊँ। काके दे ढाबे की याद ताज़ा हो जाती है। एक आत्मा उगने लगती है इस निरानन्द शिविर के अन्दर। और तब मैं दुगुने आनन्द के साथ प्लेटें रगड़ती हूँ, रगड़-रगड़ कर ऐसे चकाचक कर देती हूँ कि तुम्हारा प्यारा-प्यारा साँवला मुँह भी उसमें गोरा बनकर चमके। बप्पा से कहना वापस लौटूँगी तो...नहीं छोड़ो, बप्पा से अभी कुछ मत कहना। मैं ही कहूँगी एक दिन...अच्छा माँ, मेरा कोई पुराना साथी कभी मिला? कभी नहीं मिला? कोई भी? मिला तो होगा। बप्पा ने भगा दिया होगा। माँ, कोई मिले तो कहना...नहीं, रहने दो वह भी। मैं ही कहूँगी एक दिन...

माँ आजकल अपने ख़तों में नसीहतें नहीं देतीं, बप्पा की आशाओं महत्त्वाकांक्षाओं की बात भी नहीं करतीं। जो विधि मँगाती हूँ भेज देती हैं और लिख देती हैं—ख़ुश रहो।

तो क्या माँ मुझे समझ गईं ? काश बप्पा...
समझेंगे एक दिन...
मैं लौटूँगी अपने शहर...

यह क्या हो गया माँ, मैंने मदद करनी चाही थी, निर्मल मन से। क्यों हुआ ऐसा ? मैं बप्पा के आगे हार गई। वह दुखी था। अब भी कहती हूँ दुखी था। पीड़ित व्यथित, बच्चे की तरह। दिशा ढूँढ़ रहा था वह, दिशाहारा नहीं था। जीवन से हताश नहीं हुआ था। लौट आना चाहता था, मेरी तरह। लौटना चाहो और कोई बाँह न पकड़े...माँ, मैंने सोचा मैं उसे लौटा तो नहीं सकती पर लौटने में थोड़ी-बहुत मदद कर सकती हूँ। वह भूखा था, मैं उसे खाना खिला सकती थी। कमज़ोर-बीमार था। सोने के लिए सिर पर छत और बिस्तर दे सकती थी। सोचा था, एक-दो दिन आराम करेगा, भरपेट खाएगा तो निराशा पर विजय पा लेगा। जाएगा तो ज़िन्दगी जीने की भरपूर लालसा लेकर। पर...वह ड्रग खाता ज़रूर था, कुछ समय पहले, हाँ ड्रग ऐडिक्ट था वह। इसीलिए माँ-बाप ने घर से निकाल दिया था। कहा था हमारी अपनी भी ज़िन्दगी है। तुम्हारी मजबूरी पर पूरा परिवार क़ुर्बान नहीं हो सकता। उसने आत्महत्या नहीं की, हथियार नहीं डाले, जूझा अपने से, ड्रग छोड़ने की कोशिश की, और आख़िर सफल भी हो गया। अब तो बस भूखा था, नौकरी की खोज में निकला बेकार था और भविष्य से डरा हुआ था। मैंने सोचा मैं उसकी मदद कर सकती हूँ, करनी चाहिए मुझे। वह लौटना जो चाहता था...

मैं उसे कॉलेज के अपने कमरे में ले आई। तुम्हारा सिखाया कढ़ी-चावल बनाकर उसे खाने को दिया। उसने खाया माँ, भरपेट खाया, शौक़ से, ख़ुश होकर। खाकर सोने की तैयारी करने लगा। फिर...माँ, कैसे वहशी हैं यहाँ के लोग। नहीं, बीमार, मन से, आत्मा से बीमार। उसने कहा, फिर लाई किसलिए थीं तुम मुझे अपने कमरे में। माँ, अब और यहाँ नहीं रह सकती मैं। अपने शहर लौट रही हूँ, जब सामने हूँगी, समझ लेना मैं आ गई।

माँ ने अपना जवाब ख़त में क्या लिखा मैं नहीं जानती। वह ख़त मैंने उन्हें भेजा ही नहीं। लौटकर अपने कमरे में भी नहीं गई। कोई ख़त आया भी होगा तो पड़ा होगा। बप्पा का भेजा जेब-ख़र्च मेरे खाते में जमा होता रहा था। निकाल लिया। अपना पैसा भी कुछ जमा हो चला था, वह भी। मैंने अपने शहर लौटने के लिए टिकट ख़रीद लिया। अब जो होगा वहीं पहुँचकर।

मैं शाम के वक़्त अपने शहर में उतरी। जानबूझकर मैंने उस फ़्लाइट का टिकट लिया था जो शाम को मुझे अपने शहर पहुँचाती थी।

हर शहर की एक आत्मा होती है, जो शाम के गहराते झुटपुटे में ही इनसान की पकड़ में आ सकती है। दिन का उजाला बड़ा बेदर्द होता है। हर नक़्श को इस सफ़ाई से उभार देता है कि हम उसके बारीक कटाव-छँटाव को ही देखते रह जाते हैं। शहर की तब अपनी अलग कोई पहचान नहीं होती। वह दुनिया का एक बेनाम हिस्सा भर होता है, ईंट-गारे से चिना, गली-कूचों में बँटा, शोर-शराबे से घिरा, भीड़ भरा हिस्सा। शाम के बाद जब धीरे-धीरे रात उतरती है तो थकान से चूर जिस्म चुप हो जाते हैं। तब गहराते अँधेरे और सन्नाटे में शहर की आत्मा की महीन आवाज़ कानों तक पहुँच सकती है। पर उससे भी पहले, एक छोटा सा वक़्त का टुकड़ा वह होता है, जब शाम का झुटपुटा शहर के तीखे कोनों पर कूँची फेर देता है। धुँधले होकर वे एक-दूसरे में बिला जाते हैं। कुछ देर को शहर की अखंडित तस्वीर हमारी आँखों

के सामने झिलमिलाती है। वही वक़्त होता है उसे पहचानने का, उसकी आत्मा की एक झलक पाने का। फिर रात घिर आती है और शहर की आवाज़ इतनी धीमी और महीन हो जाती है कि चाहने पर भी उसे पकड़ने की कोशिश, बहुत मुमकिन है, नाकाम हो जाए।

अब जाकर मेरी समझ में आया था अपने शहर से इतने दिनों तक दूर रहकर, कि बचपन में मुझे धुंध भरे दिन अच्छे क्यों लगते थे। तब मैं सोचती थी शायद इसलिए कि जब दूर तक कुछ साफ़ दिखलाई नहीं देता तो यह सोच लेना आसान होता है कि वहाँ दूरी पर कुछ बहुत ख़ूबसूरत छिपा हुआ है। हालाँकि इस डर से भी मैं आज़ाद नहीं हो पाती थी कि सूरज की रोशनी में वह ख़ूबसूरती बदसूरती बनकर उजागर होगी। पर वह बचपन की सोच थी। बातें इतनी सीधी साफ़ कहाँ होती हैं। सवाल ख़ूबसूरती-बदसूरती का है ही नहीं। सत्य कटु हो सकता है, असुन्दर नहीं। पर सत्य ठोस सच की परत के नीचे छिपा रहता है। सूरज की रोशनी में ऊपर का सच इतना धारदार मालूम पड़ता है कि सत्य के दर्शन नहीं हो पाते। शाम का धुँधलका जिस्म के उन कटावों को ढक देता है जो आँखों को भरमा कर आत्मा तक पहुँचने नहीं देते। शायद इसीलिए गुज़रे ज़माने में औरतें परदा किया करती थीं।

उतरी तो मैं शाम ही के वक़्त अपने शहर में पर...यह क्या हो गया मेरे शहर को! नहीं, यह मेरा शहर नहीं। या फिर यह शाम का वक़्त नहीं। मैं जहाँ से चली थी, परसों सुबह या कल रात, वहीं हूँ अब भी, कहीं और पहुँची नहीं। कुछ घंटों का समय खो जाता है न वहाँ से यहाँ के सफ़र में। दिन बनी रात को वहाँ से चली थी और दिन बनी रात को यहाँ हूँ। सुबह उगी ही नहीं बीच में। न शाम का धुँधलका गहराया कहीं। मशीनी उजाले का सन्नाटा छाया था वहाँ और...यहाँ भी? हर एक फ़ुट के फ़ासले पर खड़े बिजली के बल्ब तीखी पीली रोशनी फेंक रहे हैं। ऊँची-ऊँची इमारतें, ठेलमठेल, मोटरगाड़ियाँ, हड़बड़ाये लोग, निस्संग, असम्पृक्त। सचमुच क्या मैं अपने शहर में हूँ? झींगुर सी महीन आवाज़ में भी तो नहीं पुकार रही इस शहर की आत्मा मुझे।

नहीं, यह मेरा शहर नहीं। यह मेरी आत्मा का संगी नहीं, मेरी याददाश्त का सहारा नहीं। रात से रात तक का सफ़र करके मैंने सुबह खो दी और शाम को दोपहर में तब्दील कर लिया। यह क्या हो गया मेरे शहर को?

बदहवास मैं हवाई अड्डे से बाहर आई और टैक्सी में बैठ गई। बूढ़े ड्राइवर से कहा, शहर से दूर जाने वाली किसी भी सड़क पर गाड़ी मोड़ ले। उसने सवाल नहीं किए। गाड़ी अँधेरी सड़क पर बढ़ा दी। अमेरिका से लौट रहे ग्राहकों से होशियार व्यापारी सवाल नहीं किया करते।

पता नहीं कितनी देर मैंने सफ़र किया। रात मुझ पर हावी होने लगी। न जाने कब मेरी आँख लग गई। और तभी नीम बेहोशी में मैंने महसूस किया कोई धीमे से मुझे आवाज़ दे रहा है। झींगुर सी महीन आवाज़ में। बिना चौंके मैं जग गई। समझ गई कि शाम के धुँधलके में इस शहर की आत्मा जिस्म के खोल से बाहर निकल आई है और मुझसे कुछ कहना चाह रही है।

सड़क के किनारे एक विशाल पर एकाकी इमारत दिखी। चारों तरफ़ नुचा हुआ बाग़, बंजर ज़मीन, ठूँठ हुए पेड़। लुटा-पिटा एक अभिशप्त बग़ीचा। न खुले जंगल सा भव्य, न निजी बाग़ सा सजा-सँवरा। मुझे लगा वह चिरौरी करती आवाज़ उसी इमारत के इर्द-गिर्द मँडरा रही है।

मैंने गाड़ी रुकवा ली। ख़ुद उतरी और सामान भी उतरवा लिया। इमारत का नाम पूछा तो शहर का भी पता चल गया। रात के पहरेदार ने बतलाया कि इमारत में कभी भूतपूर्व युवराज का महल था, अब होटल है नाम का। रहने नहीं आते वहाँ लोग। इक्का-दुक्का यात्री, वह भी कभी-कभी। जैसे आज मैं। और भूतपूर्व युवराज, पूछने की देर थी कि याददाश्त बाँध तोड़ हरहरा उठी। बीते दिनों के कोलाहल ने महीन आवाज़ को दबा दिया।

जानतीं नहीं आप। सन् 1975 में सरकार ने उन्हें बन्दी बनाने के लिए महल का घेरा डाला था। समर्पण करने से इनकार जो कर दिया था हमारे युवराज ने। शहर का कोई अफ़सर उनकी गिरफ़्तारी लेने को तैयार नहीं था। राजधानी से आई थी पुलिस और घेर लिया था महल को।

सन् 1975 में? हाँ, कुछ तारीख़ें ऐसी होती हैं कि बिना कहे सब कुछ समझा देती हैं। शहरों की तरह तारीख़ों की भी आत्मा होती है। वही साल तो था जब बप्पा ने मुझे देशनिकाला दिलवाया था। इस शहर का भूतपूर्व युवराज और राजधानी की सरकार, एक ही देश के नागरिकों के प्रतिनिधि थे पर कौन नागरिक है, कौन नहीं, तय करने का अधिकार मेरे बप्पा जैसे लोगों के हाथों में था उन दिनों। तभी न मुझे निकाल बाहर किया गया था। आपातकाल था वह मेरे लिए और भूतपूर्व युवराज के लिए जो तब सांसद था विपक्ष का।

उसे घेर कर अपने ही महल में क़ैदी बना डाला गया था। पर वह क़ैद में रहा कहाँ? बन्द कमरे के भीतर पिस्तौल कनपटी पर रख मुक्त हो गया। क्या उसकी आत्मा शहर की आत्मा में मिल गई या इस अभिशप्त महल के अन्दर सिर धुनती भटक रही है? बूढ़े पहरेदार के लिए युवराज ही शहर था पर मैं जानती हूँ ऐसा नहीं है। फिर भी सन् 1975 में शहीद हुए लोगों की आत्मा की आवाज़ सुनने से मैं इनकार नहीं कर सकती थी। जिस्म के कठघरे में क़ैद मैं कहाँ-कहाँ तो भटकी हूँ उसी साल की वेदी पर अपनी आत्मा का बलिदान देने से इनकार करके। आत्मा क्या मैं यहीं छोड़ गई थी? नहीं, मेरे जिस्म में और मेरे शहर में, दोनों जगह बँट-बँटकर भटकती रही थी मेरी आत्मा। सुनूँ तब, एक बार कान लगाकर सुनूँ। भूतपूर्व युवराज और उस समय के सांसद की आत्मा की आवाज़ क्या कहना चाह रही है।

बूढ़े पहरेदार की कहानी के ख़त्म होते ही मैं उस कमरे के पास जा पहुँची जहाँ उसने क़ैद और मुक्ति दोनों प्राप्त की थीं। दरवाज़े पर ताला लगा हुआ था पर शीशे से भीतर झाँककर देखा जा सकता था। उस अभिशप्त महल में अब भी कोई रोज़ आकर कमरा सँवार जाता था। साफ़, तरतीब भरा रख-रखाव था, बिस्तर पर बिखरे ताज़े फूल, दीवार पर युवराज की आदमक़द तस्वीर। सब कुछ था पर युवराज की आत्मा वहाँ नहीं थी। शाम के धुँधलके में भी उसने मुझे नहीं पुकारा। पर मुक्त भी नहीं किया पूरी तरह। दूर कहीं से, हलके सुर में कोई मुझे पुकार कर हिस्सेदारी की माँग करता रहा।

मैं आँखें बन्द करके महल के सूखी घास भरे अहाते में बैठ गई। अँधेरा और सन्नाटा गहराता गया और उसी के साथ मुझे पूरी कहानी याद आ गई। जैसी उन दिनों सुनी थी। बाहर भेजे जाने से पहले, पूरी की पूरी।

उसे घोड़े पालने का ख़ब्त था। रेस के घोड़े। महल के पीछे स्टड फ़ार्म हुआ करता था, जहाँ वह घुड़दौड़ के विजेता तैयार करता था। पुलिस के घेरा डालने पर उसके वे नायाब घोड़े बिला दाना-पानी दम तोड़ने लगे थे। वही तुरुप चाल थी राजधानी की। घोड़ों की ज़िन्दगी समर्पण

न करने की शर्त बन गई थी। तभी उसने कनपटी से पिस्तौल सटा दी थी। उसके मरते ही घेरा हटा लिया गया था। पानी की सप्लाई खोल दी गई थी। रसद अन्दर जाने लगी थी। घोड़े बच गए थे। अपनी नालों समेत।

हाँ, ध्यान से सुना मैंने। उन्हीं घोड़ों के नाल जड़े पैरों की आवाज़ थी वह। वहीं अस्तबल के आसपास भटक रही होगी उसकी आत्मा। अँधेरे में बिना राह टटोले, उसी के सहारे मैं बढ़ती चली गई। मुश्किल नहीं था उस सुनसान सन्नाटे में आवाज़ को सुन पाना। पैरों की थपक धीमी ज़रूर थी पर रात के सन्नाटे में अकेले होने के कारण, चोट ज़ोरदार करती थी। कानों पर, दिमाग़ पर और दिल पर।

सुनो, आओ, इधर मेरे क़रीब आओ। मेरी कहानी सुनो। अनकही कहानी समझने की ताब है तो आओ। इसी ध्वनि के सहारे चली आओ। रास्ता पैरों के नीचे की ज़मीन भर नहीं, पहचान माँगता है। तुम्हारे रास्ते की पहचान यह ध्वनि है मेरे पदचाप की।

सुनो...थप-थप, टप-टप, ठप-ठप, ठक-ठक, कहाँ से कहाँ पहुँचा दी तुम लोगों ने ध्वनि मेरे पदचाप की। तुम समझ पाओ शायद...शायद नहीं...शायद...शायद नहीं...शायद...

ठक-ठक, ठप-ठप, टप-टप, थप-थप...थपक खो क्यों गई ठक-ठक में? पदचाप बँध क्यों गई नालों में?

मैं घोड़ों तक पहुँचने से पहले ही बहुत कुछ समझ चुकी थी। शाम का धुँधलका अब पूरी तरह रात के एकछत्र अँधेरे में बदल चुका था। वहाँ तक पहुँचने से पहले ही मैं उस ध्वनि को पहचान गई थी, सीखचों से घिरे, बाड़ों में बन्द धावक घोड़ों के पैर पटकने की आवाज़ ही नहीं, उसमें छुपी कसक को भी।

दौड़ने की क्षमता अथक थी। पर दौड़ लगाने के लिए खुला जंगल नहीं था, मैदान नहीं था। बँधा-बँधाया ट्रैक था और थी मालिक की चुमकार, दाँव लगाने वालों की आशा-निराशा और जुआरियों का जुआ ढोने वाले नाल जड़े पैर। खड़े-खड़े एक जगह दौड़ लगाने का मायाजाल पैदा करके अपनी तृष्णा शान्त कर रहे थे।

पहले बाड़े के सामने ही मैं ठिठक कर खड़ी हो गई। आवाज़ के साथ ऊँचे सफ़ेद अरबी घोड़े की दृष्टि ने मुझे बाँध लिया। दौड़ लगाते वक़्त आँखों पर परदे डले रहते हैं, इस वक़्त देखने के लिए मुक्त थीं। जंगल और मैदान के आख़िरी छोर पर नज़रें गड़ा कर मनचाही दौड़ लगाने के लिए फिर भी नहीं, मेरी तरह। प्यार बाँटने वाले हाथों से मैंने उसका चेहरा दोनों तरफ़ से थाम लिया। सिर पर हाथ फेर पाने लायक़ ऊँचाई मुझे ख़ुद में मिली नहीं, आँखों से आँखें मिला पाई, यही बहुत था।

तुम ग़लत थे, बीते हुए कल के युवराज। ख़ुदकुशी करके तुमने अपने अहम् को बचाया, घोड़ों को नहीं। तुम्हें अपने घोड़ों से प्यार नहीं, उनका मालिक होने पर नाज़ था। इसीलिए तुम्हारी आत्मा की आवाज़ इनके पैरों की ठक-ठक के बीच खो गई है। बेहतर होता अगर तुम इनके बाड़ों के सीखचे तुड़वा देते, इनके पैरों से नालें उखड़वा लेते, इन्हें आज़ाद छोड़ देते, अपना-अपना जंगल और मैदान ढूँढ़ने, तय कर पाने के लिए।

उस अरबी घोड़े का चेहरा हाथों में पकड़ उसकी आँखों में आँखें गड़ा कर मैंने अपने पैरों को झाड़ा, ठीक किसी रेस के घोड़े की तरह। हलके से चौंककर घोड़े ने मेरी तरफ़ देखा। मेरे आँसुओं की झिलमिलाहट उसकी आँखों के कोरों में उतर आई।

नहीं, उसने मुझसे कहा, तुम्हारे पैरों में नाल नहीं ठुकी, तुम अब भी आज़ाद हो। रेस में मत दौड़ो, भाग जाओ। रेस शुरू हो उससे पहले भाग जाओ। भाग जाओ, एक और आवाज़ उसकी आवाज़ से आ मिली। नाल ठुके पैरों के आघात से रौंदी धरती से उठकर चारों तरफ़ फैल गई। समय रहते भाग जाओ, रेस से बाहर हो जाओ वरना मेरी तरह झूठी आज़ादी के मोहपाश में बँध कर, कनपटी पर पिस्तौल रख गोली चला लेनी पड़ेगी। या प्रगति की भूलभुलैया के बीच खड़ी, किसी गगनचुम्बी इमारत की सबसे ऊपरी मंज़िल से कूद कर शरीर का मलबा बना डालना होगा।

नहीं, उसी क्षण मैंने निर्णय ले लिया, यह नहीं होगा। तुमने मुझे चेताया, तुम्हारी शुक्रगुज़ार हूँ। सिर्फ़ तुम्हारी नहीं, उनकी भी जिन्हें मैं अपना अपराधी मानती रही हूँ। सब मुझे चेता रहे थे, अपने शहर वापस जाने को उकसा रहे थे। उस शहर को नहीं जहाँ से मैं पहले-पहल चली थी। पर उस शहर को, जो मेरे शहर की भटकती आत्मा सँजोये बैठा था। मैं उस शहर में पहुँच गई। अब मैं हारूँगी नहीं और न भागूँगी निरर्थक रेस में।

एक बार घोड़े के माथे पर अपना सिर सहला कर मैं वापस मुड़ गई।

और जो हो, मैं याद रखूँगी मेरे पैरों में नाल नहीं ठुकी, मैं खुले मैदान में दौड़ सकती हूँ। अपना रास्ता चुन सकती हूँ। रेस के ट्रैक पर दौड़ना लाज़िमी नहीं बना सकता कोई मेरे लिए। मैं आज़ाद रखूँगी ख़ुद को उन लोगों के साथ रहने के लिए, जो रेस में शरीक होने लायक़ नहीं हैं।

बप्पा, तुम फ़िक्र मत करना, कोई नहीं जान पाएगा मैं तुम्हारी बेटी हूँ। अपनी जवाबदेही से मैंने तुम्हें मुक्त किया। और ख़ुद को तुम्हारा स्वीकार पाने की लालसा से। माँ, तुम्हें प्रणाम। पर यह ख़त तुम्हें नहीं भेजूँगी। तुम न जानो तो अच्छा है कि मैं अपने शहर लौट आई हूँ। और ख़त भी नहीं लिखूँगी। ख़त लिखने की मेरी ज़रूरत आज ख़त्म हो गई। यह मेरा आख़िरी ख़त है। इसे फाड़ूँगी नहीं। आख़िरी वक़्त आने पर अपने शहर के नाम छोड़ जाऊँगी। उस शहर के नाम, जो मेरा अपना नहीं था पर जिसमें मेरे शहर की आत्मा ज़रूर थी।

(1990)

मीरा नाची

धारोधार बारिश के बाद धूप निकली थी। चटकीली-चमकीली। हवा भी चल रही थी। बरस लेने के बाद की। साफ़। तेज़-तेज़। वैसी नहीं जैसे झड़ी लगने से पहले चली थी। उठती-गिरती साँस की तरह। चलने भर की ख़ातिर। उमस जस की तस। दो-चार लम्बी साँस भरो तो भर लो, रह-रहकर, जब-जब दुपट्टे का छोर हिले।

अब हवा रो लेने के बाद की तरह धुली और स्वच्छंद थी। पेड़ों की फुनगियाँ यूँ नाच रही थीं कि जड़ें ज़मीन में गहरे धँसी न रहतीं तो आसमान में उड़ जातीं।

मैं अपनी छत पर गीले कपड़े फैला रही थी। धूप निकल आने का मेरे लिए यही मतलब था। कपड़े धो लिये, छत पर फैला दो। बारिश में कपड़े भीग गए, अन्दर कर लो। सूरज निकल आया, दोबारा बाहर डाल दो। कपड़े सूख गए, उठा लो। चलो, इस बहाने रोज़ दो बार छत पर जाना तो मिलता था। औचक फुहार पड़ जाए तो एक-दो बार और।

कपड़े डालते-उठाते मैं ठिठक कर इधर-उधर देख लिया करती थी। सामने वाले मकान की बरसाती ठीक नज़र की सीध में थी। उसकी खिड़की से एक मेज़-कुर्सी दीखती थी। वहाँ एक लड़का बैठा हमेशा पढ़ता रहता था। सुबह हो, शाम हो। कभी मैं देर से ऊपर जाती। देर क्या, कभी बादलों की वजह से अँधेरा जल्दी गहरा जाता तो मेज़ पर लैंप जला रहता। तब वह मुँह पर पड़ रही सीधी चमकीली रोशनी में पढ़ता दीखता। अरे, यह क्या हर वक़्त पढ़ता ही रहता है? कुछ और नहीं है करने को इसके पास?

आज मैं कपड़े डाल लेने पर नीचे नहीं उतरी। छत पर पड़ी खाट पर पसर गई। माँ मन्दिर गई हुई थीं न। ढेर सारे काम बतला कर। बर्तन रगड़ कर माँजना, कड़ाही में कलौंछ छोड़ी तो देखना, दाल पका लेना, चावल चुग कर भिगो देना, सब्ज़ी काट कर रखना, मैं आकर देखूँगी, अभी चढ़ानी है कि शाम को। कपड़े धो कर धूप में डाल देना पहले, पता नहीं कब तक रहे। और अचार को धूप दिखा देना, समझी। आज स्कूल में छुट्टी है। कल सालाना जलसा था, उसकी ख़ुशी में। स्कूल की लड़कियाँ बाहर घूमने जाने की तैयारी में होंगी। मुझे तो माँ ने जलसे में भी नहीं जाने दिया था।

सारा काम वैसे ही पड़ा था, बस कपड़े धुले थे। कर लूँगी, पाँच मिनट आकाश देख लूँ। कैसा खुला नीला आसमान है, उस पर बतखों से तैरते हलके-फुलके सफ़ेद बादल। बरसने वाले नहीं, बरस लेने के बाद वाले। दो-चार बूँद बचा पानी भीतर समेटे, हवा के साथ उछल-कूद मचाते बारिश के बाद भागते हुए आते हैं; शैतान बच्चों की तरह, जो हमेशा देरी से स्कूल पहुँचते हैं। भागते-दौड़ते आने पर भी, प्रार्थना की पंक्तियों तक समय रहते नहीं पहुँचते और रोज़ सज़ा पाते हैं। पर जाने किस मिट्टी के बने होते हैं कि मस्त रहते हैं। अगले दिन फिर

उसी तरह, रास्ते में पड़े कंकर से खेलते आगे बढ़ते हैं, और स्कूल देरी से पहुँचते हैं। सब कहते हैं कुछ नहीं बनेगा तुम्हारा, बड़े होकर आवारागर्दी करोगे। आवारागर्दी में क्या मौज है, मैं क्या जानूँ। वे जानते होंगे, तभी न करते हैं।

लड़कियों से नहीं कहता कोई। कहते हैं, पढ़-लिख लो वरना कोई ढंग का लड़का नहीं मिलेगा। सारी उम्र हमारी छाती पर मूँग दलोगी। पढ़-पढ़ कर थक जाओ और सुस्ताने को ज़रा बिस्तर पर अधलेटे हो जाओ तो कहेंगे, अहदन हो जाओगी तो कौन पूछेगा ससुराल में। आजकल के लड़के पतली-छरहरी लड़की चाहते हैं, मुटा गई तो ढंग का लड़का...

ढंग का लड़का। जैसे सामने वाला? हर वक़्त पढ़ता रहता है भौंदू। आवारा बादलों से नज़रें हटा कर मैंने सामने खिड़की पर डालीं। बैठे पढ़ रहे होंगे बेचारे किताबी कीड़े, हमेशा की तरह।

यह क्या। वह तो छत की मुँडेर के पास खड़ा नाच रहा था। बारिश में मोर नाचते हैं, नई धुली धूप में पागल। हाय बेचारा। पढ़-पढ़ कर पगला गया। कहीं कूद कर मेरी तरफ़ न आ जाए। मैं झपट कर उठ बैठी। ख़याल आया, ऐसे उसे दिखाई दे जाऊँगी। फिर चित हो गई। नहीं, कूद कर यहाँ कैसे आएगा, दोनों छतों के बीच पूरी गली का फ़ासला है। लेटे-लेटे फैला आसमान दीखता तो बाक़ी दूरियाँ दिखनी बन्द हो जाती थीं।

मैं उठकर बैठ गई। हाय, क्या नाच था उसका। पेड़ों की डालियाँ जैसे एक तरफ़ झुकतीं, वह भी झुकता। फुनगियाँ सिर झटक कर सीधी होतीं, वह भी होता। हाथ गोल-गोल घुमाता जैसे बलैयाँ ले रहा हो। फिर आगे फेंक देता, फेंकता ही जाता। पैरों में थिरकन आ जाती।

तत ताताथेई तथेई तथेई। थेई ताताथेई तथेई तथेई।
थेई तातातत ततत ततत। थेई तातातत ततत ततत।
तत ताताथेई तथेई तथेई। थेई ताताथेई तथेई तथेई।
तथेई तथेई थेई तथेई। तथेई थेई तथेई तथेई।
फिर गोल-गोल चक्कर।
तिगधाऽऽऽ तिग। धाऽऽऽ थेई तिगधाऽऽ
तिगधाऽऽऽ...थेई तत तत। धाऽ तिर किट...कत।

मुझे चक्कर-टुकड़ों का क्या पता। मैंने कौन कथक सीखा है। स्कूल में क्लास लगती थी, पढ़ाई ख़तम होने पर। मेरे साथ की लड़कियाँ सीखती थीं। मेरा कितना मन करता है नाचने को। पूछने पर माँ ने चोटी खींचकर उखाड़ ही दी थी समझो। नाच सीख कोठे पर बैठेगी करमजली। बाक़ी लड़कियाँ सीखती थीं तो पाँच-दस मिनट रुक कर देख लेती थी। सुनकर कुछ बोल रट गए थे। ये सब झट याद हो जाता है मुझे, पढ़ाई के नाम पर गोल। कल के जलसे में प्रोग्राम था उनका, रोज़ घर पर रियाज़ करती थीं। बस एक दिन देखा था मैंने। माँ को मेरा इसके-उसके घर जाना पसन्द नहीं था। कल जलसे में भी...

बादलों में कुलबुलाती छोटी बुंदकियाँ बाहर छिटक ही आईं। बालों पर गिरीं तो गिरीं, आँखों की कोरों पर भी टिक रहीं। जाने दो।

देखो तो कैसी मस्ती में नाच रहा है सामने वाला पढ़ाकू। एक बात मैं जानती हूँ, यह जो कर रहा है, कथक नहीं है। यह तो अपनी मौज में, जैसे मन आए, नाच रहा है।

मैं भी नाचूँ? यहाँ कौन देखेगा? मैं हौले से छत पर उतरी। नहीं, पैरों की धमक कहीं माँ ने सुन ली; अपनी धुन में उनके लौटने का पता भी नहीं चलेगा, सिर क़लम कर देंगी। छत पर किसे रिझाने को नाच रही थी रांड!

यह किसे रिझाने को नाच रहा है? मैं ठिठकी खड़ी रह गई। कहीं इसने मुझे देख तो नहीं लिया। मिश्रा बहन जी कहती थीं, रिमझिम होने पर मोर भी मोरनी को रिझाने को ही नाचता है। माँ के सामने मुँह से निकल गया था तो एक करारा झापड़ रसीद किया था मुँह पर। यही सब पढ़ने जाती हो स्कूल।

गाँव में थे तो ठीक था। शहर से पिताजी पैसे भेज देते थे। मैं गाँव की पाठशाला में पढ़ती थी तो औरों से अव्वल रहती थी, यहाँ की तरह फिसड्डी नहीं। फिर पता नहीं क्या हुआ, पैसे आने बन्द हो गए थे। माँ रोयी-कलपी थीं, इस-उस से पिताजी का हाल पता किया था। और एक दिन पता दिये बिना, मुझे लेकर शहर चली आई थीं। दोनों के बीच जो महाभारत हुआ, क्या बतलाऊँ। पिताजी ने माँ को घर से बाहर धकेल दिया। साथ मुझे भी। घर में ताला डाल कर चले गए। माँ मुझे लेकर बरामदे में डटी रहीं, भूखी-प्यासी। मेरे तो प्राण ही निकल गए थे भूख के मारे। पड़ोस में मिश्रा टीचर रहती थीं, मुझे रोते सुना तो अपने घर ले जाकर खिलाया-पिलाया। माँ ने नहीं खाया। अनशन किए बैठी रहीं। तीन दिन बाद पिताजी आए तो पड़ोसी थू-थू करते मिले। माँ भूख से अधमरी और मैं डर के मारे। सिर पीट उन्होंने दरवाज़ा खोल दिया और हमें अन्दर कर लिया। कुछ दिन ऐसे ही चला, रोते-झींकते, गाली-गलौज सहते। फिर ठीक हो गया। या हमें आदत पड़ गई। मिश्रा टीचर ने मुझे स्कूल में भरती करवा दिया। पिताजी को छोड़ माँ मेरी चौकीदारी में लग गईं। उनका बस चले तो घर से बाहर क़दम न रखने दें। स्कूल तक न जाने दें। पर तब ढंग का लड़का नहीं मिलेगा न।

ओ राम, मरेगा क्या। यह तो नाचते-नाचते पानी की टंकी पर जा चढ़ा। अब और मुस्तैदी से हाथ चला रहा है। सिर उठाकर आसमान में क्या ताक रहा है? अरे नीचे देख नीचे। बित्ते भर की टंकी है, बेख़याली में पाँव फिसल गया तो सिर के टुकड़े हो जाएँगे। तीन मंज़िल ऊपर है पागल! हाय, कैसे सधे पाँव रख रहा है, मरा, मुँडेर तक आता है और पलट लेता है, नाचते-नाचते। मेरा दिल मुँह में आ जाता है। इसे तो घना अभ्यास है रे नाचने का, हर वक़्त तो किताब में सिर घुसेड़े रहता था, रियाज़ कब किया? मैंने तो पहले कभी देखा नहीं इसे नाचते। छह महीने से देख रही हूँ बराबर, बरसाती में घुसा पढ़ता रहता है। उससे पहले उसमें एक अधेड़ पति-पत्नी रहते थे। औरत छत पर बैठी कुछ न कुछ चुगती-बीनती रहती थी। पता नहीं कपड़े कब धो कर डाल देती थी, छत पर बँधी डोर पर लटके फरफराया करते थे, हवा भरे गुब्बारों से। माँ मेरा कान पकड़कर दिखला जाती थीं, देख, कमज़ात, ऐसे फैलाए जाते हैं कपड़े, दोनों सिरों पर चुटकी लगाकर। मैं फैलाती तो कभी डोर कम पड़ जाती कभी चुटकियाँ। उसके हवा भरे कपड़े मुझे बड़े प्यारे लगते थे, फूँक मारो तो आसमान में उड़ जाएँ। तेज़-तेज़।

जैसे इसका नाच तेज़ होता जा रहा है हर पल। कूद-कूद कर हाथों को फिरकी जैसे घुमाए चला जा रहा है। ऐसे तो गाँव में लड़के पतंग उड़ाया करते थे। लो, मैं भी एक बुद्धू हूँ। पतंग ही तो उड़ा रहा है। माँझा-पतंग दिख नहीं रहे इसी से लगा, हवा में नाच रहा है।

है कहाँ पतंग? उधर होगी, पश्चिम में। वह उधर ही ताके जा रहा है। पर कहाँ? किधर? मैंने गर्दन उठाकर ऊपर आसमान में ताका, देर तक, उधर, जिधर वह देख रहा था। कुछ नहीं

मिला। मैं आगे बढ़ी। अपनी छत की मुँडेर पर आकर नीचे झुकी, पंजों पर खड़े होकर झाँका। सूरज की चौंध से बचाव करने को हाथ की आड़ लेकर घूरा, कहीं कुछ नहीं दिखा।

कहाँ है पतंग ? कैसी है ? किन-किन रंगों की ? हाय, पतंग उड़ाने में कितना मज़ा है। हरिया के बापू कहते थे, झींसी में पतंग न उड़ाई तो जन्म अकारथ। पर लड़कियों को कहाँ मिलती थी उतनी छूट। खुले मैदान में खड़े होकर, उतने ही खुले आकाश में पतंग के साथ ऊपर उठते जाने की। बहुत हुआ तो छींट-छींट पड़ती बुंदकियों के नीचे, बँधी-बँधाई पेंग भरकर झूल लो बस। माँ मुझे घसीट कर भीतर कर लेती थीं, पर मैं मौक़ा देख भाग जाती थी। पड़ोस के हरिया के साथ, चुपचाप खेतों के पार जाकर पतंग उड़ाती थी। माँ को पता ही नहीं चलता था। चल भी जाता तो झिड़क भर देती थीं। तब ऐसे मारा नहीं करती थीं, वहाँ गाँव में, न कोस-कोस कर ताने देती थीं, जैसे यहाँ देती हैं। रंडी बनेगी तू भी उसकी तरह, ग़ैर मर्दों को रिझाएगी। किसकी तरह, पूछा था सिर्फ़ एक बार। माँ ने वह धुनाई की थी कि पड़ोस की मिश्रा टीचर को आकर बचाना पड़ा था।

क़सम धरा ली थी माँ से कि अपनी खीज मुझ पर नहीं उतारेंगी। वैसी भयानक पिटाई फिर उन्होंने नहीं की। पर कभी-कभी लगता है, ज़बान की मार से हाथ की मार भली। उस पर हर वक़्त की चौकीदारी। छत पर अकेले इसलिए जाने देती हैं, क्योंकि उनके पैर गठिया के दर्द से लाचार हैं। पर ज़रा ठहर कर सुस्तायी नहीं कि नीचे से उनकी चीख़-चिल्लाहट आने लगती है, अरे पापिन कहाँ मर गई। चुड़ैल खा गई या जिन्न ले गए।

शुरू-शुरू में लँगड़ाती हुई माँ ऊपर पहुँच जाती थीं। जब दूर-दूर तक कोई जवान आदमज़ात न दिखा तो ढीली पड़ गईं। इसे नाचता देख लेतीं तो..हे राम! मैं काँप गई। आ तो नहीं गईं ? बाहर ताला मारकर चाबी साथ ले गई हैं। आएँगी तो दरवाज़ा भी नहीं खटखटाएँगी, भुतनी की तरह बेआवाज़ भीतर पहुँच जाएँगी। देख आऊँ नीचे जाकर...

अरे, रुक-रुक, क्या कर रहा है। टंकी के किनारे क्यों आ लगा। ओह...पलट लिया। वह रही चरखी उसके हाथ में। हाथ आगे फेंक बराबर खोले ही चला जा रहा है। सिर को भी और ऊपर उठा दूर आसमान में ताक रहा है। यानी पतंग और दूर, और ऊपर पहुँच चुकी है। उसे दीख रही है तो मैं क्यों नहीं देख पा रही ? एक बार फिर मैंने गर्दन और पंजों की कसरत करके उस छोर देखने की कोशिश की। कुछ नहीं मिला। बीच में पेड़ आ रहा था शायद। नीम का। इतना जट्ट लम्बा घना क्यों होता है भला! आरपार कुछ दिखाई ही नहीं देता।

नीचे जाकर देखूँ। गली में दिख जाए शायद। मैं भागती हुई नीचे उतर गई। दुपट्टे को कस कर लपेट, दरवाज़े पर हाथ मारा तो याद आया बाहर ताला लगा है। उसी तरह दौड़ती हुई वापस ऊपर जा पहुँची।

वह वैसे ही नाच रहा था। उसे क्या पता, मैं छत पर थी या नहीं। भौंदू। एक बार नज़र पतंग से हटा भी सकता है आदमी। पर नहीं...यही तो बात थी। मेरे गाँव के लड़कों जैसा नहीं था इसका पतंग उड़ाना। एक ताल थी उसके पैरों की थिरकन में, एक लय पर झूम रहा था उसका बदन, गीत फूट रहा था उसके हाव-भाव से। मेरा मन हो रहा था, मैं भी गाते-गाते नाच उठूँ : पग घुँघरू बाँध मीरा नाची! जन्माष्टमी की शाम मन्दिर में पुजारी जी नाच उठे थे जैसे गाते-गाते। भजन गाती औरतें भी आत्मविभोर हो ऐसे हिल रही थीं जैसे बैठे-बैठे नाच रही हों। माँ की आँखों से आँसू बह रहे थे। कितना अचरज हुआ था मुझे। बिना कोसने दिये उन्हें

रोते कभी नहीं देखा था। अपना, मेरा, किसी का ध्यान नहीं था उन्हें। तभी न मैं दीदे फाड़ सब तरफ़ ताक रही थी और कोई टोका-टाकी नहीं। अनचाहे-अनजाने, मेरे मन में उनके लिए दया और प्यार उमड़ आया था। अपने में डूबीं, आत्मविभोर माँ अच्छी लगी थीं मुझे।

आत्मविभोर। हाँ, असली बात वही थी, लय-ताल नहीं। छत की टंकी और मुँडेर पर उसका नाच, खेत में पतंग उड़ाते मेरे संगी-साथियों जैसा ही होता, अगर उसके-मेरे पाँव बराबर-बराबर ज़मीन पर पड़ रहे होते। और बीच-बीच में हम गपशप करते या हो-हल्ला मचा रहे होते।

पर वह तो पतंग ऐसे उड़ा रहा था जैसे पतंग उड़ाने के सिवा कुछ जानता ही न हो। उसकी नज़र सिर्फ़ उसे देख रही थी। मैं कहीं नहीं थी उसकी आँख के दायरे में, न कुछ और। डोर को ढीला छोड़ते या वापस खींचते उसके हाथ चरखी का हिस्सा बने हुए थे। तभी न इतनी देर तक मुझे चरखी दिखी ही नहीं थी। पाँव भी उसके बस उतनी दूर पड़ते थे, जितना हाथों के संचालन के लिए ज़रूरी था।

मेरी साँस अटक ही तो गई। तब तो उसे मुँडेर भी नहीं दिख रही होगी। ज़रा खटका हुआ, ध्यान तनिक बँटा तो सीधा नीचे आ गिरेगा। मैंने हिलना-डुलना बन्द कर दिया और साँस रोक उसे देखती रही।

मेरी समझ में आ रहा था, वह ठीक वैसे पतंग उड़ा रहा था जैसे रोज़ दत्तचित्त पढ़ाई करता था। मुझे स्कूल में पढ़ी अर्जुन की कहानी याद आ गई। द्रोणाचार्य ने चिड़िया पर निशाना लगवाने से पहले शिष्यों से पूछा, तुम्हें क्या दिखलाई दे रहा है? किसी ने कुछ कहा, किसी ने कुछ। अर्जुन ने कहा उसे केवल चिड़िया की आँख दिख रही थी। अब जाकर कहानी मेरी समझ में आई। एक मैं हूँ। सारी दुनिया दिखलाई देती है, बस चिड़िया की आँख नहीं दीखती। कितनी नाकारा हूँ। माँ इतना डाँटती हैं, पढ़ाई में मन नहीं लगा पाती। उनकी छोड़ो, वे कुछ नहीं जानतीं। पर मिश्रा टीचर तो ढंग के लड़के का रोना नहीं रोतीं। वे कहती हैं न, पढ़ाई में ध्यान लगाओ, मन को शान्ति मिलेगी, मस्तिष्क के द्वार खुलेंगे, जो चाहोगी कर सकोगी। पर मेरे पास ध्यान है ही नहीं, एक मन है जो जाने कहाँ-कहाँ भटकता रहता है। माँ पर हरदम ग़ुस्सा आता रहता है। पिताजी...कभी आँख उठाकर नहीं देखते मेरी तरफ़। हम गाँव छोड़कर क्यों आए? वहाँ पाठशाला में पढ़ रही थी न, ऐसे डर कर नहीं रहना पड़ता था। लगता है इस घर से निकलूँगी तभी मुक्ति मिलेगी। फिर सोचती हूँ। पिताजी जैसा लड़का मिल गया तो? मैं भी माँ की तरह...नहीं, वैसी दुखी, निर्दयी, झगड़ालू, बदसलीक़ा औरत नहीं बनना चाहती मैं। पर मेरे चाहने से क्या होता है!

अभी मैं पतंग उड़ाना चाहती हूँ, उड़ा सकती हूँ क्या? उसका क्या है, लड़का है, चाहे कुर्सी पर बैठकर पढ़े, चाहे छत पर नाच कर पतंग लहराये। अपनी मर्ज़ी का मालिक है। न डाँट-फटकार, न ताने, न कोसना, न अच्छे लड़के की प्रतीक्षा में जेल की क़ैद। उससे कोई नहीं कहता होगा, पैदा होते ही क्यों न मर गई, डायन। लड़का हुआ, मर गया और यह चुड़ैल जीती रही।

उस जैसा ही रहा होगा मेरा भाई, जो मर गया। ज़िन्दा रहता तो हम मिलकर पतंग उड़ाते। पर...क्या पता, वह उड़ाता और मैं इसी तरह...

हाय, देखो तो कितनी बड़ी पतंग! काली-नीली, सर्र-सर्र बढ़ी आ रही है हवा पर तीर सी हमारी तरफ़। पर यह तो उलटी दिशा से आ रही है, पूरब से। पढ़ाकू तो ठीक पश्चिम में

देखे जा रहा है। मर गए। यह तो किसी और की है। पीछे वाले मकानों से आई होगी। उसे तो पता तक नहीं। अरे मुड़ कर देख भोंदू, काट देगी तेरी पतंग को, क्या आसमान में ठूँठ उठाए बढ़ाये लिये जा रहा है ऊपर।

देख-देख, मैं चिल्लाने को हुई, फिर आवाज़ घोंट जड़ रह गई। मैं चीख़ी, उसका ध्यान बँटा तो कटी पतंग सा आ गिरेगा गली में। हड्डी-पसली बराबर हो जाएगी। मर करमजले, ऐसा भी क्या ध्यान कि दुश्मन तक न दिखे। फर्राये चली आ रही है, काट कर छोड़ेगी हमारी पतंग को। किस रंग की है? कहाँ है? मरी दीखे भी कहीं। देख न, घूमकर देख तो सही। कटने मत दीजियो अपनी पतंग को। देख-देख। मैंने अपना पूरा ध्यान उसकी आँखों में समो दिया।

उसकी गर्दन ज़रा घूमी। चरखी पर हाथ और मुस्तैदी से चलने लगे। माँझे को खींच सीधा किया, तनिक मुड़ा, ढील देने को हाथ ऊपर उठे, माँझा छोड़ा, फिर खींचना शुरू। देख ली। देख ली। काली पतंग पीछे हटी। उसके हाथ छाती पर वापस लौट-लौट आ रहे हैं। अहा हा, काली पतंग और पीछे खिसकी। पर हमारी क्यों नहीं दिखलाई दे रही? मैं मुँडेर से सट कर आगे को लटक आई। फर्र-फर्र उड़ती आती अपनी पतंग देखूँगी। देखकर रहूँगी।

वो काटा! मैं चीख़ पड़ी। हमारी पतंग कितनी सुन्दर थी। चटख लाल और हरी। फरफराती हुई आई और पंजा मार काली पतंग की गर्दन उड़ा दी।

फिर लहराती हुई सामने छत की तरफ़ बढ़ने लगी। दत्तचित्त वह माँझा समेट रहा था। उसके पैरों की ताल में फ़र्क़ नहीं आया था। न गर्दन की लगन में। बस आसमान में टँगी दृष्टि हटकर सामने चिपक गई थी। पतंग जो वहाँ थी। मेरी नज़र भी तो वहीं जमी थी। हाय, कैसी नई-नकोर चमकीली पतंग थी। वह माँझा खींचता गया। अब पतंग उसकी छत के ऊपर थी, अब उसकी आँख की सीध में, अब उसके हाथ में। अभी वह कटी पतंग लेने दौड़ेगा। गिर रही थी धीरे-धीरे। सीधे नहीं। हवा तेज़ थी न, बहाये ले जा रही थी थपेड़े देकर, इधर-उधर। कौन जाने गली में गिरे या अधबीच पेड़ पर अटक कर रह जाए। भगवान करे, नीचे गिरे। वह भागता हुआ जाएगा और पतंग लूट लाएगा।

वह बड़ी एहतियात के साथ टंकी से अपनी छत पर उतर गया। मैं ताली बजा उठी। अभी लेकर आया कटी पतंग।

वह नीचे उतरा ही नहीं। अपनी पतंग-चरखी लिये बरसाती में घुस गया। भोंदू! पागल! तू नहीं लूटता तो मैं लूट लेती हूँ। जीती पतंग कोई छोड़ता है भला। नीचे ताला पड़ा है, गली में निकलूँगी कैसे? यहीं लूटनी होगी। झटक-मटक थपेड़े खाती काली-नीली पतंग मेरी छत के क़रीब आ पहुँची थी। मैंने चील की तरह झपट्टा मारा पर वह हाथ छू कर निकल गई। मैं नीचे को लटकी हाथ मारती रही पर उसे लपक नहीं पाई। कुछ देर इतरा-इतरा कर यहाँ-वहाँ डोली, फिर नीम की डाली में फँस कर बैठ गई। वहाँ पहुँच पाना मेरे लिए नामुमकिन था। मुझे रोना आने लगा। मन हुआ, चिल्ला कर कहूँ ओ बावले, इधर आकर अपनी पतंग को उतार। ऐसा कौन बड़ा लाटसाब है तू कि जीती चीज़ भी छोड़ सकता है।

मैंने देखा वह कुर्सी पर बैठा पढ़ रहा था।

मेरा रोना निकल गया। खाट पर बैठ सुबकने लगी।

माँ के आने का तब पता चला जब उनका घूँसा पीठ पर पड़ा।

"यहाँ बैठी तिरिया चरित्तर कर रही है कमज़ात, नीचे सारा काम औंधा पड़ा है।"

मैं चीख़ कर रो दी, ''हाय, पैर में मोच आ गई। चल नहीं पाती। हाय-हाय।''

माँ ने एक घूँसा और जमाया, ''मर करमजली। देखकर नहीं चला जाता। अब उठ, नीचे तो चल। देखूँ, मल-मला दूँ।'' उन्होंने पैर पर हाथ लगाया तो मैं चिल्ला उठी।

अब मुझे क्या पता, मोच आने पर कैसे चला जाता है। कितना लँगड़ाऊँ कितना नहीं। ज़मीन पर पाँव रखा तो वो फ़ौरन समझ जाएँगी, कोई मोच-वोच नहीं आई।

''चुप कर, चिल्ला मत। सारा मोहल्ला जमा करना है क्या,'' माँ ने कहा, फिर अनिश्चित सी खड़ी रह गईं।

मैंने सामने झाँका। सुन लिया क्या मोहल्ले ने ? कहाँ! बेवक़ूफ़ तो वैसा का वैसा बैठा पढ़ रहा था।

''एक बार उठकर तो देख,'' माँ ने मेरी बाँह खींचकर कहा।

मैं इतनी ज़ोर से चीख़ी कि उनकी पकड़ छूट गई।

''हड्डी तुड़ा बैठी क्या। हे परमात्मा, नासपीटी मरती भी नहीं। अच्छा बैठ, मिश्रा बहन जी को बुला कर लाती हूँ। मेरे तो गोड़े वैसे ही बेकार पड़े हैं, अब तुझे ढोऊँ कि अपने को।''

मिश्रा बहन जी। उन्हें तो छूते ही पता चल जाएगा। क्या करूँ ? अच्छा, आने दो। अकेले में बात करने को मिली तो समझा लूँगी। और जो हो, माँ से चुगली नहीं करेंगी, मुझे पूरा भरोसा था। पर होना अकेला पड़ेगा।

''हाय माँ,'' आवाज़ में मिसरी घोल कर मैं कराहती-कोसती माँ से बोली, ''कैसे करोगी तुम अकेली। उन्हीं को भेज देना ऊपर। तुम कहाँ गठिया में ऊपर-नीचे फिरोगी।''

पहले तो कभी ऐसे नहीं बोली उनसे। माँ ने चकित नज़रों से मुझे देखा। चुप ऐसे हुईं जैसे साँप सूँघ गया हो। आँखों में आँसू उमड़ने को हुए। पर बोलीं कुछ नहीं। होंठ भींच असमंजस पी गईं और पीठ फेर, लँगड़ाती हुई नीचे उतर गईं।

मिश्रा बहन जी को मैं मना लूँगी। एक ही चीज़ चाहती हैं न मुझसे। क़सम खाकर कहूँगी, अब से ध्यान लगाकर पढ़ूँगी। एकदम अर्जुन की तरह। बस इस बार माँ की मार से बचा लें, बचा लेंगी।

अभी उनके आने में वक़्त था। मैं उठी और छत पर पाँव जमा कर ठीक वैसे नाचने लगी, जैसे वह नाचा था। आत्मविभोर। मुझे लग रहा था, मेरे हाथ में चरखी और माँझा है और दूर आसमान में ऊपर, ऊपर उठती लहराती पतंग।

(1991)

बर्फ़ बनी बारिश

बाहर वही सहमी सी बर्फ़ गिर रही थी। इतने बरस बाद भी अमर उसका आदी नहीं हो पाया था। उसे याद आ रहे थे, बहुत पहले के वे दिन, जब उसकी आवाज़ चली गई थी। बर्फ़ गिरती देख उसे वही अहसास होता था, जैसे बारिश की आवाज़ खो गई हो। गहरी चोट खाकर आँसू भीतर घोंटे हों और गला फँस कर रह गया हो। बेआवाज़ ही बरसना पड़ा हो, घुट-घुट कर थक्कों में। जैसे वह रोया था। जब मैट्रिक में फेल हो गया था। पिताजी ने पूछा था, क्या नतीजा निकला और वह गों-गों कर रह गया था। पता उन्हें पहले से था, बिना साँस लिये उन्होंने पीठ पर दोहत्थड़ जमाने शुरू कर दिये थे। रो-रो कर वह बेहाल हो गया था पर गले से आवाज़ नहीं निकाल पाया था। पिताजी अन्दाज़ नहीं लगा पाए थे, कितना पीट चुके, शायद इसलिए...। हफ़्तों लग गए थे आवाज़ वापस आने में।

अपने बच्चों पर उसने कभी हाथ नहीं उठाया। फेल भी नहीं हुए वे कभी। पढ़ाई में अव्वल रहे। न भी रहते तो अपना पूरा प्यार देता उन्हें। दिया न; फिर भी जितना चाहता था, नहीं कर पाया उनके लिए। कभी छुट्टियों में पहाड़ तक नहीं ले जा सका। ख़ुद गया था पहाड़ पर एक बार। कॉलेज का एक सहपाठी शिमला का था, वह ले गया था भरी सरदी में। तभी हिन्दुस्तान में पहली और आख़िरी बार उसने बर्फ़ देखी थी।

पहाड़ों पर बर्फ़ का गिरना अटपटा नहीं लगता। पहाड़ हों तो बर्फ़ में उतार-चढ़ाव रहता है, ज़िन्दगी की तरह। डर नहीं लगता। पर यों सपाट मैदान में गिरती बर्फ़। खिड़की के शीशे में से झाँककर बाहर देखता है तो दूर तक फैली बर्फ़ की सफ़ेद चादर मौत पर आने वालों के लिए बिछी चाँदनी सी लगती है। फ़र्श पर दरी के ऊपर बिछी सफ़ेद चादर उसने सिर्फ़ मातम में देखी है पर वहाँ कम से कम चुप्पी नहीं रहती। चीख़-चीख़ कर रोते लोग शोक को सन्नाटा नहीं बनने देते। उसके चिथड़े कर इधर-उधर छितरा देते हैं। सफ़ेद चादर स्वर की लहरियों पर थिरकती रहती है। जिसे जितना कम शोक होता है, वह उतनी ही ज़ोर से रोता है। वह भी रोया था हिलक-हिलक कर, पिताजी के मरने पर।

पर यह शोर के बिना सन्नाटे में खिंची सफ़ेदी डर पैदा करती है। ऐसा कि आँसू बहाओ तो गला घोंट कर चुपचाप, कि कहीं हिलक गए तो शब्द सुन कोई आएगा और दबोच लेगा। कितनी देर से खिड़की पर खड़ा अमर बर्फ़ की चादर देख रहा था। उस पर चलते हुए वह उसे नहीं देखता, कहीं न कहीं पहुँचने की जल्दी में रहता है। बर्फ़ उसके लिए हमेशा दूर की चीज़ रही थी, जैसे चाँद या सितारे। पर अमेरिकन तो चाँद पर भी जा चढ़े थे। अपने पैरों के निशान खोद आए थे वहाँ, और किसी ने चूँ तक नहीं की थी। फिर बर्फ़ का क्या वजूद ? उतर आई थी बेचारी,

पहाड़ की चोटियों से और गुमसुम गिरने लगी थी उनके समतल मैदानों में। हिन्दुस्तान की बड़ी से बड़ी ऊँचाई भी इनकी न्यूनतम उठान की बराबरी नहीं कर सकती। उसी न्यूनतम ऊँचाई के लालच में तो वह अपना देश छोड़, यहाँ भाग आया था। यहाँ पैसा कमा कर वहाँ की खाई पाटने की कोशिश कर रहा था, पर फ़र्क़ था कि बढ़ता ही जाता था। ग़रीब, अविकसित, पिछड़े देश का, दौड़ में पीछे छूटता, हाँफता-काँपता आदमी था वह। इनके लिए इतना ही परिचय था उसका। क्या और कुछ नहीं था उसके देश में, आँकड़े, अधबूझे इतिहास और विश्वव्यापी होड़ में पीछे छूट जाने के अलावा? था, बहुत था। वे ऊँचे पहाड़ जैसे उन्नत दिमाग़, जो इस देश की प्रगति को संचालित करने, अपनी छोड़, इनकी दौड़ में शामिल होने चले आते थे रोज़। उसके अपने बेटे सुरेश, रमेश और कितने उनके संगी-साथी।

वे नदियों जैसी प्रवाहमयी या शान्त गम्भीर औरतें जो अब भी गाँव-वन सुरक्षित रखे थीं। वह मेह जैसा बरसता सस्वर स्नेह, जो अकेलापन बचाए रखता था। यूँ गूँगा नहीं होता था इनसानों का आपसी रिश्ता, उसके देश में, बर्फ़ की तरह। एक का स्नेह उदासीनता में बदल भी जाता तो अकेलेपन की सफ़ेद चादर नहीं बिछानी पड़ती थी। कितने रिश्ते थे, जो क़ायम रहते थे। कोई होता था जो शून्य को पाट देता था। हँसी में, रोने में साथी बन जाता था। और कोई नहीं तो पड़ोसी ही। पड़ोस के मास्टर जी ही तो थे जिन्होंने पिताजी की मार से ही नहीं, उसकी अपनी कुंदज़ेहनी से भी उसे बचाया था। उन्हीं से पढ़ कर वह अगले बरस अव्वल दर्जे में पास हुआ था और पिताजी के मरने पर चीख़-चीख़ कर रोया था। उनका हाथ उसके सिर पर बराबर बना रहा था। बाद की लड़ाई उसने ख़ुद लड़ी थी पर उनका प्रोत्साहन हमेशा साथ रहा था।

सुरेश-रमेश हँसते हैं उसकी भावुकता पर। कितनी बार सुनाएँगे कहानी, पापा। साल भर उन्होंने आपको पढ़ाया भर ही तो था।

यहाँ लोग माँ-बाप को याद नहीं रखते, आप कहाँ एक मास्टर को रोते रहते हैं, वे कहते नहीं थे, पर अमर भाँप लेता था। ज़्यादा बात करके वह उन्हें तंग नहीं करता था। उसे यहाँ बुलवाया, यही क्या कम था। फिर दूसरे-तीसरे वीकएंड मिलने भी आ जाते थे, सपरिवार छुट्टी बिता कर लौटते हुए। उसके लिए एकाध डिश भी छोड़ जाते थे। वह कृतज्ञ था उनका। पर उतना नहीं जितना बचपन के अपने पड़ोसी मास्टर का। जब वे मरे, वह ज़रा नहीं रोया था, मूक अवाक् बैठा रहा था, छाती पर पत्थर लिये। इस बर्फ़ की तरह। अब भी गिर रही थी वह उसी तरह, मूक महीन।

वह खिड़की से हटकर बिस्तर पर आ लेटा। अकेला। आँखें बन्द कर लीं। ठीक है, अब पता नहीं चलेगा कि बर्फ़ कब तक गिरी, कब बन्द हुई। अपनी झड़ी की तरह नहीं है न कि लय बदल-बदल कर बरसे, यूँ कि आँखें बन्द करके महसूसो तो भूले-बिसरे राग याद आएँ और भूली-बिसरी प्यार की अनुभूतियाँ।

यह हो क्या रहा है आज उसे। अपना देश, अपनी बारिश, यहाँ तक कि बिन्नी भी, अपने बनकर यूँ आ रहे हैं, जैसे अपनी इच्छा से उसने उन्हें छोड़ा न हो।

बिन्नी ने उसके साथ अमेरिका आने से इनकार कर दिया था।

बिन्नी उसकी पत्नी थी। उसके तीन बच्चों की माँ। तीसरे बेटे विजय और दूसरे बेटे रमेश

में आठ साल का फ़र्क़ था, इसलिए जब सुरेश-रमेश, एक के बाद एक, दो साल के भीतर, स्कॉलरशिप पाकर अमेरिका चले गए तो विजय पीछे रह गया था। उम्र जो कुल सोलह थी। और दो-तीन साल में वह भी चला आएगा। फिर शायद बिन्नी भी आ जाए। निपट अकेली न रह जाएगी। तब अपना देश मानो पराया देश।

कितना समझाया था, मानकर नहीं दी थी। वह उसके साथ इस अजनबी देश में आने के लिए तैयार नहीं हुई थी। लोग विश्वास नहीं कर पाते थे। हिन्दुस्तानी औरत और पति का साथ छोड़ दे। एक अमूर्त विचार के लिए।

''लोग अपने-पराये होते हैं, देश नहीं,'' अमर ने कहा था। सबने कहा था। ''तुम कोई बड़ा काम-धंधा करती होतीं तब भी बात थी। यह छोटी सी नौकरी, स्कूली टीचर की, भला यह भी कोई नौकरी है। बाहर ऐसी एक नहीं, दस मिलेंगी।'' बार-बार कहा था, हर किसी ने, पर बिन्नी पर असर नहीं हुआ था।

''मुझे कहीं नहीं जाना। वे गए, जाने दो। आप क्यों जाते हैं उनके पीछे?''

''अपने बच्चे हैं। प्यार से स्पांसर करके बुला रहे हैं। वहाँ पर कमाऊँगा तो अपना घर बना पाएँगे। रहने को खुली जगह होती तो शायद वे पढ़ाई पूरी होने पर वहाँ न बस रहते।''

''अब तो जगह की तंगी नहीं रही। तीन जन ही बचे हैं।''

कैसे सपाट स्वर में कह दिया था बिन्नी ने बिला हिचकी भरे। अमरनाथ को झुरझुरी आ गई थी। बात को दूसरे सिरे से पकड़कर बोला था, ''यहाँ अट्ठावन पर रिटायर होना पड़ेगा। वहाँ रहूँगा तो पैंसठ तक काम कर सकूँगा। हाथ में पैसा आ जाएगा तो अपना घर बनाएँगे, जैसा तुम चाहोगी वैसा।''

''पैंसठ के बाद?'' उसकी भौंहें वक्र हो गई थीं।

''हाँ...नहीं...'' वह गड़बड़ा गया था। सवाल-जवाब की बूँदा-बाँदी, बौछार नहीं बन पाई थी। बिन्नी ने चुप्पी ओढ़ ली थी। अमर पहाड़ तो था नहीं, जो उससे टकराकर, वह बादल बन बरस पड़ती। उसकी चुप्पी समतल मैदान पर गिर रही इस बर्फ़ की तरह थी, वह तो यहाँ आकर पता चला। भूत की तरह पीछा करती चली आई थी उसकी मौन अस्वीकृति यहाँ उसके पास।

उस वक़्त वह मुँह फेर कर चला आया था। तिरपन की भी कोई उम्र होती है, भविष्य से नज़रें बचा कर, बुढ़ा जाने की। वाक़ई कौन बुढ़ा गया था, वह या बिन्नी वह नहीं जानता था। मोह बेटों का था या पैसे का, यह भी नहीं जानता था। बिन्नी उसके बग़ैर ख़ुश थी या उसके साथ, कह नहीं सकता था। उसे आज यह सब क्यों याद आ रहा था, जानता नहीं तो कहता कैसे? बन्द आँखों के सामने कभी बिन्नी आ खड़ी होती थी, कभी दिल्ली शहर। पता नहीं बर्फ़ अब भी गिर रही थी, या थम चुकी थी। रात के सन्नाटे में वह बारिश की आवाज़ सुनने को बेक़रार था।

उसे यहाँ आए कितने बरस हुए? तीन ही तो।

ऐसा नहीं है कि यहाँ बारिश नहीं होती, बल्कि कुछ ज़्यादा ही होती है।

पर रह-रहकर पूरे साल होने वाली वर्षा और भयानक गरमी के बाद, धड़ल्ले से होने वाली बरसात में बहुत फ़र्क़ था। मानसून की झड़ी, क्या बतलाए, क्या शै थी। एक साथ सब बन्धन खुल जाते थे, दिलोदिमाग़ के। ठस्स से ठस्स आदमी कविता कर बैठे। यहाँ कोई समझ नहीं पाता, उसकी महक या संगीत को। मूसलाधार बरसेगा तो कहेंगे, 'रेनिंग कैट्स एंड डॉग्स।'

सारा मज़ा ख़राब हो जाता था। पानी में निचुड़े, दाँत निपोरे, दुम दबाये, सड़कछाप, बदनुमा, कुत्ते-बिल्ली आँखों के सामने दौड़ लगाने लगते थे। बारिश न हुई, नगरपालिका का छकड़ा हो गई। धत्। कहा किसी से नहीं था उसने। यहाँ आकर कहने से ज़्यादा छिपाना सीखा था। अपनी वर्षा का संगीत सुनने को न मिले, चलो न सही। पर यह बर्फ़ की ख़ामोशी। इसे झेलना बहुत भारी पड़ता है। हमेशा। नहीं हमेशा इतना नहीं, जितना आज पड़ रहा है।

पिछले बरस वह सह गया था। पर पहले साल, बर्फ़ के ख़ामोश अकेलेपन ने इतना डराया था कि छुट्टी के कुल तीस दिन हाथ में लेकर, हिन्दुस्तान भाग गया था। अगली बरसात में।

बाहर मूसलाधार बारिश हो रही थी। जैसे तड़-तड़ मूसल बरस रहे हों। गाँव की औरतें दलती हैं न ओखली में तिल और मूँग। धम-धम, तिड़क-तिड़क। अमर को उसकी उपमा पसन्द नहीं आती थी। कहता था—''मूसल नहीं, बिन्नी, सावन के महीने में झूले की पट पेंग, पट पेंग, ऐसी है अपनी बारिश की आवाज़। तभी न औरतें गाती हैं इसकी लय पर, सावन के सावन।''

अमर को झूले दिखें, बिन्नी को ओखली, वाजिब ही था। उसे बारिश से जाने क्या लगाव था। अपनी बारिश तो ऐसे कहता था जैसे निजी खाते में बैंक में जमा कर रखी हो। जब चाहा चैक काटा और निकाल ली।

इधर बादलों का घटाटोप फटता, उधर अमर बाहर घूम आने का कार्यक्रम बनाना शुरू कर देता। जाना हो चाहे नहीं, सोच-सोचकर ख़ुश हो लेता। दफ़्तर छोड़कर भाग तो सकता नहीं था, पर बरसते दिन की शाम होने पर घर में घुसता तो ललकता हुआ, ''बिन्नी, बारिश हो रही है।''

तो ? बिन्नी क्या जानती नहीं ? छज्जे से गीले कपड़े उठाने कौन भागा था ? भीगी साड़ी हाथ से ऊपर उठाए, कीचड़ में पिच-पिच चप्पल फटकारता कौन स्कूल से घर लौटा था ? विजय के चोड़े कपड़े बदलवा, सिर-बदन को कौन तौलिये से रगड़ कर सुखा रहा था ? पानी के दबाव में नाली के बाहर सर्राते पानी को कौन उलीच-उलीच कर घर के अन्दर आने से रोक रहा था ? बिन्नी ही तो। चिढ़ थी उसे बारिश से।

अमर की क्या कहें, बरसते पानी में ही बाहर घूम आने को लपक पड़ता। साफ़ पक्की सड़क हो तो भी बात है। यहाँ इस महानगर कहलाई जाने वाली दिल्ली में हर क़दम पर कीचड़ पैर चूमती है। छि: ।

''अरे कीचड़ का क्या है, मिट्टी ही है न। इसी मिट्टी से बने हैं हम भी,'' अमर कहता।

''मिट्टी से बने हैं न, कीचड़, दलदल से तो नहीं। क्या देश है, पक्की सड़क बनते ही धँसने लगती है। एक बौछार पड़ी नहीं कि हर दस क़दम पर खड्डे-गड्ढे। गन्दे नाले का पानी सड़क पर बह कर गँधाता रहता है।''

''ठीक है यार,'' अमर कहता, ''नीचे की बजाय ऊपर देखना सीखो। हरियाली, पेड़, चहचहाती चिड़ियाँ। ठंडी बयार।''

''पेड़ों पर चल सकते तब न। पाँव तो कीचड़ में ही लिथड़ेंगे।''

अमर ठठाकर हँस पड़ता, ''देश से प्यार करो। देश के कीचड़ से प्यार करो।''

बिन्नी घूमने जाने से साफ़ इनकार कर देती। अमर अकेला निकल जाता या उसे चिढ़ा-चिढ़ाकर बौछार के नीचे नहाता, मना करते-करते विजय को साथ ले लेता। दोनों बदन मल-मल कर गाते, ''मेरे देश की मिट्टी कीचड़ उगले।''

कभी मूड अच्छा होता तो बिन्नी हँस पड़ती। फिर क्या था, दोनों खींचकर उसे भी बाहर कर लेते। "ठंडे-ठंडे पानी में नहाना चाहिए, रूठी-रूठी ममी को मनाना चाहिए।" गा-गा कर उसे सिर से पाँव तक भिगो कर ही मानते। ज़्यादातर बिन्नी उसकी इजाज़त नहीं देती थी। अमर बाहर निकलता तो वह रसोईघर में जा घुसती। झाड़ू लेकर भीतर मटरगश्ती करते तिलचट्टे और मकोड़े मारती और बर्तन पटक-पटक कर खाना बनाती।

"टपके ही जा रहा है..." मन ही मन बिन्नी ने गाली दी।

अलस्सुबह स्कूल पहुँचने की मुसीबत। छाते के भरोसे सिर बचा भी ले तो पैरों में मार वही लिजलिज कीचड़। ऊपर से जो गाड़ी पास से गुज़रे, गन्दे पानी के छींटे उछालती जाए। ऐसा ग़ुस्सा आता था कि गोली मार दे सब गाड़ी वालों और खस्ता हाल सड़क बनाने वालों को।

पिछले बरस अमर आया था तो ऐसे ही बरसात के मौसम में। जब आया तो इतनी उमस थी कि पसीने में नहाया, अकबकाया सा जैट लैग की रट लगाए, बिस्तर पर लोटता रहा था। नींद भादों की लिसलिसाहट की वजह से नहीं आ रही थी और दोष जैट लैग को दिया जा रहा था। दो दिन की चिपचिपी तपन के बाद बादल यों टूट कर बरसे कि अमर के साथ बिन्नी का मन भी हरसा गया। नीचे झुक कर कचरा कीचड़ कौन देखे जब सब तरफ़ जल-थल, जल-थल हो। पट पेंग, पट पेंग। वाक़ई अमर ठीक कहता था, झुलना झुलाती ही आती है शायद मौसम की पहली रिमझिम। अमर ऐसा ख़ुश हुआ कि जैट लैग भूल चटपट सज-सँवर लिया और बाहर जाकर चाट खाने का प्रस्ताव रख दिया।

बिन्नी ने तीन दिन पहले ही टाइफ़ाइड और हैज़े का टीका लगवाया था। उनके इलाक़े में बीमारी सबसे पहले फैलती है। और फिर स्कूलों में टीके लगाने का रिवाज़ है, दवाई के कारगर दिन भले ही पूरे हो चुके हों।

"चाट इस मौसम में!" उसने कहा था, "चारों तरफ़ हैज़ा-पीलिया फैल रहा है! आप कहें तो घर पर ही पकौड़े तल दूँ।"

अमर का उत्साह कम नहीं हुआ। "न सही चाट," उसने कहा था, "चलो, ऐसे ही घूम आते हैं। बारिश में भीगने में कितना आनन्द है।"

"जी हाँ, ज़रूर। कीचड़ में लिथड़े कपड़े धोएगा कौन और सूखेंगे कब? कीचड़ ही कीचड़ होगा सड़क पर। देख लीजिए वहाँ आपको गाड़ी में घूमने की आदत है," कहने से रोक नहीं पाई थी बिन्नी ख़ुद को।

"साथ चलतीं तो तुम्हें भी हो जाती। हरेक के पास होती है गाड़ी वहाँ," अमर ने तल्ख़ी से कहा था।

आप क्या गाड़ी के मोह में ही इतनी दूर गए हैं, बिन्नी ने मुँह में आया जवाब वापस घोंट लिया था पर अमर उसकी चुप्पी से और झल्ला गया था।

"देखता हूँ तुमने कूलर लगवा लिया है," कुछ देर बाद तंज के साथ उसने कहा था।

बिन्नी हँस दी थी। "अब आपका रुतबा बढ़ गया है तो कुछ मज़ा हम भी लेंगे न," उसने कहा था।

दरवाज़ा धाड़ से मार, अमर अकेला मेह में घूमने चला गया था। फ़ायदा क्या हुआ। भीग-भाग कर आया और सर्दी-ज़ुकाम में तीन दिन पिनपिनाता रहा। बिन्नी का स्कूल तभी-तभी

खुला था, छुट्टी लेकर घर नहीं बैठ सकती थी। अमर रोज़ सुबह ताना देने से नहीं चूकता था, ''एक दिन तुम स्कूल नहीं जाओगी तो पूरा देश अनपढ़ नहीं रह जाएगा।'' एक तो लगातार झरता पानी, बारिश अमर के सारे शौक़ पूरे करके ही थमी थी, ऊपर से उसकी नकियाती फर्माइशें और छींटाकशी, बिन्नी ख़ासी भन्नाई रही थी उन दिनों।

थकी-माँदी बिस्तर पर लेटी थी तो अमर ने पूछा था, ''तुम्हें यहाँ अकेलापन नहीं लगता?''

''अकेला कौन नहीं है दुनिया में,'' उसने कहा था।

''तुम्हारे पास फिर भी विजय है,'' अमर कह गया था।

बिन्नी ने नहीं पूछा था, सुरेश-रमेश का क्या हुआ। वह जानती थी, उनके अपने परिवार थे, अपनी व्यस्तताएँ, सरोकार और जवानी। पूछा था, ''आप विजय को ले जाना चाहते हैं?''

अमर चाहता तो अपने अकेलेपन की बात कर सकता था, सुरेश, रमेश की दूरी और परायेपन के बारे में उसे बतला सकता था। पर उसने सिर्फ़ एक शब्द कहा था, ''हाँ।'' ऐसे जैसे मूसल मार रहा हो ओखली में।

''दो साल रुक जाइए,'' बिन्नी ने कहा था, ''कॉलेज पूरा करते ही वह भी भागने को तैयार मिलेगा। मुझे लगता है हमारी ज़मीन में ही कुछ है जो भगोड़ों को जन्म देती है।''

''तो यहाँ रहकर तुम कौन सा तीर मार रही हो। क्या कर रही हो अपने देश के लिए।''

कुछ नहीं। न मैं देश के लिए कुछ कर रही हूँ न देश मेरे लिए। पर इसका यह मतलब नहीं कि भाग कर किसी सम्पन्न देश में शरण लूँ। मेरी मर्ज़ी है, यहीं रहूँगी। चिढ़ूँगी, खीजूँगी, बुराई दिखेगी तो बुराई करूँगी, बेबात ख़ुश रहूँगी पर रहूँगी यहीं।

नहीं, यह सब उसने अमर से नहीं कहा था। तब तक चुप रही थी जब तक उसकी खीज उससे हट कर बन्द नाक-गले पर न चली गई थी। कराह-कराह कर वह नाक सिनक रहा था तो उसने सहज स्वर में कहा था, ''मैं आप से लौट आने को तो नहीं कह रही।'' अमर कुछ नहीं बोला था, गला खखारते-खखारते खर्राटे भरने लगा था। पहले से तेज़ हो गए थे उसके खर्राटे। शायद उसे सुनने की आदत छूट गई थी। उसे याद है, थकी देह की माँग के बावजूद वह बहुत देर तक जगी रही थी। फिर उठकर विजय के कमरे में फ़र्श पर दरी बिछा कर सो रही थी। सुरेश-रमेश के जाने के बाद से घर के दो छोटे कमरे भी काफ़ी खुले-खुले लगने लगे थे। क्या ज़रूरत थी अमर को घर छोड़कर भागने की।

उसके खर्राटे कान में बज उठे। उसने घबरा कर आँखें खोलीं। कुछ नहीं। बाहर बारिश ने ज़ोर पकड़ा था, बस। कमरे में वह अकेली ही थी।

बिस्तर पर लेटा अमर बिन्नी से बतिया रहा था। एक पुरज़ोर समा उन्हें बाँधे था। वह जानता था बाहर फुहार पड़ रही है। यह भी जानता था, पास की खटिया पर विजय सो रहा था और पास के कमरे में सुरेश और रमेश। पर वृष्टि का संगीत एक ख़ास क़िस्म का एकान्त प्रदान कर रहा था। एकान्त और अन्तरंगता। जैसे उनका छोटा सा साझा पलंग नदी के बीच का निर्जन द्वीप हो। घर में तीनों लड़कों के रहते भी...नहीं वह पहले की बात थी...इस बार कमरे में वे अकेले थे। सिर्फ़ विजय था, घर में। दूसरे कमरे में।

''बिन्नी,'' वह कह रहा था, ''मैं अकेले नहीं रह सकता, मुझे तुम्हारी ज़रूरत है। मैं यह नहीं कह रहा था कि तुम ग़लत हो। ग़लत मैं हूँ, तुम नहीं। फिर भी मैं तुम से मनुहार कर

रहा हूँ, मेरे साथ चलो। मुझे तुम्हारी ज़रूरत है। कुछ दिन रहकर देख लो, अच्छा न लगे तो लौट आना।''

कितनी आसानी से कह गया अमर। कितने भले लगे अपने शब्द ख़ुद अपने कानों को। फिर बिन्नी भला कैसे अछूती रह पाई होगी।

''बिन्नी,'' उसने पुकारा, ''बिन्नी।''

चौंककर उसकी नींद खुल गई। ज़िद करके आँखें बन्द रखीं। पर बाहर का श्मशानी सन्नाटा महसूस कर लेने को वह एक पल काफ़ी था। पता नहीं बर्फ़ अब भी गिर रही थी या थम चुकी थी। उठकर देखने की तबीयत नहीं थी। बदन बेजान सा लग रहा था।

नींद में कहे अपने शब्द उसने याद किए। क्यों नहीं कह पाया था बिन्नी से, पिछले बरस, जब भरी बरसात में दिल्ली गया था। बात छेड़ी भी तो बिन्नी के अकेलेपन की, अपने की नहीं।

''तुम्हें यहाँ अकेला नहीं लगता?'' उसने पूछा था। सोचा था बिन्नी कहेगी, विजय तो है। तब वह उसकी कमज़ोरी पर चोट करता हुआ कहेगा, ''कितने दिन? और दो साल। कॉलेज पूरा करते ही वह भी मेरे पास चला आएगा। तब क्या करोगी?'' पर बिन्नी ने विजय का नाम तक नहीं लिया था। कहा था, ''अकेला कौन नहीं है दुनिया में।''

ऐसी सूक्तियों को कोई क्या कहकर काटे। अमर को विजय का सहारा लेना पड़ा था। कहा था, ''तुम्हारे पास फिर भी विजय है।''

बिन्नी ने सुरेश-रमेश का ज़िक्र नहीं छेड़ा था, चोट खाने के बजाय कर बैठी थी। ''दो साल रुक जाइए'' उसने कहा था, ''वह भी भागने को तैयार मिलेगा। यहाँ की ज़मीन में ही कुछ है जो भगोड़ों को जन्म देती है।''

अमर ने तिलमिला कर वापसी तिरस्कार किया था। कई बार हुआ था ऐसा। पर उतनी ही बार बारिश के संगीत का संरक्षण भी मिला था। फिर भी अमर अपने अकेलेपन का ज़िक्र नहीं छेड़ सका था। उसे साथ लेने की कोशिश जब-जब की, उसी को कमज़ोर बनाकर। एक रात फिर विजय का नाम लेकर बात शुरू की थी।

''विजय चाहे तो अभी मेरे साथ चल सकता है। दो साल की पढ़ाई का ख़र्च हम लोग मिलकर उठा लेंगे।''

''हम लोग कौन?''

''सुरेश, रमेश और मैं।''

वह हँस पड़ी थी, ''रहने दीजिए, क्यों चन्दा किया। वैसे भी यहाँ अच्छा चल रहा है। न छेड़ें तो बेहतर है। दो साल की तो बात है।''

''विजय आएगा जब, तब तो तुम भी चली आओगी।''

''क्यों? सुरेश, रमेश के साथ नहीं गई तो इसके साथ क्यों जाऊँगी।''

''तो क्या यहाँ निपट अकेली रहोगी?''

''मुझे अकेले रहने से डर नहीं लगता,'' उसने कहा था।

फिर भी अमर ने नहीं कहा, पर मुझे तो लगता है। नहीं कहा, सुरेश, रमेश वहाँ गए तो अपने लिए। मुझे बुलाया, मेरे लिए। अपने पास रहने के लिए नहीं। अब विजय आएगा तो मेरे पास रहने नहीं। जहाँ बेहतर नौकरी मिलेगी तीनों उस शहर में रहेंगे। अपना परिवार बनाएँगे। मेरे शहर में रहें या दूसरे में, कोई फ़र्क़ नहीं पड़ता। मिलना तो वही रहेगा, कभी-कभार का।

अजनबियों की तरह। नहीं, अजनबियों की तरह नहीं। सुखी, व्यस्त, जवान लोग बूढ़ों से जैसे मिला करते हैं, वैसा ही। पर मैं अभी बूढ़ा नहीं हुआ। हम अभी बूढ़े नहीं हुए। हुए हैं तो सिर्फ़ उनकी नज़रों में। साथ चलो बिन्नी, सिर्फ़ तुम मेरा साथ दे सकती हो। उनके और मेरे बीच एक खाई है। पीढ़ी की, उम्र की, संस्कृति की, सोच की।

कुछ नहीं कहा था उसने। यहाँ रहकर वह भी इन घुन्ने हिमकणों की तरह हो गया था। नहीं, ग़लत है। धोखा है अपने साथ। सच यह है कि वह चाहता था कमज़ोरी की बात बिन्नी करे। अकेलेपन के त्रास का डंक दिखलाए तो बिन्नी, संरक्षण साहचर्य माँगे तो बिन्नी। आख़िर वह औरत थी। पत्नी। कमाने भर से क्या पुरुष बन जाएगी।

क्या बेवक़ूफ़ी की बात है। यहाँ उसकी बॉस जो औरत है, उसका क्या कर लेता है वह? यहाँ क्या, वहाँ अपने देश में भी कितनी औरतों का हुक्म बजा लाता रहा है, कितनी बार। अपनी पत्नी होने से क्या औरत छोटी हो जाती है। बड़ा पुरुष बना फिरता है, बेजुबान बर्फ़ से दहशत खाने वाला, साला बुड्ढा।

अपने को फटकार लेने पर उसका तनाव घटने लगा। एक ख़ुशगवार उत्तेजना से बदन थिरक उठा। मुस्कराकर करवट बदली तो दिल ज़ोरों से धड़क उठा।

गिरने दो बर्फ़ को। बढ़ने दो बाहर मातमी सफ़ेदी। भीतर वह सुरक्षित था। अगली बार गरमी में दिल्ली जाएगा और बिन्नी को साथ लेकर ही लौटेगा। फिर क्या बिगाड़ लेगा पाला उसका। गिरा करे बाहर निःशब्द। भीतर वह हँसेंगे, बोलेंगे, और कुछ नहीं तो खर्राटे भरेंगे। एक-दूसरे के अहसास से हर सन्नाटा पट जाता है। मौसम का, रिश्तों का...कब तक बच्चों से चिपका रहेगा...क्यों करेंगे वे उसकी परवाह। वह कौन अपने पिता से...मरने पर भी...छोड़ो, पिताजी को नहीं याद करना चाहता वह।

उसका साझा अब बिन्नी से है। उसने एक बार फिर अपने शब्द दोहराये, जैसे नींद आमंत्रित करने को बकरियाँ गिन रहा हो। तुम सही हो...मैं ग़लत...तो क्या...मैं तुम्हें समझा नहीं रहा...मना रहा हूँ...मैं अकेला नहीं...रह...सकता... अ...के...ला... खर्र...ख...र्र...नींद के हावी होने से पहले उसने ख़ुद अपने खर्राटे सुने और सुकून का अनुभव किया।

बिन्नी की आँख खुल गई। बारिश कब बन्द हुई? मौत की सी चुप्पी छाई थी सब तरफ़।

वह उठकर कमरे से बाहर छज्जे पर निकल आई। हाथ पसार कर देखा, टपटपाहट एकदम बन्द हो गई थी, पर उमस बनी हुई थी। क्या और बरसेगा? वह रेलिंग पर हाथ रख आगे को लटक आई। आसमान देखने के लिए यह करतब ज़रूरी था। ऊपर स्याह तम्बू तना था। एक भी तारा नज़र नहीं आया। वैसे कौन बहुत तारे नज़र आते थे इस तंग दड़बेनुमा घर के दो फ़ुटे छज्जे से। फिर भी अहसास हो जाता था, तारे खिले हैं या नहीं। अभी कुछ नहीं था। अँधेरे और ध्वनिहीनता के सिवा। अपने दो फ़ुट के आकाश से ही उसे निस्सीम का अनुभव हो आया। उसने आँखें बन्द करके सन्नाटे को महसूसा...दूर अनंत तक फैला, मूक, निर्वाक् अकेलापन। बाहर लाखों की गिनती में स्त्री-पुरुष रह रहे हैं, वह जानती थी। पर भीतर वह अकेली थी। नहीं, विजय था उसके पास। "तुम्हारे पास फिर भी विजय है," अमर ने कहा था। हाँ है। एक आदमी की जगह दूसरा आदमी इतनी आसानी से ले सकता है? यह नहीं तो वह।

क्यों गए तुम वहाँ, उसने अमर से पूछना चाहा। अपने आप निर्णय ले लिया और सोचा मैं चुपचाप तुम्हारे पीछे चली आऊँगी। मेरा अपना कोई अस्तित्व नहीं, चुनाव नहीं, निर्णय नहीं।

कभी मोटर का लालच देते हो, कभी खुली, चौड़ी जगह का। यह नहीं कहते, सँकरा हो चाहे खुला, मकान घर तभी बन सकता है, जब तुम उसमें हो। मुझे तुम्हारी ज़रूरत है।

मुझे तुम्हारी ज़रूरत है, उसी ने कब कहा अमर से। कितनी अजीब बात है, सुरेश-रमेश गए तो उसने उन्हें रोकने की कोशिश की थी। कम से कम हमेशा के लिए वहाँ न बसने का आग्रह किया था। यह जानते हुए कि उन्हें उसकी ज़रूरत नहीं थी। पर अमर गया तो वह तटस्थ बनी रही थी। इसीलिए न क्योंकि वह जानती थी कि अमर के लिए फिर भी उसकी एक शख़्सियत थी, जबकि बच्चों के लिए वह एक बीता हुआ रिश्ता थी। जो कभी ज़रूरी रहा था पर अब, काम पूरा हो जाने पर, बिलकुल ग़ैरज़रूरी हो गया था। नई चमकीली सड़क के किनारे काई लगी शिलाएँ पड़ती रहती हैं न। तेज़ रफ़्तार से दौड़ता यातायात उन पर कब ध्यान देता है। चन्द उन जैसे बुढ़ाते लोग ही होते हैं न, जो वहाँ बैठ सुस्ता लिया करते हैं।

पर ज़िन्दगी का कोई क्या करे। बच्चे हुए तो ख़ुद-ब-ख़ुद, ध्यान पति से हटकर, उन पर केन्द्रित हो गया। उनकी ज़रूरत अपनी ज़रूरत बन गई। सोच-विचार कर कब तय किया उसने कि उनके बीमार होने पर रात-रात जागेगी ? नौकरी में सिर खपा कर घर लौटेगी तो अपनी थकान भूल, उन्हें खिलाने-पिलाने, स्कूल का काम करवाने में जुट जाएगी ? कि किसी तरह मशक़्क़त करके उन्हें वे सब सुविधाएँ देगी, जिससे वे शिक्षित, सेहतमन्द और नीतिवान बन सकें ? अनायास ही होता गया था सब कुछ। स्वतंत्रता ! चुनाव ! निजी निर्णय ! अच्छे लगते हैं ये शब्द सुनने में। अहम् को सहलाते-दुलराते हैं। पर हैं वास्तव में एकदम खोखले। कैसी स्वतंत्रता ? किसका निर्णय ? हाँ, बच्चे पैदा न करना वह चुन सकती थी। या विवाह न करना। वह तो कभी चाहा नहीं था उसने। फिर क्योंकर चुनती ? पर न चुनना भी तो एक तरह का चुनाव ही है न। हाँ, बस इतनी भर स्वतंत्रता होती है, हमारे पास। सिर्फ़ एक बार चुनने का अवसर मिलता है। एक बार चुन लिया, स्वीकार या नकार, बस। बाक़ी सब कुछ स्वतः होता जाता है। स्वतः तुम करते जाते हो वह, जो होना होता है, समय के साथ। सिर्फ़ एक चीज़ तय है ज़िन्दगी में, बूढ़े होना। वह भी तभी न, जब इनसान जवान रहते मर न जाए। नहीं, बुढ़ापा भी नहीं। मौत के अलावा, सिर्फ़ एक चीज़ तय है, समय का गुज़रना।

सब कुछ गुज़र जाता है। बस, गुरुमंत्र क्या इतना भर है ? और कुछ नहीं ? पर इतनी खींचतान किसलिए ? उसने अपना सिर छींटों से भीगी रेलिंग पर टिका दिया। पानी का स्पर्श भला लगा। अपना सा। बारिश में कितना अपनापन है, अमर ने कहा था। मानो तो अपनापन है, न मानो तो कुछ नहीं। कुछ रार कुछ तकरार, कुछ मेल-मिलाप, आपसी संवाद, जिससे हो जाए वही अपना है। पर कितनी देर ? हर पल, समय हाथ से निकला जाता है। क्या ऊलजलूल सोचे जा रही है, जाए बिस्तर पर, सो रहे। अपने को डपट कर सिर ऊपर उठाया।

अरे ! सामने आकाश चमक रहा है। वह चाँद ठीक उसके सामने कैसे उग आया। पहले कभी देखा नहीं। रात के दो बजे कभी बाहर निकली जो नहीं। यह क्या रोज़ उसके छज्जे के सामने यूँ ही आ ठहरता है ?

सहसा उसे ताजमहल याद आ गया। ज़िन्दगी में कुल एक बार देखा था। वह भी बरसात की पूर्णमाशी की रात को। उन दिनों अमर की नौकरी आगरा में थी। किसी चाँदनी रात को ताजमहल देखने जाएँगे, सोचते-सोचते तीन साल निकल गए थे। फिर अमर के तबादले का

आदेश आ गया था। हाथ में बस एक पूनम की रात बची थी। भरी बरसात थी। तभी वहाँ पहुँच गए थे। कौन जाने, न ही बरसे और देर-सबेर चाँद निकलेगा तो सही, इस उम्मीद में वहाँ डटे रहे थे। बूँदा-बाँदी शुरू होने पर भी नहीं हटे थे।

आख़िर बिन्नी का धैर्य चुक गया था। ''बहुत सुन्दर है, अब चलें,'' उसने कहा था।

अमर एकदम बिफर गया था, ''ख़ाक सुन्दर है। दिख भी रहा है कहीं। खिली चाँदनी में देखतीं तो कहतीं।''

''बिलकुल तो भीग गए। कब तक बैठे रहेंगे ?''

''तुम्हीं तय करो। फिर न कहना चाँदनी रात में ताजमहल तक नहीं दिखलाया।''

तो यह बात थी। ठीक माहौल में ताजमहल न दिखला पाना उसकी मर्दानगी को कचोट रहा था। बिन्नी को हँसी आ गई। उसके गले में बाँहें डाल कर बोली थी, ''बारिश में ही देखना चाहिए ताज। कितना रोमांटिक है, है न, बारिश में भीगा, रोया-पसीजा सा ताज।''

अमर का चेहरा भी शायद पसीज गया था, ठीक से याद नहीं। क्योंकि तभी गोद में सोया सुरेश चीख़-चीख़ कर रोने लगा था। दोनों उसे चुप कराने और बारिश से बचाने में लग गए थे।

याद करके बिन्नी को हँसी आ गई। कभी वे दोनों, अमर और बिन्नी, अपनी स्मृतियों को एक साथ याद कर, मिल-बैठ हँसे क्यों नहीं ? समय को परास्त करने का एक ही तरीक़ा है, स्मृतियाँ ताज़ी रखना। वे दोनों तो जैसे सब कुछ भूलने पर उतारू थे।

अबकी आएगा अमर, तो याद दिलाऊँगी उसे। समय को गुज़रना था, गुज़र गया। बच्चे बड़े हो गए। अब हमसे कुछ नहीं चाहते। एक बार फिर चुनने की स्वतंत्रता मिली है हमें। मुझे। चाँद को और अच्छी तरह देखने के लिए वह छज्जे पर आगे को लटक आई। धुली, अधखिली रोशनी में उसे अपना मोहल्ला काफ़ी सुन्दर लगा। दिन की रोशनी में ऐसा कभी नहीं लगता। सड़क पर जगह-जगह पड़े चकत्ते, गँदले पानी से भरे गड्ढे, किनारे पर जहाँ-तहाँ गँधाते कचरे के ढेर, पलस्तर उड़ी दीवारें, कुछ दिखाई नहीं दे रहा था। गीली चाँदनी में नहायी सड़क, मकानों की धूमिल रेखाएँ और दूर खड़े दो-चार पेड़ों के साये, सब मिलकर एक कलाकृति का आकार ले रहे थे।

–ठीक दूरी और ऊँचाई से देखो तो हर चीज़ ख़ूबसूरत नज़र आती है। जितनी दूर हो उतनी ज़्यादा। मेरे देश की मिट्टी...मेरी बारिश...पाँव नीचे रखोगे तो कीचड़ सालेगा न ? वरना सब सुन्दर ही सुन्दर है। उत्फुल्ल भाव से वह हँस दी। कभी-कभी अपने पर हँसना भी चाहिए। अबकी गरमी की छुट्टी होगी तो अमर के पास चली जाएगी। छुट्टी और बढ़ा लेगी। बिना तनख़्वाह। दिल्ली शहर कहीं भागा नहीं जा रहा। लौटने का क्या है, जब चाहे लौट सकती है।

अमर ने साफ़ सुना, बारिश के अधीर घोड़े धड़-धड़ दौड़े जा रहे थे। यह कैसे हो सकता है ? हिमपात और वर्षा एक साथ नहीं हो सकते। पानी या जमेगा, या नहीं जमेगा। कुछ जम जाए, कुछ बरस जाए, यह मुमकिन नहीं। विज्ञान से अटे इस देश में तो बिलकुल नहीं। जैसे उसके अपने देश में बर्फ़ और बारिश साथ गिरा करती थीं। गूँगी बर्फ़ गिरनी बन्द हो गई होगी, अरसा पहले, पता नहीं चला होगा। अब बारिश हो रही थी। अच्छा है। गरमी में बारिश सुकूनदेह लगती है। गरमी ? गरमी नहीं पड़ती इस देश में। पर है। गरमी है, तभी बदन पसीने से चिपचिपा रहा है। उसने करवट बदली।

धड़–धड़। बौखला गई बारिश। जीत का खंभा पास आ गया क्या? रेस के घोड़े बाहर दौड़ रहे हैं या भीतर, उसकी चेतना में? यह तो उसका दिल है जो बाँह के नीचे उछल–उछल पड़ रहा है। इतनी ज़ोर से धड़कने का सबब?

यह कैसी वर्षा है जो उमस घटा नहीं, बढ़ा रही है। सिर से पाँव तक पसीना बहा चला आ रहा है।

''बिन्नी,'' उसने पुकारा, ''बिन्नी...खोलो दरवाज़ा...।''

कोई जवाब नहीं मिला। पसीने के साथ घबराहट उस पर हावी हो गई।

सरदी की सुबह आसमान बिलकुल साफ़ था। धूप से ऐंठा। सड़क के किनारे पड़ी धूल सिर धुनती भटक रही थी। बिना हवा, आँधी बन, आकाश से बातें नहीं कर सकती थी। बस, ज़रा सा उठकर सड़क पर आ गिरती थी। बिन्नी धूल में साड़ी लथेड़ती, स्कूल से लौट रही थी। एक बार भी झटक देने का प्रयास नहीं किया था।

सुबह के सूरज के साथ रमेश का सन्देश मिला था। अस्पताल से घर लौटने पर, अमर के पास किसी का रहना ज़रूरी था। बीमे के रुपयों को देखते हुए इलाज के लिए वहीं बने रहना बेहतर था। बिन्नी ने बहस नहीं की थी, लड़कों का फ़ैसला मान लिया था। इतना दूर बैठे, असंवाद की स्थिति में, बीमार अमर से यहाँ आने को कहना नामुमकिन था।

वह जानती थी, पास रहना साथ होना नहीं होता। फिर भी जा रही थी। गई बरसात की रात वह जान गई थी, ज़िन्दगी में बार–बार चुनने को नहीं मिलता। बहुत पहले उन्होंने, उन जैसे सभी लोगों ने, अकेले रहना चुन लिया था। तब से केवल समय आगे बढ़ा था, वे वहीं खड़े रह गए थे। पर समय अब भी स्थिर नहीं हुआ था। उसी ने इस्तीफ़ा देने से उसे रोक लिया था। लम्बी छुट्टी की अर्ज़ी देकर चली आई थी। हो सकता है, एक दिन ऐसा आए जब वे साथ लौट सकें...शायद।

(1991)

छत पर दस्तक

सूजी आँखों में बिनसोई रात की थकन लिये नलिनी कालीन में पैर डुबाती रसोई तक पहुँच गई, बेआवाज़, जैसे लम्बी घास में दुबका शेर दबे पाँव आगे बढ़ा रहा हो। वहाँ भी वही सन्नाटे भरी पदचाप। चूल्हे के सामने भी कालीन का फैलाव था न। अच्छा लगता है, सुबह-सुबह चप्पल की चट-चट से आज़ाद, चाय बनाने पहुँच पाना।

सच पूछो तो पूरे घर में बिछे इस एकसार सलेटी रंग के ऊनी बिछावन को कालीन कहते झिझक होती है। उसकी कल्पना में कालीन का रूप बिलकुल फ़र्क़ था। चित्रकला या नक़्क़ाशी की तरह, सौन्दर्य की बारीक सूझ-बूझ से भरपूर, क़सीदे का भव्य प्रतिरूप। रंगों का मिलान हो या बेल-बूटों की पच्चीकारी, हर टाँके में राजसी शान-शौकत और कलात्मकता समायी हुई। ईरानी, कश्मीरी, मिर्ज़ापुरी...बनते-बनते सपना टूट कर बिखर गया। कल्पना अलग होती है और यथार्थ बिलकुल अलग, दुख-दर्द से भरा। उसे याद आ गया था, नन्हे-नन्हे बच्चे बुनते हैं कश्मीर और मिर्ज़ापुर में कालीन। भूखे-नंगे, झुकी पीठ और कटी उँगलियाँ लिये जवान होने से पहले बूढ़े होते बच्चे। सुना है, उन नन्हे हाथों से बुने गलीचों की सबसे ज़्यादा बिक्री अमेरिका में ही होती है।

होती होगी! उसका दिमाग़ है या घनचक्कर! यहाँ कौन हाथ का बुना गलीचा बिछा है। यहाँ से वहाँ तक मशीन का बुना सलेटी कालीन है, पैरों के नीचे, और कुछ नहीं। नंगे पाँव चलने में आवाज़ नहीं होती। चप्पल की चटकार से बेटे के आराम में दख़ल नहीं पड़ता। उसके अमेरिकन बेटे को शोर पसन्द नहीं है, चप्पलों का, बर्तनों का, हिन्दी गानों का।

नहीं, उसके पति अमेरिकन नहीं थे, न उसके भीतर रत्ती भर अमेरिकन ख़ून था। यही तो मज़े की बात थी। इस देश में भरा-पूरा जवान आदमी, मिनट भर में हिन्दुस्तानी से अमेरिकन बन जाता था। माँ-बाप की नागरिकता, सदियों की विरासत, ख़ून और नस्ल, सब धरे रह जाते हैं और आदमी बिना गर्भ में आए, बिना मदद या परवरिश नया जन्म ले लेता है। शरीर का चोला तक नहीं उतारता, ज़िन्दा का ज़िन्दा...नहीं, यह ग़लत है, मरता ज़रूर है, पुनर्जन्म लेने से पहले। बहुत कुछ मरता है अन्दर-बाहर। देखने में जवान-जहान आदमी भीतर से निरीह बच्चा बनकर ही जन्म लेता है। डरा-सहमा, पूरे एक देश को बाप मान कर, उसका हुक्म बजाता हुआ, इतना धीरे-धीरे बड़ा होता है कि डॉलर का मूल्य समझने के आगे, उसकी ज़ेहनियत जा नहीं पाती।

वे होती हैं न, छोटी-छोटी कविताएँ, जो नन्हे बच्चे माँ की गोद में सीखते हैं :

चन्दा मामा दूर के, पुए पकाएँ बूर के! कहाँ के चन्दा मामा। हिन्दुस्तान के शहरी बच्चे

तो कब से 'ट्विंकल-ट्विंकल लिटिल स्टार' रट कर बड़े होते आ रहे हैं। यहाँ दोबारा जन्म लेते हैं तो डॉलर-डॉलर गाने लगते हैं।

डॉलर-डॉलर दूर के।

पुए पकाएँ बूर के।

धत्! ऐसे भी कोई गाता है...वह हँसी। पर एक बात है। दोबारा जन्म भले हो जाए, इन नए नकोर अमेरिकनों की ज़ुबान का स्वाद नहीं बदलता। वही पुए-पुलाव, मटर-पनीर, मुर्ग़-मुसल्लम, देखे नहीं कि लार टपकनी शुरू। यही एक रिश्ता है जो जोड़े रखता है देश से, माँ से। खाना जितना चाहो पकाओ पर ख़बरदार जो बर्तन खड़कने का शोर हो। उसका अमेरिकन बेटा पसन्द नहीं करता।

ख़ैर, शोर उसे ख़ुद भी पसन्द नहीं है। नई शादी हुई थी तो अलस्सुबह, पाँच बजे से, सास-ससुर का पूरे घर में चप्पल चटकारते घूमना बड़ा नागवार गुज़रता था। सास-ससुर ही क्यों, घर के तमाम प्राणी, देवर-देवरानी, ननदें सभी उसी ऊँची सड़प-सड़प आवाज़ के साथ नंगे फ़र्श पर पाँव घसीटा करते थे। बस, उसका विवेक एकदम अलग था। उसकी पदचाप में एक कशिश थी, एक उड़ान और तरतीब। गरदन पर गरम साँस महसूस होने पर ही अहसास होता था, वह पास पहुँच चुका। सुना है, उम्र के साथ हर बेटा बाप जैसा होता जाता है। क्या एक दिन विवेक भी वैसा हो जाता...रहता तो? पर कहाँ...जैसे दबे पाँव क़रीब आता था, वैसे ही बिना आवाज़ दूर निकल गया, हमेशा के लिए।

घर तो उसके बिना भी भरा-पूरा बना रहा पर उसके लिए सूनापन इतना गहराया कि चप्पल की चटकार साथिन बन गई। शेर की तरह इतरा कर चलना वह भूल गई। धीरे-धीरे वह ख़ुद अपनी सास में तब्दील होने लगी। उसकी अपनी माँ, उसकी उम्र में ठीक कैसी थीं, कहना मुश्किल था। शादी के बाद उनसे मिलना बहुत कम हो गया था। दूर शहर, बढ़ते किराये वग़ैरह-वग़ैरह। सास के क़रीब बने रहना मजबूरी थी, फिर वही बढ़ते किराये, चढ़ती महँगाई। दो घरों का किराया कौन दे, नलिनी नौकरी पर जाए तो बच्चे को कौन देखे, वग़ैरह-वग़ैरह। सच, ज़िन्दगी में वग़ैरह की बड़ी अहमियत है। फ़र्क़ सिर्फ़ इतना है कि वे रुपये को वग़ैरह में डाल देते थे और उसका अमेरिकन बेटा डॉलर को ज़िन्दगी की तरह जीता है।

जो हो, चप्पल उतार कर बेआवाज़ नंगे पाँव चल पाना अच्छा लगता है...कितने डॉलर का आया होगा कालीन? छोड़ो...चाय बनाओ। हे राम! पानी तो सारा जल गया। पीँऽऽ... सत्यानाश! बज गया स्मोक अलार्म।

उसने अख़बार उठाया और अलार्म के नीचे हिलाने लगी। धुआँ तितर-बितर हो गया तो बजना बन्द हो जाएगा। शोर...

पर बेटा तो सामने खड़ा था। बिलकुल बाप पर गया है। ऐसा भी क्या दबे पाँव चलना!

''इतनी सुबह परांठा बना रही थीं?'' सुधीर ने बेदिली से पूछा।

''नहीं,'' वह शर्मिंदा थी, ''चाय का पानी जल गया।''

''चाय तो मैं पीता नहीं।''

''मैं पीती हूँ।''

''ओ हाँ, पराँठा नहीं बना रहीं?''

''नहीं, टोस्ट खाओ! कोलेस्ट्रोल बढ़ जाएगा।''

"ओ माँ, अमेरिकनों की तरह मत बोलो।"

"क्यों, तू अमेरिकन बन सकता है, मैं नहीं।"

"तो चाय पीना छोड़ो, हर्बल पियो।" कहकर वह खट से अपने कमरे में जा घुसा। वहाँ उसका दख़ल नहीं था। पहले दिन ही उसने कह दिया था, प्राइवेसी भी कोई चीज़ होती है, हिन्दुस्तान की तरह नहीं कि तीन पीढ़ियाँ एक ही कमरे में सो रही हैं।

"हमारे घर में ऐसा था क्या ?" उसने पूछा था पर तब भी वह अपने कमरे में जा घुसा था और भीतर जाते उसके क़दम ठिठक गए थे।

प्राइवेसी भी कोई चीज़ होती है, उसने भी इतनी ही बेदिली से कहा था, जब शादी के बाद विवेक की पहली चिट्ठी आई थी और देवर-ननद ने मिलकर खोल ली थी। सास-ससुर सामने बैठे हँसते रहे थे। क्यों न हँसते ? इन्हीं ससुर जी की बदौलत तो सुहागरात से ज़्यादा, अगली सुबह, न भूलने वाली बन गई थी। सुबह आठ से ऊपर क्या बजे, ससुर जी उनके कमरे का दरवाज़ा धड़ाक से खोल, भीतर घुस आए थे। विवेक शायद रात में एक बार बाहर गया था...क्या करता, पाखाना जो एकदम बाहर था...और लौटकर सिटकनी लगाना भूल गया था। पर खटखटाया तक नहीं ससुर ने, दरवाज़े पर हाथ मारा और एकदम अन्दर। उफ़! भीतर घुसते ही फ़ौरन लौट गए थे, विवेक ने बतलाया था, वह ख़ुद तो शर्म से गड़ कर चादर के भीतर दफ़न हो गई थी।

बाद में उनके सामने जाना कितना मुश्किल हो गया था...एक गाँठ पड़ गई थी मन में। पर अचरज, उन्हें कोई मलाल नहीं था। न पछतावा न शर्मिंदगी। दो रात बीती नहीं थी कि सास-ससुर ने सीख देनी शुरू कर दी थी। क्या गरमी में कमरे में घुसे रहते हो...छत पर सोया करो खुली हवा में...अलस्सुबह इतनी ठंड होती है कि कम्बल लेना पड़ता है...सेहत का ख़याल करो... बुढ़ापे में पछताओगे...हमें देखो साठ के हो गए पर तुमसे जल्दी उठते हैं, दुगुना काम करते हैं वग़ैरह-वग़ैरह। शिक्षाप्रद वाक्यों के बीच विराम लगाने की परम्परा उनके यहाँ नहीं थी। उसी दिन से उसके मन में ससुर के लिए दुर्भावना घर कर गई थी।

यह भी कोई बात हुई भला। कोई पूछे, हिन्दुस्तान में बहुओं को क्या कुछ नहीं सहना पड़ता। यह क्या था उसके सामने, न तिल, न तिनका। यूँ चाहो तो तिल का ताड़ बना लो। कितना समझाया मन को पर वह मानकर नहीं दिया। क्या था कि अगर सिर्फ़ एक बार, आँख मिलने पर ससुर शर्म से सिर झुका लेते, चेहरा उनका तनिक सा पसीज उठता तो वह सब कुछ भूल जाती। पर वे तो ऐसे अकड़े रहे जैसे कुछ हुआ ही नहीं, सिवाय इसके कि आठ बजे तक बिस्तर में लोट लगाने से सेहत ख़राब हो जाती है। रात में तीन-चार बार उठकर दरवाज़े की सिटकनी पक्की कर लेना उसकी आदत में शुमार हो गया था। पर विवेक से किसी रात उसने कुछ नहीं कहा था। ससुर के लिए दुर्भावना की बात ज़ुबान पर नहीं लाई जा सकती थी। लाख विवेक परिवार से फ़र्क़ हो, पर था तो उसी परिवार का बीज।

विवेक के न रहने पर उसका कमरा रेलवे प्लेटफ़ार्म बन गया था। जो मेहमान आए, बिस्तरा-बोरिया ले सीधे उसके कमरे पर क़ाबिज़। कुछ दिन बीतते न बीतते, कमरा छोड़ स्टोर में जाना पड़ा था। यूँ नाम उसका पिछवाड़े की कोठरी था। एक खाट बिछी थी भीतर। एक दरवाज़ा और एक खिड़की भी थी, हवा के आवागमन के लिए। सुधीर की पढ़ाई न रही होती तो वह कोठरी भी न मिलती। फिर उसे वजीफ़ा मिलने लगा था और उसकी पढ़ाई का मोल बढ़ गया

था। यूँ नलिनी भी स्कूल में पढ़ाती थी, अपने और सुधीर के खाने-पहनने लायक़ कमा लेती थी पर उसका कोई मोल नहीं था। होता भी कैसे? एक बरसाती तक किराये पर लेकर रहने की बिसात नहीं थी, कोठरी ही कोठी थी उसके लिए। सास-ससुर भले थे उसके, लाख कहते रहे हों, नलिनी का क्या है, कहीं भी पड़ जाएगी, पर किसी रात उसे रसोई या गलियारे में सोने के लिए मजबूर नहीं किया। रात होने पर वह कोठरी का दरवाज़ा कस कर बन्द करके सिटकनी चढ़ा देती थी। और जो हो, कोठरी में प्राइवेसी तो थी।

प्राइवेसी! हिन्दी में कोई शब्द है उसके लिए? शायद नहीं। ऐसी कोई अवधारणा ही नहीं है हमारे पास। जो ख़ुद पर ज़ाहिर, जग ज़ाहिर। जो अपना होता है, नितान्त अपना, ढका-ढँपा, मन की परतों के भीतर क़ैद, बस वही अपना बना रहता है और कुछ नहीं। न कोई रिश्ता, न भावना। वह सुधीर के मन को समझ सकती है। उस कोठरी की पर्दाफ़ाश रिहाइश के बाद प्राइवेसी कितनी क़ीमती चीज़ बन गई होगी उसके लिए वह समझती है। इसीलिए उसकी ग़ैरमौजूदगी में भी, उसके कमरे के भीतर नहीं घुसती। कभी-कभी मन होता है, भीतर जाकर कुछ सार-सँभाल कर दे, कौन वहाँ उसकी बीवी बैठी है। पर एक क़दम अन्दर रखते ही, अपने कमरे के दरवाज़े में टँगा ससुर का बिटर-बिटर ताकता चेहरा याद आ जाता है और वह जहाँ की तहाँ जड़ हो जाती है।

उसने कुकिंग रेंज के छोटे चूल्हे पर पानी दोबारा रखा। चाय तो पीनी ही पीनी है। मन भारी हो चाहे हलका। बीता हुआ कल दिल पर क़ाबिज़ हो या आने वाला कल। विवेक के जाने के बाद भी सुबह की चाय नहीं छूटी थी। स्कूल के लिए सुबह जल्दी घर छोड़ना पड़ता था इसलिए निभ गई थी। चाय कहो, नाश्ता कहो, सुबह की चाय फिर भी चाय थी।

यहाँ आने पर सुधीर ने माइक्रोवेव में पानी का प्याला रखकर चाय बनाने को कहा तो वह बिफर गई थी। लो भला, सोंधी महक न उठी तो चाय का क्या फ़ायदा। उसे न टी बैग सुहाता है, न चाय में लबालब दूध, न इलायची मसाला। उबलते पानी में छोड़ी गई लम्बी पत्ती वाली चाय की धीरे-धीरे ऊपर उठती गन्ध। विवेक के साथ के दिनों की यादगार के नाम पर यह दिलकश महक ही तो बची थी उसके पास...वही उसका ताजमहल, वही उसकी शेरोशायरी।

पानी उबल गया। उसने चाय पत्ती उसमें छोड़ दी, भगौना ढका और चटपट चूल्हे से अलग कर दिया। अब दो मिनट का इन्तज़ार। तभी न पानी चाय की गन्ध सोख पाएगा। छलनी से छन कर प्याले में ढलती चाय की गन्ध से लबरेज समाँ विवेक को पास खींच लाएगा। ठीक दो मिनट के इन्तज़ार के बाद चाय की पहली चुस्की भरने का मज़ा रोज़ नहीं मिल पाता था। सुधीर समेत घर भर का नाश्ता तैयार करने की हड़बड़ी में कितनी बार चाय पड़ी रहकर कड़वी और ठंडी हो जाया करती थी। फिर भी एक बार महक सोख ही चुकी होती थी उसकी अन्तरआत्मा।

अन्तरआत्मा! सुधीर को इस शब्द से ख़ास चिढ़ है। कहता है, तुम लोगों के सिर पर हमेशा कोई अपराधबोध सवार रहता है, इसीलिए अन्तरआत्मा-अन्तरआत्मा चिल्लाते रहते हो। नहीं सुधीर, बात सिर्फ़ अपराधबोध की नहीं है। प्राइवेसी के नाम पर हमारे पास और कुछ नहीं है, सिवा इस एक अन्तरआत्मा के। बाक़ी सब कुछ तार-तार करके नंगा कर दिया जाता है। चाय की महक में विवेक के सान्निध्य को ढूँढ़ने की बात किसी से कहती तो लोग पागल करार कर देते मुझे, दुनिया के लिए मेरी ख़ुदी अफ़साना बन जाती। पर मैंने कभी किसी पर कुछ ज़ाहिर नहीं किया। चाय के चस्के पर कितने ताने-तिश्ने सुने पर अपनी प्राइवेसी पर किसी को हाथ नहीं डालने दिया।

उसने पहली चुस्की ली, साँस लम्बी खींचकर गन्ध को सहेजा और मुस्करा दी। हर्बल पियो। हर्बल! ये नए बने अमेरिकन भी लकीर के फ़क़ीर होते हैं। शुरू होंगे वही अलिफ़ से पर जो कहेंगे तर्जुमा करके। मन हुआ सीधे जाकर सुधीर से पूछे, तू पीता था बचपन में बनफ़शा-जुशांदा जो मैं हर्बल पिऊँ? ज़ुकाम-खाँसी होने पर दादी काढ़ा पिलाती थीं तो आसमान सिर पर उठा लेता था। यही हर्बल तो था वह, जिसे आज तू सेहत और तरक़्क़ी के नाम पर घोंटा करता है, तर्जुमा बेशक कर लिया तूने नाम का। पर बचपन की क्या कहे, तब तो सुधीर दूध पीना चाहता था...मुश्किल से आधा गिलास नसीब होता था। ऐसा नहीं था कि वह उसे दो गिलास दूध ख़रीद कर देने लायक़ कमाती नहीं थी, पर घर में और लोग भी थे न। बूढ़े सास-ससुर, फिर देवर-देवरानी, उनके दो बच्चे। एक जने के हिस्से में मुश्किल से एक गिलास दूध आता था, सुधीर के लिए आधा ही बचता था, वह ख़ुद दो बूँद दूध की चाय पीती थी वरना उतना भी नहीं होता शायद...अब तो दिन में तीन बार दूध पीता है, नलिनी से भी कहता रहता है, दूध पिया करो, पर उसकी तो दूध की आदत कब की छूट चुकी। अच्छा, कहीं इस दूध के मारे ही तो सुधीर अमेरिकन नहीं बना?

छोड़ो...होगा। चाय पीते हुए ऊलजलूल नहीं सोचना चाहिए, मज़ा ख़राब हो जाता है।

चाय के चार घूँट अन्दर गए तो दिमाग़ चौकस हुआ। पुरानी यादों से निकल कर आज पर आया। कल फिर सारी रात, ऊपर वाला फ़र्श पर पैर पटकता रहा था। उसका फ़र्श, नलिनी की छत। रात-भर उसके पैरों की धमक सिर पर हथौड़े की तरह बजती रही थी। कौन रहता है ऊपर वाले फ़्लैट में। सारी रात तंग दीवारों के बीच, इधर से उधर क्यों भागता रहता है?

नलिनी सो नहीं पाती। रातोरात जग कर उसकी पदचाप सुनती है। पहलेपहल सोचा था, जैट लेग होगा, एक देश से उड़ कर दूसरे देश जाओ तो, हलकी से हलकी आवाज़ भी रात में शोर बनकर जगाए रखती है। पर अब एक पखवाड़ा बीत चला। ऊपर वाले की चहलक़दमी उसी तरह क़ायम है। रात में दो-एक बार उठकर रसोई या ग़ुसलख़ाने तक जाना और बात है, यह तो सारी रात भूत की तरह इधर से उधर डोलता रहता है।

मर्द है, इतना वह पहली रात उसके क़दमों के आघात और फ़ासले से जान गई थी। धीरे-धीरे और कई क़यास लगा लिये थे। उम्र साठेक होगी, अकेला रहता है, कभी किसी का बोल नहीं सुना। एक पैर ज़रा घसीट कर चलता है। फ़र्श पर कालीन नहीं बिछा क्या, इतनी आवाज़ क्यों होती है? उस फ़र्श और इस फ़र्श का फ़ासला कितना है, बस कोई सात फ़ुट। बन्द माचिस की डब्बी सी पतली, गत्ते-लकड़ी की दीवारें। ऊपर से आवाज़ बेरोक नीचे कूदती है और उसके साथ इस डिब्बी में क़ैद हो जाती है।

माचिस की डिब्बी। बिलकुल वही। बचपन में वे लोग माचिस की डिब्बियों से घर बनाया करते थे। एक के ऊपर एक डिब्बी रखकर कई मंज़िल ऊँचा मकान। कैंची से चौकोर काट कर डिब्बी में खिड़की बना ली जाती थी। मकान काफ़ी ख़ूबसूरत लगता था, ऊँचा, सवाल-जवाब में खरा, कहीं कुछ बिखरा, फैला, असंगत नहीं। पर कितना तंग, उफ़, कितना-कितना तंग और दमघोंटू। इतना दमघोंटू कि सहेलियों के इसरार के बावजूद, वह उनके भीतर बीर बहूटियाँ रखने को राज़ी नहीं होती थी। पकड़ने में अव्वल वही थी, इसलिए उन्हें उसका फ़ैसला मानना पड़ता था पर काफ़ी झक-तकरार के बाद।

अपने अमेरिकन बेटे का अपार्टमेंट उसे माचिस की डिब्बियों से बने बहुमंज़िला मकान

जैसा लगता है। ऊँचा, ख़ूबसूरत, सवाल-जवाब में खरा, बाहर इतना खुला और भीतर एकदम क़ैदख़ाना।

यह कैलिफ़ोर्निया है। इतना खुला, फैला और लम्बा-चौड़ा कि बिना गाड़ी आदमी कहीं आ-जा नहीं सकता। इस एक बड़े हिस्से का नाम सिलिकॉन वैली पड़ा हुआ है। यहाँ कंप्यूटर कम्पनियों की भरमार है। क़रीब-क़रीब हर आदमी-औरत कंप्यूटर के धंधे में लगा हुआ है। पर पते में सिलिकॉन वैली नहीं लिखा रहता। यहाँ हर पाँच मील पर शहर बदल जाता है...सनीवेल, रेडवुड सिटी, सांटा क्लारा, सानहोज़े, माउंट व्यू, नाम इतनी जल्दी-जल्दी आते हैं कि उसे हिन्दुस्तान के गाँव याद आ जाते हैं। पर इनके नामों में गँवई बोली की देशज ताज़गी और कशिश नहीं है। यहाँ नाम बार-बार दोहराये जाते हैं। कैलिफ़ोर्निया प्रदेश में निवाडा शहर और निवाडा शहर में फिर कैलिफ़ोर्निया गली। निवाडा प्रदेश में कैलिफ़ोर्निया शहर और उसमें निवाडा गली। यह माउंट व्यू नाम जाने कितनी बार आँखों के सामने से गुज़र चुका। दूरदराज अनदेखे इलाक़े में आदमी ठिठका खड़ा रह जाए, अरे आ तो गई अपनी गली...पर कहाँ, यहाँ तो जाना-पहचाना नाम भी अजनबी होता है। अजनबीयत कहो, प्राइवेसी कहो, हिन्दुस्तान की तरह बाहर को भीतर लिवा लाने का रिवाज यहाँ नहीं है। अब देखो, बाहर कितना खुला मैदान है, चौड़ी सड़कें, रेडवुड और डगलस फर के ऊँचे पेड़ और फूल ही फूल। कितनों के तो नाम भी वह पहचानती है—पिटूनिया, डेज़ी, पॉपी, हनीसकल, डाइड्रेन्जिया...अरे कितने ढेर नाम पहचानती है वह...स्कूल में बॉटनी पढ़ाती थी न। पर खिड़की पर डले परदे इस खुलेपन और फैलाव पर रोक लगा देते हैं। बेमतलब की पतली दीवारें और नीची छत तमाम शोर को जज़्ब करती हुई भी निस्संग बनी रहती हैं। हर आदमी अपनी प्राइवेसी में दफ़न हो जाता है। सामने पड़ जाए तो पड़ोसी को देखता नहीं, आवाज़ करे तो सुनता नहीं।

एक बार परदा हटाया था तो सुधीर ने फ़ौरन वापस डाल दिया था। क्यों पूछने पर ऊबे स्वर में कहा था, "यहाँ एक-दूसरे के घर में कोई नहीं झाँकना चाहता।"

उसे एक डरावना ख़याल आया था। फ़र्ज़ करो, कोई हादसा हो जाए, आग लग जाए, पानी का पाइप फट जाए, उसका ख़ून हो जाए, तब भी कोई नहीं सुनेगा? वह चिल्ला-चिल्ला कर मदद की गुहार करेगी पर माचिस की डिब्बियों में बन्द पड़ोसियों का सन्नाटा नहीं टूटेगा? कोई कुछ सुनेगा ही नहीं?

उसने दफ़्तर जाते सुधीर का रास्ता रोक लिया था।

"सुन, एक बात बतला, मान लो घर में आग लग जाए..."

"स्मोक अलार्म है," उसने उकता कर कहा था।

"बात सुन पूरी। अगर कोई घर में घुस आए..."

"ओह हाँ," वह सतर होकर भीतर आ गया था। "यह देखो, इस अपार्टमेंट बिल्डिंग के बाहर का दरवाज़ा हमेशा बन्द रहता है। जो आता है बाहर से घंटी बजाता है। यहाँ बजती है। घंटी सुनने पर यह बटन दबाओ, पूछो कौन है? फिर यह सुनो का बटन दबाओ। जवाब सुनकर, पूरा भरोसा करके ही यह तीसरा बटन दबाओ। तभी बाहर का दरवाज़ा खुलेगा, वरना नहीं। और यह घर वाला दरवाज़ा भी बन्द रखना। बस, कोई अन्दर नहीं आ पाएगा।"

"और जो कोई ज़बरदस्ती भीतर घुस कर मुझे मार दे, तो?"

"अब उसमें कोई क्या कर सकता है," उसने कहा और बाहर चला गया।

यानी नहीं सुनेगा। कोई कुछ नहीं सुनेगा। उन्हें दिखलाई देता है पर वे देखते नहीं। वे सुन सकते हैं पर सुनते नहीं।

इस बात को पन्द्रह दिन बीत चले थे। अब भी रात को नींद मुश्किल से आती थी। तीन-चार रातें बीत जाने पर एक रात बेहोश भले बीत जाती हो पर अपनी मर्ज़ी की नींद न पाने का मलाल मन में बना रहता था।

उसने बैठक के दरवाज़े से परदा हटा दिया। बाहर की हरियाली ने मन मोह लिया। साबुन के झाग से हलके, सफ़ेद बादल नीचे आसमान पर छिटक रहे थे। उसने शीशे और जाली के, दोनों दरवाज़े खोल दिये और चाय का प्याला थामे बाहर बालकनी में निकल आई। ताज़ी हवा में चाय की चुस्कियाँ भरना कितना अच्छा लगता है। सर्दियों के मौसम में वह थर्मस में चाय डाल कर स्कूल ले जाती थी। आधी छुट्टी में बाहर बग़ीचे में बैठकर पीने का आनन्द सारी थकान हर लेता था।

अचानक पूरा समाँ कानफोड़ शोर से भर गया। यह इनका सुबह का शोर है। चेहरे पर पट्टी बाँधे, दो नौजवान बड़ी-बड़ी मशीनों से बाहर के पेड़ और झाड़ियों पर कीटनाशक दवा डाल रहे थे। एक दूसरी मशीन बाड़ की छँटाई कर रही थी। यहाँ सड़क पर मोटरगाड़ियों को हॉर्न बजाने की मनाही है पर घर के ठीक सामने मशीनों का धड़ड़-धड़ड़ शोर सफ़ाई और सेहत की निशानी है। अभी कान इस शोर के अभ्यस्त नहीं हुए थे कि दाएँ घर में कपड़ा धुलाई और बर्तन सफ़ाई की मशीनें एक साथ चल पड़ीं और बाएँ घर में टी.वी., बचाओ-बचाओ की चिल्लपों मचाने लगा।

"दरवाज़ा बन्द करो, माँ," देखा सुधीर पीछे खड़ा था।

उसे अच्छा लगा। बहरा नहीं है उसका बेटा। सुनता है।

"सारा कैमिकल अन्दर आएगा। देख नहीं रहीं, उन्होंने मास्क पहना हुआ है?"

"अच्छा, ये रोज़-रोज़ कैमिकल क्यों छिड़कते हैं। मैंने तो पढ़ा था, आजकल अमेरिकन सतर्क हो गए हैं," उसने ग़ुस्से से कहा।

"उसमें मैं क्या कर सकता हूँ।"

"क्यों, तू अमेरिकन नहीं है?"

"हूँ तो? सरकार मैं नहीं चलाता।"

"क्यों, तू वोट नहीं डालेगा?"

"ओ माँ, वोट तो तुम भी डालती हो हिन्दुस्तान में। सरकार तुमसे पूछकर काम करती है क्या?"

करती तो नहीं, ठीक कह रहा है सुधीर। उसने स्वीकार में सिर झुकाया ही था कि भीतर ग़ुस्सा फनफना उठा।

"यह जो रात-भर सिर पर पैर पटकता है, उसका भी तू कुछ नहीं कर सकता," उसने कहा।

"नहीं, हमें उससे कुछ लेना-देना नहीं है।"

लो, यह क्या बात हुई। ऐसे हथियार डाल कर रहो तो हो लिया। उसकी शादी हुई थी तो सास-ससुर ने नौकरी छोड़ने पर कितना ज़ोर दिया था। कितने ताने-तिश्ने सहे पर नौकरी नहीं छोड़ी। बाद में सबने राहत महसूस की थी, विवेक चला गया पर चलो नौकरी तो है। सारी उम्र

वह गर्मी की छुट्टियों में भी घर नहीं बैठी। ग़रीब बच्चों को या बड़े-बूढ़ों को पढ़ाने का काम पकड़ लेती थी। इस बरस तो ख़ैर...

''तुम्हारी छुट्टियाँ कब तक हैं?'' उसने सुना, सुधीर पूछ रहा था।

''छुट्टियाँ?'' अचकचा कर उसने दोहराया।

''हाँ, कब का टिकट करवाना है?''

''टिकट?''

''वापसी का टिकट। स्कूल कब खुल रहा है? आठ जुलाई को या पन्द्रह को?''

''तारीख़ें ख़ूब याद हैं तुम्हें,'' उसने बुदबुद की।

समझ नहीं आ रहा था एकदम क्या कहे। अभी तक उसे बतलाया नहीं था कि इस बरस वह रिटायर हो गई है। नहीं जानती आगे क्या करेगी। बेटा वहीं हिन्दुस्तान में होता तो...पर नहीं है। वापस लौटकर आ रहा होता तो...पर नहीं आ रहा। अमेरिकन बन चुका है।

क्या कहे अपने इस अमेरिकन बेटे से? यह कि उसका कोई ठौर नहीं है, अब यहीं रहना पड़ेगा...नामुमकिन। कहे कि जब वह चाहेगा, लौट जाएगी, स्कूल नहीं जाना...नहीं तब भी भिखारी सा महसूस करेगी वह।

''बोलो, भाई,'' सुधीर ने कहा, ''मैं हफ़्ते भर के लिए बाहर जा रहा हूँ, टिकट पहले करा देता तो...''

''कहाँ जा रहा है,'' उसने चौंककर कहा।

''उससे क्या फ़र्क़ पड़ता है?''

''कब?''

''शाम को।''

''आज ही?''

''हाँ।''

''पहले नहीं बतलाया।''

''पहले बतलाने से क्या करतीं?''

''कुछ नहीं,'' ख़ुद अपना जवाब उसने तमाचे की तरह अपने मुँह पर दे मारा, कहा, ''कल का करा दे मेरा टिकट।''

''कल का?'' अब अचकचाने की बारी सुधीर की थी, ''कल एयरपोर्ट कैसे जाओगी, मैं तो हूँगा नहीं।''

''तो हफ़्ते बाद का करा दे।''

''आज दस है, पच्चीस का करा देता हूँ।''

''नहीं, बीस जून का। मुझे बहुत काम है वहाँ। कोर्स बदल गया है, तैयारी करनी है।''

''तो पहले कहतीं। अब जिस दिन का मिलेगा, उसी दिन का तो करवाऊँगा।''

''मुझे हर हाल में बाईस जून को दिल्ली पहुँचना है।''

''टिकट करवाना क्या मेरे हाथ में है?'' सुधीर ने बिफर कर कहा।

''हश! धीरे। शोर नहीं। लोग सुनेंगे तो क्या सोचेंगे?''

''कोई नहीं सुनेगा। कोई कुछ नहीं सुनता यहाँ,'' सुधीर ज़ोर से बोला और बाहर चला गया।

वह हँस पड़ी। चलो, लड़का अपने खोल से बाहर तो निकला।

पर ज़्यादा देर हँसी टिकी नहीं। भविष्य की भयावह अनिश्चितता ने पेट में घबराहट का गोला उठा दिया। वह धम से कुर्सी पर बैठ गई। हिन्दुस्तान लौटकर कहाँ जाएगी, क्या करेगी? नौकरी गई। प्रॉविडेंट फंड की सारी जमा पूँजी सुधीर को अमेरिका भेजते वक़्त निकाल ली थी। तभी न उसके टिकट का जुगाड़ हो पाया था। दिल्ली का घर, ससुर ने मरते वक़्त देवर के नाम पर कर दिया था। कहा था, सुधीर अमेरिका में लाखों में खेल रहा है, ऐसे दस घर ख़रीद सकता है। सुधीर ने उसके लिए यहाँ आने का टिकट भेजा था तो देवर-देवरानी ने साफ़ कह दिया था, "जा रही हो तो अब वहीं बेटे के पास रहना। सारी जमा पूँजी ख़र्च करके वहाँ भेजा, अच्छा कमा-खा रहा है, उसका भी कोई फ़र्ज़ बनता है। अपने पास रखे या दिल्ली में घर ख़रीद दे। इस छोटे से घर में कब तक इतने लोग रुलते रहेंगे। हमारा बेटा भी ब्याहने लायक़ हुआ।"

ख़्वाहमख़्वाह वह सुधीर के सामने अकड़ दिखलाने चली। बाईस जून को ज़रूर दिल्ली वापस पहुँचना है, ख़ाक। साफ़ कह देना चाहिए था, मेरी नौकरी ख़तम, अब माँ का बोझ तुझे उठाना है। महीने के महीने रुपये भेजा कर मुझे। उसकी सास कितने ठसके के साथ विवेक और देवर विनीत से पैसे माँगा करती थीं। हक़ जमा कर। ठीक भी है, आख़िर माँ थीं उनकी। वह भी माँ है सुधीर की। सारी उम्र इसी लड़के की ज़रूरतें पूरी करते बितायी है। माँ-बाप के लाख ज़ोर देने पर भी दूसरी शादी नहीं की। प्रॉविडेंट फ़ंड का तमाम रुपया इसके हाथ पर रख दिया। अब इसका भी कोई कर्तव्य है माँ के प्रति। ठीक है, लौटकर आएगा तो साफ़ कह देगी, दिल्ली में उसके नाम बैंक में रुपया जमा करे, महीने के महीने सूद मिलेगा तो घर ख़र्च के अलावा बचत भी कर लेगी। अरे यहाँ के हज़ार डालर, वहाँ तीस हज़ार रुपये होते हैं, तीन हज़ार डॉलर में सारी उम्र कट जाएगी उसकी। इतना तो यहाँ इस छोटे से घर का, चार महीने का किराया देता है सुधीर।

आने दो लौटकर साफ़ बात करेगी इस बार। ज़रूर। पक्का!

रात बिस्तर पर लेटी तो आँखों में नींद का नामोनिशां नहीं था। सुधीर से पैसे माँगने की बात सोचकर दिल डूबने लगता था। न माँगने का फ़ैसला करती तो ज़िन्दगी का अगला सफ़र तय करने का ख़याल, पिस्तौल सा सीने पर तन जाता। नसों का तनाव इतना कि तनिक सी आहट पर सिर फटने लगे और नींद कोसों दूर। अशान्त मन। वह हठ करके नींद का आह्वान कर रही थी कि हर रात की तरह, छत पर आते-जाते क़दमों की धमक शुरू हो गई। तार-तार हुई नसों से आज आघात बर्दाश्त नहीं हुआ। ग़ुस्से से उफन कर उठी और सुधीर का टेनिस का बल्ला उठाकर तीन बार ज़ोर से छत पर दे मारा। क्षण-भर को सन्नाटा हो गया। उसने फिर बल्ला छत पर बजाया, इस बार रुक-रुक कर तीन बार...शोर मत करो।

क्षण-भर के अन्तराल के बाद ऊपर से जवाब आया।

ठक-ठक-ठक, ठक...ठक...ठक। बिलकुल उसकी नक़ल करते हुए किसी ने ऊपर फ़र्श पर आघात किया था। तीन बार जल्दी-जल्दी, फिर तीन बार रुक-रुक कर।

चकित सी वह बैठी रही। सचमुच एक लय में कुछ बजा था ऊपर, या मात्र उसका भ्रम था?

उसने फिर बल्ला सँभाला और इस बार दो दफ़ा ठक-ठक की।

ऊपर भी दो दफ़ा ठक-ठक हुई।

उसने फिर तीन ताल में छत पर आवाज़ दी। तीन बार जल्दी-जल्दी, फिर तीन बार रुक-रुक कर।

ऊपर बाक़ायदा प्रतिध्वनि हुई।

वह दम साध चुप्पी लगाकर लेट गई।

ऊपर कुछ देर चुप्पी रही फिर धीमे से टोह लेतीं दो ठक-ठक हुईं।

वह उठकर बैठ गई, बल्ला उठाया और छत पर यूँ बजाने लगी जैसे लोरी गा रही हो। दो बार ठक...विराम...दो बार ठक...फिर विराम...फिर दो बार ठक-ठक...

ऊपर एक ठक हुई।

उसने बल्ले को हलके हाथ से समापन की तरह पूरी छत पर घुमा दिया। सो जाओ।

ऊपर चुप्पी छा गई।

कोई बैठा, उठा, लेटा और...सो गया? शायद। हो सकता है वह ख़ुद सो गई हो और ऊपर वाला दोबारा चहलक़दमी करने लगा हो।

अगली सुबह मन शान्त था, बदन चुस्त। ऊपर से नीचे तक घर की सफ़ाई कर डाली, जैसे कोई मेहमान आने वाला हो। लौटने पर सुधीर को घर साफ़-सुथरा मिलेगा तो ख़ुश होगा। होगा? ध्यान जाएगा उधर? गन्दा होने पर दिखता हो तो साफ़ होने पर भी दीखे, ज़रूरी नहीं है। न सही। उसे करना था, कर दिया।

काम ख़तम करके चाय पीने बैठी तो रात के ख़याल ने आ घेरा। देखो, आज रात क्या होता है? मान लो, उसके चहलक़दमी शुरू करने से पहले ही नलिनी छत पर दस्तक दे दे? क्या करेगा तब ऊपर वाला?

हलका खाना खाकर नौ बजे अपने कमरे में पहुँच गई और बल्ला उठा लिया। आज पहल उसकी रहेगी। छत पर दस्तक दी, तीन बार जल्दी-जल्दी, फिर रुक-रुक कर तीन बार। फिर साँस रोककर जवाब का इन्तज़ार करने लगी।

कुछ देर चुप्पी रही, फिर जवाब बज उठा।

नलिनी ने दो बार बल्ला बजाया।

ऊपर भी दो बार बजा।

कैसे हो?

अच्छा हूँ।

नलिनी ने तर्जुमा किया और करती गई।

तीन बार...खाना खा लिया?

ऊपर तीन बार...कब का। तुमने खाया?

दो बार...अकेले हो?

ऊपर दो बार...हाँ, तुम?

अब नहीं।

मैं भी।

हाँ! अब तुम हो।

और? क्या किया आज?

घर साफ़ कर डाला।

मिलो न एक दिन।

कब ?

कल।

अच्छा, देखूँगी।

ज़रूर मिलना।

धीमे-धीमे दो बार...गुड नाइट।

दो बार...गुड नाइट।

उसने आँखें बन्द कर लीं। दिन भर की थकान नींद लाने लगी।

सहसा आँख खुल गई। ठक-ठक की आवाज़ सुन पड़ी। शायद ऊपर वाला कुछ कह रहा था। वह उठकर बैठ गई। ध्यान देकर सुनने लगी। ऊपर से आ रही आवाज़ फट-फट एक सुर में बजती रही। हर रात की तरह ऊपर वाला इधर से उधर चहलक़दमी कर रहा था।

कुछ देर वह स्तब्ध बैठी रही, फिर बल्ला उठाकर पूरी ताक़त के साथ छत पर दे मारा। चहलक़दमी तुरन्त रुक गई।

हाँफती सी वह लेट गई।

चहलक़दमी दोबारा शुरू हो गई।

वह झपट कर कुर्सी पर चढ़ी और छत के क़रीब पहुँच गई। हथेलियों के बीच मुँह थाम कर चिल्लाई, ''बन्द करो।''

उसे लगा किसी ने कहा, सॉरी। उसने बल्ला उठाया और कुर्सी पर खड़ी-खड़ी छत पर थपकियाँ देने लगी। धीमी-धीमी, दुलारती, सुलाती, हलकी-हलकी थपकनें।

सुबह आँख खुली तो अपने को कुर्सी पर तुड़े-मुड़े पसरे पाया। बदन अकड़ा पड़ा था, सिर भारी था और मन ग़ुस्से से उबल रहा था। बहुत सह लिया। आज ऊपर जाकर दो टूक बात करेगी। मतलब क्या है, सारी-सारी रात सिर पर चहलक़दमी करने का ? ऐसी कौन सी मुसीबत है जो न उसे चैन से सोने देती है न दूसरों को, कुछ पता तो चले।

दो प्याले चाय पी कर दिमाग़ दुरुस्त हुआ तो ग़ुस्से के बजाय डर से मन पिनपिनाने लगा। पता नहीं किस क़िस्म का आदमी है ऊपर वाला, कौन जाने पागल हो। सामने दिखे तो उठाकर गला टीप दे। कोई सयाना भलामानुस तो रात-रात भर पैर पटकता डोलता-फिरता नहीं। आदमी दो रात न सोये तो पगला जाए। नीम पागल तो होगा ही होगा। कौन जाने ड्रग खाता हो या पक्का शराबी हो। रात-भर गिलास भरकर उड़ेलने के लिए ही डोलता फिरता हो। नलिनी ने ठक-ठक की तो उसने भी नक़ल उतार कर रख दी। शराबी का क्या भरोसा, तरंग में जो कर बैठे, थोड़ा। सुना नहीं, भाँग खाकर लोग हँसना शुरू कर देते हैं तो हँसते जाते हैं, रोना शुरू करते हैं तो रोते चले जाते हैं। यह चहलक़दमी करता होगा। सूझ गई तो बेंत ठकठकाने लगा।

पर...वैसे नहीं ठकठकायी। बराबर जुगलबन्दी करता था। होगा, उसे क्या ? मौज में आ गया होगा। दिन-दहाड़े जाएगी तो कहेगा, मेरी प्राइवेसी में दख़ल क्यों दे रही हो ? रात के नशे के बाद सिर यूँ ही फट रहा होगा। न भी हो तो सारा दिन घर पर थोड़ा बैठा रहता होगा। कभी कोई आवाज़ नहीं सुनी...होगा। सुधीर ठीक कहता है, वह इस-उस घर का शोर सुनने क्यों जाती है ? बस, आज रात कोई ठक-ठक नहीं। करा करे अपनी चहलक़दमी।

घर बन्द करके वह पैदल घूमने निकल पड़ी। ख़ूब लम्बा चक्कर लगाया। यहाँ की साफ़ चौड़ी सड़कों के किनारे घूमना अच्छा लगता है। पैदल पथ पर चाहे जितनी दूर निकल लो, न धूल, न मिट्टी। यातायात का ख़याल ज़रूर रखना पड़ता है पर कुछ दिनों में ठहरो का संकेत देखकर पैर अनायास रुक जाते हैं और चलो का संकेत आने पर मशीनी ढंग से ख़ुद सड़क पार कर जाते हैं। दो-तीन मील घूम आएगी तो रात में नींद ख़ुद-ब-ख़ुद आ जाएगी। फिर सिर पर कोई चले या फ़ुटबॉल खेले, उसकी बला से।

यही हुआ। तकिए पर सिर डालते ही झपकी आने लगी।

तभी छत पर दस्तक हुई। ठक-ठक-ठक...ठक...ठक...ठक! फिर शुरू हो गया मरदूद। वह उठकर बैठ गई। ऊपर चुप्पी छाई रही जैसे कोई जवाब का इन्तज़ार कर रहा हो। क्या बकवास है। ज़रूर सपना देखा होगा। लेटने लगी तो फिर वही तीन ताल की ठक-ठक सुनाई पड़ी। तीन बार जल्दी-जल्दी, फिर रुक-रुक कर तीन बार। माफ़ी माँगती सी थापें, झिझक भरी। बिना सोच-विचार किए, अनायास उसने जवाब दे डाला।

ठक-ठक-ठक, ठक...ठक...ठक।

ऊपर दो बार ठक-ठक हुई। उसने भी दो बार की।

फिर सवाल-जवाब चल निकले और साथ-साथ नलिनी के भीतर तर्जुमा भी होता गया।

"अच्छी हो?"

"हाँ, तुम?"

"कल नींद अच्छी आई।"

"सच, सो गए थे?"

"हाँ, तुम?"

"बाद में।"

"वेरी सॉरी।"

"ठीक है।"

"सो रही थीं?"

"हाँ, सोई थी।"

"तंग किया?"

"नहीं तो।"

"और कुछ कहो।"

"अब मत चलना।"

"तब क्या करूँ?"

"सोओ, भटको मत।"

"नींद न आए तो?"

"थपकी दूँ कल जैसी?"

"हाँ, कल जैसी थपकी।"

वह उठी, अलमारी से लम्बी छड़ वाला ब्रश निकाला और बिस्तर पर लेटे-लेटे छत पर थपकियाँ देने लगी और...देते-देते सो गई।

अगली दो रात वही खेल चलता रहा। दोनों बार शुरुआत ऊपर से हुई। दिन होने पर नलिनी

सोचती, आज ऊपर जाकर ज़रूर उससे मिलेगी पर जाते-जाते झिझक जाती। आने को तो वह भी आ सकता था, उससे मिलने, नीचे। पर वह जानता नहीं होगा, वह हफ़्ते भर की मेहमान थी। पाँच-सात दिनों में हिन्दुस्तान वापस लौट जाएगी। फिर भी झिझक गई नहीं। हाँ, नीचे लॉबी में जाकर किरायेदारों की सूची में, अपने 204 नम्बर के फ़्लैट से मिलान करके 304 में रहने वाले का नाम ज़रूर देख आई। राबर्ट पेन। उतने से ही सन्तुष्ट होना पड़ा। अब उम्र, काम या शक्ल-सूरत का ब्योरा तो वहाँ लिखा नहीं था। कुछ देर बजर के सामने अनिश्चित सी खड़ी रही फिर लौट आई। दरअसल अपने कमरे से ऊपर कमरे तक जाने के लिए उसे बाहर का दरवाज़ा खुलवाने की ज़रूरत नहीं थी, पर पहले से आगाह कर देना ज़रूरी था। वरना न जाने कितनी देर दरवाज़ा खटखटाते रहना पड़े और खुलने पर...

जाने दो। ऐसे ही चलने दो। सामने जाते कैसा तो डर लगता है।

उस रात किताब लेकर बिस्तर पर लेटी तो छड़ वाला ब्रश पास रखा था। दो-चार पन्ने पढ़े पर ख़ास कुछ ग्रहण नहीं कर पाई, कान ऊपर लगे रहे। किताब किसी एक पन्ने पर खुली रह गई।

शायद वह जल्दी लेट गई थी। घड़ी देखी, साढ़े नौ। वक़्त तो माक़ूल था। फिर? काफ़ी देर इन्तज़ार किया पर ऊपर कोई आहट नहीं हुई। न दस्तक, न पदचाप।

आख़िर उसने ब्रश उठाया और पहल कर दी। तीन बार जल्दी-जल्दी, फिर रुक कर तीन बार।

कोई जवाब नहीं।

ठहर कर, दो बार ठक-ठक।

कुछ नहीं।

जल्दी-जल्दी। बार-बार।

सन्नाटा।

वह घबरा कर उठ खड़ी हुई। कहीं कुछ गड़बड़ थी। सोचने-विचारने में समय बर्बाद किए बग़ैर उसने अपनी चाबी उठाई और लिफ़्ट लेकर, ऊपर 304 पर जा पहुँची। देर तक दरवाज़ा खटखटाती रही। कोई जवाब नहीं। दरवाज़े पर धक्के मारे। कोई असर नहीं। ताला लगा था। भीतर से बन्द है या बाहर से बन्द करके आदमी कहीं गया है, इन मकानों में पता नहीं चलता। हो सकता है बाहर गया हो। ज़रूरी तो नहीं कि हर रात घर में घुसा रहता हो, उसने अपने को फटकारा। पर नीचे जाने से रुक नहीं पाई। नीचे जाकर उसने 304 का बजर बजाया। कोई जवाब नहीं। अपने ख़ास अन्दाज़ में बजाया। तीन बार जल्दी-जल्दी, फिर रुक-रुक कर तीन बार।

कुछ नहीं।

वह वापस अपने घर पहुँची, छड़ उठाकर देर तक छत पर ठक-ठक करती रही। ज़ोर-ज़ोर से।

कुछ नहीं।

बाहर गया होगा...पर पिछले पन्द्रह-बीस दिनों में एक रात भी बाहर नहीं रहा...उसे क्या पता...पता है, हर रात क़दमों की आहट सुनाई देती थी...किसी रात न आई हो तो उसने कौन सा खाते में दर्ज कर रखा था...आई थी, हर रात आई थी, आज का सन्नाटा पिछली किसी रात नहीं रहा था।

वह वापस नीचे उतर आई। 306 नम्बर के फ़्लैट का बजर दबाया।

आवाज़ आई, "हाँ?"

"आपके बराबर 304 में राबर्ट पेन हैं, उन्हें कुछ हो गया है।"

"तो मैं क्या करूँ? अपार्टमेंट इमरजेंसी को फ़ोन कीजिए।"

"नम्बर?"

पर उसने बटन छोड़ दिया था।

उसने दोबारा बजर दबाया, कहा, "इमरजेंसी का नम्बर?"

"उफ़! तंग मत करो..."

उसका वाक्य पूरा होने से पहले ही 306 ने अपनी बात कही और बटन छोड़ दिया।

उसने 302 का बजर दबाया।

"हाँ?" कोई औरत थी।

"प्लीज़, अपार्टमेंट इमरजेंसी का नम्बर बतलाइए।"

"शिट! आप कौन हैं?"

"आपके बराबर 304 में कुछ गड़बड़ है।"

"शिट! 768-3804"

"768-38...? आगे? प्लीज़ दोबारा बतलाइए।"

कोई जवाब नहीं मिला।

वह वापस अपने फ़्लैट में आ गई। ऑपरेटर से पूछेगी। न हुआ तो 911 पर पुलिस को फ़ोन कर देगी। जो होगा देखा जाएगा। फ़ोन उठाया तो देखा उसके ऊपर अपार्टमेंट इमरजेंसी का नम्बर लिखा हुआ था। शुक्रिया, सुधीर। काँपते हाथों से उसने नम्बर मिला लिया।

"हाँ?"

"304 में कुछ हो गया है।"

"क्या?"

"वे दरवाज़ा नहीं खोल रहे।"

"बाहर गए होंगे।"

"नहीं, उन्होंने कहा था, मिलेंगे।"

"आप कौन?"

"मैं 204 में रहती हूँ।"

"रात में मिलने को कहा था?"

"जी।"

"कब?"

"कल रात।"

"ख़ूब।"

"आपके पास चाबी होगी। दरवाज़ा खोलकर देखिए।"

"ठहरिए। पहले फ़ोन करके देख लूँ।"

"प्लीज़...जल्दी।"

"फ़ोन बज रहा है...आंसरिंग मशीन भी नहीं है। मैं आता हूँ।"

वह दौड़ कर 304 के सामने जा पहुँची। थोड़ी देर में एक बीसेक साल का लड़का टहलता हुआ आया। च्यूइंगम चुभलाते हुए उसने उसे सिर से पाँव तक घूरा, भौंह ऊपर उठाई और पूछा, "आपने फ़ोन किया था?" आवाज़ और हावभाव हिक़ारत और हँसी फूट रही थी—ये बूढ़ी औरतें!

"जी," उसने कहा।

"ये हज़रत कितने बूढ़े हैं?" लड़के ने पूछा। नलिनी ने जवाब नहीं दिया। जानती नहीं थी तो देती कैसे? हाँ, अपनी सबसे खनकदार, दबंग, टीचरनुमा आवाज़ में शुद्ध अंग्रेज़ी उच्चारण के साथ इतना ज़रूर कहा, "दरवाज़ा खोलो फ़ौरन।"

लड़के के चेहरे से हिक़ारत पुँछ गई। उसने दरवाज़ा खोल दिया।

कमरे के बीचोबीच, कोट-पैंट और टाई में लैस, एक बूढ़ा आदमी, घिसेपिटे कालीन पर बेहोश पड़ा हुआ था।

शिट, कहकर लड़का एकदम हरकत में आ गया। ताबड़तोड़ फ़ोन करने लगा।

नलिनी राबर्ट के बराबर फ़र्श पर बैठ गई। ढीला हाथ उठाकर नाड़ी देखी, मंथर गति से चल रही थी। उसने टाई की गाँठ खोलकर अलग कर दी, क़मीज़ के बटन खोल दिये, पैंट ढीला कर दिया। झुक कर अपनी साँस उसके फेफड़ों में भरने लगी। टीचर होने के नाते प्राथमिक चिकित्सा देनी सीखी थी। कुछ अपना शौक़ भी था।

"राबर्ट पेन...वह पागल आदमी...मर गया," उसने सुना, लड़का फ़ोन पर कह रहा था।

"नहीं," मुँह उठाकर उसने कहा।

"मरा नहीं?"

"नहीं, पगलाया भी नहीं," उसने कहा और वापस अपने काम में जुट गई।

दस मिनट के भीतर वहाँ एंबुलेंस, स्ट्रेचर, पारामैडिक, पुलिस वाला सब मौजूद थे।

"श्रीमती जी, आपने इन्हें बचा लिया," डाक्टरनुमा लड़का कह रहा था।

वे लोग उसे अस्पताल ले गए। "तुमने उन्हें पागल क्यों कहा था?" नलिनी ने अपार्टमेंट वाले लड़के से पूछा।

"सॉरी। पर है वह पागल। सठियाया बूढ़ा। ओल्ड होम में जाने को तैयार नहीं है। अकेले घर में बन्द रहता है और रात-रात भर चलता है। हमारे पास शिकायतें आती रहती थीं। पहले 204 में एक अमेरिकन रहते थे, उन्होंने इसे निकलवाने का नोटिस दिलवा दिया था। फिर वे चले गए और कोई हिन्दुस्तानी आ गया। शिकायत आनी बन्द हो गई। पर आप...?"

"मैं 204 की माँ हूँ," वह हँस पड़ी, "बूढ़ों के घर जाने को मैं भी तैयार नहीं, पर मैं पागल नहीं हूँ और न राबर्ट हैं।"

"सॉरी लेडी।"

"पागल नहीं, बस अकेले। और अँधेरे से डरे हुए," उसने कहा।

अगले दो दिन काउंटी अस्पताल आते-जाते बीते। राबर्ट को लकवे का दौरा पड़ा था। दो दिन बाद होश आ गया। उसने आँखें खोलीं तो नलिनी सामने बैठी थी। राबर्ट ने उसे देखा तक नहीं, पहचानता तो ख़ैर कैसे।

"राबर्ट," उसने पुकारा।

उस पर कोई प्रतिक्रिया नहीं हुई। चेहरा वैसा ही भावहीन, पत्थर बना रहा। आँखें निचाट सूनी, देखकर भी न देखती हुईं। आवाज़ सुनकर भी न सुनती हुईं।

नलिनी ने अपने पर्स से पतला कंघा निकाला और उसके बिस्तर से सटी मेज़ पर बजाया। ठक-ठक-ठक, ठक...ठक...ठक। तीन बार जल्दी-जल्दी फिर रुक-रुक कर तीन बार।

उसकी आँखों में पहचान कौंध गई। चादर पर पड़ा कृश हाथ उठा और दूसरे हाथ को थपकने लगा। थप थप थप, थप...थप...थप।

नलिनी ने मेज़ पर कंघे से दो बार ठक-ठक की, धीमे सुर में संगत करते हुए कहा, ''राबर्ट राबर्ट।''

राबर्ट ने भी दो बार थप-थप की।

संगत नलिनी ने ही की, ''न-लि-नी...न-लि-नी,'' उसने एक-एक अक्षर अलग उच्चारित करते हुए कहा। फिर स्वयं ठक-ठक करके अंग्रेज़ी में बोली, ''कैसे हो?''

राबर्ट ने सधे हाथ से थपकन दी।

नलिनी ने ठक-ठक के साथ कहा, ''मुझे परवाह है।''

राबर्ट का चेहरा पसीजता मालूम पड़ा, हाथों की थपकन के साथ होंठ हलके से काँपे। नलिनी ने दो बार ठक-ठक की और कहा।

''मैं हूँ।''

राबर्ट थपकी देना भूल गया। पहचान भरी नज़र से उसे देखता रहा।

नलिनी ने उसका तकिया थपथपाया, मेज़ सँवारी, चादर ठीक की और...मिलने का समय पूरा हो गया था। वह उठकर खड़ी हो गई। चलते-चलते ठक-ठक की, कहा, ''फिर आऊँगी।''

राबर्ट ने हाथ से थपकी दी, होंठ कुछ बुदबुदाये। शायद उसने कहा, ''अपना ख़याल रखना।''

रेल और बस बदल कर रात घिरने पर घर पहुँची तो बैठक में चहलक़दमी करता सुधीर बिफर पड़ा, ''कहाँ चली गई थीं? मैं पुलिस को ख़बर करने वाला था।''

''मुझे याद ही नहीं रहा, तू आज लौटने वाला है,'' उसने कहा और सीधी अपने कमरे में जाकर लेट गई।

सुधीर ने उसकी प्राइवेसी की लाज नहीं रखी। धड़धड़ाता हुआ भीतर घुस आया। बोला, ''खाना नहीं खाना?''

''नहीं, सैंडविच खा ली थी।''

''कुछ बनाया नहीं?''

''नहीं।''

पल भर सुधीर अकबकाया सा खड़ा रहा फिर बोला, ''तुम्हारा टिकट और यह दो सौ डॉलर।''

नलिनी ने डॉलर ले लिये, टिकट पर तारीख़ देखी और वापस करते हुए कहा, ''इसे बदलवा कर पन्द्रह दिन बाद का करवा दे। मुझे ठहरना पड़ेगा।''

''क्यों?''

''काम है।''

सुधीर अपने में ग़र्क़ था, उसका जवाब नहीं सुना, अपनी बात कही, ''मैं शादी कर रहा हूँ।

वह उठकर बैठ गई।

''मुबारक,'' उसने कहा।

''अमेरिकन लड़की है।''

"बहुत अच्छा है।"

"वह चाहती है शादी चर्च में हो।"

"शादी तो शादी है, कहीं भी हो।"

"वह रेडक्रॉस में काम करती है।"

"वाह, बहुत बढ़िया है।"

"तुम्हें कोई आपत्ति नहीं है?"

"नहीं, आपत्ति क्यों होगी?"

"शादी में आओगी?"

"बुलाएगा तो क्यों नहीं आऊँगी?"

"तो अगले हफ़्ते कर लूँ?"

"ज़रूर।"

"तुम्हारा टिकट... ?"

"पन्द्रह दिन बाद का करवा दे।"

"पर माँ, हम तो हनीमून पर चले जाएँगे।"

"चले जाना। मैंने कहा न, मुझे यहाँ काम है।"

"क्या काम है?"

नलिनी मुस्करा दी, "प्राइवेसी भी कोई चीज़ होती है, सुधीर," उसने कहा। फिर कुछ रुक कर बोली, "चाय पीएगा? मैं बना रही हूँ अपने लिए।"

सुधीर उसके पीछे रसोई में आ गया।

चाय की महक से तरोताज़ा होकर नलिनी ने कहा, "हो सके तो वापस लौटने से पहले एक बार तेरी बीवी से मिलना चाहूँगी।"

उसे लग रहा था, पूरी बात समझाकर कहेगी तो उसके चले जाने के बाद, वह अमेरिकन लड़की राबर्ट की खोज-ख़बर ज़रूर रख लेगी।

"तुम ठहरो न, माँ," सुधीर ने कहा, "हम लौट आएँ तब चली जाना। तुम्हारा स्कूल..."

"पन्द्रह जुलाई तक पहुँच जाऊँ तो चलेगा।"

हिन्दुस्तान वापस लौटकर कोई काम देख लेगी। सुधीर से पैसे माँगना नामुमकिन है। थोड़े-बहुत ज़ेवर हैं उसके पास। कुछ न हुआ तो उन्हें बेच कर कोई छोटा-मोटा धंधा शुरू कर लेगी। कपड़े सीने का, खाना बनाकर दफ़्तरों में टिफ़िन भेजने का, कुछ भी। एक बार हिम्मत कर ले, तो बहुत कुछ कर सकती है औरत।

"माँ," उसने सुना, सुधीर कह रहा था, "सोचता हूँ कुछ डॉलर हिन्दुस्तान में इन्वेस्ट कर दूँ। इंपोर्ट एक्सपोर्ट में बहुत पैसा है। उधर का तुम सँभाल सकती हो इधर का मैं। अब यहाँ तो पैसा बचेगा नहीं...ये अमेरिकन लड़कियाँ, मेरा मतलब ख़र्च होता ही है अच्छी तरह जीने में...कभी मैं हिन्दुस्तान आने लगूँ तो...मेरा मतलब कुछ सुरक्षा हो तो..."

नलिनी ने प्यार से सुधीर का चेहरा परखा। तो अकेलेपन और अँधेरे का ख़ौफ़ राबर्ट और नलिनी को ही नहीं, औरों को भी है।

"फ़िक्र मत कर," उसने मेज़ पर रखे उसके हाथ पर थपकी देते हुए कहा, "मैं हूँ न!"

(1991)

बाक़ी दावत

गाड़ी रुकते ही बीवीबाई ने मुस्कराकर पचास का नोट मणिराम की तरफ़ बढ़ाया। उसे कुछ अचरज हुआ। खाना खाने के लिए पैसे वे हमेशा देती थीं। जब भी देर रात तक, उनकी रंगीन शाम पूरी होने के इन्तज़ार में, उसे गाड़ी के साथ रुके रहना पड़ता था। पर दस-बीस से काम चल जाता था, पचास ज़्यादा थे।

''आज बाबा का जन्मदिन है, कुछ बढ़िया खा लेना,'' उन्होंने तरल स्वर में कहा, और गर्दन ऊँची करके साथ की सहेलियों को ताका। हमेशा ताकती हैं। कहने का मतलब होता है, देखो मैं नौकर-चाकरों से भी कितनी तमीज़ और सहृदयता से पेश आती हूँ।

आज की ज़्यादातर साथिनों को मणिराम पहचानता था। किसका क्या नाम था, ठीक-ठीक याद नहीं रहता था या वह रखना नहीं चाहता था। पर पहरावे और शख़्सियत के मुताबिक़, उसने उन्हें कुछ निजी पर सटीक नाम दे रखे थे और उन्हीं से उनमें फ़र्क़ करता था। जैसे मोती की लड़, कसी पैंट, कुतरे बाल वग़ैरह। आज एक नई मूर्ति साथ थी, जिसे पहले नहीं देखा था, चूनर वाली।

''बड़ी दरियादिल हो,'' उसी ने तंज के साथ कहा।

''बाबा पैदा हुआ था, तभी से है मणिराम,'' तंज को सहेज कर बीवीबाई ने गर्दन और ऊँची की।

बाबा से यह मत समझ लीजिएगा कि उनके बेटे की उम्र चार-पाँच साल की थी। अच्छा-ख़ासा, भरा-पूरा, बीस साल का जवान लड़का था। पर उनका ख़याल था कि आया-बैरों-ड्राइवरों की बोली में साहबों की औलाद को बाबा ही कहते हैं। अंग्रेज़ों के ज़माने से परिपाटी चली आ रही थी। अब उनके जायज़-नाजायज़ वारिस क्या जानें कि गँवई बोली में किसे क्या पुकारा जाता है। उनके हिसाब से वे ख़ुद भी मेमसाहब थीं। वह तो मणिराम था जिसने उनका नाम बीवीबाई रखा हुआ था।

कहाँ की मेमसाहब और कहाँ का बाबा ? अभी आता होगा सखी-सहेलियों के साथ, मारुति हज़ारा में धड़धड़ाता, मवाली। मणिराम के लिए यही नाम है उसका।

तो आज मवाली का जन्मदिन है। इस बार दावत ताज होटल में हो रही है।

उसके छुटपन की, घर पर होने वाली दावतें, उसे ख़ूब याद हैं। केक, आइसक्रीम, पैटीज़, कबाब, पकौड़े, रसगुल्ले, आलू चिप्स, जाने क्या-क्या खाने का सामान पकवाया और ख़रीदा जाता था। बेहिसाब आता था बेहिसाब बचता था। जो बचता, हिस्से करके, पिछवाड़े, नौकर-चाकरों की कोठरियों में बाँट दिया जाता। मणिराम और रसोइया, दो ही थे, जो कोठरी में नहीं, सपरिवार क्वार्टर में रहते थे। उस रात मणिराम के यहाँ बाक़ायदा दावत हुआ करती थी। उसकी

बीवी की समझ में नहीं आता था कि मणिराम बाक़ी नौकरों की तरह वहीं कोठी से खाकर क्यों नहीं आता, घर आए सामान में अपना हिस्सा क्यों बँटवाता है। पर मणिराम जानता था कि जूठन दावत तभी बन सकती है, जब अपने घर में, परिवार के साथ, नहा-धो कर, कच्छा-बनियान पहन कर, खाई जाए। वहाँ, वर्दी में कसे-कसे खाने में भला क्या मज़ा था। खाने से ज़्यादा मज़ा यह देखने में था कि उसकी बेटी ललिता और बेटा दीपक किस चाव से उस दावती जूठन पर हाथ साफ़ करते हैं। उन तक आने में आइसक्रीम काफ़ी पिघल चुकी होती, आलू के लच्छे का नमक-मिर्च केक पर चिपक जाता, पर वे उन छोटी-मोटी बातों से अनजान, चटखारे लेकर दावत का हर पकवान खाते। वैसे ही जैसे स्वाति बेबी और अमित बाबा की उतरन में वे लकदक सजे रहते।

जैसी जूठन, वैसी उतरन। बेहिसाब बनती, बेहिसाब बचती और बँटती। ज़रा मन से उतरी नहीं कि पोशाक हो गई जूठन के बराबर। दीवाली, होली के त्योहारों पर नौकरों के बीच कपड़े बाँट दिये जाते थे। ललिता और दीपक पर उनकी ख़ास मेहरबानी रहती थी।

उसे याद है, एक साल, जुलाई-अगस्त में, उनके यहाँ एक नया नौकर आया था और बीवीबाई की बीसियों साड़ियाँ, शालें और स्वेटर लेकर चंपत हो गया था। वे थीं कि दीवाली तक उन्हें अपनी चीज़ें ग़ायब होने का भान तक न हुआ था। जब दीवाली को आठ-दस दिन रह गए और दनादन पार्टियाँ होनी शुरू हुईं, तो उन्होंने इस्त्री फिरवाने को रेशमी साड़ियाँ निकालनी शुरू कीं। जो साड़ी याद आए, वही लापता। तब जाकर उनका माथा ठनका पर ठीक कुछ तय नहीं कर पाईं। पर मणिराम को हर शाम, पार्टी के लिए गाड़ी में ले जाते हुए एक ही टेर सुनने को मिलने लगी।

हाय मेरी फ़िरोज़ी तन्चोई!
हाय मेरी नई गुजरात पटोला!
हाय मेरी काली कांचीपुरम!
हाय मेरा नया पशमीना!
हाय आज मैं वह पहनती, हाय आज मन की मन में रह गई।

हर बार गावदी साहब का एक ही जवाब रहता, "प्लीज़ मूड मत ख़राब करो। इतने बड़े अफ़सर को बुलाया है पार्टी में। भारी ठेका अटका पड़ा है। ये अफ़सरान ख़ुश हो जाएँ, एक छोड़ दस साड़ियाँ आ जाएँगी। दीवाली निकल जाने दो, फिर तहक़ीक़ात करेंगे। तब तक चाहो तो और ख़रीद लो।"

यही हुआ। बीवीबाई की पार्टियाँ तो निबट गईं पर इस क़िस्से में, उस दीवाली पिछवाड़े में उतरन नहीं बँटी। बच्चे-बड़े त्योहार पर नए कपड़े पहनने से महरूम रह गए।

दीवाली बीती तो तहक़ीक़ात शुरू हुई। जस्ते के वे तमाम बक्से उलटाये गए, जिनमें, गर्मियाँ आने पर, सिल्क की साड़ियाँ और दुशाले वग़ैरह सहेज कर रखे जाते थे। पता चला कि किसी ने बड़ी होशियारी से, बीच-बीच में से, इस तरह साड़ियाँ-दुशाले ग़ायब किए हैं कि सरसरी तौर पर देखने पर सब ठीक-ठाक लगता है।

फिर क्या था, पुलिस में रपट की गई और कोठरियों के निवासियों से पूछताछ शुरू हुई। एक-एक शख़्स की डंडा-डोली हुई पर एक धागा तक बरामद नहीं हुआ। ग़नीमत थी कि उस बरस उतरन नहीं बँटी थी। वरना बीवीबाई की याददाश्त के चलते, वही चोरी का माल समझ

ली जाती और धुनाई में एकाध राम को प्यारा हो जाता। असल ग़नीमत यह हुई कि तहक़ीक़ाती पिटाई शुरू होने से पहले, इंस्पेक्टर साहब ने उस एवजी ख़िदमतगार का ब्योरा सुनकर, पुलिस अलबम में उसकी तस्वीर ढूँढ़ निकाली, जो फ़ौरन पहचान ली गई। तय हुआ कि चोरी उस नामजद चोर ने ही की है। बीवीबाई ने राहत की साँस ली। घर का कामकाज ठप्प होने से बचा।

यह दूसरी बात थी कि काफ़ी महीनों तक पुलिस के हाथ न माल आया, न चोर। फिर होली के आसपास, बहुत ही फ़िल्मी तरीक़े से दोनों का सुराग मिला। हुआ यह कि एक दिन कोठी के पते पर पिछवाड़े रहने वाले माली के नाम, एक चिट्ठी आई। नौकरों के नाम आई हर चिट्ठी बीवीबाई खोलती थीं, उस दिन भी खोली। देखकर भौचक हैरान। ख़ुद उनका नाम छपा था, काग़ज़ के दाईं तरफ़। यानी उनका अपना लैटर पैड था। हज़रत कपड़ों के साथ कुछ पैड भी चुरा ले गए थे। तो उस नीले काग़ज़ पर माली के नाम शुभ समाचार यह था कि गाँव के रिश्ते का उनका भांजा कुशल मंगल से है और उसकी नई परचून की दुकान बढ़िया चल रही है। मय दस्तख़त पता हाज़िर होने पर, पुलिस और टालमटोल नहीं कर पाई और गाँव जाकर उसे धर दबोचा।

काफ़ी साड़ियाँ, दुशाले, स्वेटर बरामद हुए। दस-पाँच साड़ियाँ नहीं भी हुईं। मणिराम जानता था क्योंकि गाड़ी में सहेलियों से बतियाते, बीवीबाई, जब-तब, याद आ जाने पर, उनका हेरवा करती रहती थीं।

ख़ैर, पुलिस ने सामान घर पहुँचाया तो बीवीबाई तड़प कर बोलीं, ''उस जाहिल औरत की उतरन मैं पहनूँगी? सब नौकरों-चाकरों को बाँट दो।''

तो साड़ियों, दुशालों और स्वेटरों के अलग-अलग ढेर बनाए गए और बरामदे में लगा दिये गए। घर की नौकरानियों और नौकरों की बीवियों-बेटियों को हुक्म हुआ कि उनमें से अपने लिए कपड़े चुन लें। फिर जो गुलगपाड़ा, शोरगुल, छीना-झपटी मची कि पूछो मत। बीवीबाई की काफ़ी सहेलियाँ वहाँ मौजूद थीं। चोर-चोर धारावाहिक की अगली कड़ी देखने-सुनने आती रहती थीं। मोती की लड़ और कुतरे बाल तो नाक-भौं सिकोड़, बैठक में जा विराज़ीं पर कसी पैंट और ऊँची स्कर्ट वहीं जमी, हँस-हँसकर बेहाल होती रहीं। वाह, क्या सर्कस है! पर इस बात की सभी ने दिल खोलकर तारीफ़ की कि बीवीबाई थीं वाक़ई दरियादिल औरत। नौकरों पर इतनी ममता!

ललिता की माँ भी काफ़ी कपड़े बटोर लाई थी। ख़ुशी और गर्व से कुप्पा होकर एक-एक चीज़ खोलकर दिखला रही थी कि ललिता बोल उठी थी, ''ख़ुद नहीं पहननी थीं तो उसी के पास रहने देतीं। आदमी को चार साल की जेल हो गई, पता नहीं बेचारी बीवी कैसे गुज़ारा करेगी।''

''बेचारी मतलब?'' माँ ने डाँटा, ''चोर की औरत चोर। तू ज़्यादा वकालत मत कर, कभी हमें भी घर से निकलवायगी। माली की तो हो गई छुट्टी।''

मणिराम ने भी घुड़क दिया था, ''दरिया में रहकर मगर से बैर। क्वार्टर उनका, कपड़े उनके, पढ़ाई का ख़र्चा उनका, सीख किसे देने चली है।''

उसे याद है उस साल तुरन्त बाद पड़ने वाला बेबी का जन्मदिन ख़ासा धूमधाम से मना था। चोर-चोर धारावाहिक की कड़ियों ने मेहमानों का ख़ूब मनोरंजन भी किया था।

एक बात है, जन्मदिन चाहे मवाली का होता था, चाहे नकचढ़ी का, मनता उतने ही ठसके से था। बस नकचढ़ी की क्लास के लड़के, बिन बुलाए भी, काफ़ी तादाद में पहुँच जाते थे,

इसलिए खाने का सामान बचता कम था। सो मणिराम वग़ैरह के लिए मवाली का जन्मदिन ही ख़ास मायने रखता था।

बीवीबाई और सहेलियों को पोर्च में उतार कर, मणिराम गाड़ी नीचे अंडरग्राउंड पार्किंग में ले आया था। घुमा-फिरा कर ख़ाली जगह में गाड़ी लगाने में ही वह पसीने से नहा गया था। एकदम फ़िल्मों के ढिशुम-ढिशुम सीन के तहख़ाने जैसा था पार्किंग लॉट। वातानुकूलित होटल को ठंडा रखने के लिए लगाई गई मशीनों से बाहर फेंकी जाने वाली गरम हवा, झरोखों के ज़रिये, इसी तहख़ाने में निकास पाती थी। लगता था नीचे पाताल लोक में यमदूत कड़ाहों में नरकवासियों को उबाल रहे हैं, उसी का धुआँ बह कर ऊपर आ रहा है। मणिराम को लगा, अभी नरक का यमदूत या जासूसी फ़िल्म का बॉस प्रकट होगा और उसे बर्छियों से छेदना शुरू कर देगा।

गाड़ी का दरवाज़ा बन्द कर, वह बाहर भाग रहा था कि अपनी गाड़ी धड़धड़ाता हुआ वह आ पहुँचा। मवाली!

''तुम्हारी ममी आ चुकीं। वह देखो उनका पैट,'' खी-खी ने हँसकर कहा।

''हाई, मणिराम जी,'' सब लड़के-लड़कियों ने हाथ हिला कर कहा।

''नमस्ते जी, जन्मदिन मुबारक,'' न चाहते हुए भी उसे कहना पड़ा।

''थैंक्यू,'' मवाली ने कहा, ''यह लो।''

फिर पचास का नोट।

''पैसे हैं जी,'' उसने कहा।

''ओ हाँ, ममी! पर याद रखिए गाड़ी आपको ही चलानी है, इसलिए...पीना मना है।''

''नमस्ते मणि अंकल,'' चुलबुली ने हाथ जोड़ कर अदा के साथ कहा तो सब ठहाका मारकर हँस पड़े।

''सो स्वीट,'' किर-किर ने कंकरीली आवाज़ में कहा, ''पीना...बुरी बात, अंकल!''

''पियक्कड़ ड्राइवर, हद हो गई!'' नई चिड़िया चहकी।

''चुप! उम्र में तुमसे बड़े हैं। ड्राइवर जी कहो,'' खी-खी बोला। एक बार फिर सब ठठाकर हँस पड़े।

उनके कटाक्ष और ठहाके तब तक उसके कानों में पड़ते रहे, जब तक वे लिफ़्ट में बन्द न हो गए।

रेंगता हुआ वह तपती सुरंग से बाहर निकला और पिछवाड़े बग़ीचे के पास बैठे ड्राइवरों के झुंड में शामिल हो गया। वैसे उसे पोर्च में जाकर खड़ा रहना चाहिए था। अभी स्वाति बेबी अपने दोस्त के साथ टोयोटा में आएँगी। नकचढ़ी को एक मिनट की देरी बर्दाश्त नहीं है। गाड़ी रोकते ही चाबी उसकी तरफ़ उछाल देगी और दोस्त का हाथ थाम, दौड़ती हुई भीतर चली जाएगी। किसी और का गाड़ी चलाना उसे रास नहीं आता, सब चींटी की तरह रेंगते हैं। रफ़्तार धीमी करके घुमा-फिरा कर गाड़ी पार्क करना भी उतना ही नागवार गुज़रता है। उस काम के लिए गाड़ी रोकते ही, उसे सामने हाज़िर ड्राइवर चाहिए।

नहीं जाएगा मणिराम। वह कौन उसके बाप का नौकर है...माँ का भले हो। उछाल देगी चाबी दरबान की तरफ़, होटल वाले गाड़ी पार्क करवाने का ज़िम्मा लेते हैं, उसे मालूम है। वापस ला कर पोर्च में हाजिर भी करेंगे। बीस रुपये टिप ही देनी पड़ेगी न। तो क्या? पर नकचढ़ी

है ऐसी कुटिल कि माँ से लड़ेगी ज़रूर, मणिराम का फ़ायदा क्या, अगर पोर्च में इन्तज़ार नहीं कर सकता! कहा करे, कौन उसकी नौकरी चली जाएगी।

उसने बीड़ी सुलगा ली। तलब तो पव्वे की हो रही थी, सारी शाम पिए बग़ैर गुज़ारना नामुमकिन था। ग़लत नहीं कहा था मवाली ने। वह जानता था, वह पूरा पियक्कड़ है। पर पीने की लत लगाई किसने? इन्हीं साहबज़ादे के साहब ने। लम्बे सफ़र पर जाते तो बोतल खोलकर बैठ जाते। दो-तीन पैग चढ़ा लेने पर, एक उसकी तरफ़ भी बढ़ा देते। कहते, ''लो पियो। गाड़ी रोक लो कुछ देर, साथ में चिकन-मटन भी हो जाए।''

वह हिचकिचाता तो कहते, ''अरे पियो भई, यहाँ हमारे-तुम्हारे सिवा कौन है। हम तो कहते हैं, असल ख़ुशक़िस्मत तुम हो। बीवी ज़रा चूँ-चपड़ करे तो धुन कर रख दो। एक हम हैं...साले, बुज़दिल, गीदड़।''

वह क्या कहता कि उसने तो बीवी पर आज तक हाथ नहीं उठाया, नशे में धुत होने पर भी नहीं। पर बीवीबाई की तरह उसकी बीवी ग़ैर मर्दों से इश्क़ करती नहीं घूमती थी। अपना साहब गावदी था या गीदड़, वह तय नहीं कर पाता था। पर इतना जानता था कि बीवीबाई जिस रंगे सियार के साथ रातें रंगीन करती हैं, उसी के पीछे, ठेके पास करवाता, अपना साहब दुम हिलाता घूमता है और उसे अपना सबसे पक्का दोस्त बतलाता है। दरअसल सबसे बढ़िया विलायती मणिराम को उसी शाम मिलती थी, जब गीदड़ रंगे सियार के साथ ऊँचा सौदा पटा कर लौटता था।

आज यहाँ होटल की पार्टी में भी बदरी ड्राइवर उन दोनों को साथ लिवा लाने वाला था। सहेलियों के रहते, बीवीबाई मणिराम के सिवा दूसरा ड्राइवर लेने को तैयार नहीं होती थीं, इसलिए उनके हिस्से बदरी आता था। अच्छा था। छोकरे-छोकरियों से ममीज़ पैट कहलाना फिर भी बर्दाश्त था उसे, उन दोनों के साथ रहना नहीं। वे क्या महसूस करते थे, वह नहीं जानता था, पर उनके साथ रहने पर ख़ुद मणिराम के भीतर एक नामर्द लाचारगी का अहसास घर करने लगता था। वापसी में पी लेने पर वह इतना बढ़ जाता कि घर लौटकर वह बीवी के पल्लू में सिर छुपा कर रो देता था।

सच कहें तो गीदड़ की विलायती में उसे कभी वह मज़ा नहीं आया, जो कभी-कभार मौक़ा मिलने पर, मसालेदार प्याज़ के लच्छों के साथ, घर बैठकर बीवी के साथ पव्वा पीने में आता था। तब नशा सिर चढ़ने पर मस्ती छूटती थी, रोना नहीं। अब तो उसकी याद भर बाक़ी है। ललिता और दीपक के बड़े होने पर, जैसे-जैसे उनके भीतर पढ़ाई के साथ जूठन-उतरन भी ज़ोर मारती गई, उन्होंने उनकी मस्त शामों को भदेस, उजड्ड और अश्लील बतलाना शुरू कर दिया। इधर लड़की बड़ी हो रही है, कहकर बीवी ने साथ देने से कन्नी काटनी शुरू कर दी। उधर गीदड़ का साथ दे देकर, पीने के मामले में वह भी गीदड़ बनने लगा। इनकार तो दरकिनार, संग-साथ की परवाह किए बग़ैर, माँग कर मुफ़्त की पीने से भी उसे एतराज़ नहीं रहा। बल्कि रोज़ शाम हुड़क यूँ उठने लगी कि न मिलने पर ख़ुद ख़रीद कर पीने पर मजबूर करने लगी।

उसने तेज़-तेज़ सुट्टे मारकर बीड़ी का काम तमाम किया और बाहर निकल कर पीने की जुगत बिठाने लगा। तभी साथी ड्राइवरों में से एक ने दारू की बोतल और काग़ज़ के गिलास निकाल कर सामने रख दिये।

''फेंको पैसा और उठाओ अपना हिस्सा, पर हाँ, दरबान की बख़्शीश अलग रख दो।''

''पी कर गाड़ी चलाओगे?'' छोकरीनुमा आवाज़ में कोई नया रंगरूट बोला।

''तेरे ख़याल से अन्दर वे लोग चरणामृत पी रहे हैं।''

''उनका क्या, पुलिस रोकेगी तो हमें पकड़वा देंगे।''

''फ़ियेट चलाता है साला,'' सब ठठाकर हँस दिये।

''अबे चुगद, एन.ई., टोयोटा, मारुति हज़ारा, कॉनटैसा को नहीं रोका करती पुलिस।''

तब तक सबके गिलास भर चुके थे।

''जब से अपनी मेम ने गाड़ी में काग़ज़ के गिलास रखने शुरू किए हैं, आराम हो गया है।''

''शराब शराब होती है, काग़ज़ के गिलास में पियो या कट ग्लास में।''

अचरज, ये शब्द मणिराम के नहीं, उसके गावदी साहब के कहे हुए थे। उसे याद है, सुनते ही नकचढ़ी ने तमक कर बात काटी थी।

''पापा, आप रहे देहाती के देहाती। सौन्दर्यबोध भी कोई चीज़ होती है। इनसान के पास पाँच इंद्रियाँ हैं और जब तक, सब एक साथ सन्तुलन में तृप्त न हों, आनन्द की प्राप्ति नहीं हो सकती।''

नकचढ़ी जापानी संस्कृति विभाग में काम करती थी और जब-तब ऐसे जुमले बोलती रहती थी। ललिता बड़ी करतबी नक़ल उतारा करती थी उसकी, इसलिए मणिराम तो मणिराम, उसकी बीवी तक को उनमें से काफ़ी कुछ रट गए थे। ललिता की बदौलत वह यह भी जानता था कि अन्दर काग़ज़ के नहीं, कट ग्लास के गिलासों में शराब पी जा रही होगी। तरह-तरह के रूप और आकार के गिलासों में अलग-अलग क़िस्म की शराब। गोल गुब्बारेनुमा में कोनियाक, लम्बे बाँसुरीनुमा में शैंपेन, सीधे बाँसनुमा में ह्विस्की, नन्हे गेंदनुमा में पच्चीसियों तरह की वाइन। अगर होटल के मुख्य भोजन कक्ष में ग्यारह बजे के बाद ऑर्डर लेना बन्द न कर दिया जाता तो शराब के दौर कभी ख़त्म होने में नहीं आते। अब भी खाने के बाद शराब चलती ज़रूर रहेगी पर दूसरे कमरे में, सिर्फ़ जवान लड़के-लड़कियों के बीच, निर्लज्ज और उत्कट नाच-गाने के साथ। डिस्को में नाच कर वे लोग सुबह चार बजे से पहले घर नहीं लौटेंगे। पर पुरानी पीढ़ी, उन्हें अपनों के साथ छोड़, बारह-एक के आसपास, अपने-अपने वर्दीधारी के साथ घर रवाना हो जाएगी।

वर्दी-वर्दी में कितना फ़र्क़ होता है। एक उसकी वर्दी है, जैसे रांड का लत्ता। एक हरे रेशम की दमकती वह वर्दी है, जो होटल की मेज़ों पर आर्डर लेती लड़कियाँ पहनती हैं। जैसे इंद्रसभा से उठकर अप्सराएँ धरती पर उतर आई हों।

पहलेपहल सुनकर कितना अजीब लगा था, भला होटल में लड़कियों का क्या काम? ऐसा तो फ़िल्मों में बॉस के अड्डे पर हुआ करता है। मगर बहुत फ़र्क़ है। कहाँ ब्याह जोगी हरे रेशम की साड़ी और कहाँ वे भदेस पोशाकें, जो फ़िल्मों में लौंडिया पहनती हैं। ललिता का ब्याह होगा तो...

तभी उसे दूर से लहराता हुआ हरा रेशम, पास आता मालूम पड़ा, जैसे मंडप पर सजा केले का नया पत्ता झूम रहा हो। शराब सिर चढ़ गई लगती है। बस, अब और नहीं।

''पापा,'' कानों में आवाज़ पड़ी। उसका नशा हरिण हो गया। गिलास छोड़ वह कूद कर

उठा और ललिता के पास पहुँच गया। उसे बाँह से पकड़कर हमवर्दीधारियों से दूर, पेड़ों के झुरमुट में ले गया।

"तू यहाँ क्यों आई ?" उसने कहा।

"फिर पी रहे हो ?" ललिता उससे ज़्यादा सख़्त आवाज़ में बोली।

"नहीं तो...यूँ ही ज़रा सी..." वह हकला गया।

"लो केक खाओ। ड्यूटी छोड़कर आई हूँ। वापस जाना है।"

"वाह बीवीबाई ने भेजा है!" कहीं उसे ख़ुशी हुई।

"नहीं! यह मेरे जन्मदिन का केक है। मेरे साथियों ने सिर्फ़ मेरे लिए बनाया है, समझे!" उसने इतनी तुर्शी से कहा कि वह घबरा गया।

मुँह खोल उसे देखता रह गया।

वह हँस दी। "हैप्पी बर्थडे तो बोल दो," उसने कहा और केक का टुकड़ा उसके मुँह में ठूँस दिया। वह कुछ कह पाता, उससे पहले ही वह वापस पलट गई। आज ललिता का जन्मदिन है, उसे याद नहीं। कभी उसका हिसाब नहीं रखा। हो सकता है, हो। यह भी हो सकता है कि बचपन से, हर साल मवाली के जन्मदिन पर दावती जूठन खा कर, वह ऐसा सोचने लगी हो।

"गाड़ी नम्बर डी.ए.एम. 4572, ड्राइवर मणिराम।"

माइक से पीछे बग़ीचे तक आते ऐलान ने उसे चौंका दिया। केक सटक, वह तहख़ाने से गाड़ी निकालने दौड़ा।

गाड़ी पोर्च में लगाई तो देखा सहेलियों के बजाय बीवीबाई के साथ गीदड़ और रंगा सियार था। गाड़ी के दरवाज़े फटाफट दरबानों ने खोल दिये। नशे में धुत गीदड़ अगली सीट पर लुढ़क गया। हाथों से रंगे सियार को सँभाले, झूमती हुई बीवीबाई पिछली सीट पर आसीन हुईं। सहेलियाँ शायद बदरी वाली गाड़ी में चली गई होंगी।

"खाना खा लिया था, मणिराम ?" गाड़ी चली तो बीवीबाई ने लरजते स्वर में पूछा और अदा के साथ गर्दन झटका कर रंगे सियार को देखा।

"जी," मणिराम ने कहा।

"अरे मणिराम," गीदड़ हुवा कर बोल उठा, "तुम्हारी बेटी की मेज़ पर बैठे, आज। ए वन सर्विस। गुड, वेरी गुड।"

"वह इसकी लड़की थी ?" रंगे सियार ने पूछा।

"हाँ।"

"इतनी स्मार्ट। यक़ीन नहीं होता।"

"स्वाति की पोशाकें पहन कर बड़ी हुई है, स्मार्ट नहीं होगी ? तुम तो स्वाति को जानते हो, ज़रा फ़ैशन बदला नहीं कि फेंकी ड्रेस कूड़े में। चाहे महीना पहले बनी हो।"

"फिर भी, ऐसे घर से आ कर...ताज का तौर-तरीक़ा..."

"पढ़ाई-लिखाई सब करवाई मैंने, अपनी सिफ़ारिश पर ताज में नौकरी दिलवाई। लड़का इनके दफ़्तर में क्लर्क है। मैंने हमेशा अपने बच्चों की तरह माना इसके बच्चों को।"

"दरियादिल हो, भई। आज भी ब्लैक लेबल और असल शैंपेन पिलाई। अमित का जन्मदिन फिर मुबारक़," रंगे सियार ने बीवीबाई को बाँहों में समेट लिया।

मणिराम से रहा नहीं गया। बोल पड़ा, "ललिता का भी जन्मदिन था आज।"

“क्या! ललिता का जन्मदिन, आज?” बीवीबाई भौचक रह गईं।

“जी।”

कुछ देर ख़ामोशी छाई रही। फिर अचानक गीदड़ फिक्क करके पियक्कड़ हँसी हँस दिया।

बीवीबाई ने पर्स खोला, सौ का नोट निकाला और मणिराम की तरफ़ बढ़ाकर कहा, “लो, हमारी तरफ़ से उसे कुछ ख़रीद देना।”

“रहने दीजिए, सब आप ही का दिया हुआ है,” उसने कहा।

“हम...बहोत...दरियादिल हैं...मणिराम,” गीदड़ के शब्द थूक और हँसी में लटपट होकर निकले।

सब कुछ उन्हीं का दिया हुआ था और दरियादिली से, इसमें शुबहा नहीं था। फिर भी मणिराम सौ का नोट पकड़ने को तैयार नहीं था। दिल में नामर्द लाचारगी का अहसास ज़ोर मार रहा था पर मुँह में केक का स्वाद अभी बाक़ी था।

(1991)

बड़ा सेब काला सेब

मैं ठहरी हिन्दुस्तानी। परिचित–दोस्त–रिश्तेदार, सब हिन्दुस्तानी। एक दिन कहा, मैं न्यूयॉर्क जा रही हूँ। बस बधाइयों, हिदायतों की झड़ी लग गई।

''बिग एपल, वाऊ! कितनी ख़ुशक़िस्मत हो तुम।''

''नहीं, न्यूयॉर्क।''

''वही रे। हर किसी का चहेता। सफलता का प्रतीक। बिग एपल।''

वाह, क्या नाम है। बड़ा सेब। सारा का सारा शहर, सुर्ख़–तन्दुरुस्त। लाल कुप्पा गालों वाले गोरे चेहरे।

''पर कालों से बच कर रहना।''

''सबवे में मत चढ़ना। काले ख़ून–ख़राबा करते हैं।''

''क्वींस की तरफ़ मत निकलना। काले भरे रहते हैं।''

''सामान का ध्यान रखना। काले साले सब चोर होते हैं।''

हद है। मेरे मुँह पर मुझे ही गाली। जानती हूँ मैं काली हूँ। बचपन से सुन रही हूँ। कान पक चुके हैं। भला हो पीटर ब्रुक के महाभारत का, जो काले फ़ैशन में आ गए। यानी कालों का ज़िक्र ख़ैर, फ़ैशन में आ गया। सेक्सी, एक्ज़ॉटिक, एथनिक, जाने क्या–क्या। वरना हाय बेचारी और छुट्टी। बहुत हुआ तो नाक–नक़्श अच्छे हैं, काश रंग गोरा होता। ये ख़ुद कौन गोरे हैं। हाँ, मेरी बनिस्बत खिलता हुआ रंग है। गेहुआँ, बादामी, साँवला, अरे फ़र्स्ट क्लास से थर्ड क्लास तक की श्रेणियाँ हैं, अपने यहाँ भूरे रंग की। पर मैं स्वीकृत श्रेणियों से बाहर, सीधी सपाट काली हूँ। कल्लो, काली–कलूटी, बैंगन लूटी।

''कालों से आपका मतलब?'' ग़ुस्सा बस आ ही गया।

''नीग्रो। अफ़्रीक़ी। और क्या? पर तुम उन्हें नीग्रो मत कहना। वे काला कहलाना पसन्द करते हैं। साले कहते हैं, ब्लैक इज़ ब्यूटीफ़ुल।''

''सिड़ी सनकी! गोरे चेहरे पर काला तिल तो सुना था सुन्दर। पर पूरा चेहरा काला, वाह! क्या सौन्दर्यबोध है।''

हा हा, ही ही, हू हू, चारों तरफ़ हँसी फूट चली।

ब्लैक इज़ ब्यूटीफ़ुल। काला सुन्दर? यानी सेब भी काला? बड़ा काला। सफ़ेद बर्फ़ को ज़हर भरा सेब खिलाया था चुड़ैल सौतेली माँ ने। क्या काला था वह सेब? होगा। फ़्रांस के द्योर मोशाय ने बनाया है न ज़हर (पॉयज़न) नाम से इत्र। बोतल काली, आधे कटे सेब की शक्ल में। कितना लोकप्रिय हुआ वहाँ। और यहाँ। ज़रूरी तौर पर। जो वहाँ, सो यहाँ। ब्लैक इज़ ब्यूटीफ़ुल। है काला सुन्दर, नहीं? क्यों नहीं, पूछूँ इनसे?

पर मुझसे पहले वे बोले।

''बहुत महँगा शहर है, ठहरोगी कहाँ?''

''मेरे भतीजे का पता ले लो। पॉश सबर्ब चपाकुआ में रहता है। ख़ूब कमाता है। वहाँ ठहर जाना। सुबह बिग एपल जाना, शाम को लौट आना।''

भतीजा गोरा है कि काला, पूछूँ? यह कोई पूछने की बात है। हिन्दुस्तानी आदमी का भतीजा हिन्दुस्तानी ही होगा, नहीं? ज़रूरी नहीं है। छोड़ो। जो हो। ठहरने का बन्दोबस्त हुआ न। काफ़ी है।

भतीजे से बात हुई। हिदायत मिली, ''न्यूयॉर्क के जे.एफ.के. हवाई अड्डे पर पूछ लेना, रेलगाड़ी से चपाकुआ स्टेशन आ जाना। वहाँ से फ़ोन करना। लेने आ जाऊँगा। यहाँ फ़ोन कभी ख़राब नहीं होते।''

वाह, भई वाह! क्या ख़ूब!

जे.एफ.के. हवाई अड्डे पहुँच गई। बिग एपल। बड़ा सेब। सब कुछ बड़ा। हवाई अड्डा बड़ा। लाउंज बड़ा। सूटकेस बड़ा। आदमी बड़ा। औरत बड़ी। पूछताछ का बोर्ड बड़ा। ख़ूब बड़ा। दूर से दिखने वाला।

बड़े सूटकेस को घसीटती मैं बड़े लाउंज को पार करके, पूछताछ के बड़े काउंटर पर पहुँच गई। लाल गालों वाली तन्दुरुस्त गोरी लड़की के सामने।

''चपाकुआ रेलगाड़ी कब जाती है? और कहाँ से?''

''पता नहीं।''

''आपके पास टाइम टेबल होगा। टूरिस्ट जानकारी? चपाकुआ के लिए रेलगाड़ी कहाँ से लूँ और कब?''

''ईमानदारी से मुझे पता नहीं।''

''कहाँ पता लगेगा?''

''ईमानदारी से मुझे पता नहीं।''

''प्लीज़, चपाकुआ पहुँचने के क्या तरीक़े हैं?''

''टैक्सी।''

''टैक्सी के अलावा? रेलगाड़ी जाती है न। मुझसे कहा गया था, आपसे पूछूँ।''

''कहा न, ईमानदारी से मुझे पता नहीं।''

''तो बेईमानी से ही बतला दीजिए।''

''आगे बढ़िए। पीछे क़्यू है, दिखता नहीं?''

दिखा, क़्यू। क़्यू में लोग। उनसे भी पूछा। अमरी सेब जैसे लाल मर्दों से। डिलिशियस सेब जैसी गुलाबी औरतों से। हर बार एक ही जवाब मिला, ''ईमानदारी से मुझे नहीं पता।''

हे भगवान, यहाँ क्या कोई बेईमान नहीं?

रुआँसी हो आई। चपाकुआ फ़ोन किया। सुझाव मिला। ''टैक्सी लेकर आ जाओ। चालीस डॉलर भाड़ा लग जाएगा। पर क्या किया जाए। पुलिस वाले से पूछकर भाड़ा तय कर लेना।''

मरती क्या न करती। सोचा, होटल का किराया फिर भी बचेगा। टैक्सी स्टैंड की तरफ़ चल दी। टैक्सी दिखीं। चार। सबके ड्राइवर गोरे, लाल। आश्वस्त हुई। एक टैक्सी तक पहुँची। कहा, ''चपाकुआ स्टेशन।''

"मीटर से या बग़ैर मीटर?"

याद आया, कहा गया था, पुलिस वाले से पूछकर भाड़ा तय करना। देखा, सामने चला आ रहा था। पर...काला!

"कालों से बच कर रहना।"

हे राम! अब? रहने दूँ? पर यह तो यमदूत की तरह बढ़ा चला आ रहा है मेरी तरफ़।

पूछा, "कोई समस्या?" इतना लम्बा, तगड़ा, काला मर्द। साँस रुक गई। फिर भी मिमियायी, "चपाकुआ तक का भाड़ा?"

"मीटर चलाओ," उसने ड्राइवर से कहा, और मुझसे, "क़रीब तीस डॉलर बैठेगा, ठीक है?"

"ठीक," फिर मिमियायी।

वह चला गया।

कितनी मधुर आवाज़। मन हुआ रोक लूँ। रेलगाड़ी के बारे में पूछ डालूँ। शायद यह बेईमान हो। पर..."कालों से सावधान।"

ड्राइवर टैक्सी में बैठ चुका था। खट से पीछे का बूट खुला। बटन दबाया होगा। जैसे-तैसे, खींच-खाँचकर, अपने छोटे बदन की पूरी ताक़त लगाकर, मैंने बड़ा सूटकेस उसमें डाल दिया। हाँफती हुई सीट पर लुढ़की कि टैक्सी दौड़ी और ट्रैफ़िक जैम में फँस गई।

वाह, क्या रफ़्तार है! धक्के से रुक जाना पड़ा तो क्या। चली तो तीर की तरह थी। खड़क-खड़ाक। एक मज़ा और। बाहर कड़ाके की ठंड पर भीतर पसीना लाती गर्माहट। मौसम ज़रूरत से ज़्यादा अनुकूल। आँख झपक गई। खुली तब, जब ड्राइवर की आवाज़ कानों में पड़ी :

"कहाँ जाना है?"

"चपाकुआ स्टेशन।"

"किधर है?"

"पता नहीं। चपाकुआ में होगा। यानी उससे पहले। ठहरो, नक़्शा देखती हूँ।" नक़्शा खोला नहीं कि मीटर दिखा। चालीस डॉलर। बाप रे! यानी चपाकुआ निकल चुका।

"चपाकुआ निकल चुका। उसने कहा था, तीस डॉलर।"

"बकवास। तीस! उसे क्या पता।"

"पुलिस वाला था।"

"तब? काला सुअर। उतर जाओ यहीं।" टैक्सी रुक गई।

देखा, मार बियाबान। चौड़ी सड़क के एक तरफ़ ताल-तलैया, दूसरी तरफ़ सड़कों का गुंजलक।

"यहाँ कैसे उतरूँ। शहर चल कर पूछो। नक़्शे में देखो। चपाकुआ जाना है।"

"साठ-सत्तर से कम नहीं आएगा मीटर में, समझ लो।"

"जो हो। पहले कुछ पता तो चले। आगे चलो, बोर्ड पढ़ कर पता लगेगा, हम हैं कहाँ। तभी नक़्शा देखूँगी।"

बात पूरी हुई नहीं कि टैक्सी दौड़ पड़ी। जैसे काले चोर पीछे पड़े हों। बोर्ड आया तो कुछ पढ़ा नहीं गया।

"चपाकुआ? चपाकुआ?" मैं चीख़ी।

"स्ट्रीट ? बिल्डिंग नम्बर ?"

"कुछ नहीं, स्टेशन चलो, स्टेशन।"

"वापस स्टेशन जाऊँ, पागल हो ?"

"वापस नहीं। चपाकुआ स्टेशन। आगे पीछे जहाँ हो।"

हे भगवान, वीर हनुमान, सीता-राम, राधा-कृष्ण, भोले शंकर, अल्लाह, जीसस, मदद करो। इसे बतलाओ चपाकुआ स्टेशन कहाँ है।

भागती टैक्सी धाड़ से दाएँ मुड़ी। आँखें फाड़ कर देखा। चपाकुआ का सी तक नज़र नहीं आया। कुछ कहूँ कि टैक्सी रुक गई। ड्राइवर उतर आया, "इधर।"

किधर ? चारों तरफ़ सुनसान बियाबान। पास ही क़ब्रिस्तान। एक तरफ़ लकड़ी की टाल। बिजली की फुर्ती से कटती लकड़ियाँ। दो मोटे ताज़े ललमुँहा गोरे, मशीनी आरे सँभाले।

"यह स्टेशन थोड़े है।"

"क्यों, है नहीं वह रेल लाइन ?"

हाँ, एक परित्यक्त रेल लाइन जा रही थी पास से।

"रेल लाइन होने से स्टेशन नहीं होता।"

काफ़ी आध्यात्मिक वाक्य लगा अपने काँपते दिलोदिमाग़ को। उसे नहीं।

"उतरो।"

"नहीं।"

"तो मरो।"

वह टाल में जा घुसा। तीनों कॉफ़ी पी रहे थे और हँस-हँसकर मेरी तरफ़ ताक रहे थे।

सुना, "द ब्लैक बिच (काली कुतिया)।"

कहाँ ? किधर ? कौन ? कोई नहीं थी वहाँ। बस मैं। तो क्या मैं ? उनका इशारा मेरी तरफ़ था ? तीनों अश्लील इशारे करके हँसे। अब ? हे करुणानिधान ! कर्णधार...पुलिस वाला ? टैक्सी का नम्बर नोट किया था उसने ? हाँ, किया था।

"याद रखो, पुलिस के पास तुम्हारा नम्बर है। स्टेशन चलो," मैं दहाड़ी, अगर बकरी की आवाज़ को आप दहाड़ मानें।

वह हँसा, वे हँसे, ख़ूब हँसे और हँसते-हँसते रुक गए।

"क्या हो रहा है ?" एक पुरसोज़ पर बुलन्द आवाज़।

हैं ! वह काला पुलिस वाला यहाँ कैसे ? नहीं, यह दूसरा काला था। सब काले एक जैसे लगते हैं, नहीं ?

"कुछ नहीं," दोनों ललमुँहे झट काम पर लौट गए।

"बोलो, बेटे ?" काले ने टैक्सी ड्राइवर से पूछा पर बेटे ऐसे कहा जैसे चाक़ू मार रहा हो।

"सुनिए। सुनिए। प्लीज़ सुनिए !" मैं दरवाज़ा खोलकर चिल्लाई।

"मैं ? श्ऽयोर।" सीटी जैसी बजी और वह पास खड़ा था।

ओ माँ, जैसे दानव। वह हँसा। पहले आँखें हँसी, फिर होंठ। बिजली चमकने के बाद ही घर्षण होता है न ? वहाँ तो पूरा आर्केस्ट्रा बज उठा।

"बोलो, मिस ?"

इससे डरूँ कि न डरूँ, तय करने से पहले दूसरे डर ने बुलवा दिया।

"प्लीज़, मदद कीजिए। चपाकुआ स्टेशन जाना है। यह पता नहीं मुझे कहाँ-कहाँ घुमा रहा है। प्लीज़।"

यह क्या। एक काले से यूँ मदद की गुहार।

उसकी हँसी ग़ायब हो गई।

कैसा भयावह हो उठा चेहरा।

सीता-राम! सीता-राम!

यमदूत ने दरवाज़ा खोला और मेरे बराबर में बैठ गया।

मैं कोने में सिमट गई।

उसने सीटी बजायी।

नहीं, प्लीज़ नहीं। हे भगवान, अल्लाह, जीसस, स्वीट जीसस!

ड्राइवर दौड़ा आया।

"चपाकुआ स्टेशन। सीधे। आवारागर्दी नहीं," वह नीचे उतरा और हँस दिया।

मेरा ख़ून जम गया।

ड्राइवर का चेहरा पसीने से लथपथ हो गया। उसने गाड़ी वापस मोड़ ली।

"बास्टर्ड! पिग," वह गरियाता रहा पर टैक्सी की रफ़्तार में ढील नहीं आई। चपाकुआ स्टेशन आ पहुँचा। कितना बड़ा-बड़ा लिखा था। च-पा-कु-आ। अहा! चाहो तो आधा मिनट पहले पढ़ लो। पर मीटर में किराया-सत्तर डॉलर! मर गए। कुल मुद्रा मिली है, पाँच सौ डॉलर। पहले ही दिन सत्तर की चपत। आगे? गले में सोने की चेन है ज़रूर। बेचनी पड़ी तो बेचेंगे। ये लोग अब क्रेडिट कार्ड रखने लगे हैं। हम तो हमेशा से सोना पहनते आए हैं। देखा जाएगा। जान बची तो लाखों पाए, लौटकर बुद्धू अभी घर नहीं आए। टैक्सी रुक गई। मैं उतरी। घूमकर पीछे गई। बूट खुलने की प्रतीक्षा में ताक़त समेटने लगी।

बूट बन्द रहा।

"बूट खोल दो," मैंने पुकारा।

ड्राइवर नीचे उतर आया। अरे, यह तो बीस बरस का छोकरा है, मेरे बेटे की उम्र का। मैं ख़्वाहमख़्वाह डर रही थी। सुरक्षित जगह पहुँचते ही सब सामान्य लगने लगा था, मीटर पर भाड़े के अलावा।

"बूट खोल दो।"

"पहले पैसे दो।"

"सामान निकाल कर दूँगी न।"

"नहीं, पहले दो।"

"क्यों?"

"लोग बिना पैसे चुकाए भाग जाते हैं।"

"वे सामान उठाकर पैदल भाग जाते हैं, और तुम गाड़ी में उनका पीछा नहीं कर पाते?" हँसी आ गई। आधा पागल है छोकरा।

"मेरे साथ यही सब होता है।"

"पर पैदल आदमी गाड़ी से तेज़ कैसे भाग सकता है?"

''पता नहीं।''

''ईमानदारी से?''

''हाँ!''

मैं भी किससे ठिठोली करने चली थी। लोगों की आवाजाही से ढाढ़स पाकर मैंने सुर तेज़ किया, ''सामान लिये बिना पैसे नहीं दूँगी।''

कोई ठिठका तक नहीं।

जान पर खेल कर, मैं टैक्सी के आगे, मडगार्ड से सट कर खड़ी हो गई।

''बूट खोलकर सामान निकालो, तब पैसे लेना,'' दस-दस डॉलर के सात नोट मैंने हवा में लहराये, ''मेरे पास यही नक़दी है, बस।'' मेरी चिल्लाहट सुन कोई हिचकिचाया तक नहीं। बड़े सेब जैसे तगड़े ललमुँहे पास से गुज़रे और बेझिझक आगे बढ़ते गए।

''मुझे सब धोखा देते हैं,'' कह वह रहा था, महसूस मैं कर रही थी।

स्वर कोमल बनाकर बोली, ''क्यों ऐसा सोचते हो, बेटा। तुम्हारे माँ-बाप तुम्हें प्यार नहीं करते क्या?''

''तुम्हें क्या?''

''मैं तुम्हें धोखा नहीं दे रही। काले कॉप ने ग़लत कहा था। इतनी दूर के कुल तीस डॉलर कैसे होंगे?''

सातों नोट हवा में फिर लहराये। छी-छी, एक अनजान पर ग़लत तोहमत। पर क्या करूँ? माल बचाऊँ कि जमीर।

धड़ाक से बूट खुला। मैं पीछे दौड़ी। बड़ा सूटकेस आधा बाहर हुआ था कि हाथ से नोट झपट, उसने गाड़ी चला दी। सूटकेस समेत मैं पीछे गिरी। तो क्या? धूल झाड़ उठ खड़ी हो गई। जान-माल दोनों सलामत। और क्या चाहिए।

फ़ोन हुआ, भतीजा आया और घर ले गया। मेरी कहानी सुनी तो बोला, ''ये काले साले सब धोखेबाज़ होते हैं।''

''तुम ग़लत समझे। ड्राइवर गोरा था। पुलिस वाला और फ़ोरमैन काले थे।''

''होंगे। अपवाद नियम को साबित करता है।''

उफ़, ये जेबकाटे मुहावरे। आग लगा देते हैं बदन में। पर बोले कौन? मुश्किल से मुफ़्त की छत नसीब हुई थी, पंचायती छाँट कर गँवा कैसे देती। भूख भी ज़बरदस्त लगी थी, टोस्ट ठूँस, मुँह बन्द कर लिया।

लम्बी तान कर सोई।

अगले दिन आसपास घूमी। शानदार इलाक़ा। बड़े घर। चौड़े मैदान। लम्बी गाड़ियाँ, दैत्याकार। बड़े काग़ज़ी गिलासों में कॉफ़ी। सब ऊँचा, बड़ा, खुला, चौड़ा।

''और गोरा,'' भतीजे ने कहा, ''यह बढ़िया पॉश इलाक़ा है। सबसे अच्छी बात यह है कि यहाँ काले नहीं रहते। चोरी-चकारी नहीं होती।''

एक बार सुना, दो बार सुना, बार-बार सुना। कॉफ़ी पीते सुना, ताल पर घूमते सुना, बाज़ार में सामान ख़रीदते सुना, घर में घुसते सुना, बाहर निकलते सुना। आख़िर खीज बर्दाश्त की छत फलाँग गई। कहा, ''आपका मतलब, आप यहाँ अकेले काले हैं।''

''मैं एशियन हूँ,'' वे तमतमाए।

"हाँ, मेरी तरह काले। हिन्दुस्तान में आपका रंग इक्कीस मान भी लिया जाता, पर यहाँ सारे हिन्दुस्तानी एक से काले लगते हैं।"

उनका चेहरा लाल, यानी बैगनी हुआ, फिर पीला, यानी साँवला पड़ गया। मुँह से आवाज़ नहीं निकली। थूक भीतर घोंट, वे एक पूरा बड़ा चाकलेट एकबारगी खा गए।

चॉकलेट इज़ ब्लैक (चॉकलेट काला है), ब्लैक इज़ ब्यूटीफ़ुल (काला सुन्दर है) मेरे मन में बजा। एंड यू आर मैड (और तुम पागल हो)। इतना क्या क़द बढ़ाना कि अच्छा-ख़ासा मेज़बान खो दो। अब? बिग एपल, और क्या।

रात जैसे-तैसे कटी। अगली सुबह, मय सूटकेस अपने को चपाकुआ स्टेशन के प्लेटफॉर्म पर खड़े पाया। न्यूयॉर्क की गाड़ी पकड़ने के लिए। दिन-दिन का काम था। रात काटने के लिए कमरा जुटाना होगा। शिकागो की उड़ान अगली सुबह थी। वहाँ अपना देवर है। काला भुस हिन्दुस्तानी। काला कहने पर भी घर से निकाल नहीं पाएगा। रिश्तेदारी ठहरी।

रेलगाड़ी आई। डिब्बे का दरवाज़ा चौड़ा था। सूटकेस घुसता चला गया। मैं ही बेहाल थी, उठाने की मशक़्क़त में। सामने दो सीटें ख़ाली दिखीं। हाँफती हुई उधर बढ़ी। सूटकेस हाथ से छोड़ सीट पर गिरी। पर बैठ नहीं पाई। ऊपर उठी मेज़ खुलकर पेट से टकराई। हवा निकले ग़ुब्बारे सी, अधखड़ी रह गई।

"हम यहाँ ताश खेल रहे हैं," मोटा ललमुँहा खौखियाया। उसी ने मेज़ गिराई थी। देखा मेज़ चार सीटों के बीच थी। दो पर बड़े सेबनुमा गोरे बैठे थे दो ख़ाली थीं। डिब्बे में बैठे लोग मज़ा लेकर हँस रहे थे। सब सूट-बूट ओवरकोट में लैस, ब्रीफकेस थामे भद्रजन। रोज़ इसी गाड़ी से एक साथ बिग एपल जाते होंगे और दफ़्तर निपटा कर शाम को साथ लौटते होंगे। रोज़ ताश जमता होगा। पर यह बात शालीनता से भी कही जा सकती थी। मैंने ग़ौर किया। सभी भद्रजन गोरे थे। मेरे सिवा काला कोई नहीं। कहा था न भतीजे ने, चपाकुआ में काले नहीं रहते। काश, डिब्बे में एकाध काला और होता।

मैंने सूटकेस उठाया। दूसरी सीट पर जाने से पहले सिर्फ़ इतना कहा, "सभी अमेरिकन इतने असभ्य होते हैं या आप ख़ास हैं?"

कायर! डरपोक काली! सीट पर बैठ, मैंने ख़ुद को धिक्कारा। गांधी जी होते तो सीट पर डटे रहते। खींचतान, मारपीट के बावजूद तब तक जमे रहते, जब तक लोग उन्हें उठाकर बाहर न फेंक देते। सूटकेस की तनिक परवाह न करते। और मैं? उन्हीं की देशवासिनी। धिक्कार है मुझ पर! तोले भर की ज़बान हिलाई सो ठीक पर मन भर का बदन क्यों हिलाया? जमी रहती तो क्या कर लेते वे लोग? जान से मार देते? तो क्या? एक बार ही मरता है न आदमी। पर साहब, यही तो मुसीबत है। एक बार मरना ही तो मौत है।

मुझे रोना आ रहा था पर मैं रोयी नहीं। अपमान, आत्मधिक्कार, क्षोभ, क्रोध पर विजय पा ली। तर्क इकट्ठा करने में हमारा सानी है भला। यह क्या अवमानना थी, कुछ नहीं। उन दलितों की सोचो, जिन्हें उस डिब्बे में घुसने तक नहीं दिया जाता। पैसे ही नहीं होते टिकट ख़रीदने को। होते भी तो वे कोने में सिकुड़ कर बैठते। भद्रजनों के समीप आते संकोच करते। उनके जीवन का हर पल अपमान के बोझ तले दबा रहता है। मेज़ नहीं पेट पर लात-घूँसे खाकर बदहवास होते हैं। उनके मुक़ाबले में मेरा अपमान क्या था, कुछ नहीं। ईमानदारी से, कुछ भी तो नहीं। और बेईमानी से?

न्यूयॉर्क में जिससे मिलना था, वे मेनहैटन टैंथ स्ट्रीट पर रहती थीं। शाम साढ़े पाँच बजे का वक़्त दिया था। सोचा, पास कहीं ठहरूँ, टैक्सी का भाड़ा बचेगा, पैदल पहुँच जाऊँगी।

''सबवे में मत चढ़ना। काले ख़ून-ख़राबा करते हैं,'' चेतावनी याद थी।

बत्तीसवीं गली के बेस्ट वैस्टर्न होटल में निम्नतम दर का कमरा ले लिया। अजीब होटल था। फ़ोन के नाम पैसा पहले जमा करवा लिया। ख़ासी लम्बी लाइन थी।

''मुझे कहीं फ़ोन करना ही नहीं,'' बतलाया, तो कहा, ''जाते वक़्त पैसे वापस ले लेना।''

''लाइन में लग कर।''

''ज़ाहिर है।''

क्या कहती, विकसित देशों की यही रीत होगी।

टी.वी. पर सुना, 'अस्सी प्रतिशत अनुमान है, शाम को तेज़ आँधी-बारिश आएगी।'

अनुमान! हम क्या जानते नहीं? अपने मौसम विभाग वाले जो अनुमान लगाते हैं, ठीक उससे उलटा होता है। मूसलाधार बारिश तो तेज़ धूप। साफ़ आसमान तो टपाटप बारिश।

सूटकेस कमरे में पटक, घूमने निकल गई। दिसम्बर की मारक ठंड। मटमैले चकत्तों में उगती ढलती धूप। फिर भी थी तो धूप। न बर्फ़ न बारिश। भला लगा इधर-उधर भटकना। सड़क के किनारे कैफ़े में बैठकर पिट्ज़ा का टुकड़ा खाया (उस दिन की ख़ास सस्ती पेशकश), फ़िटमारी सी बेस्वाद कॉफ़ी पी, खिड़कियों से झाँककर, दुकानों में सजा चमाचम सामान निरखा, एंपाइर स्टेट बिल्डिंग की चोटी से नीचे का धुँधला नज़ारा देखा। जैसे समुद्र के किनारे चाँदनी चौक बसा हो।

तीन बजे बूँदा-बाँदी हुई। तेज़ चाल से होटल की तरफ़ पलटी। बूँदा-बाँदी बन्द हो गई। ठंडी हवा चलने लगी। ठीक है। साड़ी पर इकलौता कोट चढ़ाया और लाउंज में उतर आई। चार बज लें तो घूमते-घामते दसवीं गली पहुँचूँ।

तभी मूसलाधार बारिश शुरू हो गई। रुक जाएगी। वरना टैक्सी ले लूँगी। छाता साथ है। बारिश थमी नहीं। बल्कि बढ़ती चली गई। साथ में तेज़ हवा। होटल के दरवाज़े पर टैक्सी लेने वालों की भीड़ लग गई। सब हड़बड़ी में। हर तीसरा आदमी हवाई अड्डे पहुँचने को बेक़रार। मैं भीड़ में शामिल हो गई। एक घंटे के बेताब इन्तज़ार के बाद, मेरे हिस्से टैक्सी आ गई। भीतर की गर्माहट में इतमीनान की साँस ली और सीट में धँस गई। बाहर का दृश्य दिलचस्प था। तेज़ हवा की मार से पानी की बौछारें उड़ कर गोल-गोल चोट कर रही थीं। जैसे इडली की पिट्ठी पिस रही हो। टैक्सी इतने धीमे सरक रही थी कि लग रहा था एक ही बिन्दु पर जड़ है। पर जैसे-तैसे रास्ता तय हो रहा था। बारिश की धुंध के सिवा बाहर का कुछ नहीं दिख रहा था। दीखता भी तो मैं पहचानती नहीं। एकदम अनचीन्हा था सब मेरे लिए। पर डर नहीं था। मेनहैटन के भीतर-भीतर एक गली से दूसरी गली तक ही तो जाना था। बिल्डिंग नम्बर 42, दसवीं गली, ड्राइवर को बतला कर नि:शंक बैठी थी।

टैक्सी गली में घुसी और रुक गई, ''इतनी बारिश में उतरोगी, बीमार पड़ जाओगी।'' काले ड्राइवर का कहना भला लगा। छाता सँभाल, उतरने लगी तो सामने की इमारत का चमकता नम्बर दिखा—42 नहीं, 38।

''यहाँ नहीं, आगे,'' वापस बैठकर कहा।

''मैं आगे नहीं जा रहा।''

"क्यों?"
"बस, नहीं जा रहा।"
"पर क्यों? मीटर से पैसा लोगे, तुम्हें क्या नुक़सान है? दो बिल्डिंग बाद तो है।"
"उतरना है तो यहीं उतरो, वरना वापस चलो।"
"इस बारिश़ में?"
"आई क्यों इस बारिश में?"
"काम था। आना पड़ा। आगे चले चलो।"
"नहीं।"
"आख़िर क्यों?"
"यहाँ से ज़्यादा आसानी से सवारी मिलेगी।"
"इतनी बारिश में उतरूँगी तो बीमार पड़ जाऊँगी। तुम्हीं ने कहा था।"
"ज़रूर पड़ोगी, वापस चलूँ?"
"नहीं।"
"तो उतरो।"

बहस के लिए मेरे पास वक़्त नहीं था। साढ़े पाँच बजा चाहते थे। मैं सुनना नहीं चाहती थी, 'हिन्दुस्तानी हमेशा देर से आते हैं'। उतर गई। भाग कर छज्जे के नीचे पहुँची। ऐसे ही, बीच-बीच में भीगती-भीगती, 38 नम्बर से 42 नम्बर तक पहुँची।

बारिश, अन्धड़ की थाप पर उसी तरह तांडव करती रही। मेरी मेज़बान अचम्भित थी। इतनी तूफ़ानी बारिश में कोई समय से कैसे पहुँच सकता था। वह भी शाम के साढ़े पाँच बजे!

"वाक़ई! सबसे ज़्यादा भीड़भाड़ वाला वक़्त होता होगा?" पूछा उनसे।

"हाँ, कहावत है, ड्राइवर अपने चूतड़ों पर बैठा रहता है और कमाई होती रहती है।"

"शाम के साढ़े पाँच बजे?"

"हाँ।"

तब उन्होंने मुझे वही वक़्त क्यों दिया? मैंने बतला दिया था, मैं पहली बार न्यूयॉर्क आ रही हूँ एकदम अज्ञानी हूँ शहर के मामले में।

सवाल पूछने के बजाय मैं छींक दी। कमरे में तेज़ ताप का परस पाकर मेरी गीली रेशम की साड़ी चारों तरफ़ भाप के गोले उड़ा रही थी। नरक का सा समाँ था। उन्होंने मुझे घूरा, पूछा, "कॉफ़ी?"

जवाब में मैं फिर छींक दी। उन्होंने डिकेंटर उठाकर प्याले में कॉफ़ी डाल दी। मैंने अपनी भीगी काया और दुहरी छींकों के लिए माफ़ी माँगी तो बाक़ी कहानी भी सुना दी। उन्होंने कमरे का तापमान और बढ़ा दिया। कहा, "बहुत समझिए, उसने आपको गली के मुहाने पर नहीं उतार दिया। यहाँ कुछ भी हो सकता है।"

"ख़ासकर शाम के साढ़े पाँच बजे?"

"बिलकुल," उनका इतमीनान क़ाबिलेतारीफ़ था।

मैंने सोचा पूछ डालूँ, मेरे लिए उन्होंने वही वक़्त क्यों मुफ़ीद माना? पर नीम-गरम कॉफ़ी को और ठंडा करना बेवक़ूफ़ी होती।

हम काम की बात पर आए।

मेरी कहानी नागरी कहानियों के संकलन में ली जानी थी। उसके अनुबंध पर हस्ताक्षर हो गए। बाक़ी कहानियों और लेखों पर विचारों का आदान-प्रदान हुआ। दो लेख उन्होंने प्रकाशनार्थ रख लिये। चिट्‌ठी-पत्री के लिए मैंने देवर का, शिकागो का पता दे दिया। फिर रुख़सत। उन्होंने गर्मजोशी से हाथ मिलाया, साड़ी की तारीफ़ की और दरवाज़े की तरफ़ देखा। मैंने पूछा, ''क्या फ़ोन करके टैक्सी यहीं नहीं बुलाई जा सकती?'' उन्होंने कहा, ''नीचे हॉल से जैनिटर बुला देगा। कोई दिक़्क़त नहीं होगी। टेक केयर (अपना ख़याल रखना)।''

मैं शुक्रगुज़ार हुई।

नीचे हॉल में पिद्दी सा काला छोकरा बैठा था। अच्छा लगा, कोई तो इस बड़े देश में छोटा था। पर टैक्सी बुला देने की बात सुनते ही वह फुत्कारने लगा, ''मैं कहाँ से बुलाऊँ? जैसे तुम बाहर जाकर आवाज़ लगाओगी वैसे मैं। लिमो बुलानी थी तो ऊपर से फ़ोन करतीं।''

''ऊपर जाऊँ?''

''चौगुने पैसे देने हों तो जाओ।''

''बाहर टैक्सी मिल जाएगी?'' पूछकर मैंने ज़बान काट ली। अब यह कहेगा, ईमानदारी से इसे पता नहीं। वह ठठाकर हँस पड़ा। क्या उसने मेरे मन की जान ली?

''नो प्रॉबलम (कोई दिक़्क़त नहीं), टेक केयर।''

बाहर झाँका। लगा धारोधार बारिश हलकी पड़ी है। छाता खोला और चौखट लाँघ गई। बर्फ़ीली हवा के पहले थपेड़े से ही छाता उलट गया। हड्डियाँ पिघलने लगीं। बदन में गरमी भरने को मैं भागते हुए आगे बढ़ी। टैक्सी दिखी तो आवाज़ लगा, इतनी ज़ोर से दौड़ी कि खेल का मैदान होता तो तेज़तम औरत का ख़िताब मिल जाता।

न ख़ुदा मिला, न विसाले सनम। टैक्सी वाले ने टका सा जवाब दिया, ''ऑफ़ ड्यूटी,'' और आगे बढ़ा। मैं और मेरे साथ बारिश भी बढ़ी। फिर हवा क्यों पीछे रहती?

टैक्सियाँ दीखती रहीं। मैं उन तक दौड़ती रही। 'ऑफ़ ड्यूटी' का नारा बुलन्द होता रहा। बारिश और हवा में होड़ लगी रही। मैं भागती, रुकती, चलती, हर हाल में भीगती, ठिठुरती, काँपती रही। दौड़ में कभी बारिश आगे निकल जाती, कभी हवा। मैं दोनों से पिछड़ गई। लथपथ, गीली, ठंडी साड़ी तपते बदन से चिपक, चलना दुश्वार कर रही थी, भागने की क्या कहें। पुलिस वाला दिखा तो उससे भी मिन्नत कर डाली। एक टैक्सी का सवाल है, बाबा, सिर्फ़ एक टैक्सी का। पूरी नहीं तो आधी चलेगी। सारी जागीर एक टैक्सी पर न्योछावर। पुलिस वाला क्या कर सकता था? आज़ाद कमेरों का मुल्क था। ड्राइवर चाहे जाए, न चाहे न जाए।

आगे-पीछे, दाएँ-बाएँ सब तरफ़ घूमकर, जब आधी टैक्सी भी नसीब नहीं हुई, तो पलटकर दसवीं गली की 42 नम्बर की इमारत में घुसी। हॉल से मेज़बान का बजर दबाया। बुरा मानें चाहे भला, फ़ोन करके लिमो बुलाने को कहूँगी। किराया चौगुना लगे चाहे छह गुना। कहा न, सारी जागीर एक टैक्सी पर न्योछावर। 'माई किंगडम फ़ॉर ए हार्स।'

कोई जवाब नहीं मिला। छोकरे ने बताया, वे मेरे जाने के तुरन्त बाद बाहर चली गई थीं।

''उन्हें बाहर जाना ही था तो मुझे टैक्सी तक छोड़ सकती थीं।''

उसने कन्धे झटके। कहा, ''आप यहाँ नहीं बैठ सकतीं। मैं ताला लगाकर घर जा रहा हूँ।''

''आपके पास गाड़ी है?''

वह हँसा कि ख़ूब हँसा।

"मैं यहीं पीछे रहता हूँ।"

मैं फिर सड़क पर थी।

बारिश में कुत्ते-बिल्लियों की चिल्लपों थीं। शायद मेरा भ्रम हो। अंग्रेज़ी मुहावरे का असर। पर धार बेरहम थी। हवा में चाबुक की सरसराहट थी। यक़ीनन थी। चाबुक फटकारता हाथ बारिश का था, चाबुक हवा का, या हाथ हवा का था, चाबुक बारिश का, कह नहीं सकती। जो था, ग़ज़ब का मारक था।

तपते बदन पर गीली साड़ी की बर्फ़ीली फिसलन बर्दाश्त के बाहर हो चली थी। सिर में घुमेर उठ रही थी। डर था, और चली, तो चक्कर खाकर बीच सड़क गिर न पड़ूँ।

साक्षात् ईश्वर की तरह, यूनिवर्सिटी ऑफ़ न्यूयॉर्क की इमारत ने दर्शन दिये। मैंने समर्पण कर दिया।

अन्दर घुसी। बड़ा हॉल। लोगबाग़। दीवार के साथ लगे सोफ़े। ख़ाली। एक सोफ़ा पूरा ख़ाली। लस्टम-पस्टम मैं उस तक पहुँची और भीतर धँस गई।

सब कुछ थम गया।

बर्फ़ीली हवा का झंझावात क्या ठहरा, मशीनी गर्माहट ने मुझे नर्म फाहों में लपेट दिया। गीले ठंडे बदन को छू, तपिश, भाप बनकर उठी और मुझे घेर लिया। लगा, मैं सॉना बाथ में हूँ।

ताप से ऊपर उठते भाप के परदे। परत दर परत गरम कोहरा। कोहरे में धुँधलाती आँखों की बिनाई। धुंध में छिपते सोफ़े। ओझल होते लोग। अकेली मैं, पुरसुकून भाप के समन्दर में गोते लगाती, डूबती-उतराती, बहती...

मैंने फ़ोन किया...टैक्सी आई...मैं बैठी...कमरे में पहुँची...साड़ी उतारी...बिस्तर पर लेटी... सो गई...

सोओ नहीं। उठो, फ़ोन करो।

...सोने दो...अभी लेटी हूँ...सूखे कपड़े पहने हैं...अभी आई हूँ...सो गई...

उठो, उठो, फ़ोन करो।

...लेटी...लेटते ही सो गई...

अभी नहीं, उठो, फ़ोन करो।

...हाँ....फोन...टैक्सी...करती हूँ...फ़ोन किया...टैक्सी आई...मैं चली... पहुँची...लेटी...सो गई...

उठो, उठो।

सोने दो।

उठो!

सुबह होने दो।

उठो!!

मैंने आँखें खोलीं। एक भीमकाय काला दानव मेरे कन्धे पकड़कर हिला रहा था।

मैं ज़ोर से चीख़ी।

वह डर कर पीछे हट गया।

मैं उठकर बैठ गई।

वह पास आया।

''शुक्र है, तुम ज़िन्दा हो।''

''यह नरक है?''

''हाँ, पृथ्वी पर।''

''तुम शैतान हो?''

''हाँ, काला। नर। और तुम?''

''मादा। काली।'' मैं हँसी और हँसती चली गई।

''चुप!'' उसने ज़ोर से फटकारा।

मैं चुप हो गई। आँखों से टपाटप आँसू गिरने लगे।

''यहाँ कैसे बैठी हो?''

''टैक्सी नहीं मिली।''

''कहाँ जाना है?''

''बेस्ट वैस्टर्न, मेनहैटन, बत्तीसवीं गली।''

''उठो।''

मैं उठी। लड़खड़ाई तो उसकी छाती से जा लगी। टी शर्ट पकड़कर सँभली तो नीचे फिसल गई। ज़मीन पर गिरने से पहले, उसने सँभाल लिया।

''पिए हो?''

''नहीं, प्यासी।''

उसने मेरा माथा छुआ, फिर गला और हाथ।

''हिन्दुस्तानी हो?'' मैंने पूछा।

''नहीं, अफ़्रीकी। तुम्हें बुख़ार है।''

''पता नहीं।''

''एस्पिरिन है पास?''

''नहीं।''

''चलो।'' सहारा देकर चलाया और पास कैफ़े में ले गया। पूछा, ''पैसे हैं?''

''हाँ।''

''दो एस्पिरिन और दो कॉफ़ी। पैसे दो।'' मैंने दे दिये। उसने एस्पिरिन पानी में घोली, कहा, ''पी लो।''

''ख़ाली पेट एस्पिरिन?''

वह हँस पड़ा, ''नहीं, नन्ही बच्ची। मफ़िन के साथ।''

दो मफ़िन सामने थे। मैंने पैसे दे दिये। उसने एक मफ़िन मुझे पकड़ा दिया। मैंने गस्सा खाया और एस्पिरिन मिला पानी पी लिया।

''चलो।''

''क्यों? यहाँ मेज़ पर बैठकर पिएँगे न कॉफ़ी।''

''बेकार और पैसे लगेंगे। पीते-पीते चलो सबवे तक।''

देखा, प्लास्टिक के बड़े गिलासों पर ढक्कन लगे हैं। उसने एक हाथ में कॉफ़ी का एक गिलास थामा हुआ है। मुझे बाँहों से घेरे दूसरे हाथ में मफ़िन और दूसरा गिलास। मुँह में पकड़कर

उसने गिलास का ढक्कन अलग किया। गटागट कॉफ़ी पीता आगे बढ़ा। मैं आप से आप आगे खिसक आई।

"ढक्कन," मेरे मुँह से निकला और मुझ पर हँसी का दौरा पड़ गया।

"क्या है?"

"गिलास...ढक्कन," मैं हँसती गई।

"मफ़िन खाओ जल्दी, ख़ाली पेट," वह भी हँस दिया। उसने हाथ का मफ़िन दाँतों से उठाया और मेरे सामने लहराया, "यह भी चाहिए?"

"नहीं।"

अपना मफ़िन कुतरा। इतना बड़ा। जैसे गोभी का फूल।

"बड़ा सेब!" मैं हँसी।

"कॉफ़ी पिओ," उसने गिलास मेरे मुँह से लगा दिया। जबरन घूँट भरनी पड़ी।

"पकड़ो।"

मैंने गिलास पकड़ लिया।

"चलती रहो।"

रुकती कैसे, वह ठेलता आगे बढ़ाता रहा।

देखा, बारिश रुक चुकी।

पूछा, "क्या बजा है?"

"चार।"

"चार! फिर इतना अँधेरा क्यों है?"

"रात के चार।"

"रात...तुम्हारा मतलब सुबह के?"

वह हँस पड़ा।

"सुबह...रात...जब अँधेरा, तब रात।"

मेरी हँसी ग़ायब हो गई। उसने मुझे रुकने नहीं दिया। बराबर आगे ठेलता रहा।

"सामने सबवे स्टेशन है। ट्रेन लो और तीसरे स्टेशन पर उतर जाओ। सामने बेस्ट वैस्टर्न होगा। समझ गईं?"

"और तुम?"

"स्टेशन तक चलता हूँ।"

"सबवे में अकेली नहीं जाऊँगी।"

"क्यों?"

"काले ख़ून-ख़राबा करते हैं।"

"तो भागो। मैं भी काला हूँ," अब हँसते चले जाने की उसकी बारी थी। मुझे घेरता हाथ हटा नहीं कि मैंने वापस पकड़ लिया।

"मुझे डर लगता है।"

"मुझसे? तो भागो।"

"नहीं। उनसे। बड़े लाल सेबों से।"

"कहाँ के लाल सेब।

यहाँ कीड़े ही कीड़े हैं।
मैं काला, तुम काली।
मफ़िन काला, कॉफ़ी काली।
भौंरा काला, मक्खी काली।
कीड़े सब काले हैं।''

हँसते-हँसते वह गाने लगा। गाते-गाते पैरों से ताल देने लगा। मैं भी। वह मुझे साथ उड़ाये ले जा रहा था सबवे की तरफ़।

स्टेशन आ गया। उसने मुझसे पैसे लेकर मशीन से टिकट निकाला। मुझे पकड़ाया, कहा, ''जाओ। गाड़ी आने वाली है।''

''तुम साथ चलो।''

''पागल लड़की। मर्द को साथ होटल ले जाने का मतलब जानती हो?''

''बाहर से लौट आना। दोतरफ़ा टिकट ले लो,'' मैंने पैसे उसकी तरफ़ बढ़ाये।

''बेवक़ूफ़! जाओ अब!'' उसने डपट कर कहा।

उसकी आँखें अंगारे बरसा रही थीं। एकदम काला, शैतान, भुजंग लग रहा था वह। मैं सिर से पाँव तक काँप गई।

''जाओ!'' चाबुक बरसा कर वह तेज़ी से पलटा और लम्बे डग भरता बाहर निकल गया। मैं खड़ी रह गई।

ट्रेन आई। मैं भीतर घुसी। डिब्बा आधा ख़ाली था।

आधी सीटों पर थके-हारे इनसानी आकार पसरे पड़े थे। कुछ काले, कुछ भूरे, इक्का-दुक्का गोरे। पर सब एक जैसे पस्त। पिद्दी। हिन्दुस्तानी बेर जैसे।

होटल पहुँच, बिस्तर पर ढह जो सोई, तो दोपहर बारह के अलार्म से जगी। कमरा छोड़ा, सूटकेस उठाया, चाबी दी, फ़ोन के पैसे वापस लिये, कॉफ़ी मफ़िन के साथ दो एस्पिरिन ख़रीदीं। खड़े-खड़े कॉफ़ी पी। एस्पिरिन खाई, मफ़िन खाते-खाते सबवे पकड़ी और हवाई अड्डे चल दी। बड़े सेब में से एक और कीड़ा बाहर निकल गया।

(1992)

जेब

जेब में हाथ डाला तो लगा अपना नहीं, किसी और का है। मेरा कहाँ गया ? हाथ बाहर खींच लिया। दूसरे से छू कर देखा, हैं तो दोनों सही-सलामत। फिर जेब में किसका हाथ है ? गिलगिला, पसीजा। मेरी हथेली की तरह।

मैंने हथेली का पसीना, क़मीज़ से रगड़ कर पोंछा। पसीना तो आएगा ही, जब लोग जेब में हाथ डालने लगें। यह मेरी जेब है। मुझे पूरा अधिकार है कि अजनबी हाथ को बाहर निकाल फेंकूँ। मालिकाना रौब के साथ मैंने अपनी सूखी पुँछी हथेली वापस जेब में डाली। हाथ आया वही इकलौता पचास का नोट, जैसे लार में सना हो।

मैंने पकड़कर बाहर किया तो साथ चिपका वह लिजलिजा स्पर्श भी चला आया। हवा में झटकारा पर कोई असर नहीं। टँगा रहा नोट, लेस से लटके, कटी भिंडी के टुकड़े की तरह। जैसे मैंने नहीं किसी और ने पकड़ रखा हो।

"सुरेश भाई," तभी अपना नाम सुना।

सीधे नोट से निकल कर आई थी आवाज़। तो क्या हाथ बोल पड़ा ? मैंने घबराकर नोट वापस जेब में डालना चाहा। मैं दाएँ खींचूँ तो वह बाएँ खिंचे। भाग लूँ, मैंने सोचा।

एक ख़म मुड़ा तो देखा, हाथ नहीं, आँख बोली थी।

आवाज़ देने वाले ने आँखों से पकड़ रखा था नोट को। कोटरों में धँसी, आलपिन की गोलाई में सिकुड़ी पुतलियों वाली आँखें। पर कैसे पंजे काढ़ रखे थे बाहर। जैसे चेहरे पर आँखें नहीं, दो हाथ उगे हों।

कौन है यह आदमी ? एकदम फटेहाल चेहरा है। बिवाई फटे पाँव सा। और आँखें, जैसे बिवाई से बहती ख़ून की धार। या थूक की लार। आँख थी कि रंगमंच पर अभिनेता। कभी हाथ बनती, कभी पाँव, तो कभी होंठ। सचमुच, आँखों को लार टपकाते मैंने पहली बार देखा था।

ठीक है, ठीक है। मैंने कहा, पहली बार देखा ! अब मैं हरदम अपने चेहरे के सामने शीशा तो रखता नहीं।

अब प्रसाद की थाली सा मैं सुन्न खड़ा था कि जब जो चाहे, उठाए और मुँह तक ले जाकर गप ! न नोट जेब में गया, न मैं वहाँ से भाग पाया। "पहचाना नहीं," उसी ने कहा, "मैं पांडे हूँ।" पलांश को उसकी लरियाती नज़र नोट से हटकर मेरे चेहरे पर लिसड़ी। बस, उतनी मुक्ति मेरे लिए काफ़ी थी। झट नोट जेब में दाख़िल किया और अपनी नज़र उसके बदन पर फिरा ली।

अब उसे पहचानने में कोई दिक़्क़त नहीं हुई। एकदम, सही-सलामत जेब वाला आदमी था। चीकट मैले कपड़ों में कहीं कुछ फटा उधड़ा नहीं था।

ज़रूर मुझे वहम हुआ था। वह भला मेरी जेब में आँखें क्यों गड़ाएगा? मैं क्या जानता नहीं, उसकी अपनी जेब में कितने कड़-कड़ नोट बजा करते थे। दो बरस भी तो नहीं बीते, जब मैं काज़ूभाई का नाटक लेकर उसके पास गया था। उससे ऊँचा नाटक निर्देशक कौन था भला, अपने इस दिल्ली शहर में। माल से अटी, एक पूरी की पूरी रंग मंडली उसके अँगूठे के नीचे थी।

सौदा भी ख़ूब ऊँचा पटा था। अब नाटक करवाओगे, पत्र पुष्प लोगे तो गुरु दच्छिना तो दोगे न। परम्परा है भइया, और बिचौलिये को दलाली भी दोगे। जिसकी नक़ल पीटी, उसे तो कुछ दिया-दिलाया नहीं, समन्दर पार की बात ठहरी। ख़ूब पिया-पिलाया था पांडे ने। अब आप बतलाइए, उसमें से कुछ बचा कर मैंने घर का रोटी-पानी चला लिया तो क्या बेईमानी कर ली। बीवी भी तो मार चख-चख लगाए रखती है सुबह-शाम। बच्चे बच्चे बच्चे। कभी खाना, कभी कपड़े, कभी स्कूल की फ़ीस। बच्चे न हुए, राक्षस हो गए। और कौन मैंने उन्हें दूध-मलाई खिला दी। दाल-रोटी ही न। पर उसी पर उखड़ गया पांडे और मुझे अपनी जेब से यूँ निकाल बाहर किया जैसे चाय से मक्खी।

अब वह भला मेरी जेब में क्यों हाथ डालने लगा?

होता यह है कि, कभी-कभी आदमी ख़ुद अपना चेहरा देख उठता है दूसरों के चेहरों में। छोड़ो।

मैंने आश्वस्त होकर जेब थपथपाई और हथेली को उसकी पहरेदारी पर छोड़, नज़र अगले की जेब पर जमा दी। होंठों की लार भीतर घोंट कर मुस्करा भी दिया। बहुत समझिए ठठाकर हँस नहीं दिया। दिल बल्लियों उछल रहा था। कमाल का संयोग था। इतनी देर रिहर्सल करके, अपनी समझ में जो बढ़िया बहाना गढ़ा था, ख़ुद-ब-ख़ुद सच होने जा रहा था। अब आपसे क्या छिपाना। आप तो जानते ही हैं, कितनी मुश्किल से यह पचास का नोट रामपरस की जेब से मेरी जेब में पहुँचा था।

श्रीराम सेंटर के गलियारे में खड़े-खड़े मैंने दूर से देख लिया था, उसने पचास के नोट में लिपटा दो का नोट अलग किया है। चाय के पैसे चुकाने के लिए। मैं दौड़ा चला आया था उसके पास। ''वाह, पंडित जी, ख़ूब मिले, क्या नाटक लिख मारा है, गुरु!'' मेरा जुमला उसे वापस मेज़ पर खींच ले गया था। और फिर मैंने जो धुआँधार चर्चा शुरू की, नाटक में सम्भावनाओं की, और सम्भावनाओं को माक़ूल स्वरूप देने के लिए सर्वोत्तम नाटक निर्देशक की ज़रूरत की, बेचारा रामपरस चाय का ऑर्डर तक देना भूल गया। मैंने भी याद नहीं दिलाया। कहा तो बस इतना कि मेरी पहचान कई पहुँचे हुए निर्देशकों से है। उन तक उसका नाटक पहुँचा सकता हूँ, पर क्यों पहुँचाऊँगा भला? मैं किसी और की रचना मंचित करवाने के लिए हाथ-पाँव क्यों मारूँगा? सिर्फ़ इसलिए कि कोई-कोई रचना होती है ऐसी, जो चुड़ैल की तरह सिर चढ़ कर बोलने लगती है। निजात ही नहीं मिलती उससे। बस यही हुआ है मेरे साथ। अब मुझे छुटकारा तभी मिलेगा जब उसे सुपात्र के हाथ सौंप दूँगा। ये सुपात्र, तुम जानो, बिना विलायती दारू, कुछ सुनने को तैयार नहीं होते। तो पंडित जी...''

इतना सब कह-कहवा कर पचास का नोट हासिल हुआ था। ''चलूँ, नाटक शुरू होने वाला है,'' कहकर मैं उठ गया था और बिना चाय पिए हॉल के बाहर जा खड़ा हुआ था। इन्तज़ार कर रहा था कि कोई ढंग का आदमी टकराये तो नाटक का पास झटक कर, लगे हाथों, एक

समीक्षा लेख का भी बन्दोबस्त कर लूँ। इन्तज़ार करते-करते कितनी बार नोट को छू कर देखा था। आज की शाम बीती-बितायी थी। आगे की आगे देखेंगे।

पर चमत्कार! एक अदद निर्देशक पेश करने का दावा किया था और यह लो, वह सामने आ खड़ा हुआ था। पुरानी खटपट भूल हांडी ख़ुद चली आई थी, चमचे के पास। होगे तुम ज़बर नाट्य निर्देशक, हम भी कोई हराम की नहीं खाते। फिर भी इस तरह, एक के बाद एक, नाटककार और निर्देशक का अवतरित होना; वाक़ई काफ़ी फ़िल्मी था चमत्कार! तुम्हें नहीं पहचानूँगा, गुरु, अन्धा हूँ क्या?

मैं किलक कर कहता, उससे पहले वह अपना हाथ मेरे कन्धे पर रख चुका था। पुरानी घिसी क़मीज़ को पार करके, उसका लिज़लिज़ापन मेरी खाल पर रेंग रहा था।

मैं अपना संवाद भूल गया।

इतना गिलगिला स्पर्श। यह उसका हाथ है या मेरा?

''आओ, कहीं बैठकर चाय पिएँ। बात करनी है,'' वह कहता गया।

मेरे दिमाग़ में ख़तरे की घंटी घनघना उठी। वह मेरी लाइनें क्यों बोल रहा है? और ठीक मेरी आवाज़ में? बदसलीक़ा दर्प के नीचे घिघियाहट को दबाने की असफल कोशिश ने मुझे चेता दिया। उसकी छोड़ मैं अपनी जेब की फ़िक्र में लगा। हथेली से भींचकर उसे सीने से चिपकाया और बोला, ''आज नहीं, मुझे डाक्टर के पास जाना है।''

''जाना तो मुझे भी है। चलो, साथ चलते हैं।''

''नहीं, मैं पहले घर जाऊँगा।''

''ठीक है, पहले घर चलते हैं तुम्हारे।''

''बीवी नाराज़ होगी। मैं आज ही आया हूँ बम्बई से।''

''ओह, तो दिल्ली में नहीं थे तुम! तभी...! परसों मैं अपना नाटक पढ़ रहा...यहीं, शाम पाँच बजे। आना।'' वह नाटक पढ़ रहा है? क्यों? वर्षा के लिए इंद्रदेव स्वयं प्रार्थना कब से करने लगे?

''आएगा न?'' उसने दोस्त के अपनेपन के साथ अपना हाथ मेरे हाथ पर रख दिया। अब हम दोनों के हाथ मेरी जेब पर थे।

''बम्बई में तो अच्छी कमाई हो जाती होगी,'' उसने मेरा हाथ थपथपा कर कहा।

''तुम्हारे जितनी नहीं,'' मैं मिमियाया।

''अपन तो बादशाह आदमी हैं। जो कमाते हैं, दोस्तों पर ख़र्च कर देते हैं,'' उसने बड़प्पन के साथ कहा, ''सौ रुपये दे।''

''अच्छा चलूँ परसों मिलेंगे,'' मैंने सुना अनसुना करते हुए कहा।

''सौ रुपये देकर जा,'' उसकी जकड़ कसी।

''मेरे पास सौ रुपये कैसे होंगे?''

''चल, पचास ही दे।''

''पचास भी कैसे होंगे?''

''क्यों, दलाली करनी छोड़ दी?'' उसने ज़ोर से कहा।

आसपास खड़े लोग मुझे घूरने लगे।

''क्या मतलब! मैं लेखक हूँ,'' मैंने कहा।

"बिलकुल। जैसे मैं निर्देशक हूँ," उसने अजीम संजीदगी के साथ कहा। पर क्या हुआ कि उसकी आवाज़ बीच ही में फट गई और हलल-हलल करके, हँसी के थक्के बाहर गिरने लगे। हँसते-हँसते उसके मुँह से झाग निकलने लगा। लार में उबाल आ गया हो जैसे।

मैं समझ गया, वह अपनी कुर्सी से गिर चुका। पर कब ? जब मैं बम्बई में संघर्ष कर रहा था ? इस बीच इतने हरामी, रंडीबाज़ दिल्ली से बम्बई आए, किसी ने ज़िक्र तक नहीं किया कि पांडे अब... । गोली मारो पांडे को, अपनी फ़िक्र करो।

अब मैं पूरी तरह जेब बन चुका था। मैंने चाहा उसका हाथ अलग झटक दूँ पर वह इतनी ज़ोर से मेरा हाथ पकड़े था कि हो नहीं सका। एक हाथ मेरी जेब पर चस्पाँ रखकर, उसने दूसरे हाथ से मुँह का झाग पोंछा, फिर उसे पहले से सटा कर, एक झपट्टे में मेरी जेब फाड़ दी।

पचास का नोट उसकी जेब में पहुँच गया।

"प्लीज़," मैं रो दिया, "मेरा बच्चा बीमार है। मुझे डाक्टर के पास जाना है। बड़ी मुश्किल से उधार मिला है।"

वह तेज़ी से पलटा।

मैं रोते-रोते, रटी-रटायी लाइनें बोलता, उसके पीछे हो लिया।

उसके क़दम तेज़ होते गए पर वह मुझसे दूरी नहीं बढ़ा सका। मेरी आँखों से आँसू नहीं, लार टपक रही थी। चिपचिपी और लेसदार। मेरा पूरा वजूद लार की तरह उसकी जेब से चिपका, घिसटता जा रहा था।

(1992)

बीच का मौसम

दिल्ली का मौसम फिर बदल रहा है। इस बार सर्दी ढल रही है। बला की ठंड पड़ती है इस शहर में, पर कुछेक दिनों के लिए। जब जाती है तो लगता है, जवानी जा रही है, बुढ़ापा चढ़ा आ रहा है। काली आँधी की तरह।

सर्दी और गर्मी के बीच, एक छोटा सा वक़्फ़ा होता है, बसन्त का। बड़ी जल्दबाज़ी का मौसम होता है वह। जो फूल, शीत में ठिठुर कर, खिलने और न खिलने के बीच, जड़ हो गए थे, वे भी अचानक, हड़बड़ाकर खिल उठते हैं। हाशिये में पड़े, प्यार से महरूम पौधे भी, एकबारगी लहलहा उठते हैं। दो-चार नई कोंपल, पत्ती, टहनी, चटका ही लेते हैं।

एक शब्द में कहें तो इस उतरते-चढ़ते मौसम की एक ही व्याख्या है, हड़बड़ी। पेड़-पौधों के साथ, चिड़ियों में भी ग़ज़ब की फुर्ती आ जाती है। तुरत-फुरत घोंसला बना डालने की कोशिश में, सूरज के निकलने से ढलने तक, चिंचियाती रहती हैं। पर मैं चिड़िया नहीं हूँ न कि सिर्फ़ एक बसन्त के लिए घोंसला बनाकर सन्तुष्ट हो जाऊँ। इनसान हूँ, इसलिए याददाश्त से छुटकारा नहीं है। फ़लसफ़ा चाहे जो कहे, स्मृति का मारा मानव, पूरी न सही, थोड़ी-बहुत स्थिरता ज़रूर चाहता है।

शहर का क्या है, बदल-बदल कर मौसम फिर लौट आता है। पचास बसन्त तो मैं देख चुकी। पचास बार सर्दी उभरी और ढली है। पहले कभी इतना ध्यान नहीं दिया। इस बार उसका जाना, जवानी के जाने की तरह लग रहा है। शायद मैं उम्र के उस पड़ाव पर पहुँच गई हूँ जब हर चीज़ का गुज़रना, जवानी के गुज़रने जैसा लगता है। मेरी हमउम्र सभी औरतों को लगता होगा। मैंने कौन सर्वेक्षण करके देखा है।

आजकल, बार-बार, मन में ख़याल आता है, ब्योरेवार याद करके देखूँ मैंने जीवन में वाक़ई क्या किया। शादी की, तलाक़ लिया। ठीक। पर वे मात्र घटनाएँ थीं जीवन की। या चलिए अनुभव कह लीजिए। ज़िन्दगी का बड़ा हिस्सा फ़ाइलों पर दस्तख़त करते गुज़र गया। ऐसा नहीं है कि दिलचस्प या उत्कट अनुभव हुए ही नहीं। बस फ़ुर्सत के इतने लम्हे नहीं मिले कि उन्हें, भरपूर, गहरे भीतर उतार सकूँ। कई बार डायरी लिखनी शुरू की पर कुछ पन्नों बाद छूट गई। अपने से बेबाक साक्षात्कार मुश्किल लगा और अनुभूत को फ़ंतासी में बुनना मुमकिन न हो पाया। ब्यूरोक्रेट हूँ न। क्या कहते हैं, ब्यूरोक्रेट वह होता है, जिसका सोच ब्योरो (बक्से) में समा जाए। ग़लत नहीं कहते। औरत हो या मर्द, ब्यूरोक्रेट (नौकरशाह) सिर्फ़ बक्से का शाह होता है, फ़ाइल से इतर कुछ कहते हिचकिचाता है।

आजकल मेरा शाही अन्दाज़ ख़तरे में पड़ रहा है। बक्से और फ़ाइल से बाहर निकल कर, लम्बी (जितनी मोहलत मिले) सैर पर चल पड़ने को मन हो रहा है। जल्दी। एक बात जो अच्छी

तरह समझ में आ रही है, वह यह है कि, यह जवानी और बुढ़ापे के बीच की वय: सन्धि, उस वय: सन्धि से कहीं त्रासद है, जो कभी शैशव और यौवन के बीच झूल आई थी। उसका स्वरूप गरमी की उमस में रह-रहकर बरसती बारिश की तरह था। दिल्ली की बरसात जैसा। रुक-रुक कर और तरसा-तरसा कर बादलों का घिरना। छलावे की तरह बारिश का होना या न होना। कभी घटाटोप बदरी, कभी बूँदा-बाँदी और कभी दे मार बौछार। तब तनाव की उमस गहराती थी तो छँटती भी थी। कभी निराधार आशंका से दिल बैठ जाता था तो कभी अकारण आशा मन में बेलौस उमंग की उठान भर देती थी। दूर धुंध में छिपे, कैसे-कैसे दृश्य, एक झलक दिखला कर, भविष्य की तरफ़ खींचे लिये जाते थे।

अब क्या है! सीधी-सपाट सड़क पर एक तयशुदा सफ़र, एकरस चाल से आगे बढ़ रहा है। आशा-आशंका के बीच झूलने का रोमांच कब का चुक गया। उसकी जगह एक ठंडे डर ने ले ली है। नहीं, बुढ़ापे का डर नहीं है। डर है कि कहीं बसन्त का वह छोटा सा वक़्फ़ा, दग़ा देकर ऐसे न निकल जाए कि पता ही न चले, वह आया भी था कि नहीं। चूक जाने का चौकन्नापन, मन में हड़बड़ाहट भर रहा है और मन यह जानने को उतावला हो उठा है कि क्या मेरी हमउम्र, सभी औरतें उससे परेशान हैं या सिर्फ़ मैं? यह भी वय: सन्धि की एक ख़ास अदा होती है। हमउम्र साथियों की सहमति या सह-अनुभव की चाहना। बीच के बरस कितनी धौंस के साथ, मैंने, शायद औरों ने भी, एकला चलो रे, की धुन पर चलते बिता दिये। अब एक बार फिर, पहली वय सन्धि जैसी दुविधाग्रस्त चेतना, अकेलेपन से किनारा करके, संगी-साथियों की राय और रज़ामन्दी माँग रही है।

दिल्ली में मेरा तबादला अभी दो साल पहले हुआ था। बीसियों बरस, छोटे क़स्बों-शहरों में भटकाए जाने के बाद। कमोबेश हर आई.ए.एस. अफ़सर की यही नियति है, बस उसे लिखता ईश्वर नहीं, ऊपर वाला अफ़सर है। ख़ैर, गुज़रे ज़माने में मैंने पढ़ाई-लिखाई दिल्ली शहर में की थी, इसलिए उस वक़्त की साथिनें भी यहीं संग रही थीं। वापस लौटकर पता किया तो उनमें से तीन-चार यहीं बसी मिलीं। बीच में हम सब अलग-थलग जा पड़ी थीं। अपने-अपने बक्से में बन्द। जिस तरह औरतें बक्सों में बन्द होती हैं, क्या कोई नौकरशाह होगा! पर उम्र का एक पड़ाव आता ज़रूर है, जब तमाम औरतें, कामकाजी हों अथवा गृहिणियाँ, ढक्कन फाड़ कर बाहर निकलने को बेताब हो उठती हैं। कुछ देर के लिए ही सही। निकल पाती हैं या नहीं, वह अलग बात है। हम जैसी मध्यवर्गीय, आर्थिक रूप से ठीक-ठाक, पढ़ी-लिखी औरतों के लिए चन्द रोज़ बसन्त पा लेना, सम्भव हो जाता है। मेरा मन था, पुरानी सब सहेलियों से न सही, कम से कम, पम्मी और राजश्री से मिल ही लिया जाए। राजश्री ने हाल में अपने वैवाहिक बक्से से बाहर निकल, एक दुकान खोली थी। पम्मी हमेशा की तरह, स्कूल में टीचर थी। हममें एक वही थी, जो किसी दूसरे के बक्से में बन्द नहीं हुई थी। इसलिए कि नाप का बक्सा नहीं मिला था या मिलने पर रास नहीं आया था, मालूम नहीं।

मैं सम्मिलन की योजना बना रही थी कि अगले इतवार, दोपहर के खाने के लिए क्षिप्रा का न्योता आ पहुँचा। पम्मी और राजश्री भी आने वाली थीं। मैंने काफ़ी कोशिश की कि दावत उसके बजाय, मेरे घर पर हो पर वह मानकर नहीं दी। जब मना करना अशोभनीय ही नहीं, सन्देहास्पद हो चला तो मैंने हामी भर दी। सोचा, क्षिप्रा को कौन दीन-दुनिया की ख़बर रहती है, जो उसके सामने बेपर्दा होने का डर खाऊँ।

क्षिप्रा ने दावत के लिए जो रविवार चुना था, वह मौसम के हिसाब से बहुत मौज़ूँ था। आसमान पर छाये, बतखों की गरदन वाले बादलों ने धूप को आड़ दे रखी थी। जैसे दनदनाते बढ़े आ रहे बुढ़ापे को तनिक थाम लिया गया हो। वही...छोटे से वक्फ़े के लिए बसन्त का आविष्कार। एक दिन के लिए धूप अपने दबंग व्यक्तित्व को कुंठित रखने को तैयार थी। बादलों के बरसने और न बरसने के बीच, बारिश सी बरस रही थी।

हम चारों, यानी राजश्री, पम्मी, क्षिप्रा और मैं, क्षिप्रा के बग़ीचे में, घास पर बैठीं बीयर पीं रही थीं। बसन्त के छोटे से अन्तराल को भरपूर जी लेने की कोशिश थी। धूप और बीयर की मिली-जुली ख़ुमारी में, कुछ अलसायी, कुछ अकुलाई सी, हम एक-दूसरे का जायज़ा ले रही थीं।

क्षिप्रा ने बीयर का दूसरा गिलास ख़ाली करके औंधा रखते हुए कहा, ''हम सब अकेले हैं...इस गिलास की तरह।''

''यह अकेला नहीं, ख़ाली है,'' राजश्री ने कहा। वह कर्नाटक की होते हुए भी औरों से बढ़िया हिन्दी बोलती थी।

''हम ख़ाली भी हैं...अकेले भी,'' क्षिप्रा ने कहा और दूसरी बोतल खोलने लगी।

''मैं ख़ाली नहीं हूँ भाई, आज इतवार था तो आ गई वरना काम से फ़ुर्सत कहाँ है,'' मेरे मुँह से निकला। फ़ौरन मुझे अपने कहे पर खेद हुआ पर तब तक राजश्री जवाबी वार कर चुकी थी।

''हाँ, पूरे देश का भार इसके कन्धों पर है ना। यह न हो तो गाँव के बच्चों-औरतों का सफ़ाया हो जाए। हम तो परजीवी हैं। दुकान चलाते हैं। अमीरों को माल बेचते हैं, जो साले सब, ग़रीबों के ख़ून-पसीने के बल पर...''

''बन्द कर अपना भाषण,'' पम्मी ने टोका, ''ख़बरें सुनने दे।''

उसने ट्रांजिस्टर का सुर ऊँचा कर दिया। दो मिनट ख़बरें सुनीं फिर ख़ुद चालू हो गई, ''हाय, बेचारी चिड़ियों का क्या क़सूर था। खाड़ी युद्ध में लड़े आदमी। समुद्र में तेल फैलाया आदमियों ने और मरी ये बेक़सूर चिड़ियाँ! कल टी.वी. पर देखा था, कैसे तड़प रही थीं, तेल में लिथड़ी, बेचारी...''

''हूँ,'' राजश्री ने हुंकार भरी, ''और जो हज़ारों बच्चे मर रहे हैं बमबारी में, उनका क्या? समझती क्यों नहीं, पम्मी, विकसित देश जानबूझकर चिड़ियों, जानवरों पर ज़ोर दे रहे हैं। एक भयानक युद्ध हो रहा है और सब कुछ इतने मशीनी, बेगाने ढंग से। हमारा पर्यावरण, ये चिड़ियाँ-जानवर, मनुष्य जाति से अलग हैं क्या? सब एक सृष्टि के अंग हैं, एक पर्यावरण, परिवेश के। अमीर देश ऐसे दिखलाते हैं जैसे पर्यावरण और पशु-पक्षी उनकी निजी, जुदा विरासत हों। यह साज़िश है इन अमीरों की।''

''उन्हीं अमीरों की, जिन्हें तुम माल बेचती हो,'' पम्मी बोली।

''तो? वह मेरा काम है। उससे मेरा सोचना बन्द नहीं हो जाता।''

''काम की तुझे ज़रूरत क्या है, काफ़ी पैसा है पति के पास,'' पम्मी ने कहा।

''पति!'' क्षिप्रा हँस पड़ी। ख़ाली गिलास सीधा करके उसमें बीयर उड़ेलते हुए बोली, ''पति को इसमें नहीं भर सकते।''

''पता नहीं यह बीयर पी कर धुत कैसे हो जाती है?'' पम्मी बुदबुदाई।

“ग़लत तो नहीं कह रही,” राजश्री ने कहा, “उम्र के इस दौर में हर औरत अकेली हो जाती है। मेरे पति बच्चे हैं। पर उनसे क्या ? बच्चों की अपनी अलग ज़िन्दगी है। पति को ढेरों काम। अपनी लगी-लगाई नौकरी मैंने छोड़ी न होती तो शायद इतना कष्ट उठाकर...अच्छा, माया, तुम्हें अकेलापन नहीं लगता ?”

“सॉरी,” मेरे जवाब देने से पहले उसने जोड़ा।

“नहीं, सॉरी की कोई बात नहीं है। हमारा तलाक़ हम दोनों की मर्ज़ी से हुआ था, सिर्फ़ उसकी नहीं। मैं ख़ुश हूँ। बहुत काम है मेरे पास...लो।” मैंने बीयर के गिलास पम्मी और राजश्री की तरफ़ बढ़ाये। “आज इतवार के रोज़, हम कामकाजी औरतें भी पी सकती हैं,” मैंने कहा।

“बेचारी चिड़ियाँ,” पम्मी ने कहा और ट्रांजिस्टर बन्द कर दिया।

“तुम्हारा क्या ख़याल है, मैं रोज़ पीती हूँ!” क्षिप्रा ने तमक कर कहा।

“नहीं, रोज़ पीती तो तीन गिलास बीयर से नशा नहीं चढ़ता,” राजश्री ने अपने गिलास से घूँट भरते हुए कहा।

क्षिप्रा ने नज़रें चुरा लीं। “खाना लगवाऊँ,” कहकर उठी तो क़दम लड़खड़ा रहे थे।

“साली ! अकेली बैठी जिन पीती रहती है। लोगों को दिखलाने को बीयर,” मुझे उसके पति, ओबोन के शब्द याद आए।

ओबोन दौरे पर दिल्ली से बाहर गया हुआ है, तभी न मैं यहाँ आ पाई हूँ। वरना इतवार और शनिवार उसके लिए आरक्षित हैं। या थे। कुछ समय पहले तक। पिछले दो महीनों में, क़रीब-क़रीब हर सप्ताहांत, वह दौरे पर निकल रहा है। काम के बाद, शाम को थका बदन लेकर, उससे मिलना मुझे भला नहीं लगता। इसलिए हफ़्ते के बाक़ी दिन हम नहीं मिलते। शादीशुदा न होने में यही एक फ़ायदा है। यूँ भी पिछले महीनों, मैं कुछ ज़्यादा व्यस्त रही थी। विभाग की वार्षिक रिपोर्ट तैयार करके देनी थी। मैं महिला और बाल कल्याण विभाग में डायरेक्टर हूँ। साल के आख़िर में बड़ी हड़बड़ी में गाँव-गाँव का दौरा करके या करवा कर, तथ्य यानी आँकड़े जमा करने होते थे। हमेशा की तरह इस बार भी दूर-दराज गाँवों की आँगनबाड़ियों में महीनों से कोई झाँका तक नहीं था। पास में ही क्या था। दिन में एक बार, पड़ोस के बच्चों को सोया चना बाँट कर छुट्टी पा ली जाती थी। पर रिपोर्ट सलीक़े से तैयार होनी थी। छूत की बीमारियों के टीकों से लेकर, बच्चों की बढ़त की पैमाइश तक के आँकड़े पेश करने थे। उफ़, किस क़दर माथापच्ची रही थी। अब साल भर की छुट्टी है।

छुट्टी है, मैंने सोचा ज़रूर, पर छुट्टी का सुख महसूस नहीं किया। बल्कि, मन और अशान्त हो गया। महीने के महीने तनख़्वाह लेने भर के लिए मैं काम नहीं करती। महज़ पैसा चाहा होता तो मेरे पूर्व पति के पास बहुत था। मेरी तरह वह भी सरकारी अफ़सर था पर उसे ऊपरी कमाई से परहेज़ नहीं था। रसूख़ भी उसका काफ़ी था, ऊपर वाले अफ़सरों को ख़ुश रखना ख़ूब जानता था। पौबारह ही पौबारह थी। पर मैं ऐसी अभिमानी थी कि मुझे अपनी नौकरी छोड़कर, या मातहत पदवियाँ स्वीकार करके, उसके पीछे घूमना मंज़ूर नहीं था। न उसकी अतिरिक्त कमाई से समझौता करना। तलाक़ लेते समय, अपने स्वतंत्र अस्तित्व का, उदात्त आदर्शों का, निजी अस्मिता का कितना ढोल पीटा था मैंने। पर क्या वाक़ई, कोई स्वतंत्र अस्तित्व बन पाया मेरा ? घर के बाहर जाकर नौकरी कर लेने से ही, क्या अस्मिता सुरक्षित हो जाती है ? सरकारी नीति के तहत, ग़फ़लत में जीना और दूसरों को ग़फ़लत में रखना, यही थी मेरी आज़ादी ! मेरा उदात्त

आदर्श! ठीक है, मैं ऊपरी कमाई नहीं करती थी पर क्या इसी से मैं यक़ीन के साथ कह सकती थी कि मैं भ्रष्ट नहीं थी? जिस नीति में आस्था न हो, उसे लागू करते चले जाना, मानस में उठते सवालों का गला घोंट कर तनख़्वाह लेते जाना, क्या वह भ्रष्टाचार नहीं था? आत्मा का हनन नहीं था? क्या ब्यूरोक्रेसी के बक्से में बन्द इनसान कभी स्वतंत्र हो सकता है?

तभी क्षिप्रा लड़खड़ाती हुई वापस बग़ीचे में आई। उसके हाथ में जिन की बोतल थी। उसे मेज़ पर रखकर, वह कुर्सी में ढह गई और बोली, ''मेरे पति का किसी से चक्कर चल रहा है।'' मैं बुरी तरह चौंक उठी। इधर-उधर ताक कर सतर हो बैठ गई। मेरा चौंकना किसी ने नहीं देखा था। मैं मनोयोग से गिलास से चुस्कियाँ भरने लगी।

''वह समझता है, मुझे कुछ पता नहीं पर मैं सब जानती हूँ। ख़ूब पहचानती हूँ उस औरत को।''

पम्मी ने मेरा ध्यान खींचने को आँख मारी, फिर मुझ पर झुक कर फुसफुसायी, ''आज ज़्यादा चढ़ गई इसे।''

मैं अपनी आँखें गिलास पर टिकाए रही। फिर लगा, मुझे पम्मी का साथ देना चाहिए। इसलिए कोशिश करके फ़ीकी हँसी हँस दी।

''क्या हुआ?'' पम्मी ने कहा, ''तुम्हें भी चढ़ गई?''

मैं और सतर होकर बैठ गई।

''छोड़, यार,'' राजश्री ने कहा, ''थोड़ा-बहुत सबका चलता है। तू खाना लगवा।''

''थोड़ा-बहुत! हफ़्ते में तीन दिन दौरे का बहाना करके शहर से बाहर रहता है, और तू कहती है, थोड़ा-बहुत!'' मेरे भीतर चौकन्नापन जग उठा। दौरे का बहाना बनाकर शहर से बाहर जाता है, प्रिया से मिलने? पर मैं तो यहाँ बैठी हूँ इसी दिल्ली शहर में। यानी...कोई और भी है। बेसाख़्ता मेरी हँसी निकल गई।

क्षिप्रा ने अजब नज़रों से मुझे देखा। क्या था उनमें? ग़ुस्सा, नफ़रत, दया या उपहास?

''पहले यहीं थी, अब लखनऊ चली गई, एक अदद पति भी है न। तबादला हो गया उसका, तो सामान साथ जाना ही था। पर, बोली लगाने वाले, पीछा करने से बाज़ नहीं आते।'' कहकर वह मुझसे भी ज़ोर से हँसी। बीयर का गिलास ख़ाली किया, फिर उतने ही ज़ोर से रो दी। ''मैं माँ नहीं बन पाई, इसी से...इधर-उधर मुँह मारता घूमता है...मैं...सब क़ुसूर मेरा है,'' उसने कहा।

''बकवास!'' मुझसे पहले पम्मी फट पड़ी, ''माँ बनने से इसका क्या ताल्लुक़ है? मैं माँ नहीं बनी, इसका मतलब यह नहीं, कि जो चाहे मुझे धोखा दे ले। पता है, मेरी क्लास के छोटे-छोटे बच्चे भी यही सीख कर आते हैं, घर से। औरतें माँ हैं बस, और कुछ नहीं। मैं उनका भ्रम तोड़ देती हूँ। उन्हें बतलाती हूँ उनकी माँ के लिए बच्चे ज़रूरी नहीं हैं।''

''क्या ख़ूब!'' राजश्री ने कटाक्ष किया, ''बड़े ख़ुश होते होंगे सुनकर! कितना सुरक्षित महसूस करते होंगे!''

''वैसे नहीं। पैदा करना ज़रूरी नहीं है, कहती हूँ।''

''तब क्या आसमान से टपकते हैं बच्चे, ओलों की तरह।''

''तू जानबूझकर समझ नहीं रही,'' पम्मी चीख़ी।

''चल छोड़ बच्चों को। तेरा क्या, तूने तो शादी ही नहीं की।''

''इसीलिए नहीं की। पति साले सब बेकार होते हैं। द्रौपदी के पाँच थे। तो ? बचा लिया था उसे ?''

''उफ़, तू टी.वी. बहुत देखती है। अब कहेगी, बेचारी चिड़ियाँ।''

''देख, राजश्री !'' पम्मी उठकर खड़ी हो गई, ''मज़ाक़ की हद होती है।'' राजश्री ने झट कानों को हाथ लगा दिये। ''बैठ जा यार पम्मी, मैं नहीं न करती मज़ाक़।''

पम्मी कुछ देर दुविधा में खड़ी रही, फिर बैठ गई।

हमने राहत की साँस ली। जानती थीं कि, पम्मी के लिए हाथ छोड़ देना नामुमकिन नहीं था। कॉलेज के दिनों का अनुभव था।

पम्मी से हटकर मेरा ध्यान ओबोन पर जा टिका। मैंने वह दिली तकलीफ़ महसूस करने की कोशिश की, जो उन हालात में मुझे होनी चाहिए थी। पर हुई नहीं। बल्कि, पाँच-दस मिनट के भीतर, दिमाग़ का तनाव छँटने लगा और मैं विमुक्त, प्रफुल्लचित्त हो उठी। पम्मी अब भी चालू थी, कह रही थी, ''मैंने पति या बच्चा चाहा ही नहीं। मीशा के रहते हुए मुझे कभी अकेला नहीं लगा।''

''मीशा कौन ?'' मैंने चुपके से राजश्री से पूछा, ''इसका प्रेमी ?''

राजश्री हँस दी। ''नहीं, प्रेमिका,'' उसने कहा और हँसती चली गई।

समलैंगिक सम्बन्ध ! छी ! मेरे मन ने भर्त्सना की। आप चाहें तो पूर्वाग्रह कह लें या पिछड़ापन, पर यह प्रगतिशीलता ऐसी है, जो अपने को कभी रास नहीं आ पाई। मैंने पम्मी को भेदती नज़र से तौला। नाटा क़द, मर्दाना चौड़े कन्धे, अजब बेडौल जिस्म। गोलमटोल नहीं, ढिलढिल चौड़ा, चकोर, चपटा। उम्र में मैं उससे बड़ी थी पर मेरी देह में अब भी दबंग गढ़न थी। दबंग गढ़न ? अपनी शब्दावली पर मुझे अचरज हुआ। चार-छह महीने पहले तक, मैं देह के लिए मोहक, आकर्षक, लावण्यमय जैसे शब्दों का प्रयोग करती। पिछले महीनों में मेरे भीतर कुछ बदलता रहा था। पूरक पुरुष की ज़रूरत कम महसूस होने लगी थी। दिन भर के काम के बाद, मेरी शाम, दोस्त या परिचित के सहारे या अकेले पढ़ते-लिखते बख़ुशी कट जाती थी। शरीर अपनी जगह था पर व्यक्ति उससे संचालित नहीं था। अरे, मुझे पता भी नहीं चला और हड़बड़ी का वह छोटा सा वक़्फ़ा गुज़र गया ? मैंने सुकून महसूस किया।

जाने दो ओबोन को। दूसरी औरत उसे मुबारक। बसन्त के छोटे से वक़्फ़े को मैं मौसम की तरह जीऊँगी। दुनिया में कितना कुछ है, देखने, करने को। दिलचस्प लोग, दर्शनीय स्थान, अधूरे उद्देश्य। पुरुष के साथ क़दम मिला कर चलने के क़िस्से में, बहुत-कुछ छूट जाता है जीवन में। अब वक़्त आ गया है कि मैं अपनी शर्तों पर जिऊँ, पुरुष के ही नहीं, पुरुष सत्ता के साथ।

पुरुष सत्ता को नकारने की बात मन में आते ही, ध्यान दोबारा पम्मी पर चला गया। न बाबा, पुरुष को छोड़, औरत के पीछे भागना उसका इलाज नहीं था... मेरी नज़र पम्मी पर घूमी कि वह तमक कर बोली, ''ऐसे क्या देख रही है ? चाहूँ तो तेरी आँगनबाड़ी से बच्चा लेकर पाल सकती हूँ। पर मीशा के रहते, मुझे ज़रूरत नहीं है, समझी !''

''पाल ले, पम्मी, पाल ले,'' क्षिप्रा ने नशीली उत्कंठा के साथ कहा, ''इसका आँगनबाड़ी का एक बच्चा तो ढंग का जीवन जिए।''

''मुझे दिलचस्पी नहीं है,'' एक तरफ़ पम्मी झल्लाई तो दूसरी तरफ़ मैं।

"मेरी आँगनबाड़ी! किस हिसाब से? वहाँ जो होता है, वह क्या मेरे हाथ में है?" मैं चीख़ सी पड़ी।

"ना रे। तेरे हाथ में बस आँकड़े भरने हैं। बच्चों को भरपूर आँख उठाकर देखा भी नहीं होगा तूने। कैसी औरत है!"

"तू मेरे बारे में क्या जानती है?" तिलमिला कर मैं उठी तो उसने हाथ से खींचकर वापस कुर्सी में धँसा दिया। बीयर का भरा गिलास मेरे आगे करके बोली, "ले पी। ग़ुस्सा थूक। सब जानती हूँ। ओबोन कहता था, पी कर बाहोश रहना ख़ूब आता है तुझे।"

ओबोन! मैंने घबरा कर इधर-उधर देखा। राजश्री और पम्मी वहाँ नहीं थीं। हाँ, याद आया, बच्चे का ज़िक्र चलने पर, पम्मी भागती हुई पिछवाड़े दौड़ गई थी और राजश्री भी उसके पीछे हो ली थी। यहाँ, क्षिप्रा और मैं अकेली थीं। फिर दुराव-छिपाव किसलिए?

"तू जानती है?" मैंने कहा।

"हाँ, पहले मैं थी, फिर तू। अब कोई और है। बड़ी अफ़सर बनी फिरती है। छोड़ दिया न, एक दो टके के आदमी ने? आजकल जो प्रेमिका है, हम दोनों से जवान है। समझी? साला! न सही मर्द, बोतल तो है," वह नशेबाज़ की तिक्त हँसी हँस दी और मेरी उँगलियाँ गिलास पर कस दीं।

मैंने पहले गिलास पकड़ा, फिर बोतल, फिर क्षिप्रा को ही थाम लिया। बाँह से उसे घेर कर कहा, "मत पी। मेरी बात सुन। तू पीना छोड़ दे। हम दोनों एक-एक बच्चा गोद लेंगे और उसे पालेंगे।"

"ओबोन नहीं लेने देगा मुझे। जब पता चला था, वह पिता नहीं बन सकता, बहुत चाहा था मैंने, पर उसने नहीं लेने दिया।"

"पर ओबोन तो कहता था..." मैंने ज़बान काट ली।

"यही न कि मैं बच्चा नहीं चाहती। अपनी सुन्दर देह से प्यार है मुझे। ठीक है, क्यों चाहूँ बच्चा? नहीं चाहती। पर तेरा क्या...तुझे दे दिया उसने?"

"मेरी उम्र बच्चा पैदा करने की नहीं थी।"

"तब क्या। छोड़ तो दिया तुझे भी। तू बहुत ऊँची थी उसके लिए। मुझे कभी नौकरी नहीं करने दी उसने। अपनी ऊँचाई बनाए रखने को।"

छोड़ क्यों नहीं दिया ऐसे पति को, अपनी मर्ज़ी की ख़ुद मालिक क्यों नहीं बनी मेरी तरह, मैं कहने को हुई पर, उस क्षण, अपने से बेईमान नहीं हो पाई। अपनी मर्ज़ी का क्या कर पाई थी मैं? नौकरी? लाखों बच्चों की संरक्षक बनी पर नामचारे को। न नीति अपनी, न नियंत्रण। पन्द्रह बरस पहले एक योजना बनी थी, जिसके तहत गाँवों, क़स्बों और महानगरों की गन्दी बस्तियों में आँगनबाड़ियाँ खोल दी गई थीं। कहने को वहाँ बच्चों के लिए बहुत-कुछ किया जाता है। छह साल के ग़रीब बच्चों को बालाहार बाँटा जाता है, सिखा-पढ़ा कर स्कूल के लायक़ बनाया जाता है, उनकी सेहत का पूरा ख़याल रखा जाता है। पर असल में ग़रीब, और उनके हिसाब से जाहिल बच्चों को, भिखारियों की तरह लाइन लगवा कर, चना बाँटा जाता है, बस। जब भी मैंने बच्चों को ढंग से बिठलाकर पौष्टिक और ताज़ा खाना देने की बात की, मुझे बतलाया गया—कोई फ़ायदा नहीं होगा, नीचे वाले खाना चोरी कर लेंगे। ज़िद की, तो लाखों का नुक़सान दिखला दिया गया। अजीब बात थी न, चोरी हमेशा नीचे वाले करते थे, ऊपर वाले महज़ जायज़

सुविधाएँ प्राप्त करते थे। वातानुकूलित दफ़्तर, हवाई यात्राएँ और सेमिनार के नाम पर भत्ता! यह दूसरी बात थी कि लूट की यह रक़म नीचे वालों की तमाम चोरियों से दस गुनी होती थी। फिर वक़्त आया कि मैं सरकारी नीति में जड़मूल परिवर्तन की माँग करने लगी। तब मुझे मूर्तिभंजक और असामाजिक घोषित कर दिया गया। तबादले पर तबादले होने लगे। हमारे यहाँ योजनाएँ भी भगवान की मूर्ति की तरह अति पवित्र बनकर, प्रतिष्ठित हो जाती हैं। फिर उन्हें न बदला जा सकता है, न सुधारा और न लाँघा। जब मैंने इस कड़वे सत्य से समझौता कर लिया, तभी जाकर, छोटे क़स्बे से हट, मेरा तबादला दिल्ली का हो सका। अब मेरी समझ में आ गया है कि नौकरशाही का सफ़ाया किया जा सकता है, उसे साफ़ नहीं किया जा सकता। बरसों से चली आ रही भ्रष्ट व्यवस्था को समूल ख़त्म किया जा सकता है, पर ऊपर से नीचे तक उसमें धँसे सभी व्यक्तियों का कायाकल्प करके, उन्हें निष्ठावान नहीं बनाया जा सकता।

उससे निजात पाने का एक ही तरीक़ा था। सरकार ख़ुद को मूल सुविधाएँ देने तक सीमित रखे। जैसे अनिवार्य और मुफ़्त स्कूली शिक्षा। सब के लिए एक जैसी। बाक़ी काम लोगों के करने के लिए छोड़ दे। कुछ अच्छा होगा, कुछ बुरा; पर सरकारी भ्रष्टाचार के शिकंजे से मुक्ति मिल जाएगी।

मैं यह लड़ाई लड़ना चाहती हूँ पर समझ नहीं पा रही, कैसे और कहाँ से शुरू करूँ? उम्र बीतती जा रही है। एक बार फिर, अपने समझौतों से वितृष्णा हो रही है। पर...क्या करूँ...क्या न करूँ...? मेरी विचारधारा में सुखद विघ्न पड़ा। क्षिप्रा का सेवक रामसिंह कहने आया कि खाना मेज़ पर लग गया। क्षिप्रा अनमनी सी बैठी रही। मैंने उसे हाथ पकड़कर उठाया, फिर आवाज़ देकर राजश्री को बुलाया। हम तीनों मेज़ पर आ गईं।

"पम्मी कहाँ ग़ायब हो गई?" मैंने पूछा।

"आ रही हैं," जवाब रामसिंह ने दिया।

तभी सीटी बजाती पम्मी आ पहुँची। कुर्सी खींचकर बैठती, उससे पहले, एक कद्दावर कुत्ता भागता हुआ आया और उसके बराबर में खड़ा हो गया। वह बैठी तो वह पिछले दो पैरों पर खड़ा हो गया। आगे के दोनों पैर, हाथों की तरह, मेज़ पर रख दिये। मुँह मेज़ पर टिक गया। पम्मी ने डोंगे से बोटी निकाल अपनी प्लेट में रख ली। शोरबा कटोरी में डाला और रोटी के टुकड़े उसमें तर करके, कुत्ते को खिलाने लगी।

"यह क्या है?" भौचक मेरे मुँह से निकला।

"मीशा," राजश्री पर हँसी का दौरा पड़ गया।

"मीशा कुत्ता है?"

"नहीं," पम्मी ने कहा, "कुतिया।"

"ओह।"

"क्यों, कुतिया गाली लगती है तुम्हें?"

"नहीं तो।"

"बिलकुल लगती है। आवाज़ ऊँची करके कुतिया नहीं कह सकती तू।" अजीब खरदिमाग़ औरत है।

"इतनी देर से बेचारी को पिछवाड़े अकेले रखा हुआ था। इसीलिए मैंने शादी नहीं की," पम्मी ने कहा और दोनों पैर उठाकर कुर्सी पर रख लिये। रोटी के कौर होंठों तक ले जाने के

लिए मुँह आगे बढ़ा लिया। अब उसकी और कुत्ते की, नहीं, कुतिया की, थूथनी एक लाइन में थी। पम्मी की बात में दम था। कुतिया कहने में झिझक होती थी। पम्मी और उसकी कुतिया के नाक-नक़्श, क़रीब-क़रीब, एक जैसे थे। वह तन्मय होकर, उसे रोटी शोरबा खिलाए जा रही थी, ख़ुद बोटी का मांस खींचकर चबा रही थी। मुझे कभी उबकाई आती कभी हँसी। पम्मी और उसकी कुतिया एक-दूसरे में अदल-बदल उठती थीं।

''शोरबा बहुत बढ़िया बना है,'' राजश्री ने कहा।

''नहीं, कुछ गड़बड़ है। मीशा खा नहीं रही। देखो, चार टुकड़ों के बाद ही मुँह फेर लिया।''

''कुर्सी पर बिठलाकर खिलाओ न,'' मैंने चिढ़ कर कहा, ''तब अच्छी तरह खाएगी।''

''ये कुर्सियाँ बहुत ऊँची हैं इसके लिए। घर पर मैंने इसके नाप से बनवा रखी है।''

''ख़ैर शोरबा बढ़िया बना है। कैसे बनाया है?''

''रामसिंह जाने,'' क्षिप्रा ने कहा।

''राजश्री, तू सीख ले। तू खाना बढ़िया पकाती है। फिर मुझे भी सिखा देना,'' मैंने कहा।

''क्या होगा?'' उदास स्वर में राजश्री बोली, ''बच्चे दोनों बाहर हैं और कृष्णन शाकाहारी।

''तू तो है।''

''मैं?...हाँ, हूँ। अपने लिए बनाऊँ?''

''क्यों नहीं। खाने से बढ़ कर शौक़ करने लायक़ दूसरी चीज़ नहीं है ख़ासकर बुढ़ाती औरतों के लिए।''

''चालीस के बाद निरामिष भोजन सेहतमन्द रहता है,'' पम्मी ने कहा, ''मैंने कई बार सोचा शाकाहारी बन जाऊँ पर मीशा को पसन्द नहीं आया।''

''क्यों, मीशा टी.वी. नहीं देखती? निरामिष भोजन वाला कार्यक्रम नहीं दिखलाया उसे?'' राजश्री हँस दी।

''तुम क्या वही खाती हो, जो मीशा खाती है?'' मैं पूछ बैठी।

''और क्या। दो जनों के लिए अलग-अलग खाना थोड़े बनेगा। मैं हमेशा मीशा से पूछकर खाना बनवाती हूँ।''

''मीशा कब से है तुम्हारे पास?''

''हमेशा से।''

''ऐसी कितनी उम्र है इसकी?''

''पता नहीं।''

''लो! पति-बच्चे की जगह बिठला रखा है और उम्र का पता नहीं।''

''नहीं पता तो क्या करेगी तू?'' पम्मी आक्रामक स्वर में बोली।

अब तक मेरा पारा भी चढ़ चुका था। ''अजीब खरदिमाग़ हो,'' मैंने कहा, ''तुम्हारा कुत्ता है, उसकी...''

''कुतिया!''

''अच्छा बाबा, कुतिया। उम्र ही तो पूछी है उसकी।''

''औरत की उम्र नहीं पूछते,'' राजश्री ने चुटकी ली।

पम्मी ने कुर्सी इतनी ज़ोर से खिसकायी कि उसके उठते ही, वह पीछे लुढ़क गई। मीशा मेज़ छोड़ गुर्राने लगी।

"मीशा।" पम्मी ने पुकारा और खाना बीच में छोड़, झपटती हुई बाहर निकल गई।

हम हक्का-बक्का, अवाक् रह गईं। सबसे पहले राजश्री सँभली। प्लेट छोड़ वह पम्मी के पीछे भागी।

मेरी समझ में कुछ नहीं आया पर ग़लत कर जाने का अहसास ज़रूर हुआ। शर्मसार सी मैं उठी और उन दोनों के पीछे बाहर चली गई।

देखा, पम्मी घास पर बैठी, घुटनों में सिर दिये, ज़ार-ज़ार रो रही थी। मीशा उसके सिर पर हाथ...नहीं, अगला पाँव, रखे खड़ा..., नहीं खड़ी थी। असमंजस से भरी राजश्री, आसपास मँडरा रही थी।

मैं सचमुच शर्मिंदा हो उठी। उसके पास जाकर अस्फुट स्वर में बोली, "मेरी बात का बुरा लगा हो तो..."

राजश्री ने मुझे चुप रहने का इशारा किया और बग़ीचे के दूसरे कोने में ले गई। कहा, "वह मीशा के लिए रो रही है।"

"मीशा के लिए? वह वहीं तो खड़ी है।"

"इसके लिए नहीं। इससे पहले वाले मीशा के लिए। अब तक के तमाम मीशाओं के लिए।"

"मैं समझी नहीं।"

"कुत्ते के साथ यही सुभीता है। एक न रहे तो दूसरा ले आओ। सबका नाम रख लो, मीशा। बच्चों के साथ यह नहीं किया जा सकता," सहसा वह बेहद कटु हो आई।

मैंने उसका हाथ कस कर थाम लिया। मुँह से निकला, "राजश्री, तुम्हारे बच्चे अब जवान हो गए। उन्हें आज़ाद छोड़ दो। हमारे देश में ऐसे बहुत बच्चे हैं, जिन्हें घर की ज़रूरत है। एक बच्चा गोद ले लेना। लोगी?"

वह चौंककर पीछे हट गई। "इतना आसान नहीं है," उसने कहा।

"जानती हूँ। फिर भी मैं लूँगी। यह नौकरी भी छोड़ दूँगी। कुछ ऐसा करूँगी जिसमें वाक़ई कुछ कर सकूँ।"

तब तक क्षिप्रा भी बाहर आ चुकी थी। उसने मेरी बात पकड़ ली। बोली, "बिलकुल नहीं। नौकरी मत छोड़ना। ग़िलाज़त के बीच में रहकर ही, ग़िलाज़त से लड़ा जा सकता है। उसे साफ़ किया जा सकता है। फिर बच्चे की ज़रूरतें पूरी करने के लिए पैसा भी तो चाहिए।"

उसके स्वर में गहरी आस्था की गूँज थी। मैंने ललक कर पूछा, "तुम...लोगी न एक बच्चा?"

"हाँ," उसने दृढ़ता के साथ कहा, "ओबोन कौन होता है मुझे रोकने वाला। बरसों इस घर को बनाया-सँवारा है मैंने। मेरा पूरा हक़ है इस पर। समझ ले, यही मेरी नौकरी है," वह हँस दी, फिर गम्भीर होकर बोली, "पर तू अपनी नौकरी मत छोड़ना। साधनहीन इनसान कुछ नहीं कर पाता।"

यही तो वह दुविधा थी, जिसमें मैं बरसों से जीती आई थी। शायद उससे त्राण नहीं था। फिर भी कोशिश करके देखूँगी। उसके लिए ज़रूरी था कि जल्दबाज़ी न की जाए। प्रयोग के कष्ट झेलने का मन बना लो तो वह मौसम के बदलने से ज़्यादा परेशान नहीं करता।

मैंने अपने शरीर में गरमाई दौड़ती महसूस की। देखा, बतखों जैसे बादल तैर कर आसमान

पार कर गए थे। बरसने का इरादा बदल लिया था शायद। चटख धूप खिल आई थी। पम्मी की सिसकियाँ अब तक सुबकियों में बदल चुकी थीं। मैं उसके क़रीब आ गई और मीशा की गरदन सहलाने लगी। पम्मी की सुबकियाँ कुछ और अन्तर्लीन हुईं।

"उठ न, पम्मी," मैंने कहा, "देख, मीशा गर्मी से परेशान हो रही है।"

वह फ़ौरन उठ गई। हम चारों ने महसूस किया, मौसम बदल चुका है। नहीं, पाँचों ने। मीशा भी तो थी न भाई।

(1992)

समागम

मैं उस रोमांचक क्षण का इन्तज़ार कर रही थी, जो कुछ देर में मुझे अभिभूत करने वाला था। अपने-अपने अनुभव से सभी ने कहा था, अभूतपूर्व होती है, वह अनुभूति। हमेशा के लिए स्मृति में अंकित हो जाती है।

अनुभव से कहा या अनुमान से, कौन जानता है? ख़ुद कहने वाला भी नहीं। शाम साढ़े सात बजे गंगा की आरती होनी थी। अभी कुल छह बजे थे। पर हर की पैड़ी पर तिल रखने की जगह नहीं थी। सीढ़ी दर सीढ़ी एक अपार भीड़ जंगली घास की तरह एक के ऊपर एक लदी हुई थी। कहीं दरार या छीड़ नहीं थी। फिर भी लोग आते जा रहे थे और भीड़ के बीच समाते जा रहे थे। मैं भी समायी थी, इसी तरह, कुछ देर पहले। सच तो यह है कि अगर नवागंतुकों का एक रेला मुझे ठेल कर अपने साथ आगे बहा न लाया होता तो मैं सरहद से ही लौट जाती। मुझे भीड़ से बहुत घबराहट होती है।

नहीं, डर नहीं लगता, कम से कम वह डर नहीं सताता, जिससे प्रभावित होकर चारों तरफ़ से लाउड-स्पीकरों पर हिदायतें दी जा रही थीं। कृपया यात्री ध्यान दें। अपना सामान साथ रखें। जेबकतरों और उठाईगीरों से सावधान रहें। औरतें अपने ज़ेवर की देखभाल ख़ुद करें।

बेसुरे भजन गायन के बीच में किए जा रहे सावधान के ऐलान जिस डर को शब्द दे रहे थे, वह मेरे भीतर कहीं नहीं था। ज़ेवर मैं पहनती नहीं। रुपया-पैसा, थोड़ा-बहुत जो है, गंगा तट लेकर आई नहीं। पास में धन्ना सेठ बैठा हो या उठाईगीर, मेरे लिए दोनों एक तरह की हौल को जन्म देने वाले थे। शोर बढ़ रहा था।

संध्या के जोबन पर आने के साथ, भीड़ ने गंगा मैया की जै भी बोलनी शुरू कर दी थी। उसके अलावा, हाथों में बही थामे वर्दीधारी स्वयंसेवक, उचक-उचक कर, ऊँची आवाज़ में यात्रियों से आरती के लिए अनुदान माँग रहे थे, हाँ जी आप, गंगा मैया की आरती के लिए पैसा बोलिए।

गंगा भैया की जै क्र-क्री, क्र-क्री
गंगा मैया—क्री-क्री
तोहे पियरी—क्र-क्र-
चढ़ाई—क्री-बो-क्र-क्री।
सामान सँभाल कर रखें।
गंगा मैया की आरती के लिए कितना रुपया, बोलिए।
जेबकतरों और उठाईगीरों से सावधान।

क्री–क्री–जय गंगा मैया की।

क्री–क्री–क्री–क्री।

पता नहीं माइक की ख़राबी थी या रिकॉर्ड की, पर भजन के सुर क्री–क्री से चिर कर हवा में खो जाते थे। हाँ, ऊँचे स्वर में दी जा रही सावधान रहने की हिदायतें, फटे बाँस सी कर्णकटु होने पर भी, अपने शब्द यात्रियों तक सुरक्षित पहुँचा देती थीं।

जब पहलेपहल यात्रियों के झुंड ने धकिया कर मुझे यहाँ ला बिठलाया था तो मैं देर तक नज़रें नीची किए रही थी। कम से कम जगह में समाने के लिए मैं घुटनों को हाथों से घेरे बैठी थी। मेरे चारों तरफ़ ठठ की ठठ भीड़ थी, इसका मुझे अहसास था। फिर भी उसे अनदेखा किए रहने की कोशिश में मैंने यों दम साध रखा था कि ख़ुशनुमा ठंडी हवा के बावजूद मुझे पसीना आ गया था। पेट में हौल के गोले उठ रहे थे, जिन्हें वापस दबाये रखने के लिए मैं खुलकर साँस लेने से कतरा रही थी। पर बार–बार होते दुनियादार ऐलान उन हौल के गोलों में सूई चुभोने लगे थे।

इतनी दीन–हीन, जेबकतरों और उठाईगीरों से डरी हुई भीड़! इससे भला कैसी घबराहट? यह मेरा वजूद क्या ख़तम करेगी? मैंने सिर उठाकर देखा, दूर तक सिर ही सिर, धड़ ही धड़, शान्त स्थिर। कोई हलचल नहीं, धकापेल नहीं। नए आगंतुकों का रेला आता, जनसर में हिलोर उठती पर शीघ्र ही समागम हो जाता। फिर वही शान्त–स्थिर समूह। जैसे घाट की सीढ़ियों पर मोम के पुतले स्थापित कर दिये गए हों, ठूसमठूस। गहन सन्नाटे के बीच रह–रहकर उठता गंगा मैया की जै का उद्‌घोष भी उसे तोड़ नहीं पाता था। ध्वनि ऊपर उठती और हवा उसे सोख लेती। जैसे पसीना। हाँ, मेरे बदन का पसीना भी सूख चला था। इतने पास–पास सटे शरीरों के बावजूद किसी देह–गन्ध का अहसास नहीं था।

मैंने अपने चेहरे से सटे चेहरों पर निगाह घुमाई। एकदम भावहीन। कोई आशंका, आशा, आकांक्षा नहीं। लगता नहीं था उन्हें किसी क्षण की प्रतीक्षा थी। अधैर्य न सही, सधा हुआ धैर्य तो दिखना चाहिए था। नहीं था। जो था, इतना भावहीन था कि वह अनंत काल तक, बिना प्रश्न, बिना सोच–विचार, बिना अशान्ति, प्रतीक्षा करते रहने की आदत से ही पैदा हो सकता था। तभी न उनका उद्‌घोष उनसे विलग था। लगता था जयकार उनके समवेत गलों से सायास नहीं निकलता, यों ही अकेल–दुकेल हवा में तिर आता है। वे सब वहाँ थे, अभिलाषा, चेष्टा, उत्कंठा से परे, जहाँ बस थे। इसे ही स्थितप्रज्ञ कहते हैं? तब क्या सिर्फ़ मुझे ही किसी रोमांचक क्षण का इन्तज़ार था?

गंगा मैया की जै।

उठाईगीरों और जेबकतरों से सावधान।

अपना रुपया–पैसा सँभाल कर रखें।

गंगा मैया की आरती के लिए कितना?

औरतें अपना ज़ेवर बचाएँ।

कर्कश घोषणाओं को हवा नहीं सोख पाई। वे हवा पर क़ाबू पा कर, धम–धम सिर पर बरसने लगी। स्थितप्रज्ञता की धज्जियाँ उड़ गईं।

गंगा मैया की आरती के लिए रुपया दीजिए।

अपना रुपया–पैसा सँभालिए।

उठाईगीरों से बचाइए।

दीजिए–दीजिए। बचाइए–बचाइए।

दीजिए–बचाइए का शोर सुन मैं तिक्त हँसी हँस दी। एक बार फिर मैंने अपने पास अँटे चेहरों पर नज़र डाली। सब शान्त, निरीह, निर्विकार।

तो किसी ने कुछ नहीं सुना?

मेरे पेट में दोबारा हौल के गोले उठने लगे।

उस भीड़ ने भी कुछ नहीं सुना था। भीड़ सुनती नहीं। भीड़ सुन नहीं सकती। भीड़ में भटका आदमी खो जाता है, हमेशा के लिए। उसके पैरों के नीचे कुचलता चला जाता है। हम पुकारते रह जाते हैं, विनती करते रह जाते हैं, भीड़ रौंदती हुई आगे बढ़ जाती है। कोई कुछ नहीं सुनता।

वह पहली–पहली पन्द्रह अगस्त थी। उत्सव की संध्या। इंडिया गेट पर ज़बरदस्त हुजूम और उसके पैरों तले रौंदा जा रहा एक बूढ़ा। मैं चीख़ी थी, चिल्लाई थी, नौ बरस की अपनी उम्र की तमाम ताक़त लगाकर बार–बार चीख़ी थी। पागल की तरह भीड़ को धक्के देकर, लात–घूँसे मारकर आगाह करने की, रोकने की, नाकाम कोशिश की थी मैंने। और उस कोशिश में अपने परिवार से बिछुड़ गई थी। भयानक थी वह भीड़, वह शाम।

दोनों तरफ़ से बाधित होने पर भी मैं किसी तरह लड़खड़ा कर नीचे की पैड़ी पर खड़ी हो गई।

''बैठ जाइए,'' बराबर वाले ने शान्त भाव से कहा।

''अब क्या होगा?'' कातर स्वर में मैं फुसफुसायी।

''आरती होगी।''

''मुझे जाना है,'' मैंने चीख़ना चाहा पर गला रुँध गया।

''अभी नहीं। आरती के बाद। बैठ जाइए,'' उसी शान्त स्वर में उसने कहा। मैं बैठ गई।

आँखें सामने गंगा के प्रवाह पर जमा दीं। असंख्य दीप उस पर जल–बुझ रहे थे। लोग पत्ते से बनी नाव में छोटा सा घी का दीप जला कर जल में प्रवाहित कर रहे थे। अब, जब दिन का उजाला मलिन पड़ने लगा था, दीपों का क्षीण प्रकाश टूटते तारों की तरह चकमक करके बुझ रहा था।

हवा तेज़ थी। क्षण–दो क्षण में ही दीप बुझ जाते थे, पर इतने में दूसरे जल उठते थे। पानी पर जगमग तारे टूटते चले जा रहे थे। मेरे पास भी तो है पत्ते की नाव फूलों की पंखुड़ियों से भरी। बीच में स्थित नन्हा दीप और कपूर। यहाँ आकर बैठने से पहले उसे गंगा में प्रवाहित करना चाहिए था पर उससे पहले ही यात्री मंडली ने मुझे प्रवाहित कर यहाँ पहुँचा दिया था। अप्रज्वलित उदास दीप मेरी गोद में दुबका पड़ा था। भीड़ के सामने किसका वश चला है।

...फिर भी मेरे परिवार ने मुझे ढूँढ़ लिया था पन्द्रह अगस्त बीत जाने पर, अगले दिन या शायद उसके अगले दिन। बीच में अँधेरा ज़रूर घिरा था। एक अँधेरी रात या दो।

अब सोचती हूँ, अगर बीच में अन्धकार न आया होता तो मैं उस बूढ़े को कभी न भुला पाती। यह भी कि अगर बूढ़ा आँखों के सामने न रहा होता तो वह तमस मुझे लील गया होता पर एक आतंक दूसरे को काटता, क्षीण करता रहा था। बूढ़ा और घुप अँधेरा, दोनों, फ़ंतासी के हिस्से बन गए थे।

मेरे कहे पर किसी ने विश्वास नहीं किया था।

कल्पना थी तुम्हारी, सबने कहा था। उमस, उत्तेजना और भीड़ की गँधाती रेलपेल से पैदा हुई उद्भ्रान्ति में देखा दुःस्वप्न था। कहाँ, कहीं भी तो कोई बूढ़ा कुचला नहीं गया। कुचला जाता तो क्या उसकी लाश नहीं मिलती ? शिनाख़्त नहीं होती, चलो, शिनाख़्त न भी होती तो लावारिस लाश, सबूत बनी, पड़ी तो मिलती। रुँदी-पिसी लाश, वह भी इंडिया गेट पर, अख़बार वाले ख़बर छापे बग़ैर छोड़ देते क्या ? नहीं, सब बच्ची का भ्रम है, आँख लग गई होगी, सपना देखा होगा, डर गई होगी। आँख में अंजनहारी भी तो निकल रही है, दिख भी कहाँ रहा होगा ठीक से। गरमी, उमस, धकापेल, ऊपर से आँख में दर्द और उसमें से लगातार गिरता पानी। आँख में तक़लीफ़ होते हुए आपको इसे घर से बाहर ले ही नहीं जाना चाहिए था।

कहानी गढ़ने का शौक़ होता है बच्चों को। कहानी को यथार्थ मान बैठते हैं, उस पर विश्वास करने लगते हैं और हमें भी करवाना चाहते हैं। अब इसी को लें, बीच में गुज़रे वक़्त के बारे में यह जो बतला रही है, वही कौन सा सच है। दो-चार सवाल करो तो बौखला जाती है, जवाब गड़बड़ाने लगते हैं। पुलिस स्टेशन पर तमाम बत्तियाँ लगी हैं, कहाँ था वह काला घुप अँधेरा, जिसकी यह बात करती है ? दीखता नहीं था। साँस घुटता था, अँधेरा था सब तरफ़ अँधेरा, काला-डरावना, काला अँधेरा, काला अँधेरा। बुख़ार का प्रमाद था। बुख़ार आ गया था न वहाँ इसे, उसी का प्रलाप अब तक सिर पर हावी है। आँख में दर्द, बुख़ार, ऊपर से भीड़ के धक्के, उमस और घुटन। भीड़ को भी क्या दोष दें। आज़ादी का पहला दिन, उन्माद तो होगा ही। बाँध तोड़ती पहाड़ी नदी सी हरहरा रही थी भीड़, बच्चे डरेंगे नहीं तो क्या ? इससे कहिए भूल जाए सब कुछ।

भूल जाओ सब कुछ। बार-बार मुझसे कहा गया। कहीं कोई बूढ़ा कुचला नहीं गया। कुछ नहीं हुआ, बस तुम भीड़ में खो गई थीं और ढूँढ़ने पर वापस मिल गईं। न बूढ़ा था, न अँधेरा, सब बुख़ार में देखा गया दुःस्वप्न था, कल्पना और सपने से बुनी कहानी, भूल जाओ उसे। भूल जाओ सब कुछ, बार-बार वही शब्द दोहराये गए और मुझसे उन्हें भूलने को कहा गया। शब्द मुझे रट गए, फिर भी बहुत कुछ मैं भूल गई पर भीड़ को नहीं भूली। घर के लोग रामलीला देखने जाते तो मैं ग़ुसलख़ाने में छिप जाती। भीड़ मेरे लिए हौवा बन गई थी।

अब सोचती हूँ अगर वाक़ई आज़ादी की उस पहली शाम, कोई बूढ़ा भीड़ के पैरों तले कुचल कर मरता तो क्या उसकी ख़बर छपती ? पुलिस वाले उसकी लावारिस लाश की शिनाख़्त करवाते ? उस उत्सवी माहौल को एक ग़रीब बूढ़े की मौत के लिए कौन ध्वस्त करता ? कोई नहीं। उस दिन भीड़ केवल सड़कों पर नहीं थी, हमारे भीतर, हर किसी के हृदय के अन्दर भी थी। हम भीड़ के हिस्से थे, हमारा अपना अलग वजूद मिट चुका था। हम भीड़ थे, बस भीड़ थे और भीड़ होने में ख़ुश थे क्योंकि उसी तरह हम आज़ाद थे, मुक्त थे, गरिमामय थे।

फिर जब तन्द्रा टूटने पर हमारा वजूद जगा तो क्या हुआ ? हम इतने हतबल क्यों हो गए, इन बुझते दीपों की तरह ?

''माँ! माँ!'' कोई आर्त कंठ से मेरे कान में फुसफुसाया।

मैं हिल गई। अब इतनी जगह भी बाक़ी नहीं थी कि बदन हरकत कर पाता। पर मेरा पूरा अस्तित्व थरथरा गया। जितनी नज़र घूम सकती थी, मैंने घुमाकर देखा। मेरे ठीक पीछे बैठा बूढ़ा, हाथ जोड़े, क्षीण स्वर में उचार रहा था, ''माँ, गंगा माँ!''

"क्या हुआ?" मेरा स्वर काँप गया।

बूढ़े को कन्धों से थामे अधेड़ ने कहा, "अभी आरती होगी।"

"ये ठीक तो हैं?"

"हाँ माँ, गंगा माँ," बूढ़े के सुर से सुर मिला कर उसने भी उचारा। इतना बूढ़ा आदमी। जैसे पुतला नहीं, उसकी छाया हो। भीड़ के ऊपर से तैर कर आ गया होगा, तभी कुचला नहीं गया। उसके साथ का अधेड़ ख़ुद कम कृशकाय नहीं, सत्तर से कम क्या होगा? और बूढ़ा? आयु के हिसाब के ऊपर स्वर इतना महीन कि अगर उस समय बाक़ी शोर थमा हुआ न होता तो कानों को छू कर भी अनसुना निकल जाता। अधेड़ ने उसे कन्धों से ऐसे थाम रखा था जैसे हाथ हटाते ही वह धराशायी हो जाएगा।

"माँ, गंगा माँ," उसके स्वर का बारीक कम्पन कानों की लवों पर महसूस हो रहा था वरना पता चलना मुश्किल था कि वह जीवित है भी या नहीं। "माँ, गंगा माँ," अधेड़ का स्वर, कम्पन को सम्बल दिये हुए था। दोनों की अश्रुधारा बह रही थी।

मेरा मन हुआ, मैं भी माँ, गंगा माँ, का उच्चारण करूँ, आँसुओं को बेरोक बह जाने दूँ। नहीं कर पाई। डर था कि एक बार अंकुश हटा दूँगी तो दोबारा अनुशासित नहीं हो पाऊँगी। फिर प्रकाश भी बहुत ज़्यादा था। संध्या का अवसान क़रीब था पर अब तक धुँधलका हुआ नहीं था। सूर्यास्त के साथ आरती होनी थी। तब तक उजाले से आँखें चुराना असम्भव था। और फिर इतने लोगों का जमावड़ा। पर वे क्या मेरी तरफ़ देखेंगे।

सामने ब्रह्मकुंड में लोग डुबकी लगा रहे थे। मर्द–औरतें, दोनों निर्वसन, निर्द्वन्द्व, निस्पृह। कोई किसी की तरफ़ देख नहीं रहा था। उन पत्तों की नावों की तरफ़ भी नहीं, जो उनके पास से बही चली जा रही थीं। बीच डगर, उनकी नज़रों के सामने, कितने जलते दीप हवा के प्रकोप से बुझ रहे थे पर किसी को परवाह नहीं थी।

काश, कुछ देर के लिए सारे दीप जले रह सकते। तब मैं भी माँ, गंगा माँ जप सकती, शायद।

मैंने कान लगाकर सुना, बूढ़े का स्वर क्षीण से क्षीणतर होता जा रहा था पर उसका कंपित जाप जारी था। धीरे–धीरे मेरी समझ में आया कि लाउड–स्पीकर काफ़ी देर से चुप्पी साधे हुए थे। हवा का वेग बढ़ चला था। हलकी खुनकी बदन में सिहरन पैदा कर रही थी। बूढ़े के शब्द हवा में तिरोहित हो रहे थे। बस बीच–बीच में जब हवा का कोई झोंका सेंध लगाकर हमारे पास–पास अटे शरीरों के बीच घुस आता, तो उसकी काँपती आवाज़ भी कानों को सहला कर गुज़र जाती।

कोलाहल और आवागमन रहित वातावरण अब बिलकुल शान्त था पर निस्तब्ध नहीं। पहली बार मुझे समवेत प्रतीक्षा की धड़कन की अनुभूति हुई। हवा के झोंके और बूढ़े के जाप की तरह, वह भी श्वास–प्रश्वास बन, माहौल को जीवन के आह्लाद से भर रही थी।

शंख की ध्वनि ने शान्ति को झंकृत किया। आरती शुरू हो गई।

ब्रह्मकुंड के चारों ओर ऊँची–ऊँची लपटें उठीं। घंटे–घड़ियाल बजे और आरती के सुर घंटियों की टनटनाहट के साथ तरंगित होने लगे। ये कैसी लपटें थीं, ऊपर उठतीं, चक्राकार घूमतीं, पानी में प्रतिबिंबित होतीं, ऊँची–ऊँची लपटें। जैसे प्रकाश का भँवरजाल हो, अग्नि का उल्लसित नर्तन।

जय गंगा माता, श्री जय गंगा माता।
जो नर तुमको ध्याता, मैया जी को ध्याता।
मनवांछित फल पाता, जय गंगा माता।

सस्वर गायन के मधुर सुर प्रकाश के नर्तन को थाप दे रहे थे। मैं घुटनों के बल उठ आई। जल से भीगी, घाट की सीढ़ियों पर थोड़े-थोड़े फ़ासले पर पुजारी खड़े थे। प्रत्येक का कपड़े से ढका हाथ एक वृहदाकार दीपगिरी थामे था। नीचे एक दीर्घकाय दीप, उसके ऊपर मंज़िल दर मंज़िल बने असंख्य छोटे-छोटे दीप। सब प्रज्वलित। सबकी ज्वाला मिलकर लपट बन कौंध रही थी। उसी लपट को पुजारी नदी की आरती में चक्राकार घुमा रहे थे। अग्निज्वाला का वह चक्रवात, जल में प्रतिबिंबित होकर आलोक के भँवरजाल सा प्रतीत हो रहा था। ब्रह्मकुंड का पानी आग का सोता बन गया था। उसमें से स्फुलिंग की तरह ऊपर उठ रहे थे, घंटियों और गायकों के स्वर। यही वह रोमांचक क्षण था जिसका सबको इन्तज़ार था?

फिर मुझे अब भी इन्तज़ार क्यों है?

पूरे दो बरस के इन्तज़ार के बाद आई थी मैं हरिद्वार। तब नहीं आई थी, बेटी ने मना कर दिया था।

"मेरी देह के अवशेष अपने बग़ीचे के पेड़ों में डाल देना। हड्डियों की खाद फल के पेड़ों के लिए अच्छी होती है," उसने अपनी वसीयत में लिखा था।

क्यों लिखी वसीयत उसने इतनी कम उम्र में? मैं नहीं जानती। मैं आज तक नहीं जान पाई कि उसकी मृत्यु दुर्घटना थी या हत्या। मुझे तो उसकी मृत देह मिली थी और एक सरकारी बयान।

मुझे सिर्फ़ इतना बतलाया गया था कि उस इतवार की सुबह, वह अपने अकेले घर के ग़ुसलख़ाने में नहाने गई थी, और वहीं गिर पड़ी थी। नल के ऊपर बनी पत्थर की पाटी से टकराकर। यह देखिए सिर पर ज़ख़्म। किसी भोथरी, भारी चीज़ से टकराने से बना घाव है। नल के ऊपर लगी पाटी बहुत नीची थी। जल्दी में उठो तो टकराने की पूरी सम्भावना रहती थी। और जल्दी में तो, आप जानती हैं अमला हमेशा रहती ही थी।

पर पिछले तीन सालों से वह उसी ग़ुसलख़ाने का इस्तेमाल करती आई थी, अब तक सिर उससे बचाए रखना सीख चुकी होगी। होनी! दुर्घटना तिथि बतला कर नहीं होती।

चौबीस घंटे बीत गए थे। किसी ने खोज-ख़बर नहीं ली थी। मंगलवार को अदालत में पेशी थी। सोमवार को मुवक्किल और साथी वकील सलाह करने आए तो दरवाज़ा पीट-पीटकर परेशान हो गए थे। खिड़की की छड़ निकाल कर भीतर दाख़िल हुए तो लाश बरामद हुई। हाँ, ढीली तो थीं ही खिड़की की छड़ें। अब आप जानिए छोटे क़स्बे का घर, कौन वहाँ ग्रिल लगी होती है। ग़ुसलख़ाने में कोई दरवाज़ा था नहीं, नहाते हुए कमरे की साँकल चढ़ा लेती थी, सो वही चढ़ी हुई थी।

ठीक है, छड़ निकाल कर कोई भी अन्दर आ सकता था और उसके सिर पर वार कर सकता था। पर क्यों करता? कोई प्रयोजन तो साबित हुआ नहीं था। न उसके साथ बलात्कार हुआ, न किसी चीज़ की चोरी हुई, यहाँ तक कि तमाम काग़ज़ात भी ज्यों के त्यों ताले में बन्द सुरक्षित पाए गए थे।

हाँ, हम जानते हैं, उन दिनों वह घोरेट की पत्थर खदानों की मज़दूर यूनियन की तरफ़ से केस लड़ रही थी। उनके नेता का अपहरण हो गया था। निचली अदालत में सिद्ध हो चुका था कि अपहरण डाकुओं ने किया था पर विपक्षी दल कुछ राजनीतिज्ञों का नाम लेने पर उतारू

था। उन्होंने अमला को अपना वकील बनाया था। बहुत भावुक, संवेदनशील लड़की थी। अपनी समझ में शोषित जनता का साथ दे रही थी। पर तब तक उसकी समझ में आ चुका था कि केस में जान नहीं थी। ठोस तथ्यों के न रहने पर वह केस हारती ही हारती। अब मुवक्किल तो कहेंगे ही, अकाट्य तथ्य थे उसके पास। पर जो था ताले में बन्द, सुरक्षित अदालत के सामने पेश था। बहुत महत्त्वाकांक्षी, खरी, धुन की पक्की लड़की थी अमला। ग़लत चुनाव और हार, दोनों बर्दाश्त के बाहर थे उसके लिए। उसके साथी वकील ने भी यही बयान दिया था अदालत में।

''तब क्या उसने ख़ुद पाटी से सिर दे मारा?''

''न, न, हम यह नहीं कहते, बस बेख़याली में। मालिकों को, सबको बहुत दुख है उसकी मौत पर। इतनी मेधावी, निडर, दबंग, नि:शंक लड़की और ऐसा करुण अन्त!''

''फिर उसने वसीयत क्यों लिखी? इतनी कम उम्र में?...''

''वही तो। साफ़ ज़ाहिर है कि वह हताशा की मन:स्थिति में जी रही थी। आत्महत्या का ख़याल बार-बार मन में आता रहता था। मन क्षुब्ध-विक्षुब्ध हो तो दुर्घटना और आत्महत्या में फ़र्क़ ही कितना रह जाता है।''

''पर अमला तो कभी हताश, हतबल नहीं होती थी।''

''आप माँ हैं। आपको तो ऐसा लगेगा ही। जननी, प्राणदात्री, करुणामयी, जवान बेटी के दुख में कातर माँ, मानेगी लड़की को हतबल, हताश...या सनकी?''

महिम ने विश्वास कर दिया था। सनकी नहीं तो क्या थी अमला, जो इतना पढ़-लिख कर, उज्ज्वल भविष्य की स्वामिनी होकर, लखनऊ, कानपुर में वकालत न करके, राजस्थान के धूल-धूसरित क़स्बे घोरेट में पड़ी हुई थी? मैं विश्वास नहीं कर पाई थी, इसलिए मारी-मारी फिर रही हूँ। महिम कानपुर में हैं, अपनी नौकरी पर, भीड़ से घिरे, भीड़ में समाए।

शायद महिम सही थे। अपनी ओर से मैं जानती ही कितना थी। सिर्फ़ यह कि वह अकेली, घर से दूर घोरेट में रहकर काम करती थी। समाज के अभिशप्त, लाचार अंग की मुफ़्त वकालत करती थी, बड़े-बड़े सेठों और सरकारी प्रतिष्ठानों से लोहा लेती थी, कर्तव्यनिष्ठ, जुझारू और नेकदिल थी। मेरे लिए तो वह एक ज़िन्दादिल, भरोसेमन्द, हँसमुख, डूब कर प्यार करने वाली लड़की भर थी। ज़िद्दी पर अड़ियल नहीं, ख़रीदने खाने की शौक़ीन, पर देने में कंजूस नहीं। हर विपदा से ख़ूब लड़-झगड़ लेने पर, अन्ततः हँसकर बात बना ले जाने में माहिर। अगर मैं कहूँ कि वह औरों से अलग, अनूठी और अनुपम थी तो क्या? हर माँ को अपनी बेटी अनूठी लगती है। पर मेरी बेटी शायद पगली भी थी। महिम कहते हैं, सनकी। शायद ठीक कहते हैं। भीड़ में न खोने का उसका संकल्प पागलपन ही तो था।

महिम उसकी दुखद परिणति के लिए मुझे दोषी ठहराते हैं।

क्यों जाने दिया मैंने उसे उस बीहड़ असुरक्षित प्रदेश में? क्यों स्वीकार का सम्बल दिया, हर जोख़िम भरे अभियान में?

''अजीब माँ हो तुम। बेटी की कोई फ़िक्र नहीं है। सारी दुनिया की माँएँ चाहती हैं, उनकी बेटियों का विवाह हो, घर-बार हो, सन्तान हो। वे सुखी, सुहागन, गृहस्थिन बनकर जिएँ। एक तुम हो, बेटी के माध्यम से अपनी महत्त्वाकांक्षाएँ पूरी करना चाहती हो। आज़ादी, चुनाव का अधिकार, मुक्त चिन्तन, दुनिया को बदल डालने के सपने, विरोध, विद्रोह, समाजसेवा,

बकवास। अपने अहं को तुष्ट करने के खोखले साधन हैं सब। सारा क़ुसूर तुम्हारी मान्यताओं का है। ख़ुद लीक से हटकर जीने के सपने देखे। पूरे नहीं हुए तो बेटी पर थोप दिये। अब भुगतो, रोओ, चीख़ो, तिल-तिल कर मरो बेटी की याद में।''

शायद महिम ठीक कहते हैं। शायद सारा क़ुसूर मेरा ही है। मेरी महत्वाकांक्षाएँ थीं, मैं इनकार नहीं करती, पर मैंने उन्हें बेटी पर नहीं थोपा। बस, उसके मार्ग में अवरोध पैदा नहीं किया। बहला-फुसला कर छोटी उम्र में उसका विवाह नहीं किया। मैंने उसे रोका नहीं, ठीक है, पर किसी रास्ते पर झोंका भी नहीं।

पर मैं मनोविशेषज्ञ नहीं हूँ, मनोविश्लेषण करवाना भी नहीं चाहती। हो सकता है, मेरी असन्तुष्ट महत्त्वाकांक्षाएँ ही मेरी बेटी के मन में घर करती गई हों। मुझे प्रभावित रोमांचित करने के लिए ही वह उस कर्म पथ पर अग्रसर हुई हो। मेरे ही कारण वह...फिर भी मैं रोयी-चीख़ी नहीं थी। अपने को लांछित-प्रताड़ित नहीं किया था। लीक से हटकर चलने को दोष नहीं दिया था।

महिम के सामने मैंने रोदन को भीतर घोट कर, उसकी मृत्यु को स्वीकार कर लिया था। धीमे स्वर में एक बार कहा था, ''ज़रूरी नहीं है कि हर बहादुर लड़की का यही अंज़ाम हो। डर-डर कर जीने से तो अच्छा है...।''

''कि मर जाओ!'' महिम फट पड़े थे, ''लो मर गई लाडली मेरी। जाओ ख़ुशी मनाओ। घी के दीये जलाओ।'' अब मेरे चारों तरफ़ घी के दीये जल रहे थे और मेरी बेटी...

मेरा दीप बुझा पड़ा था मेरी गोद में। भीड़ मुझे ठेल कर आगे न बढ़ा देती तब भी शायद मैं उसे प्रज्वलित नहीं कर पाती। महिम का कहा याद आ जाता, तीली हाथ में लेते ही। मैं सिर झुका कर उसे सहलाने लगी। प्रकाश के नर्तन में बहुत भयावह अँधेरा था। मैं देखना नहीं चाहती थी। शायद मेरी आँखों से आँसू भी निकल रहे थे, मेरी गोद धुँधला गई थी।

''इतना घी क्यों बरबाद करते हैं ये लोग? कितने बच्चे खाना खा सकते हैं, इतने में,'' मैंने सुना अमला कह रही थी। अमला। अमला कहाँ है इस हुजूम में? पर...हुजूम भी कहाँ है? एकदम सूना है घाट, हर पैड़ी रीती। मगर अमला कहीं है ज़रूर, तभी न मैं उसकी आवाज़ साफ़ सुन रही हूँ जैसे मेरी अपनी गोद से निकल कर आ रही हो।

''तुझे क्या जवाब दूँ, बेटी, मैं ख़ुद प्रश्नचिह्न बनी हुई हूँ। समाधान और शान्ति की खोज में भटक रही हूँ।''

''तुम बहुत भोली हो माँ, यहाँ भला क्या मिलेगा? भीड़ में कुछ नहीं मिलता। जो मिलता है, अकेले। अकेले जूझना पड़ता है, निपट अकेले।''

मैं जानती हूँ, अमला! मैं यहाँ बिलकुल अकेली हूँ। जब आई थी, मेरे चारों तरफ़ भीड़ थी। अब नहीं है। मैं देख रही हूँ यहाँ हर आदमी अकेला है। भीड़ का मतलब क्या है, किसे कहते हैं भीड़ हम? बहुत सारे अकेले व्यक्तियों के एक साथ एक जगह, जमा होने को ही न। भीड़ से मेरा डर मिट गया। पर तू अपनी कह बेटी। तुझे अपने किसी सवाल का जवाब मिला था, मरने से पहले? उपलब्धि का सन्तोष, प्राप्य का हर्ष, अपनी तरह जी पाने का आनन्द, कुछ पाया था? या यूँ ही रीती की रीती, सब इच्छाएँ मन में सँजोए चली गई? यह क्या हो गया, बेटी! क्यों हुआ?

अपना रोदन कानों में पड़ा तो चौंककर मैंने आसपास देखा। आरती समाप्त हो चुकी थी।

लोग उठकर जा रहे थे। सीढ़ियों पर ख़ाली जगह दिखने लगी थी। पर मेरी कमर पर दूसरे शरीर का भार वैसा ही बना हुआ था।

मैंने गरदन घुमाकर देखा। मेरे कन्धों पर अपना भार डाले जो व्यक्ति बैठा था, उसकी गोद में बूढ़ा अकड़ा पड़ा था। सूखी लकड़ी सा निर्जीव। बूढ़े की सद्गति हो गई थी। इतनी सुखद मृत्यु। बेटे की गोद में, गंगा किनारे, ठीक आरती के समय।

''मैं तेरी गोद में सिर रखकर मरी होती, अमला, तो मुक्ति मिल गई होती मुझे।''

''ठीक से देखो, माँ, बेटा बाप की गोद में मरा पड़ा है, बाप बेटे की गोद में नहीं। मैं तुम्हारी गोद में सिर रखकर मरती। तब भी...''

सच! आँसू पोंछ कर देखते ही समझ में आ गया। मेरे कन्धे से कन्धा लगाए जो बैठा था, बूढ़ा ही था। उसकी गोद में उसका अधेड़ बेटा जड़ पड़ा था। उसकी काठ हुई देह को लाठी की तरह थामे बूढ़ा अब भी माँ, गंगा माँ, बुदबुदा रहा था। मेरा सर्वांग काँप गया। पर मैं हिली-डुली नहीं। मेरा सहारा हटते ही बूढ़ा भरभराकर गिर पड़ता। मैंने हाथ बढ़ाकर पास खड़े आदमी का कुर्ता पकड़कर खींचा। उसने देखा। औरों ने भी देखा होगा। चार-पाँच लड़कों ने झुक कर मृतक की देह को बूढ़े की गोद से उठा लिया। हाथ की लाठी छूटते ही बूढ़ा काँपते पत्ते की तरह पीछे गिरा। मैंने उसे अंक में भर लिया। छोटे बच्चे की तरह। वह अब भी माँ, माँ उचारे जा रहा था।

''अमला, अमला,'' मैंने पुकारा।

''क्यों इतना सोच करती हो माँ, मृत्यु मृत्यु होती है, कहीं भी, कैसे भी हो।''

''नहीं, मुझे बतला, क्या रहस्य था तेरी मृत्यु के पीछे? वह दुर्घटना थी या हत्या या... ? मुझे बतला।''

''यह क्या है, माँ? दुर्घटना, महाप्रयाण, निर्वाण या लम्बे अभाव के कारण हुई हत्या?''

''सवाल मत कर। मैं तेरी तरह वकील नहीं हूँ टीचर भर हूँ। पर बच्चों को तभी पढ़ा पाऊँगी, जब मन को शान्ति मिलेगी। यह सब क्यों हुआ, बेटी! मुझे बतला, मैं क्या करूँ?''

''जीवन को सँवारो, माँ, और क्या है करने को।''

''कैसे अमला?'' मैंने पुकारा।

''अंत्येष्टि के लिए चलो माँ।''

कोई लड़का मुझे बाँहों से घेर कर उठाते हुए कह रहा था। मैंने देखा, बूढ़ा मेरी गोद से किसी युवक की गोद में पहुँच चुका था। कुछ और लड़के मुझे घेरे खड़े थे।

''आओ माँ,'' लड़के ने पुचकार कर मुझसे कहा।

''अमला, अमला,'' मैंने पुकारा। कोई जवाब नहीं मिला।

''वह चली गई,'' मैं फूट-फूटकर रो दी, ''मुझे छोड़कर चली गई।''

उन्होंने मुझे बेटी का नाम लेकर रोने दिया। फिर धीरे-धीरे, बिना जल्दी मचाए, मुझे उठाकर खड़ा किया। मैंने एक लड़के के कन्धे का सहारा लिया और उनके साथ चल पड़ी।

फूलों की पंखुड़ियों से लदी पत्ते की नाव उन्होंने मेरे हाथ से लेनी चाही, पर मैंने अपनी पकड़ नहीं छोड़ी। अंत्येष्टि के लिए मेरे पास पुष्पांजलि रहे और आँखों में आँसू। इस बार रोदन को भीतर नहीं घोटूँगी, जी भरकर रोऊँगी।

(1992)

बंजर

मेरे दोस्त

(अगर दोस्ती नाम की कोई चीज़ होती है तो),

तुमने कहा तो अपने बारे में लिख रही हूँ। आज तक अपना निज सिर्फ़ छुपाया ही है। व्यक्तिनिष्ठ होने का आरोप लगा ज़रूर पर मैंने कब कुछ निजी किसी पर ज़ाहिर किया? हँस सकती तो आज इस आरोप पर हँसती। हँसने की आवाज़ ज़रूर कर सकती हूँ पर उसके कुछ मायने नहीं होंगे। जो हँसी आँखों तक न पहुँचे वह बेकार है, कुछ-कुछ सांत्वना के उस शोर की तरह जो खींचकर मुझ पर फेंका जाता रहा है। अच्छा, हम संस्कृति को लेकर इतनी ऊँची बातें करते हैं पर यह हमारी कैसी संस्कृति है, जो दुख में हमसे संवेदना की जगह उपदेश उगलवाती है! कैसे-कैसे उपदेश...। ब्योरा नहीं दे सकती। क़लम रुकती है। वे कहते हैं, मैं सुन लेती हूँ। पर दूसरे के दुख का मापतौल कैसे किया जाता है, मैं नहीं जानती। इतना ज़रूर सोचती हूँ उपदेश दिये बिना, दूसरे के दुख को सस्ता किए बग़ैर, हम क्यों नहीं रह सकते? देखो न कैसी विडम्बना है, इतना सब छूट गया पर सोचने की शक्ति नहीं गई। महसूस कुछ नहीं होता पर सोच? सोचा चला जाता है, पर फ़ायदा कुछ नहीं है। बस, हवा के गोल-गोल घूमने जैसा है। जब तक सोच महसूस होने में न बदले, वह कुछ कहने के लिए नहीं उकसा सकता, दिशा भी नहीं दे सकता। उपदेश और उत्सव। एक के बाद एक चलते चले आते हैं। कभी दीवाली है, कभी दशहरा, कभी होली, कभी गणेश चतुर्थी (और भी बहुत कुछ) मुबारक हो! क्या? किसी उपलब्धि पर बधाई नहीं दी जा रही। यूँ ही किसी अमूर्त, सार्वजनिक उत्सव की अवधारणा पर। कहते हैं अमेरिका में कार्ड कम्पनियाँ नए-नए उत्सव, नई तारीख़ें ईजाद करती हैं जिससे कार्डों की बिक्री बढ़ सके। हमारे वेद-पुराण भी क्या किन्हीं कार्ड कम्पनियों ने लिखे थे जो इतने त्योहार बना गए? सब त्योहारों में सिर्फ़ एक पर्व अर्थपूर्ण लगता है—क्षमावाणी दिवस। और वह उसी दिन आता है जिस दिन के लिए मेरे मन में किसी के लिए क्षमा नहीं है। अगर किसी दिन क्षमा कर पाई, सच्चे मन से, सिर्फ़ अपने को यक़ीन दिलाने भर को नहीं, तब शायद इस जड़ता से तनिक उबर पाऊँ।

पर तब तक सिर्फ़ उपदेश हैं और उत्सव हैं। वे कह रहे हैं, मैं सुन रही हूँ।

क्षमा को लेकर क्या कम उपदेश मिले। एक ने कहा, "उन्होंने जानबूझकर थोड़े मारा, दुर्घटना थी। क्षमा तो कर ही देना चाहिए," जैसे वे ख़ुद महात्मा बुद्ध हों। शायद हों। मैं नहीं हूँ। एक बात ज़रूर जानती हूँ। यह मुमकिन है कि किसी चीज़ का कारण जान लेने पर आप कुछ हद तक माफ़ कर सकें। पर जब कारण यह हो कि बीच अँधेरे में, आप बिना लालटेन तक लगाए, ख़राब गाड़ी बीच सड़क पर सिर्फ़ इसलिए छोड़ गए, क्योंकि उसे धक्का देकर

किनारे करने में तनिक मेहनत करनी पड़ती, और फिर वहीं बैठे देखते रहे, और अस्पताल तक ले जाने को आगे नहीं आए तो, धिक्कार के सिवा मन में और क्या भाव आ सकता है? और वे हैं कि उपदेश दे रहे हैं कि जानबूझकर थोड़ा किया, इसलिए क्षमा तो कर ही देना चाहिए। पर मुझे उनमें महात्मा बुद्ध का नहीं, एक हत्यारे का चेहरा दिख रहा है। बुद्ध की दी शिक्षा में से किसी एक पर भी खरे उतर सको तो बहुत है। पूर्ण बुद्ध कौन हुआ है? बीते ज़माने के बुद्ध कहलाए जाने वाले के सिवा? और वह भी...हो पाए थे क्या? दूसरों का जीवन संचालित करने का, उपदेश देने का, मोह बना रहा था न। पर एक गुण को पूर्णतया आत्मसात् कर सको तो महात्मा कहलाने के लिए काफ़ी है। माफ़ कर सको, सचमुच, हमेशा, मन से, हर अपराध को, तब तो शिव ही कहना पड़ेगा। उसने, मेरे बेटे ने, इसी एक गुण को निर्दोष, अखंड रूप में सोख लिया था। वह हर किसी को क्षमा कर देता था। उन्हें भी, जिन्होंने प्रेम का प्रपंच करके उसका दोहन किया था। वह छला नहीं गया था। सब कुछ जानते हुए उसने उन्हें करने दिया था। उनका छल भी निश्छल बना दिया था। बिना कर्म किए फल प्राप्ति की उनकी चाह को मासूमियत में बदल दिया था। सबका काम अपने ऊपर ले लिया था। उन्हें उनके दोष सहित स्वीकार कर लिया था और माफ़ कर दिया था। एक बार नहीं, वह उन्हें रोज़, बार-बार, अनायास माफ़ करता चला गया था। उसने अपनी मृत्यु के आमंत्रण को भी क्षमा कर दिया होगा। मैं जानती हूँ। फिर मैं क्यों नहीं कर पा रही? मैंने उससे कुछ नहीं सीखा। सीख सकूँ तो शायद कुछ शान्ति पा जाऊँ?

अभी तो मैंने केवल उन्हें माफ़ किया है जो मुझे उपदेश दे रहे थे। माफ़ ही नहीं किया, गले भी लगा लिया, क्योंकि मेरी समझ में कारण आ गया था। वे शब्द को चाहते हैं, भाव को नहीं। वे जो कह रहे हैं, इसलिए कह रहे हैं, क्योंकि वह सुनने में अच्छा लगता है, इसलिए नहीं कि वे उसमें विश्वास करते हैं।

देकार्ते ने कहा था, इनसान को कितनी भी पीड़ा क्यों न हो, दो और दो चार ही रहेंगे। वही समझो। दो और दो चार हैं। त्रिकोण के एंगल्स का जोड़ 180 डिग्री है और रहेगा। तुम अगर कहोगे नहीं, 150 डिग्री है तो, तत्काल मेरे मुँह से नहीं निकलेगा कि नहीं, 180 डिग्री है। दिमाग़ में आएगा ज़रूर। सिर्फ़ कहने की ज़रूरत नहीं होगी। मैं सोचकर रह जाऊँगी।

जैसे अब मैं सोचती हूँ, हम उपदेश दिये बिना क्यों नहीं रह पाते? शायद इसलिए कि दूसरे का दुख हमें सिर झुकाने पर मजबूर कर देता है। व्यक्ति के सामने नहीं, एक अमूर्त सत्ता के सामने। नहीं, सत्ता नहीं, अमूर्त भाव के सामने। और झुकना हम भूल चुके हैं।

पिछले दिनों मैं हैदराबाद गई थी। एक गोष्ठी में प्रसव की अनुभूति की बात हुई तो किसी ने कहा, शिशु के जन्म में निजी क्या है? वह तो एक सार्वजनिक क्रिया है, यानी उत्सव। या उपलब्धि। या मातम, हाहाकार, रोदन। परिवार का नफ़ा या नुक़सान। तब निजी क्या बचा? कुछ नहीं न। प्रसव की पीड़ा तक नहीं?

प्रतिस्पर्धा भी उसी को लेकर है। सुख तो सार्वजनिक होता है। पर इतना सुख कब किसी ने देखा है कि पूरे अस्तित्व पर हावी हो जाए। वही बचे, हम रहें ही नहीं। कुछ निजी होता है तो केवल दुख। दो और दो के चार होने के बावजूद। पर कोई तो सुख का क्षण होगा, तुम कहोगे।

हाँ, है। सुबह आँख पूरी तरह खुलने से पहले, मैं बाँह फैलाती हूँ। कन्धे का दर्द धीमे-धीमे रेंग कर उँगलियों तक पहुँचता है, तनिक सा सुख मिलता है। फिर आँख पूरी तरह खुल जाती है। बस, उसके बाद शुरू होती है दिनचर्या। बेमानी को बार-बार करना। सुबह उठो।

नहाओ। पाठ करो। घड़ी देखो। नाश्ता बनाओ। खिलाओ-पिलाओ। घड़ी देखो। सफ़ाई करो। घड़ी देखो। शायद फ़ोन बज जाए। शायद दरवाज़े पर घंटी बज जाए। हाँ, इसी वक़्त आता है, कूड़ा गाड़ी लेकर कचरा माँगने। घंटी बजाता है। हमेशा, एक वक़्त पर नहीं आता, इसलिए घंटी बजने पर पता नहीं रहता, कौन है। कोई और भी हो सकता है। कोई हो, एक ही बात है। मुझे तो वही करना है। देखो, सुनो और करो। कुछ और नीरस और बेमानी।

अच्छा, जब किसी चीज़ में रस न रहे तो क्या चीज़ें कम ज़्यादा नीरस हो सकती हैं? सब कुछ क्या सिर्फ़ बार-बार घटता नहीं चला जाता? बार-बार घड़ी देखना। किसी के इन्तज़ार में नहीं। बस, यह देखने को कि अनंत शून्य में से कितना वक़्त और गुज़र गया। अनंत तो फिर भी अनंत रहता है, और शून्य भी।

समय अनंत बनता ही ऐसे है। ऐसा समय, जिसमें कोई पदचाप नहीं है। पदचाप का इन्तज़ार नहीं है। उसका अन्त नहीं है, क्योंकि हर क्षण अपने में अन्त है। अन्त हो चुका है। अब जो बचा है, वह नहीं है।

कितना अजीब है। कितनी ध्वनियाँ हैं जो मुझे पदचाप जैसी लगती हैं या लगनी चाहिए। सोचूँ तो जानती हूँ कि यह आवाज़ ऐसी लगती है कि भान होना चाहिए कि कोई आया है। भान होता नहीं। पर जानती हूँ कि होना चाहिए, इसलिए कह देती हूँ कि होता है। लोगों का मन रखने को। होता कुछ नहीं।

इस घर के लोगों ने खिड़की पर डली चिकें उठाने के लिए जो रस्सी बाँध रखी है, उसमें नन्ही पीतल की घंटियाँ बाँध रखी हैं। हवा के चलने के साथ, वे बज उठती हैं। लगता है, दरवाज़े पर किसी ने दस्तक दी है। घंटी बजायी है या शायद पैरों की पायल बजी हो। तकलीफ़ होती है। लगता है, कोई आया है, जबकि कोई आता नहीं। तकलीफ़ ज़रूर होती है, पर मैं जानती हूँ कोई नहीं आएगा। मुझे यह नहीं लगता कि कोई आया है, सिर्फ़ यह लगता है कि इस ध्वनि से लगना चाहिए कि कोई आया है। पर वाक़ई लगता नहीं। फिर ज़ोर देकर ख़ुद से कहती हूँ इसलिए नहीं लगता क्योंकि मैं जगी हुई हूँ। अगर सो रही होती तो अचानक, आवाज़ सुनने पर ज़रूर लगता। पर मैं जानती हूँ सोने पर भी नहीं लगेगा। सोते-जागते क्षण-भर को भी मैं यह नहीं भूलती कि कोई नहीं आएगा। धोखा भी मुझे धोखा नहीं दे सकता। तर्क बुद्धि से मैं जानती हूँ कि घंटी की रह-रहकर बज उठती आवाज़, जो तकलीफ़ मुझे दे रही है, उसकी वजह यह होनी चाहिए कि उससे मुझे किसी का दरवाज़े की घंटी बजाना याद आता है और धोखा होता है कि कोई आया है। पर ऐसा है नहीं। तकलीफ़ होती है तो इसलिए कि मैं क्षण-भर को भी झूठी आशा नहीं कर पाती। धोखा नहीं खा सकती। यहाँ तक कि सपना भी नहीं देखती। अगर कभी इतनी गहरी नींद सो जाऊँ और सपना शुरू हो जाए तो फ़ौरन ख़याल आता है, बस अब सपने में वह आने वाला है, और नींद टूट जाती है।

मैं कबिनी नदी के किनारे बँधी नाव के पास खड़ी हूँ। पानी की एक सुर फट-फट की आवाज़, नाव के काठ के तले पर बज रही है। मैं जानती हूँ उसे सुनकर मुझे लगना चाहिए कि दो जन मेरी तरफ़ आ रहे हैं। क़दम पर क़दम बढ़ाते। बारी-बारी से दोनों की पदचाप सुनाई पड़ती है, पर आँख उठाकर देखने पर, कोई नहीं दिखता इसलिए तकलीफ़ होती है।

पर यह सच नहीं है। मैंने आँख बन्द करके भी देख लिया। नहीं, बन्द करने की ज़रूरत नहीं पड़ी। मैं पहले से जानती हूँ कि ऐसा मुझे लगना चाहिए पर लग नहीं रहा। ज़रा सोचो,

दुख के इर्द-गिर्द कितना लम्बा-चौड़ा उद्योग खड़ा है। कहानी, कविता, उपन्यास, सिनेमा और सबसे बढ़ कर, नाटक। दुख को अभिव्यक्ति देने के लिए अभिनेता मंच पर चढ़ कर कैसी-कैसी चेष्टाएँ करता है। भाव-भंगिमा आवाज़ का उतार-चढ़ाव, शब्दों की टूटन, आँखों के हाव-भाव, देह की सिकुड़न, कँपकँपी, जड़ता। मूक रोदन, घुटे आँसू, जाने क्या-क्या। अति नाटकीयता की बात नहीं कर रही हूँ। एकदम मंथर, स्वाभाविक अभिनय की कहती हूँ। कितना हास्यास्पद लगता है। नहीं, हास्यास्पद भी नहीं लगता। न हँसी आती है, न रोना। एकदम अछूता छोड़ जाता है, अभिनीत दुख। दुख की भला कोई भाषा होती है, कोई भाव-भंगिमा ? और चुप रहना हम कब का भूल चुके। चुप्पी को खींचना, सहना, बहुत मुश्किल होता है, इसीलिए शायद हम औरों के निजी दुख को नाटक की तरह देखते हैं। और अपेक्षा करते हैं कि उसमें डूब कर आदमी चुप न हो, ठीक-ठीक सार्वजनिक भाव-भंगिमा के साथ, उसे अभिव्यक्त करे, बल्कि कुछ अधिक नाटकीय होकर, उसका अभिनय करे, जिससे हम कह सकें, ज़रा सँभाल के, कुछ सँभल के।

मैं पोखरा गई थी। दोपहर को ज़रा देर को आँख लगी। एक आवाज़ सुनाई पड़ी, शायद मेरे बेटे की थी, लगा ऐसा ही। उसने कहा, बाहर जाकर देखो। मैं नंगे पाँव बाहर भाग ली। होटल के बाहर पोखरा ताल था। उसके किनारे खड़े रहकर हिमालय की पर्वत चोटियों को देखने लगी। उसने यही कहा था करने को। सूरज छिप रहा था। बर्फ़ से ढकी पहाड़ियों पर धूप नारंगी-लाल आग जैसी धधक रही थी। ख़ासकर, मच्छेरपुच्छ चोटी एकदम शिवालय की तरह दीप्त थी। मैं देखने लगी। कानों में शिव स्तुति गूँजने लगी। सुकून पाने की कोशिश में, पूरा साल पढ़ती रही थी। अर्धसुप्त अवस्था में याद आनी ही थी। आई। कानों में बजी या मस्तिष्क में नहीं कह सकती। मैं आने-जाने वाले मुसाफ़िरों से अनजान, देखती-सुनती रही। काफ़ी देर तक, क्योंकि स्तुति पूरी होने में क़रीब आधा घंटा लगता है और सूर्य को अस्त होने में भी। सुनते-देखते, मैं इन्तज़ार करती रही कि कुछ हो। आनन्द का स्फुरण, सौन्दर्य की अनुभूति, कोई सिहरन, पहचान, सुकून, कुछ भी। कुछ नहीं हुआ। मैंने देखा, सुना और कमरे में लौट गई।

उन कुछ लोगों से, जो मेरे दुख से दुखी थे, मैंने कह दिया, पोखरा में जाकर मुझे सुकून मिला था। वे आश्वस्त हो गए। मैंने ख़ुद से भी यही कहा। बहुत बार। दो साल हो गए कहते कि पोखरा में मैंने अलौकिक सौन्दर्यानुभूति की थी, कि पोखरा में मैं इतनी गहरी नींद सोई थी कि मैंने सपने में अपने बेटे की आवाज़ सुनी थी और उसी के कहने पर सूर्यास्त के समय, शिव के दर्शन किए थे। पर यक़ीन नहीं कर पाई हूँ। मेरे भीतर जब कोई स्पन्दन ही नहीं हुआ तो और सब चीज़ों का होना, नाटक के उन दृश्यों की तरह ही था, जिनमें अभिनेता, तरह-तरह से दुख को अभिव्यक्ति देता है और कुछ नहीं होता।

देकार्ते ने कहा था, दो और दो चार ही रहते हैं, चाहे हमारा शरीर कितनी भी भयानक पीड़ा से फटा क्यों न पड़ रहा हो। पर मन ? या दिमाग़ ? पीड़ा क्या अकेले शरीर की होती है ?

पोखरा के ताल पर तैरती नाव में बैठी।

नाव बीच में पहुँच गई। गहरा पानी।

इतना गहरा कि किनारे के पेड़ों की परछाइयाँ एकदम सीधी पड़ रही थीं। गहराई का यही सबूत होता है क्या ? नहीं, यह ग़लत है। परछाइयों का ताल्लुक़ सूरज के प्रकाश-कोण से होता है। छोड़ो, उससे क्या फ़र्क़ पड़ेगा तुम्हें। मान लो कि पानी गहरा था।

मैंने आँखें बन्द कीं। फिर खोलीं। ऐसे कई बार करके अपने भीतर के निस्तार को पहचाना। नहीं पहचाना कहाँ? नाव पर बैठने पर मैंने देखा कि ताल के किनारे जो पेड़ और झाड़ियाँ थीं, उन पर से रोशनी, लहरों की तरह गुज़र रही थी। पहले कभी नहीं देखा था। मेरा ख़याल था, पानी की लहरों पर पड़ने पर ही रोशनी इधर-उधर बह सकती है। एक बार ख़याल आया था, पहले देखा होता तो कहानी में इस बिम्ब का इस्तेमाल करती। पहले मानी? मानी जब मैं थी। जब चीज़ें, अनुभव, भावनाएँ मेरी हुआ करती थीं। निजी मोह न रहे तो आदमी कुछ नहीं कर सकता। समाज के जिस अन्याय पर ग़ुस्सा आता था, आज नहीं आता।

अब जाकर मार्क्सवाद की विडम्बना (विरोधाभास) मेरी समझ में आई है। तीखी निजी अनुभूति के भीतर से पनपे सामाजिक न्याय के लगाव को, जैसे ही निज से अलग किया गया, वह चिथर गया। मैं बार-बार साहित्य की भाषा में क्यों भटक जाती हूँ? जानते हो न, तीसेक साल लिखा है, अपने को छुपा कर। सच यह है कि मैंने कुछ नहीं पहचाना। न कुछ महसूसा। मैंने आँखें खोल लीं। इस बीच, इतना ज़रूर जाना कि पानी गहरा है। फिर मैं पानी में कूदी क्यों नहीं, बैठी रही, नाव में निश्चल, चुपचाप, बिना हिले-डुले। जकड़ी सी। "मैं पानी में कूद क्यों नहीं पा रही?" मैंने पति से पूछा, "क्या कायरता के कारण?" वह हिले-डुले नहीं। मेरे पास आने की कोशिश नहीं की। हाथ बढ़ाकर मुझे छुआ भी नहीं। एकदम सपाट स्वर में कहा, "नहीं, यह ज़िन्दगी से लगाव है।" मैंने कुछ नहीं कहा। हम गहरे पानी में तैरती नाव में निश्चल बैठे रहे।

दिन बीते। फिर सोच शुरू हुआ। अगर ज़रा लालच न होता तो दिमाग़ इतना कुछ ज़बरदस्ती, भूले कैसे रहता? तुम विश्वास करोगे, पूरे दो साल तक मुझे फ़ोटो में भी उसका चेहरा नहीं दिखा।

फिर मैंने ख़ुद को समझाया, नहीं, इतना बड़ा झूठ नहीं बोलूँगी। ख़ुद को नहीं, मैंने औरों को समझाया, जैसे अब तुम्हें समझा रही हूँ, वही शिव था, वह शिव ही था, वह शिव था तो यहाँ बना कैसे रहता? जाना था, इसलिए गया। गया, इसलिए कि जाना था।

मैं फिर साहित्यिक हो रही हूँ। मैं दो भागों में बँटी हुई हूँ। एक हिस्सा वह है जो चाहता है, नहीं चाहता नहीं है। चाहता तो कर न लेता। एक हिस्सा वह है, जो सोचता है कि चाहने भर से, वह कर सकता है। वह सब कुछ जो पहले करता था। सब नहीं तो कुछ ज़रूर। इसलिए वह जब-तब कोशिश कर उठता है, कुछ थोड़ा-बहुत पुराना करने की। जैसे बोलना-चालना, हँसना, अख़बार पढ़ना, शीशे में चेहरा देखना, यही सब छोटी-छोटी चीज़ें। इसमें कोशिश जैसा क्या है? तुम कहोगे, यह सब करते तो मैं तुम्हें कितनी बार देख चुका। अच्छा कहो, करना किसे कहते हैं, हाथ-पाँव-आँख के संचालन भर को? या उसमें कहीं मन भी होना पड़ता है? अख़बार पढ़ो और ग़ुस्सा न आए। अन्याय देखो और निस्पन्द देखते रहो। सोचो, यह ग़लत है। भयानक रूप से ग़लत। महज़ सोचो, महसूसो नहीं। दूसरों पर ही नहीं, ख़ुद पर वार हो तो भी, शारीरिक पीड़ा ऊपर से गुज़र जाए। बस, यूँ ही मामूली सी राहत देती हुई लगे। असली पीड़ा में तनिक कमी लाती हुई। इसे क्या करना कहेंगे। कभी-कभी मन होता है, रोऊँ। रोती जाऊँ। किसी से लिपट कर। पर एक क्षण भी नहीं बीतता कि तर्क सिर उठा लेता है, उससे क्या होगा? मैं जानती हूँ कुछ नहीं होगा। दो और दो चार ही रहते हैं न। त्रिकोण के कोणों का जोड़ 180 डिग्री रहेगा। विरेचन? संशुद्धि? वह तो मंचित दुःख की परिणति देखकर

होता है या जब वापस लौटा लाने की या आगे बढ़ने की सम्भावना हो। जीते जाना तो जड़ता है केवल।

सबसे मुश्किल लगता है, आईने में मुँह देखना। आईना शब्द लिखने के लिए ही हफ़्तों तैयारी करनी पड़ी। जो उसमें दिखता है, धुँधला सा मेरे जैसा, उसे देखना कितना भयानक है, शायद समझ सको। शायद न भी समझो। क्या पता वैसा कुछ तुमने भी महसूसा हो मुझे देखकर। एक दिन मैंने सोचा, आज जो हो, मुझे माथे पर बिन्दी लगानी ही है। मैं हाथ में बिन्दी की चिप्पी पकड़े घंटों बैठी रही शीशे के सामने। उसमें कोई चेहरा नहीं था। कुछ नहीं था। उस शून्य पर कुछ चेपना बेकार था। पता है, मैं हँसी भी थी, मुस्कराई भी थी। कई तरह के भाव अपने इधर वाले मुख पर लाई थी पर शीशे में कोई प्रतिक्रिया नहीं हुई थी। पता नहीं, कितनी देर वह बिन्दी मेरी उँगली की पोर पर चिपकी रही, फिर गिर गिरा गई होगी। शुरू-शुरू में जब जीवन का केंद्र अचानक धसक कर एक गहरी खाई छोड़ गया था तो, कितना छटपटायी थी कुछ करने को। अब सोचती हूँ लेखकीय अहंकार रहा होगा। साहित्य की दुनिया में रहकर, समाज, देश, व्यवस्था को बदलने की बात, इतनी बार सुनने को मिली थी कि यथार्थ शब्दों की ओट हो गया था। शब्द से बड़ा न कोई आडम्बर है, न अहंकार। इतने बड़े-बड़े शब्द लोग कैसे बोल लेते हैं ? मैं तो शब्द के बीच में ही पस्त हो जाती हूँ। दिल घबराने लगता है। इतना आडम्बर! पता नहीं तुम कैसे समाज, देश, व्यवस्था, विमर्श जैसे शब्द इस्तेमाल कर लेते हो। मेरी तो हिम्मत नहीं होती। बहुत बड़ा अहम् चाहिए, इन शब्दों को टप्पा खिला-खिला कर उछालने के लिए। दो-चार इनसानों की ज़िन्दगी बदलना जहाँ अपने हाथ में न हो वहाँ ये शब्द मात्र शब्द बनकर रह जाते हैं। मैं अपने को बहुत तुच्छ, नगण्य अनुभव करती हूँ। शायद अहंकार के मिटते ही वह लेखकीय दम्भ भी ख़तम हो गया जो दावा करवाता है कि देश में जो-जो हो रहा है उससे सरोकार रख लेने से ही, हम 'कुछ' कर सकते हैं, बदल सकते हैं। शुरू में मैंने भी यही सोचा था। जैसे, मैं सम्पूर्ण एकाग्रता से एकजुट होकर काम करूँगी तो तमाम व्यवस्था सुधर जाएगी। सरकार, संस्थान, लोग सब जग उठेंगे, अपना-अपना काम करने लगेंगे। फिर कोई सड़क दुर्घटना में निरर्थक नहीं मरेगा। कोई बिना दवा-पानी, बेइलाज नहीं रहेगा। कोई भूखा नहीं सोएगा। पर मेरे किए से एक भी इनसान में संवेदना नहीं फूटी। हाँ, उपदेश बहुत मिले। अपनी कोशिशों का ब्योरा नहीं दूँगी। जो सफल न हो उस कोशिश का ज़िक्र बेकार है। इतना ही कहूँगी कि थक-हार कर मैं उसी घिसे-पिटे निष्कर्ष पर पहुँची कि शायद दूसरों की पीड़ा दूर करने से मेरा दुख बँट जाएगा। दो-चार बार मुँह से कहकर मैंने और मेरे पति ने इसे सच मान लिया और अपने सीमित साधनों के अनुरूप, एक छोटा सा दवाख़ाना खोल लिया, उसी जगह, जहाँ मेरे बच्चों को बीच सड़क मार डाला गया था।

हो सकता है, कुछ लोग वहाँ अपनी तकलीफ़ से निजात पा गए हों पर बदला कुछ नहीं। न वे, न हम, न समाज, न देश या व्यवस्था। बिना कुछ बदले हम अकारगर तरीक़े से अपना काम करते रहे। अब भी कर रहे हैं। हमें बार-बार बतलाया जाता है कि हमारा तरीक़ा घोर अव्यावसायिक है। उससे कुछ नहीं होने वाला। कहने वाले तो यह तक कह गए कि दो-चार लोगों की जान बचाने से क्या होगा ? कुछ नहीं। क्या हो सकता है ? बस, वे बच जाएँगे, पहले की तरह नाकारा जीवन जीने के लिए। तो क्या मृत्यु मात्र आँकड़ा है। डाक्टर फिर मरीज़ को बचाने के लिए क्यों जद्दोज़हद करें ? वह तो अकेला एक अंक होता है न ? क्या इसीलिए

आज हमारे आधुनिक देश में डाक्टर इतने संवेदनशून्य हो गए हैं? पर नहीं, सब नहीं। वे कहाँ संवेदनशून्य थे, जिन्होंने मेरे बच्चों को बचाने की कोशिश की थी? बस, बचाने के साधन उपलब्ध नहीं थे। थे तो वे दो ही न? दो का आँकड़ा कितना छोटा होता है।

हमें बतलाया जाता है कि निःशुल्क दवा देना ग़लत है। कम पैसों में देना भी ग़लत है। कहा जाता है, रोगी के हाथ में दवा पकड़ाओगे तो वह उसे खाएगा नहीं, बाज़ार में ले जाकर बेच देगा और बाक़ी ज़रूरत की चीज़ें ख़रीद लेगा। मैं क्या जानती नहीं? मैं ख़ुद कहाँ दवा खाती हूँ।

पर हमें तो विश्वास करना है, सब पर। चाहे समाज बदले न बदले। अलगाव, सन्देह, अविश्वास आदि को झेल पाने की ताक़त नहीं है न हममें। हम जो कर रहे हैं, इसलिए कर रहे हैं कि हमें कुछ करना है। समाज को बदलने की मेरी अहंकार भरी महत्त्वाकांक्षा कब की टूट चुकी।

सच कहूँ, हमने जो कुछ किया, मोह के कारण किया। यह मोह उसकी छवि को बनाए रखने का था। ऐसा ही था मेरा बेटा हर किसी का सहारा। कितने-कितने लोगों ने आकर मुझे बतलाया था, उनमें से कितनों को मैं पहचानती तक नहीं थी। किस-किस तरह आपद, विपद या मात्र हताशा में उसने उन्हें सँभाला, सहेजा था। दोस्तों को तो सँभालना ही था और दोस्त भी कितने। अचरज होता था, मुझ जैसी, मित्रहीन, समाज से इतर औरत के ऐसा बेटा कैसे पैदा हुआ जो हर किसी का दोस्त था। कॉलेज के लड़कों ने कहा, हम सबमें केवल वही एक था जो हममें से हरेक का क़रीबी दोस्त था। आस-पड़ोस के युवकों ने कहा, हम उसे बचपन से जानते थे, कभी हमने उसे किसी की निन्दा करते नहीं सुना। फिर वे आए, जिन्हें मैं नहीं जानती थी। कुछ बिलकुल अपरिचित। देशी-विदेशी, सब तरह के लोग। बतलाने लगे कैसे-कैसे उसने, समय पड़ने पर उनका साथ दिया था। मदद नहीं की थी, ज़ोर देकर हरेक ने कहा, साथ दिया था, आप समझ रही हैं न? साथ दिया था।

मैं समझ रही थी और नहीं भी समझ रही थी। इतनी छोटी उम्र में कब उसने यह सब कर डाला। पर उसने सोच-समझकर थोड़े किया था जो वक़्त लगता। वह तो जिया ही ऐसे था, हर रोज़। उसकी छवि को मैं कहाँ बनाए रख पाई। मैं तो सायास कर रही हूँ। वह तो जीता ही ऐसे था।

फिर क्यों... ? नहीं, क्यों नहीं पूछूँगी? बहुत प्रवचन सुन चुकी।

एक बात कहूँ?

कहते डरती हूँ, जानती हूँ तुम्हें इसमें आध्यात्मिकता की बू आएगी। पर अब कैसा डर? कह डालती हूँ।

बार-बार मेरे मन में हूक उठती थी, कहाँ वीरान बंजर में मेरे बच्चे बिला गए।

ऊसर भी कैसा?

खार से भरी, सफ़ेदी खाई मिट्टी। समुद्र के पानी जितनी खारी मिट्टी और वैसा ही पानी। ज़मीन के मात्र चार फ़ुट नीचे पानी है। पेड़ की जड़ जमने से पहले खारे पानी में जल जाती है। मई-जून में 48-50 डिग्री तापमान होता है। फिर पानी ख़ूब बरसता है पर नमक से भरी धरती उसे सोख नहीं पाती। दो-ढाई महीनों तक दो-तीन फ़ुट पानी ज़मीन के ऊपर खड़ा रहता है। जो पेड़ लू और खार से बच जाता है वह पानी से सड़ जाता है।

दलदल में सफ़ेद कमल ज़रूर खिलते हैं। प्रेतात्मा से। और पानी के सूखने के साथ ख़त्म हो जाते हैं। फिर ठिठुराती हवा के थपेड़े खाता वही खारा ऊसर पसरा रहता है। खरपतवार तक

नहीं उगता। उस ऊसर बंजर में, मैं बग़ीचा लगाने चली थी। जैसे, उसके उगने से उन्हें (मुझे) कुछ शान्ति मिल जाएगी।

सोचा था, लगाने भर से बग़ीचा बन जाएगा। बस, वहाँ के पर्यावरण के अनुकूल जंगली कहे जाने वाले पेड़ ही तो ढूँढ़ने होंगे।

पर्यावरणहितु संस्था के साथ मैं काम करती रही हूँ। हमेशा से विश्वास दिलाया जाता रहा है (विशेषज्ञ दिलाते हैं तो हो जाता है) कि हिन्दुस्तान में वाक़ई बंजर जैसी कोई धरती नहीं है। जिसे अमेरिका में विल्डरनेस कहते हैं, वैसा यहाँ कुछ नहीं है। यहाँ तो भूमि के हर टुकड़े पर, उस पर निर्भर इनसान बसे हुए हैं। कोई भी टुकड़ा अगर परती छोड़ दिया जाए तो प्रकृति ख़ुद-ब-ख़ुद उसे हरिया देगी। जो भी वनस्पति उस प्रदेश के पर्यावरण के अनुकूल होगी, उस पर उग आएगी, बस काटने, चरने से बची रहे।

पर यहाँ तो पिछले सौ बरसों से कुछ नहीं उगा, न किसी ने कुछ रोपा, न काटा, न चरा। प्रकृति भी मुँह फेरे खड़ी थी।

फिर भी मेरा विश्वास टूटा नहीं। वक़्त लगता है विश्वास को टूटने में। लेखक का चोला उतारने में भी वक़्त लगता है।

शुरू-शुरू में वहाँ जाने पर जो लिखा था वह भी तुम्हें भेजे दे रही हूँ। सब तरफ़ ऊसर है एकदम ऊसर। रेत भी नहीं कि पानी हो तो उमग आए। दलदल भी नहीं कि कमल, सिंघाड़े ही खिल जाएँ। पानी है पर तीन-चार फ़ुट नीचे। नमकीन समुद्री जल सा खारा। पर समुद्र भी नहीं कि मूँगा, मोती उग पाए। मछली-केकड़े डोलें। कुछ नहीं। सफ़ेदी खाई मिट्टी। खार। खर-पतवार भी नहीं। मात्र इक्का-दुक्का कीकर। खार से ठुका वह भी।

ऊसर। बंजर। बियाबान। ख़ाली। रिक्त। अकेला। निर्जन। एकाकी। क्यों बार-बार कहती है वह? वह, अनाम एक औरत। नाम था पर भूल गया। पता नहीं, भूला या सिर्फ़ याद रखने की कोशिश नहीं की। याद किया नहीं तो लगा भूल गया। भूला भी नहीं। इतना भी सम्बल नहीं साकार का। शायद भूला है, शायद न भी हो।

ख़ाली को बार-बार देखा, क्यों? यह भी जीवन है। साकार है। ऊसर है, एकदम ऊसर। एकदम कहते ही साकार जग उठता है और कुछ नहीं तो शब्द तो है न। इनमें तुम कैसे दिखोगे, प्रभो?

वही पुरानी बात। तुम्हीं सूरज हो, तुम्हीं चाँद हो, तुम्हीं पवन, तुम्हीं आग, तुम्हीं जल, तुम्हीं धरती और तुम्हीं आत्मा। ये सब तो हैं यहाँ भी। पर पत्ता, टहनी, घास? कुछ नहीं है। बस, ऊसर धरती, तपता सूरज, खारा पानी, कभी चिसकती, कभी ठिठुराती हवा, और बेचारा चाँद। सब पर शीतलता बरसाता, घटता-बढ़ता चाँद। उसी में देख लेगी सब कुछ। जो है वह भी, जो नहीं है वह भी। क्या आत्मा के परस से धरती जगेगी? क्या उसके आँसू खार सोख सकेंगे। ऐसे बीहड़ सुनसान में बच्चों को कैसे छोड़ दे?

उसने उसको देखा, दूर की दृष्टि से। मैं तो कब का छूट गया। मैं को वह बनाना पड़ता है, जीने की मजबूरी के लिए। मैं को बहुत दूर से देखो तो वह में तब्दील हो जाता है। कौन है वह? वही जो सूर्य, चन्द्र, वायु, जल, अग्नि, धरती, आत्मा सब है? वही सब मैं भी थी न? मैं को मारे बग़ैर सपने नहीं देखे जा सकते। सपने के सिवा अब अपना कुछ बचा नहीं। सपने देखने की कला सीखनी होगी। कला यानी जीवन...।

वह तब की बात थी। अब उतना शब्द-जाल मुश्किल है।

शुरू में मैं स्तब्ध भाव से वही करती गई थी जो पहले कर रही थी। जो उपन्यास उस समय लिख रही थी उसे भी उसी रौ में पूरा कर डाला था। सोचा था, समय को कर-करके भर दूँगी। कहा न अहम् को ध्वस्त होने में समय लगता है। उसके बाद केवल अनंत समय बचा रहता है और बचे रहते हैं शब्द। दूसरों के बोले शब्द।

जो आता है, कुछ न कुछ कहता है। एक बात तो हर कोई कहता है, तुम्हें लिखना चाहिए। लिखो। लिखो। तुमने भी कहा था।

बड़ी बहन घर आई तो बोली, मेरी तरह लिख, बचपन के बारे में लिख। मैं सोचती रह गई—कौन सा बचपन ? किसका बचपन ? मुझे तो उसके बारे में कुछ भी याद नहीं। ज़ोर डाला तो धुँधला सा याद आया। मेरा बचपन अनेक दुखों से भरा था। पर उनकी कोई ठीक-ठीक स्मृति मुझे नहीं है। कोशिश करने पर भी कोई तस्वीर नहीं उभरती। हद से हद, यह लगता है कि शुरू से लेकर आख़िर तक जो मेरे जीवन में घटा, इसी एक हादसे की तैयारी था। दुख को पोशीदा रखकर, उसे सहने की आदत इसीलिए डलवाई होगी, निर्भाव भगवान या शून्य ने, जिससे मैं इसे झेल सकूँ।

लोग कहते हैं उसकी कितनी मधुर स्मृतियाँ तुम्हारे पास होंगी। वे तुम्हें सहारा देंगी। तुम समझ सकते हो यह कहना कितना क्रूर है। स्मृतियाँ तो बड़े-बूढ़ों की होती हैं, अपने से बड़ों की। छब्बीस साल की उम्र में शेष हुए जीवन को स्मृति के सहारे कैसे सहेजा जा सकता है। अभी तो सब होना बाक़ी था। ऐसा नहीं है कि मधुर स्मृतियाँ नहीं हैं। होंगी ही। बहुत होंगी। पर उन्हें याद नहीं किया जा सकता। इस एक स्मृति ने उन सबको पूरी तरह दबोच रखा है। इसे स्मृति कहा भी नहीं जा सकता। यही तो यथार्थ है। रोज़ घटता, रोज़ का यथार्थ। अकेला अनुभव। एकमात्र अनुभूति।

जानते होगे, विज्ञ हो, निपट वर्तमान में रहना कितना पीड़क होता है। जब न भविष्य आमंत्रित करे न अतीत आमंत्रण दे, तो क्षण भर को भी विमुक्ति नहीं होती।

बहुत दिनों तक यह पत्र यूँ ही पड़ा रहा, तुम्हें भेजा नहीं।

फिर कल वहाँ गई तो देखा, उस ऊसर में तीन छोटे-छोटे झाऊँ के पौधे खड़े हैं। ये कब उगे ? ख़ुद-ब-ख़ुद ? इतना कुछ रोपा, कुछ पनपा नहीं और ये ख़ुद चले आए। तीन अतिथि। बतलाया गया है कि सबसे पहले बंजर खार में झाऊँ उगता है, फिर कुछ और।

उन्हें देखा तो एक मोह मन में पैदा होने लगा।

सोचा, शायद किसी दिन वह भी यहाँ दवा लेने आए। वही, जिसने बीच सड़क उन्हें मार डाला था। मैं या मेरे पति उसे पहचानते नहीं। माँगेगा तो दवा दे देंगे। उसके स्वस्थ होने की प्रार्थना भी कर लेंगे। क्या यूँ अनजाने में मेरा क्षमा संकल्प पूरा हो जाएगा ? वैसे ही, जैसे बंजर में झाऊँ उग आए हैं, अनायास।

सोचती हूँ आज यह पत्र तुम्हें भेज दूँगी।

(1995)

क़िस्सा आज का

एक सफल पुरुष है (राजा नहीं)। तराशी हुई पत्नी के साथ रहता है (पत्नी सुन्दर है या नहीं, कोई नहीं जानता)। तराश इतनी बा-कशिश है कि नज़र पीछे या भीतर नहीं जा पाती। शहर की शानदार बस्ती में, उम्दा बँगले में रहता है (महल में नहीं)। राजा निरबंसिया नहीं है। एक सजा-सँवरा लड़का भी है (सुन्दर? आजकल सौन्दर्य की कौन बात करता है, साहब)। लो कह डाला। क़िस्सा आज का है। गुज़रे वक़्त और आज में यही तो फ़र्क़ आया है। लफ़्ज़ बदल गए हैं। उनके मतलब वही हैं जो पहले थे।

सफल पुरुष की तराशी हुई पत्नी भी शादी से पहले सफल पुरुष थी। क्षमा करें, नारी मुक्तिवाहिनी, सफल पुरुष नहीं, सफल दफ़्तरी थी। मतलब एक ही है। पर हम ग़लती माने लेते हैं। सारा खेल शब्दों का है न। तो शादी से पहले पत्नी, होने वाले पति से ज़्यादा कमाया करती थी। पदवी भी ऊँची थी। फिर भी शादी के बाद रानी बनने पर उसने दूसरों की नौकरी छोड़ दी। पति-घर-बच्चा तो था ही (वह तो हर औरत का होता है), पर सफल पुरुष की पूरक होने पर एक पूरा राज (समाज) हाथ आ जाता है, जिसकी सेहत का दारोमदार पूरी तरह दावतशाही पर रहता है। पति के साथ जाम से जाम मिला कर, तश्तरी भर-भरकर, उसकी ज़िम्मेवारियाँ निभानी पड़ती हैं। अरे बाबा, सीधा बोलो न। एक अमीर आदमी अपनी बीवी-बच्चे के साथ शहर के बढ़िया बँगले में रहता है। आगे? हाँ, आगे। कहती हूँ। पर पहले मेरे मन में एक ख़याल आ रहा है, उसे सुन लीजिए। यह क़िस्सा जो मैं सुनाने जा रही हूँ क्या सौ-पचास साल बाद लोककथा की तरह सुनाया जा सकेगा? जैसे गुज़रे वक़्त के राजा-रानी के क़िस्से आज सुनाए जाते हैं। गुज़रे वक़्त पर ज़ोर देकर? तौबा करो। अमीरों के क़िस्से भी कभी गुज़रे वक़्त के हुए हैं। हाँ, शायद ठीक कहते हो। बहुत होगा तो सफल पुरुष की जगह सफल स्त्री आ बैठेगी। वह भी शायद न हो। बाक़ी कहानी...अच्छा सुनिए।

हर राजा का, आप जानते हैं, एक मुँहलगा नाई होता है। और हर रानी की एक मालिशवाली। बदन लगी। अब जिसके हाथों रोज़ बदन सौंपोगे (जब चाहे गर्दन दबा दे) उस पर भरोसा तो करना ही पड़ेगा।

वकील की बीवी भी करती है। वकील कहा क्या मैंने? सफल पुरुष क्या वकील है? चलो, मान लेते हैं। वकील, डाक्टर, कंप्यूटर इंजीनियर, उद्योगकर्मी, नौकरशाह, सभी आजकल के राजा-महाराजा हैं। पढ़ाई ज़रूर करते हैं, राजा बनने के लिए पर पढ़ाई करने का हक़, बाक़ायदा, पुश्तैनी है।

वकील की रानी की मालिशवाली का नाम है, अंगूरी। वकीलन उस पर ठीक राजसी तरीक़े से भरोसा करती है। यानी अपनी कहती है, उसकी सुनती है पर गुनती नहीं। तेल देखती है,

तेल की धार नहीं। धार के साथ चलते उसके हाथों के नीचे अलसाया बदन पसारे, वह उसके बोलने के दौरान खुली आँखों सो लेती है। अधजगी हालत में बोलती है तो अपनी कहने, उसके कहे पर प्रतिक्रिया देने नहीं। वकीलन अपनी तकलीफ़ों का ब्योरा देने में उस्ताद है। उसका पसन्दीदा जुमला है बड़ी मुश्किल है। बड़े घर की सफ़ाई-सजावट की, लड़के के स्कूल सुबह जल्दी शुरू होने की, मुर्ग-मुसल्लम के लज़ीज़ न पकने की, पड़ोसन के, उससे सस्ते दामों वही साड़ी ख़रीद लाने की, मेहमानों की आमद की, दावती साड़ी के ठीक इस्तिरी न होने की, ऐसी बहुत सी तकलीफ़ें हैं उन्हें। उनका बयान, वे हमेशा बड़ी मुश्किल है कहकर शुरू करती हैं। सुनते-सुनते अंगूरी सोचने लगती है, काश, ये तकलीफ़ें मुझे भी हो जाएँ। पर अंगूरी है, सिफ़त वाली। वह सिर्फ़ सोचती नहीं, सुनती भी है। अच्छा बोलने वाला होना आसान है, पर अच्छा सुनने वाला होने के लिए हुनर और रियाज़, दोनों चाहिए। जिन नाई-नाइनों में यह सिफ़त थी, वही राजा-महाराजाओं के मुँहलगे बन पाए थे।

अंगूरी में यह हुनर पूरे रियाज़ के साथ परवान चढ़ा है, तभी वह बढ़िया चंपी ही नहीं करती, आपसी मेल-मिलाप का काम भी करती है। वही जो पहले दलाल और आजकल सम्पर्क अधिकारी करते हैं। सामाजिक विधान है कि समाज में जिस चीज़ की माँग हो, उसकी आमद हो जाए और जिसकी आमद हो, उसकी दरकार पैदा कर दी जाए। पर माँग और आमद को मिलाने के लिए दलाल या बाज़ार की ज़रूरत होती है। अंगूरी नौकर चाहने वालों को नौकरी ढूँढ़ने वालों से मिलाया करती है। यह उसका काम नहीं शौक़ है। शौक़ इसलिए कहा, क्योंकि देश के नेताओं की तरह वह इस सेवा के लिए रिश्वत या कमीशन नहीं लेती। जो करती है, अपने मनबहलाव के लिए।

अंगूरी को मालिश करते छह महीने हो चले। इस बीच वकील की वकालत और दामी हो चुकी है। अब रजवाड़े में एक पूरे समय की दासी चाहिए।

कमसिन हो तो और अच्छा। नहीं जी, अनैतिक काम के लिए नहीं। एकदम नैतिक कर्म के लिए। हम ठहरे भारतीय। हमारे यहाँ बच्चों से काम करवाना एकदम नैतिक माना जाता है। जितनी आयु कम होगी, उतना कर्तव्य निभाने में आस्था अधिक होगी, नहीं ? प्राचीन ग्रंथ देख लीजिए। दूसरों की छोड़िए, बुरा वक़्त पड़ने पर, ख़ुद अपने बच्चों को अपने सुख के लिए होम करते, हमारे राजा-महाराजा कभी नहीं झिझके। क्या राजा ययाति, क्या महाराजा शान्तनु और क्या राजा दशरथ। कवियों को पुत्रों का बलिदान ख़ूब रास आया। किसी को महात्मा बना दिया, किसी को भीष्म और किसी को मर्यादा पुरुषोत्तम। सारी मौज-मस्ती पिताओं के हिस्से आई। दशरथ बेचारे ज़रूर मारे गए, पर वह भी काफ़ी ऐश करने के बाद, पहले नहीं। ख़ैर, पुरानी बातें छोड़ दें तो आज का ज़माना भी यह मानकर चलता है कि बच्चे होते ही काम करने के लिए हैं, ख़ासकर दूसरों के बच्चे। तो भारतीय परम्परा में विशुद्ध नैतिक कर्म करने के लिए, जब वकील की रानी को एक पूरे वक़्त की नौकरानी की ज़रूरत हुई तो उसने अंगूरी से कहा, एक कमसिन का बन्दोबस्त कर दे। पूरे वक़्त की नौकरानी, अजीब सी शब्दावली है न ? पुराने वक़्तों में जिसे ग़ुलाम या दासी कहा जाता था, आजकल घरेलू कर्मचारी कहते हैं। शब्द बदला है, अर्थ नहीं। अंगूरी से कहा तो वह फ़ौरन राज़ी हो गई। ख़ुद अपनी लड़की को अंगूरी स्कूल में पढ़ा रही है। वह भी नामचारे के लिए सरकारी स्कूल में नहीं। बाक़ायदा फ़ीस जमा करके, पढ़ाई करवाने वाले स्कूल में। आप समझ गए होंगे कि अंगूरी कुछ अलग क़िस्म की औरत

है। जब समाज हितकारी काम के लिए मशहूर एक कोठी वाली ने उससे कहा, ''क्या होगा स्कूल में पढ़ाई करवा के। हाथ के काम को छोटा काम और समझने लगेगी। यह सारी तोड़-फोड़, गड़बड़-घोटाला, वही लोग करते हैं जो पढ़ गए, पर ऊँचा काम करने के चक्कर में नौकरी नहीं पाए। इससे तो तू लड़की को कोई हुनर सिखा,'' तो तड़ से उसने जवाब पकड़ा दिया, ''तो बीबी, आप अपने बच्चों की पढ़ाई छुड़वा दो।'' बदतमीज़ जवाब सुनकर भी बीबी चुप लगा गई तो अंगूरी के हाथ के हुनर के कारण ही। मालिश जो करानी थी उससे। कौन जाने ज़्यादा ग़ुस्सा आ जाए तो हाथ-टाँग खींच-खाँच कर बराबर कर दे। क्या कहा आपने, विडम्बना है? नहीं जी, विडम्बना नहीं, सामन्तशाही समाज की प्रकृति है। सब कुछ विरसे में मिलता है। कौन पढ़ेगा, कौन नहीं, यह क़ाबिलियत नहीं, गद्दी तय करती है।

क्या? ओह हाँ, क़िस्सा। माफ़ी चाहती हूँ। सच कहते हैं आप, क़िस्सागो को सोच-विचार से परहेज़ करना चाहिए।

मैं कह रही थी कि अंगूरी वकीलन के लिए एक पूरी वक़्त की मेहनतकश, पर कम उम्र (कम उम्र होगी तभी न भागदौड़ कर मेहनत कर सकेगी, बेवक़ूफ़) दासी का जुगाड़ करने को राज़ी हो गई। पास के गाँवों में सूखा (अकाल?) पड़ा था। वहाँ से काम की ख़ातिर (भूख से बचने को?) शहर आए परिवारों में कम उम्र लड़के-लड़कियों की ख़ासी इफ़रात थी। भर पेट खाना पाने को, वे कहीं भी, कैसा भी काम करने को कुलबुला रहे थे। वह तो अंगूरी का जिगर था जो बिना पूरी तनख़्वाह तय किए, नौकरी नहीं लेने देती थी। अरे, बच्चे से काम करवाओगे, हट्टे-कट्टे पहलवान जितना, और तनख़्वाह भी पूरी न दोगे। ट्रेनिंग का नाम दे, आधी गद्दी के नीचे दबा लोगे। यह न होने का।

ख़ैर, अपने सफल पुरुष के बँगले पर रिवाजी मोल-भाव के अलावा, ख़ास हुज्जत नहीं हुई। सौदा जो पटा, बुरा नहीं था। नौकरी दिन-रात, चौबीसों घंटे की। पर छह सौ रुपये माहवार तनख़्वाह। और सुबह-शाम दोनों वक़्त का खाना, ऊपर से चाय अलग। साथ में रात की बची रोटी, अरे कौन हमें खानी होती है, अंगूरी। अन्न अपमानित हो फिंकता फिरे वह भी अच्छा नहीं लगता।

जो लड़की अंगूरी ने वकीलन को ला कर दी, उसका नाम रामकली, उम्र बारह साल, गाँव उटारी है। ज़िला नूह का गाँव, उटारी। यानी सूखा-भूखा गाँव। इस बार जब नूह ज़िले में अकाल पड़ा तो भूख से बचाने के लिए रामकली को दिल्ली शहर, नानी के पास भेज दिया गया। नानी भी सूखा पड़ने पर ही शहर आई थी। उसके गाँव का नाम था, भीकमपुरा। पर उससे क्या। जैसा गाँव उटारी वैसा गाँव भीकमपुरा। जैसा सन पचपन वैसा सन पिचानवे। इस बीच रामकली की माँ को उसका बाप ब्याह कर गाँव उटारी ले गया और उसके मरने के बाद रामकली उसकी जगह दिल्ली आ पहुँची। इन सब बातों में किसे दिलचस्पी है। आप ठीक कहते हैं। यह सब तो चलता ही रहता है। आगे सुनिए।

नानी बोली अंगूरी से, ''छोरी का क्या करूँ? मैं काम करूँ हूँ फ़रीदाबाद, कोठी वालों के। लड़का मेरा रहे है मदनगीर में। इसे कहाँ रखूँ? कुँआरी लड़की छोरे के पास तो रखी न जा सके, भले मामा हुआ करे। अपने धोरे रखूँ तो कोठी वाली हलकान करें। जवान लड़की क्योंकर रख छोड़ी कुठरिया में, ऊँच-नीच हो गई तो! कहीं काम पे रखवा दे तो तेरे पाँव धो-धो पिऊँगी, उमर भर।''

अंगूरी हँस दी, "पाँव धोने में कहाँ पानी बिरान करती फिरोगी। पीने को मिल जाए तो बहुत समझो। पर नौकरी पक्की जानो।"

यूँ रामकली वकील राजा के बँगले पर लौंडी बन उतरी। वकीलन सही मायनों में रानी बनी। बिन चाकर कौन भया राजा?

फिर जो-जो होना था, वह-वह हुआ। घर का सारा काम रामकली के सिर पर आ गया। "काहे के बारह बरस? लगती तो धींगड़ी पूरी सत्रह की है। इन्हें कौन अपनी उमर की ख़बर रहती है।"

उसके आसरे वकीलन ख़ूब फ़ुरसत से मुटाई। इतना कि मोटापा कम करने के लिए हेल्थ क्लब जाना शुरू करना पड़ा। पर मोटापा है कि घटता नहीं। बड़ी मुश्किल है, साहब, रानी-रानी खेलने में बड़ी मुश्किल है। मरी रामकली ऐसा बढ़िया खाना पकाना-परोसना सीखी है कि सुबह हेल्थ क्लब जाओ, शाम तक चौपट। अब ज़रा मरा तो बन्दा चखेगा ही न। वैसे तो यही कहते कटती है कि "हाय, रामकली, मेरी चाय में शक्कर क्यों डाल दी? बड़ी मुश्किल है, डाक्टर ने फीकी पीने को कहा है। अरे, शक्कर-वक्कर तो सब तुम लोगों के लिए है। कहा है न किसी लेखक ने, जहाँ तक जीने का सवाल है, वह मैं अपने नौकरों को करने देता हूँ। ही-ही-ही।"

दासी के आसरे हँसी ज़्यादा आने लगी है वकीलन को। सुख के आलस में कभी-कभी अंगूरी से कह भी उठती है, "लड़की अच्छी दिलाई तूने, अंगूरी।"

"और नहीं तो क्या," अंगूरी कहती है, "ग़लत-शलत को नौकरी पर ना रखाया करती मैं। मेरी भी इज़्ज़त है आख़िर।"

सबकी इज़्ज़त है। राजा-रानी-नाइन, सबकी। क्या पता रामकली की भी हो। काम पर क्या लगी, रामकली जैसे मशीन हो गई। उसका नाम, हर पल, हर किसी की ज़बान पर रहता। रामकली! रामकली!! ओ रामकली!!! पर पुकारा ऐसे जाता जैसे मशीन का बटन दबाया जा रहा हो। बटन दबा, मशीन चालू। काम पूरा हुआ नहीं कि बटन फिर दबा, मशीन फिर चालू। रामकली को रामकली होने का अहसास सिर्फ़ महीने के पहले हफ़्ते की उस तारीख़ को होता था, जब नानी उसकी तनख़्वाह के पैसे लेने आती थी। ऐसा नहीं है कि नानी बहुत प्यार जताती हुई आती थी (डरती थी, कहीं छोरी काम से न उखड़ जाए)। फिर भी कहती, "कैसी है रे बचिया, ठीक तो है न, मन लगा के काम करियो, बीबी को दिक न कीजो।" इतना सुनने पर ही रामकली नानी की नातिन महसूस कर उठती। पल भर को सही, अपनी बाँहें नानी के गले में डाल देती। और बटुए में उसकी तनख़्वाह ठूँसती नानी, झोले में से तीखे चने या मीठी खील की पुड़िया निकाल कर उसे पकड़ा देती कि ले, खा लीजो।

इनसानी आपसदारी के इस इज़हार के बाद, रामकली वापस मशीन बन जाती। और नानी ख़ुशी-ख़ुशी फरीदाबाद लौट जाती कि चलो, लड़की इज़्ज़त से रह रही है। वैसे बँगले में चौदह-पन्द्रह बरस का एक राजकुमार भी है, पर उसकी तरफ़ से कोई खटका कभी नज़र नहीं आया।

इस तरह छह महीने बीत गए। रानी का आलस और मोटापा बढ़ता गया। दासी पर भरोसा भी। वर्ज़िश कम हुई तो घर की चौकसी भी। अब तो सुबह, बिस्तर से पाँव ज़मीन पर रखने के साथ ही, रानी पुकार उठती, रामकली। हर काम, कपड़े तहाने से लेकर अलमारी में रखने निकालने

तक, उसी की मदद से किया जाता। साथ-साथ साँस में हँफनी ला कर, रानी कहती जाती, बड़ी मुश्किल है, मेरी बड़ी मुश्किल है। किटी पार्टी से आती तो साड़ी खोलकर तहाने तक की फ़ुरसत न मिलती, जल्दी-जल्दी दूसरी बाँध, ताश पार्टी या कॉकटेल पार्टी में जाना पड़ता। "बड़ी मुश्किल है, बार-बार यह साड़ी बाँधना। पर क्या करें, अपने राजा को कोई और पोशाक पसन्द ही नहीं।"

फिर एक दोपहर, ऐसी ही मुश्किल में, रानी साहिबा, जल्दबाज़ी में, दस हज़ार के नोट, पलंग के गद्दे के नीचे खोंस, ताश खेलने महिला क्लब चली गईं।

लौटकर आईं तो आदतन रामकली-रामकली पुकारती हुई। रामकली हाज़िर नहीं हुई।

राजकुमार बैठा पढ़ रहा था। उससे पूछा तो बिफर गया। "होगी कहीं, मुझे क्या पता। कल इम्तिहान है, शाम को दूध-नाश्ता भी नहीं मिला।"

हैं ? कल इम्तिहान ! मैं तो भूल ही, गई थी। पर मरी रामकली को तो याद रखना था। अब तक दूध नहीं दिया। बाज़ार चली गई क्या ? फिर रामकली-रामकली की गुहार मची। उसके बीच, दूध गरम करके, नमकीन पलटकर, राजकुमार को ख़ुद पेश करना पड़ा।

तब वकीलन के ज़ेहन में बिजली कौंधी। रुपये ! बिस्तर की ऐसी-तैसी कर दी गई पर रुपये न मिले। रानी का तमाम आलस हवा हो गया। शरीर की चर्बी भूल, वह बिलौटी की तरह उछल-कूद मचाने लगी। हिम्मत देखो ज़रा सी लड़की की। इतने रुपये ले भागी। कहाँ के सत्रह साल। मुश्किल से दस-ग्यारह की होगी। ये लोग बढ़ते जो बेशरम बेल की तरह हैं। अच्छा खाया नहीं कि निकल गई ताड़ सी। कहे और कूदे। कूदे और उछले। उछले और दौड़े। दौड़े और चीख़े। पेट से चोर पैदा हुई होगी छोकरी। उछल-कूद, चीख़-चिल्लाहट के बीच वकील भी दफ़्तर से आ पहुँचा और दोनों पुलिस स्टेशन चल दिये। रपट लिखवाई तो याद आया, रामकली के घर-द्वार का अता-पता तो है नहीं। वह मशीन तो सीधा घर ला कर धर दी गई थी। हाँ, लाने वाली थी, अंगूरी। तो रपट में अंगूरी का नाम दर्ज करवाया, पुलिस वाले को वकील से डपटवा कर साथ लिया और अंगूरी के घर जा पहुँची। पुलसिया को देख अंगूरी का ख़ून सूख गया। पर लाख पूछने-धमकाने-डराने के बावजूद उसने रामकली या उसकी नानी का पता नहीं बतलाया। रटंतू तोते सी एक ही बात दोहराती रही, मालूम नहीं तो कैसे बतलाऊँ।

"तो क्या लड़की और नानी आसमान से टपकी थीं तेरे सामने ?" पुलिस के सिपाही ने डपटा। नहीं, ठीक इन शालीन शब्दों में नहीं। पर गाली-गलौज आप मुझसे ज़्यादा जानते होंगे, सो ख़ुद दे लीजिए। "अरे भइया," अंगूरी ने प्यार से कहा, "जैसे तुम्हें राह चलते, सड़क पर या पार्क में मिलती हूँ उसे भी मिली थी, बस। हम लोग एक-दूसरे के बँगलों पर जावे हैं क्या ?" एक बार हिम्मत जुटा, अंगूरी ने डर को क़ाबू कर, कूटनीति की आज़माइश की। मालिशवाली थी आख़िर। पुलसिया को अपनी फटीचर खोली याद आ गई। अंगूरी की बात जँच गई। बिलकुल। काम से आते-जाते सड़क या पार्क से गुज़रते, मिल लेने के अलावा चारा क्या है उन जैसों के पास। वह, अंगूरी, रामकली की नानी, शायद रामकली भी एक ही जमात के लोग हैं आख़िर। पर रानी की तसल्ली नहीं हुई। याद रखिए, उसका पति वकील है। सर्वोच्च न्यायालय का। और पुलसिया महज़ सिपाही, सबसे निचले थाने का। सो वकीलन की चलनी थी, चली। उसे याद आ गया कि मालिश करते-करते अंगूरी नूह ज़िले का नाम लिया करती थी। तो पुलसिया को साथ लटका, बस अड्डे चल दी। कहीं मरी, अठारह बरस

की धींगड़ी अपने गाँव न चल दी हो। पर रामकली बस या रेल के अड्डों पर नहीं मिली। थक-हार कर, आगे की तहक़ीक़ात के लिए अंगूरी को हिरासत में करवाना पड़ा। ''बड़ी मुश्किल है,'' रात को रुपये-विहीन गद्दे पर ढहते हुए उसने बार-बार उचारा, ''बड़ी मुश्किल है, पुलिस वालों का काम भी आजकल ख़ुद करना पड़ता है। मालिश बग़ैर बदन अलग टूटेगा, पर फ़र्ज़ तो अपना निभाना ही पड़ता है।''

शायद पहली बार वकीलन को पता चला कि वह आजकल में रह रही है, गुज़रे वक़्तों में नहीं। क्योंकि तमाम मारपीट, लानत-मलामत के बाद भी अंगूरी ने रामकली का पता नहीं बतलाया तो नहीं बतलाया। और वकीलन की समझ में आया कि आजकल के राजा-रानी बिना मुक़दमे प्रजा के आदमी को हवालात में बन्द करवा सकते हैं, पिटवा सकते हैं, पर क़ानूनन् मरवा नहीं सकते। हिरासत में मौत होने पर बाक़ी के सफल पुरुष (स्त्रियाँ भी) शोरशराबा मचा कर आपकी इज़्ज़त ख़राब कर सकते हैं।

शायद आप ठीक कहते हैं। उसके लिए आम आदमी का मुँहलगा होना ज़रूरी है। अपनी अंगूरी ठहरी बदन लगी। उस शानदार बस्ती में अकेली वकीलन ही आरामतलब औरत नहीं है। और बहुत हैं जिनके बदन बिना अंगूरी का तेल पिए हड़काए कुत्ते से हो उठे हैं। बारी-बारी से उन सबने थानेदार को यक़ीन दिलाया कि अंगूरी उनकी जानी-पहचानी, ग़ज़ब की ईमानदार और सत्यवादी औरत है। अगर वह कहती है, उसे रामकली या उसके ख़ानदान का पता नहीं मालूम, तो नहीं होगा। थानेदार समझ गया कि मामला ज़रा टेढ़ा है। वह अंगूरी को छोड़ने की भूमिका बाँधने लगा। शह मिली वकीलन की पड़ोसन से। मासूम सूरत वाली, उस ग़ज़ब की जनलख़ोर ने शोशा छोड़ा कि, हो सकता है रुपये वकील के लड़के ने उठाए हों और लड़की के साथ कोई ग़लत हरकत की हो, जिसकी वजह से...थानेदार ने सोचा, यूँ वकील को चुप कराया जा सकता है, बाद में चोर पकड़ा गया तो रुपये अपने। पर तभी कहानी में नया रंग आया। वकीलन के पास रामकली की नानी का फ़ोन आया। पानी का नल हो न हो, फ़ोन का डिब्बा आजकल हर मोहल्ले में लगा है। उसने पूछा, ''इस बार तनख़्वाह बचिया के हाथ में दे दी क्या?''

बात पूरी होने से पहले ही वकीलन फुंफकार उठी, ''काहे की बचिया। मरखनी पूरे दस हज़ार लेकर भागी है। पुलिस आती होगी पकड़ने।''

''ना, रानी जी, पुलिस ना भेजो,'' नानी बिलख उठी, ''मैं आती हूँ अंगूरी को लेके...'' और फ़ोन कट गया।

वकीलन ने बड़ी हाय-तौबा मचाई। अंगूरी की और लानत-मलामत हुई। फिर वकील और थानेदार ने सलाह करके तय पाया कि अंगूरी को वापस घर भेज दिया जाए। एक पुलिस वाला आसपास बना रहे और जब नानी आती दिखे तो उसे धर पकड़े।

सो नानी आई, धर पकड़ी गई पर आश्चर्य। उसके झोले से पूरे आठ हज़ार रुपये बरामद हुए जो उसने कहा, वह वकीलन को देने जा रही है। बाक़ी बात उन्हीं से कहेगी।

नानी जाकर वकीलन के पैरों पर गिर पड़ी। सिर पटक के बोली, ''बाक़ी के मैं कमा के पूरे कर दूँगी, माई बाप, पुलिस को हटा लो।'' क्या कहा, बेपर की उड़ा रही हूँ। पुलिस के रहते चोरी का पैसा सुरक्षित, वकीलन तक कैसे पहुँचा। पुलिस वाला न हुआ, ईमान का पुतला हो गया। आज का क़िस्सा कह रही हूँ या रामराज का। नाराज़ होने से पहले दो बात सुन लीजिए।

पहली यह कि एक तरफ़ पुलिस है तो दूसरी तरफ़ वकील। और दूसरी यह कि वकीलन तक पहुँचे हैं, आठ हज़ार, दस नहीं।

नानी ने रुपये बरामद करने और वापस लाने का जो क़िस्सा बयान किया, उस पर किसी ने यक़ीन नहीं किया। उसका कहना था कि अपनी माहवारी छुट्टी लेकर, जब वह मदनगीर पहुँची तो देखा लड़की पहले से मौजूद है। बालों में गुलाबी रिबन, हाथों में चूड़ियाँ, पैरों में रबर की नई चप्पल और आँखों में इतनी चमक, जैसे बारह बरस की न होकर पूरे सत्रह साल की हो। पूछा तो बोली, सब बीबी ने दिये हैं। और तो और, काग़ज़ के थैले से निकाल, एक समोसा उसे पकड़ा दिया, एक मामा को। ख़ुद पहले से चबा रही थी। मामा तो झट डकार गया। पर नानी हकबकायी सी पूछे गई, इत्ते समोसे काहे दिये तुझे? कहा, वे तो रोज़ खाते हैं और लापरवाही से कुतरे गई समोसे। नानी ने मन को भतेरा समझाया कि होगा कोई राजसी तीज त्योहार, पार्टी-शार्टी, तो दे दिये होंगे। पर इत्ता कुछ? और समोसे तो नेक बासी, बुसे तक ना थे। फिर आँखों की चमक, मुँह की लुनाई और पैरों में नई चप्पल? तभी भागी अपनी तनख़्वाह में से दो रुपये निकाल, फ़ोन करने...खोली पर लौटकर, ऐसी पिटायी लगाई लड़की की...कहते-कहते नानी हिलक कर रो दी। बचिया क्या जाने रुपयों की बाबत। कभी देखे न जिनगी में...पड़े थे वहीं...चना-चबैना खाया था ज़रा-मरा, और क्या...नानी रोये गई। पड़े थे मानी, वकीलन गुर्रायी तो आँसू पोंछ नानी गिड़गिड़ा उठी, "ये रुपये रख लो। बाक़ी की भरपाई भी कर दूँगी। पर पुलिस हटा लो।"

झूठ, सबने कहा, पुलिस का नाम सुना तब आई है। सब मिलीभगत है। उसकी फ़रियाद वकीलन ने न मानी। ना जी, रुपये लेने की नहीं, पुलिस हटाने की न मानी। रुपये उठाके गिने, तब बोली, लड़की ला कर हाज़िर कर। कोई बचिया-शचिया नहीं है वह कुटनी, उसे सज़ा दिला के रहूँगी। नानी ने कहा, लड़की हमने गाँव भेज दी तो कहा, गाँव का पता दे, पुलिस गाँव जाएगी।

त्रियाहठ। कौन पार पाता। वकील ने रसूख लगाया। पुलिस ज़िला नूह, गाँव उटारी गई और ख़ाली हाथ लौट आई। आसपास के गाँवों से भी। लड़की नहीं मिली। वकीलहठ बना रहा। पुलिस फ़रीदाबाद नानी के मालिकों की कोठी में ढुँढ़ायी करने पहुँची। नानी की नौकरी छूट गई। लड़की नहीं मिली। वकीलहठ से चला राजहठ। पुलिस मदनगीर की खोली पर गई। मामा को पीटा। खटिया-खेस, स्टोव-पतीला उठा ले गई। पर लड़की नहीं मिली।

वकील का रुसूख़ चुक गया। पुलिस ऊब गई। वकीलन को हार माननी पड़ी। बक़ाया रुपया नानी से क़िस्तों में वसूलने को मान गई। तब तक नानी की नौकरी छूट ही चुकी थी। तो वकीलन ने उसे, बिना तनख़्वाह, घर पर काम करने को रख लिया। सबसे कहा, बड़ी मुश्किल है, हमसे अन्याय नहीं किया जाता, आख़िर हमारे साहब वकील हैं। अब लड़की चोर निकल गई तो नानी भी चोर होगी, यह कैसे मान लें। ईमानदार माना तभी घर पर रखा न। सबने वकीलन की इंसाफ़परस्ती की दाद दी।

अंगूरी दोबारा घर-घर मालिश करने लगी।

एक तरह से इसे सुखद अन्त वाली कहानी कहा जाएगा।

यह भी ठीक है। पड़ोसन का शोशा पकड़ते तो कहानी में और रंग आता। असली मुजरिम राजकुमार होता, बलि चढ़ती दासी, रंगारंग यौन शोषण के बाद। पर जो हुआ नहीं उसे कैसे

कहूँ? जो हुआ, कह दिया पर बार-बार दिल को वही सवाल कचोटता है। रामकली का क्या हुआ? कहाँ गई? कैसी है? गाँव गई थी तो पुलिस को मिली क्यों नहीं?

पुलिस ने कहा तो था, अकाल-शकाल में कितने लोग रोज़ मरते हैं, भूख से कहो, बीमारी से कहो, वह भी मर-खप गई होगी। एक लड़की के लिए कब तक हलकान हों। फिर भी...

रहा नहीं गया तो अंगूरी को रोककर पूछ बैठी, ''रामकली का क्या हुआ?''

''क्या पता,'' अंगूरी ने कहा।

''तूने इतनी मार खाई। फिर भी उसका पता नहीं दिया, क्यों?''

''बारह बरस की लड़की को पुलिस के हवाले कैसे करती?'' उसने कहा।

सहसा, मेरे कानों में बजा, ख़ूब लड़ी मर्दानी वह तो झाँसी वाली रानी थी। झाँसी को बचाने को वह लड़ी थी, रामकली को बचाने को यह। पर बचा पाईं कहाँ, दोनों में से एक भी। झाँसी, देश और रामकली, अदना लड़की; दोनों को एक करते शरम नहीं आती। नहीं, ज़रा नहीं आ रही, बस फँसे गले से पूछ रही हूँ, ''अब लड़की कहाँ है?''

''गाँव में होगी।''

''होती तो मिलती नहीं?''

''क्या पता। है, नहीं है, कौन जानता है।''

मुझे पुलिस वालों की बात याद आ गई। कहा, ''जिसे बचाने के लिए इतनी मार खाई, उसे बचा भी नहीं पाई।''

''इज़्ज़त तो बची रही,'' अंगूरी ने कहा, ''पुलिस वालों के हाथ लगती तो...।''

यानी इज़्ज़त थी। रामकली की इज़्ज़त थी। बस उसे ख़ुद उसका पता नहीं था।

(1997)

मेरे देश की मिट्टी, अहा

हवा ठंडी नहीं थी, न साफ़। धूल-मिट्टी से भरी हुई थी। फिर भी खाट पर लेटी लल्ली को वह भली लग रही थी। इसलिए कि उसमें धुआँ नहीं था। उसने लम्बा कश भरकर हवा भीतर खींची। बेधुआँ हवा में साँस लेना कितना बड़ा सुख है, उसने गाँव खेड़ी में आकर जाना। धुआँ छोड़ती अँगीठी से अलग होकर, खुले आकाश के नीचे बैठने की औक़ात, यहाँ आने पर जो हुई।

गाँव उसके लिए नया न्यारा नहीं है। गाँव में पैदा हुई और शुरू के छह-सात बरस वहीं रही। फ़रीदपुर नाम था उसके गाँव का। दादी लकड़ी पर चूल्हा करती थी। गीली होती तो धुआँ ख़ूब उठता। कुछ देर साँस लेनी मुश्किल हो जाती, पर साथ में जो बास आती, बड़ी मनभावन होती। एक साथ दूर फेंकती और पास खींचती। बहुत लुभाऊ होती है ऐसी बास। दादी के हुक़्क़े में से भी बड़ी मोहिनी गन्ध आती थी और धुआँ बस ज़रा-ज़रा, चिलम सुलगाते वक़्त, बस। बीड़ी की तरह नहीं कि पिए कोई और कसैलापन भुगते कोई।

जैसे शहर में। हुक़्क़ा वहाँ कोई नहीं पीता था। बीड़ी ख़ूब। पर लाख बीड़ियाँ मिलकर भी उतना धुआँ नहीं पैदा करतीं, जितना वहाँ के ट्रक, बस, स्कूटर, पल भर में छोड़ देते थे। छोड़ते चले जाते थे। धुआँ भी ऐसा कसांध भरा कि दीखे चाहे नहीं, छाती में हरदम अँटा फँसा रहे। मानो बीसियों बीड़ियाँ पी चुके हों औरत-मर्द। यूँ सच में कोई औरत बीड़ी पीती दिख जाए तो फ़ौरन उसे छिनाल बतला दें।

उसने अंगड़ाई लेकर हाथ-पैर खोलकर पसारे और एक कश और खींचा। बदबू का इतना ज़बरदस्त भभका नाक में घुसा कि उबकाई आ गई। वह उठकर बैठ गई। क्या हुआ, नींद से पहले सपना आ गया? बीते बचपने का? उसने च्यूँटी काटी। न, वह तो जगी थी। पर बदबू थी कि आए जा रही थी। जलते चमड़े की चमरौंध। जैसी बचपन में गाँव के चमार टोले से आती थी। वहीं तो रहती थी वह। चमार टोले में नहीं, उससे सटी झोंपड़ी में। जात से वह बनिया थी।

वह और उसकी दादी, परिवार में यही दो जन थे। माँ-बाप तो ख़ैर रहे ही होंगे, नहीं तो वह जनमती कैसे, पर कब थे, कब नहीं रहे, उसे होश नहीं था। दादी उनका क़िस्सा कम कहती थी, खेत-द्वार लुटने का ज़्यादा। "अपने गाँव के अपनों ने ही लूटा हमें लल्ली, अकेली जानकर क्या-क्या प्रपंच ना किए। क्या महाजन, क्या ठाकुर-पंडित सब एक जैसे सियार निकले। जो था रहन रखवाया, झूठ-सच मिला कर लूटा। बचे हम दो, तू और मैं। बस्ती के आख़ीर में यह कल्हड़ बचा था, जिस पर न बोया जाए न चरा, सो यहाँ झोंपड़ी डाल ली। एक तो ऊसर ऊपर से बग़ल में चमार टोला, इस कारण समझ कि बनियों-बामनों की लार इस पर न टपकी और हम बचे रहे। नहीं तो लल्ली, पाँव तले की धरती हड़पने को, बदन का चाम भी खींच ले जाते हमारा?" लल्ली के बदन के रोंगटे खड़े हो जाते। चाम खींचना क्या होता है, वह अच्छी तरह

जानती थी। पर जब तक दूसरे जिनावरों का खिंचे उनकी ख़ुशहाली में फ़र्क़ नहीं आता था। असल में चमार ख़ुशहाल तो दादी ख़ुश। उसके हुनर के वे ही तो गाहक थे। दूसरों के खेतों में बुवाई-कटाई के अलावा, दादी के पास पैसा कमाने को, दो हुनर थे। पुरानी रुई को धुन-धुना कर ऐसी टिकाऊ बंडिया सीती कि एक छोड़ दो शीत गुज़ार लो। और चिकनी मिट्टी के वह मनभावन खिलौने बनाती, वह लुभावना रंग उन पर फेरती कि शहर के हाट में, पहली खेप में बेच लो। चमार टोले के लड़के शहर ले जाकर बेच आते तो उनकी और दादी, दोनों की कमाई हो जाती। गाँव का ऊँचा तबका घना नाराज़ रहता था। बनिया होकर चमार टोले की कांख में रहने गई। ऊपर से उनकी टहल करके कमाई की। मरे पीछे नरक में जगह मिल गई तो बहुत समझना। वरना अधर में लटकी रहेगी बुढ़िया। लड़की बड़ी हो ले तो देख लेंगे, धरम के नाम पर बुढ़िया के चंगुल से बाहर निकालनी होगी ही होगी।

पर बुढ़िया ख़ासी चंट निकली। लड़की के बड़े होने से पहले भगवान को प्यारी हो गई। यही नहीं, मरने से पहले कल्हड़ भी बेच गई। गुड़गाँव शहर के वासी, अपने दूर के रिश्तेदार को। एकदम पुख़्ता लिखा-पढ़ी के साथ। बुढ़िया मरी पीछे, वह पहले गाँव आ पहुँचा, दो-दो कारिंदों को साथ लिये। ज़रूर किसी चमार ने ख़बर पहुँचाई होगी।

गाँव में कुलबुल भतेरी रही पर शहरी बाबू काग़ज़-पत्तर से चौकस निकले। चौथा होते ही लल्ली को ले, शहर रवाना हो गए। कारिंदे पीछे छोड़ गए, जिन्होंने साल पूरा होने से पहले, वहाँ जानवरों की हड्डियों से खाद बनाने का कारख़ाना खुलवा दिया। चमार टोले की मौज हो गई। जानवरों की खाल उतारो अलग और कारख़ाने में काम पाओ अलग। कारख़ाना बदबू के भभकारे छोड़े तो छोड़े, चमार ऐतराज करने से रहे। दूर-दराज रहने वाले ठाकुर-बनिए गए ज़रूर, एम.एल.ए. के पास, पर उन्होंने खटमल-सा अलग झटक दिया। उन दिनों गाँव की प्रगति का नारा ज़ोरों पर था। प्रगति माने वोट, गुड़गाँव में रिश्ते के ताऊ-ताई हँसकर कहा करते। चमारों में वोट डालने का नया-नया चलन हुआ है, सो प्रगति अब उनके खीसे में है।

लल्ली एक बार गुड़गाँव क्या पहुँची, फिर कभी गाँव देखने को न मिला। जो जाना ताऊ-ताई के मुँह से सुनकर। वैसे उनके घर रहना उतना बुरा भी न था। अब दादी की नाईं प्यार-मनुहार तो ताई करने से रही थी। न सजा-सँवार कर उसे शहरी मेम बनाने वाली थी। पर इतना ज़रूर किया कि सात साल की धींगड़ी को स्कूल में दाख़िला दिलवा दिया और डाँट-डपट, मार-पीटकर, बारहवीं पास करवा दी। घर का कामकाज तो ख़ैर किस ग़रीब रिश्तेदारिन को नहीं करना पड़ता। पर भूखा-प्यासा कभी न रहना पड़ा उसे, न कभी बेभाव की मार खानी पड़ी। वह सब हुआ होता तो मुसलमान के साथ भागने पर लोग, उससे हमदर्दी कर सकते थे। अब तो कुलटा ही कहना था सबने, सो वही कहा।

हुआ यूँ कि इधर बारहवीं पास लल्ली की उम्र बीस पर पहुँची, उधर घर की ब्याहता बेटी स्वर्ग सिधार गई। लल्ली से कोई सोलहेक बरस बड़ी रही होगी। बारह और चौदह बरस के दो मासूम बेटों को पीछे छोड़ गई और पति बेचारे की उम्र, कुल पैंतालीस। दूसरी शादी तो तुरत-फुरत होनी ही थी, पर ताऊ-ताई को फ़िक्र यह लगी कि सौतेली माँ, जो आएगी, बेटों का ख़याल रखेगी भी कि नहीं ? सो पुरानी परम्परा का सहारा लेकर उन्होंने तेरहवीं होते ही लल्ली से जमाता का रोकना कर दिया। तय हुआ कि तीन महीने के भीतर जी कड़ा करके, बच्चों की ख़ातिर, बुझे मन, बेरौनक़ शादी की रस्म पूरी कर दी जाएगी। लल्ली को बुरा नहीं

लगा। जीजा ख़ासा हट्टा-कट्टा और खाता-पीता था। रोबीला, पुलसिया हवलदार। अधेड़ था या जवान, उस बारे में उसने सोचा ही नहीं। वह क्या जानती थी, जवानी क्या होती है। गाँव में थी तो सात साल की लड़की को गाँव वाले भले धींगड़ी कहते रहे हों, वह दादी की गोद की बच्ची ही बनी रही थी। उसकी बनाई बंडियों में से सबसे बढ़िया पहनती, उसके गढ़े खिलौनों से खेलती, उससे चिपटकर सोती, नन्ही लल्ली।

शहर आई तो स्कूल और घर के काम के बीच इतना वक़्त ही नहीं मिला कि जवानी के बारे में सोचे। घर में रहने वाले ताऊ-ताई, दादी से कुछ ही कम बूढ़े थे। स्कूल में पढ़ने वाली लड़कियाँ जवान ज़रूर हो रही थीं, पर उनसे ज़्यादा बोलने-बतियाने की फ़ुरसत उसे नहीं थी। उस पर जवानी आई तो इतनी बेदस्तक कि कपड़ों पर ख़ून आने के अलावा, कोई निशान नहीं छोड़ा। जवानी के नाम पर जो देखा, इन्हीं जीजा-जीजी का बच्चों समेत, घर में आना-जाना था। वह भी दूर-दूर से देखा। उनके आने पर रसोई का काम इतना बढ़ जाता था कि मुश्किल से उनकी सूरत नज़र आ पाती। वह भी कभी-कभार। फिर भी घर में उत्सव-सा छाया रहता, जिसका उत्साह उसे भी छू जाता। अब, बिना जीजी का जीजा, उसी उत्सवी माहौल को अपने में समेटे, उसके दिलोदिमाग़ में उतरा। शादी की बाबत उसकी राय किसी ने नहीं पूछी, पर रस्में होनी शुरू हुईं तो पता चल गया कि उसकी मँगनी हो रही है। बिना बतलाए यह भी जान लिया कि वह जवान हो गई।

सब कुछ आराम तसल्ली से निबट लेता अगर तभी संयोग से, जीजावर का तबादला गुड़गाँव का न हो जाता। ज़ाहिर था कि अपना क्वार्टर मिलने तक उसका पड़ाव भूतपूर्व और भावी ससुराल में हुआ। होने वाली बीवी के नाते खाना पका-खिला लेने पर लल्ली को बैठक में बुलाया जाने लगा। जिस पुलसिया को अब तक देखा भर था, अब देर तक सुनना भी पड़ा। बोलता वह ख़ूब था, रोज़, अकेला और देर तक। बातों का मजमून हमेशा वही रहता, कैसे मार-मारकर, पेशेवर मुजरिमों से उसने सच उगलवाया। ''औरत हो या मर्द, मैं किसी को नहीं बख़्शता,'' वह छाती फुला कर कहता और ब्योरेवार पिटाई की बारीक़ियों का बखान करता। उन्हें दुहराने की ज़रूरत नहीं है। आज कौन है जो टी.वी. नहीं देखता और उन बारीक़ियों से वाक़िफ़ नहीं है। पर लल्ली नहीं थी। टी.वी. देखने की उसे कभी फ़ुर्सत नहीं मिली थी। अब जीजावर के रसिक बखान में उसका सबसे प्यारा जुमला बार-बार सुनकर उसका बदन थरथर काँपने लगता, मतली उठ आती और वह गश खाकर गिर पड़ती। ''मार-मारकर खाल उधेड़ दी,'' चबर-चबर खाते हुए वह कहता और अट्टहास करके, फिर चस-चस चबाने लगता। लल्ली को बचपन में देखा नज़ारा याद आ जाता। जिनावर से हटकर मानुष तक पहुँचने का उसका डर साकार होता और वह गश खा जाती।

कुँआरी लड़कियों के बेहोश होकर गिरने-गिराने पर कोई ध्यान नहीं देता, लल्ली के रिश्तेदारों ने भी नहीं दिया। होश आने पर वह वापस काम पर लग जाती। हाँ, जीजावर ने ज़रूर ख़ुशमिज़ाजी से हँसकर, रोमानियत का परिचय देते हुए कहा था, ''अहा, लल्ली जवान हो गई। इसके हिस्टीरिया का एक ही इलाज है, तत्काल शादी।'' बाक़ी लोग भी हँस दिये थे। कहा था, अब तो महीना ही बचा है। लल्ली बेहद डर गई थी। बेभाव की मार उसने कभी खाई नहीं थी, पर ज़िन्दगी में किसी ने कभी किसी क़िस्म की रियायत भी उसके साथ नहीं की थी। लिहाज़ा, खाल उधेड़ने में इतना रस लेने वाला आदमी उसे साबुत छोड़ देगा, इसका भरोसा

नहीं था। डर ने ऐसा आलम बनाया कि जैसे होता है, हर चीज़ से हटकर ध्यान पूरी तरह अपने पर अटक गया। तभी यह अहसास हुआ कि सामने वाली बरसाती में रहने वाला डेढ़ पसली का किरायेदार उसे घूरता रहता है। अब जो नज़र उठाकर उसकी तरफ़ देखा तो पाया कि वह मुस्करा ही नहीं रहा, गुनगुना भी उठा है और अगले पल सीटी भी बजा बैठा है। फिर एक दिन जीजावर की फ़रमाइश पर मौसम में नए आए करेले ख़रीदने वह बाज़ार जा रही थी कि वह उससे आ टकराया। फिर जो-जो होता है हुआ और लल्ली उसके साथ भाग गई।

डेढ़ पसली का नौजवान मुसलमान था, यह उसे तब पता चला जब दिल्ली शहर पहुँचकर निकाह पढ़वाने वह उसे मौलवी के पास ले गया। और उन्होंने क़लमा पढ़वा कर उसे लैला बनने को कहा। तब ज़िन्दगी में पहली बार उसकी राय पूछी गई। मौलवी साहेब ने जब पूछा, निकाह से तुम्हें इकरार है कि नहीं तो नई-नई लैला बनी लल्ली, डबल ख़ुशी के मारे लहोलुहाट हो गई। पहली ख़ुशी यह कि डेढ़ पसली, मिर्च-मसाला कूटने क़ी दूकान में क्लर्क था। गुड़गाँव से दिल्ली आना उसका पहले से तय था, तभी लल्ली को भगाने की हिम्मत की थी। किसी की खाल उधेड़ने लायक़ न उसकी सेहत थी, न औक़ात। दूसरी यह कि लैला बनते ही उसकी रज़ामन्दी की दरकार पड़ने लगी थी।

लैला बनी लल्ली दिल्ली शहर के खारी बावली इलाक़े की एक तंग गली में जा लगी। जिस मियानी में शौहर के साथ घर बसाया उसके ठीक नीचे गली में मिर्च-मसाले सूखते, कुटते, पिसते, छनते थे। धुआँ उड़ाते फटफटियों में लद कर साबुत माल आता था और पिसा माल जाता था। मिर्च-मसाले की धाँस, पत्थर के कोयले की अँगीठियों का कसैला धुआँ और कचरे के ढेरों से उठती सड़ाँध, मिलकर वह समाँ बाँधती कि चमार टोले की चमरौंध पानी भरे। शादी का मतलब बन्द कमरे में धुआँ, धाँस और सड़न सहना मानकर लैला सन्तोष से जी रही थी कि सैयाँ को गाँव में रहने वाले माँ-बाप याद आ गए। सालाना छुट्टी के सात दिनों में उसे वहाँ लिवा ले गए। वहाँ यानी यहाँ, खेड़ी गाँव।

गाँव पहुँचकर पता चला कि शौहर की पहली बीवी मौजूद थी, जिसे तपेदिक की बीमारी थी और जिसका बरस भर का छोरा भी था। एक से ज़्यादा बीवी का होना ख़ुदापाक की मंजूरी से था और बच्चे का होना, क़ुदरत की दुआ से। सो अपनी हिरास को पेट में दबा कर लैला जैसे रहती आई थी, रहती गई। तभी एक राज़ और खुला। यह कि पसली मर्द की डेढ़ हो चाहे ढाई, वह पुलसिया हो चाहे चाकर, बीवी की खाल उधेड़ने का जश्न, हर कोई मना सकता है। दो-चार दिन के त्योहार के बाद समझ में आया कि हो न हो उससे शादी इसीलिए की होगी क्योंकि पसली चली पहली बीवी की खाल पर जश्न मनाने में क़ातिल होने का डर था।

अजीब बात यह हुई कि जब हफ़्ते बाद लैला दिल्ली लौटी तो रह-रहकर उसे खेड़ी गाँव याद आता रहा। जब-जब साँस धसके में बदल कर छाती में अटकती, उसे गाँव खेड़ी में खुलकर साँस लेनी याद आ जाती। मन में चाह उठती कि काश! वहाँ रह पाती।

दूसरी बात जो कई बार मन में उठती, वह यह थी कि कौन जाने इस सैयाँ से पुलसिया जीजावर ही बेहतर रहता। औरों को कूट-पीटकर इतना अघा जाता कि लैला को पीटने का मन न बनाता। इस बेचारे डेढ़ पसली के लिए तो मुल्ला की दौड़ लैला तक थी। वैसे वह बुरा आदमी नहीं था। जैसे सब होते हैं, वैसा ही था। एकाध बार छुट्टी के रोज़ उसे लाल किला वग़ैरह घुमाने भी ले गया था। तभी उसने फटफटियों के अलावा बीड़ी पिलाती ट्रकें, बसें, गाड़ियाँ

देखी थीं। धकापेल धुआँ उगलतीं। गुड़गाँव में उतनी रेलपेल नहीं थी या उसने देखी नहीं थी। चौड़ी सड़कों पर उसका जाना ही कितना हुआ था!

ज़िन्दगी उसी ढर्रे पर चलती रहती अगर दो-एक संयोग और न जुट जाते। हाँ-हाँ मालूम है, इस कहानी में संयोग कुछ ज़्यादा जुटे आ रहे हैं। क्या करें, आजकल कहानी लिखने में यही मुश्किल पेश आती है। जाने क्यों लोग चाहने लगे हैं कि कहानी में हादसे, संयोग वग़ैरह न हों। भला बतलाइए जब हादसों, संयोगों के अम्बार का ही नाम ज़िन्दगी हो तो ऐसी बेतुकी फ़रमाइश क्यों? गुज़रा ज़माना ठीक था। अपने यहाँ ही नहीं बाहर के देशों में भी क़िस्मत को सबसे ऊपर माना जाता था। लेखकगण काव्य-नाटक में होनी का होना दिखला कर यश बटोरते थे। जब से विज्ञान के अतिरिक्त मोह ने होनी की बैसाखी लेखक से छीन ली, बेचारा दो कौड़ी का होकर रह गया। कहानी में हर हुए का तर्कसंगत कारण दिखलाए तो ज़िन्दगी का रस चौपट करे और ज़िन्दगी की तर्कहीनता से मेल खाती कहानी लिखे तो गुणी जनों के जूते खाए। जहाँ तक लल्ली-लैला की रामकहानी का सवाल है, ईमानदारी का तक़ाज़ा है कि जो-जो हुआ वही कहती चलूँ। अब आप चाहें तो माफ़ी दें, चाहे तो जूते मारें।

तो पहली घटना जो घटी उसे लल्ली की नज़र से देखेंगे तो दुर्घटना नहीं कह सकेंगे। सैयाँ की पहली बीवी का इन्तक़ाल हो गया। दो साल का बच्चा दादी के सिर आन पड़ा। लैला को साथ लेकर जैसे ही शौहर गाँव रवाना हुआ, उसने ठान ली कि वापस शहर नहीं पलटेगी।

गाँव पहुँचने पर उसने वह छत फाड़ स्यापा किया, सास-ससुर की वह फ़िल्मी सेवा की और बे माँ के बच्चे को वह जसोदई लाड़ लड़ाया कि गाँव का गाँव उसका मुरीद हो गया। सैयाँ के शहर पलटते वक़्त जब लैला ने कहा, वह गाँव में रहकर सास-ससुर-बेटे की टहल करना चाहती है तो पूरा गाँव उसके सिर पर हाथ रखे खड़ा था। सैयाँ क्या करते, अकेले लौट गए। सोचा, कुछ दिन बाद देखा जाएगा। वह सोच दूसरे संयोग के चलते फिस्स हो गया (कहानी में शायद चौथा या पाँचवाँ हो)। हुआ यह कि फ़रीदपुर गाँव के चमार टोले का एक बन्दा जो लल्ली की दादी की सिली बंडी पहन कर बड़ा हुआ था और उसके बनाए खिलौने शहर में बेच कर पढ़ा-लिखा था, आरक्षित कोटे से ज़िला नूह से एम.एल.ए., चुन लिया गया।

उसका पड़ाव गाँव खेड़ी में हुआ और लैला का लल्ली रूप उसके सामने आ गया। सवाल पूछते चले जाने का अपने यहाँ रिवाज है ही। आधे घंटे में चार पुश्तों का नक़ाब उलट जाता है। बनिए की बेटी के मुसलमान होने और ख़ास मुसलमानों के गाँव में आ बसने के भीतर उसे ख़ासा राजनीतिक मुनाफ़ा नज़र आया। झटपट लैला गाँव में साथिन मुक़र्रर कर दी गई। अब भला शौहर उसे काहे शहर बुलाता? पक्की आमदनी तो गाँव रहने पर होनी थी। साथ में परिवार की टहल। एक और बीवी लाने की मनाही थी नहीं, सो उसने शहर में अपना बन्दोबस्त कर लिया।

साथिन बनाए जाने का तत्काल फ़ायदा लैला को यह हुआ कि पत्थर-रोड़ी की खदानों में काम करने नहीं जाना पड़ा। गाँव की तमाम कामगर जनता वहीं काम करती थी और तपेदिक की बीमारी पालती थी। वहाँ पहुँचती तो खारी बावली की धुआँ-धुआँ हवा को तरसती नज़र

आती। कल्हड़ की मार से बंजर हुई ज़मीन पर उगे चाहे कुछ ना, पर उसके ऊपर से गुज़र कर जाती हवा में, खुलकर साँस फिर भी ली जा सकती थी।

साथिन बनने से पहले लैला ने यह जानने की कोशिश नहीं की थी कि गाँव की ज़मीन में इतना कल्हड़ क्यों है? या वहाँ की पचास फ़ीसदी आबादी को तपेदिक क्यों है? साथिन क्या बनी, हर तरह की आलतू-फ़ालतू जानकारी उसके पल्ले पड़ने लगी। बारहवीं पास होने का अलग जंजाल। काग़ज़ का जो पुर्ज़ा सामने आ जाए, पढ़ डाले। तो पहली बात यह पता चली कि पहले गाँव की ज़मीन बंजर खार नहीं थी। सरकार की मेहरबानी से जो नहर बनाई गई उससे खार किनारों की तरफ़ भागा और खेतों में जा बसा। पानी की आमद का इन्तज़ाम तो हुआ पर निकासी का नहीं। सो दिनोंदिन कल्हड़ धरती में मिलता-धँसता-जुटता रहा और खारा पानी चार फ़ुट नीचे खड़ा रह गया। ज़मीन के ऊसर होते चले जाने पर किसानों को पत्थर-रोड़ी की खदानों में काम करने जाना पड़ा, यह किसी के बिना बतलाए ही, वह समझ गई। तपेदिक की बीमारी की बाबत भी बिन खोजे जानकारी हाथ लग गई। वहीं ज़िला नूह में नामी-गिरामी डाक्टर जुटे और हफ़्ता भर बहस करते रहे कि असल बीमारी भगवान की दया से हुई तपेदिक थी या पत्थर-रोड़ी की खदानों की दुआ से मिली सिंक-कुछ या ब्रांक-कुछ। ठोस नतीजा कुछ न निकला। निकलता भी तो गाँव की सेहत और मैयत में फ़र्क़ नहीं पड़ने वाला था।

इन आलतू-फ़ालतू जानकारियों को छोड़ें तो साथिन के नाम तीन काम थे। पहला, गाँव के बच्चों को टीका अभियान में जुटाना; दूसरा, आँगनबाड़ी में चना बाँटना और तीसरा परिवार नियोजन करवाना, यानी औरतों को नसबन्दी के लिए लाना। इनमें पहला काम मुस्तैदी और पाबन्दी से होता था। पर अभियान साल में दो बार चलाया जाता था, जिससे बच्चों के नामों की फ़ेहरिस्त बनाने और रजिस्टर में टीका लगवाई की सूची चढ़ाने वग़ैरह को लेकर भी एक-दो महीनों का काम ही जुटता था। बाक़ी नौ-दस महीनों में हफ़्ते में एक बार आँगनबाड़ी में चना बाँटना होता था। एक और दिन समझो किताबी ख़ानापूरी में लग जाता था। क़ायदे से गाँव के तीन से छह साल के तमाम बच्चों को रोज़ाना आँगनबाड़ी में मौजूद होना होता था। वहाँ चार घंटे गुज़ारने होते थे, जिनमें साफ़-सफ़ाई के बाद उन्हें एक दफ़ा सेहतमन्द ख़ुराक मिलनी होती थी और बाक़ी के वक़्त के लिए खेल-खिलौने। पर वह सब महज़ किताब में दर्ज करना होता था। सेहतमन्द ख़ुराक के नाम पर जो सामान आता था उसे सड़ने से बचाने के लिए सरकारी अमला पहले ही साफ़ कर जाता था। एकाध फ़ीसदी मिकदार, साथिन के हिस्से भी आ जाती थी। उसके सहारे लैला का बेटा औरों की बनिस्बत बेहतर पल, बढ़ रहा था। रहा तीसरा काम, परिवार नियोजन का, तो सरकारी नीति में उसका दर्जा अव्वल नम्बर पर बेशक था, पर गाँव खेड़ी में उसके अमल के बारे में सोचना मुहाल था। हाँ, किताबी ख़ानापूरी उसकी भी करनी पड़ती थी। सहेली नाम की गर्भ-निरोधक गोलियाँ, बदस्तूर आती थीं और बँटे चाहे नहीं, बदस्तूर बँटती हुई दिखलाई जाती थीं। लैला का बारहवीं पास होना, किताबी कार्रवाई के लिए मानी रखता था। तभी न सरकार साथिनों को साक्षर बनाने पर आमादा है।

धीरे-धीरे लैला की हिम्मत बढ़ती जा रही थी। यह संयोग नहीं था। रुतबे, किताबी कार्रवाइयों और बँधी आमदनी के साथ खुली हवा में साँस लेने का नतीजा था। मर्ज़ी आपकी, न मानें तो

न सही। वजह जो मानें, नतीजा वही रहेगा, लैला हिम्मती होती जा रही थी। उसकी एक निशानी यह थी कि वह बेटे को स्कूल भेजने का सपना देखने के साथ भविष्य जैसी चीज़ में यक़ीन करने लगी थी। उसे साधने की कोशिश में महीने की आमदनी, तुरत-फुरत ख़र्च करने लगी थी। आप कहेंगे, यह कैसी भविष्य योजना हुई?

समझा कीजिए जानम। लैला के शौहर ने शहर में एक अदद बीवी भले रख ली थी, गाँव आना छोड़ा न था। आख़िर लैला की बँधी पगार को पार लगाना होता था। तो पहले वह छमासे आया, फिर तिमासे, फिर हर महीने आने लगा। पर पूरा घर छान लेने पर और लैला की जी भरकर कुट्टमस कर लेने पर भी हाथ कुछ न लगा। लैला सब कुछ पहले ही निबटा रखती; निबटा क्या रखती, भलीमानस रुपया हाथ में पकड़ती ही न थी। एम.एल.ए. से कहकर इन्तज़ाम करवा लिया था कि नक़दी के बजाय उसके हाथ पर ख़ुराक, लत्ता और छप्पड़ चलाने का साज़ोसामान रखा जाए। खाविंद आए तो भरपेट खाए पर धेला-पैसा कुछ न पाए।

हिम्मत ऐसी शै है कि एक बार बढ़ जाए तो सुरसा बन बढ़ती ही चली जाती है। तो सैयाँ को धता बतलाते और किताब में ख़ानापूरी करते लैला उस मुक़ाम पर जा पहुँची, जहाँ एकदम 'बोल्ड' बन गई। गर्भ-निरोधक सहेली की सप्लाई में से एक जनी की ख़ुराक ख़ुद निगलने लगी। एकदम नियम से, रोज़ाना, बिना नागा। लैला रही होती तो शायद न कर पाती। पर भीतर बैठी लल्ली ने हिमाक़त करवा डाली। उसी के साथ उसे मार से बचने की तरक़ीब भी सूझ गई। अगली बार जब सैयाँ घर आया, उसने उसे सहेली की तमाम बेबटी गोलियाँ थमा दीं कि गुपचुप ले जाकर शहर में बेच ले और मौज करे। सैयाँ जी ख़ुश हुए और मौज मज़े में लगे। बेचारे को सपने में भी ख़याल न आया कि उसकी बीवी ख़ुद उन गोलियों का सेवन कर सकती है। वह ख़ुदापाक और मौलवी से डरने वाला बन्दा था और उम्मीद नहीं, यक़ीन रखता था कि औरतें मर्दों से ज़्यादा ख़ौफ़ज़दा हुआ करती हैं। उसे पता चलता कि लैला की हिम्मत ख़ुदा के ख़ौफ़ को धता बतला चुकी है तो वह उसे औरत मानने से इनकार कर देता। आप चाहें तो आप भी कर दें। औरत मानें, मर्द मानें, छिनाल मानें, फ़र्ज़ी मुसलमान मानें, जो चाहें मानें, कहानी उसी की कही जाएगी। इन्हीं तमाम संयोगों-हादसों-हिमाक़तों के चलते, लैला उर्फ़ लल्ली, हाथ-पाँव खुले छोड़कर खाट पर पसर पाई और धूल-मिट्टी भरी, पर धुएँ और पत्थर की कनियों से ख़ारिज हवा में साँस ले पाई।

परिवार नियोजन के फ़र्ज़ी आँकड़े तैयार करके, गाँव वालों के बच्चे पैदा करने के पाक इरादों में दख़ल न देने के लिए गाँव उसका शुक्रगुज़ार था। इसलिए उसकी कई बेजा हरकतों को अनदेखा कर देता था।

अब जो चमरौंध का बदबूदार भभका नथुनों में घुसा तो लल्ली तमक कर उठ बैठी, और ज़िन्दगी में पहली बार पूरी तरह लैला बन गई। फ़रजान मियाँ का कहा याद आया और कानों में सीसा घोलने लगा। कल ही तो कह रहे थे फ़रजान मियाँ, "लगा दिया न ससुरों ने जानवरों की खाल खींचकर हड्डियों की खाद बनाने का कारख़ाना यहाँ। सोचा होगा, मुसलमानों का गाँव है, इन नदीदों को क्या बू आनी!" फ़रजान मियाँ कुछ-न-कुछ कहते रहते थे, इसलिए कल ध्यान नहीं दिया था। अब अपनी हवा पर ज़ुल्म हुआ तो माथा गरमाया। मुसलमान जान हवा में बिसायँध भर दोगे! इतनी बेइंसाफ़ी। ख़ुदापाक के बन्दों पर ऐसा ज़ुल्म। हवा में पाथर की कनियाँ भरकर, सिंक-कुछ या ब्रांक-कुछ या तपेदिक की बीमारियाँ, सरकार ख़ुद बख़्शती

थी, इसलिए वे पूरी तरह धर्म-निरपेक्ष थीं। हिन्दू मुसलमानों को यकसाँ पकड़ती थीं।

पर यह क्या कि मुसलमान जान, उनकी हवा में सड़ाँध और बीमारी भर दोगे और वे चुपचाप बर्दाश्त कर लेंगे। कभी नहीं। गाँव भर की मीटिंग बुलानी होगी और कारख़ाना बन्द करवाने की राह तलाश करनी होगी। सीधी डगर न हो तो टेढ़ी ढूँढ़नी होगी। इतनी नीति की बात तो औरत-मर्द, सब जानते रहे हैं। श्रीकृष्ण से लेकर इंदिरा गांधी तक। तो लैला क्यों न जानेगी, इसी देश की मिट्टी में पली-बढ़ी थी। क्या गाँव, क्या क़स्बा, क्या शहर, हर जगह की धूल, उसके फेफड़ों में अँटी पड़ी थी। वह जानती थी, मीटिंग बुलाने का काम औरतज़ात नहीं कर सकती। तब क्या, अपना एम.एल.ए. तो मर्द था।

एम.एल.ए. कुछ ज़्यादा ही मर्दानी ऐंठ में आ गया। बोला, ''साथिन का काम है परिवार की देखरेख और नियोजन। हवा, बीमारी, सड़ाँध जैसे ऊँचे सरकारी महकमों में उसका दख़ल वाजिब नहीं। वैसे भी औरतज़ात को औरतज़ात की तरह रहना चाहिए।'' मर, मेरी बला से। गाँव में मर्दों का टोटा ना है। और एम.एल.ए. हरदम खेड़ी गाँव में तो बैठा नहीं रहता। लैला ने सत्य वचन महाराज और जो आप कहो वह ख़ुदापाक का हुक्म वग़ैरह कहकर उसे ख़ातिरजमा करवा दी और उसके शहर जाने का इन्तज़ार करने लगी।

वह गया और लैला दुपट्टे से मुँह, सिर पूरी तरह ढाँप कर, फ़रजान मियाँ के पायताने जा बैठी। फुसफुसा कर बोली, ''एक राज़ की बात कहनी थी। वह यह कि टीका लगाने को आए कम्पाउंडर-नर्स आपस में बतिया रहे थे कि यह जो बिसायँध गाँव में छोड़ी जा रही है, उससे तपेदिक या सिंक-कुछ या ब्रांक-कुछ की बीमारी और फैलेगी। यह भी कि पहले यह खाल-खींच, हड्डी-चूरा बनाने वाला कारख़ाना, हिन्दुओं के गाँव में लगने वाला था। पर बामन-बनियों ने जोड़-तोड़ करके यहाँ लगवा दिया। मैंने जो सुनी कह दी, अब आप जानें और गाँव के बाक़ी मर्द।''

फ़रजान मियाँ का ख़ून पहले से खौला पड़ा था। हवा का रुख़ सीधा उनके खेत की तरफ़ था और पोता तपेदिक का शिकार। वह यह भी पता लगा चुके थे कि खेड़ी गाँव के लड़के, कारख़ाने में मुलाज़मत नहीं पाने जा रहे। पटवारी का कहना था, कारख़ाना खेड़ी गाँव की सरहद से ज़रा-सा बाहर था, सो उनका हक़ नहीं बनता था। यूँ भी जाने क्यों, कारख़ाने का मालिक मरे जानवरों के साथ ज़िन्दा मुलाज़िम भी बाहर से ला रहा था।

नौकरी मिल रही होती तो कोई ताक़त गाँव वालों को कारख़ाने के ख़िलाफ़ न जाने देती। पर अभी जो हालात थे, उनमें कारख़ाना बन्द करवाने की हवा बनाई जा सकती थी। इससे पहले कि बाहर से कोई झोले वाला आकर गाँव वालों को उकसाये कि वे कारख़ाने में नौकरी पाने के लिए मोर्चा लगाएँ, मीटिंग बुला कर मामला फ़िट कर लेना चाहिए।

एक पंचायतनुमा शै हर गाँव में होती है, खेड़ी में भी थी। सो कह-सुनकर फ़रजान मियाँ ने मर्दों की मीटिंग बुलवा ली। साथिन होने के नाते लैला को सिर-मुँह ढाँप कर एक कोने में बैठने की इजाज़त मिल गई।

मीटिंग शुरू हुई तो देखा गया कि एक हँसमुख अजनबी जवान आ कर, दूसरे कोने में बैठ गया है। तुम कौन पूछे जाने पर बोला, ''कारख़ाने का दुश्मन, नापसन्द हो तो चला जाऊँ?'' पंचों ने न ना कहा, न हाँ। नौजवान उकड़ूँ-सा बैठा रहा। लम्बे अभ्यास से सधी अदा के साथ लैला ने दुपट्टे में नामालूम सी फाँक करके, ढके मुँह की झलक नौजवान को दिखला दी और

आँख मटकैया भी कर ली। नौजवान हँसा और पसर कर बैठ गया। घंटों मीटिंग चलने के बाद गाँव के मर्द इस नतीजे पर पहुँचे कि एम.एल.ए. की मार्फ़त सरकार को अर्ज़ी दी जाए कि वह मुसलमानों पर ज़ुल्म न करे और कारख़ाना खेड़ी गाँव से दूर ले जाए।

यह प्रस्ताव सुनकर अजनबी इतनी ज़ोर से हँसा कि लोगों को महाभारत का बब्रूवाहन याद आ गया। हँसी लैला की भी निकल गई। पर दुपट्टे की आड़ में किसी ने देखी नहीं।

''यह क्या गुस्ताख़ी है,'' फ़रजान मियाँ ने फटकारा तो नौजवान इतना संजीदा हो गया कि बेतरह ख़ूबसूरत दिखने लगा। जैसे श्रीकृष्ण का अवतार हो या नेहरू-गांधी का। फ़र्श तक झुक कर, सलाम करके उसने हँसी के लिए माफ़ी माँगी और आगे बोला, ''हम-आप ख़ुशक़िस्मत हैं जो संयोग से आजकल हर जगह परदूशन और परयावरन के नारे लग रहे हैं। ऊपर से इलेक्शन भी होने वाले हैं। मैं जानता हूँ अभी होकर चुके हैं, पर यह भी ख़ुदापाक का रहमोकरम है कि आजकल हर साल दो साल में हो जाते हैं। ख़ुदापाक के रहमोकरम से बड़ी नेमत क्या है। सिवा इसके कि इनसान को ख़ुदा ने अक़्ल भी बख़्शी है।

''हम-आप सब जानते हैं कि आज के ज़माने में हर बीमारी से निबटने का एक ही नुस्ख़ा है, पैसा। कारख़ाना हटवाना है तो पैसा लगाना होगा। दो हज़ार जमा करो और परदूशन के नाम पर मजिस्ट्रेट की अदालत में केस ठोंक दो। रुपये उसकी नज़र करो और फ़ैसला अपने हक़ में करवा लो। क़िस्सा ख़तम।''

अब गाँव वालों के हँसने की बारी थी। दो हज़ार। बावला है या शहरी। गाँव भर की फेरी लगाकर दो सौ ना जमा होंगे, यह ढपोरशंख दो हज़ार की कह रहा है।

बावला नहीं, भेदिया है, किसी ने कहा और मारो-मारो की आवाज़ उठने वाली थी कि नौजवान बोला और ख़ूब ठसके के साथ बोला।

''दुश्मन हूँ कारख़ाने का, भेदिया नहीं। बावला भले कह लो। परदूशन रोकने की दीवानगी चढ़ी है सिर पर। पैसों की क़िल्लत को जानता हूँ। मैं भी आपकी तरह ग़रीब हूँ। पर जाँ-बख़्शी का कौल भरें तो पैसा उगाहने की तरक़ीब बयान करूँ?'' नौजवान इतने बाँकपन से हँसा कि गाँव के लड़के-बाले साथ हँस दिये और नौटंकी के अन्दाज़ में बड़े-बूढ़ों से कहने लगे, ''हाँ जी, दे दो न जाँ-बख़्शी।''

अब नौजवान अपने पूरे क़द-बुत में उठ खड़ा हुआ। क्या जवाँ मर्द था। पुलसिया जीजावर जैसा रोबीला और सेहतमन्द, ऊपर से जवान और ख़ूबसूरत। लैला की साँस ऊपर की ऊपर अटक गई। पेट में चाहत की वह मरोड़ उठी कि लगा, गश खा जाएगी। नौजवान बेहद संजीदा आवाज़ में कह रहा था, ''सबसे पहले बतला दूँ कि मैं मुसलमान हूँ और मेरे अब्बाजानी मौलवी हैं। सरकार ने यहाँ कारख़ाना खोलकर मुसलमानों से जो नाइंसाफ़ी की है उसकी मुखालफ़त करने में भी हम इंसाफ़परस्ती से काम लेंगे। क्योंकि हम मुसलमान हैं और हमारे लिए इंसाफ़ ईमान जितने मानी रखता है। इंसाफ़ कहता है जब रिश्वत सरकार को देनी है तो पैसा भी सरकार से वसूला जाना चाहिए। सो कैसे? रास्ता साफ़ है। अब दिल थाम कर और ग़ुस्सा ताक पर रखकर इतमीनान से बात सुनिए। बिना ट्रेनिंग के लोगों को सरकार सिर्फ़ एक काम का तुरत पैसा देती है, नसबन्दी करवाने का। अगर हमारे दस बुज़ुर्ग अपनी औरतों को नसबन्दी के लिए ले जाएँ तो फ़ी औरत दो सौ रुपये के हिसाब से दो हज़ार जमा हो जाएँगे।''

इतना सुनना था कि गाँव का गाँव उठ खड़ा हुआ। तमाम जवान अजनबी से छह-आठ

इंच नीचे रहे, पर गिनती में एक पर चालीस थे। सब तरफ़ से आवाज़ें आ रही थीं, शैतान, नापाक, बेईमान, काफ़िर!, "जानता नहीं बदबख़्त," बूढ़े फ़रजान मियाँ ने मार-पीट टालने की ग़रज़ से जल्दी से कहा, "हमारे मज़हब में इसकी मनाही है। तू ख़ुद को मौलवी का बेटा कहता है तो शर्म कर। माफ़ी माँग ले और दफ़ा हो जा यहाँ से।"

नौजवान सीधा तना खड़ा रहा और कड़क कर बोला, "मैं, अल्लाहताला के नुमाइंदे मौलवी साहेब का फ़रज़ंद सच्चा मुसलमान हूँ। मज़हब की हुक्म उदूली करने को नहीं कह रहा। आपने मतलब का लफ़्ज सुना ही नहीं। बुज़ुर्ग! मैंने कहा था, दस बुज़ुर्ग। बुज़ुर्गों की औरतें भी बुज़ुर्ग होंगी न। तो उनकी नसबन्दी भला कोई क्यों करेगा? सरकारी अमला लालची कमीना भले हो, ग़ैरज़रूरी काम नहीं किया करता। किताबी कार्रवाई भर होगी, बस। साथिन अपने साथ है। रुपया मिल जाएगा।"

गाँव खड़ा का खड़ा रह गया। फिर बुज़ुर्ग ढह गए और जवानों ने ताली पीट दी। लैला ने दुपट्टा और नीचे खींच लिया। पहले से ज़्यादा सिकुड़ कर बैठ गई और सिर झुका कर अपने हिस्से का हिसाब लगाने लगी।

तभी एक बुज़ुर्ग ने तख़मीना झाड़ा, "औरतों को ले जाने की ज़हमत भी हम उठाएँ और कारख़ाना बन्द करवाने को पैसा भी हम दें, यह तो इंसाफ़ न हुआ।"

"तो यह करो," नौजवान बोला, "गाँव की तमाम उम्रदराज़ औरतों को ले जाओ, नसबन्दी करवाने। ताकि सरकारी अमला भी जान जाए कि सब पैसा ऐंठने की चाल है। टका-सा मुँह लेकर लौटोगे, तब हो जाएगा न इंसाफ़। मैं चला। आप पे कुछ ना होने का। आपस में एका न हो तो परदूशन से नहीं लड़ा जा सकता।"

चलने के बजाय वह वापस धरती पर बैठ गया और लैला के दुपट्टे में फाँक ढूँढ़ने लगा।

लैला ने दुपट्टा और कस कर चेहरे पर लपेटा। गर्दन और झुकायी और धीमी आवाज़ में बोली, "मैं कुछ कहूँ।"

सन्नाटा छा गया। मर्दों की मीटिंग में औरत की आवाज़। फ़रजान मियाँ सबसे पहले उबरे। याद किया कि भेद वाली बात औरतज़ात ने ही बतलाई थी और उसकी मदद के बिना पैसा भी मिलने वाला नहीं था। सो कहा, "बोल।"

"दस जनियों को एक साथ ले जाने पर साथिन को कमीशन मिलता है," लैला ने कहा, "बीस को ले जाने पर इनाम भी। आजकल परिवार नियोजन महीना चल रहा है। जिस दिन हम सौ करोड़ हुए उसी दिन अमरीका का हुक्म आ गया था, फ़ौरन आबादी की बढ़त रोको। ऐसा कम्पाउंडर, नर्स सभी बतला रहे थे। सो मैं आसानी से बीस जनियों का पुर्ज़ा बना लूँगी। एक हज़ार उस पर मुझे मिलेगा। अपने हिस्से का चौथाई बाक़ी सब दें तो एक हज़ार और हो जाएगा। गाँव के बड़े लोग सोच-समझ लें। जो हुक्म देंगे, मैं बजा लाऊँगी," कहकर लैला ने बाँके जवान की टटोलती निगाहों से आँखें मिलाईं और झपका दीं।

नौजवान दिलफेंक अन्दाज़ में कह उठा, "एक बात मेरी तरफ़ से। मैं कारख़ाने में चौकीदार लगा हूँ सो कचहरी से सटे आरडर मिलने पर जब वह बन्द होगा तब भी मेरी नौकरी बनी रहेगी और काफ़ी सामान-उमान भी यहीं पड़ा रहेगा। मैं उससे गाँव की मदद करता रहूँगा। परयावरन की हिफ़ाज़त के लिए मैं कुछ भी करने को तैयार हूँ।"

अहा, कैसा बाँका, निडर जवान है, गाँव भर ने दाद दी। मीटिंग बर्ख़ास्त हो गई। योजना

कामयाब हुई और कचहरी से मिले स्टे ऑर्डर के तहत कारख़ाने में ताला लग गया।

अगला 15 अगस्त आया तो खेड़ी गाँव की साथिन को मुसलमानों से परिवार नियोजन करवाने वाली पहली मुसलमान औरत होने के नाते, राष्ट्रपति से समाजसेवी नम्बर एक का खिताब मिला। लैला ख़ुश, गाँव वाले ख़ुश, बूढ़े-बुढ़िया ख़ुश, घर-परिवार ख़ुश। इतनी ख़ुशी कैसे झेली जा सकती है? दुख नहीं होगा तो सुख की प्रतीति कैसे होगी।

तो दस दिन भी न बीते होंगे कि कानोंकान ख़बर उड़ गई कि लगे हाथों लैला ने अपनी भी नसबन्दी करवा ली है। वरना शौहर के नियम से गाँव आने के बावजूद पेट से न हुई होती। अगली मर्तबा सैयाँ गाँव आया तो हर भलेमानस ने कान में बात डाल दी। फिर तो डेढ़ पसली में वह ज़ोर समाया, लैला की वह धुनाई हुई कि रुई होती तो अच्छी निक्की रज़ाई बन लेती। धुनते-धुनते सैयाँ की पसली जवाब देने लगी। वह हँफनी चढ़ी कि हाथ-पाँव से लाचार हो गया। दसियों और लात-घूँसे जमाने का अरमान दिल के दिल में क्या रहा, आव-ताव देखना छोड़, फूत्कार उठा, "तलाक़ तलाक़ तलाक़।"

लल्ली ने अपने मौला का लाख-लाख शुक्र अदा किया कि एक ही ज़िन्दगी में उसे लल्ली से लैला बनने का मौक़ा दिया। बदन की चोटों का क्या था, वक़्त के साथ ठीक हो जानी थीं। पर यूँ फ़ौरी तलाक़, लल्ली बनी रही होती तो किस बिध मिलता? लैला ने अल्लाहताला का हर तरह शुक्राना अदा किया। पीर की दरगाह पर चादर चढ़ाई, पाबन्दी से पाँच बार नमाज़ पढ़ी, ग़रीब-ग़ुरबा में ख़ैरात बाँटी। और बाँके जवान को मौलवी साहेब के पास भेज दिया।

मौलवी साहेब इंसाफ़परस्त ख़ुदा के बन्दे थे। नौजवान का बाप उनका हमज़ुल्फ़ न भी होता तो वे वही कहते जो तब कहा। लैला को सबूत देना होगा कि उसने नसबन्दी नहीं करवाई। इनसानी तख़मीनों से परे, ख़ुदाई सबूत तभी मिल सकता था जब लैला के बच्चा पैदा हो। बच्चा तभी हो सकता था जब कोई मर्द उससे निकाह करने को राज़ी हो। बाँका जवान फ़ौरन राज़ी हो गया। साल पूरा होने से पहले लैला ने माँ बनकर दिखला दिया। पहले शौहर की पहली बीवी के बेटे को भी पहले की तरह अपनी औलाद की तरह साथ रखा। पता नहीं गाँव शर्मिंदा हुआ कि नहीं, पर उससे डर कर ज़रूर रहने लगा। सहेली की बेबँटी गोलियाँ अब दूसरा शौहर शहर में बेचने लगा।

इन दरम्यानी क़िस्म की बातों से अलग काम की बात यह हुई कि दूसरे खाविंद ने अपनी सनक नहीं छोड़ी। उसकी खाँटी तरक़ीबें रंग लाती रहीं, आसपास प्रदूशन कम होने लगा और पर्यावरण सुधरता नज़र आने लगा। इतना कि अगले बरस जब विश्व बैंक के अमरीकी नुमाइंदे या कहें कि अमरीका के विश्व बैंकीय नुमाइंदे हिन्दुस्तान आए तो उन्हें गाँव खेड़ी ले जाया गया। गाँव से ज़्यादा वे बाँके नौजवान से मुतास्सिर हुए। उनके होंठों पर उसका नाम आना था कि देश-प्रदेश की राजधानियों में उसके चर्चे चल निकले। अब ख़बर यह है कि अगले इलेक्शन में उसका एम.एल.ए. बनना तय है।

(1998)

छलावा

बचपन का सुना क़िस्सा जस-का-तस लिख रही हूँ। आप पढ़ें, बच्चों को सुनाएँ, फिर वे अपने बच्चों को, तब न क़िस्सा, कहानी बने। तो सुनिए। एक थे वैद्यजी। वैद्य क्या, राजवैद्य। कविराज। वैद्यों में राजवैद्य यूँ समझो कि तालों में ताल भोपाल का बाक़ी सब तलैया। क्या धूम थी राजवैद्य की। कहने वाले तो यहाँ तक कहते थे, ऐसी-ऐसी जड़ी-बूटी हैं उनके पास कि मरते दम भी पाँच-दस मिनट की मोहलत दिला दें कि, अपनी वसीयत-उसीयत लिख-बोल लो। ठीक समझे आप। अमीरों के वैद्य थे कविराज। क्या-क्या क़िस्से मशहूर थे उनकी हिकमत के।

सबसे मशहूर क़िस्सा था देश के राजा का। ज़ाहिर है। अपने वैद्यजी ने राजा की अँगूठी का नायाब हीरा यूँ चुटकियों में जलवा कर भस्म बनवा दिया था, वह भी राजा की मर्ज़ी से। हुआ यूँ कि राजा था हीरों की शौक़ीनी का पक्का, पर दाँत-आँत के हाज़मे का कच्चा। लाख हीरे जमा कर ले, पाचन शक्ति जस की तस ठस्स पड़ी रहती थी। न खाया जाता था, न पिया। सो राजवैद्य की तलब होनी ही थी। वैद्यजी पहुँचे और राजा की कलाई पकड़ बैठ गए, नब्ज़ जाँचने। मज़ाल जो आँख उठाकर देख लें, कैसा तो पारदर्शी, भक सफ़ेद हीरा दिपदिपा रहा है राजा की अनामिका पर। काहे का सफ़ेद ? चिलमन के बीच से आती धूप का परस पाकर ही सात-सात रंगों में फूटा पड़ रहा था। मानो कमरे में लगे इंद्रधनुषी झाड़-फानूस सुबह-सवेरे जल उठे हों। वैद्यजी मन लगाकर नब्ज़ पढ़ रहे थे और राजा था कि उसका पूरा ध्यान अँगूठी के हीरे पर अटका पड़ा था। साँस रोक के प्रतीक्षा कर रहा था कि अब आह भरें कविराज, अब कहें, अहा हा, ओह-हो-हो, क्या हीरा है महाराज। पर वैद्यजी थे की समाधि डाले चुप। चुप कि बस चुप।

राजा का धीरज चुक गया। राजा ठहरा। कितनी देर लगती है चुकने में। साँस छोड़ हठात् बोल उठा, "नब्ज़ के पारखी आप ठहरे मशहूर। हीरे का दाम बतलाएँ तो जानें।"

"कौड़ी टके का मोल है और क्या," कविराज ने फटाक से कहा।

राजा लाल, पीला, काला होता सफ़ेद पड़ गया। हाथ तलवार की म्यान पर गया सही, पर बाहर खींचने से पहले रुक गया। राजपूत हो भले, राजा भी तो था। बाहर निकाल लेता तो ख़ून चखाना पड़ता। वहाँ वैद्यजी के सिवाय था कौन वार सहने को। और उनकी मुट्ठी में ख़ुद अपनी कलाई भिंची पड़ी थी। आँत अलग कुलबुला रही थी। सिर पर ग़ुस्सा चढ़ा तो पेट की मरोड़ छाती को मथने लगी। बिलबिला कर वह चिचियाया, "छोड़ो नब्ज़। दर्द बन्द करो।"

"च्च च्च," वैद्यजी बुदबुदाये, "वात पित्त का जानलेवा प्रकोप। अति भयंकर। काल महाकाल।"

हीरे की छोड़, राजा को अपनी पड़ी।

"द...वा?" वह हकलाया।

"मेरे नहीं, आपके पास है महाराज," वैद्यजी बोले।

"मेरे पास?"

"आपकी अँगूठी का हीरा, महाराज। जान बचानी हो तो दे डालिए।" राजा ने दाएँ देखा न बाएँ, अँगूठी उतार वैद्यजी के हवाले की और पेट पकड़ औंधा हो गया।

वैद्यजी ने अँगूठी से हीरा निकाला और आग में डाल दिया। राजा की आँखें फटी और ज़बान घुटी रह गई। देखते-देखते हीरा भस्म में तब्दील हो गया। फिर कविराज ने उसके दस हिस्से कर, दस पुड़िया बाँधीं और बोले, "लीजिए महाराज, अब हुआ हीरा पाँच लाख का। दूध के साथ सेवन कीजिए और दर्द अफारे से छुटकारा पाइए।"

तो ऐसे रहे ठसकेदार, सत्यवादी, निडर, हमारे नामी-गिरामी राजवैद्य। फिर हुआ यह कि एक अँधेरी अमावस की रात, दो पहर बीत लेने पर किसी ने ज़ोर से कविराज का दरवाज़ा खड़खड़ाया। कौन है कह के पुकारा तो जवाब मिला, रोगी।

अब वैद्यजी थे तो आज के डाक्टरों जितने ही नामवर, विख्यात, पर बीमार को दरवाज़े से लौटाने का चलन तब तक फैला न था। सो उठकर दरवाज़ा खोल दिया।

सामने देखा तो कुछ नहीं। बस धूल का बगूला चक्राकार घूम रहा था। गोल-गोल। तेज़-तेज़। फिरकी-सा। वैद्यजी ने नींद की परत दिमाग़ पर से झाड़ते हुए सोचा, आँधी चल पड़ी दीखे। पर आँखें ऊपर उठाईं तो कुछ हिलता नज़र न आया। न पत्ता, न टहनी। न गमछा, न कथरी। हवा का नामोनिशां नहीं। जैसे धरती में समा गई हो। आसमान तक स्तब्ध, सहमा पड़ा था। वैद्यजी ने आँखें नीचे कीं तो ठगे खड़े रह गए। धूल का बगूला और तेज़ी से चक्कर काट रहा था। हैं! धूल का बगूला है कि कुछ और? वैद्यजी ठहरे राजवैद्य, वैद्यों में ताल भोपाल का, बाक़ी सब तलैया। उनकी नज़र कमज़ोर कैसे हो सकती थी? जो होगा, साफ़ दिखे बग़ैर कैसे रहेगा? पोषक पुष्टिदायक आहार यूँ बेकार गया तो आयुर्वेद का क्या होगा? उन्होंने आँखें अच्छी तरह खोलीं और बगूले पर दृष्टि केन्द्रित कर दी। लगा, धूल के चक्र के बीच चूहा है। न, बिल्ली। न न, कुत्ता, अरे कहाँ, यह तो भरा-पूरा आदमी है। लम्बा-तगड़ा, आँखें दिप-दिप चमक बिखेर रही हैं। जैसे राजा का बिन जला हीरा। खड़े-खड़े सपना लेने लगा क्या? वैद्यजी ने कायदे के ख़िलाफ़ आँखें मलीं, खोलीं, फिर मलीं, फिर खोलीं तो देखा, आगंतुक उनके पैरों पर झुका हुआ है।

वैद्यजी सुन्न खड़े रहे।

"मेरा बेटा बीमार है। आपको लेने आया हूँ कविराज। चलेंगे?" लम्बे-तगड़े ने कहा।

वैद्यजी से न हाँ कहते बना, न ना। पर वह पलटकर चला तो पाया, वे भी उसके पीछे चले जा रहे हैं। वह लम्बे डग भरता आगे-आगे और पौष्टिक आहार खाने वाले वैद्यजी हाँफते-हाँफते उसके पीछे। सौ-पचास गज चले होंगे कि वह बोला, "ऐसे तो पहुँच लिये," और वैद्यजी को उठा, अपने कन्धे पर बिठला लिया। फिर यूँ चला जैसे धरती पर क़दम बिना रखे, उड़ा चला जा रहा हो। बेचारे वैद्यजी, आँखें मूँदे, कन्धे से चिपके रहे। साँस जो भीतर खींची तो डर के मारे अन्दर ही घुटी रह गई। कितनी देर घुटती। हुँआ करके बाहर निकली कि पाया रुके पड़े हैं। आँख खुले बग़ैर न रही। देखा, उनका वाहन एक पुरानी आलीशान हवेली के सामने खड़ा है।

"अर...ए...हो...ओ।" उसने आवाज़ लगाई, "कविराज पधारे हैं।" कविराज तो कविराज पूरा मंज़र काँप गया।

ऊपर की मंज़िल से वापसी हाँक आई, उतनी ही दमदार पर बारीक, महीन। "पधारो, ठाकुर।"

वैद्यजी बिटर-बिटर ताकते सीढ़ी ढूँढ़ने लगे। ढूँढ़ना क्या और पाना क्या। न सीढ़ी, न रास्ता, वे तो आप से आप ऊपर उठे जा रहे थे। नीचे ताका तो घिग्घी बँध गई। लम्बू खड़ा-खड़ा और लम्बा होता जा रहा था। आन की आन में वैद्यजी ऊपरी मंज़िल के बारजे तक जा पहुँचे। लम्बू ने बड़े जतन से उन्हें वहाँ उतारा, फिर ख़ुद भी उतर लिया। और क़द दोबारा मुनासिब कर लिया।

सामने खाट पर तेरह-चौदह बरस का पीलिया खाया लड़का लेटा था। उसके बराबर में दिपदिपायमान थी उसकी माँ। उन्हें देख उसने घूँघट नीचे कर लिया पर आँखें उनकी, फिर भी चुँधियायी ही रहीं, जितनी देर वहाँ ठहरे। "निराशा त्यागो, ठकुराइन," आगंतुक ने कहा, "हमारे घर साक्षात् ईश्वर पधारे हैं।" फिर वैद्यजी से बोला, "नब्ज़ देख लें, कविराज, तो वापस पहुँचा आऊँ।" वैद्यजी के अंजर-पंजर भले ढीले हुए पड़े थे पर वैद्यकी न भूले थे। काँपते हाथों को क़ाबू किया और नब्ज़ परख डाली। बोले, "साथ चल कर दवा ले लो।"

तो जैसे गए थे वैसे ही लम्बू के कन्धे पर सवार हो लौट आए वैद्यजी। घर पहुँचा कर उसने, एक न दो, सात जगमगाते हीरे उनके हाथ पर धर दिये, बोला, "दो हमारी दवा के लिए बाक़ी पाँच आपकी नज़र। दवा की मिकदार, आप समझो दोगुनी दरकार है।" तो वैद्यजी ने दो हीरे जला कर भस्म बनाई ज़रूर, पर क्या हुआ कि, नज़र बाक़ी पाँच हीरों पर जमी रही। क्या हीरे थे। राजा का हीरा तो पत्थर जानो उनके आगे।

भस्म के दस हिस्से कर पुड़िया बना लम्बू को थमाईं तो दरवाज़े पर रुक, वह बोला, "आप हमारे बेटे के जीवनदाता, हम आपके ताबेदार, पर जो देखा, किसी से कहना मत।" वह उनके पैरों पर झुका तो वैद्यजी की हिम्मत लौट आई। पूछा कि आप हैं कौन ? पर जवाब नहीं आया। आता कैसे ? वहाँ था क्या, सिवाय धूल के एक बगूले के। वह भी रफ़्ता-रफ़्ता बैठ गया। न किसी ने कहा, न किसी ने सुनाया, पर कविराज ने साफ़ सुना, छलावा।

राजवैद्य भीतर दौड़े, कहीं हीरे भी तो ग़ायब नहीं हो लिए। नहीं, वे वहीं के वहीं, आग के पास चौकी पर पड़े भक-भक जगमगा रहे थे। सात-सात रंगों में। वैद्यजी ने लपक कर उन्हें उठा लिया। इस हाथ से उस हाथ में उलटा-पुलटा, उछाला। अहाहा, ओह हो हो। सतरंगी किरणों के उजास से कमरा झिलमिला उठा। क्या आबदार हीरे थे। ऐसे हीरों को भला जला कर राख किया जाता होगा। राजा के हीरे की बात और थी। ये हीरे तो पाँच-पाँच लाख के तब हों, जब सोने की अँगूठी में नगीने बनें, दस वजनी लोग देखें, अश-अश कर सराहें। तो वैद्यजी ने ख़ूब सँभाल कर चार हीरे दस-दस तालों में बन्द किए और पाँचवाँ ले जाकर अँगूठी में जड़वा लिया। फिर सुबह-सवेरे, नहा-धो कर, नया क़सीदा किया अंगरखा पहन, अनामिका में हीरे की अँगूठी धारण कर, राजा की तबीयत का हाल पूछने चल दिये।

राजा ने कविराज का हीरा देखा तो सुधरी तबीयत बिगड़ गई। सीने में वह दर्द उठा कि पेट-पीठ दोनों ऐंठ कर रह गए। तड़प कर बोला, "अहाहा, ओ हो हो। क्या आबदार हीरा है। क्यों है कि नहीं राजसी हीरा ?" तमाम दरबारी अश-अश कर बोल पड़े, "सचमुच ! वाक़ई ! एकदम राजा के योग्य हीरा है।"

वैद्यराज क्या करते। अँगूठी उतार राजा के हवाले की। चीज़ जिसके योग्य हो, उसे पहुँचे। आदमी का क्या है, लायक़ हो, न हो, राजा होना चाहिए। सूनी उँगली लिए वैद्यजी ने दस-पाँच दिन सब्र किया। हीरों को निकाल उलटा-पलटा ज़रूर, इस हाथ से उस हाथ किया, दूर-पास, दाएँ-बाएँ, सब तरफ़ से नज़ारा लिया। पर अँगूठी में दूसरा हीरा जड़वाने का ख़याल दिमाग़ से निकाल कर फेंकते रहे। ख़याल तो बाहर फिंकता रहा पर पेट में अफारा दिन पर दिन बढ़ता गया। जैसे वैद्य न होकर राजा हों। अफारा, दर्द, ऐंठन, मरोड़, वात पित्त का जानलेवा प्रकोप। अति भयंकर। काल महाकाल। पर भला अपना हीरा कौन भस्म करता है रोग से मुक्ति पाने को ? इससे अच्छा तो अँगूठी में जड़वा लो। सो वही राजवैद्य ने किया और तनाव से छुट्टी पाई। एक बार फिर सजधज कर दरबार का रुख़ किया। हीरे के असली पारखी और कहाँ मिलने थे ?

राजा भी पूरा राजा था। हीरा देखा नहीं कि मन बेक़ाबू। फिर वही अहाहा, ओह-हो-हो, और वैद्यजी का हीरा राजा की अंटी में। इस तरह एक-एक करके कविराज के चार हीरे राजा की नज़र हो गए। हर बार राजा यह पूछना नहीं भूलता था कि कविराज, इतना बढ़िया हीरा आया कहाँ से ? हर बार राजवैद्य गर्दन ऊँची करके कह देते थे, ''महाराज, यह न पूछिए। वचन दिया है, न कहने का। इज़्ज़त का सवाल है।'' पर हर बार, उनकी गर्दन पहले से कुछ कम ऊँची खिंच पाती थी।

आख़िर, पाँचवाँ हीरा, अँगूठी में सजाए, वैद्यराज राजा के सम्मुख पधारे। एक बार फिर राजा ने अलापा, ''अहाहा, ओह-हो-हो, क्या आबदार हीरा है, क्यों है न...राजसी हीरा,'' तब, राजा का आलाप पूरा होने और दरबारियों के समवेत गान के शुरू होने से पहले ही, वैद्यजी उसके चरणों में लौट गए।

''आपके लिए कौड़ी मोल है इसका। जब पाँच लाख का करना होगा, हमसे वापस माँग लीजिएगा,'' राजा ने आँख मारकर कहा।

''क्षमा करें महाराज। मैं स्वयं रोगी हूँ। मुझे ख़ुद इसकी ज़रूरत है।''

''एक शर्त पर। यह बतलाइए मिला कहाँ से ?'' राजा ने कमज़ोर जान धर पकड़ा।

वैद्यराज की झुकी गर्दन न उठ पाई। कहाँ का वचन और कैसी इज़्ज़त ? उन्होंने तमाम राज़ कह डाला।

राजा तो फिर राजा था। फ़ौरन दल-बल सहित हीरे वाले छलावे की खोज में निकल पड़ा। बेचारे राजवैद्य को राजा की बगल में दुबक कर बैठे रहना पड़ा। देश-देशान्तर, सब जगह खोजा। दिशा निर्देश का काम वैद्यजी के ज़िम्मे पड़ा। वे कभी क़ाफ़िले को पूरब दिशा में चला देते, कभी पश्चिम में। कभी उत्तर की तरफ़ मोड़ देते, कभी दक्षिण की। उन्हें कौन ठौर-ठिकाना याद था ? वे कन्धे पर सवार, आँखें मूँदे, यह जा, वह जा, पहुँच लिये थे। राह दिशा देखी कब थी जो याद रहती।

राजा, कविराज भटके सो भटके, देश के तमाम प्रमुख उनके साथ भटक लिये। छलावे की तलाश में आज तक भटक रहे हैं। जहाँ कहीं धूल का बगूला चक्कर काटता दीख जाता है, दौड़ पड़ते हैं उसकी तरफ़। यहाँ-वहाँ, जहाँ-तहाँ। देश की बाक़ी जनता, राजा और वैद्य के अभाव में, जैसे-तैसे, दिन काट रही है। बिना मुनासिब इलाज और बिना उचित राजकाज।

(1998)

साठ साल की औरत

सुरभि घोष ने अपनी एक कहानी में लिखा था, साठ की होने पर औरत निरापद हो जाती है। कुछ भी करे लोकापवाद नहीं होता। कितनी बेवक़ूफ़ी की बात थी। जैसे लोकापवाद का न होना औरत को निरापद करने को काफ़ी हो। और जो लोक से इतर अपना मनोजगत है उसका क्या ? पर उसका आग्रह तो साठ की होने पर पता चलेगा न ? चालीस की उम्र में साठ इतनी दूर लगता है कि जो चाहो कह लो।

आज इक्कीस साल बाद, सुरभि घोष उसी शहर में है, जहाँ पहलेपहल डॉ. चन्द्रशेखर रामलिंगस्वामी से मिली थी। इतिहास के उन प्रोफ़ेसर का नाम इतिहास की तरह लम्बा था। पर कहते उन्हें सब डॉ. चन्द्र थे।

इतिहासकार डॉ. चन्द्र से सुरभि घोष की मुलाक़ात एक गोष्ठी में हुई थी। जब उन्होंने उसे गिरजाघर ले चलने का प्रस्ताव रखा तो वे दोस्त क्या परिचित भी नहीं थे। नहीं, वे उसे पूजा या प्रवचन में नहीं ले जा रहे थे, सिर्फ़ इमारत दिखलाने। इतिहासकार डॉ. चन्द्र को अपने शहर की तारीख़ी इमारतों से ख़ास लगाव था। वे उन पर लिख-बोल कर भी काम चला सकते थे, चलाते भी थे। पर कभी-कभी आँख में उँगली डाल कर समझाने का दौरा पड़ जाता था। अलबत्ता, कभी-कभार। उस बार जब पड़ा तो सुरभि घोष सामने थी।

"इस शहर में आई हैं तो वह गिरजाघर देखे बग़ैर मत लौटिएगा," उन्होंने कहा था।

"वही क्यों ?" उसने पूछा था।

"अपनी तरह का वह अकेला गिरजा है।"

"अपनी तरह के तो सभी अकेले होते हैं," उसने तपाक से कहा था।

डॉ. चन्द्र ने इनकार नहीं किया था, पर हँसे भी नहीं थे। शायद वे कम हँसते होंगे।

गिरजाघर पहुँचने तक सुरभि के मन में सवाल, दलील, क़यास का सिलसिला, आदतन ख़ूब चला था। पर वहाँ पहुँचते ही सब कुछ बेख़याल, ख़ामोश हो गया था।

गिरजाघर पाँच मंज़िला है। दाएँ-बाएँ दो घुमावदार ज़ीने हैं। वे हर मंज़िल के बारजे पर जाकर मिलते हैं, फिर उलटी दिशा में ऊपर बढ़ते हैं। मंज़िल दर मंज़िल बारजा सँकरा होता जाता है। अच्छा हुआ, इतनी जानकारी डॉ. चन्द्र ने नीचे ही दे दी थी। चढ़ना शुरू करने के बाद सुरभि दिवा स्वप्न में थी जहाँ आदमी को सुनाई तो देता है, पर वह सुनता नहीं।

सरे राह मिले मुलाक़ाती डॉ. चन्द्र और सुरभि घोष ने अलग-अलग सीढ़ी से ऊपर चढ़ना शुरू किया। डॉ. चन्द्र दाएँ, सुरभि बाएँ। नीचे जब डॉ. चन्द्र ने कहा कि इस गिरजे पर अलग-अलग सीढ़ी से चढ़ने की परम्परा है तो सुरभि ने उनकी बात को 'बात' जितनी ही तवज्जुह

दी थी और उनकी वाली सीढ़ी पर क़दम रख दिया था। पर उन्होंने ख़ासी सख़्ती से उसे बाएँ हो जाने की हिदायत दी थी।

परम्परा पुजारी। ज़िद्दी बच्चा। बाएँ ज़ीने से ऊपर जाते सुरभि हँसती रही थी। जल्दी ही बारजे पर डॉ. चन्द्र से भेंट हो गई थी। नीचे जैसे मुलाक़ात ही न हुई हो, कुछ ऐसी नज़र से दोनों ने एक-दूसरे को देखा था और मुस्करा दिये थे। सुरभि को गिरजाघर का शिखर दिखलाई दिया तो उसने गर्दन बढ़ाकर आसमान भी देख लिया था। सूरज शायद इमारत के पीछे था, क्योंकि आसमान पर परछावाँ रोशनी का उजास था धूप नहीं। एक-दूसरे के सामने से होकर, अब सुरभि दाएँ और चन्द्र बाएँ ज़ीने से ऊपर चढ़ते हुए दूसरी मंज़िल के बारजे पर जा मिले।

धरती अब कुछ और नीचे छूट चुकी थी। पर दीख भरपूर रही थी। चौक पर घूम रहे इनसानों के चेहरे पहचान पाना मुमकिन नहीं था, पर उनका वजूद आँखों के दायरे में मौजूद था। फिर भी वे अलग, नीचे और दूर थे। सम पर एक-दूसरे के नज़दीक सिर्फ़ चन्द्र और सुरभि थे। पहले अग़ल-बग़ल, फिर आमने-सामने।

इस बार, सुरभि खुलकर मुस्करा नहीं पाई। डॉ. चन्द्र की निगाह चेहरे पर महसूस हुई तो आँखें बरबस झुक गईं। वह उनके आगे से निकली और दोबारा बाईं सीढ़ी पकड़ ली।

सीढ़ी चढ़ते हुए दिल की धड़कन तेज़ हो ही जाती है, सो हुई। चढ़ भी तो इतने फ़र्राटे से रही थी जैसे ऊपर पहुँचने पर कोई ख़ज़ाना हाथ लगने वाला हो। पेट में बुलबुला उठा तो जम कर ही बैठ गया। बहुत धीमे-धीमे वह छाती की तरफ़ सरका। अब फूटे कि अब फूटे। एक अनर्गल रोमांच उसमें क़ैद था जैसे बढ़िया जासूसी नाटक या फ़िल्म देखते हुए होता है। यहाँ तक कि छज्जे पर पाँव बढ़ाने से पहले, वह आख़िरी पैड़ी पर ठिठकी खड़ी रह गई। लम्बी साँस खींचकर अपने को सहेजा तो छाती में अटका बुलबुला धौंक से फूट गया। वह छज्जे पर ठिली चली आई। आँख के कोने से देखा, डॉ. चन्द्र दाएँ बाज़ू पर थे। छाती की धौंकनी जैसे चाल में भर गई। डॉ. चन्द्र को देखकर अनदेखा करती, वह भाग कर दाएँ ज़ीने पर जा चढ़ी।

धीरे-धीरे चाल मन्द होती हुई सुस्त पड़ गई। क्यों भागी वह बारजे से? छजली बनाई जाती है, ठहर कर नज़ारा देखने को। ऊपर और नीचे का, नहीं? और यह दोतरफ़ा गोल ज़ीना? यह क्यों बनाया गया था? सवाल क्या उड़ आया, मधुमक्खी सा गुंजार करता मन में देर तक फड़फड़ाता चला गया।

जवाब शायद मिल भी जाता पर तभी दूसरा सवाल डंक मार बैठा। मान लो, वह चौथे तल पर पहुँचे और डॉ. चन्द्र वहाँ न हों? वह नज़ारा करती खड़ी रहे पर वह नहीं आएँ? कभी न आएँ? सुस्ती भूल वह बारजे पर खिंच आई।

डॉ. चन्द्र और सुरभि वहाँ एक साथ पहुँचे। एक-दूसरे के पहलू में आकर थमे। रुके...एक ख़म खाया और आमने-सामने हो गए। इतने क़रीब कि बदन चुरा कर निकलना मुश्किल था। पर उन्होंने पूरी एहतियात बरती और अनछुए रास्ता काट कर फिर बिछड़ गए।

सुरभि के बदन पर हौले-हौले पसीने की परत बनने लगी। बूँद-बूँद करके उभरी, चाव भरी सिहरन के साथ। ज़ीना ढका था तो क्या, हवा न सही, ठंडक फिर भी काफ़ी थी। पल्लू से मुँह-माथा पोंछने को मन नहीं हुआ।

खुले छज्जे पर पहुँची तो ठंडी हवा ने पसीजे बदन पर फुरफुरी ला दी। डॉ. चन्द्र से एकदम सामना हो गया। वह उसकी वाली सीढ़ी की तरफ़ तलबगार निगाहें जमाए खड़े थे। तंग बारजे पर आकर दोनों अपनी-अपनी जगह अडोल खड़े नज़दीकी महसूसते रहे। वक़्त के गुज़रने का वहाँ कोई मानी नहीं था। न अलहदगी का। उस फ़क़त दम तनहाई ने अलहदगी को शिरकत में तब्दील कर दिया था। पता नहीं राज़ क्या था, पर जो था नुमायाँ हो चुका था।

सुरभि ने पाया, उसका चेहरा पसीने से नहीं, आँसुओं से तरबतर था। यह बार-बार बिछड़ कर मिल पाना कितनी बड़ी नियामत है। हर्ष और विषाद की मिली-जुली तरंगें उसे झकझोर कर दिल के भीतर से एक शब्द ऊपर खींच रही थीं। वही उसके चारों तरफ़ बज रहा था, मिलन! वह भूल चुकी थी, कितने बरस, कितने जीवन, कितने जन्म वह जी चुकी थी। बस इतना जानती थी कि यह आख़िरी पड़ाव था, अलौकिक मिलन का। उसने आँखें बन्द कीं और नीचे छलाँग लगा दी।

लगाई पर लगी नहीं। देखा डॉ. चन्द्र की मज़बूत हथेलियों ने उसे दोनों तरफ़ से जकड़ रखा था।

सुरभि के भीतर एक अदम्य लालसा जग उठी। डॉ. चन्द्र उसे वहीं, तभी, फ़ौरन प्यार करें। छाती पर भींच कर, मुँह ऊपर उठाएँ, चूमें, बार-बार चूमें। पागल कर देने वाली हसरत के साथ वह इन्तज़ार करती रही कि वे उसकी चाहत पर अमल करें। प्यार करें, पर वे करें। सुरभि पहल नहीं कर सकती थी। नीचे कूद कर जान दे देना एक बात है, भविष्यहीनता में निरापद और पुरुष को बाँहों में लेकर प्यार का आमंत्रण देना, एकदम दूसरी। डॉ. चन्द्र का मुँह उसके कान से सटा था। उन्होंने कहा, वापस चलें? वह हिली नहीं तो ठेल कर ज़ीने पर एक पैड़ी नीचे उतार दिया। ख़ुद दूसरी सीढ़ी की तरफ़ हो लिये।

शिथिल चाल, पसीने से लथपथ, लस्त-पस्त, वह ज़ीना दर ज़ीना उतरती गई। लौटते हुए भी हर बार बारजा आया। कभी डॉ. चन्द्र दीखे कभी नहीं। धीमी गति के यान की तरह, वह दाएँ-बाएँ सीढ़ियाँ पकड़ती नीचे उतर आई। डॉ. चन्द्र क्षण भर बाद पहुँचे। उसे देख मुस्कराये और बोले, "तो सुश्री घोष कैसा लगा गिरजा?"

सुरभि ने आँखें फाड़ कर उन्हें देखा, फिर आसमान तक उठे गिरजाघर के शिखर को। पूरी दूरी को फलाँग कर दृष्टि वापस धरती पर फिसली और वह गश खाकर वहीं गिर पड़ी।

पलक झपकने भर को होश गुम रहे होंगे, फिर लौट आए। शर्मसार, वह उठकर बैठने को थी कि डॉ. चन्द्र की आवाज़ सुनकर रुक गई। आँखें मूँदे पड़ी रही जैसे अब भी बेहोश हो।

"सुरभि! सुरभि!" वे इतनी वाचाल आत्मीयता के साथ उचार रहे थे कि प्रिय, प्रियतमा जैसे उपसर्ग प्रत्यय अनायास जुड़े जा रहे थे। बहुत देर नहीं चल सकता था। चोरी किसी की हो, पकड़ी जाए तो शर्म आती है। वह उठी, खड़ी हुई, कहा, "सॉरी। कभी-कभी हो जाता है। वाइन पीने से।" अब कुछ तो कहना था।

"वाइन? सुबह-सुबह आपने वाइन पी?"

"नहीं," उसने कहा, "कल पी होगी। मुझे नहीं मालूम। पहले ऐसा कभी नहीं हुआ। आप इतनी जिरह क्यों कर रहे हैं?"

"जिरह!" वे निरीह हो आए थे, "सुश्री घोष आप बहुत थक गईं क्या?"

"मर गई," उसने कहा और हँस पड़ी। काफ़ी हँसी। जितना अकेले मुमकिन था। डॉ. चन्द्र नहीं हँसे। ज़रूर वह आदमी कम हँसता होगा।

आने वाले दिनों में उनका परिचय बढ़ा और जहाज़ी पंछियों वाली हमराह दोस्ती में बदल गया। ऐसी ईमानदार आत्मीयता में जो उन्हीं लोगों के बीच पनप पाती है, जो जानते हैं कि उनका साथ कुछ निश्चित दिनों के लिए है। बीती बातें याद दिलवा कर शर्मिंदा करने का मौक़ा नहीं आएगा, इसलिए जो चाहें खुलकर कह सकते हैं। उदार होकर एक-दूसरे के उस शौक़ में भी हिस्सेदारी कर सकते हैं, जिसमें अपनी दिलचस्पी न हो। बाद में वह यह कहने नहीं आएगा कि पहले तो पसन्द था, अब क्या हुआ? गोष्ठी चली कुल जमा एक हफ़्ते। कम नहीं होता एक हफ़्ता। नियमितता से अलग आज़ाद सात दिन। जैसे हर दिन में चौबीस नहीं, चालीस घंटे हों। कम से कम बारह के बीस तो बनाए ही जा सकते हैं। सो वे बनाते रहे। कुछ गोष्ठी के आयोजकों की कृपा से कुछ अपनी तरफ़ से। यानी गोष्ठी में पर्चे पढ़े-सुने, बहसाये, साथ-साथ फिर शाम को खाना, पीना, घूमना, बतियाना भी साथ किया।

यूँ आख़िरी शाम आ पहुँची। स्थानीय विश्वविद्यालय ने गोष्ठी के सभी भागीदारों को शाम की दावत का न्योता भेजा। दावत एक पुरानी इमारत में थी। पुराने राजमहलों, मठों में ढाबों का खुलना आम बात हो चुकी थी। गोल मेज़ों के चारों तरफ़ छह-छह कुर्सियाँ लगी थीं। सुरभि और चन्द्र के साथ बैठे थे अमेरिकी जानेथन, फ्रांसीसी निकोल, जर्मन राइमन और चेक राक्ज़ान। ठीक समझे आप। अन्तर्राष्ट्रीय गोष्ठी थी और औरत-मर्द इकट्ठा बैठे थे। मेज़ पर शराब के नाम पर वाइन की बोतलें रखी थीं। साथ में नमकीन बिस्कुट। गप्पों की गर्मागर्मी में सुरभि के साथी वाइन पर वाइन पिए जा रहे थे। मेज़ पर रखी बोतलें ख़तम हुईं तो और मँगा ली गईं।

काफ़ी देर तक सुरभि वाइन से हाथ खींचे रही। वह जानती थी, गिरजाघर से नीचे उतरने पर आँखों के आगे जो अँधेरा छाया था, वह वाइन की वजह से नहीं था। एक घूँट भी हलक के नीचे नहीं उतरी थी। पर पहले एक बार वाइन का महज़ एक जाम पी कर, वह धराशायी हो चुकी थी। हुआ सिर्फ़ एक बार, क्योंकि पिया ही सिर्फ़ एक बार। पर तभी से वाइन से दुश्मनी ठान ली थी। पर अब जब साथी जाम पर जाम ख़ाली किए जा रहे थे, वही भरा का भरा गिलास सामने रखे रहना, नागवार मालूम पड़ रहा था। जब-जब झुकी बोतल, उसके जाम से रुसवा होकर मुँह फेरती, वह बौखला कर बिस्कुट कुतरने लगती। बाक़ी लोग वाइन की नई बोतल मँगाते तो वह पानी की गुहार लगा देती। मेज़ के तमाम बिस्कुट ख़तम हो गए। न पानी आया, न और बिस्कुट। तब हाथ डुलाते बैठे रहना, नागवार से नामुमकिन होने लगा। आख़िर उसने सामने रखा जाम उठा लिया और ख़ाली भी कर दिया। भरे जाने पर शायद दूसरी बार भी पी लिया। इस तरह चार घंटे गुज़रे और रात के ग्यारह बज गए।

"चलें?" कहकर साथी उठ खड़े हुए।

"पर खाना?"

सुरभि के मुँह से निकला।

"खाना?" पाँचों ने एक साथ कहा, "आप खाकर नहीं आईं?"

"नहीं, यहाँ दावत थी न, शाम की?"

शाम की दावत! खाना! इन लफ़्ज़ों में कौन सा मज़ाक़ छिपा था, सुरभि समझ नहीं पाई। पर उसके साथी हँसी से दोहरे होते रहे। बीच-बीच में बेचारी हिन्दुस्तानी, पूर्वी मेहमाननवाज़ी मालूम, जैसे जुमले उभरे और दब गए।

"यहाँ शाम की दावत में खाकर आने का रिवाज है। अब उठो," चन्द्र उसके कान में फुसफुसाये तो उसने समझा, वे हँस नहीं रहे थे।

शुक्र था कि वे हँसते कम थे वरना उस वक़्त वह शायद रो पड़ती। भूखे पेट इनसान बड़ा बेबस हो जाता है। ख़ासकर जब, दुश्मन वाइन पेट में कटार चला रही हो। उसने उठने की कोशिश की तो सिर घूम गया। पर डॉ. चन्द्र उसकी बाँह कस कर पकड़े रहे और वह बिना लड़खड़ाये बाहर आ गई। बाहर काफ़ी ठंड थी। हवा तेज़, साफ़ और सर्द थी। जैसी रात के दूसरे पहर में होनी चाहिए। सिर सँभला तो उसने देखा, बाक़ी साथी आगे या पीछे, कहीं छूट चुके। वहाँ, वह और चन्द्र, दो ही थे।

तभी चन्द्र हँस पड़े। सुरभि चौंक उठी। पर बाँह छुड़ाने लायक़ सिर नहीं था। फिर भी बदन अकड़ा होगा, क्योंकि उन्होंने अपने पर क़ाबू पाने की कोशिश की। कामयाब नहीं हुए। बोले, "तुम सारे बिस्कुट खा गईं!" और दबाने पर दुगने ज़ोर से फूट पड़ने वाली हँसी हँस दिये। सुरभि को भी हँसी आ गई। सहसा चन्द्र बोले, "टिप।" और वापस मुड़ लिये। सुरभि की बाँह अब भी उनकी पकड़ में थी, सो साथ खिंचना पड़ा। वे वापस ढाबे पर पहुँचे। दरवाज़ा बन्द था, पर ढकेलने पर खुल गया। भीतर मैनेजर के सिवा कोई नहीं था। वह मेज़ पर बैठा बाक़ायदा खाना खा रहा था। नमकीन बिस्कुट नहीं।

"क्या चाहिए रेस्तरां बन्द हो चुका," उसने कहा।

"आपका शुक्रिया," चन्द्र ने कहा। फिर अपनी वाली मेज़ पर दस का नोट रखा और बाहर चले आए।

"खाना!" सुरभि के मुँह से निकलने को हुआ, वापस घोंटा तो निकला, "नोट किसलिए?"

"उम्दा शाम के लिए," चन्द्र ने कहा, "यादगार शाम होगी न, यह?"

तुम्हारी वजह से, सुरभि ने शब्दों के अर्थ को पकड़ा। 'हाँ,' की भंगिमा में उनकी तरफ़ देखा। उन्होंने कहा, "तुम्हें भूख लगी है न। ग़लती मेरी थी। गोष्ठी के बाद तैयार होने होटल गई थीं तो मुझे बतलाना चाहिए था, खाकर आना।"

"कोई बात नहीं। इतने बिस्कुट तो खा गई," वह हँस दी। पर पेट में ख़ालीपन बना रहा।

"मेरे डेरे पर डबलरोटी वग़ैरह है। चल कर खा लो," उन्होंने कहा। सवाल नहीं किया गया था। जवाब की ज़रूरत नहीं थी। सुरभि ने चाहा, कुछ न बोले, चुपचाप उनके साथ चलती जाए। कुछ दूर चली भी। पर...नशा था कि उतरता चला गया। चित्त चौकन्ना हुआ नहीं और नज़र साफ़ कि हौसले पस्त हो गए। उसने वही कहा जो कहा जाता रहा है। "अलस्सुबह उड़ान है। अब सोना चाहिए।"

वे कुछ देर या शायद काफ़ी देर चुप रहे। फिर बोले, "ठीक है। अपने होटल में ही खा लेना। कैफ़े खुला होगा।"

वह बात नहीं है, उसने कहना चाहा, कम से कम सोचा, कहना चाहिए। पर नहीं कहा। विदा दे-लेकर होटल पहुँच गई। अगली सुबह, निर्धारित उड़ान पकड़कर अपने शहर लौट गई।

इक्कीस वर्ष बीत गए। अब वह फिर उस शहर में है, जहाँ पहलेपहल डॉ. चन्द्र से मिली थी। फिर विश्वविद्यालयी गोष्ठी है। फिर वह मेहमान बनकर आई है। इस बार भी वह समाजशास्त्र विषयक पर्चा पढ़ने वाली है। अब भी इतिहास में उसकी रुचि है। इस बार भी डॉ. चन्द्र से मिलना होगा या नहीं उसे नहीं मालूम। गोष्ठी में हिस्सा लेने वालों की फ़ेहरिस्त में उनका नाम नहीं है। फिर भी क्या वे इसी शहर में हैं, उसी विश्वविद्यालय में प्रोफ़ेसर? विश्वविद्यालय फ़ोन भर मिलाना होगा, पता चल जाएगा। तो करे? पहले दो दिन गोष्ठी की व्यस्तता और सोचा-सोची में बीत गए। दूसरे दिन, उसका अपना पर्चा पढ़ा जा चुका तो फ़ुरसत के साथ राहत मिली। दोपहर बाद, वह अकेली पुराने गिरजाघर चल दी। पर ऊपर नहीं चढ़ी। एक नज़र शिखर तक देखा कि मन हुआ, पलटकर कमरे में चली जाए। सो, चली गई।

तीसरे दिन स्थानीय विश्वविद्यालय में इतिहास के प्रोफ़ेसर डॉ. जेम्स गोल्डमेन का व्याख्यान था। दोपहर के खाने तक उस पर चर्चा चली। फिर मेज़बान की हैसियत से डॉ. गोल्डमेन एक-एक मेहमान की ख़ैर-ख़बर लेने लगे। आपसी बातचीत शुरू हुई तो उनके विभाग के डॉ. गोल्डमेन से डॉ. चन्द्रशेखर रामलिंगस्वामी के बारे में पूछे बग़ैर कैसे रहा जा सकता था? सो पूछा। नाम सुनकर डॉ. गोल्डमेन जोश में आ गए। "आप जानती हैं उन्हें? विलक्षण इतिहासकार हैं पर एकान्तप्रिय, निस्संग, नहीं? बैठे-बिठाए एक दिन नौकरी और शहर छोड़कर चले गए। आजकल स्वतंत्र शोध कर रहे हैं। गोष्ठियों में नहीं जाते। निमंत्रण भेजा था, पर...अच्छा सुनिए आप बात कीजिए न उनसे..." कहते-कहते उन्होंने फ़ोन उठा लिया।

नहीं...हाँ...अभी रहने दीजिए...बाद में करूँगी...नम्बर...ऐसे कई, टूटे-बिखरे शब्द समूह दिमाग़ में उभरे, पर मुँह से कुछ कह पाने से पहले, फ़ोन का चोंगा उसके हाथ में था और डॉ. गोल्डमेन दूसरे मेहमान के पास।

हलो-हलो सुनकर कहना पड़ा, "डॉ. चन्द्र?"

"जी।"

"मैं...सुरभि घोष...याद नहीं होगा...इक्कीस साल पहले...गोष्ठी में..." उसकी आवाज़ डूबने लगी कि उधर से ज़ोरदार इकरार आया।

"सुश्री घोष। आप आ गईं!"

"सोचा...हाल पूछूँ...," वह हकला गई।

"क्यों, मिलते हैं न। यहाँ से दो-सवा दो घंटे का रास्ता है। कहाँ मिलें?"

"गिरजाघर पर," वह कह उठी।

"दो ज़ीनों वाले? ठीक है। साढ़े चार बजे गिरजाघर के सामने।" फ़ोन कट गया।

वह चोंगा हाथ में लिए बैठी रही। ग़लती हो गई। होटल में मिलने को कहना था। डॉ. गोल्डमेन से नम्बर लेकर फ़ोन कर सकती है। पर फ़ौरन करना होगा वरना वह निकल पड़ेंगे...। डॉ. गोल्डमेन आसपास दिखलाई नहीं पड़े। उठकर उसने तुरन्त ढूँढ़ा नहीं। सोच-साच कर जब उठी, देर हो चुकी थी। फ़ोन करने का कोई मतलब नहीं था। वह कॉफ़ी पर कॉफ़ी पीती रही, फिर वक़्त से पहले गिरजे के लिए निकल पड़ी। सोचा, उनके आने तक आसपास घूम लेगी। पुरानी यादें अकेले जी लेगी, उनका चाव उतार फेंकना आसान होगा।

वह गिरजाघर तक पहुँची तो देखा वे सामने से चले आ रहे हैं। दो घंटे लगे नहीं रास्ते में।

"आपके तो सब बाल सफ़ेद हो गए?" देखते ही उसने कहा।

"आप चाहती हैं, इन्हें काले करूँ?" उन्होंने कहा।

बेवक़ूफ़! इक्कीस साल बाद मिलने पर यह कहा जाता है।

नहीं-नहीं, उसने कहा कि नहीं, पता नहीं।

"आपने तो लिखा था, साठ साल के बाद लोकापवाद नहीं होता। फिर लोगों के चाहने से बाल काले क्यों करें?" उन्होंने कहा तो अपनी बेवक़ूफ़ी, बदतमीज़ी सब ज़ेहन से निकल गई। पूछा, "आपको कैसे पता?"

"क्यों, लिख कर छपवाएँगी तो सभी को पता चल जाएगा। अंग्रेज़ी में होगा तो मुझे भी।" कहकर वे हँस पड़े। "देखा, कैसी विडम्बना है, एक इतिहासकार के लिए। हैं हम दोनों हिन्दुस्तानी पर अंग्रेज़ी में अनुवाद न हो तो मैं आपको पढ़ न पाऊँ।" वे फिर हँसे।

"मेरी किताब यहाँ?"

"यहाँ नहीं। हिन्दुस्तान गया था तब ख़रीदी थी।"

हिन्दुस्तान गए थे। उसका मुँह उतर गया। उससे सम्पर्क नहीं किया? वह भी तो निस्संग थी, इनकी तरह। प्रिय की तरह एकान्त को साथ लिए।

"पत्नी साथ थीं," उन्होंने कहा, "और तब मैं साठ का नहीं हुआ था।" अब वे और खुलकर हँसे।

सुरभि इधर-उधर ताकने लगी, जिससे एक-दूसरे को देखने से बचा जा सके।

"उधर एक कैफ़े है, वहाँ बैठें?" भटकती नज़र को सबब देने के लिए उसने कहा।

"ऊपर नहीं चलेंगी? फिर यहाँ..."

"चलिए," शर्मिंदगी में वह एकदम आगे बढ़ कर ऊपर चढ़ने लगी। डॉ. चन्द्र दूसरे ज़ीने की तरफ़ बढ़ गए।

बदहवास सी वह पहली मंज़िल के बारजे पर पहुँची। तेज़-तेज़ चढ़ी होगी, क्योंकि वे वहाँ नहीं पहुँचे थे। उनका इन्तज़ार किए बिना, उसने दूसरा ज़ीना पकड़ लिया। इस तरह तो क्या पता, वह चोटी पर पहुँचकर वापस भी उतर जाए और रास्ते भर वह निस्संग, विलक्षण इतिहासकार मिले ही नहीं? अच्छा रहे। रहे? उसकी चाल में सुस्ती आ गई। जब वह दूसरे तल्ले के छज्जे पर पहुँची तो उन्हें वहाँ इतमीनान से खड़े पाया।

"पहली मंज़िल पर मिलीं नहीं?"

"आप देर से पहुँचे।"

"मैंने कितना इन्तज़ार किया। सोचा, दूसरी सीढ़ी पर जाकर देखूँ ऊपर तो नहीं चली गईं? फिर सोचा, क्यों परम्परा तोड़ी," वह हँस दिये।

अरे, यह आदमी इतना वाचाल और हँसोड़ कब हुआ? हँसा तो था, उस आख़िरी शाम को भी।

"चलें?" उन्होंने ही कहा और ऊपर बढ़ गए।

इस बार, अलग-अलग चढ़ते उनके क़दमों में तालमेल रहा होगा, क्योंकि तीसरे तल पर वे वैसे ही आमने-सामने प्रकट हुए जैसे कुछ देर पहले नीचे हुए थे।

सूरज इमारत के पीछे कहीं होगा, क्योंकि सामने आकाश पर मोतिया आभा थी, जगर-मगर चौंध नहीं। उनके बालों की सफ़ेदी निष्कपट थी। हलकी रोशनी पड़ने पर और झक श्वेत लग रही थी। उसके अपने बाल भी काफ़ी पक चले, पर वह उन्हें काला करती है।

साठ की उम्र में लोकापवाद नहीं होता। बेवक़ूफ़ी की बात करो तो सारी दुनिया पढ़ लेगी, अक़्ल की लिखो तो पाठकों का टोटा पड़ जाएगा। सोच रहे होंगे, साठ की हो गई, बाल रँगने का मोह नहीं छूटा। उनके सामने से गुज़र कर आगे बढ़ते, वह ठिठक गई। ठहरी रही। उन्हें जो कहना था, वह सुनने को। कहेंगे ज़रूर। वाचालता जो पा गए हैं उम्र के साथ। वे एक शब्द भी बोले तो वह ऊपर जाने के बजाय नीचे उतर जाएगी। वे नहीं बोले। दोनों चुप खड़े रहे। उसके भीतर इक्कीस बरस पहले का वक़्त साँस लेने लगा। हवा के बगूले सा उठा और बिठलाए न बैठा। साँस और अहसास पर अल्फ़ाज़ भारी पड़ते हैं। उसने सोचा, आगे बढ़ने से पहले शब्दों से भींच कर बगूले को बिठला दे। पूछे, यह गिरजा कब बना? किसने बनाया? क्यों बनाया? कौन थे वे जो बारजे पर जाकर खड़े हुए? क्या प्रेमी, अभिशप्त या आश्वस्त? भला ऐसे बगूला बैठा करता होगा? चक्राकार उठता आँधी की मुनादी करने लगा।

मिलो, अलग हो, फिर मिलो, फिर अलग हो और...

वे दोनों पाँचवीं मंज़िल के बारजे पर साथ-साथ खड़े थे। सुरभि के भीतर चाहत उठी कि वे उसे अपनी बाँहों में घेर लें। कि वे दोनों एक घेरे में हों जिससे एक की साँस दूसरा सुन सके। ज़्यादा देर उसने इन्तज़ार नहीं किया। अपनी बाँहें फैलाईं और चन्द्र को उनके घेरे में ले लिया। वे बच्चे की तरह उसके सीने पर दुबक गए। फिर वे दोनों एक ही ज़ीने से नीचे उतर आए।

(1998)

ज़ीरो अक़्स

कुछ दिन पहले राजधानी में एक क़त्ल के काफ़ी चर्चे रहे। पूरे दो हफ़्ते लोग घरों में बैठे बतियाते, उससे रोमांचित होते रहे। इससे ज़्यादा, राजधानी किसी मामले में रस नहीं लेती, गोरों के मामलात हों तो बात और है। हादसा ऐसा नहीं था कि उसकी चर्चा सड़कों पर होती। मारने मरने वाले दोनों लेखक थे। और आप जानते हैं, सड़क को लेखकों में दिलचस्पी नहीं होती। होती तो घरों के भीतर भी नहीं, पर चूँकि मारने वाला मर्द और मारी जाने वाली औरत थी, इसलिए वाक़िये में कुछ रंगीनी आ गई थी। फिर भी, जब क़िस्सा पहलेपहल बयान हुआ तो बड़ा फ़ीका-फ़ीका लगा। नाजायज़ छोड़, किरदारों के बीच कोई जायज़ रिश्ता भी नहीं था। पर क़यामत की नज़र रखने वालों ने बिला धुएँ काफ़ी आग देख ली और उसे हवा देकर, ख़ासी धुंध पैदा कर दी। मुश्किल यह थी कि क़त्ल की एक चश्मदीद गवाह भी थी। उसका बयान इतना बेपेंच था कि क्या हुआ, हर कोई जान गया था, पर क्यों हुआ कोई नहीं जानता था। गवाह का नाम था रागिनी। वह मौक़ाए वारदात पर, खुले दरवाज़े के सामने, दूसरे कमरे में बैठी, चिट्ठियाँ टाइप कर रही थी। समझे आप। दरवाज़ा पूरा खुला था। यानी पोशीदा रखने लायक़ रिश्ता नहीं था, दोनों के बीच। बातचीत भी किसी राजदार मसले पर नहीं हो रही थी। यानी गुनाह की आम वजूहात, जर-जोरू-ज़मीन गिनती में नहीं थीं। रागिनी के बयान के मुताबिक़ उसने साफ़ देखा था, साजन भाई ने मेधा दी का गला टीप दिया। पहले नज़र पड़ी तो उसने सोचा, झप्पी-शप्पी ले रहे होंगे। आज़ाद ख़याल लोग थे। पन्ना पूरा टाइप होने पर जब आँखें दोबारा ऊपर उठाईं तो गला टिप चुका था। मेधा दी, दुबली-पतली, उमरदराज़ शै थीं, सो वक़्त इतना कितना लगता।

तो, आज की तारीख़ में सब जानते थे कि मेधा दी का गला साजन भाई ने दबाया था, पर क्यों दबाया था, कोई नहीं। मैं जानती हूँ, शुरू में यह बतला देने से कि क़ातिल कौन है, कहानी का अद्‌भुत रस फ़ीका पड़ जाता है। पर क़यास लगाने का मज़ा, सिर्फ़ यह जानने में नहीं है कि जुर्म किसने किया, इसमें भी है कि क्यों किया। तो चलिए उसी की टोह में चलते हैं। पहले, दोनों किरदारों से मिल लें। उनके नाम मैं बतला चुकी हूँ, साजन भाई और मेधा दी। तो आइए पहले नामों की कलई खोलें।

पहला नम्बर साजन भाई का। अपने समाज का उसूल है, पहले मर्द। हो सकता है, साजन भाई का साजन नाम माँ-बाप का दिया हुआ हो। हो सकता है, लेखक बनने का इरादा करने पर उसने ख़ुद रख लिया हो। नाम के साथ भाई का जुड़ना, हिन्दी में लेखक होने की डिग्री पाने जैसा है। और साजन इत्तफ़ाक़ से लेखक नहीं बना था, एकदम मंसूबा बाँध कर, ख़ाका खींचकर बना था।

बात यह थी कि साजन ख़ासा बदशक्ल था। क़द उसका नाटा था। बदन थुलथुल और चेहरे के नक़्श बेडौल। नाक चपटी और चौड़ी थी, होंठ मोटे और फैले हुए, ठोड़ी लाचार सी पीछे को धसकी हुई। उस पर माथा इतना तंग कि लगता बाल ठीक आँखों के ऊपर उग रहे हैं। आँखें थीं तो छोटी, पर ग़ज़ब की चमकदार। आँखें बन्द होने पर देखने वाला यही समझता कि थुलथुल बदन और कमज़ोर सीरत वाला, बेचारा-सा आदमी है। पर आँखें खुलते ही, दूसरी तस्वीर सामने होती। शुरू-शुरू में अपनी सूरत आईने में देखता तो साजन को ख़ुद अपना चेहरा नागवार मालूम पड़ता था। पर उसने उसके आगे हथियार नहीं डाले। आँखों में एक ख़ूँख़ार चमक पैदा कर ली। पैदा की या ख़ुद हो गई या हमेशा से थी, कहा नहीं जा सकता। हर हाल में, चमक इतनी हिंसक थी कि देखने वाला सिहर उठता। जब वह कॉलेज में पढ़ रहा था, तभी जान गया था कि उस जैसे बदसूरत आदमी की तरफ़ लड़कियाँ (औरतें) तभी खिंच सकती हैं, जब उसकी शख़्सियत में कोई ख़ास बात हो। पढ़-लिख कर वह यह भी जान गया था कि लेखकों-कलाकारों में ऐसा कुछ होता है जो मर्द-औरतों को यकसां बाँध लेता है। ललित कलाओं में उसकी रुचि नहीं थी। पर शब्द उसकी पकड़ में आ जाते थे। संयोग से (या प्रभु कृपा से) वह जब जवान हुआ, तब हिन्दी प्रदेश में यथार्थवादी लेखन का बोलबाला था। वह धारा उसे ख़ूब रास आई। भीतर जितना तेज़ाब बनता पन्नों पर उगल देता था। उसका कहना था, नफ़रत प्यार से ज़्यादा टिकाऊ होती है। उसने अंग्रेज़ी की एक किताब में पढ़ा था, नफ़रत में प्यार से ज़्यादा ताक़त होती है, क्योंकि नफ़रत उसूलों से आती है, प्यार दिल से। बकवास। ये सर्द देशों वाले क्या जानें, प्यार और नफ़रत के ताप को। उसकी नफ़रत का ताल्लुक़ किसी उसूल-वुसूल से नहीं, दिल और दिमाग़ से था। दोनों से बराबर। जब आप हर सुन्दर चीज़, हर आला ख़याल, हर कामयाब इनसान और हर खरे उसूल से नफ़रत करेंगे तो ज़ाहिर है, आपकी नफ़रत का वजूद ख़ुदा-सा बुलन्द हो जाएगा। एक लाइंतिहा ख़ज़ाना हाथ लग जाएगा। जब चाहो, जितना चाहो, निकाल कर इस्तेमाल कर लो, उसकी इंतिहा पैमाइश के परे बनी रहेगी।

तो इस तरह घृणा की निधि भुनाते हुए चर्चित लेखक बनकर, वह साजन से साजन भाई हुआ। जब औरतें उसे साजन भाई कहकर पुकारतीं तो उसका तनमन गुदगुदा उठता। साला, क्या देसी विरोधाभास था शब्दों में। साजन भी और भाई भी। यहाँ औरत मर्द को साजन बनाने से पहले भाई ही बनाती हैं। धर्म भाई। क्या धर्म है यार, एकदम... मनमाफ़िक़। हिन्दू धर्म के अलावा यूँ राखी बाँध कर, बाक़ायदा भाई बनाने का बन्दोबस्त कहाँ है? अपने देश में देखा-देखी सभी धर्मों ने इसे स्वधर्म बना लिया है। बक़ौल साजन भाई, धर्म और क्या है, यही स्वधर्म, नहीं? साजन भाई से न सही, किसी और 'भाई' से पूछ लो।

ओहो, अच्छा याद दिलाया। साजन के क़िस्से में मेधा तो एकदम छूटी जा रही थी। तो उसके नाम का वाक़िया मुख़्तसर यह है कि शादी से पहले वह कमला, बिमला या ऐसी ही कुछ थी। शादी के बाद नाम बदल कर मेधा कर लिया गया। रिवाज है साहेब। लेखन करना शुरू किया तो मेधा के आगे 'दी' ख़ुद-ब-ख़ुद लग गया, बस। हाँ, आप कह सकते हैं, यह तरफ़दारी है। साजन भाई पर इतना कुछ और मेधा दी पर इतना-सा। क्या करें, सामाजिक नियम, क़ायदा मानकर चलना पड़ता है। मर्द पर ज़्यादा लिखा जाता है, औरत पर कम। रीत है, बराबरी का दर्जा दे भी दें तो जितना पता होगा, उतना ही बतलाएँगे ना। साजन भाई अपने बारे में सब कुछ बतलाने में यक़ीन करते हैं और मेधा दी, कम से कम। साजन लेखक बना तो जितना पढ़ा

गया, उससे ज़्यादा चर्चित हुआ। और मेधा दी कितनी पढ़ी गईं वे जानें या उनका प्रकाशक, चर्चा नहीं हुई तो हम-आप कैसे जानेंगे। ख़ैर छोड़िए वापस चलें साजन भाई पर।

चर्चित लेखक होने के नाते साजन भाई के यहाँ आए दिन अख़बार वाले और दूसरे अंट-शंट शोधार्थी-बोधार्थी इंटरव्यू लेने आते रहते थे।

पहला सवाल उनका हमेशा यही होता था, आप लिखते क्यों हैं या आप लेखक क्यों बने ? आप जानते ही हैं, लेखकों से कैसे-कैसे बेहूदा, बचकाने सवाल किए जाते हैं। पर साजन भाई का जिगर देखिए कि जवाब में दन से कह देता था, ''औरतों को पटाने के लिए।''

इंटरव्यू लेने वाला मर्द होता तो जुमला बोल लेने पर, वह एक ज़ोरदार ठहाका लगाता। हँसते हुए उसकी छोटी आँखें पूरी तरह मुँद जाती थीं। उनका बेरहम, ख़ूँख़ार भाव पढ़ने में नहीं आता था। उसकी कमी सामने वाला पूरी कर देता था। इतने नामी लेखक का हमराज़ बनने का लुत्फ़ लेते हुए वह वहशी-सा खुल जाता। लपलपाती आँखों और लार टपकाते होंठों के साथ जुगलबन्दी करता कि यार औरत के मामले में हम भी कम नहीं।

इंटरव्यू लेने वाली औरत होती तो उसके तेवर और रहते। अख़बार वाले ज़्यादातर उसके पास औरतों को ही भेजा करते थे। अंट-शंट में भी काफ़ी औरतें रहती थीं। कुछ उसकी कहानी की दाद देने, कुछ अपनी पढ़वाने और कुछ यूँ ही दरम्यानी ज़िन्दगी की ऊब मिटाने चली आती थीं। औरत के सामने जुमला बोल, वह झिझक कर चुप हो जाता था। कनखियों से उसे एक बार देख, नज़र नीची कर लेता था। औरत झेंप जाती, फिर सँभलकर हँसती और एक ममतालू मुस्कराहट, बरबस चेहरे पर खिल आती। नज़रें बच्चे सा उसे थपथपातीं...धत्, शरीर, बदमाश, दुष्ट कहीं का। मुँह से कहतीं, बड़े लतीफ़ेबाज़ हैं, आप। तभी वह आँखें ऊपर उठाता और उस पर टिका देता। हिक़ारत से सनी हिंसा की लपट उनमें कौंध उठती और औरत के ममतालू चेहरे पर खिंचाव आ जाता। पर अख़बारनवीस या शोधार्थी-बोधार्थी होने के चक्कर में आज़ाद औरत होने का नाटक करना पड़ता। सो नज़रें साजन से मिली रहतीं। फिर...जो-जो वह चाहता, वह-वह होता। उसमें एक मुकाम पर आकर उसका औरत से ऊबना, मुँह फेरना और औरत का रोना-कलपना भी शामिल रहता। वरना, खेल का मज़ा क्या रहता ? खेल न हुआ, पक्की नौकरी हो गई। कॉलेज के दिनों से ही, साजन ने अपनी आँखों के हिंस्र भाव को पालतू कुत्ते-सा साध लिया था। मौक़ा-माहौल देखकर, जंज़ीर खोलता था और दौड़ा देता था, एक झपट्टे में हलाक करने।

उसका कहना था, हिक़ारत झेल कर औरत तिलमिलाएगी तो जो असलह उसके पास होगा, उसी का इस्तेमाल करेगी। एक ही हथियार होता है उसके पास, उसका बदन। वही दाँव पर लगाकर हिंसा को पैशन, और क्रूरता को वासना में बदल सकती है। बेचारी ! सहवास को प्रेम का नाम देकर मैदान में उतरती है और हर बार मात खाती है।

मैं नहीं कह रही, साजन भाई का कहना है। मुझे यह मानने में ज़रा उज्र नहीं है कि औरत के पास दिमाग़, बुद्धि, तर्क, ज्ञान, विवेक, चेतना सब होता है। और वह उनका इस्तेमाल करके शिकस्त से बच सकती है। पर मेरे-आपके मानने से क्या होगा, क़िस्सा साजन भाई का बयान हो रहा है। मैंने कब कहा, वे हिन्दी साहित्य जगत के प्रतिनिधि हैं, आप मान बैठें तो आपका ज़िम्मा। मैं तो एक शख़्स की कहानी कह रही हूँ। भूल हुई, दो शख़्स हैं कहानी में। मेधा दी को फ़ौरन हाज़िर करती हूँ, लीजिए आ गईं।

जिस दिन मेधा दी का गला दबाया गया, साजन भाई से उनकी पहली मुलाक़ात का दिन नहीं था। उससे कोई पन्द्रह एक बरस पहले, जब साजन महज़ लेखक था, वह उसका इंटरव्यू लेने आ चुकी थी।

ओहो, यह बतलाना भूल ही गई कि आजकल साजन लेखक ही नहीं, प्रकाशक भी है। या जैसा वह ख़ुद कहता है, वह प्रकाशक है नहीं, बनाया गया है। लेखक वह अपनी मर्ज़ी से बना था। पर इस प्रकाशन संस्थान का मालिक, सम्पादक, आलोचक, संयोजक, सम्पर्क अधिकारी, वग़ैरह-वग़ैरह, उसे मजबूरन बनना पड़ा है। प्रकाशन की दुनिया में जो सन्नाटा छाया हुआ था, जो बाज़ारूपन आ गया था, समाजोन्मुख होने के बजाय, किताबों की दुनिया जो समाज विमुख होती जा रही थी, उससे लोहा लेने के लिए उसे मैदान में उतार दिया गया। फ़र्ज़ अदायगी में बदन का ख़ून, पसीना बना ही, अपना लिखना भी छूट गया। वह लम्बी साँस खींचकर ख़ुद पर रीझता है तो लोग हाथ उठाकर कहते हैं, आप धन्य हैं। महान हैं प्रभो आप। आज की अदबी दुनिया के पैगंबर हैं। अब, महाप्रभो, हमारी नई रचना की पांडुलिपि ग्रहण कीजिए। पीठ पीछे लोग क्या कहते हैं, उसे छोड़िए लोगों का काम है कहना।

ख़ैर, यह आज की बात है।

पन्द्रह साल पहले, जब मेधा उसका इंटरव्यू लेने आई थी, वह सिर्फ़ लेखक था। चर्चित, सफल, प्रतिष्ठित लेखक। और मेधा लेखिका थी फ़क़त। नहीं, ग़लत। उसके पास वह बहैसियत लेखिका नहीं, संवाददाता आई थी। काग़ज़ पर क़लम साध कर उसने जो पहला सवाल पूछा, वही घिसा-पिटा था, ''आप लेखक क्यों बने?''

साजन भाई ने वही बेधक जवाब दिया था, ''औरतों को पटाने के लिए।'' फिर झिझक कर चुप होने, कनखियों से देखने, नज़र नीची करके ऊपर उठाने तक का पूरा दृश्य अदा करने के बाद, भरपूर उसकी तरफ़ ताका था।

मेधा का चेहरा भावहीन था। न असमंजस, न कौतूहल, न ममता, कुछ नहीं। वह मन लगाकर उसका जवाब दर्ज कर रही थी। साजन भाई की आँखों में औसत से दोगुना ख़ून उतर आया। साऽली! नाटक करती है।

मेधा ने आँखें ऊपर उठाई थीं। उसकी आँखों से मिलाई थीं और दूसरा सवाल किया था, ''आप पात्र कहाँ से उठाते हैं? अपने आसपास से या किन्हीं ख़ास हालात का इन्तज़ार करते हैं? या...''

उसका चेहरा अब भी किसी जज़्बे का इज़हार नहीं कर रहा था। न खिंचाव था, न ख़ौफ़ और न कोई औचक चाहत।

साजन भाई और बेमुरव्वत हो उठा था। ''क्या बेहूदा सवाल कर रही हो,'' उसने कहा था।

''जो सम्पादक लिख कर देते हैं, वही पूछना होता है।''

''अजीब अहमक सम्पादक हैं।''

''जी।''

''तुम अपने सम्पादक को अहमक समझती हो?''

''सम्पादक हैं।''

''तुम्हारे हिसाब से सब सम्पादक अहमक होते हैं?'' उसने चूहा-बिल्ली खेल खेला और अचरज के साथ देखा, वह सिर झुकाए क़लम घसीट रही है।

"क्या कर रही हो?" उसके मुँह से निकला था।

"लिख रही हूँ।"

"क्या लिख रही हो?"

"जो आपने कहा।"

"छोड़ो उसे," वह गर्माया था।

"तो मेरे सवाल का जवाब दे दीजिए। आप अपने पात्र कहाँ से उठाते हैं?"

साजन ने ध्यान से उसकी तरफ़ देखा था। चेहरे पर कोई चुहल? चोर नज़र? नखरीली मुस्कराहट? तलब जगाती कोई शोख़ी? बदन में इतराहट या औरतनुमा बाँकपन? कुछ नहीं था। अब आँखों के साथ उसका पूरा बदन सुलग उठा।

"कहीं से नहीं उठाता," उसकी ज़बान से चिंगारियाँ उड़ने लगीं, "मेरे पात्र मेरे होते हैं, मेरे अपने गढ़े हुए। मैं उन्हें अपने इशारों पर उठाता, बैठाता, घुमाता हूँ। मन होता है तो जिलाए रखता हूँ, वरना मार देता हूँ। ख़ुदा होता हूँ मैं उनका, समझीं। बड़ी लेखिका बनी फिरती हो। सवाल पूछ रही हो, प्राइमरी स्कूल के बच्चों जैसा। पात्र कहाँ से उठाते हैं। साला, कचरे के ढेर से पन्नियाँ उठाने का काम है?" वह ग़ुस्से में बक रहा था और मेधा, ठहरे पानी-सा बेलहर चेहरा लिए, लिख रही थी।

"कर क्या रही हो, तुम!" वह गुर्राया था।

"लिख रही हूँ। तेज़ लिखती हूँ। शॉर्ट हैंड की ज़रूरत नहीं पड़ती," मेधा ने कहा था।

"बेहया औरत," बेक़ाबू होकर, साजन ने काग़ज़ उसके हाथों से छीन, टुकड़े-टुकड़े कर दिये थे, "गेट आउट।"

वह चली गई थी।

बाद में अख़बार के सम्पादक का फ़ोन आया था। मेधा के लिए माफ़ी माँगी थी और किसी दूसरे को भेजने का सुझाव रखा था। पर साजन अड़ गया था। उसी को वापस भेजो। उस लड़की...औरत...जो है, उसी को। पर इस बार सवालों की सूची नहीं पकड़ाओगे। वह अपनी मर्ज़ी से पूछेगी। मंजूर हो तो भेजो वरना रखो अपनी टेंट में।

दोबारा, मेधा काग़ज़-क़लम के बजाय टेप रिकॉर्डर देकर भेजी गई थी। उसके आने का इन्तज़ार करता, साजन, कई बार परमानन्द की स्थिति में पहुँच लिया था। कैसी मुहर्रमी सूरत लिए आएगी बेचारी। कुछ तो मजबूरी होगी जो इतनी बेइज़्ज़ती सह कर दोबारा उसका इंटरव्यू लेने आ रही है। बड़ी लेखिका बनी फिरती है। एक अहमक सम्पादक से न कहने की हिम्मत तक है नहीं। है क्या बेचारी, एक अदना संवाददाता। अरे, काहे का दाता, प्राप्ता कहो, प्राप्ता। संवाद प्राप्ता। वह अपनी व्यंजना पर ख़ुश, बिना ठहाके हँसा। शब्दों की भीख माँगने आ रही है पतुरिया...। दस गालियाँ दे लो, पैसे की ख़ातिर पड़ी रहेगी ज़बान से कान सटाये। उसका निचला होंठ लार से सन कर नीचे को लटक आया। थूक को उसने उगला नहीं, ज़बान पर लेकर, मुँह के भीतर फिरा लिया। औरत की फ़जीहत भी क्या 'काम' की चीज़ है। यूँ ही औरत को कामिनी नहीं कहते न? अब आएगी मान मर्दित कामिनी तो बहुत प्यार से बात करेगा उससे। बात के अलावा कुछ करने की ज़रूरत महसूस नहीं हो रही थी। काफ़ी रंजन हो चुका था।

वह आई तो चेहरा पहले की तरह निर्विकार था। हाथ जोड़ने की औपचारिकता पूरी करके टेप रिकॉर्डर उसके सामने मेज़ पर रख दिया था। फिर एक पन्ना उसकी तरफ़ बढ़ाकर कहा

था, ''सवाल देख लीजिए। कोई ज़रूरी सवाल छूट गया हो तो जोड़ दूँगी।'' साजन ने नज़र डाली थी। ठीक-ठीक समाजोन्मुखी सवाल थे और वैसे ही जवाबों की माँग करते थे। मसलन, आप लेखन की सार्थकता किसमें देखते हैं? समाज के प्रति साहित्य का क्या दायित्व है? किस पाठक का चित्र आपके मन में होता है? वग़ैरह। साजन ने जवाब देने शुरू किए थे तो उसका सुर ऊँचा होता चला गया था। जवाब टेप होते रहे थे। मेधा ने आँखें बन्द कर ली थीं। जिस-तिस के ख़िलाफ़ फतवे देते, साजन भाई इस क़दर मगन हुए कि मेधा की तरफ़ ध्यान, काफ़ी देर बाद गया। लगा, वह झपकी ले रही है। तकरीर पूरी होने तक, उसने ग़म खाया। हाँ, मेधा को घूरता ज़रूर रहा। बात पूरी की तो तबीयत हुई, उसे ठोकर मारकर जगा दे। पर वह काफ़ी दूरी पर बैठी थी। कुर्सी से उठकर उस तक जाने के लिए वह जैसे ही हिला, उसने आँखें खोल दीं। नाटक कर रही थी साऽली।

मेधा टेप रिकॉर्डर बन्द करने लगी थी।

''रुको,'' साजन ने टोका था, ''अब समष्टि से व्यक्ति पर आओ। उसके बिना इंटरव्यू पूरा नहीं होता।''

कुछ देर चुप्पी रही थी। साजन को अखरी थी और भायी भी थी। ''सवाल पूछो?'' उसने शह दी थी।

''कौन सा?'' मेधा ने पूछा था।

साजन को उसकी झिझक रिझा गई थी। चाव भरी निगाह से उसका बदन टटोल कर बोला था, ''जिसमें तुम्हें दिलचस्पी हो वही पूछो। सम्पादक ने कहा नहीं, अपनी मर्ज़ी के सवाल पूछने को?''

''मेरे लिए यह काम है। इसमें मेरी मर्ज़ी या दिलचस्पी नहीं है,'' मेधा ने सपाट कहा था।

''दिलचस्पी नहीं है तो काम करने निकली क्यों हो? घर बैठकर पति को रिझाओ, खाना बनाओ, स्वेटर बुनो। उठाओ यह तामझाम, छोड़ो नौकरी का नाटक,'' साजन एकदम नाटक के बाहर निकल आया था।

''देखिए,'' मेधा ने नरमायी से कहा था, ''लोगों की दिलचस्पी आपके जवाबों में है, मेरे सवालों में नहीं। फिर भी पूछे लेती हूँ। आप लेखक क्यों बने?''

''बतला चुका हूँ।''

''आप पात्र अपने जीवन से उठाते हैं या...''

''शट अप,'' साजन ने डपटा तो मेधा चुप हो गई थी।

चुप रही थी।

चुप रहती गई थी। लगा था, आँखें खोले-खोले सो गई।

''तुम्हारे बस का कुछ नहीं है,'' साजन भड़क उठा था, ''जाओ, घर जाकर अचार को धूप लगाओ।''

मेधा चुपचाप हाथ जोड़ टेप रिकॉर्डर उठाकर बाहर निकल गई थी। बाद में सम्पादक ने बतलाया था, मेधा के लिए नौकरी शौक़ नहीं, ज़रूरत थी। पति से उसका तलाक़ हो चुका था। चार साल का बच्चा साथ था।

''तलाक़। हुँह! पश्चिमी लफ़्फ़ाज़ी! सीधे कहो छोड़ी हुई औरत है। परित्यक्ता!'' लफ़्ज़ को थूकते-थूकते उसने अपना मर्दों की बैठक वाला ठहाका बुलन्द किया था जिससे वह टूट कर, परि-तक-ता की ताल पर ऐसे बजा था, जैसे माँ-बहन की गाली हो।

''साजन भाई आजकल...'' सम्पादक ने हलका प्रतिवादी सुर उठाया पर वह सम पर आने से पहले टूट गया, क्योंकि उधर साजन लरज़ रहा था, ''अपनी उस परि-तक-ता को इंटरव्यू की टंकित प्रति लेकर भेजो मेरे पास। सही करूँगा तब छपेगी।''

इस तरह मेधा तीसरी बार साजन के पास पहुँची थी।

''आइए आइए मेधा जी,'' साजन भाई ने गर्मजोशी से स्वागत किया था, ''क्या लिख रही हैं नया आजकल? बड़े चर्चे हैं भई आपके।''

मेधा संकुचित नहीं हुई थी। नज़र से नज़र मिला कर कहा था, ''उपन्यास पूरा किया है।''

''लिख मारा! क्या आत्मकथा?''

''सब लोग वही तो लिखते हैं।''

''सब नहीं सिर्फ़ औरतें। आत्मकथा को उपन्यास क्यों कहती हैं? इतना डर क्यों?''

''घटित के अलावा और बहुत कुछ लिखा जाए तो उसे आत्मकथा कैसे कहें?''

''अरे जाओ! किसे हाँक रही हो। हम घाट-घाट का पानी पिए हुए हैं।''

साजन की लप-लप करती आँखों में कौंधती कामना ने मेधा के बदन का जायज़ा लिया। निचला मांसल होंठ आप से आप निकल कर नीचे लटक आया। अब वह साड़ी का पल्लू ठीक करेगी। वक्ष को ढकने के चक्कर में और उभार देगी। दूर जाने की कोशिश में बदन खींचेगी तो और उद्दीपक नज़र आएगी। सोचकर, साजन ने गीले होंठों पर ज़बान फेरी और मुँह में थूक घुमाया। मेधा ने थैले में से काग़ज़ निकाल कर उसके सामने रख दिया, कहा, ''देख लीजिए।'' साजन ने सरसरी निगाह उन पर डाल कर कहा, ''दो-चार दिनों में ले जाना। अभी चलो हम तुम्हारा इंटरव्यू लें। कहो, तुम लेखिका क्यों बनीं? किसलिए लिखती हो तुम?''

''पता नहीं,'' उसने कहा, ''अब तक जान नहीं पाई हूँ। जब पता चल जाएगा...'' वह चुप हो गई। चुप्पी खिंचती गई।

''और पात्र कहाँ से उठाती हो? बैडरूम से?'' साजन ने पूछा।

काफ़ी देर तक मेधा उसकी आँखों में गहरे ताकती रही। पर उसकी दृष्टि का मतलब साजन की पकड़ में नहीं आया। वह असमंजस में पड़ गया। यह औरत है या मौन की शिला? मौन नहीं, बर्फ़ की शिला कहा जाता है, उसके मन में बजा। साऽली, पश्चिमी लफ़्फ़ाज़ी। छूटे नहीं छुटती, काफ़िर, मुँह को लगी हुई। तभी मेधा बोल पड़ी, ''मुझे लगता है, मेरे सब पात्र मेरे ही अलग-अलग रूप हैं।''

''अच्छा?'' साजन ने हिक़ारत से कहा, ''भगवान हैं आप?''

''नहीं, पर...'' मेधा सोचकर बोली, ''हम लिखते या रचते क्यों हैं? भगवान से होड़ लेने के लिए ही न...नहीं?''

''नहीं। मैं ख़ुदाई लफ़्फ़ाज़ी का क़ायल नहीं हूँ। समाज की बात करो। उसके दुख-दर्द के बारे में सोचा है कभी?''

''दुख, दर्द,'' उसने दोहराया। अलग होते ही दोनों शब्द अर्थ पा गए।

''सोचा तो अजनबियों के बारे में जाता है,'' उसने जोड़ा, ''वे तो मेरे अपने हैं। उन्हें महसूस करती हूँ।''

''वाह!'' साजन ने ठहाका लगाया, ''बोल तो अच्छा लेती हो। पहले तो ऐसे जता रही थीं जैसे मुँह में ज़बान न हो।''

''सॉरी,'' उसने कहा। पर लगा नहीं, वाक़ई खेद था। ''सच यह है,'' वह कहती गई, ''अभी मेरे पास किसी सवाल का जवाब नहीं है। जब हो जाएगा...देखो...'' वह देर तक उसकी आँखों में आँखें डाले, सोच में डूबी उनके परे देखती रही।

साजन की आँखों में हिंसा की लौ ऊपर-नीचे होती हुई, बुझने लगी। भरसक, उसे उकसा कर, उसने कहा, ''पहले दिन तुम्हें देखा, तभी लगा था, तुम्हारे साथ एक ज़ोरदार अफ़ेयर होकर रहेगा।''

अब तो चौंककर खिंचेगी परि-तक-ता इस तरफ़ या उस तरफ़।

मेधा की नज़र दूर से पास आकर उसके बदन पर उसी तरह घूमी, जैसे उसकी मेधा के बदन पर घूमी थी। धीरे-धीरे रेंग कर, जायज़ा लेती हुई। साजन बुरी तरह सकुचा उठा था। अपनी बदशक्ली का इतना हैबतनाक अहसास उसे पहले कभी नहीं हुआ था।

मुद्दत बाद उसने गर्दन ऊपर की थी और कहा था, ''चलूँ। काग़ज़ लेने कब आऊँ?''

''अभी ले जाओ,'' साजन ने जल्दी से वक्तव्य के आख़िरी पन्ने पर दस्तख़त किए थे और उसे पकड़ा दिये थे।

वह चली गई थी।

उसके कुछ दिन बाद मेधा नौकरी और शहर छोड़कर चली गई थी। नौकरी उसने मर्ज़ी से छोड़ी या मजबूरी में, समझदार जन ख़ुद समझ लेंगे।

एक छोड़ी तो नए शहर में दूसरी पकड़ी। दाना, पानी, घरौंदा और बच्चे के लिए स्कूल, इनका जुगाड़ करने के लिए नौकरी ज़रूरी थी। कई छोटे शहरों और क़स्बों में रहकर उसने मामूली क्लर्कनुमा नौकरियाँ कीं और लिखती रही। वह जान गई कि लिखना भी एक क़िस्म की मजबूरी थी। प्रभु इच्छा या संयोग से उसका जन्म हुआ तो सेहत और शक्ल-सूरत औसत मिली, पर संवेदन शक्ति और सौन्दर्यबोध, औसत से कुछ ज़्यादा। वह सिर्फ़ जीने पर नहीं, औरों के जिए को अपनी शिराओं में महसूस करने पर भी मजबूर थी। लेखन उसके जीवन का केंद्र नहीं था। यानी जीवन जीने के लिए वह उसका इस्तेमाल नहीं करती थी। पर जो केंद्र था, जिसके लिए हर दुख झेल लेती थी और हर सुख छोड़ने को तैयार थी, उसके रहने पर लिखा तो इसलिए कि सुख को थोड़ा-बहुत बढ़ा सके। फिर केंद्र के न रहने पर भी लिखती रही तो शायद अकथनीय दुख को कथनीय बनाने के लिए। कोई ठीक उत्तर मिले बग़ैर पन्द्रह एक बरस बीत गए। उसने पाया, लिखना मजबूरी से बदल कर आदत बन चुका था। इस बीच, वह भी मेधा से बदल कर मेधा दी बन गई थी। पर नामवर साहित्यकारों की सूची में उसका नाम हाशिये से हटकर अधबीच नहीं आ पाया था।

प्रभु इच्छा मानिए या संयोग या चाहे कुछ और, उसकी हर किताब की पहली समीक्षा साजन करता। बहुत महीन नक़्क़ाशी के साथ, शब्दों की आड़ में अर्थों से खिलवाड़ किया जाता। सन्दर्भ से तोड़कर, चार-छह वाक्य, यहाँ-वहाँ से इकट्ठा किए जाते और उन्हें पुस्तक का सत्त्व घोषित कर दिया जाता।

मेधा को बड़बोला, फ़ेमिनिस्ट, व्यक्तिवादी, मध्यवर्गीय, आध्यात्मिक आदि में से कुछ नाम देकर उसकी खिल्ली उड़ाई जाती। साहित्यिक तत्त्व गौण होते-होते अनहुए हो जाते। किसी थोपे हुए जीवन दर्शन के तहत, उसे समाज से विमुख साबित कर दिया जाता।

फिर साजन इन्तज़ार करता कि चोट खाई मेधा अपनी ज़ख़्मों की नुमाइश करती दिखेगी और उसका मनोरंजन करेगी। वैसे असली मज़ा उसे लोगों को ऊपर उठाकर नीचे गिराने में

आता था। पर मेधा ने ऊपर उठने के लिए उसके घुटनों का सहारा लेने से इनकार कर दिया था। इनकार भी ऐसा घुन्ना कि घुटने आगे करने से पहले सिकोड़ लेने पड़े थे। मजबूरन दोयम रोमांच वाले खेल से सन्तोष करना पड़ रहा था। ऊपर चढ़ाकर फटाक से नीचे फेंक नहीं सकता था तो पहली सीढ़ी पर पाँव रखते ही, लात मारकर नीचे धकेलते तो रह सकता था। वही सही।

हाँ, यह बतलाना भूल गई कि इस बीच ठीक वक़्त पर साजन लेखन का रास्ता काट कर प्रकाशक और आलोचक बन गया था। ज्यों ही उसके भीतर का तेज़ाब लेखकीय अभिव्यक्ति में दोहराया जाने लगा, उसने शीशे में आए बाल को ताड़ कर, सामाजिक हित में, प्रकाशन का भार सँभाल लिया था। आलोचना लिखना, हर वानप्रस्थी लेखक का स्वधर्म होता ही है तो वही उससे क्यों कतराता। दोनों पेशों में ख़ूब सफलता मिली। सफलता की शर्त है ठीक वक़्त पर ठीक क़दम उठाना। साजन मँजा हुआ खिलाड़ी था। ज़िन्दगी का ख़ाका उसने ख़ूब सोच-विचार कर बनाया था। अपना लिखे या दूसरों पर लिखे, रहना उसे सुर्ख़ियों में था और दूसरों को हाशियों पर। वही हो रहा था। नोट किया आपने ? इस बार मेधा पर ज़्यादा कहा गया साजन पर कम। हिसाब बराबर।

अब सवाल यह उठता है कि पन्द्रह साल बाद मेधा दी साजन भाई का इंटरव्यू लेने, अपने फटीचर क़स्बे की लीचड़ नौकरी छोड़कर राजधानी कैसे आईं ? साजन भाई के इंटरव्यू तो ख़ैर होते रहते थे। पर लेने के लिए मेधा क्यों ? और कैसे ?

हुआ यह कि प्रभु इच्छा कहें या संयोग (देखती हूँ यह कहानी भारतीय संस्कृति से ज़्यादा ही आक्रांत हुई जा रही है। आप चाहें तो तीसरा विकल्प ढूँढ़ लें) अस्सी के आसपास हिन्दी साहित्य लेखन में महिलाएँ एकजुट होने लगीं। देखते-देखते फ़ेमिनिस्ट शब्द गाली से इतर भी मायने रखने लगा। जोश में आकर कुछ महिला साहित्यकारों, पत्रकारों और आंदोलनकारियों ने एक पत्रिका निकाल डाली। चंडी या दुर्गा जैसा कुछ नाम था। मेधा की भी ज़रूरत पड़ी उसी सिलसिले में। अपनी मेधा दी को आज और कल के चर्चित लेखकों के इंटरव्यू लेने का काम सौंपा गया। उनकी नारी सम्बन्धी दृष्टि वग़ैरह को लेकर। साजन भाई ठहरे चर्चितों में चर्चित। सो, उनका इंटरव्यू होना ही था।

मेधा दी साजन भाई का इंटरव्यू लेने उसके दफ़्तर पहुँची तो वह उसे पहचान नहीं पाया। पहले से इत्तिला न रही होती तो वह मानता नहीं कि वह औरत मेधा थी।

खिचड़ी बाल, पिचका रूखा चेहरा, पतले काग़ज़ सी खरखरी त्वचा, पत्थर आँखें और हड्डी निकले बदन पर लिपटी कभी सफ़ेद रही भूरी साड़ी।

वह उसके सामने बैठ गई। आँखें उस पर टिका दीं। टिकाए रही। उसे याद आया ये वही आँखें थीं जो भर्त्सना और अवमानना के साथ उसके बदन का जायज़ा लेती, सिर से पैर तक घूमी थीं। याद क्या आना था, वह भूला कब था। अब वे आँखें एकदम स्थिर थीं। लोहे की कँटिया की मानिन्द उन्होंने उसकी चमकीली आँखों को जकड़ रखा था।

साजन भाई ने गला खँखारा। चुप्पी टूटी तो लोहे की कँटिया आँखों से हटकर उसकी गर्दन में लिपट गई। उसका दम घुटने लगा।

ढीले कुरते को गर्दन से थपथपा कर उसने और ढीला किया। लम्बी साँस खींचकर धीरे-धीरे बाहर छोड़ी और कहा, "टेप रिकॉर्डर ?" अपनी आवाज़ सुनकर वह आश्वस्त हुआ। हमेशा की तरह दमदार थी। मेधा ने हरकत नहीं की।

साजन ने फिर गला खँखारा। उसे दिखला कर कलाई घड़ी देखी और कहा, "लगाइए। ज़रा जल्दी। मेरे पास वक़्त कम है।"

"ज़रूरत नहीं है," मेधा फुसफुसायी।

"यह आप तय करेंगी या मैं?" साजन तुनका।

"मैं!" मेधा ने इतनी दृढ़ आवाज़ में कहा कि साजन सकपका गया। पल भर चुप रहकर बोला, "आप जाइए, मुझे इंटरव्यू नहीं देना।"

"देख लीजिए। नामी लेखकों की फ़ेहरिस्त से आप अकेले छूटे रह जाएँगे।"

मेधा की आँखें उसकी गर्दन पर कस गईं। साजन को महसूस हुआ उसका गला दबाया जा रहा है।

उसने फिर गर्दन के ऊपर से कुरता ढीला किया।

मेधा चुप, बेहरकत बैठी रही। जैसे उसके पास क़यामत तक इन्तज़ार करने को वक़्त था।

बर्फ़ की सिल्ली। साऽली। अंग्रेज़ी का मुहावरा भूल कर नहीं देता, वरना कहाँ की बर्फ़? यहाँ की गर्मी में कब की पिघल ली होती। यह तो पत्थर की शिला है। अहिल्या। राम के चरण स्पर्श की प्रतीक्षा में युगों तक यहीं धरी रहेगी। जाएगी तो मुझे साथ लेकर।

रसहीन, भावहीन, चुप्पी कब तक झेल सकता है आदमी? साजन भाई जैसा आदमी? "चलो सवाल करो," अनचाहे, उसके मुँह से निकल गया।

मेधा ने एक टंकित पर्चा उसके आगे सरका दिया। साजन ने सरसरी निगाह उस पर दर्ज सवालों पर डाली। ठीक-ठाक सवाल थे। जो हमेशा पूछे जाते थे वही। नारी की स्थिति, स्त्री विमर्श, स्त्री और दलित साहित्य की उपेक्षा, नारी मुक्ति का देशज सन्दर्भ, वही सब।

"ठीक है," उसने ठसके से कहा, "आप एक-एक करके सवाल पूछिए। जवाबों में स्वाभाविकता बनी रहती है। लिख कर मुझे दिखला दीजिएगा। मेरे दस्तख़त होने पर ही छपने जा पाएँगे।"

"ज़रूरत नहीं है," मेधा ने कहा।

"क्या मतलब..." साजन हकला गया।

"जवाब भी हैं साथ," उसने एक फर्मा उसके आगे कर दिया।

"क्या है यह?"

"जवाबों की ज़ीरौक्स कापी करवा रखी है। आपको बस इस पर दस्तख़त करने हैं।

"क्या बक रही हो?" साजन गुर्राया।

"मैं जानती हूँ आप सबके जवाब एक ही होंगे। इसलिए तैयार करवा लिए हैं। यह देखिए काफ़ी प्रतियाँ हैं।" उसने एक फ़ाइल उसे दिखलाई, "आप सही कर दें, बस।"

"समझ क्या रखा है तुमने मुझे?" साजन चीख़ा।

"एक ज़ीरौक्स कॉपी।"

"क्या?"

"जी। ज़ीरौक्स कॉपी," अब मेधा हँस दी। ठहाका मारकर नहीं, धीमे से। अपनी आँखों की लोहे जैसी कँटिया उसकी आँखों में फँसाये रखकर। हँसी से बिंधकर शब्द चिथड़ गया। ज़ीरो-अक्स। हँसी ने, पत्थर बनी आँखों से बरसों से जमा हिक़ारत का लावा बाहर निकाल दिया। वह हँसती रही। रुक-रुक कर। निमिष भर को रुकती, साजन की साँस में साँस आती

कि वह फिर हँसने लगती। आँखें गरम लावा छिटकातीं, उसके बदन पर घूमती रहीं। रुक-रुक कर हँसी का साथ देती हुईं।

साजन ने देखा, वह कुर्सी से उठकर धीमे-धीमे चलती हुई उसके पास आ गई। उसके मरियल, सूखे हाथ लोहे की सलाख़ों की तरह उसकी छाती पर जकड़ गए। वहाँ से हटकर, कन्धों पर। फिर गर्दन पर। बड़ा ख़ौफ़नाक मंज़र था। थरथराती हँसी थी कि थमने का नाम नहीं ले रही थी। रुक-रुक कर ठनक उठती थी और हर ठनक कहती थी, ज़ीरो-अक्स। ज़ीरो-अक्स।

साजन ने अपनी बलिष्ठ बाँहों से धकेल कर उसे हटाना चाहा पर मेधा की बर्फ़ीली बाँहों में पत्थर की तासीर थी। उनकी जकड़ बनी रही।

ठीक किस क्षण साजन भाई ने मेधा दी का गला दबाया कहा नहीं जा सकता। जैसा पहले कहा गया था जब तक रागिनी ने पन्ना टाइपराइटर से निकाल, मुँह ऊपर उठाया, गर्दन टीपी जा चुकी थी। मेधा दी अपनी कुर्सी पर निढाल पड़ी थीं।

जी हाँ, वह साजन के आसपास फ़र्श पर पड़ी नहीं पाई गई थीं। सामने वाली कुर्सी पर थीं और साजन पास खड़ा था। रागिनी ने ही नहीं, और बहुतों ने देखा था। लोगों की आवाजाही के बीच साजन अब भी अपनी गर्दन पर उसके सर्द-सख़्त-सूखे हाथ महसूस कर रहा था और सोच रहा था मैंने तो इसे बहुत पहले मार दिया था। इसकी भटकी आत्मा यहाँ कैसे चली आई? इस चुड़ैल के चंगुल में फँस कर मैं ख़ुदकुशी पर कैसे उतारू हो गया?

फिर भी वह घबराया नहीं। उसे यक़ीन था ज़िन्दगी भर की उसकी जोड़-तोड़ बेकार नहीं जाएगी। साबित कुछ हो, न हो, अपने समाज की हर कचहरी, अदालत से वह बाइज़्ज़त बरी हो जाएगा।

होगा या नहीं, यह तय करना, मैं आप पर छोड़ती हूँ।

(1999)

नेति नेति

अक्तूबर का महीना है, फिर भी धारोंधार बरस कर चुका है। बादलों का घटाटोप अब भी नहीं छटा, इसलिए तीसरे पहर ही शाम का धुँधलका छा गया है। पहाड़ियाँ बादलों में घुलमिल गई हैं। सड़क किसी मंज़िल पर पहुँचती नज़र नहीं आ रही। फिर भी उसे लेकर बस दौड़ी चली जा रही है।

श्यामल मास्टर को लग रहा है, वह भी उसी की तरह बिना सोचे बेमतलब निकल पड़ी होगी। किसी के कहने भर से। उसे इस छोटे शहर में आए आज भर का दिन हुआ है, पर सब कुछ चीन्हा-सा है। सब छोटे शहर उसे एक जैसे लगते हैं। फिर भी अपना शहर छोड़कर दूसरे शहर जाता है तो ख़ुद को यक़ीन दिलवा लेता है कि मुँह का स्वाद बदल गया है, कि अपने शहर लौटकर फिर से कमल-खरगोश पढ़ाने के लिए ऊर्जा अर्जित कर ली है। वैसे जहाँ जाता है, कमल-खरगोश ही पढ़ाता है। बाहर वह तभी जा पाता है जब कोई और पैसा ख़र्च करके बुलाए और उसे बुलाया तभी जाता है जब हिन्दी की क्लास लिवानी हो। बड़े शहरों के लिए और लोग हैं। उसे हमेशा छोटे शहर ही बुलाया जाता है।

हर छोटे शहर की तरह यहाँ भी एक बड़ा मन्दिर है। शिवशाला नाम है शायद या शिवमंगलम। बस में बैठा वह वहीं जा रहा है। जाना पड़ता है। जब कोई पूछता है, मन्दिर चलेंगे तो मुँह खोलकर साफ़-साफ़ न कहना मुश्किल हो जाता है। पता नहीं क्यों ?

बस में बैठे-बैठे शाम हो गई। और शाम को जो-जो होता है, होने लगा। सूरज ढलने लगा, चिड़ियाँ घर को लौटने लगीं, हवा ठंडी हो चली, ख़ामोशी जन्म लेने लगी। दिन का अवसान भीतर झाँकने को आकुल करता है। पर यह आत्म-निरीक्षण ज़्यादा देर नहीं टिकता। दिन हमारे देखते-देखते दोबारा जन्म ले लेता है।

जीवन बस इतना भर है। तारीख़ बदलती है, फिर तारीख़ बदलती है और कुछ नहीं बदलता। जब बदलता है तो विस्फोट की तरह। उसका सम्बन्ध किसी तारीख़ से नहीं होता। तारीख़ों के बदलने को वही लोग तरजीह देते हैं जो, उन्हें उत्सवों में तब्दील करके देखते हैं। वरना, क्या तो नया दिन, नया साल, नई शताब्दी या नई सहस्राब्दी ?

मन्दिर तक पहुँचने में दो घंटे लगने थे। बस के बेमशक़्क़त सफ़र के दौरान दिमाग़ में ऐसे ख़याल आते ही हैं। श्यामल मास्टर उन्हें परे धकेलता तो अपने पर खीज आने लगती। एक अपरिचित ने कहा, मन्दिर चलेंगे और वह चल पड़ा। मना क्यों नहीं कर दिया। कहता, नहीं मैं कमरे में आराम करूँगा या कह देता, शाम को कमरे में आ जाइएगा, बैठकर बियर पिएँगे। अपने शहर में कब वह बियर पीता है अकेले। पर यहाँ, दूसरे शहर में पी सकता था। जिन्होंने पैसा ख़र्च करके उसे बुलाया है, वे एकाध बोतल बियर का ख़र्च भी उठा सकते हैं। कमरे में

आराम करने के बजाय, कहाँ यहाँ धूल-धक्कड़ में...नहीं, झूठ क्यों कहे, धूल-धक्कड़ वहाँ नहीं था। वीरान सड़क के दोनों तरफ़ बारिश में भीगी हरियाली, ऐलानिया ज़िन्दगी सी हँस रही थी। हरापन ऐसा था कि हरे के अलावा कोई विशेषण मौजूँ नहीं था। ऐसी हरी हरियाली, बस के भीतर बैठे आदमी को भी पथिक जैसा महसूस करवा देती है। जैसे उस ठौर से चले, एक-दो घंटे नहीं, उम्र गुज़र चुकी हो और अगला ठौर आने की उम्मीद मन में जगी न हो। बाहर जो हो, मन के भीतर धूल-धक्कड़ ही भरा था। श्यामल मास्टर भूल चुका था, वह कौन से शहर आया था, कहाँ से बस में बैठा था। शहर का नाम मकार था, शायद मांडु या मन्दा या कुछ और...उस शहर से आया साथी भी चुप बैठा था। अपने ख़यालों में खोया या ऊँघा। उसका नाम भी याद नहीं। बतलाया तो गया था, साथ करते वक़्त, पर ध्यान में टँका नहीं। दिन भर का तो साथ था, नाम बाद में भूलना ही था, अभी भूल गया। फिर इस बेवजूद से आदमी के कहने पर मन्दिर की तरफ़ चल क्यों पड़ा? जानता है मन्दिर चलेंगे, सवाल की तरह पूछा नहीं जाता। दूसरे की हामी उसमें पहले से शामिल रखी जाती है। फिर भी, उसके बावजूद आदमी चाहे तो मना कर सकता है। वह नहीं कर पाता। एक ख़ौफ़ है जो ज़बान रोक देता है।

''मन्दिर आ गया,'' एक स्वर गूँजा। उसने देखा, झटके के साथ बस उस वीराने के बीच, वहाँ रुकी है, जहाँ बस स्टॉप नहीं है।

साथी ने कन्धा छू कर उसे उठाया। वह काँप उठा। उस छुअन में वही ख़ौफ़ रेंग रहा था जो उसके दिल में था। साथी को अलग छोड़, वह उससे पहले नीचे उतर आया। चारों तरफ़ सन्नाटा, अँधेरा और निर्जन था।

''कहाँ है मन्दिर?'' उसने घबरा कर पूछा।

''आगे। कुछ दूर पैदल चलना होगा।''

''और वापसी?'' उसका स्वर कँपकँपी खा रहा था, जैसे शक हो, वहाँ से वापसी होगी भी नहीं।

''क्यों, कुछ दूर भी पैदल नहीं चल पाएँगे क्या?'' साथी ने पूछा।

''चल क्यों नहीं पाऊँगा। यूँ ही पूछा।''

''बस स्टॉप पीछे छूट गया है। वापसी में वहाँ से बस ले लेंगे।''

अँधेरा ख़ूब गहरा था। रात हो चली थी इसलिए या धरती पर बादलों का कनटोप ढका था इसलिए, वह तय नहीं कर पाया। कलाई पर बँधी घड़ी में समय देखने की कोशिश की तो पाया, वह बन्द पड़ी थी। साथी धीमे से हँसा, जैसे घड़ी देखना कोई हास्यास्पद क्रिया हो। श्यामल लज्जित हो उठा। कमर कस कर साथी के संग वीरान अँधेरे में कच्ची, सँकरी सड़क पर आगे बढ़ चला। चन्द क़दम बढ़ाये होंगे कि साथी ठिठक गया और बोला, ''बतलाइए भगवान है कि नहीं है?''

श्यामल मास्टर डर गया। यह कैसा सवाल है? इस वीराने में उससे क्यों किया जा रहा है? उसका मन हुआ, एक बार ज़ोर से ललकार कर नहीं कहे और उलटी दिशा में दौड़ जाए। उस शहर की तरफ़, जिसका नाम वह नहीं जानता और जहाँ वह बस एक दिन का मेहमान है। फिर उस शहर, जिसे वह अच्छी तरह जानता है और नहीं जानता कि वहाँ कितने दिन मेहमान रहना होगा। वहीं लौटना है तो...जो करता आया है, वही करके ज़िन्दगी काटनी है तो...उसने एक निःश्वास भरी और जवाब दिये बिना आगे बढ़ गया।

साथी ने भी दो-चार क़दम आगे बढ़ाये। उसके आगे आकर रुका और दोबारा कहा, "बतलाइए भगवान है कि नहीं है?"

श्यामल डर से उबरा नहीं था, पर कुछ सोच नहीं पा रहा था। लगा, हाँ कहने से शायद वह पिंड छोड़ देगा। तो वही करे। हाँ कहे और आगे बढ़ जाए? मन्दिर में पहुँचकर श्रद्धा जतलाने का ढोंग करे? साथी तब शायद पीछा छोड़ दे। पर सवाल?

नहीं है। नहीं है। मन में हरदम उठती चीत्कार को निरंतर भीतर घोटता रहता है तो इसीलिए न कि मोह बना हुआ है। कोई है, जिसके लिए हर क्षण, मन को आशंका घेरे रहती है। एक सर्वोपरि भय है जो नहीं है, नहीं कहने देता। तर्क करके वह ख़ुद को बरी कर देता है। न भी हो तो सबूत क्या है उसके पास कि नहीं है। मान लो तमाम अन्याय, निष्ठुरता, विद्रूप के बावजूद हो और उसके नकार से नाराज़ होकर सज़ा देने लगे? अन्यायी ठहरा, वार उस पर न करके, उसके प्रिय पर कर दे तो? श्यामल मास्टर वह जोख़िम नहीं ले सकता, उससे बचने के लिए थोड़ा पाखंड करने को तैयार है।

है, उसने जोश के साथ कहना चाहा पर कह नहीं पाया। श्यामल मास्टर कायर भले हो, पाखंडी नहीं है। यही उसकी सबसे बड़ी कमज़ोरी है। इसीलिए उसकी आवाजाही छोटे शहरों तक सीमित है। इसी से वह एक छोटे शहर में मास्टरी करता जी रहा है। पिछले पच्चीस साल से अकेला। बेटी ममता बड़े शहर में रहकर डाक्टरी करती है। शादी अभी नहीं हुई। चाहता तो उसके साथ रह सकता था। बड़े शहर में। या वह छोटे शहर में रहकर डाक्टरी कर सकती थी। पर श्यामल नहीं चाहता था, उसका अशान्त मन लड़की को अपनी गिरफ़्त में ले। एक शहर में, एक घर में रहने का मतलब था, जब-तब सामने पड़ने के संयोग का चौबीसों घंटे आते रहना। शान्ति का पाखंड कितनी देर चलता? इसीलिए उसने लड़की को समझाया था, डाक्टरी करनी है तो बड़े शहर में करनी होगी और यह भी कि, रिटायर होने पर चाहे जो हो, पर जब तक वह रिटायर नहीं होता, श्यामल मास्टर की गति छोटे शहर में ही है।

अब बिना पाखंड उसने कहा, "कौन जानता है, है कि नहीं है? चलिए चलें।"

"मुझे जानना है। बतलाइए है कि नहीं है," साथी ने बिना हिले-डुले पूछा।

"मुझसे क्यों पूछते हो भाई, मैं एक अकिंचन प्राणी हूँ। किसी दार्शनिक या ज्ञानी से पूछना।"

"मन्दिर का पुजारी कहता है, है।"

"तो होगा।"

"है? आप भी कहते हैं, है? इस निर्जन स्थान में, संध्या बेला झूठ मत कहिएगा। जो कहें, विश्वास के साथ कहें। कहिए है कि नहीं है?"

श्यामल ने फिर कोशिश की, कह दे कि हाँ, है। मैं विश्वास के साथ कहता हूँ, है। पर ज़बान ने साथ नहीं दिया।

"मुझ अकिंचन को..." उसने कहना शुरू किया कि साथी ने उसे कन्धों से पकड़कर, वहीं सड़क की कंकरीली ज़मीन पर बिठला दिया। सामने उकड़ूँ बैठ गया, कन्धे कस कर दबाये रहा, बोला, "बतलाइए है कि नहीं है?"

उसका दम घुटने लगा। यूँ भिंच कर ज़मीन पर बैठने की आदत नहीं थी। रीढ़ की हड्डी में उतनी लोच बाक़ी नहीं रही थी। सिर चक्कर खाने लगा, बदन पर पसीना छलछला आया और आँखों के आगे का अँधेरा एकदम ठोस हो चला।

"हे भगवान!" अनायास उसके मुँह से निकला।

"है। आप जानते हैं, है।" साथी ने उसके कन्धे छोड़ दिये पर उठा नहीं। वहीं ज़मीन पर उकड़ूँ बैठा रहा। श्यामल भी वहीं पसरा रहा, हिलने-डुलने की हिम्मत शेष नहीं थी। कुछ देर चुप्पी रही, फिर उसने सुना, उस निविड़ सन्नाटे में साथी, बहुत धीमे-धीमे रो रहा है।

श्यामल मास्टर क्या कहता। वह जानता है, इस तरह रोने वाले आदमी को सांत्वना नहीं दी जा सकती। साथ रोया भी नहीं जा सकता। मन के भीतर कितना भी अवसाद क्यों न हो, जब इस तरह किसी को घुट-घुट कर रोते देखता है तो उसके अपने आँसू सूख जाते हैं। छाती में गोला उमड़ता रहता है, पर आँखों से पानी नहीं बरसता। अब अवसाद के साथ डर भी जुड़ गया था। पता नहीं क्या कहानी है इस आदमी की...वह सुनना नहीं चाहता।

"मैंने उसे मार डाला," श्यामल ने सुना, रोने के बीच वह बार-बार दोहरा रहा था।

वह अवसन्न पसरा रहा, कुछ नहीं पूछा।

उसी ने आगे कहा, "वह बहुत बीमार था। ज़िन्दा रहता तो जड़ पदार्थ बनकर। उसने पूछा, बोलो, क्या चाहते हो, रहे कि जाए? जो तुम कहोगे वही होगा। मैंने कहा, मुक्ति। उसे मुक्ति दो। और उसी क्षण वह मर गया।"

कहकर वह चुप हो गया। चुप रहा। श्यामल मन की भीतरी परतों से कामना कर उठा कि वह रोता जाए। उस श्मशानी वीराने में कुछ तो आवाज़ हो। उसके घुटे रोदन में भी एक अवरुद्ध ध्वनि थी जो कान लगाने पर सुनाई पड़ जाती थी। उसकी छाती के भीतर अड़ा बर्फ़ का गोला पिघलना चाहता था। शायद रोदन की अगली कड़ी वह चोट कर दे, जो उसे पिघला सके। पर सन्नाटा गहराता ही चला गया। इतना गहराया कि घबराये हुए श्यामल ने साथी का हाथ छू कर देखा। बर्फ़ सा ठंडा था। छाती पर हाथ रखा तो बेहद धीमी, रुकी-रुकी धड़कन महसूस हुई। भीतर-भीतर रुलाई चालू होगी। उसने उसे हलके से हिलाया तो वह वहीं ज़मीन पर लुढ़क गया। हे भगवान! इसका नाम क्या है? याद नहीं आया तो भाई कहकर पुकारा, "भाई, ओ भाई!"

"हाँ," उसने कहा, "मेरा भाई था वह। छोटा भाई। मैंने उसे मार डाला।"

"नहीं, नहीं। ऐसा कैसे? मृत्यु पर किसी का अधिकार नहीं है। तुम्हारे चाहने से वह ज़िन्दा नहीं रह सकता था तो मरता कैसे?"

"मैंने क्यों चाहा..."

"मौत नहीं, मुक्ति माँगी थी तुमने।"

वह चुप रहा।

"बोलो भाई, क्या माँगा था? मुक्ति न? फिर सन्ताप क्यों? दुख से मुक्ति मिलने पर दुख क्यों?"

"तो आप मानते हैं, मेरे कहने से ही उसे मृत्यु मिली?"

"नहीं..."

"मैंने कहा, मुक्ति दो और उसी क्षण, वह..."

"मात्र संयोग था। उसे मरना था, इसलिए मरा।"

"मैं जीवन भी तो माँग सकता था। उसने कहा था जो माँगेंगे, मिलेगा। वह ज्ञानी था, चर्च का पादरी।"

"पर भगवान नहीं था।"

"गुरु तो था। गुरु में ही भगवान बसते हैं। बसते हैं न? बतलाइए बसते हैं कि नहीं?"

"नहीं," इस बार श्यामल ने देर नहीं की। दृढ़ता से कहा, "गुरु में भगवान नहीं बसते।"

कुछ देर चुप रहकर, श्यामल घुटनों पर हाथ रखकर उठा, और साथी को उठाने के लिए हाथ बढ़ाया।

वह धीमे से सुबका, "माँगा मैंने भगवान से ही था, गुरु तो मध्यस्थ था," वह सुबकता रहा, पर श्यामल के सहारा देकर उठाने पर उठकर खड़ा हो गया।

दोनों शिथिल क़दमों से मन्दिर की तरफ़ बढ़ने लगे।

जब मन्दिर का कलश सामने आया, तभी बादलों में फाँक हुई और पूरा मंज़र, साँझ की पुरसुकून रोशनी में नहा गया।

श्यामल की हिम्मत बढ़ गई। उसने साथी को बाँह से घेरा और कहा, "तुम क्या उसे जड़ पदार्थ की तरह भी जीवित देखना चाहते थे?"

"हाँ, कैसे भी," उसने कहा।

"यह क्या स्वार्थ नहीं है? अपने मोह के लिए तुम उसे दुख में डुबोये रखोगे?"

"कैसे भी," उसने कहा, "बस मेरे पास हो।"

"जो तुमने माँगा, वही उचित था, निःस्वार्थ था। अब जो कह रहे हो, ग़लत है।" श्यामल का हौसला ज़्यादा ही बढ़ गया था।

हठात् धक्का देकर, साथी ने उसे अलग कर दिया। "भगवान नहीं है," उसने कहा, "होता तो इतना निर्मम चुनाव क्यों रखता? या जड़ पदार्थ या मृत्यु? आप कैसे कहते हैं, भगवान है? केवल अन्याय है, उत्पीड़न है। करुणा नहीं है तो भगवान कैसा? नहीं है।"

यही तो श्यामल भी कहना चाहता था। उससे भी ज़ोर से। पर...

तभी बादलों में बनी फाँक दोबारा पट गई। हर तरफ़ अँधेरा छा गया। मन्दिर आँखों से ओझल हो गया। फिर अँधेरे को चीरती ज़ोरदार बिजली चमकी। बेआवाज़। कड़क की प्रतीक्षा में उसके प्राण तने और तने ही रहे। सन्नाटा बना रहा और उसी सन्नाटे में, अदृश्य मन्दिर फिर से प्रकट हो गया, अग्नि में नहाया हुआ। बिजली को भीतर समा कर भक-भक रोशनी फेंकने लगा। उस चमकदार ख़ामोशी में उसका अनकहा, 'नहीं है,' कड़क की तरह गूँज उठा। श्यामल बेहद घबरा गया।

क्षमा करो भगवान, उसने सोचा भर नहीं, मुँह से उचार भी दिया। क्षमा करो। ममता की रक्षा करना। मैं इक्यावन रुपये का चढ़ावा भेटूँगा अभी। वह साथी को ठेल-ठेल कर आगे बढ़ाने लगा। बेमतलब बुदबुदाते हुए, "चलो भाई दर्शन कर लो, शान्ति मिलेगी मेरे भाई शान्ति..."

ठेले जाने पर साथी टिल गया। मन्दिर पहुँचे तो वहीं फ़र्श पर ढह गया। देर तक औंधा पड़ा रहा। उसकी देखादेखी श्यामल का बदन भी दंडवत की मुद्रा में आ गया। बड़बड़ाना जारी रहा, "ममता की रक्षा करो। भगवान, जो बचा है उसे बचाए रखो। सब दुख सन्ताप मुझे दे दो। उसे स्वास्थ्य दो, दीर्घ आयु दो।"

अपने बेसुरे प्रलाप के बीच उसके कानों में एक अद्वितीय मधुर राग बज उठा। प्रलाप औचक रुक गया। उसका सिर उठा और दृष्टि सामने मूर्ति पर टँग गई। ऐसा सौम्य निर्वेद गायन, मानव कंठ से नहीं फूट सकता था। स्वयं ईश्वर...पर सुर सामने से नहीं, बराबर से आ रहे थे। उसने आँखें घुमाईं। देखा, साथी सतर होकर बैठा है, आँखें मुँदी हैं, मुँह खुला है और आत्म-विभोर

वह गा रहा है। शब्द उसकी भाषा के नहीं थे, उसकी पकड़ के बाहर थे। पर इतना वह समझ गया कि सुर ईश्वर की आराधना में अर्पित हैं। ईश्वर, हर भाषा में ईश्वर रहता है। गीत के आरोह-अवरोह के साथ श्यामल का शरीर भी उठा और पद्मासन में आ गया। आँखें बन्द हो गईं। चढ़ावा, प्रार्थना, भय वाचन, विस्मृत हो गए। वह अमूर्त ध्वनि में एकात्म हो गया।

उस क्षण साथी के भाई और उसके अपने बेटे का आपस में विलय हो गया। ध्यानावस्थित, उसने एक दिव्य मुख देखा, जो उसके बेटे का भी था और साथी के चेहरे वाले एक अन्य प्राणी का भी। दोनों के चेहरों से बना वह अद्‌भुत मुख, शान्त ही नहीं, प्रसन्न भी था। हर कण में आनन्द ऐसे बसा था कि वह बुद्ध हो गया था। श्यामल को कुशीनारा में देखी बुद्ध की शैयाशायी प्रतिमा याद आ गई।

मानवकाय प्रतिमा के पैरों के पास खड़े रहकर उसने देखा था, एक शव। युवा मृत्यु का कराल रूप दोबारा देखकर उसने रोना चाहा था, पर पहले की तरह तपती सलाख़ों से दग्ध मन लिये, मूक खड़ा रहा था। फिर रेंगता हुआ पैरों के पास से हटकर सिर के पास जा पहुँचा था। बिन बहे आँसुओं से जलती आँखें बुद्ध के मुख पर टिकाई थीं कि सारी ज्वाला शान्त हो गई थी। आँसू बेरोक बाहर बह आए थे। निर्वाण का अतुलनीय स्वरूप सामने था। प्रियजन की मृत्यु पर दुख तो होगा पर उसके बिना मुक्ति सम्भव नहीं। मृत्यु में मुक्ति देखो। शान्त-शान्त।

शान्ति पर कितनी देर ? वह अपने शहर लौट आया था अशान्त। पत्नी के जाने में मुक्ति का उत्सर्ग देख भी लेता पर बेटे के न रहने में मृत्यु ही मृत्यु थी। मुक्ति श्यामल को मिलती तो और बात थी, बेटे की मुक्ति असह्य थी।

आज एक बार फिर शान्त ने दर्शन दिये थे। मुखरित होकर। मन्दिर के भीतर सब कुछ बुद्धमय हो चला था। प्रतिमा, पुजारी, साथी, हवा में तिरोहित गायन, आँखों के सामने तिरती दिव्य आकृति और स्वयं वह। पहली बार वह बेटे की अमूर्त छवि से भागा नहीं, उसे वैसे ही निरखता रहा, जैसे जीवित बेटे को देखता था। यह अमूर्त रूप पहली बार आँखों के सामने नहीं आया था। रोज़मर्रा की छोटी से छोटी घटना उसे ऐसे ही पास ले आती है। दूर कहीं साइकिल की घंटी बजती है। आवाज़ कानों में पड़ती है कि साइकिल पर सवार बेटा सामने थिर हो जाता है। सिर से पाँव तक दहलाते आह्लाद के साथ, वह उसे अपने क़रीब महसूस करता है। इतने नज़दीक कि हाथ बिना बढ़ाये छुआ जा सके और ठीक उसी क्षण, अहसास के जन्म लेते या भ्रूण में रहते ही आह्लाद विषाद में बदल जाता है। विषाद की निष्क्रियता भी क्षण बीतते समाप्त हो जाती है। उसे कभी न देख पाने की सचाई में, शरीर की हर शिरा, सूखी लकड़ी की तरह जलने लगती है। शमन की इच्छा, मुक्ति की कामना पैदा होने से पहले भस्म हो जाती हैं। देखते हुए भी वह न देख पाने की यंत्रणा झेलता है और न देख पाते हुए भी देखता चला जाता है। पर आज उसने देखा। देर तक उसके बुद्धरूप को देखा। ज्वाला के बजाय, अमृत की लहर उसके मस्तक से होती हुई हृदय में उतरी और कानों में प्रवेश कर रहे संगीत के शान्त सलिल में संगमित हो गई। समय स्थिर हो गया। निमिष और अनंत का, मूर्त और अमूर्त का भेद मिट गया। जो उस समय था, वही हमेशा रहेगा। मुक्ति इसी को कहते हैं ?

फिर संगीत थम गया। शान्त सलिल धरती में समा गया। काल का अनंत हाथ से फिसल गया। बच रहा अनंत अभाव। देह का हर रोमछिद्र न होने की आग में धधकने लगा।

हे भगवान, छटपटा कर उसने पुकारा।

मन्दिर की घंटी बज उठी। आरती का थाल लिये पुजारी आगे बढ़ आया। श्यामल को अपना संकल्प याद हो आया। गरम रेत पर फिंके केकड़े की तरह तड़फड़ाते हुए उसने जो-जो किया जाता है, किया। और इक्यावन रुपये थाल में छोड़ दिये। दग्ध हथेली पर प्रसाद चिकोटी काटने लगा पर झटक कर फेंका नहीं जा सकता था। भय ने अपना आधिपत्य पुनः जमा लिया था। हथेली उठाकर प्रसाद की जलन उसने मुँह के फफोले में उतार ली।

लड़खड़ाते क़दमों से वह बाहर निकला। देखा, साथी आगे चला जा रहा था। उसकी पीठ और कन्धे वही कह रहे थे, जो उसका गायन बोल चुका था, शान्त-शान्त।

श्यामल शान्त नहीं हो पाया। किसी तरह अपने क्लांत, विदग्ध शरीर को ठेल कर साथी के बराबर तो ले आया, पर दोनों अलग द्वीप बने चलते रहे। बस स्टॉप तक पहुँचे और बस में सवार हो गए। कोई कुछ नहीं बोला। श्यामल मास्टर के होंठों पर शब्द आकर लौटते रहे। वह कहना चाहता था, मुझे बतलाओ, भगवान है कि नहीं है?

(1999)

मंज़ूर-नामंज़ूर

क्या मैं भी कहूँ यह कहानी नहीं है? अजीब रिवाज चल पड़ा है यह भी। कन्नी काटने जैसा नहीं लगता? आख़िर कहानी कहते किसे हैं? सच की अधूरी तस्वीर को ही न। अपना जाना पूरा सच कहो तो एकदम काल्पनिक लगता है। कोई विश्वास नहीं करता। ठीक भी है। एक इनसान पूरा सच जान कैसे सकता है? कितने पहलुओं से देखेगा? बरसों-बरस उलट-पलटकर देखता रहे तब भी नज़रिया अपना ही रहेगा, हर पहलू एक पहलू से वाबस्ता। अपने बारे में लिखें तो भी, सब से कम हम अपने बारे में जानते हैं।

क़िस्सा कोताह यह कि यह कहानी ही है। यानी इसके किरदारों को नाम देने होंगे। नाम हैं...अब ये भी कोई नाम हुए...मंज़ूर और नामंज़ूर! क्या करूँ, एक अरसे से ये नाम दिमाग़ में जम कर ऐसे बैठे हैं कि निकलने का नाम नहीं ले रहे।

तो शुरू करूँ। हम दो बहनें थीं, मैं नामंज़ूर वह मंज़ूर। मंज़ूर का कहना था, कोई तिथि लौटकर नहीं आती। माँ-बाप की बरसी हुई या किसी और की, उसने हमेशा कहा, आज काहे का ख़ास गम, जैसा कल वैसा आज। जो घड़ी गुज़र गई वह गुज़र गई। कोई तिथि लौटकर नहीं आती।

उसका साठवाँ जन्मदिन आया, तब भी कहा, ''याद मत दिला, डर लगता है।''

''किससे? पास आती मौत से?'' मैंने यानी नामंज़ूर ने कहा।

''नहीं, बुढ़ापे से।''

मुझे याद आया, बचपन से ही उसे बुढ़ापे से डर लगता रहा था। हमारे छोटे से घर में बड़ा सा परिवार रहता था। माँ-बाप, चाचा-चाची, छह बच्चे, एकाध स्थायी मेहमान, दो-चार रैन बसेरा करते मुसाफ़िर। सबसे ज़्यादा अफ़रा-तफ़री, सुबह ग़ुसलख़ाने को लेकर मचती। जो पहले हक़ जमा ले, चलते पानी से नहा ले। बाक़ी कौवा स्नान करते कोसें। मंज़ूर थी कि ग़ुसलख़ाने में घुसती तो बाहर निकलने का नाम न लेती। पानी भरने-गिरने की आवाज़ आनी बन्द हो जाती, कपड़ा फींचने की धम-घिस भी चुपा जाती, बाहर इन्तज़ार करती क़तार का सब्र चुक जाता, हम सब उसका नाम लेकर पुकार उठते तब जाकर दरवाज़ा खुलता। नज़रें (चेहरा) झुकाए, सकुचाहट को रफ़्तार से ढकती, वह सामने पड़ने से पेश्तर ग़ायब होती नज़र आती। मैं मुँहलगी बहन थी। सो, रात के अँधेरे में जब राज़दाँ बनती तो पूछ लेती, क्या करती है इतनी देर अन्दर? कई बार पूछने पर एक रात बतलाया था। उस रात बिजली गुल थी। बादलों के घटाटोप ने अँधेरे में दहशत भर दी थी। राज़ कहने-कहलाने के लिए समाँ एकदम मौज़ूँ था। वह कह उठी थी, ''शीशे में ख़ुद को देखती हूँ तो बड़ा डर लगता है। एक दिन बूढ़ी हो जाऊँगी। रोना आ जाता है। सँभलने में देर हो जाती है।'' उसका चेहरा देख पाती तो शायद

मेरी हँसी न छूटती। छूटी हुई भी रोकनी पड़ी, क्योंकि एक झन्नाटेदार चाँटा सिर पर आकर पड़ा। इससे पहले कि मैं वापसी वार करती, मैंने सुना, वह कह रही थी, ''आगे से जो कभी कुछ बतलाया तो...'' उन हालात में चाँटा भी मैंने खाया और माफ़ी भी मैंने माँगी। पर बात समझ में आ गई हो, ऐसा नहीं हुआ। न मंजूर की देखा-देखी बुढ़ापे का ख़ौफ़ ही मन में उभरा।

पर बात उसके साठवें जन्मदिन की हो रही थी। ''काहे का जन्मदिन,'' उसने जोड़ा था, ''कोई तिथि लौटकर नहीं आती।'' यह जुमला मैं पहले भी कई बार सुन चुकी थी। उस दिन साठसाला दूसरे बचपन के कानों से सुना तो बचपन याद आ गया। याद आया कि यह जुमला बोलना उसने काफ़ी बाद में शुरू किया था। बचपन से लेकर शादी होने से पहले की जवानी तक, वह अपना जन्मदिन ख़ासे शौक़ से मनाती रही थी। उसके बहाने मेरा भी मन जाता था। नहीं, हम जुड़वाँ बहनें नहीं थीं। एक ने जगह ख़ाली की, तब दूसरी पेट में आई, पर संयोग से तारीख़ वही पड़ी।

''जुड़वाँ होने न होने से क्या फ़र्क़ पड़ता है,'' मैंने पिछले जन्मदिन पर कहा था, ''इस अरुँधती राय ने भाई-बहन के इकट्ठा गर्भ में रहने को कुछ ऐसा सोप आपेरानुमा तूल दिया है कि बात वज़नी लगने लगी है।''

''है जो वज़नी,'' उसने फ़ौरन कहा था, ''हम जुड़वाँ होतीं तो मैं तुझसे पहले बूढ़ी न होती।''

''एक साल में तू ऐसी कितनी बूढ़ी हो गई ?''

वह सकुचा गई थी। जानती जो थी, वह न मुझसे ज़्यादा बूढ़ी दिखती थी, न महसूस करती थी।

''जुड़वाँ होतीं तो तुम बड़ी हो, बड़ी हो, सुनते कान न पकते,'' संकोच से उबरने को उसने जल्दी से कह डाला था।

''तो, हाय इस बार भी लड़का न हुआ, सुनते पक जाते,'' मैंने जवाबी जुमला बोला था।

इसे ही कहानी बनाना कहते हैं। जो हमने कहा, उसने या मैंने, अपना सच जानकर नहीं कहा। जो आमतौर पर सच माना जाता है वही कहकर पिंड छुड़ाया। ऐसा न करें तो जीना मुश्किल हो जाए।

असल सच यह है कि आने-जाने वाले भले जो कहते रहे हों, हमारे माँ-बाप ने, लड़का न होने पर कोई रंजिश नहीं दिखलाई। न उम्र या किसी और चीज़ का वास्ता देकर, नियम-क़ायदा सिखलाया। दरअसल, वे किसी क़िस्म के नियोजन में विश्वास नहीं करते थे। न परिवार के, न आय के, न पालन-पोषण के। जो होता, भगवान की मर्ज़ी या संयोग से हो जाता। जैसे यह कि हम दोनों बहनें एक ही तारीख़ को पैदा हुईं। ऐसी सहूलियत वाली 20 अक्तूबर की तारीख़ कि दोनों का जन्मदिन एक साथ मन जाता। मंजूर के मन की मुराद पूरी हो जाती। शौक़ से जन्मदिन मनाने की बात जो मैंने कही, उसका मतलब इतना ही था कि माँ अपनी साड़ी फाड़ कर हमारे लिए एक जैसी फ्रॉकें सी देतीं और खाने में मीठे चावल पका देतीं। चावल दूध वाले होते या गुड़ या केसर वाले, वह घर की मौजूदा माली हालत पर मुन्हसिर रहता, जो ऊभचूभ होती चला करती थी।

अब साठवें जन्मदिन पर मुझे अचानक यह भी याद आ गया कि मुझे मीठे चावल कभी पसन्द नहीं थे। मंजूर को थे, इसलिए किसी ने यह पूछना ज़रूरी नहीं समझा था कि मुझे थे

या नहीं। ''हाँ, हम जुड़वाँ होतीं तो,'' अब मैंने कहा, ''मेरी पसन्द भी पूछी जाती। तेरे मारे हर जन्मदिन पर मीठे चावल न खाने पड़ते।''

''बेवक़ूफ़! वह तो हर हाल में बनते। दीवाली या दशहरा जो आसपास मँडराया करता था।'' अरे हाँ, वही तो असली सुविधा थी बीस अक्तूबर तारीख़ में। त्योहारों के आसपास, बीच में या ठीक त्योहार के दिन पड़ती थी। तभी न नई फ्रॉकें भी बनती थीं, एक जैसी क्योंकि साड़ी एक फाड़ी जानी होती थी। शुरू-शुरू में चाहे न माना हो पर चार-पाँच साल बीतते न बीतते, हमारे माँ-बाप हमें जुड़वाँ ही मान बैठे होंगे। सहूलियत और बढ़ गई होगी। कोई पूछे, एक सी पोशाक क्यों पहनाते हो तो झट कह दो, क्या करें जुड़वाँ हैं, मानती ही नहीं। पुरानी साड़ी से बना दो तो एक की उतरन दूसरे को पहनाने का झंझट भी मिटे, एक बरस में फट-फटाकर अलग हों।

ख़ैर, और जो हो, मंजूर को जन्मदिन मनाने का शौक़ भरपूर था। बल्कि जब उसकी शादी हुई तो वह उसकी तारीख़, अपने जन्मदिन, मँगेतर के जन्मदिन और मँगनी के दिन से अलग रखना चाहती थी। जिससे साल में ज़्यादा से ज़्यादा तारीख़ों पर उनकी दिलकश यादें ताज़ा की जा सकें। यूँ जानिए कि तारीख़ों की सालगिरह को ज़रूरत से ज़्यादा मंजूरी थी उसकी। फिर बहुत कुछ बदल गया। जैसे शादी के बाद हर किसी के लिए बदल जाता है।

लो, कह दी न फिर वही सचाई की तरह स्वीकृत आम बात। शादी अपने में अहम नहीं होती। वह कहते हैं न, बुख़ार बीमारी नहीं बीमारी का लक्षण होता है। बीमारी होती है जवानी। जिन मुल्कों में हर शादी मुताह बन चुकी है, नहीं होंगे हम जुदा तलाक़ होने तलक की तर्ज़ पर, वहाँ भी जवानी क़हर ढा कर रहती है। अंग्रेज़ी से मुहावरा उधार लें और खुरपी को कुदाल कहें तो असल चोर है, शरीर में वासना का उदय। वह हर इनसान की ख़ुशी को काफ़ी हद तक, दूसरे इनसान का क़र्ज़दार बना देता है। विपरीत लिंग का हो या समान, एक हो या अनेक। समाज कहीं से कहीं पहुँच जाए, चुनाव का दायरा घटा-बढ़ा ले, वासना फिर भी सहभागिता का दावा किए बग़ैर, मानकर नहीं देती। कम से कम अब तक तो नहीं ही मानी है।

वासना का उदय होते ही, दूसरे का मुँह जोहते ही, पसन्द-नापसन्द, आचार-विचार, सार-निस्सार सब सिर के बल खड़े हो जाते हैं। यह बदलाव अपने माफ़िक़ जाता है या ख़िलाफ़, अपनी-अपनी फ़ितरत पर निर्भर करता है। अगर आप ख़ुदग़र्ज, संगदिल और मनमौजी हैं तो वासना में प्यार का घालमेल नहीं करेंगे और ख़ुद को बचा कर दूसरे को लीलेंगे। अगर जज़्बाती और दिलदार हैं तो गए काम से। अपने देश में, चूँकि वासना शादी की चारदीवारी के भीतर परवान चढ़ती है, इसलिए शादी जवानी का पर्याय बन गई है। फिर, चूँकि बीवियों को इश्क़ मजाज़ी में इश्क़ हक़ीक़ी देखने की आदत डाली जाती है, इसलिए जवानी का आम सच, हमारे यहाँ शादीशुदा औरत का सच बनकर रह गया है। तो कह सकते हैं कि शादी के बाद मंज़ूर की क़िस्मत वैसे ही पलटी जैसे हर लड़की की पलटती है। मंजूर की पलटी, नामंजूर की पलटी, तेरी-मेरी-उसकी पलटी। मंजूरों की ज़्यादा, नामंजूरों की कम पलटी। पर जब सब कुछ पलटेगा तो यह कैसे बेपलटे रह सकता है कि कौन मंजूर है और कौन नामंजूर। पूरी उम्र का ठेका तो किसी ने ले नहीं रखा। तभी सोचती हूँ अगर मंजूर मुझसे एक साल बड़ी न होती तो एम.ए. करते हुए जो लड़का उसका सहपाठी बना वह मेरा बनता। उसके बजाय वह मुझसे इश्क़ करता और मेरा शौहर बनता। तब क्या मैं कहती घूमती कोई तिथि लौटकर नहीं आती ?

अरे कहाँ! हर किसी को मजनूनुमा आशिक़ नहीं मिला करते। अब सहेलियाँ भी तो मंजूर की बेशुमार थीं और मेरी नामचारे को एक। इसीलिए जन्मदिन पर किसी को बुलाने का टंटा नहीं किया जाता था। उसकी तमाम सहेलियों को बुलाने का मतलब था, बजट से बाहर की दावत और कुछ को छोड़कर बाक़ियों को बुलाने का मतलब था, मान-मनौवल का लम्बा बखेड़ा। वैसे भी उन दिनों स्कूल बन्द रहता था और तमाम लड़कियाँ अपने-अपने घर के त्योहार में मशगूल रहती थीं। इसलिए बिना बुलाए काम चल जाता था। देखा, कितनी फ़ायदेमन्द तारीख़ को पैदा हुए थे हम, सब परमात्मा का करम था। हमारे अनियोजित माँ-बाप पर करम किया, हमें हमारे हाल पर छोड़ दिया। ठीक भी है करम पर करम करता जाए तो परम का आतंक कौन माने। वह भी शादीशुदा महबूबा सा हो जाए।

तो मंजूर को अपनी फ़ितरत के मुताबिक़ ऐसा आशिक़ मिला, जिसके इश्क़ में वह ख़ुद यूँ गिरफ़्तार हुई कि आनन-फानन शादी करने पर आमादा हो गई। माँ-बाप ख़ुश हुए, एक और बदइन्तज़ामी से बचे।

यूँ मंजूर का आशिक़ उसका शौहर बना। इससे दूरंदेश ग़लती और क्या होगी। बीवी इश्क़ की मारी हो तब भी ग़लत और न हो तब भी ग़लत। आशिक़ी कुछ ऐसी बला है कि इकतरफ़ा होकर रहती है। औरत उसमें मुब्तिला हो तो तमाम की तमाम उसके हिस्से आ जाती है। और न हो तो दूसरी तरफ़ तेज़ से तेज़तर होती जाती है और ख़ासी कोफ़्त पैदा करती है। शादी अपने यहाँ अमूमन तोड़ी नहीं जाती और इश्क़ है कि टूट कर रहता है। इसमें कोई कुछ नहीं कर सकता। जब कुछ होगा तभी न टूटेगा और होगा तो टूटेगा ज़रूर।

मेरी बारी आई तो न कुछ बना न टूटा। नहीं, शादी को नामंजूरी नहीं दी मैंने, सिर्फ़ इश्क़ को या इश्क़ ने मुझे नामंज़ूर कर दिया। बेचारे माँ-बाप को पारम्परिक रस्में क़बूल करनी पड़ीं। न चाहते हुए नियोजन किया और एक सुयोग्य, समाज स्वीकृत वर जुटा लिया। शादी हुई तो ऐसी कि आज बीस साल बाद भी हम वहीं हैं, जहाँ बीस साल पहले थे। न बुख़ार चढ़ा, न उतरा। न फरेब किया, न पर्दा उठाना पड़ा। न शादी से पहले और फ़ौरन बाद रोमानी अन्दाज़ अपनाए, न बीस साल बाद उनकी याद में आहें भरी। यानी इस लायक़ यादें बनीं ही नहीं कि उन्हें याद किया जाता। एक ठीक-ठाक, साथ गुज़रा वक़्त था जो रफ़्ता-रफ़्ता गुज़रता गया। उम्र के साथ वासना घटी तो ऐसे कि उसका घटना तक महसूस न हुआ। सब कुछ आदत में शुमार होता गया। तिथि बदलती तो लगता, वही लौट-लौटकर आ रही है। मंजूर की तरह नहीं कि पहले, हर तिथि को लौटा लाने को तरसो, फिर कहते घूमो कि कोई तिथि लौटकर नहीं आती।

ख़ैर, मंजूर की ज़िन्दगी में और जो बना, टूटा, बदला हो, दोस्त बनाने का उसका मिराक़ नहीं बदला। मुझे याद है, मैं उसके पास मुम्बई गई तो यह देखकर दंग रह गई कि उसकी रिहायशी इमारत के तमाम फ़्लैटों में रहने वाली औरतें, उसकी हमजोलियाँ थीं। सुन यह रखा था कि यहाँ अड़ोसी-पड़ोसी एक-दूसरे का नाम तक नहीं जानते। और यहाँ गाँव के पनघट का समाँ बँधा हुआ था। हर पड़ोसन कोई न कोई व्यंजन बनाकर लिये चली आ रही थी, मेरी ख़ातिरदारी के लिए। उससे पूछा तो बोली, "अच्छी लगी दफ़्तरी बाई की गुजराती कढ़ी, कल कोठारी लोगों के यहाँ से दाल-बाटी आएगी।"

"पर क्यों भाई, उन्होंने क्या तेरा उधार खा रखा है?" मैंने पूछा तो बोली, "यही समझ।

पहलेपहल यहाँ पहुँची तो दम घुट गया। लिफ़्ट में ऊपर-नीचे जाते, एक-दूसरे से चिपटकर खड़े रहते हुए भी कोई नज़र उठाकर न देखे। मुस्कराना, बतियाना तो दूर, दुआ-सलाम तक न करे। किताबों में पढ़ा था, लन्दनवासी भी मॉर्निंग, ईवनिंग उचार लेते हैं, पर यहाँ तो जैसे गूँगे-बहरों का अड्डा था। चार दिन में मेरा हाल बेहाल हो गया। तो मैंने कमान अपने हाथों में ले ली। बारी-बारी से हर फ़्लैट में जाकर अपना परिचय करवाया और चाय-नाश्ते पर घर आने का बुलावा दिया। तब तक देती रही जब तक तंग आकर दो-चार औरतें आ न गईं। फिर ऐसा रद्दी नाश्ता करवाया कि सब की सब मुझे पाक विद्या सिखलाने को ललचा गईं। इसी लालच में औरों को शामिल करके, एक-दूसरी से शेख़ी भी बघार बैठीं। बस, वह दिन था और आज का दिन। अच्छा परसों क्या खाना है सो बतला। रेखा दी छेना-जलेबी को कह रही थीं और सुरेखा बाई दही-बड़ों को।''

मुम्बई से पहले वह जयपुर, लखनऊ रह चुकी थी। लखनऊ गई थी तो पिताजी के एक पुराने परिचित डाक्टर का पता साथ ले गई थी। मुझे बड़ी हँसी आई थी। जब पिताजी को ही उनसे मिले दसियों बरस हो गए थे तो मंजूर उनका क्या अचार डालेगी। पर साहेब ख़ूब अचार डला यानी डाक्टर प्रभाकर अंकल और प्रभा आंटी ने डाला, मंजूर के लिए। मंजूर की दोस्ती की चाहत ने वह रंग जमाया कि डाक्टर अंकल का घर, उसका मैका बन गया। उसका कामयाब आशिक़ घरजमाई। बिना कोई काम किए हरदम कामयाब। हारी-बीमारी में भी हाथ-पाँव हिलाने की ज़हमत न करनी पड़ती। एक फ़ोन मिलाओ और तीमारदार, दवा, पथ्य सब हाज़िर। वहीं मंजूर का पहला बच्चा पैदा हुआ और तब भी जच्चा से ज़्यादा, जच्चा के शौहर के नाज़-नख़रे उठाए गए। कामयाब आशिक़ बड़ी फ़ुरसत में बाप बन गया। प्रभाकर दम्पती स्थानीय नाना-नानी बने तो असली नाना-नानी से हर सूरत में बाज़ी मार ले गए। संयोजन-नियोजन में वे उतने ही सिद्धहस्त थे जितने हमारे माँ-बाप फिसड्डी। इसलिए बिना तयशुदा ब्याह किए, मंजूर को उसकी रस्मों-रिवायतों के तमाम फ़ायदे मिलते रहे और मुझे करके भी, ऊँचे ख़यालात और सादा रहन-सहन की दुआ देनी पड़ी। हमें त्योहारी लेन-देन पसन्द ही नहीं तो माँ-बाप क्या करें, हम जब-तब एक-दूसरे से कह लेते थे। दोस्त-सहेलियाँ थे नहीं जो उनसे कमतर या बढ़तर होने का दंश डंक मारता।

नामचारे को जो एक सहेली थी बचपन में, वह भी बचपन बाद अपने पति की दुनिया में सिमट कर खो गई। कभी साल-दो साल में हम एक-दूसरे को नए साल पर बधाई-कार्ड भेज देते थे, बस। दरअसल बचपन में भी, उसे मेरी ज़रूरत, पिक्चर देखने जाने के साथ के लिए ही पड़ती थी। उन दिनों, रविवार की सुबह आधी क़ीमत पर पुरानी फ़िल्में दिखलाई जाती थीं। सहेली को संग-साथ की कमी थी और चाकर की सुविधा। तो वह पहले उसे भेजकर दो टिकट मँगवाती फिर मुझे ख़बर भिजवाती। रविवार की सुबह, मैं सैर करती हुई उसके घर पहुँचती, फिर वहाँ से उसके साथ ताँगे में बैठकर पिक्चर हॉल। ताँगा भी उसका बँधा-बँधाया था। स्कूल ले जाया-लाया करता था। मैं बस से आती-जाती थी। पर जिस शाम, वाद-विवाद प्रतियोगिता वग़ैरह के कारण, देर तक रुकना पड़ता, वह मुझे अपने ताँगे में वापस पहुँचा जाती थी। वाद-विवाद में हम दोनों जमकर हिस्सा लेते थे। ठीक समझे आप, दोस्त बनाने के लिए नियोजित विवाद की नहीं, अनर्गल संवाद की ज़रूरत पड़ती है और वहीं मैं गच्चा खा जाती थी। ऐसा नहीं था कि हम हर रविवार को पिक्चर देखते। तौबा, महीने-दो महीने में एक बार

हुआ तो बहुत समझो। मंज़ूर, अलबत्ता, जब-तब पिक्चर देखने के लिए अपनी सहेलियों के साथ, स्कूल के बाद ग़ायब हो जाती थी। पूरी क़ीमत पर नई पिक्चर। माँ-बाप के सामने ज़बान न खोलने की शर्त पर मुझे साथ ले जाती। बिना दोस्ती निभाए मुझे पिक्चर के लिए दोस्तों का साथ मिल जाता। मंज़ूर और मैंने, अकेले या दुकेले शायद ही कभी कोई पिक्चर देखी हो। ख़याल ही नहीं आया। हाँ, पर याद आया। मैंने एक बार एकदम निपट अकेले एक पिक्चर देखी थी अंग्रेज़ी की। नाम था इंडिस्क्रीट। इंग्रिड बर्गमन थी उसमें, हमारी पसन्दीदा। हुआ यूँ कि उस पिक्चर के हॉल में लगने के कुछ दिन पहले, मंज़ूर और मेरी बोलचाल बन्द हो गई। यह कार्यक्रम हर तीसरे-चौथे महीने में एक बार हो जाता था। उस बार, दुर्योग से उन्हीं दिनों इंडिस्क्रीट पिक्चर लगी और मंज़ूर मेरे बिना अपनी सहेलियों के साथ उसे देख आई। रोज़ाना उसके चर्चे कर मुझे खिजाने लगी। मैंने सोचा, इस बार सहेली की चिट का इन्तज़ार किए बग़ैर मैं उसे पिक्चर देखने का न्योता दूँगी। पर तभी उसे फ़्लू हो गया। एशियन फ़्लू के नाम से वह बीमारी तभी-तभी दिल्ली शहर में फैलनी शुरू हुई थी। अपनी इकलौती सहेली के गरूर में मैं अगले रविवार को पिक्चर देखने का ऐलान कर चुकी थी। नामंज़ूरी आन का सवाल था, सो मैं रविवार को, सहेली के यहाँ जाने की कहकर घर से निकली और अकेली पिक्चर हॉल पहुँच गई। पहचाने जाने के डर से, ताँगा भी अनजाना लिया, रोज़ वाला नहीं। अकेले ताँगे में जाकर अकेले पिक्चर देखने में वह रोमांच महसूस हुआ कि क्या बयान करूँ। जैसे मैं ही इंग्रिड बर्गमन हूँ। मैं ही इंडिस्क्रीट, ग़ैरदुनियाबी हूँ। हो सकता है, आगे चल कर दोस्त और आशिक़ न बनाने के पीछे, उसी अकेलेपन के रोमांच का स्वाद रहा हो।

कौन जाने क्या सच है, क्या झूठ। न मिले तो कहना पड़ता है, नहीं चाहिए। और चाहा हुआ मिल जाए तो पता चलता है, कभी चाहिए ही नहीं था।

लखनऊ के बाद मंज़ूर जयपुर गई तो और ही दिलचस्प वाक़िया घटा। क्या कहा आपने, क़िस्मत वाली थी मंज़ूर जो इतनी जगह रहने का मौक़ा मिला? क़िस्मत कहिए या मजबूरी। मंज़ूर का कामयाब आशिक़ नौकरी बदलता तो जगह भी बदल लेता। तबादला? तरक़्क़ी? ये अल्फ़ाज़ अमूमन तब इस्तेमाल किए जाते थे, जब आदमी एक ही नौकरी में टिका रहे। आज के ज़माने में जगह के साथ नौकरी बदलने को भी तरक़्क़ी माना जा सकता है, पर यह ज़रा पहले की कहानी है। यूँ भी हर सिक्के के दो पहलू होते हैं। नौकरी छोड़ी जा सकती है तो छुड़वाई भी जा सकती है। मेरे पति के बस का कुछ न हुआ। न नौकरी छोड़ी, न जगह, न नौकरी ने उन्हें छोड़ा। तरक़्क़ी भी उतनी हुई, जितनी हर मुलाजिम की होनी ज़रूरी है। मंज़ूर तमाम जगह घूमकर लौटी तो हम वहीं जमे मिले, सुरक्षित और जड़।

ख़ैर, मंज़ूर जयपुर जाने को तैयार हुई तो गर्भ का सातवाँ महीना चल रहा था, तीन साल का बेटा साथ था। जयपुर में बसे परिचितों के नाम जिससे भी पूछे, उसी ने कहा, अभी कहाँ किससे मिलने जाओगी, सारा वक़्त बच्चा पैदा करने और नई गिरस्ती जमाने में निकल जाएगा।

मदद के इनकार से बड़ी चुनौती क्या हो सकती है? तो मंज़ूर ने तलाश जारी रखी और एक पुराने ख़ानदानी दोस्त के जयपुरवासी बेटे का पता ढूँढ़ निकलवाया। फ़ौरन उसे ख़त डाल दिया कि मैं, फलाँ-फलाँ शख़्स की बेटी मंज़ूर आजकल जयपुर में हूँ। ख़त मिलते ही चले आना। नया शहर है, बड़ा अकेला लग रहा है।

कुछ दिनों बाद ठिठुरती सर्दी की देर रात, एक धूल-धूसरित जीप आकर मंज़ूर के दरवाज़े

पर रुकी। उसमें से उतना ही धूल-धूसरित फ़ौजी उतरा। इससे पहले कि मंज़ूर के पति, रज़ाई से बदन ढाँप कर, हर सुने को अनसुना करने की मुद्रा में आते, फ़ौजी ने दरवाज़े की घंटी पर जो हाथ रखा तो हटाया ही नहीं। पति ने रज़ाई और ऊपर खींची और अपनी संध्या सिद्धि में लगे रहे। मंज़ूर को दरवाज़ा खोलने जाना पड़ा। सांकल डली फाँक से जो बाहर झाँका तो होश फ़ाख़्ता हो गए। बन्दूक़ और हैल्मेट के सिवा कुछ नज़र नहीं आया। दरवाज़ा भेड़ने लगी तो खनकदार आवाज़ गूँजी, मंज़ूर। आवाज़ का ज़ोर था या क्या कि दरवाज़ा आप से आप अधखुला हो गया। अब मंज़ूर की नज़रें फ़ौजी की मूँछों पर और आगंतुक की नज़रें मंज़ूर के पेट पर टिकी थीं। कुछ देर दोनों पुतले बने खड़े रहे। फिर आगंतुक दोबारा गरजा, मंज़ूर। इस बार पुछल्ला साथ लगाकर। तो उसने सुना, मिसेज़ मंज़ूर ?

''जी...मैं...मंज़ूर...'' वह हकलाई तो उधर वह भी हकला दिया। ''मैं...मेज़र लतीफ़... आपने चिट्ठी...'' बमुश्किल उसकी नज़रें पेट से हटकर मंज़ूर के चेहरे तक आईं और उसने जुमला पूरा किया, ''....लिखी थी...''

मंज़ूर ने दरवाज़ा पूरा खोल दिया। फ़ौजी पूरे क़द बुत में नमूदार हुआ तो उसके मुँह से निकला, ''मुझे मालूम नहीं था आप फ़ौज में हैं।''

''मुझे भी मालूम नहीं था आप...'' बाक़ी का जुमला गले में अटका रह गया। जवान मर्द औरत से कैसे कहता, 'आप पेट से हैं!' उसके बाद की छोटी सी चुप्पी भी झेलनी मुश्किल हो गई। ठंड से मंज़ूर का बदन अकड़ने लगा था। धूल की परतों के नीचे, मेज़र का क्या हाल था कहना मुश्किल था। धूल नहीं रेत, क्योंकि तभी उसने कहा, ''मुझे आपकी चिट्ठी कच्छ के लड़ाई के मैदान में मिली। वहीं से सीधा चला आ रहा हूँ।''

''अन्दर आओ, अन्दर,'' मंज़ूर सँभली तो एकदम मूड में आ गई।

मेज़र लतीफ़ अन्दर आया। तब तक हाथ में बोतल थामे पतिदेव और तीन बरस का बेटा भी बैठक में आ चुके थे। सबका जायज़ा लेकर, उसकी नज़रें बोतल पर जा टिकीं।

''नहाओगे ?'' तभी मंज़ूर ने पूछा।

''हाँ, बिलकुल!'' मेज़र ने चौंककर कहा, ''ठंडे पानी से।''

मंज़ूर हँस दी। बोली, ''क्यों, गर्म किए देती हूँ।''

''नहीं ठंडा,'' उसने कहा और क़रीब-क़रीब भाग कर ग़ुसलख़ाने में घुस गया।

''भूत है ?'' बेटे ने पूछा।

''हाँ, भूत अंकल। तुम वापस बिस्तर पर जाओ वरना...''

बेटा फ़ौरन ग़ायब हो गया। पतिदेव भीतर जाकर दो गिलास उठा लाए। जब तक मेजर लतीफ़ नहा कर निकला, पैग तैयार थे और जब तक मंज़ूर रसोई से खाने का सामान लेकर आई, हलक से नीचे भी उतर चुके थे।

''मुझे आपका ख़त मिला तो ख़ुद को रोक न पाया। लड़ाई से मुझे एक दिन की छुट्टी मिलनी थी, सो सीधा जयपुर के लिए चल दिया। आपकी...बचपन की...धुँधली सी याद थी। अब तो आप...''

''बुढ़ा चुकी,'' मंज़ूर हँस दी।

''नहीं-नहीं, कभी नहीं, वह नहीं...'' परेशान मेजर लतीफ को और कुछ नहीं सूझा तो बोतल थाम, मंज़ूर से पूछ बैठा, ''आप लेंगी ?''

''अजी तौबा कीजिए,'' शौहर साहब बोले, ''छुएँगी भी नहीं। इन्हें तो हमारा पीना भी गवारा नहीं। किसी का पीना गवारा नहीं।''

मेजर लतीफ़ ने बोतल छोड़ दी। अपने जाम से भी हाथ खींच लिया। शौहर साहब बदस्तूर पीते रहे। सचमुच, मंज़ूर को शराबख़ोरी से सख़्त चिढ़ थी। पर...

ज़िन्दगी में पर की बहुत महिमा है। बल्कि कहना चाहिए ज़िन्दगी का पर्याय है, पर। ऐसा पर, वैसा पर, बेपर का पर, जिस पर सवार होकर, एक अजनबी, लड़ाई के मैदान की रेत का लबादा ओढ़े, बवंडर की तरह आता है और चन्द घंटों बाद, धुला-पुँछा, आवेग खोये तूफ़ान की तरह, बोझिल क़दमों से लौट जाता है। कोई इश्क़ के दावे कर, बेपर की उड़ाता, बराबर में आकर यूँ गिरता है कि फिर उठने का नाम नहीं लेता। न उठता है, न उठाता है। पर बेपर की उड़ाता ज़रूर है, पर उसके भरोसे, ज़िन्दगी बित्ता भर भी ऊपर नहीं उठती। रेंग-घिसट कर आगे सरकती है और कोई तिथि लौटकर नहीं आती। कई लोग दूसरों के तज़ुर्बे से इतने होशियार हुए रहते हैं कि बेपर की सोचते ही नहीं। जब पर निकलते हैं, कुतर देते हैं और ज़िन्दगी रेंग-घिसट कर आगे सरकती है और तिथि लौटा लाने को मन नहीं करता।

मेजर लतीफ़ की आवाजाही का क़िस्सा, मंज़ूर ने मुझसे, हमारे साठवें जन्मदिन पर बयान किया था। उसका-मेरा जो समझिए। तब तक मैं, अपनी उम्र पूछे जाने पर मंज़ूर की बतलाने लगी थी। कौन अलग-अलग याद रखता। अब जो उस लतीफ़ परवाज़ के बारे में सुना तो लगा, वह बेधड़क तूफ़ान मेरे ठहरे हुए घर में आया था। तलवों से होती हुई एक पुरसुकून गरमाई, कानों के लबों तक फैल गई। हथेलियों में पसीना आ गया। उन दिनों मुझे हलका बुख़ार रहता था। सर्दी शुरू होते ही बदन में फुरफुरी उठनी शुरू हो जाती थी। जब भी गरमाई आती, देह पसीजती तो सुकून मिलता। सब उम्रदराज़ी का खेल था। फिर भी...उम्र का लिहाज़ अलग रख, चलते-चलते मैंने पूछ लिया, ''फिर कभी मुलाक़ात हुई उससे?''

''उस दिन उसने हाथ न खींच लिया होता तो...'' मंज़ूर ने कहा।

उसे जुमला पूरा करने की ज़रूरत नहीं थी। मैं समझ गई, हाथ उसने न खींचा होता तो वह दोस्ती बनाए रखने को और ललक उठती। आसान नहीं था, उसकी दोस्ती की चाहत से कतरा कर निकल जाना। पर उसने तो बने बनाए जाम से हाथ खींच लिया था। ऐसे बेसरूर मेहमान से राज़दारी कैसे निभायी जाती।

''दोस्ती से हाथ खींचते तुझे पहली बार जाना,'' झूठे सच से मैंने साफ़गोई को मिटाना चाहा।

''वह दोस्त नहीं अतिथि था। बिना तिथि आया, बिना तिथि लौट गया। बार-बार आता रहता तो मोह हो जाता कि तिथियाँ लौटकर आने लगें,'' मंज़ूर ने कहा।

''जैसे आज का दिन। हमारा जन्मदिन,'' मैंने कहा।

''यह तो तेरा-मेरा राज़ है, हमारे बीच पोशीदा।'' मंज़ूर जाने कैसे मूड में थी, सच पर सच बोले चली जा रही थी। मेरे लिए भी सुकूनदेह झूठ का सहारा लेना मुश्किल हो रहा था। यह ठीक-ठीक कहानी होती तो मेरे और उसके मुँह से आह निकलने के साथ डाकिया एक मोटा-सा लिफ़ाफ़ा दरवाज़े पर फेंकता। मंज़ूर के नाम। वह खोलती तो जन्मदिन मुबारक का प्यारा-सा ख़त निकलता। मेजर लतीफ़ का नाम पढ़ कर, लम्बे बुख़ार से कमज़ोर पड़ी उसकी देह उत्तेजना से काँप उठती, इतनी कि दिल का दौरा पड़ जाता। और मंज़ूर उसी पल मर जाती। नाटकीय मोड़ के साथ कहानी ख़त्म होती।

पर ऐसा कुछ नहीं हुआ। मंजूर को दिल का दौरा न तब पड़ा, न बाद में। पर जन्मदिन की वह तिथि भी लौटकर नहीं आई। उससे अठारह दिन पहले, दो अक्तूबर के दिन, मियाँ की पसन्दीदा तन्दूरी रोटी सिंकवा कर, मंजूर, छुट्टी के दिन ख़ाली पड़ी सड़क, जल्दी-जल्दी पार कर रही थी। हड़बड़ाहट थी कि रोटी ठंडी न हो जाए। तभी एक ब्लू लाइन बस, पियक्कड़ की तरह लहराती हुई आई और एक धक्के में उसे मार गिराया। फिर वैसे ही हिचकोले खाती आगे बढ़ गई। उन दिनों राजधानी में ब्लू लाइन बसें आए दिन पथिकों को मार गिराया करती थीं। वारदातें इतनी बढ़ चुकी थीं कि दूरदर्शन ने 'सुर्ख़ियों के पीछे' नाम के कार्यक्रम में 3 अक्तूबर की क़िस्त उसके नाम कर दी। कार्यक्रम में मंजूर की मौत एक आँकड़े के रूप में उभरी, पर ग़ैर-ज़रूरी करार दे दी गई। बहस में भाग लेने वाले एक पत्रकार ने कहा कि यह सही है कि ब्लू लाइन बसें लोगों को मारती रहती हैं, पर हमें यह नहीं भूलना चाहिए कि सड़क दुर्घटनाओं में मरने वाले लोगों की संख्या, उन लोगों से कम है, जो वाहन प्रदूषण के कारण, हर साल जानलेवा बीमारियों की गिरफ़्त में आते हैं। इसलिए असली मुद्दा वाहन प्रदूषण है, वाहन दुर्घटनाएँ नहीं। विशिष्ट अतिथि, परिवहन मंत्री ने इस तथ्य का ज़ोरदार अनुमोदन किया और कहा कि ब्लू लाइन बसों को बदनाम करने के बजाय, हमें प्रदूषण रोकने पर ध्यान देना चाहिए। देश भर के पत्रकारों ने मंत्री महोदय के पर्यावरण प्रेम की प्रशंसा की और मंजूर की मौत कहानी तो क्या बनती, प्राथमिक महत्त्व का आँकड़ा बनने से भी रह गई। कितना मन कर रहा है कि कह दूँ उसी रोज़ कारगिल की जंग में लड़ते हुए मेजर (अब ब्रिगेडियर) लतीफ़ भी शहीद हो गए, पर ऐसा कुछ नहीं हुआ। हुआ हो भी तो मैं नहीं जानती। वह कहाँ है, कैसा है, है भी कि नहीं, मैं कुछ नहीं जानती।

और तो और मरने के लिए मंजूर को कोई ख़ाली तारीख़ न मिली। मरी भी तो दो अक्तूबर के दिन। दो अक्तूबर कहने से भला मंजूर को कौन याद करेगा। वह तारीख़ तो पहले ही महात्मा गांधी के नाम लिखी जा चुकी।

"छुट्टी न हुआ करती तो महात्मा गांधी को ही कौन याद करता," मेरे पति ने कहा, "कोई तिथि लौटकर नहीं आती।"

तुम भी ?

(1999)

कानतोड़ उर्फ़ कर्णवीर

एक चोर था। नाम था शातिर। नाम का क्या है, कुछ भी हो सकता है। शातिर पक्का चोर था, पक्के साहेबों की तरह। जो उसूल उसने बना रखे थे, उनके खिलाफ़ कभी नहीं जाता था। उसूल चाहे जो हों। यही तो पक्के साहेबों की सिफ़त है। यह नहीं पूछते कि उसूल क्यों हैं, कैसे हैं? बस हैं, तो हैं। बिना हील-हुज्जत मानने के लिए।

तो एक रात शातिर चोर धन्ना सेठ के घर चोरी करने गया। बाक़ायदा सेंध लगाकर। उसूल था उसका, चोरी करने सेंध लगाकर जाता था, करके वापस, सदर दरवाज़े से आता था। छाती ठोंक कर। ख़ूब बढ़िया सेंध लगाता था शातिर, क्या पक्के साहेबों ने हिन्दुस्तान में लगाई होगी। फिर शातिर था भी तो शातिर। कुत्ते-नेवले की तरह, बदन सिकोड़ कर, छोटी से छोटी जगह के आर-पार निकल सकता था। घर में घुसा तो देखा, बिस्तर पर एक सुन्दरी, अकेली लेटी मेज़ पर रखे लैंप की रोशनी में किताब पढ़ रही थी। कितनी सुन्दर? अब मैं क्या जानूँ। औरत को अपने यहाँ सुन्दरी ही कहा जाता है। सुना नहीं, डाकू तक औरत हो तो दस्यु सुन्दरी कहलाता/कहलाती है। बिल्ली की तरह बेआवाज़ चलना शातिर के पेशे में शुमार था। उसके भीतर घुसने पर औरत भला क्या चौंकती। आँखें झुकाए किताब पढ़ती रही। कैसी भी पढ़ाकू हो, थी तो जगी हुई। अलमारियों के खोले जाने पर चौंक भी सकती थी और शोर भी मचा सकती थी। शातिर ज़रा झिझका। क्या किसी दूसरी रात आए? पर...एक बात ग़ौरतलब थी। अगर रात के तीसरे पहर तक औरत (सुन्दरी) बिस्तर पर अकेली थी तो घर पर भी अकेली होगी। तब क्या एक औरत से डर कर भाग जाए? पक्के चोर इतने ग़ैर-मर्द नहीं होते (उसूल नम्बर 2)।

तो उसने कम से कम आवाज़ करके, अलमारियाँ खोलीं। चाबियों के बजाय नुकीले मुड़े तार का इस्तेमाल भी उसके पेशे में शामिल था। रुपया, ज़ेवर, चाँदी के बर्तन, बढ़िया कपड़े निकाले और करीने से अलग-अलग पोटलियों में बाँधे। फिर तमाम पोटलियों को एक बड़े गट्ठर में बाँध कर, पीठ पर लादा, दोनों हाथ ख़ाली रखकर, बाहर की तरफ़ चला। औरत के पास से गुज़रा तो ठिठके बग़ैर न रह सका। कमबख़्त बदस्तूर किताब पढ़ती जा रही थी। इतना बेआवाज़, बेसूरत भी नहीं था शातिर। बहरी हो भले, अन्धी तो नहीं, आमतौर की किताब पढ़ रही थी। बेख़याली में वह खँखार ही तो उठा था कि सुन्दरी ने आँख उठाकर उसे ताका। पल भर उसने इन्तज़ार किया कि सुन्दरी डरे, सहमे, चीख़े न भी सही, पर साँस तो अटका कर निकाले। पर जब देखा कि वह निगाह वापस किताब पर ले गई है तो तन-बदन में आग लग गई। जैसे वह हट्टा-कट्टा जवान (सुन्दर) न होकर, मैले कपड़ों का गट्ठर हो। गट्ठर पीठ पर लदा था ज़रूर पर था तो चोरी का माल। और वह...औरत...सुन्दरी...। इतना तिरस्कार!

"मैं शातिर हूँ," उसने ज़ोर से कहा, "आपका सामान चुरा कर ले जा रहा हूँ। उठकर सदर दरवाज़े की सिटकनी लगा लीजिए।"

"उड़काते जाइएगा," औरत ने कहा।

"कैसी औरत हो तुम," शातिर आप से तुम पर आ गया, "ग़ैर-मर्द को बिस्तर के पास देखकर चौंकती तक नहीं?"

"मर्द!" सुन्दरी व्यंग्य से हँसी।

"हँसने का सबब?" शातिर ने नाटकीय अन्दाज़ में पूछा। उसके पेशे में दिन बड़े ख़ाली-ख़ाली से जाया करते थे, सो फ़िल्में देखना मजबूरी बन चुका था।

"अकेली औरत के घर चोरी करते हो और ख़ुद को मर्द बतलाते हो," औरत ने कहा।

"अकेली? मुझे तो बतलाया गया था, धन्ना सेठ की हवेली है। तलाक़-शलाक हो गया क्या?" साला यह नया चलन, उसूलों की ऐसी-तैसी कर देता है।

"दौरे पर गए हैं सेठ। परसों लौटेंगे," सुन्दरी ने कहा और वापस, अपने रंगे पन्ने पर।

मारे ग़ुस्से के शातिर ने गट्ठर नीचे पटक दिया।

"यह धरा तुम्हारा सामान। अब मैं परसों आऊँगा। उनके सामने से लेकर जाऊँगा। रोक सकें तो रोक लें," उसने डायलॉग मारा।

"ठीक है।"

"अब उठिए दरवाज़ा बन्द कर लीजिए," शातिर वापस आप पर आ गया।

"कहा न, उड़का दो," औरत जम्हाई लेकर बोली।

"और जो कोई घुस आया," शातिर के मुँह से निकला।

औरत खिलखिला कर हँस दी। बोली, "लगता है, तुम चोरों से बहुत डरते हो।"

"गुंडा बदमाश भी घुस सकता है। जवान औरत हो कि नहीं? मेरी बीवी होती तो..." मर गया। अपनी बीवी से क्या कहेगा। ख़ाली हाथ क्यों लौटा? बड़ी शर्मिंदगी उठानी पड़ेगी। यह बेशर्म...क्या तो कह रही है..."सेंध में से लौट जाओ न? सामान तो है नहीं।"

"कौन सी सेंध?" वह अकबकाया।

"जो तुमने लगाई है।"

"तुम कैसे जानती हो?"

"वह दरअसल, मेरे कान बहुत तेज़ हैं," उसने नज़र नीची करके कहा।

शातिर ग़ैर-ख़ानदानी हो उठा। राह चलतों की तेज़ आवाज़ में गरिया कर बोला, "हम पक्के चोर हैं, समझीं। सेंध से होकर नहीं लौटा करते। अब उठकर दरवाज़ा बन्द करती हो कि..."

कि क्या? ग़नीमत हुई कि सुन्दरी ने नहीं पूछा, वरना दस्यु सुन्दर क्या बतलाता?

वह मुस्कराई (हँसी नहीं), पास पड़ा ख़ुशबूदार रूमाल उठाया, किताब के पन्ने पर रखा, किताब बन्द की, अंगड़ाई लेकर सुस्ती झाड़ी, फिर उठी और चली। ख़ुशबू बिखेरती गजगामिनी। शातिर पलटकर भाग लिया, सदर दरवाज़े से एकदम बाहर, सड़क पार करता हुआ, अपने ख़ानदानी, पुश्तैनी घर की तरफ़।

अगले दो दिन शातिर ने कैसे गुज़ारे, आप समझ सकते हैं। सुन्दरी पर आया ग़ुस्सा बीवी को डपट कर निकाला तो वह मुँह सुजाकर किनारे हुई। बच्चे पास आकर सामान देखने की ज़िद करने लगे तो दो हाथ खा गए। उन्होंने रो-रो कर घर सिर पर उठा लिया। पर बीवी ने

चुप कराने की ज़रा कोशिश नहीं की। रात गुज़ार कर सुबह होने तक, शातिर ख़ुद को एक नम्बर का गधा महसूस कर रहा था। बड़ा आया सात पुश्तों का ख़ानदानी चोर। अरे चोरी करने गया था कि फ़िल्म की शूटिंग करने। भाड़ में झोंकता, किताबी ख़ातून को और काम से काम रखता तो बीवी के संग मौज कर रहा होता। अब रूठी औरत को मनाने का स्वाँग और भरना होगा, हीरो को। तो भरो। या अगली रात फिर उस मग़रूर औरत की हिक़ारत झेलो और सामान उठा लाओ। एक रात तो बेरंग होने से बचेगी। पर...नहीं हो सका शातिर से।

तीसरी रात तक सब्र किया। करना पड़ा। सब्र करो, न करो, वक़्त तो कट ही जाता है। सो, कटा। तीसरी रात, शातिर फिर धन्ना सेठ की हवेली के सामने था। अमूमन, अपने काम के लिए, वह रात का तीसरा पहर ज़्यादा महफ़ूज़ मानता था, पर उस रात, सब्र पहले पहर के आगे खिसक कर न दिया। बड़े-बूढ़े कह गए हैं कि जैसे-जैसे मंज़िल पास आती है, बेसब्री बढ़ती जाती है। बतकही है, उसूल की बात नहीं। पर कभी-कभी बतकही की गाँठ उसूल जैसी पक्की हुआ करती है।

तो रात का पहला पहर बीतते न बीतते, शातिर चोर, धन्ना सेठ की हवेली पर पहुँचा। देखता क्या है कि परसों लगाई सेंध जस की तस मुँह बाये खुली पड़ी है। हद हो गई। इन अहदियों से इतनी मशक़्क़त न हुई कि दो-चार ईंट चिनवा कर, दीवार मुकम्मल करवा लें। शहर भर को न्योतती ज्योनार हो जैसे। जो चाहे मुँह उठा कर चला आए, भीतर। अरे, इन लोगों को घर-द्वार की खोज-फ़िक्र है कि नहीं। घर की मालकिन जब टाँग पसार कर किताब पढ़ती रहेगी तो नौकर-चाकर काहे चौकसी पर रहेंगे। मालिक दौरे पर, मालकिन बिस्तर पर और नौकर-चाकर दारू के अड्डे पर। आलसी कामचोर, मरें सब। शातिर क्यों माथा गरम कर रहा है अपना। अपने काम से काम रखे। घर में घुसने आया है, घुस जाए। पर कैसे?

सामने सेंध मुँह बाये पड़ी है, न्योता देती। पर पुरानी ख़ुदी सेंध से भीतर घुसना कुछ वैसा नहीं है जैसे मरे जानवर का मांस खाना। शेर नहीं खाता न, ख़ुद बिना मारे। अरे, पर यह तो उसी का किया शिकार है, ख़ुद लगाई थी न सेंध, मरों से चिनवाई तक न गई। इतनी बेइज़्ज़ती। मारो गोली। घुसे कि न घुसे? दूसरी लगाए? इस मामले में ख़ानदानी उसूल क्या होगा, उसने क़यास लगाया। पहले कभी ऐसा मौक़ा आया हो तब न होगा। छोड़ परे! शातिर ने एक लात अपनी लगाई उत्तम सेंध पर जमायी और घुस गया उसी में से अन्दर। अन्दर जाकर देखता क्या है कि सेठ बैठा खा रहा है और सेठानी परोस रही है। वाह, बाहर सेंध मुँह खोले पड़ी है और ये अहदी...।

"सेंध भी नहीं चिनवाई गई तुमसे," उसने ऐसे डपटा जैसे वही घर का मालिक हो।

"कैसी सें...सें...ध," सेठ का हाथ सीधा कमर पर गया। तो वहाँ खोंस रखी है नक़दी।

"जो हमने लगाई थी," शातिर बोला।

"ये शातिर हैं," सुन्दरी ने तआरुफ़ करवाया।

"हम चोर हैं, किसी के यार नहीं," शातिर ने सीना फुलाया।

"चोर...र!" सेठ का खुला फटा मुँह और पीला पड़ता चेहरा, बड़ा भला लगा शातिर को। तभी झन्न से आकर चाबियों का गुच्छा उसके क़दमों में गिरा। सेठ के मुँह से अल्फ़ाज़ तो न निकले पर आँखें ख़ूब घिघियाईं। इल्तिजा करती आँखों की बोली समझने में माहिर था शातिर।

"रखो अपनी चाबियाँ," वह हँसा, "माल मैं परसों निकाल चुका। घर पर मर्द नहीं था, इसी से...औरत को लूटना अपना उसूल नहीं।"

"नौकर क्या हुए?" सेठ सेठानी से फुसफुसाया तो शातिर ने डपट दिया, "फुसफुस नहीं। साफ़ बोलो।"

"हि...हि...," करके सेठ कुछ कह रहा था शायद, पर सुन्दरी की बारीक़ आवाज़ उसके ऊपर चढ़ आई।

"खीर लेंगे?" वह पूछ रही थी।

"मैं ड्यूटी पर हूँ," शातिर के मुँह से निकला।

वह हँस दी। कानों को हाथ लगाकर बोली, "भूल हो गई। आपसे तो पूछा ही नहीं। दोनों के लिए ले आऊँ?"

सेठ को जैसे तिनके का सहारा मिला। सिर निकाल कर बोला, "लाओ न प्रिय। तुम्हारी बनाई खीर तो अमृत होती है," फिर शातिर से कहा, "ऐसी खीर आपने पहले खाई न होगी।"

औरत भीतर खीर लेने गई तो सेठ उसके क़दमों में आ गिरा, "सामान लेके भाग लो जल्दी। वह आ गई तो मेरा भुरता बनवा के छोड़ेगी।"

"हम भागा नहीं करते," शातिर के मुँह से आदतन निकला।

"फिर बाहर कैसे जाओगे?"

"सदर दरवाज़े से, सीना तान कर।"

"तानो, तानो पर जल्दी। सामान उठाओ और जाओ।"

"तुम रोकोगे नहीं?"

"पागल हूँ क्या। पर जल्दी करो। एहसान होगा मुझ पर।"

"मैं चोर हूँ साधू नहीं जो एहसान करता फिरूँ।"

"जो माँगोगे दूँगा। चाहो तो हफ़्ता बाँध लो।"

"पुलिस वाला समझ रखा है?"

"तो महीने के महीने वसूली कर लेना। पक्की आमदनी होगी, सोचो ज़रा," सेठ की आवाज़ में घाघपना उभर आया, "बीवी से कह देना चोरी का माल है।"

"मैं तुम्हारी तरह बीवी से नहीं डरता," शातिर फिर डायलॉगबाज़ी पर उतर आया।

कुछ कहने से पहले सेठ को झुकी कमर सीधी करनी पड़ी, क्योंकि सुन्दरी महकदार खीर के दो कटोरे लिये वापस कमरे में नमूदार हो गई थी।

"लीजिए," पहला कटोरा उसने शातिर को दिया, "नोश फ़रमाइए। नमक नहीं है।"

"और जो ज़हर हो?" शातिर बोला पर कटोरा ले लिया।

सेठ के चेहरे पर चमक आई, फिर मिट गई। ऐसी उसूल वाली चंडी क्या ख़ाक किसी को ज़हर देगी।

शातिर ने भी वही सोचा और खीर खाने लगा। बीवी के फूले मुँह के चलते दो दिन से ढंग का खाना नसीब नहीं हुआ था। खीर बढ़िया थी, वह चट कर गया।

सेठ से नहीं खाई गई। शातिर को खाते देखता रहा और मरी आवाज़ में सुन्दरी से भी खाने की मनुहार करता रहा।

"ठीक है। जब सामान लौटा लाओगे तो साथ बैठकर खाएँगे," उसने कहा, फिर चोर से बोली, "आपका हो गया?"

"यह मत समझना खीर से ख़रीद लिया," उसने कहा और बिजली की तेज़ी से भीतर जाकर सामान का गट्ठर उठा लाया। बोला, "ये चला मैं। मर्द हो तो रोक लो।"

"हीरा, रामू, लखनवा," सेठ नौकरों को पुकार उठा।

"सब छुट्टी पर हैं," सुन्दरी ने टोका, "मुक़ाबला तुम्हारे और चोर के बीच है। अब जल्दी करो। वह दूर निकल लेगा।"

बाहर निकल कर शातिर ठिठक गया था। चाहता तो रफ़्तार बरकरार रख अब तक घर पहुँच चुका होता। पर एक तो खीर से अटे पेट को लेकर तेज़ भागना दूभर हो रहा था, दूसरे, उनकी बातें सुनने का लालच नहीं छूट रहा था। जब सुन्दरी के जल्दी करने पर दरवाज़े के बाहर आते पैरों की आहट सुनी तो दोबारा दौड़ पड़ा। कुछ दूर पहुँचा तो पीछे, काफ़ी पीछे, हाँफते हुँकारते सेठ को आते देखा। बेचारा, क्या खाकर उसके मुक़ाबले आएगा। शातिर ने दो-चार डकारें लीं, फिर ठस पेट की लाज रखते हुए चाल मंथर कर ली। खरामा-खरामा चला जा रहा था और मन ही मन, घर पहुँचकर बीवी से वैसी ही ज़ाफरान, बादामदार गाढ़ी खीर बनवाने के कुलाबे बाँध रहा था कि अचानक ऐड़ लगे घोड़े की तरह सेठ दौड़ा और उसकी कमर से आ लगा।

ऐं? अचानक क्या हुआ कछुवे को?

तभी तीखी ललकार कानों में पड़ी। "छीन लो सामान।" देखा, सुन्दरी अपनी छत पर चढ़ी, चाबुक-सा फटकार रही थी। उसने सेठ को झटक कर अलग करना चाहा तो वह किकिया उठा, "मारना मत! मारना मत!"

शातिर का हाथ ठीक सेठ की कमर पर बँधी नक़दी पर पड़ा था। सेठ समझ गया। फ़ौरन गिड़गिड़ाया, "सारी नक़दी ले लो। इस दौरे पर अच्छी कमाई हुई है। पर सामान वापस कर दो। यहाँ नहीं, थोड़ा आगे। वह देख न पाए", सेठ कहता गया और गट्ठर छीनने का नाटक भी करता रहा।

यूँ चलते-चलते वे गली के मुहाने पर पहुँचे।

तब तक सेठ का इत्र मिला पसीना यूँ धारोधार बह चुका था कि शातिर का अपना बदन भी इत्रदान बन गया था। उसका सिर घूमने लगा जैसे नशे में डूबा जा रहा हो।

"नामर्द," उसने कहा, "औरत से डरते हो?"

"कौन मर्द नहीं डरता? सच कहो।"

शातिर झूठ न बोल पाया, बात बदल ली। बोला, "नक़दी छीन लूँ और माल भी न लौटाऊँ तो क्या कर लोगे?"

सेठ की आवाज़ और नज़र में फिर घाघपन उतर आया, बोला, "तुम चोर हो कि डाकू? अपने उसूलों की तो सोचो।"

शातिर सोच में पड़ गया। वाक़ई! सरेआम डकैती करना था कि नहीं उसके ख़ानदानी उसूलों में? था कि नहीं था?

एक पल जो झिझका, वही भारी पड़ गया।

देखता क्या है कि पकड़ो, मारो चिल्लाती, वह औरत सड़क पर भागी चली आ रही है। सरासर अधर्म है। पुराने ज़माने में औरतें मर्दों को आपस में लड़वाती थीं तो ख़ुद घर बैठती

थीं। फिर जो जीत कर लौटे, उसी के गले में जयमाला। यह क्या कि परचम उठाए, ख़ुद मैदान में घुसी चली आ रही है।

शातिर ने नक़दी पर हाथ मारा। वह तो क़ब्ज़े में आ गई, पर गट्ठर पीठ से लुढ़क गया। सेठ के बस का तो क्या था करना, पर सुन्दरी की चीख़ोपुकार ने ख़ासी भीड़ सड़क पर जुटा दी थी। सो, दसियों ने मिलकर गट्ठर लपक लिया था। खींचातानी में वह खुल गया और सामान सड़क पर उलट गया। फिर तो वह गदर मचा कि क्या डाकू बलवाई मचाते। जिसके हाथ जो लगा, सो तो लूटा ही, दूसरों के हाथ लगा सामान झपटने में भी जान की बाज़ी लगा दी।

माल छोड़, बटुआ अंटी में खोंस, शातिर जान बचा कर भागा। पीछे-पीछे मर्द का हाथ खींचती दौड़ी आई सुन्दरी। अंधड़-फंधड़ यूँ आ रहे थे दोनों जैसे एक शरीर दो जान हों। अर्धनारीश्वर। धत् तेरे की!

शातिर ने अपनी रफ़्तार तेज़ की...और और...और तेज़ की...इतनी की मुनासिब दूरी से दौड़ कर सामने वाले मकान की छत पर चढ़ गया। फिर एक छत से दूसरी छत फलाँगता आगे बढ़ चला।

अब पीछा करके दिखलाए सेठ का बच्चा।

पर यह क्या? सुन्दरी तो भागी आ रही थी, छत दर छत उसके पीछे, सेठ को कन्धे पर उठाए। माँ, ओ माँ, ऐसा भी कहीं होता है। कहीं देवी तो नहीं आ गई सेठानी पर। जय माता दी, जय माता दी जपता और तरह-तरह की भेंटे देने की क़समें खाता, शातिर भागता, फलांगता आख़िरी छत पर जा पहुँचा।

वह नीचे कूदने को तैयार था कि सेठ ने उसे कानों से पकड़ लिया। उसने चाहा, न कूदे। बदन का वजन पीछे फेंक कर रुकने की कोशिश की पर किसी ने ज़ोरदार लात उसकी टाँगों पर मारी। अपनी मर्ज़ी के ख़िलाफ़, दूसरे के इशारे पर वह लहूलुहान, नीचे सड़क पर जा गिरा।

कान उसके सेठ के हाथों में रह गए।

बाद का क़िस्सा मुख़्तसर यूँ है।

शातिर की अंटी में काफ़ी नक़दी थी, इसलिए ज़ख़्मों का इलाज हो गया। कान तो ख़ैर कैसे जोड़े जाते, थे जो सेठ की तिजोरी में। पर ज़ख़्म भर गए। बदनामी से बचने का एक ही रास्ता था। वह शहर छोड़कर दूसरे शहर में जा बसे। वही उसने किया। कनकटी क़ैफ़ियत को छिपाने के लिए सिर पर हमेशा पगड़ी बाँधे रखने की वजह से नए शहर में उसका नाम पगड़ीदार हुआ। पगड़ी का प्रभाव कुछ ऐसा पड़ा कि जो देखता, उस पर भरोसा कर बैठता। फिर था भी वह उसूलों का पक्का। सो, दूकान खोल बैठ गया और भरोसेमन्द व्यापारी की तरह कामचलाऊ कमाई करने लगा।

असली कमाई हुई सेठ की। शोहरत की कमाई। जवाँ मर्द की मिसाल बना, कानतोड़ से शुरू होकर कर्णवीर कहलाया। उससे भी ज़्यादा शोहरत मिली सुन्दरी को। शातिर का पीछा करने, पति को कन्धे पर बिठलाकर भागने और धक्का देकर चोर को नीचे गिराने के लिए नहीं। वह सब किसने देखा था? चश्मदीद तो सब माल लूटने में मशग़ूल थे। उसे शोहरत मिली अपने बयान की वजह से जो उसने हर अख़बार, रिसाले में छपवाया। यह कि औरत कितनी भी तरक़्क़ी पसन्द, आज़ाद ख़याल, रोबदाब वाली क्यों न हो, इज़्ज़त उस मर्द की करती है, जिसमें जिस्मानी ताक़त, फुर्ती और मर्दानगी का जज़्बा हो जैसा कानतोड़ उर्फ़ कर्णवीर सेठ में था।

(1999)

इक्कीसवीं सदी का पेड़

पेड़ को नहीं मालूम था, इक्कीसवीं सदी आएगी, आ गई। जब उसने उगना शुरू किया तो बीसवीं सदी थी या उन्नीसवीं, उसने पता करने की कोशिश नहीं की थी। पेड़ों को सदियों से क्या लेना-देना! सौ-दो सौ साल कुछ नहीं होते उनके लिए। उन्हें वहीं के वहीं खड़े रहना होता है, जड़ें जमाए। चाहे जितने साल बीतें। गर्दन ऊँची और कन्धे चौड़े करते जाने की छूट है, पर पैर में चक्कर पालने की नहीं। पेड़ क़द निकालता है, मांसपेशियाँ बनाता है, लम्बा, चौड़ा, मोटा होता है, एक सेहतमन्द गदबदे बच्चे की तरह, पर बड़े होने पर आवारागर्दी करने निकल जाना उसके स्वभाव संस्कार में नहीं है। उम्र कितनी बढ़े उसका काम नहीं बदलता और न कम होता है। पेड़ भी भला रिटायर होते हैं! पाँच साल गुज़रें या पचास या पाँच सौ, वह अपना काम करता रहता है। वही परिंदों को ठौर देना, दरिंदों को छाँव। पत्तियाँ झाड़ कर मिट्टी को उर्वर बनाना, नमी फैलाना, फल-फूल खिलाना, बीज बनाकर नए पौधे अंकुरित करना, पत्ते-टहनियों में हवा फँसा कर संगीत पैदा करना। कोई-कोई पेड़ ख़ुशबू भी फैलाता है। संशोधन : कोई नहीं, हर पेड़ ख़ुशबू फैलाता है, भीनी हो या घनी। गन्ध लोगों तक पहुँचे, न पहुँचे, यह उनकी घ्राण शक्ति पर निर्भर है। आपने महसूस किया होगा....न भी किया हो...ध्यान देंगे तो करेंगे कि शोर के बीच आवाज़ ही नहीं गन्ध भी हम तक नहीं पहुँचती। कूड़ा-कर्कट फैला हो तो हम सुरों में बँधी महीन आवाज़ें सुन नहीं पाते। शोर और कूड़ा पेड़ों की तान और महक को ख़तरे में डाल देते हैं। परिंदे-दरिंदे फिर भी सुन-सूँघ लेते हैं, असल दिक़्क़त इनसानों को होती है।

दिन में पेड़ योगाभ्यास करता था। श्वास-प्रश्वास की प्रक्रिया में गहरे खींचकर हवा पेट में भरता। फिर पेट पिचका कर, देर तक, धीमे-धीमे साँस बाहर फेंकता। गहराई से निकाल कर बाहर फेंकी गई साँस को वैज्ञानिक ऑक्सीजन कहते थे। रात में पेड़ हँसता था। दिन भर के देखे इनसानी कारनामे वह याददाश्त में जमा कर रखता। सूरज छिपने के बाद उन्हें नाटक के दृश्यों की तरह सिलसिलेवार याद करता और मज़े लेकर हँसता। उसकी हँसी से निकलते उच्छ्वास को वैज्ञानिक कार्बनडाईआक्साइड कहते थे।

पेड़ ख़ुद कहीं नहीं जाता था, पर चिड़ियाँ दूर-दूर से घूम-फिरकर उसके पास आती थीं। जितनी चिड़ियाँ उतनी बातें। शाम घिरते ही दाना चुगने गई चिड़ियाँ पेड़ को आतीं। कानाबाती करने को आकुल मर्द-औरतों की तरह, वे जमकर बैठने से पहले ही पर-बेपर की उड़ाने लगतीं। पूरा मंज़र उनकी चहचहाहट से भर जाता। पेड़ हर कुछ पर यक़ीन नहीं करता था। कहीं जाता भले न हो, क़द इतना ऊँचा कर चुका था कि काफ़ी दूर तक ऊपर-नीचे देख लेता था। पर-बेपर की शिनाख़्त कर सकता था। कह-कहा कर जब चिड़ियाँ शान्त हो जातीं तब रात के अँधेरे में वह उनकी बातें याद करके हँसता था।

प्रवासी पंछी सैर करते जाने कहाँ से कहाँ निकल जाया करते। महीनों गुज़र जाते पर वे लौटकर आते ज़रूर। यायावर की यही सिफ़त होती है, वे कहते, वह संन्यासी नहीं होता। भ्रमण चाहे जितना करे, लौटकर ज़रूर आता है। वे जो क़िस्से सुनाते, क्या बतलाएँ। कभी-कभी तो हतप्रभ पेड़ देर रात तक हँसना भूल जाता। फिर जो हँसता तो अट्टहास करके। तभी न सर्दियों में हवा में कार्बनडाईआक्साइड की मिकदार भक्क से बढ़ जाया करती थी।

ऐसा नहीं है कि परिंदों के तमाम क़िस्से तमतमाने या हँसाने वाले होते थे। कभी-कभी वे पुरसुकून ख़बरें भी दिया करते थे। एक दिन सर्दी के तीन महीने, जनवरी, फ़रवरी और मार्च दक्षिण में बिता कर, एक कोयल उत्तर देश लौटी तो ऐसी कहानी सुनाई कि पेड़ की बाँछें खिल गईं। उसने बतलाया कि दक्षिण के शहर में जब सड़क बनाई गई तो ऊँचे-बड़े दरख़्तों से बचा कर, घुमा-फिरा कर निकाली गई। और तो और जब कई मंज़िला मकान बना तब भी पेड़ों का पत्ता बाँका न हुआ। छज्जे में अर्धचन्द्रकार गोलाइयाँ काट कर पेड़ों के तनों को जगह दी गई और वे तीसरी-चौथी मंज़िलों के घरों की छतों को छाँव देते खड़े रहे। क्या-क्या नाज़ नहीं उठाए इनसानों ने पेड़ों के।

वाह! उस रात पेड़ कम हँसा। दिल को ऐसा सुकून मिला कि अपनी हवा का आनन्द ख़ुद लेने का मन हो आया। भला हो, सबका भला हो। ऐसा सुर उठा कि उसे झपकी सी आ गई। वैज्ञानिकों ने उस रात परीक्षण किया होता तो कहते, कुछ पेड़ रात को भी ऑक्सीजन छोड़ते हैं। कहा तो था, पीपल के पेड़ के लिए। वह यही पेड़ था। बाद में प्रयोगशालाओं में परीक्षण हुए तो विभ्रम पैदा हो गया। सो, बहस ज़ारी है। वैसी ख़ुशनुमा रात लौट-लौटकर नहीं आई न।

पेड़ अपना काम करता रहा, वक़्त अपना। बिना रुके, वक़्त आगे बढ़ता गया। पेड़ वहीं खड़ा गुज़रे वक़्त को देखता रहा। वक़्त गुज़रा तो गलियों के बजाय सड़कें, सड़कों के बजाय हाइवे और फ़्लाईओवर बनने लगे। गलियों से भी पहले पगडंडियाँ हुआ करती थीं। सड़कों के किनारे पेड़ नहीं उगाए जाते थे। पेड़ों के बीच से पाँव-पाँव चलने लायक़ रास्ता बनाया जाता था। जैसे-जैसे पेड़ मारे जाते गए, रास्ता सड़क बनता गया। फिर भी लोग कहते, छायादार सड़क, ठंडी सड़क। यानी पेड़ पहले, सड़क उनकी छाया में। फिर हाइवे और फ़्लाईओवर बने, पेड़ हाशिये में खड़े दिखने लगे। फिर भी जो बचे रहे, पेड़ों की तरह ही बने रहे।

पेड़ कुछ-कुछ भगवान की तरह होते हैं। अनादि नहीं, पर अनंत अवश्य। हम जानवरों की तरह उनकी आयु निर्धारित नहीं होती। हर साल, एक साल उम्र बढ़ती है, पर ख़त्म नहीं होती। पेड़ ख़ुद मरते नहीं, पर मारे ज़रूर जा सकते हैं। कई बार क़ातिल, पेड़ काटकर जड़ें वहीं छोड़े जाते हैं। तब कभी-कभी बहुत कभी, उनमें से दोबारा पत्ती-टहनी फूट पड़ती है। जड़ से उखड़ कर तो भगवान भी...

जैसे-जैसे सड़कों को चौड़ा और इमारतों को ऊँचा करता वक़्त गुज़र रहा था, एक नई शै हवा में घुलने लगी थी। अनचीन्ही सी बू। अकेलेपन की। सदी के शुरू में कोई अकेलेपन का नाम लेता तो पेड़ फ़ौरन कहता, पेड़ भी कहीं अकेले होते हैं! जहाँ तक निगाह डालो और उम्र के साथ क़द बढ़ने पर निगाह जाती भी दूर तक है, पेड़ ही पेड़ नज़र आते हैं। एक की साँस दूसरे तक पहुँचे तो कहने-सुनने की ज़रूरत नहीं रहती। पर अब...जवाबी साँसों को महसूसना मुश्किल होता जा रहा था। तो क्या हुआ? पेड़ अकेला थोड़े हो गया। निगाह दूर से हटा कर

नीची करता है तो कितने लोग चलते, दौड़ते दीखने लगते हैं। दौड़ने का चलन नया है। पहले लोग कितने भी फ़ुर्तीले क्यों न हों, चाल को दौड़ में नहीं ढालते थे। अब भी काम पर जाने वाले लोग नहीं दौड़ते। दौड़ते वही हैं जो महज़ दौड़ने को निकलते हैं। बस पकड़ने वालों को छोड़कर। पर वह छलाँग भर की दौड़ होती है, क़वायद या रेस वाली नहीं। पेड़ सब जानता है। ख़ैर, जाते हुए जो जैसे जहाँ जाए, लौटते हुए उसकी छाँव में ठिठके बग़ैर नहीं रह पाता। कुछ लोग बाक़ायदा बैठकर सुस्ताते हैं, कुछ सिर्फ़ चाल धीमी करके लम्बी साँसें भर लेते हैं। उनकी साँसों और पदचापों की आवाज़ें भी, चिड़ियों की चहचहाहट की तरह, उसकी शाखाओं से गुज़रती हवा के सुरों के साथ संगत बिठला लेती हैं। फिर पेड़ अकेला क्यों महसूस करे?

सैर करने वाले लोगों में उसे सबसे अच्छे, बूढ़ों का हाथ थाम जाते छोटे बच्चे लगते हैं। पता नहीं क्या बात है कि जितना बूढ़ा आदमी हो, उतने ही छोटे बच्चे की उँगली पकड़कर घुमाने ले जाता है। घुटलियाँ छोड़ तभी-तभी पैरों पर चलना सीखे बच्चे को डाँवाँडोल होने से बचाने के लिए बूढ़े जिस तरह दोहरे होकर क़द बच्चे के बराबर बनाते, उसे देखकर पेड़ को बड़ी ममता हो आती। वह और गहरे खींच प्राणवान् साँसें छोड़ता। बूढ़ों के चेहरे खिल उठते। कहते, अरे, अचानक कैसी ठंडी हवा चल पड़ी, नहीं? पेड़ की साँसें और गहराती, दुलारती, छूटतीं, यहाँ तक कि हवा पैदा करते-करते, वह ख़ुद झूम उठता। उसके देखते-देखते बच्चे क़द निकालते और एक दिन दौड़ने वालों में शामिल हो जाते। उनकी जगह नए बच्चे आ जाते, पुराने बूढ़ों की जगह नए बूढ़े ले लेते।

यूँ वक़्त गुज़र रहा था कि एक दिन एक बदहवास चिड़िया उसके पास आई। कहाँ तो दूरदराज चीन देश से। उसकी कहानी सुनकर पेड़ दंग रह गया। चीन देश में वह अकेली चिड़िया बची थी। गुलेल का पत्थर बाल भर की दूरी से निकल न गया होता तो वह भी ढेर हो गई होती। वह उड़ निकली। दिन भर किसी चौड़े पत्तों वाले पेड़ में छुपी बैठी रहती, अँधेरा घिरने पर उड़ पड़ती। पेड़ से पेड़ तक छिपती-उड़ती वह सरहद पार कर यहाँ आ पहुँची।

पर बाक़ी चिड़ियाँ? वे क्यों मारी गईं? पेड़ ऑक्सीजन भरी साँसें फेंक कर साँस छोड़ती चिड़िया को सहेजता रहा और ख़ुद से सवाल करता रहा। उससे क्या पूछना? साँस पर क़ाबू रहा तो ख़ुद बतलाएगी। उसने बतलाया। रुक-रुक कर। चीन में हुक्म हुआ कि खेतों की पैदावार बढ़ानी है। चिड़ियाँ अनाज खा जाती हैं, इसलिए उन्हें मार गिराना है। हर किसान का, हर चीनी नागरिक का फ़र्ज़ है, वह चिड़ियाँ मारे। वे मारने लगे। चिड़ियाँ ख़तम होने लगीं।

हो गईं। "बस मैं बच निकली, यहाँ तक पहुँचने में सालों लग गए," चिड़िया ने डैने फड़फड़ाए, खुलकर साँस ली और हँस दी।

हँसी क्यों, पेड़ ने सोचा।

"बदला ले लिया हमने," चिड़िया ने कहा, "चिड़ियाँ नहीं रहीं तो एक फ़सल तो बढ़िया गई, फिर कीड़ों की फ़ौजें फ़सल पर टूट पड़ीं। तरह-तरह के कीड़े, दिन दूने, रात चौगुने बढ़ने लगे। चिड़ियाँ थीं तो कीड़ों की आबादी पर क़ाबू रखती थीं। अन्न खाती थीं मुट्ठी भर कीड़े मन भर।"

हुक्मरान नहीं जानते थे, चिड़ियों के न रहने पर ऐसा क़हर टूटेगा? इतने बेवक़ूफ़ हुक्मरान? बेवक़ूफ़ नहीं मगरूर, चिड़िया ने समझाया। जब कोई आदमी समझता है कि उसके हर हुक्म की फ़ौरन तामील होगी, उलटा-सीधा जैसा भी हो, तो उसकी दूर की नज़र धुँधला जाती है।

ग़रूर के परदे के पीछे से उसे पास का ही दिखता है, दूर का नहीं। उसने हुक्म दिया, चिड़ियाँ मारो। जितना सोचा न था, उतना आदेश पालन हुआ। आँख दिमाग़ मूँदकर, हर कोई उसकी बात पूरी करने दौड़ा। घमंड और बढ़ा। परदा और गाढ़ा हुआ। और अँधेरे में चमकती अपनी तस्वीर से चकाचौंध होकर, वह आने वाले दिनों का हिसाब रखना भूल गया। भूल गया कि जल्दबाज़ी में दिये गए हुक्म की झटपट तामील उसे और ग़ाफ़िल बना देती है।

अरे, कमाल की ज़हीन हो तुम तो, पेड़ ने उसमें और साँस भरी, उसे सहेजा-सँभाला, पत्तों की ओट में महफ़ूज़ रखा। रात में हँसते हुए भी ख़याल रखा, चीनी चिड़िया देशी चिड़ियों के साथ पत्तों के बीच सोई हुई है ना। नीचे न उतर आए कहीं, विदेशी ठहरी। विषाद भरी हँसी से झरता कार्बनडाईऑक्साइड, ऑक्सीजन की तरह हलका नहीं, बमबारी की तरह भारी होता है। ऊपर से नीचे गिरता है। चिड़ियाँ ऊपर सलामत रहती हैं।

वह क्या जानती नहीं होगी। कितनी तो चतुर थी। बचती-बचाती, चीन से यहाँ तक ज़िन्दा उड़ आई थी। अब धीरे-धीरे वह दानिशमन्द, अपनी ज़िन्दगी के ग़मज़दा हादसे को फ़लसफ़े में तब्दील कर लेगी। भूलेगी नहीं, कोई नहीं भूलता, पर यादगार पर मक़बरा ज़रूर खड़ा कर लेगी। फिर वह अकेली नहीं रहेगी। किसी को अकेले नहीं रहना चाहिए। यहाँ से कोई संगी ढूँढ़, घर बसा लेगी। वाह, फिर तो एक नई नस्ल तैयार होने लगेगी।

पर चिड़िया ने घोंसला नहीं बनाया। ज़हीन जितनी रही हो, दिल से ख़ाली हो चुकी थी। इतनी मेहनत से बचाई जान को कुछ दिन पेड़ से लगाए सहेजे रखा। फिर एक सुबह चुपचाप नए देश की मिट्टी में जा गिरी।

पेड़ डर गया।

अगर चिड़िया नई नस्ल शुरू करने की हिम्मत कर लेती तो वह निडर बना रहता। जैसे एक बेवक़ूफ़ी भरी बेदिली को ज़िन्दा जवाब मिलने से, आगे आने वाली दरिंदगी से लड़ने का जज़्बा पैदा हो जाता। पर दरिंदगी वह क्यों कहे, पेड़ ने सोचा, वह कुनाम तो दो पैरों पर चलने वाले 'आदमी' का दिया हुआ है। दरिंदे, बेचारे उतना जुल्म कहाँ करते हैं, जितना इनसानी हुक्मरान। उतना लम्बा-चौड़ा प्रभाव क्षेत्र ही कहाँ होता है, किसी चौपाए के पास। रिहाइशी जंगल बड़ा हो तो भी, अमलदारी सीमित रहती है। इनसान का ही माद्दा है कि अपना इक़बाल-जलाल कहाँ से कहाँ तक फैला ले। एक बार में जंगल के जंगल, बस्ती की बस्ती तहस-नहस कर डाले। आने वाली दरिंदगी से नहीं, इनसानगी से हमें बचा, ए ख़ुदा। पर सुना है, ख़ुदा मर चुका ? नहीं, यह भी इनसानगी का दावा है। जैसे पेड़ नहीं मरा करते, ख़ुदा भी नहीं मरता, साल दर साल, सदी दर सदी उम्र बढ़ाया करता है।

सदियों जिए पेड़ ने अपने डर को क़ाबू करने के लिए ख़ुदा का नाम लिया ही था कि एक और हादसा हो गुज़रा। ख़ुदा की मौत के डर ने पेड़ के पहले डर को और बढ़ा दिया था। उसने ख़ुद से बहस तो की, पर शायद पूरी शिद्दत से नहीं, क्योंकि बाद में बुज़ुर्ग पेड़ यही महसूस करता रहा कि क़सूर उससे हुआ था।

चिड़िया के मातम और अपने डर में डूबे पेड़ ने एक क्षण के लिए, बस क्षण-भर के लिए साँस भरनी-छोड़नी बन्द कर दी होगी। उसका पूरा वजूद चिड़िया की कहानी दोहरा कर डर रहा था। पेड़ों को डरना नहीं चाहिए। डर जाते हैं तो हवा में ऑक्सीजन कम हो जाती है। फ़िज़ा में डोलती नाराज़ रूहें उस पर क़ाबिज़ हो जाती हैं और तब वह हो जाता है जो उस वक़्त हुआ।

क्षण-भर के लिए, महज़ उतनी देर के लिए जितनी देर पेड़ साँस रोककर डर में डूबा था, हलकी सी आँधी चली। चिड़िया की नाराज़ आत्मा, चक्राकार घूमती हुई जैसे धरती से ऊपर उठी हो। और बुज़ुर्ग पेड़ ने देखा, उसका पड़ोसी, क़द्दावर जवान पेड़, जड़ से उखड़ कर ज़मीन पर मरा पड़ा है।

हे भगवान! उसके बेटे की उम्र का नौजवान पेड़। यह क्या हो गया? इतनी तेज़ आँधी तो थी नहीं। इससे कहीं तेज़ अंधड़ वे दोनों पहले कितनी बार झेल चुके। आज क्या हुआ? ऐसी अकारण मौत। मेरे बेटे, मेरे वंशज, मेरे जवाँ पेड़। यह क्यों हुआ? यह कोई आँधी में आँधी न थी। जीवन की अंतिम साँस जैसे अन्य साँसों से अधिक दीर्घ होती है वैसे ही यह भी थी। विषाद ज़रूर घुला था बेइन्तहा। पर उसने तुम्हारी साँस कैसे उखाड़ दी? तुम इतने ज़िन्दादिल, हिम्मती, कद्दावर, जवानी के जोश और ग़रूर से भरपूर, आसमान की ऊँचाई छूने को आतुर, तुम कैसे...?

ओह, कितनी बार समझाया था तुम्हें, क़द थोड़ा छोटा रखो, तने का आयतन फैलाने पर शक्ति लगाओ। पर तुम तो आसमान की बुलन्दी छूने की आरज़ू रखते थे। जब भी मैं कहता, बड़ा हुआ तो क्या हुआ जैसे पेड़ खजूर, तुम बीच में टोक देते। बुढ़ापे में आपकी याददाश्त कमज़ोर पड़ गई है, मैं खजूर नहीं हूँ; मेरे फल लगे, अति दूर, न अति पास। और छाया, मैं कहता, पंथी को छाया तो चाहिए न? तुम हँस पड़ते, पाँचवें माले की छत पर कर तो रहा हूँ छाया। बाबा, ज़मीन पाँच मंज़िल ऊपर उठ गई, पंथी छतों पर जा चढ़े। बेमौक़ा हँसी देख मैं झल्ला उठता, हँस मत, दिन में मत हँसा कर, हवा दूषित हो जाती है। बूढ़ों की नसीहतों से ख़ुदा बचाए, तुम बुदबुदाते। मैंने नहीं कहा तुमसे, पेड़ बूढ़े नहीं होते। नौबत ही नहीं आई। मैं तो पहले ही दो हिदायतें देने का धीरज खो बैठा। कई बार समझाया कि बेटे हँसना हो तो रात में हँस, जब पूरा आलम नींद में डूबा हो और तंज भरी साँसों से किसी का नुक़सान न हो। और बेटे, लम्बाई को चौड़ाई के अनुपात में बढ़ा, क़द पर क़द निकालता न चला जा। फिर बन्द कर दिया। तुमने सुना नहीं तो क्या हुआ। मुझे कहते रहना चाहिए था। मेरा ख़याल था, हिदायतें मिलनी बन्द हो जाएँगी तो तुम्हारे विरोध ख़तम हो जाएँगे। परम्परा और पुश्तैनी ज्ञान तुम्हारे भीतर जग उठेगा। ऐसा ही होता आया था, मैंने दुनिया देखी थी।

ख़ाक दुनिया देखी थी। अधीर, नाकारा था मैं। मैंने अनगिनत पतझड़ देखे थे, मेरा फ़र्ज़ था सिखलाना। काश, मैं समझाना बन्द न करता। वह अपने क़द पर क़ाबू रखता, इतना लम्बा-पतला न होता चला जाता। तब वह चिड़िया की नाराज़ रूह को बहिश्त तक उड़ा ले जाने को आतुर हवा की दर्द भरी साँस की चपेट में न आता। धरती पर चौड़ा खड़ा उसका तना, उसे सँभाले रखता। क़ाश, मैं समझाता और वह समझ लेता।

आँधी रुक गई। हवा सुबकी में बदल गई। तो क्या चिड़िया बहिश्त पहुँच गई? सुना है, इस ज़मीन और हवा से बहुत ऊपर कहीं स्वर्ग है, जहाँ धरती से बहिष्कृत आत्माएँ चैन और सुकून से रहती हैं। मेरे जवाँपेड़ की भी रहेगी? कौन जानता है।

बुज़ुर्ग पेड़ को दिलासा नहीं मिला। दुख हद से बढ़ा तो वह उसी में अर्थ खोजने लगा। पहले से भी गहरी-लम्बी प्राणवान् साँसें भरने लगा जैसे वह ऐसा करके बाक़ी बचे को बचा ले जाएगा।

उस शाम पेड़ को लौटती चिड़ियों ने चहचहाना मुल्तवी रखा। धराशायी पेड़ पर बसेरा करने वाली चिड़ियाँ भी बुज़ुर्ग पेड़ की तरफ़ आ गईं और चुपचाप मातम पर बैठ गईं। दो

पहर, बेचहक अफ़सोस में गुज़र गए। फिर जैसा कि सामूहिक मातम में होता है, वे धीमे सुर में एक–दूसरे से मातमपुरसी करने लगीं। दो–दो मौतें हुई थीं। विदेशी चिड़िया को जवाँ पेड़ ने अपने छितरे पत्तों का कफ़न ओढ़ा रखा था। बात से बात निकलने लगी। पेड़ ने सुना आजकल अनेक जवान पेड़ औचक गिरने लगे हैं। ज़रा तेज़ हवा चली; आँधी नहीं, लू या बरसाती थपेड़ और पेड़ जड़ से उखड़ गए। पर क्यों ? आजकल पेड़ों की हालत बीमार क़ैदियों जैसी हो गई है। रोड़ी–पत्थर डाल कर सड़कें बनाई जाती हैं तो किनारे खड़े पेड़ों के चारों तरफ़, माक़ूल कच्चा दायरा नहीं छोड़ा जाता। जड़ों से रोड़ी यूँ साट–साट कर बिछाई जाती है कि तन फैलाने की क्या कहें, साँस तक लेना दूभर हो जाता है। तपेदिक के मरीज़ की तरह पेड़ कमज़ोर पड़ते जाते हैं। फिर ना–मुनासिब हवा का एक झोंका भी जानलेवा हो जाता है। लगता है लोगों को पेड़ों की ज़रूरत नहीं रही, चिड़ियाँ अफ़सोस कर रही थीं। हाँ, जैसे चीन में चिड़ियों की नहीं रही थी।

या ख़ुदा। पेड़ की साँसें आहों में बदल गईं। नाहक वह बच्चे को दोष देता रहा। कितनी बुलन्द थी उसकी ख़ुदी कि फेफड़ों पर पड़े क़हर के बावजूद, क़द ऊँचा करके हवा ईजाद करता रहा...हँसता नहीं तो क्या करता। और वह बड़ा बुज़ुर्ग शाबाशी के बजाय नसीहतें देता रहा। हे भगवान, ऐसे कितने जवाँ पेड़ बदबख़्त हुक्मरान और काहिल रिआया के शिकार हो चुके हैं। कितने अभी और होंगे ?

पौ अभी फटी नहीं थी कि टिड्डी दल की तरह औरतों–मर्दों का जमावड़ा जवाँ पेड़ पर टूट पड़ा। नोच–खसोट कर टहनियाँ अलग करने लगा। घर का चूल्हा जलाने के लिए ईंधन मिलने की ख़ुशी में सब चहक–चहचहा रहे थे। जैसे कोई उत्सव हो। पेड़ों का दाह–संस्कार ऐसे ही होता है।

फिर भी, ऐसी बेरुख़ी। पहले एक पल रुक कर अफ़सोस तो ज़ाहिर किया होता। हाय, इतना सुन्दर, सजीला, जवान पेड़ असमय कैसे उखड़ गिरा।

चिड़ियाँ कह रही थीं, शहर के बाशिंदों को पेड़ों की ज़रूरत नहीं रही। ठंडी गाड़ियों में चलने वाले पंथी नहीं, कि छाया की दरकार हो। बिजली से आग बनाने वालों को पेड़ों से क्या काम ? फिर ये इनसानी टिड्डियाँ किस शहर से आई हैं ? इस शहर के अन्दर कितने शहर बसे हैं ? नहीं, लोगों को पेड़ों की ज़रूरत तो है, पर उनसे उंसीयत नहीं रही। इस क़दर बेदिली ! ऐसी बेमुरव्वत मौत ! इतना बेदर्द इस्तेमाल !

दुख की इंतिहा ने पेड़ की नज़र में तीखी रोशनी भर दी। भविष्य पर पड़ा आज का परदा पारदर्शी हो गया। वह आने वाले वक़्त में दूर तक देखने लगा...

एक मंज़िला मकान तोड़कर, ऊँचे–ऊँचे हवाई महल बनाए जा रहे हैं। तोड़–फोड़ का मलबा पेड़ों की जड़ों में फेंका जा रहा है। सड़कें चौड़ी की जा रही हैं, फ़्लाईओवर बन रहे हैं। चौड़ी सड़कों पर स्कूटरों, गाड़ियों, ट्रकों की क़तार पर क़तार चली आ रही है। लोग चीख़ रहे हैं, भोंपू पर ज़ोर–ज़ोर से नारे लगा रहे हैं, काग़ज़ के पोस्टर और प्लास्टिक के थैले पेड़ों की जड़ों में डाल रहे हैं।

खा–पी कर बचा खाना जहाँ–तहाँ फेंक रहे हैं। पेट भरकर और ज़ोर से नारे लगा रहे हैं। ट्रकों पर लदा शोर, पहले चार–पाँच साल बाद सुनाई देता था। अब हर साल देने लगा है। प्लास्टिक लिपटे कचरे और मलबे ने पेड़ों की जड़ों पर कफ़न लपेट दिया है। साँस ? साँस

का क्या होगा? शोर है कि बढ़ता जा रहा है। एक जुलूस सड़क से घूमकर दूसरी पर पहुँचता है कि दूसरा जुलूस पहली सड़क के कान फोड़ने लगता है। शोर का डेसिबल इतना ब़ढ़ा कि तमाम विज्ञान सम्मत सीमाएँ लाँघ गया। गुज़रे ज़माने की फ़ौजों के बूटों की धमक कुछ नहीं थी इसके सामने। पुलों को बचाए रखने के लिए उन्हें उन पर हौले से गुज़रना सिखलाया गया था। पर पेड़?

शोर उस बिन्दु पर पहुँच गया जब प्लास्टिक में घुटे, बेहोश पेड़ उसे सह न सके। एक-एक करके आख़िरी हिचकी ली और धरती पर लोट गए। इधर पेड़ गिरता, उधर औरतों-मर्दों की टोली उस पर लपक पड़ती। टहनियाँ नोंची, खसोटी जातीं। कुल्हाड़ी और आरियाँ तना चाक करतीं। हर इनसान ज़्यादा से ज़्यादा लकड़ी पर हक़ जमाने के लिए छीना-झपटी करता। ज़रा देर में पेड़ का नामोनिशां न बचता।

शोर मचाते इनसानी रेवड़ पेड़ों पर टूट रहे थे तो भौंकते, गरियाते कुत्ते-सियार-भेड़िये कूड़े पर। शहर के आला हिस्से के वासियों ने जो जूठन वहाँ फेंकी थी, उसमें से मांस लिपटी बोटियाँ लूटने के लिए। जब से जंगल कटे थे, शेर-चीते जैसे मर्यादा पशूत्तम ख़तम हो गए थे। जूठा मांस खाने वाले अमर्यादित पशुओं का रुख़ शहर की तरफ़ हो गया था। अब कुत्तों और भेड़ियों में फ़र्क़ करना मुश्किल था।

पेड़ ने देखा कि जानवरों के रेले में नंग-धड़ंग बच्चे भी आ मिले हैं। जानवर हड्डियों पर दाँत गड़ाये थे और बच्चे दूसरे सड़ते खाने पर। सब कुछ हड़प हो जाने पर सिर्फ़ प्लास्टिक बचा रहता था। और शोर, दिन पर दिन शोर का डेसिबल और कचरे का प्लास्टिक बढ़ता जा रहा था।

रह-रहकर पेड़ को एक सर्द देश से आए प्रवासी पंछी के शब्द याद आ रहे थे। उसने कहा था, इनसान क्या ख़ाक चुनेगा, यही कि कैंसर से मरे या एड्स से? इनसानगी से रुँधे पेड़ भी क्या चुनेंगे, यही कि कचरे से मरें या शोर से?

पौ फट रही थी। वक़्त आ गया था कि पेड़ हवा में प्राण फूँकने का काम शुरू करे। पर दुख की तमाम सरहदें पार करता, वह उस मुकाम पर पहुँच चुका था जहाँ साँस सिर्फ़ छूटती है, ली नहीं जाती। वह यह भी समझ रहा था कि ख़ुद उसके पास ज़्यादा वक़्त नहीं है। प्लास्टिक ने उसकी जड़ें क़ैद कर रखी हैं। हवा का हलका-सा झोंका उसे ढेर करने के लिए काफ़ी है। हवा है कहाँ? शोर ने उसे सोख लिया है। पेड़ क्या करे? क्या अपनी साँसों के बल पर हवा ईजाद करे? जितनी देर के लिए भी कर सके...या...

तभी, क़त्ल हुए लापता पेड़ों ने जो श्मशानी वीराना छोड़ा था, उसमें पुष्पित शोर के बीच से उठते नारे, उसके कानों में पड़े। पेड़ लगाओ, पर्यावरण बचाओ।

पेड़ हँसने लगा।

जैसे-जैसे दिन का उजाला बढ़ा, वह साँस रोककर हँसता गया।

जिस रोज़ पेड़ पहली बार दिन में हँसा, संयोग से वह इक्कीसवीं सदी की पहली सुबह थी।

(2000)

कलि में सत

"सारी गड़बड़ तब हुई जब मेरे बाप ने मेरा नाम दशरथ रखा," उसने कहा।

"अब क्या हुआ?" हाथ का काम छोड़कर मैंने पूछा।

वह जब-तब आता था और यही कहता था। हर बार नई व्यथा-कथा सुनने को मिलती। सुने बग़ैर चारा न था। उसका धैर्य अगाध था।

शुरू में मैंने पूछा था, रखा क्यों यह नाम? उसने बतलाया था, आम पिताओं की तरह उसका बाप भी उसका नाम, राम रखना चाहता था, पर नामकरण के ऐन मौक़े पर पंडित अड़ गया, नाम 'द' अक्षर से शुरू होगा। बस, बाप के बाप ने दशरथ कह दिया। राम से सम्बन्ध जो ठहरा। राजपाट तो दशरथ को नहीं मिला, पर विरसे में हलवाई की दुकान ज़रूर मिली। शुद्ध देसी घी के विज्ञापन वाली। नाम देसीराम, कमाई इतनी कि राजपाट पानी भरे।

पर दशरथ मेरे सवाल 'अब क्या हुआ' का जवाब दे रहा था।

"आज मुझे अपने सिर पर एक सफ़ेद बाल दिखा।"

"तो? काला कर लो," मैंने कहा।

"उससे क्या होगा? मैं जानता हूँ सफ़ेद है।"

"होने दो। आजकल तो जवानों के बाल सफ़ेद हो जाते हैं। तुम तो..." पर वह मेरी सुनने नहीं, अपनी कहने आया था।

"भरत को ननिहाल से बुलाना पड़ेगा," वह कह रहा था।

"कौन भरत?"

"मेरा तीसरा बेटा।"

"तुमने तो हमेशा दो बतलाए, राघव और लछमन।"

"बीवी भी तो एक बतलाई।"

"तुम्हारी दो बीवियाँ हैं?" सोचा इसका नाम राम रखा होता, तभी ठीक रहता।

"हाँ, दूसरी मन्दिर में करनी पड़ी। क़ानून आजकल इजाज़त नहीं देता।"

"नाम क्या है, कैकेयी?" मुझे ठिठोली सूझी। वह गम्भीर रहा।

"नहीं, नाम तो सुकन्या है। कौशल्या ने सुना तो बोली, काहे की सुकन्या? यह तो कुकन्या है। और काहे की कन्या, जाने कितने मर्द चरा चुकी, कुकइया है कुकइया। पर मैं उसका नाम नहीं लेता, प्रियतमा ही कहता हूँ," उसके चेहरे पर जवानी दौड़ गई, फिर बुढ़ौती।

यहाँ रुक कर यह बता दूँ कि उसकी पहली पत्नी का नाम भी कौशल्या नहीं था। इतना संयोग तो कहानीकार भी नहीं कर सकता। नाम तो अच्छा-भला सुशीला था। पर वह थी इतनी फूहड़ कि एक दिन दशरथ ने कह डाला, यह तो कुशीला है, कुशीला। इन्दिरा गांधी का ज़माना

था। कुबबूल के पेड़ को देखकर उसने कहा था, वाह, इतने काम का पेड़ और नाम कुबबूल? इसका नाम तो सुबबूल होना चाहिए। बस कु, सु बन गया। इन्दिरा गांधी न रही होती और दशरथ ने महाभारत पढ़ा होता तो कहता, दुशीला। याद हैं न, दुर्योधन और दुःशासन। बेचारे कौरव। इतने दुर्व्यवहार पर दुर्जन नहीं तो क्या बनते? दुर्व्यवहार पहले हुआ या दुर्जन पहले बने, शोध का विषय है और अवांतर प्रसंग भी। पाठक चाहें तो रिकॉर्ड से निकाल दें। बस इतना दर्ज करें कि कालांतर में सुशीला कुशीला नहीं, कौशल्या कहलाई तो इसलिए कि दशरथ के बाप ने उसके पहले बेटे का नाम रखा राघव और दूसरे का राम। राघव-राम की माँ कहलाते, वह कौशल्या कहलाई। फिर जब लोगों ने बार-बार कहा कि राघव राम तो एक ही हुए तो राम का नाम बदल कर लछमन कर दिया गया। पर वह कौशल्या ही बनी रही। यूँ भी तब तक दशरथ के लिए वह आज्ञाकारी बेटों की माँ के अलावा कुछ नहीं थी। न कु, न सु। पर वह अब भी सफ़ेद बाल को रो रहा था, इसलिए मुझे वर्तमान में लौटना पड़ा। पूछा, "भरत दूसरी का बेटा है?"

"हाँ, मेरा भी," उसने कहा।

"अरे बेवक़ूफ़, कम से कम उसका नाम भरत तो न रखता।"

"मैं क्या करता। सुकन्या पढ़ी-लिखी, मेधावी लड़की है," औरत के बजाय, लड़की कहते हुए उसके चेहरे पर फिर जवानी दौड़ गई। वाह रे, बुढ़ऊ।

"वह बोली, नाम होगा तो भरत। प्रथम सूर्यवंशी राजा के नाम पर। मेरा भारत महान, भरत महान। तो मैं क्या करता?"

ठीक है। जवान बीवी का कहा कौन अधेड़ टाल सकता है। ऊपर से पढ़ी-लिखी मेधावी। इतनी मेधावी थी तो दो बच्चों के बाप, शादीशुदा अधेड़ से शादी क्यों की? मैं पूछ सकती थी पर नहीं पूछा, क्योंकि जवाब मैं जानती थी। कैकेयी, सॉरी सुकन्या, पहली प्रबुद्ध लड़की नहीं थी जिसने मर्द के मामले में बाज़ुओं की मछलियों से मात खाई थी।

"चार साल का था तभी मामा के पास भेज दिया था," वह कह रहा था, "शुरू-शुरू में मैंने कई बार वापस बुलाने को कहा, पर कभी वह कहती कि यहाँ दाख़िला निकल चुका, कुछ दिन वहीं पढ़ने दो, कभी कि दाख़िले का वक़्त नहीं हुआ, ठहर कर बुला लेंगे।

"पता नहीं ठीक वक़्त पर मैंने कभी बुलाने को क्यों नहीं कहा। वैसे मामा का अपना कोई बेटा नहीं है, काफ़ी रुपया-पैसा भी है, उसे तकलीफ़ कोई नहीं है। और मुझे भी हालात रास आ गए थे।"

उसके चेहरे पर ऐसा लड़कपन दौड़ा कि लगा आँख मार रहा है। मार भी दी हो तो क्या। मैं क्या समझती नहीं। जवान पत्नी का अकेला संग-साथ, बेटा दूसरों के लाड़-प्यार-माल में पलता-बढ़ता। आदमी को और क्या चाहिए। पर सुकन्या की तरफ़ से बात समझ में नहीं आई। ऐसा भी क्या रतिरंग कि बेटे को अपने से दूर कर दिया?

पर वह कुछ और कह रहा था, "भरत को वापस बुलाना पड़ेगा।"

"वह क्यों?"

"बाल सफ़ेद हो चले।"

"अरे बेवक़ूफ़, राजा दशरथ को सफ़ेद बाल दिखा था तो श्रीराम को राजपाट सँभलवाने की तैयारी की थी। तुमने तो पहले ही दुकान राघव को सँभलवा रखी है। मौज करो।"

"तैयारी से क्या होता है? सब धरी रह गई थी। भरत को बुलवाना पड़ा था। प्रियत...सुकन्या भी चाहती होगी।"

"उसने कहा है क्या?"

"न कहे तो क्या मुझे समझना नहीं चाहिए?"

"अरे हीरो, पहले यह तो समझ ले कि ननिहाल भेजा क्यों था?"

"कुछ-कुछ समझ सका हूँ।"

"क्या?"

"कौशल्या, राघव, लछमन, वग़ैरह के डर से। इसीलिए तो राघव को गाँव भेजना होगा। महमूदाबाद में अपनी खाँडसारी की मिल है। वह रहेगा तो दुर्जन उत्पात करके आमदनी नहीं हड़पेंगे। फ़ैज़ाबाद की दुकान लछमन और भरत चला लेंगे। पर भरत को मैं दुगुना हिस्सा दूँगा। एक-तिहाई लछमन का, दो-तिहाई भरत का।"

"सुकन्या से पूछ तो लो।"

"पूछना क्या। होगा वही, जो होना है।"

"अरे भाई, जब तुम्हारी कैकेयी मुँह खोलकर कह नहीं रही तो तुम क्यों आगे बढ़ कर यथास्थिति बदलने जा रहे हो?"

"उस कैकेयी ने मुँह खोलकर कहा था, तुम कैसे जानती हो? हो सकता है, राजा दशरथ ने ख़ुद निर्णय लिया हो।"

"फिर राम के चले जाने पर मर क्यों गए?"

"मरने का क्या है? किसी का कभी भी हार्ट फ़ेल हो सकता है।"

"पर रामकथा में लिखा जो है?"

"लिखने का क्या है? कवि की कल्पना जो न लिखा ले। तुम्हीं कौन सच्ची बात लिखती हो?"

"सच क्या है कौन जानता है..." मैंने शुरू किया पर वह सुनने नहीं, कहने आया था।

"होगा वही जो होना है," बुदबुदाता हुआ वह चला गया।

उससे कहना बेकार था। ज़रूरी नहीं था, वही सब करे जो राजा दशरथ ने किया था। मैं कहकर देख चुकी थी। उसका जवाब होता था, "मैं कब कह रहा हूँ मुझे राजा दशरथ की नक़ल करनी है। कहाँ राजा भोज, कहाँ गंगू तेली?" मैं सोचती, बला टली पर तभी वह कह उठता, "होगा वही जो होना है," और बात वहीं की वहीं। बेचारा! दशरथ नाम के चलते, वो राम रचि राखा वाला मुहावरा भी नहीं बोल पाता था।

दो दिन बाद, वह फिर आ धमका। बुरे हाल। आते ही बोला, "पानी।" मैंने शरबत पिला दिया, फिर भी वह पसीना-पसीना बना रहा।

मैंने तय कर रखा था कि अपनी तरफ़ से कुछ नहीं पूछूँगी। पर जब पन्द्रह मिनट बीत गए और वह उजबक सा बैठा लम्बी साँसें भरता रहा तो लगा, इससे तो पूछपाछ कर पार करो। सो कहा, "भरत आ गया?"

"छोड़ो भरत को," वह बोला, "यहाँ दूसरी मुसीबत टूट पड़ी है।"

"अब क्या हुआ?"

"लछमन की पत्नी का नाम उर्मिला निकला।"

''लछमन शादीशुदा है, मुझे पता नहीं था।''

''जब मुझे ही पता नहीं था तो तुम्हें कैसे होता, कचहरी में शादी की, बाप तक को बतलाना ज़रूरी नहीं समझा।''

''तुमने तो बीवी तक को बतलाना ज़रूरी नहीं समझा था। अब क्यों ?''

''और नाम उर्मिला है,'' मैंने कहा था न, वह सुनने नहीं आता था।

''तो ?''

''देख लेना, वह उसे यहीं छोड़कर महमूदाबाद जाएगा।''

हद हो गई। अब मेरी हँसी छूट ही गई। जम कर उसकी खिल्ली उड़ाई और पिंड छुड़ाया।

शाम को वह फिर हाज़िर। रोने-बिसूरने के बीच, सही होने के सन्तोष से दमकता हुआ।

''मैं न कहता था। उर्मिला ने साथ जाने से इनकार कर दिया। एम.ए. पास निकली। कॉलेज में अर्थशास्त्र पढ़ाती है। कहती है, मुझे जंगल की ख़ाक छानने नहीं जाना।''

''जंगल कि गाँव ?''

''कहती है, एक ही बात है। वहाँ ढंग का बाज़ार, रेस्तरां, थिएटर, आर्ट गैलरी, सिनेमा हॉल, कुछ नहीं होगा। ऊपर से बिजली-पानी की क़िल्लत। मज़े का खाना हो तो ख़ुद बनाओ, वरना दाल-रोटी।''

''एक मिनट। तुमने तो कहा था राघव गाँव जाएगा, लछमन यहीं रहेगा।''

''कहा था, पर वह अड़ गया है, साथ जाएगा।''

''बीवी को छोड़कर ?''

''कहता है, बीवी उसे छोड़ रही है, वह बीवी को नहीं।''

''चलो, नाम के जाल से तो निकले। गुज़रे ज़माने में तो लक्ष्मण गए थे छोड़कर।''

''तुम्हें कैसे मालूम ?'' उसने फ़ौरन कहा। छोड़ो। दोबारा कवि की कल्पना वाला तर्क नहीं सुनना था मुझे।

''ओ मित्र दशरथ,'' मैंने कहा, ''कनिष्ठ पुत्र को आज्ञा दो यहीं रहे।''

''क्या फ़ायदा ? वह रहे या जाए, डंडा तो उर्मिला चलाएगी। भरत का क्या होगा ?''

मैंने उसे समझाया कि भरत को ननिहाल में ही रहने दे, राघव गाँव नहीं जाएगा तो लछमन को भी रुकने का बहाना मिल जाएगा। यथास्थिति को बनाए रखने में ही कल्याण है।

वह स्यापा करता रहा। अब क्या हो सकता है। बुला चुका। भेज चुका। होता वही है जो होना हो।

मैंने दूसरा मोर्चा खोलना चाहा, कहना चाहा कि उर्मिला जैसी अर्थशास्त्र की प्राध्यापिका को हलवाई की दुकान में क्या दिलचस्पी होगी। पर मैं अच्छी तरह जानती थी कि हलवाइयों की आमदनी इतनी होती है कि नया अर्थशास्त्र लिखवा ले।

''राघव की पत्नी तो साथ जा रही होगी ?'' मैंने बात बदली।

''हाँ,'' उसने कहा।

''नाम सीता है क्या ?'' मैं फिर ठिठोली कर बैठी।

''था तो गीता। भाँवरों पर हमने सीता कर दिया।''

बहुत अच्छे, ख़ुद बल्लम उठाओ, ख़ुद छाती में घुसेड़ लो...और मलहम लगवाने आओ हमारे पास।

मैंने हाथ का छूटा काम दोबारा सँभाला ही था कि वह फिर आ पहुँचा। पीली पड़ी काया घसीटता हुआ आया और बोला, ''मुझे मरना पड़ेगा।''

''ऐसी क्या बीमारी हो गई,'' पूछना पड़ा।

''भरत राघव को लौटाने गाँव गया है। नहीं ला पाया तो मुझे मरना पड़ेगा।''

मैंने कहना चाहा, राजा दशरथ तो उसके जाने से पहले ही मर गए थे, पर कह नहीं पाई। वह वाक़ई लबेदम लग रहा था।

''तो भरत लौट आया,'' मैंने फ़िज़ूल बात कही।

''लौट भी आया और दुकान चलाने से मना भी कर दिया। बहुत मनाया-समझाया, पर बेकार। कहता है, बूढ़े आदमी के बाल सफ़ेद नहीं होते, दिमाग़ में भी फफूँद लग जाती है। ऊपर से...'' वह रोने को हो गया।

''कैकेयी क्या कहती है?''

उसके आँसू ढुलक ही पड़े। ''कहती है, वे नहीं लौटे तो वह भी भरत के साथ मैके चली जाएगी।''

''लौट आएगी।''

''नहीं आई तो?''

''आएगी क्यों नहीं? जब तुम उसकी अनकही फ़रमाइश तक पूरी करने के लिए जान लगा रहे हो तो वह कुछ तो प्रतिदान देगी।''

''अनकही करने में ही तो मारा गया। वह कहती है, जब कुछ समझते नहीं तो करने क्यों जाते हो? मुझ से सचमुच भयंकर ग़लती हो गई। उसने भरत को राजधानी पढ़ने भेजा था, कौशल्या वग़ैरह से बचाने नहीं। क्या तो एम.बी.ए. की डिग्री लेकर आया है? जाने क्या क़ानून है कि वह लेकर मिठाई की दुकान नहीं चला सकते। मैं बूढ़ा आदमी ठहरा, नए-नए क़ानूनों की खोज-ख़बर कहाँ तक रखूँ। औरतों को समझ पाना नामुमकिन है,'' वह महीन पिसी चटनी, फिर पीस रहा था।

''यह कहने वाले तुम पहले आदमी नहीं हो, पर अपनी कहो, तुम्हारे साथ क्या हुआ?''

''समझ में नहीं आता, ये सुकन्या और कौशल्या घंटों हँस-हँसकर क्या बतियाती रहती हैं? न ईर्ष्या-द्वेष, न ऊब, थकन। गप्पों का अकूत ख़ज़ाना पास हो जैसे।''

''तुम्हारे बारे में बतियाती होंगी।''

''इतना हँसकर?''

''दोस्त, मर्द औरत के लिए हँसी का बायस ही होता है। मर्द न हो तो औरतें, बिना हँसे मर जाएँ। सुना होगा कि औरतें मर्दों के मुक़ाबले ज़्यादा दिन जीती हैं। इसीलिए, हँसकर।''

''और भरत है कि राघव-राघव रटता घूम रहा है। जैसे वह उसका परम हितैषी हो और मैं परम शत्रु।''

''एम.बी.ए. का कमाल है। बढ़िया मैनेजर बनेगा। मुनाफ़ा कहाँ है, जानता है।''

''राघव क्या देगा उसे?''

''आज़ादी। राजधानी लौटकर अफ़सर बनने की। इसीलिए तो ननिहाल भेजा गया था।''

''मेरा क्या होगा?''

''होगा वही जो होना है?'' मेरे मुँह से निकला।

''मुझे मरना पड़ेगा?''

''अरे नहीं। वे लोग लौट आएँगे। गाँव में आजकल कौन रहना चाहता है। भरत लेने जाएगा तो नाक ऊँची रखके लौट सकेंगे।''

''हा राघव! हा राघव!'' उसने कहा, ''मुझे बचा लो, प्रभु।''

उसके बाद दशरथ नहीं आया। मैंने सोचा, सब कुशल मंगल होगा, लौटने वाले लौट आए होंगे, जाने वाले चले गए होंगे, मिलने वाले मिल रहे होंगे तो दोस्त को कौन याद करे। अब जाकर कहानी में रंग आया था और अब ही निबट ली। चलो दशरथ ख़ुश तो मैं ख़ुश।

पन्द्रह-एक दिन हुए होंगे कि दशरथ के घर से बुलावा आया। वह खाट से लगा पड़ा है और मुझे याद कर रहा है।

पहुँची तो देखा दशरथ की खाट पर दाईं तरफ़ कौशल्या बैठी है, बाईं तरफ़ कैकेयी। भरत शिकार खोये शिकारी की तरह कमरे में डोल रहा है। उर्मिला दूर कुर्सी पर पत्थर बनी बैठी है। पायताना ख़ाली देख मैं वहीं बैठ गई।

नया दर्शक देख भरत गुर्राया, ''साफ़ मना कर दिया लौटने से।''

उसके एक हाथ में खड़ाऊँ थी। उसने ज़ोर से वह ज़मीन पर पटकी। आश्चर्य! आधुनिक भरत भी खड़ाऊँ लेकर लौटा।

''तुम इसे गद्दी पर रखकर दुकान चलाओगे?'' मेरे मुँह से निकला।

''दुकान चलाएँ मेरे दुश्मन,'' उसने दशरथ को घूरा।

''पर...खड़ाऊँ?''

''राघव ने पकड़ा दी। गाँव के घर में आग लगी तो वह जली नहीं। कहा, शुभ है। बकवास!''

''वाह! लकड़ी होकर जली नहीं। चमत्कारी है,'' कौशल्या बोली, ''दुकान पर ज़रूर रखना।''

''तेज़ गर्मी झेल कर लकड़ी पत्थर हो जाती है, उसमें चमत्कार क्या है?'' एम.बी.ए. भरत फिर गुर्राया।

''सो तो है,'' मैंने अनुमोदन किया, ''पंडित जी काठ की कलछी से आहुति देते हैं कि नहीं, हवनकुंड में?''

''फिर भी,'' उर्मिला की प्रस्तर प्रतिमा मुखर हुई तो कमरा निस्तब्ध हो गया, सब की आँखें उस पर टिक गईं, ''एंटीक खड़ाऊँ,'' उसने कहा, ''सँभाल कर रखनी चाहिए।''

भरत ने उसे ज़मीन से उठाकर खाट पर रख दिया।

''मेरा क्या होगा?'' दशरथ कराहा।

''वे लौटे क्यों नहीं?'' मैंने पूछा।

उर्मिला वापस पत्थर बन गई। कौशल्या रो दी। सुकन्या बाहर चली गई। भरत उफन पड़ा।

''गाँव पसन्द आ गया।''

''वह क्यों?'' मैं हतप्रभ थी।

''कहते हैं, हवा आर-पार चलती है। स्वच्छ-शीतल।''

''हवा के मारे किसी को घर छोड़ते सुना है?'' कौशल्या बोली, ''हवा तो सृष्टि के शुरू से चल रही है, नहीं?''

''कहते हैं, गाँव में पंखे-कूलर की दरकार नहीं है। पेड़ों से छन कर आती हवा सुखद लगती है।''

''हवा तो हवा है,'' कौशल्या कहती रही।

''अभी तो वहाँ और पेड़ लगाएँगे, कहते हैं, देहात को जंगल बनाएँगे। ज़रा सोचो, तमाम धरती पर पेड़-पौधे उगा देंगे तो कारख़ाने, होटल, बाज़ार कहाँ बनेंगे, कोठी-बँगलों को ज़मीन कैसे मिलेगी ? विकास कैसे होगा ? कम्पनियों का तो भट्ठा बैठ जाएगा,'' भरत बेहद नाराज़ था।

''परेशान मत हो,'' मैंने दिलासा दिया, ''पहलेपहल प्रकृति के दर्शन किए हैं। शौक़ पूरा होते ही लौट आएँगे। भतेरे प्रकृति प्रेमी देखे हैं।''

सहसा उर्मिला की आँखों में चमक आ गई। पत्थर की मूरत सजीव हो उठी। पूछा, ''पर्यावरण की बात कर रहे थे क्या ?''

''हाँ, वहीं,'' भरत ने कहा।

''बच गए। पर्यावरण में तो किसी भी मल्टी नेशनल को रुचाया जा सकता है। आज की सुपर बिकाऊ चीज़ है,'' उर्मिला चहकी।

''और मैं मिठाई बेचूँगा।'' भरत कटु था, पर उर्मिला ध्यानमग्न थी। गहरे सोच में मुब्तिला, पर पहले की तरह उदास-हताश नहीं।

''अब तुम खाट छोड़ो दशरथ, उठकर दुकान चलाओ, भरत को वह करने दो जो करना चाहता है,'' मैंने कहा।

''पूरी बात तो सुन लो।''

''अब क्या है ?''

''वे क़हते हैं, वहाँ ग्रामवासियों और वनवासियों को राक्षसों से बचाएँगे। उनसे लड़ेंगे।''

कौशल्या बुक्का फाड़ कर रो दी। सुकन्या आकर उसे बाहर ले गई।

''आजकल कौन से राक्षस होते हैं ?'' मैंने कहा।

''तभी कौन से होते थे ? जो अपने से दीर्घकाय दिखा, जिससे लड़ाई छेड़नी हुई, उसे राक्षस बतला दिया।''

''राघव कहते हैं, ऊँची जात के लोगों ने निजी फ़ौजें बना रखी हैं, गाँव वालों की सामूहिक ज़मीन हड़प लेते हैं, उन्हें मार गिराते हैं। वे गाँव वालों की सेना बनाकर उनसे लड़ेंगे। उनका नेता दशानन बहुत ख़ूँख़्वार है,'' भरत ने कहा।

''हे राम !'' दशरथ विलाप कर उठा, ''वह सीता को उठा ले जाएगा। राघव-लछमन कुछ नहीं कर पाएँगे। अब वह ज़माना नहीं रहा, जब दस-बीस को मारकर और दो-चार के नाक-कान काट कर, न्याय किया जा सकता था। कलियुग में क़ानून न न्याय करता है न करने देता है।''

डर ने दशरथ की बुद्धि ख़ासी तीक्ष्ण कर दी थी। मुझे कुछ नहीं सूझा तो उर्मिला से कह उठी, ''तुम जाकर समझाओ न ?''

''महापुरुष को कापुरुष बनाने का काम मैं नहीं करूँगी,'' आँखों की चमक क़ायम रखकर उसने कहा।

अब मैं भी डर गई। कलियुग में सतयुग का घालमेल बड़ा भयावह लगा। अब कुछ भी सम्भव था।

उसी रात दशरथ की हृदय गति रुक गई। वह चल बसा।

दशरथ गया तो भरत को दो माँओं और एक दुकान का बोझ अपनी गर्दन पर पड़ता दिखा। रात के अँधेरे में चुपचाप घर छोड़कर भाग रहा था कि उर्मिला ने धर पकड़ा। समझा-बुझा कर

फ़ैज़ाबाद में बने रहने पर राज़ी किया। उसके लिए सुकन्या नहीं, कौशल्या उसकी आभारी हुई। यह बात उसने मुझे तभी बतलाई थी। बाद में तो दशरथ के जाने पर मेरा उस घर से सम्पर्क टूट गया। पर उनकी जानकारी मिलती रही। दुकान-दुकान, चौराहे-चौराहे और टी.वी. के पर्दे पर।

मालूम हुआ कि देसीराम मिठाई की दुकान और मल्टी नेशनल चायसको का विलय हो गया है। नया नाम है, देसीचायसराम। उसकी पुरानी पारम्परिक मिठाइयाँ, सेहतमन्द, कीटाणुरहित, वैक्यूम पैक्स में दुकान-दुकान बिकती हैं। साथ में कुछ नया आधुनिक, चाकलेट केक मिश्रित मिष्ठान में उसी नाम से बिक रहा है। उसके दिलकश दिलफ़रेब विज्ञापन हर चौराहे और हर टी.वी. चैनल पर देखे जा सकते हैं। उनसे यह भी मालूम हुआ कि चायसको की भारत शाखा की आर्थिक सलाहकार उर्मिला है और एक्जीक्यूटिव चीफ़, भरत।

इतना सब सार्वजनिक तौर पर पता चला पर राघव, सीता, लछमन के बारे में कोई समाचार नहीं मिल पाया। जानने की जिज्ञासा भी हुई, एकाध बार भरत और उर्मिला से सम्पर्क करने की कोशिश भी की, पर वे इतने व्यस्त और भ्रमणशील पाए गए कि सालों बीत गए, सम्पर्क नहीं हो पाया। इस बीच अख़बार से ही पता चला कि कौशल्या नहीं रही और सुकन्या चायसको इंडिया की राजधानी शाखा में सम्पर्क अधिकारी नियुक्त होकर चली गई।

कभी-कभी मन में ख़याल तो आता था, पता नहीं राघव राक्षसों का संहार कर पाएँगे या नहीं ? पर पता करने का उपाय नहीं था।

फिर एक दिन अख़बार की सुर्ख़ियों में ख़बर छपी कि पीर, पारंगत, प्रवीण और पर्यावरण प्रेमी बहुराष्ट्रीय कम्पनी चायसको ने उत्तर प्रदेश के पिछड़े इलाक़े में बसे महमूदाबाद गाँव को गोद ले लिया है। नए वारिस का नाम महमूदाबाद से बदल कर पंचवटी रखा गया है। एक ज़बानदराज़ के एतराज़ करने पर कि पंचवटी गोदावरी नदी के तट पर थी, जबकि महमूदाबाद घग्घर किनारे है, स्थानीय नेता श्री दशानन जी ने कहा बाजुओं में दम होना चाहिए, हम घग्घर को गोदावरी बना देंगे। जनता ने इस प्रस्ताव का तालियाँ बजाकर स्वागत किया। ज्ञातव्य है कि चायसको पंचवटी में आलू की भजिया और टमाटर की चटनी बनाने का, अति आधुनिक तकनीक से चलने वाला, एक बड़ा कारख़ाना खोल रही है। खटारा तकनीक से चलने वाली तमाम स्थानीय खाँडसारी मिलें, कम्पनी ने ख़रीद ली हैं। उनका नवीनीकरण करके, खाँड के बजाय कोला लैमनचूस बनाने की योजना है। इसके अलावा, इस प्रगतिशील बहुराष्ट्रीय कम्पनी ने संकल्प लिया है कि वह पंचवटी के पर्यावरण को समृद्ध बनाएगी। इस अभियान के लिए उसे विश्व बैंक ने 15 करोड़ रुपये का ऋण दिया है। एक सार्वजनिक सभा में, भारतीय शाखा की आर्थिक सलाहकार श्रीमती उर्मिला देवी, एक्जीक्यूटिव डाइरेक्टर श्री भरत देव, स्थानीय नेता श्री दशानन जी और पितृ कम्पनी के अध्यक्ष जॉन द माइटी ने मिलकर शपथ ली कि कारख़ानों और रिहाइशी बँगलों के निर्माण के लिए वे जितने पेड़ काटेंगे, उतने ही दोबारा रोपेंगे। यही नहीं, विश्व के बाज़ार में निर्यात करने के लिए अन्तर्राष्ट्रीय रूप से लोकप्रिय फूलों की बीस-पच्चीस क़िस्में भी वहाँ उगाई जाएँगी। ज़बानदराज़ ने जब कहा कि फूलों की बाग़बानी में कीटनिरोधक ज़हर सबसे ज़्यादा इस्तेमाल होता है, जो पर्यावरण को दूषित करता है तो दशानन जी ने कहा, ऐसे प्रतिक्रियावादी, विकास विरोधी तत्त्वों को ध्वंस करने के लिए भी चायसको कृतसंकल्प है। अनुमान है कि भजिया, चटनी, लेमनचूस और फूलों के उत्पादन में, बदन से दुरुस्त गाँव के हर मर्द, औरत, बच्चे को काम मिल सकेगा। चायसको के राज में पंचवटी

का भविष्य इतना उज्ज्वल है कि शीघ्र वह भारत का नहीं, अमेरिका या यूरोप का हिस्सा नज़र आने लगेगा। तो क्या राघव, सीता, लछमन घर लौट आएँगे? इतनी ख़ुशहाली के बीच, जब तमाम राक्षस कम्पनी के कर्मचारी बन जाएँगे, भला वे किसका मर्दन-भंजन करने, वहाँ टिकेंगे? फिर उससे भी पते की बात यह है कि विरसे में मिली खाँडसारी मिल हाथ से निकल गई। अब तो दो ही रास्ते बचे हैं। या चायसको के कारख़ाने में काम ढूँढ़ो या वापस घर को पलटो। देखें क्या होता है।

एक साल बीत गया। न वे लौटे, न उनकी कोई ख़बर मुझ तक पहुँची। यह ज़रूर पढ़ने में आया कि पंचवटी में वृक्षारोपण का महान कार्य सम्पन्न करने के लिए, श्रीमती उर्मिला देवी को इन्दिरा गांधी वृक्षमित्र एवार्ड से अलंकृत किया गया है और उन्होंने उसे अपने वनवासी पति लछमन के नाम समर्पित किया है।

उसी के आगे-पीछे एक ख़बर पढ़ने में आई। यह कि एक उप-चुनाव के तहत पंचवटी कांस्टीट्यूंसी से श्री दशानन जी लोकसभा के सांसद चुने गए हैं। कुछ दिन के अन्तराल पर ख़बर आई कि दशानन जी केंद्रीय मंत्रिमंडल में सूचना प्रसारण मंत्री नियुक्त किए गए हैं।

यानी राक्षसों का तथाकथित नेता राजधानी पलायन कर गया। तब उर्मिला के पति अब तक वन गमन क्यों कर रहे हैं? राघव और सीता साथ हैं? पर क्यों? सवाल मन में उठा पर बेकार रहा, क्योंकि जवाब देने वाला कोई मिला नहीं। भरत और उर्मिला की तरह सूचना मंत्री दशानन जी भी इतने व्यस्त और भ्रमणशील रहे कि उनसे सम्पर्क नहीं हो पाया, सूचना क्या मिलती।

इस तरह दो या शायद तीन साल बीत गए। मैं भी अनेक कामों में व्यस्त रही। फ़ुरसत मिलने पर अख़बारों को फिर से ध्यान देकर पढ़ना शुरू किया।

तभी एक सनसनीखेज़ ख़बर पढ़ने में आई।

पंचवटी में दैवी चमत्कार।

पंचवटी गाँव के निवासियों का कहना है कि कुछ दिन पहले, उन्होंने एक अपूर्व लावण्यमयी स्त्री को दो रूपवान पुरुषों के साथ, घग्घर नदी में उतरते देखा। काफ़ी दिन बीत जाने पर भी वे बाहर नहीं आए। पुलिस ने गोताखोरों की मदद ली, पर ज़िन्दा या मुर्दा, कैसे भी उन्हें बरामद नहीं कर पाई। लोगों का कहना है कि उन तीनों का रूप-लावण्य इतना तेजोमंडित था कि देखने वालों की आँखें चुँधिया गई थीं। लोगों के देखते-देखते वे एक प्रकाश पुंज में विलीन हो गए थे। उनकी मान्यता है कि वे और कोई नहीं भगवान राम-सीता-लक्ष्मण थे जो अपने दैवी स्वरूप की एक झलक दिखला कर अन्तर्धान हो गए।

चायसको कम्पनी के प्रशंसकों का कहना है कि वे धरती पर नए बसे पंचवटी स्वर्ग को देखने आए थे।

ज़बानदराज़ों का कहना है कि वे यह चेतावनी देने प्रकट हुए थे, वहाँ किए जाने वाले पाप कृत्य तुरन्त बन्द हों। इस घटना को लेकर पंचवटी की जनता एकमत नहीं है। जन समुदाय दो गुटों में बँट गया है। एक गुट जल समाधि को ईश्वरीय चमत्कार मान रहा है तो दूसरा मानवीय आत्मघात।

पहले गुट की तरह दूसरा गुट भी दो उपगुटों में बँटा हुआ है। दोनों का मानना है कि वे तीनों आकृतियाँ एक पुरानी खाँडसारी मिल के मालिक राघव, उसकी पत्नी सीता और भाई लछमन की थीं। पहले उपगुट का कहना है कि मिल के चायसको द्वारा ख़रीदे जाने के बाद से वे लोग

बड़ी बदहाली में जी रहे थे। कम्पनी को खाँडसारी मिलें न बेचने के लिए आन्दोलन छेड़ने पर, ग्रामवासियों ने उनका साथ नहीं दिया, इसलिए उन्होंने अन्ततः घग्घर में कूद कर जान दे दी।

दूसरे उपगुट का कहना है कि, बात इतनी सीधी नहीं थी। उसके भीतर एक और पेंच था। दरअसल, दो साल पहले राघव की पत्नी सीता का अपहरण हो गया था। दोनों भाई उसे तलाश करते हुए यहाँ-वहाँ घूमते रहे थे। अन्ततः जब वह मिली तो तीनों ने इतना अपमानित महसूस किया कि नदी में जल समाधि ले ली। ख़बर के इस संस्करण में विश्वास करने वालों का मनोबल बढ़ाने के लिए शहर से कुछ स्त्री शक्ति समर्थक संस्थाएँ भी वहाँ जा पहुँची थीं।

चारों उपगुटों के बीच अपने-अपने विश्वास को लेकर काफ़ी तनातनी फैली हुई थी। चाक़ू-छुरी चलने की वारदातों के बाद पूरे इलाक़े में बदअमनी फैलने का डर पैदा हो गया था। चायसको कम्पनी को जान-माल के नुक़सान के साथ, उत्पादन दर में कमी आने की आशंका होने लगी थी। स्थिति गम्भीर थी। उस पर नियंत्रण बनाए रखना ज़रूरी था।

एक बार फिर उर्मिला ने अपनी परिपक्व प्रबन्धन बुद्धि का परिचय दिया। ऐसा हल निकाला कि चारों गुट चित्त हो गए।

ऐलान हुआ कि पंचवटी गाँव में चायसको कम्पनी दो भव्य स्मारक बनवा रही है। एक भगवान राम-सीता-लक्षमण के नाम पर और दूसरा समाजसेवी राघव-सीता-लछमन के नाम पर। निर्माण कार्य युद्ध गति से चलेगा और एक साल के भीतर पूरा हो जाएगा। और वाक़ई तमाम मुँहज़ोरों की भविष्यवाणी को झूठा सिद्ध करते हुए साल पूरा होते-होते स्मारक बनकर तैयार हो गए। जिसने देखा कहा, वाक़ई पंचवटी भारत का नहीं अमेरिका या यूरोप का हिस्सा बन गया है' ऐसा सभी समाचार पत्रों और पत्रिकाओं में छपा देखा गया। दोनों स्मारक एक-दूसरे के प्रतिरूप थे। सवाल-जवाब में खरे। दोनों में हरितमा से घिरे उपासना स्थल थे। रेस्तरां, पैप्सी फाउंटेन, बच्चों के लिए क्रीड़ा उद्यान और स्थानीय हस्तकला के विक्रय केंद्र थे। स्त्री शक्ति समर्थकों और दूसरे गुट के उपगुट को सन्तुष्ट करने की ख़ातिर, इनके अलावा नारी शिक्षा केंद्रों की स्थापना भी की गई थी, जिनमें हस्तकलाओं के साथ जूडो-कराटे का प्रशिक्षण भी दिया जाता था। 'जिससे फिर कभी कोई सीता अपहृत न की जा सके।' ऐसा श्री दशानन जी ने स्वयं अपने श्रीमुख से तब कहा, जब उनके करकमलों से स्मारकों का उद्घाटन सम्पन्न हुआ।

दोनों स्मारकों के बीच एक शिलालेख लगा हुआ था, जिस पर लिखा था, 'मनुष्य ईश्वर का रूप है, राघव-सीता-लछमन वे विभूतियाँ थीं, जिन्होंने शहर छोड़कर गाँव में बसने का निर्णय लेकर, पंचवटी के प्राचीन सत को कलिकाल में दोबारा स्थापित किया। वह सत जो स्वयं भगवान राम ने त्रेता युग में यहाँ प्रतिष्ठित किया था।'

ज़बानदराज़ ने फिर कहा कि उस गाँव का नाम पंचवटी नहीं महमूदाबाद था और प्राचीन पंचवटी घग्घर नहीं गोदावरी तट पर स्थित थी, पर उसकी बातों पर लोगों ने ध्यान देना कब का छोड़ दिया था।

श्रीमती उर्मिला देवी को अपनी अद्वितीय समाजसेवा के लिए मैग्सेसे अवार्ड से विभूषित किया गया, जो उन्होंने अपने दिवंगत पति श्री लछमन देव के नाम समर्पित किया।

(2001)

सात कोठरी

सैलानियों का यथार्थ कुछ दूसरी तरह का होता है। कहानी–क़िस्से के यथार्थ जैसा। यथार्थ भी और सपना भी। अच्छे सैलानी एक दर्शनीय स्थल से दूसरे दर्शनीय स्थान पर जाते, पहले को भुला भले दें; पर जब जहाँ होते हैं, नि:शंक आस्था के साथ, उसकी कहानी को सच मानकर ग्रहण करते हैं। कुछ ठीक उलटे होते हैं। बतलाया जाए कि ताजमहल में पानी की बूँद आँसू की तरह छत से टपककर मुमताज़महल की क़ब्र पर गिरती है तो झट कहेंगे, वह तो संगमरमर की छतें टपका ही करती हैं, वैज्ञानिक तथ्य है। धत्, सब लोग ऐसे ग़ैर–सैलानी हो जाएँ तो गाइड बेचारों का क्या हो ? गाइड बेकार तो पहले से ज़्यादा लोग, बेरोज़गार। चलो, बेरोज़गारी को छोड़ भी दो तो बहुत–सा रोमांच, रोमांस नष्ट न हो जाए, गाइड के अभाव में।

गाइड फ़िल्म देखी होगी, देवानन्द की। जवानी में देखी थी तो लगा था, वाह क्या ऐसे गाइड भी होते हैं, मुझे तो कभी नहीं मिले। अभी दोबारा देखी (भला हो टी.वी. का) तो लगा, सब क़िस्मत का खेल है। क़िस्मत हो तो मिल भी सकता है। बुढ़ापे में आदमी ज़्यादा रोमानी हो जाता है, भाग्यवादी भी। पर मज़ा देखिए, एक दिन एक अद्‌भुत गाइड मुझे मिल ही गया। मांडु में।

मांडु में ज़्यादा सैलानी नहीं थे। भीड़ नहीं थी तो दूरियाँ उभर आई थीं। पहाड़ों से घिरा निर्जन, दो सौ साल पुराने, खुरासानी इमली, पीपल और बड़ के पेड़ों के बावजूद, ख़ाली, सुनसान नज़र आता था। मज़े की बात यह थी कि यहाँ जो इमारतें, ज़रूरत से ज़्यादा आलीशान और दिखावटी रही थीं, ढह चुकी थीं। जो बची थीं, प्रकृति से एकात्म थीं। प्रकृति ख़ासी निष्करुण, निर्मम चीज़ होती है। पूर्ण समर्पण माँगती है, अपनी शर्तों पर, हाँ, बेसब्र वह नहीं होती। आराम तसल्ली से ठीक मौक़े–वक़्त का इन्तज़ार करती है। मांडु में, प्रकृति के निरंकुश शासन के बीच, अहम् से छुटकारा पा कर, कुछ देर के लिए भला लगा।

पर कितनी देर ? जहाज़ महल पहुँची तो देखा सैलानी भले कम हों, गाइड बहुत थे। एक–एक को दस–दस घेर रहे थे। ज़्यादातर बच्चे। बाल–श्रमिक। उफ़, क्या मुसीबत है। कहीं छुटकारा नहीं। व्यवस्था पर आक्रोश, मन ख़राब करता ही रहेगा। सोचा, हो गया भतेरा देखना–दिखलाना, अब वापसी। तभी तेरह–चौदह साल का एक लड़का पास आकर बोला, ''सात कोठरी देखिएगा ?''

आदतन, मैंने हाथ के इशारे से नहीं कहा और उसके इसरार के इन्तज़ार में ठिठकी रही। उसने चिरौरी नहीं की। ख़ासे दम्भ के साथ मुझे घूरा और कन्धे झटक कर मुड़ लिया। उसकी दर्प भरी मुद्रा ने पुकार कर कहा, रोको उसे।

''वहाँ क्या है ?'' मैंने गला खोलकर पूछा।

"देखिएगा नहीं तो जानिएगा कैसे?" उसने कहा।

अच्छा, तो गाइड भी ग़ैर-सैलानी हो सकते हैं।

"क्यों, उसकी कहानी नहीं मालूम? कितनी दूर है?"

"दूर है। इंदौर मार्ग पर। गाड़ी से चलना होगा। है?"

"ले लेंगे।"

"सोच लीजिए," कहकर वह फिर चलने को हुआ।

"तुम गाइड हो?"

"और क्या।"

"स्कूल नहीं जाते?"

"जाता क्यों नहीं? अब दो बज चुके कि नहीं? दो बजे स्कूल बन्द हो जाएगा कि नहीं? फिर?"

अरे वाह! देवानन्द का छोटा संस्करण! पता नहीं क्यों, अपनी क़िस्मत में छोटे संस्करण ही लिखे हैं।

जाना था, गए। सात कोठरी पहुँचे। प्राकृतिक नज़ारे के हिसाब से ठीक-ठाक जगह थी। पहाड़ियों और घाटियों का परस्पर खेल दूर तक, दूरियाँ बनाए था। गाड़ी से उतर कर कुछ दूर पैदल चले और एक सपाट चट्टान पर आकर रुके। ठीक सामने चट्टान से नीचे उतरने के लिए ऊबड़-खाबड़ सी सीढ़ियाँ बनी हुई थीं। यही कोई तीसेक। उतरने लगे तो पता चला कि असमतल सीढ़ियों पर जगह-जगह पानी पड़ा हुआ है। कैसे? बरसा तो नहीं ज़रा भी। इस बरस यहाँ सूखा पड़ा है वरना अब तक पहाड़ों के बीच झरने बह रहे होते। किसी ने कहा था कहीं। रपटीली सीढ़ियाँ, बिना फिसले गिरे पार कीं तो सामने एक मझोले आकार का पानी का हौज़ था। एक छोटे कमरे जितना बड़ा। घुटनों तक पानी भरा था। ख़ासा ठंडा। यूँ समझ लीजिए पत्थर की चौखट से घिरा एक बड़ा चौकोर नहाने का टब था। न, ऐसा नहीं कहते। भीतर घुसते ही दाईं तरफ़ पत्थर की आलानुमा कुठरिया नहीं देखी थी, जहाँ एक पुजारी आसीन था। मय लोटा, कमंडल, पुष्प, अगरबत्ती, धूप, चरणामृत, आरती की थाली और रेज़गारी। मन्दिर है, भई। पर सजावट या अलंकरण नाम की चीज़ वहाँ कोई नहीं थी। जो रखा था, महज़ रखा भर था। फिर भी, मन्दिर को नहाने के टब की उपमा दो तो श्राप दे सकता है। कौन? वह दरिद्र, निरीह सा पुजारी? तनिक हँसकर सोचा था कि पैरों तले की ज़मीन धसक गई। पानी पेट तक आ गया। गाइड ने सहारा दे दिया, वरना मैं तो लुढ़क ही गई थी। शिव-शिव। नहाने का टब किसने कहा? दिमाग़ का क्या है, कुछ भी ऊलजलूल सोच बैठे।

सँभल-सँभल कर क़दम बढ़ाते, उस हौज़ की चहारदीवारी पार हुई। पत्थर की चौखट घुटने से टकराई तो पता चला। पैर उठाकर चौखट पार की और दूसरे हौज़ में घुसी। सहसा, गरम पानी छाती तक आ लिपटा। ठंड से ठिठुरते गीले बदन को गरमाहट मिली तो सिर से पाँव तक ख़ुमारी छाती चली गई। टी.वी. पर देखे हैल्थ क्लब याद आ गए। हटाओ दिमाग़ ख़ुराफ़ात से, छाती से ऊपर पानी है, नीचे फिसलन भरे गीले पत्थर, ज़रा डगमगाई तो सीधे जाकर महादेव पर गिरोगी। मूर्ति नहीं, मात्र लिंग स्थापित था। पानी से ज़रा ऊपर निकले तख़्तनुमा पत्थर पर। वहाँ तक पहुँचने में पाया, एक चौखट और लाँघी गई। साथ ही पैरों तले की ज़मीन कुछ ऊँचाई पा गई, क्योंकि पानी वापस पेट तक आ गया। पर बेहद गरम। जैसे सॉना बाथ हो। बुरा हो

इस टी.वी. का। जो कभी देखा नहीं, सुना नहीं, अपनी त्वचा पर महसूस नहीं किया, वह भी छोटे पर्दे की मारफ़त, उपमा बनकर, घुसा चला आ रहा है दिमाग़ में। अपनी जैसे कोई औक़ात ही न हो।

ठंडे–गर्म के प्रकोप से छींक बाहर आने पर आमादा थी। किसी तरह उसे भीतर घोंट, मैंने हाथ जोड़े और माथा उन पर रख, शिवलिंग के आगे पत्थर पर टिका दिया। छींक भीतर घोंटने में काफ़ी वक़्त लगा बल्कि सच कहूँ तो थोड़ी–बहुत शिव जी के सामने निकल भी गई। और किसी ने नहीं सुनी, यही ग़नीमत रही। जब तक सिर उठाया आँखें नीम अँधेरे की अभ्यस्त हो चुकी थीं। पता नहीं, रोशनी पहले से ज़्यादा थी या दीख ज़्यादा रहा था। जो हो, शिवजी के तख़्त के दोनों तरफ़ दो कोठरियाँ और दिख गईं। दोनों में पत्थर रखे थे, एक नन्दी और दूसरा गणपति के आकार का। उन्हें दूर से ही हाथ जोड़ दिये। वापस मुड़ी तो लगा एक कम है। गिनीं। एक, दो, तीन सीध में, दो, दोनों तरफ़, हुई पाँच। एक समझ लो वह कुठरिया, जहाँ पुजारी बैठा है। तो हुईं छह। सातवीं कहाँ है ? और हाँ, पार्वती की आकृति कहीं दिखी नहीं। न अलग, न शिव के साथ।

हम वापस पुजारी तक आ पहुँचे। आरती की थाली आगे आई, बटुआ हलका हुआ, प्रसाद मिला और दरवाज़ा सामने था। मैंने पुजारी के पीछे, दाएँ–बाएँ, सब तरफ़ झाँका, पर और कोठरी दिखाई नहीं दी। होगी बाहर। निकल कर ऊपर चढ़ने को पहली सीढ़ी पर पाँव रखा तो सलवार–कुरते का गीलापन सिहरा गया। वहीं बैठकर उन्हें भरसक निचोड़ने लगी। देखा, अँगोछे के कोने में रेज़गारी बाँधता, पुजारी भी बाहर निकल आया है। फिर अचरज के साथ देखा कि दरवाज़ा भेड़ कर, वह उस पर ताला मार रहा है।

बड़ा अजीब लगा। अनायास मुँह से निकल गया, "पानी पर ताला क्यों मार रहे हैं ?"

पुजारी ने चौंककर मुझे ताका, फिर दूसरी तरफ़ देखकर बोला, "कोई दूषित कर गया तो ?"

और दूषित क्या होगा ? हम सभी तो गन्दे पाँव लिये उसमें टहल चुके हैं। पर कुछ कह पाती उससे पहले पुजारी फटाफट सीढ़ियाँ छलाँग कर यह जा वह जा।

"अब चलिए। सूरज डूबने से पहले एक जगह और देखनी है," गाइड कह रहा था।

"ठीक है, ज़रूरी नहीं है सब कुछ देखना," मैंने कहा ज़रूर पर गीले कपड़ों को फटकारती, उसके पीछे चल भी दी।

वापस चट्टान पर पहुँचे तो अजब नज़ारा पेश आया। सामने पहाड़ के ऊँचे कगार से ज़रा नीचे, आगे निकले एक छोटे पठार पर बैठी एक औरत हाथ ऊपर–नीचे पटक रही थी। एक हाथ की दूरी पर सैकड़ों फ़ुट गहरी खाई थी।

आत्महत्या ? मेरे मन में बजा। चीख़ा जा नहीं सकता था, हालाँकि वह मुझसे इतनी दूर थी कि मेरी आवाज़ उस तक न भी पहुँचती। फुसफुसा कर मैंने साथी से कहा, "देखो तो। क्या कर रही है वह ?"

"कपड़े फींच रही है कि नहीं ?" उसने कन्धे झटक कर कहा। हाँ, उसके इशारे पर मैंने देखा, कगार से कुछ नीचे बनी खोह से पानी की पतली धार गिर रही है। आलेनुमा पत्थर पर आसीन औरत उसी पानी में कपड़े धो रही है। हाथ–पाँव की जुंबिश में ज़रा फ़र्क़ आए तो सीधा खड्ड में गिर कर, चकनाचूर। पहाड़ों के बीच और कहीं कोई झरना नहीं था। बतलाया गया था न, इस बरस फिर यहाँ सूखा पड़ा है।

पर वहाँ, सात कोठरी में कितना पानी भरा था। पेट तक। ठंडा और गर्म, दोनों। हौज़ में बन्द। ज़रा एरियल या सर्फ साबुन फेंट दो तो गाँव भर के कपड़े धुल-धुला कर निकल आएँ। साफ़ शफ़्फ़ाफ़, झक सफ़ेद या चमचम रंगीन। क्या कोई धुलाई मशीन कपड़े चमकाएगी।

पर वहाँ तो पानी बन्द पड़ा था, तालाबन्द। जिससे कोई पानी दूषित न कर दे। समझी!

गाइड, खटाखट, बकरी की तरह, चढ़ता-उतरता भागा चला जा रहा था। पीछे छूटी मैं, मुड़-मुड़ कर औरत को देखती चल रही थी। पर उतराई-चढ़ाई जब धारावाहिक आती चली गई तो ध्यान अपने पैरों पर एकाग्र करना पड़ा। औरत कब आँख से ओझल हुई, पता नहीं चला।

हम एक लम्बे-चौड़े पठार पर आकर रुक गए। सामने दोनों दिशाओं में पठार से आगे निकलता खुला आसमान था। पहाड़ियों की चोटियाँ और सदियों पुराने पेड़ों की फुनगियाँ वहाँ तक नहीं पहुँच रही थीं। आसमान के नीचे घने पेड़ों से आच्छादित गहरी घाटी थी। यानी, सूर्यास्त के पारम्परिक चित्रांकन का तमाम साज़ो-सामान मौजूद था। ऐतिहासिक स्मृति का तक़ाज़ा ठहरा, ठिठक कर, क्षितिज पर अवसान का खेल खेलते, सूरज को ताके बग़ैर कैसे रहा जा सकता था? सो देखा और सोचा, आगे? आख़िर हम जा कहाँ रहे थे?

''यहाँ और क्या है?'' गाइड से पूछा।

''यहाँ सिर्फ़ बैठते हैं,'' उसने कहा और मुझसे अलग कुछ दूर एक चट्टान पर अकेला, पालथी मारकर बैठ गया। ढलते सूरज की तरफ़ मुँह करके। मैं जहाँ थी वहीं बैठ गई। सामने सूरज मंथर गति से डूबने लगा। रोज़ तो डूबता है। रोज़ उगता है। उसमें देखने को क्या है? अवसादहीन अवसान है, जब जाता है तभी पता रहता है लौटकर आएगा। निश्चित रूप से। फिर भी हर बार मृत्यु की अनुभूति करवा देता है। ऐसी क्षणिक मृत्यु, अन्यत्र या तो समाधि में होती है या संभोग में। पूरा परिदृश्य एकदम चुप, शान्त हो गया था। मेरा मन भी। पर मैंने समर्पण न करने की ठानी थी। तय किया, गाइड से कहूँ कि चलो, यहाँ नहीं बैठना। पर उसकी तरफ़ देखा तो अभिभूत चुप रह गई। अस्त होते सूरज की लालिमा कुछ इस तरह उसकी निश्चल समाधिस्थ आकृति को आलोकित कर रही थी कि लग रहा था, वह प्रकाश का पुंज है। मस्तक से सुनहरी किरणें फूट रही थीं। 'ध्रुव' मेरे मुँह से निकला, 'ध्रुव तारा।' तभी जैसे हमेशा होता है, अचानक सूरज ने आख़िरी डुबकी लगा दी और अँधेरा छा गया।

गाइड उठकर मेरे पास आ गया। बोला, ''चलें।''

मैंने हड़बड़ाकर कहा, ''एकदम अँधेरा हो गया। वह औरत पहले ही नीचे उतर आई होगी न?''

''क्या पता,'' उसने कहा।

''अँधेरे में पाँव नहीं फिसल जाएगा?''

''फिसल भी सकता है।''

''तब?''

''खड्ड में गिरेगी, और क्या। चलें?''

यह कैसा बच्चा है। इतने निर्लिप्त भाव से मृत्यु की बात कर रहा है।

''वह यहाँ आती रहती होगी। उसे सँभल कर चढ़ने-उतरने की आदत होगी। है न?'' मैं चिरौरी कर उठी।

''सूर्यास्त कैसा लगा?'' उसने कहा।

''मारो गोली सूर्यास्त को। मैं क्या पूछ रही हूँ?''

''आप ठीक सैलानी नहीं हैं,'' वह बोला।

''क्या मतलब?''

''सैलानी आते हैं पिकनिक मनाने। ये जो पहाड़, जंगल, पानी है न, जिसे मास्साब प्रकृति कहते हैं, ये सब उनके लिए पिकनिक मनाने को हैं। आप तो जाने क्या-क्या पूछती हैं।''

''प्रकृति पिकनिक नहीं होती। बहुत सख़्त मास्टर होती है। दो और दो चार होते ही होते हैं, कोई रियायत नहीं मिलती। सूरज डूबेगा, अँधेरा होगा, फिर...''

''हाँ, कैसे फट से अँधेरा हुआ कि नहीं?'' उसने कहा, ''जैसे घंटी बजी और खेल ख़तम।''

अब कुछ नहीं दीख रहा था। न कगार, न सात कोठरी वाली चट्टान। औरत होती भी तो कैसे दीखती।

''लोग विरोध क्यों नहीं करते। वहाँ इतना पानी है। ताला तोड़ लें,'' मैं कह उठी।

''कैसे तोड़ लें? पानी दूषित हो जाएगा कि नहीं?''

''कौन दूषित करेगा?''

''वही जो कगार पर कपड़ा फींचती है, और कौन।''

यह बच्चा है कि खूसट बूढ़े का छोटा संस्करण।

मांडु पहुँचने से पहले घना जंगल आया। वहीं गाइड ने कहा, ''गाड़ी रोकिए, मेरा घर यहीं है।''

गाड़ी रुकते ही वह उतरा और चल दिया। मुझे आवाज़ देकर रोकना पड़ा।

''अपनी फ़ीस तो ले लो,'' पैसे आगे बढ़ाये तो वह बोला, ''कैसे लूँ? काम तो कुछ किया नहीं।''

''क्यों, सात कोठरी दिखलाई कि नहीं?''

''कैसे, वहाँ तो छह ही कोठरियाँ हैं।''

''हाँ रे। गिनीं तो मैंने भी थीं।''

''पूछती तो मैं कहानी सुनाता कि नहीं? काम पूरा होता तब पैसे लेता कि नहीं?''

''सच, मैं ठीक सैलानी नहीं हूँ।''

उसने कन्धे झटक दिये।

''ऐसा करो, अब सुना दो कहानी! प्लीज़,'' मैंने कहा।

वह बाहर खड़ा-खड़ा कहने लगा। मैं अन्दर बैठे बाहर विचरने लगी।

''सौ साल पहले की बात है। गाँव में सात कुँआरी बहनें रहती थीं। सबकी सब कहें, हम सती की परछाइयाँ हैं, महादेव की ब्याहता। पूजा-अर्चना करें। दिप-दिप सिंगार करें। यूँ दमकें जैसे फेरों पर जाती, दुलहनें हों। बस न करें तो आदमज़ात से ब्याह न करें। कुछ दिन तो गाँव वाले हँसकर टालते रहे, वाह रे वाह, शिव जी को भी इनके सिवा, कोई न मिला ब्याहने को। रिश्ते भी आते रहे लड़कियों के लिए। पर सात-सात कन्याएँ, दान-दहेज कहाँ से देता उनका बाप। सो रिश्ते आते रहे और जाते रहे।

''फिर हुआ यूँ कि उस साल भी पिछले दो सालों की तरह गाँव में भयानक सूखा पड़ा। जो झरने, ताल तालाब पहले बच गए थे, वे भी अब सूख गए। गाँव में हाय-हाय मच गई।

बड़े-बूढ़े बोले सात-सात जवान कुँआरियाँ छाती पर मूँग दलेंगी तो और क्या होगा। औरत का धरम है, ब्याह करे घर बसाये। कहाँ की कुमारिकाएँ और कहाँ की सतियाँ, खूँटे से खुली कुटनियाँ हैं। अरे तुम पे दान-दहेज न जुटा तो, ब्याहो दुआजू बूढ़ों से, हम क्या करें। बस फिर क्या था, गाँव का एक-एक बूढ़ा किसी न किसी कन्या का हाथ थामने आगे आया। जवानों ने टोहका मारा कि अब तो लाइन लगी समझो, ब्याहताओं की।

''लाइन तो ख़ैर क्या लगनी थी, एक भी ब्याहता न दिखी वहाँ। हाँ, कुछ दिनों बाद गाँव में ढिंढोरा पिटता ज़रूर सुनाई दिया कि आने वाली अमावस की साँझ, सातों कुँआरियाँ, पूजा-अर्चना-आरती करके, एक-एक कर नीचे खाई में कूदेंगी और उनके कूदने के साथ, धरती से पानी का सोता फूटेगा। सात सतियाँ, सात सोते। गाँव वाले आएँ और अपनी आँखों से चमत्कार देखें।

''अमावस का झुटपुटा घिरते ही, पूरा का पूरा गाँव खाई के एक किनारे जमा हो गया। दूसरे किनारे पर खड़ी दीखीं सातों कुँआरियाँ। हाथों में मेहँदी, पैरों में महावर, माँग में सिन्दूर, माथे पर टिकुली। ज़ेवर न थे तो क्या, आरते का थाल ही काफ़ी था सिंगार को। सात-सात सुन्दरियों को एक साथ देख, गाँव वालों की आँखें चुँधिया गईं। जवानों के दिलों में हूक सी उठी, हाय बिना दहेज ही क्यों न ब्याह लाए हम।

''तभी सबसे बड़ी बहन ने आरते का थाल माथे से लगाया, ज़ोर से हुँकारा भरा, हर-हर महादेव, और छलाँग लगा दी। गाँव वाले पथराये से खड़े रहे। पानी का सोता न फूटा। हाँ, दूसरी बहन भी चीख़ी, हर-हर महादेव। और उसने भी छलाँग लगा दी। फिर तीसरी, चौथी, पाँचवीं और छठी। हर-हर महादेव की गुहार, पहाड़ और घाटी, सब तरफ़, गूँज-गूँज कर लौटने लगी। पर पानी का सोता क्या, एक बूँद तक कहीं से न फूटी। गाँव वालों के बदन, जैसे लकवा खाए काठ हो गए। न किसी से हिला गया, न डुला। तब सातवीं बहन भी थाल माथे से लगाए आगे बढ़ी। बढ़ी, खाई में झाँका और पीछे हट गई। फिर आगे बढ़ी, नीचे झाँका, पीछे हटी। ऐसा तीन बार हुआ। गाँव वालों में कोई कहे कूद, कोई कहे ना, मत कूद। पर कहें सब मन मन में। डर के मारे मुँह से बोल किसी का न फूटा। तब तक झुटपुटा अँधेरे में बदलने लगा था। अमावस की रात ठहरी, चाँद अतिथि बन नहीं आता। बस ध्रुव तारा बेचारा अकेला टिमटिमाता रहा। लड़की दिखनी बन्द सी हो गई तो कुछ गाँववाले घूमकर, खाई के उस किनारे आने लगे। तभी लड़की की ज़ोरदार पुकार सुनाई दी, महादेव-महादेव-महादेव। लोगों का ख़ून जम गया। पाँव जहाँ के तहाँ अड़ गए। सबने अपनी आँखों से देखा, एक दिव्य आकृति दौड़ती हुई आई और लड़की का हाथ पकड़, चट्टान पर चट्टान छलाँगती, भागी चली गई। जहाँ-जहाँ उनके पैर पड़े, चट्टान से पानी फूट आया। जहाँ सती के पड़े वहाँ ठंडा, जहाँ सत के पड़े वहाँ गरम।

''अगले दिन, सुबह सकारे, गाँव वालों ने पत्थर की चौखटें बना, पानी को घेरना शुरू कर दिया। यूँ ये सात ताल बने, कुछ ठंडे, कुछ गरम। आख़िरी ताल में शिवलिंग प्रतिष्ठित हुए। नाम पड़ा, सात सतियों की कोठरी।

''पर पूर्णिमा आने से पहले गाँव के नौजवानों में खुसर-फुसर शुरू हो गई। पहले यह कि भीमदेव चरवाहे का छोटा बेटा, महादेव, ग़ायब था। फिर यह कि पिछली बार शहर से गाँव लौटा तो उसी अमावस की रात ग़ायब हुआ, जब सतियों ने खाई में छलाँग लगाई थी। फिर

यह कि वह कोई दिव्य पुरुष नहीं, यही आवारा महादेव था जो सातवीं कन्या को भगा ले गया था। अँधेरे में, पूरे गाँव को भरमा कर कुलटा अपने यार के साथ भाग गई थी। ढुँढ़ाई तो काफ़ी की गाँव के सरगनों ने, पर न कुलटा मिली, न उसका प्रेमी।

''अब गाँव के ऊँची नाक वालों को फ़िक्र लगी, कहीं कुलटा लौटकर सतियों का पानी दूषित न कर जाए। उसका चरित्र सुन गाँव की जवान बेटियाँ बिगड़ न जाएँ। छह-छह सतियों का सत अकारथ जाए और सातवीं के करम गाँव को ले डूबे। तो पंचायत बैठी और फ़ैसला हुआ कि सातवें हौज़ को पत्थर डाल कर पाट दो। बाक़ी छह को चिन-पाट कर आपस में मिलाओ और दरवाज़ा लगा के ताला ठोंक दो। पाँच जन पंच चुनो, जो अपनी निगरानी में ताला खोलें, पूजा-अर्चना करवाएँ और अपनी चौकसी में दोबारा ताला लगवा दें। यही हुआ। नाम बदल कर रखा गया, छह सतियों की कोठरी। पर पता नहीं क्यों किसी की ज़ुबान पर नाम चढ़ा नहीं। जो कहे, वह कहे, सात कोठरी। सौ साल बीत गए। तब के सब मर-खप गए पर नाम रहा, सात कोठरी।''

गाइड चुप हो गया। कहानी पूरी हो गई थी। चारों तरफ़ अँधेरा ही अँधेरा था।

''पर पानी तो सातवीं के चरणों से निकला था न, जब उसने महादेव का हाथ थामा?''

''उनका कहना है, पानी तब तक बाहर नहीं आया, जब तक सातवीं कुलटा गाँव से पलायन न कर गई। उसके गाँव छोड़ते-छोड़ते सतियों का सत परवान चढ़ा और पानी फूटा। ठंडा, क्योंकि सतियाँ निष्काम थीं और गरम, क्योंकि बहन ने उन्हें आँसुओं से रुलाया था।''

''सच? नहीं, यह सच नहीं हो सकता।''

''वे कहते हैं।''

''और तुम क्या कहते हो?''

''इसमें कहना क्या। सातों ने महादेव को पुकारा था कि नहीं? आया वह सातवीं के लिए था कि नहीं?''

वह चुप हो गया। मैं भी। अँधेरा गहराता गया। बेआवाज़ अँधेरा उस मुकाम पर जा पहुँचा, जब दोनों में से एक का टूटना ज़रूरी था।

''चाँद नहीं निकला,'' मैंने कहा।

''आज अमावस है,'' उसने कहा। ज़रा ठहर कर उसने खुले शीशे से सिर भीतर डाल दिया और मेरे कान में फुसफुसाया।

''हर अमावस की रात को सातवीं बहन कोठरी के कगार पर महादेव का कपड़ा फींचती है।''

''क्या सच,'' सिहर कर मैंने उसके हाथ अपने हाथों में जकड़ लिये।

वह हँस दिया।

गाड़ी मांडु की तरफ़ चली तो दूर तक हँसी कानों में गूँजती रही।

(2001)

31 दिसम्बर की रात, 1984

अजब वक़्त आ पहुँचा साहब। अपने मुँह मियाँ चौधरी बने, विश्व मुखिया अमरीका के घर आतंक का हमला क्या हुआ, हिन्दुस्तान का पढ़ा-लिखा तबका यूँ दिखलाने लगा जैसे, उससे पहले, आतंकवाद का नाम न सुना हो। जहाँ देखो, परिचर्चाएँ हो रही हैं, बयानात दिये जा रहे हैं। हर सम्पन्न व प्रबुद्ध हिन्दुस्तानी, अमरीकी नागरिक नज़र आ रहा है। क्यों न आए ? सबके सपूत जो वहाँ जा बसे। क़रीब-क़रीब हर महानगरीय हिन्दी लेखक पर मार है कि दादा-दादी, नाना-नानी कहलाने, अमरीका जाए। अपनी देहरी छोड़, मुखिया की लाँघे, फिर भी सुकून न पाए तो जाए कहाँ। अपने यहाँ कहावत है कि, मूल से सूद ज़्यादा प्यारा होता है। जब मूल भी वहाँ हो, सूद भी, और ख़ुद बंधक ऊसर समान, तो हरे को सूखे से वजनी मानना ही पड़ेगा।

यह थी भूमिका। अब आएँ मसले पर। इस आतंक-बम-लादेन के चलते, मारे गए गुलफ़ाम के माहौल में, मुझे एक पुरानी घटना याद आ गई। जी नहीं, सतयुग के द्वापर-त्रेता युग की नहीं, अठारहवीं-उन्नीसवीं सदी की भी नहीं, महज़ अवसान होती बीसवीं सदी की, यानी घटना है 1984 की।

याद आया 1984 ? जी नहीं, अमरीका में उस बरस कुछ नहीं हुआ था। हुआ हो भी तो मुझे याद नहीं। आतंक और कट्टरवाद को बढ़ावा तो वे 1950 से ही दे रहे थे, सो तब भी दे रहे होंगे, पर उसे ख़ास 1984 की घटना नहीं माना जा सकता। अच्छा, एक बात बतलाइए, अमरीका की अगुवाई में इजराइल बसाना था तो जर्मनी से हिस्सा माँग कर बसाते। यहूदियों का असली और ताज़ा मुजरिम तो वही था। न्याय की यह कैसी असंगत तक़रीर थी कि फ़िलिस्तीनी ज़मीन पर क़ब्ज़ा करो। यह तो वही मसल हुई कि तूने नहीं तो तेरे लक्कड़दादे ने मेरी चीज़ चुराई होगी। अच्छा चलिए नहीं बहकते, वापस आते हैं 1984 पर, जो हमारे अपने देश में तारीख़ बना। याद कीजिए। अक्तूबर में प्रधानमंत्री की हत्या, फिर सिक्खों का कत्लेआम, और दिसम्बर में भोपाल गैस त्रासदी का आतंक। 1947 के बाद, बीसवीं सदी का वह, हिन्दुस्तान के लिए सबसे हिंसात्मक और ऐतिहासिक वर्ष था।

मैं जिस घटना को बयान करने जा रही हूँ, वह 31 दिसम्बर, 1984 को, चंडीगढ़ में घटी। तमाम भारी-भरकम हादसे तब तक घट चुके थे। उनकी तुलना में वह निहायत मामूली वाक़या था। एकदम निजी और इतिहास के लिए पूरी तरह बेमानी। ऐसे अनुभवों पर, हम लेखक लोग, अक्सर, कहानियाँ लिखते पाए जाते हैं। यह उस दहशतज़दा वक़्त का तक़ाज़ा रहा होगा कि मैंने कहानी लिखी, तो 1984, नवम्बर की दिल्ली पर या दिसम्बर के भोपाल पर। 31 दिसम्बर की चंडीगढ़ की रात, बेमानी नहीं तो मामूली ज़रूर बनी रही।

हर अनुभव पर कहानी नहीं लिखी जाती। यह तो दर्जा एक का छात्र भी जानता है। पर कभी-कभी, कोई अनुभव, बरसों बाद, ज्यों का त्यों बयान किए जाने की माँग कर उठता है। वही इस मामूली सी घटना के साथ हो रहा है।

हुआ यह कि किसी सरकारी संस्था ने मुझे, एक संगोष्ठी में हिस्सा लेने, चंडीगढ़ बुलाया; 30 दिसम्बर, 1984 को। न संस्था का नाम याद है, न गोष्ठी का विषय। शायद जनसंख्या नियंत्रण जैसा कोई ग़ैर-साहित्यिक विषय था। ठहराया मुझे यू.टी. गेस्ट हाउस में गया। 30 दिसम्बर की शाम को ही, मुझे वापसी उड़ान से आना था, पर मैं, एक दिन कॉलेज के दिनों की अपनी एक सहेली के साथ गुज़ारना चाहती थी, जो वहीं किसी सेक्टर में रहती थी। सेक्टर का नम्बर याद नहीं, इतना ज़रूर याद है कि उसके घर पर फ़ोन नहीं था। मैं उससे दस साल बाद मिलने वाली थी। काफ़ी अरसा, वह आसाम में रही थी। मेरी मेज़बान सरकारी अफ़सरान को भी, 31 दिसम्बर को, करनाल लौटना था, लिहाज़ा तय यह हुआ कि, 30 दिसम्बर की शाम, वे मुझे गाड़ी से सहेली के घर पहुँचवा देंगी और 31 दिसम्बर की शाम, उसके घर से लेकर हवाई अड्डे छुड़वा देंगी। 31 दिसम्बर, शाम की उड़ान का टिकट बुक करवा दिया गया था। मैंने दिल्ली से ही, सहेली को ख़त डाल दिया था, कि 30 दिसम्बर की शाम, मैं उसके घर पहुँच जाऊँगी और उसने उसकी तस्दीक भी कर दी थी।

सब चाक-चौबन्द था। फिर हुआ यह कि, अफ़सरान महिलाएँ 30 दिसम्बर को ही, शाम घिरने से पहले, मोटर गाड़ी से करनाल रवाना हो गईं। अचानक उन्हें लगा कि 31 दिसम्बर का पूरा दिन, तमाम फ़साद-वसाद के बावजूद, उन्हें न्यू इयर ईव की तैयारी में बिताना चाहिए। चलते-चलते मुझसे कहा कि वे मुझे रास्ते में छोड़ते हुए नहीं जा सकतीं, क्योंकि ज़रा जल्दी में हैं। शाम देर से, चंडीगढ़-करनाल सड़क पर सफ़र करना 'सेफ़' नहीं है। पर दूसरी गाड़ी का इन्तज़ाम हो गया है। कुछ देर में वह आकर मुझे बाइज़्ज़त और मय सामान, सहेली के घर ले जाएगी। तब तक मैं आराम करूँ। मेहमान को आराम करने को कहना, हमारी मेहमाननवाज़ी का इतना आम हिस्सा है कि मुझे उनके इन्तज़ाम पर शक करने की वजह नहीं मिली। वैसे भी उनका इन्तज़ाम और 'सेफ़' पर उनकी श्रद्धा निर्दोष थी। दिल्ली से आई तो मेरे नाम का पट्टा लेकर खड़े रहने के बजाय, उनका आदमी, हवाई अड्डे पर संस्था के नाम का पट्टा लिये खड़ा था। पास पहुँचने पर उसने धीरे से मेरा नाम उचारा था, तभी मैं उसके साथ आई थी, क्योंकि उनके हिसाब से वही ज़्यादा 'सेफ़' था। यह 'सेफ़' शब्द मैंने अपने चंडीगढ़ प्रवास में इतनी बार सुना कि उसका हिन्दी पर्याय आपकी सेवा में पेश करना मौज़ूँ नहीं लग रहा। 'सेफ़' को सेफ़ ही रहने देते हैं।

आगे हुआ यह कि मैं कमरे में आराम करती रही पर कोई गाड़ी आकर दरवाज़े पर नहीं लगी। आख़िर गेस्ट हाउस के मैनेजर से दरख़्वास्त की कि अँधेरा घिरने से पहले, एक फटफटिया या टैक्सी मँगवा दें, जिससे मैं सेक्टर... पहुँच सकूँ। उनका जवाब था, "और अँधेरा क्या होगा, कोहरा तो देखिए। शाम हो चली, सेक्टर... पहुँचने के लिए नहर के पास से गुज़रना होगा और वह सेफ़ नहीं है।"

"भाड़ में जाए सेफ़," मैंने कहा तो वे बोले, "कोई फटफटिया जाएगी ही नहीं। अब जो होगा, कल सुबह, जब करनाल गई गाड़ी लौटेगी। तब तक आप आराम कीजिए। खाना कमरे में भिजवा दूँगा।"

मेरे पास सहेली की मकान मालकिन का, जो निचले तल्ले पर रहती थीं, फ़ोन नम्बर था। उन्हें यह सोचकर फ़ोन मिलाया कि सहेली को इत्तिला तो हो जाएगी। पर वे ऐसे पेश आईं

जैसे मैं कोई आतंकवादी हूँ। मैंने अपना नाम बतलाया तो बोलीं, ''मैं आपको नहीं जानती।'' मैंने कहा, ''जानती तो मैं भी आपको नहीं, पर मेहरबानी कर दीजिए और ऊपर से 'सहेली' को बुला दीजिए।'' वे बोलीं, ''मैं शाम के वक़्त घर का दरवाज़ा नहीं खोलती।'' मैंने कहा, ''नीचे से चिल्ला कर नाम भर बतला दीजिए।'' वे बोलीं, ''वह सेफ़ नहीं है।'' तंग आकर मैंने वही किया जो हर नया लेखक करता है। मैंने कहा, ''अरे आप मेरा नाम नहीं जानतीं, मैं लेखक हूँ। धर्मयुग-हिन्दुस्तान में मेरी कहानी नहीं पढ़ी कभी। हाल में ही छपी थी 'अगली सुबह'। दिल्ली के नवम्बर दंगों पर...।''' ओहोहो,' शक से सनी लम्बी साँस खींचकर उन्होंने फ़ोन काट दिया।

मेरी मत मारी गई थी जो दंगों का ज़िक्र किया। काफ़ी कशमकश के बाद दुबारा फ़ोन मिलाया पर आवाज़ सुनते ही काट दिया गया। बार-बार फ़ोन मिलाना, उग्रवाद की न सही, शोहदेपन की निशानी माना ही जाता है, सो ग़म खाया, ग़ुस्सा पिया, करवटें बदलीं। चाहें तो इसे आराम करना कह लें। पर वह रात, मैंने कालिदास के सतयुगी मेघ को साक्षी बनाकर, भोपाल के कलियुगी विषैले मेघ पर फंतासी लिखते बितायी।

यू.टी. गेस्ट हाउस के जलसाघर में, उस रात, ज़बरदस्त कॉकटेल पार्टी चल रही थी, जिसकी गिलास-प्लेट-चम्मचों की खनखनाहट के साथ, फ़िल्मी धुनों और कहकहों की जुगलबन्दी, मुझे देर रात या अलस्सुबह तक, सुनाई देती रही। ज़ाहिर है, ऐसे में मेरा कमरे से बाहर आना 'सेफ़' नहीं ही था।

एक बात बतलाना भूल गई। उस साल, चंडीगढ़ में कड़ाके की सर्दी पड़ी थी। 30 दिसम्बर की सारी रात और 31 दिसम्बर के दिन-रात तापमान शून्य रहा था। कोहरे के चलते, शाम से पहले अँधेरा घिर आया था। अपने कमरे की ग्रिल और जाली लगी खिड़की के शीशों से दिखती सड़क एकदम सूनी थी। लग रहा था, पूरा शहर ख़ाली है या मरा हुआ, भोपाल की तरह। पर क्या था कि पाँव तले से ज़िन्दगी का अहसास, ख़ासे शोर-शराबे के साथ ऊपर आ रहा था। तो क्या उस पार्टी में शिरकत करने वाले, बख़्तरबन्द गाड़ियों में सवार होकर आए थे? कम से कम बन्दूक़धारी पहरेदारों की चौकसी में, जीपों-जोंगों में तो आए ही थे। क्या उनमें से एक जीप मुझे सहेली के यहाँ नहीं पहुँचा सकती थी? ज़ाहिर है, यह सवाल पूछा नहीं जा सकता था। सच कहूँ तो, नशे में धुत, किसी आला अफ़सर से यह पूछना, मुझे ख़ास 'सेफ़' नहीं लग रहा था।

फ़ंतासी लिख ली गई। थोड़ा-बहुत सो भी लिया गया। भले लगता यही रहा कि जगी हूँ। वह तो आप जानो होता ही रहता है। अधजगे-अधसोये मन, बेसब्री से सुबह का इन्तज़ार किया। सोच लिया, ऐसी-तैसी सेफ़ की। सुबह होते ही, मैं अटैची सँभाल, इस दुर्ग से बाहर निकल जाऊँगी और जो रिक्शा-विक्शा दिखेगा, पकड़ लूँगी। फिर वह सारथी और मैं पार्थ, पहुँच ही लूँगी सहेली के घर।

सुबह-सुबह निकलने की मंशा पूरी न हुई, क्योंकि कोहरा इतना ज़बरदस्त था कि सूरज ने बाहर निकल कर जगाया ही नहीं। जब आँख खुली तो घड़ी में दस बज रहे थे और कमरे के दरवाज़े पर धमक पड़ रही थी। दरवाज़ा खोला तो सहेली को खड़े पाया। मालूम हुआ कि पिछली रात बेचैनी और घबराहट में काटने के बाद, सुबह, नीचे ताला खुलते ही, वह मकान मालकिन के घर, फ़ोन करने पहुँच गई थी। मेरा नाम लेकर स्यापा करते रहने पर उन्होंने इतना

बतला दिया था कि हाँ, फलाँ का फ़ोन यू.टी. गेस्ट हाउस से आया था। सो, वह स्कूटर पकड़कर आ गई। फ़ोन करने की इजाज़त लेने-करने में वक़्त बर्बाद नहीं किया। मैं फ़ौरन उसके साथ जाने को तैयार हो गई। मैनेजर साहब को धन्यवाद देना ही था। पर उनके पास कुछ और इन्तज़ाम भी था। करनाल से गाड़ी लौट आई थी, मुझे सवारी दिये जाने का हुक्म था, सो ख़ूब सरंजाम से सेक्टर...पहुँच गई। शाम को ठीक वक़्त हवाई अड्डे ले जाने को गाड़ी आ पहुँची। मैं रुख़सत हुई। हवाई अड्डे पहुँची। मुझे बाहर उतार, गाड़ी सीधी करनाल के लिए निकल गई। मैं काउंटर पर टिकट नत्थी करवाने गई तो 31 दिसम्बर की कहानी, जो अब तक हाशिये पर मँडरा रही थी, मुखपृष्ठ पर आ गई।

काउंटर पर सूचना मिली कि 'फ़्लाइट लेट' है। कोई बड़ी बात नहीं थी, पूछा, "कितनी लेट है?" जवाब मिला, "कुछ पता नहीं, अभी तो फ़्लाइट दिल्ली ही नहीं पहुँची। कौन जाने कब यहाँ पहुँचेगी, कब चलेगी।"

"तो क्या रद्द हो गई? तब तो आपकी सिटी बस चंडीगढ़ जा रही होगी," मैंने तनिक हड़बड़ी में पूछा। जा रही हो तो झटपट जा पकड़ूँ।

"फ़्लाइट रद्द होने की कोई सूचना नहीं है।"

"सिटी बस?"

"वह तभी जा सकती है जब फ़्लाइट रद्द हो या कोई फ़्लाइट यहाँ उतरे।" कहकर सज्जन ने काउंटर पर 'बन्द' का बोर्ड लगा दिया और ख़ुद भीतर, कमरे में चले गए, जहाँ पहले से कुछ अन्य कर्मचारी, हीटर को घेरे बैठे थे।

अब? आप जानते ही होंगे, चंडीगढ़ का हवाई अड्डा शहर से बीसियों मील दूर है। और मेरी गाड़ी, तब तक करनाल पहुँचने को होगी। फ़्लाइट रद्द ही समझो पर 'सूचना' न होने पर, उनकी बस शहर नहीं जाएगी।

तो? टैक्सी? स्कूटर? मैं बाहर भागी और मुँह लटकाए लौट आई।

"आप पागल हैं क्या?" हीटर के पास से आवाज़ आई। "इतनी रात यहाँ टैक्सी-स्कूटर कोई नहीं चलाता।" फिर बन्द दरवाज़े पर भीतर से सिटकनी चढ़ा ली गई।

ठंड से नीले पड़ रहे हाथों को आपस में रगड़ कर, गर्मायी पैदा करने की कोशिश करते हुए मैंने देखा।

(1) मेरे सिवा वहाँ कोई औरत नहीं है।

(2) जितने मर्द हैं, अधेड़ हैं।

(3) सभी अधेड़ मर्दों के हाथों में ख़ाली रम या ह्विस्की की बोतल है, जिसका ख़ालीपन, उनकी आँखों और हरकतों में, सुरूर बनकर उतरा हुआ है।

(4) सभी अधेड़ मर्द, अपनी-अपनी गाड़ियों में बैठ, हवाई अड्डे से प्रस्थान कर रहे हैं।

मैं समझ रही थी, मेरे पास अब एक ही विकल्प बचा था, किसी से लिफ़्ट माँगने का। क्योंकि उस सर्दी में कमरे के बाहर रात-भर रहना नामुमकिन लग रहा था।

मैंने एक बार फिर, नशे में धुत अधेड़ मर्दों का जायज़ा लिया पर कहीं कोई महफ़ूज़ साथ न दिखा। सेफ़ शब्द का माक़ूल अर्थ, कल से आज तक में, पहली बार, मेरी समझ में आया। मैं सर्दी से जकड़ने और बन्द कमरे के ऊपर धावा बोलने की सम्भावनाएँ टटोल रही थी कि मुझे चार जवान लड़के दिखे। अठारह-बीस की उम्र के, मेरे बेटों की तरह। चारों एक ही गाड़ी

में चढ़ने को तैयार खड़े थे। और चारों सरदार थे। पगड़ी-दाढ़ी दूर से दिख गई थी, पास आने पर कड़े भी दिख गए।

जी हाँ, मैं उनके पास पहुँच गई थी। अटैची उठाए, भागती हुई, बिना सोचे-विचारे। तब तक दो गाड़ी के भीतर थे, दो बाहर।

''प्लीज़, मेरी मदद कीजिए,'' मैंने सर्दी और डर से थर्रायी आवाज़ में कहा।

चारों, जहाँ-जहाँ थे, वहीं-वहीं स्थिर रहे। और चुप।

''आप लोग कहाँ जा रहे हैं?'' मैंने जोड़ा।

कुछ देर चुप्पी रही। चारों ने न कुछ कहा, न एक-दूसरे की तरफ़ देखा। फिर ड्राइवर की सीट पर बैठे लड़के ने कहा, ''लुधियाना।''

''प्लीज़ मुझे पास कहीं स्कूटर-टैक्सी स्टैंड पर छोड़ दें। मैं...,'' और मैंने जल्दी-जल्दी, मुख़्तसर तौर पर अपनी परेशानी बयान कर डाली।

''बैठ जाइए,'' उसी ने कहा।

पिछला दरवाज़ा खुला। मैं भीतर घुसी और खिड़की के पास बैठ गई। पर दोनों तरफ़ से दो लड़के घुसे और मुझे बीच में सरक जाना पड़ा। अटैची मेरी गोद में पड़ी रही। किसी ने उसे लेकर डिक्की में रखने की पेशकश नहीं की।

मेरे दाएँ-बाएँ लड़के सीधे देखते चुपचाप बैठे रहे।

गाड़ी चल दी।

चुप्पी बनी रही।

थोड़ी देर बाद, गाड़ी एक बैरकनुमा इमारत के आगे रुक गई। कोई दफ़्तर था शायद। नाम पढ़ नहीं पाई, गुरमुखी में था। चालक और आगे बैठा उसका साथी, अन्दर चले गए। हम तीनों पिछली सीट पर चुपचाप बैठे रहे। मुझ पर सर्दी और थकान से उपजी ख़ुमारी छाने लगी। मैंने सिर पीछे डाल कर आँखें मूँद लीं। कितना सुकून था सन्नाटे में। झपकी लग गई। सहसा दुःस्वप्न की हौल पेट में भरी और चौंककर आँख खुल गई। क्यों था इतना सन्नाटा? ऐसी चुप्पी साधे, सफ़र के साथी पहले कभी अपने देश में देखे-सुने न थे। पर हिम्मत नहीं थी कि ज़बान हिला कर उस मौन को तोड़ सकूँ। काफ़ी वक़्त बीता पर मैंने यह तक नहीं कहा कि आप लोग आराम से तो बैठे हैं न, या कि, आपको बहुत तकलीफ़ दी मैंने या कि, ठंड बहुत है, नहीं?

क़रीब पौने-आधे घंटे बाद वे लौटे, गाड़ी में बैठे और हम दुबारा सड़क पर थे। काफ़ी रास्ता तय हुआ। सूनी सड़क पर इक्का-दुक्का स्कूटर भी नहीं दिखा, फिर भी, जब कोहरे को चीर कर हलकी-हलकी बत्तियाँ टिमटिमाती नज़र आईं तो, उसे शहर की शुरुआत मान कर, मैंने आख़िर चुप्पी तोड़ दी। थरथराती आवाज़ में कहा, ''कोई स्कूटर स्टैंड दिखे तो गाड़ी रोक दें। मैं चली जाऊँगी।''

''नहीं,'' चालक ने कहा, ''वह सेफ़ नहीं होगा।''

''तब?''

''पता बताइए छोड़ देंगे।''

मेरे मुँह से सेक्टर और ब्लॉक नम्बर निकल गए। तब तो याद थे न। ''आपको तकलीफ़ होगी...मुझे रास्ता नहीं...मालूम...'' गाड़ी चलती रही।

मैं चुप हो गई।

वे चुप थे ही।

अबकी जो पेट में हौल का गोला उठा, तो बिठलाए नहीं बैठा।

कोई कुछ कहता क्यों नहीं ? ये जा कहाँ रहे हैं ? यह चंडीगढ़ जाने वाली सड़क है या कहीं लुधियाना की तरफ़ ही तो बढ़ते नहीं जा रहे ? या कहीं और... ! वह दफ़्तर किसका था ? वे वहाँ क्यों रुके ? चार-चार जवान सरदार लड़कों के साथ इतना लम्बा रास्ता गुज़र गया और किसी ने, एक बार भी, मुझे आंटी जी नहीं कहा ! मैंने उन्हीं से लिफ़्ट क्यों माँगी ? क्योंकि वे युवा थे, बाहोश थे या कोई और वजह...

मेरा डर जब शीर्ष पर पहुँचा, तभी गाड़ी रुक गई। सामने दिख रहे फ़्लैट, तमाम और फ़्लैटों की तरह ही थे। कोहरे में मुझे न सेक्टर का नम्बर दिखा था, न ब्लॉक का। मेरी दाईं तरफ़ बैठा लड़का नीचे उतरा और दरवाज़ा खुला छोड़ दिया। फिर मेरी गोद से अटैची उठाकर नीचे रख दी। मंत्रमुग्ध मैं नीचे उतर आई। उसने वापस गाड़ी में बैठ, दरवाज़ा बन्द किया तो मेरी ज़बान, दहशत से आज़ाद हुई। ज़रूर ऊपर सहेली का घर था।

''शुक्रिया, बहुत-बहुत शुक्रिया। मैं कैसे आपका...ऊपर आइए, प्लीज़ चाय... खाना...,'' मेरे कहते-कहते गाड़ी आगे बढ़ कर ग़ायब हो गई।

गाड़ी के ओझल होने पर, दबे पाँव सहेली सीढ़ियाँ उतर आई। दबी ज़बान में कहा, ''तेरी गाड़ी क्या हुई ? तू ठीक है न ?''

मैंने हामी में सिर हिला दिया।

''कौन थे वे लोग ?'' वह अब भी फुसफुसा रही थी, हालाँकि सड़क पर हमारे सिवा कोई नहीं था।

''लिफ़्ट लेनी पड़ी। फ़्लाइट रद्द हो गई, सरकारी गाड़ी करनाल जा चुकी थी,'' मैंने सहज भाव से कहना चाहा पर मुँह से भर्रायी फुसफुसाहट ही निकली।

''पर वे तो...सरदार थे,'' उसने अस्फुट स्वर में कहा, ''बस, नीचे वाली सो गई हो...''

मैं ठंड से जकड़ी जा रही थी। तनाव और डर से छुटकारा पा कर, नींद अलग हावी हो रही थी। मैंने अटैची उठा ली, कहना चाहती थी, ऊपर चलें पर झिझक गई।

''तूने उन्हें घर का नम्बर तो नहीं बतलाया ?'' वह अब भी फुसफुसा रही थी।

''नहीं, बस ब्लॉक नम्बर। बहुत ठंड है यहाँ,'' मैं बाक़ायदा कँपकँपाई और झिझक पर क़ाबू पाकर कह डाला, ''ऊपर न चलें ?''

उसका सखाभाव उभर आया। अटैची मेरे हाथ से ली और ऊपर का रुख़ किया। उसके कमरे में हीटर के पास, कम्बल में लिपटे बैठे हम, गर्म चाय की चुस्कियाँ भरते, अबोले रह गए। थोड़ी देर बाद वहीं लुढ़क कर सो गए।

''डरने की कोई बात नहीं है,'' देर सुबह उठने पर ही मैं कह पाई।

''तूने कभी मुझे डरते देखा है ?'' सहेली ने फटकारा।

पिछली रात, मैंने सोचा भर, कहा नहीं। कहा, ''वे भले लड़के थे। मेरे बेटों की उम्र के।''

''उससे ही कोई सेफ़ नहीं हो जाता,'' उसने कहा और पिछली रात के बाद, अब जाकर, हम हँस दिये। कल सारा दिन, उसी शब्द का मज़ाक़ जो उड़ाते रहे थे।

फिर हम दोनों ने हँसी के बीच कहा, ''हैप्पी न्यू इयर।'' और मैंने पूछा, ''रात इतनी फटाफट तेरी आँख कैसे खुल गई ?''

"मैं सोई कब थी? न्यू इयर ईव मना रही थी भई। टी.वी. पर रूसी बैले दिखलाया जा रहा था। ख़ास कुछ दिख नहीं रहा था, ठीक है, पर...था तो।"

यूँ हम सहज माहौल में लौटे। मैं दिन के उजाले में बस से दिल्ली लौट आई। सहेली के सिवा किसी को नहीं बतलाया, मैं हवाई अड्डे से शहर कैसे लौटी थी। आज भी नहीं जानती, वे लड़के इतने चुप क्यों थे? और मैं इतनी दहशतज़दा क्यों हो गई थी, जब सब कुछ बिलकुल सेफ़ था।

(2001)

वो दूसरी

हर इनसान की ज़िन्दगी में तीन औरतें आती ही आती हैं—माँ, नानी और दादी। मेरी बदक़िस्मती कि मैंने नानी–दादी को न जाना। मेरे माँ–बाप की शादी होने से पहले ही दोनों चल बसीं। मेरा वजूद तक उन्हें क़बूल न रहा।

नाना ने दुबारा शादी नहीं की, इसलिए नानी की जगह, नानी की याद ने ले ली। माँ बराबर उनकी कहानी मुझे सुनाती रहीं और यूँ उनकी शख़्सियत के तिलिस्म को जिलाए रखा। एक मैं थी, उलटी खोपड़ी वाली, सुनती नानी की और सोचती दादी की। जिन्हें माँ ने क्या, मेरे बाप ने भी देखा न था। उन्हें जन्म देते ही वे चल दी थीं। माँ ने जब मेरे पिता को जाना तो पार्श्व में दूसरी थीं। ठीक समझे आप, दादी को मरे साल भी न हुआ था कि दादा ने दूसरी शादी कर ली थी। मैंने दादी की तरह जिन्हें जाना, वही दूसरी थीं।

न–न, हम उन्हें दूसरी कहकर नहीं पुकारते थे। वही, दिवंगत दादी को, मुसलसल, पहली कहकर, ख़ुद को दूसरी बनाए रखती थीं। कभी–कभाक, जब माँ, नानी को छोड़, दादी पर आतीं तो ज़िक्र दूसरी का रहता, पहली का नहीं। दरअसल, पहली के बारे में थोड़ी–बहुत जो जानकारी उन्हें थी, दूसरी की मार्फ़त ही हासिल हुई थी।

माँ बतलाती रही थीं कि जब वे, बहू बनकर उनके घर आईं तो अगवानी में सास नहीं, सास की जिठानी को खड़े पाया। बड़े लाड़–चाव से उन्होंने बहू को देहरी पार करवाई और लम्बी साँस भरकर कहा, "आज वह होती तो कितना ख़ुश होती। वैसे ख़ुश यह भी कम नहीं पर...अरे ओ छोटी।"

उनके पुकारने पर, अचानक ऊँचे सुर में गाई जा रही ग़ज़ल थम गई। माँ के कानों में उस फड़कती ग़ज़ल के बोल, बाहर बारजे में ही पड़ गए थे। पर उसका दूर का भी ताल्लुक़, उनकी सास से हो सकता है, सोचा न था। अब देखा कि एक औरत, जो तौर–तरीक़े से, किसी सूरत, माँनुमा नहीं थी, अधूरा काम छोड़ने की कसमसाहट के साथ, फ़र्श से उठ खड़ी हुई है। और ताया सास कह रही हैं, "अब बहू, यही तुम्हारी सास है।"

उस औरत ने उनके पास आने या उन्हें अपने पास बुलाने की पहल नहीं की। वहीं से हाथ उठाकर आशीष दी, कहा, "पहली होती तो आज कितना ख़ुश होती। दूधो नहाओ, पूतो फलो।" कहते न कहते, वे वापस फ़र्श पर थीं, और छूटी ग़ज़ल पकड़ने की ग़रज़ से हारमोनियम सहेज रही थीं।

कुछ ही देर में कमरा, दुबारा, ग़ज़ल की गिरफ़्त में था। खुरदरी पर पुरसोज आवाज़ में गाई जा रही ग़ज़ल में, कुछ ऐसी आशिक़ाना तलब थी कि मुजरे का समाँ बँध गया था। असमंजस

में भरी माँ, उन्हें ताकती, खड़ी रह गई थीं। आगे बढ़ कर पाँव छूने का ख़याल भी ज़ेहन में नहीं आया था। ताया सास ने ज़्यादा वक़्त दिया भी नहीं था। बाँह से थाम कर, रस्में पूरी करवाने, कमरे के दूसरी तरफ़ ले चली थीं।

वह औरत, उसी तरह, सुरों को भरपूर उठान देकर, ऊँची आवाज़ में गाती रही थी। उसे घेरे जो पाँच-छह औरतें बैठी थीं, उन्होंने भी उठकर, बहू के पास आने की कोशिश नहीं की थी। उनमें से एक को दिखला कर, ताई ने इतना ज़रूर कहा था, "वह...तिल्ले के काम की हरी साड़ी में जो है, मेरी भांजी है, बिट्टो। तुम जानो जैसी बहन की जाई वैसी मेरी।" पर उसे पास नहीं बुलाया था। वह ढोलकी लिये बैठी थी पर फ़िलहाल थाप नहीं दे रही थी। शायद ग़ज़ल के सुर उसकी पकड़ के बाहर हो गए थे। कुछ देर बाद सँभाल पाए...शायद...

"मुँह दिखाई को औरतें आती होंगी, तुम बैठ लो," ताया सास ने माँ को टकोरा था। माँ पीढ़े पर बैठ गई थीं। पर उनका मन, पूरी तरह, ज़ोम पर आ रही ग़ज़ल में टँका रहा था। यहाँ तक कि आने वालियों की काइयाँ नज़रों और बेलौस फ़िकरों की बाबत सोच, पशेमाँ होने का भी ख़याल न आया था। उस वाक़ये का मुझ से बयान करते हुए माँ दुबारा उसी मोहपाश में बँध गई थीं। कहा था, "तब मेरी समझ में नहीं आया था कि जैसे-जैसे ग़ज़ल उठान पर आ रही थी, उनकी खरखरी आवाज़ में, जो कामुकता पैदा हो रही थी, उसके बारे में, यह तय करना क्यों मुश्किल था कि वह मर्दाना है या औरतनुमा। यानी, वह मर्द को आसक्त करेगी या औरत को? अब तो ख़ैर जान गई हूँ कि कामुकता ऐसी क़यामती चीज़ है, जो मर्द-औरत को यकसां लुभाती है। तब नहीं जानती थी।"

तभी नीचे से बाक़ायदा मर्द की मर्दाना आवाज़ गूँजी थी, "उससे कहो, धीरे गाए।" उन्होंने एकदम गाना बन्द नहीं किया होगा, करना मुमकिन नहीं था। बंदिश में सहज रूप से वक़्फ़ा आया होगा। इसीलिए पहले से कहीं धीमी आवाज़ में कहा गया, अगला फ़िकरा, साफ़ सुनाई पड़ गया। "रंडियों के मोहल्ले की है न, तभी..." आगे का जुमला, कई मर्दों की मिली-जुली हँसी में खो गया। कहने वाला भी नाराज़ कम, चुहलबाज़ ज़्यादा लगा। सास ने बीच बोल, ग़ज़ल रोक दी, हारमोनियम भी। पर लज्जित या अपमानित, वे नहीं दिखीं। माँ ने अचरज के साथ देखा था, उनके चेहरे पर एक नख़रीली मुस्कान तैर आई है, जैसे कई बार का सुना आशिक़ाना जुमला, फिर सुना हो। उनके बजाय माँ पर्याप्त लज्जित-अपमानित हो ली थीं। चेहरा लाल हो गया था, माथे पर पसीना चुहचुहा आया था। सास से अनदेखा न रहा होगा। उन्होंने हँसकर कहा था, "इनका तो हमेशा का एक ही बोल।"

तभी औरतें आनी शुरू हो गई थीं। जो आई, उसने यह ज़रूर कहा, "आज वह होती तो कितना ख़ुश होती।"

हर बार दूसरी ने हँसकर जोड़ा, "न हो पहली। जिठानी जी तो हैं।" चार-पाँच बार हो लिया तो ताई ने याद दिलाया, "तू भी तो है, छोटी।" "हाँ," वे खिलखिला दी थीं, "मैं तो हूँ ही, पहली की जगह।"

माँ को पूरा व्यापार, ख़ासा अटपटा लगा था। बाद में, रफ़्ता-रफ़्ता दूसरी ने काफ़ी बातों का ख़ुलासा कर दिया था।

रंडियों के मोहल्ले के बारे में, माँ की जिज्ञासा सबसे ज़्यादा थी। पर मुँह खोलकर उस बदनाम बस्ती का नाम लेना नामुमकिन था। इन्तज़ार ही कर सकती थीं कि दूसरी ख़ुद बात

छेड़े। ज़्यादा इन्तज़ार नहीं करना पड़ा था। दूसरी को बोलने-बतियाने से गुरेज़ न था। ख़ूब तफ़सील से बतलाया था।

''मैं ठहरी ग़रीब घर की लड़की। इकलौती तो क्या। लड़की और ग़रीब घर की। रंडियों के मोहल्ले के पिछवाड़े, रिहाइश थी अपनी। शाम ढले उस मोहल्ले में मुजरा जमता तो वह-वह ग़ज़ल उठान भरती कि सुनो तो गश खा जाओ, दीन-दुनिया की सुध न रहे। एक बात कहूँ बीबी, जिठानी जी से न कहियो, पास में मन्दिर भी था अपने ग़रीबख़ाने के। वहाँ भी शाम-सवेरे कीर्तन हुआ करे था। एक-से-एक भजन गाए जाते थे। पर उन लोगों की ग़ज़लों के पासंग न ठहरे कभी भी। ग़ज़लों की क्या कहूँ बीबी, बोल ऐसे कि पाँव थिरक उठें। पर बीबी, मैं जो एक दिन नाची हूँ, मैंने कुछ किया तो यह कि उनके सुर से सुर मिला कर, गा दिया। आप-से-आप। कैसी ऊँची, बेझिझक आवाज़ में गाया करे थीं वे कि, गली पार कर, एक-एक बोल यूँ साफ़ कानों में उतरे, कि जस-का-तस उचार लो। वही किया करती थी मैं। जितना ऊँचा वे गाएँ, उतना मैं। क़िस्मत मेरी ऐसी बलवती कि मेरी माँ, बेचारी, ऊँचा सुना करे थी। उस ग़रीब ने तो कभी ठीक से उन्हें ना सुना तो मेरी क्या बिसात। जान ही न पाई, कितना ऊँचा बोल उठ लिया मैंने। बाप भी मेरा कम बेचारा ना था। ग़रीब, हमारी-अपनी रोटी का जुगाड़ करने, देर रात तक, जाने कहाँ-कहाँ सिर फोड़ता फिरे था। घर पर रहता तब न टोका-टोकी करता। मैं इतनी बेवक़ूफ़ भी न थी कि उसके घर रहते, रियाज़ करती। रियाज़। और सुनो।'' वे बेसाख़्ता हँस दी थीं। और काफ़ी हँस लेने के बाद, हारमोनियम ले बैठी थीं। कुछ दिनों के अन्तराल के बाद, बीच में छूटी कहानी फिर शुरू हुई थी।

''जब बाऊजी तुम्हारे, पहली के इन्तकाल के बाद, दूसरी की खोज में निकले और हमारे ग़रीबख़ाने पहुँचे तो सबने जाना कि मैं किस क़दर बेवक़ूफ़ थी। जैसी रीत है, बाऊजी ने जब मेरे बाप से कहा, बच्चों की ख़ातिर दुबारा ब्याह करना है, ग़रीब घर की ही लड़की चाहिए। तो समझो, वह भवसागर तर गया। मेरे इम्तिहान देने की बारी आई तो मैंने, उसकी नाव क्या, लुटिया ही डुबो दी बीच सागर, ख़ुशक़िस्मत था जो कंगाल न हुआ।

''बाऊजी ने कहा, सुना है, यह गाना जानती है, कहिए कुछ सुनाए। लो, इन्हें कैसे ख़बर लग गई, मेरी समझ में न आया। बहुत बाद में सोचा, उनकी आवाज़ मुझ तक पहुँची थी तो, कौन जाने, मेरी भी उन तक पहुँची हो। वह तो ख़ैर बाद की बात है। उस वक़्त तो, जैसे ही मुझसे कहा गया, गाओ, मैं शुरू हो गई। वह फड़कती ग़ज़ल गाई और इतनी ऊँची आवाज़ में कि सकता छा गया। सुर कुछ ज़्यादा ही ऊपर उठ गए थे। घबराहट में, तुम जानो बीबी, सुजान सवार भी, या तो ठिठका रह जाए है या लगाम खींचनी ही भूल जाए है। फिर मैं तो...मेरा गाना सुनकर बाप की मेरे, समझो कि दिल की धड़कन ही बन्द हो गई। पर बाऊजी हँस दिये, बोले, रंडियों के मोहल्ले की है आख़िर। कोई बात नहीं, सीख जाएगी।

''क्या मतलब, आवाज़ नीची रखना सीख जाएगी या ग़ज़ल न गाना सीख जाएगी? मेरे बाप ने दूसरे वाला मतलब लगाया होगा। काफ़ी फटकार पिलाई मुझे पर कितनी कहता, बाऊजी ने रिश्ते से इनकार तो किया नहीं था। पर माँ मेरी, शायद मुझ से भी ज़्यादा पगलैट थी। बोली, ''रसिया है अपना दामाद। गाना सुनते आँखें हुलस रही थीं।'

'ऐसा नहीं है, बीबी, कि आवाज़ धीमी रखने की कोशिश ना की हो मैंने। कितनी तो बाऊजी की डाँट-डपट सुनी। एक वह थी, पहली, सलीक़ेदार, छुई-मुई, सूफ़ियानी, एक यह है, गावदी,

बेशऊर। और बाऊजी क्या, सभी कहते रहे। कहाँ पहली, कहाँ यह। तभी न बाऊजी ने चारों बेटों को जिठानी जी के हवाले कर दिया, दो पहली के, दो मेरे जाए। तमीज़-तहज़ीब सिखलानी थी कि नहीं। उनके भी जो हैं, यही हैं, अपना तो तकदीर ने दिया नहीं। बहन की जाई एक है ज़रूर पर लड़की। एक बात है अपनी जिठानी जी हैं बड़ी इंसाफ़-क़ायदे वाली। दिन में चाहे बीसियों बार कहें, जैसी बहन की जाई, वैसी मेरी, पर पालते वक़्त, बेटों को, हाँ-हाँ, भतीजों को, हमेशा ज़्यादा कर के आँका। चारों के चारों, शहर के बढ़िया स्कूल-कॉलेजों में पढ़े। छोटे दोनों तो अभी पढ़ रहे हैं, बड़े भइया की नौकरी लग गई, वहीं शहर में, इनकी (मेरे पिताजी की) भी लग जाएगी, देर-सबेर। सच, उनका हक़ उन्हें देने में जिठानी जी ने कभी कोताही नहीं की। जेठ जी कौन अपने छोटे भाई से कम हैं। बाऊजी को तो तुम जानो, लड़कियाँ फूटी आँख ना सुहातीं। कहा करे हैं न, एक ही शुक्र है भगवान का कि लड़की ना दी। मेरी तरह गाने लगती तो बाऊजी उसका गला ही टीप देते। मेरा क्यों न टीपा? पूछो, बीबी, पूछो, जवाब है मुझ पे। लाख कहते फिरें, आवाज़ नीची रख, आवाज़ नीची रख, पर ग़ज़ल सुनने की तलब उठती रहे है बराबर। जब-तब हुक्म सुनाने से बाज़ ना आते, अरी ओ रंडियों के मोहल्ले की, सुना तो अपनी फड़कती ग़ज़ल कोई?''

दूसरी से बोलने-बतियाने में माँ को ज़बरदस्त रोमांच महसूस होता, और वे डर जातीं। उनके क़रीब जाना चाहिए कि नहीं? सास तो उन्हें, किसी हाल, माना नहीं जा सकता था। सास थीं तो ताई, उनका साथ ख़ूब उबाऊ और सुकूनदेह था। पिताजी भी उन्हें ताई के पास देखते तो, कभी-कभाक, पास आ बैठते। दूसरी के पास पाते तो कभी पास न फटकते। माँ के मन में अपनी असली सास को लेकर बहुत कौतूहल था। पिताजी से पूछा, उनकी अपनी माँ कैसी थीं, तो बड़ा ठंडा जवाब मिला, ''पता नहीं, मैंने उन्हें नहीं देखा।'' उसके बाद उनकी चुप्पी इतनी खिंची कि माँ को लगा, दोनों बुढ़ा लिये।

मेरी माँ वकील की बेटी थीं, हर बात की तह तक पहुँचना, उनकी ख़ानदानी बीमारी थी। उन्होंने क़यास लगा लिया कि उनके पति, अपनी माँ को, उन्हें पैदा करते ही मर जाने के लिए माफ़ नहीं कर पाए थे। पर दूसरी तो अच्छी-भली, मुँहज़ोर, ज़िन्दा थीं। उनके बारे में पूछने पर भी, उतना ही ठंडा जवाब मिला था, और चुप्पी उसी तरह खिंची थी। माँ ने कहा था, वे दूसरी को समझ नहीं पातीं, क्या करें, उनके साथ वक़्त गुज़ारें या नहीं, आख़िर वे उनकी सास थीं। जवाब मिला था, वे ऐसी ही हैं। फिर चुप्पी यूँ खिंची थी कि लगा था, वे दोनों, उस दूसरी और उसके रसिया शौहर से तो ज़्यादा बूढ़े हो ही चले होंगे। इस चुपा-चुप्पी में, माँ की जिज्ञासा और बढ़ गई थी। यह भी वे समझ गई थीं कि पहली के बारे में, ढंग की मालूमात होगी तो, दूसरी के ज़रिये।

ताया सास समेत गाँव के किसी प्राणी से पहली के बारे में पूछतीं तो लगता, किसी देवी या अप्सरा का बखान सुन रही हैं। कहने को सबके पास बहुत कुछ था। पर वकील की बेटी, मेरी जिरह प्रेमी माँ को, उसमें झूठ के सिवा कुछ सुनाई न देता। क़सूर उनका नहीं था, माँ ने मुझसे कहा था, मर कर इनसान, इनसान नहीं रहता, नाटक का नायक या नायिका बन जाता है। जैसे मरना ही सब कुछ हो, ख़ुद इनसान कुछ नहीं। दूसरी, अकेली, ऐसी शख़्स थी, जिसके लिए पहली मर कर भी मरी नहीं थी, हाड़-मांस की औरत की तरह, उसके क़द से ऊँचा क़द निकाले, बराबर में खड़ी रहती थी। उन्होंने उन्हें देखा भले न था पर उनके इनसान और मादा

होने के दो सबूत शुरू से आँखों के सामने रहे थे। उन्हें देखकर, पहली की सूरत का अन्दाज़ हो जाता होगा। सीरत का गुमान कराने को, गाँव के तमाम लोग थे, अपने से उनकी तुलना सुन-सुनकर तस्वीर बन गई होगी। लोगों की बातों पर पूरी तरह विश्वास उन्होंने नहीं किया होगा, इतनी भोंदू नहीं थीं। पर इतना मान लिया होगा कि पहली उनसे ठीक उलट थी। अपने से उलट की कल्पना करने में कष्ट जितना हो, रोमांच भरपूर है। उसी बल पर उन्होंने पहली की ख़ासी मांसल छवि गढ़ ली होगी।

मुझे यक़ीन है, माँ थोड़ी मशक़्क़त करतीं तो पहली की सरापा कैफ़ियत, दूसरी से उगलवा लेतीं और उसके ज़रिये, दूसरी को भी बख़ूबी समझ लेतीं। पर वे कन्नी काट गईं। मेहनत से मुँह फेरा या रोमांच से घबरा गईं, कहना मुश्किल है। वे ख़ुद कई बार मुझसे कह चुकी थीं कि दूसरी का साथ, जितना मोहित करता था, उतना डराता भी था।

इधर रसोईघर में अँगीठी पर खाना चढ़ाया जा रहा होता, उधर दूसरी चौपड़ फैला कर बैठ जातीं कि, आओ बीबी, दो-एक बाज़ी हो जाएँ। माँ कहतीं, रसोई ? तो जवाब मिलता, जिठानी जी हैं न। माँ डाँवाँडोल होतीं कि आवाज़ आ जाती, ''बहूरानी सुन तो...'' दरअसल, दूसरी के पास उनके देर तक बने रहने पर, ताई को कोई-न-कोई काम सूझ जाता और वे, प्यार पगी पुकार दे उठतीं। ''बहूरानी...'' माँ रोमांच छोड़, वाजिब की तरफ़ भाग लेतीं। जाते हुए कहना न भूलतीं, काम निबटा कर अभी आई। पर जब लौटतीं तो दूसरी को कुछ और सूझ चुका होता।

कभी वे कहतीं, ''चलो तुम्हें तबला बजाना सिखला दूँ। तुम बजाना, मैं गाऊँगी। हारमोनियम अकेला क्या-क्या करेगा ? सुर देगा, ताल नहीं न। या कहो तो, ग़ज़ल गाना सिखला दूँ ?'' माँ की बोलती बन्द हो जाती। ताई जी बुला रही हैं कह, ख़ुद पुकार का आह्वान करती, भाग लेतीं।

जो थोड़ा-बहुत आपस में कहा-सुना गया था, साड़ी पर फूल-पत्ती छापते हुआ था। अपनी कहानी, दूसरी ने तफ़सील से सुनाई ज़रूर थी, पर तमाम, एक बार में नहीं। रफ़्ता-रफ़्ता, तोड़-तोड़कर, कई बैठकों में।

पहले दिन शुरुआत यूँ हुई थी कि शहर से साड़ी के लिए बढ़िया टाइगर वॉयल आई थी। बेहतरीन रंग थे। बसन्त पंचमी पास थी, सो एक पीली साड़ी सामने फैला कर, दूसरी ने कहा था, ''सुना है, तुम फूल-पत्ती आँकने में ख़ूब माहिर हो। पेंसिल से ज़रा खींच तो दो इस साड़ी पर। धागे तो मैं भी पूर लूँगी या अपनी बिट्टो रानी से भरवा लूँगी। इसका हाथ ख़ूब साफ़ है। पर चित्रकारी करना, हर किसी के बस का नहीं। मैं तो कहूँ हूँ गाने-बजाने से कम हुनर नहीं है इसमें। पर तुम कौन तस्वीरें खींचोगी। फूल-पत्ती को ही कह रही हूँ न। इतना तो कर लोगी।'' माँ ने सावधानी और करीने से, बढ़िया वॉयल पर, फूल-पत्तियाँ उकेर दी थीं। पर दूसरी या बहन की जाई, बिट्टो रानी ने, उनमें धागे भरे या नहीं, पता नहीं चला। अपनी आँखों से देखा नहीं। उन्हें चौपड़ और हारमोनियम से फ़ुर्सत मिलती तब न। गाँव में माँ का बसेरा ज़्यादा दिन हुआ भी नहीं। जानतीं तो वे हमेशा से थीं कि पिताजी की नौकरी लगेगी तो शहर में। पर चारेक महीनों के भीतर हो जाएगी, वह नहीं सोचा था। गाँव छोड़ने का वक़्त क़रीब आया तो, दूसरी से अन्तरंग होकर, पहली के बारे में सविस्तार जान लेने की इच्छा और तेज़ हो गई।

तभी, ऐसी अनहोनी घटी कि जी-की-जी में रह गई। हुआ यह कि माँ को पता चला, वे गर्भवती हैं। ताई के साथ, लजीली-नख़रीली ख़ुशी मना पातीं, उससे पहले, एक ख़बर और

हाथ लग गई। यह कि दूसरी भी गर्भवती है। माँ की 'ख़ुशी' मनाना भूल, पूरा परिवार शर्मसार हो उठा। सबसे ज़्यादा मेरे दादा, दूसरी के रसिया बाऊजी। बेटे-बहू के नक़्शे-क़दम पर, उस उम्र में! वह ऊँची आवाज़ में गाई जा रही ग़ज़ल तो थी नहीं कि सारी तोहमत, रंडियों के मोहल्ले पर थोप कर, पल्ला झाड़, अलग हो जाते। माँ-पिताजी के शहर रुख़सत होने तक, बेचारे, तमाम रोब-दाब भूल, मुँह छिपाए फिरा किए। दूसरी, अलबत्ता, ख़ुशी का बाक़ायदा इज़हार करती रहीं, खुलेआम। जैसे माँ नहीं, वे, पहली बार गर्भवती हुई हों। माँ ने तो पति और ससुर की शर्म यूँ गाँठ बाँधी कि दूसरी से सीधे मुँह बात करना ही छोड़ दिया।

गनीमत यह हुई कि पिताजी जब शहर रवाना हुए तो, माँ को साथ जाने से, किसी ने मना नहीं किया। दूसरी का जापा सिर पर यूँ शर्म ताने खड़ा था कि ताया सास ने ख़ुद निकास ढूँढ़ निकाला। कहा, बहू ठहरी बेहद नाज़ुकजान, उसका जापा, शहरी अस्पताल में डाक्टरी मदद से होना चाहिए, गाँव की दाई भरोसे नहीं। एक बार भुगत चुके न, दूध का जला, छाछ भी फूँक-फूँककर पीता है। किसी ने मुँह खोलकर यह नहीं पूछा, दूसरी के जापे का क्या? ताई ने बिना पूछे कह दिया, उसकी कौन पहली जचगी है, दो ठीक-ठाक निबट चुकीं। जहाँ तक ख़ुद दूसरी का सवाल था, उन्हें माँ या किसी और में कोई दिलचस्पी नहीं थी। अपनी तीसरी जचगी को ले, यूँ ख़ुशदिल थीं कि ख़तरे का अन्देशा, पास फटकने से डरा पड़ा था।

यूँ अलग-अलग मुकामों पर, नौ महीने पूरे हुए और दो बच्चियाँ पैदा हुईं। एक मैं, दूसरी मेरी बुआ। मैं, सही-सलामत, आज तक जी रही हूँ पर बुआ, चन्द घंटों की मेहमानी कर, भगवान को प्यारी हुईं। भगवान के प्यार के लिए सबने, उसी की मर्ज़ी को ज़िम्मेदार ठहराया और राहत की साँस ली। बस दूसरी, सदमे से यूँ काठ हुईं कि फिर कभी नहीं उबरीं। चुप्पी में पनाह ली और बाहर आईं तो सिर्फ़ यह कहने। ''एक पहली थी, बच्चा जन्मा तो सलामत रहा, ख़ुद चल बसी। एक करमजली मैं हूँ बच्ची को लील, ख़ुद ज़िन्दा बैठी हूँ।''

मैंने दूसरी के बारे में माँ के मुँह से चाहे जो सुना हो, अपनी आँखों से उन्हें ठीक बुढ़िया ही देखा। उनकी बनिस्बत, दादा कम बूढ़े मालूम हुए। ग़ज़ल तो बहुत दूर की कौड़ी थी, मुझे नहीं याद, मैंने उन्हें कभी भजन भी गुनगुनाते सुना हो। गाना-बजाना तो दूर, कभी उन्हें हँसते-बतियाते भी न देखा। देखा तो बस, खरबूजे के सूखे बीज छील, मग़ज निकालते। या हद-से-हद, कभी-कभाक, भुने आटे या बेसन के लड्डू बोचते। चार-पाँच बरस की रही हूँगी मैं, जब की शुरुआती यादें मन पर दस्तक देती हैं। याद आता है कि वो दूसरी दादी हमारे साथ नहीं रहती थीं। साल-दो साल में आती ज़रूर थीं, दो-एक महीनों के लिए। और मैं भी, गाँव, उनके पास जाया करती थी, कभी छोटी बहनों और माँ के साथ, कभी अकेले। ज़्यादातर गर्मियों की छुट्टियों में। और हाँ, दूसरी को हम दादी नहीं, भाभी जी कहा करते थे। दादी तो हम, पिताजी की ताई को कहते थे। माँ-पिताजी भी उन्हें ताई और दूसरी को भाभी कहते थे। उन्होंने भी तो, माँ को, दादी की तरह, कभी बहूरानी या बहू नहीं कहा था। शहर हो या गाँव, भाभी जी की छवि वही रहती। चुपचाप मग़ज़ निकालती या हद-से-हद लड्डू बोचती। फिर गुड़िया कब बनाती होंगी? हाँ, गुड़िया मुझे ख़ूब याद है। याद क्या, कल तक भी, वह मेरे-उनके रिश्ते की कड़ी रही थी। जब भी वे हमारे घर आतीं या मैं गाँव जाती, वे मुझे एक या दो गुड़िया ज़रूर देतीं। माँ कहती, भाभी ने अपने हाथों से बनाई है। चीथड़ों-कतरनों से। हम तीन बहनों में, गुड़िया की हक़दार, सिर्फ़ मैं होती थी। शुरू में बहनें चिढ़ती-कुढ़ती थीं, पर धीरे-धीरे, मेरे

साथ-साथ, वे भी, उन एक जैसी दीखने वाली गुड़ियों से ऊब चली थीं। उम्र के साथ, मेरी ऊब में शर्मिंदगी भी आ मिली थी।

उन्हीं दिनों, ज़रूर किसी दिन, भाभी जी के गाँव लौट जाने पर, उनकी दो शोभाहीन गुड़ियों और उनके अपने उदासीन, उबाऊ वजूद पर, मैंने खीज ज़ाहिर की होगी, तभी माँ ने दूसरी की कहानी सुनानी शुरू की होगी। अलग-अलग पड़ावों से होकर, वह दूर तक चली थी। उसी दौरान, वह दिन भी आया था, जब माँ ने गहरे पछतावे के साथ कहा था। ''ऐसी काठ ये उसके मरे पीछे हुईं। और किसी को तो तनिक फ़र्क़ पड़ा नहीं था। इनके दुख में दिलासा देने की भी किसी ने न सोची। मैंने भी नहीं। दिलासा छोड़, इनके दुख को समझने की कोशिश भी नहीं की। सच कहूँ औरों की तरह, मैंने भी उसके मरने पर राहत महसूस की थी। ससुर जी रिटायर होने को थे। तेरे साथ, उसका सारा काम भी, हमें निबटाना पड़ता। तेरे पिताजी ने किस फ़र्ज़ से कब कन्नी काटी। दोनों छोटे भाइयों की पढ़ाई में भी...फिर यह...बेटी के साथ की छोटी बहन...करना पड़ता तो करते ही। पर न करना पड़े, वही भला, नहीं ?'' मैंने सुन भर लिया था। पर धीरे-धीरे माँ की कहानियों के चलते, दूसरी में मेरी दिलचस्पी जगने लगी थी। उम्र जब चौदह-पन्द्रह पर पहुँची तो वय: सन्धि के सुरूर में, मैं दादी से पूछ बैठी, ''माँ कहती हैं, भाभी जी पहले ग़ज़लें गाया करती थीं, अब क्यों नहीं गातीं ?'' उस बार माँ भी साथ थीं। दादी ने उनकी तरफ़ देखकर चुहल की थी, ''लाला कहा करें थे ना, सीख जाएगी बड़े घर की तमीज़-तहज़ीब। सो सीख गई।''

फिर चुहल भूल, पसीजे स्वर में जोड़ा था, ''गाना-बजाना कब का छूट गया, रानी। तू हुई, समझ, उसी के बाद से।'' उससे ज़्यादा कुछ कहने को वे तैयार नहीं थीं। माँ की कहानियाँ भी चुक ली थीं। अब ज़िन्दगी के मंच पर मैं पाँव रख रही थी; वे प्रस्थान कर चुकी थीं। उन्हीं दिनों, मैं अपने भीतर, एक नई प्रतिभा की पहचान कर रही थी। यूँ तो बचपन से ही मैं चित्रकारी करती रही थी। सब स्कूलों की तरह, हमारे स्कूल में भी, कला की कक्षा लगती थी। अध्यापिका हमेशा मेरे चित्रांकन की तारीफ़ करती थीं; अंक भी मुझे ऊँचे मिलते थे। पन्द्रह-सोलह की उम्र तक आते-आते, मैंने पाया कि मेरा शौक़, छवि अंकन की तरफ़ बढ़ रहा था। स्कूल के बाद, शाम को चित्रांकन सीखने के लिए मैंने एक नामी चित्रकार के पास जाना, शुरू कर दिया था।

शौक़ के उस मंज़र में, गर्मियों में मैं गाँव गई। तब भाभी जी ने जो गुड़िया मुझे पकड़ाई, उसमें मुझे उन्हीं की सूरत नज़र आने लगी। और यूँ उनकी सूरत में, नई-नई शौक़ीनी पाये, मेरे चित्रकार मन की दिलचस्पी पैदा हो चली। अगले दिन, जब अन्यमनस्कता की मूर्ति बनी, वे ख़रबूजे के बीच छील रही थीं, मुझे चाव आया, उनका छवि चित्र बना डाला जाए। मैं काग़ज़-पेंसिल लेकर उनके सामने जा बैठी और उन्हीं की तरह, मौन साधे, छवि आँकने लगी।

कुछ वक़्त बीतने पर मैंने देखा, मग़ज़ निकालते उनके हाथ, शिथिल पड़ते-पड़ते, थम गए हैं। उचटे, उकताये बदन में चौकन्नापन आ गया है। गरदन और कमर ऊपर खिंच कर सीधी हो गई हैं। चेहरा, हलके स्मित से रंगा, आकर्षक कोण पर टिका है। जैसे कोई पेशेवर मॉडल या शोख़ कमसिन हो। मैंने अपने अचरज को ज़ाहिर नहीं होने दिया। दम साधे रेखाएँ खींचती रही। छवि खंडित न हो जाए। कुछ देर यूँ ही चित्र बनता रहा, फिर, उन्होंने धीमे से कहा, ''इस लायक़ सुन्दर तो मैं ना हूँ। पहले थी।'' चुप्पी का टूटना, अब मुझे भला लगा। बात को चलाए

रखने की ख़ातिर पूछा, ''आपको कैसे पता?''

उनका जवाब चौंकाने वाला था, ''तस्वीर देखकर,'' उन्होंने कहा।

कौन सी तस्वीर? मैंने गाँव के उस घर में किसी औरत की तस्वीर कभी देखी न थी। शहर के घर में भी, पहली-दूसरी दादी तो दरकिनार, पूज्य नानी जी की भी कोई तस्वीर न थी।

मुझे याद है, एकदम शुरू में, मैंने माँ से पूछा था, पहली की कोई तस्वीर नहीं थी क्या, जो वे उनकी शक्ल-सूरत जानने को, दूसरी का मुँह ताकती रहीं? माँ ने हँसकर कहा था, उस ज़माने में फ़ोटो खींचने का चलन नहीं था। कोई रेखाचित्र बना देता तो हो जाती। उसी को सोचकर, उन्होंने ताई जी से एक मर्तबा पूछा ज़रूर था। उनका जवाब था, ''तस्वीरें रानियों-महारानियों की बनाई जाती हैं, या रंडियों-तवायफ़ों की।'' बाद में, बरसों बाद, मुझे छवि अंकन करते देख, माँ ने एक राज़ की बात बतलाई थी। मेरे नाना भी छवि अंकन किया करते थे, नानी का एक चित्र भी उन्होंने बनाया था। और ज़माने के चलन के अनुरूप, उसे अलमारी में बन्द करके रखा हुआ था। माँ ने एक बार चोरी से देखा था। नानी की छोड़ो। नाना ने तो दुबारा शादी तक नहीं की थी। उनके बारे में माँ ने जाने क्या-क्या किंवदंतियाँ गढ़ रखी थीं। पर भाभी जी, नानी की नहीं, पहली दादी की कह रही थीं। कौन सी अलमारी में बन्द है, उनकी तस्वीर? चित्र पूरा हो गया तो मैं भाभी जी के एकदम क़रीब गई। फुसफुसा कर पूछा, ''उनकी तस्वीर है आपके पास?''

उन्होंने मेरे हाथ से चित्र झपट लिया। आँख भरकर देखा और बोलीं, ''यह मैं हूँ?'' उनके चेहरे पर लवलीन विस्मिति बिखर गई। उस वक़्त, बुढ़ापे के बावजूद, वे मुझे काफ़ी सुन्दर लगीं। तो माँ ने ग़लत नहीं कहा था, कभी वे काफ़ी आकर्षक रही होंगी। मैंने मन-ही-मन अपनी पीठ ठोंकी। वाह, क्या छवि उकेरी कि मॉडल की छुपी लुनाई बाहर आ गई।

''लाइए,'' मैंने चित्र वापस लेने को हाथ आगे किया पर उन्होंने झट उसे धोती के पल्लू में लुका लिया। चेहरे पर त्रस्त भाव उभर आया। बोलीं, ''ना। बाऊजी देखेंगे तो टुकड़े कर देंगे।''

मैं समझ नहीं पाई, किसके, उनके या चित्र के?

''किसी से कहना मत,'' उन्होंने कहा।

''पर...''

''ले गिरी खा,'' मुट्ठी भर मग़्ज़ उन्होंने मेरे हाथ में ठूँस दिये। जब तक मैं उन्हें सँभालती, वे चित्र ले, सिरे से ग़ायब हो गईं।

उसके बाद वे दिखीं तो उसी अन्तर्लीन मुद्रा में। गिरी निकालतीं, लड्डू बोचतीं, अन्यमनस्क, निर्लिप्त।

मैंने दो-एक बार कोशिश की कि सामने बैठकर, एकाध चित्र और आँक लूँ। पर मुझे तैयार देख, वे झट उठ जातीं और अपने कमरे में जाकर दरवाज़ा बन्द कर लेतीं। उन्होंने इस तरह ख़ुद को मुझ से क्यों काट लिया, मैं समझ नहीं पाई। मैंने कहा भी, ''मुझे चित्र वापस नहीं चाहिए। आप रखिए...'' पर बीच ही में, दबी आवाज़ में 'चुप' कहकर, वे उठ गईं।

लगा, इस बार जाते हुए गुड़िया नहीं मिलेगी। जान छूटी। पिछले कई सालों से, मैं उनकी दी गुड़ियाँ, बिट्टो बुआ के बच्चों में बाँट जाती थी। मेरे गए पीछे उन्हें पता चल ही जाता होगा।

पर मुझ से कभी किसी ने उसका ज़िक्र नहीं किया था।

जाने का वक़्त आया तो, बदस्तूर, भाभी जी ने गुड़िया मुझे पकड़ा दी। मैंने सरसरी निगाह उस पर डाली और भौचक रह गई। पहले उनकी किसी गुड़िया में ऐसी उम्दा कारीगरी देखी न थी। धागों से कढ़े नाक-नक़्श, तीखे, दिलकश; बदन की गढ़न, कटावदार, नाज़ुक; पहरावा नफ़ीस, सलीक़ेदार।

"अरे, यह तो पूरी पेंटिंग है पेंटिंग। आप चित्रकारी जानती हैं क्या ?" मेरे मुँह से निकला। पर माँ तो कहती थीं...

"मेरा क्या...तू तो जानती है...वारिस है...हमारी..." उन्होंने बुदबुद कर के कहा। गुड़िया में मग्न, मैंने कुछ सुना, कुछ नहीं। इसे साथ ले जाऊँगी, यह गुड़िया नहीं कलाकृति है, मैंने तय किया। हमारी चित्रकला की कक्षा में कलाकृति शब्द का सबसे ज़्यादा इस्तेमाल होता था।

चलने की तैयारी में, भागते-दौड़ते गुड़िया, दादी को दिखलाई तो वे भी चौंक गईं। "यह तो...यह तो..." कह के हकला रही थीं कि मैं चहक उठी, "कमाल की है न। जैसे किसी को सामने बिठलाकर छवि उतारी गई हो।" "वही तो...वही..." वे फिर हकलाईं कि मैं भाग ली। कलाकृति के लिए सामान में जगह बनानी थी न। दादी की बुढ़ाती हकलाहट सुनती रहती तो गाड़ी छूट न जाती।

अगले साल गर्मी की छुट्टियों में, मैं गाँव नहीं गई। अगले मार्च में हायर सेकंडरी के बोर्ड के इम्तिहान होने थे, इसलिए गर्मियों में स्कूल में विशेष कक्षाएँ लगनी थीं। फिर मेरे चित्रकार गुरु ने भी, उन्हीं दिनों, मुझे ख़ासतौर पर कुछ गुर सिखलाने का आश्वासन दिया था। उसके लिए हर हाल में वक़्त निकालना था। यूँ वक़्त था कहाँ ? सोलह बरस की उम्र सिर पर, दुनिया भर का सोच-विचार, सखी-सहेलियाँ, राज़-रियाज़, कौन जाता शहर छोड़कर। स्कूल का आख़िरी साल था। बहुत कुछ छूटना था कॉलेज जाने पर। तब तक तो संग साथ बना रहे।

इम्तिहान ख़त्म हुए तो मौज-मस्ती सूझी। शहरों में चाचा-ताऊ के जितने बच्चे थे, सबने एक साथ, गाँव जाने का कार्यक्रम बनाया। मैं एक तरह से मुखिया चुनी गई, गाँव के घर के बारे में मेरी जानकारी सबमें ज़्यादा थी, मैंने ही उन्हें जतला रखा था। मेरी परधानी शुरू होती, उससे पहले गाँव से तार आ पहुँचा कि भाभी जी का स्वर्गवास हो गया। अरसे से मियादी बुख़ार आ रहा था, कई बार मुझे याद किया था। मेरे बोर्ड के इम्तिहान चल रहे थे, इसलिए ख़बर मुझसे छिपा कर रखी गई थी।

अब, सबको गाँव जाना ही था। गए।

उनका संस्कार हो लिया तो बिट्टो बुआ, मुझे, हाथ से पकड़कर अपने कमरे में ले गईं। दरवाज़ा ढुकाया ही नहीं, बाक़ायदा कुंडी चढ़ाकर बन्द किया। लकड़ी की अलमारी खोली। उसमें ठुँसे तरह-तरह के सामान के बीच से एक टिन का बक्सा निकाला। पुराने कपड़ों के अम्बार में छिपा पड़ा था। बाहर आया तो पिचका, बदरंग। जंग खाया ताला भी दिखा पर जिस कुंडी में लटक रहा था, वह ख़ुद उखड़ी पड़ी थी। फिर भी बड़े जतन से सँभाल कर, उन्होंने, उसे मुझे पकड़ाया। हाथ लगाते ही, ताले समेत ढक्कन खुल गया। भीतर मेरा बनाया, भाभी जी का चित्र था।

इसमें इतनी लुकाछिपी की क्या बात है। पर हँसी-मज़ाक़ का मौक़ा न था। जब बनाया था, नज़र भर देख भी न पाई थी। अब लगा, बुरा नहीं बना था। जड़वा कर बैठक में लगाया

जा सकता है, अपने शहर के घर में। मैंने ठीक से परखने को चित्र उठा लिया। नीचे एक और छवि चित्र था। भाभी जी का हर्गिज़ नहीं। चेहरा, फिर भी पहचाना सा था। मन में गुड़िया कौंध गई, जो पिछली बार मिली थी। तस्वीर में बराबर उसकी सूरत झलक मार रही थी। अपना नीचे रख, उसे उठा लिया, बहुत एहतियात के साथ। फिर चित्र। वही सूरत। उठाया तो फिर वही। कमरा मायाजाल में बदल गया। यह क्या जादू है। एक-एक कर के सभी चित्र मेरे आसपास लेट गए। मेरे वाले को छोड़, आठ थे। मेरे वाले से कहीं बेहतर। कला की निपुणता में, चेहरे के लावण्य में। जितनी समझ मुझे थी, उसके हिसाब से, चित्र बहुत बढ़िया नफ़ीस थे। तो भाभी जी, छिप कर चित्रकारी करती थीं? यक़ीन नहीं हुआ, माँ ने कहा था, फूल-पत्ती भी उनसे बनवाई थीं, साड़ी पर।

अकबकाए हाल, बुआ से पूछा, "भाभी जी ने बनाए थे?"

"ना", उन्होंने कहा, "पहली ने।"

"सूरत किसकी है?"

"उनकी अपनी।"

तभी! भाभी जी पहचानती थीं उनकी सूरत। पर भाभी जी के पास चित्र आए कैसे? पहली चल बसीं, तभी न दूसरी आईं। दादी जी ने दिये? पर भाभी जी तो कह रही थीं...

पर बुआ अब भी बोल रही थीं। "तेरे लिए हैं। मुझ पे संगवा गईं बेचारी। तुझ से तो आया भी न गया आख़िरी दिनों में। कित्ता याद किया। अपनी जाई रही नहीं, तुझी पे क़ुरबान होती रहीं। पर तूने कब परवाह की..."

बिट्टो बुआ को इतना बोलते पहले नहीं सुना था। सुनती तो क्या ध्यान देती? मेरे लिए वे भाभी जी की परछाईं भर थीं, वह भी माँ के बतलाए इतिहास में। एक गाती, दूसरी बजाती, वरना चौपड़। एक का छूटा तो दूसरी का भी छूट लिया होगा। मैंने तो उन्हें जब कभी एक नज़र देखा तो, बच्चों से घिरे हुए। पर वे बोले चली जा रही थीं। "बेटे पैदा किए तो समझो जैसे पहली के, वैसे इनके। ब्याह कर के आईं तो किसी ने कुछ माना थोड़ा। जब पेट में वह आई, तेरे साथ वाली, तो समझ, अपने को मान बैठीं ये भी। क्या शौक़ जगमगाया था मन में बच्चे का, सब धरा रह गया। मेरे तो बाद में हुए पर कभी जो हाथ लगाया हो, कभी जो लाड़ किया हो। बस एक तू थी, जिस पर जान छिड़कती रहीं।"

ऐसे जान छिड़कते तो कभी देखा नहीं। देखने की तकलीफ़ कब की? बुआ ने भी कहाँ चेताया? मरे पीछे हमदर्द बनना क्या मुश्किल है। पर तस्वीरें?

"ये तस्वीरें उन्हें किसने दीं, दादा जी ने? ख़ूब सहेज कर रखीं। जड़वा कर कहीं टाँगी क्यों नहीं? अच्छा नहीं माना जाता था तब? पिताजी को मालूम है इनके बारे में? ताऊ जी को? और दादी को?" सवाल करने शुरू किए तो मैं धाराप्रवाह बोलती गई।

"हाँ, दादा ज़रूर सहेजते तेरे।" बुआ तंज से बोलीं, "पा जाते तो जला न डालते। जैसे और जलाईं। रंडियों के मोहल्ले की ये थीं, वे नहीं। उनकी आबरू पर आँच कैसे आने देते।"

"तस्वीरें जला दीं? क्यों?"

"आईने में देख-देख जो अपनी छवि आप उकेरे, रंडी से कम क्या हुई," बुआ ने बन्द दरवाज़े पर नज़र डाल लेने पर भी, फुसफुसा कर कहा। और तुरन्त जोड़ा, "मुझे मती घूर।

तेरे दादा का कहा, कहा मैंने।''

''फिर ये कैसे बचीं? और भाभी जी के पास...''

''पहली के मरे पीछे, बच्चों समेत, उनका सारा सामान, तेरे दादा ने तेरी ताया-दादी के ज़िम्मे डाल दिया कि ले सँभाल। चाहे ख़ुद बरत, चाहे आने वाली बहुओं के लिए सहेज। पहली बहू आई, उनकी अपनी। मौसी ने कुछ गहना-गुरिया उसे दिया, कुछ आगे के लिए रखा। हाँ, उतरन-शुतरन सब उसी के माथे मढ़ी। उसी में ये भी थीं।''

''बक्सा खोलकर नहीं देखा?''

''लो, और सुनो। तस्वीरें बक्से में थोड़े थीं। पुरानी गुदड़ी के अस्तर के बीच से मिलीं। धो-धा कर दुबारा बनाने को उधेड़ी तो दिखीं। मेरे सिवा कोई नहीं जानता। दूसरी ने क़सम दी थी मुझे, अब मैं तुझे दे रही हूँ किसी से कहियो मत।''

(2003)

तीन लम्हे

सर्दी के दिन थे। काफ़ी ठंड थी। मूसलाधार बारिश होने लगी। ठंड बढ़ गई। यूँ रविवार था। सुबह के बाद का पहला पहर। अमूमन इतवार को इस वक़्त कॉलोनी के तमाम प्राणी पार्क में जा बिराजते थे। धूप सेंकने। आज धूप नहीं थी। बरखा थी और सर्दी थी। तमाम ऊँची बस्ती बन्द दरवाज़ों के पीछे, घरों में समाई हुई थी। शायद हीटर भी जला रखे हों।

मैं पार्क में थी। रोज़ नहीं जाती थी। कभी-कभार। हर रविवार को भी नहीं। आज गई। अकेले, हरियाली का आनन्द लेने। सर्दी का मौसम हो तभी अकेलेपन को असल एकान्त मिलता है। ठिठुरने का मज़ा भी तब है जब निपट अकेले हों। वरना कोई-न-कोई पहलू में आ गरमाई देने लगता है। या हाथ बढ़ा माँगने लगता है। बारिश हो तो क्या कहने! ख़ुद से और ख़ुदी से पर्दा हुआ रहता है। ख़ुदा की ख़ुदा जाने।

मैं भीग रही थी, पर काँप नहीं रही थी। बारिश में डूबी थी। ख़ुद से बाहर के शून्य में, बरसते पानी में। शायद इसीलिए कँपकँपी अपना एहसास मुल्तवी किए थी।

तभी अकेलेपन में खलल पड़ा। तीन बच्चे पार्क में घुसे। घुसे क्या, भीतर फुदके। छह-सात बरस के होंगे। सिर्फ़ एक ने कच्छा पहना हुआ था। शायद वह लड़की होगी। बाक़ी दोनों नंग-धड़ंग थे। रूखे बाल, मैली-फटी त्वचा और बिवाई भरे तलवे लिए, काले-कलूटे बच्चे।

इस पार्क में ऐसी वेशभूषा में बच्चे कभी नहीं दिखते। मनाही नहीं है। फाटक पर चेतावनी की तख़्ती नहीं लटकी। फिर भी ख़ुशहाल जनों के पार्क में रहते, वे भीतर नहीं घुसते! क्या बतलाऊँ क्यों नहीं घुसते? नहीं घुसते, कहा तो। तब भी नहीं, जब भीषण गर्मी के मौसम में, भद्र जनों के बच्चे क़रीब-क़रीब नंगी पोशाकों में पार्क में खेलते हैं। क़रीब-क़रीब नंगा होने और अलिफ़ नंगा होने में बहुत फ़र्क़ है, जिसे एक मैले-कुचैले कच्छे से नहीं पाटा जा सकता। पर इस वक़्त मेरे सिवा पार्क में कोई नहीं था। मैं एक झाड़ी के पीछे दुबक ली। जंगल में तेंदुआ हूँ जैसे।

बच्चे भीतर आए। ठंड के बावजूद, बारिश में नहाने लगे। उछलते, कूदते, किलकारियाँ भरते, कलाबाज़ियाँ खाते। इतने कूदे-फाँदे, उलटे-पलटे, हँसे-गाए कि बारिश ज़रा देर को थम गई। वे घास में लोट-लोट कर बदन सुखाने लगे। एक पोंछ लगी नहीं कि वर्षा फिर शुरू।

शुक्र किया मैंने भगवान का। इसलिए नहीं कि नंगे बच्चों को सिहरती सर्दी में भीगता देख मैं परपीड़क सुख भोगना चाहती थी। उतनी तेंदुआ नहीं थी। पर बारिश रुकी रहती तो कॉलोनी के रुतबेदार जन, धड़ाधड़ पार्क में चले आते। नंग-मलंग बच्चों को बाहर निकलने को फटकार बतलाने लगते। या उन्हें देख, डाँट से पेश्तर, बच्चे ख़ुद भाग लेते।

मेरे भीतर ग़ुस्सा फनफनाने लगता। छोटे-बड़े के फ़र्क़ पर आने वाला ग़ुस्सा। बेचैनी पैदा करता, बेबस ग़ुस्सा। उन बच्चों के चेहरे-मोहरे से उनकी माली हालत, माँ-बाप की आमदनी, समाज में उनका वर्ग और बदहाली साफ़ ज़ाहिर थी। फ़िलहाल मुझे उनसे सरोकार नहीं था। फिलवक़्त मैं, झाड़ी के पीछे तेंदुए-सी दुबकी, सोए दिमाग़ से कायनात भोगती, एक इनसान-भर थी। अकेली। ओहदे वाले आ जाते तो मैं समाज हो जाती। सोए दिमाग़ को नाइंसाफ़ी का एहसास जगा देता। मैं ताव खाती, बहस करती और हारती चाहे जीतती, हर हाल, छोटी बनाई जाती। सुकून पर लाचारी हावी हो जाती।

अभी पार्क में उन तीन बच्चों के सिवा सिर्फ़ मैं थी। उनके लिए मैं भी नहीं थी। वे मुझे देख नहीं सकते थे। मैं झाड़ी के पीछे, मुड़-तुड़कर पूरी तरह छिपी बैठी थी। उनके लिए सिर्फ़ वे थे और हिचर-मिचर बारिश थी। कभी तेज़, कभी हलकी। अब तक घास पूरी तरह भीग चुकी थी। पानी से खेल लेने पर वे क्यारियों की मिट्टी में लोट रहे थे, गिलहरियों की तरह। बदन को धूल का आलेप मिल रहा था। पर क्यारियों में पौधे थे। काफ़ी फूल-पत्तियाँ उनके मिट्टी-नहान में टूट-टूटकर बिखर रही थीं। गर्द के लिबास पर नगीने जड़ रही थीं।

मेरा डर बढ़ रहा था। इस वक़्त कोई आ गया तो टूटे पौधों की हमदर्दी में एकदम बेदर्द हो जाएगा। शुक्र था, बारिश की रफ़्तार बढ़ रही थी। मैं रेंगती हुई, झाड़ी-दर-झाड़ी, एक बड़े दरख़्त के नीचे पहुँच गई थी। मौलश्री का पेड़ था। बारिश ने फूलों से ख़ुशबू छीन कर नीचे बिखेर दी थी। फूल सूख चुके थे, पर कुछ थे जो ज़बरन शाख़ से जुड़े थे। अब बौछार ने धराशायी कर दिया था। पर इस क़दर ख़ुशदिली से कि पूरा मंज़र ख़ुशबूदार हो गया था। फिर भी पेड़ की छाजन और झाड़ी की आड़, दोनों, मेरी बूढ़ी हड्डियों को बौछार और शीत की मार से बचाने को, काफ़ी नहीं थी। यक़ीनन मेरी बूढ़ी हड्डियों को घर लौट जाना चाहिए था।

पर जब तक मन इजाज़त न देता, वे हिलतीं-डुलतीं कैसे? और मन था कि जवान से बच्चा हुआ जाता था। हुक्म देने के नाक़ाबिल, पर बालहठ करने में माहिर।

'नई जाणा, मैंनू नई जाणा पार्क छड़ के नई जाणा।'

मेरा मन गा रहा था। बच्चे गा रहे थे। बूढ़ी हड्डियों के पास आवाज़ नहीं बची थी। जवान मन को डाँट-फटकार नहीं सकती थीं। बस काँपती खाल की लय पर बजे जा रही थीं। सूखी पत्तियों की खड़ताल की तरह।

मेरी हड्डियों को छोड़कर सब कुछ तरोतर था। रस से लबरेज। पत्ती-पत्ती, बूटा-बूटा भीगा था, जवान मन की तरह।

बच्चे गाए जा रहे थे, ऊँचे-ऊँचे। जैसे जवान हो रहे हों। मेरा मन भी गा रहा था, हौले-हौले। मेरी उम्र घट रही थी। बच्चों की बढ़ रही थी। हम सब जवान हो रहे थे।

मैंने देखा, वे जवान हो गए। एक त्रिकोण बना। एक लड़की, दो लड़के। लड़की को एक लड़के से प्यार हुआ, दूसरे से नहीं। कितना ख़ुशनुमा था कि इतने बदहाल, बेशऊर बच्चे भी जवान होने पर, प्यार कर सकते थे। कर रहे थे। करते हैं।

मैंने देखा, लड़की एक लड़के से प्यार कर रही है। दूसरा पतंग उड़ा रहा है। बारिश में भीगते-भीगते बड़ा हो रहा है। गर्मी-सर्दी में बोझा उठा रहा है। रोज़ी-रोटी कमा रहा है। लड़की भी उठा रही है। पहला लड़का भी। पर लड़की पहले से ही प्यार कर रही है। दूसरा अपने में निमग्न

है। अपनी रोटी कमाने, मेरी बस्ती में चला आया है। बाक़ी दोनों दूसरी बस्ती में हैं। वे हैं, मैं हूँ। हमारी उम्र अब एक बराबर है।

एक जवान लड़के से उस लड़की को प्यार हुआ, दूसरे से मुझे। और...और क्या ? और कुछ नहीं। प्यार में और नहीं जोड़ना चाहिए। और शब्द जुड़ते ही प्यार गड़बड़ा जाता है। और विवाह, और घर, और संग-साथ, और साझेदारी। हमदर्द, हमनिवाला, हमसफ़र। खाना, सोना, रहना, भूख-प्यास साथ-साथ। हर साथ के साथ एक अपेक्षा, एक उम्मीद, एक चाह कि वह हमसे भी ज़्यादा हमें चाहे। वह वह करे जो हम ख़ुद अपने लिए नहीं कर पाते। सोचते हैं, उसके लिए करते हैं, पर करते नहीं।

हमें अपना-अपना प्यार मिला। बस, बहुत हुआ। मैंने साथी नहीं कहा। प्यार। पूर्णविराम। होड़ा-होड़ी नहीं, जलन-डाह नहीं, रार-तकरार नहीं। एक भाव। उमंग। उल्लास। एक स्मृति।

स्मृति ? मैं फिर से बुढ़ा रही थी ? हाँ। ज़रूर।

और बारिश थम गई।

जाओ, बच्चो, घर जाओ। काफ़ी जवान हो लिए। मेरी बूढ़ी हड्डियों की फ़िक्र करो। मेरी खाल काँप तक नहीं रही। इस क़दर ठिठुर चुकी। अब मेरी देह को घर जाना ही होगा। मन अपनी ज़िद पर अड़ा रहा तो वह प्राण त्याग भी सकती है। इतनी भी मन की ग़ुलाम नहीं।

पर जाऊँ तो कैसे ? मैं चली गई और ये बने रहे तो भद्र पड़ोस के यहाँ आने पर, उससे लड़ेगा कौन ? लड़ने में मैं रईस-से-रईस पड़ोसी को धता बतला सकती हूँ, जानती थी। पर उसके लिए ज़रूरी था कि गले से साफ़ करारी आवाज़ निकाल पाऊँ। हाथ-पाँव से जुम्बिश करवा सकूँ। झाड़ी के पीछे उकड़ूँ बैठे-बैठे, बदन इतना अकड़ गया था कि उसे हरकत में लाना मुश्किल हुआ जा रहा था। इससे पहले कि उससे कोई और काम करवाया जा सकता, ज़रूरी था कि उसे ज़मीन से उठाकर खड़ा किया जाए।

मैं खड़ी हुई। एक ठिठुरी, झुकी, कृशकाय बुढ़िया। बारिश में भीगी हुई साड़ी बदन से इस तरह चिपकी थी कि उसे क़रीब-क़रीब नंगा किए दे रही थी। पर थी तो। साड़ी-ब्लाउज-पेटीकोट, एक नहीं अनेक वस्त्र थे। गीले-लिपटे पारदर्शी, पर थे। कपड़े थे। क़रीब-क़रीब और अलिफ़ नंगा होने में बहुत फ़र्क़ है।

बच्चे बीच उछाल यूँ थम गए जैसे बुतों में तबदील हो गए हों। मेरी तरफ़ इस नज़र से ताका, जैसे झाड़ी के पीछे से वाक़ई ख़ूँख़्वार तेंदुआ या चीता प्रकट हो गया हो। मेरा अकड़ा, ठिठुरा, झुका शरीर, उन्हें घात लगा, शिकार पर झपटता चौपाया जान पड़ा।

वे भाग गए। एकदम। अब सामने थे और अब आँख से ओझल।

(2004)

जूते का जोड़, गोभी का तोड़

''तुम्हें रिटायर हुए कै बरस हुए लाला ?'' मोची ने जूता गाँठते-गाँठते पूछा।

''दस।''

''इस जूते को कै बरस में रिटायर करोगे ?''

''तू कब रिटायर होगा ?''

''मैं कौन सरकारी मुंशी हूँ कि रिटायर हूँगा ?''

''मेरा जूता मुंशी है क्या ?''

''ना, मेरे गले की साँसत है।''

''कमाई का साधन भी है न।''

''हाँ लाला, तुम्हारी पच्चीसी भरोसे जिनगी कट रई है।''

''पच्चीसी ? पूरी अठन्नी लेता है।''

''चवन्नी-अठन्नी के दिन कब के लद लिए, लाला। अब ज़माना पैसों का है। पचास पैसे की औक़ात आधी रह गई, इसलिए पच्चीसी कहा।''

''वाह, बड़ा ख़बरदार है। चुनावी रैली में जाने लगा क्या ?''

''रैली में जाओ तुम, लाला। मैं बेकार नहीं बैठा।''

''तुझसे किसने कही, मैं बैठा हूँ।''

''क्यों क्या करो हो ? अफ़सर बेटे की खाते होगे या अपनी पेंसन।''

''बेटे की खाएँ मेरे दुश्मन ! और पेंशन, उसकी पढ़ाई वास्ते पहले ही भुना ली थी मैंने। मेरे पास काम की कमी नईं है।''

''वाह, तेवर तो देखो ! वही पूछा न, क्या करो हो ?''

''गोभी उगाऊँ हूँ।''

''गोभी ?''

''हाँ।''

''फूल, सफ़ेद, गठा, सुगंधित फूल।''

''यह बतलाओ लाला, तुम लोग सब्ज़ी को फूल क्यों कहो हो ?''

''नाम है, कौन मैंने रखा है ?''

''मैं बतलाता हूँ। बनियों का चरित्तर है, मूँग को मूँग ना कहते। क़िस्सा सुना है न, अकबर-बीरबल का। बीरबल ने कही, बनिए साफ़ बात ना बोलते। अकबर ने कही, देखी जाए। तो दस बनिए बुलवाए और मूँग दिखलाई, पूछा यह क्या है ? बनियों ने सोची, कुछ चक्कर है, वरना

मूँग को, क्या है, करके क्यों पूछेगा बादशाह। तो आँखों-आँखों में सलाह की। फिर आधे बनिए बोले मूँ और आधे बोले, ग। मूँग किसी ने ना कही।'' कह मोची इत्ता हँसा कि खाँसने लगा।

हँसा लाला भी पर यह जोड़े बग़ैर न रहा, ''क़िस्से-कहानियाँ सुनाने का बड़ा शौक़ है। पर मुझसे बाज़ी नहीं मार सकता। मैंने क़िस्से सुना-सुना कर अपनी गोभी को दस सेर का कर लिया था। नौचन्दी में पहला इनाम मिला था; मेरठ शहर की सबसे बड़ी, मेरी गोभी को। दस किलो वज़न उतरा था।''

''अरे लाला, क्यों झूठ बोल बुढ़ापा बिगाड़ रहे हो अपना।''

''बूढ़ा होगा तू! मेरी साँसों में अभी दम है।''

''तभी फूँक-फूँक गोभी फुला ली।''

''हाँ, फूँक-फूँक नहीं, कहा न, क़िस्से सुनाकर।''

''क़िस्से सुनकर गोभी फूल गई।''

''हाँ यार, फल-सब्ज़ी में भी जान होवे है। हमारी-तुम्हारी तरह। मन बहले तो वज़न बढ़े है न। बचपन में तू सुने था कि नहीं, कहानी सुनकर ख़ुश होवे था कि नहीं? अभी अपने क़िस्से पर हँसा था या नहीं। हा-हा-हा।''

''हूँ,'' मोची ने सोचकर हुँकारा भरा, ''तो कित्ती रात सुनाए क़िस्से?''

''पहले कभी-कभार सुनाता रहा। फिर मुझे अपने ख़ुफ़िया विभाग से पता चला कि मुंशी खेमचन्द की गोभी पाँच से ऊपर पहुँच ली तो...''

''ख़ुफ़िया यानी ठुल्ला भंगी। वहीं जो झाड़ू मारते-मारते इधर की उधर करे है।''

''देख, भंगी को भंगी नहीं कहते, क़ानूनन जुर्म है।''

''पर लाला को लाला कहना जुर्म नहीं है?''

''नहीं।''

''और मोची को मोची कहना?''

''वह भी है।''

''क्यों है?''

''अब मुझे क्या पता?''

''पता करो लाला। इसलिए कि हम नीच जात हैं। हमें हमारी जात से नहीं पुकारा जा सकता। तुम ऊँची जात हो, इसलिए तुम्हें बनिया कहा जा सकता है, अन्याय है कि नहीं?''

''है तो। पर क़ानून बनाया न्याय ख़ातिर था।''

''वही लाला। हमारे संग न्याय करोगे तब भी अन्याय होगा।''

''तू तो वाक़ई बड़ा ज्ञानी है यार। मेरी मान, चुनाव में खड़ा हो जा। बहस में कोई नहीं जीत सकता तुझसे। फिर आरक्षण भी है।''

''अपनी जात वालों के वोट पूरे ना पड़ेंगे। तुम दोगे?''

''ज़रूर दूँगा। बल्कि तमाम बनियों में तेरा प्रचार करूँगा।''

''तुम्हारी मानेगा कौन? सारा दिन मोची के पास बैठे बतियाते हो। तुम्हारी जात रही कहाँ, लाला?''

''जात रहे न रहे, गोभी रहनी चाहिए। मैं गोभी की कह रहा था, यह जात बीच में कैसे आई?''

"चुनाव की कहोगे तो जात आएगी-ही-आएगी। चोली-दामन का साथ है। पर तुम अपनी गप कहते चलो। मच्छीमारों की तरह एक की दस कर रहे हो न, लाला, या पूरी-की-पूरी सोनमछली गढ़ डाली?"

"नहीं रे, गप नहीं, सौ फ़ीसदी सच है मोची," लाला ने दम साध, मोची, शब्द उचार दिया। मोची ख़ुश हुआ। बोला, "देखूँ तो जानूँ लाला। अगली बार दिखला देना।"

"अगली बार क्यों, इसी बार देख ले। फोटू लटका है गोभी का, मेरी बैठक की दीवार पर। चल, देख ले।"

"अभी? और जूते तुम गाँठोगे?"

"मैं क्या मोची हूँ?"

दोनों ठठाकर हँसे।

"काम ख़तम करके आ जाइयो मेरी बैठक पर।"

"क्या बैठक-बैठक लगा रखी है। कुठरिया-भर है पास।"

"जहाँ बैठू हूँ, उसे बैठक नहीं तो घुड़साल कहूँ रे घोड़े?"

"मैं घोड़ा नहीं हूँ लाला।"

"तो क्या खच्चर है?"

"ना, दोग़लों में मेरा यक़ीन ना है, न मूँग को मूँ कहने में। वह तुम्हें मुबारक। मैं गधा हूँ, मेहनत करता हूँ मेहनत की खाता हूँ।"

"खच्चर मैं भी नहीं। ठेठ बनिया हूँ। जिसकी खाऊँ, उसे पूजूँ।"

"चाहे गोभी हो?"

"बिलकुल। दसेरी। बेचता तो मिलते 50 रुपए। इनाम पाया 500 का। बतला, गोभी बड़ी कि भैंस?"

"कित्ते दिन पकाई-खाई?"

"खाई कहाँ? गोभी तो जजों ने रख ली।"

"इसी दम पर बनिया बनो हो। फोटू में ख़ुश।"

"क्यों नक़दी ना मिली, पाँच सैकड़ा।"

"ठेठ बनिया होते तो नक़दी भी लेते, गोभी भी। मोहल्ले में बाँटते, सुनाम होता।"

"तू तो यार मेरा बाप निकला!"

"बनिए का बाप चमार। फिर तो तुम...खच्चर हुए," मोची हँसा। लाला साथ न दे पाया। बोला, "देख तू मोची है, यह तेरा धंधा है। जैसे मेरा, मुंशीगिरी। चमार-बनिया रहने दे। अपने मोची-मुंशी भले।"

"तुम मुंशी कहाँ, अब तो माली हो।"

"हूँ तो। बड़ा सुकून है इसमें। ईश्वर भी दुनिया की बग़ीची का माली है। पालनहार। क़लमघिस्सू होने से कहीं बेहतर है, माली होना।"

"अब औरतों की तरह टसुए ना बहाने लगना। यह बतलाओ पाँच सौ नक़द मिले तो नया जूता क्यों ना ख़रीदा? इसे कब तक गठवाओगे? दस बरस हो लिए। इस पर भी इनाम पाना है क्या?"

लाला हँस दिया। "तेरे पेट पर लात क्यों मारूँ?"

''पच्चीसी में मेरा पेट ना भरता। मेरी फ़िक्र छोड़ो, अपनी कहो। पाँच सौ रुपए क्या किए?''

''छह महीने से उसी को खा-पूज रहा हूँ कि नहीं।''

''लो जूता तैयार है, पर मेरे सवाल का जवाब देते जाओ, कब तक गठवाओगे?''

''जब तक तू मरेगा नहीं।''

''इससे तो मौत भली।''

''देख, फुसफुस कर बोली न मार। कान मेरे तेज़ हैं, बुढ़ऊ।''

''बुढ़ऊ न कहना। हड्डियों में दम है, उँगलियों में लोच। तभी तुम्हारा फटीचर जूता गाँठ पाता हूँ।''

''मुंशी रहा होता तो कब का रिटायर हो लेता। शर्त बद ले, तू मुझसे बूढ़ा है।''

''एक जूता गाँठ कर दिखलाओ तो जानूँ।''

''दसेरी गोभी उगा तो जानूँ।''

''फिर गोभी। अच्छा क़िस्से सुनाकर वज़न बढ़ाया था न। मुझसे कर लेना मुक़ाबला किसी दिन।''

''बोल किस दिन?''

''अगली अमावस को रख लो। हर अमावस को हम महफ़िल लगाते हैं। दारू के साथ सिंघाड़ा, मक्का, छोलिया, जो मिले, अलाव पर भून कर खाते हैं। खाने-पीने के साथ क़िस्से ख़ूब चलते हैं। क़सम जूते की, हरा कर छोड़ूँगा।''

''क़सम रामजी की खाई जावे है, जूते की नहीं।''

''राम रोटी ना देता। जूता देता है। जो पेट भरे सो पालनहार। क़सम जूते की, जो कभी और कोई क़सम खाई।''

''चल, पहुँच जाऊँगा।''

''जूता पहन के देख लो।''

लाला ने पहना, परखा, कहा, ''सखत है।''

''बहुत समझो खड़ाऊँ ना बन लिया। दस बरस से गँठवा रहे हो, बनिए कहीं के।''

''माली कह, माली,'' कहता लाला चला गया।

पर अगले दिन फिर हाज़िर।

''क्या हुआ? एक गँठवाया तो दूसरा बोल गया?'' मोची ने देखते ही कहा।

''ना, मैं यह पूछने आया कि अगली अमावस, तेरे अलाव पर आया तो तेरी जात वालों को ऐतराज़ तो न होगा?''

''ना लाला, यही तो अन्याय है। तुम्हें हमें अपनी महफ़िलों में बुलाने में ऐतराज़ है, हमें तुम्हें बुलाने में नहीं।''

''ऐसी जली-कटी सुनाने को बुला रहा है तो मैं ना आने का।''

''डर गए?''

''डरूँगा क्यों?''

''बनिए जो ठहरे ठेठ।''

''अब कहाँ, अब तो माली हूँ। चल, पक्की रही।''

''एक शर्त है। हार गए तो दुबारा जूता नहीं गठवाओगे।''

''चवन्नी का नुक़सान करेगा?''

''कर लूँगा। मुझ पे और बहुत काम है। तुम अपनी कहो, गोभी-पुराण हो लिया। अब कैसे चलाओगे? अफ़सर बेटा भेज रहा होगा नक़दी।''

''मैं अपनी कमाई खाता हूँ, किसी अफ़सर की भीख नहीं।''

''तमतमाओ मत, लाला। बेटे की कमाई खाने का हक़ नहीं है क्या हमारा?''

''अरे बेटे तो रेज़गारी की तरह होते हैं। जेब से काढ़ो तो यहाँ-वहाँ बिखर जाएँ। उससे तो अपना फटा-पुराना रुपए-दो रुपए का नोट भला। तू अपनी कह, तेरा बेटा कभी तेरे साथ दिखलाई नहीं देता। कहीं और जूते बनाता है क्या?''

''ख़बरदार लाला, मेरा बेटा मोची नहीं, अफ़सर है।''

''वाह बच्चू और अफ़सरी के ताने मुझे दे रहा था। कहाँ अफ़सर है तेरा बेटा?''

''जहाँ तुम्हारा है। शहर में। सरकारी डिपार्ट में।''

''नाम क्या है?''

''रामदीन।''

''मेरा बेटा, रामसेवक।''

''तब तो हम दोनों रामू के बापू हुए।''

दोनों हँसे, फिर लाला बोला, ''तेरा बेटा अफ़सर है तो तू अब तक जूते क्यों गाँठता है?''

''क्योंकि मोची वह या तुम नहीं, मैं हूँ। उसमें हुनर न आया तो मैं अपना क्यों खोऊँ?''

''वाह बेटा। और मुझे सीख दे रहा था, बेटे की कमाई क्यों न खाता? अब सुन मेरी बात। तू मोची, मैं माली। इस मौसम में मैं लौकी उगा रहा हूँ नुमाइश ख़ातिर, बीस सेर की होगी पूरी।''

''किलो कहो, किलो।''

''तेरी भी...मुर्ग़े की एक टाँग। किलो हो या सेर बस किसी से कहियो मत, नज़र लग जावे है।''

''पच नहीं रही अपन को।''

''मेरा भंडा फोड़ेगा?''

''नहीं, लाला, यक़ीन ना आ रहा। सच में तुम्हारी गोभी दस सेर की थी? और अब लौकी...''

''चल न मेरी बैठक पर। अभी अपनी गोभी के दर्शन करा दूँ।''

मोची ने खोखा उड़काया और लाला के साथ कोठरी पर जा पहुँचा।

कुठरिया के भीतर चारदीवार, एक छत। एक खाट, एक कुर्सी, एक तिपाई। दाईं दीवार की अलगनी पर एक धोती, एक सदरी। सामने पूरी दीवार को ढके, सुनहले फ्रेम में मढ़ी फूलगोभी की तस्वीर। तस्वीर पर सूखे लाल गुलाब के फूलों की माला।

इनाम मिला तभी लाला को पहनाई गई थी। शायद ताज़े गुलाब की रही हो, वक़्त के साथ सूख गई हो। लाला सन्त तो था नहीं कि फूल ताज़े के ताज़े रहते। या हो सकता है, शुरू से काग़ज़ के फूल रहे हों। जो हो, माला लाला के गले से उतर गोभी पर आ टिकी थी।

लाला ने मोची को बैठने को खटिया दिखलाई। बैठ लिया तो ख़ुद पास आ बैठा।

मोची ने टक लगाकर फोटू ताकी, हँसा और बोला, ''वाह लाला, गोभी पर माला भी ठोंक दी। माला रामजी पर चढ़ाई जावे हैं, गोभी पर नहीं।''

''रोटी रामजी ना देते, गोभी देती है।''

''मान गया, लाला। मैं भी अपने खोखे में जूतों पर माला चढ़ा रखूँगा।''

''ना-ना, ऐसा ना करना,'' बेसाख़्ता लाला के मुँह से निकला।

''क्यों? बामन नाराज़ हो जावेगा?''

''हाँ...पता...नहीं...'' अनेक मुलाक़ातों में, लाला पहली बार हकलाया।

''तुम गोभी को राम मानकर माला चढ़ा सको हो, मैं जूते पर नहीं?''

''मैं...मैं...ने...''

''क्या में...में, ने...ने? साफ़ कहो, मैं ठहरा चमार, जूते को रामजी मान माला चढ़ाई तो बामन साला मेरे सिर पर जूते मारेगा।''

''तुम बुरा मानो या भला, सच बात यही है, रामू के बापू।''

''तुम भी इसे ग़लत मानते हो?''

''मैं नहीं मानता, रामू के बापू वे मानेंगे।''

''रामू के बापू किसे कहे जा रहा है तू! रामू का बापू होगा तू। मैं मोची हूँ मोची। मोची कहते ज़बान ग़लती है तेरी, रामू के बापू।''

''चलो, हम दोनों रामू के बापू हैं। अब ग़ुस्सा थूक दो। चाय बनाता हूँ पीकर जाना।''

''तू पी। मुझे नहीं पीनी ऊँची जात की चाय,'' फनफनाता मोची उठकर बाहर चला, जाते-जाते बुदबुदाता गया, ''क़सम जूते की, जूतों को माला पहना कर रहूँगा। न पहनाई तो मेरा नाम...नहीं।''

लाला बहरा नहीं था, फिर भी बाहर जाते मोची ने जो नाम उचारा, सुन नहीं पाया। असल बात यह थी कि, अपनी जान में पहली बार, मोची ने उसे 'तू' कहा था। रास्ते में कुड़कुड़ाता, बुड़बुड़ाता चला जा रहा होगा तो औचक दिमाग़ में कौंध जाएगा। बस हो जाएगा क़िस्सा-कोताह। कल मिलेगा तो यूँ दिखलाएगा जैसे आज कुछ हुआ ही न था।

यही हुआ।

मोची का माथा ज़बर गर्म था। 'साला लाला, बार-बार मुझे रामू के बापू कहे जा रहा था। तुम बुरा मानो या भला, सच बात यही है। मैं भला, बुरा क्यों मानूँगा? अन्याय की बात मैंने ही तुझे बतलाई थी ना। तेरे दिमाग़ में तो ना उपजी। अरे तू क्या मुझे सीख देगा? तू...मैं... तुम...एल्लो, वह मुझे तुम कहे जा रहा था, और मैं उसे तू।' मोची हँसा, मन बहला, बोला, 'हम दोनों रामू के बापू होने लायक़ हैं।' हँसा तो चाय छोड़ आने का अफ़सोस मन में जगा।

लम्बी साँस भर रहा था कि दोबारा फिक्क से हँस दिया। सूखे गुलाब की माला पहने गोभी याद आ गई थी।

अगले दिन लाला खोखे पर आया तो बतलाया कि अगली अमावस से पहले, पूनम की रात को सब्ज़ियों की नुमाइश लगने वाली है। इस बार उसकी लौकी जीतेगी। इनाम लेकर ही वह मोची से मिलने आएगा।

''तब तक लौकी को लोरी सुनाओगे?''

''लोरी नहीं पगले, सुलाना थोड़ा है।''

''क्यों, जितना सोएगी, उतना मुटाएगी।''

''बात तो तेरी पते की है। रात में लोरी, दिन में क़िस्सा।''

''लाला, तुम्हारा ख़ुफ़िया कल कह रहा था, चौधरी चरणदास भी ये लम्बी-चौड़ी दूधी उगा रहा है। सावधान रहना।''

''अच्छा किया तूने बतला दिया। तब तो एक मिनट भी घर से बाहर बिताना ठीक नहीं। चलता हूँ। अब जीतने पर ही मिलना होगा।''

''और न जीते तो?''

''अशुभ मत बोल। चमार की काली ज़बान होवे है।''

''बनिए-सी झूठी तो न होवे। मूँ-मूँ?'' दोनों हँस दिए।

''मोची बोला,'' कहो तो यह क़िस्सा लौकी को सुना जाऊँ।''

''ना मैं ख़ुद सुना लूँगा। तुझे देख काली पड़ गई तो?''

''जाओ, लाला ठुल्ले मेहतर को चाय पिलाओ और ख़ुफ़ियागिरी करवाओ।''

बात मोची की सही थी। ठुल्ले मेहतर को लाला ख़ूब शक्कर डाल, बिना टूटे प्याले में चाय पिलाता था। इसीलिए वह उसका मुरीद हो गया था। महाभारत के संजय की माफ़िक़, सारी ख़बर सुना जाता था। लाख चरणदास, जवान होती लौकी को पत्तों से ढक-ढाँप कर रखे, ठुल्ला मेहतर संजय की करामाती नज़र रखता था। दूर से देख भाँप जाता, वज़न कितना हो लिया।

उसके चलते, लाला सचमुच लौकी का होकर रह गया।

यूँ कच्ची नींद में चौंक-चौंक उठता और बैठे-बैठे झपकी लेता, अधसोए होश, लौकी को गाने-गप्पें सुनाता, खरामाँ-खरामाँ नुमाइश का दिन क़रीब आने लगा। जूता पैर में डालने की उतने दिन लाला को ज़रूरत ही न पड़ी।

खुली आँखों सपना लेता लाला बार-बार तीन कौल दुहराता। पहला, इनाम मिलने पर रक़म के साथ लौकी भी झटक लेगा। मोची भी याद करेगा कि कोई असल बनिया उसका यार था। दूसरा, इनाम की रक़म से मोची के लिए एक खेस ख़रीदेगा। खेस बड़ी करामाती चीज़ है। ओढ़ो चाहे बिछाओ और ज़रूरत हो तो बदन पर लपेट लो। मोची के बदन पर आधी धोती छोड़ कोई साबुत कपड़ा न था। अभी गर्मी थी तो क्या हुआ, एकाध महीने में ठंडी रातें शुरू हो जाएँगी। मेरठ शहर की यही फ़ितरत है। या बेहद गर्मी या बेहद ठंड।

तीसरा, नुमाइश निबट ले तो लम्बी तान कर सोएगा। हफ़्तों की नींद रात-भर में पूरी होने से रही। सोएगा तब तक जब तक सूरज ठीक सिर पर न आन घिरे।

नुमाइश का दिन आया, लाला की लौकी को पहला इनाम मिला, पाँच सौ नक़द और ताज़ा गेंदे की माला। फ़ोटो खिंचने से पहले लाला बोल पड़ा, ''मुझे फ़ोटो नहीं, लौकी दिलवा दीजिए।''

जजों ने एक-दूसरे को ताका, आँखों-आँखों में सलाह की और मशविरा मान लिया। लौकी ख़ासी बेस्वाद सब्ज़ी होती है। फ़ोटो खिंचने, बनने, मढ़ने में जो रक़म लगती, उससे एक बोतल शराब का बन्दोबस्त हो जाएगा। लौकी से रम भली। लाला ने बीस सेरी (किलोई) लौकी उठाई और लचक-लचक पड़ती कमर को, किसी तरह सीधा रख, डगमगाते-काँपते पैरों से मंच से नीचे उतरा। लगा जूते नहीं नालें ठुकी हैं पैरों में। घोड़ा बना दिया मोची ने, क्या सख़्त जूता गाँठा है। ज़ोर-ज़बरदस्ती कर, जूतों से दुलत्ती मारता, लाला नीचे उतरा कि एक जूते ने पूरा मुँह खोल दिया। हवा लगी तो राहत मिली। लौकी कोठरी पर पटक, खेस ख़रीदने चला। साथ

में ख़रीदी दस किलो शक्कर। यही तो करने वाला असली काम था। शहर में पले-बढ़े जज जानते न होंगे कि लौकी का क्या ज़ायकेदार शीरीं लच्छा बनता है। लाला की माँ बनाया करती थी, मीठा, ठंडा, सुकूनदेह। लौकी का छिलका उतार कर कद्दूकस कर लो। लम्बे-पतले लच्छे काढ़ो और शीरे में पकाओ। बस हो गया, नस-नस को ठंडक पहुँचाने की सिफ़त रखता, लज़्ज़तदार मीठा तैयार।

माँ बनाया करती थी, क्या स्वाद था।

वह बनाती तो लाला कन्धे पर टँगा रहता। लच्छों पर शीरा लिपटता देखना बड़ा ख़ुशगवार होता। फूँक मारकर एकाध गर्मागर्म लच्छा मुँह में उतार लेता और लम्बी-लम्बी साँसें छोड़, हलक में उतारने से पहले ठंडा करता। माँ कहती, पगले, लच्छा ठंडा खाया जाता है, गर्म नहीं। उसी तस्वीर को मन में बिठलाकर, लाला ने माँ के ज़माने का पिचका अल्युमिनियम का बड़ा भगौना निकाला और दिलोजाँ लगाकर शीरीं लच्छा तैयार किया। बेटे और उसकी औलाद को पसन्द नहीं। साले आइसक्रीम खाते हैं, लौकी के नाम से चिढ़ते हैं। चिढ़ने दो। वह मोची को बैठक पर लाकर भरपेट खिलाएगा और मोहल्ले में कच्ची लौकी नहीं, मीठा बाँटेगा। अपने ख़ुफ़िया मददगार ठुल्ले मेहतर को भी खिलाएगा। जूते का क्या है, एक बार फिर गाँठ देगा मोची। बुड़बुड़ करेगा, कर लेगा।

वह यह कहने से भी बाज़ न आएगा कि तुम बनिया हो या बामन, जो रसोई बनाने बैठ गए। मोहल्ले में प्रसाद बाँटने का काम तुम्हारा नहीं है। न सही। एक बार ऊँची जात का बनकर देख लूँ। पर उससे नहीं कहूँगा। ज्ञानी जितना हो, बामनों से चिढ़े है अपना यार मोची।

पक कर लच्छा तैयार हुआ तो भगौना लबालब भर गया। लाला ने तिपाई से ढक, कुर्सी पर टिका दिया और खेस ले, मोची के खोखे पर चल दिया। ग्यारह-बारह दिन हो लिए मिले। पहुँचा तो देखा, मोची जूते नहीं गाँठ रहा, ज़मीन पर पसरा पड़ा है।

''क्या हुआ ? तबीयत ख़राब है या आलस कर रहा है ?'' लाला ने कहा कि मोची ने उलाहना दिया, ''आ गए लाला फिर से जूता फाड़ के।'' पर बात पूरी होने से पहले खाँसने लगा।

लाला ने खेस निकाल उसे दिखलाया, ''मेरी लौकी को इनाम मिल गया। यह तेरे लिए लाया हूँ।''

अचरज के मारे, पल-भर मोची से बोलते न बना, फिर कहा, ''कफ़न का बन्दोबस्त भी कर आए।''

''तू मरने वाला नहीं। अभी जूता गाँठना बाक़ी है। नया ना ख़रीदा मैंने। हाँ, तेरे कहे पर, इस बार नक़दी के साथ लौकी भी झटक लाया। यह ज़ायकेदार शीरीं लच्छा बनाया है कि खाते ही तबीयत हरी हो जाएगी। अब उठ, चल मेरी बैठक पर, मुँह मीठा कर और ताप उतार।''

लाला ने उसे खींचकर खड़ा किया, खेस बदन पर लपेटा और सहारा दे, ले चला। रास्ते-भर मोची खाँसता-खँखारता, उसके जूतों को कोसता चला और लाला अपनी लौकी का बखान करता। न मोची ने लाला की सुनी, न लाला ने मोची की।

कुठरिया पर पहुँचे तो मोची पर अच्छा-ख़ासा खाँसी का दौरा पड़ लिया। लाला ने झट लौकी का गर्म-गर्म शीरीं लच्छा खाने को दिया। लच्छा अन्दर और खाँसी काफ़ूर। मोची बोला, ''सच में करामाती है तुम्हारी लौकी। फ़ोटू कहाँ है ?''

''अरे फ़ोटू के एवज में ही तो असली लौकी मिली।''

‘‘दोनों लाते तो बनिया मानता।’’

‘‘असली बनिया तो तू है, मैं कहाँ? मैं तो माली हो लिया। पर वह सब, कल। अभी पड़कर सो। और सुन, मुझे सुबह जगाइयो मत। देर तक सोऊँगा।’’

लाला लौकी बेच यूँ सोया कि आँख जब खुली, सूरज सिर पर था। कुठरिया धूप से चकाचौंध हो रही थी। मोची तो निकल लिया होगा, लाला ने सोचा; पर देखा क्या कि वह तो अब भी खेस लपेटे सोया पड़ा है।

‘‘वाह, खेस ख़ूब माफ़िक़ आ गया रे मोची,’’ बाँह से थाम हलके से हिलाया। हिलना तो दूर, देह यूँ अकड़ी मिली जैसे बर्फ़ की सिल्ली। मोची चल बसा था।

क्रिया से लौटा तो सबसे पहले लाला ने मोची के खोखे पर एक बड़ी-सी कील ठोंकी। जूतों का जोड़ा क़ायदे से उस पर टाँगा और इनाम में मिली ताज़े गेंदे के फूलों की माला सिर नवा कर उन पर चढ़ा दी।

(2004)

बाल गुरु

लड़का तब चौथी कक्षा में पढ़ता था। इतिहास की क्लास चल रही थी। टीचर बोल रही थी कि बस बोल रही थी। ज्ञानवर्द्धक अच्छी-अच्छी बातें। कम अज़ कम क़यास तो यही लगाया जाता है। सहसा उस पर नज़र पड़ी कि झपट ली, ''अकबर के पिता का नाम बतलाओ।''

''मुझे नहीं मालूम,'' उसने कहा।

''क्यों नहीं मालूम? जो मैं कह रही थी, सुन नहीं रहे थे?''

''नहीं।''

''क्यों नहीं?'' टीचर का पारा आहिस्ता-आहिस्ता ऊपर चढ़ रहा था हालाँकि उसे अपने संयत स्वभाव पर ख़ासा गर्व था।

''मैं सोच रहा था,'' जवाब ने उसे कुछ और चिढ़ाया।

''वाक़ई! किस बारे में सोच रहे थे?''

''बारे में नहीं, बस सोच रहा था।''

''वाह! हम भी जानें क्या सोच रहे थे?''

''वह पता होता तो मैं सोचना बन्द न कर देता।'' गहरे सोच में डूबे उसने कहा।

टीचर का दिमाग़ी थर्मामीटर टूटने की कगार पर पहुँच गया। फिर भी ख़ुद पर क़ाबू रखा। वह नहीं चाहती थी उसका रक्तचाप और बढ़े।

''पहले लापरवाही, ऊपर से बदतमीज़ी!'' सख्त पर मद्धिम स्वर में उसने कहा, ''चलो प्रिंसिपल के पास।''

प्रिंसिपल अजब उलझन में पड़ गया। सोचना शुरू किया तो सोच का दायरा बढ़ता चला गया।

क्या सोचना ग़लत था?

क्या सच बोलना ग़लत था?

सही क्या था और क्या ग़लत?

ज़्यादा महत्त्वपूर्ण क्या था, सोच-विचार करके सत्य की पड़ताल करना या तथ्यों की सूची का बखान सुनना?

उस दौरान टीचर उसके ख़िलाफ़ शिकायतों की एक लम्बी फ़ेहरिस्त गिनाती रही। बार-बार इस जुमले को दुहरा कर, हालाँकि अपने लम्बे शिक्षण काल में उसने अपने ग़ुस्से पर क़ाबू रखना काफ़ी अच्छी तरह सीख लिया था पर हर चीज़ की एक हद होती है। हद पार कर लेने पर भी किसी को उसके किये की सज़ा न मिले तो फिर कोई हद बाक़ी नहीं रहती। भाषा और मुहावरे

पर उसकी पकड़ उस्तादों वाली थी। आख़िर थी जो उस्ताद, वह भी इतिहास की। काफ़ी देर बोल लेने के बाद उसने पूछा, ''तो आपका क्या निर्णय है?''

''सॉरी,'' प्रिंसिपल ने कहा, ''आपने क्या कहा, मैंने सुना नहीं।''

''मैंने पूछा, ''आपका क्या निर्णय है?''

''वह नहीं। उससे पहले आपने जो कहा, मैं सुन नहीं पाया।''

''सुना नहीं! कैसे? क्यों?'' टीचर अकबकाई।

''मैं सोच रहा था।''

''क्या सोच रहे थे?''

''वह पता होता तो मैं सोचना बन्द न कर देता...'' उसने कहना शुरू किया, फिर सँभल कर रुक गया। क्या वह भ्रष्ट हो रहा था। जो था, उससे अलग होने के लिए, उसकी उम्र शायद ज़्यादा हो चुकी थी।

उसने लड़के को कड़ी चेतावनी दी। स्कूल के नियम-क़ायदों के मुताबिक़ रहना सीखे। दुबारा ऐसी गुस्ताख़ी की तो स्कूल से निकाला भी जा सकता था।

अगले दिन, प्रिंसिपल ने अपने पद से इस्तीफ़ा दे दिया।

उससे इस्तीफ़ा माँगा नहीं गया था। उसने ख़ुद-ब-ख़ुद निर्णय लिया था।

लड़का अपनी गति से चलता रहा और आख़िर दसवीं कक्षा का इम्तिहान पास कर गया। उतने ऊँचे अंकों से नहीं, जितने की उसके माता-पिता को उम्मीद थी। पर जितने उसकी टीचर के अनुसार आने चाहिए थे, उनसे कहीं ज़्यादा ले कर। मैं, उसकी माँ, इम्तिहान से दो महीने पहले उसे पीलिया हो जाने को कम अंकों के लिए ज़िम्मेवार ठहरा रही थी। तो उसकी क्लास टीचर बीमारी के बावजूद उतने अंक पाने के लिए, उसकी बेपनाह बदतमीज़ ज़िद को ज़िम्मेवार ठहरा रही थी।

जो हो वह दसवीं के बोर्ड इम्तिहान के साथ जूनियर साइंस टैलंट छात्रवृत्ति के लिखित पर्चे में भी पास हो गया था।

अगले दिन साक्षात्कार या मौखिक इम्तिहान होना था कि अचानक उसे ज़ोरों का बुख़ार चढ़ गया। कोई बात नहीं, हमने सोचा, आधुनिक चिकित्सा ज़िन्दाबाद! एक ही दिन में एन्टीबायोटिक का चमत्कार बुख़ार नीचे ले आएगा। अगली सुबह वह इम्तिहान दे लेगा। साक्षात्कार के लिए इस्त्री की हुई साफ़-सुथरी क़मीज़ और पैन्ट आलमारी में टँगी थीं। बस जूते गन्दे थे, बहुत नहीं पर पॉलिश की चमक से महरूम। साक्षात्कार के लायक़ कदापि नहीं।

शाम घिर आई। बुख़ार तब भी काफ़ी तेज़ बना रहा। जूते पॉलिश न हो पाये।

''क्यों न जूतों को मोची के पास भेज कर पॉलिश करवा लें,'' मैंने सुझाव रखा, ''इतने तेज़ बुख़ार में तुम नहीं कर पाओगे, है न?''

''नहीं,'' उसने कहा, ''मैं ख़ुद करूँगा।''

''कब?''

जवाब नहीं आया।

"सुबह बहुत जल्दी घर से निकलना है। बुख़ार की बात छोड़ो। न भी होता तो सुबह जूते पॉलिश करने का वक़्त नहीं होता तुम्हारे पास।"

जवाब फिर भी नदारत रहा। आँखें मुंदी देख मैंने सोचा, शायद उसे नींद आ गई है। बुख़ार उतारने के लिए आराम करना, बल्कि सो रहना, निहायत ज़रूरी था। सो उसे सोने दिया।

पर जूते? बे-पॉलिश जूते मेरे सिर पर सवार थे। बमुश्किल एक घंटा अपने अधैर्य पर क़ाबू रखा फिर हथियार डाल दिये। जूते ले कर बैठ गई। वैसे भी जूते पॉलिश करने के अपने कौशल पर मुझे काफ़ी नाज़ था।

हमेशा की तरह जूते पॉलिश करने में बहुत मज़ा आया। कैसे उन्होंने मेरे हाथों के इशारों पर नई ज़िन्दगी पाई। एक पल वे सड़क के गलीज़ बच्चों की तरह दीख रहे थे तो दूसरे पल, पब्लिक स्कूल के चमचमाते छात्रों की मानिन्द! वाह! सच कहती हूँ, अपने चेहरे और प्यार भरे दिल की हूबहू प्रतिच्छाया देखने के लिए पॉलिश किये जूतों से उम्दा आरसी नहीं मिलेगी। हाथ कंगन को आरसी क्या? वाजिब है। पर दिल तो हम हाथ में लिये घूमते नहीं। उसे चाहिए एक जोड़ी पॉलिश किये जूते। मुझे अपने पर गर्व हो आया। बड़ी आज़िज़ी से चमचमाते जूते उसके बिस्तर के बराबर रख दिये। आँख खुलते ही उन पर नज़र पड़ेगी।

अलस्सुबह बुख़ार जाँचा। था तेज़। पर चारा क्या था। सँभाल लेगा। उसके लिए नाश्ता तैयार किया। मेज़ पर रख, बेटे को बुलाने उसके कमरे में गई। देखा, वह हाथ में जूता पकड़े फ़र्श पर बैठा था।

"मैंने कल रात पॉलिश कर दिये थे," मैंने सगर्व कहा।

"मालूम है," उसने कहा और ब्रश उठा लिया।

तब जाकर मेरी नज़र जूतों पर गड़ी। जहाँ-तहाँ मिट्टी लिसड़ी पड़ी थी। पर...कैसे?

वह मनोयोग से जूतों पर ब्रश मारता रहा। फिर पास रखा कपड़ा उठा उन्हें चमकाने लगा।

"पर जूते...मैंने पॉलिश..." मैंने निरर्थक संवाद बोला।

"मुझे बग़ीचे से मिट्टी ला कर उन पर डालनी पड़ी। मेरे जूते मेरे सिवा कोई पॉलिश नहीं करता।" उसका चेहरा जूतों की तरह चमक रहा था।

लड़का अब बीस बरस का हो चुका था। अमरीका के सैन फ्रांसिस्को शहर में काम कर रहा था। तभी वहाँ बीसवीं सदी का मशहूर ज़लज़ला आया। मुझे आ चुकने पर पता चला। टीवी की मार्फ़त। देखा, सुना और महसूसा। एक बार नहीं, बार-बार। वे गोल्डन गेट के पास धसकी ज़मीन में गिरी मोटरगाड़ी को बार-बार दिखला रहे थे। बार-बार देखने पर लगता है, एक नहीं, अनेक हादसे घट लिये। बशर्ते आपका उनसे निजी सरोकार हो। हादसा तभी हादसा बनता है न जब किसी को कोई फ़र्क़ पड़े?

छत्तीस घंटे अकेले हादसे महसूसते गुज़रे। तमाम फ़ोन लाइनें बन्द थीं, किसी और रास्ते ख़बर मिलनी मुमकिन न थी। उससे बात हो पाने का तो सवाल ही नहीं था।

छत्तीस घंटे बीत जाने पर आख़िर फ़ोन लगा।

"तुम ठीक हो?" बदहवास मैंने पूछा।

''प्याला टूट गया,'' उसने कहा।

''तुम्हारे सब दोस्त...दफ़्तर में सहयोगी, सब ठीक हैं?''

''प्याला टूट गया,'' उसने फिर कहा।

किस प्याले की बात कर रहा था वह। कोई कप होगा; जीत में मिला होगा। पर उसकी परवाह कब से होने लगी उसे!

''क्या बहुत क़ीमती था?'' खासा बेवक़ूफ़ महसूस करते हुए मैंने पूछा।

''नहीं। वह ख़ाली मेज़ के बीचोबीच रखा था, फिर भी टूट गया।''

''तुमने टूटते देखा?''

''हाँ। मैंने तभी मेज़ के बीचोबीच रखा था। मेज़ बिलकुल ख़ाली थी। तुम समझ रही हो न? मेज़ पर और कुछ नहीं था। फिर भी वह टूट गया।''

''टकराये बिना गिर कर?''

''वही तो।''

''समझी, ज़लज़ला बहुत भयानक था।''

''भयानक नहीं, ज़बरदस्त था।'' उसने कहा।

(2009)

बेंच पर बूढ़े

बूढ़े पार्क की बेंच पर बैठें या आई.आई.सी के लाउंज में, ख़ास फ़र्क़ नहीं है, उत्तर-दक्षिण दिल्ली के सरहदी लोदी गार्डन की बेंच पर बैठा, नितिन सोच रहा था। ये भी सेवानिवृत्त हैं, वे भी। सेवानिवृत्त, क्या आनबान वाला शब्द है जैसे बन्दा सारी उम्र सेवा करके, अपनी मर्ज़ी से निवृत्त हुआ हो। अंग्रेज़ी पर्याय 'रिटायर' में वह शान नहीं झलकती, बल्कि गाड़ी के 'रीट्रीटेड टायर' की याद हो आती है। पर शब्द से क्या होता है, अर्थ दोनों का एक है, घर से निष्कासित। जैसे नितिन। कभी नितिन सोलंकी...हाल में सेवानिवृत्त हो मात्र नितिन या वह भी नहीं, केवल पापा या दादा। कितनी चिढ़ है उसे पापा शब्द से। अजब निरर्थक सम्बोधन है। जैसे गार्डन या पार्क। अरे भई, बग़ीचा या बाग़ कहते ज़बान गलती है क्या ? कहो तो उसके पोते-पोती समझें ही नहीं। सब क़हते हैं न, बड़े-बड़े हिन्दी के विद्वान भी, हिन्दी बदलेगी तो चलेगी ! यानी अंग्रेज़ी शब्दों का घालमेल करके बोलो तो लंगड़ा कर चल लेगी कुछ देर और। नितिन की ज़िन्दगी ख़त्म होने तक, ज़रूर। ठीक है, वह नाहक अपना भेजा क्यों ख़राब कर रहा है, ख़ासी बढ़िया अंग्रेज़ी जानता है। जो नहीं जानते, उद्यान और उपवन में फ़र्क़ किये बग़ैर, किसी भी मैदान को पार्क या गार्डन पुकारते हैं। उसे भी उनकी चाल चलना पड़ता है। सो पेड़-फूलों से लदा इतना बड़ा मैदान हुआ गार्डन और मोहल्लों की नन्ही-सी खुली जगह हुई पार्क ! हुआ करे, वह अपना भेजा फ्राई क्यों कर रहा है ? और कुछ फ्राई रहा जो नहीं ज़िन्दगी में। 'फ्राई' उसे इस उम्र में चलता नहीं। सच कहें तो ख़ूब चलता है उसे; उसकी बहू मान्या मानती है, नहीं चलना चाहिए। सो रोज़ घोड़े के खाने लायक़ भूसा, चलो जई सही, औटा कर धर देती है सामने। कहती है, 'ओट्स' हेल्थ फ़ूड है। ज़रूर होगा। घोड़े खाते हैं, कभी किसी घोड़े को दिल का दौरा पड़ते सुना ? स्वाद बदलने को वह हँसोड़ वाक्य सोचता है, कहता नहीं। असल बात कौन नहीं जानता, बाज़ार से डिब्बा-बन्द आता है, घोल घोटने में पाँच क्षण नहीं लगते। जिसे पकाने में मेहनत न लगे, वह बनाने वाले की सेहत के लिए मुफ़ीद हुआ न ? पता नहीं यह बेस्वाद खाना सिर्फ़ बूढ़ों के लिए सही क्यों है ? जवानों और बच्चों को चलता है, दूकान से आया पित्ज़ा और फ्राइड प्रौन। कहते हैं, उनके खेलने-खाने के दिन हैं। हाल में सेवानिवृत्त हुए अधेड़ के क्या करने के दिन हैं, बहू और उसकी रसोईदारिन की सेहत बनाने के ?

बेचारी उसकी भली पत्नी भागवती। भली थी तभी उसके सेवानिवृत्त होने से पहले, जीवन निवृत्त हो गई। पुरानी चाल की औरत थी, ध्रुव के पैदा होने के बाद ज़्यादा दिन नौकरी नहीं की। बेटे को पालने-पढ़ाने, हर तरह लायक़ बनाने की ख़ातिर, जवानी में ही सेवानिवृत्त हो गई। वह फ़िक्क से हँस दिया। सेवा से नहीं, घर के भीतर सेवा करने के लिए बाहर से निवृत्त हुई थी। बेटा बड़ा हुआ तो पोते-पोती की सेवा में जुट गई। बहू मान्या दफ़्तरी ओहदे पर आसीन

थी; जन सेवा छोड़ गृह सेवा करने वाली थी नहीं। भली थी उसकी बीवी या बेवक़ूफ़, जो अच्छी-भली नौकरी छोड़, आदर्श माँ बनने के जंजाल में एक नहीं, दो पीढ़ियों तक फँसी रही ? ध्रुव की शादी के बाद, नितिन ने कई बार तजवीज़ रखी कि जवान जोड़ा अपनी गृहस्थी अलग बसाए, अधेड़ दम्पती अलग। पर मान्या ने इतने स्नेहिल और विनीत भाव से मनुहार की, ''प्लीज़-प्लीज़ हमारे साथ रहिए, बच्चों को—जो एक के बाद एक तीन बरस में दो हो लिये—दादा-दादी के संग-साथ की सख्त ज़रूरत होती है, ऐसा आजकल की तमाम मनोवैज्ञानिक स्टडीज़ कहती हैं।'' उसकी विनय और अभ्यर्थना के सामने उसकी भोली पत्नी ही नहीं, खुर्राट दफ़्तरी बाबू ख़ुद वह नतमस्तक हो रहा। यह न समझा कि वे चले गये तो मान्या को नौकरी छोड़नी पड़ेगी या बच्चों की देखभाल के लिए ऊँची तनख़्वाह पर हाउसकीपर रखनी पड़ेगी। आजकल कुछ कम ऊँचे ओहदे वाली आया को 'हाउसकीपर' और ज़्यादा ऊँचे ओहदे वाली को 'गवरनेस' कहते हैं। दादी को अलबत्ता ग्रेनी कहने भर से, बिला वेतन काम चल जाता है। अपने बचाव में वह कहे तो क्या। काफ़ी दिनों तक उसे भागवती भली ही लगी थी, बेवक़ूफ़ नहीं, जब रोज़ नाश्ते में भरवाँ पराँठा या मूँग दाल का चीला गरमागरम बना कर खिलाती। ध्रुव भी तारीफ़ करता न अघाता। मान्या बिला तारीफ़ किये गटकती रहती, इस नसीहत के साथ कि वह सेहतमंद खाने की श्रेणी में नहीं आता, फिर भी... भली थी उसकी बीवी जो पलट कर नहीं कहा, ''भलीमानुस, तुम नहीं न खाओ, मैं तुम्हारे नहीं, अपने पति-पुत्र के लिए बना रही हूँ। तुम्हारे पुत्र-पुत्री के लिए तो ख़ैर मुफ़ीद होगा ही, आख़िर उनके खेलने-खाने के दिन हैं।''

यह बाज़ार का पित्ज़ा और चाइनीज़ फ्राइड राइस, चिली प्रौन वग़ैरह भागवती के जीवन-निवृत्त होने के बाद आने शुरू हुए थे। जब तक वह थी, नई पीढ़ी की फ़रमाइश पर, टी.वी के पाक कला कार्यक्रमों से सीख, चाउमीन, चॉपसुई, पास्ता, प्रौन करी और जने क्या-क्या घर पर बना दिया करती थी। बहू कहती थी, सारा दिन ईडियट बॉक्स के सामने बैठी रहती हैं, बच्चे स्कूल से आएँ तब बन्द कर दिया करें, अदरवाइज़ उन्हें भी रोग लग जाएगा। भली सास उनके आने से पहले बन्द किये रखती; बच्चे अपनी मर्ज़ी से भद्दे-भोंडे रियलिटी शो लगा कर बैठ जाते तो वह ईडियट कैसे कहती कि पाक कला सीखना, इससे तो कम ईडियोसी का काम था। जब-तब बहू-बेटा ख़ूब विनीत भाव से कहते,''इनसे हिन्दी में बोला कीजिए प्लीज़ वरना दे विल टॉक ओनली इन इंग्लिश... ऑल्वेज़,'' इसलिए वह 'इडियोसी' जैसे शब्द बोलने से परहेज़ रखती। यह दीगर है कि वह चाहे जितनी ख़ुशनुमा हिन्दुस्तानी बोलती, बच्चे जवाब अंग्रेज़ी में ही देते। उनके माँ-बाप भी उनसे फ़क़त अंग्रेज़ी में बात करते, जैसे वे इंग्लिस्तान, न-न अमेरिका की पैदाइश हों; इंग्लिस्तान के दिन कब के लद गये। एक दिन भागवती ने तो नहीं, नितिन सोलंकी ने ज़रूर कहा था, ''अक़्ल के अन्धो, तुम अपने बच्चों से ऐसे बात क्यों करते हो जैसे ये तुम्हारे अंग्रेज़ बॉस हों ? सिर्फ़ नौकर और दादी ही रह गये हिन्दी बोलने को, जैसे साले गोरे साहबों के ख़ानसामा या साईस ?'' जवाब में बहू तो बहू, बेटा भी पीछे पड़ गया था कि ऐसी 'लेन्गुएज' मत बोलिए, बच्चों पर बुरा असर पड़ता है। बेटे को क्या दोष दे, शादी होते ही तमाम जवान मर्दों की अक़्ल घास चरने चली जाती है और बीवी के जवान रहने तक, जो आजकल शौहर की निस्बत ज़्यादा बरस रहती हैं, वापस नहीं लौटती। ध्रुव अकेले थोड़े था। ख़ुद नितिन की भी गई थी न, गार्डन या पार्क न सही, नुक्कड़ की बग़िया में। बस उसकी

जवान बीवी ज़्यादा दिन जवान रही नहीं। समय से पहले रिटायर हुई, समय से पहले बुढ़ाई और समय से पहले निवृत्त हो गई।

उसका बनाया 'चाऊ-साऊ' खाकर मान्या कहती तो थी, चाइनीज़ शेफ़ जैसा नहीं बना पर पैसे की बचत के चलते, समझौता करने को राज़ी हो जाती और न-न करते, काफ़ी हिस्सा चट कर जाती। उसकी भली बीवी के लिए कम ही बचता पर उसकी सेहत के लिए ठीक भी तो नहीं था न; और नई चाल के व्यंजनों का उसे शौक़ भी नहीं था। उससे किसी ने पूछा नहीं था, वह भी भला पूछने की बात थी ? औरों को छोड़ो, ख़ुद उसने नहीं पूछा था। बचा-खुचा अपनी प्लेट में न डाल, उसे आदर्श माँ-दादी के साथ अच्छी पत्नी होने के सौभाग्य से वंचित क्योंकर करता!

भागवती के बाद अकेला पड़ गया तो ध्रुव के पास बना रहा, अपने निर्णय स्वयं लेने का अभ्यास तब तक मिट चुका था। ध्रुव के ऊँचे ओहदे की वजह से ही, सेवानिवृत्त नितिन सोलंकी, आई.आई.सी. से सटे भव्य लोदी गार्डन की बेंच पर बैठने का सौभाग्य पा सका। उसका बँगला पास ही काका नगर में था। उसके बेचारे साथी, डी.डी.ए. की एस.एफ़.एस. या एम.आई.जी. कालोनी में बने छुट्टभइया पार्क की बेआराम बेंच पर बैठने को अभिशप्त थे। बेचारे वे थे या नितिन ? वे पाँच-छह के गोल में, देश के बिगड़ते हालात और नई पीढ़ी की बढ़ती उच्छृंखलता की निन्दा करके वक़्त ज़ाया करते। लम्बे-चौड़े-हवादार लोदी गार्डन में हरियाली और आरामदेह बेंच ज़रूर थीं पर नितिन को वक़्त अकेले ज़ाया करना पड़ता था। शनिवार-रविवार को झुंड के झुंड लोग पिकनिक मनाने आते पर नितिन की हलो का जवाब तक देना गवारा न करते। बाक़ी शाम, ट्रैक सूट में लैस जॉगर्स या वॉकर्स से बतियाने का सवाल ही नहीं उठता था। वॉक यानी सैर नितिन भी करता था, मद्धिम चाल चलतों से हाई-हलो हो जाती पर ऐसे लोग वहाँ कम आते थे। लोदी गार्डन के पास के बँगलों में सेवानिवृत्त बूढ़ों के रहने का चलन शायद नहीं था। ऊँचे ओहदेदार, माँ-बाप का क्या करते थे, वह जान नहीं पाया पर इतना ज़रूर जानता था कि बेटे के सदस्य होने पर, बाप आई.आई.सी. के लाउंज में नहीं बैठ सकता था।

यानी उसकी औक़ात आई.आई.सी. में बैठने की नहीं थी। दो-चार बार गया ज़रूर था। दुबारा दोस्तों की तलाश में निकले, हाल में सेवानिवृत्त हुए, एक ज़माने के साथी बाबू बी.के. के साथ। अहमक़ नितिन सोलंकी ताउम्र बाबू बना रहा; चतुर सुजान बनवारी कपूर, पदोन्नति पर पदोन्नति कर, सेल्स विभाग में अफ़सर बी.के. बन गया। उस मुकाम पर पहुँच कर उसे आई.आई.सी. की जीवन-पर्यन्त सदस्यता मिल गई। सेल्स विभाग में जाने का निहितार्थ कौन नहीं समझता; मृदु-भाषी और चालाक होने के साथ, बी.के. दुनियादार भी था, अभिधा में कहें तो बेईमान।

पहली मर्तबा शनिवार की दुपहर, बी.के. से मुलाक़ात औचक हुई थी, जब नितिन लोदी गार्डन के गेट से अन्दर घुस रहा था। "चलो, वहाँ बैठते हैं," बी.के. ने आई.आई.सी. की तरफ़ इशारा करके कहा था। चलते समय उसका फ़ोन नम्बर माँगा तो उसने ध्रुव के घर का नम्बर दे दिया।

"यह तो लैन्ड लाइन है। मोबाइल नहीं है तेरे पास ?" नम्बर अपने मोबाइल में भरते हुए बी.के. ने पूछा था।

उसके न कहने पर हो-हो कर हँसते हुए कहा था, "मोबाइल तो आजकल भिखारियों तक के पास होता है। मेरे पास है न, कर लेना कभी भी। यहीं मिलेंगे।" हँसी के बावजूद, नितिन को बुरा लगा था; ईमानदार लोगों के साथ यही दिक़्क़त है, सच का बुरा मान जाते हैं।

ऐसा नहीं था कि नितिन धर्मराज युधिष्ठिर का अवतार था। यूँ धर्मराज कौन कम दुनियादार थे। क्या ठाठदार झूठ बोला था कुरुक्षेत्र में, न सच न झूठ, एकदम बी.के. की 'सेल्स पिच' की तरह दुनियादार। सच यह था कि नितिन को ढंग से झूठ बोलना आता न था। कोशिश करता तो बनता काम बिगड़ जाता, बिगड़ा-बिगड़ा रहता ही। उससे बेहतर झूठ तो भोली भागवती बोल लेती थी, जो कटहल की तरी को चिकन तरी बतला कर परोस देती और किसी उल्लू के पट्ठे को ज़रा शक़ न होता। बजट में बचे पैसों से पकौड़े, टिकिया, दम आलू, कचौड़ी जैसे ग़ैर-सेहतमन्द देसी व्यंजन बना डालती, जिन्हें दुर-दुर करते, सब चट कर जाते। भागवती के लिए ज़रा-मरा ही बच पाता। क्या विडम्बना थी कि सभी तरह के देसी-विदेशी ग़ैर-सेहतमन्द खाने से ज़बरन परहेज़ कर, हेल्थ फ़ूड खा कर भागवती सबसे पहले परलोक सिधारी। नितिन समेत तमाम उल्लू के चरखे ग़लत खा कर भी अच्छे-भले हैं। बुरी बात, उसने अपने को दुत्कारा, गाली दे कर बात नहीं करनी चाहिए।

"देनी नहीं, सिर्फ़ खानी चाहिए, हा-हा," तुरंत बी.के. की आवाज़ आई। वह वहाँ नहीं था, आई.आई.सी का जीवन पर्यन्त सदस्य, हरामज़ादा लाउंज छोड़ उद्यान की बेंच पर क्यों बैठता? आवाज़ उसके भीतर से आई थी, आजकल जब-तब बी.के. भीतर घुस कर बोला करता है। अकेलेपन से निजात पाने का अच्छा तरीक़ा है।

पहली मुलाक़ात के बाद, कुछ दिन तक नितिन बुरा माने इंतज़ार करता रहा कि बी.के. फ़ोन करेगा। नहीं किया तो जब मय परिवार ध्रुव छुट्टी मनाने दिल्ली से बाहर था, एक कटखनी अकेली शाम, उसी ने बी.के. का नम्बर मिलाया।

"आ जा कल ग्यारह बजे, मैं बाहर दरवाज़े पर मिल जाऊँगा," उसने कहा।

"ग्यारह नहीं, शाम पाँच बजे," नितिन ने कहा; अगले दिन ध्रुव को लौटना था। "दिन में कामवालियाँ आती-जाती रहती हैं, शाम को बच्चों के लौटने पर ही आ पाऊँगा।" बी.के. मान गया था। नितिन ने थोड़ा झूठ बोला था। कामवाली रहती पूरा वक़्त घर पर थी पर दुपहर को आराम करती थी। आमतौर पर वह मान्या-ध्रुव के घर लौटने पर, छह-सात बजे बाहर निकलता था। लोदी गार्डन आठ बजे तक खुला रहता था। पर चाहता तो पाँच बजे निकल सकता था।

"लाइफ़ मेम्बर होने के बहुत फ़ायदे हैं," बी.के. ने उसे समझाया था। "ख़ुराफ़ात में पड़ने पर सालाना सदस्य की सदस्यता आसानी से ख़त्म की जा सकती है, लाइफ़ मेम्बर की करो तो सवाल उठना लाज़िमी है कि लाइफ़ मेम्बर बनाया क्या सोच कर था?"

"इसीलिए आई.आई.सी. ज़्यादातर बूढ़ों को ज़िन्दगी भर के लिए सदस्य बनाता है, ख़ुराफ़ात में पड़ने का डर लगभग ख़त्म हो चुका होता है; ज़्यादा ज़िन्दा रहने का भी।"

"और इसीलिए," नितिन ने हाज़िरजवाबी में पहली बार बी.के. को मात दे कर कहा था, "वे आराम से ख़ुराफ़ात करते रह सकते हैं और जीते भी ज़्यादा हैं।"

भागवती के गुज़रने के बाद वह समझ गया था कि ग़ैर-ख़ुराफ़ाती जन, सेहतमन्द खाना खा कर भी कम जीते हैं। सोचा जाए तो भागवती थी भागवान, जल्दी सिधारी तो उसकी तरह पार्क

की बेंच पर बैठ या घूम कर अकेले शामें गुज़ारने की नौबत न आई। सोचा जाए, और करने को था क्या नितिन के पास, सोचने के सिवा, बेंच पर बूढ़े ज़्यादा दीखते थे, बुढ़ियाँ निस्बतन कम। तर्कसम्मत था। चूँकि हिन्दुस्तानी मर्द, औरत की तरह घर के काम में हाथ नहीं बँटा पाता, इसलिए बुढ़ापे में उसका मूल्य और कम हो जाता है। घर का काम, एकमात्र काम है, जिससे बन्दा कभी रिटायर नहीं होता। अजब शै है हिन्दुस्तानी मर्द। सारी उम्र औरत के भरोसे राज करके इतना निकम्मा हो जाता है कि बुढ़ापे में भरवाँ पराँठा या मूँग दाल का चीला दूर, रोटी-दाल-पुलाव पका कर भी घर के लिए ज़रूरी नहीं बना रह सकता। हद से हद पोते-पोती की उँगली पकड़ या बच्चा गाड़ी ठेल, घुमाने ले जा सकता है या फल-तरकारी की ख़रीदारी कर सकता है। नितिन के पोते-पोती उतने छोटे नहीं थे कि घुमाने ले जाए जा सकें। घर पर रहते भी उनसे बात कम होती थी। अब वे टी.वी छोड़, कम्प्यूटर पर यूट्यूब में उत्तेजक फ़िल्में देखते हैं। माँ-बाप, चुगद, इतने ऊँचे ओहदों पर पहुँच लिये कि बच्चे क्या कर रहे हैं, देखने का वक़्त नहीं है। परदे के पीछे खड़े रह कर एक बार उसने एक फ़िल्म के कुछ दृश्य देखे थे, पल भर को सोचा, ब्ल्यू फ़िल्म इसी को कहते हैं क्या? पर इतना गबद्दू नहीं था। जल्द समझ गया कि उसके ज़माने में इस ख़ुराफ़ात को सनसनीखेज़ भले मान भी लिया जाता, वाक़ई ब्ल्यू फ़िल्म वह नहीं थी। फिर भी वयस्क ज़रूर थी, कुछ ज़्यादा ही वयस्क। स्कूली बच्चों के माक़ूल बिलकुल नहीं। पर उसने कुछ कहा नहीं था। जानता था, बच्चे दुनियादारी में उससे इक्कीस थे। धर्मराज और बी.के. को मात दे, इस सफ़ाई से आधा झूठ बोलते थे कि माँ-बाप शेखी बघारते फिरते थे कि हमारे बच्चे वेब पर खोज-खोज कर ऊँची तालीम के गुर सीख रहे हैं, देखना, बोर्ड में अठानवे-निनानवे फ़ीसद नम्बर लाएँगे। नहीं, वह नितिन के शब्द हैं, वे नाइन्टी एट-नाइन्टी नाइन परसेन्ट कहते थे, रुतबेदार ठहरे।

दिन में वह कभी-कभार टी.वी पर फ़िल्म या ख़बरें देख लेता पर उसकी अनेक कमियों में से एक यह थी कि उसे टी.वी भाता नहीं था। ख़बरें अख़बार में पढ़ना पसन्द करता और फ़िल्म साथ बैठ कर देखना, सो बुद्धू बक्से के आगे बमुश्किल आधा घंटा गुज़ार पाता। क़िताबें ख़ूब पढ़ता, पहले वक़्त नहीं मिला था, पर जने क्यों चुगद उतने से ख़ुश नहीं रह पाता। वैसे उतना चुगद भी नहीं था। मान्या ने कहा भर था कि बुढ़ापे में सेहत के लिए लम्बी सैर ज़रूरी है, वह तत्काल इशारा समझ, संग-साथ की चाह भीतर घोंटे, बेटे-बहू को एकान्त देने की ख़ातिर, शामें पार्क में टहलते या बेंच पर बैठे गुज़ारने लगा था। शनिवार-रविवार को दिन का काफ़ी वक़्त भी। लोदी गार्डन में हरियाली के चलते गरमी-सरदी कम महसूस होती थी।

बी.के. से दूसरी मुलाक़ात, शाम पाँच बजे हुई तो सात बजे वह उठ खड़ा हुआ। बोला, "चलूँ वरना बस नहीं मिलेगी। और हाँ, जब मिलना हो मेरे मोबाइल पर मिस्ड कॉल दे देना, मैं अगले दिन पाँच बजे आई.आई.सी. के दरवाज़े पर मिल जाऊँगा। इनकमिंग फ्री है, तेरा पैसा भी नहीं लगेगा।"

घनचक्कर! समझता क्या है, उसे फ़ोन करने की मनाही है! ध्रुव इतना बड़ा अफ़सर है, फ़ोन के बिल सरकार भरती है। नितिन वापस लोदी गार्डन पहुँचा तो उड़ते से ख़याल आये कि बी.के. बस में सफ़र क्यों करता है, उसके पास तो गाड़ी थी, वह भी एस्टीम। और दोनों बार मिलने पर एक चाय मँगा, दो प्यालों में उड़ेल, टरका दिया था, कुछ खिलाया न था। ख़ासा

खुला हाथ रखने वाला, सेवानिवृत्त बुढ़ऊ इतना कंजूस हो लिया! खाने को घर पहुँच, भूसा-छाप कुछ खा ही लेगा पर आई.आई.सी. लाउंज के बाहर क़तार से सजे पेस्ट्री-पैटी देख, जी ललचा उठा था। बुरा हो, न-न भला हो, भागवती का, तरह-तरह के व्यंजन पकाना सीख, अला-बला खाने का स्वाद पैदा कर गई। अपने लिए ख़रीदने लायक़ पैसा था उसके पास पर कमबख़्तों ने पट्टा लगा रखा था, सिर्फ़ सदस्यों के लिए। अगली बार बी.के. से कहेगा, वह साइन कर दे, पैसे नितिन दे देगा। पर जानता था कह नहीं पाएगा। ऐसे ही थोड़े न, पूरी उम्र बाबूगिरी करते गुज़ारी थी।

कुछ मुलाक़ातें और हुई थीं।

थोड़े दिन बाद, बी.के. ने कहा था, "तू ख़ुशक़िस्मत है जो तेरी बहू दफ़्तर में काम करती है। दिन भर आराम से पाँव पसार घर में पड़ा रह सकता है, कूलर-शूलर चला कर। मेरी बहू घर से काम करती है, सो सारा दिन घर बैठी, गाहक निबटाती है।"

"हैं!" उसे ठिठोली सूझी थी, "गाहक! चकला चलाती है क्या?" वह फुसफुसाया था।

बी.के. ठहाका मार हँस दिया था। कम ईमानदार लोगों की यही सिफ़त है, ज़िन्दादिल होते हैं, मज़ाक का बुरा नहीं मानते। कहा था, "नहीं यार, उदारवादी युग की देन है। घर का नहीं, घर से काम करो। औरतें उसका ज़्यादा फ़ायदा उठाती हैं। बहुत से पेशे हैं, मेरी बहू डाइटिशयन है। मतलब समझते हो, गाहकों को घर बुला, सलाह देती है, क्या खायें क्या नहीं, जिससे मोटापा घटा कर, तन्दुरुस्त, छरहरे और जवान बने रहें।"

"पर तेरी बहू तो ख़ासी मोटी तन्दरुस्त है।"

"यही तो मौज है। सलाह देनी होती है, आज़माइश नहीं करनी होती। मोटी फ़ीस वसूल कर घर से काम करने में घर का काम करने को वक़्त नहीं मिलता। ख़ुद बाहर से मँगा कर खाते हैं, दूसरों को मट्ठा पीने की सलाह देते हैं।"

"घर पर बना कर?"

"नहीं यार, बाहर से मँगा कर। हेल्थ फ़ूड की अब पूरी की पूरी इंडस्ट्री है।"

"तेरी मौज है, खाया कर दबा कर जंक! मुझे तो रोज़ भूसा खाना पड़ता है।"

"गाहकों के आने पर उसे मेरा घर रहना पसन्द नहीं। इसीलिए सुबह नाश्ते के बाद से यहाँ आई.आई.सी. में आकर बैठ जाता हूँ।"

"क्यों, तू उन्हें आँख मारता है?"

"मारता तो एतराज़ न होता। पर ...मैं...काफ़ी बूढ़ा दिखता हूँ..." उसकी आवाज़ धीमी पड़ती गुम हो गई।

नितिन ने ग़ौर किया, पहले ध्यान नहीं दिया था, उसकी बनिस्बत बी.के. ज़्यादा बूढ़ा दीखता था। शायद मान्या के खिलाये भूसे की मेहरबानी हो! नहीं, वह तो कुछ दिनों से मिलना शुरू हुआ है। बरसों भागवती के हाथ के तरमाल पर जिया है।

"हम ससुरे बूढ़े नहीं तो क्या होंगे।"

"वह जवान बनाये रखने का दावा करती है। उसके पेशे में..."

नितिन हँसी न रोक पाया, बोला, "ससुरों को भी?"

"यह उदारवाद का ज़माना है," एक ठसकेदार आवाज़ आई, "हम सब ऋणी हैं राजीव गांधी के।"

आवाज़ बी.के. की नहीं थी, पास की मेज़ से आई थी।

"हैं!" नितिन ने हँस कर कहा, "उदारवाद भी जवानी पसन्द है?"

बी.के. न हँसा, न मज़ाक़िया जवाब हाज़िर किया। खसखसी आवाज़ में मिमियाया, "हाँ हम सब ऋणी हैं।"

ज़िन्दादिली चुक गई क्या...तो ईमानदारी जग गई होगी?

नितिन ने ही कहा, "मुँह क्यों लटका रखा है? रोज़ इतनी ठाठदार जगह खाता है और देख यहाँ हेल्थ फ़ूड भी मिलता है।"

"यहाँ खाने की मेरी औक़ात नहीं है," वह फुसफुसाया।

हद हो गई! उसकी ईमानदारी जग गई या धर्मराजी झूठ बोल रहा था?

"क्या बक रहा है यार, तेरे पास भतेरा पैसा था।" उसके गृहप्रवेश में भागवती जैसी सात्विक औरत भी रश्क से कसमसा उठी थी, "कितना बढ़िया मकान बनवाया था।"

"क़र्ज़ ले कर।"

"वह तो सभी लेते हैं।"

"राजीव गांधी ने बाज़ार का उदारीकरण न किया होता तो हम इतने उद्योग-धन्धे न लगा पाते," बराबर से आवाज़ फिर गूँजी।

"सुना?" नितिन ने कहा।

"हाँ। पहले सिर्फ़ सटोरिये दिवालिया होते थे, अब हर आदमी को यह सुविधा है," बी.के. बुदबुदाया।

"चलें?" नितिन ने इस बिन नशे बड़बड़ाहट से बचने-बचाने को कहा।

"नहीं सुन ले। मैंने यह सोच कर मकान बनवाया था कि क़र्ज़ चुकता होने तक उसे किराये पर चढ़ा देंगे, फिर उसमें रहेंगे। पर बच्चे नहीं माने। कहने लगे लोन का क्या है, ई.एम.आई देते रहेंगे, सब तो कमा रहे हैं। कमाया सबने, माहवारी क़िस्त दी सिर्फ़ मैंने। एक लड़का अमेरिका चला गया, उसका हमारी किसी बात से सरोकार न रहा। बेटी की शादी ज़्यादा पैसेवालों से कर दी, समझ कि लुट लिया। बचा अमित। उसकी सलाह पर कई बिज़नेस किये, लोन मिलना इस क़दर आसान था कि पाँव चादर से बाहर क्या पसारे, चादर दिखनी बन्द हो गई। जितनी आसानी से क़र्ज़ दिया था, उतनी ही आसानी से साहूकार अदायगी में ओढ़ना-बिछौना उठा ले गये। जो कतरन बचीं, बीमारी में ख़र्च हो गईं। मैं दिवालिया हो गया। मकान बच रहा क्योंकि पहले ही अमित ने खरीद लिया था। अब मैं हूँ और आई.आई.सी. की सदस्यता। जिस-तिस की मेज़ पर बैठ जाता हूँ, एकाध प्याले चाय का जुगाड़ हो जाता है।"

"बीमारी क्या हुई थी?"

"कैंसर। अब ठीक हूँ।"

"उदारीकरण का करिश्मा है कि आम हिन्दुस्तानी की औसत उम्र इतनी बढ़ गई। हर तरह की देसी-विदेशी चिकित्सा उपलब्ध है," बराबर की मेज़ चिहुँकी।

"भूतपूर्व मंत्री हैं," बी.के. ने मरी आवाज़ में कहा, "कौन जाने कब भूत भविष्य बन जाए, मस्का लगाने की आदत बनाये रखनी पड़ती है।"

नितिन की समझ में नहीं आया क्या कहे। तभी बैरा बिल ले आया। कुल नौ रुपये का था। सुस्त भाव से बी.के. ने हस्ताक्षर कर दिये। बैरा चला गया तो नितिन ने बी.के. का हाथ

थाम कर कहा, ''बुरा न माने तो एक बात कहूँ। पैसे मुझे देने दे। साइन तू कर पर...'' जेब से दस का नोट निकाल उसे थमाते हुए जोड़ा, ''हम मिलते रहेंगे, मुझे गरमी-सरदी बग़ीचे में बैठने में कष्ट होता है। यहाँ ए.सी. है। और सुन, एक पैटी मँगा ले, शेयर कर लेंगे।''

बी.के. सहसा कम बूढ़ा लगने लगा। बोला, ''कितना इंतज़ार करवाया यार तूने...अक़्ल की बात सुनाने में।''

(2010)

ख़ुशक़िस्मत

हाथ में दवा का पत्ता थामे, निश्चेष्ट नलिनी सोच रही थी, उससे ग़लती ठीक कब हुई। अगर यह दवा न खिलाई होती तो क्या नरेन्द्र जीवित होता ? या आख़िरी क्षण अपोलो अस्पताल के डाक्टर से लिया अपॉइन्टमेन्ट रद्द करके वह उसे दूसरे अस्पताल न ले गई होती तो जीवित होता ? वहीं के न्यूरोलोजिस्ट ने दवा की मिक़दार बढ़ाई थी न ? वह सलाह परिवार के परिचित डाक्टर ने दी थी; उन्हीं के दवाख़ाने से फ़ोन करके अपोलो का अपॉइन्टमेन्ट रद्द करके दूसरे अस्पताल फ़ोन लगाया था। तुरन्त समय मिल गया तो ले गई। परिचित डाक्टर पर आस्था थी इसीलिए उनकी सलाह मान कर न ?

नहीं...असल बात कुछ और थी। जान कर अनजान बनने का नाटक कब तक करेगी ? असल वजह, उसके भीतर कुंडली मारे बैठी दहशत थी, जो बड़े अस्पतालों के अन्दर जाने से रोक देती थी। एक रिश्तेदार को देखने गई थी एक बार तो दिमाग़ एकदम कोरा, ख़ाली हो गया था। दीखना-सुनना बन्द। जड़ जहाँ-की-तहाँ। एक दरियादिल जवान की मदद से बाहर निकली। अस्त-व्यस्त। बाहर आते ही आँखों के आगे अँधेरा छाया कि गिरते-गिरते बची। गिरते-गिरते वह हमेशा बच जाती है, इस मामले में वाक़ई भाग्यशाली है। कभी हड्डी नहीं टूटी। किसी का सहारा ले उठना नहीं पड़ा; किसी ने लाद कर घर तक नहीं पहुँचाया।

एक बार गिरी थी बीच सड़क, दुपहिया स्कूटर से टकरा कर। क़सूर सवार का नहीं, उसका था। बीच रास्ते ताज़ा लिखी कहानी का धाँसू शीर्षक क्या सूझा, अहमक़, दोनों तरफ़ के तेज़ यातायात से बेख़बर, वहीं ठिठक गई। दाईं तरफ़ से आ रहे स्कूटर सवार ने काफ़ी से ज़्यादा कोशिश की पर इतनी ज़बरदस्त बेवक़ूफ़ी से टक्कर लिए बग़ैर न रह पाया। चपेट में आ, वह दूर जा गिरी। नौजवान दिल्ली में नया होगा जो रिवायत के ख़िलाफ़ रफ़ूचक्कर होने के बजाय, रुक कर पूछने लगा, "आप ठीक तो हैं ?"

बेतरह शर्मसार, वह तीर की तरह उठी, ज़ोरदार आवाज़ में ठीक होने के साथ ग़लती सोलह आने, स्कूटर सवार की नहीं, अपनी होने की तस्दीक की। तमाशबीनों की भीड़ छँट गई। किसी तरह लँगड़ाने पर क़ाबू रख, वह सामने कॉटेज एम्पोरियम में घुस गई। सोफ़े पर ढेर हो दरख़्वास्त की कि तिपहिया मँगवा दें, सड़क पर फिसल कर ख़ासी चोट आई है। उन्होंने मँगवा दिया। रास्ते में एक्सरे करवा, घुटने में बाल आने की जानकारी ले, पट्टी बँधवा, घर पहुँची। सही अर्थ में उसे गिरना नहीं माना जा सकता था। आख़िर गिरना-उठना उसकी अपनी रचना थी। कहें कि वह वास्तविकता नहीं, कहानी थी।

तब की बात और थी। तब उसे ख़ुश होने से डर नहीं लगता था। ख़ूब मज़े लेकर छोटे बेटे प्रशान्त को घुटने में तरेड़ आने का क़िस्सा सुनाया था। उसने अपने ख़ास अन्दाज़ में आँख

मारकर कहा था, ''भाइयो, हमारी माँ एकदम अलग क़िस्म की पागल हैं!'' बड़ा बेटा सुशान्त तब अमरीका में नौकरी कर रहा था। वह भी कम बिन्दास नहीं था पर प्रशान्त और नलिनी कुछ अलग क़िस्म के दीवाने थे और एक-दूसरे के राज़दाँ दोस्त।

तब की बात और थी। तब प्रशान्त था। पर उसके जाने के बाद भी नलिनी कभी ऐसे नहीं गिरी कि उठ न पाए।

नरेन्द्र उतना भाग्यशाली नहीं रहा। वह गिरा तो खक्खड़ सड़क पर मुँह के बल और होश गवाँ कर। चेहरे पर कई जगह चोट से ख़ून बहा। चार जन उठाकर घर लाए। ग़नीमत कि गिरा घर के ठीक सामने। शायद बाहर निकलते ही। घर में काम करने वाली वीना से एक अजनबी ने आकर कहा, ''एक गिलास पानी ले आओ, सड़क पर कोई बुजुर्ग गिरा पड़ा है।'' गई तो पहचाना, ये तो अपने साहब के पिताजी हैं। हाँ, वह दिल्ली में अपने घर के नहीं, पुणे में सुशान्त के घर के बाहर सड़क पर गिरा था। वे दोनों बीस दिन के लिए वहाँ गए हुए थे। पहले नरेन्द्र नहीं जाता था; वह अकेली जाया करती थी, हर साल, महीनों के लिए।

हर किसी से कहती, ''मेरी बहू अभिलाषा, सुशान्त की पत्नी, बिलकुल बेटी की तरह है। कोई कहता, आपकी साड़ी बड़ी सुन्दर है,'' तो वह चट कहती, ''अभिलाषा ने भेजी है। हथकरघे की नुमाइश में जाती है तो मेरे लिए साड़ी, दुपट्टा या कुर्ता ख़रीद लेती है। मैं ख़ुद अपने लिए ख़रीदारी नहीं करती, वही करती है। आप तो जानते हैं, आजकल लड़कियाँ कितनी ख़रीदारी करती हैं, शगल मानिए कि ख़ब्त। वह भी तरंग में आकर कभी साड़ी ख़रीद लेती है, कभी सूट या नए ढब का कॉस्मेटिक। बाद में लगा, उस पर फ़बा नहीं तो बदलने के बजाय, मुझसे कहती है, आप पर जँचेगा, आप ले लीजिए। बस अपने लिए कुछ ख़रीदने से मेरी छुट्टी।'' बखान सुन, एक पड़ोसिन ने हँसकर कहा था, ''साफ़ कहिए न, अपनी पुरानी चीज़ें पकड़ा देती है। आप भी...''

''बिलकुल नहीं। एक-से-एक बढ़िया चीज़ होती है। न जँचे तो साफ़ कह देती हूँ मैं, नहीं चाहिए।'' फिर मुग्ध भाव से जोड़ा था, ''वह सोचती है, मैं अब भी जवान हूँ, कभी पैन्ट और टॉप भेज देती है। सफ़र में पहन लेती हूँ।''

''ख़ुशक़िस्मत हो!'' दूसरी ने ओंठ चबा कर कहा था तो वह पसीना-पसीना हो गई थी। अठारह बरस बीत गए, कोई ख़ुशक़िस्मत कह दे तो बुरी तरह घबरा जाती है। जब से पत्नी सहित प्रशान्त दुर्घटनाग्रस्त हुआ, वह बेहद अन्धविश्वासी हो गई है। पहले नहीं थी। धड़ल्ले से कहती थी, मैं कर्मकांड में विश्वास नहीं करती। शादी में भी नेग और टोटकों को तरजीह नहीं दी थी। दहेज, टीका, मिलनी वग़ैरह से परहेज़ रखा था। नाते-रिश्तेदार नाराज़ हुए तो अपनी तरफ़ से साड़ी वग़ैरह दे मना लिया था।

पर कुछ ही महीने बाद...जब...वह हादसा हुआ और एक प्रख्यात लेखिका ने कहा, ''बेटे की शादी में इतना ख़ुश नहीं होना चाहिए था; तभी न...'' तो मन की दारुण रिक्ति में जो रंच मात्र आत्मविश्वास बचा था, चुक गया। वह ख़ुश होने से डरने लगी। अगले पाँच-छह साल बुरे गुज़रे। सुशान्त अमरीका से लौट, पुणे में बस गया। दो साल तक भाई की मृत्यु से उबर नहीं पाया, बीमारी से घिरा रहा। नलिनी नरेन्द्र को दिल्ली छोड़, महीनों उनके पास रहती। लोग कहते भाग्यशाली हो कि पति तुम्हें इतने लम्बे अर्से के लिए जाने देते हैं। वह डर जाती। कहती, ''न-न, दुर्भाग्य कहो। बीमार बेटे-बहू की देखभाल करने जाती हूँ, नरेन्द्र इतने दिन के लिए

काम नहीं छोड़ सकते न। मैं...'' मन का चोर आगे बोलने न देता। वजह जो होती, यह तय था कि बेटे के पास रहना सुकून देता था। ज़्यादा ख़ुशी नहीं, हालात उस लायक़ नहीं थे, फिर भी दिल्ली में हरदम, हर पल, न होने का जो अहसास घेरे रहता था कम हो जाता। कोई कहता, ''आपकी बहू बहुत अच्छी है जो आपको बुलाती है वरना आजकल लड़कियाँ नहीं चाहतीं, पति की माँ पास रहे, भले तीमारदारी को।'' वह सच्चे पर डरे मन से कहती, ''सोलह आने सच।'' वह यक़ीन करती थी कि इस मामले में वह ख़ुशक़िस्मत थी पर कहने से डरती थी।

पाँच साल बाद जब पोती हुई और सात साल बाद पोता तो अपनी घबराहट पर इतना क़ाबू उसने पा लिया कि जब-तब कहने लगी, ''मैं हर जुलाई में दो-एक महीने के लिए पुणे चली जाती हूँ। क्या मौसम है शहर का, न सर्दी न गर्मी। सुहाना समाँ और खुला ओर-छोर।'' कोई ओंठ टेढ़े करके कहता, ''ख़ुशक़िस्मत हो जो आवभगत करने वाली बहू पाई है,'' तो पसलियों से बाहर निकलने को तैयार दिल को हाथों से दबा, ख़ुद को करारी डाँट पिला कर कहती, ''हाँ इस बात में मेरी क़िस्मत अच्छी है।'' मन-ही-मन भगवान से माफ़ी माँग लेती, मैं ख़ुश नहीं हूँ, भगवन, बस आपकी इस करुणा के लिए आभारी हूँ।

धीरे-धीरे नलिनी और नरेन्द्र की उम्र बढ़ी। अठारह बरस आख़िर बरस होते हैं। नरेन्द्र सत्तर का होने को आया। काम रहा नहीं। असल में प्रशान्त के जाने के दस साल के भीतर, उसका बिज़नेस ठप्प हो गया था। वह क़रीब-क़रीब कंगाल हो गया। असल कंगाल तो दोनों पहले ही हो गए थे, दसेक साल में रुपए-पैसे से भी हो गए। काफ़ी दिन कारगर काम न होने पर, बिगड़े कामों की मार्फ़त चढ़े क़र्ज़ को उतारने की ज़द्दोजहद में, नरेन्द्र उसके साथ पुणे नहीं गए। वह अकेली जाती रही। कह देती नरेन्द्र काम छोड़कर आने को राज़ी नहीं। झूठ कितने दिन चलता? इस बरस नरेन्द्र को साथ ले पुणे पहुँची। अब तक सब जान गए थे, नरेन्द्र के पास काम छोड़, रुपया-पैसा भी नहीं था। तो क्या, नरेन्द्र कहता, जिसका क़ाबिल बेटा अच्छा कमा रहा हो उसे कंगाल कैसे कहें? उसका मानना था, बेटे को बूढ़े माँ-बाप की देखभाल करनी चाहिए। रिवायत है, हमारी परम्परा। उसने भी की थी अपने पिता की। नरेन्द्र बेवक़ूफ़ था या अपने पिता की तरह आत्मकेन्द्रित और स्वार्थी? कारोबारी नाकारापन के बोझ को बच्चों पर लादने को क्या कहेंगे?

ऐसे नहीं सोचना चाहिए। आख़िर नरेन्द्र अब इस दुनिया में नहीं है और नलिनी की ग़लती से। ग़लती की शुरुआत कब हुई? उसे पुणे न ले गई होती तो क्या वह आज जीवित होता?

वैसे कंगाल होने में सारी ग़लती नरेन्द्र की नहीं थी। कुछ हाथ हालात का था। नलिनी तो दुकानदार नहीं लेखक थी पर हालात ने उसे भी वह तजर्बा करवा दिया था, जिससे नरेन्द्र रोज़ वाबस्ता होता था। प्रशान्त के जाने के कुछ महीनों बाद, एक फ़िल्मकार उसके पास पैसा माँगने आई थी। एक मशहूर लेखिका ने भेजा था कि 'बेटा-बहू गुज़र गए, ज़िम्मेवारी रही नहीं, आप पैसा दे सकती हैं।' पता नहीं, वाक़ई कहा था या फ़िल्मकार ने अपना तर्क उस पर थोपा था। ऐसा नहीं था कि सिर्फ़ मशहूर लेखक समझदारी की बातें करते थे, बस नलिनी के दायरे में थे सिर्फ़ लेखक। नरेन्द्र का पाला अन्य जनों से पड़ता था, जिनमें से बहुतों ने प्रख्यात लेखिका-फ़िल्मकार का तर्क अपनाया था। जब-तब दोस्त-परिचित, कारोबारी प्रस्ताव के साथ 'आपके बेटे समान' अपने बेटे-भतीजे-दामाद उसके पास भेज देते। व्यापार बुद्धि में नाकारा या चालबाज़ी का मारा, नरेन्द्र, नई रीत के उनके उद्यमों में पैसा डुबा देता। अंग्रेज़ी या मूल फ़्रांसीसी में इसी

को अन्त्रेप्रनेयर कहते हैं, हिन्दी में उद्यमकर्ता, वह उसे समझाता। उसके पिता भी यही कहा करते थे। पर कामयाब हो तभी दुकानदार उद्यमकर्ता कहलाता है; नाकाम हो तो कुन्दज़ेहन, जुआरी या हद से हद, बदक़िस्मत। नरेन्द्र वह सब था, बस कामयाब नहीं था। 'बेटे समान' नौजवानों के कारोबार में लगा पैसा डूब जाता या कम पड़ जाता तो क़र्ज़ लेकर, कमी पूरी कर लेता। क़र्ज़ उतारने का वक़्त आता तो दूसरी जगह से क़र्ज़ ले, पहला पाट देता। कभी दूसरे को तीसरे क़र्ज़ से उतारता, कभी माहवार क़िस्त दे बनाए या बढ़ाए रखता। क़र्ज़ देने वालों की कमी न थी। प्रशान्त के जाने के बाद उदारीकरण का युग आ गया था। महाजन पुराने ज़माने का खलनायक नहीं रहा था, उदारता का प्रतीक बन गया था, विकास का संवाहक। नामी-गिरामी बैंक घर आकर भलमनसाहत से क़र्ज़ देते थे। बार-बार देते थे, तब तक देते थे, जब तक उसका क़द इतना राक्षसी न हो जाए कि उसकी भूख मिटाने को, आप भलमनसाहत से सब कुछ बेच कंगाल हो जाएँ। बड़े सलीक़े से, खरामा-खरामा, नरेन्द्र व्यापारी से क़र्ज़दार और क़र्ज़दार से कंगाल बन गया। उस औपन्यासिक यथार्थ का ब्योरा देने का औचित्य नहीं है। नलिनी उसकी बारीक़ियाँ जान न पाईं। जानने की कोशिश भी नहीं की। कभी-कभी उसके नाम से भी क़र्ज़ लिया जाता था। सरसरी तौर पर वजह पूछती तो नरेन्द्र दो बातें कहता। एक, बिज़नेस चलता ही क़र्ज़ से है। दो, वह मोड़ आने ही वाला है, जिसे काट, बिज़नेस वक़्ती नुक़सान की डगर छोड़, ज़बरदस्त मुनाफ़े के मुक़ाम पर पहुँचेगा। नलिनी ने ध्यान नहीं दिया था। क्या नरेन्द्र की मौत की ज़िम्मेवार वह तभी होनी शुरू हो गई थी, जब उसने ध्यान नहीं दिया था। बस कराह कर कहा था, "पर किसके लिए? मुनाफ़ा, पैसा, सब किसके लिए?"

उन दिनों पैसों की तंगी नहीं थी, पैसे की ज़रूरत भी नहीं थी। न वह कोई त्योहार मनाती, न कहीं आती-जाती, न मेहमानों को न्योतती, न बढ़िया खाती-खिलाती। उन्हीं त्योहारों पर, जिन्हें वह मनाती न थी; जिनके आगमन की आहट में प्रशान्त की दूर होती पदचाप सुनाई देती थी; रफ़्ता-रफ़्ता अपने ज़ेवर अभिलाषा को दे दिए थे। रंगीन साड़ियाँ-सूट कामवालियों को और बढ़िया रंगीन साड़ियाँ भाँजियों को। बेटी कोई थी नहीं। बरसों त्योहार नहीं मनाए थे, दीवाली भी नहीं। पोता-पोती हुए तो मन हुआ, कम-से-कम दीवाली मना ले। पर तब तक सब मान चुके थे कि वह नहीं मनाएगी। दीवाली पर सुशान्त नए घर में गया तो दो दिन पहले वह दिल्ली लौट आई। गई थी क्योंकि बेटा बीमार था, लौट आई क्योंकि नीरोग हो चुका था। पर क्या उससे ग़लती वहीं शुरू हो गई थी जब उसने कहा नहीं था कि वह उनके साथ नए घर में दीवाली मनाना चाहती है? जब उसने ख़ुद को 'नेगेटिव' (अभिलाषा का प्रिय शब्द) करार होने दिया था?

शुरू में पैसे की ज़रूरत सिर्फ़ बस दवा-दारू के लिए थी। वह भी कभी-कभार। ज़्यादा करके वह डाक्टर के पास जाती न थी। आँख का रेटिना चिर गया तो तेज़ दर्द के बावजूद, छह महीने तक डाक्टर के पास नहीं गई। फिर एक सहेली घसीट ले गई तो डाक्टर श्रौफ़ ने पूछा, "आख़िर दर्द सहने की आपकी हद क्या है?" कराह कर उसने कहा, "मैं औरत हूँ, बच्चे पैदा किए हैं और..." आगे कह नहीं पाई। डाक्टर को उसमें दकियानूसी दिखी या औरत होने का फ़ख़्र, एनेस्थीसिया दिए बिना नश्तर लगा दिया। दर्द बढ़ा, राहत मिली, चुक गया। गोद ख़ाली रही, शिगाफ़ भर गया।

उसने जानने की कोशिश नहीं की कि नरेन्द्र को उतने पैसे की ज़रूरत थी या जुए की मानिन्द, बिज़नेस लत बन चुका था। काफ़ी पैसे की ज़रूरत थी, इतना वह जानती थी। नरेन्द्र ने बेटे

की याद में एक ख़ैराती दवाख़ाना खोला था, जो उसके कंगाल होने तक, यानी दस बरस चला। बंजर, ख़ारी ज़मीन पर दरख़्त उगाकर, दवाख़ाने को हरियाली बख़्शने की 'कोशिश' भी उद्यम में शामिल थी। ज़मीन इस क़दर ऊसर थी कि कोशिश काफ़ी से ज़्यादा पैसा माँगती थी। जुआरी साथियों ने जम कर हौसला अफ़ज़ाई की और कोशिश के लिए क़र्ज़ लेने के रास्ते सुझाए। जो पैसा मिलता, कुछ दरख़्त उगाने में, कुछ दवा बाँटने में, बाक़ी 'बेटे समान' नौजवानों को अन्त्रेप्रनेयर बनाने का सपना पूरा करने में लग जाता। उदारीकरण का कमाल था कि ख़ैरात भी क़र्ज़ से चलती थी। सब उदार थे; देनदार, सरकार, कानून, संगी-साथी। इसे क्या कहें कि उस जुए में उनका पासा सही पड़ा और नरेन्द्र का ग़लत? तक़दीर या उनकी क़ाबिलीयत के बरक्स नरेन्द्र की क़ाहिली?

और जो हो, नरेन्द्र बेवक़ूफ़ ज़रूर था जो याद न रख सका कि बुढ़ापा तभी इज़्ज़त से कटता है जब दो चीज़ें पास हों; पैसा और सेहत। पैंसठ की उम्र तक पहुँचते, वह दोनों गवाँ चुका था। अब सत्तर का होकर पथरीली-कंकरीली सड़क पर मुँह के बल गिर, कुछ पल बेहोश रहने के बाद, कुर्सी पर फिंका पूछ रहा था, "क्या मैं गिर गया था?"

नलिनी भीतर घुसी तो यही मंज़र देखा। ज़रा देर पहले, उम्रदराज़ बन्दे की तरह टहलने निकली थी। नरेन्द्र को साथ चलने के लिए कहा था पर उसने मना कर दिया था। वीना थी ही घर पर। क़ाबिल लड़की थी। कुर्सी पर फिंके नरेन्द्र के चेहरे के ज़ख़्म डेटोल से साफ़ कर रही थी। सुशान्त को मोबाइल पर इत्तिला दे दी थी। क्षण भर हतप्रभ रहकर नलिनी, अपने सामान से लायसील क्रीम निकाल लाई और ज़ख़्मों पर लगा दी। ख़ून रुक गया। कितनी ख़ुशक़िस्मत थी वह कि कुछ दिन पहले, गहरी चोट आने पर डाक्टर ने वह दी थी। वह गिरी नहीं थी, दूसरी मंज़िल से गमला उस पर गिरा था। क्रीम साथ ले आई थी कि बच्चों के लिए छोड़ जाएगी; उन्हें चोट लगती रहती थी। कमाल क्रीम थी, लड़ाई के मैदान के ज़ख़्मों तक पर लगाई जाती थी, बशर्ते ज़ख़्म बेरहमी से साफ़ कर लिया जाए, जो वीना कर रही थी।

नलिनी को जो डरा रहा था वह नरेन्द्र का बार-बार पूछना था, "क्या...मैं...गिर गया...था?"

"हाँ, सड़क पर," वीना ने कहा तो बोला, "मैं...बाहर गया...नहीं।"

"बेख़याली में निकले थे क्या?" घबरा कर नलिनी बोली तो वीना ने बतलाया, बाक़ायदा उससे कह कर गए थे, घूम कर आता हूँ। पाँच मिनट नहीं हुए कि एक आदमी आकर बोला, कोई गिरा पड़ा है, पानी ला दो। लेकर गई तो...

नलिनी के जाने के बाद सोचा होगा, घूम आए। बाहर निकलते ही गिर गया। पर याद क्यों नहीं? गिरना याद नहीं। बाहर जाना तक याद नहीं!

तभी सुशान्त आ गया।

"आइए, बिस्तर पर लेटिए", उसने कहा पर नरेन्द्र उठ न पाया। सहारा देकर उठाना चाहा, हुआ नहीं।

पोती ईषिता को साथ लिए अभिलाषा आ पहुँची। उसे फ़ोन नहीं किया गया था; ईषिता की गिटार की क्लास बीच में छोड़ वह नहीं आया करती थी। ईषिता नरेन्द्र की तरफ़ दौड़ी तो अभिलाषा ने डाँटकर कहा, "तुम ऊपर जाओ।" वह चली गई। क्यों? तेरह बरस की है; इतनी नन्ही नहीं कि ज़रा-सा ज़ख़्म न देख पाए; नलिनी को उड़ता-सा ख़याल आया। तब तक वह

पूरी तरह 'नेगेटिव' हो चुकी थी। उसे याद आ गया था, तीन साल पहले भी नरेन्द्र, अपने दोस्त के बेटे नवीन के आँगन में गिर गया था और याद नहीं था कि गिरा था। नवीन ने फ़ौरन न्यूरोलॉजिस्ट को दिखलाया था पर चश्मदीद गवाह न होने पर, सौ फ़ीसदी निदान नहीं हो पाया था। ई.ई.जी. में विकार न होने पर भी जासूसी उपन्यासों के 'सर्कम्स्टांशियल एविडेन्स' की बिना पर संयोग को तर्क मान, मिर्गी की दवा दे दी गई थी। पिछले साल मिक़दार घटाई गई थी। क्या यह मिर्गी का दौरा था ? पर पिछली बार उठने में दिक़्क़त नहीं हुई थी। सिर पर चोट भी नहीं आई थी। तब क्या यह स्ट्रोक है या...

"अस्पताल ले जाना चाहिए न...।" वह सुशान्त के बजाय अभिलाषा की तरफ़ मुड़ी; रोग की समझ उसे ज़्यादा थी।

"आज इतवार है।" उन्होंने कहा।

"पर इमरजेन्सी... ?"

"चल सकेंगे ?" एक बार फिर खींचा-खाँची हुई पर नरेन्द्र को उठाया न जा सका।

"एम्ब्यूलेन्स..." नलिनी फुसफुसाई।

पिछली बार भी इतवार था। पर नवीन के पास जीप और दो दरबान थे। वे उठाकर अस्पताल ले गए थे। यहाँ एम्ब्यूलेन्स की दरकार होगी...होती तो होगी ही...फ़ोर्टिस! उसे अस्पताल का नाम याद आ गया। कई बार अभिलाषा को वहाँ डाक्टर से फ़ोन पर मशविरा करते सुना था।

"ज़रूरत है भी ? मिर्गी का दौरा होगा। कल आप दिल्ली जा ही रही हैं, अपने डाक्टर से पूछ लीजिएगा।"

कल दिल्ली लौटना है, नलिनी को याद ही नहीं रहा था। इस हालत में कैसे जाएँगे ! स्थगित करना पड़ेगा। बाद में सोचेंगे...

बोली, "जान-पहचान के डाक्टर से फ़ोन पर पूछ लें...वह है न...डाक्टर सुरेश ?"

"फ़ोन करके देख लीजिए।"

"मैं ? मैं तो उन्हें...जानती नहीं। मुझसे बात करेंगे ?" कराह कर वह सुशान्त की तरफ़ घूम गई।

देखा, वह और वीना, गिरते-पड़ते नरेन्द्र को घसीट कर बिस्तर पर लिटाने में सफल हो गए थे। उतना तो हुआ।

तभी पोता शुभांशु आ गया। दौड़ कर दादा के पास पहुँचा, बोला, "क्या हुआ दादा ?"

"शुभू...देख...मैं...गिर गया। क्या...बहुत...चोट...लगी... ?" शुक्र है, नरेन्द्र शुभू को पहचान गया; नलिनी की आँखें भीग गईं।

"परवाह नहीं। मुझे भी लगती रहती है। ममी डाक्टर के पास ले जाएँगी। अभी ठीक हो जाएँगे," शुभू बोला।

डूबती नलिनी, तिनके की तरह उसे थाम कर बोली, "शुभू, और बात करो दादा से। पूछो, कल कहाँ गए थे हम लोग ?"

"शुभू, तुम जाओ होमवर्क करो।" अभिलाषा बोली।

"वह तो दो दिन बाद देना है।"

"तो ? टाइम लगेगा करने में। तुम चलो, मैं आती हूँ।"

"पर दादा..."

''मुझे...बाथरूम...जा...ना है।'' नरेन्द्र ने कहा।

''मैं ले चलता हूँ, नाना को भी मैं सहारा देता था।''

''तुम जाओ, पापा हैं न।''

शुभू चला गया।

सुशान्त खींच-खाँच कर नरेन्द्र को बाथरूम ले गया। वह बार-बार दाएँ रुख लुढ़क वापस बिस्तर पर धम से गिरा तो नलिनी ने पास जाकर पूछा, ''तुम्हें याद है, कल हम कहाँ गए थे?''

''हाँ,'' उसने रुक-रुक कर कहा, ''शुभू...के...स्कूल।''

''क्यों?''

''मेडल...मिला...था।''

''वाह, तुम्हें तो सब याद है।''

''मैं...गिरा...कहाँ, चेहरे पर...घाव...क्यों हैं?''

वह कुछ कहती कि सुना, सुशान्त फ़ोन पर डाक्टर सुरेश से बात कर रहा है। वह बीच में बोल पड़ी, ''कहो, इमरजेंसी में लाना है, कैट स्कैन होना है।''

पिछली दफ़ा हुआ था।

फ़ोन कट गया।

''कह रहे हैं, बेहोश नहीं हैं, बात कर रहे हैं तो कल सुबह ले जाना, देख लेंगे।''

''पर तब तक...रात में कुछ हुआ तो...सिर की चोट है...''

''मैं सोऊँगा न उनके पास। कुछ नहीं होगा। फ़िक्र मत करो।'' उसके स्वर की सरसता ने उसे आश्वस्त किया कि सुना, ''आप इतना नेगेटिव क्यों सोचती हैं?'' अभिलाषा लौट आई थी।

''कल दिल्ली कैसे जाएँगे? टिकट बदलवाना पड़ेगा। कितने पैसे लग जाएँगे?'' नलिनी ने कहा। और नेगेटिव!

''फ़्लाइट चार बजे है। डाक्टर सुबह देख लेगा। सुशान्त उनसे कहना पापा ज़्यादा देर बैठ नहीं सकते। मैं अपने पापा को ले जाती थी तो यही कहती थी।''

''पर ये तो चल तक नहीं सकते, कैसे जाएँगे?'' नलिनी का मतलब था, वह कैसे सँभालेगी?

''व्हील चेयर ले लेंगे, सुशान्त एयरपोर्ट तक पहुँचा कर आएगा। एक दिन की छुट्टी ले लेगा।''

नलिनी नरेन्द्र से भी ज़्यादा गुमसुम हो रही।

डाक्टर ने देखा, बार-बार पूछा, नाक-कान से ख़ून तो नहीं आया? न कहने पर पर्ची पर लिखा, 'यात्रा में दवा बदलना ठीक नहीं है। मरीज़ हवाई जहाज़ से सफ़र कर सकता है। घर पहुँच, अपने डाक्टर से सलाह लेकर फ़ौरन सी.टी. स्कैन, एम.आर.आई. वग़ैरह करवाए, तभी सही निदान हो पाएगा।'

''देखा, आप नाहक नेगेटिव सोच रही थीं, डाक्टर ने दिल्ली जाने की इजाज़त दे दी न?''

हाँ अभिलाषा, दे दी।

सामान बाँध रही थी कि देखा, नरेन्द्र का रूमाल ख़ून से तरबतर है, नाक से ख़ून आ रहा है।

''सुशान्त!'' एकबारगी घबरा कर पुकारा पर अभिलाषा के जवाब ने चुप करवा दिया, ''नक्सीर फूट गई। बच्चों की फूटती रहती है।''

नलिनी ने अपने को काठ कर लिया। नहीं कहा, नरेन्द्र बच्चा नहीं है...उसके सिर पर चोट आई है...डाक्टर इसी बात को लेकर परेशान था...।

प्रशान्त को याद किया, उसका कहा जुमला याद किया, ''भाइयो, हमारी माँ एकदम अलग क़िस्म की पागल हैं'' और पागलपन को बैसाखी की तरह थाम लिया। तब भी थामे रखा जब रास्ते में नरेन्द्र ने कहा, ''मेरी पसलियाँ...टूट गईं...छाती में बहुत...दर्द है।'' हँस कर कहा, ''पसलियाँ तो टूटती ही रहती हैं, पहले भी टूटी थी न एक बार? याद है फर्स्ट एड क्लास में क्या सिखाया था, बेहोश को कृत्रिम साँस देते हुए तड़ाक की आवाज़ आए तो समझो पसली टूट गई। परवाह मत करो, साँस देते रहो। पसली टूटने से ख़ास नुक़सान नहीं होता।''

व्हील चेयर ले ली गई। पुणे ही नहीं, दिल्ली एयरपोर्ट पर भी व्हील चेयर चालक का बर्ताव उदार नहीं, स्निग्ध था। इतना कि काठ बने रहना मुश्किल हो गया। नरेन्द्र की जेब से चश्मे का डिब्बा गिर गया तो लाख मना करने पर ढूँढ़ कर माना। बोला, ''बीमार की चीज़ खोनी नहीं चाहिए।''

वे इतने भले न होते तो वह काठ बनी रहती। अस्पताल जाने के भय को दुबारा हावी न होने देती। पर कब तक? आख़िर दर्द सहने की उसकी हद क्या थी?

परिचित डाक्टर ने कहा, तीन पसलियाँ टूट गई थीं, जुड़ जाएँगी, गोलियाँ खाने से दर्द कम हो जाएगा। असल मसले दूसरे थे। किस न्यूरोलोजिस्ट को दिखाएँ? निदान क्या होगा? क्या-क्या टेस्ट करवाने होंगे?

पैसे की दिक़्क़त नहीं थी। चलते वक़्त सुशान्त ने दे दिए थे। इनकार करने लायक़ हालत नहीं थी। उसके अलावा मदद की ज़रूरत नहीं थी, उतनी कमज़ेहन या कमज़ोर वह नहीं थी। बेटे-बहू की बीमारियों से अकेले निपट चुकी थी। वैसे मदद कोई दे भी नहीं रहा था; सलाह सब। परिचित डाक्टर पहला आदमी था जिसने यक़ीन के साथ पक्की राय दी थी। तभी अपोलो अस्पताल का अपॉइन्टमेन्ट रद्द करके, उसके सुझाए डाक्टर के पास गई। डाक्टर ने टेस्ट करवाने से पहले पूछा, पुणे बड़ा शहर है, तुरन्त अस्पताल क्यों नहीं ले गईं? नलिनी ने कह दिया वे यात्रा पर थे, वहाँ किसी को जानते न थे। इमरजेन्सी में कहा गया, मरीज़ घर जाना चाहे तो ज़रूर जाए, स्वस्थ होने में मरीज़ की मर्ज़ी मायने रखती है। इसलिए लौट आए, आप के पास।

डाक्टर ने बेशुमार टेस्ट करवाए। पर उससे पहले कहा, ''स्पष्ट कर दूँ, मैं फ़ोन पर बात नहीं करता। कहीं आप फ़ोन करके मुझे तंग करें।''

फ़ोन पर बात करके ही क्या हुआ था?

एक बार फिर प्रशान्त का जुमला याद करके, अनुभवी नलिनी ने हँसकर कहा, ''इमरजेन्सी हुई तो अस्पताल आ जाएँगे, फ़ोन से क्या होगा?'' न जाने कितने टेस्ट हुए। सब का मुआयना करके डाक्टर ने राय दी कि नरेन्द्र को मिर्गी के दौरे नहीं पड़े थे।

''तब...हुआ क्या था? और अब...''

''ठीक कहा नहीं जा सकता। टेस्ट तुरन्त हुए नहीं। जो भी हुआ था...अब...''

''मुझे कुछ कहना है!'' सहसा नरेन्द्र बोल पड़ा।

दिल्ली के रास्ते में दर्द की शिकायत करने के बाद, तीन दिन से वह चुप था। टेस्ट के दौरान, डाक्टर की तफ़्तीश के दौरान...हर सवाल का जवाब नलिनी ने दिया था।

''कहिए,'' घड़ी पर नज़र डाल कर डाक्टर ने बेरुखी से कहा।

''दोनों बार जब मुझे फिट पड़ा...''

''फिट! आपको कैसे पता, फिट था?'' उपहास में हँसा डाक्टर।

''डाक्टर ने कहा था, दवा देते हुए! बतलाया तो था आपको।'' तिलमिला कर नलिनी ने बाधा दी।

पर नरेन्द्र सिसक-सिसक कर कह रहा था, ''दोनों बार...जब...मैं गिरा...मेरा बेटा...अठारह साल पहले...वह...''

डाक्टर समझा नहीं, बोला, ''क्या कह रहे हैं?''

नलिनी को फिर काठ होना पड़ा, सपाट स्वर में कहा, ''हमारा बेटा मर गया था।'' बीमार सुशान्त के साथ डाक्टरों के पास जाने पर कई बार पहले कह चुकी थी।

''तो?''

''मैं...उसके ...बारे में...सोच...रहा था..गिरने से पहले...'' नरेन्द्र फुग्गा मार कर रो दिया।

परेशान डाक्टर बार-बार घड़ी देखने लगा, फिर बोला, ''यह वजह हो सकती है, मिर्गी के दौरे की। दवा की डोज़ बढ़ा देते हैं।''

जल्दी से नुस्खा घसीटा और नलिनी को पकड़ा दिया।

''पर आप तो कह रहे थे...मिर्गी नहीं है।''

''हो भी सकती है। एब्सॉर्बशन टेस्ट ने ख़ून में दवा नाकाफ़ी दिखलाई है।''

''मैं समझी नहीं।''

''ज़रूरत क्या है! डाक्टर मैं हूँ आप नहीं। अब जाएँ, दूसरा मरीज़ इन्तज़ार कर रहा है। पन्द्रह दिन बाद का अपॉइन्टमेन्ट ले लें।''

''पर...''

''प्लीज़ जाइए!'' शब्द कोड़े की तरह बजे।

उसने देखा नरेन्द्र कमरे में नहीं है। वह भी बाहर निकल आई।

दवा ने अपना जलवा दिखलाया पाँच दिन बाद, दीवाली को देर रात। एक झंझावात आया। नरेन्द्र के जिस्म को गिरफ़्त में ले यूँ झिंझोड़ा ज्यूँ धुली चादर फटक-फटक निचोड़ रहा हो। उस रात एम्ब्यूलेन्स मिलना नामुमकिन था। पटाखों के बेमुरव्वत शोर और बिजली के बल्बों की बेलिहाज़ रोशनी से पगलाई दीवाली की अमावसी रात की बेरुख़ी के सामने, इतवार की रात की कुछ बिसात न थी।

निचुड़ी चादर-सा नरेन्द्र बिस्तर पर गिरा तब भी चक्रवात थमा नहीं, उसी ठौर घुमड़ता रहा, उसे मथता-कूटता रहा। अवाक् नलिनी टोहती रही...अब थमे...अब थमे...बिला मोहलत पटाखे फूटते रहे, फूहड़ रोशनी कुक्कती रही...रात बाक़ी रही, त्योहार बना रहा। जैसे आया था, झंझावात अकस्मात थम गया, नरेन्द्र की देह पीछे छोड़ गया...निश्चेष्ट, निश्चल, निर्जीव।

लोग आए, रिवायती रोना-पीटना हुआ, फिर सभी ने दिलासा देते हुए कहा, ख़ुशक़िस्मत

था नरेन्द्र। पहले स्ट्रोक में भगवान को प्यारा हुआ। लकवे की गलीज़ बीमारी भुगतने से बच गया।

दवा का पत्ता हाथ में थामे निश्चेष्ट नलिनी सोच रही थी, क्या कभी कोई ग़लती हुई ही नहीं ?

(2011)

यहाँ कमलिनी खिलती है

वीराने में दो औरतें मौन बैठी थीं। पास-पास नहीं, दूर; अलग, दो छोरों पर असम्पृक्त। एक नज़र देखकर ही पता चल जाता था कि उनका आपस में कोई सम्बन्ध न था; वे देश के दो ध्रुवों पर वास करने वाली औरतें थीं।

एक औरत सूती सफ़ेद साड़ी में लिपटी थी। पूरी-की-पूरी सफ़ेद; रंग के नाम पर न छापा, न किनारा, न पल्लू। साड़ी थी एकदम कोरी धवल पर अहसास, उजाले का नहीं, बेरंग होने का जगाती थी। मैली-कुचैली या फिड्डी-धूसर नहीं थी। मोटी-झोटी भी नहीं, महीन बेहतरीन बुनी-कती थी जैसी मध्यवर्ग की उम्रदराज़ शहरी औरतें आमतौर पर पहनती हैं। हाँ, थी मुसी-तुसी। जैसे पहनी नहीं बदन पर लपेटी भर हो। बेख़याली में आदतन खुँसी पटलियाँ, कन्धे पर फिंका पल्लू और साड़ी के साथ ख़ुद को भूल चुकी औरत। बदन पर कोई ज़ेवर न था, न चेहरे पर तनिक-सा प्रसाधन, माथे पर बिन्दी तक नहीं। वीराने में बने एक मझोले अहाते के भीतर बैठी थी वह। चारों तरफ़ से खुला, बिला दरोदीवार, गाँव के चौपाल जैसा, खपरैल से ढका गोल अहाता।

दरअसल, वीराना वीरान था भी और नहीं भी। दो बीघा ज़मीन का टुकड़ा, दो फ़ुट ऊँची चहारदीवारी से घिरा था। दीवार इनसान की बनाई हुई थी, इसलिए उसे वीराने का हिस्सा नहीं माना जा सकता था। पर उसकी गढ़न स्त्री की साड़ी जैसी बेरंग-बेतरतीब थी; यूँ कि उसका होना-न-होना बेमानी थी। वह बस थी; पेड़-पत्तों से महरूम, उस खारी धरती की निर्जन सारहीनता को बाँध, कम करने के बजाय बढ़ा रही थी। उस ज़मीन को घेरते वक़्त घेरने वाले का इरादा, उसे आबाद करने का नहीं था। दिल की वीरानी को हरदम रौंदते यादों के क़ाफ़िले को जीते-जीते, बाक़ी की ज़िन्दगी जीने की कूवत पैदा करने के लिए, जिस एकान्त की ज़रूरत होती है, उसी को निजी बनाने की कोशिश थी। कभी-कभी सुकून पाने को वीराने में ही ठौर बनाना पड़ता है; वैसा ही ठौर था वह मझोला छाजन।

पर अचरज, इनसानों को बसाने का जज़्बा भले न रहा हो, फूलते-फलते पेड़ लगाने का इरादा ज़रूर था। इरादा कि उम्मीद! ज़िद या दीवानगी! जो था, कारगर न हुआ। धरती में खार की पहुँच इतनी गहरी थी और निकास के अभाव में, बरसात के ठहरे पानी की मियाद इतनी लम्बी कि पेड़ों का उगना, मुश्किल ही नहीं, क़रीब-क़रीब नामुमकिन था। कुछ झाऊ और कीकर ज़रूर उग आते थे जब-तब। पर जब और तब के बीच का फ़ासला इतना कम होता कि पता न चलता, कब थे कब नहीं। उगते, हरसाते, ललचाते और मुक्ति पा जाते। जब पहले-पहल, पहला झाऊ उगा तो बड़ी पुख़्तगी के साथ इरादा, उम्मीद बना कि बस अब वह भरे भले नहीं पर जंगली पेड़ वहाँ हरे ज़रूर होंगे। और उसके एकाध साल बाद, ज़मीन ममतामयी हुई तो फलदार पेड़ भी उग सकेंगे। झाऊ के बाद कीकर उगे तो उम्मीद भी उमगती चली गई, अंकुर

से पौध बनती। सरदी पड़ने पर कीकर पीले पड़ कर सूख गए; झाऊ भी गिनती के दस-बीस बचे। तब भी उम्मीद ने दम न तोड़ा। लगा इस बरस पाला ज़्यादा पड़ गया, अगली बार सब ठीक हो जाएगा। जब अगले बरस भी सिलसिला वही रहा तो धीरे-धीरे, जंगली पौधों के पेड़ बनने से पहले गलने-सूखने के साथ, उम्मीद क्या, ज़िद तक दम तोड़ गई।

दूसरी औरत छाजन के बाहर, चहारदीवारी के भीतर बैठी थी, हैंड पम्प के पास। फिड्डी, पैबन्द लगी कुर्ती और ढीली सलवार पहने थी। अर्सा पहले जब नया जोड़ा बना था तो रंग ठीक क्या रहा होगा, कहा नहीं जा सकता था। और जो हो, सफ़ेद वह कभी नहीं था। मैला-कुचैला या बेतरतीब फिंका हुआ अब भी नहीं। दुरुस्त न सही चुस्त ज़रूर था, देह पर सुशोभित। सीधी तनी थी उसकी मेहनतकश देह, उतनी ही जितनी पहली की दुखी-झुकी-लुकी। ज़ाहिर था वह निम्न से निम्नतर वर्ग की औरत थी। गाँव की वह औरत, जो दूसरों के खेतों पर फ़ी रोज़ मज़दूरी करके एक दिन की रोज़ी-रोटी का जुगाड़ करती है पर ख़ुदकाश्त ज़मीन न होने पर भी रहती किसान है। ज़मीन से जुड़ाव में; अपनी भाव-भंगिमा में। वह इस ऊसर धरती के साथ पली-बढ़ी थी। उसे उपजाऊ से खार होते देखा था। कोई नहर बनाई थी सरकार ने। पर पानी के निकास का सही बन्दोबस्त न होने पर ख़ार इधर के खेतों की तरफ़ दौड़ा था और हरियल धरती को कल्लर बनाकर छोड़ा था। आदमक़द पेड़ उगाने की न उसने कभी उम्मीद की, न किसी और ने ज़िद। उसने आस लगाई तो बस कमतर श्रेणी का धान उगाने वाले खेतिहरों की फ़सल की बुवाई-कटाई की, जो कमोबेश पूरी होती रही, दो-एक सालों के फ़ासले पर। जब सूखा पड़ता और फ़सल सिरे से ग़ायब हो जाती तो सरकार राहत के लिए जहाँ सड़क-पुल बनाती, वहीं मजूरी करने चली जाती। जिस दिन मजूरी नहीं, उस दिन कमाई नहीं; रोटी नहीं। बिला काम-धाम, आराम से बैठने की उसे आदत न थी। सोने और जागने के बीच सिर्फ़ काम का फ़ासला जानती थी, इसलिए चन्द मिनट बेकार क्या बैठी, आप से आप आँखें मुँद गईं। इतनी गहरी सोई कि ओढ़नी बदन से हट, सिर पर टिकी रह गई। निस्पंद बैठे हुए भी उसकी देह ज़िन्दगी की थिरकन का भास देती रही। साँस का आना-जाना, छाती का उठना-गिरना, मानो उसकी रूहानियत के परचम हों।

कल उसने दूनी मज़दूरी करके, घरवाले और बच्चे के लिए कुछ रोटी-प्याज़ बचा रखा था कि आज काम पर न जा, यहाँ बैठ पाए। ऐसा भाग कम होता था कि एक दिन में दो दिनों के गुज़ारे लायक़ अन्न जुट जाए। सब कुछ बरखा भरोसे जो था। सचमुच पिछले दो बरस बड़भागी बीते थे। पिछले बरस भी बरखा इतनी हो गई थी कि धान की फ़सल ठीक-ठाक हो और उसे कटाई का काम मिलता रहे। और इस बरस...इस बरस तो यूँ टूट कर बरसा था सावन कि बिला खेत-ज़मीन, हरिया लिया था जिया। तभी न कल दूनी मज़दूरी का जुगाड़ हुआ और आज यहाँ बैठने आ पाई। जानती थी पहली औरत आज आएगी; पिछले दो बरसों से आ रही थी।

मुँदने से पहले उसकी आँखें दीवार के परली तरफ़ टिकी थीं। दीवार की बाँध में बँधकर, उधर की निचली ज़मीन के गड्डों-खड्डों पर, उमग-घुमगकर बरसा पानी जो ठहरा, तो भरा-पूरा पोखर बन लिया। और उसमें खिल आए कमलिनी के अनगिन फूल। जहाँ तक वह जानती थी; और इस इलाक़े के बारे में शायद ही कुछ था जो वह नहीं जानती थी; तो इस बरस से पहले, किसी बरस यहाँ कमलिनी नहीं खिली थी।

हे मैया अजब माया है थारी ! इस बरस कमलिनी भी यों खिली ज्यों बरसा पानी; अटाटूट। देवी पारवती का चमत्कार नहीं तो क्या कहे इसे ? वह जाने थी भली-भाँत, पारवती के कहे पर ही खिली थी कमलिनी यूँ घटाटोप। कहा होगा शिवजी से कि प्राणप्यारे खिला दो, छोरी खातिर उसकी नाईं कमलिनी। बाबा शंकर मना करते तो कैसे; सूरत छोरी की ज्यों पारवती की परछाईं। दिप-दिप मुख पर देवी जोगी मुस्कान लिए ख़त्म हुई थी; पल भर को जो छोरे का हाथ अपने हाथ से छूटने दिया हो। जैसे ही गाड़ी ट्रैक्टर से टकराई, सोने से छोरा-छोरी मिट्टी हो गए। यह औरत, जो दो बरस से यहाँ आया करे है; जने क्या सोच बंजर को आड़ दे, बीज छींटा करे है, छोरे की माँ है।

सफ़ेद झुकी औरत की आँखें उसकी देह की तरह बेजान नहीं थीं। जब-तब उनमें यादों का बरसाती अंधड़ सरगोशियाँ कर उठता। कभी काली आँधी की किरकिर धूल तो कभी साँवले मेह की झिलमिल टपकन। प्यार से पगे पल की याद कुलाँच भरती कि विरह से सना उपरान्त लपक कर उसे दबोच लेता।

वह उन्हें पूरा नहीं खोलती थी, न इधर-उधर ताकने की इजाज़त देती थी ! निगाहें यूँ नीचे झुकी रहतीं जैसे अपने दुख पर शर्मिन्दा हों। पर इधर-उधर न देखने की कोशिश जितनी करे, प्रकृति को पूरी तरह पछाड़ कहाँ पाती थी ? गाहे-बगाहे नज़र फिसल ही जाती, यहाँ-वहाँ। उसकी दूसरी कोशिश भी नाकाम रहती। बोझिल अधखुली आँखों को पूरी तरह मूँद, यह उम्मीद करने की, कि इस वीराने में यादों के भँवर में डूब, नींद आ जाएगी। एकाध दफ़ा यह तो हुआ कि भँवर से दो-एक ख़ुशनुमा लम्हे ज़ेहन में उभरे और बरबस ओंठों पर हल्की मुस्कराहट तिर गई। पर ज़्यादा देर टिकी नहीं ...अनचाहे-मनचाहे उगे झाऊ-कीकर की तरह समाधिस्थ हो गई। बची रही चीख़ती-चीरती एक आवृत्ति...पहले गुज़री इस तिथि की...

कभी ऐसा भी हुआ कि अधखुली आँखों से उसने उम्मीद के इस वीराने को फल-फूल से लदा देख लिया। बेर, कैर, करौंदों से ही नहीं, जामुन और आम के झुरमुट से हरियाया। पर भ्रम रहा भ्रम ही; दीवानगी में भी वह जाने रही कि वह दीवानगी थी, असलियत या सचाई नहीं। उन ज़बरन मुँदी, अधमुँदी आँखों में जब नींद कभी न आई तो सपने कैसे आते ? नहीं आए इसी से दीवानगी को दीवानगी जाने रही और वीराने को वीराना।

अब भी, हमेशा की तरह, उसने जबरन आँखें मूँदी तो छलावे-सी मायावी, नामालूम-सी ख़ुशबू ने पलकों पर दस्तक दी। कहाँ से आई ख़ुशबू ? क्या आँख लग गई, सपना आ बैठा उसके रूमाल का रूप ले, भीगी पलकों पर ? आँखें औचक खुलीं तो इधर-उधर भटक भी लीं।

उसने देखा...ज़मीन को घेरे जो दो फ़ुटी दीवार खड़ी थी, उसके दूसरी तरफ़ बाहर पानी-ही-पानी था। इतना पानी ! हाँ होता है, देख चुकी है न दो बार। बरसात होने पर, उम्मीद का यह वीरान बग़ीचा, पानी से भरा उथला नाला बन, ख़ुद अपने पेड़-पौधों को निगल जाता है। पर यह मौत का साया फेंकता पानी नहीं, कुछ और है। इसमें तो बेशुमार कमलिनी खिली हैं। दर्जनों, बीसियों, सैकड़ों की तादाद में। वह चौंककर खड़ी हो गई। कमलिनी ! यहाँ, जहाँ कुछ खिलता नहीं। समझी ! आख़िरकार उसे नींद आ ही गई और यह सलोना सपना दिखला गई।

मंत्रमुग्ध वह उठी और यंत्रबिद्ध क़दमों से दीवार के पास पहुँच गई। कमलिनी बदस्तूर खिली रही; मन के तिलिस्मी पेड़ों की तरह बिलाई नहीं। उस पार जाने के लिए वह दीवार में, हैंड पम्प के पास बनी, फाँक की तरफ़ बढ़ी तो वहाँ एक स्त्री मूर्ति देख, स्तब्ध-अवसन्न रह

गई। कहाँ से आई यह प्रतिमा, उसने तो लगवाई नहीं, करुणा से ओत-प्रोत देव-मूर्ति...तब...कौन लगा गया...किसने तराशी ऐसी दिलकश...उसकी साँस रुक गई...मूर्ति की छाती उठती-गिरती साँस से हिल रही थी। यह तो...ज़िन्दगी की हलचल से लबालब, बादामी आँखें पूरी खोल सपनों में खोई...उसकी बहू थी ? ज़िन्दा ?

पर उसे तो उसने ख़ुद अपने हाथों...

सिर में घुमेर उठी और वह चक्कर खा वहीं उसके बराबर में ढह गई। पसीने से तरबतर बदन से चिपकी साड़ी का पल्लू कन्धों से लरज़, दूसरी औरत की ओढ़नी की तरह ज़मीन पर बिछ गया। वह बेख़बर उठंगी पड़ी रही। उस औरत ने करुण वात्सल्य से भीगी दृष्टि उस पर डाली पर अपनी जगह से हिली नहीं; सहारा दे उसे उठाया नहीं।

सिर हाथों में थाम, उसने ख़ुद को सँभाला और अपनी उसी झुकी, दुखी, जीवन से हताश, मुक्ति की तलाश में दिग्भ्रमित मुद्रा में बैठ गई। निगाह बरबस ऊपर उठी तो दूसरी औरत की स्निग्ध नज़र से जा टकराई।

नज़र के साथ चेहरा आँखों की राह ज़ेहन में पहुँचा तो हाहाकार करते दिल ने समझा, वह नितान्त अजनबी औरत थी। निश्चल रहकर भी, अपनी साँसों के स्पंदन से उस निष्कम्प सन्नाटे को आबाद कर रही थी। खुली बादामी आँखें, उसी मंज़र को ताक रही थी, जिसे सपना जान, मोहपाश में बँधी, वह फिर-फिर देखने की पगलाई ख़्वाहिश लिए, चली आई थी। उनकी साझा नज़रों के सामने हर तरफ़ कमलिनी ही कमलिनी थीं।

दोनों पास-पास मौन बैठी, एक दिशा में ताक रही थीं। पहली औरत अपने से बेख़बर थी और दूसरी से भी; पर दूसरी, पहली से पूरी तरह ख़बरदार थी। स्नेहिल, ममता में रची-पगी दृष्टि, जब-तब उस पर डाल, वापस कमलिनी के घटाटोप की तरफ़ मोड़ लेती।

कितना वक़्त गुज़रा : कुछ पल, चन्द लम्हे, एक घंटा, एक पहर; कौन हिसाब रखता। बेख़याली में गुम पहली औरत भला क्या क़यास लगाती, कितने बरस बीते वहाँ ? लगा, रेत की मानिन्द हाथों से फिसली पूरी ज़िन्दगी बीत ली। याद आया, यहाँ साँप के एक जोड़े ने बसेरा किया था। केंचुल छोड़ एक दिन सरक लिए। फिर नहीं लौटे। मोर-मोरनी भी भटक आए थे एक बार, जब बरसात से पहले, कुछ पेड़ उम्मीद बन उगे थे। वे भी चले गए न लौटने के लिए। वही बार-बार लौट आती है यहाँ। कब हुआ था वह सब ? क्या पिछले साल ही ? अब कहाँ थे वे ? यहीं कहीं थे आस-पास या गए ? सब गए; सब के सब ?

दूसरी बेख़बर नहीं थी। आश्वस्त थी कि दिन ढलने में अभी वक़्त था। साँझ उतरने पर, जब कमलिनी पंखुड़ियाँ समेटना शुरू करेगी, तभी घर पलट पाएगी, सोचकर ही वीराने में पाँव रखा था। उसे पता था, छोरे की माँ छोरे की पुन्न तिथि पर साँझ घिरने पर ही वहाँ से पलटती थी। कमलिनी कल फिर खिलेगी; सूरज उगने के साथ। पर पारवती अपने शिव को साथ ले जो गई सो गई। दो बरस बाद ये सौगात भेजी माँ के लिए; ढेरोढेर कमलिनी के फूल। यहीं से पानी ले जाती थीं गाँव भर की औरतें। इस बरस हर ज़बान पर यही नाम था; यहाँ कमलिनी खिलती है।

बरसात बाद के अगहन महीने की दुपहरी का तेज़ ताप, जिसमें हरिण भी काले पड़ जाते हैं, मद्धिम पड़ना शुरू हुआ तो दमकती-चमकती कमलिनी, स्त्री की आर्द्र दृष्टि की तरह सौम्य दीखने लगीं। उसने अचकचा कर ऊपर आसमान की तरफ़ देखा; हाँ, सूरज चलाचली की ओर

बढ़ रहा था। उसने ओढ़नी सिर से खींच, पूरा बदन ढका और असमंजस भरी निगाह से पास बैठी औरत को निहारा। निहोरा अब भी था उसमें पर हल्की दुविधा का भास लिए।

थिर मूरत में हरकत हुई तो पहली औरत मायाजाल से निकल ठोस ज़मीन पर आ गिरी। पर कमलिनी...वे तो अब भी खिली थीं। कुछ सिमटी-सकुचाई ज़रूर थीं, नई दुलहिन की तरह। पर थीं सब-की-सब वहीं; मगन मन पानी के ऊपर तैरतीं। नहीं, मायावी नहीं था वह लोक जिसमें विचर, वह अभी-अभी लौटी थी। कमलिनी थीं, वाक़ई थीं।

बेध्यानी टूटी तो जो पहले नहीं सूझा था, अब सोच बैठी। कौन थी वह औरत; यहाँ क्यों बैठी थी? हैंड पम्प से पानी लेने आई होगी। इस ख़ारे इलाक़े का पानी भी ख़ारा था; कुओं का ही नहीं, गहरे खुदे नलकूप का भी। वह खुदवा कर देख चुकी थी। मीठा पानी सिर्फ़ सरकार की कृपा से मिलता था। उसकी ज़मीन पर था मीठे पानी का एक हैंड पम्प। उसी ने कह-सुन कर लगवाया था। सुबह सकारे गाँव की औरतें उससे पानी भरने आती थीं। पर इतनी देर रुक-ठहर कोई बैठती न थी। भागती-दौड़ती आईं, पानी भरते-भरते आपस में दो बोल बोले और चल दीं। कभी वह नज़र आ गई तो शर्मीली-सी दुआ-सलामी उससे भी कर ली, बस।

उठने-उठने को होती दूसरी औरत बैठी थी अब तक। पर उसके बदन की कसमसाहट पहली को उठने पर आमादा कर रही थी। क्या वे किसी काम के सिलसिले में आपस में टकराई थीं? याद आया, एक बार, एक स्वयंसेवी संस्था से दो औरतें यहाँ आई थीं; गाँव की औरतों को क्या-कुछ बतलाने। बड़ी मुश्किल से औरतों को इकट्ठा किया था पर बात आगे बढ़ी न थी। कैसे बढ़ती? औरतें चाहती थीं रोज़गार और वे देती थीं, मात्र सलाह। तो...उसने क्या किया? कुछ नहीं। सोचा भी नहीं कि कुछ कर सकती थी।

फिर एक बार...अरे पिछले बरस ही तो, धान की थोड़ी-सी फ़सल भी हुई थी इस ज़मीन पर; कुछ औरतें काट ले गई थीं। उनमें रही होगी यह भी। पर...आज...एक बरस बाद...इतनी देर से यहाँ क्यों बैठी है? कौन है यह, क्यों है? कौन हो सकती है? ग़रीब घर की किसान औरत, और क्या। पर...आँखों से झरती कण-कण अनुकम्पा; सीधी-तनी-कृश देह से तरंगित वत्सल राग? पैबन्द लगी फिड्डी पोशाक में दिप-दिप करती देवी-सी आकृति...उसकी बहू...नहीं पार्वती है यह साक्षात! वही...वही...और कोई नहीं...

कुछ पल गुज़रे...एक पहर और बीता...

सूरज अवसान की तरफ़ बढ़ा, कमलिनी सकुचाईं, मायाजाल तिड़कता चला गया। इतना कि तमाम संकोच-झिझक के बावजूद, सपनलोक से बेवफ़ाई कर, वह ज़मीनी सवाल कर बैठी।

"कुछ चाहिए?"

"ना," उसने कहा, "सोचा, इकली कैसे बैठोगी।"

(2012)

सितम के फ़नकार

खाने की मेज़ के पास, जिस कुर्सी पर मैं बैठी थी या कहना चाहिए कि जिस कुर्सी पर, बतौर हिन्दुस्तान से आए मेहमान, इसरार करके जीवन वर्मा ने मुझे बिठलाया था, उसके ठीक सामने, दीवार पर एक लम्बा-चौड़ा चित्र टँगा हुआ था। 40×30 इंच का; इतना बड़ा कि भरसक कोशिश करके भी, उससे नज़र हटाई नहीं जा सकती थी। दाएँ-बाएँ जितनी दूर तक आँखों को घुमाया जा सकता था, घुमा लेने पर भी नज़र चित्र से फिरती न थी; कोई न कोई हिस्सा दृष्टि में समाया रहता था। आप कहेंगे नज़र फेरने की ज़रूरत क्या थी ? उम्दा मेहमाननवाज़ी की रिवायत है कि मेहमान को दीवार पर जड़ी बेशक़ीमती पेंटिंग के सामने बिठलाया जाए। जानती हूँ। जापान तक हो आई हूँ, जहाँ ऐसी हर रिवायत को बिला शर्त, बिला बहस अंजाम दिया जाता है। मेहमान के महत्त्व का अन्दाज़ा इसी से लगाया जाता है कि उसकी कुर्सी, कमरे की एकमात्र बेहतरीन पेंटिंग, पुष्प सज्जा या अन्य कलाकृति से कितनी दूर और किस कोण पर है। कलाकृति मूर्ति हो, पेंटिंग हो या फूलों की सजावट, होती कमरे में एक ही है, जिससे इधर-उधर ताक कर, उससे बेनियाज़ न हुआ जाए। पर इस वक़्त मैं जापान नहीं अमेरिका में थी। न्यूयॉर्क के एक महँगे, आलीशान सबर्ब में। घर न जापानी का था, न अमरीकी का, बल्कि विशुद्ध भारतीय का था। विशुद्ध मानी जन्म से...पर क्या अमरीकन नागरिक बन चुके एन.आर.आई या प्रवासी भारतीय को हम विशुद्ध कह सकते हैं, भले जन्म से ? अमरीका में नई-नकोर दूसरी ज़िन्दगी मिलती है न ? ख़ालिस अमरीकी कहलवाने की क़शिश और कोशिश, क्या कुछ नहीं करवा जाती ! फिर भी मेरे मेज़बान, जीवन वर्मा, बेचारे क़िस्मत के मारे थे, जन्म से विशुद्ध भारतीय। माँ भारतीय, पिता भारतीय, नाना-नानी, दादा-दादी भी भारतीय। दूर-दूर तक विदेशी ख़ून का कतरा उनकी वंश वेल में दाख़िल नहीं हुआ था। यह सब बकवास मैं क्यों सोचे जा रही थी ? मैं नस्ली शॉविनिस्ट नहीं हूँ, बिलकुल नहीं; न कभी थी, न कभी हूँगी। मेरे ज़्यादातर दोस्त-अहबाब मिली-जुली नस्ल के औरत-मर्द हैं; इस तरह कि उनके माँ-बाप अलग-अलग मुल्कों और क़ौमों के बाशिन्दे हैं। उस वक़्त ये फ़िज़ूल ख़ुराफ़ात सोचने का मकसद था, चित्र से ध्यान हटाना। बार-बार एक ही विचार मन में कौंध रहा था। इसे खाने की मेज़ के सामने लगाने की क्या तुक थी ? घर में और कहीं जगह नहीं मिली ? मेरे हाथ में होता तो कहीं भी न लगाती। जानबूझकर मैं न चित्र को ज़ेहन में उतार रही थी, न नज़रअन्दाज़ कर रही थी। जो हो रहा था, ख़ुद-ब-ख़ुद हुए जा रहा था। उस चित्र की फ़ितरत ही ऐसी थी। उसे नज़र की ओट न कर पाने की ख़लिश, मुझे निवाला नहीं निगलने दे रही थी। बेख़याली में जो एक-दो लुक्मे शुरू में खा लिये थे, उनसे इतना कह सकती थी कि जो बना था, ठीक-ठाक था। उतना लज़ीज़

नहीं जितना मेज़बान ने उसकी तारीफ़ में फ़रमाया था पर बेस्वाद कतई नहीं। जीवन वर्मा ने बड़ी आजिज़ी से मुझे समझाया था कि वह तेल में सना, ज़रूरत से ज़्यादा पका बेहूदा हिन्दुस्तानी व्यंजन नहीं बनाने जा रहा था। यह ज़रूर कोई यूरोपीय डिश होगी, पास्ता-वास्ता जैसी आम फ़हम नहीं, एकदम गूरमे...क्या तो नाम लिया था उसने...चिमीचुर्री ? उसने जो कहा हो, मैंने वही सुना था और दुबारा नाम पूछने की हिम्मत नहीं हुई थी। जो भी वह थी, बढ़िया ही बनी होगी, इतना गुमान मुझे था। अगर मुझे उतनी लज़ीज़ नहीं लग रही थी जितनी लगनी चाहिए थी तो क़सूर, पकाने वाले या पके हुए का नहीं, मेरी ज़बान की कमतरी का था। फिर भी, यानी उस कमतरी के बावजूद, न खा पाने लायक़ उसमें कुछ नहीं था। न ज़्यादा लहसुन, न बैगन, न नाक़ाबिले बर्दाश्त अफ़लातूनी महक। हाँ, कुछ कच्ची ज़रूर थी पर क्योंकि जीवन पहले ही बतला चुका था कि ज़रूरत से ज़्यादा पकाना, हिन्दुस्तानी बेहूदगी की निशानी था, इसलिए कचास से नज़र चुराने में मैं कामयाब हो गई थी। पशेमाँ जो कर रहा था, वह नज़र में गड़ा, सामने दीवार पर टँगा, 40 × 30 इंची चित्र था।

एक बार सोचा पूछूँ, क्या मैं कुर्सी बदल सकती हूँ? पर पूछा नहीं। सोच पूरा भी नहीं हुआ कि वह बेहूदा सवाल करने से चेत गई। मेज़ के इर्द-गिर्द सिर्फ़ मेज़बान दम्पती, जीवन और सुरुचि नहीं, दो और मेहमान बैठे थे, जीवन के दोस्त मुरलीधर गुप्त और उनकी बेटी सपना। कुर्सी बदलने को कहती तो उसी से, जो चित्र के बाजू बैठा था, सामने नहीं। यानी मेज़बान-पत्नी सुरुचि से या मेहमान मुरलीधर गुप्त से। मेज़बान मर्द की बग़ल से उठकर मेहमान मर्द की बग़ल में जा बैठना अभद्र लगता, नहीं? ख़ासकर जब मैं वहाँ बिला शौहर बैठी थी, अकेली औरत। अभद्र कहलवा भी लेती पर जानती थी, जीवन उसे बेहूदा हिन्दुस्तानियत कह कर नवाज़ेगा। ''हाँ-हाँ ज़रूर। जानता हूँ, हिन्दुस्तान में उठने-बैठने के तौर-तरीक़ों को तरजीह देने का रिवाज नहीं है।''

न मुझे हिन्दुस्तानी होने से एतराज़ था, न बेहूदा होने से। पर बेहूदा हिन्दुस्तानियत से नवाज़ा जाना क़ुबूल न था। लिहाज़ा मैं सुनहरे बेल-बूटे वाली बोनचाइना की प्लेट पर नज़रें गड़ाये, चिमीचुर्री नामक या भ्रामक व्यंजन के टुकड़े इधर-उधर घुमाती बैठी रही।

''कैसी बनी है ?'' सुना जीवन पूछ रहा था। जी, सुरुचि नहीं, जीवन। सबसे पहली बात उसने यही कही थी, ''पोंगापंथी हिन्दुस्तानियों की तरह यहाँ मर्द खाना पकाने या घर का काम करने से परहेज़ नहीं करते। पर चूँकि मैं पकाता बढ़िया हूँ, इसलिए वही करता हूँ; मोटे-झोटे काम सुरुचि निबटा लेती है।''

''शेफ़ हैं शेफ़!'' सुरुचि ने कहा था, दाद दे कर या तंज़ से, स्पष्ट नहीं हुआ था। ज़ाहिर था, शेफ़ की बनाई डिश में दिलचस्पी शेफ़ की ही होगी।

''कैसी बनी है ?'' उसने दुहराया तो मुझे अपनी बदतमीज़ी का अहसास हुआ; जवाब देने के बजाय मैं बदबख़्त यह सोच रही थी कि जब मुझे यही नहीं पता कि बनने पर उसे कैसा लगना चाहिए तो यह कैसे बतलाऊँ कि बनी कैसी है ? हिन्दुस्तानी पूरी-तरकारी, हलवा, छेना पायस, ढोकला, इडली, भरवाँ करेला होता तो कह सकती थी, तला या भुना ठीक था कि नहीं, मुलायम या करारा कम-ज़्यादा था; मिर्च-मसाला तीखा या फीका था। पर यह उन जैसा बेहूदा व्यंजन नहीं था। पता नहीं इसे कम या ज़्यादा भूना या उबाला गया भी था या नहीं ? कहीं रेयर बीफ़ की तरह कच्चा का कच्चा तो नहीं पेश कर दिया गया ? अब मुझे नीची नज़र

भी उबकाई आने को हुई। किसी तरह भेंगी नज़र से, न यहाँ न वहाँ देख, ख़ासे नाटकीय अन्दाज़ से कहा, ''सुपर्ब !''

पता नहीं क्या ग़लती हुई कि सुरुचि खिलखिला कर हँस दी, बोली, ''सब यही कहते हैं, टेंड्रलोइन है जनाब !'' अचरज कि इतनी खिली-खिली हँसी में भी व्यंग झलक सकता है। हो सकता है मेरे फितूरी दिमाग़ को लगा हो।

जीवन ने एक जलती नज़र उसकी तरफ़ फेंक कर मुझसे कहा, ''इतने बरस हो गये पर सुरुचि अब तक अपनी माँ के बनाये आलू के पराँठों और दही भल्लों की मुरीद है। बेचारी उनसे ऊपर उठ ही नहीं पाई। बनाती भी वही सब है।''

''हैं क्या ?'' मैंने दबी ज़बान से सुरुचि से पूछा। ''बाद में,'' उसने चुपके से जवाब दिया।

''टेंड्रलोइन क्या होता है, बीफ़ तो नहीं ?'' मैंने ज़बान कुछ और दबाई।

''नहीं, जीवन पक्के हिन्दू हैं। यह वाला टेंडर, चिकन चिमीचुर्री का है, हेल्थ की ख़ातिर कुछ भाजी-तरकारी भी मिला दी गई है।'' वह फिर तंज़िया हँसी हँसी।

चिकन तो ठीक है, चिमीचुर्री क्या होता है, मैंने नहीं पूछा; जीवन बुरा मान जाता। मुझे यक़ीन था उसने काफ़ी विस्तार से उसके बारे में व्याख्यान दिया होगा; मेरा ही ध्यान इधर-उधर बिला गया होगा। जब भी वह भारतीय काहिली, ग़रीबी, पिछड़ेपन के हवाले से अमरीकी ज्ञान-विज्ञान, आर्थिक विकास, आरामदेह रहन-सहन के क़सीदे काढ़ते हुए, अमरीकी हेल्थ फ़ूड और युरोप के गूरमे खान-पान तक आता, मेरा ध्यान पहले चरण पर ही बिला जाता, कमबख़्त मैं हिन्दुस्तानी, हिन्दुस्तान में अटकी रह जाती, गूरमे छोड़, हेल्थ तक कान में न पड़ता।

मैंने फिर आँखें प्लेट पर टिकाईं और चिकन चिमी की चुर्री बनाने में लगी। पर लाख न चाहने पर भी नज़र बार-बार चित्र की तरफ़ जाती रही।

''आप हिन्दुस्तान की किस स्टेट से हैं ?'' कानों में पड़ा, मुरलीधर गुप्त पूछ रहे थे।

जवाब देने के लिए उनकी तरफ़ देखना लाज़िमी था। मतलब, चित्र को भी देखो। अनदेखा करने की कोशिश में मनोयोग से चिकन चिमीचुर्री मुँह में डाली और उचारा, ''उत्तर प्रदेश...कानपुर।''

''हम भी यू.पी के हैं,'' उन्होंने ऐसे कहा जैसे उत्तर प्रदेश को यू.पी बना कर, उस पर और मुझ पर करम कर रहे हों।

''मेरा ख़याल था, आप अमरीका, न्यूयॉर्क से हैं,'' मैंने कहा।

वे तृप्त भाव से बिहँसे मानो महानता का तमगा पहना दिया गया हो।

''मैं अपनी पत्नी को केरल के आश्रम में छोड़ कर आया हूँ, आप कभी गई हैं वहाँ ?''

आश्रम में ! क्यों ? वे तो बूढ़े नहीं लगते कतई, यानी पचास के आसपास होगी उम्र। फिर पत्नी क्योंकर बूढ़ी होंगी ? हो भी सकती हैं; मान लीजिए कि वे खाती हों हिन्दुस्तानी बेहूदगी और ये, अमरीकन हेल्थ फ़ूड ! तब वे पचास में साठ की लग सकती हैं और ये सत्तर में पचास के। मगर ये चिकन चिमीचुर्री तो हेल्थ फ़ूड नहीं गूरमे है (किस मुल्क को, ठीक से सुना नहीं, पर इतालवी या फ्रांसीसी नहीं है, इतना अहसास उसके तबील तब्सिरे से है)। जैसे मुरलीधर उस पर हाथ साफ़ कर रहे थे, क्या हरिद्वार का कोई पंडा करता। ग़ौरतलब बात यह थी कि उन्हें चित्र नहीं देखना पड़ रहा था। देखते भी तो ज़रूरी नहीं था कि मेरी तरह खाने से बेरुख़ी

हो जाती। अपनी फ़ितरत दूसरों पर क्यों थोप रही हूँ? छोड़ परे; दूसरे सवाल पर ध्यान दे, आश्रम में छोड़ा क्यों और छोड़ा तो उत्तर प्रदेश छोड़ केरल में क्यों?

"केरल गई हो कभी?" मेरी तन्द्रिल हालत का जायज़ा ले, सुरुचि ने सवाल दुहराया; मेरा नहीं उनका। मैंने तो सोचा भर था, पूछा नहीं। लगा, सुरुचि अनकहे को सुनने में खासी उस्ताद थी।

"हाँ गई हूँ। कोच्चि, तिरुवनन्तपुरम, कोषिक्कोड।"

"हम तो सिर्फ़ कोचिन, त्रिवेंद्रम और कालीकट गए हैं।"

"एक ही बात है, ये उनके मलयालम नाम थे और अब भी हैं।"

"होंगे।" उन्होंने कन्धे उचकाए, "हम अंग्रेज़ी नाम ही जानते हैं।"

"ज़ाहिर है," मैंने हँसी रोकी और सुरुचि की तरफ़ देखा। वह ज़रूर हँस रही होगी। पर नहीं; वह बिलकुल संजीदा थी, शर्मसार और ग़मगीन, हँसी से कोसों दूर, प्लेट में नज़रें गड़ाए।

"उन्हें टर्मिनल कैंसर है," वह मेरे कान में धीमे से फुसफुसाई कि मुरलीधर ने उसी बात को ज़ोर से उचार दिया।

मैं सकते में आ गई। न चाहते हुए भी मुँह से निकल गया, "वहाँ कौन है उनके पास?"

सोचा पत्नी वहाँ मर रही है तो पति यहाँ बैठा चिकन चिमीचुर्री क्यों उड़ा रहा है? आख़िरी वक़्त में उसके पास क्यों नहीं है?

"सच्चिदानन्द आश्रम के तमाम लोग हैं। त्रिवेंद्रम का वह नेचुरोपैथी आश्रम दुनिया भर में मशहूर है।"

"वहाँ जाने से पहले हमने गूगल करके उसके बारे में सब कुछ मालूम कर लिया था," बेटी सपना ने सगर्व जोड़ा।

"वे एकदम नेचुरल तरीक़े से उनका इलाज कर रहे हैं, बिना पेनकिलर्स, ड्रग्स, कीमो, रेडियशन वग़ैरह।"

"पर दर्द? दर्द और अकेले!" मैं लफ़्फ़ाज़ हिन्दुस्तानी बेहूदगी पर उतर आई।

"वे हैं न! वे कहते हैं मन पर अंकुश रखो तो दर्द से भी छुटकारा मिल सकता है।"

"मिला?"

"शायद," उन्होंने कौंचा भर चिकन चिमीचुर्री अपनी प्लेट में और पलटी। सॉरी, कौंचा नहीं सर्विंग स्पून।

"आप उनके पास क्यों नहीं हैं," मेज़ के नीचे जीवन के पैर के टोहके को नज़रअन्दाज़ करके मैं लगी रही।

"यह उनका प्राइवेट मामला है," जीवन ने फुसफुस करके घुड़का।

जीवन की चीं-चीं आवाज़ मुरलीधर की दमदार आवाज़ के नीचे दब गई, "मैं! मैं कैसे जा सकता हूँ! इतना बड़ा बिज़नेस है, सिर खुजाने की फ़ुर्सत नहीं है। केरल तक आने-जाने में पन्द्रह दिन खप गये। कितना नुक़सान हुआ! रात-रात जग कर काम किया तब जा कर भरपाई हुई।"

"और तुम?" मैं बेटी से मुख़ातिब हुई।

"मैं ?" वह जैसे आसमान से गिरी, "मैं अपनी कम्पनी के पी.आर विभाग की हेड हूँ। साल में कुल पन्द्रह दिन की छुट्टी मिलती है।"

"यह हिन्दुस्तान नहीं है कि जब चाहो छुट्टी मार कर बैठ जाओ। यहाँ जितनी छुट्टी मिलने का नियम हो, उतनी ही मिलती है। भाई-भतीजावाद नहीं चलता।" जीवन ने तुर्श सुर में बाधा दी पर सपना अपनी रौ में कहती गई, "इस साल सारी छुट्टी केरल में बिताई। एक दिन के लिए रिलैक्स करने कहीं नहीं गई। मन ही नहीं हुआ। इससे ज़्यादा मैं क्या कर सकती हूँ," अन्तिम बात तक आते-आते वह रुआँसी हो गई। "मैंने कहा था ममी को यहीं रहने दें, पेन मैनेजमेंट कितना विकसित हो गया यहाँ। नर्स रख लेंगे, रात-दिन की अलहदा, दो। और वीकएंड पर तो हम, कम से कम मैं उनके पास रह सकती हूँ। पर डैडी ने कहा, वहाँ स्प्रिचुअल अप्रोच है, सेवा भाव है, उनकी नेचुरल पद्धति यूनीक है और...और हो सकता है...वहाँ वे ठीक हो जाएँ। उन लोगों की ईश्वर पर आस्था है, इसलिए ईश्वर की भी...उन पर...अनुकम्पा हो...ती ...है..." अब वह रो ही तो दी।

मुरलीधर ने बहुत प्यार से एक कौंचा चिकन चिमीचुर्री उसकी प्लेट पर उलटाई, कहा, "कितनी लाजवाब बनी है, नहीं, अर्जेन्टीना के 'पारिल्ला' में भी नहीं मिलेगी।"

ओह तो अर्जेन्टीना की डिश है यह! गारत हो दिमाग़! कमबख़्त डिश कहीं की हो, क्या फ़र्क़ पड़ता है। पर दिमाग़ है कि सब कुछ नोट किये बिना मानता नहीं, बस जीवन की मुफ़लिस-सी आवाज़ में बयान किये तबील ब्योरे ही दस्तक नहीं दे पाते।

"मैंने ग़लत क्या कहा था। वे लोग एक पैसा नहीं लेते; निःस्वार्थ सेवा करते हैं, आध्यात्मिक हैं, यहाँ जन्मी तुम्हारी पीढ़ी को क्या मालूम। भूल चुकी सब कुछ। अरे मिलियन डॉलर ख़र्च करके भी हम उन लोगों जैसा सेवा भाव और परमात्मा पर आस्था नहीं ख़रीद सकते।" वे सपना को समझा रहे थे।

"असल बात पैसा नहीं, यह है कि कुछ फ़ायदा है कि नहीं ?" मैंने कहा।

"कैसी भारतीय हैं आप! आस्था पर विश्वास नहीं करेंगे तो फ़ायदा होगा कैसे ? पॉज़िटिव वाइब्स भेजनी होती हैं रोगी के पास, एक-एक आदमी को, जिससे उसकी मानसिक और आत्मिक शक्ति सबल-प्रबल हो सके, शरीर को नीरोग कर सके।"

"पर दर्द ?"

"हाँ डैडी, दर्द ? हम जानते भी नहीं उन्हें कितना दर्द है।"

"जान कर क्या होगा ? उन्होंने कहा था न, एक समय आएगा जब उनका मन-मस्तिष्क ईश्वर में स्थित हो जाएगा और वे स्वयं पीड़ा से अनभिज्ञ हो जाएँगी।"

ज़ाहिर था वे शुद्ध हिन्दी में उनके कहे शब्द दुहरा रहे थे; पता नहीं वाक़ई उन पर आस्था थी या सपना को फुसला रहे थे। या अपने को ?

सपना बेख़याली में बहुत जल्दी-जल्दी, बिना चखे, चिकन चिमीचुर्री निगल रही थी।

जीवन अपनी करिश्माई डिश की बेनियाज़ी को घूर रहा था पर सपना उसकी नज़र से बेअसर, आँखों में आँसू संजोये, चम्मच भर-भर कर ठूंस रही थी। तभी सुरुचि ने अपनी आधी भरी प्लेट आगे खिसका कर आहिस्ता से कहा, "मुझे नहीं खाना।"

उससे बल पाकर मैंने भी हौले से अपनी प्लेट इंच भर आगे की, कहा, "मुझे भी।"

"दिमाग़ ख़राब हो गया है तुम लोगों का।" जीवन ने चीख़ना चाहा पर तुनक कर रह गया। "प्लीज़ ख़त्म करो," उसने घिघिया कर जोड़ा, "पता है कितनी मेहनत की मैंने, कितनी

कला लगी है इसे बनाने में?'' सुरुचि पिघली नहीं बल्कि उसके चेहरे पर वितृष्णा की परत पुत गई। उसे महसूस कर, जीवन हिंसक हो उठा।

बोला, ''हिन्दुस्तान में इनसान की ज़िन्दगी की क़ीमत क्या है जो वे लोग एक आदमी की मौत को ले कर परेशान होंगे! उनके लिए जीवन-मृत्यु ईश्वर की इच्छा है, माया है, नियति है। संसार क्षणभंगुर है, जो आता है, जाता भी है फ़लसफ़ा झाड़ कर अलग हो जाएँगे।''

''अलग हम हो रहे हैं, वे नहीं। वे तो सेवा कर रहे हैं,'' सुरुचि तंज़ से आगे बढ़ गई।

''हाँ-हाँ मालूम है। अंतिम समय जान कर सेवा कर रहे हैं, अपना परलोक सुधारने को, उनकी ज़िन्दगी बचाने की ख़ातिर नहीं।''

''किसने कहा!'' अब बारूद-सा फटने की बारी सपना की थी। ''हम उन्हें वहाँ मरने के लिए नहीं छोड़ कर आये, ठीक होने के लिए भेजा है।''

''पिछड़े हिन्दुस्तान में! ज़िन्दगी की वहाँ क्या कीमत है, जानती नहीं? कम अज़ कम तुम्हारे डैडी तो बख़ूबी जानते हैं। याद है इस चित्र को देख कर क्या कहा था तुमने?''

''छोड़ो, उसकी क्या बात...'' आवाज़ का दम घोट कर मुरलीधर ने मिन्नत की।

''भूल गये? कोई बात नहीं, याद दिला देता हूँ। तुमने कहा था, यह हिन्दुस्तान की बर्बरता की एकदम सही तस्वीर है। साले बड़े स्प्रिचुअल बने फिरते हैं, बकवास! अपने मतलब के लिए सैकड़ों-हज़ारों की जान ले सकते हैं, यह फ़लसफ़ा झाड़ कर कि मरना तो उन्हें एक दिन था ही। प्रभु इच्छा! हम क्या कर सकते हैं! अवसरवादी बास्टर्ड्स! आयुर्वेदिक डिस्पेन्सरी खोल कर, उन्हीं का मुफ़्त इलाज करने का दिखावा करते हैं, जिन्हें बेघर करके करोड़ों कमाये थे। कोई पूछे, अगर आयुर्वेद में इतनी ताक़त है तो ख़ुद एलोपैथिक इलाज क्यों करवाते हैं, तमाम सत्तासीन अमीर जन!''

''डैडी!'' सपना ने कातर स्वर में गुहार लगाई।

''बोलो, कहा था कि नहीं?''

''कह दिया होगा। बहस में आदमी बहुत कुछ कह जाता है...पर मेरा विश्वास...''

''कचरा विश्वास! हर हिन्दुस्तानी की तरह तुम भी हिप्पोक्रेट हो!''

''पर यह चित्र आपने खाने की मेज़ के सामने क्यों लगा रखा है?'' अब जाकर मेरे मुँह से फूटा।

''क्यों उबकाई आती है? सच देखने की कूवत नहीं है! नज़रें फेर कर भकोसना चाहते हो? जैसे चौराहे पर भीख माँगते बच्चों और विकलांगों से नज़रें फेर कर मोबाइल पर केक ऑर्डर करते हो!''

मेरे कंठ से आवाज़ नहीं निकली। हतप्रभ सपना भी चुप रही। सुरुचि ने हिम्मत करके मीठे स्वर में कहा, ''छोड़ो भी। अब कोई ख़ुशनुमा बात करते हैं। पता है जीवन ने लेमन सूफ़्ले बनाया है। देर हुई तो बैठ जाएगा। बड़ी नाज़ुक डिश है।''

''सोनिया!'' जीवन ने सीधा मुझे धर पकड़ा, ''जानना नहीं चाहतीं चित्र है कहाँ का? बूझो कहाँ का है?''

''मुझे नहीं पता,'' मैं मिमियाई।

''सूरत का है, 2012 की बाढ़ का। बहुत लोग डूब गये थे,'' सुरुचि बीच में कूद गई। ''मैं सूफ़्ले ले कर आती हूँ।''

''नहीं, मैं ख़ुद लाऊँगा। अभी समय है। बाढ़ आई क्यों वह भी तो बतलाओ। डैम को बचाने की ख़ातिर पानी, शहर की निचली ग़रीब बस्तियों और गाँवों की तरफ़ छोड़ दिया गया था। दो हज़ार, एक सौ पिचासी लोग डूब कर मर गये थे। उसी का फ़ोटो है यह। देखो, कितने लोग मरते दिख रहे हैं। गिनो। एक-दो-तीन... गिनती जाओ...देखो वे बच्चे हैं, वे बूढ़े मर्द-औरत, वे गर्भवती औरतें, देखो वह वाली पूरे नौ महीने की लगती है। देखा।''

जिसे नहीं देखने का नाटक करती रही थी, उसे अब रेशा-रेशा साफ़ देख रही थी। 40×30 इंच के चित्र का हर मिलिमीटर लाश बनते इनसान की शक्ल ले चुका था। चित्र बेआवाज़ था पर मुझे बेपनाह चीख़ोपुकार सुनाई दे रही थी। बेहरकत था पर उसमें बसी छटपटाहट साफ़ दिख रही थी, इतनी कि हर मौत को मैं अलग महसूस कर रही थी। सामूहिक नरसंहार, रेशा-रेशा मेरे सामने घटित हो रहा था। चुम्बकीय आकर्षण से बँधी, चित्र पर आँखें गड़ाये मैं, निस्तब्ध उसे देखे जा रही थी।

''इसके फ़ोटोग्राफ़र, केरल के मशहूर चित्रकार श्रीनिवासन हैं। बढ़िया कलाकृति है न? जैसे फ़ोटो न हो कर पेंटिंग हो। एक बात है, केरल में और जो हो-न-हो, कला ज़बरदस्त है, क्यों सोनिया?'' मैंने कुछ नहीं कहा पर सपना कुर्सी पीछे धकेल, खड़ी हो गई। ''चलूँगी,'' उसने सपाट लहज़े में कहा, ''दफ़्तर में काम है।''

''बैठो,'' जीवन ने हुक्म दिया। उसकी आवाज़ में ग़ज़ब का रौब था, ''मैं सूफ़्ले ला रहा हूँ, बहुत नायाब रेसिपी है, उसे बनाना जीनियस कारीगिरी की माँग करता है, इस चित्र की तरह। नियंत्रण ज़रा बिगड़ा नहीं, सामग्री का बैलेन्स गड़बड़ाया नहीं, पानी की मिकदार बढ़ी नहीं कि सूफ़्ले कोलैप्स हुआ। खाये बग़ैर नहीं जा सकतीं तुम!'' वह रसोई में चला गया।

सपना बैठी नहीं पर जाने के लिए क़दम आगे नहीं बढ़ाए; मूर्तिवत खड़ी रही। हम सब भी क़हर के अहसास से थर्राए, चित्र की तरह विचल-अविचल बैठे रहे।

(2014)

बेनियाज़ मियाद के पार

यह कहानी कहने से पहले दो बातें साफ़ कर देना चाहती हूँ।

पहली यह कि इसमें जो लिखा है वह सब सच है और मेरा अपना भुगता हुआ है। सच के सिवाय इसमें कुछ नहीं है। बस डाक्टर का नाम ज़रूर बदला है। पर पूरा सच इसमें मत खोजिएगा। सच का काफ़ी हिस्सा इसमें नहीं लिखा गया। कुछ बातें इतनी घिनौनी होती हैं कि उन्हें सार्वजनिक रूप से न लिखा जा सकता है, न उचारा।

दूसरी, इसे लिखे जाने का श्रेय मैं अपनी बचपन की दोस्त उर्मिल को देती हूँ, जिसने मुझसे कौल भरवा लिया था मैं अपनी यह आपबीती ज़रूर लिखूँगी। उसका कहना था कि गुज़रती तो बहुतों पर है पर सबके पास उसे लिखने की कला और हिम्मत नहीं होती। कला का तो पता नहीं पर हिम्मत ज़रूर है, सो लिख रही हूँ।

मृदुला गर्ग भाग 1 : मैं 79 बरस की हो चुकी थी। अब ख़रामा-ख़रामा 80 की तरफ़ बढ़ रही थी। कोई ख़ास फ़र्क़ महसूस नहीं हो रहा था। किसी उत्सव की चाह नहीं थी। हाँ बालमन जैसी एक चाहत यह ज़रूर थी कि कहीं किसी पहाड़ी प्रदेश पर पचास साला बेटे के साथ दो-चार दिन के लिए सैर को जाऊँ। यानी सारा इन्तज़ाम करके वह मुझे साथ ले उड़ जाए या सड़क के रास्ते ही चले। मुझे पता भी न हो हम ठीक कहाँ जा रहे हैं। बहू साथ हो तो बहुत बढ़िया पर बस, और लोग नहीं। चन्द दिन, शान्त और रोमांचक दोनों। मन में बारिश सी घुमगती एक अनुपम घुमक्कड़ी। आप यक़ीन नहीं करेंगे, बच्चे की मानिन्द कह भी डाला दोनों से। बहुत समझिए कि यह नहीं कहा कि बना लो मुझे अपनी बेटी तीन दिन के लिए। कितना बेवक़ूफ़ाना अरमान था, अस्सीवें जन्मदिन के लिए। बेटे ने कहा वह मुझे उसके लिए, बतौर उपहार रक़म दे देगा, सहेलियों के साथ घूम आऊँ, जहाँ चाहूँ। और क्या कहता! पर सुन कर मेरा मन ऐसा मरा जैसे 175 साल का बूढ़ा हो।

ऐसी यात्राएँ तो मैं जब-तब कर ही लेती हूँ। किसी गोष्ठी या साहित्योत्सव में। सब चाक चौबन्द रख कर तैयारी के साथ बोलना और उतनी ही तैयारी के साथ गंतव्य पर जाना। वह गंतव्य होता है, घुमक्कड़ी नहीं। सहेलियाँ हों या सेमिनार। यानी जो करना हो ख़ुद करूँ, कोई मुझे साज-सम्भाल कर घुमाने न ले जाए। पहले जगह चुनूँ, फिर सहेलियाँ, फिर तारीख़, टिकट वग़ैरह, फिर सारा इन्तज़ाम मुकम्मल करके यात्रा को घुमक्कड़ी का नाम दूँ।

जब मेरे बच्चे छोटे थे, यही बेटा भी, हम जाया करते थे पारिवारिक छुट्टी मनाने। बीसेक साल पहले भी, एक-दो बार, बेटा-बहू सब तैयारी करके हमें साथ ले गये थे। पता नहीं क्यों अब दोनों अनुभवों ने मिल कर यह सपना तामीर कर दिया। कितना सुगम तो था उसे पाना; दावत-वावत देने के तामझाम से कहीं आसान। बात सुगमता-दुर्गमता की नहीं थी, लकीर पर

न चलने की थी। अलहदा होने की वजह से ही उसे दीवानगी मान लिया गया या नरमाई से कहें तो खब्तीपन। मनोवैज्ञानिक क़िस्म के लोग शायद कहें कि इस बचकाना सपने के पीछे एक वजह यह रही होगी कि बचपन में मैंने अपने पिता के साथ काफ़ी तफ़रीह भरी सैरें की थीं।

ख़ैर उस पर दुबारा बात करने की नौबत ही नहीं आई।

अभी मैं उस अल्हड़ बचकानी लालसा को मन ही मन उलट-पुलट कर उसके फ़रेबी मज़े लेने में लीन थी कि आँधी के एक झोंके से मेरा पूरा अस्तित्व तिनकों के ढेर सा बिखर गया और मैं एक ख़ौफ़नाक चक्रव्यूह में प्रवेश कर गई। अभिमन्यु की तरह मैंने कोई बेलगाम बहादुरी नहीं दिखलाई थी कि यह जानते हुए भी कि चक्रव्यूह से बाहर निकलना मुझे आता नहीं, गुरु का नाम ले, उसमें घुस जाऊँ। वह तो ख़ुद मुझ पर लपका और अपनी गिरफ़्त में ले, तम्बू की तरह मुझ पर तन गया।

सब कुछ बहुत सरल भलमनसाहत के साथ शुरू हुआ। मुझे तब तक (79 की होने के बावजूद) कभी दिल की कोई बीमारी नहीं हुई थी। अब अपने बचकाने सपने को मन ही मन जीते अचानक ज़बरदस्त पसीने आने लगे। गरमी का मौसम तो था, वह भी दिल्ली का पर ऐसा भी नहीं कि पूरा बदन चौड़ा हो जाए और माथे से पसीना यूँ गिरे कि चश्मे से देखना दूभर हो जाए। जैसे सिर्फ़ मेरे लिए इन्द्रदेव मूसलाधार बारिश बरसा रहे हों। इतनी भी क्या कृपा! देवता ठहरे, सोचा होगा बड़ा पहाड़-पहाड़, बारिश-बारिश रटती रहती है, इसे यहीं सारा मंज़र चखा दो। मैंने सोचा अस्सी पर पहुँचते-पहुँचते, एक बार दिल की जाँच करवा ही लेनी चाहिए। दिल तो ख़ैर दुरुस्त था, अलबत्ता ब्लडप्रेशर काफ़ी बढ़ा हुआ निकला। कोई बड़ी बात नहीं थी, दवा ले ली गई। पसीना बदस्तूर गिरता रहा। मैंने सोचा पानी ज़्यादा पिऊँ तो शायद पसीने की भरपाई हो जाए। तो पिया। पसीना तो वैसे ही बहता रहा, ज़्यादा पानी पीने का जो असर उस उम्र में हो सकता था, हो लिया। यानी अपनी फ़ितरत बिन प्यासे ऊँट सी हो रही (पता नहीं ऊँट को पसीना आता है या नहीं) पर बाक़ी हाल यकसाँ था। पसीने से लगातार भीगते जाने के नतीजतन, दिल भी घबराने लगा और नींद ग़ायब हो गई। पसीने के पयोधरा बादल के बीच से ठीक से देख न पाने के कारण, लिखना-पढ़ना कम हो गया।

ग़लती यह की कि दुबारा डाक्टर के दर्शन करने चली गई। उन्होंने कहा था पन्द्रह दिन बाद चेक करवा लूँ। अब उन्होंने फ़रमाया कि प्रेशर तो ज़रा कम है पर दिल के दुरुस्त होने के बावजूद, बाक़ी सब जो हो रहा है, उसका मतलब है एंग्जाइटी है। मैंने कहा भइया, मैं लेखक हूँ, चिन्ता करना मेरा पेशा है। चिन्ता होगी तभी न चिन्तन होगा। बल्कि सच कहें तो हम लोग चिन्ता ज़्यादा करते हैं, चिन्तन कम। एंग्जाइटी नहीं होगी तो रचना कैसे होगी? दिमाग़ी अफ़रा-तफ़री कह लो या तुम्हारी अंग्रेज़ी में एंग्जाइटी, वह तो उद्‌गम स्त्रोत है रचनाकर्म का।

मुझे लगा मुझे ख़ासा मार्के का जुमला सूझा है सो ख़ुदा की मार, बेटे-बहू से भी कह डाला। अब तो क़हर ही टूट पड़ा। कुशल विदुषी बहू ने कहा, तुरंत मनोवैज्ञानिक को दिखाइए, डिप्रेशन होगा, बुढ़ापे में हो जाता है, मेरी माँ को भी है,एन्टी डिप्रेसंट दवा खाएँगी, दो-तीन महीनों में ठीक हो जाएगा। ! बुढ़ापा! डिप्रेशन! ये दो शब्द मैंने अपने ऊपर कभी लागू नहीं किये थे। साहित्य जगत में वरिष्ठ कहलाते थे, मनोजगत में 'अभी तो मैं जवान हूँ' की तर्ज़ पर जीते थे। शरीर का क्या था, बेचारा अधेड़, साथ-साथ घिसट लिया करता था।

और अब इस मुक़ाम पर आकर मुझे डिप्रेशन क्योंकर होगा ? ज़िन्दगी में इतने बड़े-बड़े हादसे झेल गई, लिखने में व्यवधान ज़रूर आया, पूजा-पाठ करने की ज़रूरत भी पड़ गई पर डिप्रेशन का नामोनिशान नहीं हुआ। कुछ महीनों के अन्तराल के बाद वापस लिखना शुरू कर दिया। बल्कि जब डिप्रेशन होना चाहिए था, तभी सबसे हास्यपूर्ण व्यंग्य लिखा। एक-दो नहीं पूरे सात साल। वेदना और पीड़ा की ऐसी-तैसी हो रही। अब तक तो उस ज़ालिम आलम से काफ़ी राहत पा चुकी थी। यहाँ-वहाँ घूम रही थी; लेक्चर दे रही थी; हाल ही में नया उपन्यास प्रकाशित हुआ था। हाँ, एक उपन्यास छप जाने और दूसरा शुरू करने के बीच, हमेशा की तरह, कुछ अकुलाहट ज़रूर थी। पर उसे हम रचनात्मकता को सहेजना कहते थे, डिप्रेशन नहीं। कभी मज़ाक़ में किसी ने कह दिया तो दूसरी बात है कि साहब आजकल तो हम डिप्रेशन में चल रहे हैं। सुनने वाला समझ जाता था कि नए मिसाइल से जूझ रहे हैं बन्दापरवर।

पूरी बात सुनना-समझना तो छोड़ो किसी ने एक वाक्य को तरजीह नहीं दी। सब दोस्तों की बूढ़ी सासों या माँओं को अवसाद था तो मैं बूढ़ी अपवाद कैसे रह सकती थी!

एक बार कहा गया, कई बार कहा गया, बार-बार कहा गया, आपको डिप्रेशन है, साइक्याट्रिस्ट हम ढूँढ़े देते हैं, आप जा कर दिखला आइएगा। मैंने बहुत रार-तकरार की। पर मूसलाधार पसीने (सॉरी, बारिश की तौहीन कर रही हूँ) और धाराप्रवाह भाषण के बीच मेरी इच्छा शक्ति डगमगाने लगी...कुछ दिन बाद डिप्रेस्ड माँओं में से एक की औलाद की मार्फ़त, उनके मौजूदा साइक्याट्रिस्ट का नाम-धाम मुझ तक पहुँच गया। तब तक मेरी विपक्षीय बुद्धि काफ़ी डगमगा चुकी थी। सोचा इतने अक़्लमन्द, अक़्लमन्द जवान बन्दे एक ही बात कह रहे हैं तो प्रयोग करके देखने में क्या हर्ज है।

लिहाज़ा डा. कामधेनु से जा कर मिल ली। एक ही दिन पहले मैं मंच से धुआँधार भाषण दे कर चुकी थी। एयर कंडीशंड हॉल के चलते पसीने की धार कम रही थी। मैंने डाक्टर से कहा कि बेइन्तिहा पसीने और कुछ ज़्यादा फ़िक्र करने की प्रवृत्ति के लिए कोई दवा दे दें। बाक़ी सब दुरुस्त है। उन्होंने मेरे पेशे के बारे में पूछा तो बतला दिया लेखक हूँ, 30 क़िताबें छप चुकीं। बोले, एक बात बतलाइए, आपको यह कैसे पता चलता है कि आपकी कितनी क़िताबें वाक़ई बिकीं और रॉयल्टी सही संख्या पर मिल रही है ? मैंने कहा, नहीं पता चलता, सब ट्रस्ट पर मुन्हसिर है। अरे! वे बौखला कर बोले, यह तो सरासर धोखाधड़ी है! आप भोलेपन से उसे बर्दाश्त कर लेती हैं! मैं हँस दी। हम लोग ऐसे ही होते हैं! वे नहीं हँसे। अजीब सी नज़रों से मुझे देखते रहे, फिर मेरे परिवार के बारे में पूछताछ करने लगे। उस सब का बयान ज़रूरी नहीं है। असल बात यह हुई कि उन आलिम फ़ाज़िल ने फ़ैसला सुनाया कि मुझ बेअक़्ल औरत को डिप्रेशन है और उन्होंने दवाओं की एक लम्बी फ़ेहरिस्त मुझे थमा दी। मैंने आपत्ति की और उनके न सुनने पर तय किया कि एन्टी डिप्रेसन्ट दवा नहीं लूँगी।

पर अन्त तक मेरा फ़ैसला चला नहीं। बेटे-बहू के दबाव और अपनी ढलती इच्छाशक्ति के बीच बिला गया। ग़लती मेरी और सिर्फ़ मेरी थी। क्यों मैंने अपनी इच्छाशक्ति को कमज़ोर होने दिया ? क्यों मैं अपने स्नेहपात्रों के स्नेहिल आग्रह से द्रवित हो गई ? ग़लत को क्यों सही मान लिया ? पर मैंने नेक्सिटो नाम की वह दवा ले ली। दवा इस हिदायत के साथ दी गई थी कि ऐसी कोई दवा नहीं होती जिसके साइड इफ़ेक्ट्स न हों। एक बार, बार-बार दुहराया गया। मैंने सुन लिया और आज़िज़ आ कर कह दिया, जी प्यार के भी होते हैं! वे नहीं हँसे। कम हँसते

थे। तभी मुझे समझ जाना चाहिए थे हम विपरीत प्रकृति के लोग थे, राज़दार नहीं बन सकते थे। पर मैंने अपना फ़ैसला मुल्तवी रखा।

नेक्सिटो के मुझ पर असरात काफ़ी दिलचस्प थे। ज़रूरी नहीं है कि सब पर हों। पैर टेढ़े-मेढ़े पड़ने लगे। कुर्सी से उठती तो वापस गिर पड़ती, कई बार कोशिश करने पर उठ पाती, चाल डगमगाने लगी यानी उसमें सन्तुलन नहीं रहा। उन्होंने कहा था अच्छे दिन आने में दो हफ़्ते गुज़र जाते हैं, तो सोचा कुछ दिन भुगत लेती हूँ। तीसरी रात अजब मंज़र पेश आया। आधी रात को ग़ुसलख़ाने जाने को उठी तो बदन जने किस भँवर में फ़ँस कर फ़िरकनी सा घूमा और बाथटब में जा गिरा। अजब कैफ़ियत हुई, उठूँ तो कैसे? किसी को पुकार भी नहीं सकती थी। घर में बस हम दो बूढ़ा-बूढ़ी (पति-पत्नी) रहते थे। बेटा तो दूसरे शहर में था। मेरा प्रियतम बूढ़ा सुन नहीं पाता था सो आवाज़ लगाने का कोई फ़ायदा नहीं था। मैं यह ख़ुशफ़हमी पाले रखना चाहती हूँ कि सुन पाते तो दौड़े चले आते! खैर हाल-फ़िलहाल तो उठना ज़रूरी था! मौक़े की नज़ाकत को परख कर ख़ुमारी उड़ गई और इच्छाशक्ति रंग दिखलाने लगी। किसी तरह घुटनों के बल बैठ, सर्कसी करतब की कई मिसालें पेश कर, मैं टब से बाहर उछल ही आई और बिस्तर पर जा कर ढेर हो गई।

अगली सुबह डाक्टर से कहा तो बोले, ''आप रात को चली क्यों?'' मैंने कहा, ''गुस्ल में जाना था अलबत्ता गुस्ल के लिए नहीं।'' बोले, ''रात को नींद के बीच उठेंगी तो यही होगा।'' ''तब क्या हेलीकॉप्टर मँगवाऊँ!'' वे अपनी बात दुहराते रहे। वे थे मर्द मानुष; उन से भला ग़ुसलख़ाने की बाबत और कितनी तफ़्सील में बात करती। रूखेपन से उन्हें नमस्कार किया और सोचा अगले दिन से नेक्सिटो को भी नमस्कार कर दूँगी। कर भी दिया।

यहाँ मृदुला गर्ग भाग 1 का अन्त हो गया। क्योंकि अस्सी साल पर पहुँचने से पहले यह मेरा आख़िरी स्वतंत्र निर्णय था।

नहीं ग़लत कह गई। एक और था।

कुछ दिन पहले मेरी कुशाग्र बहू ने बड़े आदर और स्नेह के साथ मुझे सुझाव दिया था कि जैसे मैं पच्चीस साल पहले करती थी, वैसे ही दुबारा श्रीशिवमहिम्नः स्तोत्रम् का रोज़ पाठ करूँ। बेटे ने अनुमोदन किया ही बल्कि नई किताब भी मुझे मुहैया करवा दी। आम फ़हम तौर पर सुझाव एकदम वाजिब था। पर...गद्य और जीवन में यह 'पर' बड़ा ज़ालिम बन कर नाज़िर होता है। पच्चीस बरस पहले मैंने वह पाठ किया था, अपने छोटे बेटे और बहू के गुज़र जाने पर! रोज़ उपासे एक-दो घंटे करती थी। भूख-प्यास नहीं लगती थी। कपाट खुले रखती थी पर भय, डर, आशंका सब दूर रहते थे। मोहल्ले की शैतान बिल्ली भी सरहद पर चहलक़दमी करती रहती थी; मेरे पास नहीं आती थी। श्लोकों की ध्वनि, स्मृति में हथौड़ों की तरह बजती नामुराद आवाज़ों को, रुई के फ़ाहों में लपेट, नर्म और धीमा कर दिया करती थी। दो-तीन बरस बल्कि ज़्यादा 1993 से लेकर 1998 तक मैंने मुतवातिर यह पाठ किया और बहुत कुछ पीड़ा-दुख-हताशा, दिमाग़ के अलग-थलग कोनों में फेंकने में कामयाब हो गई। फिर ज़िन्दगी लुट-पिट, कट-फ़िट कर, दुबारा, उसी नहीं, तो छोटी लाइन पर आ गई। कुछ हद तक तो आ ही गई। ख़ुशी भी बड़ी बेढब शै है। ज़बरन ज़िन्दगी में घुस जाती है। पोती-पोते का जन्म, लिखे स्तम्भ को त्रासद से कटाक्ष बना पाना, उस घुसपैठ में शामिल था। कुछ कहानियों और उपन्यासों का लेखन भी। तभी तो अब मैं यहाँ-वहाँ अपने पाठ का पाठ करती घूम रही थी।

ज़मीनी मसाइल छोड़ अचानक श्रीशिवमहिम्नः स्तोत्रम् का पाठ करना कितना दुश्कर और हौलनाक था मेरे लिए, शायद मैं ख़ुद भी नहीं जानती थी। तभी तो अपने से बुद्धिमान युवाओं की सलाह मान, एक सुबह, ठीक पच्चीस बरस पहले की तरह, पाठ कर डाला।

अगली चार रात पूरे ब्रह्मांड के बीच मुझे अपने दिवंगत बेटे का शिवमय चेहरा दिखता रहा और चारों दिशाओं से गूंजता रहा, पाठ का एक-एक शब्द । इतना ऊँचा, स्पष्ट और धारदार कि प्रलय का आह्वान क्या था उसके सामने। चार रात, चार दिन छटपटाने के बाद मैंने उसे न करने का स्वतंत्र निर्णय लिया, बिना किसी को बतलाये। बल्कि कभी-कभी किताब खोल कर बैठ भी जाती थी, दिखलाने को कि हाँ कर रही हूँ पाठ! किसका भय था मुझे? किसे दिखलाना चाहती थी की हाँ कर रही हूँ पाठ? किसी को नहीं। बस मैं भयभीत थी, सबसे, अपने से, शायद पूरी क़ायनात से। तब क्या इसे स्वतंत्र निर्णय कहेंगे!

नहीं अस्सी बरस का होने से पहले मेरा अंतिम स्वतंत्र निर्णय वही था, नेक्सिटो न खाने का।

पर ऐसा निर्णय लेने से क्या फ़ायदा जो चार क़दम चल कर उल्टे मुँह गिर पड़े?

वही हुआ।

यूँ शुरू हुआ मृदुला गर्ग भाग 2 : नेक्सिटो तो बन्द कर दी पर उसके साथ की बाक़ी दवाइयाँ चल रही थीं, वही एंटी एंग्जाइटी टाइप। देह शिथिल रहती,दिमाग़ धुआँ-धुआँ। नींद आ कर देती नहीं थी जो कुछ ताज़ादम हो पाती।

फिर कमज़ोर इच्छाशक्ति का प्रदर्शन कर यह भी बेटे-बहू से कह डाला। फ़ौरन फ़रमान जारी हुआ एंटी डिप्रेसंट दवा तो लेनी ही होगी। तुम नहीं तो और सही, और नहीं तो और सही। मैंने काफ़ी प्रतिरोध-विरोध किया। बार-बार कहा मुझे डिप्रेशन नहीं है पर हर बार पसीने की बेरोक धार और कभी दमदार रही मेरी आवाज़ की कृश पड़ती लय ने मेरे कहे पर पानी फेर दिया। तय रहा कि अन्य माँओं की तरह मुझे भी अवसाद है। जी हाँ, वही अवसाद, जिसे मैं पच्चीस साल से धता बतलाती आई थी।

एक नई गोली तजवीज़ हुई। कहा गया उससे शरीर वैसे नहीं डगमगाता जैसे नेक्सिटो से डगमगाया था। बिलकुल सही कहा गया था। दुबारा फ़िरकनी सा घूम टब में गिरने का रोमांचक अनुभव मुझे नहीं हुआ। पर उसके साथ यह भी कहा गया था कि ऐसी कोई दवा नहीं होती जिसके साइड इफ़ेक्ट न हों। प्यार की तरह, हँसकर नहीं कह पाई इस बार मैं। वाक़ई इस नई दवा, ज़ोसर्ट के साइड इफ़ेक्ट या असरात, प्यार से कहीं ज़्यादा मारक थे।

फिर एक बार दुहरा रही हूँ कि ज़रूरी नहीं है कि सब पर उसका असर वैसा ही हो जैसा मुझ पर हुआ।

मैंने उसे हमेशा ज़ोसर्ट के डेसर्ट की तरह याद रखा। वरना हिज्जे गड़बड़ा जाते थे। ज़ोसर्ट का ओर छोर विहीन रेगिस्तान, जिसमें सूखे गले को तर करने को तरसते इनसान को इच्छित पानी नहीं मिल सकता था, किसी भी क़ीमत पर। न कोई और रसमय द्रव्य। पी कितना भी लो, गला ख़ुश्क ही रहता। बतलाया गया अच्छे दिन दो हफ़्ते बाद आएँगे, तब तक सब्र रखें और बिला नागा गोली खा लें। अब तो दिमाग़ ने काम करना ही बन्द कर दिया। अपनी याददाश्त पर बहुत फ़ख़्र था मुझे, अब छोटी-छोटी बातें भी भूलने लगी। ऑनलाइन बिल का भुगतान करना मुश्किल लगने लगा। और तो और एटीएम से पैसे निकालने तक दूभर हो गये। किताब

पढ़ने पर अक्षर धुँधलाने लगे। दैहिक तौर पर, ज़िदगी में पहली बार ज़बरदस्त क़ब्ज़ हो गया, जिसे सब प्यारे घरवालों ने कहा कि 'इगनोर' करो। इगनोर अंग्रेज़ी का ऐसा शब्द है जिसका हिन्दी में उसके क़रीबन, उतना दहशतज़दा पर्याय नहीं है। नज़रअन्दाज़ में शख़्सियत को नेस्तनाबूद करने की वह क़ातिलाना धमक नहीं आती, जो इगनोर में आती है। डाक्टर ने अलबत्ता इगनोर करने के बजाय ज़ोरदार जुलाब पिलाने शुरू कर दिये। और भी कुछ अश्लील क़िस्म की राय दीं, जिन्हें मैंने इगनोर कर दिया। अदब के क़ायदों का तकाज़ा है कि आप से भी इगनोर करवाऊँ। दिमाग़ी सुकून पाने की, ख़ातिर उनकी बतलाई नींद की गोली निगलनी शुरू कर दी। उससे बदन पर जो तीन-साढ़े तीन घंटे की बेहोशी का आलम तारी होता, उसे किसी हाल नींद नहीं कहा जा सकता था। उससे बाहर आने पर न कोई ताज़गी महसूस होती, न आराम। बस एक उनींदापन छाया रहता और दिमाग़ सुन्न रहता। चिन्ता नामुराद कहाँ से होती जब चिन्तन की सब राहें बन्द थीं। लिखने का सवाल ही पैदा नहीं होता था।

बीच रात एक बजे ऐसा नापाक आलम चारों तरफ़ घेरा डाल लेता कि मैं अपने दिवंगत बेटे को आवाज़ पर आवाज़ देने लगती...अपु अप्पू अपऽऊ ऊउऊऊऊऽ... काफ़ी देर बाद जब अहसास होता कि वह तो दूर से भी दूर कहीं नहीं है तो कभी-कभी ग़फलत में बड़े बेटे को फ़ोन मिला बैठती, बिला यह सोचे कि वह आधी रात का वक़्त था। जो लोग ज़ोसर्ट के रेगिस्तान से बाहर थे, वे सो रहे होंगे। वह काफ़ी नाराज़ होता, कभी-कभी दिलासा भी देता प्यार से। उसका मानना था ये सब डिप्रेशन के लक्षण थे। मेरे बार-बार कहने पर कि यह सब ज़ोसर्ट की करामात थी, उसने कोई ध्यान नहीं दिया। आख़िर उसकी पत्नी की माँ को भी डिप्रेशन था न और वे अथक आराम और दवा के सहारे बेहतर हो रही थीं। ख़ुशक़िस्मत थीं कि उन्हें ज़ोसर्ट का रेगिस्तान नहीं झेलना पड़ रहा था।

सबसे भयानक असर यह हुआ कि मेरी आँखों की दृष्टि जब-तब धुँधलाने लगी, हमेशा धुँधलाई नहीं रहती थी, अचानक कभी भी अख़बार या क़िताब पढ़ते, अक्षर दिखने बन्द हो जाते। पूरी तरह नहीं; बस ऐसे जैसे कहीं-कहीं उन्हें कोहरे से ढक दिया गया हो। वही हाल कम्प्यूटर या टीवी पर तस्वीर या अक्षर देखते हुए होता। यह कितना हौलनाक था, यह वही जान सकता है, जो कुछ दिन नीम अन्धेपन में गुज़ार चुका हो। एक आँख में शून्य विज़न हो और दूसरी में विकृत। मैं छह महीने तक यह भुगत चुकी थी, एक नाकाम रेटिना सर्जरी के बाद, अभी चार साल पहले। तब भी आने वाली मुसीबत ने अचानक धावा बोला था। डाक्टर के सर्जरी के प्रस्ताव को मैंने बहुत हल्केपन से लिया था। तारीख़ लेने के बाद मैं हिचकोले खाती रेलगाड़ी में अजमेर साहित्योत्सव के लिए रवाना हो गई थी। डाक्टर से पूछा था, "कोई बुरा असर तो नहीं होगा?" बड़ी अदा से जवाब मिला था, "होगा तो हो। सर्जरी तो होनी ही है न। उसे भी सँभाल लेगी।" तब यह क्या पता था कि सँभालने के बजाय सर्जरी सब कुछ बिगाड़ देगी! यहाँ तक कि पट्टी खुलने पर जब बड़े फ़िल्मी अन्दाज़ में मैंने डायलॉग बोला, "मुझे कुछ नहीं दिख रहा!" तो उतने ही फ़िल्मी अदाज़ में उनका जुमला उछला, "तो मैं क्या करूँ?" ज़ाहिर है वे मुझसे भी ज़्यादा घबरा गये थे।

पर अब? सब चाक चौबन्द था। एक महीना पहले ही मैं चैकअप करवाने गई थी और वे बोले थे, "वाह आप तो मुझसे भी बेहतर देख पाती हैं!" जैसे वे ख़ुदा हों! मुझे एतराज़ न था। बेहतर ही थी न, बदतर तो नहीं। कहीं कुछ धुँधला नहीं था।

अब हो क्या रहा था ? कहीं दूसरी आँख पर भी वही क़हर तो नहीं टूट रहा था जो बमुश्किल डाक्टर श्रौफ़ ने छह महीने में जा कर दुरुस्त किया था। डरती-घबराती दिखलाने गई। हिदायत मिली कि रेटिना चैक करवाऊँ। करवाया। तौबा! क्या तो कह रही थी एक्सपर्ट। वैसे सब ठीक है, बस बीच-बीच में दृष्टि धुँधला जाती है। बुढ़ापे में ऐसा हो जाता है। किसका बुढ़ापा ? आपका या मेरा ? कुल एक महीने में मैं बूढ़ी कैसे हो गई! अभी एक महीना पहले तो मैं ज़मीनी ख़ुदा से बेहतर देख पा रही थी। वह और कुछ भी फरमा रही थीं, "बुढ़ापे में अख़बार पूरा पढ़ लो, वही बहुत है।" "भाड़ में जाए अख़बार और बुढ़ापा। आप जानती हैं मैं एक लेखक हूँ।" "हाँ, मैंने आपका लेटेस्ट नॉवल पढ़ा है।" "क्या अख़बार पढ़ कर लिखा हुआ लगता है आपको ?" "नहीं-नहीं बिलकुल नहीं पर सब दिन एक समान नहीं रहते। डोन्ट वरी।"

दुनाली बन्दूक़ की गोली की तरह मेरी समझ में आया, यह भी ज़ोसर्ट का असर था। प्यार अन्धा होता है न ? एक साइड इफ़ेक्ट है उसका। मगर उससे बड़े भय ने तभी मुझे जकड़ लिया। न हुआ तो ? मुझे जल्द से जल्द अपनी कहानी पूरी करनी है, इससे पहले कि आँखें और धुँधला जाएँ।

बेटे ने सुना और मान लिया, बुढ़ापे में ऐसा होता है।

ये जवान लोग दूसरों के बुढ़ापे की तस्दीक सुन इतने ख़ुश क्यों होते हैं ? क्या वे नहीं जानते कि सिर्फ़ यही एक सनातन सच है। जिओगे तो उम्र आगे बढ़ेगी ही। या यही ख़ौफ़ अपने आगत को सामने देख उन्हें भयभीत और नतीजतन क्रूर बना देता है। भय और क्रूरता का गहरा सम्बन्ध है कौन नहीं जानता। वह रोज़ अख़बार ला मेरे सामने करने लगा। बेचारा ड्यूटी बजा रहा था। मुझे अख़बार में कोई दिलचस्पी नहीं थी। कभी नहीं रही थी, कम से कम इतनी नहीं कि धुँधलाई आँखों से उसे पढ़ूँ। बेचारा मेरा भला-भोला बेटा। सच जवानी कितनी भोली होती है।

फिर वह मुबारक दिन आया कि मेरा पूरा चेहरा ऐसे जलने लगा जैसे आग पर बैगन भुन रहा हो! आप कहेंगे उस में मुबारक क्या था ? वह यूँ कि मुझे याद आया कि मेरी बहिन को जब एलर्जी हुई थी तो उसका बेटा उसे अस्पताल इमरजेन्सी में ले गया था और उन्होंने उसे एक एन्टीडोट का इंजेक्शन दे कर, वह ख़ास दवा लेने से मना कर दिया था। काश मुझे भी एलर्जी निकल आये! मैंने अपनी युवा पड़ोसिन, सोनाली, को गुहार लगाई, ज़रा मेरे साथ अस्पताल चले। बड़ी प्यारी लड़की है। जब उसे देखती हूँ, सोचती रह जाती हूँ कि भगवान ने मुझे बेटी क्यों न दी। मेरी बेटी होती तो क्या इतने दिन मेरी खोज-ख़बर लेने न आती। काश सोनाली मेरी बेटी हुई होती! वह फ़ौरन आ गई और मेरे साथ अस्पताल चल दी। पर बदक़िस्मती मेरी कि मुँह पर चकत्तों के बावजूद, ललाई और खुजली न होने के कारण, उन्हें उसमें एलर्जी के आम लक्षण नज़र नहीं आये। जलन की बात उन्होंने इगनोर कर दी। सोनाली और मेरे लाख कहने पर कि चेहरा आग सा जल रहा है, एलोवेरा जेल लगाने से भी फ़र्क़ नहीं पड़ा है, तनिक मिनक भी, और न अलेगरा खाने से, उनके कान पर जूँ न रेंगी। बल्कि ज़ोसर्ट का नाम सुन कर वे कुटिलता से मुस्कराये और बोले, "वह तो आपका साइक्याट्रिस्ट ही बतला सकता है।" यानी उन्होंने मुझे नीम पागल घोषित कर दिया। यही तो हमारे महान देश की ख़ासियत है कि जिसकी बात समझ न आये उसे पागल घोषित कर दो।

घर से अस्पताल और वापसी के दौरान एक अजीब बात और हुई। मुझे लगा सोनाली ने गाड़ी का ए.सी. नहीं चला रखा इसलिए मात्र ब्लोअर चालू होने के कारण मिट्टी भरी हवा भीतर आ रही है। मेरी साँस घुट रही थी। पर मैंने कुछ कहा नहीं। जब वापसी में भी वही मंज़र रहा तब मैं यह कहने से रुक नहीं पाई, बहुत मिट्टी है न हवा में? तुरंत औरों ने अचरज से कहा, "नहीं तो। हवा तो एकदम ठंडी और साफ़ है। रात का एक बजा है। और ए.सी. भी चल रहा है।" मेरी समझ में आ गया कि वह रेतीला बवंडर मेरे जिस्म के भीतर चल रहा है, जिसने मेरे दिलो-दिमाग़ पर भी क़ाबू पा लिया है। यह था ज़ोसर्ट का मेरा निजी रेगिस्तान!

सोनाली इमर्जेन्सी के डाक्टर से काफ़ी नाराज़ थी। घर लौट कर उसने उस नापाक दवा के बदनुमा साइड इफ़ेक्ट्स के बारे में मय अस्पताल की गाथा, मेरे बेटे को सुना दी। तब तक उस भली लड़की ने गूगल पर उसके साइड इफ़ेक्ट्स पढ़ लिये थे, जो सब के सब मुझ पर लागू हो रहे थे।

फ़ायदा कुछ न हुआ। बेटे ने कहा गूगल पर तो यूँ ही अनाप-शनाप लिखा रहता है। दवा बन्द नहीं की जा सकती। असल बात यह थी कि दवा अचानक बन्द नहीं की जा सकती थी। उसकी मात्रा धीरे-धीरे कम करनी होती थी। और मेरा डाक्टर था कि यह मानने को ही तैयार नहीं था कि जो हो रहा था, वह ज़ोसर्ट का साइड इफ़ेक्ट था। मेरे अस्पताल जा कर ज़ोसर्ट से निजात पाने के असफल प्रयोग का नतीजा यह हुआ कि मेरे बारे में एक और किंवदन्ती प्रचलित हो गई कि मुझे अस्पताल जाने का शौक़ है। जबकि मेरे तो दो बच्चों में से भी एक, घर पर पैदा हुआ था। हिस्ट्रेक्टोमी के लिए ज़रूर अस्पताल में भर्ती हुई थी पर तब मेरी तीमारदारी करने को बेटी से बढ़कर छोटा बेटा मौजूद था।

बाद में तो ट्यूबरकल निमोनिया होने पर भी मैं एक बार ज़रूर बुरे हाल अस्पताल में भरती हुई थी। पर जब दूसरी बार हुआ तो अपनी मददगार काम करने वाली के भरोसे, घर पर ही रही।

डाक्टर कामधेनु से पूछा कि क्या ज़ोसर्ट से त्वचा में जलन हो सकती है तो बोले...सही अन्दाज़ लगाया आपने, इसके सिवा कह भी क्या सकते थे..."ऐसी कोई दवा नहीं होती जिसके साइड इफ़ेक्ट न हों!" अब हाल यह था कि चेहरे की जलन गले-छाती तक फैलने लगी, जिससे बचने के लिए मैं ए.सी. चला कर ठिठुरने लगी।

कल्पना कीजिए, क्या कार्टूननुमा मंज़र होता था। ठोड़ी तक कम्बल लपेटे मैं ठिठुर रही हूँ और मुँह-माथे से धुआँ निकल रहा है। छुओ तो अंगार, बुख़ार लो तो मात्र 97 डिग्री। यानी और चीज़ों के साथ मुझे बुख़ार रहने का भी वहम था। बहू ने कहा हम तो घर में थर्मामीटर ही नहीं रखते। यानी जब से पुराना वाला टूटा, नया नहीं रखा था।

यह भी कहा कि मेरे वहमों की वजह से ही उस पूरे बेसहारा वक़्त में मेरी कोई बहन या भाँजी मुझे मिलने नहीं आई थी। व्यस्त थीं नहीं आ पाईं, मुझे उनसे कोई शिकायत नहीं थी।

पर उसे मेरी शिकायत से नहीं, अपनी आपत्ति से मतलब था। उफ़, किस क़दर आपत्तियाँ थीं उसको, जैसे कोई महाभारतनुमा महाकाव्य हो।

सोनाली ने हार नहीं मानी। वह बराबर मुझे समझाती रही कि अगर मैंने ज़ोसर्ट बन्द नहीं की तो पूरी तरह बर्बाद हो जाऊँगी। यही नहीं, वह मुझे एक होम्योपैथ डाक्टर के पास भी ले गई। उन्होंने दवा तो दे दी पर ज़ोसर्ट का नाम सुन कर घबरा गये। कहने लगे उसे एकदम तो

बन्द किया नहीं जा सकता। आप अपने डाक्टर से पूछ कर धीरे-धीरे उसे बन्द कर दें। मैंने सोचा उनकी दवा से फ़ायदा हो गया ज़रा-मरा भी तो मैं ज़ोसर्ट की मात्रा घटाना शुरू कर दूँगी। इतना मेडिकल ज्ञान मुझे था पर बदक़िस्मती मेरी। उन्होंने जो सुबह ख़ाली पेट एक ख़ुराक लेने को कहा था, उसे लेते ही मेरे गले और छाती में ऐसी जलन शुरू हुई कि ठंडा दूध तक पीना मुश्किल हो गया। सारी योजना धरी की धरी रह गई।

आप कहेंगे उस हाल भी तुम उस नापाक दवा को निगलती क्यों चली गईं? ठीक कहेंगे। मेरी ही इच्छाशक्ति का ह्रास हो गया था। चेहरा ही नहीं मेरा पूरा व्यक्तित्व झुलस चुका था। जब बेटा समझा कर और बहू डरा कर कहते कि कुछ दिन खा लो फिर सब ठीक होने लगेगा तो मेरी आँखों पर वही धुंध छा जाती जो दिमाग़ पर छाई थी और मैं उनकी बातों में आ जाती। कह सकते हैं कि उनके सैडिज़्म के बरअक्स मैं मेसोकिस्ट बनती जा रही थी।

बीतते दिनों के साथ, कोई फ़ायदा तो नज़र आया नहीं, बस मेरे पैर ज़रूर जकड़ने लगे और मैं कुछ काम करने लायक़ न रही। ज़रा सा चलने में भी दिक़्क़त महसूस होने लगी। बेवक़ूफ़ी की हद देखिए कि अच्छी तरह जाने रहने के बावजूद मेरे दिमाग़ में यह नहीं आया कि यह जकड़न मेरे ऑस्टोपोरोसिस के कारण थी, जो वर्जिश और चलने-फिरने के अभाव में अपनी ऐंठ दिखला रहा था। कितने दिन से मैंने अपनी रोज़ाना की वर्जिश नहीं की थी और सैर पर जाना भी छूट गया था।

एक रात बड़ा दिलचस्प कारनामा हुआ।

पैरों से शुरू हो कर जकड़न मेरे बदन में फैलने लगी। नींद के अभाव में जो ख़ुमारी दिमाग़ और जिस्म पर छाई थी, उसमें लगा कि वह मेरे दिल तक जा पहुँची है। काफ़ी ख़ुशी हुई कि चलो, क़िस्सा ख़त्म होने वाला है।

कुछ देर बाद आँखें मुँदने लगीं। काफ़ी नाटकीय अन्दाज़ में मैंने अपनी बाँह सीने पर रखी, जो बेहद अटक-अटक कर साँस भर रहा था। लगता था हवा अन्दर गई तो बाहर निकली नहीं, या बाहर फिंकी तो वापस भीतर खिंची नहीं । देर तक मुझे साँस का विवेचन करने का मौक़ा नहीं मिला क्योंकि जल्दी ही मैंने होश खो दिये। खोने से चन्द मिनट पहले, मैंने निस्सीम सन्तोष अनुभव किया कि चलो ज़िन्दगी की रिवायत तो ख़त्म हुई।

पर नहीं जनाब, क़रीब ढाई घंटे बीते होंगे कि आँखें यूँ आहिस्ता से खुलीं जैसे नर्गिस की कली खिल रही हो; पहले एक, फिर दूसरी। आँख खुलते ही कलाई पर बँधी घड़ी देखने की आदत के चलते, टाइम फ़ौरन नोट हो गया। बस ढाई घंटे की मोहलत और मैं बाक़ायदा न सही, बेक़ायदा ज़िन्दा और होश में थी। पल भर को लगा ज़रूर कि मैंने किसी और ख़ुशबूदार और सुहावनी हवा व दिलकश रोशनी में आँखें खोली हैं; कि अब यह किसी और जगह, किसी और हाल, कोई और ही ज़िन्दगी है। पर जैसे ही पलंग से नीचे उतरने को पाँव उठाया, भ्रम भरभरा कर ढह गया। पाँव उठ कर ही नहीं दिया। वही एड़ी-चोटी का दम लगा कर बदन उठाया और बाथरूम तक जाने लायक़ बनी। फिर भी मैंने उम्मीद नहीं छोड़ी। अगर दो-चार रात बराबर ऐसा होता रहा तो ख़ूब मुमकिन था कि एक रात, मैं वाक़ई, उस गुलिस्ताँ दुनिया में पहुँच जाऊँ, जिसमें नर्गिस धीमे-धीमे चेहरा बेनक़ाब करती है।

मेरी मासूमियत की हद देखिए कि मैंने अपनी बहू से कह डाला कि कल रात मैं ढाई घंटे बेहोश रही। मेरी दिक़्क़त असल में यह है कि बेटी न होने और बेटी जैसा बेटा खोने

के बाद मैं बहू को ही बेटी मानती रही हूँ। इसलिए बहुत बार राज़ की बात उससे कह बैठती हूँ।

उसने तुरंत दारोगाई लहजे में कहा, ''आपको कैसे पता! जब आदमी बेहोश होता है तो उसे थोड़े पता रहता है कि वह बेहोश है। वह तो और लोग बतलाते हैं।'' मुझे बहुत हँसी आई। मैंने कहा—हे विदुषी, होश आने पर तो चल जाता है न पता कि बेहोश थे? नहीं तब भी नहीं चलता। हमारे स्कूल में लड़कियाँ फ़ेन्ट होती रहती थीं और उन्हें पता नहीं होता था कि वे फ़ेन्ट हुईं। ज़ाहिर है फ़ेन्ट वे दस-पाँच मिनट के लिए होती थीं। और फ़ेन्ट तो लड़कियाँ मेरे स्कूल में भी होती रहती थीं पर इतनी जाहिल नहीं थीं कि ज़मीन से उठने पर भी उन्हें मालूम न हो कि वे ज़मींदोज़ हुई थीं, होश खो कर और अब बाहोश हैं। पर ठीक है अगर उसकी सोहबत ऐसे कूढ़मग्ज़ों की रही तो उस बेचारी का क्या क़सूर । मैं हँस कर रह गई। पर उसकी जिरह ज़ारी थी। ''और आपको कैसे पता आप ढाई घंटे बेहोश रहीं?'' अब मैं हँस ही तो दी, कुछ अपने पर कुछ उस पर। ''घड़ी देखी थी उठते ही और आँख मुँदने से पहले भी। सब जानते हैं मेरी इस आदत को।'' पर वह मेरी बेटी-बेटा नहीं थी, वह क्योंकर जानती? अब बेटे ने फ़ोन ले लिया, ''क्या पता तुम गहरी नींद में रही हो। बेहोशी और गहरी नींद में कोई फ़र्क़ नहीं होता।'' काश, मैंने सोचा, ऐसी नींद मैंने जानी होती!

तुमने कुशीनगर में बुद्ध की शैयाशायी प्रतिमा नहीं देखी, मेरे बेटे, जिसे, सिरहाने खड़े हो कर देखो तो लगता है, बुद्ध गहन सौम्य निद्रा में लीन हैं। और अगर पायताने खड़े हो कर देखो तो लगता है कि वह निस्पंद मृत देह है। एक ही प्रतिमा, एक ही रूप और काया, एक ही शिल्पकार और ऐसा अद्भुत द्विअर्थ। जब निद्रा और मृत्यु का अन्तर इतना महीन हो सकता है तो सोचो, निद्रा और बेहोशी का कितना नामालूम, महीन होगा। कौन जाने उस रात मैं गहरी नींद में थी, या बेहोश थी या मृत थी, ढाई घंटों के लिए। कौन जानता है मैंने नर्गिस को आहिस्ता से खिलते देखा था या ईश्वर के नेत्र ने पलक झपका कर दर्शन दिये थे मुझे। और उस क्षणिक मृत्यु के बाद मैं लौट आई थी पृथ्वी पर। मैं बस इतना जानती थी कि जिस मृदुला ने आँखें मूँदी थीं, वह, वह मृदुला नहीं थी जिसने आँखें खोली थीं। उनसे मैंने यह सब नहीं कहा। उन्हें फ़लसफ़े में दिलचस्पी नहीं थी, बस यह साबित करने में थी कि मैं बेहोश नहीं हुई थी।

बेटा कब इतना संवेदनहीन हुआ मेरा? मेरा तो उसकी प्रज्ञा पर अथाह विश्वास था। गुरु मानती थी उसे अपना। अभी भी उसके बतलाये ढंग से ध्यान लगा रही थी। पर रिटेना एक्सपर्ट ने कितनी ज़ोरदार आवाज़ में कहा था न, जैसे नगाड़े पर चोट की हो, ''सब दिन एक समान नहीं रहते!''

ऊपरी तौर पर बात वहीं के वहीं रही। न बेहोशी ने मौत को आलिंगन में लिया, न बदन ने जकड़न छोड़ रफ़्तार पकड़ी। आप देख रहे हैं न, इन बदहवास अवसाद के लम्हों में कितना कुछ कॉमिक या तफ़रीह के क़ाबिल था? तभी न मेरे दिमाग़ में यह ख़याल कभी न आया कि डाक्टरों के भरोसे, जो नींद की बेशुमार गोलियाँ, मेरे पास इकट्ठा हो गई हैं, उन्हें एक साथ निगल कर इस बेरंगत और असंगत ज़िन्दगी से छुट्टी पाऊँ।

दरअसल मेरे आत्मघात की कोशिश न करने के पीछे एक सच्चे दोस्त, दिनेश द्विवेदी का कहा सूफ़ीयाना जुमला था। यह कि जैसे ज़िन्दगी एक मियाद होती है, वैसे ही उसमें घटने वाले हर अच्छे-बुरे हादसे की भी एक मियाद होती है, जो अपनी मियाद पूरी करके ही ख़त्म होता

है और ज़िन्दगी आगे बढ़ पाती है। कितना सही ख़ुशनुमा फ़लसफ़ा था। मैंने अपनी तरफ़ से उसमें यह जोड़ लिया था कि कभी-कभी हादसे की मियाद और ज़िन्दगी की मियाद एक हो जाती है। बहू सुनती तो कहती 'बी पॉज़िटिव!' अरे मेरी चतुर सुजान, पॉज़िटिव न होने के कारण ही तो मैं तुम्हें और तुम्हारे जैसे अन्य चतुर लोगों को, मेरी तरह न सही पर, अपनी तरह से सही मान पाती हूँ, वरना मैं भी उनसे बी पॉज़िटिव, बी पॉज़िटिव कह कर उनका भेजा फ्राई कर देती। आख़िर पॉज़िटिव के कितने अलग-अलग रूप हैं।

मेरी असली फ़िक्र थी कि मेरी दृष्टि का धुँधलापन किस मियाद के भीतर आएगा? ज़िन्दगी की मियाद से मेल खाएगा या उससे छोटी मियाद में निबट जाएगा।

आप समझ ही गये होंगे कि मेरे जैसे धत्ती लोगों का दिमाग़ कभी चलना बन्द नहीं करता। कितना भी दवा की मार के नीचे दबाओ, सोचने की जुर्रत कर ही उठता है। ऊँट जब तक बिन प्यासा रहे तभी तक पानी के पास नहीं जाता। फिर जो एक बार प्यास जग लग जाए तो तालाब का तालाब पी जाता है। मेरे दिमाग़ ने भी उस रेगिस्तान से निकलने की एक राह निकाल ली। आपमें से जो ज़रा भी मनोविज्ञान का इल्म रखते होंगे या सोनाली की तरह संवेदनशील होंगे, मेरी भाग निकलने की अजब कोशिश को समझ जाएँगे। बाक़ियों का अल्लाह मालिक है।

जिस रात मैं बेहोशी के आलम में ईश्वर के दर्शन कर आई, उसी रात शुरू हुआ मृदुला गर्ग भाग 3 : एकदम तार्किक तौर पर सोच कर मैंने अपनी उलझन का हल निकाला। यह कि अगर मुझे कोई थोड़ी बहुत गम्भीर जिस्मानी बीमारी निकल आती है तो हम उसके इलाज में लग जाएँगे और मैं ज़ोसर्ट की प्रेतनगरी से निकल पाऊँगी।

दिलचस्प बात यह कि इस सोच में मेरे साइक्याट्रिस्ट ने मेरी बहुत मदद की। यह जतला कर कि मेरी जो भी अलामत थीं, उनका एंग्ज़ाइटी या उनकी दवा से कोई ताल्लुक़ नहीं था। उनकी वजह कोई गम्भीर 'मेडिकल प्रॉबलम' थी। मसलन, दे मार पसीना आने का एंग्ज़ाइटी से कुछ लेना-देना नहीं था। उसका सम्बन्ध हाई ब्लड प्रेशर और दिल वग़ैरह से था। मैंने कहा मगर प्रेशर तो उतना हाई है नहीं और दिल का ई. सी. जी. और इको बिलकुल ठीक है। वे बोले उससे क्या होता है। यह देखिए मैं आपका प्रेशर नापता हूँ। 180/ 90 है और पल्स रेट 92. जाकर अपने डाक्टर से फिर से मिलिए और कहिए, ठीक से जाँच करें। कॉन्स्टिपेशन का भी ज़ोसर्ट से ताल्लुक़ नहीं है, आप किसी गैस्ट्रोएंट्रोलॉजिस्ट से सलाह लीजिए। कौन जानता है आँतों या पेट में क्या गड़बड़ है। क्या पता कोई...समझ गई न?

दिल का डाक्टर तो ख़ास काम आया नहीं। उन्होंने कहा, अभी तो प्रेशर 170/80 है। उस वक़्त बढ़ा हुआ निकल आया होगा, कामधेनु साहब की बातों से आपकी एंग्ज़ाइटी बढ़ गई होगी। वैसे आप सोडियम-पोटैशियम टेस्ट करवा लीजिए, बी. पी. की दवा लेते हुए करवाना ज़रूरी है। और यह ज़ोसर्ट-वोसर्ट लेते हुए भी। जिस लहजे में उन्होंने यह बात कही, उससे साफ़ लगा कि उनकी राय, डाक्टर कामधेनु के बारे में खास ऊँची थी नहीं । मेरी तरह वे भी समझ रहे थे कि उनका सार्थक नाम था, नाकाम वृषभ, कामधेनु नहीं।

मैं उस नामी-गिरामी गेस्ट्रोएंट्रोलॉजिस्ट से मिल ली जिनका नाम उन्होंने मुझे सुझाया था। मशहूर था कि वे हर मरीज़ को कोलोनोस्कोपी का मशविरा दिया करते हैं। एक बार पहले मेरी कर भी चुके थे, पर वह दस साल पुरानी बात थी। मेरे पति की सर्जरी भी उन्होंने उसी के बाद की थी। तो वही मशविरा अब भी उन्होंने मुझे दिया। मैंने काफ़ी कोशिश की कि करवा डालूँ, और

ख़ुदा के फ़ज़ल से कुछ निकल आये, जिससे ज़ोसर्ट से पीछा छूटे। पर तमाम इच्छा शक्ति के बावजूद, शरीर ने साथ नहीं दिया। मैं वह लाव लश्कर वाला टेस्ट करवा न पाई। अलबत्ता मुझे बख्शा गया वह नादिर तमगा और चमक उठा कि, मुझे डाक्टरों के पास जाने का शौक़ है।

पर सोडियम ज़िन्दाबाद! मैं तो टेस्ट करवाते वक़्त उसे बेहद नाचीज़ समझ रही थी; वह निकली परम बलवान पवनपुत्री!

उसी की वजह से अन्ततः मुझे उस चक्रव्यूह से निकलने का रास्ता दिखलाई दिया।

प्रभु कृपा! टेस्ट में सोडियम की कमी निकल आई। दिल के डाक्टर उसे ही पकड़ कर बैठ गये। पहले कहा, रोज़ाना 6 ग्राम नमक अलग से खाने में मिलाओ। जिससे कड़ुवे मुँह खाया खाना पहले से भी ज़्यादा बेस्वाद हो गया। जब उसके बावजूद, ख़ुदा के फ़ज़ल से सोडियम और कम निकला तो कोई दवा दी, जिससे क़ब्ज़ और क़ाबिज़ हो गया। उन दिनों, मुझे अपने में पीकू फ़िल्म के अमिताभ बच्चन की बेहूदा छवि नज़र आने लगी थी। पर ज़ोसर्ट का रेगिस्तान ऐसा मन पर क़ाबिज़ था की हँसी आते-आते बिला जाती थी। जब उस दवा के बाद भी सोडियम और कम निकला तो उन्होंने मुझे अस्पताल में भरती होने की सलाह दी। तब तक मेरे पैर बिलकुल लकड़ी जैसे सख्त पड़ चुके थे। मैंने उनसे कहा भी कि उस जकड़न का सोडियम से कोई ताल्लुक़ नहीं है, उसकी वजह मेरा ऑस्टोपोरोसिस है,पर उन्होंने मेरी राय को कोई तरजीह नहीं दी।

अस्पताल में भरती कर वे हर छह घंटे में मेरा ख़ून चूसने लगे, बाक़ायदा, सोडियम टेस्ट करने को। साथ में सैलाइन की बोतल लगा दी और चलने-फिरने से मना कर दिया। लिहाज़ा पैरों में कोई जुम्बिश बाक़ी न रही। मैं पहले से भी बेहतर तरीक़े से जान गई थी कि बिला ज़ोसर्ट से निजात पाये, मेरा और मेरे पैरों का कोई भविष्य नहीं था। पैसे के माध्यम से जो ख़ून चुस रहा था, वह अलग था। जिसकी वजह से बेटे की, मेरी वहाँ से भाग निकलने की राय से सहमति हो गई।

अन्ततः मैं मेडिकल सलाह के ख़िलाफ़, पर पूरा पैसा भर कर, वहाँ से डिस्चार्ज हो पाई। और तब हुआ दैवी चमत्कार! जाते समय डाक्टर ने बिदाई का ऐसा तोहफ़ा दिया कि तबीयत बाग़-बाग़ हो गई। उन्होंने कहा अपने उस धेनु नामक डाक्टर से कह कर ज़ोसर्ट कम करवा लीजिए, क्योंकि उसी की वजह से सोडियम कम होता जा रहा था।

अब बेटे के पास मेरे उस दवा को न खाने के ख़िलाफ़, कोई दलील नहीं थी।

आख़िर हमने नया डाक्टर ढूँढ़ा जो ख़ुशक़िस्मती से औरत थी और ज़ोसर्ट धीरे-धीरे बन्द कर दी गई।

वाह प्रभु, तो ज़ोसर्ट की भी एक मियाद थी और सोडियम वह ब्रह्म वाक्य था, जिसने उसे पटखनी दी।

अब पैरों की फिज़ियोथेरेपी करवाने और करने के साथ, मैं मन ही मन एक नया मंत्र गुनगुनाने लगी थी।

ऊँ सोडियमाया स्वाहा:
तत सवितुर वरेणयम
भर्गो देवस्य धीमहि
धियो यो नः प्रचोदयात

पृथ्वी और आकाश दोनों के ऊपर छा गया था सोडियम! स्वाहा हुआ तो ज़ोसर्ट को साथ ले कर। वाह प्रभु,आप भी खासे अलबेले विदूषक हैं।

फिर शुरू हुआ मृदुला गर्ग भाग 4 : कभी न कभी तो होना ही था। मियाद का सिद्धान्त झूठा नहीं हो सकता था। ज़ोसर्ट बन्द होने के एक हफ़्ते बाद से उसके तमाम असरात ख़त्म होने लगे।

वह शरद पूर्णिमा की रात थी और मेरे अस्सीवें जन्मदिवस की पूर्व संध्या। मैंने कमरे के भीतर से देखा, बाईं तरफ़ के आसमान पर चाँद पूरे शबाब पर है। जितना तेज़ चल सकती थी, चल कर मैं बाहर बालकनी की तरफ़ लपकी। पर जब तक मैं बाहर पहुँची, आसमान काले बादलों से ढका हुआ था, जहाँ तक मेरी दृष्टि जा पाई वहाँ तक। चाँद कहाँ गया? क्या सिर्फ़ मुझे दिखलाई नहीं दे रहा! क्या हुआ? मेरी आँखें फिर धुँधलाने लगीं? मृदुला गर्ग भाग 1 अपने को दुहराने लगा?

मैं भूल चली थी कि मैं पूरी आँखें खोल एकटक आसमान को ताक रही थी जाने... अनजाने...पता नहीं कितनी देर से...कि मैंने देखा परिपूर्ण, धूम्रहीन; स्याह कुएँ से बाहर उछलता, उज्ज्वल दमकता पूर्णमासी का चाँद! उफ़ कितना चमकीला, ज्योत्सना से मढ़ा जैसे अभी-अभी जन्म लिया हो। ऐसा बाल सुलभ, जाज्वल्य, शुभ्र कि धुंध-अवसाद का हल्का सा आभास भी नहीं था उसके सर्वांग पर। कैसे होता? आख़िर वह पूनम का चाँद था! अचरज यह नहीं था वह जैसा था, था। अचरज यह था कि मुझे वह वैसा दिखा, जैसा वह था। बिला धुंधलाये, एकदम स्पष्ट। दोनों, बादल का रमणीक काला स्याह कुआँ और रोशनी के लहकारे मारता उसके बाहर आया गोल मुकुट सा मनोरम चाँद। तो मेरी आँखें बुढ़ापे की वजह से धुंधलाने नहीं लगी थीं। वे पहले की तरह थीं, स्याह-सफ़ेद देख सकती थीं; रोशनी अँधेरा देख सकती थीं। गोल आकार और गड्ढा बनाती आकृति में फ़र्क़ कर सकती थीं। तो काग़ज़ पर अक्षर भी, कुछ पास से, कुछ दूर से देख पहचान ही लेंगी।

मैं अस्सी की हो पाऊँगी।

मैं यह कहानी ख़त्म कर पाऊँगी!

(हंस, जनवरी, 2019 में प्रथम प्रकाशन)